Reliure serrée

MONSEIGNEUR

DEUXIÈME PARTIE

LE SECRET D'OR

LE SECRET D'OR

— SUITE DE *MONSEIGNEUR* —

PROLOGUE (1774)

I

Peu de personnes, même parmi celles qui ont habité Paris dès l'enfance, connaissent la rue Villehardouin. Ce n'est pourtant pas une de ces voies étroites et obscures, au fond desquelles le regard ne se hasarde qu'en tremblant. Au contraire, elle est suffisamment large et convenablement aérée; seulement elle n'est point passante.

Partant de la rue Saint-Gilles, elle va, par un coude aussi brusque que l'angle d'une équerre, rejoindre la rue de Turenne. Elle n'a donc pas certainement deux cents mètres de longueur.

Aussi, précisément parce qu'elle ne met pas en communication immédiate deux rues fréquentées, on n'y voit absolument passer que les négociants que leurs affaires y conduisent ou les rares habitants du quartier qui y ont noué des relations.

A l'époque où commence cette histoire, c'est-à-dire en septembre 1774, la rue Villehardouin était plus solitaire encore qu'elle ne l'est aujourd'hui, puisqu'elle n'avait pas été adoptée par le commerce. Elle n'était guère peuplée que de petits bourgeois peu aisés, qui fuyaient les envahissements chaque jour plus menaçants de la capitale.

En effet, depuis la fin du règne de Louis XIV, c'était du côté du Marais que la population aristocratique avait émigré.

Ⓒ

Sous la Régence, ce fut bien pis encore.

L'enthousiasme qu'avait provoqué la banque de Law, les tripotages de la rue Quincampoix qui en furent la conséquence, l'ardeur effrénée avec laquelle chacun sacrifiait au *Dieu-Papier*, contribuèrent à accroître cette émigration dans des proportions insensées.

Chacun voulut avoir sa demeure près de l'endroit où la banque s'était établie. On paya des prix ridicules les masures qui encombraient le voisinage ; on enleva d'assaut les terrains vides, sur lesquels on planta de splendides hôtels et d'admirables jardins.

La déception qui suivit cet engouement irréfléchi n'arrêta point le flot toujours envahissant, si bien que, sous Louis XV, le quartier du Marais fut presque uniquement peuplé d'hôtels, et que la ligne des boulevards extérieurs, aujourd'hui formée par le boulevard Beaumarchais, arrêta seule le débordement de cette mer humaine.

Les jardins ont à peu près disparu ; mais les hôtels sont restés et nous ont laissé les impérissables souvenirs des splendeurs dont ils ont été témoins. Délaissés par leurs anciens habitants, ceux-ci sont devenus de véritables musées, ceux-là ont été adoptés par des maîtres de pension, les autres ont été appropriés au commerce et à l'industrie, auxquels ils fournissent les vastes emplacements dont le Paris actuel est généralement si avare.

Pourtant il fallait vivre. A cette nuée d'élégants gentilshommes, et de femmes rompues à toutes les délicatesses de la vie, il était indispensable de s'entourer de fournisseurs.

On permit donc à quelques rues de s'y tracer, à quelques bourgeois d'y bâtir des maisons, à quelques commerçants de s'y établir. De ce nombre fut la rue Villehardouin.

Si elle forme le coude brusque que nous avons signalé, c'est que, pour trouver une issue à chacune de ses extrémités, elle fut obligée de contourner un des hôtels de l'ancienne rue Saint-Louis, hôtel qui existe toujours et dont une partie des jardins ombrage encore le côté des numéros impairs.

La rue Villehardouin n'a du reste pas beaucoup changé d'aspect depuis le jour où elle a été percée. Un ruisseau bien noir, au milieu duquel croupissent des détritus de toute sorte, la coupe encore par le milieu. Elle a été, pour ainsi dire, oubliée par la civilisation, nul ne la connaît, nul ne la traverse. A part trois ou quatre camions qui viennent y chercher des marchandises, aucune voiture n'ébranle ses paisibles échos. Un fiacre y est un événement, un coupé de maître y est un mythe.

A l'époque dont nous parlons, au commencement du mois de décembre, la maison qui porte aujourd'hui le n° 10 était à peu près neuve. Elle avait été coupée en deux, de manière à fournir, à droite et à gauche de la porte cochère, une série de petits logements auxquels on accédait de chaque côté par un escalier différent.

La maison était habitée par des petits rentiers et par des petits commerçants, vivant plus que modestement de leurs maigres revenus ou des bénéfices mesquins que leur rapportait leur industrie. Encore ces bénéfices étaient-ils trop souvent compromis par la mauvaise volonté de la noblesse, qui n'entendait payer alors que lorsqu'elle en avait le temps, et qui faisait bâtonner par ses gens les créanciers récalcitrants.

Sans plus nous attarder à la description de cette maison, prenons l'escalier de droite et franchissons les cinq étages qui le composent.

Ici, respirons un peu, car les étages de ce temps-là en valaient presque deux de ceux auxquels nous a réduits l'architecture moderne.

Sur le palier qui s'étendait de chaque côté en corridor, s'ouvraient les portes de huit mansardes — six sur le devant, deux sur la cour.

Chacune de ces mansardes était louée à des ouvriers, qui les quittaient tous les matins pour aller travailler à l'atelier.

L'une d'elles cependant n'était point déserte : celle qui se trouvait dans le corridor de droite et qui donnait sur la cour. Elle n'était pas favorisée comme situation, car la cour était triste et sombre. Heureusement, elle était fort près du ciel, ce qui permettait à ses habitants d'y voir clair, tant que durait le jour, de se réchauffer parfois au soleil, pendant l'hiver, et d'aspirer le peu d'air que les tuyaux de cheminée voulaient bien laisser passer.

Si nous avons dit « ses habitants », c'est que, par la porte entrebâillée, il nous était permis de distinguer nettement deux personnages : un vieillard et une jeune fille de dix-sept ans au plus.

Les pauvres gens ne s'enferment guère à triples verroux. Comme ils n'ont rien à perdre, ils ne redoutent pas les voleurs. Aussi nous sera-t-il facile de pousser cette porte et de pénétrer dans l'intérieur de la mansarde.

Ce qui nous frappe, tout d'abord, c'est l'écœurante nudité des quatre murs.

Dans le coin de droite, un petit lit de bois très-étroit, dont le temps avait usé la peinture ; dans le coin de gauche, une sorte de caisse en sapin, garnie d'une paillasse. Au pied du premier lit une table de bois, au pied du second une commode boiteuse, qui ne tenait debout que par un miracle d'équilibre. A la tête de chaque lit une chaise. C'était tout.

Non, pas encore ; au fond de la mansarde, à l'endroit où l'inclinaison du toit vient rejoindre le plancher, on apercevait une botte d'osier et un panier commencé.

Sur la paillasse, enfermée dans la caisse que nous avons sommairement décrite, le vieillard était couché.

Il aurait été difficile de préciser son âge, car ses cheveux blancs étaient enveloppés dans l'un de ces mouchoirs de couleur qui s'appelaient autrefois des *madras* et qui étaient de provenance indienne. En outre, il n'avait pas de barbe. Seules, les rides dont son visage était sillonné accusaient son extrême vieillesse.

Ces rides étaient même beaucoup plus apparentes qu'elles ne le sont d'ordinaire, car le teint du vieillard était excessivement basané et révélait une origine asiatique. Aussi ces rides creusaient-elles, entre chacun de leurs plis, des lignes noirâtres qui donnaient à la physionomie un caractère étrange.

Sur une chaise, à son chevet, la jeune fille était assise, pensive, les yeux rougis par la fatigue et l'insomnie. Elle tenait à la main une tasse vide, dont elle venait de faire avaler le contenu au vieillard.

Les traits affreusement ravagés de ce malheureux laissaient deviner sans peine qu'il était atteint d'une maladie grave.

Néanmoins la potion qu'il avait bue lui avait fait du bien, car il avait fermé les yeux et sommeillait.

La jeune fille le contemplait avec une morne douleur.

Le jour se levait. A peine était-il sept heures du matin.

Tout à coup, le vieillard ouvrit les yeux et ses regards se dirigèrent vers le petit lit de bois peint. Il vit que le lit était vide et n'avait même pas été défait.

— Vous ne voulez donc pas vous coucher, ma petite Marcelle? dit-il d'une voix dolente et caressante à la fois.

— Non, père Brahma, répondit-elle. Je vous ai dit que je ne me coucherais pas, avant que vous ayez changé de lit avec moi, je tiendrai bon. Il n'est pas juste que je dorme dans un bon lit, moi qui me porte bien, tandis que vous, qui êtes malade, vous restez sur une paillasse.

— Mais j'y suis habitué, moi, mon enfant, tandis que vous...

— Je m'y habituerai, répondit Marcelle d'un ton résolu.

— Ainsi, cette nuit, vous l'avez passée...

— Sur cette chaise.

— Et la prochaine?...

— Je l'y passerai aussi, si vous vous obstinez à ne pas m'obéir.

— Méchante! fit le vieillard d'une voix douce, tandis qu'un sourire venait éclairer son visage. Il faut donc que ce soit moi qui cède?

— Et le plus tôt sera le mieux, si vous voulez que je prenne un peu de repos.

— Allons, j'y consens, et dès ce soir...

— Ce n'est pas ce soir, c'est sur-le-champ qu'il faut obéir, car je tombe de sommeil.

— Vraiment? fit le père Brahma en se soulevant avec peine.

— Je vous le jure! Allons, voulez-vous?

— Il le faut bien, soupira le vieillard.

Il se dressa difficilement sur ses pieds, aidé par la jeune fille, et gagna d'un pas chancelant le petit lit de bois, sur lequel il s'étendit.

Le froid l'avait saisi; ses dents claquaient, son visage avait horriblement pâli.

Marcelle s'empressa de ramener sur lui l'unique couverture délabrée qui leur restait.

— J'ai soif! murmura le père Brahma.

La jeune fille tressaillit et promena autour d'elle un regard épouvanté.

— Donnez-moi à boire, mon enfant, reprit le vieillard avec un hoquet convulsif, cela me réchauffera.

Marcelle, au lieu de s'empresser, se laissa tomber sur la chaise avec accablement et se voila le visage de ses mains, pour cacher les larmes qui s'échappaient de ses grands yeux noirs.

— Ah! je comprends, fit le père Brahma avec un sourire résigné, nous n'avons plus d'argent?

— Plus rien, mon père.

— Eh bien! il faut en faire, ma chère petite, répliqua sans amertume le vieillard, dont la fièvre secouait les membres.

— Comment? demanda Marcelle. Vous savez bien que nous avons tout vendu.

— Tout? Pas encore. Tenez, prenez cette couverture, dit-il en essayant de l'arracher de son lit.

— Par exemple! s'écria Marcelle, qui se dressa d'un bond pour l'en empêcher. Vendre cette couverture en plein mois de décembre quand vous grelottez de froid!

Le père Brahma se laissa envelopper de nouveau sans résistance. Il était à bout de forces.

— Oui, c'est ma faute, murmura-t-il. Ah! si j'avais voulu...

La jeune fille n'avait que très-vaguement entendu ces paroles.

— Que dites-vous? fit-elle, sans dissimuler son étonnement.

— Rien, répondit le père Brahma.

Il s'enfonça plus avant dans son lit et s'efforça de rester immobile.

— Je n'ai plus soif, murmura-t-il; ne vous dérangez pas, mon enfant.

Marcelle l'observa attentivement.

Évidemment le malheureux vieillard mentait, car, à travers la mince couverture qui l'abritait, on distinguait les tressaillements de son corps; la respiration s'échappait avec peine de son gosier desséché.

Elle joignit les mains, puis elle courut vers la commode, y prit dans un tiroir un objet soigneusement enveloppé de papier et se dirigea vers la porte.

— Où allez-vous? demanda le père Brahma, que ce bruit avait tiré de son engourdissement.

— Je vais acheter ce dont vous avez besoin, mon père, répondit-elle.

— Avec quoi?

— Avec une pièce de monnaie que je viens de retrouver dans la commode.

— Bien vrai? fit le vieillard avec incrédulité.

— Certainement, dit Marcelle.

Et, sans attendre de nouvelles questions, elle se précipita au dehors.

Et, tout en descendant l'escalier avec l'agilité de ses dix-huit ans, elle ne pouvait s'empêcher de songer à ce qui venait de se passer.

Que signifiaient ces paroles du père Brahma? « Si j'avais voulu... » avait-il dit. S'il avait voulu quoi? Échapper à la misère et aux privations? Non, ce n'était pas possible. Depuis si longtemps qu'il habitait le quartier, toujours pauvre et toujours misérable, il n'aurait pas volontairement supporté cette détresse navrante, s'il avait pu faire autrement. C'était la fièvre qui l'avait fait parler ainsi. Peut-être avait-elle mal entendu... peut-être était-ce le délire qui s'emparait déjà du malheureux vieillard...

Cette pensée donna des ailes à la jeune fille. Elle s'élança et arriva en courant dans la rue Saint-Louis.

Elle s'arrêta devant une boutique d'horloger, à la devanture de laquelle étaient accrochés quelques rares bijoux d'occasion.

Marcelle la connaissait bien, cette humble boutique. Que de fois, quand elle était petite et quand elle allait faire les provisions du père Brahma, elle s'était arrêtée pour contempler ces magnificences de rencontre !

Hélas ! oui, elle connaissait bien l'humble boutique ! C'était là qu'un mois auparavant elle avait vendu ses boucles d'oreilles, pour subvenir aux besoins du père Brahma, que l'âge et la maladie condamnaient déjà à une inaction ruineuse.

Elle entra résolûment chez le marchand, qui la considéra d'un œil oblique.

— Que voulez-vous ? lui demanda-t-il avec défiance.

Elle déplia lentement l'objet qu'elle tenait à la main et le lui tendit avec effort.

Le bijoutier fit un mouvement : il était émerveillé.

— Qu'est-ce que cela ? dit-il, sans cacher son admiration, tandis que sa main s'emparait avidement de ce bijou.

— C'est un médaillon, monsieur.

— Entouré de perles fines, je le vois bien ; mais où l'avez-vous pris ?

— Je ne l'ai pas pris, monsieur, répliqua vivement Marcelle, il est à moi.

— A vous ? qui êtes-vous donc ?

— Comment ? vous ne me reconnaissez pas ! C'est moi qui vous ai vendu, il y a cinq semaines, les boucles que j'avais aux oreilles...

En même temps, elle montrait, d'un geste attristé, ses oreilles dépouillées de tout ornement.

— Ah ! c'est juste, fit le marchand. Je vous remets à présent, vous êtes la fille adoptive du père Brahma.

— Justement, monsieur.

— Il est donc malade, le père Brahma ?

— Mon Dieu ! oui, monsieur.

— Tant pis ! mais cela ne m'explique pas d'où vous vient ce riche médaillon. La miniature est fine, les perles sont entières et fort jolies. Comment un objet de semblable valeur est-il entre vos mains ?

— C'est le portrait de ma mère, monsieur. Je lui avais bien juré que je ne m'en déferais jamais ; mais mon pauvre père est si mal, depuis deux mois, qu'il ne gagne rien. Alors... pour le soigner... il faut bien...

— Oui, je comprends, fit le bijoutier d'un ton plus bienveillant. Il n'a donc pas d'économies, votre père Brahma ?

— Hélas ! non, monsieur. Peut-être aurait-il pu en faire, si je n'avais pas été à sa charge depuis bientôt cinq ans, mais il me donnait toujours le plus clair de

Ce médaillon a une grande valeur. (Page 3.)

ce qu'il gagnait, me servait toujours le morceau le plus délicat, me forçait à prendre le meilleur lit...

— De sorte qu'à votre tour vous voudriez bien lui venir en aide?

— Si c'était un effet de votre bonté, oui, monsieur.

Le bijoutier fut réellement touché de cette naïve générosité.

— C'est que... balbutia-t-il, je ne voudrais pas vous tromper... Ce médaillon a une grande valeur et je ne suis pas assez riche moi-même pour vous le payer comptant.

— Combien vaut-il donc?

— Cent livres au moins, mon enfant.

Le visage de Marcelle s'épanouit.

— Oh! ne vous réjouissez pas trop, fit le négociant, je ne pourrais pas aujourd'hui vous donner plus de vingt-cinq livres; mais je vais mettre le bijou en montre, ce sera le plus beau de ceux que j'ai dans ma boutique. Bien certainement il ne manquera pas de tenter quelque riche amateur, qui me le paiera sur-le-champ, de sorte que demain... après-demain... dans quelques jours au plus tard, je vous remettrai la différence. Cela vous convient-il?

— J'avais une autre idée, fit timidement Marcelle, mais, s'il n'y a pas moyen...

— Quelle idée? interrogea le bijoutier.

— Je voulais vous supplier, monsieur, de m'avancer seulement un peu d'argent sur ce portrait et de me le garder pendant quelque temps, jusqu'à ce que j'aie gagné assez pour vous rembourser et le reprendre.

Le négociant sourit avec commisération.

— Comment pouvez-vous espérer me le reprendre, répondit-il, puisqu'il ne vous est possible de suffire, en travaillant, ni à vos besoins, ni à ceux du père Brahma?

— Mais j'espère bien qu'il va se rétablir et qu'il pourra continuer son état de vannier.

— Il est bien vieux, mon enfant!

— Je le sais, monsieur.

— D'ailleurs, poursuivit le bijoutier, je vis moi-même au jour le jour, ma chère demoiselle, et je ne pourrais pas vous avancer une somme quelconque, si je n'avais pas la perspective de la recouvrer presque aussitôt.

Marcelle se taisait et ne quittait pas des yeux le médaillon, que le négociant tenait toujours à la main.

— Je ne puis rien faire de plus que ce que je vous ai proposé, conclut-il. Vingt-cinq livres comptant, le reste quand le bijou sera vendu.

La pauvre enfant poussa un douloureux soupir.

— Puisque je ne puis pas faire autrement..., gémit-elle, en essuyant une grosse larme.

Le marchand se leva, alla ouvrir un tiroir, au fond duquel il réunit, en effet, à grand'peine, les vingt-cinq livres qu'il avait offertes; puis il les tendit à Marcelle.

Pendant ce temps, ils avait posé le médaillon sur la table.

La jeune fille, saisie à ce moment suprême d'une sorte de remords, se jeta sur le portrait, qu'elle embrassa longuement. Enfin, s'arrachant à cette dernière étreinte, elle s'empara de l'argent que lui tendait le bijoutier et s'enfuit, sans regarder derrière elle.

Elle rentra les mains pleines, tout heureuse du bien qu'elle allait faire. Elle s'était crue si riche que, d'un seul coup, elle avait dépensé un petit écu.

Sa stupéfaction fut extrême lorsqu'en ouvrant la porte de la mansarde elle trouva le père Brahma debout devant la commode, dont il fouillait les tiroirs d'une main tremblante.

— Eh bien! que faites-vous là? s'écria-t-elle. Vous voulez donc tomber tout à fait malade?

Sans attendre la réponse du vieillard, elle courut précipitamment vers lui pour le contraindre à regagner son lit.

— Votre médaillon? balbutiait-il, en essayant vainement de résister; qu'avez-vous fait de votre médaillon?

— Cela ne vous regarde pas, répondit-elle. Mon médaillon est en sûreté.

— Vous l'avez vendu, j'en suis sûr, reprit-il, tout en grelottant.

— Non, je l'ai engagé seulement, dit Marcelle; ainsi tranquillisez-vous, père Brahma.

— Vous mentez, chère petite. Je parie que vous mentez.

— Et quand je l'aurais vendu? fit-elle résolûment. N'en avais-je pas le droit? N'est-il pas à moi!

— Et le serment que vous aviez fait à votre mère, l'avez-vous oublié?

— Dieu m'en relèvera, dit la jeune fille. Quant à vous, père Brahma, si vous m'aimez, comme vous le prétendez, il faut vous laisser faire, afin de guérir bien vite; sans cela nous nous fâcherons.

— Nous fâcher! murmura le vieillard avec amertume. Il ne manquerait plus que cela!

— Alors taisez-vous et reposez-vous, pendant que je vais préparer votre potion.

Le vieux vannier poussa un soupir résigné et garda le silence.

On devine ce qui s'était passé en l'absence de la jeune fille.

Le vieillard avait cru d'abord au pieux mensonge de Marcelle; puis, illuminé d'une idée subite, il s'était levé. Pieds nus, sur le carreau glacial de la mansarde, il s'était approché de la commode, dont il avait avidement fouillé les tiroirs. Le médaillon ne s'y trouvait plus! Alors, mais trop tard, il avait tout deviné!

Fort heureusement, la chère enfant était arrivée à temps pour l'empêcher de commettre quelque nouvelle folie.

Le père Brahma avait décidément une fièvre terrible; les mouvements convulsifs qui l'agitaient étaient de plus en plus prononcés; l'œil brillait d'un éclat de mauvais augure.

Cependant il avait docilement obéi à Marcelle, qui préparait, sans le quitter du regard, la potion que le docteur avait ordonnée.

Au bout de quelques minutes, elle versa dans un grand bol la tisane bouillante, et la fit boire par petites gorgées au vieillard.

Ce breuvage salutaire le réconforta et le calma.

— Ah! cela va mieux, murmura-t-il.

Marcelle se pencha sur lui.

— Maintenant que vous êtes bien sage, je vais vous embrasser, dit-elle.

En disant ces mots, elle déposa un baiser sur le front du père Brahma, dont le visage s'ensoleilla.

— Dormez et ce sera fini, ajouta-t-elle en l'enveloppant comme un enfant.

A peine avait-elle achevé, qu'un piétinement confus retentit dans le corridor et qu'on frappa brutalement à la porte.

— Ouvrez, au nom de la loi! cria une voix sonore.

Le malade se redressa soudain.

— Ah! c'est le comble! murmura-t-il avec un accablement profond.

En passant l'inspection rapide du mobilier de la mansarde, nous avons trouvé dans un coin une botte d'osier et un panier commencé. C'est qu'en effet le père Brahma exerçait la profession de vannier.

Tout ce qu'on savait de lui, c'est qu'il était originaire de l'Inde. Il était arrivé à Paris vers la fin de l'année 1761, mais on ignorait à la suite de quelle circonstance. On ignorait surtout d'où il venait, qui il était, et pourquoi il avait quitté son pays.

Tout le monde se souvenait pourtant de ce qui s'était passé dans l'Inde à cette époque. Paris avait conservé un souvenir sanglant de l'horrible dénoûment qui avait terminé la lutte inégale que nous avions soutenue alors.

Pendant que le frivole et léger Louis XV laissait tomber notre marine si bas qu'elle ne pouvait plus même, aidée de l'Espagne, soutenir la prépondérance que cette nation avait acquise, l'Angleterre multipliait ses vaisseaux et régnait déjà sur cette mer, qu'aucune puissance ne pouvait plus lui disputer.

On s'en émut trop tard à la cour de France. On tenta de secourir nos colonies de l'Inde, et on envoya le comte Lally-Tollendal, à la tête d'un corps d'armée insuffisant, en lui promettant des renforts qu'il ne reçut jamais.

L'issue de cette guerre est trop connue pour que nous soyons obligé d'en rappeler les héroïques épisodes. Nous fûmes battus et dépouillés par les Anglais, et le comte de Lally-Tollendal, accusé de trahison, fut exécuté sur la place de Grève, après avoir été baillonné comme un malfaiteur, afin qu'il ne pût protester de son innocence.

Etait-ce à la suite de ces événements que le père Brahma était venu en France? On essaya parfois de l'interroger, mais il se renferma dans un silence farouche, dont il ne voulut jamais se départir.

Tout ce qu'on l'on put observer, c'est qu'au souvenir de l'époque fatale qu'on lui rappelait, son front se rembrunissait, ses sourcils se contractaient et qu'il avait toutes les peines du monde à contenir l'immense colère qui semblait bouillonner en lui.

On supposa donc qu'il n'avait pas été étranger à ces événements et qu'il en avait gardé une douloureuse impression : mais le peuple, au milieu duquel il vivait, n'alla pas chercher si loin l'explication de sa présence à Paris. Il n'essaya même pas de retenir le nom trop difficile à prononcer du pauvre exilé. Il trouva plus commode de lui donner un surnom, et il l'appela le père Brahma. C'est ainsi qu'il fait toujours.

En effet, l'Indien était déjà vieux quand il arriva en France; il avait bien une soixantaine d'années.

Malgré son âge avancé, il était encore alerte. N'ayant aucune ressource, il chercha à gagner sa vie et à utiliser l'habileté extrême que possèdent tous les Indiens à tresser le jonc et l'osier.

Probablement afin d'éviter les questions indiscrètes, il choisit le quartier le plus désert qu'il put trouver et loua, rue Villehardouin, la mansarde que nous avons décrite. Alors il alla proposer ses services aux voisins, après avoir confectionné quelques échantillons de son savoir-faire.

On l'accueillit d'abord assez froidement; puis, comme on acquit, plus tard, la preuve que c'était un homme absolument inoffensif, d'un caractère doux et d'une moralité irréprochable, on lui confia peu à peu quelques menus ouvrages.

On n'eut du reste, qu'à se louer de ses services. Non-seulement ce qu'il faisait était bien fait, mais il ne discuta jamais le prix que lui offrait une ménagère économe. On abusa même un peu de l'extrême facilité qu'il montrait dans les transactions commerciales.

Il est vrai qu'il parvint ainsi à se faire une clientèle, assez nombreuse pour être désormais à l'abri des premiers besoins.

C'était probablement tout ce que demandait le pauvre vieux, car il n'exhala pas la moindre plainte contre la parcimonie avec laquelle on marchandait le prix de son labeur.

Tout alla bien jusqu'à la fin de l'année 1770.

A cette époque, demeurait dans sa maison une femme jeune encore, car elle n'avait guère plus de trente-deux ans, mais qui, depuis longtemps déjà, souffrait d'une maladie de langueur, que les médecins étaient impuissants à combattre.

Cette femme logeait dans une des mansardes de la maison, située sur le devant, et dont la porte s'ouvrait juste en face de celle du père Brahma.

Elle avait auprès d'elle une petite fille, nommée Marcelle, agée alors de onze ans et demi. Quant à elle, elle s'appellait ou se faisait appeler, Madame veuve Darnaud.

Personne ne la connaissait. Elle vivait fort retirée. Depuis trois ans qu'elle habitait la maison, elle n'avait pas reçu une seule visite et n'était sortie que pour conduire sa fille sous les ombrages de la place Royale.

Son unique occupation consistait à broder. Toute la journée, son aiguille glissait dans le lin soyeux. Elle ne quittait même pas l'ouvrage pendant que Marcelle jouait avec les enfants de son âge.

Le père Brahma, qui demeurait depuis longtemps dans le quartier et qui le traversait sans cesse dans tous les sens, avait observé attentivement Mᵐᵉ Darnaud et avait relevé tous les détails que nous venons de signaler.

Cependant il n'avait jamais adressé la parole à la veuve, qu'il se contentait de saluer avec respect, toutes les fois qu'il la rencontrait.

Témoin de l'assiduité, ou pourrait dire presque de l'acharnement avec lequel travaillait cette femme, le vieillard en avait conclu que, comme lui, elle s'efforçait de gagner sa vie, et il avait conçu pour elle un respect d'autant plus profond.

Bien plus, sans savoir à quoi s'en tenir sur son compte, puisque personne ne l'avait renseigné à cet égard, il en arriva à croire que Mme Darnaud était victime d'un malheur immérité.

Cet état de choses se serait donc indéfiniment prolongé, si la maladie dont la veuve était atteinte n'avait fait de tels progrès, qu'elle fut forcée de garder le lit.

Le vieillard, ne la voyant plus sortir, se douta de ce ce qui était arrivé. Cependant il n'osa pas violer la solitude à laquelle elle s'était volontairement condamnée.

Un jour qu'il rentrait, pourtant, il vit la porte de la mansarae entr'ouverte. Après avoir hésité longtemps, il se décida enfin à frapper timidement du doigt.

— Entrez! dit une voix fraîche et légèrement étonnée.

Le vieillard entra.

— Pardonnez-moi, madame, dit-il, mais, ne vous ayant pas aperçue depuis quelque temps, je n'ai pu me résoudre à passer devant votre porte sans m'informer si vous n'aviez besoin de rien.

— De rien, père Brahma, je vous remercie, répondit doucement la veuve.

— Vous êtes souffrante, il me semble?

— C'est vrai, mais cela ne sera rien,

— Et vous êtes seule!

— Oui, ma fille est allée à deux pas d'ici, chez la brodeuse, mais elle ne tardera pas à rentrer.

— Permettez-moi de vous faire observer, madame, que votre enfant est bien jeune pour courir les rues sans protection...

— Vous avez raison, mon brave homme; croyez que si je pouvais faire au trement...

— Et qui vous empêche de faire autrement, quand vous avez le père Brahma sous la main?

— Que voulez-vous dire?

— Je veux dire que je monte ou descends trois ou quatre fois par jour, que je suis obligé, par mon état, de parcourir journellement tout le quartier et qu'il m'est bien facile, sans que cela me dérange en rien, de faire toutes les commissions dont vous voudrez bien me charger.

— Quoi! s'écria joyeusement la malade, vous seriez assez bon...

— Je vous en prie, madame. Entre voisins c'est bien le moins qu'on se vienne en aide.

— C'est que... je crains d'être bien indiscrète... balbutia Mme Darnaud.

— Ne le craignez pas, madame. Je me ferai un plaisir de vous être utile.

— Eh bien! fit la veuve avec hésitation, voici le seul et immense service que je réclamerai de votre bonté, père Brahma. Je sais que vous êtes l'homme le plus

honnête qui existe, aussi je voudrais vous confier ma fille tous les jours. Oh!
pendant une heure seulement, s'empressa-t-elle d'ajouter.

— Parlez, madame, je suis à vos ordres.

— Vous comprenez, mon ami, que, depuis quinze jours déjà que je suis couchée, je ne puis plus conduire Marcelle, comme je le faisais autrefois, à la place
Royale. La chère petite ne se plaint pas; mais, privée de tout exercice, elle
souffre et dépérit, dans cette étroite mansarde, dont l'air vicié lui deviendrait
fatal...

— Oui, je comprends cela, madame, dit le vieillard. Eh bien! voulez-vous que
tous les jours, à une heure, ainsi que c'était votre habitude, je mène Mlle Marcelle
à l'endroit accoutumé.

— Quoi! vous vous chargeriez de ce soin? s'écria Mme Darnaud.

— Dès demain, si vous le désirez, madame.

— Si je le désire! fit-elle en saisissant la main du vieillard. Ah! que vous
êtes bon! père Brahma. La pauvre enfant, sera-t-elle contente, en apprenant cette
bonne nouvelle!

— Et non-seulement je serai exact, mais je veux que vous me donniez toutes
vos courses à faire. Il m'est pénible de penser que votre charmante fille, qui
devient grande, est exposée aux impertinences du premier venu.

— Allons, fit la malade avec résignation, mais l'œil étincelant de joie, je vois
qu'il faut que j'accepte tout de votre charité.

— C'est cela! c'est cela! dit le vieillard, en dégageant sa main, que Mme Darnaud tenait toujours entre les siennes. Demain, à une heure, je serai ici.

Et il s'esquiva pour échapper aux bénédictions dont l'heureuse mère le
comblait.

Le lendemain, en effet, il revint et conduisit Marcelle à la place Royale, prenant
lui-même un plaisir naïf à lui voir partager les jeux de ses petites compagnes.

Désormais, il avait ses grandes entrées chez la veuve. Il en profita pour lui
rendre tous les services imaginables, et toujours avec une telle délicatesse que
l'esprit le plus susceptible n'aurait pas pu s'en formaliser.

Malheureusement, tant de soins, d'attentions, de véritable charité, ne parvinrent qu'à reculer jusqu'à ses dernières limites le dénoûment lugubre que la
mort avait préparé.

Mme Darnaud, après avoir conservé longtemps l'espoir de se rétablir, finit par
comprendre que les médecins la trompaient et qu'elle était condamnée sans
retour.

Elle ne le cacha pas au père Brahma.

— Tant mieux! dit-elle. Aussi bien j'étais à bout de courage, comme je suis
à bout de ressources. J'avais réussi jusqu'à ce jour, aidée de quelques anciens
débris de mon opulence, à vaincre la misère: mais, je le sens, la misère aurait eu
raison de mes défaillances.

— Mais tout n'est pas perdu, répliqua le vieillard très-ému. Vous pouvez guérir
encore.

— Non, mon ami, c'est fini, bien fini; je me sens mourir. L'unique regret que j'emporterai dans la tombe sera de laisser mon enfant seule, à douze ans et demi, sans patrimoine, sans asile, sans protecteur.

— Comment? sans protecteur? s'écria le père Brahma. Est-ce que je ne suis pas là, moi?

— Vous? fit la pauvre mère à demi-suffoquée.

Son âme débordait d'une joie telle, qu'elle ne trouva pas un mot à ajouter. Impuissante à traduire l'émotion que lui causait le dévouement obscur du vieillard, elle ne put que joindre les mains et les lever vers le ciel, comme pour le remercier du miracle qu'il venait d'accomplir en sa faveur.

Le père Brahma la regardait, très-étonné lui-même, ne concevant pas qu'une proposition si simple et si naturelle pût provoquer de tels transports.

— Eh! oui, moi, reprit-il. Croyez-vous que, si vous étiez partie sans me rien dire, j'aurais eu le courage d'abandonner cette pauvre enfant? N'est-elle pas un peu ma fille depuis quelque temps? Ne s'est-elle pas habituée à moi, comme je me suis habitué à elle?

— Mais vous n'avez rien! s'écria la malade.

— Il est vrai que je ne suis pas riche, madame; mais, depuis dix ans, j'ai toujours gagné mon pain. Je continuerai, s'il plaît au ciel, à vivre comme je l'ai fait. Je travaillerai un peu plus, s'il est nécessaire. Ah! soyez tranquille : Marcelle ne manquera de rien, la chère petite! Il me faut si peu de chose, à moi!

Mme Darnaud était profondément émue.

— Vous acceptez? demanda le vieillard.

— Si j'accepte! s'écria-t-elle. Ah! père Brahma, soyez doublement béni, car vous êtes le premier honnête homme que je rencontre, depuis quatorze ans bientôt que Dieu m'a si cruellement frappée...

— Quoi! dit le vieil Indien. On vous a fait du mal, à vous! à vous si bonne, si jolie, si irréprochable!

— Tant de mal, père Brahma, que l'on m'a tuée. Aussi, croyez-le, j'aurais depuis longtemps cherché dans la mort l'oubli de ce passé maudit, si je n'avais pas eu ma fille auprès de moi.

En même temps qu'elle prononçait ces paroles, deux grosses larmes débordaient de ses yeux humides et roulaient silencieusement sur ses joues, ravagées par la souffrance.

Triste et recueilli, le vieillard courbait la tête et l'écoutait.

— Ainsi je ne me trompais pas, murmura-t-il. Un affreux malheur pèse sur le passé de cette infortunée, comme il a pesé sur mon pauvre maître, sur moi-même. Ce sont donc toujours les bons qui pâtissent pour les méchants!...

Il se tut. Peut-être s'attendait-il à une confidence suprême et se préparait-il à la recevoir; mais la mourante posa un doigt sur ses lèvres et lui montra Marcelle.

La chère enfant brodait sans relâche. Assise dans un coin de la chambre, aussi loin que la discrétion pouvait la retenir, elle n'avait pas perdu un mot de cette scène navrante, quoi qu'elle fît pour ne rien entendre.

Ouvrez, au nom de la loi. (Page 22.)

Mme Darnaud saisit la main du père Brahma et la serra avec toute l'énergie dont elle était capable.

— Je n'oublierai pas ce que vous m'avez dit, fit-elle à demi-voix. Merci encore, mon ami.

C'était un congé formel. Évidemment la malade ne voulait révéler à personne le secret dont elle allait mourir.

3me Liv.   3

Le vieillard n'essaya par aucune récrimination de provoquer la moindre confidence, et respecta cette douleur muette dont il mesurait les abîmes avec une sorte d'effroi.

Quelques jours se passèrent. Le médecin venait assez régulièrement — il faut lui rendre cette justice — bien qu'il n'espérât certainement pas tirer grand profit d'une si pauvre clientèle.

Assis sur le seuil de sa porte, et tout en tressant l'osier flexible, le père Brahma guettait son arrivée et l'interrogeait du regard.

Le docteur et lui n'échangeaient pas un mot. Ils ne se parlaient que des yeux, mais ils ne se comprenaient que trop bien !

Le neuvième jour, pourtant, le médecin s'approcha du vieillard :

— Cette pauvre femme peut trépasser d'un moment à l'autre, lui dit-il à voix basse. A coup sûr, demain elle ne sera pas là. Si elle a quelques dispositions dernières à prendre, il serait temps qu'elle s'y décidât, pendant qu'il lui reste la force de parler. Voyez si vous pouvez l'obtenir d'elle. Quant à moi, je ferai mon devoir jusqu'au bout. Je reviendrai demain, mais je suis certain de ne retrouver qu'un cadavre.

A ces mots, il s'éloigna.

Le père Brahma pâlit sous son teint bronzé. La mission que lui confiait le docteur était difficile, délicate surtout. Néanmoins il ne voulut pas attendre une minute de plus.

Il alla frapper doucement à la porte de la mansarde.

Marcelle vint ouvrir. Elle avait les yeux rouges; on voyait qu'elle avait pleuré.

— Ma chère enfant, lui dit-il, je vous prierai, si votre mère le permet, de passer un instant dans ma chambre. Je suis chargé pour elle d'une communication de la plus haute gravité.

La jeune fille se tourna vers sa mère et la consulta du regard.

— Va, mon enfant, dit Mᵐᵉ Darnaud d'une voix à peine intelligible.

L'enfant s'éloigna, sans protester, mais à pas lents et à regret.

La mourante et le vieillard restèrent seuls.

— Madame, commença le père Brahma, j'ai longuement réfléchi depuis quelques jours à la conversation que nous avons eue ensemble et dans laquelle vous faisiez allusion aux malheurs qui vous avaient frappée. Vous êtes sérieusement atteinte, ce n'est pas douteux. De même qu'il n'y a pas à désespérer de votre salut, ajouta-t-il en élevant la voix comme pour se donner le courage de mentir, de même vous pouvez être surprise par la mort au moment où vous y penserez le moins.

La malade jeta sur lui un coup d'œil étrange.

— Ce n'est pas pour vous effrayer, reprit le vieillard, que je vous entretiens de pareilles pensées; encore moins est-ce pour obéir à une curiosité malsaine. Au contraire, je ne cherche qu'à vous tranquilliser.

— Ah ! ne vous donnez pas tant de peine, mon ami, fit Mᵐᵉ Darnaud. Loin de redouter la mort, je l'appellerais de tous mes vœux, si ce n'était pas une lâcheté.

— Je vous crois, madame, et c'est précisément parce que je vous sais prête à l'affronter que je n'hésite pas à vous parler comme je le fais. L'amour profond que Marcelle vous inspire vous a soutenue jusqu'à ce jour, ce n'est pas douteux; mais cet amour que vous ressentez pour elle ne vous survivra pas. Or, Dieu vous donne le temps et vous impose le devoir de veiller sur votre enfant, si vous le pouvez, au-delà même de cette mort à laquelle vous aspirez.

— Je n'y faillirai pas! protesta Mme Darnaud avec véhémence.

— Alors pourquoi tarder plus longtemps, madame? Pourquoi demain plutôt qu'aujourd'hui? Attendez-vous, pour vous occuper de Marcelle, l'instant où vous sentirez les atteintes suprêmes de l'agonie? S'il vous est matériellement impossible d'assurer son avenir, n'avez-vous aucun moyen de le préparer, de le défendre contre l'isolement et le désespoir?

— Oui, vous avez raison, dit la malade d'un ton farouche, il faut tout prévoir.

Elle prit une clef qui était pendue à son cou par un ruban de velours affreusement flétri, et la tendit au père Brahma.

— Tenez, dit-elle, tirez le premier tiroir de cette commode, prenez le coffret qui s'y trouve et mettez cette clef dans la serrure.

Le vieillard exécuta l'ordre qu'il avait reçu.

— Ouvrez le coffret, poursuivit-elle.

Le père Brahma l'ouvrit.

— Qu'y trouvez-vous? demanda-t-elle haletante.

— Un médaillon et une enveloppe cachetée.

— Bien, dit-elle, en poussant un soupir de soulagement. Ce médaillon renferme mon portrait. Ah! il ne me ressemble plus guère, n'est-ce pas? J'avais dix-huit ans à cette époque, j'étais jeune, j'étais jolie, j'étais heureuse. Mon père avait fait peindre et monter cette miniature pour celui...

Elle s'arrêta brusquement. Un déluge de larmes se fit jour à travers ses paupières; elle se détourna pour les cacher.

Le vieux vannier crut que la prédiction du docteur allait se réaliser. Il s'empressa de voler au secours de la moribonde; mais elle surmonta promptement cette faiblesse passagère.

— Quant à cette épaisse enveloppe, continua-t-elle, elle contient l'histoire de ma vie, écrite de ma propre main. J'ai préparé ce récit pour Marcelle, car elle ne sait rien de notre passé. Hélas! pouvais-je souiller les chastes oreilles de cette enfant de tant d'infamie! Aussi je ne veux pas qu'elle ouvre ce manuscrit avant qu'elle ait atteint sa dix-huitième année. Or, elle est née le 12 avril 1758: elle ne devra donc pas en prendre connaissance avant le 12 avril 1776. N'oubliez pas cette date, je vous le recommande bien!

Elle porta la main à sa poitrine, comme pour y comprimer une douleur horrible; une écume rougeâtre colora ses lèvres. L'effort qu'elle venait de faire l'avait épuisée.

— Voilà, continua-t-elle tristement, tout ce dont je peux disposer en faveur de ma pauvre fille. Dieu fera le reste, je l'espère. S'il n'a pas eu pitié de moi peut-être reportera-t-il sur Marcelle la bienveillance dont elle est digne. Et vous, père Brahma, je vous lègue la chère enfant.

— Soyez tranquille, madame, je n'ai pas oublié ma promesse.

— Ainsi, dit Mme Darnaud d'une voix qui ressemblait à un souffle, ce manuscrit... pas avant dix-huit ans... vous me le jurez?

— Par le Dieu de mes pères, je vous le jure! fit le vieil Indien en étendant la main.

De nouveau, la mourante demeura plongée dans une torpeur léthargique.

Effrayé, le père Brahma courut chercher Marcelle et la ramena dans la chambre de sa mère.

Au bruit qu'ils firent en entrant, la malade ouvrit les yeux et reconnut son enfant.

Elle se leva par un mouvement saccadé.

— Ma fille! s'écria-t-elle en lui tendant les bras.

Marcelle se précipita en avant, mais elle n'avait pas encore fait un pas que sa mère retombait lourdement en arrière.

Cette fois, elle ne devait plus se relever. Sa dernière pensée avait été pour sa fille, pour sa fille qu'elle avait aimée jusqu'au martyre.

Marcelle et le père Brahma furent les seuls qui suivirent le funèbre convoi.

Les premiers mois que passèrent ensemble le vieillard et l'enfant furent profondément tristes. Enfin, la jeunesse de Marcelle triompha de l'âpre amertume de ses souvenirs.

Pendant un an, le père Brahma paya le loyer de la chambre qu'occupait jadis Mme Darnaud, et dans laquelle continuait à demeurer la jeune fille; puis le fardeau devint trop lourd pour ses modestes ressources.

L'âge arrivait, les forces du vieillard commençaient à l'abandonner; travailler trop longtemps l'exténuait. Il ne disait mot pourtant; mais Marcelle s'en aperçut. Ce fut elle qui, la première, proposa naïvement au père Brahma de partager le même logement — le moins cher, naturellement.

Elle le voulut, le vieux vannier s'y soumit. Sur une tringle, il installa un rideau de cotonnade qui, chaque soir, coupait en deux la mansarde déjà trop étroite. Le mobilier de Mme Darnaud fut vendu en partie et le prix en fut spécialement affecté à l'éducation de Marcelle, que sa mère avait tout particulièrement soignée.

Tout alla bien ainsi pendant près de trois années; puis les forces du vieillard diminuèrent chaque jour davantage; l'ouvrage devint plus rare, les besoins plus pressants.

Alors commença l'ère fatale de la Misère, qui se mit à ronger peu à peu d'une dent impitoyable tout ce qui lui tomba sous la main.

Ce fut ainsi que disparurent insensiblement les quelques petits riens qui garnissaient la mansarde.

Un jour qu'il n'avait pas de quoi manger, le père Brahma, pendant que

Marcelle était sortie, vendit son lit, fabriqua un cadre de bois et y plaça une paillasse.

Il fut grondé, très-vivement grondé même, mais il était trop tard pour revenir sur ce qui avait été fait. Il répondit à ces reproches en étalant sous les yeux de la jeune fille les vivres qu'il avait achetés. Elle ne trouva rien à répondre et l'embrassa avec une effusion qu'elle ne lui avait pas encore témoignée.

C'est triste à dire, mais le vieillard se sentit presque heureux d'une détresse qui lui procurait de si douces émotions.

En effet, bien qu'il conservât pour Marcelle le même respect que lui avait toujours inspiré Mme Darnaud, il avait fini par s'attacher si fort à sa fille d'adoption qu'il ne concevait pas de plus grand bonheur que de l'aimer et de se voir aimé d'elle.

Quand vint le soir, une autre difficulté surgit tout à coup. Marcelle voulait absolument garder pour elle le nouveau lit que le vieux vannier avait improvisé. La discussion menaçait de s'éterniser. Aussi le père Brahma, qui était bien résolu à ne pas céder, ne trouva pas de meilleur moyen, pour prendre définitivement possession de la paillasse, que de s'y coucher, malgré ce que tenta la jeune fille pour l'en empêcher. Quinze jours durant ils furent heureux; mais la série des sacrifices ne faisait que commencer. La misère est une véritable roue d'engrenage. Malheur à celui qui s'y laisse prendre le bout du doigt! Il faut que le corps tout entier y passe.

C'est ce qu'il advint du modeste mobilier que le père Brahma et Marcelle avaient mis en commun. Les uns après les autres, furent dévorés les rares objets qui pouvaient passer pour du superflu; puis vint le tour des objets indispensables; enfin, les reliques même durent suivre le même chemin.

Le médaillon que la mère de Marcelle lui avait légué subit ce triste sort!

Ce n'était pas encore assez.

Depuis plus d'un an que le vieillard et la jeune fille ne gagnaient même pas de quoi manger, il leur avait été impossible de payer le propriétaire.

Or ce propriétaire était un gentilhomme de haute lignée, qui habitait aux environs un magnifique hôtel et qui était puissamment riche. Afin de ne jouir absolument que des grâces de la fortune, il en avait confié les soucis à son intendant.

C'était donc l'intendant du marquis qui s'occupait de toute la broutille des affaires, et que concernaient les détails de la vulgaire administration.

Or, à plusieurs reprises, il avait réclamé à Marcelle ou au père Brahma les loyers arriérés, qui s'élevaient maintenant à la somme de soixante-quinze livres, représentant cinq termes échus.

La dernière fois qu'il était venu, il avait déclaré à ses locataires que la patience de monseigneur était à bout et qu'il avait reçu l'ordre d'agir avec une extrême rigueur, s'il n'était pas payé dans la quinzaine.

Malheureusement, le vieillard était malade, et plus que jamais hors d'état de satisfaire à semblable sommation.

La quinzaine s'écoula, l'intendant ne se représenta pas. Le père Brahma, qui habitait la maison depuis quatorze ans et qui, en temps ordinaire, n'avait jamais été en retard d'un seul jour, s'imagina que le marquis userait d'un peu plus d'indulgence envers lui qu'envers un homme de solvabilité notoirement véreuse.

Il avait presque oublié les menaces de l'intendant, quand le bruit qui se fit entendre sur le carré et les paroles qui parvinrent à son oreille le rappelèrent au sentiment de la réalité.

— Ouvrez, au nom de la loi! avait dit une voix brève et sévère.

Il s'était levé sur son séant, tandis que Marcelle, pâle et effrayée, se tenait interdite au chevet de son lit.

Pauvre enfant! elle était trop heureuse depuis quelques instants. La joie de voir son père adoptif reposer tranquillement dans son petit lit, la certitude qu'elle avait d'échapper pour quelques jours aux étreintes de la faim et de la maladie, lui avaient fait oublier l'héroïque sacrifice qu'elle venait d'accomplir.

— Ouvrez, ou je fais enfoncer la porte! cria la même voix avec un accent d'impatience.

Le vieillard eut un sourire empreint d'une intraduisible amertume.

— Ouvrez, Marcelle, dit-il simplement.

— La jeune fille obéit.

Trois hommes firent irruption dans la mansarde étonnée. C'était un huissier, accompagné de deux exempts.

Dans le corridor, de chaque côté de la porte étroite, se tenaient deux soldats armés de leurs fusils.

— Je viens, dit l'huissier, vous réclamer de la part du marquis de Bellaire, propriétaire de cette maison, la somme de soixante-quinze livres, qui lui est due pour loyers échus, plus celle de sept livres, douze sols, six deniers, montant des frais par moi faits en son nom pour recouvrer cette créance. Etes-vous prêt à régler ce petit compte? demanda-t-il mielleusement.

— Non, monsieur, répondit le père Brahma; voilà cinq semaines que je suis malade et hors d'état de travailler; depuis cinq jours je suis même atteint d'une fièvre qui ne me laisse aucun repos; mais dès que je serai rétabli...

— Assez de promesses, interrompit l'huissier. J'ai des ordres formels : c'est de l'argent qu'il me faut. En avez-vous?

— Non, monsieur.

— En ce cas, faites-moi le plaisir de me céder la place, afin que je procède séance tenante à la vente de votre mobilier.

— Comment! s'écria Marcelle. Vous feriez cela, monsieur.

— Certes, répondit l'huissier, et sur-le-champ, qui plus est.

— Mais vous voyez bien que ce vieillard est dans l'impossibilité de faire un pas ! Vous voyez bien qu'il est au plus mal.

— Cela ne me regarde pas. On m'a ordonné d'agir, j'agis.

— Non, c'est impossible ! dit la jeune fille avec égarement.

— Vous allez voir si c'est impossible, répondit l'huissier en ricanant.

Il fit un signe aux deux exempts, qui se jetèrent sur le père Brahma, le prirent chacun par un bras et le forcèrent à se lever.

— Arrêtez ! cria Marcelle affolée. Non... vous n'aurez pas cette cruauté... Tenez, continua-t-elle en fouillant dans sa poche, voici vingt-deux livres... C'est tout ce que nous avons, je vous le jure, messieurs ! Prenez-les. C'est un à-compte sur le prix d'un médaillon que je viens de vendre au bijoutier de la rue Saint-Louis... mais dans quelques jours... demain... aujourd'hui peut-être, il me donnera le reste, je vous l'apporterai, je vous le promets.

— Ah ! vous avez vingt-deux livres, fit l'huissier étonné. Voyons-les ?

— Les voici, fit Marcelle avec joie. Ah ! je savais bien que vous seriez humain et que vous consentiriez...

— J'accepte la somme à titre d'à-compte, interrompit sèchement l'huissier ; mais est-ce bien tout ce que vous pouvez donner ?

— Je vous assure que nous n'avons plus une obole.

— Alors je suis obligé de remplir jusqu'au bout le mandat qui m'est confié, mademoiselle.

Il fit un nouveau signe aux exempts.

— Allons, ordonna-t-il, emportez ces meubles et descendez-les dans la rue.

Les exempts se jetèrent sur la commode et se mirent en devoir de l'enlever.

— Non, messieurs, je vous en conjure ! supplia Marcelle, ne faites pas cela... Ayez pitié !

Les agents firent un pas en avant.

Elle se jeta à leurs genoux qu'elle embrassa, elle se cramponna à leurs habits, sublime et touchante, désespérée, les yeux remplis de grosses larmes qui coulaient sur les mains calleuses de ces misérables.

— Messieurs ! de grâce !... Vous êtes hommes... vous avez une famille... des enfants... des parents... vous ne voulez pas tuer ce vieillard, que la fièvre dévore et fait trembler sous vos yeux...

Ils firent un second pas en avant.

— Ah ! moi vivante, vous ne passerez pas ! s'écria-t-elle en leur barrant le passage.

— Gardes, faites votre devoir, dit l'huissier en haussant les épaules.

Aussitôt les deux soldats se jetèrent sur elle, lui saisirent les poignets, qu'ils serrèrent à les briser, et la maintinrent immobile.

L'œil du père Brahma brilla d'un éclair terrible, mais que pouvait-il faire, hélas !

— Venez, ma fille, dit-il en lui tendant les bras, laissez ces corbeaux faire leur métier.

Elle se dégagea et courut se réfugier dans les bras du vieillard.

Ce fut ainsi que, confondus dans une étreinte douloureuse, ils virent disparaître, pièce à pièce, le peu qui restait de leur mobilier. Enfin il n'y eut bientôt plus rien que la paillasse sur laquelle couchait ordinairement le vieillard.

Il assistait d'un œil sec à ce naufrage de ses dernières espérances, mais un feu sombre jaillissait de ses yeux noirs, creusés par la souffrance.

— Venez, mon enfant, dit-il à Marcelle, nous n'avons plus rien à faire ici.

— Mais où allons-nous? demanda-t-elle entre deux sanglots.

— Dieu nous conduira, répondit-il.

Il l'entraîna, mû par un sentiment de profonde indignation.

Ensemble ils descendirent les cinq étages de leur interminable escalier. De temps à autre, le père Brahma était obligé de s'arrêter pour reprendre haleine. Les forces trahissaient le stoïque courage dont il s'efforçait de donner la preuve.

Quand ils atteignirent la dernière marche, le vieillard n'en pouvait plus. Appuyé sur la jeune fille, il fit encore quelques pas et franchit le seuil de la porte; mais, là, il fut contraint de s'arrêter encore.

Devant la maison, une cinquantaine de personnes étaient rassemblées.

Déjà, assisté de ses exempts, pendant que les gardes tenaient la foule à distance, l'huissier vendait tranquillement à l'encan les dépouilles des victimes qu'il venait de faire.

Les groupes murmuraient bien, car ils n'ignoraient pas que ces dépouilles étaient celles du père Brahma et ils savaient tous combien le vieillard était bon; mais ils achetaient. Que voulez-vous... on ne trouve pas toujours d'aussi bonnes occasions...

Quant au vieillard, la vue de ce spectacle navrant acheva de lui déchirer le cœur. Il défaillit entre les bras de Marcelle et s'affaissa lourdement.

En ce moment la foule s'écarta sous l'effort d'un bras puissant, et une voix sonore demanda :

— Que se passe-t-il donc ?

II

Ce jeune homme paraissait âgé de vingt-deux ans au plus: il était vêtu d'habits excessivement simples, que recouvrait à moitié un long manteau, et semblait appartenir à la petite bourgeoisie.

Il avait le front haut, l'œil intelligent et vif, le nez légèrement proéminent et le visage imberbe. Ses allures étaient dégagées, sa taille, élégante et bien prise.

Il fendit la foule et se trouva bientôt au premier rang, en face de l'huissier et

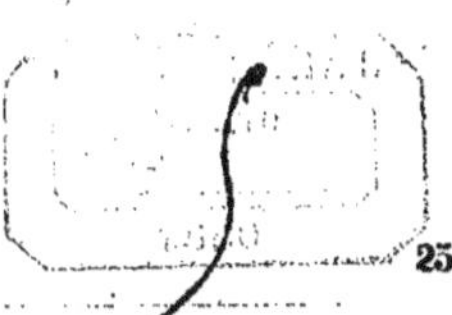

Le duc de La Tournaye! (Page 30.)

des exempts, qui sans se préoccuper de cet incident insignifiant, continuaient de leur voix nasillarde à provoquer et à recevoir les enchères.

Ce jeune homme comprit aussitôt de quoi il s'agissait et ne put réprimer un geste de colère.

Pendant ce temps, le père Brahma, soutenu par les vingt bras qui s'étaient spontanément tendus vers lui, achevait de perdre connaissance, si bien qu'on fut obligé de le coucher sur le matelas qu'on venait de lui arracher.

4ᵐᵉ LIV.   4

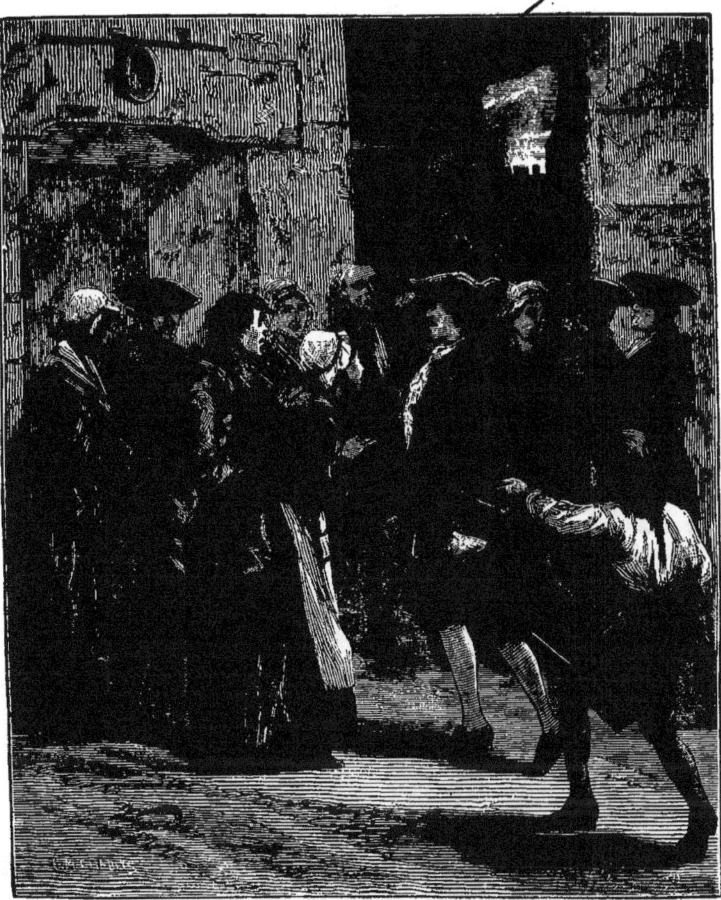

4me LIV.   4

Le jeune bourgeois n'ont pas besoin de s'informer pour apprendre que ce vieillard et cette jeune fille étaient précisément ceux dont on vendait les meubles à l'encan.

— Si ce n'est pas une infâmie! disait une voisine. Voilà un pauvre homme qui avait déjà bien de la peine à suffire à ses propres besoins, qui adopte une enfant plus pauvre que lui encore, et on le chasse de chez lui quand il grelotte de fièvre! après lui avoir volé le peu d'argent qu'il possédait.

— C'est vrai que c'est infâme! dit un ouvrier en montrant le poing aux agents.

— Silence! cria l'huissier.

Cet homme avait raison; il était dans son droit — car on appelait cela le *droit*, dans ce temps-là.

Certes nous n'avons pas trop à nous louer aujourd'hui des lois qui nous régissent en matière de saisie judiciaire; mais c'était bien autre chose alors, que le peuple, taillable et corvéable à merci, était soumis à tous les caprices des grands seigneurs.

On a vu avec quelle brutalité dédaigneuse se conduisaient les représentants de la loi.

Ce n'était pas tout encore.

Le mobilier du père Brahma avait été étrangement simplifié par la misère. Aussi avait-il été promptement adjugé, pendant que chacun prodiguait au vieillard les soins que réclamait son état.

Il ne restait plus à vendre que le matelas sur lequel gisait le vieux vannier.

L'huissier, désireux d'accomplir jusqu'au bout sa lugubre besogne, ne recula pas devant ce dernier obstacle.

— Je mets en vente le matelas sur lequel ce vieux drôle est étendu, cria-t-il; j'en demande dix livres.

La foule se tut, péniblement impressionnée; mais un sourd murmure de mécontentement s'échappa de toutes les poitrines.

— Qu'est-ce que c'est? fit l'huissier. Allez-vous prendre fait et cause pour ce vieux coquin? Êtes-vous dupes de la comédie qu'il joue? Ne voyez-vous pas qu'il voudrait tout bonnement garder son matelas? Allons, allons, pas de sensibleries inutiles! A dix livres le matelas!... Personne ne dit mot?

En effet, pas une enchère ne se fit entendre.

— Eh bien, à cinq livres! reprit l'huissier. Voyons, mesdames et messieurs, un prix quelconque, mais finissons-en.

Au grognement de la foule succédèrent quelques huées solitaires.

— Attention, gardes! cria l'huissier, qui jeta sur ceux qui l'entouraient un regard menaçant.

Par hasard, arriva sur le théâtre de cette exécution le médecin qui soignait le père Brahma et qui jadis avait soigné Mᵐᵉ Darnand.

Il reconnut le vieillard et se pencha vers lui. Tirant de sa poche un flacon de sel, il le fit respirer au pauvre diable et parvint à lui faire reprendre ses sens.

Marcelle se tordait les bras de désespoir et laissait couler ses larmes. En deux mots elle raconta au docteur ce qui s'était passé.

— Monsieur, fit-il d'une voix grave, en s'adressant à l'huissier, ce que vous avez fait est monstrueux. Peut-être aurez-vous à vous reprocher la mort de cet infortuné.

— Monsieur, répliqua froidement l'huissier, je n'accepte de leçons de personne. J'agis selon les ordres que je reçois et, du moment que je fais mon devoir, je n'ai rien à me reprocher.

— Aussi ne vous aurais-je pas fait cette observation, insista le docteur, si nous nous trouvions en présence d'un cas ordinaire; mais vous voyez que ce vieillard était gravement malade; votre devoir était d'en référer au marquis de Bellaire avant de procéder à la saisie. Je ne doute pas que M. le marquis vous aurait donné l'ordre de surseoir à cette œuvre de bourreau.

— Et moi, monsieur je suis sûr du contraire, riposta aigrement l'huissier.

— Alors, que le poids du crime que vous commettez retombe sur vos deux têtes! dit le docteur avec mépris.

— Soit! mais laissez-moi terminer ma vente, et mêlez-vous de ce qui vous regarde.

Alors se tournant brusquement vers le vieillard:

— Levez-vous, dit-il, et laissez faire la justice du roi.

Le père Brahma fit un effort et parvint à se redresser, mais à peine avait-il la force de se tenir debout. Ce que voyant, le jeune homme que nous avons signalé se précipita à son secours et le soutint dans ses bras.

Il avait assisté à cette scène en se mordant les lèvres, le rouge de la honte au front.

— Et dire que je n'ai pas d'argent, murmurait-il en se mordant les ongles.

Quant à l'huissier, dès que le vieillard s'était levé, il avait repris son cri monotone.

— Voyons, messieurs, à qui le matelas?

— J'en donne six livres, dit un exempt.

— Eh bien! prenez-le, fit l'huissier, et allons-nous-en.

L'exempt se baissa pour ramasser le matelas; mais un mouvement d'indignation se fit dans la foule, qui le bouscula, et il tomba.

— Chargez, gardes! cria l'huissier.

Les soldats croisèrent la baïonnette et parvinrent momentanément à écarter le groupe tumultueux.

— Partons, il n'est que temps, dit l'huissier qui sentait gronder l'orage, en s'adressant aux deux exempts.

Ils ne demandaient pas mieux; mais celui qui avait saisi le matelas n'entendait pas lâcher sa proie. Il s'en empara et s'enfuit avec son acolyte et son patron, protégé par les soldats qui battaient prudemment en retraite à leur tour, et poursuivi par les huées et les injures de la foule.

Quand Marcelle vit que tout était fini sans retour, elle laissa tomber ses bras avec découragement et s'appuya contre le mur de la maison pour se soutenir.

— Que faire? Où aller? soupira-t-elle.

— Si vous le voulez bien, nous irons chez moi, mademoiselle, répondit le jeune bourgeois, qui l'avait entendue.

— Chez vous? répéta-t-elle étonnée.

— Oui; prenez l'autre bras du père Brahma, et daignez nous accompagner.

Marcelle ne pouvait en croire ses oreilles.

— Venez, ajouta le jeune inconnu; je demeure rue Saint-Louis, à cinquante pas d'ici.

— Mais, monsieur... balbutia la jeune fille interdite, je ne sais si je dois... Qui êtes-vous?

— Je me nomme Brissot, mademoiselle, répondit-il; mais, au nom du ciel! ne perdez pas un temps précieux!... Vous voyez bien que votre père a besoin de secours immédiats.

— Monsieur a raison, fit observer le docteur. Acceptez toujours, mon enfant; nous verrons ensuite...

Marcelle ne résista plus.

— Je vous suis, monsieur, dit-elle en s'inclinant.

C'en était fait! Elle s'abandonnait au torrent. Tant de calamités l'avaient vaincue.

Brissot s'était emparé d'un bras du vieillard; elle prit l'autre et suivit ce singulier guide qui, lui aussi, n'était guère qu'un enfant.

Derrière eux s'avançait le docteur.

Au bout de dix minutes d'une marche difficile, ils arrivèrent devant le numéro 25 de la rue Saint-Louis.

— C'est ici, dit Brissot; seulement, c'est un peu haut. Prenez votre courage à deux mains, mademoiselle; nous n'avons pas moins de quatre étages à franchir.

Cela n'aurait rien été si le père Brahma avait pu marcher; mais il était à bout de forces.

Il fallut que le docteur prît la place de Marcelle et lui servît de soutien. Enfin, après cinq autres minutes d'efforts surhumains, on arriva devant une porte, dans la serrure de laquelle Brissot introduisit une clef de son trousseau.

Ils pénétrèrent tous les quatre dans une petite chambre assez pauvrement meublée, mais pourvue cependant de tout ce qui était nécessaire, et d'une propreté excessive.

— Couchons ce pauvre homme, dit Brissot.

Prêchant d'exemple, il se mit à déshabiller le père Brahma. Ce ne fut pas long : le vieillard n'avait eu que juste le temps de se couvrir des vêtements indispensables. Aussi, en moins de temps qu'il n'en faut pour le raconter, était-il étendu sur un lit bien moelleux et enveloppé de deux chaudes couvertures.

Marcelle s'était assise sur une chaise et promenait autour d'elle un regard inconscient. A peine pouvait-elle croire à ce qui se passait sous ses yeux depuis une heure.

Le bien-être relatif dans lequel elle venait de pénétrer brusquement la ranimait et lui rendait quelque espoir, mais la surprenait en même temps au point qu'il la paralysait.

Le docteur s'était approché du père Brahma et lui tâtait le pouls.

— Il a une fièvre de cheval, murmura-t-il. Cependant, j'espère que nous parviendrons encore à la calmer.

En disant ces mots, il avisa une table, sur laquelle se trouvaient de l'encre et du papier. Il prit la plume et rédigea une ordonnance.

— Faites cette infusion le plus tôt possible, recommanda-t-il. Je viendrai dans la journée.

A ces mots, il s'éloigna précipitamment, pour aller voir d'autres malades.

Marcelle se leva, s'empara de l'ordonnance et se dirigea vers la porte; mais, au moment de sortir, elle se rappela qu'elle avait donné à l'huissier les vingt-deux livres qui lui restaient.

Prise à nouveau d'un découragement profond, elle s'arrêta et se prit à pleurer.

Brissot, à qui l'on avait tout raconté, devina ce qui se passait dans l'esprit de la pauvre enfant. Il prit doucement le papier qu'elle tenait à la main, ouvrit la porte et s'éloigna sans mot dire.

Quand elle revint à elle, il n'y avait plus personne dans la chambre.

Couché dans le lit de son généreux sauveur, le père Brahma, pâle et les yeux éteints, ne donnait pas signe de vie.

Marcelle se rapprochait de lui, en proie à une terreur bien légitime, lorsqu'on frappa doucement à la porte.

— Entrez! dit-elle avec hésitation.

Aussitôt parut un gentilhomme, jeune encore, vêtu de riches habits et d'une tournure souverainement élégante. Il s'avança, tenant son chapeau à la main et s'inclina respectueusement devant elle.

En deux mots, voici ce qui s'était passé.

Pendant que le père Brahma et Marcelle suivaient le jeune clerc et au moment où l'huissier, accompagné de ses exempts, battait en retraite sous la protection des gardes françaises, un nouveau personnage survint tout à coup.

Il portait un habit et une culotte de velours gros bleu, brodés d'or, sur lesquels tranchait un gilet de satin blanc, rehaussé de fleurs multicolores.

Il traversait la rue Saint-Gilles, lorsqu'il entendit les grognements, les huées et les sifflets dont la foule poursuivait les représentants du marquis de Bellaire.

Il s'arrêta brusquement et s'avança au-devant des groupes menaçants qui remplissaient la rue Villehardouin.

Certes, dans les circonstances actuelles, il y avait un certain courage à braver cette foule, car elle ne paraissait guère disposée à faire bon accueil au gentilhomme.

Il marcha pourtant au-devant d'elle avec le plus grand calme.

— Eh bien, mes amis, qu'avez-vous? demanda-t-il avec un geste bienveillant.

Comme par enchantement, les cris de fureur expirèrent sur les lèvres de ceux qui l'écoutaient. Les hommes se découvrirent poliment, pendant que les femmes faisaient au grand seigneur leur plus gracieuse révérence.

— Le duc de La Tournaye! s'écria l'un des ouvriers qui se trouvaient là. Ah! monseigneur, quel dommage que vous n'ayez pas passé par ici une demi-heure plus tôt!

— Pourquoi, mon ami?

— Parce que vous auriez trouvé une bien bonne occasion d'exercer votre inépuisable charité.

— Est-il donc trop tard? demanda le duc.

— Il n'est jamais trop tard pour bien faire, monseigneur. Pourtant, si ce que le docteur a dit est vrai, le père Brahma pourrait bien en mourir...

— Mourir de quoi! Que s'est-il passé? Voyons, parlez vite, fit le gentilhomme avec vivacité.

La foule sympathique se groupa aussitôt autour de celui dont chacun répétait le nom avec un si grand respect. L'ouvrier prit la parole et fit au duc de La Tournaye un tableau très-imagé du spectacle poignant auquel il avait assisté.

Le gentilhomme écoutait sans mot dire, quoique avec une visible contrariété.

— Eh bien? dit-il, ce vieillard et cette jeune fille, que sont-ils devenus?

— Ils sont partis avec un jeune homme qui, je crois, leur a offert un asile.

— Vraiment? fit le duc étonné. Il s'est donc trouvé un gentilhomme assez généreux...

— Oh! ce n'était pas un gentilhomme, monseigneur.

— Vous le connaissez donc?

— Non, mais, à ses habits, il était facile de deviner qu'il s'agissait tout au plus de quelque petit bourgeois.

— Pourriez-vous du moins me dire où ces pauvres gens sont allés?

L'ouvrier l'ignorait. Il allait s'excuser, quand une femme s'avança hardiment.

— Je le sais, moi, monseigneur, dit-elle. Je les ai suivis et je les ai vus entrer au numéro 25 de la rue Saint-Louis.

— Bien. Savez-vous aussi quel est le nom de celui qui leur a offert l'hospitalité?

— Parfaitement, j'étais à côté de lui quand Mlle Marcelle le lui a demandé.

— Et il s'appelle...

— Brissot, monseigneur.

— Merci, mes amis, et rassurez-vous. Que ce soit grâce à M. Brissot ou grâce à moi, je vous promets que le père Brahma et sa fille ne manqueront de rien.

— Oh! nous le savons bien, dit l'ouvrier. Nous sommes tranquilles à présent. Vive M. le duc!

Et il fit sauter son chapeau en l'air.

— Vive M. le duc ! cria la foule enthousiasmée.

Le gentilhomme, après avoir salué de la main, s'esquiva pour échapper à cette ovation et se dirigea vers la rue Saint-Louis.

Arrivé devant le n° 25, il s'arrêta. Au même instant, un jeune homme, enveloppé d'un manteau, franchissait le seuil de la porte cochère et s'élançait dans la rue, tenant à la main une feuille de papier, sur laquelle on distinguait deux lignes d'une écriture irrégulière.

— Tiens, pensa le gentilhomme, voici un beau garçon qui ressemble au portrait que l'on vient de me faire du petit bourgeois que je vais visiter.

Il pénétra aussitôt dans la maison.

— M. Brissot ? demanda-t-il.

— Il vient de sortir à l'instant, monseigneur, répondit le portier. Je m'étonne que vous ne l'ayez pas rencontré dans la rue.

— Peu importe, fit le duc. Il est rentré tout à l'heure, accompagné de deux personnes auxquelles je m'intéresse et que je désirerais voir. Ne puis-je pas leur parler en attendant que M. Brissot soit de retour ?

— Mon Dieu... monseigneur... balbutia le portier partagé entre sa consigne et le respect que lui imposait le gentilhomme, je ne sais si je dois... Voulez-vous me dire votre nom ?

— Je suis le duc de La Tournaye, mon ami.

Décidément ce nom était celui qui calmait les tempêtes et devant lequel tombaient toutes les barrières, car le portier s'inclina jusqu'à terre.

— Le duc de La Tournaye ! murmura-t-il. Donnez-vous la peine de monter, monseigneur.

— A quel étage, je vous prie ?

— Au quatrième, la porte à gauche, monseigneur.

Le gentilhomme lui adressa un remercîment amical et disparut dans l'escalier.

Nous ouvrons ici une très-courte parenthèse pour rappeler à ceux de nos lecteurs qui ont lu notre précédent ouvrage, intitulé *Monseigneur*, que le duc Lucien de la Tournaye, à la suite des évènements dans lesquels il avait joué un rôle si brillant, avait donné sa démission de capitaine aux carabiniers du roi le jour même où il avait épousé Raymonde, la fille de M. Lionnay.

Riche des biens de l'évêque de Silistrie, qu'on lui avait restitués, et des libéralités de la comtesse de Libessac, il avait acheté, place Royale, un magnifique hôtel, dans lequel il vivait depuis douze ans, entouré de ses amis.

Le brigadier Papillon et Ludivine avaient la direction de la maison. Hartmann avait repris possession de la loge de suisse, et Germain, l'ancien carabinier, avait été élevé à la dignité de valet de chambre.

Quant à la comtesse de Libessac, elle s'était enfin décidée à vendre son hôtel de la rue Saint-Dominique, qui avait été le théâtre du drame sanglant que nous avons raconté, et même elle avait quitté son appartement de la rue de la Monnaie pour s'installer auprès de Lucien et de Raymonde.

Pas un nuage n'avait obscurci les douze années de félicité que les jeunes époux avaient goûtées. Une seule chose manquait à leur bonheur : ils n'avaient pas d'enfants !

En vain Lucien et Raymonde avaient consulté les plus fameux docteurs. Si la maison était peuplée d'amis dévoués, elle était vide de ces chérubins blonds et roses, qui sont les véritables joies du mariage et que le ciel refuse souvent à ceux qui le désirent avec le plus d'ardeur.

Nul ne méritait pourtant plus que Raymonde et Lucien cette bénédiction céleste, car, depuis qu'ils habitaient la place Royale, ils étaient devenus les bienfaiteurs du quartier.

On a vu avec quel respect Lucien était accueilli, avec quelle vénération son nom était prononcé. On verra plus tard qu'outre la charité dont il faisait preuve, il obéissait à un sentiment plus élevé encore. A l'œuvre on le jugera dans les pages dont se composera ce nouveau récit.

Quand il apparut aux yeux de Marcelle, il n'avait pas encore trente-quatre ans. Il était dans toute la force de l'âge, plastiquement beau, habillé avec un goût parfait, doué d'une distinction souveraine.

Son visage était empreint d'une douceur et d'une affabilité qui lui conciliaient à première vue tous les cœurs.

En l'apercevant, la jeune fille se sentit tout émue. Jamais elle n'avait vu de près un gentilhomme si richement vêtu ; jamais personne ne lui avait inspiré tant de sympathie.

— Qui demandez-vous, monsieur ? dit-elle, un peu troublée.

— Vous, mon enfant, répondit le duc, ou plutôt le père Brahma, reprit-il aussitôt.

— Le voici, monsieur, dit la jeune fille en montrant le vieillard d'un geste accablé ; mais je doute fort qu'il soit en état de vous recevoir.

— Qu'à cela ne tienne, mon enfant, fit le gentilhomme, vous pouvez, aussi bien que lui, répondre à mes questions.

— En ce cas, je suis à vos ordres, monsieur.

— Je viens d'apprendre à l'instant le malheur qui vous a frappé.

— Ah ! s'écria Marcelle, à qui ce souvenir cuisant arracha de nouvelles larmes. C'est d'une cruauté qui n'a pas de nom ! Puisse le marquis de Bellaire payer cher cette criante injustice !

— Arrêtez, mon enfant, dit le duc avec douceur. Ce n'est pas d'une bouche comme la vôtre que de semblables paroles devraient tomber.

— Eh ! monsieur, répliqua-t-elle avec l'accent d'une sourde colère, ne voyez-vous pas en quel état ils ont réduit mon pauvre père adoptif ? N'était-ce pas assez pour moi d'être orpheline ? faudra-t-il que je le devienne une seconde fois ?

— Je comprends et j'excuse votre douleur, mon enfant ; mais, croyez-moi, je suis certain que vous avez été victime d'un malentendu. Si le marquis avait su que votre pauvre père était si gravement malade, il n'aurait pas agi avec cette excessive rigueur..

— Le croyez-vous réellement ? demanda Marcelle avec incrédulité.

La pauvre fille n'en revenait pas. (Page 39.)

— Assurément, répondit le duc.

— Ah! monsieur, répliqua-t-elle amèrement, on voit bien que vous n'étiez pas là. J'ai fait tout au monde pour attendrir ces misérables; je leur ai donné même le peu d'argent que je destinais aux besoins du père Brahma.... tout a été inutile. Ah! si seulement le bijoutier avait pu me payer à la fois le prix auquel il estimait ce médaillon, j'aurais eu de quoi chasser ces oiseaux de proie et confondre cet impitoyable gentilhomme.

5me Liv.

5

— Quel médaillon ? Quel bijoutier ? interrogea curieusement M. de la Tournaye.

Marcelle lui raconta à quel sacrifice douloureux et malheureusement incomplet elle avait été contrainte.

— Remettez-vous, chère enfant ; ce malheur est facilement réparable, fit le duc. Parlons un peu de celui qui est intervenu si noblement en votre faveur. Le connaissiez-vous ?

— Je ne l'avais jamais vu, monsieur. Je me souviens, cependant, qu'il était au premier rang des curieux qui assistaient à la vente de notre mobilier.

— Quoi ! il n'est pas arrivé au dernier moment ! s'écria le gentilhomme, sans dissimuler sa surprise. Il a été témoin de cet horrible spectacle et il n'a rien fait pour l'empêcher ? Et il n'a pas racheté vos pauvres meubles ?

— Non, monsieur. Peut-être est-il pauvre aussi... fit observer la jeune fille avec timidité.

Lucien promena alors autour de lui un regard scrutateur. Il vit cette chambre, froide et nue, et devina que le cœur de celui qui l'habitait était plus grand que sa bourse n'était bien garnie. Sans doute ce Brissot était un petit courtaud de boutique, un obscur employé des gabelles...

À peine avait-il fait cette remarque, que la porte s'ouvrit pour donner passage au maître des céans.

— Voilà tout ce qu'il vous faut, mon enfant, dit-il joyeusement, en déposant sur la table un flacon rempli d'un liquide jaunâtre.

Mais, tout à coup, il s'arrêta. Il venait d'apercevoir l'étranger, qui s'était levé à son approche. Immédiatement, ses traits se contractèrent, et son front se rembrunit à mesure qu'il examinait le gentilhomme. Un sentiment manifeste de défiance, sinon d'hostilité, perça dans l'attitude que la présence de ce riche seigneur lui fit prendre aussitôt.

III

Ce mouvement, que le jeune homme ne se donna même pas la peine de réprimer, n'échappa pas plus à Marcelle qu'il n'avait échappé au duc.

La jeune fille tressaillit. Elle crut que le hasard venait de mettre deux ennemis face à face et redouta un conflit. Quant au duc, il ne sourcilla pas. Son visage conserva l'expression bienveillante qui l'animait d'ordinaire.

Brissot était subitement devenu raide, presque hautain.

En apercevant auprès de Marcelle cet élégant gentilhomme, il s'imagina sans doute que la jeune fille était poursuivie par lui dans un but trop facile à deviner,

et s'indigna à la pensée que cet inconnu osait l'importuner de son amour jusque
dans cette chambre.

Aussi ce fut d'un ton sec qu'il demanda :

— Qui êtes-vous, monsieur?

— Je suis le duc de la Tournaye, monsieur, répondit le gentilhomme.

Avec la même mobilité que tout à l'heure, une soudaine révolution se fit sur
le visage de Brissot. Ses traits se détendirent et ses lèvres dessinèrent un large
sourire.

— Alors, soyez le bienvenu, monsieur, dit-il.

Le duc fut un peu surpris à son tour.

— Vous savez donc qui je suis? demanda-t-il.

— Eh! monsieur, qui ne le sait pas dans ce quartier? Est-il personne qui
ignore que vous êtes la providence des malheureux ?

— Je vous remercie de ces bonnes paroles, monsieur, fit le gentilhomme. Elles
sont la plus douce récompense du peu de bien que je me suis efforcé de
faire...

— Et la preuve que vous n'avez pas semé sur une terre ingrate, monsieur,
ajouta Brissot, car il n'est pas de misères que vous n'ayez soulagées, et votre nom
seul soulève partout un concert de bénédictions.

— De grâce, monsieur.. , balbutia le gentilhomme.

— Oh! mon témoignage n'est pas suspect, interrompit Brissot. Non-seulement je n'ai pas l'honneur de vous connaître, mais je ne professe pas pour la
noblesse en général une estime profonde. Je n'en éprouve que plus de plaisir à
vous rendre l'hommage qui vous est dû, monsieur. Les gentilshommes de votre
trempe sont trop rares de nos jours, pour qu'on ne les salue pas quand on les
rencontre.

— En vérité, vous me rendez confus, fit le duc en s'inclinant. Alors, si vous
pensez de moi le quart du bien que vous dites, voulez-vous me permettre de
vous parler à cœur ouvert?

— Très-volontiers, monsieur.

— Eh bien? qui êtes-vous, d'abord?

— Je me nomme Brissot de Wartville, j'ai vingt-deux ans bientôt, et j'arrive
de Chartres.

— Vous êtes noble ?

— Si je le suis, je veux l'oublier, car c'est un titre dont je trouve qu'il n'y a
pas lieu de se vanter aujourd'hui.

— Et que faites-vous ?

— Je suis clerc de procureur chez Me Thiercelin.

— Vous n'avez pas de fortune, alors?

— Aucune, je ne rougis pas de l'avouer.

— Excusez mon indiscrétion, monsieur : mais la simplicité de votre logement
me l'avait fait pressentir. En outre, les circonstances dans lesquelles nous nous
rencontrons autorisent en quelque sorte les questions que je me suis permis de
vous adresser.

— Oh! vous n'avez pas besoin de vous excuser, monsieur. Deux hommes honnêtes peuvent toujours se parler à cœur ouvert.

— Je vois que vous êtes aussi franc que vous êtes bon, reprit le duc, et je continue à être indiscret. Vous venez d'assumer une lourde tâche, monsieur, en recueillant chez vous ce vieillard et cette jeune fille.

— C'est vrai, mais quand j'ai vu ces malheureux sans asile, mon cœur s'est brisé. Je n'ai songé qu'à leur en donner un au plus vite.

— Vous avez d'autant plus de mérite à le faire, que vous êtes pauvre. C'est vous qui me l'avez dit.

— C'est encore vrai, monsieur. Si j'avais eu quelques écus dans ma poche, je n'aurais pas souffert que le mobilier de ces pauvres gens leur fût enlevé.

— Je ne vous cacherai pas que je l'avais déjà pensé; mais alors avec quoi comptez-vous faire face à leurs premiers besoins?

— Je ne sais... balbutia Brissot. Je n'y ai pas encore songé.

— Comment même avez-vous pu vous procurer les médicaments que vous avez apportés?

Le jeune clerc devint tout à coup plus rouge qu'un champ de coquelicots.

— Il me restait quelques pièces de monnaie... répondit-il en baissant les yeux.

— En ce cas, qu'avez-vous fait du manteau que vous aviez sur les épaules en sortant d'ici? interrogea brusquement le gentilhomme.

A cette nouvelle question, Brissot se détourna et perdit contenance.

— Je ne me suis pas trompé, n'est-ce pas? reprit le duc. Oh! n'essayez pas de nier; on voit trop que vous ne savez pas mentir. Vous avez engagé votre manteau. Eh bien, permettez-moi de vous faire observer que l'hiver commence à peine, et que vous avez commis une grande imprudence.

— Eh! monsieur, fit le jeune clerc, pense-t-on à tout cela quand on a sous les yeux le tableau de semblables misères?

— Assurément. Je parie même que vous ne vous êtes pas demandé où vous coucherez cette nuit?

— Non, monsieur, mais cela ne m'embarrasse guère. Mon ami Robespierre est clerc chez le même procureur que moi; Marat, un autre de mes amis, étudie la médecine à Paris...

— Oui, c'est bon pour une nuit, mais cela ne peut pas durer éternellement, fit observer le gentilhomme. Or, le père Brahma est fort mal; son état réclame du bien-être, des soins assidus, — toutes choses que vous ne pouvez pas lui procurer.

— Selon vous, monsieur, que faudrait-il donc faire? demanda Brissot, qui était obligé de donner raison au gentilhomme.

— Il faudrait me permettre de m'associer à votre œuvre de charité.

— Hélas! soupira le jeune clerc. Je n'ai pas le moyen de m'y opposer, monsieur.

— Eh bien! écoutez-moi, proposa le duc. Je vais me mettre à la recherche d'un petit logement, dans le voisinage, afin que vous ayez le loisir de rendre visite à vos protégés. Je ferai porter dans cette chambre quelques meubles indispensables, et, dans une heure, je viendrai ou j'enverrai deux de mes laquais chercher le père Brahma.

— Mais alors ce n'est plus seulement vous associer à une œuvre de charité, c'est en assumer toutes les charges !

— Je n'ai d'autre mérite à le faire que celui d'être plus riche que vous, monsieur. Je vous crois doué de sentiments trop nobles pour que votre amour-propre ne cède pas devant l'urgence des secours dont ce vieillard et cette enfant ont immédiatement besoin.

— Je n'insiste pas, fit Brissot. Devant tout autre que vous, je n'aurais certainement pas décliné cet honneur ; mais votre nom a dissipé toutes les craintes que j'avais conçues en vous voyant.

— C'est donc convenu, fit le duc en se levant.

A ces mots, il se tourna vers Marcelle.

— Vous, mon enfant, recommanda-t-il, donnez à votre père les premiers soins. Dans une heure, on viendra vous prendre. Surtout, n'oubliez jamais ce que vous devez à M. Brissot.

— Le souvenir de cette journée demeurera gravé dans mon esprit et dans mon cœur en caractères ineffaçables, répondit la jeune fille.

Le gentilhomme demeura un peu étonné du ton réfléchi et mesuré sur lequel avaient été prononcées ces paroles, qui s'adressaient à lui tout autant qu'au jeune clerc.

Avant de s'éloigner, il se tourna vers Brissot.

— Touchez là, monsieur, dit-il en lui tendant la main. J'espère que vous voudrez bien me faire le plaisir de venir me voir et de m'accorder votre amitié.

— Je n'aurais pas osé solliciter cette faveur, répondit Brissot, qui lui serra la main avec force ; mais je vous prouverai que j'en suis digne.

— Vos preuves sont faites, monsieur, riposta le gentilhomme en désignant du regard Marcelle et le père Brahma. A bientôt !

A ces mots, il se dirigea vers la porte et disparut.

Le jeune clerc était véritablement ému.

— Ah ! s'ils étaient tous comme celui-là..., murmura-t-il.

Il se laissa tomber dans un fauteuil et suivit d'un regard distrait la jeune fille, qui s'était approchée du vieillard et lui faisait boire à petites gorgées un verre de la potion que le docteur avait ordonnée.

Comme le duc de la Tournaye, il avait été frappé des manières de Marcelle, des expressions choisies qu'elle employait, de l'attitude à la fois digne et réservée qu'elle avait gardée.

Il l'examinait attentivement et remarquait la finesse de ses traits, la beauté de ses grands yeux noirs, la souplesse de sa taille, la perfection de ses petites mains blanches. Et plus il la regardait, plus il s'étonnait qu'une jeune fille d'origine si essentiellement aristocratique habitât avec le père Brahma.

Il ne savait pas un mot de son histoire. On lui avait dit seulement qu'elle était orpheline et que le vieillard l'avait recueillie à la mort de sa mère. Aussi se demandait-il par suite de quelles infortunes cette jeune fille était si fort déchue du rang auquel elle semblait destinée.

Il fut distrait de ces pensées par un mouvement du père Brahma.

La douce chaleur du lit, le breuvage qu'il venait de prendre, l'avaient ranimé.

— Où sommes-nous? demanda-t-il d'une voix faible encore.

Marcelle lui raconta en peu de mots comment le jeune clerc était miraculeusement intervenu d'abord et quelles magnifiques promesses le duc de la Tournaye venait de lui faire.

Comme toujours, ce nom produisit un effet magique. A deux reprises, le vieillard le répéta lentement et avec une sorte de recueillement.

— Vous le connaissez donc? demanda Marcelle.

— Si je le connais! fit le père Brahma. Oui. Il est le plus intime ami du fils du marquis de Lally-Tollendal. C'est lui qui appuie avec le plus de persévérance les efforts que tente ce pauvre jeune homme pour réhabiliter la mémoire de son père.

Ces souvenirs l'avaient rendu rêveur. Assurément, ils lui rappelaient quelque épisode de son existence.

Il secoua brusquement la tête, comme pour s'arracher à ces pénibles pensées.

— Permettez-moi, monsieur, dit-il à Brissot, de vous remercier du bien que vous avez fait. La reconnaissance d'un misérable tel que moi est une bien maigre récompense, mais je n'ai pas autre chose à vous donner. Croyez du moins qu'elle vous est à jamais acquise et qu'elle ne finira qu'avec ma vie. Encore est-ce un engagement de bien courte durée que je prends là, ajouta-t-il en hochant gravement la tête.

— Allons, fit doucement le jeune clerc, n'attristez pas cette chère enfant par d'aussi sombres discours. Soignez-vous bien, guérissez vite. C'est la meilleure façon de lui prouver que vous l'aimez.

Il venait d'achever ces paroles, lorsqu'on frappa discrètement à la porte de la chambre.

— Entrez, cria-t-il !

Deux laquais parurent aussitôt, portant la livrée bleue et orange des ducs de la Tournaye.

— Comment, déjà! fit le jeune clerc.

Il consulta sa montre. En effet, le duc n'avait pas perdu de temps. Une heure et demie ne s'était pas encore écoulée depuis qu'il était parti.

— Où avez-vous reçu l'ordre de conduire ce vieillard et cette jeune fille? demanda Brissot.

— Ici près, monsieur, au numéro 9 de la rue Saint-Louis.

— Bien. Je vais vous accompagner, fit le jeune clerc.

Après avoir soigneusement enveloppé le père Brahma, les laquais le prirent dans leurs bras et l'emportèrent.

Dix minutes après, ils pénétraient, suivis de Marcelle et Brissot, dans une chambre que le soleil éclairait joyeusement, comme pour fêter leur arrivée.

La porte était à peine ouverte que Marcelle poussa un grand cri.

Le premier objet qui avait frappé ses regards, c'était le médaillon qu'elle avait vendu la veille. Il se prélassait dans un écrin de velours violet, doublé de satin blanc, sur le marbre d'une commode placée en face de la porte d'entrée, au beau milieu de la chambre.

La pauvre enfant ne sut pas résister à la joie que la vue de ce bijou lui causait. Elle bondit vers la commode et saisit à pleines mains le médaillon, qu'elle couvrit de baisers fiévreux.

Après l'avoir longuement contemplé dans une sorte d'extase, elle se retourna avec vivacité.

Déjà le père Brahma avait pris possession du lit qui lui était destiné et les laquais du duc de la Tournaye venaient de s'éloigner sans bruit.

Marcelle respira. Enfin elle demeurait seule avec le vieillard! Enfin ils étaient chez eux!

Chez eux! que ces deux mots lui semblèrent bons à prononcer! Tout à l'heure elle n'avait plus rien, pas même ce débris de mobilier que la misère avait daigné lui laisser; tout à l'heure elle désespérait de l'avenir, de Dieu lui-même; et voilà que la vie lui revenait avec l'espoir et lui souriait à nouveau! Elle était maintenant dans une chambre proprette et gaie, éclairée par deux larges fenêtres, à travers lesquelles le soleil dardait ses rayons bienfaisants.

Par un mouvement instinctif, elle promena les yeux autour d'elle, comme pour remercier celui à qui elle devait tant; mais le duc avait trop de délicatesse et de modestie pour se montrer en un pareil moment.

Après avoir acheté les meubles et veillé lui-même à leur installation, il s'était tenu à l'écart. Au lieu de venir en personne, ainsi qu'il l'avait promis, il avait envoyé deux de ses valets.

Marcelle put donc faire à l'aise l'inventaire de sa nouvelle demeure.

La chambre était grande, spacieuse et élevée.

Dans un angle de la pièce se trouvait le lit du père Brahma.

Au pied de ce lit, elle aperçut un fauteuil, dans lequel elle se laissa choir avec un plaisir enfantin. Par une porte contiguë, elle distingua un petit cabinet, meublé seulement d'un lit, d'une table de toilette, d'un fauteuil et d'un miroir. Cette pièce-là lui était certainement destinée. Ainsi elle avait sa chambre! Le duc avait donc tout prévu? Que de joie cette disposition causait à la chère petite!

Continuant son inventaire, elle reporta ses regards sur la commode qui, tout d'abord, avait attiré son attention. Hélas! elle n'avait plus rien à mettre dans ces tiroirs ventrus, capables de recéler tant de trésors! Machinalement, cependant, elle en ouvrit un.

Elle recula, plus surprise qu'effrayée, bien entendu. Dans ce tiroir elle avait vu des bas, des chaussettes, des mouchoirs et quelques mètres d'étoffe de laine soigneusement pliés dans un carton. Elle ouvrit le second, elle y vit des chemises, et des serviettes; dans le troisième il y avait des draps.

C'était un enchantement. La jeune fille n'en revenait pas. Quoi! tout cela était pour elle ! Pour elle qui, depuis si longtemps qu'elle en avait perdu le souvenir, avait désappris le bien-être !

Non pourtant, elle se souvenait... l'aspect de ce petit appartement si luisant, de ces longs rideaux de colonnade rouge qui pendaient à chacune des fenêtres, la rendait rêveuse... Il lui semblait qu'autrefois... il y avait bien des années de cela... elle avait habité une chambre plus belle encore; qu'à côté de cette chambre il y avait une pièce plus grande et plus richement meublée, puis une autre pièce, puis... mais ces souvenirs étaient si confus, que rien de bien précis ne s'en détachait.

Tout en songeant, elle s'était rapprochée du lit qu'occupait le père Brahma.

Lui aussi, malgré la fièvre qui le dévorait, il avait laissé errer autour de lui son regard étonné et se croyait le jouet d'un rêve.

— Que vois-je ?... balbutia-t-il en soulevant ses paupières appesanties.

— Tout cela est à nous, répondit Marcelle en riant.

— Comment ? à nous ! fit le vieillard stupéfait.

Elle lui expliqua alors ce que le duc de La Tournaye avait fait pour eux.

— Ah ! dit le père Brahma avec un accent singulier, c'est un généreux seigneur... Lui ! toujours lui !

Il devint songeur et n'ajouta pas un mot. Il s'enfonça plus avant sous les couvertures et ferma les yeux.

Marcelle se garda bien de troubler le repos dont le vieillard avait tant de besoin. Avec des précautions infinies, elle se leva quand elle le crut endormi et se dirigea vers la table de toilette.

Qu'allait-elle faire pour s'occuper ? Travailler sans doute, mais à quoi ? Elle n'avait sous la main aucun des objets qui lui étaient nécessaires. Et même elle n'avait pas une obole pour acheter ce qui lui manquait. Ah ! si elle avait su, comme elle aurait gardé les vingt-deux livres que l'insatiable huissier lui avait emportées.

Elle jeta un regard machinal dans la glace en face de laquelle elle se trouvait. Ses cheveux étaient en désordre, sa figure défaite, ses yeux rougis par les larmes. Vite elle courut chercher une serviette et ouvrit le tiroir de sa table de toilette, espérant sans doute y découvrir une nouvelle surprise.

— Oh ! fit-elle alors, en étouffant le bruit de sa voix.

Dans ce tiroir, qui était divisé en trois compartiments, elle venait d'apercevoir une bourse, à travers les mailles de laquelle luisaient des pièces d'or.

De l'or ! Elle avait de l'or ! Elle s'empara de la bourse avec un véritable délire et vida dans sa petite main les dix louis qu'elle contenait. Dix louis ! C'était une fortune. Comment tant d'argent pouvait-il tenir si peu de place ?

— Ah ! comme je vais le gâter ! dit elle en couvrant le père Brahma d'un long regard.

Elle se pencha sur lui et, voyant qu'il reposait, elle courut aux provisions.

Un quart d'heure après, elle était revenue chargée d'une foule d'ustensiles variés et allumait un bon feu dans la cheminée.

Vers onze heures, le docteur arriva.

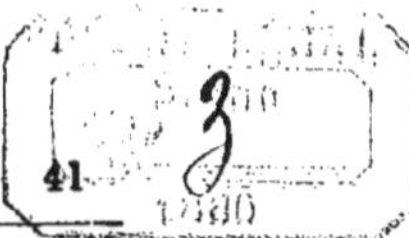

A une heure très avantageuse, nous atteignîmes Adjimore. (Page 48.)

Avant de rentrer chez lui, il avait eu la curiosité de savoir ce qu'était devenu le père Brahma. Du n° 25, on l'avait renvoyé au n° 9 de la rue Saint-Louis et il était monté chez le vieillard.

— A la bonne heure ! dit-il. Ici nous viendrons peut-être à bout de cette fièvre maudite.

Il prit le bras du malade, et son front se rembrunit. Loin d'avoir diminué, la fièvre avait augmenté d'intensité. Le pouls battait avait une effrayante rapidité, la peau était sèche et brûlante.

— Mon Dieu ! murmura-t-il, pourvu que ces rudes épreuves ne lui aient pas porté un coup mortel !

Marcelle épiait sur son visage tout ce qui s'y passait. Elle vit l'air grave et réfléchi du docteur.

— Eh bien ? demanda-t-elle avec anxiété.

— Je ne saurais me prononcer encore, dit évasivement le médecin ; mais je reviendrai ce soir, tous les jours, plutôt deux fois qu'une, ajouta-t-il.

La jeune fille le regarda disparaître d'un œil attristé. Sa joie s'était évanouie, — car si le docteur revient deux fois par jour, se disait-elle, c'est que le père Brahma va plus mal.

Vers cinq heures, on frappa à la porte, qu'elle alla ouvrir.

C'était le duc de La Tournaye, qui venait, en compagnie de Brissot, chercher des nouvelles du père Brahma.

En effet, le matin, aussitôt après le départ du vieillard, le jeune clerc était allé à son étude. À son retour, il avait trouvé un billet ainsi conçu :

« Mon cher monsieur,

« Si vous voulez, ce soir, aussitôt que vous serez libre, faire avec moi une visite à vos protégés, venez me prendre à mon hôtel ; j'aurai l'honneur de vous y attendre.

« LUCIEN DE LA TOURNAYE. »

Brissot n'avait eu garde d'y manquer.

Quant au gentilhomme, il voulait, en agissant de la sorte, s'épargner les embarras d'une scène de reconnaissance.

Marcelle, en les voyant tous les deux, comprit, en effet, qu'elle ne pouvait remercier l'un sans remercier l'autre ; mais ce fut plus fort qu'elle. Furtivement elle saisit la main du gentilhomme et la baisa respectueusement avant qu'il parvînt à la dégager.

Le père Brahma essaya de se redresser quand il vit entrer les deux visiteurs ; mais tout ce qu'il put faire, ce fut de joindre les deux mains.

— Ah ! monsieur, dit-il en s'adressant au duc de La Tournaye, vous nous avez comblés.

Brissot s'effaça modestement. En présence du prodige d'activité que le gentilhomme avait réalisé, il sentit que sa charité était reléguée au second plan et n'en fut que plus touché de la délicatesse avec laquelle le duc avait agi.

Il déclara donc qu'il était enchanté d'avoir fourni à M. de La Tournaye l'occasion d'ajouter un bienfait de plus à ceux que celui-ci avait déjà semés sur sa route ; mais il ajouta que ses occupations ne lui permettraient pas de venir aussi souvent qu'il le désirerait.

Marcelle protesta vivement de sa reconnaissance et l'assura qu'elle s'estimerait heureuse et fière de le recevoir, toutes les fois qu'il se présenterait.

Le jeune clerc se retira. Presque au même instant survint le docteur.

L'accablement auquel le malade était en proie l'inquiéta plus que ne l'aurait fait une fièvre ardente. Il prescrivit un nouveau remède et refusa de se prononcer, cette fois encore.

Le duc s'éloigna avec lui et demanda au médecin ce qu'il pensait réellement de l'état du vieillard.

— Hélas! monseigneur, répondit le docteur, j'ai bien peur que tout ce que vous avez fait pour le sauver ne soit inutile.

— Vraiment? fit le gentilhomme, qui tressaillit.

— Avant deux jours, je vous informerai définitivement, si cela vous intéresse, du résultat de mes observations.

— Vous m'obligerez, monsieur, dit le duc en le quittant.

Deux jours se passèrent, en effet, pendant lesquels le docteur vint régulièrement rendre visite au malade.

Il avait conservé un visage impassible. Aussi c'est en vain que Marcelle l'avait interrogé du regard.

Quant au père Brahma, il avait si bien conscience de sa situation, qu'il résolut de s'en ouvrir au médecin.

Sous un prétexte facile à trouver, il pria Marcelle de passer dans la pièce voisine et resta seul avec le docteur.

— Je ne me fais pas illusion, monsieur, lui dit-il; je perds chaque jour une partie du peu de forces qui me restait. Combien de temps peut durer le souffle de vie qui m'anime? Je l'ignore. Si cependant le délai fatal était plus près de moi que je ne puis le prévoir, je vous serais obligé de m'en avertir.

— Pourquoi? fit le docteur. Vous ne possédez rien, vous n'avez pas d'enfants... quelle préoccupation peut vous assiéger?

— Il est vrai, répondit le vieillard, que je suis pauvre et que je n'ai pas de famille; mais je suis dépositaire d'un secret que les événements récents, dont j'ai été victime m'engagent à ne pas garder plus longtemps.

— Et ce secret a une grande importance?

— Une importance énorme, monsieur!

— Eh bien! Marcelle va rentrer, rien ne vous empêche de le lui confier, si vous ne l'avez pas déjà fait.

— Ce n'est pas à Marcelle que je puis le confier. Une femme ne saurait en tirer personnellement aucun profit.

— A qui voulez-vous le confier?

— Depuis quinze ans j'ai cherché patiemment autour de moi, sans rencontrer personne qui fût digne de le recevoir.

— Et aujourd'hui vous avez trouvé?...

— Je le crois.

— Qui donc est cette personne?

— C'est M. le duc de La Tournaye, répondit le père Brahma.

— Désirez-vous que je le prévienne? dit le médecin.

— Dès aujourd'hui, si vous voulez bien prendre cette peine.

— Comptez sur moi, promit le docteur.

V

Le soir même, en effet, le duc reçut la visite du docteur, qui ne lui cacha rien des craintes que l'état du malade lui inspirait.

— Mon intention, ajouta-t-il, était de le laisser mourir tranquille dans le logement qu'il tient de votre générosité ; mais il sent que la vie lui échappe et désire prendre quelques précautions avant de mourir.

— Vraiment ? fit le gentilhomme, un peu surpris.

— Et ce qui vous surprendra bien davantage, reprit le docteur, c'est qu'il ne veut révéler qu'à vous le secret dont il se prétend dépositaire.

— A moi ! s'écria le duc, de plus en plus étonné.

— Oui, monseigneur. Aussi lui ai-je promis que je vous ferais part de ce désir et lui ai-je laissé espérer que vous consentiriez à l'entendre.

— Assurément, monsieur, répondit le gentilhomme en souriant.

— Voulez-vous venir chez lui demain matin à la première heure ?

— Volontiers.

— J'y serai vers huit heures. Cela vous convient-il ?

— Parfaitement.

Le docteur se retira aussitôt.

Le lendemain, à l'heure dite, il était chez le père Brahma.

Le vieillard n'allait pas mieux. Il était dans un état de prostration complète.

Le docteur l'avait prévu. Il avait donc apporté un cordial énergique, dont il versa quelques gouttes dans un demi-verre d'eau sucré.

— Je ne sais, dit le médecin, combien de temps peuvent durer les confidences que vous voulez faire ; mais si elles se prolongeaient et si vous vous sentiez faiblir, versez, ainsi, que je viens de le faire, huit gouttes de ce que renferme ce petit flacon dans l'eau ; — surtout ne bougez pas de votre lit ! Il y va de la vie pour vous ! recommanda-t-il. — Dans deux heures je reviendrai.

Il demeura pendant quelques minutes encore, jusqu'à ce que le duc de La Tournaye arrivât.

Celui-ci ne se fit pas attendre. C'était un peu par curiosité qu'il était venu, mais c'était surtout par acquit de conscience. Il ne croyait pas beaucoup à l'importance du secret dont le père Brahma voulait le rendre dépositaire.

Cependant, dès qu'il le vit entrer, le vieillard le remercia par un sourire et fit signe au docteur de se retirer.

Marcelle était revenue. Silencieusement assise dans un coin de la chambre, elle observait avec un peu de frayeur ces préparatifs dont le résultat l'inquiétait beaucoup.

— Monseigneur, commença le père Brahma, je n'ai pas cru nécessaire d'éloigner cette enfant, qui est un peu ma fille, parce que je suis certain qu'elle saura garder le secret que je vais vous communiquer. D'ailleurs elle est directement intéressée à le connaître, ainsi que vous en jugerez tout à l'heure.

Le duc prit place dans le fauteuil que lui montra le malade, aux caprices duquel il s'était résigné d'avance à obéir.

— Monseigneur, reprit le vieux vannier, vous êtes, de tous ceux que j'ai connus en France, le seul gentilhomme qui méritiez réellement ce titre. Alors que tous les autres sont injustes, hautains et cruels, vous êtes bon, charitable, généreux, et vous ne vous laissez pas aveugler par les passions. Cela n'est pas un éloge banal, monseigneur ; c'est une vérité que j'acclame avec tous les malheureux que vous avez secourus. Vous êtes juste, surtout, monseigneur. Seul, en effet, de tous les gentilshommes français, vous avez pensé que le supplice du comte de Lally-Tollendal était une honte pour votre pays, et vous avez appuyé de tout votre crédit la revendication légitime que son fils exerce en ce moment, pour obtenir la réhabilitation de son père. C'est en raison de ces mérites divers que je vous ai choisi pour recevoir mes dernières confidences.

Le duc s'inclina. Le ton solennel du vieillard, sa voix grave, la mesure parfaite avec laquelle il s'exprimait, avaient changé le cours de ses idées.

— Cela vous étonne, monseigneur, qu'un pauvre diable comme moi vous parle du comte de Lally-Tollendal, poursuivit-il. C'est que je l'ai beaucoup connu !

— Vous ! s'écria le duc.

— Moi, ou du moins mon maître, répondit le vieux vannier ; mais mon maître avait pour moi un si grand attachement et je lui étais si dévoué que nous ne nous quittions pas.

— Votre maître était donc un gentilhomme français ?

— Non, monseigneur, dit le père Brahma avec un peu d'emphase. Mon maître était le prince Djâli ; il était rajah d'Adjimore, c'est-à-dire qu'il appartenait à la race la plus noble, la plus riche et la plus ancienne qui soit dans l'Inde entière.

Je n'ai pas besoin de vous rappeler quel rôle de dupe la France a joué, vis-à-vis de l'Angleterre, de 1755 à 1760. Pendant qu'elle gardait une neutralité stupide, sa rivale capturait impudemment ses vaisseaux, sans souci des traités et de la bonne foi, spéculant sur l'inactivité de votre pays, sur la légèreté de votre roi, sur la négligence de ses ministres.

Malgré tout, je puis vous le dire mieux que personne, il aurait été facile à la

France, non-seulement de conserver ses colonies de l'Inde, mais encore de s'emparer de celles que les Anglais y avaient fondées.

A l'époque dont je vous parle, l'Angleterre soutenait contre le souba du Bengale une guerre désastreuse. Si la France était venue au secours du souba, c'en était fait à tout jamais chez nous de la puissance britannique.

Malheureusement, elle demeura plongée dans une déplorable inertie. Il fallut, pour l'en tirer, que l'Angleterre, après avoir soumis le Bengale, osât attaquer les possessions françaises. Encore ne fut-ce qu'après la prise de Chandernagor que Louis XV se réveilla de son inconcevable engourdissement.

Ce fut alors qu'on envoya le comte de Lally-Tollendal, muni des instructions les plus sévères et des pouvoirs les plus étendus, mais à qui l'on ne donna qu'un corps d'armée insuffisant pour lutter contre les envahisseurs.

Le comte eut le courage, on devrait presque dire le tort, de vouloir corriger les abus dont il fut témoin et dont certains traitants lui proposèrent cyniquement d'être le complice. Il ne réussit qu'à susciter contre lui des colères et des rancunes violentes.

Parmi nous seulement, c'est honteux à dire, il trouva des alliés. Les gouverneurs et les fermiers généraux nous pressuraient sans pitié et s'enrichissaient à nos dépens. Notre devoir n'était-il pas de faire cause commune avec celui qui nous protégeait contre ces audacieuses exactions?

Aussi notre concours ne lui fit pas défaut. Malheureusement, on avait promis au comte des renforts, qu'il ne cessait de réclamer et qui ne lui parvenaient jamais. Ce n'était pas avec les 2,500 hommes qu'il avait amenés qu'il pouvait lutter contre les Anglais.

Le prince Djâli, mon maître, était venu se mettre sous ses ordres avec une troupe de cinq cents cavaliers qu'il avait équipés. Ce fut lui qui réussit à prolonger la résistance de cette pauvre petite armée, que la mère-patrie semblait avoir oubliée sur ce coin de globe, et qui ne comptait pas même un escadron de cavalerie.

Grâce à mon maître, elle put tenir la campagne; mais, harcelé sans cesse par des troupes supérieures en nombre, commandé par un général dont le mauvais vouloir de ceux qui auraient dû lui venir en aide paralysait tous les efforts, le petit corps d'armée reculait toujours, et les renforts si impatiemment attendus n'arrivaient pas.

Les Anglais étaient exaspérés de cette résistance. La tête du rajah d'Adjimore avait été mise à prix par ces infâmes. Fort heureusement, il n'y avait pas de traîtres dans nos rangs.

Mais parmi vous, Français, il semblait que l'on conspirât la perte de la colonie. Le conseil de la Compagnie agissait contre les ordres du général avec une hostilité si manifeste, que le comte fut forcé d'interdire les assemblées de ce corps rebelle.

Malgré tout, pourtant, cette lutte gigantesque d'une poignée d'hommes abandonnés dura trois ans. Le peu qu'il en restait fut enfin contraint de s'enfermer dans Pondichéry.

Pendant le siége qu'en firent aussitôt les Anglais, la discorde éclata plus fort que jamais entre le comte de Lally et la Compagnie.

Un de ceux qui en faisaient partie eut l'audace d'acheter en entier un convoi du riz, que mon maître avait réussi à faire entrer dans la ville, et ne craignit pas de spéculer sur la faim pour vendre ce riz à un taux exorbitant.

Le comte, qui l'apprit, fit arrêter par ses soldats ce misérable, le força de rendre gorge et le fit fouetter de verges sur la place publique. Ce châtiment sommaire, si juste qu'il fût, acheva de soulever contre le général la haine de ceux qu'un châtiment semblable pouvait atteindre.

Or, ils étaient nombreux, riches, tout puissants. Ils décrétèrent la perte du comte, dussent la ville et les colonies périr avec lui.

Déjà un parlementaire avait inutilement sommé le général de rendre la ville à discrétion. Naturellement, le comte avait refusé Si on l'avait écouté, peut-être Pondichéry vous appartiendrait-il encore. Malheureusement, pressé par la famine, voyant mourir de faim dans les rues soldats, colons et naturels, le conseil mixte, formé des officiers supérieurs de la garnison et des agents de la Compagnie, signifia au général qu'au nom des ordres religieux, des habitants et de la Compagnie, il considérait le siége comme insoutenable et qu'il allait demander sur l'heure une suspension d'armes au général anglais.

En vain le comte cherche-t-il à les détourner de ce projet; les membres du conseil ajoutent qu'ils le rendent responsable de tous les malheurs que ces retards doivent occasionner.

On constitue à la hâte un conseil de guerre, dont on éloigne le comte de Lally, MM. de Crillon, de Gadeville, de Jussac, et on conclut de se rendre prisonniers de guerre, suivant les cartels établis entre les deux nations.

Le colonel Cootes persiste à exiger que la place se rende à discrétion; le comte refuse encore. Il cherche une dernière fois à faire retentir au fond des cœurs les mots inutiles d'honneur et de patrie; sa voix crie dans le désert ; il s'adresse à des hommes que la haine et la faim ont rendus sourds.

Enfin il est forcé de livrer Pondichéry aux Anglais le 15 janvier 1561.

C'était l'arrêt de mort de mon maître. Aussi ne voulut-il pas survivre à cette honte.

Rassemblant à la hâte les deux cents cavaliers qui lui restaient, il se fit ouvrir de force une des portes de la ville et fondit résolûment sur les lignes anglaises, courant au-devant d'une mort qu'il croyait inévitable.

Soit que le côté qu'il avait choisi fût mal gardé, soit que les lignes anglaises fussent considérablement amoindries, il réussit à passer au milieu d'elles comme un tourbillon, quoique ses hommes et ses chevaux fussent épuisés. A peine vingt cavaliers restèrent sur le carreau.

Quand il se crut en sûreté, il s'arrêta, distribua à ses soldats tout l'argent qu'il avait, les bijoux et les armes dont il était couvert, et leur donna l'ordre de regagner isolément Adjimore.

Je demeurai seul auprès de lui, quoi qu'il fît pour m'éloigner.

— Tu le veux. me dit-il. Eh bien ! suis-moi. Je veux, avant de mourir, tenir le serment que j'ai fait au début de cette guerre maudite. Tu m'y aideras.

A ces mots, nous sautâmes en selle et nous nous éloignâmes.

Le père Brahma était visiblement fatigué. Il fut obligé de faire une pause pour essuyer la sueur qui baignait son visage.

Marcelle accourut aussitôt.

— A boire ! demanda le vieillard d'une voix presque imperceptible.

La jeune fille suivit religieusement les prescriptions du docteur et tendit le breuvage à son père d'adoption, qui le but avidement.

Au bout de trois minutes, il était à peu près remis de sa faiblesse.

Le duc de La Tournaye l'avait attentivement écouté. Plus ou moins, il savait déjà tout ce que le père Brahma lui avait raconté ; mais il pressentait qu'à dater de ce moment allaient commencer les révélations intéressantes que l'Indien lui avait promises.

Aussi, quand il vit le vieillard se redresser péniblement sur l'oreiller, il l'arrêta du geste.

— Ne vous pressez pas, mon ami, lui dit-il, nous avons le temps.

— Non, monseigneur, nous n'avons pas le temps, répliqua-t-il en souriant. Tout ce que je demande à Dieu c'est qu'il me donne la force d'achever ce qui me reste à vous dire.

Il reprit en ces termes :

— Ce ne fut qu'à une heure fort avancée de la nuit que nous atteignîmes Adjimore, car nos chevaux étaient exténués.

Je fus fort étonné de voir le prince Djâli s'arrêter et mettre pied à terre, à cinq cents pas de la ville. A mon tour, je vidai lestement les étriers

Nous étions au bord d'une rivière étroite et profonde.

Mon maître me donna l'ordre de dégarnir nos chevaux et de jeter dans la rivière les brides et les selles magnifiques qui les couvraient.

Comme j'hésitais, il éleva la voix.

— Veux-tu donc, me dit-il, laisser des traces de notre passage ? As-tu envie de tomber entre les mains des Anglais ? Oublies-tu que la tête du prince Djâli est mise à prix ?

J'obéis aussitôt.

— Maintenant, dit-il, laisse aller ces pauvres bêtes en liberté

Nos chevaux s'éloignèrent, en poussant un hennissement plaintif, et nous nous dirigeâmes vers la ville, dont nous distinguions la silhouette massive.

Adjimore n'est pas une place de guerre. Nulle enceinte ne la protége contre l'ennemi. D'ailleurs le nom du prince Djâli était si aimé et si redouté, qu'il n'avait jamais eu à repousser aucune agression. Nous n'eûmes donc aucune peine à y pénétrer et nous nous engageâmes dans les rues désertes.

— Seïda, me dit mon maître, ne possèdes-tu pas une maison à Adjimore ?

— Pardon, prince, je la tiens de vos libéralités.

— Eh bien ! conduis-moi dans ta maison.

C'était le trésor des rajahs d'Adjimore. (Page 50.)

Je ne comprenais pas trop pourquoi le prince aimait mieux aller chez moi que regagner son palais. Cependant je ne me permis pas une observation.

En quelques minutes nous étions arrivés.

Mon maître jeta autour de lui un regard curieux.

— Bien, fit-il à demi-voix, c'est ce qu'il me faut.

Alors il se tourna vers moi.

7me LIV.7

— Y a-t-il ici une cave ?

— Oui maître.

— As-tu des outils ? une pioche, une pelle ?...

— Oui, maître, — les outils sont dans un hangar, à l'entrée du jardin.

Il fit un nouveau signe d'assentiment.

— Maintenant, dit-il, prends une lanterne, cache-la sous ton pagne et suis-moi.

Nous sortîmes et nous nous dirigeâmes vers le palais. A ma grande surprise, le prince Djâli évita avec soin la grande porte, à l'entrée de laquelle se promenaient deux soldats, dont nous voyions briller les armes éclatantes. Il gagna l'extrémité des jardins et ouvrit une petite porte de bronze, assez solide et assez épaisse pour résister au canon.

Cette porte était placée au-dessous d'une terrasse et très-habilement dissimulée derrière un massif. Pour moi, qui avais parcouru mille fois les jardins, je ne l'avais jamais vue.

Nous entrâmes. Un air lourd et humide pesait autour de nous. Je devinai que nous étions dans un souterrain et je démasquai la lanterne dont je m'étais muni.

— Viens, Seïda, dit mon maître qui m'entraîna.

Pendant plus de vingt minutes, nous suivîmes le chemin étroit dans lequel nous nous étions engagés. Enfin nous arrivâmes dans une cave spacieuse.

— C'est ici, fit le prince.

Je m'arrêtai comme lui. Dans un coin de cette cave, je distinguai un coffre carré, ayant en hauteur, en longueur et en largeur une dimension presque égale.

Il était posé sur une petite voiture, montée sur deux roues, fort basse et très-légère.

Mon maître prit une clef, ouvrit le coffre, dont il souleva le couvercle, et s'empara de ma lanterne, dont il promena les rayons sur les objets qu'il venait de découvrir.

Je demeurai fasciné. Devant moi scintillaient de feux éblouissants : diamants, émeraudes, saphirs, topazes, perles, pêle-mêle entassés. C'était le trésor des rajahs d'Adjimore.

— J'ai juré, dit le prince que ni moi ni mes trésors ne tomberions au pouvoir des Anglais. Or, les Anglais sont vainqueurs, demain peut-être ils seront ici... tu vas m'aider à mettre ces richesses en sûreté. Avant de quitter Adjimore, j'ai fait confectionner ce petit chariot afin de pouvoir transporter facilement la caisse que voici. Tu vas prendre les brancards de ce chariot, et nous allons partir ; mais auparavant, je veux tenir jusqu'au bout le serment que j'ai prêté.

Nous sortîmes de la cave par un escalier secret et nous arrivâmes dans une petite pièce de toilette contiguë à la chambre du rajah. C'était là que ses esclaves procédaient tous les jours à sa toilette.

Le prince Djâli ouvrit sa lanterne, prit une torche de résine parfumée, qu'il alluma, et me donna l'ordre de réunir en faisceau les meubles de bois léger dont le cabinet était orné.

Après avoir vidé sur ce bûcher d'un nouveau genre cinq ou six flacons d'essence, il jeta sa torche allumée, et la flamme s'éleva presque instantanément jusqu'au plafond.

— Maintenant, partons, me dit-il. Si les Anglais viennent ici demain, ils ne trouveront qu'un monceau de cendres.

Nous regagnâmes la cave, je pris les brancards du chariot et nous partîmes.

Tout était calme encore dans la cité déserte. L'incendie n'avait pas éclaté. Nous pûmes donc gagner sans être aperçus la cabane que j'habitais.

Aussitôt nous nous mîmes à l'œuvre. Dans la cave de cette maison, nous creusâmes un trou profond. Si je dis nous, c'est que mon maître voulut absolument partager avec moi ce travail ingrat.

Pendant quatre heures consécutives, nous travaillâmes sans relâche. Il faisait grand jour quand nous achevâmes de recouvrir de terre le coffre que nous venions d'enfouir.

Au-dessus de nos têtes, nous avions entendu pousser de grands cris et retentir des pas précipités.

— Ce sont les Anglais, m'écriai-je, nous sommes perdus !

— Non, c'est mon palais qui brûle, répondit froidement mon maître.

Nous écoutâmes. En effet, nous entendîmes pousser distinctement ce cri : Au feu !

Par la fente de la porte nous hasardâmes un regard dans la rue.

Le peuple courait en masse vers le palais du rajah, portant à la main des vases de toute nature et de toute dimension.

Braves gens ! C'était se donner pour rien beaucoup de peine ! Nous savions bien que le feu aurait raison envers et contre tous de cette construction élégante et légère.

Quant au prince Djâli, il ne faisait pas un mouvement. Il fumait, nonchalamment couché sur une natte, comme s'il avait été étranger à ce qui se passait autour de lui. Bientôt il s'endormit d'un profond sommeil.

J'étais curieux de voir et d'entendre. Je sortis et je me dirigeai à mon tour vers le palais.

C'était vraiment un spectacle grandiose que cet immense brasier, d'où s'échappaient de hautes gerbes de flammes et des nuées d'étincelles. Ah ! qu'il eût été doux au cœur du rajah de voir combien il était aimé et avec quel dévouement ses sujets prodiguaient leur vie, pour disputer à l'élément destructeur quelques épaves sans valeur. Tout fut inutile.

J'étais là, depuis une demi-heure environ, quand un bruit terrible se fit entendre. C'était le toit qui s'effondrait.

Mon maître avait tenu son serment. L'incendie ne devait rien laisser aux Anglais des richesses qu'il venait de dévorer.

Je revins, un peu attristé moi-même. Quoi! tant de gloire s'était évanouie en fumée! Tant de brillants souvenirs s'étaient abîmés dans la cendre!

Le rajah dormait toujours. Je posai sur la table les provisions que j'avais rapportées et je m'étendis à mon tour sur une natte, que je plaçai en travers de la porte, attendant que mon maître se réveillât.

Trois heures après, il ouvrit les yeux.

— Eh bien? dit-il. Rien de nouveau?

— Non, maître.

Je ne pouvais pas lui cacher que j'étais sorti, puisque les provisions étaient sur la table. Je lui racontai donc de quelle scène j'avais été témoin, et je lui fis le récit consolant de l'ardeur dont la population d'Adjimore avait donné la preuve.

Il me remercia par un sourire mélancolique.

— Adieu, mon beau pays! Adieu, mes fidèles sujets! murmura-t-il.

Il se leva brusquement.

— Sais-tu si la nouvelle de notre désastre est parvenue jusqu'ici? me demanda-t-il.

— Je ne le crois pas, maître, répondis-je, car je n'ai rien entendu qui ait rapport à ces terribles événements.

— Tant mieux! fit-il amèrement. Ils les apprendront bien assez tôt!

Il laissa tomber son front dans ses mains, accablé sous le poids de sa douleur. Je l'arrachai à sa rêverie et je lui présentai les mets que j'avais préparés.

A peine y avait-il touché du bout des lèvres, que retentit dans la rue un roulement semblable à celui du tonnerre.

— Des cavaliers! s'écria le prince Djâli. Comment! les Anglais sont déjà ici!

Il était devenu livide. De sa ceinture il avait tiré un poignard, la seule arme qu'il eût gardée.

— Arrêtez, prince, lui dis-je. Tout n'est pas encore perdu, et tant que nos ennemis ne nous auront pas découverts....

Je n'avais pas achevé ces paroles, lorsqu'on frappa rudement à la porte.

Je poussai, sans réflexion, le rajah dans la pièce voisine.

— Vite, maître, descendez à la cave! lui glissai-je à l'oreille.

Et je me dirigeai vers la porte, tenant à la main, pour me donner une contenance, la longue pipe que mon maître fumait tout à l'heure.

Deux soldats anglais se présentèrent.

— Allons, mécréant! dirent-ils. Ouvre-nous les portes de ta maison et montre-nous le chemin.

— Entrez, Messieurs, leur dis-je en affectant le plus grand calme. Ma maison n'est pas grande et je n'ai rien à vous cacher.

Ils pénétrèrent dans la maison, le sabre nu. Je leur fis visiter successivement les deux pièces dont se composait l'habitation, je leur fis traverser la cour, je les promenai dans le jardin et leur offris quelques rafraîchissements.

Ils ne me perdaient pas de vue; mais le calme apparent que je parvins à conserver leur en imposa sans doute, car ils ne songèrent pas à s'informer s'il y avait une cave dans la maison.

Au moment de franchir le seuil de ma porte, ils s'arrêtèrent.

— Ainsi tu n'as pas vu le prince Djâli? me demandèrent-ils.

— Non, messieurs.

— Tu sais qu'il y a une récompense de mille livres sterling pour celui qui nous le livrera?

— On me l'a dit.

— Et tu sais que l'on trancherait la tête de celui qui lui donnerait asile ou qui essaierait de le soustraire à nos recherches?

— Je m'en doute.

— Alors, tiens-toi sur tes gardes, vieux coquin, sans cela...

Pour mieux compléter cette phrase, ils me montrèrent la lame de leur sabre, qu'ils remettaient au fourreau, puis ils s'éloignèrent.

Il était temps! J'étais dans une inquiétude mortelle. Mon maître était-il encore vivant? Je courus à la cave, je le vis debout, l'oreille tendue, tenant à la main son poignard, prêt à s'en frapper, dans le cas où l'ennemi aurait découvert sa retraite.

J'essayai de le rassurer; mais je sentais bien que la place n'était plus tenable. Je lui fis quitter les riches vêtements dont il était couvert, je lui en donnai d'autres, les plus propres mais les plus simples que je possédasse.

Profitant ensuite d'un moment favorable, nous sortîmes de la ville et nous gagnâmes la plaine voisine, sans avoir été reconnus de personne.

Là nous étions chez nous, car nous connaissions à merveille les jungles, au milieu desquelles nous marchions.

Du reste, les Anglais eux-mêmes, croyant que le prince tenait encore la compagne, n'osaient pas trop se hasarder hors de la ville. Nous ne fûmes donc pas inquiétés.

Grâce aux précautions que nous avions prises et aux chemins détournés que nous avions suivis, nous étions en sûreté quand la nuit tomba.

— Où irons-nous? demandai-je à mon maître.

— En France, me répondit-il. Il n'est pas possible qu'un pays, pour lequel j'ai perdu mon trône, sacrifié ma vie, renoncé à mes richesses, ne me reçoive pas à bras ouverts.

Je le croyais comme lui; j'approuvai ce projet.

Seulement, gagner l'étranger par la mer était impossible. Les Anglais s'étaient emparés des côtes et leurs vaisseaux exerçaient au large une surveillance rigoureuse. Il fut donc résolu que nous gagnerions l'Égypte et la Turquie par terre.

Fort heureusement, mon maître, avant de quitter son palais, avait eu la précaution d'emplir ses poches de pierreries.

— C'est assez pour attendre des jours meilleurs, avait-il dit.

Je ne vous ennuierai pas du long récit des innombrables dangers auxquels nous avons échappé pendant un mois que dura notre fuite. Enfin nous étions arrivés au Caire!

Je lui conseillai d'y séjourner quelque temps, il ne voulut rien entendre. Trois jours après, nous partions pour Marseille sur un navire marchand. A la fin d'octobre, nous étions à Paris.

Mon maître, généreux à l'excès, avait presque épuisé son petit trésor, qu'il avait inutilement prodigué en dépit de mes sages avis. Il était de plus en plus abattu. Il reprit courage en arrivant à Paris. Il se rendit au ministère de la guerre, déclina son nom, énuméra les services qu'il avait rendus et sollicita une audience du roi.

On lui promit monts et merveilles, — dès qu'on aurait acquis la preuve que ses déclarations étaient sincères, lui fit-on observer pourtant.

Un mois entier s'écoula, sans qu'il fût fait droit à ses légitimes réclamations. Il insista. On le traita nettement d'aventurier et on le mit à la porte.

Cette déception fut le coup de grâce pour mon pauvre maître. Une nostalgie terrible s'empara de lui et le conduisit au tombeau en quelques jours. Hélas! j'eus à peine de quoi suffire à ses funérailles.

Comme il n'appartenait pas à votre religion, le clergé s'opposa à ce qu'il fût mis en terre sainte, et ce fut dans la fosse commune que le corps du rajah d'Adjimore fut jeté, malgré mes protestations, mes sanglots, mes prières.

C'est infâme, n'est-ce pas, monsieur? rugit le père Brahma. Ce fut ainsi cependant.

Ces souvenirs déchirants, cette explosion de douleur, avaient affaibli le vieillard. Il perdit connaissance.

Le duc et Marcelle s'empressèrent à la fois autour de lui.

Enfin, au bout de dix minutes, il ouvrit les yeux.

— A boire! demanda-t-il d'une voix mourante.

La jeune fille versait goutte à goutte le cordial que le docteur lui avait donné; mais, par un brusque mouvement, le malade lui arracha le flacon des mains et le porta à ses lèvres.

— Vite! dit-il, je n'ai pas de temps à perdre.

Avant que Marcelle et le gentilhomme, qui s'étaient précipités à la fois, pussent lui arracher le flacon des mains, il l'avait presque entièrement vidé.

Aussitôt un feu étrange brilla dans ses regards. On aurait cru qu'il renaissait à la vie.

— Ah! fit-il, maintenant j'aurai la force d'aller jusqu'au bout.

A ces mots, il se tourna vers M. de la Tournaye.

— Comme moi, reprit-il, le prince Djâli s'était senti mourir.

— Jure-moi, me dit-il, que tu ne t'approprieras pas les trésors qui sont enfouis dans ta demeure. Jure-moi que tu n'en révéleras l'existence à personne, à moins, ajouta-t-il, que tu ne rencontres sur ton chemin un homme vraiment bon et généreux, qui sache faire au profit de l'humanité un usage noble et utile de cette fortune à jamais perdue...

Je le jurai, reprit le père Brahma, et voilà quatorze années que je garde ce secret.

— Quoi ! interrompit le duc, depuis longtemps cette fortune était entre vos mains et vous n'y avez pas touché !

— J'avais juré, répondit simplement Seïda. Et pourtant j'avais déjà pensé à vous, monseigneur. Je savais quelle était votre inépuisable charité, on m'avait dit que vous étiez la providence des malheureux et que, seul parmi les gentilshommes de France, vous vous efforciez de faire oublier aux humbles les maux que l'orgueil et la rapacité des grands font peser sur eux. Je n'ignorais pas que vous seul aviez su démêler la vérité au milieu des calomnies dont le comte de Lally a péri victime. J'ai été moi-même un de ceux vers lesquels votre main s'est généreusement tendue, c'est ce qui m'a décidé à vous livrer mon secret.

Voici, continua-t-il, en prenant sous son traversin un papier soigneusement plié qu'il étendit sur son lit, un plan grossier de la ville d'Adjimore. Ici est ma maison, là est le trésor des rajahs. C'est moi qui ai dressé ce plan. A ce papier est jointe une cédule écrite en indou et signée de mon nom, par laquelle je reconnais céder à celui qui la présentera la maison que je possédais. Prenez-les.

Le duc essaya de s'en défendre et voulut les repousser.

— Prenez, insista le vieillard. Ne perdons pas un temps précieux. Sur les millions que vous allez recueillir, vous en donnerez un à Marcelle ; c'est tout ce dont elle a besoin pour s'établir convenablement. Vous ferez des autres l'usage qu'il vous conviendra.

Maintenant, poursuivit-il, parlons un peu de cette chère enfant. J'ignore qui elle est, et je crois qu'elle ne le sait pas elle-même. Il me serait impossible de faire la lumière sur ce sujet, si madame Darnaud ne m'avait remis, en mourant, un manuscrit qu'elle destinait à sa fille.

Ce manuscrit, à peine ai-je eu le temps de le glisser dans ma poitrine, avec les papiers que je viens de vous donner, quand les huissiers ont envahi ma demeure. J'ai pu le sauver, Dieu soit béni ! La volonté expresse de madame Darnaud est que Marcelle ne déchire cette enveloppe que le jour où elle aura atteint sa dix-huitième année. Or, d'après la date que m'a fixée la mourante, sa fille est née le 12 avril 1758. Ce n'est donc pas avant seize mois et demi qu'elle pourra prendre connaissance de ce manuscrit.

Je vous le confie devant elle, afin qu'elle témoigne à l'occasion de la fidélité avec laquelle j'ai tenu l'engagement que j'avais pris. Consentez-vous à en être dépositaire ?

— Volontiers, fit le gentilhomme, si mademoiselle me juge digne de recevoir ce dépôt sacré.

— Oh ! monsieur, dit la jeune fille en se jetant à ses genoux.

— J'accepte donc en votre nom, répondit le duc en la relevant avec bonté. Quant aux richesses que vous m'avez proposées, ajouta-t-il en se tournant vers le père Brahma, c'est autre chose. Si flatteuse que soit l'opinion que vous avez conçue de moi, je ne puis ni ne dois réellement...

Il ne put pas achever la phrase qu'il avait commencée. Le vieillard, exténué par les efforts suprêmes qu'il venait de faire, était retombé lourdement sur son oreiller.

Un sourire effleurait ses lèvres amincies, un cercle noirâtre creusait ses paupières et estompait ses narines déprimées.

Il avait joint les mains et fermé les yeux.

Marcelle eut peur, elle courut à lui.

— Père Brahma! s'écria-t-elle, écoutez-moi, je vous en conjure!

Elle se redressa, affolée d'épouvante. Le vieillard ne l'entendait pas.

— Père Brahma! Père Brahma! répéta-elle.

Toujours même immobilité.

— Quoi! fit-elle en se tordant les bras de désespoir, il va mourir ainsi... tout d'un coup... sans que j'aie pu le secourir... le bénir...

Cet appel désespéré parvint aux oreilles du mourant.

Il ouvrit les yeux et promena autour de lui un regard si vague qu'à peine y restait-il une étincelle de vie.

— Adieu, Marcelle.. adieu, monseigneur, balbutia-t-il d'une voix plus faible qu'un souffle de brise, n'oubliez pas le vieux Seïda. Il n'a fait de mal à personne en ce monde... priez pour lui!

Ses yeux se refermèrent, sa poitrine se souleva légèrement... il était mort!

La pauvre enfant poussa un cri déchirant et tomba à genoux devant le lit du vieillard.

En vain le duc essaya-t-il de l'arracher à ce spectacle qui la glaçait de terreur, en vain essaya-t-il de tarir les larmes qui s'échappaient à flots des yeux de Marcelle.

La courageuse jeune fille ne voulait pas quitter celui qu'elle venait de perdre et dont elle était maintenant à même d'admirer plus que jamais les vertus et la probité.

Elle ne consentit pas à se séparer du cadavre, avant que les fossoyeurs vinssent le chercher. Elle eut l'héroïsme de le suivre à pied, jusqu'au cimetière, où M. de La Tournaye avait obtenu pour lui un coin de terre.

Le duc l'avait accompagnée. Alors que tout fut fini, il réussit à l'entraîner et à la faire monter dans le carrosse qu'il avait amené. Elle le suivit sans avoir conscience de ce qui se passait, sans savoir où elle allait, le corps inerte, l'œil hagard, le cœur brisé.

FIN DU PROLOGUE

Non, murmura-t-il, c'est bien lui. (Page 60.)

PREMIÈRE PARTIE
UN GENTILHOMME D'AVENTURE

I

L'HOTEL DE LA PLACE ROYALE

Quinze mois se sont écoulés depuis les événements qui ont précédé le récit fille que nous allons commencer. Nous sommes dans les premiers jours du mois de mars de l'année 1776.

Jetons un rapide coup d'œil en arrière et disons en quelques mots dans quel état se trouvait la France à cette époque.

Louis XV était mort de la petite vérole, le 10 mai 1774, au milieu des plus hideuses souffrances.

Son corps exhalait une odeur tellement fétide, qu'il fallut le transporter sur l'heure et sans pompe à Saint-Denis, sans qu'un regret s'échappât de la poitrine des rares curieux que ce spectacle avait attirés.

Comment, en effet, pourrait-il être aimé du peuple, ce roi qui laissait la France dans un tel état de ruine et d'abandon ? L'ancien édifice social croulait déjà sur sa base ; la lutte des parlements et leur dispersion laissaient le pays dans un état voisin de l'anarchie ; les finances étaient horiblement obérées ; un sourd murmure de mécontentement grondait d'un bout à l'autre de la France.

On ne pouvait pas pardonner à ce roi frivole sa légèreté, son goût effréné pour les plaisirs, la dépravation qu'il avait montrée pendant les dernières années de son règne, les infâmes spéculations sur les farines auxquelles il s'était livré, pour suppléer par ces ressources indignes à la pénurie du Trésor public et pour satisfaire au luxe aveugle qu'il déployait.

Écoutez ce que dit Anquetil, lequel n'est assurément pas suspect d'hostilité envers la monarchie :

« Ce prince, écrit-il, a laissé à son petit-fils une cour livrée à un faste dévo-
« rant, des finances en désordre, un royaume intérieurement troublé par des
« mécontentements sourds. Le murmure, l'inquiétude générale annonçaient
« des orages ; le relâchement des liens entre le peuple et le souverain faisait
« craindre la dissolution totale de l'État. Le monarque, dit-on, prévoyait ces
« malheurs ; mais, au lieu de songer à les prévenir, craignant la peine et tout
« entier à sa jouissance, il semblait dire à la Révolution : Attendez que je n'y
« sois plus » (1).

Et Anquetil écrit cela, après avoir protesté à la page précédente contre les calomnies dont le poursuivaient les « anecdotes de cour » !

On ne désespérait pas encore cependant du salut de la royauté.

Louis XVI, en effet, avait commencé par rétablir les parlements et par renoncer au droit de *joyeux avénement* ; il avait affranchi les serfs des terres domaniales, aboli la question préalable et révoqué la loi monstrueuse qui rendait les taillables solidaires en matière d'impôt.

Il avait choisi pour ministres des hommes généralement entourés de l'estime publique, tels que Turgot et Lamoignon de Malesherbes, qui supprimaient les corvées et préludaient à la juste répartition des charges publiques entre tous les citoyens.

Malheureusement, ces mesures libérales indisposaient contre le roi les orgueilleux gentilshommes et faisaient pousser les hauts cris à cette cour frivole, dont la jeune reine était environnée.

(1) Anquetil, tome XI, page 149.

La lutte s'engageait déjà entre les ministres, que le peuple saluait de ses acclamations, et cette aristocratie hautaine, qui résistait obstinément aux réformes que les écrivains du dix-huitième siècle et tous les esprits éclairés avaient impérieusement réclamées; si bien que la royauté était surtout menacée par ceux-là même qui auraient dû s'en montrer les plus zélés défenseurs.

Telle était la situation, au moment où vont se dérouler les péripéties du drame dont nous avons entrepris le récit.

Parmi les magnifiques hôtels dont la place Royale était encadrée, on en distinguait un, situé au beau milieu de la place, à droite des arcades qui, par la rue de Birague, donnent accès dans la rue Saint-Antoine.

Cet hôtel avait alors un bien plus grand développement qu'il n'en a de nos jours. Sa façade s'étendait sur la place et ses communs sur la rue de Birague; ensuite venaient les jardins, dont l'extrémité atteignait la rue Saint-Antoine.

Devant l'hôtel, caché sous l'ombrage naissant des arbres qui protégent la place contre les ardeurs du soleil d'été, un homme se promenait, couvert d'un long manteau.

Il était environ sept heures du soir; la nuit commençait à tomber

Cet homme avait parcouru plusieurs fois dans toute sa longueur l'allée sous laquelle il s'abritait. Il marchait à pas lents, la tête basse, certainement préoccupé d'une idée fixe.

Chaque fois qu'il passait devant l'hôtel que nous avons signalé, il s'arrêtait, examinait les murs, les fenêtres, et semblait les sonder du regard, comme s'il avait essayé de voir, à travers les murailles épaisses ou les fenêtres plongées dans l'obscurité, ce qui se passait à l'intérieur.

Ce regard avait une expression singulière. On y lisait à la fois la curiosité, l'envie, la haine même.

Après ces haltes successives, le gentilhomme reprenait sa marche silencieuse et se drapait plus soigneusement que jamais dans les plis du manteau qui l'enveloppait.

C'était en effet un gentilhomme, à en juger par les plumes blanches dont son chapeau était orné et par le fourreau d'épée qui soulevait légèrement le bas de son manteau.

Il n'avait guère plus de quarante ans; il était grand et maigre. Son visage osseux était éclairé par deux yeux gris, assez vifs, mais dont les paupières étaient à peu près dépourvues de cils. Était-ce en raison de cette nudité ou seulement par suite d'une habitude invétérée? les paupières avaient contracté un clignement presque perpétuel, qui donnait au regard quelque chose de faux et d'hésitant.

L'expression de la figure répondait, du reste, assez exactement à celle du regard. Les pommettes saillantes annonçaient une ferme volonté; le nez long et aminci, les lèvres pâles et déprimées, le menton pointu et légèrement fuyant, donnaient à la physionomie un caractère d'astuce bien accusé, en dépit du sourire éternel par lequel ces lèvres minces paraissaient vouloir protester contre leur véritable signification.

Il est vrai que, pour le moment, l'inconnu était si bien seul qu'il n'éprouvait pas le besoin de dissimuler, et que son sourire avait quelque chose de froidement cruel.

Quoique son corps disparût habilement dans les plis de l'ample manteau qui le recouvrait, il était facile de voir que la taille était élancée, les jambes alertes, et que le gentilhomme ne manquait ni de souplesse ni d'élégance.

Tout à coup il s'arrêta. Sous les arbres, un bruit de pas s'était fait entendre.

Un autre gentilhomme, beaucoup plus jeune et d'aspect bien plus vigoureux que le premier, débouchait de la rue Saint-Louis et se dirigeait d'un pas rapide vers l'hôtel que surveillait si attentivement l'inconnu.

Celui-ci se faufila derrière un tronc d'arbre, écarta lentement le haut de son manteau, et dégagea sa main droite. Ce mouvement éclaira d'une lueur métallique le canon d'un pistolet, que le gentilhomme arma résolûment.

Alors l'oreille avidement tendue, l'œil étincelant, la lèvre crispée par un sourire satanique, il attendit patiemment que le second gentilhomme passât à sa portée.

Il y eut évidemment chez lui un instant de doute, mais cela dura peu, car celui qu'il observait s'avançait à grands pas.

Au bout de quelques secondes, ce cavalier traversait l'allée sous laquelle se cachait son ennemi.

L'inconnu ajusta lentement et avec un reste d'hésitation.

— Non, c'est bien lui, murmura-t-il. Je le reconnais à sa haute taille et à son torse herculéen.

Aussitôt un coup de feu retentit.

Le cavalier fut atteint, car il chancela, s'efforça de se cramponner à un arbre voisin et tomba.

— Et d'un ! dit l'inconnu, qui prit aussitôt la fuite et disparut sous les arcades, dans la direction de la rue Saint-Antoine.

Presque au même instant, apparut un jeune homme, que le bruit de la détonation avait sans doute attiré. Celui-ci n'était probablement pas gentilhomme, car il ne portait pas l'épée, et sa mise, quoique irréprochablement propre, était des plus simples.

Arrivé sous la rangée d'arbres, il fouilla les ténèbres d'un regard perçant.

Il n'aperçut rien tout d'abord.

— Pourtant, dit-il à demi-voix, c'est bien dans cette direction que le coup de feu a été tiré. Non-seulement j'ai entendu la détonation, mais j'ai vu la lueur de la poudre.

Il s'avança avec précaution et finit par distinguer un homme, qui gisait à terre et qui faisait tout son possible pour se relever.

Il courut à lui et lui tendit la main.

— Vous êtes blessé, monsieur ? demanda-t-il.

Au lieu de répondre à cette question, le cavalier leva les yeux sur lui

— Brissot ! s'écria-t-il.

— Le comte! fit de son côté le jeune clerc stupéfait.

Et, se penchant de nouveau vers lui, il l'aida à se tenir debout.

— Ah çà ! qu'est-ce que cela signifie? reprit-il. C'est donc contre vous que ce coup de feu a été tiré ?

— N'en doutez pas, mon ami.

— Par qui?

— Je l'ignore.

— Vous n'avez donc pas vu votre agresseur?

— Non. A peine ai-je vaguement entrevu la silhouette du misérable, qui disparaissait sous les arcades.

— Mais êtes-vous dangereusement atteint ?

— Je ne le crois pas, bien que je ressente une vive douleur au côté droit.

— Et où alliez-vous donc?

— Chez le duc.

— Moi aussi. Eh bien! vous sentez-vous assez fort pour franchir les cinquante pas qui nous séparent de son hôtel ?

— Je le crois.

— Alors prenez mon bras et partons, avant qu'un second coup de pistolet vous laisse sur la place.

Le comte parvint à reprendre son équilibre. Malgré l'oppression qu'il éprouvait, il réussit à gagner la porte de l'hôtel, dont Brissot souleva le lourd marteau.

Un grand diable de suisse, de haute taille, la face rubiconde et les cheveux entièrement blancs, vint en personne ouvrir la porte.

— Ah! c'est fous, monsieur Prissot. Tonnez-fous la beine t'entrer...

Soudain il aperçut le gentilhomme, le visage crispé par la douleur.

— Que fois-che! s'écria-t-il. M. le gomde est tonc plessé? Ce goup de bistolet gue ch'ai endentu... c'est tonc...

— Vite, interrompit Brissot, allez prévenir votre maître, et surtout gardez-vous bien de parler de cette blessure devant la duchesse !

— Soyez tranguille, monsieur Prissot. Che sais pien, je curs, je fole.

En effet, le suisse, après avoir fermé sa porte avec un soin consciencieux, se dirigea vers l'escalier de l'hôtel.

Le comte et Brissot le suivirent avec une extrême lenteur; mais, dès qu'il eut atteint le vestibule, le comte s'évanouit dans les bras du jeune clerc.

Au moment où Brissot faisait asseoir le blessé sur la banquette, le suisse revint, précédant de quelques pas son maître.

Le suisse, c'était Hartmann ; le maître, c'était le duc Lucien de La Tournaye.

Il s'approcha du comte avec un empressement qui témoignait de l'estime et de l'amitié qu'il avait conçues pour lui.

— Eh bien! monsieur de Lally, que viens-je d'apprendre? s'écria-t-il.

En même temps, il l'examinait avec attention. Voyant que le blessé ne répondait pas, il lui saisit le bras, comme pour s'assurer qu'il vivait encore.

— Vite ! ordonna-t-il à l'un de ses valets, allez chercher le docteur.

Le laquais disparut ; le duc et Brissot prirent M. de Lally et le transportèrent dans une des chambres du premier étage.

Ils le déshabillèrent, le couchèrent et lui donnèrent les premiers soins.

D'abord très-effrayé, le duc vit avec plaisir que la blessure n'était pas grave et qu'elle n'avait pas entamé les chairs. Le comte avait été atteint à la hauteur du sein droit, et la balle, après avoir troué les habits et la chemise avec la régularité et la netteté d'un emporte-pièce, s'était arrêtée sur une côte et s'était logée entre la peau et la chemise.

Après quelques lotions d'eau fraîche coupée avec du vinaigre, le comte revint à lui.

Brissot avait raconté sommairement à Lucien ce qu'il avait vu et entendu.

Le duc n'en revenait pas. Comment! A sept heures du soir ! à la porte de son hôtel! Il interrogea le comte de Lally, qui ne put que confirmer ce que Brissot lui avait appris.

— Vous avez donc un ennemi? demanda Lucien.

— C'est probable, répondit le comte.

— Le connaissez-vous?

— Pas le moins du monde.

— Quoi ! pas un soupçon ?

— Pas un.

— Voilà qui est étrange ! N'auriez-vous pas été plutôt victime d'une méprise?

— Tout est possible, même cela, fit le comte. Ce qu'il y a de certain, ajouta-t-il en montrant sa blessure, c'est que le coup était dirigé d'une main sûre et que, sans les papiers dont la poche de mon habit était bondée, j'étais traversé de part en part.

— Ah ! tout s'explique, dit le duc. Le fait est que la singularité de cette blessure m'étonnait un peu, moi qui en ai tant vu ! Vous aviez donc des papiers sur vous ?

— Oui, j'avais le brouillon du mémoire que je compte adresser au parlement et dont j'avais promis ce soir de vous donner lecture.

— C'est juste, je m'en souviens à présent.

— Eh bien ! prenez là dans ma poche : je suis sûr qu'il est entièrement troué par la balle.

Le duc s'empara du mémoire et le regarda. En effet, le manuscrit, composé d'environ quinze feuilles pliées en quatre, était percé d'un trou dans toute son épaisseur.

Ce qui demeurait inexplicable pour le duc, pour Brissot, pour le comte lui-même, c'était la brutalité et l'audace d'une semblable agression.

Enfin le docteur arriva. C'était le même qui avait soigné Mme Darnaud et le père Brahma. Il se nommait M. Rousseau et demeurait rue Saint-Gilles.

Le duc, témoin du désintéressement avec lequel le docteur Rousseau s'était prodigué auprès de la mère de Marcelle et du vieux Seïda, l'avait pris en amitié et l'avait même adopté comme médecin, après l'avoir généreusement récompensé du dévouement qu'il avait montré.

Cette bonne action avait obtenu presque immédiatement sa récompense, car Lucien devait au docteur le plus grand de tous les bonheurs qu'il ambitionnât.

L'examen de la blessure fit sourire le docteur.

— Dans une heure M. le comte sera guéri, dit-il. L'oppression qu'il éprouve provient uniquement de l'épanchement du sang. Avec une douzaine de ventouses il n'y paraîtra plus.

Aussitôt il se mit à l'œuvre.

Il avait dit vrai. Au bout d'une heure, l'oppression avait disparu, et le blessé, presque entièrement soulagé, demandait l'autorisation de se lever.

— Faites tout ce que bon vous semblera, sauf un excès quelconque, dit le docteur.

Le comte s'habilla à la hâte et voulut présenter ses respects à la duchesse.

— Précisément nous allions souper, fit le duc. Venez vous mettre à mettre à table avec Brissot, et qu'il ne soit pas question devant elle de cette vilaine histoire, je vous en conjure !

Ils se rendirent auprès de la duchesse, qui leur tendit vivement la main.

— Ah ! quelle agréable surprise ! s'écria-t-elle.

— Mais, décidément, le duc ne vous a donc pas prévenue qu'il nous attendait ? demanda le comte.

— Excuse-moi, ma chère Raymonde, interrompit Lucien, mais je suis si heureux depuis trois mois, que le bonheur me fait perdre la mémoire.

En disant ces mots, il se pencha vers elle et l'embrassa tendrement.

— Rassure-toi, du reste, reprit-il. Je viens de donner l'ordre qu'on mette deux couverts et nous n'avons plus qu'à nous mettre à table.

Se tournant alors vers le jeune clerc :

— Brissot, dit-il, veuillez offrir votre bras à Raymonde et montrez-nous le chemin.

Quelques instants après, ils étaient installés tous les quatre devant une table luxueusement servie et magnifiquement éclairée.

De quoi causa-t-on ? De tout, même de polique. Brissot attaquait la mollesse du roi et de ses ministres, Lucien essayait de les défendre et vantait l'honnêteté de Louis XVI.

— Oui, disait Brissot, mais la reine ?

— Eh bien ! la reine est une jeune et très-jolie femme, qui aime son mari...

— Son mari, peut-être... hasarda le jeune clerc, mais non pas son pays — ou plutôt le nôtre, corrigea-t-il. Ne voyez-vous pas que sa situation s'accentue tous les jours, qu'elle devient le centre de la résistance que font aux réformes projetées tous ces écervelés que hante le souvenir de Louis XV et de la Du Barry ?

— Oui, mais convenez aussi qu'on ne peut pas bouleverser du jour au lendemain, sans rencontrer quelques difficultés, les mœurs et les habitudes d'un peuple.

— Surtout quand l'esprit d'opposition émane de ceux que ces bouleversements atteignent le plus directement, ajouta Brissot. Ah! je conviens qu'il doit sembler dur à messieurs les gentilshommes de n'avoir plus de serfs taillables à merci, de renoncer à tous ces jolis droits du seigneur dont ils ont joui et abusé si longtemps; et pourtant était-il possible que de pareilles iniquités durassent plus longtemps?

— Et l'avenir, fit Brissot avec un mouvement d'épaules. Qui sait ce qu'il nous réserve? Aussi, loin d'y avoir confiance, comme vous, je me demande si les paroles que vous venez de prononcer sont réellement l'écho de votre pensée.

— N'en doutez pas, mon ami.

— Alors pourquoi dépensez-vous votre temps et vos trésors à réparer des maux irréparables? Espérez-vous détourner une catastrophe, désarmer les mécontents, imposer silence à l'immense clameur qui s'élève de toutes parts? Non. Vous savez bien que des milliards n'y suffiraient pas. Vous engloutiriez dans ce labeur ingrat votre fortune et votre charité, — votre vie peut-être...

— Décidément vous êtes pessimiste, mon cher Brissot, fit le duc en riant.

— Et vous, vraiment trop optimiste, mon cher duc, riposta le jeune clerc. Mais non, je vois clair dans votre esprit. Il est trop honnête et trop droit pour tromper personne. Vous sentez bien gronder l'orage, vous faites l'impossible pour l'éloigner, vous feignez de ne pas y croire...

— Je vous assure...

— Tenez, interrompit Brissot, voulez-vous répondre franchement à la question que je vais vous poser?

— Soyez-en certain, promit le duc.

— Eh bien! croyez-vous que Turgot et Malesherbes seront encore ministres dans six mois?

— Pourquoi pas?

— Ce n'est pas une réponse, cela. Dites-moi, oui ou non, si vous le croyez.

— Mais je ne suis pas prophète, mon ami.

— Moi non plus, mais je vois ce qui se passe, et je crois pouvoir vous prédire à coup sûr qu'ils n'y seront plus. Alors commencera la débandade. Où nous conduira-t-elle? Pour moi, quand j'y songe, j'ai peur... je ne vous le cache pas.

— Alors quittons ce terrain brûlant, proposa le duc. Vous savez, ajouta-t-il en souriant, qu'il ne faut pas faire peur à Raymonde en ce moment.

Alors il se tourna vers le comte.

— Et vous, mon cher Martial, vous vous taisez?

— Oui, fit le comte. Je crains que Brissot n'ait raison.

— Décidément nous n'en sortirons pas. Allons, dit-il en levant son verre, à la santé de la duchesse!

Les verres se choquèrent avec empressement.

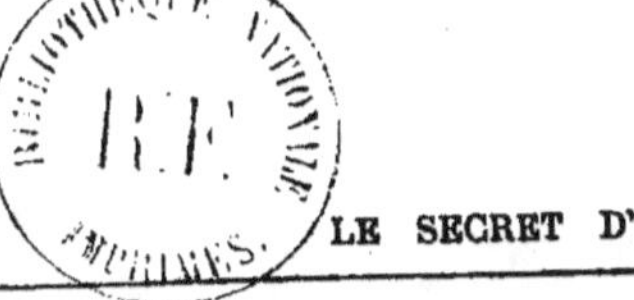

Alors... c'est à recommencer. (Page 70.)

— Quel dommage que Marcelle ne soit pas là, dit Raymonde. Elle aurait
été si heureuse de se joindre à nous !

— Mais, au fait, où est-elle ? interrogea vivement le comte. Je n'avais pas osó
vous le demander, madame.

— Dans sa chambre, avec la comtesse de Libessac.

— Elle est malade ?

9me LIV.   9

— Pas précisément ; elle est indisposée seulement et condamnée par M. Rousseau à garder la chambre deux ou trois jours.

— Mais enfin, qu'a-t-elle ? interrogea Brissot.

— Un simple refroidissement. Elle a voulu hier, malgré l'horrible temps qu'il faisait, aller déposer une couronne de violettes sur la tombe de sa mère. Elle s'est agenouillée, elle a prié un peu longuement, sans souci de la pluie fine et glacée qui lui tombait sur les épaules, elle est rentrée ici avec un peu de fièvre. La fièvre a disparu, le docteur voudrait empêcher un gros rhume de se déclarer, c'est pourquoi il l'emprisonne. Après-demain, je l'espère, elle sera libre.

Le comte et Brissot poussèrent un soupir de soulagement.

On quitta la table et l'on passa dans le salon.

Dès que chacun eut pris place autour du bon feu qui flambait dans la vaste cheminée, M. de Lally tira de sa poche le mémoire qu'il avait rédigé.

— Voulez-vous que je vous en donne lecture ? proposa-t-il.

— Tiens ! s'écria Raymonde, votre papier est tout troué ! D'où cela vient-il ?

Martial ne songeait plus à l'accident dont il avait été victime. Il préparait un mensonge, lorsque la porte s'ouvrit et la voix d'un laquais annonça :

— Monsieur le baron de Pierre-Lisse !

Comme par enchantement, s'évanouit l'expression de gaîté qui brillait sur tous les visages.

Soit que le baron ne s'en aperçût pas, soit qu'il ne voulût pas y prendre garde, il s'avança le plus gracieusement du monde au devant de la duchesse, dont il baisa respectueusement la main.

Puis il se tourna vers les gentilshommes qui se trouvaient là et ne fut pas maître d'un mouvement de surprise en reconnaissant le comte de Lally.

Ce mouvement fut, du reste, imperceptible. Il ne se traduisit que par un clignement répété des paupières et par une légère contraction des lèvres ; mais le baron n'en continua pas moins à sourire et ne perdit pas contenance.

— Parbleu, madame la duchesse, dit-il avec beaucoup de désinvolture, permettez-moi de vous féliciter. Vous avez ce soir une mine resplendissante de santé et de contentement.

— Il est vrai, monsieur, répondit Raymonde. Je suis aujourd'hui aussi heureuse qu'on peut l'être en ce bas monde.

— Permettez-moi de m'en réjouir avec vous, madame, car nous sommes un peu cousins.

— Cousins ! s'écria la jeune femme. Et à quelle mode, je vous prie ?

— A la mode de Normandie, si vous voulez, puisque je suis Normand.

— Mais de quelle façon ? insista Raymonde.

— Ne suis-je pas cousin issu de germain de la comtesse de Libessac ?

— Eh bien !... j'avoue que je ne comprends pas beaucoup...

— C'est pourtant bien simple, madame. M le duc de La Tournaye, votre mari, n'est-il pas en réalité le fils adoptif de la comtesse et, dès lors, n'est-il pas un peu mon cousin ?

— Ah ! fit la jeune femme en riant, si c'est ainsi que vous l'entendez, nous sommes tous cousins, monsieur le baron, puisque nous descendons tous d'Adam et d'Ève.

— Remarquez, madame, dit le baron, sans quitter l'immuable sourire qui semblait stéréotypé sur ses lèvres, que je n'ai pas revendiqué cette parenté pour vous faire un compliment désagréable.

— J'en suis persuadée; monsieur, s'empressa de répondre la duchesse.

— D'autres que moi, ajouta le gentilhomme, pourraient être jaloux de l'amitié que ma cousine a conçue pour votre mari, cas je suis son unique héritier naturel, et la comtesse est fort riche ! Mais je m'incline devant l'excellence de son choix et je reconnais que nul n'est plus digne que ce cher duc de s'attirer une si flatteuse préférence. Quant à vous, madame, vous avez tout pour la mériter : la grâce, l'esprit et la beauté. Je m'estimerai toujours profondément honoré de vous rendre cet hommage.

Ce langage signifiait clairement : — Si vous n'étiez pas là, c'est moi qui hériterais de ma cousine et vous m'avez dérobé son affection avec sa fortune.

Nul ne songea pourtant à protester. Seulement Brissot se pencha à l'oreille de Martial.

— C'est singulier, dit-il à voix basse, je ne l'aime pas, cet homme-là.

— Et moi je ne peux pas le voir en face, répondit le comte de Lally sur le même ton.

Quant au duc de La Tournaye, il feignit de prendre à la lettre ces banalités.

Il est certain que le baron avait dit vrai. Raymonde était dans l'épanouissement de sa beauté.

Agée de trente-deux ans à peine, fraîche encore de toutes les roses du printemps, elle avait un teint mat dont ses opulents cheveux blonds faisaient ressortir l'éclat. Sa peau blanche et fine était irisée çà et là de petites veines bleuâtres qui témoignaient de sa transparence. Ses formes, nettement accusées et dont aucun artifice ne rehaussait les avantages, avaient atteint la perfection de la statuaire, sans rien devoir aux surabondances de l'embonpoint.

Sa taille avait, comme son col, des inflexions harmonieuses; ses mains et ses bras potelés étaient doués d'une grâce enchanteresse.

Cependant elle ne se montra pas trop sensible aux compliments du baron de Pierre-Lisse ni flattée outre mesure de la parenté qu'il invoquait.

Celui-ci ne s'en préoccupa pas autrement et promena autour de lui son petit œil gris et perçant,

— Mais, à propos, reprit-il, je ne vois ici ni ma cousine, ni Mlle Marcelle ; n'aurai-je pas ce soir l'honneur de leur présenter mes respects ?

— Non, monsieur, répondit le duc. Marcelle est indisposée et Mme de Libessac a voulu lui tenir compagnie.

— Ah! je reconnais bien là cette chère comtesse ! fit le gentilhomme. C'est une véritable sœur de charité. Vous savez aussi bien que moi d'ailleurs quels regrets et quelle réputation elle a laissés aux Moulineaux, qu'elle habitait autrefois. — C'est singulier, reprit-il, voyant que personne ne lui donnait la réplique, je n'ai jamais pu m'expliquer comment, après de longues années de veuvage et de réclusion presque monastique, elle a pu se décider à quitter son pays, ses habitudes, pour venir s'installer à Paris !

— Pourquoi ? demanda Lucien. Ne trouvez-vous pas qu'elle a assez pleuré le mari qu'elle avait perdu ?

— Dieu me préserve d'avoir une semblable pensée ! s'écria le baron. Je viens de faire trop franchement son éloge pour qu'on suspecte mes intentions et qu'on donne à mes paroles une interprétation qu'elles sont loin d'avoir, mais je m'étonnerai toujours qu'elle soit rentrée dans le monde, auquel elle avait renoncé si résolûment, à l'âge où ce monde ne lui offrait plus aucun attrait.

— Mais, en dehors des plaisirs de ce monde dont vous parlez, fit observer Raymonde, ne concevez-vous pas d'autres plaisirs, basés sur l'estime et l'affection ? L'amitié que l'on ressent et que l'on inspire n'est-elle pas une des plus grandes jouissances de la vie ?

— Là seulement est son excuse, dit vivement le gentilhomme, car je conçois facilement qu'une affection comme la vôtre ait opéré le miracle dont nous avons été témoins.

— A la bonne heure ! dit Raymonde en riant.

— Mᵐᵉ de Libessac, poursuivit le baron, a toujours éprouvé, du reste, le besoin de s'occuper de quelqu'un ou de quelque chose. Aux Moulineaux elle avait ses pauvres, pour lesquels elle faisait des lieues à pied, hiver comme été, par la bise ou le soleil, par la pluie ou le vent, le froid ou la chaleur. En venant à Paris, elle s'est créé d'autres devoirs. A présent que vous êtes aussi parfaitement heureux qu'il est humainement possible de le désirer, elle vous délaisse pour Mˡˡᵉ Marcelle.

— Eh bien ! où est le mal ? demanda Brissot. Cette jeune fille n'est-elle pas intéressante à tous égards !

— Je ne dis pas le contraire, se défendit M. de Pierre-Lisse.

— N'est-elle pas jeune, jolie, douce, affable ? fit à son tour Martial.

— Assurément, répondit le baron. Je vais même jusqu'à croire que c'est une fille de bonne maison.

— Certes, dit Lucien.

— Vous le savez donc ? interrogea M. de Pierre-Lisse, en levant les yeux sur lui. Vous avez donc du nouveau ?

— Pas du tout ; mais il suffit de voir Marcelle pour être convaincu de ce que vous venez d'avancer. L'éducation que lui a donnée sa mère, en dépit de l'extrême pauvreté à laquelle elle était réduite, prouve que Mᵐᵉ Darnaud était une femme supérieure, déchue par on ne sait quelle cruauté du sort du rang qu'elle était digne d'occuper.

— Ce n'est pas douteux, dit le baron.

Quelque effort qu'il fît pour ne contrarier personne, sa conversation aigre-douce avait fini par déplaire à la duchesse.

Après être demeurée juste le temps nécessaire pour recevoir poliment le gentilhomme, la jeune femme prétexta un malaise pour solliciter la permission de rentrer dans ses appartements.

Ce fut le signal de la retraite.

Martial et Brissot, qui s'étaient levés pour la saluer, tendirent la main à Lucien.

— Comment ! dit le duc au jeune comte, vous ne lirez pas votre mémoire ?

— Non, mon ami ; pas ce soir, du moins. Il est tellement endommagé que je serai forcé de le faire recopier, et puis... je vous l'avouerai, je ne me sens pas très-bien.

— Pourquoi ? demanda le baron. Qu'avez-vous donc, monsieur de Lally.

— Rien, ou du moins peu de chose, monsieur. J'ai été tout à l'heure, au moment où j'entrais chez M. de La Tournaye, victime d'une inconcevable lâcheté, et sans le précieux mémoire que je portais, il est plus que probable que je ne serais pas là.

— En vérité ? s'écria M. de Pierre-Lisse, en ouvrant démesurément ses petits yeux gris. Contez-moi donc cela.

Martial lui raconta ce qui s'était passé et lui montra les soixante feuilles de papier percées d'outre en outre par la balle du meurtrier.

— Tudieu ! cher comte, je vous fais mes félicitations. Vous l'avez échappé belle ! dit le baron. Et vous allez rentrer chez vous à pied ?

— Oh ! je vais presque bien à présent.

— Mais ne craignez-vous pas de faire quelque mauvaise rencontre ?

— Pas ce soir, du moins. Mon ennemi inconnu a dû croire que j'étais mort, en me voyant tomber sur la place, puisqu'il a pris aussitôt la fuite.

— Du moins, vous me permettrez de vous reconduire jusqu'à votre porte, dit le gentilhomme avec un louable intérêt.

— Merci, monsieur Brissot m'a déjà offert son bras, et je l'ai accepté.

— Qu'à cela ne tienne, mon cher comte. En pareil cas, deux bras valent mieux qu'un. L'hôtel de Lally n'est-il pas sur le quai des Tournelles ?

— Oui, monsieur.

— Alors, comme c'est précisément sur mon chemin, je ferai route avec vous, à moins que vous ne vous y opposiez formellement.

— J'accepte volontiers l'honneur de votre compagnie, dit Martial en s'inclinant.

— Alors, fit Lucien, je n'ai que faire de vous accompagner ainsi que j'en avais l'intention. Je vous laisse, mon cher Martial. Si par hasard le docteur vous faisait garder la chambre pendant quelques jours, je vous serai obligé ne m'en faire prévenir, afin que j'aille prendre de vos nouvelles.

— Je n'y manquerai pas, mon ami, promit Martial

A ces mots, ils séparèrent.

Le duc remonta auprès de sa femme, à l'indisposition de laquelle il croyait réellement et non sans motifs.

Quand au jeune comte de Lally, il prit la bras de Brissot et se dirigea vers son hôtel. Le baron marchait à côté de lui.

Chemin faisant, il se fit à nouveau donner les détails les plus circonstanciés sur l'attentat dont Martial avait été l'objet.

— Je n'y comprends rien, dit le comte. Je ne puis même pas croire que ce coup de pistolet me fût destiné.

— En effet, ce n'est guère vraisemblable, fit le baron. Qui donc aurait à votre mort un intérêt quelconque?

— C'est ce que je me demande, répondit naïvement Martial.

Ils étaient arrivés à la porte de l'hôtel.

Brissot voulut absolument reconduire son ami jusque dans sa chambre. Il ne l'y laissa qu'après l'avoir mis au lit et avoir recommandé au valet de chambre du comte de ne pas s'éloigner.

Pendant ce temps, le baron de Pierre-Lisse avait disparu et regagnait la rue Saint-André-des-Arts, qu'il habitait.

— Maladroit ! marmottait-il entre ses dents. Allons... c'est à recommencer.

II

OÙ ET COMMENT LUCIEN AVAIT RENCONTRÉ LE BARON

Ainsi que nous l'avons fait entendre dès le début de cette histoire, le duc Lucien de La Tournaye était, depuis son mariage, dans une situation des plus florissantes.

Les biens de sa famille, dont Monseigneur de Silistrie s'était emparé par un double meurtre et qui avaient été restitués par le roi après la mort tragique de Sa Grandeur, représentaient une somme d'environ douze cent mille livres.

Enfin André Lionnay, après avoir partagé avec son frère Henri et son associé Gouffre l'indemnité que les Jésuites avaient été condamnés à payer, avait doté Raymonde d'une somme égale à celle que Mme de Libessac avait donnée.

Lucien de La Tournaye s'était donc trouvé à vingt et un ans possesseur d'une fortune représentant cent dix mille livres de revenus.

Lucien était bon, brave, généreux. Il avait toutes les qualités qui signalent à l'attention les hommes véritablement supérieurs.

Quand il eut donné sa démission de capitaine aux carabiniers du roi, il se vit fort désœuvré. Pour s'occuper, il dévora tous les livres nouveaux et fut frappé non-seulement des pensées profondément philosophiques qu'ils contenaient, mais encore des injustices criantes qu'ils flétrissaient avec autant d'éloquence que de vérité.

Il fut d'autant plus vivement ému par ces lectures que lui-même avait remarqué déjà à quel degré de licence la noblesse en était arrivée et à quel déplorable état de pénurie la France avait été réduite par les prodigalités du dernier roi.

Quand la famine éclata dans Paris, par suite des spéculations hideuses dont les grains étaient l'objet, Lucien pensa que son devoir était de remédier autant qu'il lui était possible aux souffrances dont il était témoin.

Ne pouvant étendre sur la ville entière sa main bienfaisante, il restreignit aux limites du quartier qu'il habitait les largesses qu'il répandait.

En quelques années, il devint l'idole de cette petite portion de peuple à laquelle il rendait la vie. Son nom était connu et béni dans les plus humbles masardes. On ne s'étonnera donc pas d'avoir vu, dans les premières pages de ce récit, les groupes tumultueux se calmer à son approche, les portes fermées s'ouvrir devant lui.

Hâtons-nous de dire qu'il avait été merveilleusement secondé dans cette tâche par tous ceux qui l'entouraient ; car, pour subvenir à tant de maux, il avait été forcé de prendre non-seulement sur le superflu, mais encore et bien souvent sur le nécessaire.

Raymonde avait renoncé volontiers à quelques bijoux de prix ; Ludivine et Papillon, qui administraient l'intérieur, avaient pourvu en conséquence aux nécessités de la maison.

Quant à Mᵐᵉ de Libessac, elle avait ouvert sans compter sa bourse aux malheureux, et, sans la sagesse de Lucien, peut-être se serait-elle laissée entraîner au-delà de ce qu'elle pouvait faire.

Tout le monde savait donc quelle part active les amis et les serviteurs de Lucien avaient prise à ses générosités.

Si son hôtel n'était pas un temple, il était environné peut-être de plus de respect et de vénération que ne l'étaient les églises, où la généralité des prêtres, il faut bien en convenir, ne brillait pas précisément par ses vertus.

Brissot ne s'était pas trompé quand il avait dit au duc de La Tournaye:

« Il est impossible que vous pensiez ce que vous dites, et que vous ne sentiez pas gronder l'orage. »

Lucien le sentait bien, mais par un restant d'esprit de caste, il ne voulait pas l'avouer. Seulement il consacrait tout ce qu'il possédait de forces et d'argent à apaiser les esprits, à détourner cet orage.

Il ne se faisait pas illusion, son aumône était une goutte d'eau versée dans la mer ; mais il n'en poursuivait pas moins son œuvre, trouvant tout naturel qu'un membre de la noblesse réparât les fautes que la noblesse avait commises.

Le père Brahma avait recueilli toutes les bénédictions qui s'élevaient autour du nom de La Tournaye ; lui-même, indirectement il est vrai, avait ressenti à plusieurs reprises les effets de cette main toujours ouverte.

Les derniers événements qui précédèrent sa mort le décidèrent à rompre le silence, qu'il avait fidèlement gardé, et à livrer au duc le secret dont il était maître.

Lucien hésita beaucoup.

L'existence de ce trésor n'était-elle pas une fable? Fallait-il croire aux paroles d'un vieillard épuisé par la maladie et les souffrances ? Ce conte de fées n'était-il pas une hallucination de moribond?

Tout est admissible.

Aussi Lucien ne ressentit pas la joie que bien d'autres à sa place auraient éprouvée, en recevant cette confidence. Il n'était ni ambitieux ni avare, il n'éprouvait pas le besoin de grossir sa fortune par des moyens illicites ou par des surprises.

Raymonde, à qui il soumit ces scrupules, n'était pas loin de les partager.

La comtesse de Libessac, seule, les battit en brèche, car disait-elle fort judicieusement, plus vous serez riche, plus vous pourrez faire le bien.

Ce raisonnement ébranla quelque peu les résolutions de Lucien. Si simple qu'il fût, il avait une grande valeur aux yeux du gentilhomme, avec les idées duquel il correspondait si directement.

Cependant il hésitait encore.

Depuis quinze jours qu'il avait communiqué à Raymonde et à la comtesse, sous le sceau du secret le plus absolu, les renseignements que lui avait fournis le vieux Seïda, il n'avait pris aucun parti.

Ce fut le docteur Rousseau, qui, sans le savoir, triompha de ces irrésolutions.

Depuis leur mariage, Lucien et Raymonde n'avaient pas d'enfants.

Consultations coûteuses, prières, pèlerinages même, tous les moyens avaient été successivement épuisés par le duc et par la duchesse. La religion n'avait pas opéré le miracle que la Faculté avait été impuissante à réaliser.

En causant avec le docteur Rousseau, après la mort du père Brahma, Lucien amena naturellement la conversation sur ce terrain spécial.

— Avez-vous jamais voyagé ? demanda le docteur.

— Non, répondit le duc.

— Eh bien! tâtez-moi d'un bon voyage, monseigneur. Non pas d'un voyage de Paris à Orléans ou même à Marseille, mais d'un vrai voyage qui vous retienne absent pendant six mois au moins.

— Et vous croyez... fit Lucien étonné.

— Je ne crois rien, dit le docteur. J'ai remarqué que ce moyen réussissait quelque fois. Essayez-en, si bon vous semble, mais rappelez-vous que je ne vous le donne pas comme infaillible.

— Peut-être... murmura le gentilhomme, qui devint pensif.

Il était décidé maintenant. Il n'avait rien de caché pour Raymonde, il lui avoua donc quel motif le faisait partir.

La jeune femme sourit. Elle n'avait qu'une foi médiocre dans le dérivatif du docteur ; elle tremblait à la pensée des dangers que présentait une si longue traversée et un séjour, si court qu'il fût, dans ces climats brûlants.

Devisant chaque jour, ils arrivent enfin à Pondichéry. (Page 80.)

La comtesse de Libessac la raisonna, sermonna, et finit par la convaincre.

Le départ de Lucien, renseignements pris, fut irrévocablement fixé au 25 janvier 1775.

En dépit des vagues espérances que le docteur Rousseau avait fait entrevoir, Raymonde était de plus en plus inquiète, à mesure que cette date terrible approchait.

10me Liv.   10

Bientôt il fallut avouer aux amis de Lucien que le voyage projeté allait s'effectuer. Bien entendu, il ne fut pas question du but secret de cette lointaine expédition.

— Ah ! que vous êtes heureux, monsieur, de pouvoir aller où bon vous semble ! soupira Brissot.

— Mais, au fait, où allez-vous? demanda le jeune comte de Lally.

— Dans l'Inde, répondit le duc.

— Dans l'Inde ! s'écria Martial. De quel côté ?

— Dans les environs de Pondichéry.

— Est-il possible ! fit le comte, excessivement troublé.

— C'est si vrai que dans dix jours je me mets en route.

— Ainsi, c'est bien arrêté ?

— Sans rémission.

— Et tenez-vous absolument à faire seul ce long voyage ?

— Pas le moins du monde. Pourquoi ?

— Parce que je vous proposerais de le faire avec vous.

— Vraiment? dit Lucien enchanté.

— Oui, répondit Martial. Depuis longtemps j'ai, de mon côté, projeté ce voyage. Je veux aller sur les lieux mêmes où mon pauvre père, vaincu par une fatalité irrésistible, a si héroïquement combattu. Je prétends moi-même dresser une enquête sur les faits qui ont motivé son injuste condamnation. Alors, riche des documents que j'aurai amassés, persuadé comme je le suis de l'innocence du martyr, je rédigerai sur cette page lugubre de notre histoire une note que j'adresserai au parlement, et peut-être obtiendrai-je la réhabilitation de cette mémoire si injustement flétrie.

— Vous avez raison, approuva le duc. C'est une noble et sainte mission.

— Ainsi, vous m'acceptez pour compagnon de voyage ?

— Certes, et avec le plus vif plaisir.

Cette proposition inattendue dérida le visage assombri de Raymonde.

La certitude que Lucien ne serait pas seul à courir les dangers qu'elle redoutait pour lui calmèrent ses inquiétudes. L'estime qu'elle avait pour le jeune comte lui était en outre un sûr garant que son mari pouvait compter au besoin sur un bras vigoureux et sur une vaillante amitié.

Martial lui-même rayonnait, bien qu'il jetât un long regard de regret sur Marcelle, qui assistait silencieuse à cet entretien.

En effet, depuis la mort du père Brahma, Lucien n'avait pas trouvé convenable que la jeune fille demeurât seule et avait résolu de lui offrir l'hospitalité.

Il crut devoir consulter Raymonde et la comtesse de Libessac. Toutes deux furent d'accord pour reconnaître qu'une enfant si jeune et si inexpérimentée ne pouvait pas rester aux prises avec la misère, puisque le vieux Seïda lui avait destiné, au moment de rendre l'âme, une faible parcelle des trésors du rajah.

Toutes deux, elles se rendirent donc chez Marcelle et lui proposèrent de demeurer avec elles.

La jeune fille accepta avec d'autant plus de joie qu'elle avait l'âme profondément déchirée par les malheurs successifs qui l'avaient accablée.

Quelques jours après, elle était installée au second étage, à proximité de la comtesse de Libessac, dont le zèle charitable, ainsi que l'avait fait aigrement observer son cousin, éprouvait toujours le besoin de s'occuper de quelqu'un ou de quelque chose.

Elle avait été admise d'emblée dans la vie de famille et commençait à s'habituer tout doucement à ce bien-être qui lui était inconnu.

Ce fut donc chez le duc que Martial la rencontra pour la première fois.

Marcelle n'avait guère plus de seize ans et demi, mais c'était déjà une jolie fille, qui promettait de devenir plus belle encore.

Le jeune comte, en entendant le récit de ses malheurs, s'intéressa vivement à elle et lui témoigna les mêmes égards qu'il aurait eus pour la fille de la maison.

Il ne l'avait pas vue, comme Brissot, sous le misérable costume dont elle était revêtue le jour où, chassée de la rue Villehardouin par les exempts, elle était sans asile et sans pain.

Quand elle lui fut présentée, la comtesse de Libessac et Raymonde avaient déjà pourvu au plus pressé. Elle était habillée très-simplement, mais avec beaucoup de goût, et ne ressemblait pas plus à la fille du vieux vannier que le soleil ne ressemble à une étoile.

Martial fut encore plus touché de sa grâce et de sa candeur qu'il ne fut frappé de sa beauté.

Enfin, le malheur a plus que tout autre des sympathies pour le malheur. A ce titre, Martial était donc mieux disposé que personne à ressentir les effets de la mystérieuse attraction qui l'entraînait vers Marcelle.

Il n'était pas le seul, du reste, à subir le charme singulier qu'elle exerçait sur tous ceux qui l'approchaient.

La comtesse, Raymonde, Lucien, Papillon, Ludivine, tout le monde s'empressait autour d'elle. On aurait dit que chacun prenait à tâche de lui faire oublier ce qu'elle avait souffert.

Quand à Brissot, il n'avait pas plus échappé que les autres à l'épidémie et regrettait avec une amertume sincère que l'état de ses finances ne lui eût pas permis de faire pour la fille du père Brahma ce que lui avait conseillé son cœur.

Il admirait la transformation que la toilette avait opérée chez Marcelle, et se reprochait presque d'avoir renoncé, en faveur du duc de La Tournaye, à l'œuvre de charité qu'il avait entreprise.

Brissot était tout jeune encore, puisqu'il n'avait pas vingt-deux ans. Aussi ne se donnait-il pas la peine de cacher ce qu'il pensait.

— Moi aussi, dit-il, le jour où il revit Marcelle, j'aurais pu lui servir de père.

Lucien ne put s'empêcher de sourire. Quel étrange père, en effet, aurait fait ce jeune homme ! Comment l'aurait-il protégée contre les écueils de la vie ?

Comment se serait-il protégé lui-même contre la dangereuse intimité d'une jeune fille adoptive de dix-sept ans?

N'importe. C'était un bon sentiment qui lui avait dicté ces paroles de regret, de même que c'était à un bon sentiment qu'il avait obéi le jour où il avait offert sa chambre au vieux vannier.

Cette générosité était d'autant plus louable chez lui qu'elle était toute spontanée et qu'il ne s'était pas donné le temps de réfléchir aux embarras qu'elle allait lui causer.

Marcelle le sentait si bien qu'elle lui avait voué pour ainsi dire autant de reconnaissance qu'elle en devait à Lucien.

Quant à la comtesse et à Raymonde, elles avaient reçu le jeune clerc avec une extrême bienveillance. Comme les méchants, les bons sont, pour ainsi dire, solidaires les uns des autres.

Les familiers de l'hôtel de La Tournaye avaient donc vécu dans une paix profonde pendant près d'un mois, quand le départ de Lucien pour les Indes vint y jeter le désarroi.

Martial ne se doutait pas du soulagement extrême qu'il apporta le jour où il proposa au duc d'être son compagnon de voyage.

Il avait vingt-huit ans à peine. Grand et bien fait de sa personne, à la fois doué d'une force peu commune et d'une grande élégance, il portait haut la tête, qu'éclairait un regard intelligent. A le voir, campé d'aplomb sur deux jambes bien tournées, le torse renversé, la taille hardiment cambrée, le sourire aux lèvres, on devinait qu'il était courageux.

Il jouissait d'une grande fortune et appartenait à une illustre famille. Il aurait donc été un des privilégiés de cette terre, si le plus cruel de tous les malheurs ne l'avait rendu orphelin à l'âge de dix-huit ans.

Son père, à l'issue de la guerre fatale qui nous avait coûté nos colonies de l'Inde, fut poursuivi de telles calomnies, qu'il résolut de venir demander justice en France. Il voulait avoir publiquement raison des perfides insinuations auxquelles il était en butte.

Quoiqu'il vînt de lui-même, et de si loin, chercher des juges, on commença par le jeter en prison et on instruisit son procès.

C'était déjà brutal si ce n'était pas inique, car le comte ne songeait pas à fuir; mais ni le roi ni le duc de Choiseul ne tenaient à ce que la vérité fût connue. Si M. de Lally fût resté libre, il aurait parlé. Pour l'en empêcher, on l'envoya d'abord à la Bastille.

Enfin le jour du jugement arriva. Le comte se défendit avec beaucoup de calme et d'éloquence. Un officier vint le prier de passer dans la salle voisine pour laisser à *messieurs* le temps de délibérer.

L'innocence de l'accusé paraissait tellement évidente, que tous ceux qui avaient suivi le procès en attendaient l'issue sans la redouter.

Le tribunal était composé de cinq conseillers. Deux concluaient à absoudre, deux autres furent d'avis de condamner Le cinquième demeurait indécis, flottant sans doute entre l'arrêt que lui dictait sa conscience et le désir de plaire à M. de Choiseul.

Il est à regretter que l'histoire n'ait pas conservé le nom de ce misérable pour le clouer à son pilori.

En effet, de lui dépendait tout. Si même il se fût abstenu, la nullité résultant d'un tel partage aurait sauvé la vie du comte.

Depuis un long quart d'heure il flottait irrésolu ; quand le président lui demanda :

— Enfin, quel est votre avis ?

— Qu'il meure ! s'écria-t-il, *mais finissons-en !*

Et ce furent ces ignobles paroles qui décidèrent de la vie d'un homme !

Le comte de Lally fut anéanti. Déjà une grande douleur venait de le frapper. Sa femme venait de mourir à la suite des angoisses que la captivité de son mari lui avait causées. Le jugement scandaleux qui l'atteignait acheva de le briser.

Et pour qu'on ne nous accuse pas de partialité, nous allons donner le texte même de ce jugement qui déclarait :

« Thomas-Arthur de Lally, comte de Tollendal, dûment atteint et convaincu « d'avoir trahi le roi et la Compagnie des Indes, d'abus d'autorité, de vexa- « tions envers les sujets de Sa Majesté et les habitants de Pondichéry ; pour « réparation de quoi et *autres cas résultant du procès*, la cour le prive de ses « états, honneurs, dignités ; le condamne à avoir la tête tranchée par l'exécuteur « de la haute justice sur un échafaud qui, à cet effet, sera dressé en place de « Grève, déclare tous ses biens confisqués et acquis au roi. »

Ce fut en vain que Mlle de Dillon et MM. de Crillon, de Gadeville, de Jussac, qu'on avait refusé d'entendre comme témoins au procès, intervinrent auprès du roi pour le fléchir ; Louis XV fut inexorable.

Martial avait alors dix-huit ans. Une fois, une seule fois, on lui avait permis d'aller à la Bastille pour faire ses adieux à son père.

Quand vint le jour de l'exécution, le peu d'amis qui restait au pauvre jeune homme se rendit chez lui pour le distraire et lui cacher l'horrible vérité.

Le comte avait marché d'un pas ferme au supplice et avait promené sur les milliers d'yeux qui le contemplaient un regard assuré ; puis il s'était agenouillé en murmurant une prière.

Elle n'était pas achevée qu'un lugubre reflet sillonna les airs, un coup sinistre et sourd retentit... c'était la hache du bourreau qui s'abattait sur le cou de la victime. Mais, dans son impatience fébrile, le bourreau avait mal dirigé son coup et une scie, dont la foule entendit avec effroi l'horrible grincement, acheva l'attentat commis sur cette illustre victime.

Au milieu des cris que cette dernière scène avait provoqués, pendant que les femmes s'évanouissaient de terreur et que les hommes se détournaient avec dégoût, un cri plus terrible encore retentit... Le peuple s'écarta respectueusement, saisi d'une horreur muette.

Pâle, échevelé, haletant, un jeune homme s'avance en courant.

— Place ! place ! s'écrie-t-il, c'est mon père qu'ils vont tuer !...

Il s'élance, il bondit, le cou tendu, l'œil démesurément ouvert, il renverse comme un boulet les soldats qui essayent de s'opposer à son passage... il arrive ! Il cherche en vain les restes de son infortuné père ! Un ruisseau fumant s'offre à ses yeux.... c'est le sang auquel il doit la vie qui coule encore sur l'échafaud.... il s'y roule, il se prosterne, il le couvre de baisers.... On se jette sur lui, on tente de l'arracher à ce spectacle frémissant ; il résiste, il se cramponne à tout, ses forces sont décuplées par le désespoir... jusqu'à ce qu'il tombe inanimé dans cette mare sanglante et refroidie....

Poussé par un sinistre pressentiment, le jeune Martial avait échappé à ses amis et s'était dirigé vers la place de Grève ; de loin il avait vu briller l'éclair mais il n'avait pas pu arriver à temps pour recevoir le dernier soupir de son père !

Tel était le baptême sanglant que le jeune comte avait reçu du malheur et dont le souvenir n'avait cessé de le poursuivre depuis dix ans.

Pendant quelques années, il était resté dans un état de prostration que justifiait amplement l'immense douleur dont il était pénétré. Enfin il sortit de sa léthargie.

L'iniquité du jugement était si flagrante, qu'on n'avait pas osé le mettre à exécution. Martial n'avait été nullement inquiété dans la possession des biens qui appartenaient à sa famille, quoique ces biens eussent été confisqués.

L'opinion publique s'était si énergiquement prononcée en faveur de la victime, que le jeune comte ne désespéra pas de faire réviser le jugement qui avait condamné son père, et de rendre au nom qu'il portait l'estime et la considération dont il jouissait autrefois.

C'est à cette tâche difficile qu'il avait entrepris de consacrer sa vie, c'est dans ce but qu'il avait fait déjà d'innombrables démarches. Malheureusement, l'instant n'était pas propice. Les parlements avait été dispersés par Louis XV, les conseillers étaient bien plus sensibles à la persécution qu'ils subissaient eux-mêmes qu'aux réclamations d'un indifférent.

Aujourd'hui, tout espoir n'était pas perdu. Les parlements venaient de se reconstituer ; il soufflait comme une brise de justice et de liberté. Nulle occasion plus favorable ne pouvait donc se présenter à Martial pour prendre corps à corps ce jugement impie et pour détruire le fragile édifice sur lequel était basé cet arrêt.

Aller chercher la vérité sur les lieux mêmes où le comte de Lally avait commandé, n'était-ce pas le plus sûr moyen de découvrir la vérité ? Martial en était si convaincu qu'il n'hésita plus.

Le 25 janvier 1775, il se mit en route avec le duc de la Tournaye.

Lucien était accompagné de Germain, son ancien soldat ; Martial emmenait avec lui Baptiste, qui jadis avait été valet de chambre de son père, qui avait suivi le général dans l'Inde et qui ne désespérait pas, lui non plus, d'obtenir la réhabilitation de son maître.

Martial était très-reconnaissant envers le duc de La Tournaye de ce que celui-ci avait tenté en sa faveur.

C'était le hasard qui, pour la première fois, les avait mis en présence chez un ami commun.

Le jeune comte n'avait alors que vingt-trois ans. Il était encore sous le coup des malheurs qui l'avaient frappé; il se tenait à l'écart, sombre et rêveur, ne prenant aucune part aux distractions de son âge.

Lucien fut frappé de l'expression farouche qu'il lisait sur cette physionomie loyale et belle. Il demanda au maître de la maison quel était ce jeune et ténébreux gentilhomme. Dès qu'on eut prononcé son nom, il comprit tout.

Il se fit présenter à M. de Lally. Loin d'éviter avec soin toute allusion au passé, il l'entretint de la criante injustice dont le général avait été victime; selon lui il n'était pas possible qu'on ne revînt pas tôt ou tard sur cette erreur judiciaire. Depuis longtemps, d'ailleurs, ajouta-t-il, le sentiment populaire, même dans les rangs de la noblesse, s'était prononcé pour M. de Lally et avait fait appel du jugement qui l'avait atteint.

— Ainsi, monsieur, demanda Martial, vivement ému, vous croyez qu'il serait possible d'en obtenir la révision ?

— Tant que M. de Choiseul vivra, ce sera difficile, répondit Lucien ; mais ce qui est difficile, n'est pas impossible, monsieur. Vous avez encore des amis puissants, j'ai moi-même quelques relations à la cour, et, si vous voulez bien venir causer avec moi de cette affaire, nous aviserons ensemble au moyen d'obtenir le résultat que vous souhaitez si ardemment.

Martial accepta. Ce fut ainsi qu'il devint un des hôtes les plus assidus de l'hôtel de la place Royale.

Depuis cinq ans qu'il s'était lié avec le duc, le jeune comte avait repris espoir.

Bien qu'il n'eût réussi dans aucune de ses tentatives et que ses placets demeurassent enfouis dans les cartons du ministère, de la volonté de M. de Choiseul, il avait remarqué qu'il était reçu partout avec la plus grande déférence et les témoignages de la plus touchante sympathie.

Lucien lui avait dit vrai. L'opinion publique avait depuis longtemps absous le général. Nulle réprobation ne s'attachait au nom que portait Martial.

La sombre mélancolie qui s'était emparée de lui tout d'abord se dissipa. Sa confiance en l'avenir le rendit ce qu'il était réellement : bon, brave et beau.

La présence inattendue de Marcelle chez le duc de La Tournaye acheva la métamorphose que les encouragements de Lucien avaient commencée.

Martial ne put voir d'un œil indifférent cette belle et naïve jeune fille, si intéressante à tous les titres. L'obscurité même, dans laquelle sa naissance demeurait plongée, ajoutait à la pitié que provoquaient ses malheurs un attrait mystérieux.

Le regard pénétrant de ces grands yeux noirs, le sourire triste et doux qui déridait parfois les lèvres roses de Marcelle produisirent en lui un trouble profond.

Il le cacha de son mieux, tant qu'il demeura à Paris, mais dès qu'il se fut mis en route avec le duc, il l'interrogea et lui fit raconter d'un bout à l'autre la douloureuse odyssée de la pauvre enfant.

Il s'informa surtout de Brissot et demanda si le jeune clerc la connaissait avant le jour où il lui avait offert l'hospitalité.

La réponse de Lucien ne le rassura qu'à moitié.

Brissot n'avait pas, en effet, sur lui, d'autre avantage que l'acte de charité qu'il avait accompli avec tant d'abnégation. A huit jours près, Martial avait connu la jeune fille en même temps que le jeune clerc.

Ce qui l'inquiétait un peu, c'est que Brissot restait à Paris, qu'il était devenu un des familiers de la maison et que, pendant les huit ou neuf mois qu'il serait absent, lui Martial, Brissot continuerait à voir Marcelle en toute liberté.

Il se garda bien de laisser voir les inquiétudes qu'il ressentait.

Malgré lui, pourtant, il ramenait si souvent la conversation sur la jeune fille, que Lucien ne put s'empêcher de le remarquer et se douta de ce qui se passait dans le cœur du jeune comte.

Il ne chercha pas d'ailleurs à provoquer ses confidences et se tint sur une réserve prudente, ne sachant pas lui-même s'il devait encourager ou ruiner les espérances de Martial.

Il faillit se trahir cependant, un jour que le jeune comte regrettait devant lui que Marcelle n'eût ni nom, ni fortune.

— Qui sait? fit Lucien, songeant au million que le vieux Seïda avait légué à sa fille adoptive.

— Quoi! dit Martial, vous croyez...

— Je ne crois rien, interrompit le duc; mais savons-nous si Marcelle n'aura ni nom ni fortune, puisque nous ignorons qui elle est et que, pendant quinze mois encore, il nous est interdit d'ouvrir le manuscrit de Mme Darnaud.

— C'est juste, répondit le jeune comte. D'ailleurs, si j'ai hasardé cette réflexion, c'est uniquement dans l'intérêt de la pauvre enfant, car, à mes yeux, qu'elle soit riche ou pauvre, de naissance illustre ou obscure, elle n'en sera pas moins une des plus délicieuses jeunes filles que j'aie jamais rencontrées.

Devisant ainsi chaque jour de tous les êtres qui leur étaient chers, ils arrivèrent enfin à Pondichéry, sans autre accident qu'une violente tempête.

Lucien n'avait pas encore confié au jeune comte le but secret de son voyage.

Pour tout le monde, pour Martial même, c'était pour raisons de santé, et par ordonnance du médecin, que le duc avait quitté la France.

Dès qu'ils eurent atteint le but vers lequel ils se dirigeaient, le comte pria Lucien de l'excuser, s'il ne lui tenait pas compagnie du matin au soir, ainsi qu'il l'aurait désiré.

— J'ai beaucoup de monde à voir, lui dit-il. J'ai même l'intention de visiter, les uns après les autres, tous les champs de batailles sur lesquels mon malheu-

Delhi marcha en avant. (Page 87.)

reux père a combattu; il est donc bien possible que je reste quelques jours absent.

Cette perspective cadrait trop bien avec les projets de Lucien, pour qu'il n'abondât pas dans le même sens.

— C'est trop juste, répondit-il. Le plus sûr moyen de respecter la liberté individuelle est de ne se gêner ni les uns ni les autres. Il est possible également que, de mon côté, la curiosité m'entraîne à quelques petites excursions, et comme elles n'auraient pour vous qu'un intérêt tout à fait secondaire, je ne prétends pas vous les imposer.

— Donc, continua Martial, établissons ici notre quartier-général et rayonnons, vous, au gré de votre fantaisie, moi, selon le plan que je me suis tracé.

Après avoir pris un repos de trois jours, Martial, le premier, partit pour Chandernagor.

Lucien resta seul.

Cent fois il avait été sur le point de communiquer à Martial les confidences du père Brahma, cent fois il avait gardé le silence.

Il avait pour se taire deux bonnes raisons.

La première était une simple question d'amour-propre. Il ne croyait pas aveuglément à l'existence du trésor dont le vieux Seïda lui avait révélé l'existence et ne voulait pas, en cas d'insuccès, s'exposer aux railleries.

Néanmoins, il aurait volontiers fait bon marché de son amour-propre, si le second motif qui le retenait n'avait été plus sérieux.

En effet, s'il s'était ouvert à Martial du secret dont il était maître, le jeune comte aurait certainement voulu partager avec lui les dangers d'une telle expédition, et comme il était impossible de prévoir combien de jours exigeraient les recherches, c'était dérober à Martial un temps précieux.

Lucien se contenta de se rendre chez le gouverneur et de lui demander un sauf-conduit.

— J'ai l'intention de parcourir le pays et je désirerais, à l'occasion, ne pas être pris au dépourvu, lui dit-il.

Le gouverneur poussa l'obligeance jusqu'à lui proposer une escorte, que le duc refusa.

Il se contenta d'acheter deux chevaux, pour lui et pour Germain; puis, après s'être enquis minutieusement du chemin qu'il devait suivre pour aller à Adjimore, il fit ses préparatifs, garnit son porte-manteau, fourbit son épée et chargea ses pistolets.

Le soir, il allait se mettre au lit, car il voulait partir de grand matin, quand on frappa doucement à sa porte.

Il alla l'ouvrir et crut reconnaître le personnage qui se présentait.

Il l'avait vu le matin même dans la grande salle de l'auberge qu'il avait choisie.

— Je vous demande pardon, monsieur, de me présenter ainsi, dit l'inconnu en excellent français: mais mon nom vous dira sur-le-champ qui je suis, et pourquoi j'ai pris la liberté de frapper à votre porte.

Lucien s'inclina et attendit.

— Je suis le baron de Pierre-Lisse, monsieur, continua ce personnage.

Lucien s'inclina une seconde fois et ne cacha pas son étonnement. C'était la première fois que ce nom résonnait à son oreille.

Il examina ce grand et maigre personnage, dont le regard clignotant et le sourire mielleux ne lui disaient rien qui vaille.

Le gentilhomme s'en aperçut.

— Comment! s'écria-t-il, vous ne me connaissez pas même de nom?

— Je le confesse à ma honte, monsieur.

— Pourtant vous êtes bien le duc de La Tournaye?

— En chair et en os, oui, monsieur.

— Mais êtes-vous bien celui chez qui demeure la comtesse de Libessac?

— J'ai cet honneur, en effet.

— Et la comtesse ne vous a jamais parlé de moi! fit le baron tout décontenancé.

— Jamais, non, monsieur.

— Elle ne vous a donc pas entretenu de sa famille?

— Pardonnez-moi. Elle m'a dit, il y a dix ans, qu'il lui restait un ou deux parents éloignés, avec lesquels elle n'avait depuis longtemps aucune relation, que l'un d'eux même avait disparu tout à coup et qu'elle n'avait jamais entendu parler de lui...

— C'est bien cela, fit le baron. Ce parent-là, c'est moi. Je suis cousin de la comtesse...

— A ce titre-là, monsieur, soyez le bienvenu, fit Lucien avec empressement. Que puis-je faire pour votre service?

— Rien, monsieur, répondit M. de Pierre-Lisse, c'est au contraire moi qui viens me mettre au vôtre.

— A quel propos? fit le duc de plus en plus surpris.

— Ne vous ai-je pas entendu ce matin demander le chemin d'Adjimore?

— C'est vrai.

— Eh bien! comme je suis depuis près de dix années dans le pays, je venais vous proposer de vous y conduire.

— Je vous remercie, monsieur, mais je ne me permettrais pas d'abuser...

— Oh! vous n'abusez pas, interrompit le baron, je n'ai rien à faire.

— Alors je regrette, monsieur, de décliner l'honneur de votre société, mais j'ai tout à l'heure trouvé et retenu un guide. Le marché est conclu, j'en ai payé la moitié d'avance; cet indigène sera ici au petit jour, il est donc trop tard de toutes les façons pour revenir sur ce qui a été fait.

— Tous les regrets sont pour moi, fit M. de Pierre-Lisse, qui se retirait lentement et à regret, ainsi qu'il le disait lui-même.

— Ce sera pour une autre fois, monsieur, dit Lucien en le reconduisant jusqu'à la porte.

Le baron ne pouvait pas décemment insister davantage. Il s'éloigna, légèrement désappointé.

— Que diable va-t-il faire à Adjimore? se demanda-t-il.

Le duc ne s'était pas trompé. Il avait aperçu dans la matinée le baron de Pierre-Lisse et avait cru même remarquer que celui-ci l'examinait avec une fixité qui frisait l'indiscrétion.

Comme cela n'avait à ses yeux aucune importance, il s'était éloigné, après avoir obtenu les renseignements qu'il demandait, sans se préoccuper de cet inconnu.

Quant au baron, dès que Lucien eut disparu, il s'enquit du nom de ce gentilhomme.

— Ah ! c'est le duc de La Tournaye! murmura-t-il quand l'hôte eut satisfait à son désir.

Et il s'en alla, tout pensif.

C'est que, si Lucien ne connaissait pas le baron, le baron connaissait fort bien Lucien. Il avait de trop bonnes raisons pour cela !

Il n'ignorait rien de ce que la comtesse Libessac avait fait pour le duc de La Tournaye. Aussi s'était-il informé minutieusement à cette époque de tout ce qui concernait l'ancien capitaine.

Les résultats de ses recherches eurent beau fournir en faveur de Lucien les documents les plus favorables, rien ne justifiait pour le baron le singulier attachement que la comtesse avait conçu pour cet étranger.

Tout d'abord, il s'était imaginé que sa cousine s'était éprise d'une passion tardive pour le brillant officier, mais la jeunesse et la beauté de Raymonde firent tomber d'eux-mêmes ces ignobles soupçons.

C'était une raison de plus pour que le baron s'indignât que Mme de Libessac eût pris en si chaude amitié ce jeune aventurier.

Aux yeux de M. de Pierre-Lisse, Lucien n'était pas, en effet, autre chose qu'un aventurier. Par quelle subtilité, en vertu de quel droit avait-il capté les bonnes grâces de la comtesse ?

Le baron savait bien que Blanche de Méricourt, la mère de Lucien, avait été l'amie d'enfance de Mme de Libessac, mais, selon lui, cela ne justifiait pas la bienveillance qu'elle lui témoignait, ni l'extrême largesse avec laquelle elle se dépouillait à son profit.

Tout autre qu'un aventurier, se disait le gentilhomme, aurait-il accepté les libéralités d'une femme à laquelle ne le rattachaient aucuns liens de famille ?

Ce Lucien pouvait-il ignorer que la comtesse avait des parents? Ne les spoliait-il pas, contre toutes les lois de la nature, de l'héritage qui leur appartenait légitimement ?

Le baron ne prenait rien en considération au-delà de ce qu'il considérait comme son droit. Il ne se demandait pas si, par sa conduite passée, il était resté digne ou non des bontés de la comtesse.

Aussi, lorsqu'il se trouva en présence de celui qui l'avait dépouillé, il sentit gronder en lui de sourds ferments de colère.

Que venait faire dans l'Inde M. de La Tournaye? Il était assez riche pour n'avoir pas besoin de se livrer à des spéculations hasardeuses. Un bonheur insolent avait favorisé toutes ses entreprises. De pauvre et obscur officier de carabiniers qu'il était jadis, il était devenu l'un des gentilhommes les plus illustres et les mieux posés.

Quels motifs puissants l'avaient arraché au calme de cette existence, pour braver les dangers d'un voyage lointain et le climat brûlant d'un pays inconnu?

Ces réflexions avaient excité au plus haut degré la curiosité du baron.

Pendant cette longue journée, il avait inutilement cherché une réponse plausible à tous les points d'interrogation qu'il avait alignés.

Quand vint le soir, n'y tenant plus, il se décida à se présenter chez le duc de La Tournaye. Domptant sa colère, dissimulant sa haine, il espéra obtenir de Lucien la solution du problème qu'il avait poursuivit sans résultat.

Il échoua.

La prudence de Lucien le mit en garde contre les insidieuses propositions du baron. Non pas qu'il sût à qui il parlait. Jamais le nom de Pierre-Lisse n'avait été prononcé devant lui et il ne savait pas un mot du passé de ce gentilhomme.

Au contraire, du moment que le baron était cousin de la comtesse, il avait auprès de Lucien tous les titres à sa bienveillance ; mais si Lucien n'avait pas voulu confier son secret à Martial, ce n'était pas en faveur d'un homme qu'il n'avait jamais vu qu'il irait se départir de la réserve qu'il avait gardée.

D'ailleurs, il n'avait pas menti en disant au baron qu'il avait choisi un guide.

Quelques heures après son entretien avec le maître de la maison, il avait reçu la visite de ce personnage, qu'accompagnait un indigène.

— Monseigneur, avait dit l'hôte, voici précisément un pauvre diable qui se rend à Adjimore et qui, pour une guinée, se fera un plaisir de vous y conduire. Je connais cet homme ; il habitait autrefois Pondichéry, où il exerçait l'humble métier de portefaix ; je l'ai même souvent employé ; j'espère donc que vous n'aurez qu'à vous louer de ses services.

— Mais comment nous accompagne-t-il ? A-t-il donc un cheval?

— Non, monseigneur.

— Il n'a pas, je suppose, la prétention de nous suivre à pied?

— Pardon, monseigneur, et je puis vous garantir qu'il marchera toujours à la tête de vos chevaux.

— Mais il y a vingt lieues, m'avez-vous dit, de Pondichéry à Adjimore.

— Pas un mille de moins, c'est vrai, monseigneur.

— Et cet homme fera ces vingt lieues à la même allure que nous ! s'écria Lucien étonné.

— D'une seule traite, si bon vous semble, répondit l'hôte.

Et se tournant vers l'Indien :

— N'est-ce pas, Delhi ? ajouta-t-il.

Celui-ci fit un signe d'assentiment et se prit à sourire, comme s'il s'agissait de la chose la plus facile du monde.

—Eh bien! je ne serais pas fâché de voir cela, fit Lucien émerveillé.

A ces mots, il tira de sa poche une guinée, qu'il glissa dans la main de l'indigène.

— Voici les arrhes de notre marché, dit-il. Tu en recevras deux autres, si tu me conduis sans accident à Adjimore.

L'œil de Delhi brilla d'un éclair de joie et son visage s'épanouit.

— Demain, à trois heures du matin, nous nous mettrons en route, dit Lucien en le congédiant du geste.

Il était très-content du marché qu'il avait conclu.

Nul, mieux qu'un habitant du pays, ne pouvait en effet lui éviter les périls de toute nature dont la route était hérissée.

Il s'endormit, presque rassuré déjà sur l'issue de son voyage.

Quant au baron, il ne dormait pas, lui! Non moins que la curiosité, le dépit le tenait en éveil.

— Il a choisi un guide, se disait-il, quel guide?...

Il n'y avait qu'un moyen de le savoir: c'était de guetter l'arrivée de cet homme et de l'interroger.

M. de Pierre-Lisse se jeta sur son lit et essaya de fermer les yeux; mais le sommeil n'eut pas raison des préoccupations qui l'assiégeaient.

Il se leva, se mit à la fenêtre et observa.

Vers deux heures et demie, comme le jour commençait à poindre, il vit venir un homme grand et élancé, portant le costume indigène.

— Tiens! murmura-t-il, on jurerait que c'est Delhi. Est-ce que ce serait lui qui servirait de guide à Lucien?

Il se souleva sans bruit et descendit.

Dehli s'était assis tranquillement sur le banc de pierre qui se trouvait près de la porte de la maison.

Le baron alla négligemment à lui.

— Ah! c'est toi, dit-il. Que viens-tu faire à pareille heure?

— Et vous? demanda l'Indien.

— Moi, répondit le baron d'un ton dégagé, je ne peux pas dormir. Aussi je descendais dans la cour pour y prendre le frais, quand je t'ai aperçu. Cela m'a un peu étonné, car ta clientèle ne se lève pas si matin d'ordinaire. Voilà pourquoi je te demandais ce que tu venais faire.

— Je vais conduire à Adjimore un gentilhomme français, qui est arrivé ici, il y a quatre ou cinq jours.

— Tant mieux pour toi, mon ami, car je suppose que M. de La Tournaye s'est montré généreux.

— Ah! vous savez son nom?

— C'est un de mes amis. Je lui avais même proposé de lui servir de guide, mais il avait déjà traité avec toi, m'a-t-il répondu, et, comme je le sais riche, je pense que tu n'auras pas à te plaindre de lui.

— Je crois bien! Il me donne trois fois plus que je ne lui demandais.

— Combien donc t'a-t-il promis?

— Trois guinées! fit Dehli avec un regard de convoitise.

— Soixante-quinze livres! fit le baron en avançant dédaigneusement la lèvre inférieure. Ce n'est pas le Pérou. Je t'en donnerai cent, moi, si tu veux me servir.

— Cent livres ! s'écria l'Indien, que ce chiffre fit bondir. Que faut-il donc faire ? interrogea-t-il d'un air défiant.

— Peu de chose. dit M. de Pierre-Lisse. Il s'agit tout bonnement de ne pas perdre de vue M. de La Tournaye pendant tout le temps qu'il restera à Adjimore.

— C'est tout ? demanda Dehli.

— Pas encore. Quand il aura quitté cette ville, tu me raconteras tout ce que tu auras vu.

— Ensuite...

— Si tu as de bons yeux, tu auras gagné tes cent livres.

— Quoi ! ce n'est pas plus difficile que cela ! fit l'indigène.

Il ne pouvait pas croire que pour une chose aussi simple on lui promît une si grosse récompense.

— Seulement, ajouta le baron, il est bien entendu que tu ne répéteras à personne la conversation que nous avons eue ensemble.

— Soyez tranquille, promit l'Indien, je m'en garderai bien.

— Alors, je te laisse. Adieu ! Cent livres ! N'oublie pas !

Le baron disparut aussitôt et regagna sa chambre.

Une demi-heure après, il entendit un grand piétinement de chevaux dans la cour de la maison. C'était le duc de La Tournaye qui se mettait en route avec Germain.

Dehli marcha en avant.

Lucien n'était pas dévoré d'impatience. Le trésor du rajah ne lui avait pas donné la fièvre. Il aurait pu faire en un seul jour le chemin qui le séparait d'Adjimore ; il aima mieux examiner le paysage et tirer un utile profit de cette expédition.

Il n'arriva donc que le lendemain soir à Adjimore. Dehli le mena dans la meilleure auberge de l'endroit, si toutefois il est permis de donner le nom d'auberge à la maison commune dans laquelle il s'arrêta.. Après avoir payé son guide, il le congédia.

Le lendemain matin, il fut un peu étonné de retrouver Dehli à la porte de la maison.

Il ne s'en inquiéta pourtant pas. Muni du sauf-conduit que lui avait donné le gouverneur de Pondichéry, il se rendit chez les autorités d'Adjimore, et y exhiba la cédule que Seïda lui avait remise.

La cédule fut soumise à un examen minutieux et reconnue parfaitement valable. Le duc acquitta un léger droit et fut déclaré, séance tenante, légitime propriétaire de la maison du vieil Indien. Aussitôt, tenant à la main le plan que lui avait laissé le père Brahma, il se mit en quête.

Il était tellement occupé de ces recherches, qu'il ne remarqua point que Dehli le suivait à distance et ne le quittait pas des yeux.

III

LA MAISON DU VIEUX SEÏDA

Quelque envie qu'eût Lucien de découvrir, sans s'adresser à qui que ce fût, la maison du vieux Seïda, il fut forcé de reconnaître au bout d'une heure qu'il n'y parviendrait pas.

Comme le vieil Indien, il ne connaissait pas Adjimore. Or, le plan, grossièrement fait par un homme qui avait habité le pays pendant près de soixante ans, était incomplet.

Soit que depuis cette époque la ville eût changé d'aspect, — et c'était bien probable, — soit que Seïda eût négligé certains détails qui lui paraissaient sans importance, il fut impossible au duc de trouver la rue dans laquelle était située la maison du père Brahma.

Force lui fut donc de s'enquérir auprès des habitants.

Très-heureusement le souvenir du prince Djâli et de son serviteur était encore présent à la mémoire de ses sujets. Une pieuse légende s'était même répandue dans le royaume, sur la mort du rajah et de son fidèle écuyer.

Les cavaliers qu'il avait licenciés étaient rentrés dans leurs foyers et avaient raconté comment ils avaient échappé, par une charge héroïque, à la captivité et à la mort; mais il leur fut impossible de dire ce que le prince était devenu.

Dans le pays, personne ne l'avait revu, mais, cinq ou six mois après sa disparition, un pêcheur, en jetant ses filets, ramena la selle du rajah, que celui-ci avait jetée dans la rivière avant d'entrer à Adjimore.

On fouilla le lit de la rivière, on y trouva l'autre selle et les deux brides des chevaux que montaient le prince et Seïda. Elles furent reconnues par plus de vingt cavaliers qui avaient servi sous ses ordres.

Le bruit de cette découverte se répandit dans toute la contrée. Les brahmes se gardèrent bien de négliger une occasion si favorable! Ils répandirent le bruit que leur Dieu, touché des infortunes du rajah, et pour le récompenser de son courage, l'avait transporté au ciel ainsi que son serviteur, afin de leur donner la gloire éternelle qu'ils avaient si bien méritée.

Ils s'avancèrent avec précaution. (Page 92.)

Le peuple crut à cette absurde légende, qui grandit et se fortifia à mesure qu'elle s'éloigna de la date qui lui avait donné naissance.

Quand Lucien prononça le nom du prince Djâli et de Seïda, ce fut donc avec un respect mêlé de crainte superstitieuse qu'on l'écouta.

La maison de Seïda était connue de toute la ville, comme si elle eût été un temple. Bon nombre d'indigènes s'arrêtaient pour en baiser le seuil quand le hasard les conduisait dans cette direction.

Lucien réunit donc facilement les indications nécessaires et arriva devant la maison, dont la porte était restée religieusement fermée.

Il fut un peu surpris de voir un homme prosterné devant cette porte, le front incliné dans la poussière, marmottant une sorte de prière, et tellement absorbé dans cette pieuse occupation qu'il ne voyait et n'entendait rien.

Le duc, à qui l'on avait raconté la légende en lui fournissant les renseignements qu'il demandait, se tint discrètement à l'écart, attendant que cet homme eût terminé son oraison.

Cependant, comme elle se prolongeait outre mesure, il s'approcha de l'Indien et lui frappa sur l'épaule.

— Holà! lui dit-il, il faut que je pénètre dans cette maison, fais-moi place, mon ami.

L'homme se releva soudain.

— Monsieur le duc! s'écria-t-il profondément surpris.

— Dehli! fit Lucien, légèrement contrarié.

Il le regarda bien en face, comme pour lire sur le visage de l'Indien si c'était bien le hasard qui l'avait amené là.

Dehli supporta ce regard avec la plus grande tranquillité.

— Pardonnez-moi, monseigneur, fit-il, je ne vous ai pas vu venir et j'ignorais que cette maison fût le but de votre voyage, sans cela je ne vous aurais pas fait attendre.

Mais Lucien ne fut qu'à moitié dupe de cette défaite.

— Je veux bien croire, reprit-il, que c'est accidentellement que tu te trouves sur mon passage, de même que c'est accidentellement sans doute que tu étais à la porte de ma maison. Je dois te prévenir néanmoins que je n'aime pas les curieux et que si, par un accident de même nature, je te rencontrais sur mon chemin dans un moment inopportun, je te ferais sauter la cervelle.

Pour donner plus de poids à ses paroles, le duc caressait d'un geste significatif la crosse de ses pistolets.

Quant à Germain, il en avait déjà tiré un de sa ceinture et jeta sur Dehli un regard chargé de menaces.

L'Indien comprit que si le duc était généreux, il n'était pas patient, et que Germain l'était encore moins. Il se retira donc, en protestant de sa bonne foi.

Lucien le suivit des yeux jusqu'à ce que Dehli eût disparu à l'angle d'une rue voisine.

Restait à pénétrer dans l'intérieur de la maison.

La porte était solide et bien fermée. L'enfoncer d'un coup d'épaule était impossible. Germain l'essaya en vain à cinq ou six reprises.

Sur l'ordre de son maître, il dut se mettre en quête d'un levier assez puissant pour faire sauter la serrure.

Dix minutes après, il revint, armé d'une barre de fer qu'il avait achetée chez un forgeron du voisinage.

Après avoir résisté aux premières pesées, la porte s'ouvrit enfin. Lucien et Germain pénétrèrent dans la maison, après avoir placé la barre de fer en arc-boutant derrière la porte, pour que personne ne pût s'introduire chez eux à leur insu.

Ici le plan tracé par Seïda devenait lumineusement clair.

La maison ne se composait que de deux pièces, d'un hangar placé à l'entrée du jardin et au fond duquel se trouvait la porte de la cave.

Le premier soin de Germain fut de lever les stores, d'ouvrir les fenêtres et les portes qui donnaient sur le jardin, afin de faire pénétrer un peu d'air et de lumière dans la maison abandonnée.

Tout paraissait y être resté dans un ordre parfait, ou plutôt dans un désordre témoignant d'un départ précipité.

Lucien se rappelant cette scène, telle que Seïda la lui avait décrite, aperçut sur une table un vase, des verres, et quelques débris des provisions que le rajah avait mangées avant de s'éloigner.

Sur un siège de jonc et d'osier, on voyait encore le riche costume que le rajah avait échangé contre les habits moins compromettants de son serviteur. Or, ce costume était magnifiquement brodé d'or et de pierreries, et depuis quinze ans il était resté sur ce fauteuil ; il était donc probable que, depuis le jour où le rajah avait pris la fuite, personne n'avait osé s'aventurer dans cette demeure.

Quant au jardin, il ressemblait à une forêt vierge, et formait un inextricable fouillis de plantes et d'arbustes, dont aucune main n'avait arrêté l'opulente végétation. La flore indienne s'y épanouissait dans toute sa puissance et sa sauvagerie ; des senteurs embaumées s'en exhalaient et imprégnaient l'air de parfums délicieux.

Après avoir contemplé cet admirable spectacle et aspiré à plein poumons ces pénétrantes émanations, Lucien se dirigea vers le hangar, sous lequel étaient encore abrités tous les outils de jardinage.

Sous ses pas fuyaient des insectes de toute forme et de toute espèce, qui depuis longtemps sans doute avaient élu domicile dans ce tas d'objets disparates, et qui disparaissaient rapidement dans les méandres du jardin.

Fort heureusement pour eux, Lucien et Germain étaient chaussés de fortes bottes capables de défier les morsures de tous les serpents et de tous les scor-pions du monde.

Ils ne s'effrayèrent donc pas de ce fourmillement et se dirigèrent sans hésiter vers la porte de la cave, armés d'une pelle et d'une pioche qui se trouvèrent à leur portée.

Maintenant qu'il avait pénétré dans la maison et que certains indices révé-lateurs lui démontraient en partie la véracité du récit que le père Brahma lui avait fait, l'incrédulité de Lucien commençait à chanceler.

Peut-être le vieux Seïda avait dit vrai... peut-être le trésor du rajah était-il réellement enfoui sous ces pauvres murailles... tout semblait rendre cette version vraisemblable, — tout, jusqu'à cette pioche et cette pelle, qu'il avait découverts sans les chercher, comme si ces deux outils étaient ceux qui avaient servi les derniers avant que la maison fût abandonnée.

Ce qu'il ne s'expliquait pas, c'est que le vieux Seïda eût mieux aimé vivre misérable pendant de si longues années, à Paris que de revenir à Adjimore, où il aurait pu mourir du moins à l'abri du besoin, en admettant même qu'il ne touchât pas au trésor qu'il avait juré de respecter.

Il comprenait difficilement que le vieil Indien eût épousé la cause de son maitre au point de vouloir reposer sur la terre d'exil et qu'il eût préféré la pauvreté à la honte de se courber dans son pays sous le joug d'une domination étrangère.

Éclairé par la lueur de la lanterne dont Germain s'était muni d'après ses ordres, il descendit l'escalier qui aboutissait à la cave.

Ici les indications du père Brahma étaient encore plus précises. Il avait marqué d'un petit carré noir l'endroit où il prétendait avoir enfoui la caisse du rajah.

C'était donc dans le coin de droite, au fond de la cour que les fouilles devaient avoir lieu.

Sur un signe de Lucien, Germain se mit à l'œuvre; mais, au second coup de pioche, le manche de l'outil vola en éclats.

Ils furent donc obligés de remonter pour chercher une autre manche.

Au moment où ils atteignaient les dernières marches de l'escalier, il leur sembla entendre un bruit de pas précipités.

Ils s'avancèrent avec précaution et tirèrent un pistolet, qu'ils armèrent. Ils ne virent personne, mais, en jetant dans le jardin un regard scrutateur, ils crurent remarquer que les branches de certains arbustes remuaient, comme si elles avaient été récemment frolées par un homme où par un animal quelconque.

— En avant ! cria Lucien.

Il se jeta résolûment dans le massif et Germain s'y élança en même temps que lui; mais ils n'avançaient que très-difficilement à travers l'inextricable entrelacement des branches qui s'opposaient à leur passage.

Cependant le jardin n'était pas assez vaste pour exiger de longues investigations. Au bout de dix minutes ils avaient atteint le mur de bambous dont il était entouré. La clôture était en parfait état de conservation et ils n'avait vu ni rencontré âme qui vive.

Ils cherchèrent sur le sol une empreinte quelconque qui leur servît d'indice, il ne découvrirent rien. L'herbe avait si bien envahi les allées, les plates-bandes et les massifs qu'il n'était pas possible que la terre conservât le moindre vestige.

Ils revinrent sur leurs pas, croyant avoir été le jouet d'une illusion.

— C'est quelque serpent que votre approche aura effrayé, dit Germain.

Il se tint à l'angle du hangar, le pistolet à la main, les yeux fixés sur la muraille de verdure qui se dressait devant lui, pendant que Germain taillait un nouveau manche et remettait sa pioche en état.

Quand il eût fini, il se tourna vers le duc pour lui demander de nouveaux ordres.

— Continue à fouiller l'endroit que je t'ai désigné, dit Lucien, et si, par hasard, tu rencontres la moindre résistance, viens me prévenir à l'instant.

Quant à lui, il demeura en sentinelle au poste où il s'était placé.

Depuis une grande demi-heure, Lucien montait sa faction, le pistolet au poing, attentif au moindre bruit.

Rien n'avait bougé dans le jardin; mais il entendait distinctement chaque coup étouffé de la pioche, que Germain maniait vigoureusement au fond de la cave.

Germain ne savait pas non plus dans quel but son maître avait entrepris ce long voyage et pourtant il ne croyait pas que ce fût uniquement pour faire une promenade au grand air.

Cependant il n'avait essayé par aucune insinuation de pénétrer le secret de son maître. Avant tout il était soldat, c'est-à-dire esclave de sa consigne. Lucien lui avait dit de creuser, il creusait, mais il se doutait bien que si le duc avait fait d'une traite le trajet de Paris à Adjimore, et s'il se livrait dans ce pays ignoré à des recherches si minutieuses, c'était pour un motif de haute importance.

« Or qu'enfouit-on dans une cave si ce n'est un trésor? » se disait Germain avec son gros bons sens.

Il était donc convaincu maintenant qu'il s'agissait d'un trésor.

Cela le rendit prudent à son tour. Lorsqu'après trois quarts d'heure de travail il sentit une résistance, il faillit pousser un grand cri de joie, mais la réflexion lui vint, il étouffa ce cri et monta tranquillement l'escalier.

A peine avait-il atteint la dernière marche qu'il vit son maître se précipiter en avant dans le jardin, et qu'il entendit la détonation d'une arme à feu.

Qui avait tiré? Etait-ce le duc? Etait-ce l'ennemi invisible qu'il poursuivait?

Germain s'élança sur les traces de son maître et l'atteignit à l'extrémité du jardin.

— Monsieur le duc a vu quelque chose? lui demanda-t-il.

— Pas grand'chose, répondit Lucien, mais assez pour être certain qu'un homme a tenté de s'introduire ici et qu'il s'est enfui à mon approche.

— Avez-vous distingué son visage, du moins?

— Du tout. Seulement je réponds que, cette fois, il ne s'agit pas d'un serpent. J'ai parfaitement distingué la silhouette d'un corps humain, — et d'un Indien, qui plus est. J'ai même pensé un instant que c'était...

— Qui donc? fit Germain en voyant que son maître hésitait.

— Le portefaix qui nous a servi de guide, que j'ai retrouvé ce matin à notre porte, et qui était prosterné sur le seuil quand nous sommes arrivés.

— Ah! Delhi?

— Précisément. Cependant je ne saurais en répondre, puisque je n'ai aperçu sa silhouette qu'à travers les branches. Aussi j'ai fait feu un peu au hasard.

— Et vous avez touché, fit tout à coup Germain.

Pendant que son maître lui donnait ces courtes explications, il s'était livré à de rapides investigations et s'était arrêté devant le mur de bambou, dont le jardin était enclos.

Il avait remarqué que ces bambous étaient reliés entre eux, de distance en distance, par des liens d'osier fortement tressés et qui formaient une saillie suffisante pour qu'on pût y poser la pointe du pied.

Pour s'introduire dans le jardin comme pour en sortir, celui que le duc avait entrevu avait nécessairement franchi le mur de bambous, puisqu'il n'y avait pas d'autre issue.

En effet, à hauteur d'homme, Germain aperçut une trace de sang.

Il y posa son doigt, qui en fut teint à l'instant même, et il le fit voir à son maître.

Lucien ne s'était donc pas trompé, et sa balle ne s'était pas égarée. L'Indien avait été assez sérieusement blessé.

En examinant l'empreinte sanglante qu'il avait laissée, il fut facile de constater même qu'il avait été touché à l'avant-bras ou à la main, car les cinq doigts étaient marqués sur le bambou. En haut du mur, la même empreinte existait.

Germain se hissa sur la crête des bambous, mais il ne découvrit rien, sinon à droite et à gauche, d'autres jardins plantés de massifs vigoureux. Qu'était devenu le blessé ? De quel côté avait-il pris la fuite ? Il fut impossible de s'en assurer.

Il sauta à terre.

— N'importe, dit-il, dans l'état où monseigneur l'a mis, il n'est pas probable que le coquin revienne de si tôt.

Ils regagnèrent la maison.

— Mais au fait, demanda tout à coup le duc comment te trouvais-tu là ? Tu as donc interrompu ton travail ?

— Oui, monseigneur, vous m'aviez ordonné de venir vous avertir dès que je rencontrerais la moindre résistance.

— Et tu en as rencontré ?

— Si bien que je me suis mis à genoux, que j'ai gratté la terre avec mes mains et que je puis vous affirmer que c'est sur du bois que ma pioche a frappé.

— Ah! fit le duc pensif, est-que décidément le vieux Seïda aurait dit vrai ? Viens ! dit-il à haute voix en prenant le bras de Germain.

Mais au moment de pénétrer dans la cave, il se ravisa.

— Barricadons auparavant l'entrée de cet escalier, dit-il.

Prêchant d'exemple, il roula deux ou trois vieux tonneaux, des planches, des poutres, derrière lesquels il se plaça; puis, aidé de Germain, il les assujettit solidement avec des cordes qu'il avait trouvées sous le hangar.

Cela fait, ils descendirent.

Après avoir contrôlé les assertions de Germain, il se mit à l'œuvre avec lui. A mesure que son domestique creusait plus avant, il enlevait la terre avec la pelle dont il s'était armé.

Le travail n'était pas fatigant, car il devenait de plus en plus certain que le sol de la cave avait été profondément fouillé. La terre était légère, friable et ne résistait pas sous l'outil.

Au bout d'un quart d'heure, ils avaient mis à nu une planche de bois dur et épais, dont les angles étaient arrondis et qui ressemblait au couvercle d'une caisse.

Il ne s'agissait donc plus que de dégager cette caisse.

Un enfant en serait venu à bout, car plus on avançait, moins la terre offrait de cohésion.

Une heure après, tout était terminé. Lucien et Germain prirent le coffre chacun par un bout et le sortirent du trou dans lequel il était enterré.

— Oh ! que c'est léger ! s'écria Germain.

Lucien ne dit rien, mais il avait fait la même réflexion.

Il examina le coffre, qui était en parfait état de conservation quoique un peu humide.

Quant à l'ouvrir ce n'était pas possible. Il était fermé par une triple serrure et si hermétiquement qu'une feuille de papier ne serait pas entrée dans le joint du couvercle.

Lucien ne songea même pas à l'essayer.

Il commençait à croire que Seïda avait toute sa tête alors qu'il lui révélait l'exsitence de ce fabuleux trésor. Dans tous les cas les indications qu'il avait données étaient rigoureusement exactes jusqu'à présent.

Seulement était-il admissible qu'un coffre si petit et si léger contînt les trésors des radjahs d'Adjimore et eût réellement la valeur que lui attribuait le vieil Indien ?

Lucien doutait encore.

Avant de remonter la caisse, il alla s'assurer que sa barricade était intacte et constata avec satisfaction que rien n'avait bougé. Donc personne n'avait pu les surprendre.

Ils la détruisirent à coups de pioche et transportèrent le coffre dans l'intérieur de la maison. Là, Germain le lava avec soin, de façon à enlever toute trace de souillure.

Ensuite, sur l'ordre du duc, il redescendit à la cave, combla le trou qu'il avait creusé, pilonna la terre avec force et trouva son maître tranquillement assis sur le coffre, tenant à la main son pistolet qu'il venait de recharger.

Aucun bruit insolite n'était parvenu jusqu'à lui. La leçon qu'il avait infligée à l'inconnu avait décidément porté ses fruits.

— Maintenant, dit-il à Germain, procure-toi un chariot, à quel prix que ce soit, et retournons à Pondichéry. Va, je t'attends ici.

Germain partit comme une flèche.

Une demi-heure après, il revint, triomphalement juché sur une sorte de voiture montée sur deux roues très-hautes et d'une incroyable légèreté. Elle était attelée de deux chevaux bizarrement harnachés, mais dont les jambes fines et nerveuses indiquaient la vitesse et l'origine absolument pure.

— Bravo ! fit Lucien, qui avait embrassé d'un coup d'œil ces petits détails.

Il examina le conducteur. C'était un jeune garçon de seize ans au plus, à l'œil vif, à la bouche souriante et à la mine éveillée.

— Bon ! pensa le duc. Je préfère ce jeune guide à Dehli. J'en ferai ce que bon me semblera.

Après avoir posé la caisse dans la voiture. Le duc tira sur lui la porte de la maison et sauta en selle.

Le chariot s'ébranla au galop des chevaux ; Lucien et Germain l'escortèrent et disparurent avec lui dans un tourbillon de poussière.

A peine étaient-ils restés quatre heures dans la maison du vieux Seïda ; mais leurs costumes étrangers, les chevaux qu'ils avaient attachés devant la porte, avaient attiré dans la rue un petit groupe de curieux.

Les habitants du voisinage avaient été, en effet, un peu surpris de voir des étrangers envahir la maison respectée du vieil Indien et s'étaient rassemblés pour discuter sur ce grave événement. Ils virent donc le duc de La Tournaye emporter la caisse, et les propos les plus étranges circulèrent à ce sujet, dès qu'il se fut éloigné.

Lucien n'y fit pas attention. Il était bien armé, bien monté, il n'en demandait pas davantage.

Il mena si rondement le retour que le soir, après s'être arrêté une heure à peine pour donner aux chevaux le temps de manger, il arriva sans encombre à Pondichéry.

Quand il se vit chez lui, il poussa un soupir de soulagement.

En quittant Adjimore il n'était pas précisément rassuré, nous devons le dire. L'épisode du jardin ne pouvait lui laisser aucun doute. Il avait été épié par quelqu'un. Par qui ? Il l'ignorait. Sur qui d'ailleurs se seraient portés ses soupçons ? Nul que lui ne connaissait assurément le secret du vieux Seïda, nul ne pouvait donc supposer que ce fût à la conquête d'un trésor qu'il marchait.

Etait-ce par curiosité seulement que cet homme avait pénétré dans le jardin ? Peut-être. Cet homme était-il Dehli ? Peut-être oui, peut-être non. Mais l'incertitude dans laquelle était Lucien lui faisait redouter des complications qui ne se réalisèrent fort heureusement pas.

Après avoir fait monter le coffre dans sa chambre, il en confia la garde à Germain et se mit en quête d'un serrurier. Celui qu'on lui indiqua comme le plus habile était un Anglais, qui, depuis dix ans, s'était établi à Pondichéry.

Lucien lui expliqua ce dont il s'agissait, afin qu'il se munît de tous les instruments nécessaires, et le conduisit chez lui.

Soit que l'ouvrier fût réellement très-adroit, soit que les serrures eussent été endommagées par leur long séjour dans une terre humide, il les força toutes les trois en moins de dix minutes. Il allait soulever le couvercle, quand le duc l'arrêta brusquement.

Je me faufilai dans les massifs. (Page 104.)

— Merci, lui dit-il. Apportez-moi demain deux serrures neuves, les plus solides que vous aurez, et ouvrant avec deux clefs différentes: vous les poserez en même temps.

L'ouvrier, grassement payé, s'éloigna, et le duc demeura seul. Il allait donc enfin savoir ce que valait le secret du vieux Seïda.

Lucien avait placé la caisse le long de la cloison sur laquelle ouvrait la porte

13ᵐᵉ LIV. 13

qui, de sa chambre, communiquait avec celle de Germain. De cette façon il n'avait pas à craindre qu'un regard indiscret se glissât à travers le trou de la serrure et surprît le moindre de ses mouvements.

Il avait soigneusement fermé les grands rideaux dont les deux fenêtres étaient garnies ; il était donc seul, parfaitement seul, et libre de faire ce que bon lui semblait.

Après avoir allumé les candélabres qui se trouvaient sur la table, il poussa le verrou de la porte, comme précaution dernière, et se dirigea vers le coffre d'un pas résolu.

Enfin il souleva le couvercle et recula, subitement ébloui par les éclairs de toutes couleurs qui jaillirent à la fois, dès que la lumière inonda de sa clarté les pierreries et les diamants dont la partie supérieure du coffre était remplie.

C'était un mirage, une féerie, un rêve ! Jamais Lucien, qui déjà pourtant avait vu de bien belles choses, n'avait contemplé semblable amoncellement de richesses ; jamais tel ruissellement de myriades d'étincelles n'avait fasciné ses regards émerveillés.

Il avait assisté à des bals splendides, à des réceptions où semblaient entassées toutes les magnificences ; il y avait vu des hommes et des femmes surchargés de broderies éclatantes et de bijoux étincelants ; mais, pas une fois, pareille gerbe de miroitements lumineux, de rayons entrecroisés, ne s'était offerte à sa vue !

Il recula, comme si un bouquet de feu d'artifice avait tout à coup jailli sur ses pas et ne put réprimer un de ces cris étouffés d'étonnement et d'admiration, qui s'échappent involontairement de la poitrine quand on assiste seul à quelque spectacle saisissant des splendeurs de la nature.

Il lui fallut un peu de temps pour se remettre du saisissement qu'il avait éprouvé.

Non, certes, le vieux Seïda n'avait pas menti. Si le coffre était réellement plein, il contenait d'incalculables richesses.

Quand ses yeux se furent enfin habitués à cet embrasement lumineux, il se rapprocha et reconnut promptement que le coffre lui réservait de bien autres enchantements.

Sous la pression de son doigt, le panneau de devant s'abaissa en pivotant sur les charnières intérieures qui le retenaient, et Lucien s'aperçut qu'il avait sous la main un de ces meubles semblables à ceux qui se fabriquent en Chine ou au Japon et que l'on nomme « cabinets. »

En effet, le meuble se composait de petits tiroirs juxtaposés et superposés qui s'ouvraient au moyen d'un anneau d'argent finement ciselé.

Ces tiroirs n'avaient guère plus d'un pouce et demi de profondeur, mais Lucien en compta dix-sept, tant en hauteur qu'en largeur.

Il les ouvrit successivement et demeura littéralement stupéfait, non pas seulement de l'habileté avec laquelle le meuble avait été confectionné, mais surtout de l'ordre parfait dans lequel toute chose était rangée.

Chaque tiroir contenait en effet des pierreries de même nature, de même dimension et de même poids, depuis les plus grosses jusqu'aux plus petites.

Celui du milieu, le dix-septième, beaucoup plus profond que les autres, renfermait des perles de toutes les grosseurs et de toutes les nuances, entassées pêle-mêle et sans ordre.

Probablement le prince Djâli ne les avait pas jugées dignes d'un classement aussi sérieux que celui auquel il avait procédé pour les pierreries.

Lucien plongea à plusieurs reprises dans ce tiroir sa main, qui disparaissait tout entière, et se plut pendant quelques instants à faire ruisseler en cascades ces perles nacrées sur les aspérités desquelles se jouait la lumière.

Enfin, quand il eut terminé cet inventaire merveilleux, il demeura plongé dans une sorte d'extase contemplative.

Quoi que lui eussent permis d'espérer les confidences du père Brahma, les calculs de Lucien n'auraient jamais atteint le chiffre que représentaient ces richesses. Il les estima pour le moins à vingt millions.

A vrai dire, il en était fort embarrassé. Que de soins, de soucis, de tracas, allait lui causer cette fortune, dont il n'avait aucun besoin ! Bien certainement, si la race des rajahs d'Adjimore ne s'était pas éteinte avec le prince Djâli, Lucien aurait rendu à sa famille ce trésor dont le hasard l'avait fait héritier.

Cependant le vieux Seïda avait son idée en le léguant à M. de La Tournaye. Il savait que le duc était charitable et généreux à l'excès ; c'est à cause de cela qu'il l'avait choisi pour confident.

Ce qu'il avait voulu c'était fournir à cette âme d'élite le moyen de faire le bien sur une plus large échelle et pour ainsi dire sans compter.

A ce titre Lucien pouvait-il renoncer à cet héritage, se désister de la mission que le mourant lui avait léguée ? N'était-ce pas manquer à ses devoirs envers l'humanité que de répudier le rôle que lui avait destiné Seïda ?

Lucien en jugea ainsi. Ce fut au nom des malheureux qu'il accepta ces richesses, qui l'avaient fasciné d'abord bien plutôt qu'elles ne l'avaient énivré.

Il se releva et laissa retomber le couvercle de la caisse. Désormais son parti était pris. Le trésor du rajah avait un maître. Ce maître c'était la Misère.

Si désintéressé qu'il fût de la possession de cette somme énorme, Lucien n'en était pas moins tenu de la conserver.

Quand vint, le lendemain, le serrurier qu'il avait choisi, il lui commanda une caisse du bois le plus commun qu'il pût trouver, ne différant en rien de celles dont on se servait dans le pays pour les expéditions commerciales, ayant par conséquent l'apparence d'un colis de marchandises ; mais il lui donna l'ordre de doubler cette caisse d'une plaque de fer assez forte pour qu'elle pût résister au ciseau le mieux trempé.

L'ouvrier demanda trois jours, pendant lesquels, à tour de rôle, Lucien et Germain ne quittèrent pas d'une minute l'appartement qu'ils occupaient.

A l'heure précise qu'il avait fixée, l'ouvrier revint et revêtit le coffre du rajah d'une solide cuirasse de fer dissimulée sous les apparences de la caisse d'emballage la plus vulgaire.

Quant aux deux clefs des serrures qui fermaient le coffre lui-même, Lucien les avait attachées à son cou par un ruban et ne les quittait pas.

Ces précautions une fois prises, il ne voulut pas s'astreindre à une faction éternelle et entreprit quelques promenades.

Pendant ces quelques jours, il avait rencontré deux ou trois fois le baron de Pierre-Lisse, qui s'était informé avec beaucoup d'intérêt du succès de son voyage et l'avait accablé de démonstrations d'amitié.

Lucien l'avait accueilli assez froidement. Il se défiait instinctivement de lui. Non pas qu'il doutât que le baron fût réellement le cousin de Mme Libessac, mais il s'étonnait que la comtesse ne lui eût jamais parlé de lui.

« Or, se disait Lucien, si la comtesse a évité avec tant de soin de prononcer son nom, c'est qu'il est certaines questions auxquelles il lui répugnerait de répondre et qu'elle a rompu avec lui toutes relations. Pourquoi ? La comtesse est bonne, indulgente, généreuse. Si le baron n'avait été coupable que de simples peccadilles, il est fort probable qu'elle aurait fermé les yeux... Le baron aurait-il donc commis autre chose que des erreurs de jeunesse ? »

Si le raisonnement n'aboutissait pas à une conclusion certaine, il était basé du moins sur des probabilités assez vraisemblables.

Lucien ne répondit donc à ses avances que par une politesse glaciale. Le baron s'en aperçut, certainement, mais ne se rebuta pas.

Chaque fois que Lucien passait, il l'assaillait de salutations et de compliments. Un jour enfin, il annonça au duc qu'il comptait retourner prochainement en France.

— Mes affaires sont liquidées, dit-il, ma fortune est entièrement refaite, je n'ai donc pas besoin de rester plus longtemps dans ce pays de sauvages. Aussi je ne désespère pas d'être prêt à partir en même temps que vous et d'avoir pour mon retour l'honneur de votre compagnie.

Le duc ne savait que répondre.

— Mais je ne sais pas moi-même... balbutia-t-il. Tout dépend du comte de Lally... L'enquête à laquelle il se livre demandera peut-être beaucoup plus de temps qu'il ne le croit... Ne comptez donc pas trop sur moi comme compagnon de voyage.

— Oh ! rien ne presse, répondit le baron. J'attendrai, monsieur le duc, j'attendrai.

Lucien s'esquiva. Huit jours après, il ne pouvait plus faire un pas sans se rencontrer avec le baron, qui s'attachait à lui comme le lierre à l'ormeau.

Le duc n'aurait pas enduré ce supplice, si M. de Pierre-Lisse, avec un incontestable esprit, n'avait émaillé ses conversations d'anecdotes, souvent piquantes, concernant les gros bonnets de la colonie avec lesquels il se croisait.

En huit jours, Lucien était à peu près au courant de toute la chronique scandaleuse du pays, aux dépens du quel le baron avait exercé sa verve satirique et méchante.

Cependant il ne pouvait se complaire longtemps dans la société d'un homme dont les goûts et l'esprit étaient absolument opposés aux siens. Il lui tardait donc fort que Martial fût revenu de Chandernagor.

Au bout de dix jours seulement, le jeune comte arriva. Il rayonnait. Dans l'Inde aussi il y avait eu un revirement d'opinion en faveur du comte de Lally. Le supplice qu'on lui avait infligé avait eu partout un douloureux retentissement.

Martial revenait donc, les mains pleines de preuves et de témoignages chaleureux.

Il s'excusa beaucoup auprès de M. de La Tournaye de l'avoir fait attendre si longtemps; mais ce fut avec un véritable débordement de joie qu'il lui mit sous les yeux les documents dont il était porteur.

Il ne fut pas médiocrement surpris lorsque Lucien lui confessa que le séjour de Pondichéry et la compagnie de M. Pierre-Lisse lui étaient devenues insupportables et lui annonça qu'il ne le quitterait plus.

Trois jours après, ainsi qu'il l'avait promis, le duc partit avec Martial, sans avoir prévenu personne de son départ, sans avoir pris congé du baron, et sans laisser la moindre indication sur le chemin qu'il allait suivre.

Quand M. de Pierre-Lisse apprit ce départ, qui ressemblait à une fuite, il fut un peu désappointé.

Il marchait dans sa chambre à grands pas, furieux et humilié, mordillant ses lèvres et frappant du pied.

— Et ce Dehli qui n'est pas revenu! murmurait-il avec colère.

Comme si le nom qu'il avait prononcé fût une sorte d'évocation magique, la porte de sa chambre s'ouvrit et Dehli parut.

Il portait le bras gauche en écharpe et s'appuyait sur un rotin.

— Enfin, te voilà donc! s'écria le baron. Ce n'est pas malheureux.

— Non, ce n'est pas malheureux, fit l'Indien; mais si la balle que j'ai reçue dans le bras m'avait atteint à la poitrine, j'étais un homme mort.

— Une balle? Tu es donc blessé? demanda le baron.

— Vous le voyez bien.

— Mais comment? Par qui?

— Par M. de La Tournaye et pour le service de Votre Seigneurie.

— Que dis-tu? Parle vite. Voyons, j'attends, dit le baron avec impatience.

— Oh! j'en ai long à vous raconter, fit Dehli, qui, sans façon, se laissa tomber sur une chaise.

M. de Pierre-Lisse ne releva pas cette inconvenance, qu'en toute autre circonstance il n'aurait pas tolérée.

— Et d'abord, commença l'Indien, parlons un peu de la récompense que vous m'avez promise...

— Cent livres, je ne l'ai pas oublié, interrompit le baron. Va toujours...

— Oh! pardon, fit Dehli. Vous m'aviez promis cent livres pour le cas où je vous rapporterais exactement tout ce qu'a fait M. le duc à Adjimore; mais, dans cette somme n'étaient compris ni la blessure que j'ai reçue pour vous obliger, ni les renseignements que je vous apporte.

— Ah ! dit le baron, dont le sempiternel sourire se figea sur ses lèvres.

— Sans doute, monseigneur. Aussi j'ai compté sur votre générosité pour doubler la somme.

— Tu as eu tort.

— Quoi ! je serais revenu d'Adjimore à pied, dans l'état où je suis, pour répondre plus tôt à vos désirs, et vous ne me dédommageriez pas de la peine que j'ai prise !

— Tu as attendu trop longtemps. Tant pis pour toi !

— Mais je suis ici depuis deux jours, guettant l'instant favorable pour me présenter chez vous.

— Alors pourquoi ne l'as-tu pas fait, au lieu d'attendre que le duc soit parti ?

— Parce que je ne voulais pas qu'il me vît.

— Quel inconvénient y voyais-tu ?

— Un énorme monseigneur. M. de La Tournaye est un homme prudent et un esprit observateur. Il m'a aperçu deux fois à Adjimore et s'est étonné de me rencontrer si souvent sur son passage.

— Il te l'a dit peut-être ? fit le baron avec incrédulité.

— Non seulement il m'a dit qu'il n'aimait pas les curieux, mais encore il me l'a prouvé, répondit Dehli en montrant son bras. Or s'il m'avait vu monter chez vous, il m'aurait reconnu et se serait aperçu que j'avais agi d'après vos instructions, ce dont vous ne vous souciez pas beaucoup, je suppose.

— C'est juste, dit M. de Pierre-Lisse. Tu as bien fait.

— Alors vous n'hésitez plus à m'accorder ce que je vous demande ?

— Du tout. Je t'ai promis cent livres, tu les auras. Quant à y ajouter un liard...

— Il suffit, dit l'Indien, qui se leva et se dirigea vers la porte.

— Eh bien ! où vas-tu ? fit le baron stupéfait.

— Je m'en vais, puisque vous n'êtes pas raisonnable.

— Un instant, que diable ! Voyons, veux-tu deux louis de plus ?

— Il est inutile de marchander, monseigneur, je ne céderai pas ; j'ai déjà perdu huit jours de travail et pendant un mois au moins je ne pourrai pas me servir de mon bras, l'indemnité que je vous demande est donc encore bien au-dessous de ce qu'elle vaut.

— Tes renseignements sont donc bien précis, bien intéressants ?

— Ils valent leur pesant d'or, monseigneur.

— Allons, tu auras tes dix louis, dit le baron avec un soupir.

— Et vous me les donnerez d'avance ?

— Jamais.

Dehli salua et fit un pas vers la porte.

— Décidément tu es entêté comme un âne, fit M. de Pierre-Lisse avec colère.

— C'est vrai, monseigneur.

— Allons, voilà tes deux cents livres, dit le gentilhomme, en se dirigeant vers un meuble, dans lequel il prit une poignée d'or.

Mais il ne la mit pas sans compter dans la main du portefaix. Ce ne fut que pièce par pièce qu'il remit à l'Indien la récompense qu'il s'était décidé à lui donner.

Dehli glissa l'argent dans sa poche, reprit sa place et commença en ces termes :

— Le soir du deuxième jour qui suivit notre départ, nous arrivions à Adjimore, sans qu'il se passât rien qui mérite d'être signalé. Le lendemain matin, j'étais assis devant la porte, quand je vis M. de La Tournaye sortir accompagné de son domestique. Il tenait à la main une liasse de papiers sur lesquels se porta mon attention.

Je le suivis.

Il se rendit chez le gouverneur et n'y resta pas moins d'une heure. Enfin il reparut. Il avait déplié un des papiers qu'il avait apportés. Je pensai que c'était un plan de la ville, car il ne cessait d'y jeter les yeux à mesure qu'il avançait. Sans doute le plan était incomplet ou dressé depuis longtemps, car il fut obligé de s'arrêter en route pour demander un renseignement.

L'occupation à laquelle il se livrait m'avait permis de le suivre d'assez près sans être remarqué. Pourtant je ne m'y fiais pas trop.

J'entrai derrière lui chez le marchand auquel il s'était adressé.

— Quel est ce gentilhomme ? lui dis-je.

— Je ne le connais pas.

— Pourtant il est entré chez toi. Que te voulait-il ?

— Il m'a demandé si je pouvais lui indiquer la maison du vieux Seïda.

— Et tu l'as fait ?

— Oui.

— Bien ! merci.

Je m'éloignai aussitôt et, par des rues détournées, je me rendis à l'endroit que le marchand m'avait désigné. J'y arrivai bien longtemps avant le gentilhomme.

J'étais moi-même très-intrigué.

Seïda était le confident, l'inséparable du prince Djâli, notre ancien rajah. Comme son maître il est vénéré chez nous à l'égal d'une divinité, à cause du courage et de la fidélité avec lesquels il a servi son pays. Aussi le peuple passe-t-il rarement devant la maison qu'il habitait jadis sans s'incliner respectueusement sur le seuil.

J'étais donc prosterné devant la porte quand parut M. de La Tournaye.

Il fronça les sourcils en m'apercevant, et me menaça de son pistolet, si je me trouvais une troisième fois à sa portée.

Après avoir protesté de mon innocence, je me retirai. Je savais ce que je voulais savoir : le duc se rendait bien dans la maison qu'on m'avait indiquée.

Or, je dois vous dire que, depuis quinze ans, cette maison est demeurée close et entourée d'un tel prestige que personne, pas même moi, n'aurait eu l'audace d'y pénétrer.

Que venait donc y faire M. de La Tournaye ? Cela m'intriguait de plus en plus. Aussi je résolus, en dépit de ses menaces, d'approfondir ce mystère.

Cela m'était plus facile qu'à qui que ce fût, puisque c'est mon père qui a vendu cette maison au vieux Seïda, il y a une vingtaine d'années.

J'avais douze ans à cette époque ; j'avais été élevé dans cette maison, j'en connaissais donc à merveille les moindres recoins, les tenants et les aboutissants. Aussi, comme le jardin de la maison voisine appartient encore au frère de mon père, je me rendis chez lui, je me faufilai dans les massifs, j'escaladai le mur de bambous qui sépare les deux jardins et je me plaçai en observation.

Je ne tardai pas à voir M. de La Tournaye. Il avait toujours son plan à la main.

— Ah ! nous voici sous le hangar, dit-il ; la porte de la cave est là, au fond, à droite.

Il ne se trompait pas. Je le vis choisir une pelle et une pioche parmi les outils dont le hangar était encombré.

Instinctivement, dans la crainte d'être découvert, je fis un mouvement qui trahit ma présence. Ils entendirent le froissement des branches et se précipitèrent en avant ; mais je ne les attendis pas : j'eus bientôt franchi le mur de bambous et regagné le jardin de mon oncle.

An bout d'une demi-heure, je m'avançai à pas de loups et je prêtai l'oreille. Je n'entendis rien, sinon un bruit sourd et régulier dont je ne m'expliquais pas la cause.

Je me souvins alors que j'avais vu M. de La Tournaye s'emparer d'une pioche et se diriger vers la cave. Donc c'était dans la cave qu'il était et les coups sourds qui parvenaient à mon oreille étaient produits par la pioche que maniait sans doute la main vigoureuse de Germain.

C'était étrange, et j'avoue que je devenais curieux pour mon compte, autant au moins que pour le vôtre, de savoir ce qu'ils faisaient.

Je franchis à nouveau la clôture et je m'avançai dans le jardin, croyant que le duc était dans la cave avec Germain.

Pas du tout. Pendant que son domestique travaillait sans relâche, M. de La Tournaye était resté en sentinelle à l'entrée du hangar. Au premier bruit qu'il entendit, il s'élança, le pistolet au poing, m'aperçut, fit feu et m'atteignit à l'avant-bras.

Fort heureusement pour moi, j'eus la force de franchir le mur et de disparaître, avant qu'il pût s'expliquer de quel côté je m'étais enfui.

Pour le coup je ne songeai pas à pousser plus loin une aventure qui aurait certainement fini par me coûter la vie ; mais j'envoyai mon oncle à la découverte et je le chargeai d'aller surveiller la maison du vieux Seïda.

Les heures s'écoulaient et il ne revenait pas ! Enfin il reparut et me rendit un compte exact de tout ce qu'il avait vu et entendu.

Au moment où il était arrivé devant la maison de Seïda, quelques voisins y étaient rassemblés.

La présence des deux étrangers, la hardiesse avec laquelle ils avaient violé le seuil de cet asile vénéré, les avaient émus. L'un d'eux-même avait cru devoir

Puis la voiture partit, escortée par le gentilhomme et son valet. (Page 105.)

se rendre chez le gouverneur d'Adjimore, qui s'était contenté de lui répondre que les étrangers étaient dans leur droit et qu'il fallait les laisser faire.

Le groupe ne se dissipa point pour cela et devisa de ce fait bizarre, jusqu'au moment où Germain sortit et se mit à la recherche d'une voiture, qu'il ramena presque aussitôt. Sur cette voiture, M. de La Tournaye fit charger une caisse de moyenne grandeur ; puis la voiture partit, escortée par le gentilhomme et son valet, toujours armés jusqu'aux dents.

14me Liv.   14

Ce n'était pas fait pour imposer silence aux commérages. Qu'était-ce que cette caisse? Que renfermait-elle? Les versions les plus bizarres commencèrent à circuler. On interrogea le passé, on se souvint de la mystérieuse disparition du rajah et de son serviteur; on se rappela qu'en fouillant les décombres du palais incendié, on n'avait pas trouvé le trésor du rajah, dont l'existence était pour tout le monde un fait avéré.

Qu'était devenu ce trésor? Le rajah, avant de mourir, l'avait-il confié à Seïda pour ne pas le laisser tomber au pouvoir des Anglais? Le vieux serviteur avait-il disposé de ce trésor en faveur de cet étranger?

Ce fut comme une traînée de poudre. Plus une chose est invraisemblable, plus elle a chance d'être accueillie. En moins d'une heure, la ville entière savait qu'un gentilhomme français était venu à Adjimore pour s'emparer des trésors du rajah!

On pénétra dans la maison du vieux Seïda, où l'on ne trouva rien d'extraordinaire. Je m'y rendis trois jours après, moi qui en savais plus long que bien d'autres à cet égard, et j'acquis la preuve que le sol de la cave avait été fraîchement remué, dans le coin du mur, à droite, quelque précaution qu'on eût prise pour dissimuler cette opération.

— De sorte, interrogea le baron, qu'à Adjimore tout le monde est convaincu que M. de La Tournaye a emporté un trésor?

— Tout le monde, affirma Dehli.

— Et toi, qu'en penses-tu?

— Moi, je ne serais pas éloigné de le croire aussi, répondit le portefaix.

M. de Pierre-Lisse le congédia d'un geste, et son regard s'alluma d'une lueur sinistre.

IV

LE RETOUR

Au moment où Dehli allait s'éloigner, M. de Pierre-Lisse le rappela.

— Et cette caisse, demanda-t-il, l'as-tu vue, toi?

— Non, je n'ai pas osé me montrer avec mon bras en écharpe; c'eût été me dénoncer moi-même.

— Alors tu ne peux me dire ni quelle est sa forme, ni comment elle est faite?

— Oh! pardon. Mon oncle l'a vue et m'en a fait une description très minutieuse.

— Voyons! fit curieusement le baron.

— Elle est de grandeur moyenne et assez légère. Elle forme en hauteur et en largeur un cube presque parfait; enfin elle est faite en bois dur et poli, d'un rouge foncé presque noir, et qu'on appelle communément chez nous du bois de fer.

— Voilà qui est bien vague, dit le gentilhomme d'un air indifférent. Il importe peu, du reste, et j'avoue que je m'attendais, pour mes dix louis, à des révélations beaucoup plus intéressantes.

—Comment! s'écria l'Indien stupéfait, vous ne trouvez pas que j'aie bien gagné mon argent?

— Non certes, car, à part la blessure que tu as maladroitement attrapée, en quoi veux-tu que ton récit me touche? Qu'est-ce que cela peut me faire que le duc ait ou non conquis un trésor?

— Ah! fit Dehli désappointé, je m'imaginais...

— Quoi? Que je voulais assassiner M. de La Tournaye pour le voler?

— Oh! par exemple! se récria le portefaix.

— A la bonne heure! dit le baron. Allons, va-t-en. Tu es un maladroit coquin ; mais une autre fois, je ne me laisserai prendre ni à tes jérémiades ni à tes promesses.

Dehli disparut, la tête basse, et le baron resta seul.

Maintenant il n'était plus forcé de dissimuler. Il se promenait dans sa chambre avec agitation, songeant à ce que l'Indien venait de lui raconter.

—Oui, murmura-t-il. Cela doit être... sans cela pourquoi aurait-il quitté Paris?... Un trésor! et dire que l'eau va toujours à la rivière! Ce n'est pas à moi qu'un bonheur semblable serait arrivé... et pourtant... Oh! je le saurai... mais ce n'est pas ici que je peux... Bah! nous nous retrouverons en France, et alors..., E bien! alors nous verrons ..

Il continua longtemps encore à arpenter, comme une bête fauve, la chambre dans laquelle il était enfermé.

Plus il réfléchissait à ces événements, plus la rumeur publique à laquelle ils avaient donné naissance lui paraissait vraisemblable.

Son plus grand regret était d'avoir laissé partir le duc, sans avoir pu s'assurer si Dehli avait dit vrai. Malheureusement. il ne lui était pas permis de suivre M. de La Tournaye à la piste. Deux ou trois affaires assez importantes le retenaient encore à Pondichéri, et son état de fortune lui interdisait de les abandonner.

Il se résigna donc à attendre une occasion plus favorable. Seulement il s'informa avec soin, auprès des indigènes qui faisaient le service de la maison, des moindres détails qui avaient accompagné le départ de M. de La Tournaye.

Personne n'avait vu de caisse semblable à celle dont le baron faisait la description.

Celle que le duc avait emportée avec ses bagages était en bois blanc et paraissait fort lourde; elle était marquée en noir d'un chiffre et de deux lettres initiales, ainsi que le sont en général toutes les caisses d'emballage.

Le baron était un peu désorienté. Cependant, à force de recherches, il finit par apprendre que M. de La Tournaye avait fait venir un serrurier, et que celui-ci avait apporté quelques jours après une caisse de bois — destinée sans doute, pensa le gentilhomme, à servir d'enveloppe à la première.

Deux mois se passèrent, pendant lesquels le baron avait complètement perdu de vue MM. de la Tournaye et de Lally-Tollendal.

Ses affaires étaient terminées et n'avaient pas tourné au gré de ses désirs. Cependant il ne s'en allait pas les mains vides. Il avait en portefeuille des traites sur Paris s'élevant à une somme de cent quarante mille livres.

— C'est bien la peine d'avoir trimé dix ans dans ce pays de malheur! disait-il avec amertume. Cependant... avec cela... on peut voir venir...

Il alla donc retenir son passage à bord d'un navire anglais, qui faisait escale à Cherbourg et qui devait mettre à la voile le 17 juillet.

— Ah! pensait-il, quel malheur que j'aie été forcé d'attendre si longtemps! Si j'avais pu partir avec M. de La Tournaye, j'aurais bien fini par avoir le dernier mot de cette énigme...

Au jour dit, il montait à bord de l'*Evening-Star* et prenait place dans la cabine qui lui était destinée.

Une heure après, le navire gagnait le large.

Le baron procédait à son installation, lorsqu'un bruit de voix, partant de la cabine voisine, parvint à son oreille.

Il était curieux d'instinct. Tous les caractères rusés sont ainsi, cherchant à profiter sans cesse des imprudences ou des fautes d'autrui. Il écouta.

Brusquement il tressaillit.

— Ce voyage a été décidément pour nous une série de bonheurs et de plaisirs, disait une voix, car vous, mon cher ami, vous revenez à Paris les poches bourrées de documents précieux et moi... moi, vous savez ce que le docteur m'a fait espérer au retour...

Le baron s'avança sur la pointe du pied et colla son oreille contre la cloison de planches qui séparait sa cabine de celle de l'autre voyageur. Il lui avait semblé que cette voix ne lui était pas inconnue.

— C'est vrai, répondait un second personnage, je n'osais pas croire que je ferais si ample moisson. Cette fois, le parlement ne pourra pas refuser de me rendre justice.

— Soyez-en convaincu, mon cher Martial.

Le baron se redressa. Le nom qu'il venait d'entendre était une révélation.

Martial, c'était le prénom du comte de Lally.

Les paroles qu'il avait prononcées ne permettaient pas de douter que ce fût de lui qu'il était question. Donc son interlocuteur, celui dont M. de Pierre-Lisse croyait avoir reconnu la voix, c'était le duc de La Tournaye !

Le visage du baron s'épanouit en un véritable sourire. Ainsi, ce qu'il avait souhaité le plus au monde se réalisait ! Il allait faire route avec le duc !

De nouveau, il se pencha en avant, afin de mieux écouter; mais il n'avait pas le pied marin. Un mouvement de tangage du navire le jeta brutalement sur la cloison, contre laquelle sa tête heurta assez violemment.

Il en résulta un bruit qui interrompit aussitôt la conversation de ses voisins.

Le baron, tout en maugréant de cet accident, prêta l'oreille une troisième fois. Il entendit les deux gentilshommes se lever, fermer la porte de leur cabine et monter l'escalier qui aboutissait sur le pont.

Il allait s'élancer à son tour quand il se ravisa.

Il ne jugeait pas utile de se montrer encore. Sans doute il ne désespérait pas de surprendre quelques autres lambeaux d'entretien, mais ce fut en vain qu'il attendit l'heure du dîner; la cabine contiguë à la sienne demeura déserte.

« La faim fait sortir le loup du bois. » Le baron se décida donc à monter également sur le pont.

Il faisait un temps admirable. La mer reflétait le bleu du ciel avec une intensité surprenante, une brise légère enflait les voiles de l'*Evening-Star* et atténuait l'ardeur des rayons solaires. La proue du vaisseau traçait un sillage floconneux et s'avançait majestueusement à travers la plaine liquide, soulevé doucement par les vagues, qui se brisaient contre ses flancs avec un clapotement harmonieux.

Le baron ne vit rien de tout cela. A peine sa tête était-elle au niveau du roufle qui recouvrait l'escalier, qu'il s'arrêta pour observer les passagers, diversement groupés sur l'arrière du navire.

Son regard ne s'égara point. Du premier coup, il se fixa sur deux gentilshommes qui causaient, appuyés sur les bastingages du navire, et qui lui tournaient le dos.

Tout à coup il tressaillit. L'un de ces deux gentilshommes avait fait un mouvement et s'était retourné. C'était bien le duc de La Tournaye.

Le baron ne se pressa point de courir à lui. Il gravit lentement les quatre degrés qui lui restaient à franchir pour atteindre le niveau du pont, sur lequel il commença une promenade silencieuse, tout en se rapprochant insensiblement de Lucien et de Martial.

Il marchait, la tête baissée, les mains croisées sur le dos, en homme qu'absorbent des méditations profondes, mais sa paupière se relevait sournoisement tous les vingt pas, et ses yeux ne quittaient pas l'objectif qu'ils avaient choisi.

Le pont n'était pas très grand, quoique l'arrière, réservé aux passagers de première classe, occupât réellement plus de la moitié du navire. Après avoir louvoyé pendant dix minutes, le baron vint presque se heurter contre M. de La Tournaye.

— Oh ! pardon, fit-il distraitement.

Tout en faisant mine de continuer son chemin, il releva la tête et s'arrêta brusquement.

— Oh ! par exemple, voilà qui est merveilleux ! dit-il avec un étonnement parfaitement joué, Monsieur de La Tournaye ! Monsieur de Lally-Tollendal !

Lucien et Martial furent naïvement dupes de ce cri de surprise, car ils n'étaient guère moins surpris eux-mêmes que ne paraissait l'être M. de Pierre-Lisse.

En effet, il n'y avait pas à en douter: c'était le hasard qui les avait remis en présence. Lucien croyait que le baron avait depuis longtemps quitté les Indes, et le baron avait de son côté la ferme conviction que le duc était déjà loin.

Après avoir échangé les politesses d'usage en pareil cas, le baron se retira discrètement.

Une demi-heure après, l'instant vint de se mettre à table. Or, comme les passagers avaient été placés dans le même ordre que les cabines qui leur étaient affectées, il en résulta que M. de Pierre-Lisse se trouva à côté de Lucien.

Malheureusement, ce voisinage devait durer pendant toute la traversée, sans qu'il fût possible de lui échapper. Lucien fit donc contre fortune bon cœur. S'il ne fut pas aimable et empressé avec le baron, il feignit du moins d'accueillir comme ils méritaient de l'être les témoignages d'amitié qu'il recevait.

Il faut rendre à M. de Pierre-Lisse cette justice qu'il sut se contenir dans les bornes de la plus étroite bienséance et qu'il eut l'adresse de ne pas se livrer à des démonstrations par trop bruyantes.

Quant vint l'heure de se retirer, il regagna sans bruit sa cabine et se coucha.

Dix minutes après, il entendit Lucien et Martial rentrer à leur tour. Il prêta avidement l'oreille, mais les deux gentilshommes se mirent au lit sans échanger une parole.

Le lendemain, au petit jour, le baron était sur le pont. Franchissant la limite du grand mât, il poussa jusqu'à l'avant du navire et se mit à causer familièrement avec un matelot.

Après avoir longuement interrogé sur les manœuvres, il lui demanda quelques détails sur l'aménagement intérieur du navire.

Les matelots aiment fort à parler de leur métier.

Le baron savait donc au bout d'une heure que les bagages étaient dans le second entrepont. Cela lui suffisait sans doute, car il s'éloigna en sifflottant un air de chasse.

Pendant ce temps, Lucien et Martial dormaient à poings fermés.

Les deux mois qu'ils venaient de passer ensemble avait fortifié leur amitié. Rien ne resserre, en effet, ces liens étroits comme la vie commune en pays étranger.

A dater du jour où Lucien avait ramené d'Adjimore le trésor du rajah, il aurait pu revenir en France ; mais il n'était pas égoïste au point d'abandonner Martial. Le motif qui avait fait entreprendre au jeune comte ce voyage lointain étant trop sacré pour que le duc n'en comprît pas et n'en respectât pas l'importance.

Il ne voulut donc pas quitter l'Inde avant que Martial eût terminé l'enquête à laquelle il se livrait.

Le résultat avait dépassé leurs espérances. Non seulement les Français, mais les indigènes avaient fourni à M. de Lally des renseignements de grande valeur. Les Anglais eux-mêmes s'étaient plu à rendre hommage au courage héroïque et à l'habileté du général et accusaient hautement ses compatriotes d'avoir comploté et préparé sa défaite.

De ces témoignages innombrables, Martial apportait les dépositions écrites, signées et contre-signées par les personnages qui occupaient dans la colonie les positions les plus élevées.

Pendant le cours de ces fructueuses recherches, la garde des bagages avait été confiée à Germain, qui avait militairement exécuté la consigne.

De l'intimité qui s'était établie entre Lucien et Martial était née naturellement la confiance la plus absolue.

Le duc ne lui avait donc pas caché le but véritable de son voyage. Il en arriva à lui révéler l'existence du trésor des rajahs, trésor dont il était actuellement possesseur.

— Et ce trésor, où est-il? demanda Martial.

— Dans la caisse d'emballage dont j'ai spécialement confié la garde à Germain, répondit le duc.

Cette réponse fit bondir Germain, qui avait été admis aux honneurs de cette confidence, en récompense du zèle avec lequel il avait servi son maître depuis dix-sept ans.

Vingt millions! Comment il avait gardé sans le savoir, pendant près de six semaines, un trésor de vingt millions! Il en avait une sueur froide; il se reprochait presque d'avoir osé dormir sans souci à côté de cette fortune colossale.

Martial et Lucien ne furent pas maîtres d'un sourire.

— Je n'ai pas besoin de vous recommander le silence, ajouta le duc. Vous savez que ces millions ne sont pas à moi et qu'ils appartiennent au même titre à tous les malheureux. C'est pour qu'ils passent plus facilement inaperçus que je les ai cachés sous l'enveloppe grossière qui les protège. Ne croyez pas cependant que cette enveloppe soit purement artificielle; elle est doublée d'une armature de fer qui la met à l'abri d'un coup de main. N'ayons donc pas l'air d'attribuer nous-mêmes à ce colis plus d'importance qu'à toute autre portion de nos bagages; c'est le meilleur moyen de ne l'exposer à aucune tentative.

Martial approuva hautement ces dispositions. Cependant, quand il fut question de s'embarquer sur l'*Evening-Star*, il proposa qu'on portât la caisse dans la cabine qui leur était destinée.

Lucien s'y opposa, sous prétexte que ce serait le moyen d'attirer sur elle l'attention des curieux.

Il fut donc décidé que la caisse serait placée dans l'entrepont avec les autres bagages et caisses que nos deux amis rapportaient en France, pleines de curiosités et d'étoffes de toute espèce.

Germain proposa de se charger spécialement du trésor, sur lequel il se faisait fort de veiller nuit et jour; son maître s'y opposa.

— Si cette fortune empêchait jamais l'un de nous de dormir, dit-il, je préférerais la jeter à la mer.

Elle ne figura donc pas autrement qu'un colis sur la feuille d'embarquement.

Mais le duc avait beau dire, Germain ne fermait plus qu'un œil à la fois, depuis qu'il savait son maître à la tête de vingt millions. Ses cheveux se dressaient sur sa tête quand il songeait que cette somme énorme se trouvait confondue avec tan d'autres objets relativement sans valeur.

Dans le commencement de la traversée, il descendait vingt fois par jour dans l'entre-pont pour s'assurer que la précieuse caisse était toujours à sa place. Souvent même il se relevait la nuit pour s'assurer que rien de suspect ne se passait à bord du navire.

Il occupait une des cabines de l'avant; mais il n'y demeurait que juste le temps de se jeter sur son cadre. Toute la journée il restait sur le pont, causant avec les matelots de quart, écoutant leurs histoires de voyage, leur racontant ses campagnes de Hanovre.

Lucien et Martial étaient bien tranquilles Ils avaient choisi une cabine, dite de famille, trois fois plus grande que les autres, afin de ne pas se quitter et d'avoir plus d'espace.

Ils auraient été exempts de tous soucis, si la présence de M. de Pierre-Lisse à bord ne les eût pas si grandement gênés.

En effet, à la fin du repas pendant lequel le baron était venu s'installer à table auprès de lui, Lucien avait interrogé le capitaine et avait appris que M. de Pierre-Lisse occupait la cabine immédiatement placée à droite de la sienne. Le renseignement était utile! Lucien savait combien étaient légères les cloisons de bois qui les séparaient. Il avait donc fait part de ce détail à Martial et ils étaient convenus de ne parler dans leur cabine de rien qui présentât le moindre intérêt.

Voilà pourquoi le baron prêta inutilement l'oreille pendant les premiers jours qui suivirent son embarquement.

Désespérant de surprendre aucune confidence, il eut recours à un autre moyen.

Par le matelot qu'il avait interrogé il savait où se trouvaient les bagages. Profitant du moment où tout le monde était sur le pont, il disparut tout à coup et se mit à explorer l'intérieur du navire.

A tout hasard, il s'était muni d'un ciseau qu'il avait dérobé quelques jours avant dans une boîte d'outils.

Après avoir franchi le premier entrepont, il s'engagea dans le second. L'obscurité le força de s'arrêter sur les dernières marches de l'escalier.

Le second entrepont n'était éclairé, en effet, que par des hublots, c'est-à-dire par d'épaisses lentilles de verre, qui ne mesuraient guère plus de six pouces de diamètre.

Tout d'abord, il ne vit rien qu'un amas confus de malles, de caisses et de colis, entassés; puis ses yeux s'habituèrent peu à peu à l'obscurité, et il finit par distinguer nettement les objets.

Il s'avança avec circonspection et reconnut bientôt ses propres bagages. Il s'arrêta.

Si, dans l'arrimage, les bagages étaient rangés dans le même ordre que les cabines des passagers, ceux du duc de La Tournaye devaient se trouver à côté des siens.

En effet, en se penchant pour les examiner, il put lire distinctement le nom de Lucien. Parmi les cinq ou six caisses dont ils se composaient, il en remarqua

Le capitaine haussa les épaules. (Page 114.)

une qui, sous ses allures vulgaires, était cependant beaucoup plus soignée que les autres. Ainsi qu'on le lui avait dit, elle portait deux initiales et un numéro, inscrits en noir sur le bois blanc et parfaitement visibles. Les autres caisses ne portaient aucune autre marque que le nom et l'adresse de M. de La Tournaye.

Le baron tira de sa poche le ciseau qu'il avait apporté et l'introduisit dans le joint de la planche supérieure. Sous la pesée qu'il subissait le bois cria, mais ne céda pas.

Le gentilhomme essaya de faire entrer plus avant son outil, afin de recommencer la pesée sur une plus grande étendue, mais il rencontra une résistance inattendue. Il avait renouvelé sans succès ses tentatives à deux ou trois reprises, lorsqu'un homme se dressa tout à coup à dix pas de lui.

— Attends, coquin! cria-t-il en s'élançant.

Le baron n'attendit pas, comme on le pense bien. Il se précipita vers l'escalier, dont il était très rapproché, et disparut.

Au moment où il pénétrait dans le premier entrepont, il entendit un grand bruit, accompagné d'un juron formidable. Il eut le temps de regagner sa cabine et de s'y renfermer, sans avoir été atteint.

Là, il jeta dans la mer l'outil qu'il tenait encore à la main et écouta.

Bientôt après, il se fit un grand tapage au-dessus de sa tête.

— Au voleur! au voleur! criait une voix.

Ces cris firent sortir le capitaine de sa dunette et rassemblèrent tous les passagers et les matelots autour de celui qui les avait poussés.

Lucien et Martial ne furent pas peu surpris de reconnaître Germain.

Interrogé par le capitaine, celui-ci raconta qu'au moment où il venait de descendre dans l'entrepont pour s'assurer que le roulis n'avait pas dérangé les bagages, il avait vu un homme y pénétrer avec précaution. Il s'était caché pour l'observer, et il l'avait vu s'approcher d'une caisse que celui-ci avait essayé de forcer.

Il était sorti de sa retraite, l'inconnu avait pris la fuite. Germain l'avait poursuivi. Il l'aurait certainement atteint si, dans sa précipitation, il n'avait donné du pied contre un obstacle et n'était tombé.

Le capitaine haussa les épaules. Il ne pouvait pas croire à cette fable. Néanmoins, il voulut s'assurer du fait et descendit avec Germain.

Lucien, agité d'un pressentiment secret, l'accompagna.

Germain les conduisit à l'endroit désigné et leur montra la caisse. Il ne s'était pas trompé. Non-seulement le bois avait gardé l'empreinte du ciseau, mais encore un éclat s'en détacha entre les doigts du capitaine, au moment où il y porta la main.

Lucien s'aperçut avec stupeur que la caisse à laquelle le voleur s'était attaqué était précisément celle qui contenait le trésor du rajah.

Assurément ce n'était qu'un hasard. Personne à bord, autre que Martial et Germain, n'en connaissait l'existence. Pourtant le hasard était étrange!

En présence de cette tentative audacieuse, le capitaine ordonna qu'un matelot serait préposé dorénavant nuit et jour à la surveillance des bagages.

Lucien et Martial interrogèrent à leur tour Germain. Il n'avait pas pu distinguer parfaitement les traits de l'inconnu, cependant...

— Cependant, quoi? demanda Lucien avec vivacité.

— Il m'avait bien semblé... mais je me suis trompé, bien sûr...

— Quoi? Que t'a-t-il semblé? fit le duc, fort intrigué de ces réticences.

— Il m'avait semblé reconnaître un ami de monseigneur, fit Germain; mais ce n'est pas possible...

— Un de mes amis! Lequel?

— M. de Pierre-Lisse, dit l'ancien soldat en baissant la voix.

— Le baron! s'écria Lucien. Allons donc! Tu es fou, mon pauvre ami!

Le capitaine et son second s'étaient livrés en personne et sur-le-champ à des perquisitions minutieuses.

Tout le monde était sur le pont, à l'exception de deux personnes : le cuisinier et le baron de Pierre-Lisse. On trouva le cuisinier debout devant ses fourneaux; l'heure du premier repas s'avançait. Il n'eut pas de peine à démontrer, casseroles en main, qu'il lui aurait été impossible de s'absenter, ne fût-ce qu'un instant, sans compromettre gravement le déjeuner des passagers et de l'équipage.

D'ailleurs, il était vêtu de blanc de la tête aux pieds; son costume l'aurait infailliblement désigné à l'attention de Germain. En outre, il était petit et gros, et Germain parlait d'un homme grand et mince, couvert d'un habillement de couleur sombre.

On se rendit chez M. de Pierre-Lisse; il était couché dans son cadre. Il assura que la mer l'avait fort éprouvé depuis quelques jours; il ajouta même que son état de faiblesse ne lui permettrait pas aujourd'hui de se lever pour aller prendre le repas du matin.

A peine osa-t-on l'interroger pour la forme. Il répondit que dans la matinée il avait essayé de monter sur le pont, dans l'espoir que le grand air dissiperait le malaise qu'il éprouvait, mais qu'il s'était senti de plus en plus incommodé, et avait été forcé de regagner sa cabine pour se coucher.

Quant aux matelots et aux passagers, ils affirmèrent n'avoir pas quitté le pont du navire.

L'enquête n'aboutit donc à rien. Peut-être aurait-elle été poussée plus loin par le capitaine, si Germain lui avait communiqué les soupçons dont il avait fait part à son maître; mais le duc les avait trouvés tellement absurdes qu'il avait formellement défendu à son valet de chambre de les répéter à personne.

Comme toujours, Germain avait obéi sans répliquer.

Cependant, à mesure que Lucien réfléchissait à ce qui s'était passé, il inclinait à croire que Germain ne s'était pas trompé.

Il avait rencontré le baron sur le pont dans la matinée, et le baron, qui était grand et mince, portait, en effet, un costume de couleur sombre. Enfin, le baron, sans avoir une mine florissante, n'avait pas l'air de se porter plus mal qu'à l'ordinaire. L'indisposition subite qui s'était emparée de lui était-elle un prétexte pour se dérober plus facilement à un interrogatoire dangereux? Peut-être; mais alors il aurait fallu admettre que le baron connût l'existence du trésor des rajahs, sût exactement dans quelle caisse il était enfermé. Or, Lucien n'admettait pas que cela fût possible.

Il ne s'arrêta donc pas longuement aux soupçons que la déclaration de Germain avait fait naître un moment dans sa pensée.

Il ne fut même pas fâché de cet incident, car il serait bien plus tranquille maintenant que, d'après l'ordre du capitaine, un matelot devait jour et nuit rester en sentinelle dans le deuxième entrepont. Cela le délivrait d'un souci de moins.

Le lendemain seulement, le baron sortit de sa cabine.

Le premier, il vint au-devant de M. de La Tournaye.

— Ah! ça, qu'ai-je appris? dit-il. Vous avez donc été l'objet d'une tentative de vol?

— Germain le prétend, répondit Lucien; le capitaine l'affirme également. A l'appui de son dire il m'a fait voir un éclat de bois qui s'est détaché d'une de mes caisses et qui porte en effet l'empreinte de quelque chose qui ressemble à un ciseau.

— Mais vous vous en êtes assuré sans doute... fit observer le baron.

— A quoi bon? dit Lucien. Le voleur aurait été plus volé que moi. Les caisses que j'emporte ne contiennent guère que des armes, des étoffes, et des bijoux sans valeur. C'est la cargaison habituelle de tout voyageur qui ne veut pas rentrer chez lui les mains vides.

— Ah! tant mieux! s'écria M. de Pierre-Lisse. Je craignais que cette tentative n'eût un mobile plus sérieux.

— Je l'ignore, dit Lucien, mais j'en serais fort étonné.

Tout en causant, le baron avait de temps en temps levé les yeux sur son interlocuteur, dont le sang-froid et l'indifférence le déconcertaient.

Il s'éloigna, très-ébranlé.

— Dehli se serait donc trompé? se disait-il. Ces bruits dont il s'est fait l'écho ne seraient donc qu'une fable?

Il ne pouvait pas se figurer qu'un homme qui possédait de telles richesses pût s'entretenir avec tant de calme d'un vol qui s'attaquait si directement à sa fortune. Il en arriva à douter de ce qu'il avait cru jusqu'alors avec tant de fermeté.

Sachant quelles précautions avaient été prises, il se garda bien, du reste, de renouveler son audacieuse tentative.

La traversée se fit par un temps magnifique. L'*Evening Star* déposa à Cherbourg ses passagers et continua sa route vers Brighton.

Pendant le débarquement, il se produisit un incident qui réveilla aussitôt les soupçons endormis du baron de Pierre-Lisse.

Au moment où l'on déposait à quai les bagages des passagers, une des caisses que déchargeaient les matelots leur glissa des mains et tomba lourdement sur les dalles; une planche vola en éclats et mit à nu une armature de fer, qui résista vaillamment au choc terrible qu'elle venait de recevoir.

Le baron qui assistait au déchargement, s'empressa d'accourir, craignant qu'il ne s'agît d'un des colis qu'il rapportait, et ne fut pas médiocrement surpris de reconnaître la caisse sur laquelle il avait inutilement exercé ses talents de société.

Il s'expliqua alors l'invincible résistance que son ciseau avait rencontrée, et les confidences de Dehli se représentèrent à sa mémoire. Cette fois, il était convaincu que l'Indien lui avait dit la vérité.

Il se rapprocha de Lucien et s'informa si le duc retournait immédiatement à Paris.

— Je ne sais, répondit évasivement le duc de La Tournaye. Nous n'avons encore rien décidé à cet égard.

Les bagages furent transportés à l'*hôtel de l'Amirauté*, sous les yeux de Germain, qui ne les perdit pas de vue et les fit monter dans la chambre des gentilshommes.

Pendant ce temps, Lucien et Martial cheminaient lentement et se demandaient s'ils resteraient quelque temps à Cherbourg.

Martial était de cet avis, mais Lucien aurait désiré partir immédiatement pour Paris.

Comprenant l'impatience que son ami devait éprouver, le jeune comte n'insista pas.

Le lendemain, au petit jour, ils roulaient sur la route de Paris, dans une chaise de poste, attelée de quatre chevaux, sur laquelle avaient été juchés à grands renforts de cordes et de lanières de cuir les bagages des voyageurs.

La fameuse caisse avait été placée sur la banquette de devant, à l'intérieur de la voiture.

Monté sur le siége de derrière. Germain ressemblait à une sentinelle chargée de veiller à la sécurité générale.

C'était vers la fin de septembre de l'année 1775. Sans être précisément douce, la température était agréable et facilitait le fatigant voyage que nos deux amis avaient entrepris.

Ils ne mirent pas moins de sept jours pour accomplir le trajet.

Rien ne peut rendre l'indescriptible émotion qui s'empara de Lucien quand, pour la première fois, il aperçut la cime des monuments qui émergeaient du sein de la vaste cité. C'était là, à quelques lieues de lui, que, depuis huit mois, Raymonde vivait seule et presque sans nouvelles de celui qu'elle aimait tant !

Ce voyage, jusque-là si heureux, allait-il être couronné d'un bonheur complet ? Aucune nouvelle fâcheuse n'attendait-elle le retour de l'absent ?

Cette distance de deux ou trois lieues parut plus longue à Lucien que le trajet de Cherbourg, que la traversée même. Quelque effort qu'il fît pour se contenir devant Martial, il avait de la peine à modérer l'impatience qui le dévorait.

Enfin la lourde chaise roula dans Paris, au grand galop des chevaux, qu'excitaient les clics-clacs étourdissants des postillons ; puis tout ce fracas s'éteignit devant l'hôtel de la place Royale.

Il était temps ! Lucien, Martial, Germain étaient exténués de fatigue.

En un instant, la maison tout entière fut sur pied. Grâce au Ciel, tout le monde se portait à merveille. Raymonde, Marcelle, Mme de Libessac, Ludovic, Papillon, Hartmann, se pendaient en grappes humaines au cou et aux mains de Lucien. Derrière eux, les serviteurs poussaient des acclamations joyeuses, que répercutaient les échos, depuis la cave jusqu'au grenier.

C'était une fête sans pareille, un débordement de joie insensée, une ivresse générale du corps, du cœur et de l'esprit.

Martial en profita pour s'esquiver et pour regagner son hôtel.

Quant à Lucien, il réussit enfin à se dérober aux baisers dont on le couvrait, aux clameurs dont on l'assourdissait, et se trouva seul, face à face avec Raymonde, dont il était séparé depuis huit mois.

Une semblable entrevue défie à la fois la plume et le pinceau. Le bonheur n'a pas de dictionnaire assez complet pour exprimer les félicités infinies dont l'âme des deux amants était pénétrée.

Le lendemain, l'hôtel lui-même renaissait à la vie. De toutes parts affluaient les amis que Raymonde avait fait avertir. Ce fut pendant trois jours une vraie procession d'équipages luxueux, de gentishommes et de grandes dames superbement habillés.

Tout le quartier fut en émoi. Les malheureux que le duc avait si souvent secourus affluèrent en masse sur la place Royale, qu'ils firent retentir de joyeux vivats.

Assurément, si Louis XV, le *Bien-Aimé*, avait été de ce monde, il aurait été jaloux d'une ovation semblable.

Lucien jouissait très réellement du bien qu'il avait fait et de l'amour qu'il avait inspiré.

Tant de manifestations touchantes l'avaient ému jusqu'aux larmes.

Au bout de quelques jours, enfin, tout rentra dans le calme de la vie ordinaire. Lucien put étaler aux yeux de Raymonde émerveillée les curiosités qu'il rapportait. La comtesse et Marcelle en eurent leur part. Personne ne fut oublié dans la distribution de ces largesses.

Quant au trésor des rajahs, le duc l'enferma dans un coffre de fer, qu'il fit sceller dans l'épaisseur du mur de sa chambre.

Martial avait à dessein reculé de trois jours la visite qu'il comptait faire à la duchesse.

Elle l'accueillit en véritable ami, le remercia du concours incessant qu'il avait prêté à son mari en mainte circonstance périlleuse, et l'assura de son éternelle reconnaissance.

Le jeune comte eut beau protester que la duchesse intervertissait les rôles, qu'il était au contraire l'obligé de M. de La Tournaye, Raymonde ne voulut pas l'écouter.

Si Martial fut heureux, et de l'accueil qu'il recevait et des éloges que lui prodiguait la duchesse, c'est que Marcelle était là.

Non plus la Marcelle d'autrefois, timide, gauche et empruntée, le visage

amaigri et les yeux cernés par la souffrance, mais une Marcelle tout autre,
que huit mois de soins et de bien-être avaient transformée, que la nature avait
parée de ses plus séduisantes beautés, dont les beaux yeux noirs le contemplaient et dont un sourire gracieux effleurait les lèvres roses.

V

LARMES DE CROCODILE

Brissot n'avait pas manqué d'accourir également, dès qu'il avait appris l'arrivée de Lucien, et lui avait apporté le tribut de ses chaleureuses félicitations.

Pendant l'absence de M. de La Tournaye, il était venu souvent rendre visite à
la duchesse et à Marcelle, mais non pas aussi souvent qu'elles l'auraient désiré.

Certes, il lui aurait été facile de vivre auprès d'elles sur un pied de grande
familiarité, car les jeunes femmes l'accueillaient toujours avec beaucoup de
plaisir, et la façon dont il avait fait la connaissance de Marcelle l'autorisait à
en agir envers elle avec toute liberté. Pourtant il gardait vis-à-vis d'elle une
réserve difficile à interpréter.

On aurait juré qu'il se sentait mal à l'aise dans cet intérieur luxueux, si
modestes et si tranquilles que fussent d'ailleurs ceux qui l'habitaient.

Si parfois il se laissait entraîner par le charme de la conversation ou par la
beauté de Marcelle à des démonstrations un peu vives, il se reprenait aussitôt
pour prendre l'attitude puritaine qu'il affectait d'ordinaire.

C'était de la discrétion assurément, mais la duchesse commençait à trouver que
cette discrétion ressemblait à un parti-pris.

Le terrain politique était le seul sur lequel Brissot se livrât franchement et se
montrât vraiment tel qu'il était.

— Turgot a beau faire, disait-il, il mourra à la peine, et, s'il meurt, qui sait si
le peuple ne se soulèvera pas en masse, pour faire justice lui-même des résistances que rencontrent ses réclamations ?

Et, comme la duchesse frissonnait à cette pensée :

— Oui, madame, ajoutait-il, peut-être verrez-vous luire ce jour terrible de la
vengeance, que vos amis préparent avec un si coupable entêtement ! De toute

façon, il faut un dénouement à la crise que subit notre pays. Ce dénouement,
je l'appelle de tous mes vœux et je prétends y contribuer de toutes mes
forces.

Raymonde avait peur, mais Marcelle encourageait ces idées généreuses par
ses regards, par ses sourires, par des signes de tête imperceptibles, et Brissot,
sûr de trouver auprès d'elle un appui, s'animait au point que la sueur perlait
parfois sur son visage.

Alors, honteux de s'être laissé entraîner devant la duchesse à ces exaltations
passionnées, il recouvrait son calme et son apparente froideur.

Il tenait Raymonde, la comtesse et Marcelle au courant de tout ce qui se faisait, de tout ce qui se disait; il était de toutes les réunions qui commençaient
à se former dans le jardin du Palais-Royal et passait toutes ses soirées avec ses
amis Robespierre et Marat.

A Chartres, où il était né, il avait connu Bouvet, membre de la Constituante,
Sergent, que les massacres de septembre ont cruellement illustré, Pétion, qui devait partager plus tard le sort des Girondins.

Comme il se destinait au barreau, il entra à Paris chez un procureur et y
rencontra Robespierre, lequel le présenta à Marat. Certes il ne prévoyait pas
alors qu'il aurait à combattre un jour les attaques odieuses de ce dernier et que
l'autre l'enverrait à la mort.

Il était doué d'une grande activité d'esprit, d'une âme élevée, d'un patrio-
tisme sincère. Il avait un goût prononcé pour les lettres, vers lesquelles il se
sentait entraîné par une irrésistible vocation et auxquelles il consacrait déjà ses
loisirs. Ceint pour la lutte qu'il devait soutenir plus tard dans son journal, *le
Patriote français*, il s'y préparait résolûment, avec une infatigable persévérance et une honnêteté que personne n'a songé à lui contester.

L'acte de générosité qu'il avait accompli envers Marcelle donne l'idée des
sentiments généreux dont il était animé.

Moins que Martial, peut-être, il avait été frappé de la transformation que la
jeune fille avait subie depuis quelques mois, lui qui assistait presque chaque
jour au développement de son esprit et de sa beauté; mais il n'avait pas pu
demeurer insensible au charme qu'elle exerçait sur tous ceux qui l'approchaient.

Il l'aimait avec ardeur, mais il étouffait ce secret avec un soin jaloux. Il n'au-
rait pas hésité à le lui dire, si elle était restée l'humble et pauvre fille du père
Brahma ; il n'osait plus l'avouer, depuis qu'elle était la fille adoptive du duc de
La Tournaye.

Il ne se montra pas plus expansif avec Lucien qu'il ne l'avait été avec Raymonde. Il se tint discrètement à l'écart, causant peu et observant beaucoup ce
qui se passait autour de lui.

Ce fut ainsi qu'il surprit les regards que le comte de Lally jetait sur Marcelle.
Aussitôt son instinct lui fit deviner un rival, mais un rival auquel il ne pouvait dé-
nier un véritable mérite.

Plus que jamais il imposa silence aux battements de son cœur, ne voulant pas
se trahir avant que la position de Marcelle fût bien assise et qu'on sût qui elle

Le lieutenant de police mit en campagne aussitôt deux de ses plus habiles agents.
(Page 128.)

était, d'où elle venait, où elle allait, ne voulant pas surtout qu'on pût le soupçonner de servilisme ou de cupidité.

Nulle note discordante ne s'était donc élevée dans l'harmonieuse quiétude
dont jouissait l'hôtel de La Tournaye depuis le retour de son maître, quand, au
bout de huit jours, la porte du salon s'ouvrit et un laquais annonça que M. le ba-

ron de Pierre-Lisse sollicitait de la comtesse de Libessac un moment d'entretien.

Précisément toute la famille — car on peut bien appeler famille ceux que réunissaient tant de nobles sentiments — était rassemblée et admirait les magnificences que Lucien étalait sous ses yeux.

Le nom du baron figea tous les sourires et tarit subitement l'admiration.

La comtesse avait appris par Lucien comment il avait rencontré le baron et quelles relations superficielles il avait eues avec lui. Elle n'avait pas répudié la parenté que le gentilhomme avait invoquée, mais elle ne s'en était pas montrée trop flattée.

Cependant elle ne crut pas devoir lui refuser l'audience qu'il sollicitait.

Elle sortit donc, alla au-devant de lui et l'introduisit dans un petit salon qui lui était tout spécialement affecté.

M. de Pierre-Lisse s'avançait avec embarras, ne sachant pas quelle réception lui était réservée.

— Eh bien ! monsieur, dit la comtesse en lui montrant un fauteuil, quel vent vous amène ?

— Le désir de vous voir, chère cousine, répondit mielleusement le gentilhomme.

— Désir que je n'ai point manifesté, répliqua la comtesse.

— D'autant plus qu'il m'aurait été impossible de le réaliser, puisque j'ai quitté la France depuis dix années, ajouta le baron.

— Dans quel but l'aviez-vous quittée ? demanda Mᵐᵉ de Libessac. Était-ce pour échapper à vos créanciers ou à vos remords ?

— Un peu pour ces deux causes, cousine, quoique vous qualifiiez un peu plus sévèrement qu'elles ne le méritent certaines fautes de jeunesse...

— Appelez-vous faute de jeunesse votre scandaleuse histoire avec Mˡˡᵉ de Lescarre ? demanda vivement la comtesse.

— Il est vrai qu'elle a fait un peu de bruit, confessa M. de Pierre-Lisse.

— Du bruit ! se récria la vieille dame. Dites qu'elle a soulevé contre vous l'indignation de tous les honnêtes gens.

— Je conviens que j'ai agi un peu légèrement...

— Vous avez agi avec une brutalité révoltante, monsieur mon cousin, fit sévèrement la comtesse. Je me plais du moins à croire que, si vous vous présentez chez moi, vous avez expié votre crime.

— Je ne vous comprends pas, chère cousine.

— Quoi ! vous n'avez pas épousé Mˡˡᵉ de Lescarre, vous ne lui avez pas rendu l'honneur ?

— Pas encore.

— Et vous osez vous représenter devant moi !

— Un peu de patience, cousine. Laissez-moi le temps de m'expliquer, je vous en conjure.

— Soit, je vous écoute, monsieur.

— Quand je quittai Saint-Aubin pour venir à Paris, à la suite de l'aventure à laquelle vous faites allusion, j'avais promis à Mˡˡᵉ de Lescarre de la prendre pour femme et j'étais fermement décidé à tenir ma promesse.

— Est-ce pour cela que vous aviez vendu tous vos biens et fui avec tant de précipitation ?

— Je voulais tenter la fortune. Je ne me trouvais pas assez riche pour assumer la responsabilité d'une famille. Or, comme Mlle de Lescarre n'avait rien, j'étais obligé de penser à la fois à elle et à moi. Ce ne fut pas ma faute si mes spéculations ne réussirent pas...

— Vous voulez dire que les femmes et le jeu dévorèrent rapidement votre patrimoine, interrompit la comtesse.

— Cependant, poursuivit le baron, sans relever cette interruption, je revins à Saint-Aubin, bien résolu à remplir mes engagements. Par malheur, Mlle de Lescarre n'avait pas eu la patience d'attendre mon retour. Pensant qu'elle s'était consolée de mon absence avec un autre...

— Quoi ! vous ajoutez la calomnie à la lâcheté ! C'est vous qui flétrissez celle que vous n'avez obtenue que par la violence ! fit Mme de Libessac indignée.

— Si vous m'interrompez toujours, cousine, répondit froidement le gentilhomme, il ne me sera pas possible de me défendre. Pour vous complaire, je ne vous dirai donc plus rien de mes impressions personnelles, je vous raconterai purement et simplement les faits. Or, les faits, les voici, et je défie qui que ce soit de les contredire : pendant mon absence, Mlle de Lescarre avait quitté Saint-Aubin.

— Pour se mettre à votre recherche, à Paris, où vous étiez.

— Où j'étais, soit ; mais où elle n'avait aucune chance de me rencontrer.

— Il est vrai que vous ne fréquentiez pas le même monde.

— Je l'avoue encore. J'étais jeune, je menais la vie largement, semblable en cela à une foule d'autres gentilshommes, dont je ne faisais que suivre les détestables exemples et qui n'en jouissent pas moins aujourd'hui de la considération générale. Mon seul tort est d'avoir été moins riche qu'eux et de n'avoir pas pu continuer jusqu'au bout la vie à outrance dans laquelle je m'étais imprudemment engagé. Ces torts-là, je les confesse et j'en fais bon marché, aujourd'hui que la raison m'éclaire. Quant à mes remords, il n'a pas tenu à moi qu'ils ne fussent depuis longtemps apaisés...

— Comment ? fit la comtesse avec curiosité.

— Je retournai à Paris et je me mis de mon côté à la recherche de Mlle de Lescarre. Malheureusement, j'eus beau fouiller la ville immense, je ne parvins pas à la trouver. Se cachait-elle de moi ? Je l'ai pensé depuis, car si elle m'avait cherché avec la même ardeur que je mettais à la poursuivre, je ne puis pas croire que nous n'aurions pas fini par nous rencontrer.

Deux ans se passèrent, sans que le hasard parvînt à nous rapprocher. Pendant ce temps, le peu de ressources qui me restaient s'était épuisé ; j'étais à la veille de tomber dans l'indigence. Tout m'accablait ! Je fus alors en proie à un si sombre désespoir que je perdis courage et je résolus de me donner la mort.

La comtesse ne put retenir un geste d'effroi.

Le baron s'en aperçut.

— Allons, voilà qu'elle commence à s'attendrir, murmura-t-il. Tout n'est pas perdu.

Il baissa la tête, vivement impressionné en apparence par les douloureux souvenirs qu'il évoquait.

— Je me rappelle encore cette heure néfaste de désespoir, reprit-il à haute voix. J'étais assis devant une table, en face d'une feuille de papier, sur laquelle je faisais mes adieux à la vie, et je demandais pardon à Dieu des fautes que j'avais commises.

Auprès de moi se trouvait un pistolet chargé. Je le saisis d'une main assurée je l'élevai à la hauteur de ma tempe... J'allais faire feu, lorsque mes regards s'arrêtèrent sur une pile de dix louis que j'avais alignés sur la table, afin que l'on pût m'enterrer convenablement.

— A quoi bon laisser cette somme? me demandai-je. Non-seulement le clergé refusera toute assistance au cadavre d'un suicidé, mais encore personne après ma mort ne s'inquiétera de moi. Que mon corps retourne avec plus ou moins de pompe au limon dont il est pétri... que m'importe? En quoi cela changera-t-il rien au sort qui m'est réservé dans l'autre vie?

Je posai mon pistolet sur la table, je pris mes dix louis et je sortis.

Je me dirigeai vers une de ces maisons de jeu, dans lesquelles s'était engouffrée une partie de ma fortune et je pris place devant le tapis vert.

Deux heures après, j'avais devant moi une somme de vingt mille livres. C'était la première fois que je réalisais un bénéfice semblable.

Avec cet argent il m'eût été facile de poursuivre la veine ou de continuer pendant quelque temps ma vie de dissipation ; mais je vous l'ai dit, chère cousine, le dégoût et le remords s'étaient emparés de moi.

J'emportai héroïquement mes vingt mille livres. Je n'avais aucun scrupule. Cet or était bien à moi : j'en avais laissé dix fois autant dans cette maison. Mais où et comment l'employer? Je ne pouvais pas rester en France, où ma qualité de gentilhomme m'interdisait toute espèce de négoce. Je résolus de m'expatrier.

Je partis pour le Havre le jour même, afin de ne pas succomber à de nouvelles tentations. Quatre jours après, j'étais arrivé.

Je me rendis sur le port, décidé à monter sur le premier navire en partance, quelle que fût d'ailleurs sa destination.

L'un d'eux allait lever l'ancre pour se diriger vers les Indes. J'y fis transporter mes bagages et je m'embarquai.

Ici le baron s'arrêta et releva la tête.

— Vous le voyez, chère cousine, reprit-il, je vous dis tout, même ce que j'aurais pu si aisément vous cacher, car j'aurais pu vous donner sur l'origine de ma fortune nouvelle toute autre version non moins vraisemblable que celle-là.

Une fois arrivé dans les Indes, je m'informai. Nul commerce ne pouvait guère me convenir que celui des céréales, car les autres exigeaient des aptitudes spéciales que je n'avais pas. J'y risquai, pour commencer, la moitié de mon avoir.

Les résultats, sans être merveilleux, furent plus satisfaisants que je ne l'aurais cru. Ah! que de regrets vinrent m'assaillir et combien je pleurai mon patrimoine sottement dissipé! En effet, si j'avais pu disposer de capitaux plus considérables, j'aurais fait rapidement une fortune immense.

Hélas! il fallait me contenter de mes modestes ressources. Au bout de dix années d'un labeur incessant, je me suis décidé à revenir en France, non pas avec une fortune, car trois cent mille livres ne sont pas une fortune, mais avec une honnête aisance, qui me permettra du moins de vivre à l'abri du besoin.

— Je vous fais mon compliment, monsieur, dit la comtesse. C'est ce qui s'appelle dignement réparer ses fautes. Pourtant cela ne suffit pas encore; il vous reste à effacer toute trace de ce passé qui vous fait monter le rouge de la honte au front.

— Comment? demanda M. de Pierre-Lisse interdit.

— Je veux parler de Mlle de Lescarre, monsieur.

— Oh! c'est bien mon intention, cousine.

— Eh bien, vous êtes-vous remis à sa recherche?

— Pas encore, je ne suis arrivé que d'hier à Paris.

— Mais vous comptez bien, je l'espère, vous livrer à des perquisitions sérieuses?

— En voulez-vous la preuve? fit le baron avec vivacité.

A ces mots, il prit dans sa poche de côté une large enveloppe, qu'il tendit à la comtesse.

Elle y jeta les yeux et lut:

« A monsieur le lieutenant de police. »

— C'est une lettre que je viens de lui écrire, poursuivit le gentilhomme, et dans laquelle je le prie de m'envoyer le plus habile de ses agents, afin de relever la piste que je lui indiquerai.

Et, comme Mme de Libessac semblait hésiter à le croire:

— Vous pouvez en prendre connaissance, cousine, ajouta-t-il, en lui mettant la lettre dans les mains.

Malgré cette insistance, la comtesse n'osait point laisser voir qu'elle doutait encore.

— Je vous en prie, fit-il en tirant de son enveloppe la lettre qu'il lui montrait.

Elle la parcourut du regard.

— C'est bien, dit-elle.

Elle replia la lettre et la lui tendit; mais le baron la repoussa doucement.

— Oh! pardon, fit-il. Tout n'est pas fini, cousine. Si ma première visite a été pour vous, c'est que je sais combien vous êtes bonne et charitable. Aussi je voulais vous prier de me rendre un service...

— Un service! Lequel?

— En même temps que je prétends ne vous laisser aucun soupçon relativement à la loyauté de mes intentions, je veux que vous voyiez aussi clair que moi dans ma vie.

— Je ne demande pas mieux, mais de quelle façon?

— En faisant remettre vous-même cette lettre au lieutenant de police, en vous abouchant vous-même avec l'agent qu'il vous enverra, en lui donnant vous-même vos instructions.

— Quoi ! fit la comtesse étonnée, c'est à moi que vous confiez le soin...

— Si vous y consentez, je serai le plus heureux des hommes, interrompit le baron, car vous êtes ma seule parente et la personne à l'estime de qui je tiens le plus au monde.

— Eh bien ! j'accepte, dit résolûment Mme de Libessac.

— Ah ! je reconnais bien là votre bonté, fit le baron en essuyant une larme.

La comtesse était également très émue. Cette conversion éclatante, la franchise avec laquelle son cousin avait fait l'aveu de ses fautes, la droiture qu'il montrait, la preuve qu'elle avait entre les mains de son repentir, dissipèrent ses préventions et la disposèrent à l'indulgence.

— Et maintenant, ajouta le baron, me sera-t-il permis d'espérer que vous avez pardonné ?

— Oh ! pas encore, répondit-elle ; mais je reconnais que vous méritez mon indulgence.

— Alors tous mes vœux sont comblés, s'écria joyeusement M. de Pierre-Lisse. Et pour peu que vous m'autorisiez à venir m'informer auprès de vous, de temps à autre, du résultat de vos recherches, je me croirai le plus fortuné des hommes.

— Mais il le faut bien, dit la comtesse. Vous êtes plus intéressé que moi encore à savoir quelle sera l'issue de ces démarches. Or, vous pouvez vous présenter ici la tête haute, monsieur mon cousin. Si indignée que j'aie été de votre conduite envers Mlle de Lescarre, je n'ai raconté ce scandale à aucun de ceux qui m'entourent. J'ai même évité jusqu'ici de prononcer votre nom devant eux, afin de ne soulever aucune question indiscrète et de n'avoir pas à rougir d'une parenté si peu honorable, vous en conviendrez.

Le baron courba la tête avec componction.

— Le retour que vous avez fait sur vous-même, continua Mme de Libessac, vous est une garantie que je garderai le même silence. J'espère que je n'aurai jamais à m'en repentir.

— Je vous le promets, chère cousine, dit le baron, qui se laissa tomber à genoux et déposa sur sa main un baiser respectueux.

La comtesse le releva avec bonté et le reconduisit jusqu'au seuil de son appartement ; puis elle alla rejoindre Raymonde et Lucien.

Elle était bien obligée de leur dire une partie de la vérité, pour justifier le bienveillant accueil qu'elle avait fait à M. de Pierre-Lisse et l'autorisation qu'elle venait de lui accorder.

Elle leur raconta donc que le baron avait séduit et abandonné jadis une jeune fille, en faveur de laquelle elle était intervenue sans résultat, ce qui avait amené la rupture de toutes relations entre elle et son cousin. Elle ne leur cacha point quelle vie de dissipation il avait menée ; mais elle ajouta que, pris d'un repentir sincère, et après avoir rétabli sa fortune aux Indes, le baron était décidé à réparer ses torts et à épouser Mlle de Lescarre.

A l'appui de cette assertion, elle montra la lettre qu'il lui avait remise et proposa à Lucien de se joindre à elle, pour obtenir du lieutenant de police qu'il fît diligence et se livrât à des recherches immédiates.

Lucien était trop l'obligé de la comtesse pour lui refuser quelque chose. Il se chargea de remettre la lettre en personne et d'appuyer cette démarche de tout son crédit.

Mme de Libessac était enchantée. Pour elle, tout ce qui aboutissait à une œuvre pie était une source de contentement. Elle accepta la proposition de Lucien, qui, le jour même, se rendit chez le lieutenant de police. Celui-ci promit d'employer tout son zèle pour complaire à M. de la Tournaye ; mais il demanda des dates précises, que le duc n'était pas en état de lui donner.

Ce premier obstacle n'était rien. Il suffisait de faire venir M. de Pierre-Lisse et de prendre par écrit les indications qu'il était prêt à fournir.

Mme de Libessac écrivit donc au baron pour le prier de lui donner les renseignements nécessaires. Celui-ci accourut aussitôt. Malheureusement, il prétendit ne rien savoir, sinon que Mlle de Lescarre avait quitté Saint-Aubin-lès-Elbeuf dans le courant du mois d'août 1760, pour venir à Paris, où il l'avait inutilement cherchée à cette époque.

— Ainsi, vous ne savez pas où elle habitait ? demanda la comtesse.

— Naturellement.

— Et vous ignorez si elle avait à Paris des parents ou des amis auxquels elle aurait pu demander asile ?

— Je sais qu'elle n'y avait aucun parent. Quant à des amis, je ne lui en connaissais pas d'autres que la famille de Coatlec ; mais Mlle de Lescarre était trop fière pour avoir imploré d'elle le moindre secours.

— Vous en êtes sûr ?

— Je m'en suis informé.

— C'est différent. Pourtant il faut fournir à la police tous les renseignements possibles, fit la comtesse. Ce n'est pas sur une donnée aussi vague...

Tout à coup elle s'arrêta.

— Mais j'y pense ! s'écria-t-elle. Nous avons une autre renseignement à fournir ! Mlle de Lescarre n'était pas seule en arrivant à Paris. Son enfant était avec elle.

Le baron devint légèrement pâle.

— C'est juste, répondit-il, en forçant ses lèvres à sourire.

— Eh bien ! cet enfant, le vôtre, était-ce un garçon ou une fille ?

— Un garçon, répondit vivement M. de Pierre-Lisse.

Mme de Libessac écrivit aussitôt de sa plus belle encre sur une feuille de papier blanc :

« Mlle de Lescarre et son fils... »

Elle s'interrompit aussitôt et posa sa plume.

— Oh ! mais il **nous** manque encore bien des choses pour compléter cette note ! s'écria-t-elle.

— Quoi donc? demanda le baron.

— Le nom de cet enfant, d'abord.

— C'est vrai, fit M. de Pierre-Lisse avec un embarras manifeste.

— Eh bien ! donnez-le moi.

— C'est que... balbutia le gentilhomme, je ne le sais pas...

— Comment ! vous ne connaissez pas le nom de votre enfant?

— Non, ma cousine... j'ignore du moins celui que sa mère lui a donné.

— Mais c'est monstrueux !

— Je croyais vous avoir dit que j'avais quitté Mlle de Lescarre un peu précipitamment, avant l'époque de ses couches..., fit le baron confus. Or, comme elle n'a pas jugé à propos d'attendre mon retour, il en résulte que je ne connais pas cet enfant, que je ne l'ai jamais vu, que je ne sais même pas son nom.

— Oh ! fit la comtesse en croisant les mains, comme si elle n'en croyait pas ses oreilles. Et, depuis cette époque, cette pauvre femme... cet enfant... Vous avez de grands torts à faire oublier, monsieur !

— Je m'en accuse, chère cousine ; mais je vous prends à témoin que j'y suis tout disposé.

— Si je ne le croyais pas, vous ne seriez pas là, monsieur, dit sévèrement la bonne dame... Allons, je laisserai le nom en blanc. Quel âge avait ce petit abandonné quand sa mère a quitté Saint-Aubin ?

— Quinze ou dix-huit mois au plus.

— Encore ! quoi, vous ne pouvez pas me donner la date exacte de sa naissance ?

— Pour les mêmes raisons que je viens de vous exposer, cela m'est impossible, répondit le baron en baissant les yeux. Je n'étais pas là.

— Voilà une défaite vraiment commode ! dit la comtesse avec indignation. Peste ! monsieur, les devoirs de la famille et de la paternité ne vous ont pas empêché de dormir !

— Je puis cependant donner une date approximative, fit le baron, désireux de calmer cette effervescence.

— C'est fort heureux ! dit Mme de Libessac. Eh bien ! voyons : j'attends.

— L'enfant, répondit le baron en fouillant au fond de ses souvenirs, doit être venu au monde pendant le mois d'avril ou dans les premiers jours de mai de l'année 1758.

— Ah ! c'est déjà quelque chose, dit la comtesse, qui se radoucit. De sorte qu'en août 1760, cet enfant devait avoir seize ou dix-sept mois ?

— C'est bien cela.

Elle reprit la plume et écrivit.

« Mlle de Lescarre et son fils... né le... avril 1758, ont quitté Saint-Aubin-les-Elbeuf, le.... août 1760, pour venir à Paris. »

La note fut transmise au lieutenant de police, qui mit en campagne aussitôt deux de ses plus habiles agents.

Le lendemain tous les amis de la maison étaient informés de l'évènement. (Page 131.)

Pendant un mois, on n'entendit parler de rien. Ces sortes de recherches n'étaient point faciles en ce temps-là. D'abord les registres de l'état-civil n'existaient pas; c'étaient les livres du clergé qui mentionnaient seuls les naissances et les décès. Encore ne le faisaient-ils qu'à beaux deniers comptants et d'une façon très-irrégulière.

En outre, seize ans s'étaient écoulés, depuis le jour où Mlle de Lescarre était venue à Paris. Retrouver ses traces était donc presque impossible.

C'est probablement sur quoi avait compté M. de Pierre-Lisse, quand il était venu faire sa soumission auprès de la comtesse et verser ses larmes de crocodile.

Ce qu'il voulait, lorsqu'il se présenta, c'était obtenir ses entrées à l'hôtel de la place Royale. Or, comme il ne pouvait pas en franchir le seuil avant d'avoir désarmé la colère de sa cousine, il était venu, humble et repentant en apparence se confesser à elle et se mettre à sa discrétion.

Il avait si admirablement joué son rôle que la bonne dame fut dupe de sa sincérité menteuse.

Sous prétexte de s'informer où en étaient les recherches que la comtesse s'était chargée de faire, le baron se présenta donc de temps en temps chez le duc de La Tournaye; puis ses visites se rapprochèrent de plus en plus, si bien qu'il devint un des habitués les plus assidus de la maison.

Le baron parlait peu. Il observait et il écoutait, cherchant une proie, flairant d'instinct les millions que le duc avait apportés et ne désespérant pas d'en prendre sa part.

Seulement, avant de s'engager en rien, il voulait s'assurer que le trésor des rajahs n'était pas une fiction.

Il en acquit promptement la preuve.

Bien que Lucien n'eût pas confié son secret à tout le monde, il avait mis ses meilleurs amis dans la confidence. Déjà il en avait transpiré quelque chose, lorsque les prodigalités de M. de la Tournaye le trahirent ostensiblement.

D'un seul coup, en effet, au commencement du mois de novembre, il avait donné cinq cent mille livres aux hôpitaux de Paris. Dans le quartier du Marais, il avait loué une boutique qu'il avait transformée en cuisine, et dans laquelle il distribuait tous les matins deux cents portions de soupe, de viande et de pain. Enfin, il n'était pas une infortune au-devant de laquelle il ne courût, dès qu'elle lui était signalée.

Ces libéralités avaient fait grand bruit et ajoutaient à la popularité qu'il s'était acquise. Comme il ne pouvait suffire à tant de charité, il avait pris la comtesse et Marcelle pour auxiliaires.

Elles distribuaient les secours et fournissaient aux besoins de la cuisine, que Papillon et Ludivine avaient pour mission d'approvisionner.

Evidemment le duc ne suffisait pas à de telles dépenses avec ses propres ressources. En un an sa fortune tout entière y aurait passé.

Le bruit se répandit donc qu'il avait trouvé un trésor et nul ne s'avisa de lui en faire un crime, en présence de la générosité avec laquelle il le dépensait, — car tout finit par se savoir à Paris, lorsqu'on vit si ouvertement d'ailleurs que le faisait Lucien.

Or, on savait qu'il n'avait modifié en rien son genre de vie, qu'il n'avait pas augmenté d'un domestique le personnel de sa maison, qu'il n'avait pas mis un cheval ni une voiture de plus dans ses écuries et dans ses remises, que son train de maison était toujours aussi sobre que par le passé.

Les malheureux, au secours desquels il venait si largement, lui surent gré de ce désintéressement plus encore que de sa générosité. Lucien devint pour eux une idolâtrie. Ceux qui l'approchaient furent à leurs yeux autant d'êtres sacrés.

Marcelle, plus que tout autre, car elle était plus jeune et par conséquent plus active, recueillit surtout les fruits de cette popularité.

Le peuple connaissait son histoire, il l'avait vue dans les rues, vêtue d'une méchante robe d'indienne en hiver, grelotter au souffle de la bise, comme il grelottait lui-même. Il savait qu'elle était la fille adoptive du vieux vannier ; il se rappelait avec quelle piété filiale elle avait soigné le père Brahma. Il la considérait comme un de ses enfants.

Elle était si jolie, si bonne, elle avait la voix si douce, les yeux si beaux, les regards si limpides, la physionomie si franche, qu'elle excitait toutes les admirations.

Quand on la voyait venir, suivie d'un des laquais de M. de La Tournaye, lequel ployait toujours sous le faix du linge ou des provisions qu'elle apportait, chacun se rangeait pour la laisser passer ou s'inclinait à son approche.

Ainsi que tous les personnages qui jouissent d'une grosse fortune et dont la bienfaisance est connue, le duc recevait tous les jours des lettres de pauvres honteux, de négociants en détresse.

C'était à Marcelle qu'il avait laissé le soin de dépouiller cette correspondance et de satisfaire à ces demandes, après s'être informée que ces appels désespérés étaient sincères et que l'infortune était pressante.

Il était bien rare que la jeune fille ne trouvât pas que l'aumône attribuée par Lucien à ces malheureux, sur le rapport qu'elle lui faisait, était au-dessous de ce qu'elle aurait dû être. Presque toujours elle réussissait à l'augmenter de quelque chose.

A cause de tout cela, comme à cause de sa grâce et de sa beauté, Marcelle était adorée, et l'on peut ajouter qu'elle remplissait son rôle avec un dévouement et une abnégation qui méritaient au moins tous les éloges.

Quant à Raymonde, qui jusqu'alors avait pris une part si active aux soins multiples que nécessitaient ces largesses, elle était condamnée depuis quelque temps par la Faculté au repos le plus absolu.

La prophétie du docteur Rousseau s'était accomplie. Au bout de quatorze ans de stérilité, la duchesse avait été appelée à savourer enfin toutes les joies du mariage : elle allait être mère.

Quand le docteur apporta à Lucien cette nouvelle, si grosse d'espérances et de dangers, celui-ci faillit presque se trouver mal, tant ce bonheur inespéré lui causa d'émotion.

Le lendemain, tous les amis de la maison étaient informés de cet évènement. Ce fut pour eux une joie presque aussi grande que pour les heureux époux. On savait, en effet, avec quelle ardeur ils le désiraient, et ce bonheur était si bien gagné qu'on remercia pour eux la Providence de cet acte de justice.

Tout cela se passait sous les yeux du baron de Pierre-Lisse, qui n'en perdait pas un détail.

Lui aussi vint apporter ses félicitations à Raymonde et à Lucien ; mais, en vérité, cela lui était bien égal. Ce qu'il cherchait, c'était le moyen de distraire une part quelconque du trésor dont M. de La Tournaye était bien authentiquement possesseur.

Quoiqu'il eût bien vieilli, puisqu'il venait de dépasser la quarantaine, le baron avait toujours soif comme autrefois de bien-être et de plaisirs.

Il avait bien dit à la comtesse qu'il revenait en France avec une fortune de trois cent mille livres ; mais il avait menti de plus de moitié, puisqu'il n'en avait que cent vingt mille.

Sans doute, il était d'avis qu'il vaut mieux faire envie que pitié. Dans tous les cas, il n'ignorait pas que le monde fait toujours meilleur accueil à ceux de qui il espère recevoir qu'à ceux auxquels il craint de donner.

A force d'inventer combinaisons sur combinaisons, le baron se frappa le front, un jour qu'en promenant ses regards dans le salon de M. de La Tournaye, il les arrêta sur Marcelle.

Elle ne lui plaisait pas, c'est vrai. Bien plus, il éprouvait, en la voyant, un sentiment indéfinissable de répulsion. Pourtant elle était incontestablement belle et réunissait toutes les conditions voulues pour que le baron obtînt assez facilement sa main.

C'était une enfant trouvée, de naissance obscure très probablement, à en juger par le milieu dans lequel elle avait été recueillie ; donc on serait enchanté de la marier à un gentilhomme.

Elle était pauvre, cela ne faisait pas l'ombre d'un doute ; mais il n'était pas possible que M. de La Tournaye, après l'avoir admise à l'honneur de partager sa vie de famille, ne lui donnât pas une dot proportionnée aux richesses dont il disposait.

Aussitôt M. de Pierre-Lisse se mit à l'œuvre.

VI

OU VOULAIT EN VENIR LE BARON

Cinq mois entiers s'étaient écoulés depuis le retour en France du duc de La Tournaye, — cinq mois d'un bonheur sans nuages, auquel la grossesse de Raymonde, qui était maintenant un fait avéré, avait mis le comble.

Les recherches faites par la police à la requête de Mme de Libessac, qui en payait tous les frais, n'avaient encore abouti qu'à un très mince résultat.

Au bout de deux mois, on avait fini par découvrir que Mlle de Lescarre et son enfant avaient demeuré au n° 7 de la rue Neuve-des-Petits-Champs, et que, de là, elle était allée place du Caire, n° 4, où elle avait habité un appartement beaucoup plus modeste que le premier, puis elle s'était dérobée tout à coup à toutes les investigations.

Le baron, qui, lorsqu'on lui avait transmis les premiers renseignements, avait conçu d'assez vives alarmes, recouvrait toute son assurance.

En effet, si l'on avait retrouvé Mlle de Lescarre, c'en était fait de ses projets sur Marcelle et de la fortune qu'il convoitait. Sous aucun prétexte la comtesse ne se serait prêtée à une combinaison autre que le mariage de son cousin avec celle qu'il avait déshonorée.

Aujourd'hui, elle commençait à désespérer et à croire que Mlle de Lescarre avait quitté la France. Cependant elle n'avait pas renoncé à atteindre le résultat qu'elle poursuivait si patiemment.

Le lieutenant de police, qu'elle était allée voir en personne, ne renonçait pas non plus à tout espoir.

— Mais sur quoi comptez-vous donc? lui avait demandé Mme de Libessac.

— Beaucoup sur le hasard, c'est vrai, avait répondu le magistrat, et beaucoup aussi sur la sagacité de mes agents. Il est évident qu'ils sont momentanément déroutés, mais avouez que c'est réellement extraordinaire.

— J'en conviens, fit la comtesse.

— Comment! reprit le lieutenant avec animation, nous retrouvons par deux fois, à près de quinze ans de distance, la trace de Mlle de Lescarre et, tout à coup, elle nous échappe! Cela n'est pas naturel.

— Que croyez-vous donc?

— Ce que je crois, je vais vous le dire, répondit confidentiellement le magistrat. Remarquez qu'en arrivant à Paris cette personne s'est logée dans une rue centrale.

— Bien, fit Mme de Libessac avec attention.

— Elle y occupe un appartement assez beau et qui témoigne, sinon d'une belle fortune, au moins de certaines ressources...

— C'est très-probable.

— Trois ans se passent, poursuivit le lieutenant, et Mlle de Lescarre change de logement. Que fait-elle? Elle loue un modeste logement de deux pièces, dans un quartier beaucoup plus éloigné, beaucoup moins beau, où les loyers sont infiniment moins chers.

— D'où vous concluez que ses ressources se sont épuisées? interrogea la comtesse.

— Nécessairement, dit triomphalement le magistrat, puisqu'elle congédia même l'unique femme de chambre qu'elle eût à son service avant d'avoir déménagé.

— En effet, c'est assez vraisemblable.

—Attendez, madame, je n'ai pas fini. Mlle de Lescarre resta deux ans dans cette maison. Nos renseignements nous permettent presque d'affirmer qu'à cette époque elle était dans la gêne et qu'elle travaillait pour subvenir à ses besoins. Elle quitte donc ce logement, dont le prix était sans doute trop élevé encore pour ses modestes ressources, et elle s'en va...

— Oui, fit la comtesse; désespérant de retrouver celui qu'elle cherchait, elle prend le parti de s'expatrier.

Le lieutenant de police sourit avec incrédulité et secoua négativement la tête.

—Vous ne le croyez pas? interrogea Mme de Libessac.

— Non, madame.

— Que croyez-vous donc?

— Je crois qu'elle est restée à Paris.

— Sur quoi basez-vous cette opinion?

— Sur ce simple fait : que cette malheureuse femme, trouvant ce médiocre loyer trop lourd, ne devait pas avoir l'argent nécessaire pour entreprendre un voyage, si court qu'il fût.

— C'est juste, dit la comtesse, frappée de ce raisonnement. Mais alors comment se fait-il qu'elle vous échappe brusquement?

— Parce qu'elle a dû faire ce que font tous les gens qui portent un certain nom, lorsqu'ils tombent dans la misère.

— Que font-ils donc?

— Ils changent de nom.

— Ah! fit Mme de Libessac, subitement illuminée. Je n'y avais pas songé; mais vous devez avoir raison.

— Et ce nom, ajouta le lieutenant de police, est presque toujours, en pareil cas, ou le nom patronymique de la famille, ou celui de quelque parent éloigné, mort sans postérité.

— Mais on peut en inventer un, fit observer la comtesse.

— Sans doute, rien ne paraît plus facile, et pourtant, sur vingt ou trente cas semblables qui se sont présentés depuis que je dirige le département de la police, c'est toujours l'un des deux noms que je viens de vous signaler qui a été choisi. Et vous-même, madame, qui vous nommez Lefort de Libessac, je gage que si vous étiez dans la même position que Mlle de Lescarre, vous renonceriez au nom de Libessac, qui est celui de votre comté, pour porter celui de Lefort, qui est votre nom patronymique.

— C'est vrai, dit naïvement la comtesse, mais alors qu'allez-vous faire?

— Je compte — et c'est par là que j'aurais peut-être dû commencer — envoyer un de mes agents à Saint-Aubin, avec mission de s'enquérir minutieusement de la famille de Lescarre et de me rapporter l'acte de naissance de son enfant, s'il a été inscrit, comme il y a lieu de le supposer, sur les registres de cette église.

— Fort bien, monsieur, je vous donne carte blanche, dit Mme de Libessac.

— Seulement, reprit le magistrat, je vous serais très reconnaissant de ne raconter à personne la conversation que je viens d'avoir avec vous.

— Quoi! pas même au duc de La Tournaye?

— A quoi bon? Cela ne l'intéresse que très médiocrement, vous en conviendrez.

— Mais au baron de Pierre-Lisse...?

— Encore moins, madame, fit le lieutenant de police en souriant. Je voudrais lui ménager le plaisir de la surprise.

— Comme il vous plaira, dit la comtesse. Je garderai donc le secret le plus absolu.

Elle s'éloigna et tint parole.

Cet entretien avait eu lieu dans les premiers jours du mois de mars de l'année 1776, époque à laquelle remontent les premières pages de ce récit.

Pour tout le monde, comme pour la police, Mlle de Lescarre demeurait donc introuvable.

Le baron jugea le moment opportun pour mettre ses projets à exécution.

Ce n'était pas chose facile. Il aurait d'abord à vaincre les scrupules de la comtesse, puis les antipathies évidentes, quoique habilement dissimulées, de Lucien et de Raymonde, et enfin il faudrait amener Marcelle à donner son consentement.

Il se flattait de triompher de toutes ces résistances; Marcelle était même celle qui l'inquiétait le moins.

Ainsi pensait M. de Pierre-Lisse. Seulement, entre la jeune fille et lui, il avait découvert deux obstacles, bien plus redoutables à ses yeux que ne l'étaient les premiers, — deux obstacles, c'est-à-dire deux rivaux.

Alors que le baron se tenait dans l'ombre, au fond de ce salon qu'inondaient les lumières, il avait observé avec soin tout ce qui se passait autour de lui.

Or, il avait remarqué que Marcelle était le point de mire des regards de deux personnages : le comte de Lally-Tollendal et Brissot de Warville.

Evidemment ces deux jeunes gens l'aimaient, ou du moins la trouvaient de leur goût.

Marcelle les aimait-elle? La question était délicate à résoudre. Cependant il y avait lieu de croire que si son cœur était féru d'amour, c'était seulement pour l'un de ces deux rivaux.

Mais lequel?

Le baron avait eu beau étudier les regards, les gestes, les intonations de voix, il ne lui avait pas été possible de découvrir chez la jeune fille la moindre préférence pour l'un de ces jeunes gens.

Le baron était fort embarrassé. Il en était réduit à calculer lui-même le plus ou moins de chances qu'avaient les deux compétiteurs.

Naturellement, il ne pouvait résoudre qu'à son point de vue personnel cette grave question. Selon lui, c'était donc Brissot qui lui paraissait le moins à craindre.

Ce petit saute-ruisseau, remuant, bavard, qui consacrait à l'étude des questions sociales toute l'ardeur de sa jeunesse, qui nourrissait contre la royauté une haine si violente qu'elle se trahissait dans chacun de ses discours, et qui, surtout, n'avait que peu ou point de fortune, ne lui paraissait pas un rival bien dangereux.

Sa personne ne prêtait guère davantage à des craintes exagérées. Il était de taille moyenne, très-mince, très maigre même ; il avait un visage insignifiant, très-intelligent, il est vrai, mais très irrégulier de traits.

Quant au comte de Lally, c'était autre chose.

Grand, beau, bien charpenté, solidement musclé, très élégant et très-soigné, fin causeur, diseur habile, instruit, généreux, imbu des idées nouvelles, Martial était vraiment un homme supérieur, dans toute l'acception du mot. En outre, il était l'ami intime de Lucien, qui, par conséquent, devait avoir pour lui toutes les indulgences.

Martial était donc l'obstacle le plus sérieux qui se dressât devant M. de Pierre-Lisse. Il le jugea si formidable qu'au lieu d'essayer de le combattre, il résolut de le supprimer.

Le baron n'était pas un de ces timides qui reculent devant une nécessité, si cruelle qu'elle soit. L'assassinat du comte de Lally fut décidé. Il ne s'en rapporta à personne qu'à lui du soin de faire disparaître ce rival inquiétant.

Ce n'était pas une entreprise aisée ! Martial habitait Paris et ne le quittait pas. Il ne fallait pas songer à l'arrêter sur une route ou à le guetter au coin d'un bois. S'introduire chez lui n'était guère possible avec le nombreux domestique qui remplissait son hôtel. C'était donc en plein Paris qu'il s'agissait de le frapper.

Le baron n'hésita pas. Il avait sous la main un endroit aussi propice qu'il le pouvait souhaiter : c'était la place Royale. Il s'y rendit, bien armé, un peu avant que la nuit tombât,

Là, il attendit le moment favorable.

La place Royale avait depuis longtemps sa légende. Elle avait succédé au Pré-aux-clercs de sanglante mémoire. C'était là que les gentilshommes du dix-huitième siècle allaient vider les querelles qui se terminaient par un coup d'épée.

Le quartier, fort désert au temps où la place Royale conquit sa sinistre réputation, puisqu'il confinait à la porte Saint-Antoine, c'est-à-dire aux limites extrêmes de Paris, le quartier, disons-nous, s'était beaucoup peuplé depuis la fin du règne de Louis XV, mais il était loin de ressembler à ce qu'on le voit aujourd'hui.

Or, de nos jours même, le quartier du Marais passe pour le plus tranquille et le moins fréquenté de Paris. Qu'on juge de ce qu'il devait être, il y a cent ans, alors que ni le commerce ni l'industrie ne lui avaient donné la vie qui l'anime à l'heure qu'il est !

Dès que la nuit tombait, il se transformait en un désert, dans lequel ses habitants eux-mêmes n'osaient s'aventurer qu'en tremblant.

Il ajusta lentement et fit feu. (Page 138.)

M. de Pierre-Lisse ne l'ignorait pas. C'est à cause de cela qu'il l'avait pris pour théâtre de ses coupables desseins.

L'accueil qu'il avait reçu à l'hôtel de La Tournaye lui permettait de savoir au juste à quelle heure le rival dont il voulait se défaire entrait dans la maison ou en sortait, par quel chemin il venait ou s'en allait.

Or, la veille du jour où il résolut de mettre son projet à exécution, il avait

18ᵐᵉ Liv.   18

entendu Martial annoncer qu'il viendrait, à l'heure du souper, lire le mémoire qu'il avait rédigé et auquel il travaillait depuis son retour.

L'occasion était trop favorable pour ne pas en profiter.

Vers sept heures du soir, au moment où les ténèbres commençaient à s'épaissir, le baron se glissa sous les arbres, presque en face de l'hôtel de La Tournaye. Il vit venir à lui le comte de Lally, qu'il reconnut à sa taille élevée, ajusta lentement et fit feu.

En le voyant tomber, il crut l'avoir tué et poussa un soupir de soulagement.

— Et d'un ! murmura-t-il.

Il se serait très-probablement assuré du fait, s'il n'avait entendu presque aussitôt retentir le pas précipité d'un homme que le bruit de la détonation avait attiré; mais comme il ne se souciait pas d'être pris, ni d'être reconnu, il s'enfuit en toute hâte.

Il rentra d'abord chez lui, rue Saint-André-des-Arts, où il avait loué un appartement meublé; puis il ne put résister au désir d'apprendre ce qu'il était advenu de son expédition.

Huit heures et demie avaient sonné quand il arriva chez le duc de La Tournaye. Il ne fut pas médiocrement surpris d'y trouver Martial debout et presque aussi bien portant qu'avant l'attentat dont il avait été victime.

— Allons ! c'est à recommencer, pensa-t-il.

Il s'empressa autour du comte, offrit même de l'accompagner « pour le préserver, disait-il, de toute attaque du même genre »; mais le comte avait accepté déjà le bras de Brissot il déclina poliment les offres de M. de Pierre-Lisse.

Malgré tout, le zélé baron lui fit escorte et montra une complaisance dont Martial fut positivement touché.

En regagnant son domicile, le baron se creusait la tête pour combiner un autre plan, lorsqu'il laissa échapper un éclat de rire nerveux.

— Mais, au fait, dit-il, je suis bien bon de me mettre l'esprit à la torture pour accomplir un crime dont le besoin ne se fait pas immédiatement sentir. Martial ne s'est pas déclaré; il n'est pas certain que son amour pour Marcelle soit une réalité; il est encore moins certain que Marcelle soit éprise de lui. Attendons encore...

Pourtant, il sentait bien qu'il était impossible d'attendre longtemps et qu'il importait de prendre l'avance sur ses deux rivaux.

Comment faire? Assurément la comtesse serait l'ennemie la plus acharnée des projets de mariage que son cousin avait formés. Il aurait fallu l'éloigner, mais de quelle façon ?

Désespérant d'y parvenir, le baron se décida à tenter de la fléchir.

Deux jours après, il se présenta à l'hôtel de La Tournaye.

Sous la porte cochère, il vit deux malles fermées et ficelées, sur lesquelles était cloué un carré de carton portant un nom et une adresse.

Pendant que le valet de pied lui ouvrait la porte du vestibule, le baron se pencha et lut sur une de ces malles : « Madame la comtesse de Libessac, aux Moulineaux, près Elbeuf. »

— Qu'est-ce que cela signifie? se demanda-t-il.

On l'introduisit chez la comtesse, qu'il trouva en costume de voyage.

— Que me voulez-vous? lui dit-elle précipitamment. Dépêchez-vous, je n'ai que très peu de temps à vous donner.

— Mais... balbutia le baron, je venais vous voir... comme à l'ordinaire, pour savoir si les démarches que nous faisons ont abouti...

— Elles en sont toujours au même point. Est-ce tout ce que vous avez à me dire ?

— Non, cousine, je désirais vous entretenir d'une question tout aussi importante pour moi que celle...

— Ce sera pour une autre fois, interrompit Mᵐᵉ de Libessac. A mon retour, nous en recauserons.

— Vous partez donc? demanda M. de Pierre-Lisse.

— J'attends la chaise de poste que j'ai commandée.

A peine avait-elle prononcé ces paroles que retentit dans la rue un bruit de grelots, accompagné de coups de fouet étourdissants.

— La voilà! s'écria-t-elle en se dirigeant vers la porte.

— Du moins, comtesse, ne me direz-vous pas quelle est la cause de ce départ précipité?

— Rien, ou du moins rien de bien grave, répondit-elle. Une de mes fermes a brûlé; le fermier a péri en voulant sauver ses chevaux ; il faut que je sois là pour venir en aide à ces pauvres gens, pour faire reconstruire la ferme; je n'ai pas une minute à perdre!

En disant ces mots, elle salua de la main monsieur son cousin, prit son sac de nuit et sortit.

— Je vais faire mes adieux à Lucien, à sa femme, et je me mets en route, dit-elle. Au revoir, baron !

M. de Pierre-Lisse la suivit dans l'escalier.

— Mais combien de temps resterez-vous absente? lui demandait-il..

— Un mois... quinze jours... le moins possible, répondait la comtesse, tout en descendant rapidement les marches. Adieu, baron !

Elle avait atteint le palier du premier étage. Elle ouvrit la porte des appartements du duc de La Tournaye et disparut.

M. de Pierre-Lisse franchit lentement les degrés et atteignit le vestibule, sous lequel la chaise de poste s'était rangée.

— Un mois... quinze jours... répétait-il. Diable ! il n'y a pas de temps à perdre !

Il demeura au bas de l'escalier pour voir monter sa cousine en voiture. Elle arriva quelques minutes après, suivie de Lucien et de Marcelle. Derrière eux venaient la camériste de la comtesse et Germain, que le duc avait absolument voulu lui donner pour compagnon de voyage.

La comtesse se plaça sur la banquette de derrière, la camériste sur celle de devant, et Germain monta sur le siège, puis la voiture s'ébranla. Mᵐᵉ de

Libessac fit de la main un dernier geste d'adieu et les chevaux partirent au galop.

Le baron prit congé de Lucien.

— Je venais, lui dit-il, vous entretenir d'une affaire de la plus haute importance, mais le moment est mal choisi, je le vois. Je reviendrai dans deux ou trois jours, si vous le permettez.

— Quand il vous plaira, monsieur, dit Lucien.

M. de Pierre-Lisse se retira.

— Décidément, le ciel est pour moi, se disait-il avec un sourire satanique.

Ainsi qu'il l'avait dit, il ne perdit pas de temps. Le surlendemain, il se présenta chez M. de La Tournaye.

— Monsieur, lui dit-il, j'ai quarante ans sonnés; sans posséder une grande fortune, je jouis d'une certaine aisance, aisance que je dois à dix années d'exil et de travail. Je m'estimerais donc très-heureux, si mon bonheur était aussi complet que le vôtre. Malheureusement, je suis bien seul !

Lucien dressa l'oreille et ne cacha pas l'étonnement que cet exorde lui causait.

— Pendant longtemps, reprit le baron, j'avais nourri l'espoir que les démarches tentées par moi, de concert avec ma cousine, obtiendraient un résultat conforme à mes désirs; mais je crois que toute illusion à cet égard est désormais impossible.

— C'est de Mlle de Lescarre qu'il s'agit, n'est-ce pas? interrogea Lucien.

— Oui, monsieur. Je m'étais fait un devoir de réparer un écart de jeunesse, que ma cousine avait peut-être jugé un peu plus sévèrement qu'il ne le méritait, mais, depuis cinq mois que j'attends une solution favorable, la patience m'échappe, l'ennui me gagne, la solitude me tue. Aujourd'hui, il est à peu près certain pour moi que Mlle de Lescarre est morte et que mes projets de mariage avec elle sont irréalisables.

— C'est fort à craindre, en effet, dit Lucien.

— J'ai donc songé à me pourvoir ailleurs, continua M. de Pierre-Lisse.

Le duc devint très-attentif. Il ne voyait pas encore où ce singulier entretien allait le conduire, mais il se tenait sur ses gardes.

— A mon âge et avec mon peu de fortune, reprit le baron, je ne me dissimule pas qu'il serait insensé de prétendre à une riche alliance. Aussi j'ai jeté les yeux sur une fille d'origine obscure, qui n'a rien, mais qui m'a paru douée de toutes les qualités qui font le charme de la vie commune.

— Je vous en fais compliment, monsieur. Les sentiments qui vous font agir méritent l'approbation de tous les cœurs honnêtes. Et cette jeune fille a accepté? demanda Lucien.

— Pas encore, monsieur.

— Vous n'avez donc pas fait votre demande?

— Elle ne se doute peut-être pas que je songe à elle, répondit le baron.

— Alors qu'attendez-vous pour vous prononcer?

— Je n'étais pas fâché d'avoir auparavant l'avis de Mme de Libessac, que je tiens en grande estime. Par malheur, je n'ai pu lui en toucher que quelques mots le jour de son départ. A défaut de son assentiment, je tenais donc à avoir le vôtre.

— Mais je vous l'ai dit, monsieur, fit Lucien, si vous désespérez réellement de retrouver Mlle de Lescarre — et, franchement, j'en désespérerais presque à votre place,— je n'ai rien à dire à l'encontre du projet que vous me soumettez. Il est vrai que mon avis n'est pas d'un grand poids dans la balance...

— Au contraire, répliqua vivement M. de Pierre-Lisse, c'est de vous que dépend la réalisation de ce projet.

— De moi? dit Lucien très-étonné. Et en quoi, je vous prie? Aurais-je l'honneur de connaître celle sur qui vous avez jeté les yeux?

— Précisément, monsieur.

— Vous me surprenez beaucoup, monsieur; j'ai beau chercher... je ne vois pas...

— C'est que vous cherchez probablement trop loin, monsieur, dit le baron en souriant.

— Trop loin! mais à vous entendre ce serait presque dans ma propre maison...

— Vous l'avez dit, monsieur le duc.

— Quoi! c'est chez moi? Mais je ne vois guère ici que Marcelle....

— C'est elle dont j'ai l'honneur de vous demander la main, fit le baron, qui se leva et s'inclina cérémonieusement devant Lucien.

Le duc demeura littéralement confondu.

M. de Pierre-Lisse s'en aperçut.

— Remarquez, monsieur, dit-il, que je ne prétends pas à l'amour de cette jeune fille, que je n'attends rien d'elle, que je suis donc complètement désintéressé de toute question autre que celle des convenances. Je souhaite avoir un intérieur, me créer une famille, et comme je ne suis pas de première jeunesse, je suis obligé d'appuyer d'un nom honorable et d'une fortune suffisante la démarche à laquelle je me suis décidé.

Lucien s'était remis promptement de sa surprise.

— Monsieur, répondit-il à ce flux de protestations, il me semble que, tout d'abord, vous auriez sagement agi, en effet, si vous aviez attendu le retour de Mme de Libessac....

— Mais, interrompit vivement le baron, je ne suis pas en tutelle, monsieur. Je ne vois pas non plus en quoi la présence de ma cousine est nécessaire pour obtenir votre consentement.

— Elle n'est pas nécessaire, c'est vrai, mais je vous ferai remarquer que Mme de Libessac ne nous a jamais dit un mot de votre passé, qu'elle a gardé le secret le plus absolu sur une foule de choses, qui seraient intéressantes à connaître pour nous et pour celle dont vous sollicitez la main. Songez qu'il s'agit du bonheur et de l'avenir de la pauvre Marcelle! En pareil cas, nous ne saurions nous entourer de trop de précautions.

— Mon passé, vous le connaissez, répliqua le baron. Ce que me reproche le plus amèrement ma cousine — et je vous prie de croire qu'elle n'y a pas apporté l'indulgence dont elle est coutumière, — c'est d'avoir abandonné Mlle de Lescarre et d'avoir dissipé mon patrimoine. Or, comment ai-je répondu à ces reproches? Je me suis exilé, j'ai refait ma fortune, je me suis soumis au désir qu'elle a manifesté de me faire épouser la personne dont il s'agit. Pouvais-je faire mieux? Est-ce ma faute si cette personne est introuvable? Me faudra-t-il attendre éternellement un résultat que cinq mois des recherches les plus patientes n'ont pas amené?

— Je ne prétends pas cela, monsieur, répondit le duc. Vous êtes parfaitement libre de faire, en dehors de la comtesse et de nous, tout ce qu'il vous plaira; mais puisque c'est dans notre propre maison que votre choix s'est arrêté, je maintiens ce que je vous disais tout à l'heure: Mme de Libessac aurait été meilleur juge que nous de l'opportunité de votre demande. Aussi je m'étonne presque que vous ayez attendu, pour nous l'adresser, que la comtesse soit partie.

— Mais c'est pur hasard! se récria le baron. Je venais avant-hier m'ouvrir de ce projet à ma cousine, lorsque je l'ai trouvée en pleins préparatifs de voyage. A peine m'a-t-elle donné le temps d'ouvrir la bouche! M'accuserez-vous aussi d'avoir prévu ce départ ou de l'avoir préparé?

— A Dieu ne plaise! se défendit Lucien. D'ailleurs, l'absence de Mme de Libessac n'est pas la seule raison que j'aie à faire valoir pour réclamer un sursis.

— Quel autre obstacle voyez-vous donc?

— Vous le demandez! Et Marcelle? La comptez-vous pour rien en cette affaire?

— Assurément non, monsieur.

— Eh bien! avouez que Marcelle est bien jeune encore pour prendre un parti dans une question aussi grave.

— C'est pour cela que je n'ai pas cru devoir m'adresser directement à elle et que je vous ai fait part de mes projets. Je sais que vous avez sur elle une énorme influence et que mon sort est entre vos mains.

— Vous vous trompez encore, monsieur, fit observer Lucien. Sans doute, je crois que Marcelle ne dédaignerait pas mes conseils; mais quelque sympathie que je ressente pour celui qui prétendrait à sa main, je n'userai jamais de mon influence pour la contraindre à faire un choix qui ne serait ni selon ses goûts, ni selon son cœur.

— Aurais-je déjà le malheur d'être dans ce cas? interrogea le baron.

— Je l'ignore, monsieur, Marcelle n'a pas dix-huit ans. Jamais la question que vous soulevez n'a été agitée devant elle; par conséquent, elle n'a pas été appelée à se prononcer.

— Alors, monsieur, ne vous semble-t-il pas tout naturel de lui en parler? Que ce soit aujourd'hui, que ce soit demain, ne faudra-t-il pas toujours en venir là?

— Sans aucun doute.

— Eh bien ! mais je ne vous demande pas autre chose, fit le baron triomphant. Puis-je espérer que vous daignerez l'entretenir de la démarche que je viens de faire auprès de vous?

Lucien hésita quelques instants.

— Soit, monsieur, dit-il enfin, je vous le promets.

— Et vous voudrez bien me communiquer sa réponse ?

— N'en doutez pas.

— Quel jour m'autorisez-vous à venir la chercher ?

— Après-demain, si bon vous semble.

— A pareille heure ?

— Je n'y vois pas d'inconvénient.

— Je n'y manquerai pas, monsieur le duc, fit M. de Pierre-Lisse, qui se leva pour prendre congé.

Quand le baron se fut éloigné, Lucien demeura très-embarrassé.

Lui aussi, tout comme le baron, il avait surpris au passage les regards plus que bienveillants que Martial et Brissot faisaient peser parfois sur la jeune fille, et il n'était plus d'âge à se tromper sur la signification de ces regards.

D'aucun d'eux il n'avait reçu la moindre confidence, et pourtant il était certain que tous deux étaient épris de Marcelle.

A l'égard de Brissot, il aurait pu conserver quelque doute ; mais, à l'égard de Martial, il était depuis longtemps fixé.

Pendant le cours du long voyage qu'ils avaient fait ensemble et durant les longues heures de loisir que leur laissaient leurs explorations, avaient-ils cessé un instant de penser à ce Paris, où ils avaient laissé leurs plus chères affections? Non, certes ! Lucien évoquait à tout moment le souvenir de Raymonde; il ne se passait pas de jour que le jeune comte ne prononçât le nom de Marcelle.

Le duc était donc bien convaincu que la jeune fille avait produit sur Martial une très-vive impression.

Cependant, pas plus que Brissot, Martial n'avait fait l'aveu de son amour.

Que faire ?

M. de Pierre-Lisse avait si bien joué son rôle, que tout le monde était sa dupe, depuis la comtesse, qui croyait à son repentir sincère, jusqu'à Lucien, moins crédule toutefois, mais qui s'était laissé prendre à ces apparences de loyauté.

A ses yeux, le baron était de bonne foi. Comment celui-ci aurait-il su que le père Brahma avait légué un million à Marcelle? Lucien seul avait été mis dans la confidence et ne l'avait dit à personne, pas même à Martial !

Il ne crut donc pas pouvoir cacher à Marcelle la recherche dont elle avait été l'objet. Il n'était même pas fâché que cette occasion se présentât, car elle lui fournirait le moyen de sonder les sentiments de la jeune fille et de savoir si son cœur avait parlé en faveur de Martial ou de Brissot.

Il ne la fit pas appeler tout exprès, ne voulant pas donner à cet entretien une solennité qui aurait peut-être effarouché les aveux de la chère enfant.

Ce ne fut que le soir, après souper, au moment où Raymonde venait de regagner sa chambre, que Lucien aborda ce sujet délicat.

Nul moment n'était plus favorable. Marcelle avait depuis longtemps dépouillé sa correspondance et fait le pèlerinage charitable qu'elle accomplissait presque chaque jour chez les pauvres du quartier. Elle avait donc l'esprit tranquille, le cœur content ; elle était disposée aux plus tendres épanchements.

Lucien l'observait du regard et faisait involontairement une comparaison entre le jour où elle était entrée chez lui, flétrie par la misère, et l'heure actuelle, où s'épanouissaient sur ce joli visage toutes les roses de la santé, toutes les satisfactions de la vie heureuse. Naturellement, cette comparaison tournait tout à l'avantage de Marcelle.

Elle était vraiment belle, en effet. D'opulents cheveux noirs, que, contrairement à la mode du jour, elle n'avait pas encore voulu poudrer, se nouaient sur sa tête en tresses magnifiques, que les reflets de la lumière coloraient de nuances bleuâtres. Son front blanc, large et légèrement bombé, s'arrêtait sur deux sourcils finement arqués, sous lesquels brillait le feu de deux grands yeux noirs, qu'estompaient des cils longs et veloutés.

Son nez droit, aux narines fines, rosées, transparentes et d'une excessive mobilité, surmontait une bouche aux lèvres pleines et colorées, faites pour le sourire et les baisers. Un petit menton rond, mais nettement dessiné, au milieu duquel une fossette avait creusé son nid, terminait l'ovale de cette figure enchanteresse.

L'organe avait chez elle une fraîcheur et une suavité extraordinaires ; son rire franc et sonore laissait voir une rangée de perles, que le trésor des rajahs d'Adjimore lui eût enviées.

Ce qui frappait le plus en elle, c'était le contraste saisissant que formaient ses cheveux, ses yeux, ses sourcils et ses cils, d'un noir de jais, avec la blancheur éclatante de son teint. Pas une veine, pas un signe, n'altéraient la netteté de cette peau mate et d'une transparence lactée.

Marcelle s'aperçut de la persistance que Lucien mettait à l'examiner, mais au sens de laquelle elle ne pouvait pas se tromper.

— Comme vous me regardez, monsieur le duc ! dit-elle en riant. On croirait que vous ne m'avez jamais vue.

— C'est vrai, confessa Lucien. Je ne vous avais jamais si bien vue qu'en ce moment.

— Et pourquoi mieux aujourd'hui que les autres jours ? demanda-t-elle curieusement.

— Parce que je m'aperçois que vous êtes réellement une bien douce, bien bonne et bien belle enfant.

— Oh ! monsieur le duc, fit Marcelle en rougissant, ce n'est pas généreux à vous de me parler ainsi.

— Pourquoi donc ? Est-ce un crime de dire la vérité ?

— Non, mais je ne veux pas avoir à vos yeux d'autre beauté que la reconnaissance dont je suis pénétrée.

Avez-vous cru que je voulais vous faire une déclaration ? (Page 145.)

— Rassurez-vous, ma chère enfant, je ne vous en trouve pas d'autre. Vous seriez-vous par hasard méprise au sentiment qui m'a dicté ces paroles ? Avez-vous cru que je voulais vous faire une déclaration ? dit Lucien en riant à son tour.

— Par exemple ! fit Marcelle, en baissant les yeux.

— Non, non, continua Lucien, ce n'est pas de moi qu'il s'agit.

— Comment ! ce n'est pas de vous ? C'est donc d'un autre ?

— Peut-être. Vous imaginez-vous que je sois le seul à remarquer les beautés que je signalais?

— Mais... je ne sais... balbutia-t-elle, toute confuse.

— Je le sais, moi, mon enfant. Aussi c'est presque en qualité de père que je vous parle ainsi.

— De père! répéta Marcelle étonnée.

— Oui, mon enfant. Aujourd'hui même quelqu'un m'a demandé votre main.

— Qui donc? demanda-t-elle avec vivacité.

— Je vous le donne à deviner en cent.

Marcelle fit un mouvement! On aurait juré qu'un nom allait s'échapper de ses lèvres...

— C'est inutile, dit-elle. Je n'ai jamais pu déchiffrer les énigmes.

Lucien remarqua cette hésitation.

— Alors, mon enfant, lui dit-il, je vais vous nommer celui dont il s'agit : c'est le baron de Pierre-Lisse.

— Lui! s'écria-t-elle avec un geste d'effroi.

— Oui, ma chère Marcelle. Aujourd'hui même il m'a demandé votre main.

— Et vous la lui avez accordée?

— Non pas, répondit Lucien. Je lui ai promis seulement que je vous ferais part de cette proposition.

— Ah! je respire, dit la jeune fille.

— Il me semble, reprit le duc, que ce projet ne vous sourit guère.

— Avant de vous répondre, m'est-il permis de savoir si cette recherche est de votre goût?

— Je n'ai pas à me prononcer à cet égard.

— Et la comtesse?

— Mme de Libessac n'en est pas informée.

— Quoi! le baron n'a pas communiqué à sa cousine ses projets de mariage?

— Il venait s'en ouvrir à elle avant-hier, au moment où elle nous a quittés, mais elle ne lui a pas donné le temps de s'expliquer.

— Ne trouvez-vous pas singulier que le baron s'adresse à des étrangers, plutôt qu'à l'unique parente qu'il ait au monde?

— Je suis si bien de cet avis, que j'en ai fait l'observation à M. de Pierre-Lisse.

— Cependant, vous n'avez pas jugé à propos d'attendre le retour de la comtesse, fit observer Marcelle.

— Non, parce que je n'avais pas le droit de vous taire une minute la démarche dont vous étiez l'objet.

— Cette démarche est donc honorable à vos yeux?

— Je vous en fais juge, mon enfant. Le baron a quarante ans sonnés, mais il porte un nom qui ne manque pas d'un certain relief et il est à la tête d'une fortune de trois cent mille livres. C'est sur ce nom et sur cette fortune qu'il compte, pour combler la différence d'âge qui existe entre vous et lui. Il sait que votre nom est obscur, que vous ne possédez rien; il n'espère donc rien de vous que votre consentement. Eh bien! selon vous, une telle conduite n'est-elle pas celle d'un honnête homme?

— Je ne saurais dire le contraire, fit Marcelle, qui baissa la tête avec embarras, mais...

— Attendez, interrompit le duc. Maintenant que je vous ai exposé bien nettement la situation, il me reste à vous expliquer le rôle que je joue dans cette circonstance. C'est celui d'un intermédiaire pur et simple. Loin de m'être engagé à rien envers M. de Pierre-Lisse, je lui ai formellement déclaré que je ne voulais pas influencer votre volonté et que je ne vous contraindrais, en aucun cas, à vous marier contre votre gré.

— Ah! merci, monsieur le duc, dit la jeune fille en se redressant.

— Il est tout naturel que j'aie agi ainsi, continua Lucien. Je ne suis rien pour vous qu'un ami, je n'ai pas plus le droit de vous imposer ma volonté que je n'ai celui de rien vous taire de ce qui vous intéresse.

— Vous avez sur moi, monsieur le duc, tous les droits que vous donne ma reconnaissance, répliqua Marcelle. Ce serait donc le comble de l'ingratitude que de ne pas me soumettre à tout ce que vous exigerez de moi, sachant bien que vous n'exigerez jamais qu'une chose juste et honnête. Mon cœur, mon sang, ma vie vous appartiennent. Voilà pourquoi je vous demandais tout à l'heure si ce projet de mariage vous souriait.

— Encore une fois, mon enfant, je me refuse à dire ce que je pense à cet égard. Vous êtes libre, parfaitement libre, d'agir comme bon vous semblera. Bien plus, comme je reconnais que la question mérite d'être examinée à fond, et comme je ne veux pas vous surprendre, je ne vous demande pas une réponse immédiate. Vous avez quarante-huit heures devant vous. Réfléchissez bien, apportez-moi le résultat de vos réflexions et je vous promets, quel qu'il soit, de transmettre votre réponse au baron avec la même ponctualité que je vous ai soumis sa demande.

— Il ne me reste donc plus, monsieur le duc, qu'à vous remercier de ce désintéressement, dit Marcelle. Je ferai tous mes efforts pour me rendre digne de cette confiance.

— J'en suis certain, fit Lucien. Allons, regagnez votre chambre et ne vous alarmez pas.

A ces mots, il la baisa au front et la congédia.

— Ou je me trompe fort, se disait-il en allant rejoindre Raymonde, ou le baron de Pierre-Lisse n'a pas grandes chances de succès.

On s'étonnera peut-être que, dans cette conversation où s'agitait l'avenir de Marcelle, Lucien ne lui eût pas dit un mot de la fortune personnelle qu'elle aurait un jour, conformément aux dispositions suprêmes du père Brahma.

Le million dont l'avait dotée en mourant le vieux Seïda la faisait, en effet, une desplus riches héritières de Paris. Si le chiffre de cette dot avait été connu, il aurait suscité évidemment en peu de jours, grâce aux relations étendues de M. de La Tournaye, une foule de compétitions embarrassantes.

Aussi n'avait-il touché à personne, pas même à Raymonde, un mot de cette question délicate.

Marcelle était donc loin de se douter que le duc lui ménageait la surprise de ce million.

Elle était rentrée dans sa chambre et s'était laissé tomber avec accablement sur le fauteuil.

Elle comprenait fort bien pourquoi Lucien avait agi ainsi et lui savait gré de s'être fait, sans commentaires, l'interprète de M. de Pierre-Lisse.

Pour toute femme, en effet, qui aurait écouté la voix de l'intérêt, la proposition du gentilhomme était avantageuse à tous égards.

C'est quelque chose, pour une fille qui n'est rien et qui n'a rien, de se réveiller le lendemain avec un titre de baronne et un revenu de quinze mille livres, mais Marcelle n'était pas de celles qu'un blason fait rêver ou que l'argent peut tenter.

Peut-être, d'ailleurs, étouffait-elle au fond de son petit cœur quelque sentiment secret, auquel elle ne voulait pas donner l'essor, peut-être l'image préférée de quelque beau jeune homme avait-elle déjà hanté son sommeil.

Lucien inclinait à le croire. Il lui avait semblé surprendre sur le visage de la jeune fille quelque chose comme un vague sentiment d'espérance, au moment où il avait prononcé le mot de mariage. Un instant même, il avait cru provoquer les confidences de Marcelle; mais il n'avait pas jugé à propos de la presser ni de lui arracher le secret qu'elle prétendait garder.

La pauvre enfant était perplexe. La nuit qui suivit ces ouvertures fut pour elle une longue nuit de tourment et d'insomnie, car elle pressentait que le jour était proche où allait s'agiter cette question de vie ou de mort, qui s'appelle le mariage, et dont le nom seul l'épouvantait.

Quant au baron de Pierre-Lisse, il n'apparut qu'à de rares intervalles au milieu des silhouettes de toute forme qui vinrent troubler le repos de la chère enfant. Elle était bien décidée à repousser sa demande. Non-seulement elle ne l'aimait pas, mais il lui faisait peur.

Elle chercha à s'expliquer le sentiment de crainte que cet homme lui inspirait, elle ne put y parvenir. Sa répugnance était irréfléchie, instinctive, elle le reconnaissait; mais le visage du baron avait une expression féline, astucieuse, méchante même, qui glaçait le cœur de Marcelle.

Néanmoins, elle aurait voulu donner au duc une raison plausible du refus auquel elle était résolue d'avance.

Quand vint le jour, elle n'avait rien trouvé! Serait-elle donc obligée de repousser, sans motifs sérieux, une demande qui semblait concilier pourtant à la fois les convenances et la raison?

Tout à coup, elle poussa un petit cri joyeux, se renfonça sous ses couvertures et s'endormit.

Pendant ce temps, le baron était rentré chez lui, très-satisfait de la tournure qu'avait prise son entrevue avec Lucien. Il l'avait amené, presque malgré lui, au résultat qu'il ambitionnait.

— A l'heure qu'il est, se disait-il en se couchant, Marcelle doit être prévenue...

Il ne doutait pas du succès. Cette petite abandonnée pouvait-elle repousser les avantages immenses qu'elle retirerait d'une telle union ?

Aussi dormit-il bien, lui. Il se promit de mener si rondement l'affaire qu'elle serait bâclée avant le retour de sa cousine.

Quant à ce qu'elle en penserait, il ne s'en préoccupait nullement.

Le surlendemain, quand il se présenta à l'hôtel de La Tournaye, il avait une allure conquérante tout à fait amusante à voir.

— Monsieur, lui dit Lucien sans autre préambule, j'ai fait part à Marcelle de la demande que vous m'avez adressée, et j'ai le regret de vous annoncer que sa réponse n'est pas tout à fait conforme à vos désirs.

— Elle refuse ? fit M. de Pierre-Lisse.

— Pas précisément.

— Alors elle accepte ?

— Pas davantage.

— Pourtant il faut bien que ce soit l'un ou l'autre.

— Non, monsieur, elle ajourne.

— Ah ! fit M. de Pierre-Lisse déconcerté. Pour quelle raison ?

— Pour une raison très-sensée, si sensée que je n'ai pas pu faire autrement que de lui donner toute mon approbation.

— Est-il indiscret de vous la demander, monsieur le duc ?

— Pas le moins du monde, monsieur. Je ne sais pas si vous connaissez l'âge de Marcelle ?...

— Dix-huit ans environ, je crois...

— Vous ne vous trompez pas, monsieur. Marcelle est née le 12 avril 1754. Elle aura dix-huit ans dans un mois et deux jours.

— Cette date précise a-t-elle une aussi grande importance que vous paraissez le croire ?

— Elle en a une très-grande, monsieur, et voici pourquoi : Vous le savez, Marcelle ignore qui elle est, et les confidences que le père Brahma a reçues de Mme Darnaud ne permettent pas de douter qu'il y ait sur la naissance de cet enfant une grande obscurité. Mme Darnaud ne voulait pas dissiper ces ténèbres aux yeux de sa fille avant que celle-ci eût atteint sa dix-huitième année. Elle a donc tracé un long récit de sa vie passée, en recommandant au vieux vannier de ne pas le remettre à Marcelle avant le 12 avril 1766. Comme je me suis fait l'exécuteur testamentaire des volontés du père Brahma, j'ai accepté la mission dont il s'était chargé. La fille de Mme Darnaud ne saura rien avant un mois.

— De sorte qu'elle ne veut pas donner sa réponse avant un mois ? interrogea le baron.

— Oui, monsieur. Elle m'a fait très-judicieusement observer qu'elle ne pouvait s'engager à rien, sans être bien définitivement fixée sur son état. Ne trouvez-vous pas, comme moi, que cette raison est toute naturelle ?

— J'en conviens, monsieur le duc, fit le baron en s'efforçant de cacher son dépit.

— Alors, monsieur, dans un mois, je vous donnerai la réponse définitive de Marcelle, dit Lucien. Vous êtes de trop bonne maison pour que j'aie besoin de vous recommander jusque-là la plus grande discrétion au dehors et au dedans.

A ces mots, il se leva et s'inclina cérémonieusement devant M. de Pierre-Lisse.

Celui-ci dissimula sous un sourire le mécontentement qu'il éprouvait et s'éloigna.

— Oh ! murmura-t-il, ils ont beau faire, je l'aurai.

VII

LE SORCIER

Pendant les cinq mois qui avaient suivi son retour en France, Martial avait travaillé avec acharnement.

Le mémoire qu'il avait rédigé sur les documents que son voyage lui avait fournis était terminé. Il devait en donner lecture au duc de La Tournaye le jour où l'atteignit la balle du baron de Pierre-Lisse.

La blessure était heureusement insignifiante. Il ne fut même pas forcé de garder le lit et ne fut condamné par le docteur Rousseau qu'à quelques jours de réclusion.

En vain cherchait-il à s'expliquer les motifs de cette aggression et à trouver le nom de celui qui en était l'auteur. Il ne se connaissait pas d'ennemis et ne concevait pas à qui sa mort aurait profité.

Il finit donc par croire, comme Lucien, qu'il avait été victime d'une méprise de la part de quelque mari trompé.

Il était évident, en effet, que le mobile du crime était la vengeance et non le vol, car le meurtrier avait pris la fuite aussitôt qu'il l'avait vu touché et n'avait pas même essayé de le dépouiller de l'argent dont il était porteur.

Ce qui le frappa le plus dans cet évènement, dont les causes lui échappaient, ce fut la façon miraculeuse dont il avait été préservé.

C'était ce mémoire auquel il avait consacré ses veilles, qui lui avait sauvé la vie !

Lorsque, le lendemain de cet accident, il reçut la visite de M. de La Tournaye il lui soumit son travail. Lucien en approuva le fond, mais la forme lui en parut un peu trop vive.

Il n'eut pas de peine à démontrer que ce mémoire, étant destiné à des magistrats, devait éviter avec soin toute trace de violence et de récrimination, pour se borner à accumuler les faits, sur l'éloquence desquels il fallait uniquement compter.

Martial reconnut la justesse de ces observations et promit de ne pas s'abandonner à ses rancunes personnelles.

Il fit venir son secrétaire aussitôt que le duc se fut éloigné, ratura, coupa, ajouta, jusqu'à ce que le mémoire eût enfin revêtu la forme qu'il devait avoir.

Cet important travail accompli, il eut tout le loisir de songer à ses propres affaires.

Ces affaires n'étaient heureusement pas compliquées. Il était seul au monde, il était jeune, il avait de la force, et la vie de dissipation n'avait aucun charme à ses yeux.

Les évènements terribles qui l'avaient rendu orphelin avaient eu sur son esprit et sur sa manière de vivre une très-grande influence et lui avaient donné de bonne heure une maturité précoce.

Douloureusement écrasé d'abord sous le poids de la honte qui avait rejailli sur un nom jusque-là si noblement porté, Martial s'était enfermé dans son hôtel, comme dans un cloître, d'où ses amis eurent dans le principe beaucoup de peine à le faire sortir.

Peu à peu il s'aperçut que le monde n'avait jamais cru à la culpabilité de son père.

Le crime fait la honte et non pas l'échafaud,

a dit le poète. Jamais pensée plus belle et plus vraie ne se traduisit plus éloquemment que par l'accueil empressé dont Martial devint l'objet, lorsqu'il se décida à quitter sa retraite.

Toutes les mains se tendirent vers lui. Les femmes surtout se montrèrent compatissantes pour ce malheur immérité.

Cela mit un peu de baume sur la blessure de Martial. Cette protestation unanime contre l'arrêt injuste qui avait frappé le général atténua l'amertume de ses regrets et lui rendit un peu de courage. Pourtant il ne se considéra pas comme entièrement absous. La tache de sang que l'échafaud avait imprimée sur son nom et jusque sur ses habits restait toujours aussi fraîche que le jour où l'innocente victime était montée sur le hideux instrument de supplice.

Peut-être, si le jeune comte avait choisi une femme parmi celles qui lui souriaient le plus complaisamment, aurait-il été accueilli avec faveur, mais peut-être aussi se serait-on retranché derrière un prétexte banal pour repousser « cet excès d'honneur ou cette indignité. »

Cette seule pensée avait suffi pour étouffer au fond du cœur de Martial tout autre sentiment que celui de sa propre dignité. Il avait mieux aimé vivre seul que s'exposer à un échec humiliant.

Aujourd'hui encore il se raidissait contre les entraînements involontaires qu'il éprouvait.

Il avait rencontré une fille jeune et belle, vers laquelle son cœur l'attirait avec une force invincible. Cette jeune fille, c'était Marcelle.

Du premier jour où il l'avait vue, il avait senti se fondre la glace dont il s'était cuirassé jusqu'alors. Ce fut bien pis quand il apprit par Lucien quels malheurs avaient successivement accablé la pauvre enfant.

Martial vit entre la position de la jeune fille et la sienne une similitude qui le frappa. N'était-elle pas orpheline, comme lui, et, comme lui, condamnée à un célibat éternel, sinon par la honte, du moins par la pauvreté ?

Ce ne fut pas seulement par sa beauté qu'elle conquit d'emblée les sympathies de Martial, ce fut aussi par ses revers. Le malheur aime le malheur. Entre les âmes cruellement éprouvées, il y a une espèce de magnétisme latent, qui se dégage quand elles se rencontrent, et les pousse à chercher dans la même affinité de sentiments les consolations que l'égoïsme des autres leur a refusées.

Le jeune comte ne sut pas lutter contre cette attraction instinctive. Il se prit à considérer Marcelle et la trouva belle. Il l'aima et l'aima plus encore parce qu'elle était obscure et misérable.

Il se garda bien de l'avouer, cependant. Il imposa silence aux battements de son cœur.

Il aurait été bien surpris s'il avait su que Lucien, Brissot et le baron de Pierre-Lisse avaient lu dans ses regards l'amour dont il était possédé et contre lequel il s'efforçait de réagir.

Certes, il ne se dissimulait pas qu'il avait plus de chances de réussir auprès de Marcelle qu'auprès de ces jeunes filles nobles, riches et orgueilleuses, dont il n'avait même pas essayé de vaincre les résistances.

Néanmoins, il était bien résolu à attendre.

Par Lucien il avait appris tout ce qui concernait la jeune fille. Il savait donc que Marcelle ne devait pas déchirer avant l'âge de dix-huit ans le voile qui recouvrait son passé. Que renfermait le manuscrit de Mme Darnaud ? Quelles révélations allaient en jaillir ? Marcelle resterait-elle la fille pauvre et obscure qu'elle paraissait être ? Serait-elle appelée au contraire à de plus brillantes destinées ?

Telle était l'énigme que se posait Martial. C'est la solution de ce problème qu'il attendait avant de se déclarer, en dépit des impatiences et des fureurs jalouses qu'il ressentait.

Lui, qui se flattait d'être resté impénétrable, il avait lu également dans les yeux de Brissot et s'était aperçu que le jeune clerc était son rival, — rival inavoué, ainsi que lui, mais non pas moins à craindre pour cela.

Il s'étonnait et se félicitait à la fois que le jeune clerc ne se fût pas déclaré, car il trouvait que celui-ci avait sur lui tous les avantages.

Brissot présenta successivement deux de ses amis, Robespierre et Marat. (Page 159.)

Brissot était moins bien de sa personne, c'est vrai, mais il était plus jeune et ne lui cédait en rien sous le rapport de l'intelligence.

Or, Martial était de ceux pour qui les avantages physiques n'ont de prix que s'ils font ressortir les beautés du cœur.

Ces beautés, Brissot les possédait incontestablement. Par cela même que le jeune comte le redoutait, il lui rendait hautement justice.

Vingt fois, Martial avait entendu tomber des lèvres de son bouillant rival ces paroles hardies et ces idées grandioses qui fermentaient en France à cette époque, comme un levain de régénération et de liberté.

N'était-ce pas Brissot qui, le premier, avec une irréflexion qui plaidait en faveur de sa générosité, avait tendu la main à Marcelle? N'était-ce pas dans son logis qu'il lui avait donné asile, sans se demander où il coucherait lui-même? Nouveau saint Martin, ne s'était-il pas dépouillé de son manteau pour subvenir aux premiers besoins du père Brahma ?

Ces sortes de services, tout spontanés, dans lesquels celui qui les rend s'oublie lui-même, ne sont pas de ceux qui s'effacent aisément. Ils avaient laissé certainement au fond du cœur de Marcelle la trace indélébile d'une reconnaissance éternelle.

Que de fois, en présence de ses nouveaux amis, elle s'était plu à rappeler ces pénibles circonstances et à proclamer la touchante bonté de son bienfaiteur!

C'est ce qui faisait trembler Martial et lui inspirait les doutes les plus cruels sur l'issue de l'amour par lequel il se sentait consumé. Il aurait presque mieux aimé que Brissot se déclarât sur-le-champ.

Qu'attendait-il donc? Comme le jeune comte, ne voulait-il pas hasarder une demande avant la date que Mᵐᵉ Darnaud avait fixée? C'était probable. Et, en vérité, Martial ne pouvait pas en vouloir au jeune clerc d'agir avec la même prudence qu'il le faisait lui-même.

Ces alternatives de joies et de douleurs, de craintes et d'espérances, brisaient le cœur de Martial, mais lui donnaient la vie. Il n'eût pas désormais échangé ces angoisses contre les douceurs de la plus sereine indifférence. Il regrettait les années qu'il avait passées au sein de l'isolement. Le vide dans lequel il s'était débattu lui faisait horreur. Il aurait voulu rencontrer plus tôt celle qui avait triomphé, non pas encore de ses timidités, mais de son parti-pris d'insensibilité.

Combien de fois son secret avait failli lui échapper!

Combien de fois, quand il s'était trouvé seul avec Marcelle, avait-il été sur le point de prononcer les brûlantes paroles qui lui montaient du cœur aux lèvres! Que de combats il avait soutenus contre lui-même, depuis qu'à son retour il l'avait retrouvée si complètement métamorphosée, si admirablement belle!

Mais non, il avait bâillonné son amour, meurtri son cœur, avec un héroïsme qui aurait fait hausser les épaules aux roués du jour.

Les trois jours de repos auquel il fut condamné ne contribuèrent que mieux à développer jusqu'à la passion l'amour dont il était possédé.

Le quatrième jour, il allait sortir, quand il vit entrer chez lui le duc de La Tournaye.

— Vous sortiez? lui dit Lucien.

— Oui, j'allais chez vous.

— Alors, venez vous réchauffer avec moi aux rayons de ce soleil printanier en attendant que vous assistiez à la soirée que je donne après-demain.

— Un bal ! s'écria Martial, ravi à l'idée qu'il allait danser avec Marcelle, presser sa main dans les siennes…

— Non, une soirée d'intimes, répondit Lucien. Cinquante personnes environ… pourtant quelques visages nouveaux.

— Lesquels ?

— MM. Marat, Robespierre et Dumouriez.

— Dumouriez ! répéta le jeune comte. Je connais ce nom là ! N'est-ce pas un jeune officier qui s'est battu comme un lion en France, en Corse, en Pologne ?

— Lui-même.

— Vous le connaissez donc ?

— Pas plus que Robespierre et Marat.

— Comment alors les recevez-vous dans l'intimité ?

— C'est Brissot qui m'a demandé la permission de me les présenter.

— Oh ! c'est différent.

— Attendez, fit Lucien, ce n'est pas tout. Nous aurons encore Damis, le fameux Damis…

— L'élève de Cagliostro ? demanda Martial.

— Lui-même.

Le jeune comte fit un violent soubresaut.

— Est-ce que vous avez peur des sorciers ? lui demanda Lucien.

— Moi ? Pas précisément. Cependant on parle tant de ce Damis, on prétend qu'il a dit et fait des choses si étonnantes !…

— Oui, j'ai entendu raconter de lui des prouesses extraordinaires ; mais, pour ma part, je ne crois pas plus aux prophéties de Damis ou de Cagliostro qu'au baquet de Mesmer ou aux vertus convulsionnaires du tombeau de saint Médard.

— Vous avez peut-être raison, dit Martial. Pourtant je ne suis pas si exclusif, moi. J'ai assisté à des séances de magnétisme qui m'ont bouleversé.

Lucien haussa les épaules avec pitié.

— Et tenez, poursuivit le jeune comte, il était écrit que je devais rencontrer ce Damis.

— Comment ?

— Parce que j'étais invité, le lendemain du jour où j'ai été blessé, à une soirée dont il devait faire les frais.

— Chez qui ?

— Chez la marquise de Candillac. Eh bien ! voulez-vous savoir ce qui s'y est passé ?

— Volontiers ; mais comment le savez-vous vous-même, puisque vous n'y étiez pas ?

— Mon ami le chevalier d'Espeuille, qui assistait à cette soirée, m'en a raconté hier les moindres incidents.

— Et ils sont curieux à connaître ?

— Très-curieux, surtout en ce qui concerne la marquise.

— Voyons !

— Vous savez que Mme de Candillac a vingt-trois ans et qu'elle est très-malheureuse en ménage. On va jusqu'à affirmer que, depuis cinq ans qu'ils sont unis, son mari n'a jamais franchi le seuil de la chambre conjugale. Il joue un jeu d'enfer, se ruine avec les filles d'Opéra et ruine même sa femme, qui ne sait plus comment sortir des griffes de ce mauvais larron.

— Je sais tout cela, fit Lucien.

— La conduite du marquis excite l'indignation générale, tant il étale avec impudeur le luxe insolent de ses maîtresses. Quand, par hasard, il fait une apparition à l'hôtel de la marquise, il y met tout à l'envers. Si elle risque une observation, il la bat. Bref, c'est le pire de tous les mauvais sujets.

— C'est le dernier des misérables, fit Lucien avec mépris.

— Vous voulez dire : c'était...

— Comment ? c'était... Il est donc mort ?

— Vous allez voir, dit Martial. Donc Mme de Candillac donnait une soirée, à laquelle assistait Damis. Je ne vous dirai rien de l'habileté dont il fit preuve, ni de l'adresse avec laquelle il escamota en un clin d'œil toutes les tabatières de la société. J'arrive tout de suite à la marquise.

Elle se tenait, immobile et rêveuse, dans le coin de son salon, pendant que ses invités accablaient Damis de questions et contemplaient d'un œil émerveillé cet homme bizarre.

Tout à coup il aperçut la jeune femme. On le vit se diriger vers elle avec un sourire de tendre pitié.

— Et vous, madame la marquise, ne me demandez-vous rien ? lui dit-il.

— Oh ! moi, répondit-elle avec tristesse, je ne m'intéresse pas assez à la vie pour désirer connaître d'avance les amertumes qu'elle me réserve.

— Qui sait ? hasarda Damis. Ne vous intéressez-vous pas un peu au sort de votre mari ?

— Moins qu'à tout autre, répondit-elle.

— Eh bien ! je gage que vous ne seriez pas fâchée d'apprendre ce que fait en ce moment M. de Candillac, fit Damis.

— J'en doute, dit la jeune femme.

— Et moi j'en suis certain, répliqua-t-il.

— Parlez-donc, fit-elle en surmontant ses répugnances.

Damis ordonna qu'on lui apportât une carafe d'eau bien claire et y jeta une pincée de poudre blanche, qu'il prit dans une bonbonnière enrichie de diamants.

— Regardez, dit-il à Mme de Candillac.

On vit l'eau se troubler légèrement. La marquise la regardait avec curiosité. Subitement, on la vit pâlir, ses yeux étaient démesurément agrandis par la terreur, ses traits étaient affreusement contractés... Enfin elle se détourna avec horreur et se renversa sur son fauteuil en poussant un grand cri.

L'eau avait repris sa limpidité naturelle, sans que personne y vît rien de ce qui avait si fort épouvanté la marquise.

— Vous êtes veuve, madame, lui dit Damis.

Et il se retira pendant que chacun s'empressait autour de la jeune femme.

Or, il était à ce moment-là neuf heures trois quarts.

Le lendemain matin, tout Paris, vous excepté, apprenait la mort tragique du marquis de Candillac, tué, précisément à cette heure, par un sergent des gardes suisses, dans la chambre de leur commune maîtresse.

— Tant mieux pour Mme de Candillac ! fit Lucien.

— Sans doute, mais ne trouvez-vous pas l'histoire surprenante?

— Je ne dis pas le contraire. Aussi n'en serai-je que plus curieux de voir ce Damis à la besogne en présence d'un auditoire intelligent. Voilà pourquoi j'ai permis à Brissot de m'amener ses trois amis.

La veille, en effet, lorsque Lucien avait invité le jeune clerc à cette soirée, celui-ci s'était excusé en disant que « c'était son jour de réception ».

Il avait accompagné ces paroles d'un sourire qui ne laissait aucun doute sur le ton d'emphase ironique avec lequel il les avait prononcées.

— Qui donc attendez-vous? avait demandé Lucien.

— Trois de mes amis, qui se nomment Marat, Robespierre et Dumouriez.

Le duc les connaissait déjà de nom. Brissot lui avait dit que Marat étudiait la médecine et que Robespierre était clerc dans la même étude que lui.

Quant à Dumouriez, il commençait déjà à faire parler de lui.

Fils d'un commissaire des guerres, il était entré comme cornette dans le régiment d'Escars, s'était battu comme un géant et avait conquis à vingt-deux ans le grade de capitaine et la croix de Saint-Louis. Réformé en 1762, à cause de ses blessures, lors de la conclusion de la paix, il ne put vivre dans l'inaction à laquelle il était condamné. Il quitta la France et se rendit en Italie, pour prendre part à la lutte que soutenaient contre les Génois les Corses révoltés.

A peine était-il de retour qu'il soumit au duc de Choiseul les plans de campagne qu'il avait conçus pour la conquête de la Corse. Le premier ministre fut frappé de leur lucidité ; mais, ne jugeant pas encore le moment favorable, il se contenta de récompenser par une large gratification le zèle du hardi capitaine.

M. de Choiseul le choisit pour aller soutenir les Polonais contre les Russes.

Un peu plus tard, il fut attaché au ministère de la guerre, puis chargé par le roi d'une mission secrète pour la Suède. Il était déjà à Hambourg, avec MM. Fabvier et Ségur, quand le duc d'Aiguillon, à qui le roi n'avait pas confié le secret de cette mission, les fit arrêter tous trois.

Dumouriez fut jeté à la Bastille, puis transféré six mois après au château de Caen, où il demeura exilé jusqu'à la mort de Louis XV. Libre de poursuivre sa carrière, il épousa une de ses parentes et alla étudier à Lille les nouvelles manœuvres que le baron de Pirche venait d'introduire dans l'armée prussienne. Enfin il revint à Paris.

Depuis cette époque, il y vivait, ou plutôt il y étouffait. Le besoin d'activité qui le dévorait l'avait poussé dans le camp des novateurs et l'avait mis en relations avec Marat, Robespierre et Brissot.

Les quatre amis ne se quittaient pas et passaient ensemble toutes leurs soirées tantôt chez l'un, tantôt chez l'autre.

Dumouriez et Brissot s'entendaient assez bien ensemble; mais Marat et Robespierre leur reprochaient de pactiser avec les partisans de l'ancien régime et de ne pas se vouer assez exclusivement au triomphe des idées nouvelles.

Brissot ne leur avait pas caché qu'il était reçu chez le duc de La Tournaye et leur avait raconté comment il l'avait connu.

Marat et Robespierre s'étaient indignés que leur ami fût devenu le familier d'un hôtel si notoirement aristocratique. En vain le jeune clerc leur avait-il exposé combien le duc était généreux et charitable, avec quel dévouement et quelle prodigalité il essayait de réparer le mal que les siens avaient fait et faisaient encore au pays.

— Raison de plus, avait dit Marat. Plus il retardera l'éclosion de nos doctrines, plus il sera notre ennemi.

— Bah ! fit Robespierre, ne vois-tu pas que Brissot est amoureux de celle qu'il a sauvée?

— Et quand cela serait? riposta Dumouriez. Est-on maître d'aimer dans un camp plutôt que dans un autre?

— Non, répondit nettement Marat. On se doit à son pays d'abord. Quant à l'amour...

— Sans doute, insinua Robespierre, mais le duc est riche, sa protégée se ressentira probablement de sa générosité. Or, Brissot n'a rien et la fortune est un moyen comme un autre de parvenir.

— Ce que tu viens de dire est tout bonnement infâme, répondit Brissot, car rien ne t'autorise à m'attribuer des sentiments aussi vils. Lorsque j'aimerai une femme, je l'aimerai pour ce qu'elle vaut par elle-même et non pas pour les sacs d'écus qu'elle représente, — et j'ajoute que plus elle sera riche, moins elle aura de droits à mon amour.

— Bravo ! fit Dumouriez. Vous êtes un homme, Brissot.

— D'ailleurs, poursuivit le jeune clerc, à quoi bon agiter une question aussi délicate? Vous ai-je dit que j'aimais? Personne peut-il affirmer que je m'en sois ouvert à lui? Non. Laissez donc au temps et à l'avenir le soin de faire leur œuvre. Suivant que j'agirai, vous me jugerez : voilà tout ce que je vous demande. Pour le moment, ce que vous me reprochez le plus vivement, c'est d'avoir noué avec le duc de La Tournaye des relations d'amitié. Pourquoi? Croyez-vous que je sois de trempe assez fragile pour me laisser éblouir par un titre ou par un nom? J'espère que vous avez de moi une meilleure opinion, mes amis.

— Allons, calme-toi, dit Robespierre, mais prends-y bien garde, mon ami! C'est avec ta vie et ton avenir que tu joues en ce moment!

Ce fut le lendemain de cette conversation, et alors qu'il ruminait le projet de mettre en présence le duc de La Tournaye et ses amis, que Brissot reçut de Lucien l'invitation dont nous avons parlé et l'autorisation de lui amener ses trois camarades.

Il leur en fit part le soir même. Marat seul résista longtemps. Pressé enfin par les sollicitations de Dumouriez et de Robespierre, il accepta.

Brissot se prépara le jour même à cette fête solennelle. Toutes ses épargnes y passèrent, car il ne voulait pas avoir aux yeux de Marcelle une trop grande infériorité sur la jeunesse élégante dont elle allait être entourée.

Il n'avait pas avoué qu'il aimait la jeune fille, mais il s'en était défendu si mollement que ses amis en étaient persuadés.

Ils ne se trompaient pas. A l'idée qu'il allait se trouver en face de Marcelle, dans une circonstance si en dehors de la vie ordinaire, le jeune clerc avait la chair de poule. Son cœur était près d'éclater, son esprit battait la campagne. Il était plus pâle que le conscrit, qu'on place en sentinelle perdue dans un endroit bien sombre et à qui l'on dit :

— Attention ! Il y va de ta vie !

Une indéfinissable appréhension s'était emparée de lui quand sonna l'heure décisive.

Avec une scrupuleuse exactitude, ses trois amis arrivèrent. Aussitôt on se mit en route. A neuf heures du soir, ils faisaient leur entrée dans l'hôtel de la place Royale et pénétraient dans les salons resplendissants.

Brissot les présenta successivement à Lucien et à sa femme, puis à Marcelle, qui les accueillirent avec la plus grande affabilité.

Dumouriez, Robespierre, Marat lui-même, convinrent que le duc était un gentilhomme accompli et que Marcelle était la plus jolie et la plus simple des créatures.

Peu à peu, les salons se peuplèrent et se remplirent de ce bourdonnement humain que forment les conversations à voix basse.

Tout à coup, le plus profond silence se fit. La porte venait de s'ouvrir et de livrer passage à un homme sur lequel se concentrèrent à l'instant tous les regards. Il était brun et paraissait âgé de trente-cinq ans au plus. Deux grands yeux noirs éclairaient son visage, dont les traits étaient beaux et réguliers

— C'est Damis ! chuchotèrent toutes les voix.

Il s'avança au-devant du duc de La Tournaye et de sa femme avec une aisance et une grâce infinies, et s'inclina devant eux avec le plus aimable sourire.

— Madame la duchesse, dit-il à Raymonde, comme c'est la première fois que je viens ici, j'ai pris la liberté de vous apporter mon cadeau de bienvenue...

— Un cadeau ! fit Raymonde étonnée.

— J'espère, madame, que vous me ferez l'honneur de l'accepter. Du reste, il n'est pas pour vous : il est pour votre fils.

— Pour mon fils ! répéta la jeune femme de plus en plus surprise.

— Oui, madame, dit Damis. Seriez-vous fâchée, par hasard, d'être mère d'un bel et gros garçon ?

— Mais au contraire, monsieur, balbutia-t-elle, ce serait le plus ardent de mes désirs.

— Je le savais si bien, madame, que je vous prie de lui faire agréer en temps et lieu l'objet que je lui apporte.

A ces mots il fit un signe.

Son laquais, qui était resté à la porte du salon, s'avança et lui remit un écrin long d'un pied et demi tout au plus.

Damis l'ouvrit et en tira une épée microscopique, véritable joujou d'enfant, dont la poignée d'or, finement ciselée, était enrichie d'émeraudes.

— Mais c'est un cadeau royal que celui-là ! s'écria Raymonde.

— Oh ! madame, répondit Damis à voix basse, vous auriez trouvé mieux dans le trésor des rajahs.

Lucien et Raymonde, qui, seuls, avaient entendu cette réponse, se troublèrent légèrement.

Comment cet homme avait-il surpris leur secret ?

— Je destinais cette épée au fils de votre roi, madame, reprit Damis ; mais comme cet enfant n'aura besoin avant longtemps ni d'épée, ni de couronne, j'ai préféré la donner au fils du gentilhomme le plus accompli de France.

Sur ces paroles amphibologiques, que tout le monde avait entendues, mais dont personne ne comprenait le sens, Damis se retira à l'écart.

Raymonde était trop joyeuse pour demander la moindre explication. Elle aurait un fils ! C'était le plus cher de ses vœux. Aussi ne douta-t-elle pas un instant que Damis ne lui eût dit la vérité.

Lucien lui-même était ébranlé. Le bonheur que lui avait prédit Damis le trouvait presque aussi crédule et aussi joyeux que sa femme.

Ce début, fort habile en même temps que fort généreux, disposa tous les esprits en faveur de l'élégant sorcier.

Il fut assailli de questions, auxquelles il répondit avec autant de tact que de vivacité et d'enjouement.

Avisant alors Marcelle, qui se tenait discrètement derrière Raymonde, il s'avança vers elle.

— Et vous, mon enfant, proposa-t-il, ne voulez-vous pas que je vous dise un mot de l'avenir qui vous attend ?

La jeune fille baissa les yeux et consulta timidement la duchesse du regard.

Raymonde lui fit signe d'y consentir.

— Donnez-moi votre main, dit le sorcier.

Elle lui tendit la main, qu'il examina dans tous les sens avec une profonde attention.

— Oh ! que de choses sur cette petite peau fine et satinée ! s'écria-t-il. Vous avez bien souffert, mon enfant ! Vous aurez bien encore à souffrir... Voulez-vous que je vous donne un talisman pour conjurer le mauvais sort ?

Marcelle le regardait, très-émue, n'osant dire ni oui ni non.

— Tenez, reprit-il, en tirant de son gousset une bague d'or fort petite, au milieu de laquelle figurait un chaton représentant une tête de clou, voici mon talisman. Il n'est pas beau, mais il est infaillible. Tant que vous le porterez vous n'avez rien à craindre. Si vous le perdez, je ne réponds de rien.

En même temps, il fixait la jeune fille avec une expression singulière.

— N'oubliez pas ce que je viens de vous dire, fit-il avec une expression de tendre pitié.

Regardez, leur dit Damis. (Page 163.)

Raymonde fut frappée de ces paroles et du ton sur lequel elles avaient été prononcées.

Déjà elle se penchait vers Damis, pour lui demander probablement des explications moins amphibologiques, mais celui-ci ne se souciait sans doute pas de répondre à des questions plus précises, car il salua cérémonieusement et se perdit ans la foule des invités.

21me LIV.   21

Soudain il fronça les sourcils.

Il se trouvait alors en face de M. de Pierre-Lisse, qui assistait également à cette soirée.

Lorsque Damis le regarda, le gentilhomme sentit une sueur froide perler à son front.

— Et vous, monsieur, lui dit le sorcier, n'avez-vous le désir de rien savoir?

— Non, répondit sèchement le baron, je ne suis pas curieux de l'avenir.

— Ni du passé? fit Damis en souriant.

— Pas davantage.

Damis se pencha à son oreille.

— Quel succès pourtant, dit-il à voix basse, si je racontais vos aventures avec M. et Mlle de Lescarre ou bien celle de la place Royale...

Il s'éloigna, laissant le baron pétrifié, et arriva près du comte de Lally, devant lequel il s'inclina avec beaucoup plus de respect qu'il n'en avait témoigné à M. de Pierre-Lisse.

— Vous ne me connaissez pas, monsieur le comte? lui demanda-t-il.

— Non, monsieur, répondit Martial, surpris de se voir si directement interpellé.

— Nous nous sommes pourtant vus une fois déjà.

— Où donc?

— Au pied de l'échafaud sur lequel a péri votre illustre père.

— Ah! vous y étiez? fit Martial en pâlissant.

— Si bien que je pourrais vous dire la couleur de l'habit que vous portiez ce jour-là, monsieur le comte; mais ce n'est pas pour vous attrister que je vous rappelle ce jour néfaste, c'est pour vous annoncer que l'œuvre à laquelle vous vous consacrez obtiendra le succès qui est dû à votre courage et à votre persévérance.

Il fit le tour des salons, se trouva en face du groupe formé par Dumouriez, Robespierre, Marat et Brissot, dont les costumes, simples et un peu sévères, attirèrent son attention.

Il s'arrêta devant eux et les examina longuement. Tous les quatre soutinrent hardiment ce regard, jusqu'à ce que Dumouriez, perdant patience, s'avança au-devant de Damis.

— Eh bien, monsieur, lui dit-il, m'avez-vous assez vu pour savoir qui je suis?

— Assurément, répondit Damis sans baisser les yeux, les hommes de guerre se reconnaissent aisément.

— Vous savez donc qui je suis?

— Oui, colonel.

— Et mon nom vous est connu?

— Aussi bien qu'il le sera un jour de la postérité.

Le jeune colonel était un peu interdit, quoique cette phrase chatouillât délicieusement son amour-propre.

— Et pourriez-vous dire comment je mourrai? demanda-t-il résolûment.

— Si vous y tenez beaucoup... fit Damis.

— Oh non ! dit Dumouriez, chacun sait quelle est la mort qui est réservée au soldat... un coup de sabre ou de baïonnette... une balle... un boulet...

— Vous vous trompez, colonel. Vous mourrez de vieillesse, dans votre lit.

Dumouriez fit une assez laide grimace et se retira.

A son tour, Marat s'avança.

— Et moi ? demanda-t-il.

— Vous, monsieur, répondit Damis en dévisageant cette figure osseuse et ce corps chétif, qu'animait une volonté de fer, vous abandonnerez bientôt la science pour vous jeter dans une terrible mêlée... Le jour où vous y serez le plus avant, regardez bien autour de vous et défiez-vous des femmes...

Marat laissa échapper un sourire méprisant. Les femmes n'étaient ni ce qu'il aimait, ni ce qu'il redoutait le plus.

— Vous riez, lui dit Damis. C'est pourtant une femme qui vous tuera, mon cher monsieur.

Il allait s'éloigner, quand Robespierre et Brissot se présentèrent à la fois.

— Et nous ? demandèrent-ils d'une seule voix.

Le sorcier recula légèrement en les apercevant.

— Vous le voulez ? dit-il d'un ton farouche.

— Oui, répondirent Brissot et Robespierre.

— Eh bien ! venez, fit Damis.

Il les prit par la main et les entraîna rapidement vers une glace devant laquelle il les plaça.

Alors il exécuta quelques passes et prononça à voix basse des paroles inintelligibles, puis, étendant la main vers le miroir :

— Regardez, leur dit-il.

Ils obéirent : un nuage se forma sur la glace et leur permit d'apercevoir vaguement la silhouette d'une machine inconnue, mais dont l'aspect les fit frissonner d'épouvante. Ils ne distinguaient que deux choses : un énorme couperet et une lucarne ronde...

— Voyez-vous bien ? interrogea Damis.

— Oui, firent les deux amis d'une voix étranglée.

Tout à coup, ils virent passer une tête d'homme... Ils la considérèrent avec attention... C'était leur tête, leur propre tête qui était engagée dans ce trou béant !

Aussitôt le couperet glissa dans les rainures de la terrible machine et les deux têtes tombèrent sur le plancher...

Robespierre poussa un grand cri et porta la main à sa mâchoire (1).

---

(1) On sait que, la veille du jour où il fut exécuté, Robespierre avait eu la mâchoire fracassée par une balle. Par un raffinement révoltant de barbarie, le bourreau, lorsque la tête du condamné fut engagée dans la lunette, arracha l'appareil qui retenait la mâchoire de Robespierre, à qui la douleur fit pousser un cri terrible.

Brissot devint pâle comme la mort.

Comme Brissot et Robespierre, tous les assistants avaient les yeux tournés vers cette glace, dans laquelle ils ne voyaient rien.

Le cri que poussa Robespierre, l'expression de douleur et d'effroi qui se peignait sur son visage, et la pâleur livide de Brissot, attirèrent sur eux l'attention et firent courir un frisson de terreur parmi l'assemblée.

Damis, ne voulant pas laisser les invités de M. de La Tournaye sur cette impression douloureuse, fit entendre un éclat de rire trop bruyant pour ne pas être forcé.

— Bah! dit-il, tout cela n'est qu'un jeu d'enfant. Occupons-nous de choses moins sombres que l'avenir, parlons du présent. Le voulez-vous?

Alors, s'adressant directement au duc de La Tournaye.

— Une de vos amies n'est-elle pas absente de Paris depuis cinq jours? lui demanda-t-il.

— C'est vrai, monsieur.

— N'est-ce pas la comtesse de Libessac?

— Précisément.

— Désirez-vous savoir ce qu'elle fait en ce moment?

— Certes, ne serait-ce que pour m'assurer qu'elle est en bonne santé.

— Alors veuillez vous asseoir et me donner vos deux mains.

Lucien obéit.

— Maintenant, fermez les yeux, dit Damis.

Un silence profond régnait autour d'eux. Pendant deux ou trois minutes, on n'entendit rien que la respiration de toutes ces poitrines haletantes.

Enfin Damis lâcha les mains de Lucien et se tourna vers Martial.

— Monsieur le comte, dit-il, voudriez-vous inscrire sur vos tablettes les demandes que j'adresserai à M. de La Tournaye et les réponses qu'il y fera?

— Volontiers, fit Martial.

— De cette façon rien ne sera plus facile que de contrôler si M. le duc va nous dire la vérité.

Lucien demeurait immobile et les yeux fermés dans son fauteuil.

Damis alla s'appuyer sur le dossier et se plaça à côté de M. de la Tournaye.

— Voyez-vous la comtesse? dit-il.

— Très-bien.

— Où est-elle?

— Dans son château des Moulineaux.

— Oui, mais dans quelle pièce de ce château?

— Dans la pièce où je l'ai vue pour la première fois, il y a quinze ans... C'est la bibliothèque... je distingue les rayons chargés de livres... les tentures sévères... les trophées et les panoplies sur lesquels se reflète la lumière des bougies.

— Est-elle seule?

— Non, un homme de quarante-cinq ans est avec elle.

— Quel est cet homme?

— Je ne sais pas... il porte un costume sombre, très simple... son regard vif et intelligent se promène autour de lui avec une curiosité singulière.

— Mais quel est son état?

— Ah ! Je ne sais pas...

— Pardon, dit impérieusement Damis, vous savez, vous devez savoir... il le faut... je le veux.

Lucien parut faire un violent effort.

— Ah! oui, je vois... répondit-il. C'est un agent de police.

— Que fait-il?

— Il remet un papier à la comtesse.

— Quel est ce papier?

— Je l'ignore.

— Pouvez-vous le lire?

Lucien, les yeux toujours fermés, se pencha en avant, les traits légèrement contractés.

— M'y voici, dit-il enfin. La comtesse déplie le papier... elle le pose sur la table... elle lit...

— Lisez avec elle, ordonna Damis.

Lucien commença d'un ton de voix monotone, comme s'il avait réellement sou; les yeux le texte de ce qu'il lisait :

— Le douze avril de l'année 1758, à quatre heures de relevée, par-devant nous, Pierre-François Denis, chanoine honoraire de la cathédrale d'Elbeuf, détaché en qualité de curé desservant la paroisse de Saint-Aubin, a comparu la demoiselle...

— Bien ! interrompit Damis, en voilà assez. Nous n'avons pas le droit d'être indiscrets.

Alors il se tourna vers Martial.

— Avez-vous pris note de cet entretien? lui demanda-t-il.

— Mot pour mot, oui, monsieur.

— Il ne me reste donc plus qu'à vous prier, dès que Mme de Libessac sera revenue, d'informer toutes les personnes qui nous entendent si, à pareille heure et à pareil jour, la comtesse faisait bien ce que M. le duc vient de nous apprendre.

— Je n'y manquerai pas, promit Martial.

— Vous, monsieur de La Tournaye, ouvrez les yeux, dit Damis.

Lucien obéit et resta quelques minutes immobile, comme s'il venait de dormir et de faire un rêve.

— Vous pouvez vous lever, ajouta Damis.

Lucien se dressa sur ses jambes chancelantes.

— Que s'est-il donc passé? fit-il en essuyant son front baigné de sueur.

Chacun s'empressa autour de lui, très-étonné que le duc ne se rappelât rien de ce qu'il venait de dire.

Il fut quelques instants à se remettre. Enfin Martial lui montra ce qu'il avait écrit sous sa dictée.

— Voilà qui est extraordinaire ! s'écria Lucien.

Il chercha des yeux Damis, pour lui demander l'explication de ce fait étrange... Damis avait disparu !

Ces évènements divers avaient vivement impressionné les invités de M. de La Tournaye. En vain le duc, surmontant ses propres hésitations, essaya-t-il de jeter un peu de gaieté dans l'assemblée, personne n'avait envie de rire.

Damis avait disparu, la fête était finie.

A l'envi, chacun s'empressa de se retirer sur l'impression que la soirée lui avait laissée. C'était autant de gagné sur le terre-à-terre de la vie.

Nos quatre amis, Dumouriez, Marat, Robespierre et Brissot, en s'en allant, ne tarirent pas de plaisanteries sur les prophéties du prétendu sorcier.

Il en fut tout autrement quand ils furent seuls.

Dumouriez, nature ardente et ambitieuse, ne pouvait pas oublier les paroles de Damis.

Marat, homme de science, caractère froid et réfléchi, taciturne même, quand il ne se livrait pas à une de ces improvisations qui ont fait un moment de lui le héros du jour, se montrait plus rebelle et plus incrédule.

Mourir de la main d'une femme ! Cela l'humiliait rien que d'y penser.

— Non, non, répétait-il avec force, cela n'est pas possible ! Cet homme est un imposteur.

Robespierre et Brissot étaient frappés. L'horrible vision qu'ils avaient eue, les détails hideux dont leur mort devait être accompagnée, les avaient terrifiés.

Eux qui se voyaient à toute heure du jour dans l'étude de M⁰ Thiercelin, ils causaient fréquemment de cette mémorable soirée.

Puis ce cauchemar s'effaça peu à peu de leur esprit et ils finirent par l'oublier.

Il n'en fut pas de même de Marcelle.

Damis lui avait dit : « Vous avez beaucoup souffert et vous aurez beaucoup à souffrir. »

Il y avait dans ces paroles ample matière à réflexions de jeune fille. Elle avait beaucoup souffert, c'est vrai ; mais de quoi pourrait-elle souffrir encore ? Qu'avait-elle à craindre dans cette maison hospitalière, où elle était entourée à la fois d'une si tendre affection et d'une si rigoureuse surveillance ? N'était-elle pas en situation de braver tous les périls ?

Aussi ce n'était pas ce qui la préoccupait le plus, puisqu'elle avait d'ailleurs un talisman infaillible contre les périls qui la menaçaient.

Une autre chose avait produit sur son imagination de jeune fille un grand effet : c'était l'interrogatoire que Damis avait fait subir au duc de La Tournaye, et qui s'était terminé par la lecture de l'acte remis par l'agent de police à la comtesse.

Cet acte commençait ainsi : Le douze avril de l'année 1758, à quatre heures de relevée...

Pour tout le monde, cette phrase avait passé inaperçue ; pour Marcelle, elle avait été l'objet d'une ardente curiosité, car cette date était précisément celle du jour où elle était venue au monde !

Aussi, combien elle regrettait que Damis en eût interrompu la lecture au moment même où un nom allait être prononcé !

Sans doute il avait agi avec une sage discrétion, mais ce nom eût peut-être été une révélation pour cette jeune fille, qui ne connaissait rien de son passé, rien que cette date qui avait frappé son oreille.

Or, elle n'avait guère plus d'un mois avant de savoir quels secrets le manuscrit de Mme Darnaud allait lui révéler ; mais plus elle approchait de l'époque fixée, plus augmentait son impatience.

Elle comptait les jours, les heures, les minutes, qui la séparaient de cet instant si éloigné ! Une indiscrétion de Damis l'aurait peut-être mise sur la trace, et, cette indiscrétion, il l'avait empêchée.

Marcelle était très agitée. Peut-être cette date du 12 avril n'était-elle qu'une de ces coïncidences bizarres comme il s'en rencontre tant ; mais peut-être aussi était-elle la date précise de sa naissance, et cet acte n'était-il pas autre chose qu'un extrait qui la concernait...

Saint-Aubin ! le nom de cette petite ville ne lui était pas inconnu. Il lui semblait qu'elle l'avait entendu prononcer déjà... Où ? quand ? dans quelles circonstances ?... La mémoire lui faisait défaut.

Elle cherchait, cherchait toujours, avec la même inquiétude que M. de Pierre-Lisse se demandait si Damis était réellement au courant des aventures auxquelles il avait fait allusion.

Certes, de tous les personnages qui avaient assisté à la soirée de M. de La Tournaye, le baron était celui qu'elle avait le plus bouleversé.

Ses aventures avec M. et Mlle de Lescarre... Certes il ne tenait pas à ce qu'on les connût ! Il faisait en ce moment tout son possible pour les faire oublier. Quant au crime qu'il avait tenté de commettre sur la place Royale, crime dont Martial avait failli être victime, il ne tenait pas davantage à ce qu'on sût qu'il en était l'auteur. Sa tranquillité, sa réputation, les projets qu'il méditait, tout dépendait du silence le plus absolu à cet égard.

Comment, diable ! ce Damis avait-il pénétré ce mystère ? C'était surnaturel, en vérité !

— S'il allait parler... se disait le baron. — Non, reprit-il aussitôt ; s'il avait dû parler il l'aurait déjà fait.

Ce qui ne l'intriguait pas moins, c'était de savoir que la comtesse avait, jusqu'aux Moulineaux, des relations avec la police. Pourquoi ? Dans quel but ? Était-ce toujours à propos de Mlle de Lescarre ? Quel était cet acte que l'agent lui avait soumis ?

Le baron n'était pas rassuré. Savoir la police à Saint-Aubin, où s'était écoulée sa jeunesse, le tourmentait fort. Il craignait probablement qu'elle ne se montrât moins discrète que Damis et qu'elle ne fouillât au fond de certains événements qu'il aurait souhaité ensevelir dans un éternel oubli.

Il s'était couché, mais il ne pouvait pas fermer l'œil.

— Non! s'écria-t-il résolûment. Je n'attendrai pas le retour de cette excellente cousine. Elle me témoigne réellement trop d'intérêt... Il faut agir, agir sur l'heure et dès demain...

VIII

LE DUC DE LA TOURNAYE VOYAGE POUR S'INSTRUIRE

Les prodigalités charitables auxquelles se livrait Lucien donnaient à son nom une popularité qui commençait à franchir les limites du Marais et à faire parler de lui dans Paris entier.

Pour réaliser les sommes dont il avait eu besoin tout d'abord, il était allé chez les principaux joailliers de la capitale et avait traité directement avec eux la vente de quelques pierreries.

Les richesses qu'il leur avait montrées, bien qu'elles ne constituassent qu'une faible partie du trésor dont il était maître, avaient ébloui les marchands eux-mêmes. Ils lui avaient demandé si, à l'occasion, ils pourraient venir chercher chez lui les pierres dont ils auraient besoin.

Sur la réponse affirmative de M. de La Tournaye, ils étaient revenus souvent à la charge, de sorte que Lucien avait trouvé jusqu'ici de quoi satisfaire largement aux aumônes princières qu'il distribuait.

Les joailliers, émerveillés, gardèrent en général un silence prudent, mais quelques-uns vantèrent si haut les magnificences dont disposait le duc de La Tournaye que le bruit s'en répandit même à l'étranger.

Lucien fut fort étonné de voir arriver chez lui, vers le commencement de l'année 1766, des bijoutiers de Londres, de Berlin, de Vienne, de Madrid, qui lui demandèrent la faveur de se composer un écrin dans la réserve dont ils avaient entendu parler.

Il la mit à leur disposition et réalisa ainsi une somme de huit millions.

Ce ne fut plus à l'aide de secours mesquins qu'il vint au secours des pauvres gens, ce fut avec des ressources assez grandes pour faire face à tous les besoins à la fois.

Un seul service fonctionnait, celui des courriers de cabinet.

Envers les pauvres honteux, surtout, il se montrait généreux à l'excès. Dès qu'une infortune de ce genre lui était signalée, il accourait — en personne aussi souvent qu'il le pouvait — et se faisait raconter l'histoire de ces pauvres diables.

Il était bien rare qu'il ne trouvât pas dans ces récits l'occasion de venir discrètement en aide à leurs souffrances, soit en voilant son aumône du titre de restitution, soit en la dissimulant sous le voile de l'anonyme.

Les millions vont vite quand on les manie avec tant de générosité; mais la caisse du duc de La Tournaye se remplissait à mesure qu'il la vidait. Les joailliers avaient pris le chemin de son hôtel; ils y revenaient à mesure que les commandes les y rappelaient.

Le trésor des rajahs était inépuisable. En l'estimant à vingt millions, Lucien était de moitié au-dessous de la vérité. Il en valait quarante au moins.

Pourtant le duc n'agissait pas à la légère. Il ne jetait pas ses aumônes à la tête de celui qui les implorait; mais les misères étaient si grandes et si nombreuses qu'il ne savait pas leur résister.

Le nom de La Tournaye circula de bouche en bouche et devint un sujet intarissable de conversation. Comme toujours, à mesure qu'il se répandit, le bruit grossit, et le duc passa pour avoir des richesses incalculables.

Les louanges dont on le comblait montèrent si haut qu'il en fut question même à la cour, où Lucien allait fort peu et où sa modestie l'avait fait passer jusqu'alors inaperçu.

Or, les réformes qu'introduisaient les ministres de Louis XVI n'étaient pas du goût de ceux dont elles brisaient les prérogatives séculaires. Ils s'en plaignaient hautement, et leurs plaintes avaient fini par trouver un écho, même à l'étranger.

Dans certaines cours d'Europe on regardait déjà avec inquiétude du côté de la France, où grondait le vent de la tempête et que l'esprit révolutionnaire commençait à soulever.

On reprochait au roi sa faiblesse; on s'étonnait qu'il cédât au torrent au lieu de lui résister. Les ambassadeurs lui en faisaient des remontrances.

Louis XVI ne cédait pas à ces sollicitations pressantes.

Il savait bien que le torrent emporte ceux qui luttent contre lui. Au dehors comme au dedans, il sentait approcher l'orage et songeait à prévenir ses ravages.

Au dedans, il lui suffisait de poursuivre avec fermeté les réformes qu'il avait commencées. Au dehors, il lui fallait des alliés.

Il se flatta de trouver auprès de l'Autriche l'appui dont il avait besoin.

Il résolut donc d'y envoyer secrètement un ambassadeur pour négocier l'alliance qu'il avait projetée.

Mais à qui s'adresser?

Autour de lui, il ne voyait que des mécontents, qui ne se seraient pas prêtés à cette combinaison, ou des ambitieux, qui n'auraient pas manqué de faire grand bruit de la mission dont ils étaient chargés.

Louis XVI avait été sur le point de consulter ses ministres, mais, parmi ceux-là même, il voyait poindre une sourde hostilité qui paralysait ses confidences.

Un seul s'était dévoué corps et âme à la cause qu'il défendait. Celui-là voulait mettre la loi au-dessus de tout, même au-dessus des abus. C'était Turgot.

Le roi s'ouvrit à lui du projet qu'il méditait.

Turgot l'approuva hautement. « Si tu veux la paix, prépare la guerre », a dit la sagesse des nations. Si tu fais la guerre, prépare-toi des alliés, aurait-elle dû ajouter.

Turgot ne pouvait pas être d'un autre avis ; mais le choix à faire en pareille occurrence ne l'embarrassa pas moins qu'il n'avait embarrassé le roi.

Il songea à Dumouriez, qu'il connaissait, et qui déjà avait été chargé de missions identiques.

Louis XVI trouva que Dumouriez était « trop turbulent » — ce furent ses propres expressions — pour mener à bonne fin une négociation toute diplomatique.

Le ministre se creusait la tête, lorsque soudain il se frappa le front.

— Vous avez trouvé ? demanda le roi.

— Je le crois, sire.

— De qui s'agit-il ?

— D'un de mes bons amis, lequel partage entièrement mes goûts et mes opinions, et qui, de plus, est le plus dévoué sujet que Votre Majesté possède sur les terres de France et de Navarre.

— C'est un gentilhomme, au moins ?

— Et l'un des plus illustres qui existent, sire.

— Et il se nomme...

— Le duc de La Tournaye.

Le roi tressaillit.

— C'est vrai, dit-il. Comment se fait-il que je n'aie pas pensé à lui ?

— Ainsi ce choix convient à Votre Majesté ?

— On ne peut davantage. Faites-le prévenir qu'il vienne me parler à l'instant.

Turgot hésita.

— Pardon, sire, dit-il ; mais ne craindriez-vous pas, en faisant publiquement appeler M. de La Tournaye, de prêter à des commentaires inutiles sinon dangereux ? On vous observe de très-près à la cour...

— C'est juste, fit le roi. Il faut pourtant bien que je lui parle.

— Rien n'est plus facile, sire.

— Comment ?

— Un jour de plus ou de moins ne signifie rien en cette affaire...

— Sans doute.

— Eh bien ! n'avez-vous pas demain un grand bal aux Tuileries ?

— Oui, je l'avais oublié.

— Et, sans doute, le duc de La Tournaye y est invité ?

— C'est plus que probable.

— Alors, sire, voilà une occasion toute trouvée de communiquer vos projets à votre ambassadeur.

— Vous avez raison, Turgot, fit le roi. A la faveur de la danse, au bruit de l'orchestre, nul ne se doutera que je donne une véritable audience à M. de La Tournaye.

— Faut-il m'assurer qu'il est invité ? demanda le ministre.

— C'est inutile. Faites-lui tout simplement dire qu'il ne manque pas d'assister à cette fête.

— Je le lui dirai moi-même, fit Turgot. C'est plus sûr.

— Soit, mais pas un mot de la mission que je lui destine!

— Soyez tranquille, sire.

Turgot sortit et se rendit chez Lucien.

Après avoir causé longuement avec lui de tout ce qui les intéressait, il se leva et se dirigea vers la porte.

— A propos, fit-il au moment d'en franchir le seuil, viendrez-vous demain au bal de la cour?

— Je ne crois pas, répondit Lucien.

— Pourquoi?

— Parce que la duchesse est dans une situation pour laquelle ces sortes de distractions sont défendues.

— Ah! c'est juste, mais vous?...

— Moi, je lui tiendrai compagnie.

— Vous avez tort, mon ami, non pas de tenir compagnie à votre femme, s'empressa d'ajouter Turgot, mais de demeurer tant à l'écart.

— Pourquoi? Je ne suis pas ambitieux, vous le savez...

— Oui, je sais, vous employez tout votre temps à des occupations plus méritantes; mais ce n'est pas une raison pour nous bouder. Je suis certain que le roi vous verrait avec plaisir.

— Oh! le roi ne songe guère à moi...

— Vous vous trompez, mon cher. Il me l'a dit.

— Comment! fit Lucien stupéfait, Sa Majesté a manifesté le désir de me voir!

— Oui, mon ami.

— C'est différent. Avant tout je suis aux ordres du roi

— Alors je peux compter sur vous demain soir?

— Sans faute, promit Lucien.

— A la bonne heure! dit le ministre.

Il s'éloigna, laissant le duc très-intrigué. Celui-ci ne se dissimulait pas, en effet, que le véritable but de la visite que Turgot lui avait faite était de l'inviter tout spécialement au bal que donnait la reine.

Le lendemain, il fut exact.

A peine son arrivée fut-elle remarquée, quoiqu'il échangeât force saluts avec la foule des gentilshommes qui le coudoyaient.

Il vit la jeune reine, entourée de ses dames d'honneurs, magnifiquement belle, superbement parée, et autour de laquelle s'empressait un essaim de jeunes courtisans, vêtus de costumes éclatants.

Il s'avança vers elle pour la saluer. Il portait lui-même un habit et une culotte de satin bleu de roi, richement brodés d'argent, un gilet de satin blanc semé de bouquets de myosotis, et des bas de soie blancs qui faisaient admirablement valoir sa jambe bien tournée.

Quand il fut à quelques pas de Marie-Antoinette il s'inclina cérémonieusement. Déjà même il allait se retirer, quand elle se leva de son fauteuil, courut à lui et s'empara de son bras.

— Dites-moi donc, monsieur le duc, fit-elle en l'entraînant, tout ce qu'on raconte de vous est-il vrai ?

— Cela dépend de ce que l'on raconte, madame.

— On prétend que vous avez rapporté des Indes un trésor incalculable.

— Incalculable... c'est beaucoup dire, fit Lucien en souriant.

— Pourtant mon joaillier m'a affirmé que vous aviez les plus magnifiques diamants du monde.

— Il paraît que c'est vrai, madame.

— Alors, j'irai vous voir, monsieur le duc.

— Ce sera pour moi et pour la duchesse un honneur que nous n'avons pas mérité.

— Oh ! vous en méritez bien d'autres, fit la reine ; mais ce n'est pas de cela qu'il s'agit. Voyons : êtes-vous un homme à me garder le secret ?

Lucien eut un mouvement de surprise.

— Votre Majesté n'en doute pas, j'espère, répondit-il.

— Eh bien, je vais vous dire de quoi il s'agit...

— Je vous écoute, madame.

— J'ai depuis longtemps envie d'un collier de diamants...

— Qu'à cela ne tienne, madame. Les plus beaux me sont précisément restés.

— Et vous consentiriez à me les céder ?

— Je m'en ferai un plaisir.

— Mais à quel prix ?

— Au prix que le joaillier de Votre Majesté les estimera.

— Et j'aurai le droit de choisir ?

— Vous aurez tous les droits que vous réclamerez, madame.

— Je n'en attendais pas moins de votre courtoisie, monsieur le duc, dit Marie-Antoinette. Aussi je ne crois plus un mot des vilains bruits dont on s'est fait l'écho près de moi.

— Quels bruits ? demanda Lucien.

— On prétend, monsieur, que vous faites cause commune avec nos ennemis.

— Quels ennemis, madame ?

— Je veux parler de ces réformateurs, ou plutôt de ces utopistes, qui ont la prétention de fonder les bases d'une société imaginaire...

— Mais je ferai remarquer à Votre Majesté que ces réformateurs, loin d'être les ennemis du trône, en sont au contraire, les amis les plus éclairés, répondit Lucien.

— Vous croyez, monsieur ? fit la reine en le regardant en face.

— Assurément, madame.

— Pourtant on m'a affirmé que vous receviez chez vous des hommes et des jeunes gens qui se font remarquer par la violence de leur langage... on m'a même cité quelques noms...

— Lesquels ?

— Attendez... je ne me souviens pas très-bien, fit Marie-Antoinette..... Ah! on m'a parlé de Dumouriez, de Brissot, Marat, Robespierre... que sais-je encore...

— On a dit vrai à Votre Majesté.

— Et vous croyez que ces messieurs sont nos amis ? s'écria la reine.

— Je prétends, madame, qu'ils vous servent mieux que ceux qui vous poussent à la résistance.

— C'est possible, après tout... dit Marie-Antoinette à demi-voix. Dans tous les cas, reprit-elle, croyez, monsieur le duc, que je ne vous confonds pas avec ces *gens-là*. Je sais trop combien vous êtes noble et généreux, et bien que l'on ait essayé de vous présenter à mes yeux comme un redresseur de torts...

— Moi ! se défendit Lucien ; j'espère du moins qu'on a dit à Votre Majesté sur quoi se basait cette odieuse calomnie.

— Certes. On prétend que vous vous plaisez à venir en aide à ceux dont le roi ou ses ministres n'ont pas pu ou n'ont pas cru devoir écouter les réclamations.

— On vous a indignement trompée, madame, protesta Lucien. Il est vrai que j'ai secouru des officiers, des soldats, des employés, des gentilshommes même, que leur pénurie empêchait d'attendre plus longtemps les pensions qu'ils imploraient; mais je n'ai agi qu'avec le plus grand discernement. Je ne suis donc coupable que d'avoir ménagé le trésor royal...

— Vous n'avez pas besoin de plaider une cause qui est gagnée d'avance, interrompit la reine. Je sais que vous êtes essentiellement bon et que votre hôtel est une véritable maison de charité. Et la preuve que je le crois, la voici, monsieur le duc.

A ces mots, Marie-Antoinette lui tendit la main.

Lucien la prit, s'inclina respectueusement et déposa un baiser sur l'extrémité de cette main fuselée.

Cette courte conversation, qui n'avait été entendue de personne, attira un moment sur le duc de La Tournaye l'attention générale.

Tout le monde savait qu'il avait embrassé les idées nouvelles et qu'il était l'ami de Turgot. Aussi s'émut-on fort, surtout dans le camp des jeunes gentilshommes et officiers qui formaient autour de la jeune reine une sorte d'escadron volant, et qui étaient ses plus perfides conseillers.

Le nom de Lucien vola de bouche en bouche parmi ces écervelés. L'un d'eux, M. de Clermont-Tonnerre, promit de ne pas le perdre de vue.

Il s'attacha à ses pas, sans affectation, et ne fut pas médiocrement surpris quand, au moment où le bal était dans tout son éclat, il vit Turgot s'approcher de M. de La Tournaye, lui prendre le bras et l'entraîner.

Le ministre le conduisit dans un petit boudoir tendu de damas broché bleu.

Louis XVI s'y trouvait déjà, lorsque Turgot et M. de La Tournaye y pénétrèrent.

Le roi accueillit le duc avec faveur, lui désigna un fauteuil et lui fit signe d'y prendre place.

Lucien obéit.

— Monsieur le duc, commença le roi, Turgot vous a dit que j'avais manifesté le désir de vous voir...

— En effet, sire, et je me suis étonné que mon indignité...

— Pas de fausse modestie, duc, interrompit Sa Majesté. Non-seulement vous portez un des plus grands noms de France et vous avez une fortune considérable, mais vous êtes, m'a-t-on dit, bien plus que moi, hélas! le véritable *père du peuple*.

— Oh! sire... pour quelques aumônes dont on fait trop de bruit...

— Ne vous en défendez pas, duc, interrompit de nouveau le roi. On chiffre déjà par millions les secours que vous avez distribués. Il est donc tout naturel que je m'adresse à un gentilhomme que tant de titres recommandent à ma bienveillance, si vous ne voulez pas que je dise à mon admiration.

— Je supplie Votre Majesté... balbutia M. de La Tournaye confus.

— Bien, fit Louis XVI, je vous épargnerai les éloges et j'irai droit au but. Cependant, avant de m'ouvrir à vous, je désirerais savoir ce que vous disait la reine, il y a quelques minutes.

— Rien de bien important, sire... répondit Lucien avec un peu d'embarras...

— Mais encore... Est-il indiscret d'insister?

— Nullement, sire. Sa Majesté, tout en me comblant de louanges de son côté, me demandait si je n'étais pas de ses ennemis et paraissait avoir pris ombrage de certains noms qui figurent au nombre de mes relations.

— Ah! ah! dit Louis XVI en souriant, il paraît que vous êtes surveillé, duc. Eh bien, qu'avez-vous répondu?

— J'ai protesté de mon dévouement aveugle, sire, et j'ai essayé de faire comprendre à Sa Majesté que ceux qu'elle traitait en ennemis étaient au contraire ceux qui concouraient le mieux à l'affermissement de votre nouvelle royauté.

— Et l'avez-vous convaincue? demanda le roi d'un air incrédule.

— Je n'oserais pas m'en flatter, sire, répondit Lucien. Pourtant Sa Majesté m'a assuré qu'elle me tenait en grande estime et m'a donné sa main à baiser.

— Il ne pouvait en être autrement, monsieur le duc. Est-ce tout?

— Absolument tout, sire, dit M. de la Tournaye, qui rougit imperceptiblement.

— Ainsi, reprit le roi, Marie-Antoinette ne vous a parlé ni de sa famille, ni des relations de la cour de Vienne avec celle de France?

— Pas un mot n'a été prononcé sur ce sujet, sire.

— Alors, dit Louis XVI, avec un soupir de soulagement, je puis m'expliquer clairement avec vous.

Il promena son regard autour de lui et aperçut M. de Clermont-Tonnerre, que son brillant costume d'officier signalait à son attention, et qui se tenait à l'entrée du boudoir.

Le jeune gentilhomme avait le dos tourné et semblait absorbé par la contemplation des merveilles dont il était témoin. Cependant il était si près de la porte du boudoir qu'il aurait pu surprendre à la rigueur quelques lambeaux de cet entretien.

Le roi ne s'en souciait probablement pas.

— Turgot, dit-il, ayez donc la bonté d'abaisser la portière d'entrée.

Le ministre détacha la lourde embrasse qui retenait l'épais rideau, et l'étoffe masqua de ses plis opulents la porte d'entrée.

— Monsieur le duc, commença le roi à demi-voix, je n'ai pas besoin de vous exposer la situation. Vous n'ignorez pas que nos projets rencontrent à la cour de France des résistances assez sérieuses, et même que certaines cours étrangères semblent s'alarmer des réformes que nous avons récemment introduites dans notre royaume.

Lucien fit un signe d'assentiment.

— Il se pourrait, continua Louis XVI, que ces mécontentements aboutissent à des remontrances que je n'admettrais pas, et, par suite, à des démonstrations armées...

Le duc de La Tournaye tressaillit.

— Rien de semblable ne s'est produit jusqu'à ce jour, dit le roi en le rassurant d'un geste ; mais enfin... il faut tout prévoir... Si nous nous faisons des ennemis, ainsi que vous le disait la reine, il faut que nous cherchions à nous créer des amis.

— C'est trop juste, approuva Lucien.

— J'ai donc jeté les yeux sur l'Autriche, poursuivit le roi. Les liens qui m'unissent à elle, depuis mon mariage, me font espérer que je trouverai chez cette puissance l'appui dont j'ai besoin pour tenir tête aux réclamations que pourraient élever les autres. Aussi, avant d'entamer des négociations directes et précises, je voudrais sonder les intentions de l'empereur, les idées de ses ministres, savoir en un mot si mes démarches auraient quelque chance d'aboutir. Pour cette mission délicate, il me faut un ambassadeur occulte, c'est-à-dire un gentilhomme de votre nom et de votre qualité, voyageant pour s'instruire seulement. Voulez-vous être pour l'instant ce grand seigneur, sauf à devenir plus tard l'ambassadeur officiel, chargé de négocier les conditions d'un traité d'alliance ?

— Si Votre Majesté l'ordonne, je suis prêt, répondit Lucien.

— Il ne s'agit pas d'ordres, monsieur le duc. Il s'agit de savoir si cette mission vous paraît raisonnable et si elle est de votre goût.

— Elle est assurément sensée, sire, et elle est de mon goût.

— A la bonne heure ! dit joyeusement le roi. Quand serez-vous prêt à partir ?

— Demain, s'il le faut, sire.

— Demain... ce serait peut-être un peu tôt... dit Louis XVI avec bonté, mais après-demain...

Bientôt il vit déboucher un homme grand et mince, enveloppé d'un long manteau
(Page 184.)

— Après-demain, soit ! fit Lucien en s'inclinant.

— Bien. Turgot vous délivrera tous les saufs-conduits imaginables, je les contre-signerai, et il vous les expédiera avant vingt-quatre heures. Un crédit illimité vous est ouvert dès aujourd'hui.

— De grâce ! interrompit M. de La Tournaye, laissez-moi, sire, la seule gloire que j'ambitionne : celle de servir avec désintéressement mon roi et mon pays.

23me Liv.   23

— Comme il vous plaira, duc. Nos finances ne s'en porteront que mieux, dit le roi en riant. Donc, après-demain vous vous mettrez en route?

— Dès le matin, sire.

A ces mots, Lucien s'éloigna et se perdit dans la foule des courtisans. Une heure après, il regagnait son hôtel.

M. de Clermont-Tonnerre ne manqua pas de raconter à ses amis que le duc avait eu avec le roi un long entretien secret, de sorte qu'au moment où celui-ci rentrait, le bruit courait à la cour que M. de La Tournaye allait être nommé ministre.

Martial n'assistait pas au bal des Tuileries.

Il y avait été invité pourtant; mais par un scrupule explicable, quoiqu'un peu exagéré, il avait juré de ne pas remettre les pieds à la cour, tant que le nom qu'il portait n'aurait pas été authentiquement lavé de la tache de sang que la hache du bourreau avait fait rejaillir sur lui.

Il était ce soir-là chez Lucien et n'avait pas appris sans quelque étonnement que le duc se rendait aux Tuileries. Il l'avait même raillé doucement à ce sujet.

— Décidément, lui avait-il dit en riant, depuis que vous allez devenir père, vous avez toutes les ambitions.

— Pour mon fils, avait riposté Lucien sur le même ton, puisque Damis a prédit à la duchesse qu'elle aurait un fils.

Martial ne lui adressa, du reste, aucune question et tint compagnie à Raymonde, après que le duc se fut éloigné.

Marcelle se trouvait là.

Elle ne prenait aucune part à la conversation et se tenait à l'écart, quand Raymonde, prise d'un de ces malaises subits qui accompagnent toutes les grossesses, fut obligée de se retirer.

Martial resta seul avec la jeune fille.

— Vous paraissez bien triste, mademoiselle, lui dit-il.

— Mais non, monsieur... je vous assure... balbutia-t-elle.

— Excusez-nous, mademoiselle. La duchesse et moi, nous avons été bien égoïstes, en rappelant devant vous les oracles de ce charlatan. C'est tout simple, pourtant; nous serions l'un et l'autre si contents de les voir se réaliser, que nous n'avons pas su résister au désir d'en parler, sans réfléchir que vous n'avez pas les mêmes motifs que nous de vous réjouir.

— Croyez-vous vraiment que ce Damis soit un charlatan? demanda Marcelle.

— Non seulement je le crois, mais je l'espère, mademoiselle.

— Comment pouvez-vous l'espérer, puisque ses prédictions vous promettent la réalisation du rêve que vous caressez depuis des années?

— Parce que le bonheur qu'elles m'annoncent est absolument indépendant de la volonté de ce Damis, répondit Martial avec feu, parce que j'ai la ferme conviction que j'atteindrai, qu'il le souhaite ou non, le but que je me suis proposé, enfin parce que je sacrifierais jusqu'à cette satisfaction suprême, si je croyais assurer votre   illité.

Marcelle rougit et baissa les yeux.

— Je vous remercie de ces bonnes paroles, monsieur, dit-elle. Elles sont plus que flatteuses. Pour ma part, je ne voudrais pas, fût-ce au prix de ma tranquillité, assister à la ruine de vos espérances.

— Vous auriez tort, mademoiselle, fit Martial. Je n'ai jamais su mentir. C'est du fond de mon cœur que je consentirais à ce sacrifice.

— Vous auriez tort à votre tour, monsieur. Le repos d'une pauvre fille comme moi n'est rien, quand il s'agit de l'honneur d'un homme tel que vous.

— Eh! mademoiselle, dit le jeune gentilhomme, croyez-vous réellement que mon honneur soit entaché par la condamnation qui a frappé mon malheureux père?

— Assurément non, monsieur.

— Est-ce bien réellement votre pensée?

— Je vous le jure, monsieur!

— Alors, fit Martial avec force, je n'en demande pas davantage.

— C'est donner à mon opinion un poids qu'elle ne mérite en aucune façon, se défendit Marcelle, un peu embarrassée.

— Non, mademoiselle. D'ailleurs, que m'importe celle des autres, si votre estime est celle à laquelle je tiens le plus? répliqua vivement le jeune comte.

Marcelle toussa légèrement et se détourna pour se donner une contenance.

— Cependant, reprit Martial, je le reconnais avec vous; si j'obtenais le résultat que j'ambitionne, cela vaudrait infiniment mieux pour moi et pour... les autres. Vous me connaissez assez pour savoir dans quel isolement j'ai vécu. On m'a répété sans cesse, il est vrai, depuis le jour où j'ai reçu cet horrible baptême du sang paternel, que son supplice était la honte de ceux qui l'avaient ordonné, bien plus que celle de la victime qui l'a subi. Je vous laisse à penser si ces paroles m'ont été douces à l'oreille! Je n'étais que trop disposé à me laisser convaincre. Aussi je suis sorti peu à peu de la retraite dans laquelle je m'étais cloîtré, et je dois rendre justice à ceux qui m'entouraient : ils m'ont accueilli de telle sorte que j'ai pu croire à la sincérité de leurs sentiments. Ici même, j'ai eu le bonheur de contracter avec le duc de La Tournaye une amitié qui ne finira qu'avec la vie. Je n'ai donc pas le droit de suspecter sa bonne foi, mais... les autres, ainsi que je le disais tout à l'heure? Qui me dit qu'un doute injurieux n'est pas resté dans leur esprit?

Marcelle l'écoutait, silencieuse et recueillie. C'était la première fois que le jeune gentilhomme s'oubliait et mettait à nu devant elle la plaie douloureuse qui le rongeait.

— Voilà pourquoi je me tiens à l'écart, poursuivit Martial. Ah! si j'étais bien moralement persuadé que le monde m'a absous...

Martial laissa tomber sa tête dans ses mains et ne continua point la phrase commencée.

— Que feriez-vous? interrogea Marcelle.

— Ce que je ferais, mademoiselle? répondit le jeune comte en se redressant. Je ferais ce que font ici-bas les derniers des misérables... je chercherais une compagne... j'aurais la possibilité de me créer une famille... j'oserais aimer... j'oserais le dire... je ne contraindrais pas mon cœur à garder un silence qui le broye...

— Mais pourquoi ne parlez-vous pas? fit Marcelle attendrie.

Il la regarda, les yeux brillants d'une joie secrète, il fit un mouvement pour se rapprocher d'elle... il allait faire l'aveu de son amour...

Instinctivement, par un geste dans lequel sa volonté n'était pour rien, la jeune fille se recula.

Martial s'arrêta. L'éclair qui avait brillé dans ses yeux s'éteignit : un sourire amer effleura ses lèvres grimaçantes.

— Je ne parle pas, répondit-il, parce que je préfère même les tortures que j'endure à l'humiliation d'un refus. D'ailleurs, ajouta-t-il avec un peu d'exaltation, je n'ai pas lieu de désespérer encore. Le mémoire que j'ai rédigé est prêt; demain je le remettrai au ministre et au parlement, et je ne doute pas que le jour luise prochainement où je pourrai sans trembler porter haut la tête. Ce jour-là...

Il s'arrêta de nouveau.

— Eh bien? fit Marcelle. Ce jour-là...

— Je laisserai parler mon cœur, répondit Martial.

A ces mots, sans prononcer une parole d'adieu, sans s'incliner devant la jeune fille, il se dirigea vers la porte, ou plutôt il s'enfuit, craignant de se trahir et d'avoir dépassé déjà les bornes de la réserve qu'il s'était imposée.

La jeune fille demeura seule, le corps penché, les mains croisées, les yeux fixés sur les rosaces du tapis.

Pendant près de dix minutes, elle garda cette immobilité absolue. Enfin, elle se redressa; puis elle se leva, en poussant un soupir, et se dirigea lentement vers la chambre de la duchesse.

Raymonde était couchée. Son indisposition avait disparu. Elle remercia Marcelle et l'engagea à regagner sa chambre.

La jeune fille obéit avec empressement.

Elle s'enferma d'un geste saccadé, et elle se mit au lit.

Elle ne dormait cependant pas, car elle entendit, deux heures après, s'ouvrir et se refermer la porte massive de l'hôtel. C'était le duc de La Tournaye qui revenait du bal.

Evidemment Marcelle était ce soir-là très-agitée.

La nuit ne fut pour elle qu'une longue insomnie. Quand elle se leva, aux premiers rayons du jour, elle courut vers son miroir et fut effrayée de sa pâleur. Elle baigna d'eau froide ses yeux rougis, pour faire disparaître toute trace de son agitation.

A peine osait-elle descendre, quand sonna l'heure du premier déjeuner, tant elle craignait que son trouble ne devînt le sujet de questions embarrassantes.

On ne s'en aperçut même pas. Il était vraiment question dans l'hôtel de La Tournaye de bien autre chose que des rêveries chimériques d'une petite fille comme elle ! M. le duc partait le lendemain pour un long voyage. Il avait donné ses ordres : tous les laquais étaient sur pied.

On descendait du grenier les malles, on choisissait dans le porte-manteau les plus riches habits.

Marcelle fut presque heureuse de ce mouvement inusité, dont elle prit sa part, et qui faisait diversion aux préoccupations dont elle était assiégée.

Ce fut elle qui, aidée par Ludivine, et sous les yeux de Raymonde, rangea dans les malles le linge, les dentelles, tous les accessoires obligés d'un déplacement semblable.

Où allait le duc ? Personne ne le savait. A nul autre qu'à Raymonde il ne l'avait dit.

La duchesse regrettait vivement que Lucien eût prêté Germain à Mme de Libessac. Bien que le voyage de son mari ne présentât aucun danger, Raymonde aurait été plus tranquille, s'il avait pu emmener avec lui son ancien soldat.

A défaut de Germain, le duc désigna Baptiste, qui remplissait parfois les fonctions de valet de chambre et qui était à son service depuis des années.

Lorsque les préparatifs furent terminés, Lucien fit venir Papillon.

— Mon vieil ami, lui dit-il, il s'agit de rajeunir et de vous multiplier pendant mon absence. Je m'en vais ; Baptiste me suit, Germain n'est pas là, la maison va être bien seule, car il n'est pas un des domestiques que je laisse ici dont je répondrais, quoique je les tienne pour d'assez braves gens, en général. C'est donc à vous que je laisse le soin d'exercer une rigoureuse surveillance et que je donne la haute main sur mes gens.

— Sois tranquille, dit l'ex-brigadier. Il n'entrera pas ici une puce que je ne lui aie délivré un laisser-passer.

Lucien sourit et lui serra la main.

— Vous recommanderez à Hartmann de ne recevoir personne autre que nos amis intimes, ajouta-t-il. Il les connaît aussi bien que vous ; toute erreur est donc impossible. J'entends également que Ludivine s'établisse dans le boudoir voisin de la chambre de Raymonde et ne la quitte ni jour ni nuit. Est-ce compris ?

— Monsieur mon fils, répondit le vieux soldat, il y a trop longtemps que je sais ce que c'est qu'une consigne. Tu peux dormir sur les deux oreilles.

Le lendemain matin, Lucien se mit en route.

IX

DANS LEQUEL LE BARON COMMENCE A SE RÉVÉLER

Brissot n'avait pas été prévenu du départ de M. de La Tournaye.

C'est que ce n'était pas une petite affaire, même à cette époque, que de faire le trajet de Paris à Vienne ! Le seul moyen de transport qui fût à la disposition des hauts personnages de ce temps-là, c'était la chaise de poste.

Un seul service fonctionnait assez régulièrement alors, c'était celui des *courriers de cabinet*.

On appelait ainsi ceux qui voyageaient pour le compte du gouvernement et qui transmettaient aux ambassades établies dans les capitales étrangères les instructions de la cour de France.

C'était le moyen de transport que Lucien avait adopté. Si c'était le plus fatigant, c'était le plus expéditif.

Le soir même du jour où le duc était parti, Brissot se dirigeait vers la place Royale et soulevait le lourd marteau de la porte d'entrée.

Au lieu de la voir s'ouvrir comme à l'ordinaire, il entendit un pas lourd résonner sous le vestibule, une grosse clef grinça dans la serrure, et, par la porte entrebâillée, apparut la stature colossale d'Hartmann.

— Ah ! fit-il avec un large sourire, c'est M. Prissot.

En même temps, des profondeurs du vestibule retentit une voix sonore.

— Qui est là ? demanda-t-elle d'un ton de sentinelle alarmée.

Le jeune clerc reconnut la voix de Papillon.

— Que de précautions ! pensa-t-il. Que se passe-t-il donc chez M. de La Tournaye ?

Mais déjà Hartmann s'était effacé pour lui livrer passage.

— Endrez tonc, M. Prissot, disait-il. La gonsigne ne fous goncerne bas.

Le jeune clerc entra.

Devant la porte qui donnait accès dans la vaste antichambre, il trouva Papillon assis, qui se leva à son approche et lui montra l'escalier.

— Donnez-vous la peine de monter au premier, dit-il.

Brissot monta.

Sur le palier du premier étage, il se rencontra avec un valet de pied nommé François, qui l'introduisit dans un petit salon d'attente et alla prévenir la duchesse.

—Ah çà! mais c'est une citadelle que cette maison! murmura le jeune clerc étonné.

Raymonde arriva bientôt, suivie de Marcelle, et lui donna l'explication de cette charade. En même temps, elle s'excusa de n'avoir pas fait avertir Brissot.

— Mais, ajouta-t-elle, nous n'avons eu que la journée d'hier pour mettre en ordre la garde-robe de Lucien, et je vous jure que nous n'avons pas eu le temps de nous occuper d'autre chose!

— Quelle est donc la cause de ce départ précipité? demanda le jeune clerc.

— Je l'ignore, monsieur.

— Et où est allé M. de la Tournaye?

— Ceci est un secret que Lucien m'a fait promettre de garder.

— Pardonnez-moi, madame, fit vivement Brissot. Je ne croyais pas commettre une indiscrétion.

— J'en suis persuadée, mon cher monsieur. Du reste, vous n'êtes pas le seul qui m'ayez adressé cette question. Marcelle me l'a faite également; j'ai dû y répondre de la même manière, et M. de Lally, qui est venu serrer dans la journée la main de mon mari, n'est pas plus avancé que vous.

— Est-il indiscret aussi de demander si l'absence de M. de La Tournaye durera longtemps? interrogea Brissot.

— Nullement, mon cher monsieur. Le duc m'a assuré qu'il serait de retour avant un mois.

Le jeune clerc n'insista pas. Cependant cette réponse lui causa une joie qu'il ne prit pas la peine de dissimuler.

La date que venait de lui donner Raymonde coïncidait, en effet, avec celle de la naissance de Marcelle, car c'était le 12 avril que la jeune fille devait prendre connaissance du manuscrit de Mme Darnaud, et Brissot attendait avec impatience le résultat de cette lecture, qui devait être la ruine ou la réalisation de son amour.

C'était un esprit droit et un cœur ferme, que rien ne pouvait faire dévier de la ligne de conduite qu'il s'était tracée.

Ainsi qu'il l'avait dit à Marat et à Robespierre, il était décidé à demander la main de Marcelle, si Marcelle était pauvre et obscure; si elle était riche et noble, il était résolu, dût-il en mourir, à garder un silence éternel, à la fuir même, dans le cas où il ne se sentirait pas la force de surmonter ses défaillances.

Malheureusement il était encore trop jeune et trop inexpérimenté pour bien cacher ce qui se passait en lui. Pour Martial, pour le baron de Pierre-Lisse, pour Lucien, pour Raymonde, pour Marcelle peut-être, son amour n'était plus un secret. Tous ceux qui l'approchaient avaient lu dans cette âme naïve et franche, tandis qu'il croyait contenir avec un héroïsme des anciens âges la passion contre laquelle il se débattait.

En ce moment même, il dévorait des yeux la jeune fille.

Loin de désespérer, il se forgeait d'avance un avenir plein de félicités inconnues et appelait de tous ses vœux le jour où le trésor de grâces et de perfections lui appartiendrait.

Il ne pouvait pas s'arracher à la délicieuse contemplation dans laquelle il se complaisait. Il était gauche et embarrassé ; il répondait à peine aux questions que Raymonde lui adressait.

Pourtant il sentit combien la situation devenait fausse. Il prit son courage à deux mains et se leva, au moment où François apportait un candélabre chargé de bougies.

En effet, la nuit était venue, l'heure du souper allait sonner.

Brissot se retira, en promettant bien à la duchesse de revenir aussi souvent que cela lui serait possible.

Il sortit, mais il ne pouvait pas s'éloigner de cet hôtel, où demeurait l'objet de ses plus tendres affections. Il se promenait de long en large sous les arbres de la place, ne perdant pas de vue la sombre façade.

Tout à coup, il vit s'ouvrir un des battants de la porte cochère.

A la lueur de la lanterne qui éclairait le vestibule de l'hôtel, il crut reconnaître François, — celui qui, tout à l'heure, l'avait introduit près de la duchesse.

Assurément il n'aurait fait aucune attention à cet incident, si le laquais, après avoir refermé la porte, n'avait regardé autour de lui, comme s'il attendait quelqu'un.

Brissot se dissimula derrière un arbre et observa.

François se dirigea lentement vers la place, en continuant à interroger les ténèbres, gagna l'allée d'arbres sous laquelle se cachait le jeune clerc, et alla se poster en face des trois arcades qui, par la rue de Birague, aboutissent encore à la rue Saint-Antoine.

Là, il s'arrêta, le dos tourné à la place, les yeux fixés sur les arcades.

Le jeune clerc était à cinquante pas de lui, mais la nuit était devenue si épaisse qu'il l'apercevait à peine.

S'avançant avec la prudence et la légéreté du chat, d'arbre en arbre, il réussit à franchir les deux tiers de la distance qui le séparait de François.

Lui aussi, il était arrivé presque en face des trois arcades, dont un réverbère éclairait à moitié les voûtes les plus élevées.

Bientôt il vit déboucher un homme grand et mince, enveloppé d'un long manteau, et qui marchait d'un pas rapide.

En passant sous le réverbère, il écarta légèrement les plis de son manteau et dégagea son bras droit. Il tenait à la main un petit objet luisant qu'il porta à ses lèvres.

Aussitôt un sifflet strident ébranla les airs.

A ce signal, convenu sans doute, François se montra et fit quelques pas au devant de l'inconnu.

Phémie était à la fois la femme de ménage et la propriétaire du baron. (Page 192.)

Un tel silence régnait dans la place déserte que Brissot entendait crier le sable sous le pied de ces deux hommes.

— C'est toi, François? demanda l'inconnu.

— Oui, monsieur le baron, répondit le laquais.

— Veux-tu te taire, imbécile! fit le gentilhomme. Si l'on t'entendait...

— Oh! il n'y a pas de danger! fit le domestique. Sans reproche, voilà bien un gros quart d'heure que je vous attends, et je suis sûr que personne ne songe à nous épier.

— Eh bien, demanda celui que François appelait M. le baron, quoi de nouveau?

— Rien encore. Ainsi que je suis allé vous l'annoncer hier, M. le duc est parti ce matin.

— Pour quel endroit?

— Personne ne le sait.

— Pour combien de temps?

— Un mois au plus, a dit Mᵐᵉ la duchesse.

— Ah ! ceci du moins est bon à retenir. Maintenant, écoute-moi...

En disant ces mots, le gentilhomme entraîna François sous les arbres et ils disparurent.

Brissot n'en revenait pas.

Déjà, au moment où l'inconnu s'était arrêté sous les arcades pour prendre un sifflet, le jeune clerc avait cru reconnaître la silhouette de M. de Pierre-Lisse. En abordant le gentilhomme, François l'avait appelé M. le baron.

Donc Brissot ne s'était pas trompé. Si même il avait pu conserver le moindre doute à cet égard, ce doute se serait immédiatement dissipé, car il avait entendu et reconnu la voix du baron de Pierre-Lisse.

Quelles relations pouvaient exister entre cet homme et le valet de M. de La Tournaye? Quel intérêt avait-il à s'informer de ce qui se passait à l'hôtel, lui qui pouvait y entrer quand bon lui semblait?

Brissot était fort intrigué.

Pendant qu'il cherchait le mot de cette énigme, le baron et François continuaient leur promenade et passaient devant l'arbre derrière lequel il se cachait.

— Bien, disait le baron, demain j'irai faire moi-même une visite à la duchesse et je vérifierai si tout ce que tu m'as rapporté est exact.

Ils s'éloignèrent de nouveau et le bruit de leurs voix s'éteignit dans les profondeurs de la place.

Quelques instants après, ils revinrent.

— Cela suffit pour l'instant, disait encore M. de Pierre-Lisse. Après-demain tu viendras chez moi, dès que ton service te le permettra. Je ne veux plus me montrer dans ces parages à pareille heure. Ma présence, si elle était remarquée, pourrait tout compromettre... Donc, après-demain, je te donnerai mes dernières instructions.

A ces mots, le baron s'éloigna et se perdit bientôt dans l'obscurité, tandis que François rentrait à l'hôtel.

— Qu'est-ce que cela signifie? se demandait Brissot. Que dois-je faire? Faut-il répéter à la duchesse ce que je viens d'entendre?... Ne serait-ce pas lui causer inutilement une émotion dangereuse?...

Brissot était fort embarrassé.

Accuser un pareil homme lui paraissait très délicat. D'ailleurs, l'accuser... de quoi? De s'occuper de ce qui se passait à l'hôtel? C'était tout ce que pouvait

faire le jeune clerc. Or, rien ne lui démontrait que ce fût dans un but perfide
que le baron exerçait cette surveillance, sinon le soin extrême avec lequel il se
cachait. Brissot n'était à même d'appuyer d'aucune autre preuve les soupçons
qu'il avait conçus.

C'était bien peu!

Le jeune clerc préféra donc garder le silence. Seulement il se promit de ne
pas perdre de vue M. de Pierre-Lisse. Malheureusement ses occupations ne lui
laissaient qu'une liberté très-restreinte, puisqu'il passait chez M° Michelin le
plus clair de ses journées.

— Mais, se disait-il assez judicieusement, si le baron tente un mauvais coup,
ce n'est pas pendant la journée qu'il l'exécutera.

En conséquence, il résolut de surveiller à son tour, pendant quelques soirées,
les abords de la place Royale.

Il croyait agir sagement. Il ne savait rien des antécédents du gentilhomme.

S'il avait connu M. de Pierre-Lisse, il n'aurait certainement pas observé la
même réserve.

Quant au baron, lorsqu'il tenait une proie, il ne la lâchait pas.

Il s'était promis qu'il tirerait profit, peu ou prou, des millions de M. de
La Tournaye et que Marcelle lui appartiendrait. C'est à ce double but qu'il
travaillait sans relâche.

Depuis huit jours déjà, la comtesse était en Normandie; elle pouvait revenir
d'un instant à l'autre; il importait de ne pas attendre son retour.

La réponse négative que Marcelle avait faite à sa demande et que Lucien
lui avait transmise ne le décourageait pas. A ses yeux, ce n'était pas un refus
formel. La jeune fille avait sollicité un délai, mais elle n'avait pas dit non.

Le temps n'avait pas calmé l'ardeur de ses appétits. Il avait conservé des
illusions sur ses avantages physiques et sur le prestige de son nom. Triompher
des incertitudes de Marcelle lui semblait un jeu. Aussi entreprit-il de saisir
la plus prochaine occasion pour se déclarer.

Ce fut dans cette intention qu'il se présenta le lendemain chez la duchesse.

Raymonde était légèrement souffrante. Elle ne voulut pas cependant refuser
de recevoir M. de Pierre-Lisse. En attendant qu'elle passât une robe, elle pria
Marcelle d'aller tenir compagnie au baron.

La jeune fille se rendit au salon.

— Veuillez vous asseoir, monsieur, dit-elle au gentilhomme. Mme la duchesse ne vous demande que le temps d'achever sa toilette; elle sera ici dans
quelques instants.

— Bon! pensa le baron. Voici l'occasion que j'attendais, profitons-en.

Après avoir pris place sur le fauteuil que lui désignait Marcelle, il esquissa
son sourire le plus mielleux.

— Je suis presque heureux de ce contre temps, mademoiselle, répondit-il
en minaudant.

— Pourquoi? demanda la jeune fille.

— Parce qu'il me permet enfin de vous parler à cœur ouvert.

— Je ne vous comprends pas, fit Marcelle avec un peu de hauteur.

— Je m'explique, mademoiselle, dit le baron.

Il toussa légèrement pour dissimuler son embarras.

— J'ai eu l'honneur, il y a quelques jours, de demander votre main à M. de La Tournaye, reprit-il.

— Eh bien! ne vous a-t-il pas transmis ma réponse? interrompit la jeune fille.

— Très-fidèlement, je suppose. Il m'a dit que vous désiriez attendre le moment où vous seriez définitivement fixée sur votre nom et votre naissance. Est-ce bien cela?

— En propres termes, oui, monsieur, dit vivement Marcelle. Aussi je ne vois pas pourquoi vous agitez de nouveau cette question.

— Il faut me pardonner, mademoiselle. Quand on aime, fit M. de Pierre-Lisse en posant la main sur son cœur et en levant les yeux au ciel, on ne recule pas ainsi devant le premier obstacle que l'on rencontre...

Marcelle eut un léger mouvement de dépit et se tourna vers la porte qui communiquait avec les appartements de la duchesse, comme pour hâter de ses vœux l'instant où Raymonde allait paraître.

— Votre réponse, continua le gentilhomme, n'est du reste qu'une réponse évasive. Je l'ai considérée comme un simple atermoiement. Voilà pourquoi mon amour ne s'en est pas contenté et pourquoi j'ose espérer encore qu'elle n'aboutira pas à un refus.

— Vous vous trompez, monsieur, dit la jeune fille avec impatience.

— Permettez-moi d'achever, mademoiselle, reprit le baron. Remarquez que je n'exige pas de vous une promesse formelle, mais un simple mot d'encouragement. Tout honnête homme a le droit de parler ainsi que je le fais à une honnête fille comme vous. Vous ne dépendez de personne, vous n'avez ni famille, ni parents; vous ne pouvez donc arguer d'aucun empêchement contre ce qui sera votre volonté. Dès lors, sans rien préjuger de ce qu'un avenir prochain vous apprendra, n'aurez-vous pas pitié des souffrances que j'endure? Parlez, mademoiselle. Imposez-moi les plus pénibles sacrifices, soumettez-moi aux épreuves les plus impossibles, je suis de taille à tout braver, pour mériter de votre bouche un sourire, pour obtenir de vous la faveur de déposer sur cette main blanche et parfumée...

En disant ces mots, le baron avait mis un genou en terre et s'était emparé de la main de Marcelle, sur laquelle il essaya de risquer un baiser.

La jeune fille, indignée, se leva d'un bond et dégagea sa main.

— Pardon, monsieur, dit-elle, toute frémissante encore de cette audace. Tout ce que pouvait dire un honnête homme à une honnête fille, j'ai eu la patience de l'écouter, malgré l'humiliation que me causait tant de hardiesse; mais vous auriez tort de prendre ma complaisance pour de la faiblesse, ou mon silence pour un aveu. Il faut, en vérité, que votre respect frise de bien près l'irrévérence, pour que vous osiez tout entreprendre contre celle que vous prétendez aimer si religieusement et à qui vous proposez votre nom.

— Excusez un moment d'entraînement... un geste irréfléchi..., supplia M. de Pierre-Lisse, effrayé et tremblant d'être surpris par la duchesse.

— Soit, fit Marcelle d'un ton plus calme. Mieux vaut, je le vois, en finir sur-le-champ avec vos prétentions surannées. Vous n'avez pas compris que ma réponse était une défaite; que je voulais, en réclamant un délai, vous épargner la honte d'un refus... je serai donc plus explicite...

— Arrêtez, par pitié! interrompit le gentilhomme. Ne me désespérez pas, mademoiselle! Laissez-moi croire que vous cédez à un sentiment d'indignation, que je regrette humblement d'avoir provoqué...

— Non, dit résolûment la jeune fille; les situations bien tranchées sont les meilleures. Puisque votre amour-propre ne craint pas d'être froissé, puisque vous réclamez de ma franchise une explication catégorique, soyez satisfait...

— De grâce, mademoiselle! un mot... encore un mot..., fit le baron.

— Rien, je n'écoute rien, répondit Marcelle. Jamais je ne serai votre femme, monsieur!

En entendant ces mots, M. de Pierre-Lisse se redressa subitement et quitta l'attitude suppliante qu'il avait gardée jusqu'alors. Son petit œil gris brilla d'une lueur de colère, ses paupières dénudées clignèrent furieusement, son sourire devint un rictus amer et cruel.

Marcelle ne se méprit pas à cette expression de rage mal contenue, mais ne pâlit point devant les menaces que ce regard lui adressait.

Fort heureusement, la duchesse vint à propos rompre cette situation par trop tendue.

Elle tenait à la main une lettre qu'elle parcourait encore au moment où elle ouvrit la porte.

— Pardonnez-moi de vous avoir fait attendre, monsieur, dit-elle au baron; mais je venais à peine d'achever ma toilette quand on m'a remis une lettre...

Elle avait un air singulier en prononçant ces paroles. Evidemment elle était très préoccupée, car elle ne prit garde ni à l'attitude contrite du gentilhomme ni à la fière contenance de la jeune fille.

— Laissez-nous, mon enfant, lui dit-elle en l'embrassant au front.

Marcelle ne se fit point prier. Avant de se retirer, elle s'inclina pourtant devant M. de Pierre-Lisse, qu'elle salua d'un regard de superbe dédain.

Le baron ne sourcilla pas. Au contraire, il ne la quitta pas des yeux, jusqu'à ce que la porte du salon se fût refermée derrière elle. On aurait juré qu'il acceptait la lutte et relevait le défi que la jeune fille lui jetait en s'éloignant.

Raymonde ne vit rien de cette scène muette. Tout entière à la lettre qu'elle tenait à la main, elle la relisait encore et ne dissimulait pas la surprise que cette lecture lui causait.

Le baron attendait toujours que la duchesse lui adressât la parole. Il la vit si absorbée qu'il se décida à rompre le silence.

— Vous avez l'air un peu troublé, madame, dit-il à Raymonde.

— C'est vrai, monsieur, fit la jeune femme, que le son de cette voix arracha à ses préoccupations.

— Serait-ce cette lettre qui vous a si fort étonné ?

— Précisément.

— Elle ne contient, je l'espère, aucune nouvelle fâcheuse...

— Non pas pour moi, monsieur.

— Ni pour votre mari, ni pour la comtesse ? ajouta le baron.

— Non, monsieur; tant s'en faut ! Cette lettre est de Mme de Libessac.

— Je suis heureux d'apprendre que cette chère cousine est en bonne santé. Vous annonce-t-elle son prochain retour ?

— Au contraire. Elle m'écrit qu'elle ne pense pas être ici avant trois semaines.

— De sorte qu'elle arrivera presque en même temps que M. de La Tournaye, fit observer le baron. C'est sans doute ce léger retard qui vous contrarie ?

— Du tout, monsieur. C'est une phrase qui vous concerne et que je ne puis m'expliquer.

— Ah ! fit le gentilhomme qui dressa l'oreille. Me ferez-vous, madame, l'honneur de me la communiquer ?

— Je n'y vois pas d'inconvénient, monsieur, répondit la duchesse. Cette phrase, la voici :

A ces mots, elle prit la lettre et lut :

« J'ai pu me renseigner ici, pendant mes moments perdus, sur l'infortunée demoiselle de Lescarre. J'ai pu même me procurer à l'église de Saint-Aubin, à force de recherches patientes, l'acte de naissance de son enfant. Or, figurez-vous mon étonnement ! Cet enfant, que le baron nous avait dit être un garçon, est une fille !... Je n'y comprends rien !!!

« Je vais du reste me livrer à de nouvelles recherches, car je ne voudrais pas vous faire part des surprises que vous révélera mon arrivée, avant d'être bien sûre que je ne fais pas fausse route... »

Pendant la lecture de cette lettre, M. de Pierre-Lisse avait imperceptiblement tressailli; mais il s'était remis aussitôt, et un sourire dédaigneux errait sur ses lèvres, quand la duchesse, après avoir terminé sa lecture, leva les yeux sur lui.

Raymonde était toujours sous le coup du même étonnement.

— Je n'y comprends rien, fit-elle.

— Ni moi non plus, dit le baron.

— Mais, êtes-vous bien sûr que Mlle de Lescarre ait eu un fils et non une fille ?

— C'est elle qui me l'a dit, madame.

— Elle vous aurait donc trompée ?

— Nécessairement.

— Dans quel but ?

— Je l'ignore.

— Peut-être espérait-elle ainsi vous amener plus facilement à lui donner votre nom...

— C'est probable.

— Ce qui est étrange, ajouta Raymonde, c'est que vous n'ayez pas eu l'idée de constater le sexe de votre enfant.

— Je ne l'ai jamais vu, madame, se défendit M. de Pierre-Lisse.

— C'est plus étrange encore !

— Je l'ai dit à ma cousine, madame : des affaires urgentes m'appelaient à Paris à cette époque... je n'ai même pas eu le temps d'aller faire mes adieux à Marguerite avant mon départ...

— Marguerite ! fit la duchesse, qui entendait prononcer ce nom pour la première fois. Est-ce ainsi que s'appelait Mlle de Lescarre ?

— Oui, madame. L'avant-veille du jour où j'ai quitté Saint-Aubin, elle m'avait fait savoir qu'elle était accouchée d'un fils ; j'avais promis d'aller l'embrasser, lorsqu'une lettre pressante me força de m'éloigner presque subitement.

— Il suffit, monsieur, dit Raymonde. Je ne vous demande pas d'explications. Je n'ai aucun droit à interroger votre passé. D'ailleurs, la comtesse m'annonce qu'elle me réserve de bien autres surprises; j'attendrai son retour sans impatience. Si, jusque-là, vous croyez devoir donner à Mme de Libessac des détails plus précis, cela n'en vaudra que mieux et lui permettra peut-être de diriger plus sûrement les recherches qu'elle continue de faire.

— Je vais lui écrire à l'instant, dit le baron en se levant pour prendre congé.

Raymonde ne fit rien pour le retenir. Elle se leva à son tour et le vit disparaître sans regret.

— Ce n'est pas possible, se disait-elle. Cet homme-là nous cache quelque chose...

Elle entra dans son appartement et relut pour la troisième fois la lettre de la comtesse.

Quant à M. de Pierre-Lisse, il était sorti précipitamment de l'hôtel et suivait la rue Saint-Antoine. Personne ne l'observait plus. Il pouvait donc, sans danger, laisser percer sur son visage la vive contrariété qu'il éprouvait.

La lettre de sa cousine, les révélations qu'elle renfermait, n'étaient assurément pas de son goût.

— De quoi se mêle-t-elle ? se disait-il en marchant d'un pas saccadé. Aller à Saint-Aubin, accompagnée d'un agent de police !... Mais si elle a découvert que Marguerite avait une fille, elle est capable de découvrir aussi...

Ses traits se contractèrent affreusement.

— Non, dit-il enfin, ce n'est pas possible... les morts ne sortent pas du tombeau...

Au bout de quelques instants, il parvint à recouvrer son sang-froid.

— Allons, poursuivit-il, le sort en est jeté. Il faut jouer cette dernière partie. Tout me favorise. Mon excellente cousine n'est pas là, le duc est parti depuis deux jours, Germain et Baptiste les ont suivis... C'est égal, j'aurais mieux aimé que Marcelle consentît à ce mariage...

Il haussa les épaules et se prit à sourire.

— Pauvre petite ! fit-il. Ça se mêle déjà de vouloir quelque chose ! Mais, mon enfant, moi aussi, quand je veux... je veux.

En prononçant ces paroles, sa figure avait une expression de froide cruauté qui faisait présager de terribles représailles.

Après avoir erré longuement sur les quais, il gagna la rue Saint-André-des-Arts.

Une femme âgée de cinquante ans environ, dont le visage portait l'empreinte de tous les vices, était en train d'épousseter le chétif mobilier du baron.

Il occupait un petit appartement, composé de deux pièces et d'une cuisine, qu'il avait pris, disait-il, « en attendant mieux, » et dans lequel il vivait assez chichement.

Cet appartement était garni de meubles de toute provenance. Il appartenait à Mlle Euphémie Cabasson. Mlle Euphémie, ou plutôt Phémie, ainsi qu'on la nommait communément, était à la fois la femme de ménage et la propriétaire du baron.

Elle se vantait d'avoir été en son jeune temps une des célébrités tapageuses de Paris. Malheureusement elle avait alors de si bonnes dents qu'elle avait tout croqué. Il ne lui restait plus rien aujourd'hui que ce modeste logement, dans lequel elle avait entassé tout ce qu'elle avait pu sauver du naufrage.

Elle le louait, faisait le ménage, grappillait le plus possible sur les provisions qu'on la chargeait de faire, et réussissait à ne pas mourir de faim.

Elle habitait, au sixième étage de la même maison, une mansarde, dans laquelle il y avait juste la place de loger un lit, une commode, une table, un fauteuil et deux chaises.

M. de Pierre-Lisse, depuis plus de cinq mois qu'il était à Paris, connaissait depuis A jusqu'à Z les déplorables antécédents de Mlle Cabasson. La bavarde propriétaire lui avait raconté par le menu, entre deux coups de plumeau, la brillante épopée de sa vie galante.

Cela ne l'avait nullement effrayé. Au contraire, il était certain que Phémie était prête à tout pour échapper à la misère.

Ces deux natures perverses s'étaient comprises dès le premier jour. Elles étaient faites pour se rencontrer un jour.

En effet, maintenant que le gentilhomme était décidé à tout entreprendre pour atteindre le but qu'il se proposait, il sentait que Mlle Cabasson deviendrait pour lui une précieuse alliée.

Il ne fut donc pas fâché de la trouver chez lui à point nommé.

— Décidément, Phémie, lui dit-il familièrement, je ne puis pas rester ici plus longtemps.

— Comment ! s'écria la femme de ménage, M. le baron me donne congé !

— Non, Phémie, non, rassurez-vous. Je garde toujours ce petit appartement... on ne sait pas ce qui peut arriver... Mais voici le beau temps qui vient... le soleil

Enfin le seau atteignit la hauteur de la margelle. (Page 200.)

commence à se montrer... Je voudrais respirer autre chose que l'odeur du ruisseau de la rue Saint-André-des-Arts...

— Autre chose... quoi? demanda la vieille hétaïre.

— Je voudrais, poursuivit le baron, trouver aux environs de Paris une petite maison bien cachée, bien close, où nous passerions la saison d'été.

— Nous! répéta joyeusement Phémie. M le baron m'emmènerait donc avec lui?

25ᵐᵉ Liv.   25

— Et je doublerais vos gages, ajouta le gentilhomme.

— Ah ! soupira-t-elle, quel dommage que je n'aie plus ma petite maison d'Auteuil !

— Vous aviez donc une maison à Auteuil ?

— Hélas ! oui, monsieur. Une jolie petite maison, comme vous paraissez la désirer, où l'on est bien chez soi, où les voisins ne peuvent pas vous voir, où l'on se promène en chemise, si l'on veut...

— Eh bien ! cette maison, qu'est-elle devenue ?

— C'est mon tapissier qui me l'a prise, en payement de mémoires que j'avais oublié de solder.

— Et qu'en fait-il ? Il l'habite ?

— Non, monsieur, il la loue.

— Est-elle toujours là ?

— Oui, monsieur.

— Vous en êtes certaine ?

— Je crois bien. Il ne se passe pas d'année que je n'aille la revoir.

— Est-elle louée en ce moment ?

— Peut-être que non... la saison n'est pas très avancée...

— Eh bien ! courez chez votre tapissier, assurez-vous que cette maison est vacante. Dans ce cas, demain nous irons la visiter ; après-demain nous signerons le bail, si elle me convient.

— Vrai ? s'écria Phémie, qui ne pouvait pas en croire ses oreilles, je rentrerais dans ma chère petite maison d'Auteuil ! Ah ! monsieur... si vous faites cela...

— Eh bien ! quoi ?

— Vous pourrez faire de moi ce que vous voudrez, répondit la vieille fille.

Le baron sourit dédaigneusement.

— Allez, lui dit-il, et venez aussitôt m'apporter la réponse.

— Je n'y manquerai pas, promit Mlle Cabasson, qui disparut en courant.

Le gentilhomme la regarda s'éloigner d'un air de profond mépris.

— Parbleu ! murmura-t-il, je savais bien qu'elle ferait tout ce que je voudrais... Cela et bien d'autres choses encore... C'est égal, c'est ce qui s'appelle avoir la main heureuse.

Il était resté silencieux et pensif, ruminant, combinant, machinant le projet qu'il méditait, lorsque la porte s'ouvrit brusquement, une heure après.

C'était Phémie qui revenait de chez son tapissier, tout essoufflée, mais rayonnante.

— La maison n'est pas louée, dit-elle.

En même temps, elle se laissait tomber, à demi pâmée, sur une chaise.

— Demain matin, à dix heures, vous pouvez aller visiter la maison, continua-t-elle. Vous la prendrez meublée ou non meublée, à votre choix. Cependant, le propriétaire aimerait mieux la laisser avec les meubles qui la garnissent encore.

— Je l'aime mieux aussi, fit M. de Pierre-Lisse. Vous n'avez donc qu'à vous tenir prête demain, vers huit heures et demie. C'est vous qui me servirez de guide.

Le lendemain matin, à huit heures, elle pénétrait dans la chambre du gentilhomme, qu'elle habillait avec une sollicitude maternelle.

Une demi-heure après, ils étaient en route. A dix heures précises, ils arrivaient devant la maison.

Elle se composait de deux étages : un rez-de-chaussée et un premier.

Au rez-de-chaussée se trouvaient la cuisine, l'office et la salle à manger, séparés par l'antichambre d'un salon et d'un cabinet de travail ; au premier, il y avait trois chambres à coucher et deux cabinets de toilette. Au-dessus, le grenier et deux chambres de domestique.

La grille d'entrée, fermée par des volets extérieurs, donnait sur la route. Le jardin, assez vaste et très ombragé, était entouré de murs, qui ne mesuraient pas moins de trois mètres de hauteur. Les arbres, très élevés et bien portants, masquaient absolument la vue des maisons voisines, qui, du reste, étaient suffisamment éloignées pour ne laisser redouter aucune indiscrétion.

C'était ce que voulait surtout M. de Pierre-Lisse. Il loua la maison, séance tenante, et revint à Paris aussitôt.

— Maintenant, voyons si je peux compter sur François, se disait-il, chemin faisant.

<h2 style="text-align:center">X</h2>

<h3 style="text-align:center">L'ENLÈVEMENT</h3>

« Demain, j'irai m'assurer par moi-même que tu as dit la vérité ; après-demain tu viendras chez moi et je te donnerai mes dernières instructions », avait dit le baron à François.

M. de Pierre-Lisse, en allant à l'hôtel de La Tournaye, avait pu vérifier *de visu* les précautions prises en l'absence de Lucien.

C'était Hartmann, en personne, qui était venu lui ouvrir la porte cochère ; au pied de l'escalier, il avait trouvé Papillon, montant sa faction.

François n'avait donc rien exagéré.

Vers dix heures du soir, dès que son service fut fini, il se rendit, ainsi qu'il l'avait promis, chez M. de Pierre-Lisse.

— Approche, lui dit-il, et causons un peu.

Le laquais s'avança près de la cheminée, dans laquelle flambait un bon feu.

— Tu n'es pas content de ton service ? m'as-tu dit, commença le baron.

— C'est vrai, monsieur. La maison de M. le duc est trop bien tenue pour moi. Tout le monde a l'œil sur tout, depuis le brigadier Papillon jusqu'à cette petite Marcelle, qui se mêle de ce qui ne la regarde pas.

— Tu n'aimes pas cette jeune fille?

— Non. C'est elle qui a failli me faire chasser.

— Pourquoi ?

— Oh ! pour une vétille.

— Je m'en doute bien ; mais encore, qu'avais-tu fait ?

— J'avais pris une bouteille de vieux malaga, qu'on avait oublié de servir à table.

— Et Mlle Marcelle t'avait vu?..

— Il faut le croire. Quand M. le duc m'a interrogé, j'ai naturellement nié de toutes mes forces, mais Mlle Marcelle a si nettement affirmé que je l'avais prise que Papillon est monté dans ma chambre et en a rapporté la maudite bouteille à moitié vide.

— Et alors?...

— Alors, M. le duc m'a menacé de me chasser à la première incartade.

— Y a-t-il longtemps de cela?

— Quinze jours à peine.

— Et depuis, tu as été, je gage, un modèle de toutes les vertus? demanda le baron d'un ton ironique.

— Il le faut bien, dit piteusement François. Figurez-vous, monsieur, qu'on ne peut même pas sortir de l'hôtel, sans avoir obtenu la permission de M. Papillon et sans passer sous les yeux d'Hartmann, qui sont les deux âmes damnées de M. de La Tournaye.

— Je conçois ce que cette surveillance incessante a de pénible pour toi, fit M. de Pierre-Lisse. Ainsi tu ne serais pas fâché de prendre du service ailleurs?

— J'en serais ravi.

— Eh bien ! je suis en train de monter à Auteuil une petite maison, à laquelle le tapissier met la dernière main. Veux-tu m'y suivre?

— Très volontiers, monsieur le baron.

— Je te donnerai les mêmes gages que tu gagnais chez M. de La Tournaye et un jour de sortie par semaine. Cela te convient-il?

— A merveille.

— Seulement, reprit le baron, tu m'obéiras aveuglément, sans discuter jamais l'ordre que tu recevras ; tu ne verras ni n'entendras rien de ce qui se passe...

— Ah ! ah ! dit François, qui dressa l'oreille. Est-ce tout ?

— A peu près. Cependant tu dois comprendre que je ne suis pas encore d'âge à m'enfermer seul dans une maison de campagne isolée...

— Assurément.

— J'ai donc jeté les yeux sur une jeune personne qui ne demanderait pas mieux que de se faire enlever, si j'en trouvais le moyen.

— Vous le trouverez, monsieur le baron, fit le laquais en souriant.

— Je l'ai trouvé déjà, dit le gentilhomme, et pour peu que tu y mettes la moindre complaisance...

— Moi ! se récria François étonné.

— Oui, tu connais cette jeune fille...

— Pas possible !

— Et non seulement tu la connais, mais tu sers dans la maison qu'elle habite...

— Chez M. le duc ? Mais alors il s'agit de Mlle Marcelle ?

— Précisément.

— Diable ! fit le valet en se grattant l'oreille, ce n'est pas une petite affaire, savez-vous !

— Rien de plus facile.

— Comment ?

— Cela me regarde. Avant tout, il importe que je sache si tu es disposé à me servir.

François hésita quelques instants.

— Certainement... murmura-t-il. Je ne serais pas fâché de jouer un bon tour à cette petite mijaurée... Mais M. le duc... Germain... Baptiste... Papillon...

— Ne sont pas à craindre, à moins que tu ne leur dises où tu auras conduit cette enfant.

— Il n'y a pas de danger !

— En ce cas, décide-toi.

— Dame ! écoutez donc, monsieur le baron, ceci est une affaire complètement en dehors de mon service. Tout dépend du prix que vous y mettrez.

— Fixe-le toi-même, mais sois raisonnable.

— Eh bien ! il me semble que... deux cents louis...

— Tu es fou ! Avec deux cents louis, j'aurais une armée de coquins qui mettraient à feu et à sang l'hôtel de La Tournaye tout entier, en moins de temps que je n'en dépense à discuter avec toi.

— Alors cent louis.....

— Je t'en donnerai cinquante, dit nettement le baron. C'est à prendre ou à laisser. Choisis.

— Cinquante louis..... c'est bien peu..... fit le laquais avec un mouvement dédaigneux des lèvres. Cependant, si vous m'assurez que nous n'userons pas de violence...

— Je te l'assure.

— Qu'il ne sera fait de mal à personne... ajouta François.

— Je m'y engage sur l'honneur !

— C'est différent, dit le valet. Pour cinquante louis, je vous donnerai bien un coup de main.

— Quant au simulacre de défense qu'opposera Marcelle, fit M. de Pierre-Lisse, tu ne seras pas assez sot, je pense, pour le considérer comme un acte de violence.

— Elle ne consent donc pas à vous suivre ?

— Si, mais il a été arrêté entre nous qu'elle feindrait quelque résistance, afin de ne pas se montrer trop ouvertement ingrate envers ses bienfaiteurs.

— Oh ! la petite rusée ! s'écria François.

— Ainsi voilà qui est convenu, résuma le baron.

— C'est entendu, dit François.

— Je n'ai pas besoin de te recommander la plus grande discrétion, fit le gentilhomme. Songe qu'il y va de ta place et de tes cinquante louis !

— Soyez tranquille ! promit le valet. Le fils de ma mère n'est pas un imbécile.

— Tu es libre, dit le baron en lui montrant la porte.

François se retira.

— Enfin ! elle est à moi ! s'écria-t-il, en se renversant moelleusement dans son fauteuil.

Le lendemain, lorsque Phémie parut, le gentilhomme, après l'avoir longtemps suivie des yeux, se tourna vers elle.

— Dites-moi, Phémie, prononça-t-il d'un ton dégagé, je pense qu'il vous sera indifférent que j'emmène à Auteuil une personne...

— Une femme ? fit la vieille fille, sans attendre la fin de la phrase.

— Oui, une femme.

— Jeune ?

— Dix-huit ans.

— Au contraire, dit joyeusement Phémie, ce sera plus gai.

— Peut-être pas dans le commencement, corrigea le baron. Vous savez ce que c'est qu'une jeune fille...

— Ah ! c'est d'une jeune fille qu'il s'agit ?

— Oui.

— Sage ?

— J'en donnerais ma tête à couper.

— Peste ! il vous faut des primeurs, ricana la vieille coquette avec un sourire lubrique.

— Aussi elle fera peut-être quelques difficultés tout d'abord, hasarda M. de Pierre-Lisse.

— Bon ! je connais ça, fit Mlle Cabasson avec un mouvement d'épaules.

— Il ne faudra pas y faire attention, n'est-ce pas ?

— Parbleu ! elle s'y fera, monsieur le baron, elle s'y fera. Quand partons-nous ?

— Dans quelques jours, je l'espère, répondit le baron. Il serait donc urgent de se procurer du linge de rechange pour la personne dont je vous parle.

— Rien n'est plus facile.

— Allez donc aujourd'hui même chez une lingère et choisissez les objets indispensables.

Phémie partit comme un trait. Elle comptait recevoir une bonne remise de la marchande chez laquelle elle se rendait.

Le baron rayonnait. Devant lui s'aplanissaient tous les obstacles.

Pendant ce temps, Brissot, fidèle à la promesse qu'il s'était faite, montait régulièrement tous les soirs une interminable faction devant l'hôtel de La Tournaye.

Huit jours durant, il se condamna à ce labeur ingrat, sans rien remarquer qui attirât son attention.

— Décidément, pensa-t-il, je me suis alarmé à tort.

Le neuvième jour, il se décida à aller chez la duchesse; il trouva Hartmann et Papillon à leur poste; il causa longuement avec Raymonde, qui n'avait jamais été plus gaie, avec Marcelle, qui le reçut avec la sérénité des meilleurs jours.

— J'étais fou ! se dit-il en les quittant.

Et il alla rejoindre ses amis, qui le raillèrent doucement sur sa longue absence.

Quand il rentra chez lui, il avait perdu jusqu'au souvenir des craintes qui l'avaient assiégé.

Le lendemain, pas plus qu'il ne l'avait fait la veille, il n'alla reprendre sur la place Royale le poste qu'il y avait inutilement occupé pendant huit longues soirées.

Ce jour-là, Papillon se promenait de long en large dans le vestibule, quand on souleva le marteau de la porte cochère.

Il s'arrêta et vit Hartmann parlementer avec un homme vêtu d'un costume de portefaix. Il lui sembla même entendre prononcer son nom, quoique l'inconnu parlât à voix basse.

Il s'avança.

— Eh bien ? que voulez-vous ? demanda-t-il.

— Je désirerais parler au brigadier Papillon, répondit le portefaix.

— C'est moi, fit l'ancien soldat.

— Bien sûr ? dit l'inconnu avec défiance.

— Eh ! oui, morbleu ! Que me voulez-vous ?

Au lieu de répondre, l'homme tira de sa poche une lettre, qu'il lui tendit, salua gauchement et se retira.

Le brigadier décacheta la lettre et lut :

« Mon cher Papillon,

« Par les précautions que j'ai prises pour cacher le but de mon voyage, vous avez pu juger qu'il avait une grande importance. Une circonstance fortuite me rappelle à Paris ; mais ma présence y doit être ignorée de tout le monde, *même de la duchesse.* Il faut pourtant que je vous parle. Trouvez-vous donc ce soir, de onze heures à minuit, sur la place du Palais-Royal. J'irai vous y rejoindre.

« Ne vous étonnez pas si ce n'est pas moi qui vous écris. Dans le cas où cette lettre s'égarerait, ou ne vous parviendrait pas directement, je ne voulais pas que personne pût reconnaître mon écriture.

« Surtout pas un mot à qui que ce soit! Il y va des intérêts les plus graves! A ce soir, sans faute!

« Lucien DE LA TOURNAYE. »

— Comment! s'écria le brigadier tout bouleversé. Le duc est à Paris! Lui qui n'avait annoncé son retour que dans un mois!... il faut, en effet, qu'il soit arrivé quelque chose...

Il tournait, retournait la lettre entre ses doigts, et l'examinait avec attention, comme s'il avait conçu quelques doutes sur son authenticité.

— Je comprends, se disait-il, que Lucien n'ait pas voulu mettre de sa main mon nom et mon adresse, car, ainsi qu'il me le fait judicieusement observer, si, pendant mon absence, ce billet était tombé entre les mains de Raymonde, de Mlle Marcelle, ou même de François, ils auraient certainement reconnu son écriture et n'eussent pas manqué de s'étonner que le duc s'adressât à moi, au lieu de s'adresser à sa femme... mais le corps de la lettre... rien ne l'empêchait de le faire lui-même... personne ne se serait avisé ici de décacheter un billet qui m'était destiné... excepté Ludivine peut-être, ajouta le vieux soldat en hochant la tête.

Il était très perplexe.

— Est-ce que Lucien serait malade, ou blessé, et n'oserait pas le dire, de peur que la lettre ne s'égarât entre d'autres mains que les miennes? C'est possible, après tout... de même qu'il est possible que, par surcroît de précautions, il ait eu recours à la plume du premier venu... Oui, de toutes façons, il m'est impossible de manquer à ce rendez-vous.

Ce jour-là, vers trois heures de l'après-midi, Marcelle se promenait dans le jardin.

En passant près du puits, elle aperçut la fille du jardinier, qui tirait à grand'-peine un seau d'eau.

— Attends, je vais t'aider, lui cria-t-elle.

Aussitôt elle s'approcha en courant, ramassa coquettement autour d'elle les plis de sa jupe, et saisit la corde, qu'elle tira courageusement.

La corde était mouillée; l'eau qui en dégouttait ruisselait sur les mains blanches de Marcelle et coulait même le long de ses bras potelés, ce qui lui arrachait un petit rire nerveux.

Enfin le seau atteignit la hauteur de la margelle. La jeune fille se précipita pour s'en emparer; mais sa main glissa sur le bord humide et moussu...

Elle poussa un grand cri et devint toute pâle.

Ses complices étaient en train d'achever leur œuvre. (Page 203.)

Dans le mouvement qu'elle venait de faire, la bague qu'elle portait s'était accrochée au bord du seau, avait glissé de son doigt et était tombée au fonds du puits.

— Vous vous êtes fait mal, mademoiselle ? demanda la fillette.

— Non, mon enfant, ce n'est rien, répondit Marcelle.

Elle s'éloigna, profondément troublée.

La bague qu'elle venait de perdre était celle que Damis lui avait donnée.

Elle alla se réfugier au plus épais du massif et se laissa tomber sur une des chaises qui étaient rangées autour d'un vaste salon de verdure.

Si elle avait eu un miroir sous les yeux, elle aurait été effrayée de sa pâleur et de l'altération de ses traits. Elle ne se remit que longtemps après de l'émotion qui s'était emparée d'elle.

Enfin elle regagna l'hôtel, d'un pas encore mal affermi, et se réfugia dans sa chambre.

Volontiers elle aurait confié à Raymonde l'accident qui venait de lui arriver, mais elle craignait que la duchesse ne se moquât de ses terreurs enfantines. Elle garda le silence.

Quand vint le soir, elle était plus calme, mais non pas beaucoup plus rassurée. Elle s'enferma dans sa chambre à tour de clef, poussa le verrou, s'assit devant une table et prit un livre, qu'elle parcourut d'un œil distrait.

Quoi qu'elle fît pour lire, elle n'y parvint pas. Les lignes se confondaient l'une avec l'autre, les caractères formaient une masse informe et mobile, semblable en tous points au bruissement d'une fourmilière.

De guerre lasse, elle ferma le livre, se leva et se dirigea vers son lit. Elle était bien sûre de ne pas dormir, mais cela la changerait.

Elle jeta les yeux sur la pendule, qui marquait onze heures un quart.

— Comment! il n'est pas plus tard que cela? dit-elle avec un soupir.

Il lui tardait que la nuit fût passée.

Déjà elle défaisait le premier bouton de son corsage, lorsqu'il lui sembla entendre un léger bruit du côté de la fenêtre.

Elle y courut, souleva les rideaux, mais, au même instant, une des vitres volait en éclats et, par le trou béant que la cassure avait fait, passait une main d'homme, qui tournait l'espagnolette et ouvrait vivement la croisée.

Marcelle poussa un cri, au moment où cet homme enjambait lestement l'appui de la fenêtre et sautait dans la chambre.

Elle ne se donna pas le temps de le regarder, et cependant elle vit que cet homme était mal mis et lui était absolument inconnu.

Pensant que c'était un voleur et voulant lui échapper elle courut vers la porte dont elle ouvrit le verrou d'une main, tandis que, de l'autre, elle faisait jouer la clef dans la serrure. Elle se félicitait déjà d'avoir échappé au danger, car elle venait d'ouvrir la porte, mais, avant qu'elle en eût franchi le seuil, un autre homme se dressa devant elle.

Elle recula, par un mouvement instinctif, et reconnut François. Elle crut qu'il avait entendu du bruit et qu'il venait à son secours.

— Ah! c'est vous, François, dit-elle d'une voix étranglée par la peur. Tenez... là, là... un voleur...

En même temps, elle désignait du doigt la croisée ouverte et l'homme qui avait pénétré dans sa chambre; mais, en même temps aussi, elle vit entrer un autre homme.

Elle se rapprocha de François, pour qu'il lui vînt en aide; mais François referma tranquillement la porte et se prit à sourire.

— Oui, oui, disait-il à mi-voix... un simulacre de défense... Nous savons que c'est convenu d'avance.

Marcelle lut sur son visage une telle expression d'impertinence et de cynisme, qu'elle comprit aussitôt que c'était fait d'elle.

Pourtant elle ne soupçonnait pas la vérité, lorsque, par le même chemin qu'avaient suivi ses deux premiers agresseurs, elle vit apparaître M. de Pierre-Lisse.

— Ah! misérable! rugit-elle, c'est donc vous qui...

Elle n'eut pas le temps d'achever sa phrase.

Le baron fit un signe, les deux hommes qui l'avaient précédé se ruèrent sur la jeune fille et la renversèrent.

L'un d'eux tenait à la main un bâillon tout préparé, qu'il lui appliqua sur la bouche et qu'il noua avec force; l'autre tira de sa poche un paquet de cordes, avec lesquelles il attacha patiemment et solidement les pieds et les mains de Marcelle.

François, les mains croisées sur le dos, assistait à cette scène.

— Là! ne serrez pas trop fort, disait-il, puisque c'est une frime...

Témoin du soin scrupuleux avec lequel ces deux coquins s'acquittaient de leur besogne, il murmurait en regardant Marcelle :

— Quelle drôle d'idée de se laisser saucissonner comme cela pour se faire enlever! C'est moi qui aimerais bien mieux m'en aller sur mes deux pieds, par la grande porte!

Tout en surveillant ses auxiliaires, M. de Pierre-Lisse promenait dans la chambre de Marcelle un regard investigateur.

Ses complices étaient en train d'achever leur œuvre, la jeune fille était réduite à l'impuissance, quand l'attention du baron fut attirée vers un coffret, qui se trouvait au beau milieu du marbre de la commode.

Il fit quelques pas et s'approcha du meuble, sur lequel il se pencha.

— Ah! par exemple! murmura-t-il, voilà qui est singulier!

Il se tourna vers Marcelle, comme pour lui demander une explication; mais, voyant qu'elle était dans l'impossibilité de lui répondre, il examina de plus près l'objet qui avait frappé ses regards.

— Comment ce coffret se trouve-t-il ici? dit-il à voix basse.

Sans autre forme de procès, il s'en empara et le mit sous son bras.

— Et vite, partons! ordonna-t-il.

Toute cette scène, qui exige tant de place dans le récit, et dont nous omettons à dessein les détails répugnants, s'était passée en moins de cinq minutes.

Sur l'ordre du baron, ses deux complices saisirent la jeune fille par la tête et par les pieds, la chargèrent sur leurs épaules, comme un fardeau, et se dirigèrent vers la porte.

François prit les devants, toujours très-étonné de ce qui se passait.

—Drôle d'idée tout de même! dit-il une seconde fois, en ouvrant la porte de la chambre.

Le sinistre cortège, dont M. de Pierre-Lisse formait l'arrière-garde, se mit alors en marche à travers les escaliers, descendant avec des précautions infinies.

Fort heureusement, le tapis dont les degrés étaient couverts amortissait le bruit de leurs pas. Ils atteignirent sans encombre le vestibule.

Au moment où ils passaient devant la loge du Suisse, Marcelle essaya de se débattre et de pousser un cri. Son bâillon et les liens qui la maintenaient l'en empêchèrent.

D'ailleurs, elle aperçut Hartmann, la tête appuyée sur le bras, dormant à poings fermés sur la table. Elle devina que le pauvre diable était hors d'état de lui porter secours.

Mais Papillon, qu'était-il devenu? Pourquoi n'était-il pas là?

Pendant que Marcelle, à demi-suffoquée, sentant qu'elle était victime d'un guet-apens savamment combiné, essayait de résister encore, François, marchant d'un pas allègre, avait ouvert la porte cochère.

Sur la place, au coin des arcades qui aboutissaient à la rue Saint-Antoine, stationnait une chaise de poste, attelée de quatre chevaux vigoureux.

Le baron se dirigea de ce côté, ouvrit la portière et fit placer Marcelle sur la banquette de derrière. Cela fait, il tira de sa poche une bourse, qu'il tendit aux deux misérables dont il avait acheté le concours, et qui s'éloignèrent à toutes jambes.

Alors M. de Pierre-Lisse monta en carrosse auprès de la jeune fille. François grimpa lestement sur le siège de derrière, et la chaise de poste disparut dans les profondeurs de la rue Saint-Antoine.

Évidemment les postillons, largement payés, savaient quel était le but de leur voyage et ne demandaient qu'à brûler le chemin, afin de rentrer plus tôt chez eux, car la chaise roulait avec une rapidité vertigineuse sur le pavé sonore, dont les fers des chevaux affolés faisaient jaillir des myriades d'étincelles.

En moins de trois quarts d'heure, le lourd carrosse s'arrêtait à Auteuil devant la porte de la maison que le baron avait louée.

Au bruit des roues, la porte s'ouvrit, et Phémie parut, tenant une bougie à la main.

Avec de grandes difficultés, le baron et François transportèrent Marcelle dans la chambre qui lui était destinée, la posèrent sur le lit et détachèrent le bâillon et les cordes qui la retenaient.

La pauvre enfant avait totalement perdu connaissance.

— Bah! disait Phémie, ce ne sera rien que ça. J'en ai vu bien d'autres!

Le matin même de ce jour néfaste, une lettre était arrivée à l'adresse de François. Elle était du baron, qui lui écrivait d'accourir sans plus tarder.

François alla trouver Papillon. Il avait les larmes aux yeux.

— Je viens, dit-il, de recevoir un mot, qui m'annonce que ma mère est fort mal et désire me voir.

En même temps, il tendait au brigadier, non pas la lettre qu'il avait reçue, mais une autre, qu'il avait préparée, et sur laquelle, en guise de pleurs, il avait répandu quelques gouttes d'eau.

Papillon fut très touché de ces marques de douleur, et trouva qu'en effet le cas était exceptionnellement intéressant.

— Va, dit-il, avec un geste de contrariété, et reviens le plus tôt que tu pourras.

— Dans deux heures je serai là, promit le valet.

Quelques minutes après, il arrivait chez M. de Pierre-Lissé.

— Ah! te voilà! fit le baron. Eh bien! es-tu toujours prêt à me servir?

— Toujours, répondit François, moyennant cinquante louis.

— Voici d'avance les vingt-cinq que je t'ai promis, fit le gentilhomme.

— C'est donc pour aujourd'hui? demanda le laquais

— Pour ce soir.

— A quelle heure?

— Onze heures.

— Mais Papillon?...

— Papillon sera à onze heures sur la place du Palais-Royal.

— Et Hartmann?

— Voici pour lui, dit le baron en tirant de sa poche une fiole imperceptible.

— Qu'est-ce que cela? demanda François effrayé. Ce n'est pas du poison, au moins?

— C'est tout simplement une décoction de pavots, répondit le gentilhomme.

— Mais comment la faire boire à Hartmann?

— Dans un verre de vin.

— A quel moment?

— Dès que Papillon sera parti.

— Bien.

— Procure-toi donc d'avance une bouteille de bon vin. Fais tourner la tête au Suisse pendant dix secondes, verse dans son verre le contenu de cette fiole et tu le verras, un quart d'heure après, dormir d'un si bon sommeil qu'un coup de canon ne le réveillerait pas.

— Ensuite? fit le valet.

— Il ne nous reste plus qu'à prendre nos dispositions à l'intérieur de l'hôtel, dit M. de Pierre-Lisse.

— Ah! je comprends! s'écria François. Pendant la journée, j'encloue le verrou de la porte de M{{lle}} Marcelle... j'enlève la clef de la serrure...

— Et M{{lle}} Marcelle, en rentrant dans sa chambre, interrompit le baron avec un dédaigneux mouvement d'épaules, s'aperçoit des maladresses que tu as commises. Elle a peur, elle va demander asile à la femme de Papillon ou à la duchesse, de sorte que notre plan échoue...

— Mais puisqu'elle consent... fit observer le laquais.

— Sans doute, elle consent, dit le baron en se mordant les lèvres, car il avait failli se trahir; mais elle consent, à la condition de ne paraître avoir cédé qu'à la violence...

— C'est juste, dit François convaincu ; mais, alors, comment faire ?

— Tandis que, poursuivit le gentilhomme, si tout à l'heure, en entrant dans la chambre de Marcelle, on trouve les persiennes et la croisée ouvertes, un carreau cassé, il devient évident pour tout le monde qu'elle a été enlevée de vive force.

— C'est ma foi vrai ! s'écria le valet avec une nuance d'admiration.

— Ajoutons à cette mise en scène, déjà assez compliquée, une échelle dressée le long du mur, continua M. de Pierre-Lisse, et Marcelle est complètement innocente, aux yeux de ses amis, du rapt dont elle a été victime.

— Vous avez raison, monsieur.

— Donc, il ne s'agit que de se procurer une échelle assez haute pour atteindre la fenêtre de sa chambre.

— Oh ! si ce n'est que cela, il y en a deux sous le hangard, au fond du jardin...

— Et tu es sûr qu'elles sont assez longues pour remplir le but que nous nous proposons ?

— Je m'en suis servi plus de dix fois.

— Alors n'en parlons plus, fit le baron. Dès que Papillon sera parti, vide ta bouteille avec Hartmann ; dès qu'Hartmann sera endormi, ouvre-nous la porte cochère et donne-nous l'échelle.

— Est-ce tout ?

— Pas encore. Pendant que nous tenterons l'escalade, tu monteras par l'escalier intérieur de l'hôtel jusqu'à la porte de Marcelle, et, dans le cas où, par un dernier scrupule, facile à comprendre, elle tenterait de fuir en nous voyant paraître, tu lui couperais la retraite et tu la ramènerais dans la chambre.

— A merveille, dit François. Ma foi ! monsieur le baron, mes compliments sincères. Vous avez tout prévu.

— Donc à ce soir, fit le gentilhomme. Si mes calculs sont exacts, à onze heures et demie tout sera fini.

M. de Pierre-Lisse ne s'était pas trompé.

A dix heures et demie, tout le monde était couché à l'hôtel de La Tournaye, excepté Papillon, Hartmann et François.

Vers dix heures trois quarts, le vieux soldat appela François.

— Ecoute, lui dit-il, je suis absolument forcé de m'absenter. Tu vas prendre ma place au pied de l'escalier et tu n'en bougeras pas avant que je sois rentré.

Le valet fit un signe d'assentiment.

— Si tu observes fidèlement la consigne, ajouta le brigadier, je te donne un bel écu de six livres, sinon je te casse les reins à mon retour.

— Soyez tranquille, dit François, j'aurai soin de ne pas m'y exposer.

— A la bonne heure ! fit Papillon, qui ne pouvait pas comprendre le double sens de cette phrase équivoque.

Il s'en alla, après avoir recommandé à Hartmann de faire bonne garde.

Dès que la porte se fut refermée derrière le brigadier, François entra dans la loge d'Hartmann, en poussant un long bâillement.

— Que le diable emporte votre brigadier! dit-il avec humeur. J'ai précisément ce soir une envie atroce de dormir, et puis... ce matin... vous savez... la vue de ma mère malade... ça m'a remué... j'éprouve le besoin de me remettre... Si nous buvions une bouteille de vin?

— Il vautrait t'abord afoir la poudeille, fit observer le Suisse.

— Je n'ai qu'à aller la chercher, dit François.

— Non, non. Che ne fous laisserai bas sortir.

— Mais je ne veux pas sortir. La bouteille est dans ma chambre.

— Et ça n'est bas tu fin te M. le tuc?

— Sur l'honneur, non! C'est une bouteille d'excellent bourgogne, que j'ai achetée ce matin, avant de rentrer à l'hôtel.

— C'est tifférent, fit Hartmann. Alorsse on peut la poire.

— Je cours la chercher, dit François.

— Allez, mais têbêchez-fous.

Le laquais revint au bout de deux minutes avec la bouteille en question. Hartmann prit deux verres dans une armoire, et ils s'attablèrent.

Ils vidèrent d'un seul trait leur premier verre.

— Pon fin! fit le Suisse, en faisant claquer sa langue contre son palais.

— N'est-ce pas? dit François.

Il versa une seconde rasade... la bouteille était vide.

Tout à coup il prêta l'oreille.

— Quoi tonc? demanda Hartmann.

— N'avez-vous rien entendu?

— Rien.

— Je suis sûr pourtant qu'on a frappé à la porte.

— Fous rêfez, mon cher.

— Pas du tout.

— Che fous tis que si.

— Je parie que non, proposa François.

— Eh pien, soit! Che fous barie une poudeille tu même fin.

— Ça y est, dit François, qui tendit sa main. Topez là.

Le Suisse topa.

— Eh bien! allez-y-voir, dit le laquais.

— Fous poufez fous flatter d'être endédé! fit Hartmann en se levant; mais che feux cagner ma poudeille, c'hy fais tut te même.

Il se dirigea vers la porte cochère, qu'il ouvrit.

Bien entendu, il ne vit personne.

— Allons, fenez foir! cria-t-il. Che fous tissais pien que fous afiez rêfé.

— C'est possible, répondit François. Je m'en rapporte à vous; j'ai perdu mon pari alors.

— A la ponne heure! dit le Suisse, en refermant la porte.

Et il revint prendre sa place en face du laquais.

Si courte qu'eût été son absence, elle avait suffi largement à François pour vider dans le verre du Suisse le contenu de la fiole que lui avait donnée le baron.

— A votre santé! dit-il en choquant son verre. Demain nous boirons l'autre bouteille...

Sans défiance, Hartmann vida jusqu'à la dernière goutte.

Un quart d'heure s'était à peine écoulé, qu'il fut pris d'un sommeil invincible. Il s'efforça de lutter, mais il s'affaissa bientôt sur la table, et, après avoir inutilement essayé à deux ou trois reprises de se relever, il s'endormit.

Ce fut ainsi que François demeura maître de la place.

Pendant ce temps, Papillon s'était dirigé d'un pas agile vers le Palais-Royal.

Onze heures venaient de sonner quand il y arriva. La place était complètement déserte.

Chaque fois que le brigadier voyait poindre une ombre à l'extrémité de la place, il s'arrêtait, croyant toujours voir paraître son fils d'adoption.

Cependant la première demi-heure ne lui sembla pas trop longue. Il en fut tout autrement de la seconde.

Quand sonna minuit, l'inquiétude succéda à l'impatience. Les soupçons qu'il avait conçus tout d'abord sur l'authenticité de la lettre qu'on lui avait remise lui revinrent à l'esprit.

— Est-ce qu'on se serait moqué de moi? se demanda-t-il.

Il ne croyait encore qu'à une mystification; mais plus s'éloignait l'heure fixée pour le rendez-vous, plus son inquiétude augmentait.

— Dans quel but aurait-on fait cela? se disait-il.

Une fois lancé sur la pente de l'hypothèse, sa pensée se mit à vagabonder.

A minuit et demi, il ne tenait plus en place. Il se dirigea en courant vers l'hôtel, à la porte duquel il frappa.

Rien ne bougea.

— Cet animal d'Hartmann s'est endormi? dit-il.

Il souleva de nouveau le lourd marteau.

Toujours même silence effrayant.

— Mais François devrait être là pourtant, murmura-t-il d'une voix étranglée.

Une troisième fois, il frappa — si fort que les échos de la voûte en gémirent.

Il eut beau prêter l'oreille, il n'entendit rien.

Alors, pris d'une sorte de délire, furieux et tremblant à la fois, il saisit le marteau et se mit à frapper comme un forgeron sur une enclume.

Dix minutes après, tout l'hôtel était sur pied.

La première, quoique la plus âgée, Ludivine accourut.

En se réveillant, elle s'était aperçue que son mari n'était pas auprès d'elle!

Aussitôt elle avait bondi hors de son lit et avait passé à la hâte un jupon et une camisole. Elle descendit les escaliers quatre à quatre et arriva près de la porte, à laquelle son mari heurtait toujours.

—Qui est là? Qu'y a-t-il? demanda-t-elle très-surprise.

Le roi parut, la lèvre crispée. (Page 214.)

Un nouveau silence se fit, pendant lequel on aurait entendu filer une araignée.

— Moi-même, reprit la favorite à demi-voix, je n'ai parlé de cette audience à personne... Ah! si. Au roi! Mais c'était tout naturel, puisqu'il s'agissait d'obtenir pour vous...

Elle s'arrêta, hochant légèrement la tête et clignant des yeux.

— Le roi... continua-elle sur le même ton. Je me souviens encore que Monseigneur de Silistrie a fait à Sa Majesté un portrait très-flatteur de Mlle Lionnay...

son ennemie. Le roi, qui n'écoutait d'abord qu'avec distraction, a subitement prêté l'oreille... Oh ! tout me revient à présent, continua la marquise, comme si elle se rappelait un songe... Le roi est sorti de mon appartement avec l'évêque... Ils se sont éloignés en chuchottant...

Tout à coup elle se tourna vers le capitaine.

— Qui est venu chercher Raymonde ? demanda-t-elle.

— Un laquais sans livrée.

— Vous ne l'avez pas vu ?

— Naturellement, fit Lucien avec colère. On me promenait pendant ce temps-là dans les bureaux du ministère de la guerre

— Ainsi, vous ne pouvez pas me dire comment il est ?

— Non pas pour l'avoir vu, madame, mais je me suis informé, et je puis vous répéter ce que l'on m'a dit.

— Voyons.

— C'est un homme de quarante-cinq ans, au visage plein, au front haut, à l'œil noir, assez grand, complétement imberbe, et ne manquant pas, assure-t-on, d'une certaine distinction...

A mesure que parlait le jeune officier, la marquise souriait avec une sorte de complaisance.

— Il était vêtu d'un costume gris foncé, continua Lucien, et avait des mains de désœuvré.

— C'est lui... c'est bien lui... murmura Mme de Pompadour.

— Qui, lui ?

— Lebel.

— Qu'est-ce que Lebel ?

— Le valet de chambre du roi.

— Alors vous savez où est Raymonde, madame ?

— Je m'en doute.

— Et ce serait Sa Majesté qui...

— Désireux sans doute d'obtenir des renseignements directs sur l'affaire dont, Monseigneur et moi, nous l'avons entretenu, interrompit la favorite avec un peu d'embarras, le roi a probablement voulu entendre Mlle Lionnay en personne, pour découvrir plus sûrement la vérité.

— Alors, vous savez où est Raymonde ?

— Je m'en doute.

— Où donc est-elle ?

— A Versailles.

— Chez qui ? chez le roi ?

— Du tout. Elle est chez une nièce de Mme du Hausset.

— Qui demeure ?...

— Rue Saint-Médéric.

— Oh ! merci, madame la marquise ! s'écria le capitaine en se dirigeant vers la porte.

— Où allez-vous donc ? demanda Mme de Pompadour.

— A l'adresse que vous m'avez indiquée.

— Vous vous imaginez donc n'avoir qu'à paraître pour que portes et murailles s'écroulent à votre aspect?

— Ah ! parbleu! quand je devrais les enfoncer...

— Calmez-vous, capitaine, et revenez à des idées plus sensées. On ne prend pas ainsi d'assaut une demeure royale.

— Mais alors, madame, parlez, au nom du ciel! que faut-il faire?

— Être raisonnable d'abord. Si je vous affirme que Mlle Lionnay ne court aucun danger, c'est que je sais à quoi m'en tenir, n'est-ce pas? Ensuite, il faut aller m'attendre dans le petit salon où Mme du Hausset vous a reçu tout à l'heure.

— Vous attendre ! s'écria Lucien. Quoi, madame ! Est-ce que vous daignerez m'accompagner?

— Il le faut bien, quoique je sois brisée de fatigue ; sans cela, ni vos supplications ni vos colères ne vous entre-bâilleraient un volet de cette maison.

Elle congédia du geste le jeune officier, qui se retira dans la pièce qu'elle venait de lui désigner, s'enveloppa d'une pelisse et donna l'ordre que l'on fît avancer sa chaise.

Dix minutes après, elle y montait, escortée par Lucien, qui marchait à sa portière.

La rue Saint-Médéric était à cette époque une rue déserte, dans laquelle il était rare que deux passants se rencontrassent. Elle était encore un peu plus déserte qu'à l'ordinaire en ce moment, car déjà la nuit commençait à tomber.

Les porteurs de la marquise frappèrent d'une certaine façon et la porte s'ouvrit sans que personne se montrât.

Elle mit pied à terre sous le vestibule.

Aussitôt glissa lentement sur des rainures de fer une autre porte, qui n'avait aucune serrure apparente et qui donnait accès dans l'intérieur de la maison.

Une femme parut dans l'antichambre, portant à la main un candélabre à cinq branches.

Elle s'inclina sans mot dire devant la marquise et la conduisit dans un salon assez petit, mais magnifiquement meublé.

Mme de Pompadour se laissa tomber sur un fauteuil.

— Lebel est-il là? demanda-t-elle.

— Non, madame.

— Où est-il?

— Au château.

— Depuis longtemps?

— Il y a vingt minutes au plus qu'il est parti.

— Il arrivait de Paris?

— Oui, madame.

— Avec le carrosse rouge et bleu?

— Précisément.

— Où est la jeune fille qu'il a conduite ici?

— Dans une des chambres du premier.

— Allez la chercher.

L'intendante de cette singulière maison ne souleva pas la moindre objection, mais ne dissimula pas l'étonnement que cet ordre lui causait.

La marquise ne le répéta pas, mais elle fit de la main un geste qui n'admettait pas de réplique.

L'intendante obéit.

Lucien se tenait immobile derrière Mme de Pompadour

Il ne disait mot. Il écoutait et il regardait.

Sans savoir où il se trouvait, il promenait autour de lui un regard surpris, et aspirait avec une curiosité défiante les senteurs bizarres qui s'exhalaient de cette maison.

Des parfums âcres et pénétrants saturaient l'atmosphère et saisissaient l'odorat. Partout des tapis étendus étouffaient le bruit des pas. Nul domestique ne se montrait. Les portes s'ouvraient et se refermaient toutes seules.

Évidemment ce n'était pas la maison de tout le monde. Aussi, malgré lui, Lucien s'était pris à trembler, en songeant que sans lui Raymonde serait restée enfermée dans cette habitation isolée, qu'elle y aurait peut-être passé la nuit.

Il interrogeait du regard la favorite, dont la pose nonchalante et le calme imperturbable ne parvenaient pas à le rassurer.

Malgré tout, les minutes qui s'écoulaient lui semblaient des siècles et le silence qui l'environnait lui pesait comme un manteau de plomb.

Tout à coup, et sans qu'il s'y attendit, la porte du salon s'ouvrit et Raymonde parut, belle comme il ne l'avait jamais vue.

— Excusez-nous, mademoiselle, si nous sommes un peu en retard, dit la marquise aussitôt qu'elle aperçut la jeune fille. C'est à moi seule que vous devez vous en prendre.

— Pardon, Madame, fit Raymonde, mais à qui ai-je l'honneur de parler?

Lucien comprit que la marquise ne voulait donner momentanément aucune explication à Mlle Lionnay, mais au contraire lui laisser croire que c'était bien d'après ses ordres qu'on l'avait conduite à Versailles. Il fit un pas en avant et se rapprocha de Raymonde.

— Mademoiselle, dit-il, permettez-moi de vous présenter à l'illustre bienfaitrice dont je vous ai parlé. Mme la marquise m'avait fait espérer l'autre jour qu'elle s'intéresserait à votre sort: vous voyez qu'elle tient fidèlement sa promesse, puisqu'elle a devancé l'heure qu'elle-même avait fixée.

Raymonde salua avec beaucoup de grâce.

— Ah! madame, que je vous remercie! s'écria-t-elle. Et combien je regrette que votre courrier soit arrivé à l'improviste! Mon père aurait été si heureux de m'accompagner, de vous voir, de vous entendre! Il y a si longtemps qu'une bonne parole n'a résonné à son oreille!

— Eh bien! mon enfant, tous ces souhaits peuvent se réaliser. Demain, monsieur votre père sera près de vous, si vous voulez bien me suivre...

— Vous suivre? dit la jeune fille étonnée. Nous ne sommes donc pas chez vous?

— Ici ! fit la marquise avec un geste de dégoût involontaire.

Mais, se reprenant aussitôt :

— Non, mon enfant, dit-elle avec un sourire. J'avais beaucoup de monde chez moi tout à l'heure et je craignais de ne pas être libre assez tôt pour vous garder auprès de moi. C'est pourquoi j'avais donné l'ordre qu'on vous conduisît chez une dame de mes amies...

— Que je n'ai pas vue, fit observer Raymonde.

— Et que vous ne verrez pas, ajouta la favorite, car elle ne doit rentrer qu'à neuf heures et je ne puis pas attendre son retour.

A ces mots, elle se tourna vers Lucien.

— Capitaine, dit-elle, veuillez donner le bras à Mlle Lionnay.

Elle prit les devants, salua légèrement l'intendante de cette demeure mystérieuse et sortit, accompagnée de Lucien et de Raymonde.

Pendant que la marquise revenait au château, dans sa chaise, les deux jeunes gens, qui lui faisaient escorte à la portière, eurent le temps d'échanger quelques confidences.

La jeune fille croyait le plus naïvement du monde à tout ce qui était arrivé. Elle avoua seulement qu'elle commençait à trouver le temps long depuis le moment où elle était à Versailles. La chambre qu'on lui avait donnée lui faisait peur.

— Pourquoi ? demanda Lucien.

— Parce que je ne pouvais pas faire un mouvement sans qu'il se reproduisît dans les cinq ou six grandes glaces qui m'entouraient. Il y en avait même une au plafond du lit, ajouta-t-elle. J'étais toute honteuse de me voir reflétée de tant de façons. Il me semblait que je n'étais pas seule et que tous ces yeux-là, qui pourtant étaient les miens, me regardaient. Aussi, je crois que, s'il m'avait fallu y rester une heure, je me serais sauvée ou j'y serais morte de frayeur.

— Il n'y a donc pas longtemps que vous êtes arrivée ? demanda Lucien.

— Trois quarts d'heure à peine.

Le capitaine se mordit les lèvres. S'il n'avait pas tant ménagé son cheval, il aurait pu rejoindre aux portes de Versailles le carrosse dans lequel était Raymonde et la délivrer sans recourir à l'intervention de qui que ce fût.

Cependant il n'avait pas trop à se plaindre. La marquise l'avait parfaitement accueilli, lui avait témoigné même beaucoup d'amitié, et s'était employée pour lui avec un empressement véritablement surprenant.

Dès que la chaise fut arrivée à la porte de ses appartements, la marquise mit pied à terre.

— Maintenant, capitaine, dit-elle à Lucien, comme il m'est impossible d'aller jusqu'à Paris pour ramener Mlle Lionnay auprès de son père, je vais la garder avec moi.

Le jeune officier s'inclina.

— Vous, continua-t-elle, vous allez retourner à Paris, afin de rassurer M. Lionnay, et vous me le ramènerez demain matin à Versailles.

Lucien n'osait pas le montrer, mais il hésitait un peu. Cependant la proposition de la marquise était la seule acceptable.

Convenablement, décemment, le capitaine ne pouvait pas reconduire Raymonde à Paris à pareille heure. D'ailleurs, la favorite venait de lui donner assez de preuves d'intérêt pour qu'il s'en rapportât aveuglement à elle du soin de veiller sur la jeune fille.

Il remercia chaleureusement la marquise, baisa la main de Raymonde, et alla rejoindre Germain, qui se promenait de long en large et tenait les chevaux en main.

Il sauta en selle et revint à Paris; mais il n'était pas moins de dix heures quand il pénétra dans la cour de la maison.

Au bruit que produisit le sabot des chevaux sur le pavé, Ludivine accourut, accompagnée de M. Lionnay.

Fort heureusement, depuis qu'il était parti de Versailles, Lucien avait eu le temps de se préparer à cette entrevue.

Or, encore moins que jamais, il ne pouvait révéler à M. Lionnay une vérité que lui-même ne connaissait qu'en partie et dont il ne soupçonnait pas toute l'horreur.

Il raconta donc à l'ancien négociant que la marquise, craignant de ne pas être libre le lendemain matin, l'avait fait appeler à Versailles et avait eu ensuite l'idée d'y faire venir Raymonde, afin de la présenter au roi avant son départ. Un événement imprévu étant survenu, et la marquise restant à Versailles, elle avait voulu épargner à la jeune fille les fatigues d'un second voyage et l'avait gardée près d'elle.

Si cette fable ne brillait pas par l'imagination, elle suffisait du moins à calmer les inquiétudes du malheureux père.

Il quitta donc le capitaine, en s'excusant de la peine qu'il lui donnait, et promit d'être là le lendemain, à huit heures du matin.

Lucien fit venir Germain et lui ordonna de lui amener à la même heure un carrosse attelé de deux chevaux vigoureux.

Germain n'était pas de ceux à qui il faut répéter deux fois la même chose. Aussi Lucien se mit au lit, absolument rassuré sur l'exactitude avec laquelle son cavalier exécuterait ses ordres.

Pendant ce temps, Raymonde avait suivi Mme de Pompadour et avait pénétré dans ses appartements.

Quelle différence avec la maison dans laquelle on l'avait conduite tout d'abord! Quel luxe! Quelle magnificence! Quels raffinements! Que de merveilles!

La pauvre enfant avait beau ouvrir ses grands yeux, elle ne pouvait pas tout voir à la fois.

La marquise souriait de tant de candeur et se sentait légèrement émue. Peut-être se souvenait-elle qu'elle avait été ainsi... autrefois!

Elle fit asseoir Raymonde auprès d'elle et lui servit à souper — ce dont la jeune fille avait grand besoin.

A peine le repas était-il terminé, que la porte de la chambre voisine s'ouvrit avec fracas, et le roi parut, la lèvre crispée, les narines dilatées par la colère, le regard étincelant.

— Ah çà! madame, qu'est-ce que cela signifie? dit-il d'une voix irritée.

Mais aussitôt il aperçut la jeune fille, qu'il n'avait pas encore vue. Il se contint et même il s'inclina respectueusement. La favorite se leva de table.

— Si Votre Majesté veut bien m'accompagner dans le salon voisin, dit-elle, je suis prête à lui donner toutes les explications qu'elle exigera.

En même temps, elle tendit au roi sa main blanche, déjà un peu amaigrie, et, se renversant en arrière par un mouvement aussi souple que gracieux, elle fit signe à Raymonde de ne pas bouger.

La jeune fille s'était levée. Elle avait vu se fixer sur elle les regards courroucés du roi.

Elle ne devinait pas, mais elle sentait qu'il se passait autour d'elle quelque chose qui n'était pas naturel.

Quand la porte se fut refermée derrière le roi et la marquise, Raymonde prêta l'oreille, espérant qu'un lambeau de phrase, un simple mot, la mettraient au courant, lui serviraient au moins d'indication... Elle n'entendait rien. De guerre lasse, elle se renversa sur son fauteuil et attendit.

Quant au roi, il avait entraîné la favorite avec un peu plus de vivacité que n'en comportait l'étiquette, même en pareil cas.

— Me direz-vous, madame, en vertu de quelle autorité vous osez contrevenir aux ordres que j'ai donnés? dit-il aussitôt qu'il se trouva seul avec la marquise.

— Je ferai remarquer à Votre Majesté, répliqua Mme de Pompadour en souriant, que c'est la première fois de ma vie que j'use de cette autorité qu'elle me reproche.

— C'est une fois de trop, madame.

— Aussi ne me serais-je pas permis d'intervenir en cette circonstance, si je n'avais pas été certaine que Votre Majesté me donnerait raison.

— Parbleu! madame, je ne serais pas fâché de savoir comment vous vous y prendrez.

— Sans aucuns détours, Sire, je vous rappellerai ce qui s'est passé ces jours derniers.

— Quoi donc? fit étourdiment le roi.

— Un homme a soutenu au péril de sa vie le choc d'une armée entière, et a épargné à la France une défaite humiliante, dit la favorite. Cet homme, vous l'avez récompensé. C'était justice. Je n'avais rien à prétendre.

— Quel homme? demanda le roi étonné.

— Et ce même homme m'a rendu à moi, un service presque aussi important, continua la favorite. Il m'a tirée des mains d'une populace avide de scandale et altérée de vengeance. Je voulais le récompenser, moi aussi; mais, le jour où je comptais tenir la promesse que je lui avais faite, Votre Majesté m'a devancée. Je me suis inclinée. Le roi a droit à tous les priviléges — en matière de générosité principalement. Je suis donc restée l'obligée de ce gentilhomme. Il y a deux jours, il s'est souvenu des engagements que j'avais pris envers lui. Il est venu me demander justice, non pas pour lui, mais pour celle qu'il aime. Je ne pouvais pas me dédire. J'ai promis que je présenterais cette jeune fille au roi et que le roi ferait justice.

— Mais enfin de qui voulez-vous parler, madame? dit Sa Majesté avec un peu d'impatience.

— Je veux parler du capitaine de Saint-Germain, du héros de Minden, Sire, sur la poitrine de qui vous avez attaché en ma présence, il y a quelques jours, la croix de Saint-Louis, et que vous avez été sur le point de déshonorer aujourd'hui.

— Moi! se défendit le roi.

— Oui, Sire, vous ; car la jeune fille qu'aime ce courageux officier, envers qui je me suis engagée moi-même, est celle que je viens d'arracher aux entreprises de M. Lebel.

— Qui? Mlle Lionnay! s'écria le roi.

— Elle-même, Sire, répondit la marquise.

Louis regarda la favorite en face et partit tout à coup d'un grand éclat de rire.

— Ah çà! de qui se moque-t-on ici? demanda-t-il.

Cet éclat de rire et la phrase qui l'accompagnait déconcertèrent la favorite.

— Que veut dire Votre Majesté? fit-elle.

— Je veux dire, madame, que si je me montrais aussi exigeant que vous, j'au_rais également des comptes à vous demander.

— A quel sujet?

— Au sujet de ce jeune officier dont vous prenez si chaleureusement la défense.

— Qu'a-t-il donc fait? interrogea naïvement la marquise.

— Ce qu'il a fait, madame! Il a su vous plaire plus que personne au monde, et au point que j'aurais le droit de m'en montrer jaloux.

— Ce n'est pas sérieux, je pense, dit la favorite en souriant.

— On ne peut plus sérieux, madame, reprit vivement le roi. Comment! la première fois que je vois ce gentilhomme, il vous donne le bras et vous promène à travers les galeries de Versailles — faveur que n'ont pas obtenue dix des plus nobles gentilshommes de la cour.

— Mais vous avez bien vu, Sire, que ce n'était qu'un jeu, que je voulais jouir de l'inexpérience et de la stupéfaction de ce pauvre jeune homme.

Était-ce un jeu de votre part aussi que de le recevoir chez vous à une heure où j'ose à peine m'y présenter? reprit le roi. La seconde fois que j'ai vu ce gentilhomme, il était dans votre boudoir au moment où du Hausset vous chaussait vos mules.

— Qu'aurait donc fait à ma place Votre Majesté? demanda la favorite. J'avais promis à ce jeune homme une récompense qu'il venait chercher. Fallait-il le faire attendre? le laisser entrer ici avec la foule des gentilshommes qui encombraient mon antichambre, au milieu desquels il n'aurait pas osé se remuer pour se frayer un chemin jusqu'à moi? Non ; j'ai reçu ce gentilhomme avant les autres, pour lui témoigner ma reconnaissance d'abord, et ensuite pour lui éviter le supplice de solliciter quelque chose en présence de cent jaloux dont les oreilles vous épient et les yeux vous dévorent.

— Eh! c'est précisément pour cela, madame, que les méchantes langues n'ont pas manqué....

Lucien a été blessé au service du roi. (Page 218.)

— Les méchantes langues? Votre Majesté les écoute donc? En ce cas elle aura fort à faire! Mais vous savez pourtant mieux que personne, Sire, que je ne suis pas d'un tempérament à inspirer de pareils soupçons! Vous ne l'avez donc pas regardé, cet enfant? Ce n'est pas moi qui devrais vous le rappeler, Sire, mais je pourrais être sa mère!

Louis laissa échapper un mouvement d'impatience, mais ne répondit pas.

— Allons, continua doucement la marquise, avouez, Sire, que vous étiez fort en colère quand vous êtes venu ici et qu'en invoquant ces prétextes futiles de jalousie vous avez voulu me donner le change sur les véritables sentiments dont vous étiez animé. Et maintenant que vous êtes plus calme, soyez juste. Pouviez-vous infliger à celui qui a risqué sa vie pour vous le plus sanglant de tous les affronts? A tous les malheurs qui ont accablé cette famille Lionnay, auriez-vous réellement le courage d'ajouter celui dont vous la menaciez? N'est-ce pas assez pour eux de la ruine? Voulez-vous y joindre le déshonneur.

— Eh! madame, fit le roi, qui ne voulait pas se rendre, êtes-vous bien sûre de ce que vous dites? Ne vous a-t-on pas conté une histoire en l'air pour surprendre votre bon cœur?

— On m'a promis, Sire, de fournir toutes les preuves à l'appui.

— Vous les avez?

— Non. Je n'espérais les produire que demain aux yeux de Votre Majesté.

— Ah! prenez garde, madame! C'est que j'ai précisément causé de cette affaire avec l'évêque de Silistrie, et...

— Oh! l'évêque de Silistrie...

— Est digne de créance, il me semble, tout autant que M. de Saint-Germain.

— Vous auriez raison, si l'évêque de Silistrie n'était pas jésuite, riposta la favorite.

Le roi tressaillit. Il n'aimait pas qu'on prononçât devant lui ce nom de jésuite, qui évoquait pour lui l'ombre de Damiens. Il n'avait du reste rien à répliquer. Évidemment Monseigneur était jésuite, puisqu'il était chargé de représenter à Paris les intérêts de cette compagnie.

— Allons, dit-il, vous aurez éternellement raison contre moi, madame. Je vous abandonne Mlle Lionnay.

— Et vous me permettez de vous la présenter?

— Non, non, se défendit le roi avec vivacité, je ne veux pas la voir.

— Oh! Votre Majesté ne peut pas être généreuse à moitié, insista la marquise. J'ai promis une audience à M. Lionnay et à M. de Saint-Germain; Votre Majesté ne la leur refusera pas.

— C'est à vous que je ne la refuserai pas, chère marquise.

— Alors vous consentez à la leur accorder pour demain matin?

— J'y consens... puisqu'il le faut.

— Ici même? Chez moi?

— Chez vous, si vous l'exigez.

— A la bonne heure! dit joyeusement la favorite, j'ai retrouvé mon roi.

Louis se retira, à moitié satisfait de la générosité dont il avait fait preuve. Pour avoir moins de regrets, il avait refusé de voir Mlle Lionnay. Ces regrets furent bien plus amers encore quand il la vit le lendemain matin chez la favorite.

Raymonde se tenait à l'écart, lorsque, sur un signe de la marquise, elle s'avança, donnant la main à son père. Derrière elle se tenait Lucien, assez près pour ne pas la perdre de vue, assez loin pour ne pas être importun. Sa Majesté la trouva belle et ne se priva pas de le lui dire.

M. Lionnay s'avança et fit au roi l'historique très-succinct, mais très-imagé, de la catastrophe qui avait entraîné sa ruine, ainsi que des efforts inutiles qu'il avait tentés pour obtenir la réparation qui lui était due.

— En effet, dit Sa Majesté, si les choses se sont réellement passées comme vous le prétendez, si vous n'étiez que les mandataires de la compagnie, il me semble...

Prudemment il s'arrêta.

— Cependant, poursuivit-il, je ne puis rien préjuger en pareille matière. C'est au Parlement qu'il appartient de se prononcer.

— Aussi, supplia Raymonde, ne demandons-nous absolument à Votre Majesté que de vouloir bien rappeler au Parlement qu'il est depuis longtemps saisi de cette affaire et que nous attendons son arrêt comme les Hébreux attendaient la manne dans le désert.

— Je vous le promets, mon enfant, dit le roi, en lui prenant la main et en la caressant du regard.

Puis, brusquement, il laissa tomber cette petite main blanche et congédia Raymonde. Alors, avisant Lucien, qui passait devant lui en s'inclinant, il lui fit signe d'approcher.

— Capitaine, lui dit-il, ce que m'a conté la marquise est-il bien vrai?

— Je n'en sais rien, Sire, mais cela doit être.

— Elle m'a dit que vous étiez le fiancé de Mlle Lionnay.

— C'est la vérité, Sire.

— En ce cas, permettez-moi de vous donner un bon conseil, chevalier.

Il appuya sa main sur l'épaule du jeune officier, l'attira près de lui et lui glissa ces mots à l'oreille :

— Ne l'amenez pas trop souvent à la cour.

Et, sans autre explication, il lui rendit la liberté. Lucien comprit à demi-mot, et pourtant il était loin de soupçonner quel danger Raymonde avait réellement couru. Ce fut Montclavel qui le lui apprit dans la journée.

En arrivant à Paris avec Raymonde et son père, le capitaine avait trouvé, en effet, Edouard qui l'attendait. Un pareil mouvement de carrosses était tellement inusité, que le gentilhomme en demanda la cause.

Lucien lui raconta qu'il avait réussi à obtenir pour celle qu'il aimait une audience du roi, sans rien lui dire de ce qui avait précédé cette entrevue.

— Seulement, continua-t-il, j'ai été obligé de retourner hier au soir à Versailles chez Mme de Pompadour, pour lui rappeler la parole qu'elle m'avait donnée. Elle m'a renouvelé sa promesse, et, comme je retournais à Paris, m'a prié de l'accompagner jusqu'à la porte d'une certaine maison, dont l'aspect m'a fort intrigué.

— Quelle maison?

— D'abord elle n'a pas une fenêtre sur la rue...

— Pardon. Avant tout, où est-elle située?

— Rue Saint-Médéric.

— Bon ! Je vois ce que c'est, fit Montclavel avec un sourire. Une grande bâtisse sans fenêtres ; à gauche une porte cochère hermétiquement fermée...

— Précisément

— C'est le Parc-aux-Cerfs.

— Plaît-il?

— Je dis : c'est le Parc-aux-Cerfs.

— Comment, le Parc-aux-Cerfs! s'écria le jeune officier qui n'en pouvait croire ses oreilles.

— Sans doute, fit Montclavel. Ah çà! est-ce que tu n'as jamais entendu parler du Parc-aux-Cerfs?

— Non, répondit Lucien, pour dissimuler le trouble que cette nouvelle lui causait.

— Eh bien! mon cher... Comment t'expliquer cela? balbutia Edouard... C'est une serre dans laquelle le roi élève, au lieu de fleurs, des jeunes filles à la brochette, jusqu'au jour de leur complet épanouissement. Quand la fleur est à point, Sa Majesté la cueille et la porte à sa boutonnière jusqu'à ce qu'elle se fane. Souvent même, Sa Majesté n'attend pas que la pauvre petite fleur soit fanée avant d'en cueillir une autre.

— Mais quel monstre dirige cette horrible maison ? interrogea Lucien.

— Une horrible maison, dis-tu? Tu es donc fou? Je ne la connais pas, mais j'en ai entendu dire des merveilles. D'ailleurs, comment admettre qu'une maison puisse être horrible, lorsqu'elle est peuplée de jeunes filles dont la plus âgée n'a pas dix-huit ans?

Et Montclavel regarda son ami avec une pitié dédaigneuse.

— Quant au monstre qui la dirige, reprit-il, c'est, paraît-il, la très-honnête femme d'un commis à la guerre, nièce de Mme du Hausset, qui, elle-même, n'est pas la première venue, tu le sais bien.

Lucien était devenu très-pâle. Quoi qu'il eût soupçonné de plus épouvantable en apprenant l'enlèvement de Raymonde, il était loin de s'attendre à une découverte de ce genre.

Ce fut alors qu'il s'expliqua les paroles que le roi lui avait adressées.

Mais quel perfide conseiller avait signalé à Sa Majesté, qui ne la connaissait pas, la beauté funeste de Raymonde?

Le capitaine était fort embarrassé, un peu effrayé même du péril que Raymonde avait couru.

Fort heureusement la porte s'ouvrit et Papillon, qu'on n'avait pas vu depuis plus de trois jours, pénétra dans la chambre de Lucien. Mais quel Papillon, grand Dieu! Papillon sans moustache et sans royale, Papillon, tout de noir habillé, comme un rat d'église !

XI

L'EXPÉDITION DU BRIGADIER.

Papillon était si changé qu'Édouard et Lucien hésitaient à le reconnaître.

— Ah çà! d'où venez-vous ? lui dit le capitaine ; vous avez donc servi la messe, mon pauvre ami?

— Ah ! mille millions de sabres et de baïonnettes entrelacés ! ne te moque pas

de moi, Lucien, fit le vieux soldat, où je serais capable de manquer de respect à
tes épaulettes! Comment! tonnerre! c'est pour toi que j'ai sacrifié ce que
l'homme a de plus beau dans la figure, cette moustache et cette royale que le
rasoir du coiffeur n'avait jamais profanées, et tu te moques de moi!

— Allons, calmez-vous, répondit le jeune officier, mais vous avez une si drôle
de figure...

— Je le crois bien, ventre de léopard! Ludivine ne voulait pas me laisser
entrer. Elle ne me reconnaissait pas.

— Ma foi! dit Montclavel, sans vous flatter, Papillon, vous êtes beaucoup mieux
avec votre barbe.

— Eh! je le sais bien, monsieur le comte; mais il s'agissait de réussir dans
la mission dont j'étais chargé, et j'ai réussi. Voilà le principal.

— Alors, je ne saurais trop vous remercier du sacrifice que vous m'avez fait,
dit Lucien en lui serrant la main. Eh bien! parlez, nous vous écoutons.

Papillon raconta alors ce qu'il avait fait.

En quittant Patouillot, il se dirigea vers la maison qu'habitait Monseigneur,
afin d'en étudier les abords. Au moment où il allait l'atteindre, il réfléchit que
son costume gris, à bouton d'argent, et son épaisse moustache attireraient forcément l'attention.

Il avait d'autant plus raison qu'à cette époque les soldats jouissaient à peu près
seuls du privilège de porter la moustache.

Prudemment, il revint sur ses pas, entra chez un coiffeur et commença par faire
couper cette moustache assassine qui jadis avait fait tant de malheureuses!
Après quoi, il se rendit chez un fripier et y choisit, depuis les bas jusqu'au chapeau, un costume entièrement noir et suffisamment défraîchi pour accuser un
assez long service. Il alla louer dans un garni voisin une chambre, dont il paya
le loyer pour la semaine, et où il procéda soigneusement à sa métamorphose.

Lorsqu'il eut successivement revêtu chaque pièce de ce déguisement et coiffé sa
tête d'un bonnet de filoselle noire, sur lequel il enfonça son chapeau, il était
absolument méconnaissable.

— Eh bien! murmura-t-il, si Monseigneur nous fait surveiller comme le croit
Lucien, et si ses agents lui ont donné mon signalement, je le défie bien de deviner
que le plus beau des brigadiers est cet horrible singe que j'aperçois devant moi
dans la glace.

En même temps qu'il changea de physionomie, il changea d'allures. Au lieu
du sémillant garde française, dont le pied effleurait à peine le pavé, il prit le
pas lourd et empesé des gens que paralyse à la longue l'habitude d'être trop souvent assis.

Cet œil vainqueur que Papillon, par un reste d'habitude, lançait encore quelquefois aux jolis minois qu'il rencontrait, se voila comme par enchantement; les
paupières s'abaissèrent, en même temps que retombaient les coins de cette
bouche sensuelle et que se croisaient les mains du nouveau personnage dans
lequel il s'incarnait. S'il avait eu un goupillon à la main, Papillon aurait été
complet.

Ainsi affublé, il se rendit rue Croix-des-Petits-Champs et observa, d'assez loin d'abord, la maison sur laquelle se concentrait son attention. Il n'y remarqua pas un grand mouvement. Cependant il en vit sortir quatre individus qui ne lui étaient pas inconnus et qui se dirigeaient de son côté.

Il lui semblait avoir rencontré déjà ces figures-là dans son quartier. Tout à coup il poussa une exclamation de surprise. Celui de ces quatre individus qui, jusqu'à présent, lui avait tourné le dos, s'avança vers lui et Papillon aperçut...

— Patouillot ! s'écria-t-il.

Il n'en revenait pas. Comment ! Patouillot ! son voisin ! Patouillot avec lequel il avait vidé bouteille, qu'il venait de quitter !

Il est vrai que le sacrifice de sa moustache, l'achat de son costume, la location de sa chambre, le temps de se travestir, avaient pris deux bonnes heures à Papillon.

Ainsi Lucien ne s'était pas trompé. Patouillot était enrégimenté dans la police de Monseigneur ! Et les trois autres individus... Mais oui ! le vieux soldat les remettait à présent : c'étaient des petits boutiquiers du voisinage, confits en dévotion et appartenant à cette confrérie, plus nombreuse qu'une armée, du rabat et de la soutane. Papillon s'écarta un peu pour les laisser passer, fort satisfait déjà de cette première découverte.

Ce fut pour le coup qu'il ne regretta pas le vigoureux coup de pied qu'il avait lancé dans les parties replètes de Patouillot !

Il s'avança lentement alors, faisant un pas toutes les dix minutes, les yeux fixés sur la porte de la maison. Il en vit sortir bientôt un homme de cinquante et quelques années, gras à lard, la figure épanouie, l'œil émerillonné, la lèvre gourmande, qui traversa lentement la rue avec une importance — on pourrait dire presque avec une majesté comique.

Comme le chien d'arrêt qui suit une piste, Papillon se lança sur ses traces. Après avoir traversé la rue, le gros homme noir entra dans une boutique qui faisait le coin de la rue et de la place Notre-Dame-des-Victoires.

Papillon pressa le pas. Il ne fut pas plus tôt arrivé devant la boutique qu'il laissa échapper un sourire satisfait. C'était la salle principale d'une petite auberge tout nouvellement installée. Au-dessus de la porte était accroché un pot d'étain.

— Bon ! se dit Papillon ; puisque ce gros homme si dodu, si bien vêtu et si content de lui va au cabaret, il y a moyen d'en faire quelque chose.

À ces mots, il s'avança plus près encore et jeta un regard dans la salle basse. Le flair du vieux soldat ne l'avait pas trompé : c'était Bazile qui venait d'entrer. Il était debout devant un comptoir, dans lequel était assise une jeune et gentille femme, avec qui il causait familièrement. Le cabaretier lui versait dans un verre un vin jaunâtre que, de loin, Papillon reconnut pour du vin d'Espagne.

Il entra dans la salle, l'air humble et timide, alla s'asseoir sur une chaise, en face de Bazile, c'est-à-dire à la table opposée.

— Que faut-il servir à monsieur ? demanda l'aubergiste d'un ton légèrement moqueur.

Le brigadier parut très-embarrassé, promena autour de lui un œil indécis... Enfin, apercevant le verre plein de Bazile :

— Du même, dit-il doucement en le montrant du doigt.

— Du Xérès ! fit l'aubergiste étonné, car la défroque un peu fanée de ce client ne lui inspirait pas grande confiance.

Papillon répondit par un geste d'assentiment, en baissant humblement la tête. L'hôtelier alla chercher un verre et la bouteille.

Or, cette bouteille était aux trois quarts vide.

Au moment où l'aubergiste allait remplir le verre, Papillon releva tout doucement le goulot de la bouteille.

— Je ne bois jamais d'une bouteille entamée, dit-il en s'excusant du regard.

— Alors, il faut aller vous en chercher une pleine ?

— S'il vous plaît, oui, monsieur.

— Et vous la paierez ?

— Avant de la boire, si vous le voulez, fit le brigadier d'un ton résigné.

En disant ces mots, il tira de sa poche un louis, qu'il déposa, non-seulement sans forfanterie, mais encore avec une sorte d'hésitation, sur le bord de la table.

L'aubergiste eut la pudeur de ne pas le prendre. Il l'avait vu, cela avait suffi pour le rassurer. Il alla donc chercher la bouteille.

Pendant ce temps, Bazile n'avait pas cessé de regarder le nouveau venu, dont il étudiait le costume et la physionomie avec une certaine curiosité.

— C'est un confrère, pensait-il.

Aussi s'intéressait-il fort à tout ce que faisait cet individu. Quand il le vit repousser la bouteille entamée, il ne fut pas maître de sa surprise.

— Peste ! se dit-il. Voilà un particulier qui est bien difficile. Une bouteille me fait trois jours, à moi.

Enfin l'aubergiste arriva, déboucha sa bouteille, l'essuya soigneusement, en homme qui tient à faire valoir sa marchandise. Papillon avait l'air de ne pas s'en apercevoir. Quand ces grimaces furent terminées, il tendit silencieusement son verre. L'aubergiste versa. Le vieux soldat éleva lentement le verre à la hauteur de l'œil ; puis le promena à deux ou trois reprises sous son nez pour en aspirer l'arome.

— Trois ans de bouteille... tout au plus, murmura-t-il, assez haut cependant pour être entendu.

L'aubergiste dressa l'oreille.

— A la bonne heure ! pensa-t-il. Voilà un homme qui sait ce qu'on lui sert.

Aussi suivit-il avec beaucoup d'intérêt le mouvement par lequel Papillon porta le verre à ses lèvres pour boire la première gorgée de Xérès. Il le quitta lentement, et fit une petite grimace qui signifiait : ni bon ni mauvais. Puis il vida le verre d'un seul trait.

— Eh bien ? fit l'aubergiste, vous n'en dites rien, de mon vin d'Espagne ?

— C'est qu'il n'y a pas grand'chose à en dire.

— Il n'est donc pas bon ?

— Pas mauvais, mais rien de remarquable, dit le brigadier.

— Pourtant, reprit l'hôte, voilà M. Bazile qui s'y connaît, qui en boit tous les jours, et qui le trouve excellent.

Papillon se leva et salua cérémonieusement Bazile, qui était un peu décontenancé.

— C'est que M. Bazile n'a pas eu occasion d'en boire de meilleur, répondit l'ancien soldat.

— Vous en avez donc bu du meilleur?

— Certainement.

— Où?

— A Bordeaux.

— Chez qui?

— Chez monseigneur l'archevêque, que j'avais l'honneur de servir, et qui faisait venir directement son vin d'Espagne par navire marchand.

— Oh! alors ce n'est pas étonnant, fit Bazile en se rapprochant. Si vous avez été chez un archevêque, vous devez pouvoir apprécier les grands vins et les bons morceaux.

— Vous croyez? demanda Papillon d'un air défiant.

— Oh! j'en suis sûr, mon ami. Depuis vingt-cinq ans que je suis moi-même au service d'un homme d'église, je sais à quoi m'en tenir.

— Ah! dit Papillon, vous aussi vous servez dans les ordres? Et quelle dignité occupe votre maître?

— Pour le moment, répondit Bazile à voix basse, nous ne sommes qu'évêque.

— Mais vous espérez mieux?

— Oh! beaucoup mieux.

— Archevêque?

— Mieux encore.

— Cardinal, peut-être?

— Encore, encore.

— Pape, alors? dit Papillon, franchissant le dernier degré de la hiérarchie.

— A peu près, fit confidentiellement Bazile. Dans quelques mois, nous comptons bien être général.

Le brigadier était un peu dérouté.

Comment un évêque pouvait-il devenir général? Il se garda bien pourtant de laisser paraître sa surprise et continua à boire la bouteille qu'on lui avait servie.

Bazile continuait à l'examiner curieusement.

L'aisance et le flegme de Papillon semblaient une si grande habitude de faire largement les choses, que cette prodigalité lui imposait, précisément parce qu'elle avait l'air de s'ignorer elle même.

— Y a-t-il longtemps, demanda-t-il, que vous avez quitté l'archevêque de Bordeaux?

— Du tout. Il y a un mois au plus.

— Et vous habitez Paris depuis cette époque?

— Non. J'y suis arrivé ce matin seulement.

A ta santé ! l'ami Bazile. (Page 232.)

— Vous vous êtes donc arrêté en route?
— Oui, à Orléans, où j'ai une assez nombreuse famille.
— Mais comptez-vous rester à Paris?
— Je ne sais pas trop, dit Papillon d'un ton léger. Cela dépendra...
— De quoi?
— De ce que j'y trouverai.
— Chercheriez-vous par hasard un autre emploi?

— Peut-être bien. Seulement je me montrerai assez difficile. Vous comprenez que quand on a servi quinze ans chez un archevêque...

— On ne peut pas entrer chez le premier venu, c'est clair, acheva Bazile.

— D'autant plus, reprit le brigadier, qu'en passant à Orléans j'ai recueilli une petite succession assez ronde, grâce à laquelle, si je voulais rester en province, je pourrais me croiser les bras.

— En effet, dit Bazile.

Il poussa un profond soupir. Il n'en était pas là, lui!

Le vieux soldat comprit où le bât blessait l'intendant.

— Aussi, continua-t-il, avec ce que je me suis fait donner par Sa Grandeur...

— Ah! Sa Grandeur vous a donné...

— Une vingtaine de mille livres environ.

— Comme gratification?

— Pas tout à fait.

— Alors à quel titre...?

Papillon allait répondre, quand il jeta les yeux autour de lui.

Il montra d'un coup d'œil à Bazile l'aubergiste et sa femme, qui ne les quittaient pas du regard,

— Je vous dirai cela plus tard, dit-il à voix basse.

Il accompagna ces paroles d'un petit signe d'intelligence qui promettait bien des choses.

Bazile se sentit pris d'un immense désir de savoir.

— Eh bien! proposa-t-il, il y a dans cette auberge des cabinets séparés. Voulez-vous que nous allions y boire ensemble?

— Boire sans manger! se récria Papillon; jamais! On peut faire politesse à une bouteille quand on est à jeun; mais à deux ou trois, c'est plus qu'une sottise, c'est un crime de lèse-gourmandise.

— Qu'à cela ne tienne, reprit Bazile. Voulez-vous me faire l'honneur de souper avec moi ce soir?

— Ce soir, je ne peux pas, répondit Papillon.

— Demain, serez-vous libre?

— Demain... attendez donc... fit le brigadier, qui tenait à se faire désirer pour inspirer plus de confiance. Demain soir... oui. C'est-à-dire non, corrigea-t-il aussitôt; je suis invité chez l'intendant du marquis de Béthune.

— Alors, après-demain, dit Bazile, qui craignait d'essuyer un nouveau refus.

— Après-demain, soit! consentit Papillon, mais à une condition...

— Laquelle?

— C'est que le souper sera bon et que nous paierons chacun notre écot.

— Vous plaisantez! se défendit Bazile.

— Du tout, du tout! insista Papillon. Vous ne me connaissez pas, vous n'avez aucune raison pour m'offrir à souper, ni moi pour l'accepter. Donc chacun son écot pour commencer. Plus tard... nous verrons...

— Comme il vous plaira, dit Bazile.

Ils se séparèrent. Pourquoi Papillon avait-il refusé de souper le soir même? C'était pour mieux cacher son jeu.

Pourquoi avait-il refusé pour le lendemain la même invitation? Par prudence, prétendait-il. Ce n'est pas bien sûr.

En historien fidèle, nous devons avouer pour lui qu'il n'avait pas accepté afin d'avoir vingt-quatre heures de plus à dépenser avant de rentrer sous la férule de Mme Debrau. Il est vrai que, loin de faire du tort à ses projets, ce retard excitait au contraire l'impatience de Bazile.

Nous ne suivrons naturellement pas le volage Papillon dans les excursions auxquelles le poussa sa fantaisie pendant ces deux journées et ces deux nuits d'école buissonnière.

Ce qu'il y a de certain, c'est que le troisième jour, à sept heures du soir, il arrivait au cabaret du *Pot-d'Étain*, où Bazile l'attendait depuis une heure et commençait à désespérer.

Papillon était grave et recueilli. Le combat qu'il allait livrer était solennel et périlleux. C'était un duel véritable, dans lequel un des deux adversaires devait nécessairement rester sur le carreau.

Or, si le brigadier n'avait pas peur d'un peloton de bouteilles pleines, en sa qualité d'ancien soldat, Bazile, en sa qualité d'homme d'église, ne devait pas trembler devant une table bien servie. Son œil, sa bouche, sa personne toute entière, en étaient autant de preuves accusatrices.

Aussi avait-il tenu à honneur de faire convenablement les choses et avait-il commandé un menu auquel l'archevêque de Bordeaux et l'évêque de Silistrie auraient certainement eux-mêmes fait le plus grand honneur.

Après quelques politesses échangées, les deux convives prirent place devant une table fort bien dressée. Sur le désir formulé par le brigadier, il fut convenu que l'aubergiste n'entrerait pas dans le cabinet sans avoir été appelé.

Le commencement du souper fut silencieux. Papillon servait très-souvent à boire à Bazile et buvait peu. En revanche, il mangeait bien. Il avait du reste une théorie qui l'avait rarement trahi : c'était de bien manger avant de bien boire, « pour faire un fonds », disait-il.

Bazile se laissait faire. Il n'était aucunement en défiance. C'était lui qui avait proposé le souper, lui qui avait fait l'invitation, lui qui l'avait successivement remise de jour en jour, jusqu'à ce que l'inconnu acceptât.

Il ne perdait pas un coup de dent, du reste, et l'on pouvait dire que les deux convives étaient dignes l'un de l'autre.

De son côté, le cabaretier avait tenu à se distinguer. Papillon n'avait pas trouvé exquis son Xérès, cela l'avait piqué au jeu. Les meilleurs vins arrosaient donc les mets les plus délicats. Quant arriva le rôti, les langues commençaient à se délier. Au dessert, Papillon avait réussi à s'observer au point qu'il n'avait pas juré une seule fois. Quant à Bazile, il devenait communicatif.

De la conversation qu'il avait eue l'autre jour avec le valet de l'archevêque de Bordeaux, une phrase surtout lui était restée dans la tête : c'était celle où ce valet prétendait avoir tiré de Sa Grandeur une vingtaine de mille livres.

— Comment avez-vous fait? demanda-t-il après avoir rappelé ce détail à Papillon.

Celui-ci hésita un instant.

— Mon Dieu! balbutia-t-il..., je n'ai pas voulu répondre à cette question-là parce que l'aubergiste nous écoutait... D'ailleurs, vous comprenez bien ce que je veux dire...

— Non, je vous assure, protesta Bazile.

— Voyons, fit le brigadier en le poussant du coude, on n'est pas constamment auprès d'un personnage comme celui-là sans surprendre quelque petite chose...

— Sans doute, sans doute.

— Ainsi vous, depuis combien de temps servez-vous votre évêque?

— Depuis vingt-cinq ans.

— Oh bien, alors... vous devez en savoir long sur son compte!

— Plus qu'il ne croit, répondit Bazile en clignant finement des yeux.

— Je ne vous demande pas quoi, s'empressa de dire le vieux soldat; mais il est évident que ces secrets ont une certaine valeur...

— Assurément.

— Qu'ils pourraient compromettre, non-seulement la dignité, mais l'honneur de votre maître, poursuivit Papillon.

— Sa vie même, ajouta Bazile, si bas qu'on l'entendit à peine.

— Diable! l'honneur et la vie! fit le brigadier, en hochant la tête. Vous avez de la chance, vous!

Et il versa à boire à l'intendant.

— Pourquoi? demanda celui-ci.

— Parce que, si j'avais eu entre les mains un secret de cette valeur, ce n'est pas vingt mille livres que j'aurais obtenues de Sa Grandeur, mais soixante, quatre-vingts, cent mille.

— Comment! vous croyez...

— Dame!... je ne peux pas vous dire, puisque je ne sais pas... A votre santé!

Il choqua son verre contre celui de Bazile, qui le vida d'un seul trait, et s'accouda sur la table afin de conserver son équilibre.

— Le fait est, murmura-t-il, que, si je voulais, je pourrais...

— Faire comme moi, dit gaiement Papillon : être votre maître, aller où bon vous semble, bien boire, bien manger — ne pas refuser les bonnes aubaines quand elles se présentent, mais ne pas courir après. Voilà qui est vivre! A la bonne heure!

Il remplit le verre de Bazile et ne versa dans le sien qu'une larme de ce fameux Xérès avec lequel le cabaretier avait entrepris de le réconcilier.

— A votre santé! fit-il en prêchant d'exemple, afin que Bazile l'imitât.

— Eh oui, reprit-il, voilà quels sont nos bénéfices à nous autres : surprendre les secrets du maître et les exploiter. Bon pour les imbéciles de tout voir et de tout entendre sans broncher, de garder un silence de carpe, de s'encroûter dans la famille et d'y crever sans avoir respiré l'air de la liberté, sans avoir goûté le plaisir de se faire servir, sans s'être attablé jamais, le sourire aux lèvres et le gousset rempli d'or, devant un souper comme celui-ci.

A ces mots, il se renversa sur sa chaise, en riant, tira de sa poche la bourse pleine d'or que Lucien lui avait donnée et la fit sauter en l'air à plusieurs reprises.

— Sautent les écus de Sa Grandeur ! cria-t-il. A sa santé et à la nôtre ! ajouta-t-il en frappant sur l'épaule de Bazile, dont les yeux commençaient à papilloter.

— Ah ! vous êtes bien heureux, vous, d'avoir un caractère comme celui-là, fit l'intendant.

— Qui vous empêche d'en avoir un semblable?

— Je ne sais pas.

— Vous n'avez pourtant aucun sujet de vous attrister?

— Assurément non.

— Eh bien, alors, faites donc comme moi, l'ami. Pour vider une bonne bouteille, pour caresser une jolie fille de temps à autre et quand le cœur vous en dit, montrez à votre maître que vous connaissez en partie la vérité, et vous verrez la bourse se délier au point que vous n'aurez qu'à tendre la main pour y puiser, — car, entre nous, soyez franc : votre maître se doute bien que vous savez quelque chose...

— Certainement, puisqu'il y a huit jours, il a essayé de me donner le change.

Le brigadier regarda son convive entre les deux yeux, tenant à la main la bouteille de Xérès, prêt à en verser un nouveau verre en cas de besoin. Au moment de le faire, il s'arrêta.

Bazile était bien à point : assez gris pour bavarder sans trop savoir ce qu'il disait ni en conserver le moindre souvenir; pas assez ivre pour tomber sous la table.

La langue commençait à s'embarrasser, les yeux se fermaient de temps à autre, le corps se penchait en avant et se redressait, tour à tour vaincu par l'ivresse ou secoué par un effort de volonté. Papillon, lui, était de marbre. Plus il voyait son adversaire perdre la tête, plus il recouvrait son sang-froid.

Ses yeux brillaient bien un peu, mais c'était plutôt du désir de connaître. N'était-il pas, en effet, à deux doigts de savoir une partie des secrets de Monseigneur?

Le cœur lui battait positivement. Il tremblait que Bazile n'eût pas la force d'achever les confidences qu'il avait ébauchées.

— Mon cher, lui dit-il, vous êtes décidément un naïf. D'après ce que vous venez de me faire entendre, si j'étais à votre place, j'aurais pour le moins cinquante ou soixante mille livres, une jolie petite maisonnette, et un jardinet bien fleuri, entouré de trois ou quatre arpents de bonnes terres, dont les moissons mûriraient sous mes yeux au grand soleil.

— Vraiment? fit l'intendant alléché par cette description champêtre.

— Dame!... si j'ai tiré de Sa Grandeur une vingtaine de mille livres pour avoir surpris quelques-unes de ses peccadilles avec des pénitentes de haut lignage, vous comprenez bien...

— Quoi! pour si peu! s'écria Bazile.

— Sans doute. Les secrets dont vous êtes maître sont donc plus graves?

— Je vous ai dit qu'il s'agissait pour Monseigneur de l'honneur et de la vie.

— Je m'en souviens; mais si vous me répétez toujours la même chose sans me donner un mot d'explication, quel conseil voulez-vous que je vous donne? Restons-en là.

A ces mots, le vieux soldat se leva et jeta sa serviette sur la table. La manœuvre était vieille et usée jusqu'à la corde. Elle réussit pourtant comme à l'ordinaire.

— Attendez donc un moment, fit Bazile.

— Non, non. Vous avez l'air de vous défier de moi, comme si vous aviez peur que je surprenne vos secrets... Qu'est-ce que cela me fait à moi, vos secrets? Qu'est-ce qu'ils me rapporteront? Je suis bien bon de m'intéresser à vous, au fait.

— Eh! là, calmez-vous, dit l'intendant.

Il voulut se lever de table à son tour pour retenir Papillon; mais il trébucha, fit un ou deux pas à l'aventure et tomba... dans les bras du vieux soldat, qui accourut fort à point pour le remettre d'aplomb sur ses jambes. Aussi Bazile ne le quitta plus.

— Mon ami, mon cher ami, mon seul ami, ne vous en allez pas! supplia-t-il.

— Allons, soit! consentit le brigadier. Encore une bouteille — mais la dernière, je vous en préviens, car je commence à n'y voir plus très-clair.

— Je crois bien, fit Bazile. Vous tournez. Voyons, ne tournez donc pas comme ça. Asseyez-vous et causons sérieusement.

Papillon remplit encore un verre.

— Eh! au fait, oui, dit l'intendant en renversant sur le dossier de la chaise sa tête alourdie. Vous avez raison, vous... Tiens! comment vous nommez-vous donc?

— Etienne, répondit le vieux soldat sans la plus petite hésitation.

— Vous avez raison, mon brave Etienne, poursuivit Bazile. Nous serions bien bêtes de nous priver de tout quand nos maîtres ne se privent de rien, quand, pour vivre au gré de leur fantaisie, ils ne reculent devant rien — pas même devant un crime.

— Devant un crime, vous dites? fit Papillon en se rapprochant sous prétexte de verser à boire. Etes-vous bien sûr de ce que vous avancez là, mon ami?

— Si j'en suis sûr! ricana Bazile. Écoutez, je vous en fais juge.

A ces mots, il se tourna vers le brigadier.

— Votre cousine arrive à Paris. Elle est enceinte et près d'accoucher. Son mari, qui demeure loin d'elle pour le moment, doit venir la retrouver à cette occasion, et lui désigne le logement où il viendra la rejoindre, logement qui n'est pas luxueux, c'est vrai, mais qui est convenable et sûr. De votre côté, vous allez trouver votre cousine; vous lui persuadez que la maison qu'elle habite est indigne d'elle et vous la conduisez dans un hôtel désert, que vous avez loué tout exprès dans la matinée, et qui est situé à l'autre extrémité de Paris...

— Dieu! que j'ai soif! murmura-t-il d'une voix rauque, en interrompant brusquement son récit.

Et il tendit son verre à Papillon, qui se garda bien de le remplir. Bazile vida d'un seul trait ce que son nouvel ami lui avait versé.

— Qu'est-ce que je disais donc? demanda-t-il ensuite après avoir passé la main sur son front.

— Vous me parliez de ma cousine.

— Ah! oui. Et où en étais-je?

— J'amène ma cousine dans un hôtel désert, disiez-vous. En voilà une idée! dit le brigadier avec un rire bruyant. Puisque je n'ai pas de cousine...

— Mon pauvre Étienne, tu es donc ivre-mort? ricana l'intendant, dont la langue s'épaississait de plus en plus. Ça ne fait rien, reprit-il gravement, suppose que tu en aies une... de cousine...

— Je veux bien.

— Vous la conduisez dans cet hôtel, n'est-ce pas? mais alors un bel hôtel... appartenant à une grande dame...

— Du faubourg Saint-Germain peut-être?...

— En plein, mon cher, rue de Grenelle-Saint-Germain.

— Ah! le fait est qu'il y a de beaux hôtels par là, dit Papillon, avec une admiration naïve... le dernier, à gauche, en allant vers les Invalides...

— C'est celui-là, fit Bazile.

— Ah! mais à qui appartient-il donc? Il est toujours fermé.

— A la comtesse de Libessac.

— Elle n'habite donc pas Paris?

— Non.

— Tiens! Quelle drôle d'idée? Enfin, ça ne me regarde pas, dit le brigadier. Je suis donc là avec ma cousine...

— Oui, vous êtes là, continua l'intendant avec effort. Votre cousine est riche, très-riche, mais elle est mariée et elle va être mère : deux raisons pour que vous n'héritiez pas d'elle, si elle venait à mourir. Alors que faites-vous?

— Je ne sais pas, répondit bêtement Papillon.

Bazile haussa les épaules avec commisération.

— Tenant la femme en cage, vous faites venir le mari, poursuivit Bazile. De sorte que vous avez toute la nichée sous la main. Maintenant, comment vous en débarrasser?

— Oh! c'est bien simple, dit le vieux soldat avec son même gros rire, je les tue.

— Vous l'avez dit, mon ami. Cela n'est pas plus difficile que ça.

— Quoi! demanda Papillon, qui frissonnait, bien qu'il fût préparé à ce résultat. Votre maître a...

— Chut! fit l'intendant. *Sancta Maria!* Quelle chienne de soif!

Il tendit de nouveau son verre.

Le brigadier versa, toujours prudemment.

— Monseigneur ne vous l'a pas avoué pourtant? demanda-t-il à voix basse.

— Il n'y a pas de danger!

— Mais vous l'avez vu faire?

— Pas tout à fait.

— Alors comment..,

— Selon moi, il a commencé par tuer le mari, fit Bazile, dont la langue devenait de plus en plus épaisse. Ensuite il a pris l'enfant que la jeune mère venait de mettre au monde, et il est allé l'enterrer vivant dans le jardin ; puis il est revenu et a étouffé sa cousine ou l'a fait mourir d'épouvante...

— Vous supposez seulement, vous n'avez rien vu ? interrogea Papillon.

— Oh ! pardon. J'ai parfaitement vu Monseigneur emporter l'enfant dans le jardin et revenir les mains vides, répondit l'intendant d'une voix à peine intelligible. Cela, il le sait, je le lui ai dit. Et c'est précisément sur cette série de crimes qu'il a essayé de me donner le change.

— Comment ?

— Il a prétendu que sa cousine vivait en mauvaise intelligence avec son mari, qu'ils avaient eu ensemble une vive altercation, à la suite de laquelle celui-ci se serait tué de désespoir et sa femme serait morte de saisissement.

— Bien, mais l'enfant ?

— L'enfant ? il l'a cru mort, et il l'a porté dans le jardin au fond d'un trou qui se trouvait là, par hasard, prétend-il toujours. Ce n'est pas vrai. C'est lui qui a attiré la mère... le père... qui a enterré vivant l'enfant, afin de les dépouiller de leur fortune...

Bazile pouvait à peine parler. Les mots ne sortaient plus de sa bouche qu'avec une extrême difficulté.

— La preuve, continua-t-il, c'est que l'enfant a été sauvé.... par.... par.... un soldat.... Ah ! j'ai l'enfer dans le gosier ! Donne-moi à boire, l'ami Etienne !

Papillon versa, et, cette fois, versa plein.

Le reste de l'histoire, il le savait mieux que Bazile.

— A ta santé, l'ami Bazile ! dit-il gaiement.

Ils trinquèrent.

— A propos, comment s'appellait donc ma cousine ? demanda le brigadier.

— Gabrielle.

— Et le mari ?... mon cousin ?...

— Sais... pas... balbutia l'intendant.

— Mais si, vous le savez ! s'écria Papillon. Vous l'avez donc oublié ?

— Sais... pas... répéta Bazile.

En même temps, ses yeux se fermèrent, sa tête appesantie tomba sur ses bras qui s'allongèrent sur la table.

Le vieux soldat le secoua avec force et parvint à le redresser.

Bazile essaya vainement de relever sa paupière alourdie.

— Ce nom, ce nom ! cria le brigadier avec colère. Me le diras-tu, misérable !

— Jamais su... répondit l'intendant dans un dernier hoquet.

Et sa tête retomba pesamment sur ses bras. Papillon le regarda d'un air triomphant. Il était vainqueur. Il savait tout ce qu'il désirait, sauf le nom du mari de Gabrielle — celui du père de Lucien probablement.

Minuit et demi venait de sonner. Le combat avait duré cinq heures ! Papillon

Je ne favoriserai jamais cette secte ambitieuse des jésuites. (Page 238.)

ne voulut pas rentrer chez lui à pareille heure et regagna la chambrette qu'il avait louée.

Ce ne fut que le lendemain, après avoir fait grasse matinée, qu'il revint chez Lucien et lui fit connaître dans leurs moindres détails les résultats de son expédition. Montclavel demeurait bouche béante. Cette fois il ne pouvait plus douter Quant à Lucien, il était pâle comme un linceul.

— Ce nom, je le trouverai, moi, dit-il à demi-voix.

Si les assertions d'Hartmann avaient pu laisser quelque incertitude dans l'esprit de Lucien sur l'identité de Monseigneur, les révélations de Bazile, que venait de lui transmettre Papillon, dissipaient toute obscurité.

Comme la première fois, tout ce qui restait de sang dans les veines du bouillant capitaine lui monta à la tête. Ce fut comme un vertige. Si l'assassin s'était trouvé auprès de lui, il l'aurait puni sur l'heure et tué de sa propre main. Mais que de regrets il en aurait éprouvé ensuite!

Tuer ce misérable d'un seul coup! Le châtiment était trop doux, plus doux assurément que ne l'était sa vie depuis vingt et un ans — car il n'était pas possible que le remords ne fût pas venu s'asseoir quelquefois au chevet du meurtrier, car on ne passe pas impunément sur trois cadavres pour arriver à la fortune.

Donc, à quoi bon lui ôter la vie, sinon par un de ces coups d'éclat destinés à un retentissement profond et qui vengent d'une manière éclatante les mânes des victimes égorgées dans l'ombre?

Cette vengeance, Lucien la rêvait féroce. Il n'avait pas encore trouvé le moyen de l'assouvir, mais il était résolu à le faire.

Ce qu'il voulait, c'était démasquer le misérable, alors qu'il assisterait dans tout le prestige de sa grandeur à quelque cérémonie imposante. Il voulait lui jeter son crime au visage, avoir les mains remplies de preuves écrasantes pour le confondre s'il essayait de se défendre, l'abreuver de mépris et d'ignomonie, le chasser de cette assemblée choisie après l'avoir dépouillé de son prestige et publiquement déshonoré, sans qu'il pût se relever jamais d'une pareille chute. Ensuite le bourreau ferait son œuvre, afin que la vengeance fût complète.

Ce n'était plus qu'une affaire de temps et de patience. Lucien connaissait le nom de famille de Monseigneur. Le point de départ était suffisant pour diriger ses recherches à coup sûr.

Et, tout d'abord, de quelle province était originaire la famille des Méricourt? Le comte de Montclavel, à qui Lucien le demanda, se trouva fort embarrassé.

— Ce nom-là ne m'est pas inconnu, dit-il, mais c'est tout ce que je puis te répondre. Je m'informerai auprès de mon père, et, si par hasard il l'ignorait, nous avons toujours la ressource de consulter l'armorial de d'Hozier.

— C'est juste! s'écria Lucien. Je n'y avais pas songé.

— Donc, causons d'autre chose si tu le veux bien, fit le gentilhomme.

— De quoi?

— Je vais t'annoncer une nouvelle qui va bien te surprendre.

— Laquelle?

— Lina est à Paris.

— Depuis quand?

— Depuis hier.

— Qui te l'a dit.

— M. de Graffigny m'a fait parvenir un mot hier soir.

— Alors tu es aux anges?

— Sans doute. J'espère que je vais la marier, cette fois.

— Je l'espère aussi, dit froidement Lucien, mais en quoi cette nouvelle a-t-elle lieu de me surprendre?

— Attends donc. Je n'ai pas fini.

— J'écoute.

— Devine où demeure M{{lle}} d'Estourbel ou plutôt M. de Graffigny...

— Est-ce que je sais? fit avec humeur Lucien, qui n'était pas disposé à deviner des charades.

— Comment! après ce que je t'ai dit l'autre jour, tu ne t'en doutes pas?

— Du tout. Tu m'as dit que M. de Graffigny avait un ami près des Halles.

— C'est cela, fit Édouard avec une joie enfantine. Et qui demeure dans quelle rue?... reprit-il en souriant.

— Va-t'en au diable! dit le jeune officier impatienté.

— Rue Saint-Honoré, mon cher.

— Bah!

— Et dans quelle maison?

— Dans la nôtre peut-être, fit Lucien en haussant les épaules.

— Tu l'as dit, mon ami, dit le gentilhomme triomphant. Lina et M. de Graffigny demeurent depuis hier au-dessus de ta tête, chez M. de Valambois, major retraité, ancien ami de M. d'Estourbel et veuf sans enfants.

— Ah! mais oui, s'écria le capitaine, je m'en souviens! J'ai vu entrer, en effet, dans la maison, hier, deux voyageurs... j'ai cru que c'était le père et la fille. Est-ce qu'ils sont ici pour quelques jours?

— Jusqu'à ce que M. de Graffigny ait réglé le petit compte d'intérêts qui l'amène à Paris.

— Alors on va te voir plus régulièrement?

— Tous les jours, répondit naïvement Édouard.

— De sorte que tu viendras voir M{{lle}} d'Estourbel plus souvent que tu ne viens voir ton meilleur ami, dit Lucien en riant.

— Il le faut bien, puisque je m'occupe de la marier...

— C'est vrai, fit le capitaine sur le même ton. Cependant, ce n'est pas pour lui faire visite que tu es venu ce matin à neuf heures et demie?

— Non, c'est toi que je venais voir. Seulement... par hasard... j'aurais pu l'apercevoir, la saluer, et devancer de quelques heures la visite que je compte lui rendre dans la journée.

— Qu'à cela ne tienne! Dîne avec nous. Tu seras tout porté pour te présenter chez elle.

— Dans cette tenue! Tu es fou! se récria le gentilhomme. Non, non. Je te remercie, mais je veux faire un peu de toilette.

— Comme il te plaira, dit Lucien. Alors puis-je espérer qu'en faisant ta visite à Lina tu t'arrêteras un instant ici?

— Certes.

— Et tu m'apporteras le renseignement que je t'ai demandé?

— Sur la famille Méricourt?

— Oui.

— Sans faute. Tu peux y compter.

A ces mots, ils se séparèrent. Lucien appela Papillon, qui venait de se réconcilier avec Ludivine, après lui avoir rendu compte du temps et de l'argent qu'il avait dépensés. Papillon avait à peu près donné l'emploi de son temps. Quant à l'argent, il s'était bien gardé de dire que c'était Lucien qui l'avait fourni. Aussi, comme il n'avait rien dépensé en trois jours, Ludivine trouva qu'il avait été *assez* raisonnable et l'embrassa sur les deux joues pour le récompenser.

Tout était donc définitivement réglé, quand Lucien le rappela auprès de lui. Il fallut que Papillon recommençât le récit qu'il venait de faire. Son fils adoptif ne lui fit grâce d'aucun détail, insistant sur les plus puérils en apparence, afin de mieux les graver dans sa mémoire et d'arriver armé de toutes pièces au combat qu'il se disposait à livrer plus tard.

Papillon mit d'autant plus de bonne grâce à s'exécuter, que l'insistance même du capitaine faisait indirectement l'éloge du zèle et de l'intelligence dont il avait fait preuve en cette occasion.

Lucien était désormais en guerre ouverte avec un ennemi dont il ne se dissimulait ni la puissance ni la volonté.

Ennemi dangereux à tous les titres : car il avait pour lui le prestige de la religion, du rang, de la noblesse ; car il avait une expérience approfondie des hommes et des choses ; car il était soutenu dans la lutte par cette société terrible des jésuites, dont les rameaux souterrains s'étendaient sur le monde entier, dont la puissance était alors sans égale.

Pour combattre ces adversaires, si redoutables et si redoutés que leur nom seul aurait suffi à faire reculer les plus audacieux, Lucien était seul avec ses vingt et un ans et son inexpérience.

Pour alliés, il avait Montclavel, Hartmann et Papillon :

Montclavel, plus âgé que lui de cinq ans, mais mille fois plus léger, plus superficiel, plus étourdi — brave comme son épée, du reste, il faut lui rendre cette justice.

Hartmann, un colosse de force, rempli de bonne volonté, prêt à se faire tuer plutôt que de manquer à sa consigne, mais dépourvu d'intelligence et d'initiative.

Quant à Papillon, il avait tout cela. Il avait bien mieux encore: un dévouement aveugle pour Lucien. En effet, quoiqu'il le considérât comme son fils, quoique, par un reste d'habitude, il continuât à tutoyer l'enfant qu'il avait recueilli, élevé, il se sentait de plus en plus gêné vis-à-vis de lui, à mesure que cet enfant grandissait en âge et montait en grade.

Papillon ne se dissimulait pas la distance qui le séparait du capitaine. Sans parler de l'éducation qui lui manquait, ce qui était une barrière énorme, puisque, ne sachant ni lire ni écrire, il n'avait jamais pu franchir le grade de brigadier, Papillon n'était qu'un manant.

Ce mot-là fait sourire aujourd'hui que nous avons conquis des droits à peu près égaux ; mais, en ce temps-là, il s'appliquait à une véritable caste de réprouvés.

On n'avait pas encore, comme on le fit trente ans plus tard, divisé le pays en trois classes : le clergé, la noblesse et le tiers-état. Le peuple français ne se composait pas d'autre chose que de gentilshommes et de manants. Il y avait bien les financiers, qui commençaient à compter; mais ils représentaient l'or, et c'était tout.

Donc Papillon était manant et Lucien était gentilhomme.

Dès le début, on l'a vu, cela ne faisait de doute pour personne, Lucien était issu de parents nobles. Aujourd'hui le doute était permis moins que jamais à cet égard.

Papillon était donc doublement attaché à Lucien, non-seulement par l'affection que l'enfant lui avait inspirée depuis le jour de sa naissance, mais par le respect que le soldat professait pour l'officier, le manant pour le gentilhomme.

Il aurait donc été l'allié le plus sûr et le plus utile pour Lucien, si celui-ci ne s'était pas adressé à Mme de Pompadour.

Or il ne pouvait pas se figurer quel bonheur il avait eu de recourir à ce tout puissant intermédiaire.

En débutant à la cour comme le commun des martyrs, Lucien aurait pu rencontrer de tout autres protecteurs que la marquise. Il aurait pu se faire recommander au Dauphin ou à l'un des personnages les plus en faveur à cette époque.

De même, le hasard, qui lui avait fait rendre à la favorite un service dont elle appréciait si fort l'étendue, aurait pu le mettre en présence d'une femme n'ayant aucun rang ni aucune influence à la cour.

Pas du tout. Le hasard, l'avait traité en enfant gâté.

Il lui avait donné comme auxiliaire, non-seulement une femme reconnaissante, mais encore une femme qui servait à la fois ses rancunes personnelles, les intérêts de la France et la cause de son protégé. Comment? Nous allons l'expliquer en peu de mots.

Tout ce qui est puissance en ce monde gêne les jésuites, du moment que cette puissance n'est pas à leur dévotion.

A ce titre, Mme de Pompadour et M. de Choiseul leur portaient ombrage.

Un moment après l'attentat dont Sa Majesté avait été victime de la part de Damiens, ils avaient réussi à éloigner la favorite; mais, comme le roi l'avait rappelée presque aussitôt, sans attendre même qu'il fût guéri, ils avaient été forcés de chercher un autre moyen. Ce moyen était moins violent et plus en harmonie avec les ressources ordinaires de la société.

Au lieu de desservir la favorite et de chercher à l'éloigner, ils essayèrent au contraire d'en faire leur instrument.

Seulement, en même temps qu'ils méditaient ce coup hardi, ils songeaient à renverser le duc de Choiseul, dont le pouvoir s'affermissait chaque jour et commençait à les inquiéter aussi, puisqu'il ne s'exerçait pas en leur faveur.

Un mémoire foudroyant fut donc rédigé par un jésuite nommé Quillebœuf, mémoire dans lequel l'administration du ministre était attaquée avec un acharnement sans pareil, et dans lequel on lui attribuait même contre le roi les propos les plus injurieux.

Malheureusement, ils ignoraient l'accord tacite qui régnait entre le duc et la marquise, quand ils commirent la maladresse de vouloir s'appuyer sur l'une pour renverser l'autre.

Ce Quillebœuf était le professeur du fils de M. de la Vauguyon, lequel jouissait d'un grand crédit auprès du Dauphin.

Le précepteur obtint sans peine du gentilhomme que celui-ci entraînât Son Altesse dans la conspiration qui se tramait contre le premier ministre. Le prince fit mieux. Jésuite par opinion, non moins que par caractère, il se chargea de remettre le mémoire au roi.

En même temps, la marquise de Rochetaille, une de leurs pénitentes les plus dévouées, se rendit chez Mme de Pompadour avec mission de lui faire les premières ouvertures. Elle lui expliqua confusément, c'est-à-dire sous les formules de langage les plus habilement combinées, ce que les jésuites attendaient d'elle.

La marquise la laissa aller jusqu'au bout sans l'interrompre d'un geste, afin de bien savoir de quoi il s'agissait. Mme de Rochetaille, voyant que la favorite ne protestait en aucune façon, crut la cause gagnée d'avance. Elle lui fit entendre qu'en échange de la complicité qu'on lui demandait, Mme de Pompadour serait maintenue dans la position exceptionnelle, quoique irrégulière, qu'elle occupait à la cour.

— « Ces pères vertueux, dit en finissant la vieille dévote à la marquise, n'ont
« en vue que le salut de leurs pénitents; mais ils sont hommes; la haine, à
« leur insu, peut s'insinuer dans leur cœur et leur inspirer une rigueur plus
« grande que les circonstances ne l'exigent absolument. Une disposition favorable
« peut engager le confesseur du roi à de grands ménagements et le plus court
« intervalle suffit pour sauver une favorite, surtout quand on peut invoquer une
« foule de prétextes honnêtes pour autoriser son séjour à la cour. »

A ces mots, elle se tut, croyant avoir définitivement gagné sa cause. La marquise avait écouté sans bouger ces paroles aigres-douces, entremêlées de promesses et de menaces. Dès que la marquise de Rochetaille eut achevé, Mme de Pompadour se leva.

— « Ce discours, digne de la direction que vous avez reçue, répondit-elle,
« signifie que, si j'étais favorable aux jésuites, *ces pères vertueux*, par l'influence
« du confesseur de Sa Majesté, consentiraient à me maintenir à la cour, n'est-ce
« pas, madame? »

— « En effet... balbutia Mme de Rochetaille.

— « En un mot, ils ont besoin de mon appui, et, comme ils ont peur de
« moi, ils essaient de me faire peur d'eux pour m'amener à composition. Ils se
« trompent, madame. Allez retrouver ceux qui vous ont envoyée vers moi et
« dites-leur que je ne les crains pas; que je connais, que j'aime et que surtout je
« veux beaucoup plus qu'eux les véritables intérêts de la France, qui ne seront
« jamais de favoriser une secte remuante et ambitieuse... Je m'arrête, car ce cha-
« pitre me mènerait trop loin. Vous pouvez, madame, porter cette réponse de ma
« part à ceux qui m'ont procuré l'honneur de votre visite. Qu'ils en pensent ce
« que bon leur semblera. »

Elle salua Mme de Rochetaille, qui s'inclina sèchement sans ajouter un mot.

Malgré tout, le mémoire fut remis au roi par le Dauphin. Sa Majesté le parcourut avidement.

Esprit étroit, caractère malléable, nature indécise, paresseuse et incapable de songer au lendemain, Louis XV ne vit pas qu'on cherchait à éloigner de lui un homme de mérite, afin de le dominer plus facilement ensuite. Il n'eut d'yeux que pour les prétendues injures que l'on avait placées dans la bouche de son premier ministre.

Il le fit appeler dans son cabinet et lui reprocha avec vivacité les grossièretés dont il le croyait coupable.

Le duc mit dans sa réponse plus que de la franchise : il y mit une véritable énergie ; se défendit chaleureusement des reproches qu'on adressait à sa gestion et fit justice des calomnies dont on lui faisait le triste honneur.

— Du reste, Sire, ajouta-t-il, entre un roi et son ministre, je ne saurais admettre des défiances de ce genre. Que Votre Majesté incrimine mes actes, je le conçois ; mais qu'elle me croie assez vil pour la flétrir, alors que je la sers de mon mieux, voilà ce qui me passe... Je ne saurais encourir à l'avenir un semblable reproche et je prie Votre Majesté de vouloir bien agréer ma démission.

Qui fut pris au piége ? Ce fut le roi. Il croyait menacer, tonner, faire rentrer sous terre son premier ministre, et c'était au contraire le duc qui lui mettait le marché à la main.

Louis se garda bien de l'accepter. Regrettant amèrement l'injuste précipitation dont il avait fait preuve, il ne put envisager sans effroi l'embarras où il se trouverait s'il était abandonné à lui-même. Non-seulement il pria humblement son ministre de garder son portefeuille, mais il lui donna sa main à baiser.

Le mémoire avait été donné au roi par le Dauphin. Une explication était donc inévitable entre Son Altesse et le duc. Or le prince, moins intéressé que son père dans les affaires publiques, moins apte par conséquent à apprécier les qualités du premier ministre, influencé d'ailleurs par les jésuites, un peu froissé enfin de l'échec indirect qu'il venait d'essuyer, le prince, disons-nous, n'était pas disposé à revenir sur l'opinion défavorable qu'on lui avait donnée de M. de Choiseul. L'entretien fut vif. Son Altesse ne sut pas se contenir et s'emporta jusqu'à la colère.

— Je saurai bien, dit-elle d'une voix irritée, le jour où je monterai sur le trône, réprimer l'orgueil d'un sujet tel que vous.

— Il est vrai, Monseigneur, répondit le ministre en s'inclinant, que je puis être votre sujet, mais je ne serai jamais votre serviteur.

Or il n'y avait guère plus d'un an que ces événements s'étaient accomplis. Ni la marquise ni le duc ne pouvaient donc en avoir perdu le souvenir.

Et l'on comprend maintenant pourquoi Mme de Pompadour accueillit si favorablement les premières ouvertures que lui fit Lucien sur un procès intenté contre les jésuites. Certes, Lucien ne pouvait pas trouver pour ses protégés d'intermédiaire plus puissant ni mieux disposé.

Le jour même, en effet, où Raymonde avait obtenu du roi l'audience que la favorite lui avait promise, la marquise avait eu, avec M. de Choiseul, un entretien à ce sujet.

Elle avait interrogé le ministre et lui avait demandé s'il avait connaissance d'un procès engagé contre les Jésuites par les Lionnay et Gouffre, anciens banquiers à Marseille.

— Non, avait répondu le duc. Est-ce que ce procès vous intéresserait, madame?

— Beaucoup, monsieur le duc.

— Savez-vous devant quelle juridiction il est engagé et depuis combien de temps?

— Je sais qu'il y a des années et que c'est devant le Parlement de Paris.

— Désirez-vous que je m'informe et que je vous dise où en est l'affaire?

— Vous m'obligerez, monsieur le duc.

— Aujourd'hui même, vous aurez ma réponse, madame la marquise, répondit le ministre en lui baisant le bout des doigts.

On le voit, Mme de Pompadour tenait fidèlement la parole qu'elle avait donnée à Lucien.

Il est vrai que, pour le moment, celui-ci négligeait un peu ce procès, et que d'autres préoccupations, bien autrement graves et qui l'intéressaient plus directement, absorbaient son attention.

Il attendait avec impatience le retour de Montclavel, qui lui avait promis de s'informer auprès de son père relativement à la famille de Méricourt.

Édouard ne manqua pas d'arriver vers deux heures, aussi galamment habillé que s'il avait dû assister à quelque réception solennelle. Malgré l'envie qu'il avait de se présenter au plus tôt chez Lina, il n'osa pas le faire avant de rendre à Lucien la réponse qu'il s'était engagé à lui apporter.

— Ah! par exemple, dit-il en faisant une entrée bruyante, tu peux te flatter d'être né coiffé, mon cher.

— Pourquoi? demanda Lucien.

— Parce que... cette famille de Méricourt, dont tu me parlais...

— Chut! fit Lucien en lui imposant silence et en promenant autour de lui un regard inquiet Parle plus bas, je t'en conjure! Tu disais donc que cette famille...

— Mon père l'a beaucoup connue, répondit plus doucement Édouard. Les Méricourt étaient presque des amis de mon grand-père. Ils étaient deux frères, nés à peu de distance l'un de l'autre. Le cadet est mort le premier, paraît-il, laissant à son fils une fortune insignifiante. Quant à l'aîné, mon père l'a perdu de vue lorsqu'il est entré au service et n'a pu me dire ce qu'il était devenu.

— Bien, mais de quelle province la famille est-elle originaire?

— De Normandie.

— Quel pays au juste? Ton père te l'a-t-il dit?

— De La Bouille, à quatre ou cinq lieues de Rouen.

— Merci, fit Lucien en serrant la main du comte.

— Tu ne viens pas avec moi chez Mlle d'Estourbel? demanda Édouard.

Lucien se tint debout au chevet de la pauvre enfant. (Page 245.)

Sur l'ordre exprès de la duchesse, il avait été convenu que l'on ne dirait rien à Lucien des évènements dont l'hôtel avait été le théâtre, avant qu'il eût repris le repos nécessaire.

Ce ne fut donc que le lendemain, à la suite d'une nuit réparatrice, qu'on lui apprit la vérité.

Tout d'abord, il entra dans une grande colère contre Papillon, contre Hart-

31ᵐᵉ Liv.   3!

mann, contre tout le monde. Cependant il finit par se calmer et par convenir qu'à la place du brigadier et du Suisse il serait certainement tombé dans le piège qui leur avait été tendu.

Il ne se résigna pourtant pas aussi aisément que Raymonde et ses amis à laisser Marcelle entre les mains du baron de Pierre-Lisse.

— Aujourd'hui même, je vais voir le roi, dit-il; je lui soumettrai le cas et je ne doute pas qu'il ne nous rende justice.

— Mais encore faut-il que Marcelle y consente, fit observer Raymonde.

— C'est juste; mais cela ne fait pas pour moi l'ombre d'un doute.

— N'importe, il faudrait la voir.

— J'y vais à l'instant.

— Le baron te laissera-t-il pénétrer auprès d'elle?

— Ah! morbleu! malheur à lui s'il essaie de m'en empêcher! dit Lucien.

Aussitôt il donna l'ordre qu'on attelât son carrosse.

Il allait sortir, quand un grand bruit retentit sous la porte cochère. M⁽ᵐᵉ⁾ de Libessac, entra dans la chambre de Raymonde avec une pétulance toute juvénile.

— Ah! mes amis, que de surprises je vous apporte! s'écria-t-elle. M. de Pierre-Lisse s'est indignement joué de vous et de moi!

— Comment? fit Lucien.

— Vous savez qu'il prétendait que M⁽ᵐᵉ⁾ de Lescarre avait eu un fils...

— Sans doute.

— Eh bien! pas du tout, c'est une fille. Et savez-vous comment elle se nomme? Elle se nomme Marie-Marcelle-Eugénie.

Elle les regarda, toute étonnée de voir qu'ils détournaient les yeux.

— Quoi! poursuivit-t-elle, ce nom de Marcelle ne vous dit rien? Il ne vous fait pas penser sur-le-champ à la chère enfant que vous avez recueillie? Eh bien! moi, j'ai eu comme un secret pressentiment qu'il s'agissait d'elle.

Elle s'arrêta et remarqua, cette fois, leur contenance embarrassée.

— Ah çà! mais qu'avez-vous? fit-elle. Vous n'avez pas l'air de me comprendre. Allons, il ne s'agit plus d'attendre la date du 12 avril, que M⁽ᵐᵉ⁾ Darnaud a fixée. D'ailleurs, dix jours de plus ou de moins ne font pas grand'chose... Vite, courez chercher le coffret, ouvrons-le en présence de Marcelle, et assurons-nous... Mais, au fait, où est-elle donc cette chère petite? Comment se fait-il qu'elle ne soit pas venue m'embrasser? Elle doit pourtant savoir que je suis arrivée... Attendez, je monte chez elle, je vous la ramène...

Elle se dirigeait déjà vers la porte, lorsque Lucien lui prit doucement la main.

— Hélas! ma chère amie, dit-il, tout ce que vous venez de nous apprendre, nous le savions déjà.

M⁽ᵐᵉ⁾ de Libessac tressaillit.

— Vous le saviez? fit-elle. Qui vous l'avait dit?

— M. le lieutenant de police.

— Oui, il a reçu, en effet, ces jours-ci, de son agent un premier rapport, mais il n'a pas pu affirmer...

— Nous en savons même plus long que vous, chère amie, continua Lucien. Non, vos pressentiments ne vous ont pas trompée : Marcelle est bien la fille du baron de Pierre-Lisse et de Mlle de Lescarre, qui cachait sous le nom de Darnaud la navrante misère au sein de laquelle elle s'est éteinte.

— Que dites-vous !

— La vérité. Et puisqu'il faut que vous la connaissiez tout entière, écoutez-moi.

A ces mots, Lucien lui raconta comment le baron, après avoir demandé la main de Marcelle, l'avait enlevée, s'était emparé du coffret qui contenait les preuves de sa naissance, et enfin quel avait été le dénouement tragique des incestueuses violences de ce misérable.

La comtesse frémissait de colère et d'indignation.

— Et nous ne pouvons rien contre cet infâme! s'écria-t-elle.

— Rien pour l'instant, non, ma chère amie. M. le lieutenant de police a affirmé à Raymonde qu'il avait entre les mains des preuves indiscutables.

— Mais Marcelle, que dit-elle?

— Marcelle est depuis huit jours entre la vie et la mort. La duchesse a envoyé trois fois prendre de ses nouvelles. J'allais la voir quand vous êtes arrivée.

Au même instant, Baptiste vint annoncer que le carrosse était prêt.

Lucien s'éloigna aussitôt et jeta au cocher l'adresse de la maison Fortier, à Auteuil.

Celui-ci connaissait déjà le chemin. Il y avait conduit, huit jours avant, Martial, Papillon et Ludivine.

Il était à peine dix heures, quand le duc mit pied à terre devant la grille.

Ce fut un garçon jardinier qui vint lui ouvrir.

Il introduisit M. de La Tournaye dans le salon et courut annoncer à son maître le nom de cet illustre visiteur.

Le baron n'avait pas été fâché du départ de François.

Cette fuite le débarrassait d'un complice gênant. Il l'avait remplacé le lendemain par un garçon de vingt-trois ans, naïf comme les simples qu'il cultivait.

M. de Pierre-Lisse s'attendait bien certainement à la visite du duc, car il ne manifesta aucun étonnement.

Au contraire, il se leva avec empressement et se rendit au salon, où il s'inclina respectueusement devant Lucien.

— Je vois, monsieur, dit-il, que votre voyage s'est accompli au gré de vos désirs. Je vous en féliciterais de grand cœur, si je croyais que vous ayez conservé pour moi...

— De grâce, interrompit le duc, pas de phrases entre nous, monsieur ! D'après le respect que vous avez eu pour ma maison, je suis à même de mesurer celui que vous avez pour moi. Vos protestations ne changeraient donc rien à l'opinion que m'a laissée votre conduite.

— Comme il vous plaira, dit froidement M. de Pierre-Lisse. Alors j'irai droit au but : à quoi dois-je l'honneur de votre visite ?

— Je désire voir Marcelle, monsieur, répondit franchement Lucien. J'ai pensé que vous n'auriez pas tout à fait oublié les titres qui m'ont donné jusqu'à ce jour auprès d'elle un accès facile.

— Je ne les ai point oubliés, monsieur.

— Ma demande ne vous paraît donc pas exagérée ?

— Aucunement, monsieur.

— Veuillez en ce cas me faire conduire auprès d'elle.

— Je ferai mieux, monsieur le duc, je vous accompagnerai.

Lucien, qui s'était déjà levé, s'arrêta net.

— Auriez-vous la prétention d'assister à notre entretien ? demanda-t-il.

— Ne vous en déplaise, oui, monsieur le duc   N'est-il pas tout naturel qu'un père veille sur sa fille à tous les instants ?

— S'il s'agissait de tout autre que moi, vous auriez peut-être raison, fit Lucien avec une ironie amère, car vous savez mieux que personne de quelles tentatives une fille jeune et belle peut être l'objet.

Le baron pâlit sous cette allusion sanglante. Cependant il feignit de ne pas la comprendre.

— En effet, répondit-il, mon expérience ne date malheureusement pas d'hier.

— Et, malgré l'affection toute désintéressée que j'ai pour cette enfant, malgré mon honorabilité bien connue, vous persistez à vouloir vous mettre en tiers dans la conversation ?

— Je persiste, oui, monsieur.

— Alors, vous tenez Marcelle en état de séquestration complète ?

— Pas le moins du monde ! se défendit vivement le baron. Vous me demandez la permission de voir ma fille, je vous l'accorde. Seulement je spécifie que je serai là. Quoi de plus simple ? Que pouvez-vous exiger de plus ?

— Rien, fit Lucien. Je vois bien que décidément nous ne pouvons nous entendre sur le terrain de la conciliation.

M. de Pierre-Lisse eut un clignement répété des paupières, — ce qui était chez lui l'indice ordinaire d'une émotion quelconque. Sans doute, il désirait éviter un éclat.

— Nous pouvons très-bien nous entendre, si vous voulez faire comme moi, reprit-il plus doucement.

— Que signifient ces paroles ?

— Je voudrais que vous fissiez à ma susceptibilité paternelle une toute petite concession.

— Laquelle ?

— Je m'engage, si vous l'exigez, à demeurer immobile dans mon fauteuil, à ne pas dire un mot, à ne pas faire un geste, tant que durera votre entretien avec Marcelle.

— Même si je laissais échapper contre vous un mot désobligeant? demanda le duc.

— Je vous sais trop bien élevé, monsieur, pour ne pas mesurer les paroles que vous emploierez devant ma fille, dit le baron. Ce n'est pas un homme comme vous qui lui apprendrez à mésestimer son père.

— D'autant plus que, sous ce rapport, je ne crois pas avoir rien à lui apprendre, répliqua vivement Lucien. Enfin... s'il le faut absolument, je m'y résigne! J'accepterai votre présence; mais vous me donnez votre parole de gentilhomme que vous garderez une neutralité absolue...

— Le silence et l'immobilité d'un mort, promit M. de Pierre-Lisse.

— Veuillez donc me montrer le chemin.

Le baron prit les devants et conduisit le duc dans la chambre de Marcelle.

En apercevant M. de la Tournaye, l'œil éteint de la jeune fille se ranima; son visage pâle et défait se colora légèrement; un sourire angélique erra sur ses lèvres.

Fidèle à sa promesse, le baron, sans dire un mot, alla s'asseoir sur un fauteuil, près de la fenêtre, à l'autre extrémité de la pièce.

Lucien se tint debout au chevet de la pauvre enfant.

— Ma chère petite, dit-il, je dois avant tout vous apporter l'expression de la vive douleur qu'ont ressentie Raymonde et la comtesse de Libessac en se voyant séparées de vous...

Ces paroles amenèrent deux grosses larmes dans les yeux de la jeune fille.

— Ne vous désolez pas, reprit-il. Ce n'est pas pour vous attrister que je me fais l'écho de ces regrets, c'est pour vous montrer combien vous êtes aimée d'elles. Quant à moi, j'ai appris ce matin, à huit heures, les évènements qui vous ont amenée dans cette maison, et, vous le voyez, je suis accouru sur le champ. Je n'ai donc pas besoin de vous dire que je suis votre meilleur ami.

— Ah! monsieur! s'écria Marcelle, dont les sanglots éclatèrent, en lui serrant la main.

— Eh bien! mon enfant, soyez franche, et toutes ces douleurs, tous ces regrets, peuvent être taris aujourd'hui même, fit Lucien très-ému lui-même.

M. de Pierre-Lisse n'était évidemment pas très-satisfait de ce début, car il s'agitait sur son fauteuil, en proie à un malaise évident.

M. de La Tournaye n'y prit pas garde.

— Ne vous laissez donc influencer par aucune crainte, dit-il à Marcelle. N'écoutez que vos penchants, ne consultez que votre cœur. Sachez qu'au-dessus de l'autorité paternelle, il y a sur terre une autre autorité, devant laquelle peuvent disparaître même les montagnes. Cette autorité est celle du roi.

— Le roi! fit la pauvre enfant, dont le visage s'éclaira d'une lueur d'espérance.

— Oui, mon enfant. Aujourd'hui même, à deux heures, j'aurai une audience de Sa Majesté, et j'ai tout lieu de croire qu'elle m'accordera tout ce que je voudrai bien lui demander. Eh bien! parlez; m'autorisez-vous à réclamer de votre part votre émancipation immédiate?

— Mon émancipation ? répéta Marcelle, à qui le sens de ce mot échappait.

— Oui, votre émancipation, c'est-à-dire l'affranchissement de toute tutelle, la liberté absolue de votre personne.

L'œil de la jeune fille étincela.

Au contraire, les traits du baron s'étaient contractés. Une inquiétude mortelle se peignait sur sa figure.

Elle fit à cet homme, qui n'avait auprès d'elle d'autre titre que celui de père, le sacrifice de sa liberté.

— Non, répondit-elle, je vous remercie, monsieur le duc, de cette nouvelle preuve de bonté, mais je remplirai mon devoir jusqu'au bout.

— Et vous resterez ici ! loin de tous ceux qui vous aiment ! s'écria Lucien.

— Mon père m'aimera peut-être.... répondit-elle.

En entendant ces mots, le baron, incapable de se contenir, se leva et se précipita sur la main de Marcelle.

— Si je t'aimerai, chère enfant !... dit-il.

Puis se redressant aussitôt, il se tourna vers M. de La Tournaye.

— Pardonnez-moi, monsieur, dit-il, si j'ai manqué à la parole que je vous avais donnée ; mais je n'ai pas été maître d'un mouvement que votre cœur de père comprendra bientôt.

Lucien ne lui répondit même pas. Il avait enfin appris à connaître ce gentilhomme de sac et de corde. Il n'était pas dupe de la comédie que jouait M. de Pierre-Lisse, bien qu'il ne s'en expliquât pas les motifs.

Il sentit que Marcelle lui échappait sans retour.

— Ainsi, lui dit-il, c'est sans regret et de votre plein gré que vous acceptez la nouvelle situation qui vous est faite.

— Je serais une ingrate si je disais que c'est sans regrets, répondit-elle d'une voix ferme ; mais c'est de mon plein gré, je vous l'assure.

— Qu'il soit donc fait suivant votre volonté ! dit Lucien avec tristesse ; mais n'oubliez, dans aucun cas, que vous avez en nous des amis dévoués, qui vous aiment et vous admirent plus encore, si c'est possible, pour la détermination que vous avez prise.

— Merci, dit Marcelle, qui lui tendit la main ; merci pour ces dernières paroles, monsieur le duc. J'avais peur que vous ne me gardassiez rancune d'avoir préféré mon devoir à des amitiés qui me sont si chères !

Elle ne put en dire davantage. Les larmes, qu'elle contenait si difficilement, depuis le commencement de cet entretien, se firent jour tout d'un coup à travers ses paupières et inondèrent son visage.

— De grâce, monsieur le duc ! Épargnez-la, fit M. de Pierre-Lisse, qui feignit, lui aussi, d'essuyer une larme absente.

Lucien enrageait. Il voyait que Marcelle était le jouet naïf de ce sentimentaliste hypocrite, et il ne pouvait cependant pas lui dire :

— Malheureuse ! ouvre les yeux. Ce misérable n'a ni foi ni loi. Il nous berne tous les deux. Par ce qu'il a osé entreprendre contre toi, juge de ce qu'il réserve à ton avenir. Ton père ! ce monstre de lubricité ! Non, il ne l'est pas, il ne l'a jamais été, il ne le sera jamais! S'il a le droit de porter ce titre sacré, c'est à un crime qu'il le doit. Il a séduit ta mère, il l'a abandonnée, il l'a laissée mourir de misère et de faim ! Tu le sais bien, pourtant...

Ces phrases saccadées, qui brûlaient les lèvres de Lucien, il n'osa pas les laisser tomber. Il respecta religieusement les chastes illusions de la pauvre enfant.

Il déposa sur son front un long baiser d'adieu et la quitta, le cœur brisé.

Le baron descendit avec lui, prit les devants et lui ouvrit la porte du salon avec un geste d'obséquieuse servilité.

Ce fut peine perdue. Lucien passa outre.

— Vous n'entrez pas ? lui demanda le baron, qui ne sut pas cacher son désappointement.

— A quoi bon ? fit le duc ; tout n'est-il pas fini entre nous ? Vous n'avez pas nourri l'espoir, je pense, que les portes de l'hôtel de La Tournaye s'ouvriraient devant vous ? Et quant à y entrer par les fenêtres, je vous en défie tant que je serai là. Adieu donc, monsieur ! Vous ne me reverrez que si Marcelle est malheureuse, et je souhaite pour elle que vous ne me revoyiez jamais!

Sur ces paroles menaçantes, il s'éloigna.

M. de Pierre-Lisse laissa échapper un mouvement de colère en le voyant disparaître.

— Orgueil et imbécilité ! dit-il en le montrant d'un geste méprisant. Il n'a pas compris qu'il ne tenait qu'à lui... Et ça remue des millions à la pelle ! ajouta-t-il avec un ricanement nerveux.

Lucien avait traversé le jardin et était remonté en carrosse.

— Oh ! tu as beau faire... tu y viendras, fit le baron au moment où la voiture s'éloignait.

En effet, ne gardait-il pas Marcelle auprès de lui, et n'avait il pas dit « qu'il la tenait mieux encore à présent qu'il avait pour lui le droit et la loi ? »

En somme, il était assez satisfait de la façon dont cette entrevue s'était terminée. Sa fille avait résisté aux sollicitations pressantes de M. de La Tournaye: c'était plus qu'il n'avait osé espérer.

Il était, en effet, vis-à-vis de Marcelle, dans une situation singulièrement fausse. Se déclarer l'amant d'une jeune fille, pousser jusqu'aux dernières brutalités les tentatives de séduction, et s'apercevoir que cette enfant est la vôtre...! il y avait là de quoi déconcerter le plus impudent coquin.

Le baron essaya pourtant de tourner la difficulté. Pendant les cinq jours que le docteur condamna la porte de la malade, il eut le temps de se préparer à cet entretien scabreux.

Le sixième jour, enfin, il pénétra près de Marcelle, qui ne put réprimer un cri de frayeur en l'apercevant.

Il ne s'approcha point d'elle, afin de ne pas l'alarmer.

— Rassurez-vous, mon enfant, lui dit-il. Vous allez voir que je suis le moins dangereux et le meilleur de vos amis.

La jeune fille eut peine à surmonter sa frayeur. Cependant, **voyant que le** gentilhomme s'asseyait à distance respectueuse, elle se rassura.

— Êtes-vous en état de m'entendre ? lui demanda-t-il avec douceur.

— Oui, monsieur, pourvu que vous ne m'exposiez plus à de nouvelles insultes...

— Ne craignez rien, mon enfant. Je ne vous donne pas un quart d'heure **pour** me pardonner les insultes que vous me reprochez à si juste raison.

Ce langage, plein de mansuétude et d'humanité, étonna la jeune fille.

— L'homme est un étrange animal, mon enfant, commença le baron ; ce qu'il sent, ce qu'il éprouve réellement, il serait fort souvent très-embarrassé de le dire. J'en suis un exemple frappant.

Il y a cinq mois et demi que je vous vis pour la première fois, vous vous en souvenez peut-être. Quant à moi, je ne saurais l'avoir oublié, puisque je ressentis, en vous apercevant...

— Je vous en prie, monsieur, interrompit la jeune fille, n'abusez pas de ma faiblesse pour...

— Ayez un peu de patience, mon enfant, dit le gentilhomme, sans lui laisser le temps d'achever sa phrase, et vous verrez qu'il n'y a rien dans mon langage dont vous puissiez vous formaliser. Vous êtes la dernière à qui, désormais, j'oserais manquer de respect ; mais il faut bien que je remonte jusqu'à cette époque, pour vous apporter l'explication à laquelle vous avez droit.

Ce trouble que j'éprouvai à votre aspect, je ne cherchai point à l'analyser. Je le pris pour une de ces passions soudaines, qui s'imposent tyranniquement à tout âge, et je reconnais humblement qu'en lui obéissant je n'ai pas agi avec la sagesse que mes quarante ans auraient dû me donner. Mais que voulez-vous...? Il est certains tempéraments, que leur ardeur entraîne parfois au-delà même du but qu'ils voudraient atteindre. Je suis de ceux-là. Je suis allé trop loin, et mes regrets sont empreints d'une amertume d'autant plus grande que je m'étais affreusement trompé sur la nature du sentiment qui m'entraînait vers vous.

— Que dites-vous ! fit Marcelle étonnée.

— La vérité, mon enfant, répondit le baron. Je ne vous aime pas — ou, du moins, corrigea-t-il, je ne vous aime pas d'amour.

— Mais alors, monsieur, votre conduite est de plus en plus incompréhensible, fit observer la jeune fille. Sous l'empire de quel autre sentiment avezvous agi ?

— J'ai agi sous l'empire de la passion, je le reconnais ; j'étais aveugle, je vous le répète, et c'est de quoi je viens en toute sincérité faire amende honorable auprès de vous. Et quand je songe au crime que j'ai failli commettre, aux conséquences terribles qui en sont résultées, je me demande si vous aurez au fond de votre petit cœur un trésor d'indulgence assez inépuisable pour me pardonner....

A ces mots, le baron se leva, en proie à une exaltation parfaitement jouée ; puis il se laissa retomber avec accablement et se voila le visage de ses deux mains.

Le duc avait fait part à sa femme et à Mme de Libessac de l'insuccès de sa démarche.
(Page 252.)

— Je ne vous comprends plus! dit la jeune fille, très-émue.

— Eh! comment votre innocence peut-elle me comprendre? fit le baron avec un sanglot. Comment mon expérience ne m'a-t-elle pas fait voir que la force irrésistible qui me poussait vers vous n'était autre que la voix du sang?

— La voix du sang! fit Marcelle. Vous avez dit la voix du sang! Comment nous serions attachés l'un à l'autre par un lien de parenté...?

— Par le lien le plus étroit qui soit sur terre, mon enfant.

— Mais je n'en connais pas de plus étroit que celui qui m'unissait à ma mère.

— Vous oubliez votre père, ma chère petite.

— Mon père ! s'écria Marcelle avec un geste d'horreur. Vous seriez...

— Votre père... Oui, mon enfant.

En disant ces mots, M. de Pierre-Lisse se laissa tomber sur les deux genoux et tendit vers la jeune fille ses mains suppliantes.

— Oui, continua-t-il en gardant cette humble posture, Mᵐᵉ Darnaud n'était autre que cette pauvre Marguerite de Lescarre, que je faisais rechercher avec tant de soin depuis mon retour à Paris... Plus tard... quand vous serez rétablie... je vous expliquerai par quels évènements douloureux nous avons été séparés... vous saurez pourquoi j'ai dû quitter la France, abandonnant malgré moi celle que j'ai tant aimée... Pour aujourd'hui, je me contenterai de vous fournir rapidement les preuves de ce que j'avance... Répondez, Marcelle. Parlez, ma fille. Avez-vous absous ce grand coupable qui courbe devant vous son front dans la poussière ? Peut-il se relever sans rougir ?

— Hélas ! répondit tristement Marcelle, si vous êtes mon père, n'avez-vous pas droit à toutes les indulgences ? N'êtes-vous pas absous d'avance ?

Le ton sur lequel ce pardon avait été accordé n'aurait peut-être pas été du goût de tous les pères ; mais le baron s'était mis dans un tel cas, qu'il était obligé de se contenter de peu.

— Puisque vous oubliez, Marcelle, reprit-il, mon devoir est tout tracé. Je rachèterai, à force de prévenances et de soins, le coupable égarement auquel je me suis laissé entraîner, je dissiperai à force de tendresse les soupçons que vous avez conçus... mais je ne veux pas trop vous fatiguer aujourd'hui, interrompit-il. Je vois que votre œil se voile et que votre visage se contracte... Je fais trève aux épanchements de mon cœur, à la joie que votre indulgence m'a causée, pour vous montrer les preuves que vous m'avez demandées.

Marcelle paraissait, en effet, très-accablée.

C'est à cause de cela, sans doute, que M. de Pierre-Lisse jugea le moment opportun, pour produire les preuves qu'il avait annoncées.

— Vous connaissez l'écriture de votre mère, n'est-ce pas ? fit le gentilhomme.

— Certes, dit Marcelle d'une voix affaiblie.

— Eh bien ! lisez ceci, dit le baron en lui mettant sous les yeux un manuscrit, plié de telle sorte qu'elle ne pouvait voir que ce qu'il lui montrait.

Elle lut avec peine ces trois mêmes lignes que son père avait déjà mises sous les yeux du lieutenant de police.

« Ton père, ma chère enfant, est celui dont je viens de te raconter l'histoire, — c'est-à-dire le baron de Pierre-Lisse »

— Vous reconnaissez bien l'écriture ? insista le gentilhomme.

— Je ne puis la révoquer en doute, répondit Marcelle, mais... essaya-t-elle d'ajouter.

— Plus tard... interrompit le baron, quand vous serez rétablie... je vous donnerai toutes les explications désirables. Pour aujourd'hui, contentez-vous de jeter un coup d'œil sur les pièces que je vous soumets. Tenez, ajouta-t-il, voici encore un extrait des registres de la paroisse de Saint-Aubin, constatant que vous y êtes née le 12 avril 1758, de demoiselle Marguerite de Lescarre... Enfin, voici un acte de reconnaissance, que j'ai fait dresser aussitôt que cette vérité m'a été connue, et par lequel vous êtes bien réellement, à dater de ce jour, la fille de Marguerite de Lescarre et d'Anatole-Edouard de Pierre-Lisse...

En même temps, il lui montrait les actes dont il s'était muni et lui faisait suivre des yeux avec son doigt les énonciations diverses qui figuraient sur ces papiers.

Quoiqu'un léger brouillard commençât à s'étendre sur ses yeux, Marcelle vit bien que les actes étaient parfaitement en règle. Seulement, elle ne s'expliqua pas comment son père avait entre les mains un document qui lui semblait destiné à elle...

Ce jour-là, elle se contenta de ces explications. Il lui aurait été, du reste, impossible d'en entendre d'autres, tant elle était faible.

Le lendemain, elle allait beaucoup mieux; le surlendemain elle était presque bien.

Avec la sécurité, la vie était revenue tout d'un coup.

Pendant ces deux jours, le baron avait été pour elle, non pas seulement le modèle des pères, mais le modèle des gardes-malades. Vingt fois par jour, sur la pointe des pieds, à voix basse, il était venu prendre des nouvelles de sa fille, lui avait apporté sa tisane, avait assisté au léger repas dont le docteur avait dicté le menu.

Il s'était montré si humble, si soumis, si repentant, si désireux de faire oublier ses torts, que la bonne et douce Marcelle s'en voulait presque de la froideur qu'elle lui témoignait, mais dont elle n'était pas encore parvenue à triompher.

Quant à lui, il s'apercevait des progrès immenses qu'il avait faits dans le cœur de la pauvre enfant et ne s'en appliquait que mieux à conquérir ses bonnes grâces.

Il n'ignorait pas qu'il aurait un rude assaut à soutenir de la part M. de la Tournaye. Il se préparait à la lutte par tous les moyens en son pouvoir... Eh bien ! maintenant que ce moment terrible était passé et que Marcelle s'était prononcée, le baron n'était qu'à moitié content.

Il n'avait pas manœuvré dans le seul but de s'attacher sa fille par les liens d'un indissoluble devoir. Il n'avait pas exigé d'elle qu'elle éloignât formellement le duc, de même qu'il n'avait pas chassé de chez lui M. de La Tournaye, puisqu'il avait au contraire essayé de le retenir.

Il aurait voulu, comme on dit vulgairement ménager la chèvre et le chou; mais s'il avait réussi à garder le chou, c'est-à-dire Marcelle, la chèvre s'était montrée récalcitrante. Le duc lui avait échappé par une boutade menaçante et lui avait interdit l'accès de sa maison.

Cependant M. de Pierre-Lisse ne désespérait pas encore de renouer par les sensibleries féminines les relations que la colère et l'indignation de Lucien avaient rompues. Il comptait encore sur les prières et sur les larmes de Raymonde et de la comtesse pour atténuer l'ultimatum que M. de La Tournaye lui avait posé.

Il ignorait que, quand Lucien avait pris une résolution, nulle puissance humaine ne l'en faisait changer.

En effet, en revenant à l'hôtel, le duc avait fait part à sa femme et à Mme de Libessac de l'insuccès de sa démarche et, sans cacher la douleur et le désappointement que lui causait la résolution de la jeune fille, il leur avait dit en quels termes d'irréconciliable inimitié il avait quitté M. de Pierre-Lisse.

Ni Raymonde, ni la comtesse n'essayèrent de le fléchir, tant elles sentaient combien était légitime le courroux dont Lucien était animé. Elles imposèrent silence au douloureux sentiment que leur laissait le départ définitif de Marcelle et s'efforcèrent de distraire le duc des soucis que ces évènements lui avaient causés.

Ce fut pour Lucien une véritable consolation de trouver chez lui une si cordiale soumission au parti qu'il avait adopté.

S'il n'avait pas le cœur à la joie, il avait du moins la conscience tranquille, quand il se présenta, vers deux heures, chez le roi, afin de lui rendre compte de la mission dont il avait été chargé.

Sa Majesté avait fait prévenir Turgot, qui se trouvait là, quand l'huissier de service annonça le duc de La Tournaye.

Lucien fut accueilli à bras ouverts. Évidemment Louis XVI comptait sur une réponse favorable, car son visage épanoui semblait attendre avec la plus grande confiance que le duc lui fît connaître les résultats de son voyage.

M. de La Tournaye nomma les uns après les autres les personnages avec lesquels il s'était mis en relations et ne cacha pas au roi quelle avait été la conclusion des conversations qu'il avait eues avec ces différents dignitaires.

— En somme, dit-il, non-seulement Votre Majesté ne doit pas compter sur l'Autriche, mais encore elle doit s'attendre à rencontrer chez cette puissance l'ennemie la plus acharnée des réformes accomplies et des réformes projetées. C'est de là, j'en suis convaincu, que partent les sourdes résistances que nous rencontrons. Je me garderai bien d'accuser notre jeune reine de rebellion, mais j'affirme qu'elle écoute les perfides conseils qu'elle reçoit de Vienne. Sa petite cour est le foyer vers lequel convergent les fils ténus des petites intrigues qu'elle encourage, si elle ne les ourdit pas. Il faut donc en prendre bravement son parti et chercher ailleurs l'alliance dont Votre Majesté croit avoir besoin.

— Que m'apprenez-vous, monsieur le duc ! fit le roi profondément désappointé.

— Je vous l'avais bien dit, sire, hasarda Turgot.

— Sans doute, vous me l'aviez dit; mais je ne pouvais pas le croire, répondit le roi.

— Eh ! sire, dit Lucien, qu'avons-nous besoin de chercher auprès des étrangers un appui illusoire ? C'est dans notre belle France, c'est auprès de vos sujets qu'il faut vous ménager les alliances et les dévouements. Ne sentez-vous pas, depuis que vous êtes entré dans la voie du progrès, que le peuple renaît à la vie, que le pays se réveille, que le souffle nouveau qui l'anime lui donne une force capable de briser tous les obstacles ? Courage, sire ! comptez davantage sur nous et moins sur les autres. L'ère des libertés que votre règne a inaugurée sera votre gloire dans l'avenir, si vous persévérez avec une foi robuste dans la ligne de conduite que vous vous êtes tracée.

— Merci, monsieur le duc, dit le roi d'un ton soucieux, et laissez-moi vous féliciter du zèle que vous avez déployé pour notre service. Avoir accompli en un peu plus de trois semaines ce long et pénible voyage est un véritable tour de force.

— Votre Majesté est trop bonne. Je m'estimerai toujours heureux de lui être utile.

—Je le sais et j'en userai, mais je n'en abuserai pas, car je n'ai pas le droit de faire tort aux pauvres de largesses que vous leur distribuez et dont votre absence a dû nécessairement retarder les effets. Retournez donc à vos généreuses occupations, monsieur le duc; mais, avant de me quitter, ne me ferez-vous pas le plaisir de me demander une récompense quelconque de la peine que vous avez prise à mon service.

— Vous me comblez, sire; mais je n'ambitionne rien que l'honneur de vous servir.

— Quoi ! s'écria le roi, je reste insolvable vis-à-vis de vous ?

— Nullement, sire. Reportez seulement sur d'autres, qui la méritent mieux, la bienveillance que vous me témoignez.

—Nul ne la mérite plus que vous, monsieur le duc, et vous me désobligez beaucoup en la repoussant.

— Eh bien ! sire, je l'accepte, fit Lucien, qui se ravisa brusquement.

— A la bonne heure ! s'écria joyeusement le roi.

— Je m'intéresse beaucoup, sire, à une jeune fille que j'avais recueillie, il y a bientôt dix-huit mois, et qui, dans des circonstances qu'il serait trop long de vous raconter, vient de retrouver son père...

— Bien, fit Louis, très attentif.

— Or, je crois connaître assez ce gentilhomme pour redouter que Marcelle ne trouve pas auprès de lui le bonheur tranquille auquel elle aspire. Dans dix jours, elle aura dix-huit ans et pourra être émancipée. J'oserai donc prier Votre Majesté de me donner un mot signé d'elle, par lequel Marcelle sera affranchie de toute tutelle, à partir du 12 avril, présent mois, et libre par conséquent de ses actions.

—N'est-ce que cela ? fit le roi.

A ces mots, il se tourna vers le ministre.

— Écrivez, Turgot, dit-il, M. de La Tournaye va vous dicter lui-même l'acte qu'il réclame de notre justice souveraine.

Turgot prit la plume et Lucien dicta :

« De par notre volonté royale, la demoiselle Marie-Marcelle-Eugénie, fille de demoiselle Marguerite de Lescarre et du baron de Pierre-Lisse, est affranchie de toute tutelle, à dater de ce jour, et libre de disposer à son gré de sa personne et de ses biens, sans que nul puisse porter entrave à l'exécution de la présente ordonnance. »

« Fait au palais des Tuileries, ce 12 avril mil sept cent soixante-six. »

Lucien se tut; Turgot s'arrêta.

— Et je signe, dit le roi en traçant d'une main ferme son nom royal au bas de cet écrit.

Alors, passant la plume à son ministre :

— Contre-signez, Turgot, ordonna-t-il, et apposez le sceau de l'État sur ce parchemin.

Le ministre obéit.

Quelques minutes après, Lucien se retirait, emportant le précieux papier.

Quand il revint à l'hôtel, il montra triomphalement à Raymonde et à la comtesse l'arme terrible dont il venait de se munir.

Ce fut donc d'un œil plus tranquille que chacun put désormais envisager un horizon qu'obscurcissaient tant de nuages menaçants.

*

FIN DE LA PREMIÈRE PARTIE

DEUXIÈME PARTIE

LES DEUX MARTYRES

I

UNE PÊCHE MIRACULEUSE

En vérité, ceux qui jadis avaient connu le pimpant brigadier des gardes-françaises auquel ses amis avaient donné le surnom volage de Papillon, n'auraient jamais cru qu'il s'agît de ce même coureur de femmes et d'aventures dont il a été question dans *Monseigneur*, si on leur avait présenté aujourd'hui M. Papillon, l'intendant de M. le duc de La Tournayo.

Du soldat railleur, trompeur, vainqueur, qui se faisait un jeu de mettre à mal les soubrettes, grisettes, ravaudeuses, etc., sur lesquelles son œil fascinateur avait jeté son dévolu, il ne restait plus rien que le surnom et la moustache.

Seulement, vingt-six années avaient passé sur le tout.

Le surnom, on le lui avait laissé parce qu'on savait que cela flattait son amour-propre. Quant à la moustache, c'était lui qui l'avait gardée, sans s'apercevoir qu'elle comptait à présent plus de poils blancs que de noirs et qu'elle n'avait plus cette souplesse triomphante d'autrefois, qui avait fait tant de malheureuses !

Vingt-six ans sont toute une autre vie dans le cours de la vie humaine. Si la métamorphose ne s'accomplit pas tout d'un coup, si elle passe pour ainsi dire inaperçue aux yeux de celui qui la subit, il n'en est pas de même aux yeux de ceux qui retrouvent à une si grande distance l'être dont ils avaient gardé le souvenir.

Pour ceux qui ont lu *Monseigneur* et qui ont suivi toutes les périodes de cette existence accidentée, le changement paraîtra moins grand. Ceux-là, en effet, ont vu Papillon beaucoup plus calme déjà, du jour où il avait épousé Ludivine.

Ludivine était une maîtresse femme, qui avait eu raison des velléités érotiques du brigadier. Elle avait mis au pas cet infidèle, qui avait amoncelé tant de victimes autour de lui; elle lui avait apporté, avec la fortune, le bien-être, — deux choses que le vieux soldat n'avait jamais pu conquérir.

Avec l'âge, on sent mieux le prix du bien-être. Papillon s'était laissé gagner peu à peu par les douceurs de cette vie nouvelle.

Son poste d'intendant chez le duc de La Tournaye, loin d'être absolument une sinécure, lui laissait néanmoins de longues heures de loisir et lui permettait de mieux savourer encore les jouissances qui émaillaient son âge mûr.

Le brigadier n'avait en effet que cinquante-quatre ans.

Il n'avait rien du vieillard, ni sur le visage ni dans les allures. L'habitude de l'escrime, de la marche forcée, avait conservé à ses mouvements toute leur souplesse. Si sa taille n'était pas aussi fine qu'à l'époque où il la sanglait dans son ceinturon de buffle, elle n'était pas déformée par l'embonpoint.

Ses traits étaient assurément un peu plus marqués ; son nez avait grossi dans la proportion de sa moustache, mais l'expression de sa physionomie n'avait pas beaucoup plus changé que son caractère.

Papillon était toujours ce même volcan mal éteint que nous avons connu.

A présent que l'âge avait quelque peu refroidi son cœur, il renonçait aux femmes — non sans regrets — pour s'adonner à la nouvelle passion qui s'était emparée de lui.

Cette passion c'était celle de la pêche à la ligne, passion bien inoffensive, on le voit, mais qui a ses émotions et ses dangers.

Dès qu'il avait un moment à lui, il courait sur le quai, déployait son instrument, jetait sa ligne à l'eau et ne quittait plus des yeux son bouchon, jusqu'à ce qu'il rapportât à l'hôtel une friture, dont Lucien et Raymonde ne dédaignaient souvent pas de prendre leur part.

Il est vrai que ces courtes séances ne suffisaient pas au brigadier. C'était ce qu'il appelait « s'entretenir la main ».

De temps en temps, quand il avait une journée libre, et après avoir obtenu l'autorisation de Lucien, il partait à pied avant le jour; il s'en allait à l'aventure, remontant ou descendant le courant du fleuve, jusqu'à ce qu'il rencontrât une place favorable à ses projets.

Alors il s'installait, déposait à côté de lui le sac dans lequel était enfermé son déjeuner, amorçait son coup et se mettait à l'œuvre. Grâce à la patience et à l'adresse dont il était doué, il revenait rarement à Paris sans avoir fait une pêche abondante.

Soudain entre deux eaux venait d'apparaître un corps humain. (Page 260.)

Depuis deux mois et demi, il avait malheureusement un peu moins de temps à lui. La disparition de Marcelle avait creusé un vide dans la maison de M. de La Tournaye.

Elle n'était plus là pour dépouiller la correspondance, pour distribuer certaines aumônes, et, bien que la comtesse de Libessac la suppléât de son mieux, Lucien avait dû confier à Ludivine une partie de ces délicates fonctions.

33me LIV.   33

Par contre, Papillon avait plus de surveillance à exercer, — depuis surtout que la trahison de François avait mis tout le monde sur le qui-vive.

Lucien avait, en effet, recommencé depuis son retour le cours de ses charitables largesses, et comme elles s'élevaient dans certains cas à des sommes considérables, il avait dû même recourir parfois à la complaisance du vieux soldat, — complaisance sur laquelle il savait pouvoir compter aveuglément.

Le brigadier obéissait avec la même soumission automatique que s'il avait encore été sous les drapeaux et que si Lucien avait encore porté l'épaulette de capitaine.

Germain commençait pourtant à lui venir en aide. Depuis dix-sept ans qu'il était au service du duc de La Tournaye, il avait donné tant de preuves de fidélité, d'attachement et de probité, qu'on en arrivait à le considérer peu à peu comme faisant partie de la maison. Son maître le chargeait donc quelquefois de certaines missions, qu'en d'autres temps il n'aurait confié à nul autre qu'au brigadier.

Cela permettait à Papillon de s'absenter une bonne fois tous les quinze jours.

S'absenter une bonne fois, pour lui, c'était faire cinq ou six lieues à pied, au bord de la Seine, et pêcher pendant douze heures.

Depuis que Marcelle habitait chez son père à Auteuil, c'était de ce côté que le vieux soldat dirigeait le plus fréquemment ses excursions. Il espérait sans doute que la jeune fille viendrait se promener une pauvre fois le long de la rivière, le reconnaîtrait, causerait avec lui, laisserait échapper quelques confidences.... Car on ne savait rien de Marcelle à l'hôtel de la Tournaye, sinon qu'elle était tout à fait rétablie.

Germain, qui était allé dix fois prendre de ses nouvelles, n'avait jamais été admis près d'elle et il ne l'avait même pas aperçue dans le jardin, où il l'avait inutilement cherchée des yeux.

Le 20 juin de cette même année 1766, Papillon quitta vers trois heures du matin l'hôtel de la place Royale, muni de l'attirail le plus complet qu'il eût jamais emporté. La veille, il avait rêvé qu'il prenait un saumon de quatorze livres.

Il descendit les quais d'un pas relevé et atteignit les hauteurs de Chaillot.

Ici la Seine coulait à pleins bords. Il chemina donc le long de la berge, cherchant des yeux la place qui lui conviendrait le mieux.

Ce jour-là, il était sans doute plus difficile, ou il tenait à s'éloigner de Paris le plus possible, car il arriva à l'endroit qu'on appelle le Point-du-Jour, c'est-à-dire presque à Auteuil même.

Il aperçut une berge unie, verdoyante, sur laquelle on pouvait s'asseoir à plaisir et faire au besoin dans la journée une sieste réparatrice. Il y descendit, sonda le fleuve du regard, vit une eau limpide et profonde, un courant régulier, et se dit :

— Voilà mon affaire !

Aussitôt il fit ses préparatifs.

Il n'était pas cinq heures du matin ; mais le brigadier avait fait à pied une longue course, ce qui lui avait donné soif et ouvert l'appétit.

Il allait entamer ses provisions, lorsque, à cinquante pas de là, il aperçut une guinguette dont on ouvrait les volets.

— Gardons nos provisions pour tantôt, dit-il, et voyons ce que vaut la piquette de ce petit cabaret.

A ces mots, laissant sur la berge tous ses ustensiles de pêche, il se dirigea vers la guinguette et se fit servir un verre de vin blanc.

Le vin blanc était bon, Papillon en but un second verre et échangea quelques paroles avec le cabaretier.

Il tournait le dos à la porte et ne voyait rien de ce qui se passait dans la rue; mais comme, en causant, le cabaretier s'était penché vivement en avant, machinalement, il se retourna aussi. Il distingua vaguement la silhouette d'une femme, qui glissait rapidement devant les carreaux de la boutique et qui disparaissait au moment même où il tournait la tête.

Il paya sa dépense et se dirigea vers l'endroit où il avait laissé ses agrès, bien lesté, bien disposé surtout à jouir dans toute sa plénitude de cette admirable matinée de printemps.

Au moment où il quittait le cabaret, il s'arrêta brusquement et prêta l'oreille.

Il lui avait semblé entendre dans l'eau un bruit semblable à celui que produit la chute d'une pierre ou de tout autre objet volumineux.

Cependant, comme aucun autre bruit ne parvint jusqu'à lui, comme aucun cri de détresse ne se fit entendre, il rut avoir été le jouet d'une illusion.

Il poursuivit son chemin, les yeux fixés malgré tout sur l'eau limpide. Or, pas la moindre bise ne soufflait et pourtant la surface de l'eau était agitée. De grands ronds, s'élargissant à perte de vue, ridaient ce miroir, tout à l'heure si calme et si uni.

Papillon n'avait donc pas rêvé? Il avait entendu quelque chose. Quoi? Il ne s'en rendait pas compte; craignant qu'un des objets qu'il avait apportés n'eût roulé dans la rivière, il courut à sa place... tout y était dans un ordre parfait.

— D'ailleurs, se dit il, rien de ce qui se trouve là n'aurait pu produire, en tombant dans la Seine, le bruit que j'ai cru entendre.

Il regarda une dernière fois, il ne vit rien que les ronds, qui allaient maintenant s'élargissant de plus en plus et dont le cercle s'amoindrissait au point de devenir imperceptible.

Alors il prit sa ligne et la jeta à l'eau.

Cette fois, il ne voyait plus que son bouchon. Rien de ce qui se passait autour de lui n'était capable de l'arracher à cette occupation.

Tout à coup le bouchon oscilla. Ce fut une bien grande émotion? Emotion d'autant plus grande que jamais bouchon n'avait oscillé dans des conditions semblables.

En effet, au lieu d'enfoncer dans l'eau, le bouchon s'était soulevé; au lieu de planter droit, il se tenait à plat sur la surface! Papillon connaissait les *coups de relevage* que la carpe, la brême, le juègue quelquefois, impriment au flotteur d'une ligne; mais jamais il n'avait rien vu de pareil. Evidemment son bas de ligne était soulevé par des herbes ou par...

Subitement, il poussa un grand cri !

L'explication qu'il cherchait, il l'avait trouvée. Immédiatement au-dessous de son bouchon venait d'apparaître entre deux eaux un corps humain. Les vêtements, clairs, longs et flottants, dont il était couvert, indiquaient le sexe auquel il appartenait.

Ainsi ce bruit que Papillon avait entendu... ces ronds qui se prolongeaient à l'infini... cette femme qui tout à l'heure avait passé devant la guinguette... tout cela était vrai !

Le brigadier n'hésita pas.

Otant soigneusement sa veste et son gilet, il piqua une tête conforme aux principes les plus stricts de la natation et disparut méthodiquement dans la Seine.

Le Point-du-Jour ne se doutait guère à cette époque qu'il deviendrait l'immense caravansérail qu'en a fait la dernière Exposition.

C'était alors un endroit paisible et solitaire, où venaient se promener, le dimanche seulement, quelques petits bourgeois, des grisettes, des commis et des gardes-françaises.

Pendant la semaine, quelques rares promeneurs s'aventuraient dans ces parages; mais, à cinq heures du matin, personne autre qu'un enragé pêcheur, comme Papillon, ne se serait avisé de fouler d'un pied hardi l'herbe humide encore de rosée.

C'était donc vraiment bien par miracle que le brigadier se trouvait là pour procéder au sauvetage de cette inconnue.

Ce ne fut pas long du reste.

Le corps de cette femme était si près de lui, au moment où il l'avait aperçu, que, s'il avait eu la moindre gaffe à sa portée, il l'aurait ramené à terre, sans mouiller même le bout de ses manchettes.

N'ayant rien sous la main, il plongea de façon à passer sous le corps inerte de la jeune femme, de sorte qu'il n'eut qu'à le soutenir pour le ramener d'un bras vigoureux vers la rive.

Cela fait, il sortit de l'eau, attira le corps à lui et le coucha sur l'herbe.

Ainsi qu'il l'avait jugé du premier coup d'œil, la femme était jeune. Une forêt d'admirables cheveux noirs retombait sur ses épaules et l'enveloppait d'un véritable manteau.

Papillon écarta avec précaution les mèches humides qui s'étaient collées sur le visage de la jeune femme et poussa tout à coup un cri de terreur.

Se relevant précipitamment, il saisit dans ses bras ce corps inanimé et se dirigea en courant vers le cabaret qu'il venait de quitter tout à l'heure.

— Vite une chambre, un lit, un bon feu ! dit-il d'une voix rauque.

L'aubergiste comprit tout.

Il conduisit le vieux soldat dans une petite chambre, où se trouvait un lit tout prêt, et cogna de toutes ses forces à la cloison voisine.

— Allons, femme ! cria-t-il, vite, lève-toi ! Arrive en chemise, en camisole, comme tu voudras, mais dépêche-toi.

Papillon avait commencé déjà à couper avec son couteau le corsage de la noyée, quand survint la femme du cabaretier.

Elle aussi devina ce qui s'était passé. Elle écarta les couvertures, acheva de déshabiller la jeune femme et la mit au lit.

— Si jeune et si jolie! murmura-t-elle, quel dommage !

Pendant ce temps, son mari avait allumé un grand feu de fagots.

La femme prit une pile de serviettes, qu'elle étendit sur des chaises pour les faire chauffer, et se mit à frictionner les membres de la noyée avec un courage et une force dénotant un grand cœur, en même temps qu'une profonde expérience de ces sortes de sauvetages.

Le mari faisait chauffer dans un pot une bouteille de vin sucré.

Le brigadier était pâle, très pâle.

— Mais qu'avez-vous donc? lui dit le cabaretier. Est-ce que vous êtes indisposé? Vous êtes resté longtemps sous l'eau peut-être...

— Pas même une minute.

— Alors, qu'est-ce donc?

— Je ne sais... le froid... le saisissement... balbutia le vieux soldat.

— C'est possible. Voulez-vous que j'aille vous chercher un petit verre de rhum, en attendant que ce vin chauffe?

— Ce n'est pas de refus, dit le brigadier.

L'hôte s'empressa de lui apporter ce qu'il désirait. Il apporta même deux verres au lieu d'un.

— A votre santé ! dit-il.

Papillon avala d'un seul coup le petit verre.

C'était un affreux amalgame de mélasse et de trois-six. En toute autre circonstance, le vieux soldat aurait fait une horrible grimace, juré, menacé de tout mettre à l'envers. Il ne sourcilla même pas.

— Excellent! dit-il en faisant claquer sa langue contre son palais.

Ce qui ne l'empêchait pas de passer toujours les serviettes chaudes à la femme du cabaretier, qui continuait de son côté les frictions avec une telle vigueur que l'eau ruisselait sur son visage.

— Ah ! ah ! cria-t-elle enfin, ça bouge !

Les traits de Papillon se détendirent.

— Vrai? demanda-t-il.

— Oui, j'ai senti quelque chose, répondit-elle.

Et elle se remit à frictionner de plus belle, avec une ardeur qui méritait réellement sa récompense.

Le brigadier poussa un profond soupir de soulagement. Etait-ce le rhum qui opérait? Etait-ce la satisfaction d'apprendre que son sauvetage avait réussi?

Ce qu'il y a de certain, c'est qu'il ne perdait pas des yeux la jeune femme.

Soudain il tressaillit de la tête aux pieds. Elle venait d'ouvrir les yeux.

Le vin chantait dans le pot, à la chaleur du feu, dont les flammes éclairaient la chambre étroite et sombre.

— Vite, un verre de vin! demanda le vieux soldat.

Il le prit des mains du cabaretier et se rapprocha du lit.

Soulevant doucement d'un bras la tête de la jeune femme, il approcha le verre de ses lèvres et lui en fit boire la moitié à petites gorgées.

L'effet de ce breuvage salutaire ne se fit pas longtemps attendre. La noyée ouvrit de nouveau les yeux et promena autour d'elle un regard étonné.

Après avoir parcouru la chambre, dévisagé le cabaretier et sa femme, ce regard se reposa enfin sur la personne qui la soutenait en ce moment.

Sans doute, la jeune femme croyait être le jouet d'un songe, car elle se recula pour mieux examiner ce personnage, et plus elle s'éloignait, plus son visage se couvrait d'une expression d'indicible étonnement.

— Pap..., murmura-t-elle.

Sans lui donner le temps d'achever le nom qu'elle avait commencé, Papillon se pencha vers elle.

— Silence! lui glissa-t-il à l'oreille. Buvez encore, mon enfant, continua-t-il à haute voix.

Le mouvement imperceptible que, de part et d'autre, avait provoqué cette reconnaissance, passa inaperçu aux yeux du cabaretier, qui repliait ses serviettes.

Quant à sa femme, elle était retournée dans sa chambre, pour mettre des vêtements un peu plus convenables.

La noyée avait fini par avaler en entier le contenu du verre que le brigadier lui présentait. La réaction s'était faite. Non-seulement le sang circulait et la chaleur assouplissait ses membres engourdis, mais une vive rougeur colorait ses joues — et, dans cette rougeur, il y avait certainement autant de honte que de vin chaud.

En effet, elle n'osait pas regarder en face le vieux soldat.

Il ne disait mot, mais il mâchonnait son épaisse moustache grise et dardait son petit œil vif sur celui de la jeune femme, avec une persistance grosse de reproches et de douloureuse surprise.

Enfin, quand il vit qu'elle était décidément hors de danger, il se tourna vers le cabaretier :

— Avez-vous ici un garçon? demanda-t-il.

— Non, monsieur.

— Quoi! personne ne pourrait aller à Paris et y remettre de ma part un billet à ma femme !

— Oh! pardon, monsieur. Je puis y aller, moi.

— Sur-le-champ ?

— Oui, monsieur.

— Bien, donnez-moi du papier, une plume et de l'encre.

Le cabaretier s'empressa de déposer sur une table ce que lui avait demandé Papillon.

Celui-ci prit la plume et écrivit :

« Au reçu de la présente, fais atteler le carrosse, toute affaire cessante, et suis la personne qui te donnera ce billet.

» J. DEBRAU, dit Papillon. »

Il plia le papier, le cacheta et y mit l'adresse suivante :

« A Madame Ludivine Debrau.

» Hôtel de M. le duc de La Tournaye,

» Place Royale, Paris. »

Puis il remit la lettre au cabaretier.

— Vous attendrez la personne à qui ce billet est destiné et vous reviendrez avec elle dans la voiture qui l'amènera, recommanda-t-il.

— Bien, dit l'hôte enchanté de cette perspective.

— Un louis pour vous si vous êtes ici avant deux heures : sinon je mets le feu à votre cabaret. Allez !

A ces mots, il le poussa par les épaules, l'accompagna jusqu'à la porte et ne rentra que lorsqu'il l'eut vu disparaître.

Il pénétra dans la chambre, réprimant un frisson involontaire.

Le pauvre diable n'avait, depuis vingt minutes, sur le dos qu'une chemise, une culotte et des bas tout mouillés. Il est bien vrai qu'en passant les serviettes chaudes à la cabaretière et en étendant sur le dos des chaises celles qu'elle lui rendait, il n'avait pas eu froid ; mais, depuis que la jeune femme avait repris connaissance, il commençait à éprouver le besoin de se réchauffer lui-même.

Après avoir avalé successivement deux verres de vin chaud, il s'assit à califourchon sur une chaise, s'installa, se tourna et se retourna devant le feu, jusqu'à ce qu'il fût à peu près sec.

Pendant ce temps, la femme du cabaretier avait tordu et fait sécher également les vêtements de la noyée.

Papillon, qui n'oubliait rien, profita de ce moment pour aller sur la berge, où il endossa ses habits et plia bagage.

Quelques minutes après, quand il revint dans la chambre, il était prêt à se remettre en route.

Il était visiblement inquiet et agité. Tantôt il sortait de la maison et observait les alentours, tantôt il y rentrait et jetait sur la jeune femme un regard scrutateur, mais toujours sans échanger un mot avec elle, sans essayer même de tarir les larmes qui coulaient de ses grands yeux noirs.

— Mon Dieu ! ne cessait-il de répéter, pourvu que Ludivine arrive à temps !

Enfin, vers sept heures et demie, il aperçut de loin un carrosse, qui roulait assez vivement dans la direction du cabaret.

— Cette fois, nous sommes sauvés ! murmura-t-il joyeusement.

En effet, quelques instants après, la voiture s'arrêtait et Ludivine mettait pied à terre, sans trop savoir ce qu'elle faisait, car ses yeux ressemblaient à deux points d'interrogation.

Papillon s'approcha d'elle.

— Quoi que tu voies, lui dit-il, pas un mot, pas un geste, avant que nous soyons partis.

Il alla chercher la jeune femme, la fit monter en voiture, y monta lui-même, après avoir jeté deux louis au cabaretier, et donné au cocher l'ordre de retourner à Paris.

Aussitôt les chevaux s'élancèrent. En moins de deux minutes, Papillon perdit de vue le cabaret qui avait été témoin de ce drame silencieux.

— Comment! s'écria-t-il alors, vous! c'est vous qui vous jetiez dans la Seine!

— Que dis-tu? fit Ludivine toute saisie.

— Tu ne vois donc pas ses vêtements encore souillés de vase... les miens... cette lettre que je t'ai fait parvenir... Comprends-tu?

— Quoi! c'est vrai! Marcelle a tenté de se noyer! dit la bonne femme, qui se prit à trembler de tous ses membres.

Marcelle ne répondait pas. Elle courbait la tête et pleurait...

— Ah! çà, voyons, que s'est-il passé? demanda Papillon. Nous sommes chez nous ici. Rien ne nous oblige à garder la même circonspection que dans la guinguette où nous étions tout à l'heure. Nous pouvons causer. Eh bien, c'est donc vrai? Vous vouliez mourir?

La jeune fille, plus confuse encore, se jeta dans les bras de Ludivine et éclata en sanglots.

— Eh! dit Ludivine à son mari, tais-toi donc! Tu ne lui donnes pas le temps de respirer, à cette pauvre enfant! Laisse-la plutôt pleurer à l'aise, cela la soulagera.

— Oh! je veux bien, moi, fit Papillon. Ce que j'en faisais... ce n'était pas par curiosité... encore moins pour tourmenter cette chère petite... c'était par intérêt pour elle.

— Nous le savons bien, répondit Ludivine. Tu n'as pas besoin de t'en défendre; mais, après une secousse comme celle-là, tu comprends qu'il faut que les nerfs se détendent.

Et, tout en parlant, la brave femme gardait sur sa poitrine la tête pâlie de Marcelle.

Le carrosse roulait toujours. Papillon et sa femme se taisaient. La crise à laquelle Marcelle se trouvait en proie se calmait par degrés, à mesure que ses larmes coulaient plus abondantes.

Enfin ces sanglots s'apaisèrent, et la jeune fille rentra en possession d'elle-même.

Elle se redressa et promena autour d'elle un regard étonné.

Elle eut un frisson de bien-être, en reconnaissant le carrosse de La Tournaye, en traversant les rues de Paris, et en se voyant entourée de deux amis dévoués.

Sans prononcer un mot, par un geste tout spontané elle tendit la main à Papillon.

Celui-ci s'en empara avidement et pressa dans les siennes cette petite main blanche et froide qu'il essaya de réchauffer.

— Ah! que vous êtes bon, *vous*, dit Marcelle avec un soupir.

Le *vous* qui terminait cette phrase signifiait clairement: Si vous êtes bon, il y en a d'autres qui sont bien méchants!

Papillon et Ludivine ne s'y rompèrent pas. Ils échangèrent un regard d'intelligence.

Dès qu'on entendit rouler le carrosse sous la voute, chacun accourut. (Page 267.)

— Ah ! dit encore Marcelle, quel dommage que vous ne m'ayez pas laissé mourir

— Voulez-vous vous taire ! fit Ludivine.

—J'étais si bien dans l'eau.. continua la pauvre enfant. Sur le premier moment cela m'a fait mal. J'avais froid... Je suffoquais... je sentais dans les oreilles un bourdonnement confus... puis plus rien !... Le fleuve m'entrainait et me roulait doucement...

34me Liv.   34

— Croyez-moi, mademoiselle, riposta Papillon, je vous en parle par expérience ; il n'y a que les poissons qui soient heureux dans l'eau. Je vous garantis qu'il y a moyen d'être heureux sur terre et je puis vous affirmer que M. le duc a entre les mains de quoi mettre un terme à vos souffrances.

— Un moyen ? fit Marcelle avec un accent de désespoir. Hélas ! en existe-t-il encore ?

— Certainement, dit le vieux soldat. Pour ma part, je vous réponds que nulle puissance humaine ne vous arrachera désormais de nos bras.

La jeune fille laissa échapper un sourire d'amertume et d'incrédulité.

— Ah ! si vous pouviez dire vrai ! gémit-elle. Si je n'avais auprès de moi que des amitiés comme les vôtres.. Mais le sorcier l'a dit... J'ai bien souffert... je souffrirai beaucoup encore.

— Eh ! fit Papillon avec humeur, votre sorcier ne sait pas ce qu'il dit.

— Ne vous y trompez pas ! Ce que Damis m'avait prédit s'est réalisé, le jour même où j'ai perdu le talisman qu'il m'avait donné.

— Nous vous en donnerons un autre plus efficace encore, riposta le vieux soldat.

— Dieu vous entende ! dit Marcelle.

— Il m'entendra, mademoiselle, puisqu'il a permis que je me trouve là, juste à point pour vous arracher à la mort.

— C'est vrai, fit la pauvre enfant ; j'ai le cœur tellement serré que j'oubliais de vous remercier, mon ami. En effet... vous croyez m'avoir rendu service en me sauvant la vie...

— Et j'espère bien que vous m'en remercierez un jour, ajouta le brigadier

— Je vous en remercie dès à présent, mon bon Papillon. Vous savez bien que Marcelle n'est pas une ingrate.

— A la bonne heure ! s'écria le vieux soldat, voilà de bonnes paroles, enfin ! Ainsi, bien vrai, vous me savez quelque gré de ce que j'ai fait pour vous ?

— Tout le gré qu'on doit savoir à celui qui risque sa vie pour un de ses semblables.

— Et vous me permettez de vous demander la récompense du service que je vous ai rendu ?

— Oui, répondit Marcelle, étonnée d'entendre tomber ces paroles de la bouche de Papillon.

— Et vous me promettez de me l'accorder ?

— Certes.

— Eh bien ! vous allez me jurer à l'instant, sur les cendres de votre chère mère, que vous n'essayerez plus jamais de vous ôter la vie...

La jeune fille s'attendait si peu à cette demande, qu'elle demeura tout interdite.

— Vous hésitez ? fit le brigadier. Vous qui protestiez à l'instant de votre gratitude !

— Ah ! si vous saviez... soupira Marcelle.

Un violent combat se livrait évidemment en elle entre le désir de satisfaire Papillon et celui d'échapper aux tortures qui l'avaient poussée au suicide.

Le vieux soldat s'en aperçut.

— Je sais, dit-il avec force, que vous me devez la vie. En pareil cas, mademoiselle, nous autres hommes nous ne marchandons pas. A celui qui nous sauve la vie, nous donnons la nôtre, sans hésitation, sans arrière-pensée.

— Papillon a raison, mon enfant, insista Ludivine; vous avez contracté envers lui une dette qu'il faut acquitter. J'ai autant le droit que lui de vous la réclamer. Pensez donc... s'il avait péri lui-même en vous disputant à la mort... si, par votre faute, j'étais devenue veuve... Certainement, Papillon n'est pas parfait... c'est un coureur, un monstre, un... mais c'est égal, on ne trouve pas encore des maris comme lui à la douzaine...

Marcelle laissa échapper à nouveau d'abondantes larmes.

— Oui, vous avez raison... balbutia-t-elle entre deux sanglots. Je suis une malheureuse...

— Et non ! interrompit le brigadier, vous êtes une pauvre petite fille que le chagrin dévore... et c'est précisément ce que nous ne voulons pas. Allons ! Un bon mouvement, chère demoiselle ! Redevenez la Marcelle d'autrefois... celle que nous aimions tant... que nous aimons toujours...

— Ah ! gémit la jeune fille, vaincue, avec un cri déchirant, il me semble que mon cœur était de pierre et qu'il se brise. Mais moi aussi je vous aime, mes amis.

Elle leur saisit les mains par un mouvement saccadé, comme si elle se raccrochait à cette branche de salut.

— Et vous m'accordez la récompense que je vous demande ? fit le vieux soldat en caressant et en embrassant la main que Marcelle lui abandonnait.

— Oui, dit-elle d'une voix éteinte.

— Eh bien ! jurez, continua Papillon. Pour moi... pour ma tranquilité...

— Sur les cendres de ma mère ! fit Marcelle, je vous jure de ne jamais attenter à mes jours !

Elle avait difficilement prononcé ces quelques mots ; mais ses mains avaient répondu avec l'énergie qui manquait à son organe. Elle avait serré dans une étreinte chaleureuse les mains de Papillon et de Ludivine.

Le combat qu'elle avait livré l'avait visiblement fatiguée.

Papillon n'essaya pas de la tirer de l'espèce de torpeur dans laquelle sa défaite l'avait jetée.

Pendant ce temps, du reste, le carrosse avait continué de rouler rapidement à travers Paris et venait d'atteindre la rue Saint-Antoine.

Quelques minutes après, il entrait sous la porte de l'hôtel.

Toute la maison était en émoi.

On n'avait rien compris au billet que Papillon avait écrit à Ludivine. Pourquoi avait-il demandé la voiture ? Était-il malade ? Lui était-il arrivé un accident ?

Aussi, dès qu'on entendit s'ouvrir la lourde porte et rouler le carosse sous la voûte du vestibule, chacun accourut.

Raymonde, la comtesse, Lucien, tous les serviteurs de la maison étaient là ;

les premiers, penchés curieusement sur la rampe de l'escalier, les seconds, se tenant discrètement en arrière, le cou tendu, se dressant sur la pointe des pieds.

Enfin, l'on vit Marcelle, très-faible encore, qui montait les degrés, soutenue par le brigadier d'un côté, par sa femme de l'autre.

Elle était si pâle, ses cheveux étaient si en désordre, ses vêtements, humides et souillés de vase, présentaient à l'œil un si déplorable aspect, que chacun eut le pressentiment d'une catastrophe et réprima le cri de joie que la vue de la jeune fille avait provoqué tout d'abord.

Enfin elle atteignit le premier étage. Elle vit, rangés devant elle et lui tendant les bras, tous ceux qu'elle aimait... Elle fit un pas en avant pour se jeter à leur cou, mais, suffoquant de bonheur, elle s'évanouit.

En moins d'une seconde, vingt bras amis l'avaient soulevée. On la transporta dans sa chambre, où Ludivine la mit au lit, après l'avoir changée de la tête aux pieds.

Raymonde et la comtesse étaient dans une inquiétude mortelle.

— Ce n'est rien, fit Ludivine... un spasme nerveux... cela va se calmer...

Lucien et Papillon furent introduits, et, pendant que sa femme faisait respirer un flacon de sels à la jeune fille, le brigadier raconta l'étrange tentative de suicide dont il avait été témoin.

Assurément, personne n'aurait voulu ajouter foi à cette invraisemblance, si les vêtements de Marcelle et ceux du vieux soldat lui-même n'avaient témoigné d'une façon irréfutable en faveur de cette navrante vérité.

Par suite de quels effroyables événements une enfant douce, bonne, patiente comme Marcelle, en était-elle arrivée à une détermination semblable? Quel profond désespoir s'était emparé de cette âme naïve et aimante?

Papillon n'avait reçu de la jeune fille aucune confidence. Il fallait donc attendre qu'elle eût repris connaissance pour savoir à quoi s'en tenir.

Fort heureusement, ce ne fut pas long. La défaillance qui s'était emparée de la jeune fille n'était qu'une conséquence de l'extrême irritabilité du système nerveux. Elle rouvrit presqu'aussitôt les yeux.

Elle reconnut la chambre qu'elle avait occupée et sourit à tous les objets familiers que rencontrait son regard errant.

Au pied de son lit, les yeux fixés sur elle avec une expression de tendre intérêt, elle aperçut tous ses amis.

— Ah! vous voilà donc! s'écria-t-elle.

— Sans doute, fit Raymonde. Y a-t-il longtemps que nous ne nous sommes vues! Deux mois et demi bientôt!

— Oh! oui, dit Marcelle. Le temps m'a paru bien long.

Mme de Libessac et la duchesse s'approchèrent d'elle et l'embrassèrent.

La pauvre enfant frémissait de plaisir sous ces caresses bienfaisantes qui lui rendaient la vie.

Lucien, à son tour, s'avança à son chevet et lui baisa le front.

— Maintenant que vous êtes chez vous, lui dit-il, parlez ; nous vous écoutons.

Marcelle se redressa avec l'expression du plus pénible étonnement.

—Quoi ? fit-elle d'un ton de sourde douleur. Qu'ai-je à vous apprendre que vous ne sachiez déjà ? Papillon ne vous a-t-il pas tout dit ?

— Sans doute, répondit doucement Lucien. Nous savons quelle farouche résolution vous avez prise, mais nous ignorons quels motifs vous y ont déterminée.

— Et ce n'est pas assez de la honte que j'en ressens ! s'écria la jeune fille avec exaltation. Vous voulez que j'y ajoute le long récit de chagrins que je voudrais oublier !

— Non, mon enfant, notre intention n'est pas de raviver les plaies dont saigne si fort votre cœur, que vous avez voulu mourir pour mettre fin à ses souffrances.

— Alors, qu'exigez-vous de moi ?

— Nous n'exigeons rien, mais ne trouvez-vous pas naturel maintenant que vous êtes revenu parmi nous, que nous désirions savoir contre quel ennemi nous devons nous protéger ?

— Hélas ! vous ne pouvez rien contre celui que vous appelez mon ennemi, mais à qui je ne puis donner ce nom, moi, sans forfaire aux devoirs les plus sacrés de la famille.

— Je conçois ce scrupule, fit Lucien du même ton doux et persuasif, car, si je vous comprends bien, c'est de votre père qu'il s'agit.

Marcelle ne répondit pas.

— Je vois que j'ai deviné juste, dit le duc. Je n'insisterai donc pas pour obtenir de vous l'énumération des griefs qui vous ont poussée au suicide, si graves qu'ils me semblent être. Je ne me trompe pas, n'est-ce pas ? Ce sont ces griefs que vous refusez de nous confier ?

— Je vous en fais juge, mes amis, répondit la pauvre enfant. Ne serait-ce pas de ma part une monstruosité, presque un blasphème ?

— Sans doute. Si M. de Pierre-Lisse s'était toujours conduit envers vous comme un père, je serais le premier à vous donner raison ; mais vous n'ignorez malheureusement pas combien il a méconnu ces mêmes devoirs dont vous vous rendez esclave.

Marcelle réprima le léger tremblement qui parcourait tout son être au souvenir que Lucien venait d'évoquer.

— Remarquez, reprit-il, que je me garderai bien de faire allusion aux évènements récents dont vous avez failli être victime une première fois. Je ne veux vous parler que du passé.

— Quel passé ? demanda la jeune fille.

— Je veux dire que le baron s'est souvenu bien tard de l'enfant que lui avait donnée Marguerite de Lescarre.

Marcelle hocha soucieusement la tête.

— Quoi ! poursuivit Lucien, c'est au bout de dix-huit ans que M. de Pierre-Lisse, apprenant par le plus grand des hasards qu'il est votre père, s'avise de faire valoir ses droits à votre tutelle ! C'est après avoir laissé mourir de faim votre malheureuse mère, après vous avoir abandonnée, vous-même, pendant si longtemps, qu'il songe enfin à vous recueillir! Avouez que l'homme qui s'est conduit de la sorte est bien moins votre père que ne l'a été ce pauvre vieux Brahma, que nous ne l'avons été nous-mêmes, en vous entourant de nos soins et de notre sollicitude.

— Hélas! gémit la jeune fille, croyez-vous donc que je ne me sois pas dit vingt fois déjà ce que vous venez de me rappeler.

— Et vous persistez à garder le silence?

— Certes, fit noblement Marcelle. Quelques torts que M. de Pierre-Lisse ait envers moi, je n'oublierai jamais qu'il est mon père, et je ne me résoudrai dans aucun cas à témoigner contre lui.

— Le sentiment qui vous anime est généreux, fit observer Lucien; mais, permettez-moi de vous le dire, il est singulièrement exagéré!

— Peut-être à vos yeux, répliqua fermement la jeune fille. Aux miens, non-seulement il ne l'est pas, mais je me reproche presque la froideur que je ressens, et je me demande si je ne suis pas coupable en ce moment, où j'accepte, contre sa volonté, l'hospitalité que vous voulez bien m'offrir encore.

— Voilà qui dépasse les bornes! s'écria le duc. Est-il possible que vous songiez à retourner auprès de celui qui vous a par deux fois conduite aux portes du tombeau.

— Je n'y songe pas, se défendit vivement Marcelle; mais je me reproche ma résistance comme une impiété.

— Que votre conscience demeure en paix, chère enfant, fit Lucien avec un triste sourire. Je serais désolé d'y semer le doute ou d'y apporter un trouble quelconque. Gardez donc par devers vous les confidences que notre amitié n'est pas assez robuste pour obtenir de votre discrétion. Ne parlons plus qu'accessoirement de M. de Pierre-Lisse; occupons-nous de vous, de vous seule.

— De moi? interrogea Marcelle avec surprise.

— Sans doute, depuis deux mois et demi que vous nous avez quittés, vous avez bien des choses à nous apprendre.

— Quelles choses?

— Mais... balbutia le duc, surpris, à son tour... celles qui concernent votre naissance... Vous savez bien que nous n'en connaissons pas le premier mot.

— Ni moi non plus, répondit-elle.

— Comment! et le manuscrit que votre mère vous destinait?

— Je ne l'ai pas lu.

— Pourquoi?

— Parce que mon père ne me l'a pas donné.

— Est-il possible!

— Je vous le jure!

— Quoi! ce manuscrit que vous deviez lire le jour où vous auriez dix-huit ans sonnés, M. de Pierre-Lisse ne vous l'a pas remis!

— Non, monsieur le duc.

— Vous ne le lui avez donc pas demandé?

— Plus de dix fois.

— Et il vous l'a refusé?

— Oui... non pas d'une manière positive...

— Mais sous quel prétexte?

— Sous prétexte que j'étais trop jeune... que certains passages de ces mémoires nécessiteraient des explications qu'il n'était pas convenable de me fournir encore...

— Mais il vous a promis de vous le remettre un jour.

— Plus tard, a-t-il dit. Quand il jugerait le moment favorable...

— Sans vous fixer aucune date?

— Aucune?

— Voilà qui est étrange, convenez-en, ma chère enfant. Quoi! ce que votre mère avait jugé opportun de confier à vos dix-huit ans, votre père refuse de vous en laisser prendre connaissance! Mais il ne respecte donc rien, pas même la dernière volonté de celle qu'il a fait mourir de honte et de misère!

— Vous le savez donc? interrogea avidement la jeune fille.

— Eh non! je ne le sais pas; mais comment me serait-il permis d'en douter? N'est-il pas évident pour moi, pour tous ceux qui nous écoutent, pour vous-même, qui ne voudrez pas en convenir, que ce manuscrit renferme sur M. de Pierre-Lisse certains détails qu'il ne tient pas à vous laisser approfondir, parce qu'il ne saurait s'en tirer à son honneur?

— Non, fit Marcelle, je ne peux pas croire. .

— Je puis cependant l'affirmer, moi qui connais en partie l'origine coupable de cette liaison, dit tout à coup, la comtesse de Libessac.

— Vous entendez? dit vivement Lucien. J'espère que vous ne révoquerez pas en doute le témoignage de la plus sainte femme qui soit au monde.

— Je ne sais... murmura la jeune fille. Peut-être est-ce, en effet, à ce sentiment que M. de Pierre-Lisse a obéi. Je le déplore, mais ce n'est pas à moi de lui en demander compte.

Lucien vit que rien ne vaincrait les résistances de la pauvre enfant.

— Cependant, reprit-il, comment le baron a-t-il fait valoir auprès de vous les droits dont il est revêtu?

— Il m'a montré le manuscrit de ma mère, il m'a mis sous les yeux la suscription qu'elle y avait tracée...

— Quelle est-elle? interrompit le duc.

— Elle est gravée dans ma mémoire en caractères ineffaçables. La voici mot pour mot :

« Pour être lu par ma fille, le jour où elle aura atteint sa dix-huitième année..... »

— Bien, fit Lucien. Voilà qui est explicite du moins. Après?

— Mon père m'a demandé si je reconnaissais l'écriture de ma mère. Je lui ai répondu que je ne pouvais pas la révoquer en doute.

— Et alors...? interrogea avidement le duc.

— Alors, poursuivit Marcelle, il m'a fait lire à l'avant-dernier feuillet deux lignes — deux lignes seulement — dans lesquelles ma mère déclarait que mon père se nommait le baron de Pierre-Lisse.

— Est-ce tout ?

—Pas encore.A l'appui de cette assertion, que je ne songeais déjà plus à révoquer, il m'a montré un acte de naissance, extrait des registres de la paroisse de Saint-Aubin...

— C'est-à-dire tout juste ce qu'il a montré au lieutenant de police, fit Lucien avec une sourde colère. Et vous vous êtes contentée de cela !

— Que pouvais-je faire ? demanda naïvement la jeune fille.

— C'est vrai, confessa le duc, désarmé par tant de résignation ; mais ce dont vous avez dû vous contenter hier, vous ne vous en contenterez plus aujourd'hui, et je vais de ce pas...

— Où donc ? demanda Marcelle effrayée.

— Réclamer au près de qui de droit l'exécution des volontés testamentaires de Mlle de Lescarre.

— Vous ne ferez pas cela, monsieur le duc ! supplia la pauvre enfant.

— Je le ferai, fût-ce malgré vous, chère amie. Que vous soyez dupe de votre cœur, esclave d'un devoir au point d'en mourir, je le conçois avec peine, mais je l'excuse, parce que le sentiment qui vous guide est pur et sincère. Quant à moi, je ne suis tenu envers M. de Pierre-Lisse ni aux mêmes ménagements, ni aux mêmes faiblesses.

— Mais qu'allez-vous faire ? interrogea-t-elle d'une voix suppliante. Prenez garde de pousser le baron à bout ! Il est violent... emporté... Dans un moment de colère, il pourrait anéantir ce manuscrit avant que j'en aie pris connaissance, et je ne voudrais pas qu'il commît ce sacrilège. Si ma pauvre mère a trempé dans ces larmes la plume qui a tracé l'histoire de son martyre, je veux pleurer avec elle, me repaître de ses douleurs afin d'en prendre ma part, savoir au prix de quels héroïques efforts elle a fait de moi le peu que je suis...

— Vous le saurez, promit Lucien ; mais bannissez toute crainte puérile. M. de Pierre-Lisse est trop prudent, même dans sa colère, pour anéantir la seule preuve qui existe de la paternité qu'il fait peser sur vous...

En ce moment, on frappa à la porte de la chambre.

Germain parut, tout gauche et tout décontenancé.

— Monsieur le duc, dit-il, M. le baron de Pierre-Lisse est là. Je refusais de le recevoir, mais il a tellement insisté pour que je l'annonce...

— Parbleu ! c'est le ciel qui l'envoie ! s'écria Lucien.

Et, se tournant vers Germain :

— Fais entrer, ordonna-t-il. Et vous, ajouta-t-il en s'adressant à Raymonde et à ses amis, pas un mot, pas un geste !

Quelles conditions? dit Marcelle animée d'un secret espoir. (Page **275.)**

II

DANS LEQUEL LE BARON PERD TOUT LE TERRAIN QU'IL AVAIT CONQUIS

La présence du baron s'explique aisément.

A six heures du matin, il était encore couché, dormant peu, songeant beaucoup, très-mécontent de Marcelle, qu'il avait inutilement essayé, depuis deux mois, d'assouplir à ses idées, et qu'il désespérait de convertir.

35me Liv.   35

Tout d'abord il avait procédé par insinuation. Voyant combien la pauvre enfant était triste et semblait regretter le sacrifice qu'elle avait fait de sa liberté à son devoir, il lui avait laissé entendre que son cœur n'était pas de bronze, qu'il saurait au besoin, lui aussi, sacrifier ses devoirs de père au bonheur de sa fille.

Ce premier jalon planté, il attendit pendant quelques jours la fermentation du levain qu'il avait jeté dans l'esprit de la jeune fille.

Quand Marcelle fut en état de se lever, il feignit avec elle l'abandon le plus absolu, lui raconta que de ses dix années de séjour dans l'Inde il n'avait rapporté que tout juste de quoi ne pas mourir de faim. Il lui avoua que, s'il avait grossi le chiffre de sa fortune, c'était pour faire sa paix avec la comtesse de Libessac et aussi pour se donner un certain relief aux yeux du monde.

— Je te confie cela sous le sceau du plus grand secret, ajouta-t-il. Tu n'as aucune expérience, mais tu as été pauvre toi-même et tu n'ignores pas combien les malheureux trouvent de portes fermées devant eux ! C'est ce que je voulais éviter.

Le lendemain, il amena la conversation sur le duc de La Tournaye, sur sa fortune, sur les trésors qu'il avait rapportés de l'Inde. Il essaya de sonder Marcelle sur le chiffre exact de ces richesses. Elle ne put pas le fixer, puisqu'elle ne le connaissait pas.

— Quoi ! s'écria M. de Pierre-Lisse, le duc ne t'a jamais dit à quelle somme s'élevait ce trésor ?

— Ni à moi, ni à personne devant moi, répondit-elle.

— Et il ne t'a jamais fait entendre que, dans le cas où tu te marierais, il te constituerait une dot ?

— Jamais.

— Voilà qui est singulier, car il paraît avoir pour toi, ainsi que la duchesse, un sincère attachement...

— Je le crois comme vous, mon père.

— Et il sait fort bien qu'une fille sans dot, si elle est de bonne naissance surtout, est presque infailliblement destinée à coiffer sainte Catherine. Mais j'ai peine à croire... Il est vrai qu'il peut t'avoir recommandé un silence absolu et que tu te crois sans doute obligée vis-à-vis de moi...

— Pas le moins du monde, interrompit vivement Marcelle. Il n'a jamais été question de rien de semblable entre le duc de La Tournaye et moi.

— C'est dommage ! fit le baron avec un soupir. C'est pourtant de là seulement que nous pouvons espérer tirer quelque chose.

La jeune fille le regarda, très surprise.

Il avait terminé son travail de circonvallation, il était résolu à donner l'assaut.

— Oui, poursuivit-il, rien ne nous serait plus facile que d'obtenir de M. de La Tournaye une somme qui permettrait à ton père de vivre à l'abri du besoin et à toi d'épouser plus tard celui que ton cœur aurait choisi.

Les joues de Marcelle se couvrirent d'une rougeur subite.

— Comment ? demanda-t-elle.

— Oh ! de la façon la plus simple du monde, car elle te donnerait en même temps la mesure de l'affection que le duc a pour toi.

— Mais encore... que faudrait-il faire ? interrogea curieusement la jeune fille.

— Je te disais, il y a quelques jours, que je saurais sacrifier au besoin l'amour paternel au bonheur et à l'avenir de mon enfant, répondit le baron. Eh bien ! il te suffirait de faire entendre à M. de La Tournaye que je serais disposé, moyennant une certaine somme, au sacrifice dont je te parlais.

— Par exemple ! s'écria Marcelle indignée.

— Oh ! ne t'effraye pas d'avance, lui dit son père en s'efforçant de la calmer du geste. La tâche est plus facile que tu ne te l'imagines. Il est évident que ce n'est pas à brûle-pourpoint qu'il conviendrait de formuler cette proposition ; mais on peut préparer habilement les voies et y arriver insensiblement.

— Jamais ! protesta la jeune fille.

— Jamais est un mot qu'on ne doit pas prononcer, répliqua M. de Pierre-Lisse. Telle femme a dit jamais, qui a donné, huit jours après, le plus sanglant démenti à ce mot absurde. Écoute-moi donc jusqu'au bout avant de combattre cette idée.

Marcelle se tut, mais elle jeta sur son père un regard de douloureux étonnement.

— Te voilà à peu près rétabli, reprit le baron. Dans deux ou trois jours, tu vas pouvoir sortir. Eh bien ! mais en faisant valoir les droits que la nature m'a dévolus sur toi, je n'ai pas entendu te condamner à une réclusion éternelle, ni te sevrer entièrement des relations que tu as contractées. Je ne t'empêcherai pas, si tel est ton désir, d'aller faire visite à la duchesse ou à ma cousine. Au contraire, je ne serais pas fâché de voir que tu restes envers elles sur le même pied d'intimité qu'autrefois.

— Vraiment ! s'écria la jeune fille, sans dissimuler la joie que cette concession lui causait.

— Assurément, fit le gentilhomme d'un ton débonnaire. J'y mettrai seulement deux conditions, sachant combien tu es loyale et avec quelle fidélité tu les rempliras, si tu les acceptes...

— Quelles conditions ? dit Marcelle animée d'un secret espoir.

— La première, c'est que tu résisteras à toutes les tentatives que feront la duchesse et Mme de Libessac pour te retenir auprès d'elles...

— Oh ! je vous le promets, répondit la jeune fille.

— La seconde, poursuivit le baron, c'est que tu aborderas la question principale, celle que je te soumettais tout à l'heure...

Le front de Marcelle se rembrunit aussitôt.

— Oui, fit nettement M. de Pierre-Lisse. En échange d'une somme de cinq cent mille livres, je consentirais à renoncer aux droits que me donne sur toi pendant trois années encore mon autorité paternelle.

La pauvre enfant laissa retomber sa tête et ses bras avec accablement. C'était encore une illusion qui s'envolait. Son père ne l'aimait pas ! En la retenant auprès de lui, il n'avait eu d'autre but que de s'en faire un marchepied pour arriver à la fortune ! Elle n'était entre les mains de ce cynique qu'un instrument de chantage !

Elle se révolta à la pensée de ce honteux trafic.

— Non. Et vous prétendez qu'il ne faut pas dire jamais ! fit-elle avec une indignation qui faisait trembler sa voix. Eh bien ! je vous le répète avec la certitude que l'avenir ne me démentira pas, mon père : jamais je ne me ferai la complice d'une semblable infamie !

— Prends garde ! dit le baron, que la colère commençait à gagner. Voilà une expression qui, dans ta bouche, est une injure plus grave...

— Oh ! je ne mesure les expressions qu'à la hauteur des faits qui me les inspirent, interrompit la pauvre enfant. Si le mot vous blesse, je le retire ; mais ne comptez pas sur moi pour jeter les bases d'un marché, contre lequel protestent tous mes sentiments d'honneur et de loyauté.

— Soit, fit M. de Pierre-Lisse avec un sourire cruel ; mais comme la duchesse et Mme de Libessac sont les seules relations que je puisse t'autoriser à conserver, tu ne trouveras pas étonnant que je m'oppose à ce que tu les renoues inutilement.

— Comme il vous plaira ! dit Marcelle avec un soupir de regret.

— Tu resteras donc prisonnière dans cette maison, n'ayant pour horizon que les quatre murs de ce jardin.

— J'aime mieux cela, fit-elle résolûment.

Elle se croyait délivrée dès à présent de toute persécution ; mais le baron n'était pas homme à abandonner si facilement un projet qu'il caressait depuis huit mois avec tant de plaisir.

Il revint à la charge, doucement d'abord, puis il cria, s'emporta, menaça.

Le caractère doux et inoffensif de Marcelle s'aigrit à la longue et s'irrita.

Aux menaces de son père, elle répondit par des réclamations. Elle le somma de lui remettre le manuscrit que sa mère lui destinait. Des scènes violentes s'élevèrent entre eux, chaque jour plus violentes et plus acerbes : lui, ne cessant de la harceler, elle, ne se lassant pas de réclamer l'exécution des volontés dernières de Mlle de Lescarre.

Alors, incapable d'endurer plus longtemps cet intolérable supplice, elle résolut de mourir.

Un matin, en se promenant dans le jardin, elle remarqua que la grille n'était pas fermée à clef. Elle l'ouvrit et s'élança au hasard dans la direction de la Seine.

A six heures, le jardinier fut très étonné de trouver la grille toute grande ouverte.

Il poussa les hauts cris, courut jusqu'à la maison, et mena si grand bruit que son maître se leva pour lui en demander la cause.

Il lui expliqua ce qu'il avait vu. Comme il l'avait demandé à Phémie, il demanda au baron si c'était lui qui avait laissé la porte ouverte.

M. de Pierre-Lisse poussa un juron terrible. Mû par un pressentiment instinctif, il courut vers la chambre de Marcelle... elle était vide !

Pendant que la vieille fille et le jardinier exploraient le jardin dans tous les sens, il s'habilla à la hâte.

Quand il descendit et s'informa, les recherches duraient encore. On n'avait pas trouvé Marcelle.

La première pensée du baron fut que la jeune fille s'était rendue à Paris et avait gagné l'hôtel de la Tournaye. Il se dirigeait donc de ce côté quand il rencontra un voiturier qui venait d'achever son chargement et se disposait à partir.

M. de Pierre-Lisse lui demanda s'il n'avait pas aperçu une jeune fille dont il lui donna le signalement.

— Si, répondit le voiturier ; ce matin, vers cinq heures au moment où je revenais de l'abreuvoir avec mes chevaux, j'ai rencontré cette jeune fille. Elle marchait très-vite et se dirigeait vers la Seine.

Le baron suivit le chemin que lui indiquait cet homme et arriva au Point-du-Jour. Il entra successivement dans deux cabarets, sans qu'on pût lui fournir aucun renseignements. Enfin il pénétra dans un troisième... C'était précisément celui dans lequel Papillon avait transporté Marcelle.

Comme le brigadier ne lui avait pas demandé le secret, le cabaretier, pour qui ce récit était une nouvelle aubaine, ne se fit aucun scrupule de raconter tout ce qu'il avait vu.

Ce fut ainsi que M. de Pierre-Lisse apprit que le carrosse du duc de la Tournaye était venu chercher sa fille et l'avait emmenée.

Audacieux jusqu'à l'impudence, fort de son droit malgré la défense formelle que Lucien lui avait faite de se représenter à l'hôtel, le baron se mit en route et arriva vers sept heures et demie devant la porte, dont il souleva hardiment le marteau pesant.

Il fut étonné de la facilité avec laquelle il avait été introduit près de sa fille, mais en même temps il fut interloqué de la trouver en si nombreuse compagnie.

Pourtant, sur un ordre que le duc lui avait donné à voix basse, Papillon venait de quitter la chambre, de sorte qu'il ne restait plus que la comtesse, Raymonde et Ludivine auprès de Lucien, lorsque M. de Pierre-Lisse fut admis au chevet de Marcelle.

Il est vrai que Papillon revint presque aussitôt, tenant à la main un papier, qu'il remit à son maître.

Sans lui adresser un mot, le duc désigna du geste un siège au baron, demeurant debout lui-même, comme pour annoncer à cet importun que l'entretien ne serait pas de longue durée.

Le gentilhomme était assez embarrassé. Au profond salut qui avait accompagné son entrée, on n'avait répondu que par une légère inclinaison de tête. Il se savait en pays ennemi, exposé aux regards de quatre personnes mal disposées en sa faveur.

Quant à Marcelle, il ne s'en préoccupait pas. A elle du moins il croyait avoir le droit de parler en maître.

Ces dispositions hostiles ne le firent pas reculer.

— Monsieur, dit-il au duc en affermissant sa voix, j'ai appris par des étrangers les événements par lesquels ma fille s'est donnée en spectacle à la curiosité publique. Je ne viens pourtant pas lui reprocher le scandale dont elle a été la cause, mais lui demander seulement pourquoi, son accès de folie passé, elle est venue vous demander asile, au lieu de rentrer chez son père, ainsi que le lui ordonnait la bienséance.

— Marcelle n'est pas venue ici de son plein gré, monsieur, répondit Lucien. Elle y a été amenée par Papillon, alors qu'elle avait à peine repris connaissance et qu'elle n'avait par conséquent pas conscience de ce qu'elle faisait.

— Je veux bien le croire ; mais depuis qu'elle est revenue à elle, je m'étonne qu'elle n'ait pas encore manifesté l'intention de revenir à Auteuil. Je suppose qu'elle vous a exposé ses griefs imaginaires et qu'elle a trouvé auprès de vous un encouragement aux sourdes résistances qu'elle manifeste depuis quelque temps contre mon autorité.

— Vous vous trompez encore, monsieur, répliqua le duc. Marcelle a refusé de nous confier les motifs qui l'ont déterminée au suicide.

— Raison de plus pour qu'elle ne demeure pas ici un instant. Si elle n'a pas voulu vous donner l'explication que vous sollicitiez d'elle, c'est qu'elle a jugé avec juste raison que rien ne justifiait son inexplicable conduite.

— Je vous avoue, monsieur, que je ne m'attendais pas, en vous voyant paraître, à ce que les premières paroles qui tombassent de vos lèvres fussent des paroles d'amertume et de récriminations.

— A quoi vous attendiez-vous donc ? fit sèchement le baron.

— Votre fille venait d'échapper à un grand danger, dit Lucien. Je m'imaginais donc que, préoccupé de son salut avant toute chose, vous auriez un mot de remerciement pour celui qui a disputé votre enfant à la mort au péril de sa vie.

M. de Pierre-Lisse cligna furieusement des paupières et mordilla ses lèvres blêmes.

— Je reconnais que j'aurais dû le faire tout d'abord, ainsi que j'en ai eu la pensée, dit-il en se tournant vers Papillon. Je ne veux même pas que ce brave homme croie de ma part à un oubli coupable. Je lui adresse donc volontiers en votre présence mes remerciements les plus sincères.

Le vieux soldat s'inclina gravement, sans qu'un sourire déridât sa bouche dédaigneuse.

— Maintenant, monsieur, reprit Lucien, j'ajouterai que Marcelle était toute disposée à retourner à Auteuil, et que c'est moi qui l'en ai empêchée.

— Vous ! s'écria le baron surpris. Il faut, en vérité, que vous me le disiez vous-même pour que je le croie. Je ne m'attendais guère, ajouta-t-il avec ironie, à rencontrer en si pieuse et si charitable compagnie des complices d'une rébellion si criminelle.

— Vous vous méprenez, monsieur, fit le duc avec un admirable sang-froid. Nous ne sommes pas les complices d'une rébellion, mais les exécuteurs désignés d'une volonté, devant laquelle nous ne pouvons que nous incliner.

— Quelle volonté peut prévaloir contre l'autorité d'un père ? se récria M. de Pierre-Lisse.

— Celle du roi, monsieur, répondit Lucien.

A ces mots, il déplia le parchemin que Papillon venait de lui apporter.

— Voici, poursuivit-il, en la mettant sous les yeux du baron, une cédule de Sa Majesté, contresignée par le ministre, qui rend à Marcelle sa liberté entière, depuis le jour où elle a atteint sa dix-huitième année.

M. de Pierre-Lisse demeura confondu.

— Je n'ai pas voulu faire sur-le-champ de cette cédule l'usage qu'il m'était permis, reprit le duc. Je savais bien que vous feriez peser votre autorité d'un tel poids sur la pauvre enfant qu'elle serait obligée tôt ou tard de s'y soustraire. Je n'osais cependant pas craindre, je l'avoue, que vous la réduiriez à de telles extrémités qu'elle préférât la mort au joug que vous lui imposiez. Aussi, je ne serais pas intervenu entre elle et vous, si la catastrophe dont elle a failli être victime ne m'avait fait entrevoir les dangers auxquels l'exposerait à l'avenir une trop grande soumission à vos exigences.

Le baron était consterné. Il regardait alternativement sa fille et le parchemin que Lucien continuait à lui montrer.

— Je m'aperçois, dit-il, que vous êtes armé contre moi de toutes pièces ; mais je ne vois pas que cet arrêté royal impose à ma fille l'obligation de rester auprès de vous. Elle est libre, soit ! Donc elle est libre d'aller où bon lui semble.

— Sans doute, fit Lucien.

— Eh bien ! j'espère encore que le sentiment du devoir l'emportera chez elle sur les perfides conseils qui la poussent vers un affranchissement contraire à la fois aux convenances et à la loi.

— Qu'elle se prononce donc, dit le duc ; mais, d'ores et déjà, je réclame au nom du roi l'exécution de cet arrêté et je veux que Marcelle sache bien que toute résistance autre que la sienne serait vaine contre le décret qui lui rend sa liberté.

A ces mots, il s'approcha de la jeune fille et lui fit lire les quelques lignes au bas desquelles le roi avait apposé sa signature.

Marcelle hésitait.

— Me sera-t-il permis, dit-elle enfin, d'implorer un sursis avant de me prononcer ?

— Certainement, répondit Lucien, puisque vous êtes maîtresse absolue de vos actions.

— Alors, je demande trois jours, avant d'accepter définitivement les bénéfices de l'émancipation qui m'est offerte, reprit-elle.

— M. de Pierre-Lisse consent-il à cette transaction ? interrogea Lucien.

— Je ne consens à rien, fit le baron sans dissimuler la colère que lui causait son impuissance. Je cède à la loi du plus fort, très-étonné, je le répète, que ma fille trouve un appui coupable auprès de ceux qui prétendent s'élever si haut par leurs vertus, grâce aux effets d'une charité facile.

En même temps il se leva.

— Contre vous, contre tous, contre le roi même, poursuivit-il, je prétends rester armé d'une autorité que nul n'a le droit de m'enlever sans mon consentement. Je ne me résigne donc à aucun compromis. Nous restons, selon moi, dans la même position que nous étions hier : vous, résolus à me voler mon enfant ; moi, décidé à la reprendre si les circonstances m'en fournissent l'occasion.

Sur ces paroles menaçantes, qui étaient une véritable déclaration de guerre, le baron s'éloigna.

Marcelle était au désespoir. Des larmes amères coulaient lentement sur son visage décoloré.

En vain la comtesse et Raymonde s'efforcèrent de la consoler. Il était évident qu'elle n'acceptait qu'avec peine la protection dont on la couvrait contre son père.

Lucien déclara qu'on n'exercerait sur elle aucune pression.

Il lui conseilla de goûter un peu de repos et de réfléchir longuement, avant de subir à nouveau une domination dont elle n'avait déjà pas pu supporter l'écrasant fardeau.

Naturellement, l'événement sinistre qui avait ramené Marcelle à l'hôtel de La Tournaye défraya la conversation pendant toute la journée.

Martial, en apprenant la terrible nouvelle, fut si peu maître de son émotion, qu'il ne fallut rien moins que l'arrivée de la jeune fille, pour le convaincre qu'elle n'était pas morte.

Quand vint le soir, ce fut au tour de Brissot de trembler. Il se montra pourtant moins ému que le comte de Lally. Il est vrai que Marcelle était là et que sa présence dissipait toute inquiétude.

Vers neuf heures, elle se retira.

Chacun avait remarqué combien elle était triste. Il était à peu près certain que la pauvre enfant renoncerait à la liberté que le duc lui avait rendue pour aller rejoindre son père. Tout, dans la conversation qu'elle avait eue, dans le silence morne qu'elle avait gardé, semblait faire présager cette résolution.

— Et pourtant, dit la comtesse, il faudrait essayer de tous les moyens pour la retenir.

— Assurément, fit Raymonde, sinon la malheureuse sera morte de chagrin avant trois mois.

— Oui, murmura Lucien pensif, il faudrait la retenir... mais ce ne seront ni nos conseils ni nos supplications qui y parviendront. Il faudrait... Ah ! parbleu, je le sais bien ce qu'il faudrait, s'écria-t-il.

— Que faudrait-il ? demanda vivement le jeune comte.

— Il faudrait qu'elle lût le manuscrit que sa mère lui destinait.

— Vous croyez ?

— J'en suis convaincu, fit le duc. Il y a évidemment dans ce manuscrit des révélations que personne de nous ne peut soupçonner, — révélations graves et défavorables à ses intérêts, ce n'est pas douteux, puisque M. de Pierre-Lisse ne

— Vous avez une minute pour vous décider. (Page 287.)

veut pas les laisser lire à sa fille. Or, plus il refuse de lui en donner connaissance, plus je m'imagine que le récit de Marguerite de Lescarre contient des accusations terribles contre ce misérable. Il est donc vraisemblable que, si Marcelle en était instruite, elle n'hésiterait plus à abandonner cet aventurier aux hasards de la vie irrégulière à laquelle ses fautes l'ont condamné et dans laquelle il a peut-être tenté de l'entraîner déjà... Aussi suis-je décidé à réclamer, au nom de sa fille, la restitution de ce manuscrit. Malheureusement ces démarches dureront plus de trois jours et je tremble qu'elles n'aboutissent trop tard pour que Marcelle consente à rester auprès de vous.

— C'est donc toujours le baron qui est dépositaire de ces papiers? demanda Brissot.

— Dépositaire! se récria le duc. Vous voulez dire qu'il s'en est emparé par force.

Brissot ne répliqua pas. Il regarda Martial, avec lequel il échangea un regard d'intelligence.

Quelques instants après, ils quittèrent l'hôtel.

— N'est-ce pas, Brissot, dit brusquement le jeune comte, qu'on a toujours le droit de reprendre par la force ce qui vous a été dérobé par la force?

— Certainement, affirma le jeune clerc.

— Et vous êtes prêt à me seconder? demanda Martial.

— Est-ce que vous en auriez douté? répondit Brissot.

Martial lui prit le bras et l'entraîna dans la direction de son hôtel.

Ils marchèrent d'un pas assez vif, observant le plus grand silence, jusqu'à ce qu'ils eussent atteint l'angle du pont des Tournelles.

Alors Martial s'arrêta brusquement.

— Tenez, Brissot, dit-il en se tournant vers son compagnon, entre gens tels que nous, les situations les plus franches sont les meilleures. Vous aimez Marcelle, n'est-ce pas?

— Oui. Vous aussi?

— C'est vrai.

Ils se regardèrent, un moment étonnés de la mutuelle perspicacité dont ils venaient de donner la preuve.

— Et vous voulez l'épouser? ajouta le jeune comte.

— Ce serait mon plus grand désir, répondit Brissot. Ce serait le vôtre aussi, je pense.

— Assurément.

Cette fois, leur embarras était visible.

— Comment faire? dit Martial.

— Voulez-vous, proposa Brissot, mettre nos deux noms sur un papier, qu'on jettera dans votre chapeau, et prier le premier passant venu de tirer au hasard un de ces papiers?

— Non, répondit de Lally, je ne joue pas mon cœur sur un coup de dé.

— Voulez-vous que, pour laisser le champ libre à son rival, celui dont le nom sortira du chapeau se fasse sauter la cervelle dans les vingt-quatre heures? fit le jeune clerc du ton le plus naturel du monde.

— Non, dit le comte. Je conviens que cela simplifierait bien les choses; mais je ne trouve pas que cela assurerait d'une manière irrévocable le bonheur de Marcelle et celui du rival que le sort aurait favorisé.

— Pourquoi?

— Parce que le hasard peut se tromper...

— C'est juste, reconnut Brissot.

— Et désigner précisément à la mort celui de nous deux que Marcelle aurait choisi, ajouta Martial.

— Vous avez raison. A votre tour alors de formuler une proposition, dit le jeune clerc.

— Le plus simple, à mon avis, répondit le comte, serait d'attendre que Marcelle se prononçât entre nous deux.

— Ce n'est pas douteux.

— Eh bien! pourquoi n'adopterions-nous pas ce moyen-là?

— Je n'y vois pas d'inconvénient.

— Ni moi non plus, à la condition que celui de nous qui sera condamné accepte sans la contester la décision de ce juge souverain...

— Et jure d'avance de s'y soumettre, dit encore Brissot.

— Ainsi, fit Martial en lui prenant la main, cette transaction vous sourit?

— Beaucoup, répondit le jeune clerc.

Ils se regardèrent bien en face, les yeux dans les yeux, ainsi qu'il convient à deux natures franches et loyales.

— Et vous jurez avec moi que vous ne protesterez d'aucune façon contre le jugement que Marcelle aura rendu? demanda Brissot.

— Je le jure! promit le comte de Lally en serrant énergiquement la main qu'il tenait encore dans les siennes.

— Je le jure également! fit le jeune clerc, qui répondit à cette étreinte par une étreinte non moins vigoureuse.

— Bien, dit Martial, qui lui reprit les bras et l'entraîna de nouveau dans la direction de son hôtel, dont ils étaient peu éloignés.

Brissot se laissa faire.

— Il est bien entendu, poursuivit le comte, que chacun de nous reste libre d'agir à sa guise et qu'aucune restriction n'est apportée par ce serment aux moyens honnêtes qu'il lui plaira d'employer pour toucher le cœur de celle qu'il aime...

— Et que, dans aucun cas, il ne desservira Marcelle, sous prétexte de desservir son rival, ajouta le jeune clerc.

— Au contraire, fit Martial. La preuve que je l'ai pensé ainsi, c'est que je vous ai offert tout à l'heure de vous associer à moi pour arriver plus tôt au but que nous désirons atteindre.

— J'en étais si convaincu, de mon côté, que j'ai accepté sur le champ, dit Brissot.

— Je vous rends cette justice, cher ami. Vous avez compris que, pour aider Marcelle à se prononcer librement, il fallait la mettre à même de bien connaître sa propre situation.

— Plus que vous peut-être, j'y suis intéressé, fit le jeune clerc avec un soupir.

— Pourquoi? La situation de cette enfant peut-elle modifier en rien les sentiments dont vous êtes animé? demanda Martial.

— Non, rien ne peut altérer mon amour...

— A la bonne heure !

— Seulement, dit Brissot, je suis pauvre, moi !

— Et qu'importe ? Croyez-vous que Marcelle soit femme à mettre dans la balance le plus ou moins de fortune de l'homme qu'elle aura préféré.

— Je ne lui fais pas cette injure.

— Alors bannissez toute crainte et tout scrupule, fit Martial, occupons-nous de lui rendre dès aujourd'hui sa liberté. C'est, en effet, le plus pressé. Tant que la malheureuse enfant restera sous la tutelle de son père, il est évident que ni moi, qui suis l'ennemi déclaré de ce misérable, ni vous, qui avez tenu sa vie au bout de votre épée, nous n'avons la moindre chance d'obtenir la main de sa fille.

— C'est clair. Donc venez jusqu'à mon hôtel, dit le comte. Pendant que nous prendrons des armes, je ferai seller les chevaux et nous nous mettrons en route.

— Ce soir même ?

— Oui, le plus tôt sera le mieux.

— Je suis de votre avis, fit le jeune clerc. Je vous ferai observer seulement que, la nuit, nous ne pouvons pénétrer chez le baron qu'avec escalade et effraction. J'ajouterai qu'il est peut-être sur ses gardes et que dans ce cas... l'un de nous... tous les deux peut-être nous resterons sur le carreau, — ce qui serait vraiment dommage ! En outre, la nuit, il faut tenir une lanterne à la main, ce qui paralyse les mouvements... Il me semble donc que lorsqu'on peut faire autrement...

— Je reconnais la justesse de ces observations, dit Martial. Ainsi, vous croyez qu'il vaudrait mieux attendre à demain...?

— Il faudrait attendre cinq heures, pas davantage, interrompit le jeune clerc. Il est environ dix heures. A trois heures du matin, nous sautons en selle ; à quatre heures nous arrivons... Avant six heures, nous serons de retour.

— Qu'il soit donc fait ainsi que vous l'avez décidé, dit le comte. Voulez-vous me faire l'honneur d'accepter à souper chez moi ?

— Très-volontiers, répondit Brissot. C'est, en effet, la manière la plus agréable de tuer le temps.

Ils étaient devant la porte de l'hôtel, dans lequel ils pénétrèrent.

Quelques instants après, ils étaient assis dans un petit cabinet voisin de la chambre du comte et qui était garni d'armes de toutes sortes, dont quelques-unes, fortes belles et fort remarquables, avaient été rapportées de l'Inde par le père de Martial, quelques autres, tout récemment, par le comte lui-même.

Il y avait là de quoi équiper toute une compagnie.

Martial choisit tout simplement trois paires de pistolets d'arçon, qu'il se mit à charger avec un soin extrême.

— Pourquoi trois paires ? demanda le jeune clerc.

— Parce que j'en donnerai une au laquais qui nous accompagnera, dit le comte. En même temps qu'il gardera nos chevaux, il se tiendra à la grille d'entrée afin que personne ne puisse sortir et donner l'alarme, pendant que nous causerons avec M. de Pierre-Lisse.

— Vous prévoyez tout, fit Brissot en souriant.

Au bout de quelques minutes, ces préparatifs étaient terminés ; le valet de chambre vint leur annoncer que le souper était servi.

— Bien, dit Martial. Faites prévenir Jean qu'il ne se couche pas. Qu'il tienne tout sellés trois chevaux : deux pour nous, un pour lui. A deux heures, avant de les garnir, qu'il leur donne une double ration d'avoine. Une heure après, nous partirons.

A ces mots, il conduisit son hôte dans la salle à manger.

Les deux convives prirent place l'un en face de l'autre, ainsi que deux amis dévoués.

Ils étaient, du reste, parfaitement faits pour se comprendre. Même caractère loyal et franc, mêmes idées généreuses, mêmes convictions, même jeunesse.

Certes, personne en les voyant n'aurait pu supposer qu'il avait sous les yeux deux rivaux d'amour, prêts à sacrifier leur bonheur à celui de la femme qu'ils aimaient et s'oubliant eux-mêmes au profit de celle qu'ils avaient choisie.

Vers deux heures et demie, ils quittèrent la table, froids et résolus tous les deux.

Martial prêta au jeune clerc une de ses épées, lui glissa un poignard dans la poche et lui passa deux pistolets à la ceinture. Lui-même s'équipa de la même manière, après quoi ils descendirent dans la cour de l'hôtel.

Jean les y attendait, tenant les chevaux en main.

Ils sautèrent en selle et s'éloignèrent, doucement d'abord, afin de laisser à leurs montures le temps de reprendre haleine ; puis ils s'élancèrent au grand trot sur la route d'Auteuil.

Un peu avant quatre heures, ils s'arrêtaient devant la grille de la maison Fortier.

Ils mirent pied à terre.

Martial ordonna à Jean d'attacher les chevaux aux barreaux de fer et d'escalader la grille afin de faire jouer le verrou intérieur qui la retenait.

En un clin d'œil la porte était ouverte et les deux jeunes gens pénétraient dans le jardin.

Ils atteignirent la maison sans rencontrer âme qui vive.

La porte en était fermée ; ils sonnèrent.

Phémie, la domestique du baron, vint ouvrir en grommelant et reconnut Martial et Brissot.

Elle essaya de repousser la porte, mais le comte la tint à distance en lui montrant le canon d'un pistolet.

— Si vous faites un mouvement, si vous poussez un cri, dit-il, vous êtes perdue !

La vieille fille se garda bien de bouger.

Le comte lui glissa cinq louis dans la main.

— Conduisez-nous vers la chambre de votre maître, ordonna-t-il.

Plus morte que vive, elle glissa les cinq louis dans sa poche et les fit monter au premier étage. Du doigt elle leur indiqua la porte du baron.

Martial la poussa dans une pièce voisine et l'y enferma.

Alors, se tournant vers Brissot :

— Maintenant, en avant ! dit-il.

Le jeune clerc tira de sa ceinture ses deux pistolets, tandis que le comte ouvrait la porte et pénétrait dans la chambre de M. de Pierre-Lisse.

Les persiennes en étaient fermées.

— Ouvrez les fenêtres, mon ami, dit Martial.

Quant à lui, il s'approcha du lit, au fond duquel le baron, réveillé en sursaut et très effrayé, venait de se dresser d'un bond.

— Qui va là ? demanda-t-il.

— Ne vous dérangez pas, monsieur le baron, fit le comte, ce sont deux amis qui viennent solliciter de vous une courte audience.

Au même instant, Brissot ouvrait les persiennes.

M. de Pierre-Lisse reconnut aussitôt le jeune clerc, le comte de Lally, et vit briller dans leurs mains le canon des pistolets dont ils étaient armés.

Le baron crut que sa dernière heure avait sonné.

— Que me voulez-vous ? demanda-t-il d'une voix étranglée.

— Peu de chose, répondit le comte. Nous venons tout bonnement vous reprendre ce que vous avez volé.

— J'ai volé, moi ! se défendit le gentilhomme.

— Oui, vous avez volé chez le duc de La Tournaye une cassette renfermant des papiers de la plus haute importance.

— Ces papiers, continua Brissot, le duc avait la ferme intention de vous les réclamer judiciairement, mais il désespérait de les obtenir avant trois jours, — ce qui est, paraît-il, le dernier délai qu'il voudrait vous accorder.

— Et alors, fit M. de Pierre-Lisse, il vous a chargés de venir les voler chez moi ?

— Il ne nous en a pas chargés, monsieur, répondit Martial. C'est nous qui, désireux de servir les intérêts de Marcelle, plus encore que ceux de M. de La Tournaye, avons résolu de venir les reprendre.

— Vous faites là un joli métier, monsieur ! dit le baron, que la rage étouffait. Il est vrai qu'on ne saurait guère s'attendre à autre chose de la part d'un Lally-Tollendal.

— Que voulez-vous dire, misérable ? demanda Martial, qui blêmit sous cet affront.

— Je veux dire, monsieur, que le plus misérable de nous deux, c'est encore vous, répliqua M. de Pierre-Lisse. Mon père, du moins, est mort dans son lit, tandis que le vôtre...

Le comte poussa un rugissement de colère et se précipita sur le baron...

Fort heureusement, Brissot se jeta au-devant de lui et l'arrêta.

— Songez qu'il s'agit de Marcelle et non pas de vous, lui dit-il à voix basse.

Le nom que le jeune clerc venait de prononcer suffit pour calmer aussitôt la tempête que les paroles du baron avaient soulevée.

— Vous avez raison, fit Martial. J'étais fou d'attribuer la moindre valeur aux calomnies de ce vieux coquin.

— En effet, répondit Brissot. C'est d'ailleurs laisser la question s'égarer inutilement. Souffrez que je la ramène sur son véritable terrain.

A ces mots, s'adressant directement à M. de Pierre-Lisse :

— Oui ou non, monsieur, demanda-t-il, voulez-vous nous remettre à l'instant cette cassette avec les papiers qu'elle contient?

— Non, répondit énergiquement le baron.

Le jeune clerc fit un pas vers lui, le mit en joue et tira sa montre de son gousset.

— Vous avez une minute pour vous décider, lui dit-il.

— Et si je refuse?

— Je vous tue comme un chien, monsieur.

Un grand silence se fit, au milieu duquel on entendait distinctement la respiration sifflante du gentilhomme. Il promenait autour de lui un regard effaré.

Brissot ne bronchait pas. Son regard ne quittait guère sa montre que pour surveiller attentivement le baron.

— Vous n'avez plus que dix secondes, dit-il enfin.

— Et vous oserez m'assassiner! vous! s'écria M. de Pierre-Lisse.

— Monsieur, répliqua le jeune clerc, vous avez fait mourir de chagrin et de misère Mlle de Lescarre; il n'a tenu qu'à un fil que Marcelle ne devînt votre victime; vous êtes un animal malfaisant. Les animaux malfaisants, partout où on les rencontre, on a le droit de les tuer...

M. de Pierre-Lisse jeta vers l'armoire qui se trouvait à la tête de son lit, tout contre la cheminée, un regard désespéré.

— Là... là... dit-il d'une voix rauque en étendant son bras, que faisait trembler la peur.

— Monsieur le comte, fit Brissot, veuillez vous assurer que cet homme ne nous a pas menti.

L'armoire était fermée, mais le comte aperçut un trousseau de clés sur le marbre de la cheminée et s'en empara.

Après en avoir essayé vainement deux ou trois, il finit par trouver celle qui s'adaptait à la serrure et l'ouvrit.

En voyant la porte céder, le baron poussa un cri de fureur et fit un mouvement pour s'élancer hors du lit, mais il se heurta contre le canon du pistolet que Brissot tenait toujours braqué sur lui.

— Prenez garde! lui dit le jeune clerc. Un geste imprudent vous coûterait la vie!

M. de Pierre-Lisse se rejeta vivement en arrière, au moment même où Martial tirait de l'armoire un coffret, qu'il reconnut pour l'avoir vu, quelques jours avant son départ pour les Indes, dans la chambre de Lucien.

Le baron en ayant fait sauter la serrure, Martial n'eut pas de peine à s'assurer que le coffret renfermait un manuscrit sur la couverture duquel étaient écrits ces mots :

« Pour être lu par ma fille le jour où elle aura atteint sa dix-huitième année. »

L'acte de naissance qui accompagnait cette pièce ne pouvait, du reste, laisser au comte le moindre doute. Il portait le nom de Marcelle, fille de Marguerite de Lescarre. Donc c'était bien elle que ces papiers concernaient.

— Il suffit, dit-il ; nous avons ce que nous voulons. Il ne nous reste plus qu'à remercier M. de Pierre-Lisse de la bonne grâce avec laquelle il s'est exécuté.

Ils venaient d'ouvrir la porte, quand le baron, incapable de se contenir, se précipita hors de son lit pour leur disputer la proie dont ils venaient de s'emparer.

Il était trop tard ! Martial eut le temps de tirer la porte sur lui et de donner un tour de clef à la serrure.

Il n'était pas six heures du matin lorsqu'ils arrivèrent à l'hôtel de Lally.

Ils étaient fort en peine. Comment faire parvenir sûrement à Lucien ces précieux documents, sans qu'il sût par qui ils lui étaient adressés ?

Après avoir longtemps cherché, ils résolurent de mettre Papillon en tiers dans la confidence.

Le comte envoya donc Jean à l'hôtel de La Tournaye, où il n'était point connu, lui recommandant bien de ne s'adresser à personne autre qu'au brigadier et de le ramener avec lui sur-le-champ.

Jean eut le bonheur de trouver Papillon dans la loge d'Hartmann. Il le prit à l'écart et lui dit que M. de Lally désirait lui parler à l'instant.

Le vieux soldat fut un peu étonné du ton mystérieux sur lequel s'exprimait le domestique de Martial. Cependant il le suivit sans difficulté.

Lorsqu'il entra chez le comte, il ne fut pas moins surpris d'y rencontrer Brissot à pareille heure.

Sur une table, devant eux, il aperçut un paquet enveloppé de papier, soigneusement ficelé, que Martial lui montra du doigt.

Papillon s'approcha, se pencha et lut :

« Au brigadier Papillon,

» Pour être remis à M. le duc de La Tournaye. »

— Qu'est-ce que cela signifie ? demanda-t-il.

— Cela signifie, répondit Martial, que nous voulons faire remettre ce paquet à Lucien et lui laisser ignorer que c'est nous qui le lui envoyons.

Il raconta alors au vieux soldat quelle expédition ils avaient tentée et quel heureux résultat l'avait couronnée.

— Bravo ! fit Papillon enthousiasmé.

— Donc, poursuivit Martial, tu diras à ton maître qu'un inconnu est venu t'apporter ce paquet et s'est retiré, sans entrer dans aucune explication.

— C'est facile, dit le brigadier.

— Et vous promettez de ne nous trahir sous aucun prétexte ! recommanda Brissot.

— Soyez tranquille ! fit le vieux soldat.

Je suis heureux de vous rencontrer, mademoiselle, lui dit-il. (Page 296.)

— Va donc ! dit Martial en le congédiant.

Papillon regagna l'hôtel. Il était radieux.

Pour donner plus de vraisemblance à la version que le comte avait imaginée, il chargea Hartmann de lui apporter le paquet vers huit heures, au moment où il serait dans l'appartement de son maître.

Tous les jours, en effet, quand le duc était à Paris, Papillon venait, vers huit heures, lui rendre compte de ce qui s'était passé et prendre ses ordres pour la journée.

A l'heure précise, Hartmann entra chez M. de La Tournaye.

— Foici, dit-il, un baguet gu'on fient te me tonner en me régommantant pien te ne m'en tessaisir gu'endre les mains te M. Babillon.

— Bien, fit le brigadier. Qui t'a remis ce paquet ?

— C'est, répondit Hartmann, dûment endoctriné par son ami, un homme gue che ne gonnais pas, âché te drende à drende-cing ans et assez baufrement fêdu.

— Merci, dit le vieux soldat.

Il allait faire sauter la ficelle, lorsqu'il jeta les yeux sur le papier qui l'enveloppait.

— Tiens ! s'écria-t-il avec une surprise parfaitement jouée, ce n'est pas pour moi ! c'est pour toi, monsieur le duc.

— Pour moi ? répéta Lucien étonné.

Il se pencha pour s'assurer que Papillon ne se trompait pas.

— C'est vrai ! fit-il. Qu'est-ce que cela ?

Il coupa la ficelle, déchira le papier et poussa une exclamation de joyeuse surprise.

— Que vois-je ! s'écria-t-il. Le coffret de Mme Darnaud ! Les papiers qu'il renfermait !

Il n'en revenait pas. Du regard il consultait tour à tour Papillon et Hartmann, non moins silencieux et immobiles l'un que l'autre.

— Non... murmurait-il. Il n'est pas possible que le baron pris de remords... Je n'y comprends rien, car alors... qui donc... ?

Le vieux soldat soutenait le regard de son maître avec une sévérité imperturbable.

— Mais oui ! dit-il avec l'accent d'une stupéfaction réelle. Je le reconnais aussi... c'est le coffret qui était autrefois dans la chambre de Marcelle... Eh bien ! mais de quoi t'inquiètes-tu alors, monsieur le duc ? On te l'avait volé, on te le rend... c'est tout ce qu'il te faut.

— Sans doute, fit Lucien, qui jugea inutile de se creuser plus longtemps la tête. Vite ! reprit-il, va dire à ta femme qu'elle aille chercher cette pauvre enfant.

Papillon courut chez Ludivine, qui redescendit un instant après, tenant par la main Marcelle, un peu plus calme, mais aussi triste que la veille.

Le duc s'avança à sa rencontre avec le sourire aux lèvres.

— Venez, mon enfant, lui dit-il. Un hasard inexplicable vient de me rendre à l'instant le trésor dont on vous avait dépouillée... le voici... je m'empresse...

Avant que Lucien eût désigné du doigt le coffret qu'il avait reçu, Marcelle l'avait déjà reconnu. Sans laisser à M. de La Tournaye le temps d'achever sa phrase, elle se précipita sur le petit meuble et le serra dans ses bras.

— Enfin ! s'écria-t-elle, je vais donc savoir la vérité !

III

LE MANUSCRIT DE Mme DARNAUD

Marcelle allait emporter dans sa chambre ce manuscrit, qui, depuis si long-temps, avait excité sa curiosité ; mais il lui sembla que ce serait agir d'ingratitude envers M. de la Tournaye, Raymonde et la comtesse, qui, tous les trois, sans la connaître, s'étaient montrés si hospitaliers et si généreux, et qui, tout récemment encore, avaient essayé, par tous les moyens en leur pouvoir, de conjurer les nouveaux malheurs qui menaçaient de l'accabler.

Aussi, renonçant de son plein gré au bonheur égoïste qu'elle comptait savourer, la jeune fille s'arrêta court et revint vers Lucien.

— Monsieur le duc, lui dit-elle, je n'ai rien de caché pour vous, ni pour la duchesse, ni pour Mme de Libessac. Voulez-vous que nous prenions connaissance ensemble du manuscrit de ma pauvre mère ?

— Comme il vous plaira, mon enfant.

— C'est mon plus vif désir, monsieur le duc, mais vous comprenez mon impatience..., balbutia Marcelle. Je voudrais que ce fût à l'instant...

— Qu'à cela ne tienne, chère petite, je vais faire prier la comtesse de descendre chez Raymonde et vous nous donnerez connaissance...

— J'aimerais mieux que ce fût vous, monsieur le duc, fit observer la jeune fille. Non-seulement vous avez plus que moi l'habitude de ces sortes de lectures, mais vous aurez le regard plus sûr et la voix plus ferme que je ne les aurais moi-même au récit des souffrances que la sainte femme a endurées.

— Je suis à vos ordres, chère petite.

— Eh bien ! venez, dit-elle en l'entraînant vers la chambre de Raymonde.

La duchesse, en effet, ne pouvait plus se lever. Elle touchait au terme de sa délivrance : on redoublait à son égard de soins et ne ménagements.

Elle accueillit avec une grande joie la nouvelle que son mari lui apportait.

— Vous avez beau faire, dit-elle à Marcelle en l'embrassant, vous nous resterez, mon enfant.

— Hélas ! fit la pauvre fille en soupirant, que ne puis-je dès à présent le faire sans remords !

Sur ces entrefaites, arriva Mme de Libessac, que Ludivine était allée chercher.

Elle aussi, apprit avec joie cette restitution inattendue dont on ne savait à qui rendre honneur.

Chacun prit place auprès du lit de Raymonde, et Lucien ouvrit le manuscrit de Mme Darnaud, — ou plutôt de Mlle de Lescarre, car il n'était maintenant douteux pour aucun de ceux qui se trouvaient là que Mme Darnaud et Marguerite de Lescarre ne fissent qu'une seule et même personne.

Au milieu d'un silence religieux, Lucien commença d'une voix forte :

Vers la fin du mois de juin de l'année 1757, vivaient, dans une des plus jolies propriétés de Saint-Aubin-lès-Elbeuf, le vicomte de Lescarre et sa fille Marguerite.

Le vicomte tenait ce petit domaine d'un sien cousin, mort sans postérité. Quand il vint prendre possession de cet héritage, il n'avait aucunement l'intention de l'habiter, car il était originaire d'Avignon et avait conservé pour le beau ciel de son pays une prédilection marquée ; mais la propriété le séduisit si fort à première vue qu'il n'eut pas le courage de la quitter.

Coquettement assise à mi-côte, à l'endroit où la Seine dessine au-dessous d'Elbeuf une courbe gracieuse avant de gagner Rouen, la maison d'habitation avait des allures de petit château Renaissance, bien faites pour tenter à la fois la vanité d'un gentilhomme et les aspirations vers le repos qu'éprouvait un officier qui comptait au moins vingt-cinq ans de campagnes, panachés d'un nombre presque aussi considérable de blessures.

Nul paysage plus riant et plus tranquille ne s'offrait à l'œil émerveillé que celui de ce domaine, qui ne mesurait guère plus de deux cents arpents, mais qui réunissait à plaisir et sous la main l'utile et l'agréable.

Derrière le parc, qui n'avait pas plus de cinq arpents, se trouvait la ferme, placée là comme pour faciliter la surveillance à l'heureux propriétaire de ce petit coin de terre.

Le jardin, admirablement planté, dispensait sagement l'ombre et le soleil, tandis que des massifs adroitement jetés ménageaient des points de vue variés, auxquels aboutissaient des allées gracieusement dessinées.

Par une large et verte prairie, il s'inclinait en pente douce vers la Seine, sur les rives de laquelle il expirait moelleusement.

Le vicomte de Lescarre crut avoir trouvé la retraite qu'il avait rêvée. C'était un mestre-de-camp très-expérimenté, très-habile, très-courageux, et qui, cinquante fois, avait fait ses preuves.

Obligé de prendre sa retraite à la suite des fatigues qu'il avait endurées et des souffrances que lui causaient ses blessures, il avait sollicité du roi un emploi quelconque à la cour, afin de tenir honorablement le rang auquel lui donnaient droit sa naissance et les services qu'il avait rendus à la patrie.

Le vicomte n'était pas riche. A peine lui restait-il une fortune de cent cinquante mille livres au moment où il quitta le harnais sous lequel il avait vieilli.

Cet héritage inespéré vint doubler son petit avoir. Désormais il pouvait vivre à l'abri du besoin. Aussi, comme les innombrables démarches qu'il avait faites au ministère de la guerre n'avaient abouti à aucun résultat, il se décida à se fixer au château de la Morinière.

C'est ainsi que se nommait la propriété que lui avait léguée son cousin.

Il lui aurait été pourtant bien facile de s'en défaire du jour où il était venu en prendre possession. Plus de dix gentilshommes des alentours lui avaient proposé de l'acheter et lui en avaient offert à l'envi des prix excessivement avantageux.

M. de Lescarre refusa. Le site lui avait plu. Il boudait un peu le ministère et la cour, qu'il accusait d'ingratitude. Il planta sa tente à la Morinière et y amena sa femme et sa fille Marguerite, alors âgée de douze ans.

C'était vers 1751. Pendant trois années, le vicomte goûta dans toute leur plénitude le bonheur et la tranquillité, dont il avait si grand besoin.

A cette époque il éprouva une douleur cruelle : il perdit sa femme. Pendant longtemps il fut inconsolable, au point que l'on craignit pour ses jours.

Fort heureusement Marguerite avait grandi. Elle venait d'atteindre sa seizième année et de terminer son éducation. Elle ressemblait si fort à sa mère, elle avait été si bien habituée par elle aux soins du ménage, que le vicomte n'éprouva, pour ainsi dire, aucun trouble dans sa vie, le jour où sa fille prit la direction de son intérieur.

Il s'éprit pour Marguerite d'une affection d'autant plus vive qu'il reporta sur elle tout l'amour qu'il ressentait encore pour celle qu'il avait perdue.

Cependant ce deuil fut pour ainsi dire l'origine de tous les malheurs qui allaient fondre sur cette famille.

Les douleurs auxquelles M. de Lescarre était sujet, et qui s'étaient calmées depuis son séjour à la Morinière, se réveillèrent tout à coup, plus vives et plus aiguës que jamais.

Après deux années de soins inutiles, pendant lesquelles les médecins n'avaient pu qu'à de rares intervalles atténuer les souffrances du vicomte, ils lui conseillèrent de quitter le pays, — prétendant que l'humidité des arbres et le voisinage de l'eau nuiraient certainement à sa guérison.

M. de Lescarre y avait déjà songé.

Il avait laissé à Paris un sien ami, le marquis de Coatlec, en compagnie duquel il avait fait presque toutes ses campagnes.

Le marquis avait en Bretagne d'immenses propriétés, qu'il n'avait peut-être pas visitées dix fois en sa vie. Il était fort riche, très-bien posé, et avait si bien pris les goûts et les habitudes de la vie mondaine, qu'il ne pouvait guère se décider à faire de plus longs voyages que ceux de Paris à Versailles.

Au temps où les deux gentilshommes guerroyaient ensemble et causaient le soir, sous la tente, de leurs familles absentes et de ceux qui leur étaient chers, ils avaient échangé les confidences les plus intimes et formé les plus riants projets.

Le vicomte avait une fille, le marquis avait un fils, de six ans plus âgé que Marguerite. Aussi, pour resserrer davantage les liens d'amitié qui les unissaient l'un à l'autre, ils avaient conçu la pensée de marier ensemble leurs deux enfants.

Rien n'était plus facile. Cependant il avait été convenu qu'on n'en dirait rien ni à Marguerite ni à Henri, avant que le moment propice arrivât.

Vers la fin de 1756, le vicomte avait écrit à M. de Coatlec, pour le prier de venir passer un long mois à Saint-Aubin.

« Viens, lui écrivait-il ; Marguerite est admirablement belle. Il n'est pas possible que ton fils Henri n'en devienne pas éperdûment amoureux. »

Mais le marquis aimait trop les plaisirs, le bruit et le mouvement, pour se déplacer.

« Je t'envoie mon fils, répondit-il. Sa présence chez toi est plus nécessaire que la mienne à nos projets.

« D'ailleurs je n'ai pas perdu de vue depuis ton départ la demande que tu as adressée au roi, et je ne désespère pas qu'elle soit prochainement couronnée de succès. Je compte bien alors que tu ne bouderas plus et que tu reviendras habiter auprès de ton vieil ami... »

Henri vint, en effet, passer quelque temps à Saint-Aubin et s'éprit pour Marguerite d'un amour profond auquel, du reste, elle ne se montra pas insensible.

Au commencement du mois de mai de l'année 1757, M. de Lescarre reçut une nouvelle lettre du marquis. Cette fois, il lui demandait officiellement la main de sa fille.

« Si j'ai tant tardé à t'adresser cette demande, ajoutait M. de Coatlec, c'est que je voulais la faire coïncider avec l'excellente nouvelle que je viens t'annoncer.

« Le roi, faisant droit à tes justes réclamations, et sur mes instances infatigables, vient enfin d'accorder à ton mérite la récompense qui lui était due. Il t'a nommé gouverneur du palais des Tuileries.

« Hâte-toi donc, puisque les médecins te le conseillent, de vendre ta propriété de Saint-Aubin et d'accourir à Paris. C'est là que nous fêterons ton retour en même temps que nous célébrerons les fiançailles d'Henri avec Marguerite.

« En attendant votre arrivée, Henri voudrait avoir le portrait de ta fille. Envoie-le lui le plus tôt qu'il sera possible. »

Cette lettre causa au vicomte une joie immense. Depuis quelque temps, sans en dire la cause, il se montrait inquiet et agité. Il ne s'expliquait pas le silence étrange que gardait M. de Coaltec. Il avait peur qu'Henri n'eût pas trouvé sa fille de son goût et que le projet qu'il carressait, avec tant d'amour, ne s'évanouît en fumée.

Aussi ce fut avec une vivacité à laquelle Marguerite n'était plus habituée qu'il vint lui communiquer la lettre du marquis.

Ce fut avec une allégresse non moins vive que la jeune fille accueillit ces ouvertures. Si elle n'éprouvait pas pour Henri une passion aveugle, elle se sentait du moins entraînée vers lui par une irrésistible sympathie.

Le vicomte rayonnait franchement.

— Je suis d'autant plus heureux, lui dit-il, de voir avec quel plaisir tu reçois

ces propositions, qu'hier un gentilhomme des environs est venu me demander
ta main.

— Qui donc? demanda curieusement Marguerite.

— Le baron de Pierre-Lisse, répondit M. de Lescarre.

En entendant prononcer ce nom, la jeune fille tressaillit.

Elle n'aimait pas ce gentilhomme, qui, depuis plusieurs mois, se montrait
très assidu au château de la Morinière.

— Comment! dit-elle, il a osé....

— Sans doute, il a osé, répondit M. de Lescarre. Pourquoi n'aurait-il pas osé?
S'il est le premier à se déclarer, crois-tu qu'il soit le seul à s'apercevoir combien
tu es jolie?

— Je ne dis pas non, mais rien ne l'autorisait à faire cette démarche.

— Je l'espère bien, car alors c'est toi qui le lui aurais permis et j'en serais
fort contrarié. Nous ne pouvons donc lui en vouloir, ni toi, ni moi, d'une
demande qui nous honore tous les deux. Le baron ne savait pas quels projets
nous avions formés, et il est bien probable que si mon ami de Coatlec ne s'était
pas décidé, nous aurions reçu dans le courant de cette année plus d'une demande
du même genre.

— C'est possible, dit Marguerite. Fort heureusement nous n'en sommes pas
là. Tout est convenu aujourd'hui entre le marquis et vous. Il ne reste plus qu'à
fixer le jour de votre départ.

— Oh! mais te voilà bien pressée maintenant! lui fit observir son père en
riant.

— Je ne le cache pas, répondit-elle. Depuis six ans que je suis enfermée à la
Morinière, je n'ai joui d'aucun autre plaisir que celui de vous voir heureux et
bien portant. Je ne regretterais rien si mes soins et mon amour pour vous
avaient pu calmer les douleurs de toute sorte qui vous ont affligé. Malheureusement je n'y ai réussi qu'à moitié...

— C'est déjà beaucoup, chère Marguerite, fit M. de Lescarre en l'embrassant
tendrement.

— Tant mieux, mon père, si ma sollicitude vous a réellement aidé à supporter
la perte douloureuse que nous avons faite ; mais, à présent que le temps a cica-
trisé cette blessure, à présent que le roi vous rend justice et vous confie un des
postes les plus enviés qui soient à la cour, il m'est bien permis de m'en réjouir
pour vous et pour moi.

— Assurément, dit le vicomte.

— Jusqu'ici, mes plus longs voyages n'ont jamais dépassé Rouen, continua
la jeune fille. Or, Rouen est une ville pittoresque, je ne dis pas non, mais ce
n'est pas une ville bien gaie. A la Morinière, qui voyons-nous, je vous le demande? Pas un ami ! Çà et là, quelques connaissances, trois ou quatre voisins ..
Et quels voisins! Des gentilshommes sempiternellement enfouis dans leurs tau-
pinières, ne se doutant pas plus de ce qui se passe à Paris ou à Versailles que si
ces deux villes n'existaient pas. Rien ne les force à rester dans leur trou, pourtant. N'était leur avarice, ils pourraient aller à la cour, en rapporter, avec les

modes nouvelles, l'esprit, la tournure, l'élégance dont ils sont absolument dépourvus. Pas du tout! Ils aiment mieux croupir dans leur ignorance, s'affubler ridiculement de vêtements surannés, consumer leur vie dans une oisiveté stérile, faire peser sur ceux qu'ils honorent de leurs visites une atmosphère de poussière et un parfum de vétusté qui vous glacent le cœur. Heureusement nous en avons fini avec ces momies! Nous allons à Paris, nous y verrons de véritables grandes dames, de vrais gentilshommes, nous respirerons enfin!

— Oh! mais je ne t'ai jamais vue si animée, si mordante, si avide de plaisir, s'écria le vicomte.

— Hélas! suis-je bien réellement avide de plaisirs? Je serais fort embarrassée de le dire, car je ne sais pas ce que c'est qu'un plaisir. Non, mon père, la vérité est que j'ai hâte de connaître la vie, de sortir d'une inaction qui est plus lourde sur mes épaules qu'un manteau de plomb. Je ne vous l'aurais jamais avoué, si notre départ n'était aujourd'hui définitivement arrêté; mais puisqu'il est résolu, faites en sorte qu'il ait lieu le plus tôt possible. Il me semble que je ne sortirai jamais d'ici. C'est ridicule à dire, vous allez vous moquer de moi, mais, si joyeuse que je sois, j'ai des pressentiments sinistres...

— Tu es folle, interrompit M. de Lescarre. Allons, calme-toi et reviens à des idées plus raisonnables. Moi aussi je voudrais partir dès demain, et je regrette avec toi que cela ne soit pas possible; mais tu n'ignores pas que la fortune ne nous a pas traités en enfants gâtés. Sans être précisément pauvres, nous sommes loin d'être riches. Nous ne pouvons donc pas, au détriment de nos intérêts, nous éloigner avec une précipitation fâcheuse. Il faut prendre le temps de vendre la Morinière et de la vendre convenablement.

— C'est vrai! fit Marguerite avec un soupir.

— Je vais m'en occuper immédiatement, promit le vicomte. Pour commencer, je vais à Rouen, je me mets à la recherche d'un peintre en miniature, afin que, dès demain, il vienne faire ton portrait. Quand il sera terminé, je le ferai monter, nous l'emporterons avec nous et tu le remettras toi-même à ton mari le jour où nous arriverons à Paris.

— C'est cela, dit la jeune fille en battant des mains.

Quelques instants après, M. de Lescarre montait à cheval et se rendait à Rouen.

Vers trois heures, Marguerite descendait l'escalier et se disposait à aller faire un tour de parc, lorsqu'elle se trouva face à face avec M. de Pierre-Lisse.

Le baron s'inclina devant elle.

— Je suis heureux de vous rencontrer, mademoiselle, lui dit-il. On vient de m'apprendre que M. de Lescarre est absent... j'allais me retirer... mais puisque le hasard vous amène, je me permettrai de solliciter de votre bienveillance un moment d'entretien...

Marguerite avait bien envie de refuser, mais comment faire? Quel prétexte invoquer? Elle était littéralement prise au piège.

— Soit, monsieur..., balbutia-t-elle. Si vous voulez bien m'accompagner...

— C'est moi, Blaise, répondit le garçon de ferme. (Page 304.)

Elle traversa le vestibule et s'engagea dans le parc, suivie du baron. Prudemment elle s'arrêta dans une charmille située à quelques pas de la maison, pri: place sur une chaise de jardin et en offrit une au gentilhomme.

— Mademoiselle, dit M. de Pierre-Lisse, je ne sais si M. de Lescarre vous a fait part de la visite que je lui ai rendue hier...

— Non, monsieur, répondit Marguerite, qui prévoyait une explication embarrassante et désirait l'éviter, mêm au prix d'un mensonge.

— Je le regrette, mademoiselle, car je venais lui demander une réponse et j'aurais souhaité surtout qu'elle fût favorable.

— Qu'à cela ne tienne, monsieur; mon père va rentrer dans une heure ou deux, il vous la donnera.

— Mais, puisque l'occasion s'en présente, mademoiselle, répliqua M. de Pierre-Lisse, rien ne vous empêche de me la donner vous-même.

— Cela me sera impossible, monsieur. J'ignore ce dont il s'agit.

— Je vais vous le dire, mademoiselle, fit vivement le gentilhomme. J'agis au grand jour, loyalement; le but que je me propose est honnête et n'a rien dont une fille aussi bien née que vous puisse rougir.

Marguerite ne put réprimer un léger signe d'impatience.

— Mademoiselle, commença le baron, je n'ai pu voir sans en être profondément touché la grâce et la beauté dont vous êtes le plus parfait modèle. J'ai conçu pour vous un amour aussi ardent qu'il est respectueux et j'ai demandé votre main à M. de Lescarre. Il m'a répondu qu'il désirait avant tout vous consulter et a ajourné sa réponse jusqu'au moment où vous vous seriez prononcée.

— J'ai l'honneur de vous répéter, monsieur, que mon père ne m'a rien dit encore et que, par conséquent, je ne puis...

— Excusez mon impatience et pardonnez-moi d'insister, interrompit M. de Pierre-Lisse. Mon excuse est dans le sentiment même que vous m'avez inspiré et dans le désir très légitime que j'éprouve d'obtenir votre assentiment. Songez que tout le bonheur de ma vie est là, que je vous aime éperdûment, qu'un refus serait mon arrêt de mort...

Marguerite se leva, l'œil indigné, la lèvre frémissante:

— Monsieur, dit-elle d'une voix courroucée, si vous me respectiez autant que vous le prétendez, vous ne me feriez pas entendre un langage aussi offensant pour mon père que pour moi. Ni par lui, ni par moi, vous n'avez été autorisé à me tenir de tels discours. Pour ma part, je ne saurais les écouter plus longtemps. Ils sont plus qu'une offense aujourd'hui, ils sont une injure à ma dignité.

— Que voulez-vous dire? demanda M. de Pierre-Lisse interdit.

— Je veux dire, monsieur, répondit la jeune fille poussée à bout, que M. de Lescarre a depuis longtemps conçu d'autres projets, — projets auxquels j'ai souscrit moi-même et qu'il vous communiquera, si bon lui semble.

A ces mots, elle salua cérémonieusement le gentilhomme et s'éloigna.

Celui-ci essaya de la retenir par un geste suppliant. Il se jeta à ses genoux, voulut lui prendre la main; mais elle se dégagea rapidement, regagna la maison et courut s'enfermer dans sa chambre.

Lorsque son père arriva, elle lui fit part des hardiesses dont le baron s'était rendu coupable.

— Bon! fit M. de Lescarre, demain je le mettrai à la raison et je lui apprendrai la vérité.

Alors il raconta à sa fille, avec un empressement joyeux, tout ce qu'il avait fait.

D'abord, il avait trouvé un peintre de grand talent, qui devait venir le lendemain donner une première séance ; ensuite, il s'était rendu chez son notaire et l'avait chargé de dresser au plus tôt le contrat de vente du château de la Morinière.

— De cette façon, dit-il en terminant, il n'y aura plus qu'à inscrire le nom de l'acquéreur et le prix d'achat pour que la vente soit réalisée.

— Sera-ce long? demanda Marguerite.

— J'espère que non, mon enfant. Dès aujourd'hui je vais écrire à tous ceux qui ont voulu m'acheter ce domaine, il y a six ans, et j'espère qu'avant quinze jours...

— Dieu vous entende ! dit la jeune fille.

En effet, le soir même, M. de Lescarre convoqua les cinq ou six gentilshommes avec lesquels il espérait traiter, tandis qu'il écrivait au marquis de Coatlec pour lui annoncer son prochain départ.

Le lendemain, au moment où il allait sortir, il vit paraître M. de Pierre-Lisse.

— Ah ! parbleu, baron, vous arrivez bien, s'écria-t-il. J'allais chez vous.

— Chez moi ?

— Oui, mon cher. Ne vous dois-je pas une explication ? Venez, je vais vous la donner sur-le-champ.

En même temps, il lui prit le bras et l'entraîna dans le parc.

Avec une franchise et une bonhomie sans égales, il lui raconta comment il avait connu le marquis de Coatlec, quels projets ils avaient formés et comment enfin ces projets allaient se réaliser.

Le baron fut cruellement déçu ; mais il se garda bien de le laisser paraître. Au contraire, il sembla trouver tout naturel que deux amis si étroitement liés mariassent leurs enfants ensemble.

— Il est fâcheux que je ne l'aie pas su plus tôt, dit-il enfin. Cela ne nous aurait mis ni les uns ni les autres dans un embarras dont je tiens à sortir à mon honneur. Veuillez donc être auprès de Mlle Marguerite l'interprète de tous mes regrets, en attendant que je puisse les lui exprimer moi-même.

— Je n'y manquerai pas, fit le vicomte qui croyait naïvement à la sincérité des protestations de cet imposteur.

Il était si content de voir avec quelle raison M. de Pierre-Lisse avait pris son parti de cette déception, qu'il ne lui cacha rien des conséquences que ce mariage allait entraîner.

Le baron apprit donc que mon père allait occuper à la cour un emploi recherché et qu'il se proposait de vendre le domaine de la Morinière.

— Ah ! c'est dommage, fit le gentilhomme. Il n'y en a pas dans tout le pays de plus fertile et de mieux placé.

M. de Lescarre supposa un instant que sa propriété ne plaisait pas moins que sa fille au baron ; mais celui-ci se montra si résigné, écouta si docilement les explications par lesquelles on essayait d'atténuer les rigueurs d'un refus, que le icovmte le crut tout à fait rallié à ses projets.

Marguerite, à qui son père avait communiqué cet entretien, s'était montrée d'abord un peu plus défiante; mais lorsque M. de Pierre-Lisse la vit, quelques jours après, il s'excusa avec tant de componction, protesta si chaleureusement de son amitié, qu'elle fut dupe à son tour de ces mensonges débités avec art.

Ni le vicomte ni sa fille ne connaissaient particulièrement le baron.

Ils savaient que ce gentilhomme était de bonne maison, qu'il était lié par des liens de parenté assez étroits avec la comtesse de Libessac. C'en était assez pour qu'il se recommandât de lui-même à leur bienveillance.

La comtesse de Libessac jouissait, en effet, dans le pays d'une réputation justement méritée de vertu et de charité.

La fidélité qu'elle gardait à la mémoire de son mari, elle qui était assez jeune et assez riche pour avoir le droit de choisir parmi les plus beaux et les mieux titrés gentilshommes, provoquait l'admiration générale.

Le noble usage qu'elle faisait de ses richesses, la charité infatigable dont elle donnait des preuves, la touchante pitié qu'elle montrait, étaient autant de sujets d'édification pour ceux qui l'avaient approchée ou qui avaient entendu vanter ses mérites.

La vénération dont elle était l'objet s'étendait sur tout ce qui l'approchait.

Or, le père de M. de Pierre-Lisse et celui de la comtesse étaient cousins-germains. La parenté était donc bien directe et bien établie.

Cependant, le baron n'avait avec la comtesse que des relations très-peu suivies.

M. de Lescarre et sa fille s'en étonnèrent devant lui.

Le baron répondit qu'il avait dix ans de moins que sa cousine, qu'il était encore enfant, au moment où la comtesse avait suivi son mari à Paris, et que, depuis son retour aux Moulineaux, elle vivait dans une retraite si absolue qu'il hésitait souvent plusieurs mois avant d'oser la troubler.

Ces raisons n'étaient pas plus mauvaises que d'autres. La réclusion de la comtesse n'était certainement pas faite pour tenter un jeune homme de vingt-deux ans.

M. de Lescarre et Marguerite accueillirent donc le baron de Pierre-Lisse avec la plus grande bienveillance.

Ce qu'ils ignoraient alors, et que Marguerite ne devait apprendre qu'un peu plus tard, c'est que le baron usait et abusait de sa parenté avec la comtesse, pour se faire ouvrir toutes les portes qui seraient restées fermées devant lui.

Rien ne le recommandait personnellement, en effet, à la sympathie des grandes familles de la contrée. Il n'était ni beau, ni spirituel, ni riche, ni aimable.

Au contraire, sa physionomie ne prévenait pas en sa faveur. Maigre, les traits anguleux, le regard hésitant, la bouche pincée, le menton fuyant, il n'avait dans le port aucune noblesse, et son visage exprimait bien plus la ruse que le courage, la bassesse que la fierté.

Néanmoins il réussissait presque toujours à dissiper les défiances qu'il provoquait à première vue. Ce fut ainsi qu'il parvint à se faire prêter plusieurs fois des sommes d'argent considérables, qu'il dissipait à Rouen en orgies scandaleuses. — Quelques-unes, disait-on tout bas, avaient eu des retentissements fâcheux.

Le baron avait perdu son père à la fin de 1755, mais il n'avait recueilli qu'une fortune insignifiante.

Le plus clair des revenus du défunt était une pension de cinq mille livres que sa cousine lui servait depuis qu'elle était revenue aux Moulineaux.

Le jeune héritier s'attendait sans doute à ce que la comtesse continuerait à lui servir cette pension, mais il avait déjà fait tellement parler de lui que Mme de Libessac avait été forcée d'intervenir à plusieurs reprises et de payer secrètement les dettes que son jeune cousin avait contractées.

Ne voulant pas se faire plus longtemps complice de cette vie de dissipation, elle supprima tout simplement au fils la pension qu'elle avait accordée de son plein gré au feu baron de Pierre-Lisse.

Le jeune gentilhomme demeura donc livré à ses seules ressources.

Après avoir fait argent de tout ce que lui laissait son père et mis en poche les quelques économies qu'il avait trouvées, il eut une fantaisie singulière et qui fit beaucoup parler de lui pendant quelque temps.

Sur la hauteur de Saint-Aubin, en remontant vers Pauze, et dominant la Seine et la pleine d'Elbeuf, à une hauteur considérable, s'élevait un petit château moyen âge, en parfait état de conservation, que son dernier propriétaire avait entretenu avec beaucoup de soins, mais qui, depuis plus de dix années que ce propriétaire était mort, n'avait pas été habité.

Les héritiers n'avaient pas voulu demeurer dans ce nid à rats, et avaient, sans succès essayé de le vendre.

Il est vrai qu'à part la vue splendide qu'on avait des fenêtres de ce château, on y était exposé à toutes les intempéries des saisons. Les vents d'ouest surtout y faisaient rage, au point qu'il fallait parfois barricader les portes et les fenêtres pour leur tenir tête.

Le jeune baron jeta son dévolu sur ce castel et l'acheta littéralement pour un morceau de pain. Après y avoir fait à peu de frais les réparations indispensables, il s'y installa avec son unique domestique, sans s'effrayer ni de la solitude au milieu de laquelle il se condamnait à vivre, ni des innombrables incommodités que présentait cet échantillon suranné d'une époque disparue.

Ce qui était pour les autres un objet d'épouvante fut ce qui l'attira le plus.

Dans ce repaire, éloigné de tout voisinage et par conséquent de toute surveillance, le jeune baron put se livrer impunément à ses goûts effrénés pour la débauche et les plaisirs.

De Rouen au *Château-Perdu* — c'est ainsi qu'on avait fini par appeler ce vieux manoir — ce fut un pèlerinage incessant de jeunes écervelés et de femmes galantes, qu'y attiraient l'originalité du lieu et l'extrême liberté d'allures dont on y jouissait.

Les maigres ressources du baron s'épuisèrent vite, quoiqu'il eût fait au jeu des bénéfices considérables, assurait-on.

Ce fut alors qu'il jeta les yeux sur Marguerite de Lescarre.

Marguerite était à tous égards un parti avantageux. Fille unique d'un père déjà vieux, et dont les infirmités précoces pouvaient faire présager la fin prochaine, elle devenait naturellement légataire de la petite fortune du vicomte et du domaine de la Morinière.

Or, ce domaine était bien autrement séduisant que le Château-Perdu, qui n'était qu'une vieille ruine improductive et qui n'avait pour toutes dépendances qu'un jardin, ou plutôt un petit bois de quatre ou cinq arpents.

Le baron fit donc au vicomte de Lescarre une visite de bon voisinage.

Il était, disait-il, cousin issu germain de la comtesse de Libessac. Il insinua adroitement dans la conversation que la comtesse était veuve, n'avait pas d'enfants, ne se remarierait certainement pas, et que son immense fortune ne manquerait pas de revenir plus tard à l'unique héritier qui lui restait.

Le vicomte, qui ne voyait pas grand monde, se laissa éblouir par le nom de la comtesse d'abord, et ensuite par les chiffres imposants que M. de Pierre-Lisse laissa négligemment tomber dans l'énumération rapide qu'il fit des richesses de sa cousine.

Le baron, que son père avait présenté à Marguerite, revint plus assidûment et finit par inviter le père et la fille à visiter le Château-Perdu.

Ils acceptèrent.

C'était dans la belle saison. Aussi, quoique l'ascension eût été pénible, le spectacle qui s'offrit à leurs yeux émerveillés les dédommagea amplement de la peine qu'ils avaient prise.

Ils furent positivement enthousiasmés de la vue splendide qui s'étalait devant eux. A leurs pieds, la Seine et la ville d'Elbeuf ; plus loin encore, à perte de vue, des collines couronnées de forêts dont le dôme feuillu se découpait en masses gracieusement arrondie sur l'horizon. C'était réellement magnifique !

Aussi le vicomte ne marchanda pas les éloges à M. de Pierre-Lisse et le félicita d'avoir fait une acquisition qu'on lui avait présentée comme une folie.

A son tour, il invita le baron à venir visiter la Morinière.

Le baron ne demandait que cela.

Dès le lendemain, avec l'orgueil du propriétaire, M. de Lescarre promena son hôte à travers ses domaines sans lui faire grâce d'aucun détail. Il lui en fit remarquer l'admirable distribution, la commodité sans pareille, en vanta l'étonnante fertilité, lui donna le chiffre fabuleux du chiffre qu'il avait atteint.

M. de Pierre-Lisse ne se lassait pas d'écouter. Jamais le vicomte n'avait trouvé d'auditeur plus complaisant.

Quand il eût épuisé son sujet, il se tourna triomphalement vers le baron, comme s'il attendait, lui aussi, les éloges qu'il avait prodigués la veille.

Le baron était trop adroit pour ne pas flatter l'amour-propre du vieux mestre de camp. Il le félicita hautement sur l'habileté avec laquelle la ferme était exploitée.

— Je ne m'étonne pas, dit-il, que chacun vous envie ce petit paradis. Pour moi, qui ne le connaissais pas, je suis littéralement sous le charme.

Ce fut certainement à dater de ce jour que M. de Pierre-Lisse conçut la pensée d'épouser Marguerite.

Pendant un mois, il revint de plus en plus souvent à la Morinière, fit successivement raconter au vicomte toutes ses campagnes, s'insinua en un mot si avant dans ses bonnes grâces, qu'il jugea enfin le moment favorable pour se déclarer.

Il aurait peut-être réussi, si M. de Lescarre n'avait formé d'autres projets et si ces projets ne s'étaient pas réalisés aussitôt.

En même temps qu'elle avait anéanti toutes les espérances du baron, la lettre de M. de Coatlec était venue ranimer celles du vicomte et donner un nouvel essor à sa vivacité.

Désireux d'occuper au plus tôt le poste honorifique auquel le roi l'avait élevé, M. de Lescarre avait écrit à tous les gentilshommes qui lui avaient offert jadis d'acheter la Morinière.

Ceux-ci s'empressèrent d'accourir, de surenchérir les uns sur les autres ; si bien que le vicomte finit par obtenir deux cent mille livres comptant de son petit domaine.

Ces démarches avaient pris une dizaine de jours, pendant lesquels le portrait de Marguerite avait été terminé et confié, pour être monté, au plus habile bijoutier de Rouen.

Il ne restait donc plus qu'à réaliser la vente et signer le contrat.

Pendant ces dix jours, le baron avait continué ses visites avec la même assiduité que par le passé. On aurait juré qu'aucun nuage ne s'était élevé entre M. de Lescarre et lui.

Toutes les démarches que le vicomte n'aurait pu faire en personne, parce que le temps et les jambes lui aurait manqué, M. de Pierre-Lisse les fit obligeamment à sa place, et s'employa avec un zèle qui ne se démentit pas un instant.

Plein de respect pour Marguerite, évitant même de se trouver seul avec elle pour ne pas lui causer d'inutiles alarmes, il garda une réserve dont la jeune fille lui sut tant de gré qu'elle regrettait presque à son tour d'avoir causé de la peine à un ami si dévoué.

Enfin le jour du départ définitif fut fixé au 2 juin 1757.

Les préparatifs étaient terminés, la chaise de porte avait été commandée. Le bijoutier avait remis à Marguerite son portrait, monté sur un cadre d'or ovale et entouré de perles fines.

Entre M. de Lescarre et l'acquéreur du domaine de la Morinière, il avait été convenu que les deux cent mille livres seraient payées le 1er juin, jour où l'on signerait le contrat, et que le nouveau propriétaire viendrait en prendre possession le 2, un peu avant l'heure où le vicomte se mettrait en route.

En conséquence, M. de Lescarre quitta sa fille le 1er juin, vers deux heures, pour aller à Rouen signer le contrat et toucher ses deux cent mille livres.

Il était parti à cheval, — afin de revenir plus tôt, disait-il.

Quatre lieues environ séparent Saint-Aubin de Rouen. Pour un cavalier comme M. de Lescarre c'était une promenade.

Cependant, quand arriva l'heure du souper, le vicomte n'était pas encore rentré.

Marguerite, qui avait attendu son retour avec la plus grande sécurité, commença à s'inquiéter. Ce fut bien pis quand elle vit la nuit tomber.

Elle se dirigea vers la ferme et envoya au devant de M. de Lescarre un exprès à cheval, en lui donnant l'ordre de pousser jusqu'à Rouen et jusque chez le notaire, s'il ne rencontrait pas son maître en route.

Le garçon de ferme sauta sur son cheval, sans prendre le temps de le seller, et s'éloigna au galop sous les yeux de la jeune fille.

Elle revint au château, soutenue par le vague espoir qu'en son absence son père y serait revenu. Elle se trompait. Aucun des domestiques n'avait vu M. de Lescarre.

L'heure du repos était venue.

Marguerite, accoudée sur l'appui de la fenêtre ouverte, prêtait une oreille avide à tous les échos lointains de la vie humaine, qui allaient s'affaiblissant de plus en plus.

A travers le silence profond qui l'entourait, elle entendit sonner dix heures à la cathédrale d'Elbeuf. Les notes graves et lentes du carillon retentirent comme un glas funèbre à son oreille.

Les pressentiments sinistres qui l'agitaient, quinze jours plus tôt, vinrent l'assaillir avec plus de force que jamais.

Depuis trois heures au moins son père aurait dû être auprès d'elle. Que signifiait cette longue absence?

Plus le temps s'écoulait, plus la nuit se faisait silencieuse et belle, et plus augmentaient les angoisses à laquelle la pauvre enfant était en proie.

Tout à coup, un bruit qui lui était familier arriva jusqu'à elle.

Elle écouta.

C'était le galop d'un cheval.

Elle joignit les mains et leva les yeux vers le ciel étoilé.

Le bruit était encore éloigné, mais il devint bientôt plus distinct.

Le rayon d'espérance qui avait un instant brillé dans les yeux de Marguerite s'éteignit aussitôt. Ce galop n'était pas celui du cheval de M. de Lescarre. C'était le galop d'un cheval beaucoup plus lourd et beaucoup moins vite... Peut-être était-ce le garçon de ferme qui arrivait...

Le carillon d'Elbeuf tinta douze fois. Entre les vibrations largement espacées de l'horloge, la jeune fille continuait à entendre le sabot pesant du cheval, qui se rapprochait insensiblement et dont le fer résonnait avec fracas sur la terre durcie.

Enfin, au bout de quelques minutes, elle vit apparaître un cavalier dans l'avenue qui conduisait au château. Dix secondes après, ce cavalier s'arrêtait devant le perron, sur lequel Marguerite s'était empressée d'accourir.

— Qui est là? demanda-t-elle.

— C'est moi, Blaise, répondit le garçon de ferme.

— Tu arrives de Rouen?

On tira le cheval sur la route; tout le monde le reconnut. (Page 306.)

— Oui, notre demoiselle.

— Eh bien ! et mon père?

— Est-ce qu'il n'est pas ici?

— Mais non !

— Pourtant, M. le notaire m'a dit que M. de Lescarre était parti de chez lui à six heures.

— Et tu ne l'as pas rencontré sur la route?

— Point du tout, notre demoiselle.

Marguerite devint livide.

— Vite ! cria-t-elle. Retourne à la ferme et mets tout le monde sur pied.

Blaise fit volte-face et disparut au grand galop de son cheval, qui soufflait bruyamment.

La jeune fille le suivit en courant. Elle était folle de terreur.

Elle donna ses ordres et défendit à personne de reparaître sans lui ramener le vicomte ou sans apporter de ses nouvelles.

Aussitôt on se mit en quête, non plus seulement sur la route, mais à travers champs.

Les recherches n'étaient pas faciles. Les moissons sont belles au mois de juin. Les seigles et les blés s'élèvent à hauteur d'homme, les luzernes sont bonnes à couper, les orges et les avoines forment un tapis épais. En sonder les profondeurs en pleine nuit, si claire que soit une nuit sans lune, n'était pas une tâche aisée.

Cependant, à une lieue et demie de Saint-Aubin, on aperçut au milieu d'un champ d'avoine le cadavre d'un cheval.

On se hâta. De tous côtés on accourut ; on tira le cheval sur la route... tout le monde le reconnut : c'était celui du maître !

Le fermier envoya chercher une charrette.

Pendant ce temps, garçons de ferme, filles de basse-cour exploraient les environs et appelaient M. de Lescarre de toute la force de leurs robustes poumons. Rien ne leur répondait.

Vers trois heures, ils revinrent à la ferme, escortant le cadavre du cheval.

Là, le fermier examina la pauvre bête avec la plus grande attention. Elle n'était pas blessée. De quoi était-elle morte ? De tranchées ? D'un coup de sang ? Comment le deviner ?

Marguerite, qu'on informa aussitôt, s'empressa d'accourir.

On avait cru tout d'abord à un meurtre, mais comme la monture du vicomte semblait morte de mort naturelle, on éloigna cette idée funèbre. On pensa que M. de Lescarre était allé demander l'hospitalité dans l'une des fermes environnantes et que, ne voulant pas se remettre en route à la nuit, porteur de la somme considérable qu'il avait touchée, il avait préféré attendre le jour chez ceux qui lui avaient donné asile.

— Mais il m'aurait fait prévenir, objecta Marguerite.

— Qui sait... ? répondit le fermier.

Dans tous les cas, il fallait patienter jusqu'au petit jour. Alors seulement, si le vicomte n'était pas de retour, il serait possible de se livrer à des recherches fructueuses.

Marguerite s'éloigna, la mort dans l'âme. La pensée que son père était victime de quelque horrible guet-apens ne la quitta plus.

Une heure se passa ainsi au milieu des transes les plus cruelles.

Vers quatre heures, quand le jour parut, elle-même monta à cheval pour diriger les recherches. Naturellement on se rendit tout d'abord à l'endroit où le cadavre du cheval avait été découvert.

On retrouva bien sur la route l'endroit où le brave animal était tombé, s'était débattu dans les premières convulsions, s'était ensuite relevé pour aller mourir à cinquante pas de là, au milieu du champ d'avoine où on l'avait ramassé, mais ce fut tout.

Pas la moindre trace de lutte, pas une goutte de sang, n'indiquaient que le vicomte eût été assailli, ni qu'un crime eût été commis !

On explora toutes les fermes d'alentour. Personne n'avait vu M. de Lescarre.

Marguerite revint à la Morinière. Il était environ huit heures du matin. Depuis quatre heures elle était en selle ; elle avait passé la nuit ; elle était brisée de fatigue.

Non moins accablée par la douleur, elle venait de se laisser tomber dans un fauteuil, quand on lui annonça le chevalier d'Artémon.

Ce nom vint raviver toutes ses inquiétudes.

Le chevalier d'Artémon était celui à qui le vicomte avait vendu la Morinière. Il venait, ainsi que cela avait été convenu, prendre possession du château une heure avant le départ de M. de Lescarre, qui avait été fixé à neuf heures précises.

Après lui avoir appris l'étrange disparition de son père et lui avoir communiqué le résultat des recherches auxquelles elle s'était personnellement livrée, la jeune fille l'interrogea.

Le chevalier était très-surpris. Tout ce qu'il put dire, c'est que le vicomte était venu la veille, à cinq heures, chez le notaire, qu'il avait signé le contrat, touché ses deux cent mille livres, et qu'enfin il l'avait quitté vers six heures, en lui donnant rendez-vous pour le lendemain matin, à huit heures.

— Surtout, soyez exact, avait-il recommandé, car la chaise de poste doit venir me prendre à neuf heures et je n'attendrai pas une minute de plus.

En effet, le chevalier avait à peine fourni ces explications, que la chaise de poste venait se ranger devant le perron, afin de charger les bagages.

Il fallut la congédier.

Marguerite était fort embarrassée. Elle n'était plus chez elle. A la rigueur, M. d'Artémon aurait pu exiger qu'elle quittât la place à l'instant même.

Il devina ce qui se passait en elle et s'empressa de la rassurer.

— Il est impossible que M. de Lescarre ne rentre pas d'un moment à l'autre, dit-il. Vous pouvez l'attendre ici tant qu'il vous plaira, mademoiselle, fût-ce pendant quelques jours.

Sur ces entrefaites, arriva M. de Pierre-Lisse.

Sachant que le vicomte partait à neuf heures, il venait, disait-il, lui faire ses adieux et lui souhaiter un heureux voyage.

Sa surprise ne fut pas moins grande que celle du chevalier, en apprenant par quel bizarre événement ce départ était retardé.

Il offrit à Marguerite de faire toutes les démarches nécessaires.

Elle le remercia. Tout ce qu'il était humainement possible de tenter pour le moment, elle l'avait fait.

— La seule chose que je réclamerai de votre complaisance, dit-elle, c'est, si je n'ai pas de nouvelles de mon père avant ce soir, de vouloir bien aller à Rouen demain matin, pour en informer le lieutenant criminel.

— Espérons que nous ne serons pas obligés d'en venir à cette extrémité, fit le baron. Dans tous les cas, mademoiselle, sachez que je suis tout à vous.

Pour tout le monde, même pour le chevalier d'Artémon, quoiqu'il prît possession de son nouveau domaine, la journée fut d'une longueur désespérante.

Le soir, M. de Lescarre n'avait pas reparu.

Le lendemain matin, à la première heure, M. de Pierre-Lisse ne manqua pas d'accourir. En apprenant que l'on n'avait encore aucunes nouvelles du vicomte, il ne dissimula pas les inquiétudes que cette longue absence lui faisait concevoir.

— Ainsi, dit Marguerite, vous supposez...

— Que sais-je?... répondit le baron. Quand un homme porteur d'une somme aussi importante disparaît si subitement, il y a lieu de tout craindre...

— Vous croyez donc qu'il a été assassiné et dépouillé de son argent? dit la jeune fille haletante.

— C'est, hélas! fort possible, mademoiselle, fit le gentilhomme avec une émotion sincère.

— Alors, voulez-vous me rendre le service de prévenir le lieutenant criminel.

— Je suis à vos ordres, mademoiselle. Précisément mon cheval est attaché à la grille de l'avenue.

— Et vous consentez à y aller sur-le-champ?

— Volontiers, répondit M. de Pierre-Lisse. Seulement j'avais pour ce matin un rendez-vous assez important... je désirerais tout au moins avertir la personne qui m'attend... Ne pourriez-vous pas me donner de quoi écrire?

— Rien n'est plus facile, monsieur. Vous trouverez tout ce qu'il vous faudra dans le cabinet de mon père, dit Marguerite.

A ces mots, elle le conduisit dans cette pièce, et il s'assit devant une table, sur laquelle étaient demeurés quelques papiers épars.

La jeune fille se retira discrètement.

— Vous me retrouverez au salon, dit-elle en s'éloignant.

M. de Pierre-Lisse vint la rejoindre, en effet, au bout de quelques instants. Il tenait à la main une feuille de papier pliée en forme de lettre, sur laquelle on distinguait une adresse fraîchement écrite.

— Je ne vous demande que le temps de retourner chez moi. Il faut que je donne cette lettre à Landry, pour qu'il aille la porter à la personne qui m'attend.

— Faites, monsieur, répondit Marguerite, et pardonnez-moi mon indiscrétion. Je suis désolée du dérangement que je vous cause; je suis désolée surtout que ce soit pour un motif semblable.

— Je le déplore avec vous, mademoiselle, mais je sais trop ce qu'on doit à ses amis en pareille circonstance pour ne pas faire en leur faveur un si léger sacrifice. Avant une heure et demie je serai à Rouen, je vous le promets.

Le baron la quitta précipitamment, sauta en selle et disparut.

Quant au chevalier d'Artémon, il continuait à faire l'inventaire du domaine, du château et des meubles dont il s'était rendu acquéreur.

Il était visiblement contrarié de ce qui venait d'arriver. Il ne l'avouait pas à Marguerite, mais elle s'apercevait bien que le nouveau propriétaire était gêné devant elle.

— Je vous en prie, monsieur, lui dit-elle, ne vous occupez pas de moi. Vous êtes chez vous ici, je ne l'ai pas oublié, et je ne voudrais apporter aucun retard dans l'exercice des droits dont vous êtes légalement investi.

Le chevalier grillait d'envie d'agir en toute liberté, mais il n'en faisait rien.

Vers onze heures, le lieutenant criminel arriva, accompagné du baron de Pierre-Lisse, qui l'introduisit auprès de Marguerite et le lui présenta.

Il se nommait M. de Lanoue.

Il reçut la déclaration de Marguerite et celle de tous les valets de ferme qui avaient pris part aux recherches.

Ces déclarations furent consignées dans le procès-verbal, que son greffier rédigea séance tenante.

Le baron de Pierre-Lisse, interrogé à son tour, à titre d'ami de M. de Lescarre, ne put fournir aucun renseignement.

Quant au chevalier d'Artémon, tout ce dont il lui fut possible de témoigner, c'est qu'il avait versé les deux cent mille livres de traites chez le notaire, entre mains les de M. de Lescarre lequel les avait mises dans sa poche et s'était éloigné aussitôt après avoir signé le contrat.

Le chevalier avait passé la soirée à Rouen en compagnie de deux amis qu'il nomma, et chez l'un desquels il avait couché. Il en était parti le lendemain matin, vers six heures et demie, pour se rendre à la Morinière, où il n'avait pas trouvé le vicomte.

Ce procès-verbal allait être clos, quand Marguerite intervint.

— Monsieur, dit-elle en s'adressant à M. de Lanoue, j'ai encore un service à vous demander.

— Parlez, mademoiselle, fit le magistrat avec bienveillance.

— Mon père, en allant à Rouen, avait emporté son trousseau de clefs, parmi lesquelles se trouvait celle du petit meuble que voici devant vous. Or, dans ce meuble, est enfermée une somme de cent vingt mille livres, que je vous demanderai la permission d'emporter avant de quitter la Morinière.

— C'est trop juste, dit M. de Lanoue. Le chevalier, ne s'y opposera pas, je pense ?

— Assurément, fit M. d'Artémon.

Le lieutenant criminel fit signe à l'un de ses hommes d'approcher.

— Faites sauter la serrure de ce petit bahut, ordonna-t-il.

L'agent s'avança. Avec une dextérité sans pareille, il ouvrit presque sans effort les deux panneaux du petit meuble.

Un cri de désappointement général s'éleva parmi les assistants.

Le bahut était absolument vide !

— Voilà qui est singulier ! s'écria Marguerite d'une voix étranglée. J'ai vu, il y a trois jours, mon père déposer dans ce meuble la somme que je vous ai dite et qu'il a comptée devant moi.

— En effet, dit M. de Lanoue. Si vous en êtes sûre, il est étrange...

— J'en suis certaine, monsieur. Je vous affirme que j'ai vu et compté cette somme avant-hier. Mon père voulait la joindre avant son départ à celle que la vente de la Morinière devait lui rapporter. Elle provient de sa fortune personnelle, c'est-à-dire de biens qu'il possédait aux environs d'Avignon, et qu'il a fait vendre, les uns après les autres, depuis qu'il s'était retiré à Saint-Aubin.

— Et depuis avant-hier, qui est entré dans ce cabinet ? demanda M. de Lanoue.

— Tout le monde, monsieur... les domestiques, moi-même... le chevalier... le baron de Pierre-Lisse, qui, ce matin encore, y a écrit une lettre...

— De sorte que vous ne pouvez accuser personne ? interrogea le magistrat.

— Qui voulez-vous que j'accuse, monsieur ? Nous n'avons jamais eu qu'à nous louer de nos serviteurs... le baron est de nos amis... M. le chevalier est d'une honorabilité trop connue.

— C'est de plus en plus bizarre, fit M. de Lanoue, car la serrure était intacte. Si elle a été ouverte depuis trois jours, c'est évidemment avec une clef, avec celle de monsieur votre père. Il faudrait donc admettre qu'on lui ait volé cette clef et qu'en son absence... ou depuis sa disparition...

— A moins, objecta le baron, que M. de Lescarre, n'osant pas se charger en voyage d'une somme si considérable, ne l'ait portée à Rouen et ne l'ait versée en compte chez un banquier.

— En effet, c'est encore possible, dit le magistrat.

— Ah ! je m'y perds ! s'écria Marguerite. Ce que je commence à craindre, c'est que mon pauvre père n'ait été victime de quelque infernale machination, et que moi-même...

— Rassurez-vous, mademoiselle, fit M. de Pierre-Lisse, vos amis sont toujours là, et M. de Lanoue est trop habile pour ne pas déchiffrer cette énigme.

La pauvre enfant ne l'entendait pas. Consternée, les mains jointes, l'œil hagard, elle promenait autour d'elle un regard inconscient, comme pour implorer la protection de ceux qui l'entouraient contre les malheurs qui venaient l'accabler à la fois.

M. de Lanoue lui prit la main.

— Remettez-vous, mon enfant, dit-il avec bonté. Il est impossible, en effet, que nous n'arrivions pas à découvrir la vérité. Dès aujourd'hui je vais m'occuper de cette affaire et j'espère dans quelques jours...

— Dans quelques jours ! interrompit la pauvre fille, qui fondit en larmes. Et que deviendrai-je pendant ce temps, moi... sans asile... sans fortune... sans appui... ?

— Ne vous alarmez pas, mademoiselle, dit le baron. Je puis dès à présent vous offrir un asile. Il n'est pas aussi beau que la Morinière, mais j'espère qu'il vous suffira momentanément...

— Vous ! fit Marguerite en relevant la tête.

— Oui, mademoiselle, c'est l'humble maisonnette qu'habitait mon père, celle dans laquelle il est mort. Je l'ai conservée comme une relique, malgré les souvenirs douloureux qu'elle me rappelle... Je la mets dès aujourd'hui à votre disposition. Là, vous pourrez attendre en paix le résultat des investigations auxquelles M. de Lanoue va se livrer... D'ailleurs, il ne faut pas désespérer encore. Peut-être M. de Lescarre s'est-il blessé quand son cheval est tombé sur la route ; peut-être a-t-il été recueilli par un fermier des environs ; peut-être est-il dans l'impossibilité de donner de ses nouvelles...

— C'est vrai, fit le lieutenant criminel. Je vais dès à présent faire fouiller les alentours, et je vous jure que pas une chaumière n'échappera à mes recherches!

La jeune fille essuya les larmes qui coulaient sur son visage. Un rayon d'espérance vint la ranimer.

M. de Pierre-Lisse devait avoir raison. Le vicomte, étourdi par sa chute, grièvement blessé même, quoiqu'il n'y eût pas une goutte de sang sur la route, pouvait, gisant inanimé sur le chemin, avoir été relevé par un passant et transporté par lui dans sa maison.

M. de Lanoue s'empressa donc de clore son procès-verbal et de le faire signer par tous ceux qui se trouvaient là, afin de se mettre plutôt en quête.

Il se retira, après avoir engagé Marguerite à reprendre courage.

Elle resta seule avec le baron et le chevalier.

— Mademoiselle, lui dit M. de Pierre-Lisse, si la proposition que je viens de vous soumettre vous agrée, vous pouvez dès à présent aller visiter la maison que je mets à votre disposition. Quoique je ne l'ai pas habitée depuis deux ans, elle n'est pas dans un état de délabrement absolu. La vieille femme qui la garde et qui se fera un plaisir de vous servir, est chargée également d'en prendre soin. Je me suis assuré qu'elle s'en acquitte conscencieusement. Vous trouverez donc toutes choses en bon ordre.

Le chevalier écoutait sans mot dire. Il n'essaya par aucune parole de retenir la jeune fille à la Morinière.

Évidemment la proposition du baron lui souriait beaucoup.

Marguerite le comprit. Aussi n'hésita-t-elle pas un instant.

— Je vous remercie, monsieur, dit-elle au baron. Où est située cette maison ?

— J'aurai l'honneur de vous y accompagner, si vous le permettez, proposa le gentilhomme. Elle est à un petit quart d'heure d'ici, sur la route d'Elbeuf à Rouen.

— Je vous suis, monsieur, fit Marguerite en se levant.

M. de Pierre-Lisse lui offrit la main et ils sortirent.

Vingt minutes après, ils s'arrêtèrent devant la grille, toute tapissée de lierre, d'une petite maison dont on apercevait à peine le toit pointu.

Le baron sonna ; une vieille femme vint ouvrir et s'inclina craintivement lorsqu'elle reconnut son maître.

Marguerite ne put retenir un cri d'étonnement joyeux en pénétrant dans cette délicieuse retraite.

Fort modeste d'apparence, la maison n'avait pas plus de quatre fenêtres de façade et ne se composait que d'un rez-de-chaussée et d'un étage.

De chaque côté de la porte d'entrée, deux ceps de vigne vigoureux étendaient au-dessus des fenêtres du rez-de-chaussée leurs pampres verdoyants et formaient au-dessus de la porte un véritable berceau de verdure.

A chacun des angles de la maison, deux rosiers grimpants, non moins vigoureux et certainement plantés depuis plus de vingt ans, avaient poussé jusqu'au toit leurs flexibles rejetons et tapissaient tout ce que la vigne avait respecté. Et comme la saison des roses était en pleine floraison, ce rideau de verdure était parsemé à profusion de roses thé, qui répandaient dans l'air un parfum pénétrant et offraient à l'œil un merveilleux spectacle.

C'était la vue de ces roses innombrables et fraîchement épanouies qui avait arraché à Marguerite le cri de joyeuse surprise qu'elle avait poussé en arrivant.

Le baron prit les devants et introduisit la jeune fille dans la maison, qu'il lui fit parcourir de la cave au grenier.

Sans être immense, cette habitation, double en profondeur, ne comptait pas moins de six pièces à chacun de ses étages.

— Mais c'est beaucoup plus qu'il ne m'en faut ! s'écria Marguerite. Et tout cela est tenu avec un ordre parfait, ajouta-t-elle en se tournant vers la vieille domestique, qui les avait suivis.

— Ainsi cette maison vous plaît ? demanda le baron.

— On ne peut davantage, répondit-elle.

— Si voulez visiter le jardin, proposa M. de Pierre-Lisse, il vous plaira certainement plus encore.

En effet Marguerite, après avoir parcouru les allées principales, ombragées de tilleuls et de maronniers, déclara qu'après la Morinière elle n'avait jamais rien vu de plus séduisant.

— Mais comment avez-vous pu vous décider à quitter cette ravisante demeure pour aller vous percher sur les hauteurs incultes de Saint-Aubin ? demanda-t-elle.

— Je trouvais cette maison triste, répondit M. de Pierre-Lisse. J'y étouffais. Et puis elle me rappelait le souvenir de mon pauvre père...

— Ainsi vous n'en faites rien ?

— Pas grand'chose, mademoiselle. Je l'ai abandonnée à Marianne, notre ancienne domestique, qui la fait valoir et me sert un revenu modique.

— Je pourrais donc l'habiter dès aujourd'hui ? demanda la jeune fille.

— A l'instant, si cela vous convient.

— Certes, il ne s'agit plus alors que de fixer le prix du loyer.

— Nous avons le temps d'en parler, mademoiselle. J'espère encore que vous ne l'habiterez que pendant quelques jours et que l'enquête à laquelle M. de Lanoue va se livrer nous mettra promptement sur la trace de M. de Lescarre.

— Dieu vous entende ! soupira Marguerite.

Elle n'eut plus d'autre ressource que de se réfugier dans le lit. (Page 319)

— Si par hasard cette enquête n'aboutissait pas et si vous vous décidiez à rester ici, ajouta le gentilhomme, vous fixeriez vous-même le prix de cette insignifiante location.

— Soit, dit la jeune fille.

— Vous entendez, Marianne? fit le baron en se tournant vers sa domestique.
A dater de ce moment, vous obéirez à Mlle de Lescarre comme à moi-même. Je
veux qu'elle soit ici maîtresse souveraine,

— Ah ! je ne demande pas mieux, monseigneur, répondit la vieille femme, car je vous avoue que je commençais à me trouver bien seule ici !

— Tout est donc pour le mieux, dit M. de Pierre-Lisse avec une joie manifeste.

— Et maintenant, monsieur, reprit Marguerite, recevez mes remerciements. Dans une heure, je serai installée.

Le gentilhomme sortit avec elle et la quitta en lui témoignant toujours le même respect et la même amitié discrète.

Elle retourna à la Morinière et annonça au chevalier qu'elle allait quitter le château.

Entre le vicomte et lui, il avait été convenu qu'il prendrait la Morinière dans l'état où se trouvait le domaine, y compris les meubles et les domestiques.

Le chevalier était donc dès à présent maître absolu de la propriété et du personnel.

Aussi la jeune fille lui demanda l'autorisation de prendre à la ferme un charriot et d'y faire placer par deux valets les malles qu'elle avait préparées pour le départ.

M. d'Artémon l'aurait aidée plutôt que de lui refuser cette mince faveur.

Un quart d'heure après, caisses et malles étaient empilées sur la charrette et se dirigeaient vers la nouvelle demeure que Marguerite avait choisie.

Après avoir monté et mis en place ces bagages volumineux, les garçons de ferme se retirèrent, sans vouloir accepter le généreux pourboire que leur tendait la jeune fille.

Trois jours se passèrent.

Marianne se montrait fort empressée et très-satisfaite de voir la maison habitée enfin par un être humain.

C'était une femme de soixante ans environ, vive, alerte, droite et élancée, que l'âge et les fatigues avaient suffisamment respectée pour en faire une domestique très-convenable.

Marguerite l'avait mise au courant des malheurs récents qui venaient de la frapper, et la brave femme s'en était montrée fort touchée.

Aucune nouvelle n'était parvenue encore à la jeune fille, lorsque, le quatrième jour, M. de Pierre-Lisse vint lui rendre visite.

Elle le reçut dans le salon du rez-de-chaussée et lui demanda s'il avait appris quelque chose.

— Rien encore, répondit-il, quoique je sois allé tous les jours chez M. de Lanoue pour me tenir au courant de cette mystérieuse affaire. Cependant, je viens vous faire part de l'affligeante certitude que M. le lieutenant criminel a acquise, au sujet des cent vingt-cinq mille livres que vous affirmiez avoir vues dans le cabinet de votre père.

— Quelle certitude ?

— On s'est enquis auprès de tous les banquiers ou gros commerçants de Rouen ; aucun d'eux n'a reçu cette somme des mains de M. de Lescarre.

— De sorte qu'elle est perdue pour moi ?

— Momentanément, oui, mademoiselle. C'est ce que j'étais chargé de vous apprendre.

— Mais mon père...? interrogea avidement la jeune fille.

— On a fouillé inutilement tous les alentours, interrogé tous les habitants... nulle part on n'a trouvé la moindre piste. Pourtant M. de Lanoue ne désespère pas encore, il continue les recherches avec la même persévérance...

— Ah! s'écria Marguerite, dont un déluge de larmes inonda le visage, c'est fini, monsieur. Je suis orpheline.

Elle suffoquait. Des sanglots convulsifs soulevaient sa poitrine.

— Calmez-vous, mademoiselle, fit le baron, que le spectacle de cette douleur navrante inquiétait visiblement, tout n'est pas perdu encore...

— N'essayez pas de m'abuser, dit Marguerite d'une voix rauque. Tout est perdu, je le sens. Ainsi se sont réalisés les tristes pressentiments qui m'assaillaient il y a quelque jours. Plus de père... plus de fortune... plus rien !

De nouveau ses larmes se firent jour à travers ses paupières brûlantes.

— De grâce, mademoiselle, ne vous désolez! supplia le jeune homme. Il vous reste des amis... moi d'abord... les Coatlec ensuite... Si vous êtes sans ressources, nous ne vous laisserons pas...

— Merci, je n'ai besoin de rien, interrompit fièrement la jeune fille. Sans compter une somme assez ronde que mon père m'avait remise pour notre voyage et les frais de notre première installation à Paris, j'ai les bijoux de ma mère, les miens, je n'en suis pas réduite à la misère. D'ailleurs je n'ai pris encore aucun parti. Je ne m'éloignerai certainement pas d'ici avant d'avoir acquis la preuve que mon père est mort et d'avoir vu tomber la tête de son assassin, — car il a été volé et assassiné, je ne puis plus en douter à présent.

M. de Pierre-Lisse frissonna involontairement en entendant tomber ces paroles de la bouche de la jeune fille.

— Hélas! c'est fort à craindre, murmura-t-il avec un malaise évident.

— Pardonnez-moi, fit vivement Marguerite, de vous importuner de ces tristes pensées, mais c'est plus fort que moi. N'étiez-vous pas depuis quelque temps notre meilleur ami ? Mon père avait-il quelque chose de caché pour vous? Ignorez-vous aucun des beaux projets que le pauvre homme avait formés ? N'était-il pas tout près d'atteindre les honneurs qu'il ambitionnait depuis des années? Et moi-même...

Elle ne put en dire d'avantage : elle étouffait.

Cette douleur produisait sur M. de Pierre-Lisse une impression pénible.

— Allons, je vous laisse, dit-il avec un trouble qui n'échappa pas à la jeune fille, malgré ses angoisses. Je vais continuer à m'occuper de vous, et dans quelques jours... je viendrai vous voir... Je vous apporterai peut-être du nouveau...

Il revint, en effet, mais il n'avait rien appris.

M. de Lannoue avait rendu visite à l'orpheline et l'avait longuement interrogée.

— Assurément, lui avait-il dit, M. de Lescarre est tombé dans un piège infâme ! et celui qui l'a tué savait que votre père avait sur lui cette somme énorme. Devant qui en avait il parlé ?

— Il en avait parlé devant tout le monde, répondit Marguerite. Il était si heureux qu'il n'en faisait mystère à personne.

— Ainsi vous n'avez aucun soupçon ?

— Aucun, non, monsieur. Celui qui était le plus avant dans les confidences de mon père, c'était M. de Pierre-Lisse ; mais vous êtes témoin du zèle qu'il déploie, vous savez que je lui dois cet asile. Dernièrement encore il m'offrait sa bourse. Aussi il est peut-être le seul que mes soupçons n'oseraient pas effleurer. Quand aux autres, je vous l'ai dit, il y en a tant...

M. de Lanoue se leva. Il commençait à désespérer du succès.

Quinze jours se passèrent. Le chagrin de Marguerite n'était pas moins profond, mais il était moins bruyant.

Le baron revenait de temps à autre, empressé, soumis, respectueux. On ne savait toujours rien !

La jeune fille lui avoua qu'elle finissait par perdre tout espoir et qu'elle allait écrire au marquis de Coatlec.

— Vous avez raison, dit-il, c'est le parti le plus sage. Si vous voulez me remettre votre lettre, je la porterai moi-même à la poste de Rouen.

Marguerite accepta avec empressement. Pendant que le baron faisait un tour de jardin, elle écrivit au marquis, lui apprit la triste vérité et lui demanda ce qu'elle devait faire.

Plus tranquille alors, elle remit sa lettre au gentilhomme.

La fin du mois de juin arriva. Marguerite n'avait reçu aucune réponse.

Ce silence l'inquiétait beaucoup. Elle était triste, souffrante, affaiblie par la douleur.

Un soir, au moment où elle commençait à s'endormir, elle entendit du bruit dans sa chambre...

Elle ouvrit les yeux et reconnu le baron de Pierre-Lisse !

Elle se redressa subitement.

Qu'est-ce que cela voulait dire ? Comment cet homme avait-il pénétré chez elle ? Elle avait cependant fermé la porte à clef et placé la clef sous son traversin !

Elle eut bientôt l'explication de ce singulier phénomène.

Le baron s'avançait sur la pointe du pied et tenait à la main la clef avec laquelle il venait d'ouvrir la porte, — porte qu'il referma derrière lui avec cette même double clef dont il était possesseur.

Marguerite comprit tout.

Il était trop tard ! Elle voulut se lever. Il s'avança vivement au-devant d'elle et l'en empêcha d'un geste.

— De grâce, écoutez-moi ! dit-il.

— Quoi ? demanda Marguerite épouvantée. Que me voulez-vous ? Est-ce à pareille heure et par des moyens semblables que vous devez pénétrer chez moi ?

— Vous avez raison, mademoiselle, avoua humblement le baron, mais quand vous saurez...

— Le fait est, interrompit-elle avec un rire nerveux, que je serais curieuse de savoir ce qui vous amène ici à onze heures du soir ?

— Je vais vous le dire, mademoiselle, fit le gentilhomme en s'inclinant respectueusement devant elle.

Le ton de parfaite politesse avec lequel s'exprimait M. de Pierre-Lisse, l'attitude réservée qu'il continuait à garder, donnèrent un instant le change à la jeune fille.

Elle s'imagina naïvement qu'il venait lui apporter quelque nouvelle importante.

— Je vous écoute, monsieur, lui dit-elle ; mais hâtez-vous, je vous en conjure!

Elle tremblait encore légèrement en prononçant ces paroles.

— Si mes souvenirs sont exacts, mademoiselle, commença le baron, il y a bientôt cinq semaines, j'ai eu l'honneur de demander votre main à monsieur votre père...

— Je m'en souviens, monsieur ; mais vous devez vous rappeler de votre côté, de quelle façon M. de Lescarre a accueilli votre demande.

— Je ne l'ai pas oublié, mademoiselle. Vous avez vu avec quelle sagesse je me suis soumis à une décision qui renversait mes plus chères espérances. Je croyais alors qu'il me serait possible de bannir votre pensée, et je vous prends à témoin de la force de volonté dont j'ai fait preuve pour atteindre ce résultat. Aujourd'hui, je ne vous le cache pas, mes espérances se sont ranimées. Votre situation actuelle est si différente de ce qu'elle était à cette époque que je me suis demandé si vos projets de mariage avec la famille de Coatlec subsistaient toujours.

— Mais vous ne l'ignorez pas, monsieur, répondit Marguerite. Il n'y a pas plus de dix jours que j'ai écrit au marquis... c'est vous même qui avez porté ma lettre à la poste.

— C'est vrai, mademoiselle. Eh bien ! parlez sans détours : avez-vous reçu une réponse du marquis ?

— Pas encore, mais elle ne saurait tarder...

— Le croyez-vous sincèrement ?

— Sans doute.

— Sur votre honneur ?

Marguerite ne répondit pas.

Le baron sourit d'un air triomphant.

— Vous voyez bien, dit-il ; vous n'osez pas affirmer que vous y croyez. Eh bien ! je serai plus franc que vous, moi : je n'y crois pas. Dans les circonstances terribles où vous a réduite l'événement douloureux qui vous a atteinte, vous auriez dû recevoir dans les trois jours la réponse du marquis. S'il garde un silence prudent, c'est que, vous sachant orpheline, pauvre surtout, il renonce pour son fils à l'honneur de votre alliance.

— Qu'en savez-vous ? M. de Coatlec est peut-être absent de Paris.

— De Paris qu'il ne peut pas se résoudre à quitter, même pour aller visiter ses terres de Bretagne ? interrogea le gentilhomme. Non, mademoiselle, ce n'est pas possible. Ne vous faites pas illusion. Renoncez dès à présent au mariage que vous deviez contracter avec son fils.

— Et quand j'y renoncerais, fit résolûment la jeune fille, en quoi cela peut-il justifier votre présence chez moi à onze heures du soir ? Car je suis chez moi, vous me l'avez dit, vous l'avez dit à Marianne...

— Je ne le nie pas.

— Est-ce le prix de votre loyer que vous venez chercher ? Quel est-il ? Je suis prête à vous le payer sur-le-champ.

— Oh ! mademoiselle... ! dit le baron sur un ton de tendre reproche.

— Alors expliquez-vous.

— C'est ce que j'aurais déjà fait depuis longtemps, si votre impatience me l'avait permis.

— Eh ! monsieur, s'écria Marguerite avec force, ne la comprenez-vous pas, mon impatience. Pouvez-vous demeurer ici sans éveiller les plus coupables soupçons ?

— Je vous disais, mademoiselle, reprit M. de Pierre-Lisse, que votre situation nouvelle avait ravivé mes espérances. Je croyais avoir été bien clair. J'ajouterai que je ne suis pas, comme M. de Coatlec, de ceux que la perte d'une fortune, plus ou moins considérable, empêche de tenir la foi jurée. Je ne m'inquiète pas, moi qui vous aime d'un amour ardent, de savoir si vous êtes riche ou pauvre. Ce que je veux de vous, c'est vous et non pas votre richesse. Au contraire, je crois que je vous aime plus encore depuis que le malheur est venu frapper à votre porte. Et vous voyez bien que je suis sincère, puisque, après avoir étouffé cet amour pendant le temps où vous aviez le droit de croire à un avenir meilleur, je sens cet amour se réveiller plus brûlant, plus pur que jamais à présent que vos beaux projets se sont évanouis.

— Mais, monsieur, je ne vous ai pas dit que je les avais abandonnés.

— Vous venez de l'avouer, Marguerite.

— Vous vous trompez, monsieur, répliqua-t-elle avec fierté. Dans tous les cas, ce n'est ni le lieu ni le moment de me tenir un pareil langage.

— Pourquoi ? Nous sommes seuls, insinua le baron, et personne ne viendra nous déranger...

— Encore une fois, monsieur, vous me faites injure.

— En quoi est-ce faire injure à une femme jeune, belle et libre de lui dire qu'on est épris d'elle à la folie et d'aspirer à sa main ?

— Je vous ai fait observer, monsieur, qu'à pareille heure...

— Eh ! qu'importe l'heure ? N'est ce pas au contraire celle où l'on est le mieux pour parler d'amour ?

— Monsieur, fit Marguerite indignée, un mot encore et j'appelle Marianne.

— Appelez Marianne si vous voulez, elle ne viendra pas.

— Pourquoi ?

— Parce que j'ai eu besoin d'elle ce soir au Château-Perdu et qu'elle y passera la nuit.

— Que dites-vous ! s'écria la jeune fille, saisie tout à coup de nouvelles terreurs.

— Je vous répète que vous êtes belle et que je vous aime, chère Marguerite !

— Misérable ! fit-elle en se levant.

Il se leva aussi, se précipita sur elle et la saisit dans ses bras.

— Calme-toi, dit-il, d'une voix étranglée par le désir. Je t'aime, entends-tu... je t'adore... !

Il sentait palpiter contre sa poitrine ce sein ferme et arrondi. La vue de ces magnifiques épaules lui donnait le vertige. Tout le corps de la pauvre enfant, mal défendu par le lin soyeux qui le recouvrait, frémissait sous l'étreinte brutale dans laquelle il l'emprisonnait.

— Je t'en prie, disait-il, haletant et passionné, écoute-moi, Marguerite ! Un baiser, un seul baiser... Jure-moi que tu seras à moi, que tu ne me quitteras plus et je te rends la liberté.

— Jamais ! protesta-t-elle avec force. Plutôt mourir que d'appartenir à un misérable tel que vous !

— Misérable, as-tu dit ? Eh bien, soit ! fit le gentilhomme. Je mériterai jusqu'au bout l'injure que pour la seconde fois tu viens de me jeter à la face. Ah ! tu refuses de m'aimer. Ah ! tu me repousses, tu n'as pitié ni de mon amour, ni de ma douleur. Eh bien ! tu seras à moi malgré toi...

En disant ces mots, il déposa sur ses épaules un baiser brûlant.

Elle frissonna à ce contact, fit un effort héroïque pour lui échapper et réussit à se dégager ; mais, dans ce mouvement violent, le fragile rempart qui défendait son corps nu contre les audacieuses entreprises du baron se déchira...

Elle n'eut plus d'autre ressource que de se réfugier dans le lit et de s'envelopper dans les draps.

Elle était perdue.

La lutte ne fut pas de longue durée.

La pauvre Marguerite, si cruellement éprouvée depuis un mois, était trop faible pour résister à celui qui avait si patiemment et si habilement préparé sa chute...

Elle perdit connaissance.

. . . .

Quand elle revint à elle, elle était dans les bras de son ignoble séducteur.

Elle se leva, s'enveloppa d'un peignoir, et courut vers la fenêtre, qu'elle ouvrit bien résolue à ne pas subir de nouvelles souillures.

— Si vous faites un mouvement, lui dit-elle, je me jette par la fenêtre.

Il ne bougea pas. Un sourire cruel erra sur ses lèvres.

— Oh ! maintenant tu as beau faire, tu es à moi. Tu ne te rappelles donc rien? Mais depuis deux heures tu es à ma merci ! Tes beautés les plus secrètes n'ont rien de caché pour moi. Je suis ton amant, ton maître...

— Lâche ! lâche ! cria-t-elle à deux reprises. Mon maître.... toi !

Elle était folle. Elle chercha des yeux une arme pour s'en frapper... Elle n'en trouva pas. Elle songea à se précipiter. Mais tomber d'une fenêtre du premier étage sur le sable d'un jardin, ce n'était que faire une chute ridicule, peut-être... Ce n'était pas mourir !

Elle se prit à pleurer comme un enfant.

C'en était fait d'elle ! Plus d'avenir, plus de bonheur, plus rien !

— Allons, calme-toi, lui dit le baron. Tu n'es pas la première à qui ce malheur arrive, si tu considères comme un malheur l'amour que tu m'as inspiré. Reviens auprès de moi. La terre n'est pas seulement une vallée de larmes. Que diable ! tu as assez pleuré. Réjouis-toi donc une pauvre fois ! Nous avons de longs jours de jeunesse et de félicités à dépenser...

Il se leva, espérant la ramener à ses côtés, mais elle bondit vers la porte, sur laquelle M. de Pierre-Lisse avait laissé la clef, l'ouvrit précipitamment, y enferma ce vil larron d'honneur et se réfugia dans une chambre voisine...

Plusieurs jours se passèrent sans que le baron osât se représenter.

Il revint pourtant vers la fin de la semaine. Elle ne voulait pas le recevoir; mais à quel autre parti pouvait-elle se résoudre maintenant que d'accepter le nom de son séducteur ?

Elle l'accueillit avec une fierté hautaine.

— Vous n'obtiendrez rien de moi, dit-elle, avant le jour où je serai votre femme.

M. de Pierre-Lisse haussa les épaules et ne reparut pas.

Un mois s'écoula.

La santé de Marguerite changea tout à coup. Elle eut des indispositions inaccoutumées, des malaises soudains, des tressaillements intérieurs... Elle fit venir un médecin, qui l'interrogea longuement et lui révéla la vérité.

Marguerite poussa un cri déchirant.

Mère ! elle allait être mère ! de toutes les calamités qu'elle redoutait encore, celle-là était la seule à laquelle elle n'avait pas songé.

Mère malgré elle ! Mère sans être épouse ! N'était-ce pas le comble de la douleur et de l'ignominie ?

Elle résolut de ne pas survivre à cette dernière honte.

Mais mourir comment ? Elle n'avait à sa portée aucun moyen immédiat d'en finir avec la vie.

Fut-ce un bonheur ? L'avenir seul pouvait répondre, car, en cherchant ce moyen qu'elle ne trouvait pas, Marguerite se prit à réfléchir et se demanda si elle avait le droit de tuer avec elle le petit être qu'elle portait dans son sein.

Non. Assurément non. Puisqu'elle était mère, elle devait accomplir jusqu'au bout son devoir de mère, quelles que fussent ses répugnances et son humiliation.

Or, son devoir était tout tracé. Non-seulement il fallait vivre pour cet enfant, mais il fallait aussi lui assurer un nom.

Elle écrivit à M. de Pierre-Lisse pour le prier de venir la voir, ajoutant qu'elle avait une nouvelle importante à lui communiquer.

Marianne ne savait rien, mais elle se doutait de quelque chose.

·Cela était dit d'un ton péremptoire qui n'admettait pas de réplique. (Page 322.)

Le soir où Marguerite était tombée dans le piége infernal que le baron avait préparé de si longue main, on se souvient que la vieille domestique n'était pas là.

En effet, dans la journée, son maître était venu et lui avait donné l'ordre de se rendre au Château-Perdu, dès que son service auprès de sa nouvelle maîtresse serait terminé.

41ᵐᵉ Liv.   41

Marianne partit donc vers huit heures et demie et arriva chez le gentilhomme un peu avant neuf heures.

Celui-ci lui montra une pile de linge qu'il avait préparée et qui, disait-il, nécessitait des réparations urgentes.

La vieille domestique crut qu'elle devait l'emporter et promit de le rendre dans les quarante-huit heures.

— Non pas, dit vivement le baron, j'en ai besoin pour demain. Tu vas t'atteler immédiatement à la besogne et mettre en état ce soir tout ce que tu pourras.

— Mais cela ne me permettra pas de rentrer avant une heure du matin, objecta Marianne.

— Aussi, comme je ne veux pas te mettre dehors à pareille heure, tu resteras ici.

— Mais monsieur sait bien que cela ne se peut pas. Je n'ai pas prévu Mlle de Lescarre. Si elle m'appelait...

— Elle ne t'appellera pas. Elle repose tranquillement dans sa chambre, où tes services lui sont absolument inutiles. Donc tu coucheras ici. Tu en seras quitte pour te lever demain de meilleure heure.

Cela était dit d'un ton péremptoire, qui n'admettait pas de réplique.

La bonne femme se mit à l'œuvre.

Un peu avant onze heures, quelques précautions que prit son maître pour ne pas attirer son attention, elle l'entendit sortir de sa chambre et descendre l'escalier.

— S'absente-t-il donc à pareille heure ? se demanda la bonne femme.

Oui, car à peine s'était-elle adressée cette question, que la porte extérieure du château s'ouvrit et se referma à grand bruit.

— Où va-t-il ? murmura-t-elle.

Elle eut un instant la pensée de le suivre. Un instinct secret lui disait qu'il allait chez Mlle de Lescarre et qu'il l'avait éloignée à dessein de la maison.

Pourtant elle n'osa pas quitter sa place.

Depuis quarante-deux ans qu'elle était au service des barons de Pierre-Lisse, elle avait été dressée à une obéissance tellement passive, elle avait pour ses maîtres un tel respect, que contrevenir à leurs ordres lui semblait une monstruosité.

Elle continua donc son travail ; mais elle s'aperçut bientôt que ce travail n'en était pas un. Les réparations dont le linge avait besoin étaient tellement insignifiantes qu'au bout d'une heure et demie tout était terminé.

Cela la confirma dans les soupçons qu'elle avait conçus : mais elle n'eut pas le courage de la désobéissance.

Minuit sonna. Le baron n'était pas encore de retour.

Elle gagna la chambre que son maître lui avait indiquée et se jeta sur son lit, mais elle ne put fermer les yeux.

Trois heures avaient sonné, le petit jour commençait à poindre, quand elle entendit rentrer M. de Pierre-Lisse.

Elle sortit à son tour et revint chez elle.

Tout paraissait en bon ordre dans la maison.

Elle ôta ses souliers et monta pieds nus jusqu'a la porte de la chambre qu'occupait Mlle de Lescarre. Arrivée là, elle prêta l'oreille.

Elle entendit distinctement les larmes et les sanglots de la pauvre enfant.

Elle eut peur. Ainsi elle ne s'était pas trompée?... Qui sait?... Ces larmes et ces sanglots ne prouvaient rien après tout. Depuis que Marguerite avait perdu du même coup son père et sa fortune, combien de fois Marianne l'avait-elle vue versant des larmes amères! Peut-être était-ce le même motif qui les faisait couler encore...

Elle se retira.

Le matin, vers huit heures, ne voyant pas paraître Mlle de Lescarre, qui, d'ordinaire était très-matinale, elle alla frapper à sa porte.

— Qui est là? demanda la jeune fille.

Marianne se nomma. Aussitôt la porte s'ouvrit.

Elle entra et remarqua sur-le-champ que le lit était dans un désordre inaccoutumé.

Quant à Marguerite, elle avait certainement essuyé ses yeux rougis pour ouvrir à la bonne femme, et cependant de grosses larmes roulaient encore sous ses longs cils.

— Qu'avez-vous, mademoiselle? lui dit la vieille domestique d'une voix caressante. Vous souffrez?

— Oh! oui, fit Marguerite en portant la main à son cœur.

— Qu'avez-vous? demanda Marianne.

— Ce que j'ai!... s'écria Mlle de Lescarre.

Elle fut sur le point de tout lui dire. Ses lèvres se refusèrent à un aveu de cette nature.

— Vous le savez bien, répondit-elle.

Dès ce moment, la brave femme se douta de la vérité. Elle n'avait provoqué ni reçu pourtant la moindre confidence quand, cinq semaines plus tard, elle vit revenir le baron.

Marguerite le reçut au salon.

— Monsieur, lui dit-elle, je vous serai obligée de me répondre franchement à la question que je vais vous poser.

— Je t'écoute, chère enfant, fit le baron en souriant. Es-tu revenue enfin à des sentiments plus humains?

Ce tutoiement, que le gentilhomme affectait envers elle, était une lâcheté. Il révoltait tous les instincts de pudeur et de fierté de la jeune fille. Elle eut la force de n'en rien laisser paraître.

— Le crime que vous avez commis, reprit-elle, résolûment, a eu des conséquences épouvantables, monsieur.

— Bah! fit négligemment M. de Pierre-Lisse. Lesquelles?

— Je vais être mère, monsieur, et je viens vous demander, si, oui ou non, vous voulez donner un nom à votre enfant?

Le baron s'attendait si peu à cette révélation, qu'il ne put cacher la surprise désagréable qu'elle lui causait.

— Comment! déjà ! s'écria-t-il.

— Veuillez répondre, monsieur, insista Marguerite.

— Mon Dieu... balbutia le gentilhomme, je ne sais... cela dépend de toi, ma chère.

— En quoi, monsieur?

— Prouve-moi que tu es devenue raisonnable... que tu m'aimes... permets-moi de venir ici quand bon me semblera, à toute heure du jour et de la nuit et, si tu es bien gentille... nous verrons...

Sous ce nouvel affront, la jeune fille fut sur le point d'éclater. Néanmoins, elle parvint à se contenir.

— Est ce tout ce que vous avez à répondre? lui demanda-t-elle.

— Parbleu! tu es une fille singulière, répondit le baron avec désinvolture. Toutes les fois que je t'ai vue, depuis cette soirée où je n'ai été heureux que par surprise, je t'ai toujours trouvée ou en larmes ou en colère. Ce n'est pas un état normal, ma chère enfant. Que diable! sèche tes beaux yeux, calme ton courroux. Le mal est sans remède, maintenant, plus que jamais, apaise-toi. Aie quelque pitié de mon amour, sois aimante à ton tour. Déride ton joli visage, souris-moi, embrasse-moi. Je ne demande pas mieux que de passer auprès de toi de longues journées et de plus longues nuits ; mais plus de tristesses, plus d'attitudes menaçantes! Sois femme, enfin, c'est-à-dire douce, bonne, gracieuse et gaie, ainsi qu'il convient au sexe qui embellit notre existence. Allons! Est-ce dit? Veux-tu m'aimer un peu? Veux-tu que je t'aime beaucoup? Veux-tu que nous jouissions largement de notre jeunesse, que nous nous abreuvions de tous les plaisirs, que nous nous noyions dans un océan de félicités? Cela dépend de toi. Ouvre-moi tes bras, permets-moi dès aujourd'hui de serrer dans les miens ce corps admirable que j'ai si peu possédé...

Il s'arrêta, voyant que le visage de Marguerite, loin de se dérider, s'assombrissait de plus en plus.

— Est-ce tout ce que vous avez à répondre? répéta-t-elle pour la seconde fois.

— Sans doute, puisque tu es inexorable...

— Il suffit, monsieur, dit la jeune fille.

Calme en apparence, bien que les insultes auxquelles elle venait de s'exposer lui eussent brisé le cœur, elle allait se retirer, quand le baron la saisit brutalement par le poignet.

— Ainsi, dit-il avec une sourde colère, tu es de glace pour moi ! Rien ne peut apitoyer ton âme ni faire ployer ta fierté ! Mais tu ne sais donc pas ce que j'ai fait pour te posséder ! J'ai mis pendant deux mois un masque sur mon visage, j'ai contraint mon amour à se taire, j'ai feint la plus entière soumission à tes désirs. Tandis que tu m'entretenais du mariage que tu avais projeté, mon cœur se déchirait, une infernale jalousie me torturait. Comment as-tu pu croire que je servirais docilement tous tes caprices? Comment as-tu pu me juger assez niais ou plutôt assez désintéressé, pour admettre que j'allais porter sottement au marquis de Coatlec la lettre que tu lui écrivais?

— Quoi! s'écria Marguerite, cette lettre... vous l'avez gardée!

— Parbleu! fit M. de Pierre-Lisse avec un ricanement cynique. Eh bien! écoute. Tu m'as prié de te répondre franchement : je l'ai fait, tu le vois. Je n'ai que peu de mots à ajouter. Si tu as ta fierté, j'ai la mienne. Tant que tu ne te seras pas donnée à moi, volontairement, librement, sans restriction, u n'obtiendras rien, ni un nom pour toi, ni un nom pour ton enfant. Et maintenant, va. Cette maison est à toi, tu peux y rester. Quant à moi, je n'y remettrai pas les pieds avant que tu m'aies écrit ce seul mot :

« Viens! »

Ce jour-là, continua-t-il, bien que je ne m'engage à rien dès à présent, il dépendra de toi de tout réparer.

Il lui avait lâché le bras.

Elle s'éloignait, fière encore, en dépit des humiliations dont le misérable l'avait abreuvée.

— Va donc! rugit-il en lui montrant le poing avec une colère farouche. Meurs, ou plutôt vis dans ton orgueil et dans ta honte! Le mal que tu m'as fait, je te l'ai rendu. Nous ne nous devons rien ni l'un ni l'autre.

Il sortit à ces mots, livide et frémissant de rage impuissante.

A peine la porte s'était-elle refermée sur lui, que Marguerite, perdant tout à coup l'énergie qui l'avait soutenue jusqu'alors, tomba lourdement sur le parquet.

Elle se trompait. Le temps de ses épreuves n'était pas fini.

Depuis le début de cet entretien, Marianne, poussée par une irrésistible curiosité, avait collé son oreille contre la porte qui communiquait avec la salle à manger.

Elle avait tout entendu et elle avait tressailli d'épouvante.

Presque aussitôt que le baron avait quitté le salon par la porte qui donnait sur l'antichambre, le bruit produit par la chute de la jeune fille était parvenue à ses oreilles

Elle fût sur le point de voler à son secours : mais la force de l'obéissance passive était telle, chez cette vieille et fidèle servante d'un maître indigne, qu'elle n'osa point faire un pas.

Elle attendit qu'il se fût éloigné et que la porte extérieure du jardin se fût refermée sur lui pour pénétrer dans le salon.

Alors, se jetant sur le corps inanimé de Marguerite, elle souleva dans ses bras la tête de l'infortunée.

Elle l'étendit sur le sopha et lui prodigua inutilement plus d'un quart d'heure ses soins maternels.

Enfin la jeune fille ouvrit les yeux.

Elle demeura longtemps encore sans reprendre entièrement connaissance. Elle avait tant pleuré, qu'il ne lui restait plus de larmes. La tête baissée, le regard fixe, abîmée dans sa douleur, elle n'avait plus conscience de ce qui se passait autour d'elle.

Le choc avait été terrible. L'anéantissement de Marguerite se serait prolongé peut-être pendant des heures, si la brave femme, qui ne la quittait pas des yeux, ne l'avait arrachée enfin à cette immobilité cataleptique.

Elle lui prit doucement la main.

— Mademoiselle, dit-elle d'une voix caressante, j'ai un aveu à vous faire et un pardon à vous demander. Voulez-vous m'entendre ?

Mlle de Lescarre se tourna vers elle et ouvrit les yeux, comme au sortir d'un long rêve.

— Un aveu ! répéta-t-elle presque machinalement.

— Oui, mademoiselle.

Marguerite fit un effort pour rassembler ses idées.

— Je vous écoute, dit-elle d'un ton dolent.

— Tout à l'heure, pendant que vous étiez enfermée avec M. de Pierre-Lisse... commença Marianne avec embarras, le hasard m'a conduite dans la salle à manger... un grand bruit de voix est parvenu jusqu'à moi... je me suis arrêtée... j'ai écouté...

— Et vous avez entendu ? demanda la jeune fille effrayée.

— Tout, oui, mademoiselle. C'est de quoi je voulais vous demander pardon... Et vous me pardonnerez mademoiselle, ajouta Marianne en joignant les mains, car votre malheur vous a conquis à jamais toutes mes sympathies, sans rien vous faire perdre à mes yeux du respect auquel vous avez droit.

Marguerite se voila le visage de ses deux mains.

— Sans doute, ce n'est pas grand'chose que l'amitié d'une femme comme moi, poursuivit la vieille servante, et pourtant je suis une honnête et bonne créature, mademoiselle. Je n'ai jamais fait de mal à personne, moi, et si je suis restée fidèle aux maîtres que j'ai servis pendant plus de quarante ans, je n'ai été chez eux la complice d'aucune mauvaise action.

— Hélas ! je ne vous accuse pas, ma pauvre femme, dit Mlle de Lescarre.

— C'est moi qui m'accuse, mademoiselle, répliqua Marianne, car le soir où M. le baron m'a fait venir au Château-Perdu et m'y a retenue malgré moi, j'aurais dû ne pas l'écouter, obéir aux pressentiments qui m'agitaient... Oui, mademoiselle, cela me faisait quelque chose de vous laisser seule, la nuit, j'en ai fait l'observation à mon maître... il m'a imposé silence. Ah ! si j'avais été sûre.. vers onze heures... quand je l'ai entendu sortir... je lui aurais désobéi, mademoiselle. C'eût été la première fois de ma vie, mais je l'aurait fait, je vous le jure !

— Comment ! s'écria Marguerite, vous saviez donc...

— Je ne savais rien, mademoiselle. Sans m'en rendre compte j'avais peur... voilà tout ce que je peux vous dire.

A ces mots, elle lui raconta sous quel prétexte le baron l'avait appelée et l'avait fait rester au Château-Perdu.

— Mais à présent, reprit-elle, vous pouvez être tranquille. Quoi qu'il arrive, dussé-je quitter le service de M. le baron, je ne vous abandonnerai pas. C'est à force de soins et de sollicitude que je m'efforcerai de mériter mon pardon.

Ah ! poursuivit-elle avec force, quand je pense que si j'avais obéi à mon instinct... Non, je ne m'en consolerai jamais, mademoiselle !

Et la pauvre femme essuya une larme qui coulait sur sa joue ridée.

— Que voulez-vous ? fit Mˡˡᵉ de Lescarre accablée. J'étais condamnée ! Qu'ai-je fait cependant pour mériter ces rudes épreuves.

— Prenez courage, mademoiselle ! dit Marianne avec douceur. Si vous avez eu de grands chagrins, vous aurez aussi de grandes consolations. Cet enfant que vous portez dans votre sein sera peut-être votre joie et votre orgueil.

— Ah ! puissiez-vous dire vrai, ma bonne femme. Il est désormais le seul lien qui me rattache à l'existence.

Marguerite, à dater de ce jour, accepta en effet, la situation qui lui était faite et se résigna à vivre. Le dévouement de Mariane opéra en elle une heureuse diversion et parvint à la distraire des idées sombres qu'elle nourrissait.

L'hiver se passa ainsi. Le mois d'avril 1758 arriva.

Le baron ne s'était pas représenté ; Marguerite ne lui avait pas écrit.

Le 12 avril, elle mit au monde une fille. Marianne, et le docteur que Mˡˡᵉ de Lescarre avait fait appeler, assistèrent seuls à la délivrance de la jeune mère.

Comment le bruit de cet évènement se répandit-il dans le pays ? Nul ne le pourrait dire. Ce qu'il y a de certain c'est que, depuis trois mois, l'histoire de Marguerite était la fable du pays. Un cri d'indignation générale s'était élevé contre le baron.

On affirmait même que, désireux de s'y soustraire et désespérant de vaincre les résistances de sa victime, M. de Pierre-Lisse vendait insensiblement le peu de biens qu'il possédait et se préparait à quitter le pays.

Marguerite, pour le compte de qui Marianne recueillait tous ces propos, espérait pourtant encore qu'en apprenant son accouchement le baron aurait le désir d'embrasser son enfant... la curiosité de le voir, tout au moins.

Il n'en fut rien.

L'enfant avait été déclarée, enregistrée, baptisée sous les noms de Marie-Marcelle-Eugénie sans que son père eût donné signe de vie.

Mˡˡᵉ de Lescarre crut naïvement qu'il l'ignorait. Elle lui écrivit :

« Monsieur,

« Si vous voulez embrasser votre fille et lui donner un nom, je suis prête à oublier en sa faveur tout ce que vous m'avez fait souffrir. S'il vous reste au fond du cœur le moindre sentiment d'humanité, vous ne faillirez pas aux devoirs les plus impérieux et les plus sacrés.

« Je vous attends.

« MARGUERITE DE LESCARRE. »

Trois jours s'écoulèrent. M. de Pierre-Lisse n'avait pas paru.

Tout à coup, Marguerite apprit que le baron était parti la veille pour Paris, après avoir vendu tous ses biens, sauf le Château-Perdu, qui n'avait pas trouvé d'acquéreur.

Elle ne pouvait pas le croire. Comment, cet homme avait eu le courage de s'éloigner sans embrasser, sans voir même son enfant ! Non, ce n'était pas possible !

Le lendemain elle en eut la preuve.

Un notaire de Rouen, le même chez qui M. de Lescarre avait négocié la vente de son petit domaine, vint lui faire visite et lui annoncer que la maison où elle demeurait n'appartenait plus à M. de Pierre-Lisse.

— Néanmoins, ajouta-t-il, le nouveau propriétaire, touché de votre situation intéressante, consent à vous y laisser quinze jours encore, afin que vous ayez le temps de vous rétablir.

Marguerite eut un sourire amer.

— Veuillez remercier pour moi cet inconnu, dit-elle, et l'assurer que je n'abuserai pas de l'hospitalité qu'il daigne m'accorder.

Le notaire salua gravement et s'éloigna.

Marguerite resta seule.

Ainsi elle allait être chassée de Saint-Aubin, comme elle avait été chassée de la Morinière !

Qu'allait-elle devenir ? Où cacher sa honte et son désespoir ?

Elle eut encore une illusion, la dernière. Elle se figura que si le baron voyait jamais Marcelle, il se laisserait émouvoir par la beauté de cette enfant.

Or, le baron était allé à Paris ; elle résolut de s'y rendre également.

D'ailleurs, nulle part, mieux que dans la ville immense, elle ne pouvait se dérober à tous les regards.

Elle fit part de ses projets à Marianne, qui les approuva et poussa même l'héroïsme jusqu'à quitter le pays où elle était née pour ne pas se séparer de sa jeune maîtresse.

Vers la fin de juin, elles partirent et trouvèrent rue Neuve-des-Petits-Champs un petit appartement dans lequel elles s'installèrent.

Marguerite avait à sa disposition une somme de douze mille livres qu'elle eut la science de faire durer trois ans.

Elle n'avait ni vu ni rencontré M. de Pierre-Lisse.

Ses ressources étaient épuisées ; mais il lui restait les bijoux de sa mère. Elle les vendit, prit un logement plus modeste et se mit courageusement au travail.

Cela dura huit ans.

Marianne était morte dans l'intervalle, sans que son dévouement se fût démenti un seul instant.

Marguerite n'avait presque plus rien. Elle le vendit encore et alla se réfugier rue Vellehardouin, dans une mansarde, brodant avec un acharnement que la fatigue ne pouvait lasser, consacrant à sa chère Marcelle, qui grandissait tous les jours en sagesse et en beauté, tout ce qu'elle avait de temps et d'argent.

Arrivée à ce degré de misère et de déchéance, elle abjura le nom qu'elle avait porté jusqu'alors, prit celui de sa mère et se fit passer pour veuve. . . . .

. . . .

Un éclat d'obus lui fracassa le bras. (Page 336.)

« Tu sais le reste, chère enfant, disait le manuscrit. Il est inutile de m'appesantir plus longtemps sur les cinq dernières années de souffrances et de privations que nous avons passées dans cet humble réduit. La tâche était sans doute au-dessus de mes forces, puisque je n'ai pas pu la remplir jusqu'au bout.

» Ton père, ma chère enfant, est celui dont je viens de te raconter l'histoire... c'est-à-dire le baron de Pierre-Lisse. Tu le rencontreras peut-être un jour... Peut-être aussi, touché par tes grâces naïves, te donnera-t-il enfin le nom que tu as le droit de porter... S'il le fait, oublie tout ce qui a pu m'échapper de trop vif dans les pages de ce long récit, car, s'il le fait jamais, je lui pardonne tout ce que j'ai souffert par sa faute.

» N'oublie pas non plus ce que tu dois au dévouement du père Brahma, à qui je t'ai confiée avant de mourir. Il est le seul, avec la regrettée Marianne, qui ait témoigné un peu de sympathie à ta pauvre mère. »

Ces dernières lignes avaient été certainement ajoutées par Marguerite au bas du manuscrit quelques instants avant sa mort, car elles étaient d'une autre écriture et d'une encre beaucoup plus pâle.

V

LE PLACET

Le duc de la Tournaye posa le manuscrit sur la table et jeta les yeux sur Marcelle, dont une violente émotion s'était emparée.

Chacun de ceux qui écoutaient avaient été diversement impressionné par la lecture de ce douloureux récit.

Marcelle, écrasée sous le poids des infortunes dont sa mère avait été la triste héroïne, avait laissé tomber sa tête sur sa poitrine. Des larmes abondantes coulaient silencieusement sur son visage, sans qu'elle songeât à les essuyer. Son sein se soulevait tumultueusement. Quelques efforts qu'elle fît pour étouffer les sanglots qui s'en échappaient, elle ne pouvait en contenir parfois l'explosion bruyante.

Raymonde et Lucien la considéraient avec une tendre compassion.

Quant à M⁽ᵐᵉ⁾ de Libessac, elle jetait sur la pauvre enfant des regards attristés.

Elle aussi avait ressenti profondément le contre-coup des émotions que les malheurs de Marguerite avaient provoquées.

Si elle n'était pas, comme Marcelle, la fille de M⁽ˡˡᵉ⁾ de Lescarre, elle était la cousine de M. de Pierre-Lisse ; elle avait habité le pays dans lequel ces événements s'étaient accomplis ; elle n'ignorait pas un des bruits auxquels ils avaient donné naissance.

Malgré tout, elle n'osait cependant pas troubler le sombre recueillement dans lequel la jeune fille avait fini par se plonger.

Ce fut M. de la Tournaye qui, le premier, sentant qu'une telle situation ne pouvait se prolonger, s'approcha de Marcelle et lui prit doucement la main, afin d'attirer son attention.

— Eh bien ! mon enfant ? lui dit-il. Vous voilà désormais édifiée sur le compte du baron de Pierre-Lisse. Aurez-vous encore quelque scrupule à vous séparer de l'homme qui a fait de votre mère une martyre, et qui voudrait faire de vous une autre martyre ?

— Le sais-je, hélas ! répondit tristement la jeune fille. En me donnant son nom, le baron de Pierre-Lisse n'a-t-il pas exaucé le désir le plus ardent de ma pauvre mère ? Et, s'il a mérité ainsi le pardon de sa victime, ai-je le droit de lui refuser le mien ?

— Voilà de nobles paroles, assurément, fit Mme de Libessac ; mais, avant de vous prononcer définitivement, ma chère petite, permettez-moi d'ajouter quelques renseignements personnels à ceux que Marguerite de Lescarre vous a fournis.

Lucien et Raymonde se regardèrent étonnés, tandis que Marcelle se tournait avidement vers la comtesse.

Elle avait, en effet, gardé jusqu'ici un silence si rigoureux sur la jeunesse et les antécédents du baron, que c'était une véritable surprise pour tout le monde que de la voir entrer dans la voie des aveux.

— Avez-vous remarqué, commença la comtesse d'un ton résolu, que le manuscrit de votre mère se tait sur les résultats de l'enquête à laquelle s'est livré M. de Lanoue, relativement à la disparition du vicomte de Lescarre ?

— C'est vrai, fit Marcelle.

— Cela ne vous étonne-t-il pas un peu ?

— Beaucoup, Madame.

— Et ne vous demandez-vous pas pourquoi votre mère n'a pas voulu aborder un sujet qui l'intéressait et qui vous intéresse si directement ?

— En effet, avoua la jeune fille.

— C'est sur ce point délicat que mon devoir est de vous donner quelques éclaircissements, reprit Mme de Libessac.

J'habitais les Moulineaux à cette époque, et je suivais ces tristes événements avec une attention d'autant plus vive que mon cousin, mon seul parent, y jouait un assez vilain rôle. Aussi je ne négligeais rien de ce qui pouvait me faire connaître la vérité.

La vérité... je ne la connais pas encore ; mais les bruits qui ont couru dans le pays à cette époque et auxquels Marguerite a fait allusion, je les ai recueillis soigneusement, et mon devoir est de vous les communiquer.

L'enquête que poursuivait M. le lieutenant criminel n'a pas abouti pour deux raisons :

La première c'est que le coupable avait si bien pris ses précautions qu'il a déjoué les investigations immédiates de la justice.

La seconde, c'est que M. de Lanoue est mort, trois mois après l'accident survenu au vicomte, sans avoir eu le temps de mener à bonne fin l'œuvre qu'il avait entreprise.

Vous pouvez vous figurer aisément la perturbation qui résulte en pareil cas dans les affaires criminelles. Les subalternes n'osent plus agir, tant que le directeur n'est pas nommé et, comme cette nomination se fait attendre parfois deux ou trois mois, ainsi qu'il est arrivé à Rouen en 1757, il en résulte qu'on finit par négliger et même par oublier les crimes sur lesquels on était chargé d'instruire.

En outre, le successeur, quand il arrive, n'est au courant de rien de ce qui s'est passé. Il parcourt les anciens dossiers d'un œil distrait, et néglige les anciennes affaires pour les nouvelles, aimant mieux témoigner de son zèle et de son intelligence personnels, plutôt que de la perspicacité de son prédécesseur.

C'est ce qui se présenta à l'époque dont nous parlons. Le crime avait été commis en mai, M. de Lanoue était mort au commencement de septembre, et ce ne fut qu'à la fin de décembre que le nouveau titulaire vint prendre possession du poste dont il était investi.

La disparition de M. de Lescarre était un fait oublié. Si le nouveau magistrat prit connaissance des poursuites commencées, il ne jugea probablement pas à propos de les continuer, car il n'en fut plus question, malgré les démarches que fit Marguerite auprès de lui pour arriver à un résultat satisfaisant.

Peut-être même Mlle de Lescarre n'osa-t-elle pas poussser plus avant ses démarches, car si la justice semblait vouloir enterrer cette affaire, les habitants du pays n'avaient pas cessé de s'en préoccuper.

Quand on apprit la grossesse de Marguerite, et quand on sut dans quelles circonstances le baron de Pierre-Lisse avait accompli cette ignoble séduction, un cri d'indignation générale s'éleva contre lui.

Votre mère vous a signalé le fait; mais, remarquez-le bien, elle ne vous a fourni à ce sujet aucun détail. Pourquoi ?

Parce qu'on lui avait laissé ignorer sans doute la nature de ces bruits, ou bien parce que, les connaissant, elle a reculé devant une accusation terrible et dont vous allez comprendre la gravité.

Il ne s'agit que de bruits, je vous le répète; mais ils avaient fini par prendre une telle consistance, que le baron jugea prudent de se soustraire par la fuite aux embarras qu'ils menaçaient de lui susciter.

En effet, on n'accusait plus seulement M. de Pierre-Lisse d'avoir usé de violence envers Mlle de Lescarre; on l'accusait encore d'avoir assassiné et dépouillé le vicomte.

Et ne croyez pas que ce fût à la légère qu'on portait contre le baron cette accusation horrible, poursuivit la comtesse. On se rappelait avec quelle hypocrite soumission il s'était incliné devant la décision du vicomte, avec quelle astuce et quelle persistance il s'était introduit dans sa demeure, et s'était fait son confident, presque son ami, afin de mieux surprendre ses secrets.

« Évidemment, disait-on, M. de Pierre-Lisse savait exactement quelle somme le vicomte devait toucher, quel jour et à quelle heure la vente de la Morinière devait être réalisée. »

Comment M. de Lescarre était-il tombé dans le piège qu'on lui avait tendu ? Son cheval avait-il péri sur la route par accident ? Avait-on préparé la mort de la pauvre bête ? Un long interrogatoire seul aurait pu résoudre ces questions accessoires.

Ce que personne n'ignorait, c'est que le baron n'avait rien et qu'une pareille somme était bien faite pour tenter sa cupidité.

A l'appui de ces vraisemblances, on invoquait un autre détail, non moins digne d'attirer l'attention.

Le matin du jour où M. de Pierre-Lisse s'était rendu chez le lieutenant criminel, il avait demandé à Marguerite la permission d'écrire une lettre.

Où l'avait-il écrite ? Dans le cabinet même du vicomte, où Marguerite l'avait laissé seul pendant environ dix minutes.

Or, lorsque, quelques heures après, M. de Lanoue avait fait ouvrir, à la requête de Marguerite, le bahut où son père avait enfermé devant elle les cent vingt-cinq mille livres qu'elle réclamait, on ne les avait pas retrouvées !

« Ce n'est pas étonnant, disait-on, si le baron avait assassiné et dépouillé M. de Lescarre, il avait dû s'emparer de son trousseau de clefs. Dès lors, rien ne lui avait été plus facile, pendant que Marguerite se retirait, que d'ouvrir le bahut et d'y dérober la somme que le vicomte y avait déposée.

— Oh ! fit Marcelle avec un geste de terreur.

— Permettez-moi d'ajouter, dit Mme de Libessac, que votre mère a eu un soupçon vague de ces menées infâmes. Dans le manuscrit dont M. le duc de La Tournaye vient de nous donner lecture, ne dit-elle pas : « M. de Pierre-Lisse était certainement, de tous ceux que nous connaissions, celui qui était le plus avant dans les confidences de mon père ; mais il est le seul sur lequel mes soupçons ne sauraient s'arrêter... »

— Soupçons, reprit la comtesse. Le mot y est, vous le voyez, ma chère enfant.

— Ah ! c'est épouvantable à penser ! dit la jeune fille avec accablement.

— De tous ces bruits, que faut-il croire ? reprit la comtesse. Je ne sais trop. Pesez et jugez, ma chère petite.

Quant à moi, je n'y ai pas ajouté foi d'une manière absolue, puisque j'ai permis à mon cousin de se représenter ici.

Cependant, je tiens à vous expliquer pourquoi j'ai agi de la sorte, moi, qui à la suite de ce scandale, lui avais impitoyablement fermé ma porte. Est-il besoin de longs commentaires ? Ne le comprenez-vous pas ? Je m'imaginais que Marguerite vivait encore, que le baron, revenu à des idées plus saines, après dix années d'exil, consentirait à réparer le mal qu'il avait fait.

J'ai été dupe, comme M. de La Tournaye, de l'infernale duplicité de cet hypocrite. Et quand je songe aux violences incestueuses dont il vous a rendue victime, quand je pense que, comme votre mère, vous avez failli devenir la proie de ce misérable... Je me demande comment vous avez la foi assez robuste ou le cœur assez aveugle pour hésiter devant les crimes dont il est coupable !

Marcelle ne pleurait plus. Les confidences de la comtesse avaient produit sur elle le même effet que si elle eût reçu sur la tête un coup violent.

Raymonde et Lucien comprenaient maintenant, en face de la gravité de ces accusations, pourquoi Mme de Libessac avait observé jusqu'à ce jour une si prudente réserve. Selon eux, ces révélations écrasantes devaient décider du sort de Marcelle.

Évidemment elle ne pouvait pas retourner auprès du baron.

Ils s'attendaient donc à ce qu'elle se prononçât immédiatement, et même avec une certaine énergie.

Ils se trompaient.

La jeune fille hésitait. Le sentiment du devoir la pénétrait si profondément qu'elle se demandait si ce n'était pas agir avec une irrévérence criminelleque de traduire à sa barre l'homme qui était son père, de le juger et de le condamner.

Ce dont on l'accusait était horrible, assurément; mais on ne lui fournissait aucune preuve à l'appui de ces cancans de province. Et si ces bruits étaient autant de calomnies, n'aurait-elle pas à se reprocher éternellement la légèreté avec laquelle elle les avait accueillis ?

Elle ne se prononça donc pas. Elle se leva et demanda la permission de se retirer dans sa chambre, afin d'y lire à tête reposée le manuscrit que lui avait légué sa mère.

Lucien le lui rendit, et elle disparut au milieu de l'étonnement général.

Quand elle fut seule, elle parcourut de nouveau avec une attention fiévreuse ces longues pages, dans lesquelles sa pauvre mère s'était épanchée et qui avaient conservé çà et là la trace des larmes que le récit de ses malheurs lui avait fait répandre.

Cette lecture réveilla tous les souvenirs de Marcelle.

On se rappelle quelle impression avait produite en elle, dix-huit mois auparavant, la vue du petit logement que le duc de La Tournaye avait loué et meublé pour elle et le père Brahma.

Il lui semblait qu'autrefois elle avait habité une chambre plus belle encore, suivie d'une autre chambre, puis d'une autre pièce... puis d'une autre... Mais oui ! c'était bien cela ! C'était l'appartement qu'elle avait occupé avec sa mère en arrivant à Paris !

Elle le revoyait aujourd'hui tel qu'il était à cette époque. Le brouillard que la misère avait étendu sur son passé se déchirait... La jeune fille se rappelait tout jusqu'à l'honnête Marianne, qui la portait alors dans ses bras.

Elle souffrait et pleurait avec l'infortunée victime de tant de malheurs immérités, à mesure qu'elle relisait ces lignes écrites avec tant de simplicité touchante et dans lesquelles se déroulaient les tristes péripéties d'une existence si cruellement éprouvée.

Aussi l'indignation finit par l'emporter en elle sur le respect auquel elle se croyait obligée envers son père. Et pourtant, à ses yeux, tout ce qu'avait souffert Mlle de Lescarre n'était rien en comparaison de la monstrueuse accusation que la comtesse de Libessac avait élevée contre le baron.

Quoi! M de Pierre-Lisse aurait tué le père de Marguerite! Quoi! de ces mêmes mains sanglantes qui avaient accompli l'assassinat et le vol, il avait osé serrer la main de celle qu'il avait faite orpheline!

A la seule pensée qu'un si exécrable soupçon avait publiquement pesé sur ce misérable, Marcelle se sentit prise d'une telle horreur, qu'elle ne put se résoudre à se retrouver face à face avec un tel homme.

Son parti fut pris aussitôt.

Le lendemain matin, quand elle vint saluer Raymonde, elle lui demanda la permission de rester auprès d'elle.

— Si je vous le permets! s'écria la duchesse avec feu. Mais ne voyez-vous pas que depuis deux mois nous n'avons pas d'autre désir!

La décision de la jeune fille causa une joie non moins profonde à la comtesse et à Lucien.

Enfin! on allait vivre tranquille, reprendre la vie calme d'autrefois! Il était temps!

Sur-le-champ, Marcelle reprit les fonctions de grande aumônière qu'elle remplissait jadis chez le duc de La Tournaye, — résolue à se consacrer désormais avec une ardeur plus vive encore au soulagement des infortunes qui lui étaient signalées.

En effet, Lucien continuait, sans se lasser, la tâche qu'il avait entreprise ; mais plus il persévérait dans cette voie, plus il s'apercevait combien le trésor des rajahs était insuffisant!

En vain il avait jeté déjà plusieurs millions dans ce gouffre insatiable. Comme les têtes de l'hydre, on aurait juré que ces misères renaissaient à mesure qu'on les secourait.

Or, Lucien n'avait pas seulement en vue la satisfaction de faire le bien quand il se consacra à cette tâche aride; il espérait aussi imposer silence aux mécontents, apaiser le cri terrible qui sortait du sein de la France épuisée contre la royauté.

Sans doute Louis XVI s'efforçait d'apporter la plus stricte économie dans l'administration; mais avant lui, Louis XIV et Louis XV étaient venus, qui avaient sucé le pays jusqu'à la moelle Comment remettre en état des finances qui n'existaient pas, ou qui n'existaient que pour faire redouter à prochaine échéance une banqueroute inévitable?

Ce n'était pas le trésor des rois d'Adjimore qui pouvait combler ce vide effrayant! Celui de tous les rajahs réunis n'aurait pas suffi à boucher le trou qu'un siècle de royauté avait creusé.

Lucien commençait à acquérir cette certitude désolante; mais, loin que son zèle en ressentit la moindre atteinte, il était au contraire bien résolu à épuiser non-seulement le trésor du prince Adjir, mais le sien, celui de la comtesse, de tous les cœurs dévoués qui s'associaient à son œuvre réparatrice.

Marcelle lui fut d'un précieux secours.

Raymonde était maintenant hors d'état de lui venir en aide. Sa grossesse touchait à son terme. On multipliait autour d'elle les précautions dont elle avait été entourée depuis près de huit mois. Le docteur Rousseau l'avait condamnée à une immobilité presque absolue. Il avait recommandé même qu'on lui épargnât les plus petites émotions.

Or, les derniers évènements dont Marcelle avait été l'héroïne n'avaient pas été sans influence sur la santé de Raymonde.

Si grâce à l'amour de son mari, à le sollicitude de ses amis, au dévouement de ses domestiques, elle avait pu résister à ces rudes secousses, c'était à condition que ces secousses ne se renouvelleraient pas.

Lucien fut donc doublement enchanté de la résolution que Marcelle avait prise. Il lui remit entre les mains la volumineuse correspondance qu'il recevait et l'initia aux nouvelles démarches qui, récemment, avaient été faites, soit auprès de lui, soit auprès de Raymonde et de la comtesse.

Il connaissait la droiture de la jeune fille, la sûreté de son jugement, la délicatesse avec laquelle elle agissait en pareil cas.

Il lui donna donc carte blanche et se réjouit à l'idée que la duchesse, désormais délivrée de ce souci, pourrait se livrer sans scrupules aux devoirs et aux ivresses de sa prochaine maternité.

Marcelle nous l'avons dit, rentra avec joie dans l'exercice de ses fonctions.

Parmi les placets que le duc lui avait soumis, un d'eux attira sur-le-champ son attention. Le jeune comte de Lally avait ajouté de sa main, au bas de ce placet, quelques lignes de chaleureuse recommandation.

Pourquoi la jeune fille s'occupa-t-elle tout d'abord de ce placet, alors que tant d'autres, plus anciens, n'avaient pas moins de droit à son indulgence ?

Etait-ce parce que Martial patronnait cette demande ?

On l'eût certainement fort embarrassée si on lui avait posé cette question. Mais personne n'était là pour s'en enquérir ni pour voir la rougeur dont le nom de Martial vint empourprer sa joue pâlie.

Elle parcourut le placet. Celui qui l'avait rédigé se nommait le chevalier de Vandrôme.

En termes fort mesurés et fort dignes, il faisait le tableau saisissant de la pénurie à laquelle il était réduit.

Capitaine aux gardes-françaises depuis quinze ans, le chevalier allait prendre sa retraite, lorsqu'un éclat d'obus lui fracassa le bras droit et lui emporta trois doigts de la main gauche.

Amputé du bras droit, incapable, en raison de l'infirmité qui affligeait sa main gauche, de se livrer à aucun travail, il avait inutilement sollicité pendant trois ans du ministère une pension que le mît à l'abri du besoin, ou un emploi de surveillant qui le fît vivre sans être obligé de mendier son pain.

Marcelle était rentrée à l'hôtel, qu'elle avait trouvé en grand émoi. (Page 343.)

On lui avait répondu que les caisses étaient vides, que tous les emplois étaient donnés, et que plus de deux mille demandes de même genre avaient sur la sienne le triste avantage de la primauté.

Ne sachant à quel saint se vouer, il était allé chez le comte de Lally et lui avait exposé sa détresse.

43me Liv.

43

Il avait servi dans l'Inde sous les ordres du père de Martial. C'était à ce titre qu'il venait implorer l'appui du jeune gentilhomme.

Le comte l'accueillit avec bienveillance. Tout individu qui lui apportait le moindre renseignement sur cette fatale guerre des Indes était certain de trouver auprès de lui un accès facile.

M. de Vandrôme lui fit le récit de cette désastreuse campagne et lui révéla des particularités inconnues que Martial enregistra avec un soin minutieux.

Il se montra généreux et reconnaissant envers le chevalier et lui suggéra l'idée de recourir au duc de La Tournaye, ajoutant qu'il se chargeait de plaider sa cause.

M. de Vandrôme hésita d'abord. Frapper à la porte d'un étranger lui répugnait. Cependant, il avait entendu parler des libéralités du duc. Il n'ignorait pas que plusieurs de ses camarades avaient trouvé chez lui les secours que l'Etat ne pouvait pas leur distribuer. Il se laissa donc convaincre par Martial et écrivit à M. de La Tournaye.

On le pria de faire parvenir à l'hôtel toutes les pièces qui militaient en sa faveur. Le jour même il les remit entre les mains de Papillon.

Le vieux brigadier avait fait du tout un dossier, que Lucien n'avait pas encore eu le temps d'examiner quand il le donna à Marcelle.

Elle feuilleta, l'un après l'autre, chacun des papiers qui le composaient. Plusieurs certificats, signés des noms les plus honorablement connus, attestaient l'irréprochable conduite et la valeur du vieil officier, qui ne comptait pas moins de trente-sept années de services et de vingt campagnes.

Sur-le-champ Marcelle entreprit de faire droit à cette requête et de se renseigner elle-même, ainsi qu'elle le faisait toujours en semblable occurrence.

Pour elle, en effet, tout était un indice précieux. Elle savait, pour l'avoir supportée, ce que c'était que la misère. D'après la manière dont un logement était tenu, si pauvre et si nu qu'il fût, elle voyait à qui elle avait affaire, de même qu'elle jugeait, d'après l'aspect et le langage de celui qu'elle interrogeait, s'il était réellement digne d'intérêt.

Accompagnée de Germain, elle se rendit donc, vers trois heures, chez le chevalier.

L'entretien qu'elle eut avec lui la convainquit que le vieil officier méritait à tous égards la bienveillance que Martial lui avait témoignée. Elle s'enquit de ses ressources et de ses besoins. Le pauvre capitaine n'avait aucune ressource et ses besoins étaient impérieux.

La jeune fille lui promit de revenir le lendemain et lui laissa entendre que, dès à présent, il pouvait compter sur la générosité de M. de la Tournaye.

Le brave gentilhomme lui baisa les mains avec effusion et y laissa tomber une larme d'attendrissement.

Marcelle sortit toute bouleversée. Cette larme lui brûlait la main.

Quant au chevalier, il rayonnait. La grâce de la jeune fille, la touchante bonté dont elle avait fait preuve, avaient vaincu ses répugnances.

Il gagna les quais, tout heureux de l'avenir qui l'attendait, oubliant pour ainsi dire ce qu'il avait souffert, ne songeant qu'à l'ange de charité que le ciel lui avait envoyé.

Il se promenait au soleil, plus leste et plus joyeux qu'il ne l'avait été depuis dix ans, lorsqu'il s'arrêta brusquement devant un personnage qui s'avançait vers lui, lentement, le visage soucieux et la tête baissée.

— Vous, baron ! s'écria-t-il. Comment ! c'est vous que je retrouve ! Savez-vous qu'il y au moins dix-sept ans que je ne vous ai vu !

Le personnage auquel il s'adressait releva la tête.

— Le chevalier de Vandrôme ! s'écria-t-il à son tour.

— Moi-même, mon cher M. de Pierre-Lisse, répondit le vieil officier.

Le baron ne paraissait pas enchanté outre mesure de cette rencontre. Il lui avait suffi d'un coup d'œil, pour juger que son ancien ami n'était pas dans une position brillante. Cependant il fit bonne contenance.

Ils causèrent longuement du passé.

Le chevalier de Vandrôme avait fait la connaissance du baron à Paris, quelques dix-sept ans auparavant. Ils s'étaient rencontrés chez un ami commun.

Le chevalier était alors en congé et ne cherchait qu'à occuper le plus gaiement possible les six mois que son colonel lui avait accordés.

Il se lia avec M. de Pierre Lisse, qui menait alors grand train, jouait beaucoup et connaissait toutes les filles à la mode.

Le baron faisait parade de sa générosité. Il n'était guère arrivé de sa province depuis plus d'un an, de sorte qu'il dépensait son temps, son argent et sa jeunesse avec une prodigalité que le chevalier essaya vainement, à plusieurs reprises, non pas de réprimer, mais de restreindre.

Quand les six mois furent expirés, M. de Vandrôme regagna son régiment. Il quitta le baron avec regret, mais celui-ci jura qu'il irait lui faire visite, et ils se séparèrent sur cette promesse, dont nul obstacle ne devait empêcher la réalisation.

Depuis cette époque, ils ne s'étaient jamais revus.

M. de Pierre Lisse avait oublié l'engagement qu'il avait pris, le chevalier avait changé de garnison... Ainsi s'était rompue cette éphémère amitié.

Après avoir exhumé ces souvenirs lointains, nos deux compagnons de plaisir se mirent à parler du présent.

Le baron confessa bravement qu'après avoir dévoré son patrimoine il s'était expatrié pour essayer de refaire sa fortune.

Le chevalier, à son tour, lui raconta sa vie en quelques mots.

Sa tante, l'unique parente qu'il possédât, et qui était fort riche, avait fini, en vieillissant, par tomber dans la dévotion. En l'absence de son neveu, les prêtres s'étaient emparés d'elle et avaient si bien joué leur rôle, qu'ils avaient entièrement dépouillé la pauvre femme.

Elle mourut en leur laissant tout ce qu'elle possédait, au détriment de son malheureux neveu, qui, pendant ce temps, versait inutilement son sang pour la patrie.

— Ainsi, vous n'avez rien? demanda le baron, en accompagnant ces mots d'un regard oblique.

— Pas un écu, mon pauvre ami!

— Vous avez pris votre retraite, cependant.

— Il l'a bien fallu, répondit le vieil officier en montrant, des deux doigts de sa main gauche, son bras droit inutile.

— Et à quel chiffre s'élève votre pension? fit M. de Pierre-Lisse.

— Elle s'élève à zéro, dit le capitaine avec un soupir.

— Comment! on vous l'a donc retirée?

— On n'a pas eu cette peine, puisqu'on ne me l'a jamais donnée.

Il raconta alors quelles innombrables et vaines démarches il avait faites au ministère de la guerre.

— Mais alors qu'allez-vous devenir? interrogea le baron.

— Ma foi, je le sais si peu que, sans M. de Lally, je me serais fait sauter la cervelle, répondit le chevalier.

— Quel M. de Lally? Le fils de celui qui a été exécuté en place de Grève?

— Lui-même. J'avais servi sous les ordres de son père, je suis allé lui demander sa protection auprès du ministre...

— Il vous l'a accordée? fit M. de Pierre Lisse.

— Il a fait mieux que cela, mon cher, dit l'ancien capitaine. Non-seulement il m'a prêté une petite somme, dont j'avais grand besoin, mais encore il m'a suggéré l'idée de m'adresser au duc de la Tournaye.

— Au duc de La Tournaye?

— Vous le connaissez? demanda M. de Vandrôme.

— Un peu, répondit le baron. Ses libéralités ont fait beaucoup parler de lui.

— En effet, dit le chevalier, c'est un homme véritablement grand et généreux.

— Vous l'avez vu?

— Non pas lui, mais une ravissante jeune fille... sa sœur ou sa parente probablement...

— Une jeune fille? interrompit M. de Pierre-Lisse, qui prêta avidement l'oreille.

— Oui, âgée de dix-sept ou dix-huit ans, brune, avec de grands yeux noirs admirables, une beauté idéale, un sourire angélique.

— Vous êtes donc allé à l'hôtel de la Tournaye?

— Non. Cette enfant est venue chez moi, accompagnée d'un domestique.

— Quand donc?

— Aujourd'hui, il y a une heure.

— Et elle vous a remis au nom de M. de la Tournaye une somme importante? demanda le baron.

— Pas encore; mais elle a promis de revenir demain à la même heure.

— Ah! fit M. de Pierre-Lisse, devenu subitement pensif, elle vous a promis... demain... Mais, au fait, dit-il, voilà bientôt une grande demi-heure que nous causons sur nos jambes... Vous devez être fatigué.

— Pas du tout, protesta le capitaine.

— Alors, c'est moi qui ne serais pas fâché de m'asseoir, reprit le baron. Est-ce que vous demeurez bien loin d'ici ? ajouta-t-il.

— Non, à deux pas, au coin de la rue du Petit-Musc et de la rue Saint-Antoine.

— Eh bien ! allons-y, dit M. de Pierre-Lisse en l'entraînant.

— C'est que mon logement est bien modeste, fit observer timidement le vieil officier.

— Bah ! qu'importe entre deux vieux amis comme nous !

— Vous le voulez, soit ! fit gaiement le chevalier.

Ils arrivèrent bientôt au logement qu'occupait M. de Vandrôme.

Ce logement était propre, mais il était pauvre et fort petit.

Il ne se composait absolument que d'une antichambre, dans laquelle on avait placé deux chaises, et de deux pièces qui se commandaient. L'une de ces pièces avait la prétention de représenter un salon ; l'autre était une chambre à coucher, à peine garnie des meubles indispensables.

Après les avoir montrées à M. de Pierre-Lisse, le chevalier voulait le ramener dans le salon, quand le baron aperçut en face de lui une autre porte, solidement fermée par une énorme serrure, dans laquelle se trouvait la clef. En bas et en haut, deux verroux de dimension énorme étaient tirés.

— Et derrière cette porte... qu'y a-t-il ? demanda M. de Pierre-Lisse en la désignant du doigt

— Il n'y a rien.

— Comment rien ? Alors pourquoi est-elle si bien barricadée ?

— Quand je dis qu'il n'y a rien, corrigea le vieux capitaine, cela signifie que cette porte est condamnée, parce qu'elle donne sur l'escalier de la maison voisine.

— Ah ! fit vivement le baron, il y a un autre escalier derrière cette porte ?

— Oui. Il paraît qu'autrefois les deux maisons n'en faisaient qu'une. Elles appartiennent maintenant à deux propriétaires différents. Il a été convenu entre eux que l'escalier par lequel nous sommes montés desservirait la partie qui est en façade sur la rue Saint-Antoine, tandis que celui-ci serait spécialement affecté aux bâtiments qui donnent sur la rue du Petit-Musc.

— La porte n'est pas murée pourtant ? interrogea M. de Pierre-Lisse.

— Du tout.

— Vous en êtes certain

— Je l'ai ouverte pour m'en assurer.

— Savez-vous que c'est très commode ? s'écria-t-il.

— Pourquoi ? fit le chevalier surpris.

— On peut ici recevoir une femme à la barbe de son mari, répliqua le baron.

— Ah ! je n'y songe guère, dit le vieil officier en refermant la porte.

— Bon ! vous y songerez quand viendront des temps meilleurs, riposta, toujours en riant, M. de Pierre-Lisse.

— Parbleu ! fit délibérément le baron, après un silence pendant lequel il avait attentivement examiné l'appartement ; vous n'êtes pas trop mal ici... et quand vous aurez un peu d'argent pour embellir ce logement, il vous sera facile d'en faire un vrai paradis.

— Sans doute, mais avant de penser à parer ce réduit, il faut vivre.

— Oh ! soyez sûr que le duc fera bien les choses.

— Je l'espère ! mais me donnera-t-il la pension à laquelle j'aurais droit ?

— Vous n'osez pas y croire ?

— Non-seulement, je n'ose pas y croire, répondit M. de Vandrôme, mais encore je ne vous le cache pas, il me répugne de devoir à la charité d'autrui des ressources que mes services m'avaient légitimement acquises.

— Je comprends ce scrupule, fit vivement le baron. A votre place, je ne sais même pas si j'aurais eu le courage de le surmonter.

— Ah ! dit amèrement le vieil officier, croyez que je m'y suis résigné qu'après avoir épuisé toutes les sollicitations, essuyé toutes les rebuffades.

— Qui sait... hasarda M. de Pierre-Lisse. Vous n'avez peut-être pas suivi la bonne voie... Vos recommandations n'étaient probablement pas assez puissantes...

— Dix de mes amis m'avaient promis d'intervenir, dit tristement M. de Vandrôme. L'ont-ils fait ?

— Ils ne l'ont pas fait, soyez-en convaincu, interrompit le baron, — mais vous ne vous êtes pas adressé à moi, mon cher ami, insinua-t-il.

— A vous ! s'écria M. de Vandrôme avec vivacité. Vous connaissez donc le ministre ?

— Intimement, dit le baron avec fatuité.

— Et vous consentiriez à parler pour moi ? fit le vieil officier dont le cœur battait d'espérance.

— Dès ce soir, si vous le voulez.

— Si je le veux !... Ah ! cher ami... dit le chevalier qui suffoquait de joie. Et quand aurai-je une réponse ? Où demeurez-vous ?

— Ne vous dérangez pas, fit M. de Pierre-Lisse avec un sourire débonnaire. Cette réponse, je veux avoir le plaisir de vous l'apporter moi-même...

— Ah ! que vous êtes bon !

— Pas plus tard que demain, ajouta le baron.

— C'est Dieu qui vous envoie ! murmura l'ancien capitaine, ému jusqu'aux larmes.

— Et je vous dirai l'heure à laquelle le ministre aura fixé votre audience, continua M. de Pierre-Lisse d'un ton protecteur et affectueux.

— Ah ! si cela pouvait être avant l'heure à laquelle cette jeune fille arrivera... dit le chevalier.

— A quelle heure l'attendez-vous ?

— A deux heures.

— Je tâcherai que ce soit avant, fit le baron en se levant pour prendre congé.

VI

COURTS INSTANTS DE BONHEUR

Après avoir accompli auprès du chevalier de Vandrôme la pieuse mission dont elle était chargée, Marcelle était rentrée à l'hôtel, qu'elle avait trouvé en grand émoi.

Raymonde avait été prise des premières douleurs; le docteur Rousseau était auprès d'elle avec la comtesse de Libessac.

Quant à Lucien, il était assis dans la pièce voisine, en proie à des angoisses faciles à concevoir, silencieux, pâle, attentif au moindre bruit, attendant impatiemment le dénouement, qu'il espérait et redoutait à la fois.

La jeune fille s'approcha de lui et lui raconta les résultats de sa visite.

Lucien l'écoutait à peine.

— Merci... disait-il, merci mille fois, chère enfant... Tout ce que vous ferez sera bien fait... Demandez à Papillon telle somme que vous jugerez nécessaire... N'oubliez pas que c'est Martial qui nous a recommandé ce pauvre officier...

Marcelle se retira.

Au moment où elle traversait le salon, elle se trouva face à face avec le comte de Lally.

Il venait aux informations, très intrigué de savoir quelles conséquences avait eues l'expédition qu'il avait si habilement conduite, de concert avec Brissot.

La jeune fille lui sourit gracieusement et voulut passer outre. Il la retint doucement par la main.

Elle rougit et baissa les yeux.

— Pardon, mademoiselle, dit-il, mais je viens d'apprendre par Papillon le grand évènement qui se prépare et je ne peux guère m'adresser qu'à vous en cette circonstance pour avoir des nouvelles... Etes-vous à même de m'en donner?

— Pas encore, monsieur... je ne sais pas... balbutia Marcelle avec embarras Je quitte le duc à l'instant... il est fort inquiet...

— Je le conçois aisément, mademoiselle. Aussi serais-je désolé de le déranger. Mais, puisque le hasard me sert si bien, m'est-il permis de vous demander si vous restez définitivement auprès de vos bienfaiteurs ?

— Oui, monsieur.

— Ainsi, vous acceptez l'acte d'émancipation que vous a octroyé la bonté du roi?

— Je l'accepte, oui, monsieur.

— De sorte que vous êtes désormais complètement indépendante, affranchie de toute tutelle ?

— A ce qu'il paraît... répondit Marcelle avec un peu de tristesse.

Martial respira bruyamment. Il avait peine à contenir la joie dont son cœur était pénétré.

— Peut-être alors allez-vous reprendre les fonctions délicates que vous remplissiez jadis ? demanda-t-il d'une voix tremblante.

— C'est déjà fait, monsieur.

— Quoi ! si tôt ! s'écria le jeune comte. En ce cas permettez-moi d'appuyer auprès de vous le placet qu'a adressé au duc de La Tournaye un vieil et brave officier qui a servi jadis sous les ordres de mon père...

— Le chevalier de Vandrôme, interrompit la jeune fille.

— Ah ! vous savez son nom ?

— Oui, fit Marcelle en baissant les yeux ; j'ai lu ce matin le placet qu'il avait rédigé, et je suis allée tout à l'heure lui rendre visite.

— Eh quoi ! déjà ! Je ne sais en quels termes vous remercier, mademoiselle, car vous n'ignorez sans doute pas que je l'ai très chaleureusement recommandé.

— C'est précisément pour cela que je m'en suis occupé sur-le-champ.

— Ah ! que vous êtes bonne ! fit Martial avec feu.

— Pourquoi ? demanda la jeune fille. N'est-il pas tout naturel que je fasse droit à une réclamation qui est patronnée par le meilleur ami de M. de La Tournaye ?

— C'est juste, dit le gentilhomme un peu déconcerté. Je ne vous en dois pas moins des remerciements sincères, mademoiselle. Assurément je ne croyais pas... je ne pouvais pas espérer que ce fût à cause de moi... uniquement pour m'être agréable...

— Vous avez tort, monsieur, répondit naïvement Marcelle. Pourquoi ne chercherais-je pas à vous être agréable ?

— Ah ! si c'était possible ! s'écria le jeune comte.

— C'est la vérité pure, monsieur.

— Ainsi, reprit Martial, dont le cœur battait avec force, il est bien vrai que vous accueilleriez avec bienveillance toute demande émanant de moi ?

— Assurément, monsieur.

— Même si elle avait trait à toute autre chose qu'une recommandation banale ? demanda le gentilhomme en plongeant ses regards dans les grands yeux de la pauvre enfant.

Ce regard, les intonations caressantes que prenait la voix de Martial troublèrent un peu la jeune fille.

— Oui, monsieur... murmura-t-elle. C'est-à-dire... je ne sais pas... Quelle autre demande ?...

— N'êtes-vous pas libre à présent, mademoiselle ? fit le jeune comte, non moins troublé. N'êtes-vous pas jeune et belle ? Ne comprenez-vous pas que tant de grâce et de beauté inspirent à ceux qui les ont admirées jusqu'alors en silence des sentiments...

Ainsi, demanda le jeune gentilhomme, vous m'autorisez... (Page 346.)

— Je suis libre, il est vrai, interrompit Marcelle, qui tremblait comme la feuille, mais je ne me considère pas comme affranchie de toute convenance, sinon de toute tutelle. Si je ne suis plus obligée envers M. de Pierre-Lisse à une soumission aveugle, je ne suis pas dégagée envers ceux qui m'ont offert une si cordiale hospitalité de tout respect et de toute reconnaissance.

— Je le conçois, mademoiselle, répliqua Martial ; mais si j'adressais au duc une requête et si vous en étiez l'objet...

— Je ne saurais vous en empêcher, monsieur, répondit la jeune fille, qui se leva pour échapper à ce dangereux entretien.

— Ainsi, demanda le jeune gentilhomme, ivre d'une joie qu'il ne cherchait plus à contenir, vous m'autorisez...

— Ne sachant pas de quoi il s'agit, interrompit de nouveau Marcelle, je n'ai le droit de rien autoriser ni de rien empêcher. M. le duc jugera si votre requête a des titres à son indulgence.

A ces mots, elle le salua gravement et s'éloigna d'un pas rapide, sans oser se retourner, de peur que Martial ne vit la rougeur dont ses joues étaient couvertes.

Martial comprit que si la pudeur de la jeune fille avait reculé devant un aveu plus explicite, c'était par un sentiment d'exquise délicatesse dont il approuvait la pureté.

Elle l'aimait donc ? Il n'osait l'espérer, pourtant il inclinait à le croire.

L'attitude embarrassée de Marcelle, sa rougeur, la complaisance avec laquelle elle l'avait écouté, l'autorisation formelle qu'elle lui avait donnée de s'adresser au duc, lui semblaient être autant d'indices de la sympathie qu'elle éprouvait pour lui.

Bientôt Martial ne douta plus. Son cœur débordait de joie; ses yeux rayonnaient d'une ivresse d'autant plus vive qu'il pouvait sans contrainte lui donner libre cours.

Que ne pouvait-il à l'instant même solliciter de Lucien la réponse à laquelle le bonheur de sa vie entière était attaché !

Le moment était mal choisi. Martial était forcé de le reconnaître.

—Ce sera pour demain... murmura-t-il en poussant un profond soupir.

Il s'éloigna, quelque peu attristé.

Il rentra chez lui l'âme ensoleillée, presque certain qu'il touchait du doigt le bonheur auquel il aspirait depuis si longtemps !

Quant à Marcelle, elle avait regagné sa chambre, en proie à une agitation dont elle ne soupçonnait pas encore la nature.

Jusqu'à présent, elle n'avait jamais interrogé son cœur et n'avait attaché aucune importance aux prévenances dont elle n'avait cessé d'être l'objet, tant de la part de Brissot que de la part de Martial.

Elle leur reconnaissait à tous deux un mérite égal, une même noblesse de sentiment, une même fierté de caractère, mais jamais elle n'avait prévu qu'elle serait un jour obligée de choisir entre les deux.

Bien plus, si on lui avait jamais dit que ce jour était proche, elle aurait peut-être incliné tout d'abord en faveur de Brissot.

N'était-ce pas lui qui l'avait recueillie, mourante et dénuée de tout, sur le pavé de Paris ? N'était-ce pas lui qui, le premier, lui avait donné asile ? Ne s'était-il pas dépouillé de son manteau pour fournir au père Brahma les remèdes que le docteur avait prescrits ?

Eh bien ! oui. Brissot avait fait tout cela et Dieu sait si Marcelle lui en était reconnaissante ! Mais, aujourd'hui qu'elle obéissait aux impulsions de sa franche nature, ce n'était cependant pas pour lui que son cœur battait avec le plus de force.

Pourquoi ? Martial n'avait cependant d'autre titre à son amour que l'amitié qui l'unissait à M. de La Tournaye. Personnellement il n'avait rendu aucun service à la jeune fille, — elle le croyait du moins. — Et, malgré tout, c'était vers lui qu'elle se sentait entraînée.

Quand il entrait dans le salon, le cœur de Marcelle se dilatait, le sang affluait à ses tempes et bourdonnait à ses oreilles. Tout en fermant les yeux, elle le voyait, ou plutôt elle le sentait s'avancer vers elle.

Ce trouble involontaire qu'elle ne s'était pas expliqué, cette attraction secrète qu'elle ressentait pour lui, prenaient une forme maintenant qu'elle y songeait.

Car, elle n'en pouvait douter, le jeune gentilhomme l'aimait. S'il avait voulu savoir d'elle quelle résolution elle avait prise, c'était afin de demander sa main au duc. Ne voulant pas s'exposer à un échec, ou risquer une démarche compromettante, il s'était informé si elle était libre.

Pour la première fois de sa vie elle goûtait un bonheur complet. Nulle arrière-pensée, nul remords, nulle crainte, n'en atténuaient la plénitude. Elle ne songeait plus à Brissot ; elle était tout entière à Martial.

Aussi se promettait-elle, le lendemain, de faire droit dans une large mesure, à la requête de celui qu'elle protégeait.

M. de La Tournaye ne lui avait-il pas donné carte blanche ? Ne savait-elle pas de quelles ressources inépuisables disposait le duc ? N'était-elle pas assurée qu'il approuverait des deux mains tout ce qu'elle aurait fait ?

Elle en était là de ses réflexions, lorsqu'elle entendit dans l'escalier un pas précipité.

Au même instant, avant qu'elle eût eu le temps de composer son visage, la porte de sa chambre s'ouvrit brusquement et Ludivine entra comme une bombe.

— Ah ! mademoiselle, s'écria-t-elle, moitié riant et moitié pleurant, quel bonheur ! Le sorcier l'avait bien dit... C'est un fils !

Marcelle oublia aussitôt les joies égoïstes auxquelles elle venait de s'abandonner pour partager l'allégresse dont la maison était remplie.

Elle descendit précipitamment auprès de Raymonde et se jeta dans ses bras avec un élan irrésistible.

— Oui, pensa-t-elle, le sorcier ne s'est pas trompé. Or, il m'a prédit que j'aurais encore à souffrir... Qui sait si la prophétie s'est accomplie jusqu'au bout ?

En effet, toutes les prédictions de Damis se réalisaient comme à miracle.

Le jour où le jeune duc de La Tournaye avait donné cette soirée mémorable, dans laquelle le sorcier avait émerveillé la compagnie, la comtesse de Libessac que l'on avait interrogé à son retour, venait bien de recevoir des mains de l'agent de police l'acte de naissance de Marcelle. C'était bien cet acte qu'elle lisait à l'heure où Damis avait attiré sur elle l'attention de Lucien.

Il avait prédit à Raymonde qu'elle mettrait au monde un enfant mâle, et Raymonde venait d'accoucher d'un garçon !

Il avait prédit à Marcelle qu'elle était destinée à souffrir encore, et les souffrances de Marcelle avaient commencé le jour même où elle avait perdu le talisman qu'il lui avait donné!

Or, ce talisman, elle ne l'avait pas retrouvé. Elle restait donc toujours sans défense contre les malheurs qui la menaçaient encore.

Mais quels malheurs pouvait-elle redouter? Non-seulement elle était sous la protection du duc de La Tournaye, mais encore sous celle du roi de France. Enfin elle était aimée de Martial, au dévouement de qui elle était certaine de ne pas faire inutilement appel.

Les terreurs que le souvenir de Damis lui avait fait un instant concevoir s'évanouirent promptement au milieu de l'allégresse générale dont l'hôtel de La Tournaye était rempli.

Le duc était ivre de joie. L'amour qu'il ressentait pour sa femme s'augmentait encore du respect qu'il éprouvait pour la mère. Il avait la certitude qu'il pourrait transmettre à son fils son patrimoine et ses vertus.

A l'avenir sa vie avait un but déterminé. Les trésors d'amour et de charité qu'il recélait au fond de cœur, ce n'était plus pour des indifférents qu'il les dépenserait, c'était pour celui qui devait porter son nom.

Si Raymonde était heureuse, c'était surtout du bonheur de son mari. Non pas que sa satisfaction personnelle fût moins vive, car le plaisir d'être mère est sans rival; mais elle avait craint de demeurer éternellement stérile, et le duc avait partagé certainement ces craintes. Qnoiqu'il n'en eût rien dit à sa femme, elle avait surpris parfois sur les traits de son mari une tristesse dont elle ne comprenait que trop la cause!

Aujourd'hui, tous les coins sombres de leur mariage s'éclairaient d'une sérénité non pareille. Avec la naissance de ce fils, une nouvelle vie était entrée dans la maison.

Dans la soirée, Brissot se présenta. Il fut reçu, mais il trouva tout le monde dans un tel état de surexcitation, qu'il se serait retiré aussitôt, si Marcelle n'était pas venue à sa rencontre.

Lui aussi, comme Martial, il avait eu la curiosité de savoir quel effet avait produit sur la jeune fille la lecture du manuscrit que lui avait légué sa mère.

Pas plus que le comte, il ne laissa soupçonner qu'il était de moitié dans la façon étrange dont ce manuscrit était parvenu entre les mains de Marcelle.

Il s'informa seulement si elle restait définitivement auprès de ses bienfaiteurs.

Pendant les quelques phrases qu'ils venaient d'échanger à ce sujet, la jeune fille avait cru remarquer en lui un peu d'abattement.

— Etes-vous souffrant, monsieur? lui demanda-t-elle.

— Moi! se récria-t-il, je n'ai jamais été malade.

— Il me semble pourtant, reprit Marcelle, que vous êtes plus pâle, que vos yeux n'ont plus le même éclat, que votre parole elle-même est plus lente et moins sonore qu'autrefois.

— Vous vous trompez, mademoiselle, répondit-il. C'est qu'il y a longtemps que vous ne m'avez vu!

— Deux mois et demi... c'est vrai ! soupira la jeune fille.

— Et deux mois et demi pendant lesquels bien des évènements inattendus se sont déroulés... fit mélancoliquement le jeune clerc.

— Ces évènements ne sont heureusement qu'un long cauchemar, fit observer Marcelle.

— Non, pas tout à fait, mademoiselle.

— Comment ?

— De ce cauchemar il reste quelque chose.

— Quoi donc ? un souvenir... plus pénible qu'agréable, malheureusement.

— Mieux que cela, mademoiselle, il reste une réalité, dit Brissot en hochant la tête.

— Laquelle ? interrogea la jeune fille étonnée.

— C'est que vous n'êtes plus la fille du père Brahma, ni même celle de Mᵐᵉ Darnaud, mais bien la fille de noble demoiselle Marguerite de Lescarre et du baron de Pierre-Lisse. Or, si votre mère est morte, votre père existe... il est riche... sa fortune vous reviendra presque infailliblement quelque jour.

— Eh bien ! qu'importe ?

— Il importe beaucoup, mademoiselle ! fit gravement Brissot.

— En quoi ? dit vivement Marcelle. Croyez-vous que je vous en sois moins reconnaissante de ce que vous avez fait pour moi ? Vous imaginez-vous que le nom dont je suis affublée, presque malgré moi, ait altéré en rien les sentiments dont j'étais animée à l'époque dont nous parlons ?

— J'espère pour vous que non, mademoiselle.

— Alors, ce n'est pas bien à vous de me le reprocher.

— Dieu me garde de vous adresser le moindre reproche ! Mais que voulez-vous... dit le jeune clerc d'une voix légèrement voilée, je m'étais si bien habitué à ne voir en vous qu'une enfant du peuple, qu'une fille obscure, sans nom, sans famille, sans avenir, que la soudaine métamorphose qui s'est accomplie dans votre situation me déconcerte un peu...

— Pourquoi ? demanda la jeune fille.

Brissot hésita. Il la regarda longuement avant de répondre et parut faire sur lui-même un violent effort.

— Parce que je vous aimais ainsi, dit-il enfin.

— Et vous ne m'aimez plus ? fit naïvement Marcelle, un peu émue d'un langage si nouveau pour elle.

— Je vous aime toujours de la même amitié, dit le jeune clerc, dans les yeux de qui brilla un éclair ; mais il me semble qu'entre nous ne peut plus exister la même familiarité qu'autrefois. A cette amitié fidèle, dévouée, ardente, se mêle, à mon insu, un respect dont j'essaie en vain de me défendre. Ah ! s'écria-t-il, avec un accent déchirant, si je pouvais vous dire quel beau rêve j'avais fait...

— Quel rêve ? parlez, insista vivement la pauvre enfant tout attendrie.

— A quoi bon ? répondit Brissot en affermissant sa voix et en contraignant ses lèvres à sourire. Ce n'était qu'un rêve, je vous l'ai dit... Aujourd'hui il est irréalisable, mieux vaut l'oublier.

— Comment! A moi!... à moi que vous appelez votre amie, vous refusez de dire ce que vous aviez rêvé, fit Marcelle qui tremblait de comprendre.

— Oui, mademoiselle! dit le jeune clerc en se levant brusquement.

En même temps, il porta main à son cœur, comme pour y étreindre une douleur aiguë.

— Et croyez-moi, ajouta-t-il, cela vaut mieux pour vous et pour moi

Sur ces parles énigmatiques, il sortit d'un pas rapide, en la caressant d'un dernier regard.

La porte du salon s'était refermée sur lui, avant que Marcelle, revenue de sa surprise, songeât à le retenir.

L'aurait-elle fait d'ailleurs? Assurément, non.

Elle avait fini par deviner quelles secrètes souffrances altéraient les traits et la voix du jeune clerc. Le retenir, le contraindre à s'expliquer, c'eût été provoquer un aveu qu'elle ne voulait pas entendre.

C'était bien assez, c'était déjà trop de l'avoir pressenti !

Ainsi Brissot l'aimait également! Et c'était parce qu'elle était noble et riche qu'il renonçait à son amour ! Ah! que n'avait-il parlé plus tôt? Peut-être aurait-elle pu l'écouter sans remords, peut-être l'image de Martial ne se serait-elle pas encore dressée entre elle et lui... Hélas! pourquoi son cœur n'était-il plus libre? Pourquoi ne pouvait-elle plus récompenser selon son mérite celui qui s'immolait pour elle avec une si touchante abnégation?

Elle était aussi profondément troublée que si elle avait commis une mauvaise action. Elle se reprochait presque d'avoir inspiré cette passion, à laquelle il lui était impossible de répondre.

— Décidément, se disait-elle, il y a en moi une sorte de fatalité !

Fort heureusement, la comtesse de Libessac vint l'arracher aux sombres méditations qui commençaient à germer dans son esprit affaibli par la souffrance.

Elle passa le reste de la soirée dans la chambre de Raymonde. On y était si gai, si heureux, si franchement épanoui, que cette gaîté communicative finit par la gagner à son tour, et par dissiper les appréhensions qu'elle avait conçues.

Le soir, quand elle rentra dans son appartement, les silhouettes de Martial et de Brissot se représentèrent bien à sa pensée, aussitôt qu'elle se trouva seule; mais, il faut bien le reconnaître, ce n'était plus comme elle les avait vues jusqu'à ce jour.

Brissot lui inspirait toujours les mêmes sentiments d'amitié et de reconnaissance; seulement il demeurait dans un jour terne et comme enveloppé d'un brouillard. Sa figure mélancolique n'avait rien perdu de sa douceur, mais elle n'occupait plus que le second plan dans la pensée de Marcelle — au même rang que Raymonde, que la comtesse et que Lucien

L'image de Martial, au contraire, ruisselait d'une telle lumière, qu'elle laissait dans l'ombre tous ceux qui occupaient une place dans les souvenirs de la jeune fille. L'amour l'inondait d'une clarté magique et lui faisait revêtir, avec les supériorités dont il était doué, toutes celles qu'il ne possédait pas.

Ce fut en contemplant cette image rayonnante, que Marcelle ferma les yeux, et s'endormit du plus beau sommeil qu'elle eût jamais goûté...

Quant à Brissot, il était sorti de l'hôtel, les jambes chancelantes, le cœur brisé.

Sa volonté de fer n'avait pas failli. Il avait contenu l'aveu prêt à tomber de ses lèvres. Il était content de lui.

La marche et la fraîcheur du soir lui rendirent sa présence d'esprit.

Il se rendit chez Robespierre, son camarade et son ami. Marat et Dumouriez s'y trouvaient et discutaient avec une certaine vivacité.

L'hostilité qu'affectait décidément l'entourage de la jeune reine contre les nouvelles réformes n'était plus un mystère pour personne. On en parlait tout haut dans les réunions publiques, qui, désignées sous le nom de *clubs*, commençaient déjà à faire parler d'elles.

Le mot *club* avait été tout récemment importé d'Angleterre, à suite des mœurs anglaises, qui, pour la première fois, devenaient à la mode en France, grâce au patronage que leur accordait Marie-Antoinette.

C'était elle qui avait fait venir d'Angleterre les premiers chevaux de course et qui avait introduit avec eux le jargon qui est particulier à ce genre de distraction.

Le mot club, lui aussi, avait franchi le détroit et promettait d'occuper chez nous une large place.

Marat, Robespierre, Brissot, allaient fréquemment dans ces réunions et ne perdaient pas un mot de ce qui s'y disait. Or, on prétendait que le ministère chancelait sur ses bases, que le roi, bon jusqu'à la faiblesse et dominé par sa jeune femme, reculait devant l'œuvre qu'il avait entreprise.

La nouvelle était grave. Allait-on revenir aux errements du passé? Ces lentes conquêtes que la liberté avait faites sur le despotisme, était-on menacé de les perdre à nouveau?

Nos jeunes politiques s'indignaient à cette pensée.

L'arrivée de Brissot coupa court à la discussion.

— Eh bien, fit Dumouriez en le voyant entrer, quoi de nouveau?

— Vous souvenez-vous de Damis et de ses prophéties? demanda le jeune homme.

— Certes, dirent en riant les trois amis.

— Eh bien! en voici encore une qui se réalise dit Brissot. La duchesse de La Tournaye vient d'accoucher d'un garçon.

Robespierre et Marat se regardèrent, sans sourciller. L'œil de Dumouriez brilla d'une lueur d'espérance.

Cependant Robespierre et Marat avaient légèrement pâli.

— Bah! fit Marat en haussant les épaules, laisse là tes contes d'enfant, ami Brissot. Tu n'espères pas, je pense, nous effrayer avec les turlupinades de ton charlatan?

— Certes non, répondit le jeune clerc. Je voulais seulement vous faire observer que c'est la troisième fois, depuis trois mois, que Damis a raison.

— Le beau mérite ! dit Robespierre en souriant. Cette fois, il a joué à pile ou face ; il a gagné, voilà tout. Chacun de nous peut en faire autant.

— C'est vrai, ajouta Dumouriez pensif, mais c'est étrange !...

Et, tout bas, il murmurait :

— Ainsi, je sauverais mon pays, je deviendrais immortel...

Malgré les efforts qu'il faisait pour se contenir, ses narines se gonflaient d'orgueil.

— Tu fréquentes donc toujours l'hôtel de La Tournaye ? demanda Marat au jeune clerc.

— Oui, j'y vais quelquefois.

— Tu as tort, mon ami. Tu ne veux pas m'écouter, tu as tort...

— Pourquoi ? dit Brissot.

— Parce que ces relations feront peut-être un jour le malheur de ta vie.

— Comment ?

— Eh ! je te l'ai répété vingt fois : le duc de La Tournaye est notre ennemi le plus dangereux.

— Lui ! si noble, si bon, si généreux.

— C'est précisément pour cela, mon cher, et il est fort heureux pour nous et pour la France que les autres gentilshommes ne lui ressemblent pas. Comment ne comprends-tu pas cela, toi qui es intelligent ? Tu ne vois donc pas que le duc poursuit un but diamétralement opposé au nôtre ? Nous voulons renverser la royauté, il la soutient. Et non-seulement il la soutient par la pensée, mais il la soutient des deniers qu'un hasard fortuné a mis entre ses mains. C'est une goutte d'eau dans la mer... je le sais bien, mais il n'en est pas moins vrai que, si M. de La Tournaye pouvait enrayer le progrès, vers lequel nous nous acheminons si lentement, il le ferait. Aussi, rappelle-toi bien ce que je te prédis, moi aussi, poursuivit Marat. Si jamais le torrent se déchaîne et si le duc essaye de l'endiguer, il est perdu, lui, ses amis, tous ceux qui feront cause commune avec lui...

— Allons donc ! protesta Brissot. Dieu ne le permettrait pas.

— Dieu ! fit Marat avec un sourire sceptique. N'a-t-il pas permis cent fois que celui qui se jette à l'eau pour sauver son semblable périsse avec lui ?

— D'ailleurs, interrompit Robespierre, et sans prévoir un danger dont on ne saurait préciser l'imminence, il n'est pas douteux, pour ceux qui t'aiment, qu'un grand changement ne se soit opéré en toi, depuis que tu es l'hôte assidu des La Tournaye.

— Quel changement ? Que veux-tu dire ? interrogea coup sur coup le jeune clerc d'une voix mal assurée.

— Oh ! tu me comprends si bien que ta voix tremble en me répondant. S'il faut m'expliquer plus clairement, du reste, je suis prêt à le faire, car, si tu as bonne mémoire, cette question a déjà été agitée entre nous.

— Tu veux parler de Marcelle ? dit Brissot résolûment.

— Oui, fit non moins franchement Robespierre.

— Eh bien ! que vous ai-je dit le jour où il a été question d'elle ?

Les deux sacripants sur lesquels il avait jeté son dévolu étaient experts. (Page 359.)

— Tu nous as dit que si elle était pauvre et obscure, tu l'épouserais ; mais que si elle était noble et riche, tu renoncerais à elle.

— Et me croyez-vous capable d'un mensonge ?

— Assurément, non.

— Apprenez donc que Marcelle est bien définitivement la fille du baron de Pierre-Lisse.

— Alors que vas-tu faire ?

45me   45

— Pourquoi me le demandez-vous, puisque vous savez que je n'ai jamais menti ?

— Comment ! tu renoncerais à elle ?

— C'est déjà fait.

— Depuis quand ?

— Depuis une heure.

Robespierre et Marat, entraînés par un mouvement spontané, saisirent chacun la main de Brissot. Sous le calme apparent dont il faisait preuve, ils devinaient une douleur amère.

Dumouriez le regardait, un peu ébranlé.

— Oui, disait-il, c'est très beau ; mais je ne sais pas si j'en aurais fait autant.

— Ainsi, demanda Marat, tu ne retourneras plus à l'hôtel de La Tournaye ?

— Je n'y ferai du moins que de rares et courtes apparitions, répondit le jeune clerc.

— Prends garde ! fit Robespierre.

— Soyez tranquille, je suis fort, dit Brissot. Peut-être un jour cesserai-je toutes relations avec le duc, non pas que j'aie peur du sort dont vous me menaciez tout à l'heure, ajouta-t-il en relevant la tête, mais parce que je trouve inutile de retourner le poignard dans la plaie.

Pour le distraire, on renonça à la politique, on raconta et l'on commit mille folies ; mais le cœur de l'infortuné saignait trop cruellement pour que le sourire reparût sitôt sur ses lèvres.

Il rentra enfin chez lui, où il passa une nuit de fiévreuse insomnie, pendant que Marcelle, inconsciente, s'abandonnait aux plus doux rêves.

Le lendemain l'hôtel de La Tournaye était plus tranquille. Ses joies bruyantes de la veille s'étaient calmées, pour faire place à la paisible sérénité que donne le bonheur.

Le premier soin de Marcelle, en se levant, fut de songer au protégé de Martial. Elle fit venir Papillon.

— De quelle somme pouvez-vous disposer ? lui demanda-t-elle.

— De telle somme qu'il vous plaira, mademoiselle, répondit le brigadier.

— Au fait, reprit-elle, vous allez la fixer vous-même.

— Moi ! se récria le vieux soldat, stupéfait.

— Oui, vous, car vous êtes plus apte que moi à trancher une question de ce genre.

— Je suis à vos ordres, mademoiselle.

— Combien croyez-vous qu'il faille à un vieil officier, amputé du bras droit et estropié de la main gauche, pour vivre sans privations et porter dignement un nom honorable ?

— Trois ou quatre mille livres par an, répondit Papillon sans hésiter.

— Ce qui, au denier cinq, représente une somme de...

— Soixante ou quatre-vingt mille livres.

— Bien. Mettons quatre-vingt mille. Tenez-les à ma disposition dès aujourd'hui.

— Il suffit, mademoiselle, dit le brigadier.

Il ne hasarda pas la moindre observation. Depuis qu'il remuait des millions, l'argent n'avait plus aucune valeur à ses yeux.

— Pour quelle heure ? interrogea-t-il.

— Pour trois heures, répondit Marcelle. Je pense que c'est vers cette heure-là que le chevalier de Vandrôme, à qui je vais annoncer cette bonne nouvelle, se présentera pour les toucher.

Le vieux soldat s'inclina docilement et sortit sur un geste de remerciement que lui adressa la jeune fille.

Depuis ce moment, elle ne tint plus en place.

Il lui tardait tellement de prouver à Martial quel empressement elle mettait à exaucer ses désirs, qu'elle trouvait que les pendules n'allaient pas et que la matinée était d'une longueur mortelle.

A midi, l'on se mit à table, ce qui abrégea considérablement le temps qu'il lui restait à dépenser avant de se rendre chez le chevalier.

— Monsieur le duc, dit-elle en riant à Lucien, j'ai décidé de faire aujourd'hui une brèche formidable au trésor du rajah.

— En faveur de qui ? demanda-t-il.

— En faveur du protégé de M. Lally.

— Faites, mon enfant, dit Lucien, qui nageait dans un océan de félicités nouvelles.

Il ne demanda même pas à quel chiffre s'élevait la somme dont Marcelle allait le dépouiller. Le repas n'était pas encore terminé qu'il quitta la table pour retourner auprès de Raymonde et de son *fils*.

Il avait tant de plaisir à prononcer ces deux mots !

Marcelle monta dans sa chambre pour achever sa toilette.

A deux heures moins un quart, accompagnée de Germain, elle se rendit chez M. de Vandrôme.

Elle fut un peu étonnée de se trouver en présence d'un visage inconnu.

— Le chevalier est-il là ? demanda-t-elle.

— Oui, mademoiselle, répondit cet homme. Mon maître est légèrement indisposé, mais cela n'est rien.

Il s'adressa à Germain.

— Asseyez-vous, camarade, dit-il en lui offrant une des deux chaises qui se trouvaient dans l'antichambre.

Puis, se tournant vers la jeune fille, après avoir ouvert la porte du salon :

— Donnez-vous la peine d'entrer, mademoiselle, reprit-il avec son plus aimable sourire.

Marcelle entra.

Celui qu'elle croyait être le domestique du chevalier referma aussitôt la porte.

— Mademoiselle, dit-il en lui montrant un fauteuil, veuillez attendre un instant. Je vais prévenir mon maître de votre arrivée.

— Allez, fit-elle, sans bouger de place.

Il disparut.

Elle prêta l'oreille, mais n'entendit qu'un bruit de voix à peine perceptible.

Une minute après, le laquais revint auprès d'elle.

— Mon Dieu, mademoiselle, mon maître est désolé, dit-il, mais ses rhumatismes le font tellement souffrir, qu'il lui est impossible de se lever. Il me prie de l'excuser bien humblement auprès de vous.

— Ainsi je ne puis pas lui parler? fit Marcelle.

— Rien n'est plus facile, mademoiselle; mais il faudrait que vous eussiez la bonté de passer dans sa chambre.

— Qu'à cela ne tienne! dit la jeune fille. La nouvelle que je lui apporte est capable de lui rendre la santé. Veuillez l'en avertir.

— C'est fait, mademoiselle, M. le chevalier ne demande qu'à vous recevoir.

A ces mots, le serviteur énigmatique ouvrit la porte qui donnait dans la chambre et s'inclina pour livrer passage.

Elle s'avança sans crainte.

Mais à peine avait-elle fait un pas en avant, que cet homme tira de sa poche un morceau d'étoffe blanche, épaisse et soigneusement pliée.

Au moment où elle pénétrait dans la chambre, il se jeta sur elle, lui appliqua sur la bouche le bâillon qu'il avait préparé et le serra de toutes ses forces, pendant qu'un de ses complices refermait vivement la porte derrière elle et donnait à la serrure un tour de clef.

Cela fait, il accourut à l'aide de son compagnon. Il renversèrent la jeune fille et lui lièrent solidement les pieds et les mains.

Tout cela avait été exécuté avec une si grande promptitude, que Marcelle, non-seulement n'eut pas le temps de se défendre, mais ne put même pas pousser un cri.

Dès qu'elle fut à terre et hors d'état de faire un mouvement, un homme, qui, jusque-là, s'était tenu caché sous les rideaux du lit, sortit de sa retraite, s'avança et se pencha sur elle avec un sourire de hideuse satisfaction.

— Eh bien, ma fille, lui dit-il, qu'en pensez-vous? Chacun son tour, n'est-ce pas? C'est de bonne guerre.

Il poussa un éclat de rire strident, rire satanique et cruel, qui laissait voir ses dents de tigre, et la couva de cet œil fulgurant du fauve qui va dévorer sa proie.

— Allons! dit-il, en faisant à ses deux complices un geste impérieux. Ne perdons pas une minute!

Il ouvrit la porte qui communiquait avec l'escalier du corps de bâtiment donnant sur la rue du Petit-Musc. Les deux hommes saisirent Marcelle par la tête et par les pieds, puis, chargés de ce fardeau, ils descendirent lentement les deux étages.

En vain la jeune fille imprima-t-elle à son corps les mouvements les plus désordonnés pour échapper à cette étreinte, en vain essaya-t-elle d'appeler Germain à son secours, les ravisseurs la firent monter de force dans la voiture que le baron avait amenée et dont il baissa les mantelets.

Aussitôt les deux chevaux s'éloignèrent dans la direction de la Bastille.

La sourde envie qui minait d'abord M. de Pierre-Lisse contre le duc de La Tournaye avait fini par se changer en haine.

Dans le bonheur insolent de Lucien, tout l'irritait. Non-seulement le duc avait acquis par sa bienveillance une popularité qui froissait tous les instincts pervers du baron, mais il avait eu cette chance inouïe, possesseur déjà d'une magnifique fortune, de rencontrer ce vieux père Brahma, qui lui avait livré le trésor des rajahs d'Adjimore.

Enfin, et c'était là surtout ce que ne lui pardonnait pas M. de Pierre-Lisse, il avait su capter à ce point l'amitié de Mme de Libessac qu'après avoir disposé en sa faveur d'une partie de ce qu'elle avait, elle semblait prête à lui abandonner ce qui lui restait.

Tant que le baron avait espéré, par Marcelle, tirer pied ou aile des millions que le duc avait entre les mains, il avait fait taire ses ressentiments et les avait masqués d'un semblant de déférence, sinon d'amitié.

S'il avait brusqué les choses, c'est qu'il espérait, ayant la jeune fille en son pouvoir, arriver plus rapidement au résultat qu'il ambitionnait.

Malheureusement pour lui, Marcelle avait refusé de se prêter à ce honteux chantage et préféré la mort au supplice quotidien que son père lui faisait subir.

Depuis deux jours qu'elle avait définitivement quitté le domicile paternel et qu'elle vivait sous la double protection du roi et de M. de La Tournaye, le baron avait senti croître la haine qu'il nourrissait contre le duc, au point que, pour l'assouvir, il était résolu à employer les expédients les plus audacieux.

Tout lui échappait, en effet. Marcelle libre, Marcelle affranchie de sa tutelle, n'était plus pour lui un moyen d'arriver à la fortune. Au contraire, elle devenait une ennemie.

Aussi ce père d'aventure, à qui tous les sentiments humains étaient étrangers, l'enveloppa dans la même animosité qu'il ressentait contre Lucien.

Comme le tigre à qui l'on vient d'arracher sa proie rôde autour de la maison dans laquelle on l'a enfermée sous ses yeux, M. de Pierre-Lisse, après avoir quitté Auteuil pour réintégrer son domicile de la rue Saint-André-des-Arts, se promenait aux environs de l'hôtel de la Tournaye.

L'œil fixe, la lèvre crispée, il errait sur le quai des Célestins, cherchant au fond de son imagination troublée l'inspiration qui lui manquait, lorsqu'il rencontra le chevalier de Vandrôme.

Naïvement, sans avoir conscience de l'imprudence qu'il commettait, celui-ci fournit au baron l'occasion qu'il désespérait de trouver.

Quant à M. de Pierre-Lisse, sans souci du tort immense qu'il allait sans doute causer à ce pauvre diable, dont il se disait l'ami, il ne se préoccupa que d'une chose : c'est de mettre à profit la circonstance qui se présentait.

Tout se réunissait pour favoriser le dessein qu'il avait conçu : la crédulité du pauvre officier, la disposition de son appartement et l'assurance paisible dans laquelle Marcelle croyait pouvoir vivre à l'avenir.

Après avoir leurré le chevalier de promesses irréalisables, le baron se mit immédiatement à l'œuvre.

Il alla chercher dans le même tripot les mêmes coquins qu'il avait employés une première fois déjà, prit la même chaise de poste, choisit le même cocher, et leur donna rendez-vous pour le lendemain à une heure dans un cabaret borgne de la rue Saint-Antoine que ceux-ci lui indiquèrent.

Il les paya grassement, sachant bien que pour de telles besognes il est indispensable d'attiser le zèle de ceux qu'on emploie.

Le lendemain matin, il se rendit chez le chevalier, ainsi qu'il le lui avait promis.

Ce fut avec un visage ouvert, une bouche souriante et un petit air protecteur qu'il se présenta.

— Eh bien! je ne m'étais pas trompé, fit-il en entrant. Vos amis étaient des Gascons. Ils n'avaient pas touché mot au ministre de vous ni de votre situation précaire, car dès les premières paroles que j'ai prononcées...

— Le ministre a fait droit à ma requête? demanda anxieusement le vieux capitaine.

— Parfaitement, mon cher.

— Et il consent à me donner audience?

— Aujourd'hui même.

— A quelle heure?

— A une heure et demie.

— Diable! fit le chevalier, c'est un peu tard.

— Pourquoi?

— Parce que c'est à deux heures que doit venir ici la jeune fille que M. de La Tournaye m'a envoyée. Or, il me sera impossible, si je vais au ministère à une heure et demie, d'être ici à deux heures.

— C'est incontestable.

— Comment faire? murmura M. de Vandrôme. Je ne voudrais pas, si Son Excellence ne me donne pas gain de cause, m'aliéner les bonnes grâces de cette charmante enfant...

— En effet, approuva le baron, quoique le ministre se soit montré très bienveillant à votre égard, il est fort possible qu'il vous ajourne.

— Ce qui équivaudrait pour moi à mourir de faim, dit soucieusement le capitaine.

— Mon Dieu... hasarda M. de Pierre-Lisse, il y aurait bien un moyen...

— Lequel? demanda vivement le chevalier.

— Ce serait de prier un de vos amis de recevoir cette jeune fille, en votre absence, et de lui faire prendre patience jusqu'à votre retour.

— Sans doute, mais cet ami, je ne l'ai pas sous la main. Il est onze heures... le temps presse...

— Ne suis-je pas là? fit débonnairement le baron.

— Vous, mon ami! Vous consentiriez?...

— Pourquoi non? Ce n'est pas un service si important qu'il soit pénible ou difficile à rendre.

— Mais c'est abuser de votre complaisance.

— Bah! vous me revaudrez cela à l'occasion, dit rondement M. de Pierre-Lisse.

— Ainsi vous daignerez?...

— C'est entendu, promit le rusé gentilhomme. Seulement, comme il ne m'est pas possible de rester ici jusqu'à l'heure où vous partirez, il faudra me donner la clef de votre appartement.

— La voici, fit le vieil officier, qu'il lui tendit avec empressement.

M. de Pierre-Lisse s'en saisit avidement et la serra dans sa main avec la même frénésie que le noyé se cramponne à la branche salutaire. Il sut pourtant contenir la joie sauvage qu'il éprouvait.

— Fort bien, dit-il avec un visage impassible. Vers une heure et demie je serai là.

— Et moi je n'y serai plus, fit le chevalier, qui se croyait déjà pensionné officiellement, et qui se réjouissait à la pensée de ne rien devoir à la charité d'autrui.

Il fut fait ainsi qu'il avait été décidé.

A une heure, M. de Vandrôme sortit et se dirigea vers le ministère.

Le baron et ses complices, qui le guettaient à travers la fenêtre du cabaret dans lequel ils s'étaient réunis, montèrent immédiatement chez lui, tandis que la chaise de poste se rangeait rue du Petit-Musc devant le vestibule de l'escalier qui desservait le second corps de logis.

D'avance, le baron tira les verroux et ouvrit la porte qui communiquait avec cet escalier, de manière à ne pas perdre un instant, si le coup de main qu'il avait entrepris réussissait au gré de ses désirs.

La difficulté consistait à attirer Marcelle dans la dernière pièce et à s'emparer d'elle avec assez de dextérité, pour qu'elle ne pût pas donner l'alarme et appeler Germain à son secours.

Cordes et bâillon, tout était donc préparé d'avance quand elle arriva.

Afin de ne pas être vu par sa fille, ce qui aurait certainement éveillé les défiance de la pauvre enfant, le baron se cacha sous les rideaux du lit.

Le misérable avait eu là main heureuse. Les deux sacripants sur lesquels il avait jeté son dévolu étaient experts en la matière. Ils s'acquittèrent de cette tâche difficile avec une habileté que le plus vieux routier des galères leur eût enviée.

Ils entraînèrent Marcelle sans avoir attiré l'attention de Germain.

Celui-ci attendait avec une patience angélique.

Une heure après, il était encore dans l'antichambre, et, bien qu'il commençait à trouver le temps long, il n'avait pas fait un mouvement.

Il était donc assis tranquillement sur sa chaise, lorsqu'on carillonna vivement, en même temps qu'on frappait à grand bruit sur la porte d'entrée.

Germain ne bougea pas, pensant que le prétendu domestique du chevalier s'empresserait d'accourir.

Cependant, comme on continuait à sonner et à frapper de plus en plus fort, il se leva et ouvrit la porte.

M. de Vandrôme entra, comme un trombe de vent, les traits contractés, l'œil étincelant de colère.

— Ah! c'est toi? dit-il en reconnaissant Germain. Le baron est encore là?

— Quel baron? demanda l'ancien carabinier.

— M. de Pierre-Lisse, parbleu!

En entendant prononcer ce nom, Germain bondit :

— Comment! M. de Pierre-Lisse? interrogea-t-il. Il était donc ici?

— Sans doute, puisque je lui avais donné ma clef. N'est-ce pas lui qui a reçu la jeune fille que tu accompagnais?

— Lui! je ne l'ai pas vu.

— Qui donc t'a ouvert la porte?

— Votre domestique, capitaine.

— Mon domestique? je n'en ai pas! s'écria le chevalier stupéfait.

— Mais alors, fit Germain, saisi d'une inquiétude mortelle, qui donc?...

— Je m'en doutais! interrompit M. de Vandrôme. Figure-toi que j'arrive du ministère, où personne n'avait vu M. de Pierre-Lisse et où je n'étais pas attendu. Voilà pourquoi je revenais ici, furieux, décidé à demander raison de cette incroyable plaisanterie... Mais, au fait, se reprit-il à demi-voix, pourquoi m'a-t-il envoyé au ministère? Quel intérêt avait-il?...

Sans plus attendre, il ouvrit la porte du salon, dans lequel il pénétra en courant. Personne! Il se précipita dans la chambre... elle était vide !

Il s'arrêta, pâlit et passa la main sur son front, pressentant quelque inexplicable perfidie.

Germain, qui l'avait suivi, devint également très pâle.

— Qu'est-ce que cela signifie? demanda-t-il.

Le chevalier promenait autour de lui un regard effaré. Tout à coup, il s'aperçut que la porte de communication n'était plus fermée, et même qu'elle était entrebâillée.

Il se tourna vers l'ancien soldat, comme pour lui demander l'explication de cette étrangeté; mais Germain, qui avait suivi la direction de son regard, ne comprenait rien à ce phénomène.

— Réponds, dit M. de Vandrôme d'une voix saccadée. Tu as accompagné ici ta maîtresse aujourd'hui.

— Oui, capitaine.

— Combien y a-t-il de temps?

— Une heure et demi environ.

— Et tu ne l'as pas vue ressortir?

— Non, capitaine.

— Ah! misérable! hurla le chevalier de qui la colère éclata enfin, non-seulement il s'est joué de moi, mais encore il m'a déshonoré.

Le cocher s'était conformé aux ordres qu'il avait reçus. (Page 363.)

— Que voulez-vous dire? fit Germain.

— Je veux dire, mon ami, que M. de Pierre-Lisse s'est joué de toi et de moi et que cette jeune fille... Oh! le maudit!

— Achevez, capitaine, dit l'ancien soldat, qui, lui aussi, commençait à soupçonner la vérité.

— Eh bien! cette jeune fille, il l'a enlevée!

Germain frissonna de la tête aux pieds. Il ne pouvait pas deviner comment le baron s'était trouvé à point nommé chez M. de Vandrôme, mais ce qu'il savait, c'est que Marcelle était retombée au pouvoir de M. de Pierre-Lisse, et que son maître ne manquerait pas d'en accuser sa négligence.

— Oh! mais il ne sera pas dit que le coquin m'échappera, s'écria le chevalier. Malheur à lui, si je le retrouve!

La fureur lui donnait des ailes. Il descendit l'escalier avec une rapidité dont il ne se serait jamais cru capable et atteignit la rue du Petit-Musc, au fond de laquelle il lança un regard investigateur... La rue était silencieuse et déserte.

Il poussa un cri de rage et brandit dans le vide son bras impuissant.

VII

LA PISTE

Pendant que Marcelle, tout heureuse du bien qu'elle allait faire, se rendait chez M. de Vandrôme, le jeune comtese présentait à l'hôtel de La Tournaye.

Cette fois, il arrivait mieux. Le bouleversement qui avait suivi les couches de Raymonde avait fait place à un calme relatif. Aussi fut-il introduit sans difficulté auprès de Lucien.

Dès qu'ils furent en présence, les deux gentilshommes, qu'unissait maintenant la plus étroite amitié, se tendirent la main et se jetèrent dans les bras de l'un de l'autre.

Pendant les quelques secondes que dura cette cordiale étreinte, ils ne prononcèrent par une parole. La joie dont leur cœur était mutuellement pénétré n'avait pas besoin, pour s'épancher, de recourir aux phrases banales qu'emploient les indifférents et les sots.

— Et la duchesse? demanda enfin Martial.

— Elle est aux anges, mon cher. Elle fait son apprentissage de mère et de nourrice avec une naïveté aussi enfantine que si elle jouait encore à la poupée.

— Ainsi elle va bien?

— Mieux que jamais. Le bonheur qu'elle éprouve l'a rendue rose et fraîche comme un printemps.

— Bravo! fit le jeune gentilhomme en battant des mains. Quant à vous, ajouta-t-il, je ne vous demande pas comment vous vous portez; vos yeux brillent comme deux rayons de soleil.

— C'est vrai, dit Lucien. Le ciel m'a comblé. Aussi je tremble qu'une félicité si complète ne soit obscurcie d'un moment à l'autre...

— Quelle folie! se récria Martial. Que pouvez-vous craindre? Vous n'avez semé que des bienfaits, vous n'êtes entouré que d'amis.

— J'ai fait de mon mieux, mais ce n'est pas toujours une raison, répliqua le duc en hochant la tête.

— Ah! que voilà bien l'homme! dit le jeune comte en riant. A peine a-t-il obtenu ce qu'il désirait le plus ardemment, qu'il se met d'autres chimères en tête. Rassurez-vous, cher ami. Vous n'avez que ce que vous méritez. Le bonheur dont vous jouissez en ce moment, vous l'avez acheté par quinze années d'une vie si bien remplie que les sages de la Grèce en dessécheraient de jalousie s'ils étaient encore de ce monde.

Lucien se mit à rire à son tour.

— Maintenant, poursuivit Martial, je ne prétends pas dire que, si vous avez fait beaucoup d'heureux, vous ne faites pas beaucoup d'envieux. Au contraire, je m'imagine qu'un grand nombre de vos amis voudraient bien être à votre place.

— Des envieux parmi mes amis! protesta le duc. Allons donc, Martial! vous ne le croyez pas.

— J'en suis persuadé, mon cher. Et, s'il ne faut citer qu'un exemple, ce sera moi.

— Par exemple!

— Oui, moi, reprit le jeune gentilhomme avec enjouement. Croyez-vous que le spectacle des ivresses que vous savourez ne soit pas fait pour tenter les plus sceptiques?

— Mais vous n'êtes pas un sceptique, vous?

— C'est précisément pour cela que je crois à la possibilité de goûter les mêmes jouissances.

— Alors, faites comme moi, mariez-vous, dit Lucien.

— Il y a longtemps que j'y ai songé, répondit Martial d'un ton plus grave. Je n'ai pas besoin de vous dire quels motifs m'en ont empêché jusqu'à ce jour... La fausse situation dans laquelle je me trouve... La flétrissure dont la hache du bourreau a souillé le nom que je porte...

— Y pensez-vous! interrompit le duc. N'êtes-vous pas absous depuis longtemps par l'opinion publique? Ne comptez-vous pas parmi vos amis les noms les plus fameux, les cœurs les plus dévoués?

— J'ai tant besoin de me le persuader, dit le jeune comte avec une teinte de mélancolie, que j'ai fini par le croire. Aussi j'ai triomphé de mon irrésolution.

— A la bonne heure! s'écria Lucien. Et, ajouta-t-il, votre choix est-il fixé?

— Mon cœur ne m'appartient plus depuis longtemps, confessa Martial. Je l'ai donné tout entier à une jeune fille douce, bonne, belle comme le plus beau soleil d'été, qui, après avoir longtemps souffert, est aujourd'hui enfin à l'abri des orages. Hier, elle était pauvre et obscure, sans nom, sans avenir; aujourd'hui elle n'est guère plus riche, et je n'estime pas assez le nom qu'elle porte, pour qu'il ajoute rien à l'amour qu'elle m'a inspiré. Fort heureusement je ne suis pas de ceux que tente la fortune, de sorte que je puis l'aimer de toute mon âme et me figurer même qu'elle me devra quelque chose du bien-être dont je m'efforcerai de l'entourer.

— Sait-elle que vous l'aimez?

— Je n'en suis pas certain, mais je crois qu'elle l'a deviné.

— Vous ne lui avez donc pas fait l'aveu de votre amour?

— Pas précisément. J'ai désiré savoir auparavant si mon nom ne lui faisait pas horreur.

— Et elle vous a répondu...

— Qu'elle le tenait pour un des plus honorables qui soient au monde.

— Qu'attendez-vous pour vous déclarer, alors?

— Je n'attends plus rien, cher ami, car j'ai eu avec elle un dernier entretien, fort court, il est vrai, mais à la suite duquel, tout en lui témoignant le respect que l'on doit à la femme que l'on veut épouser, j'ai pour ainsi dire obtenu d'elle l'autorisation de la demander en mariage.

— Elle a donc une famille?

— Elle a du moins des amis qui méritent assurément plus de considération que ses parents les plus proches, et sans l'assentiment desquelles elle refuserait de s'engager.

— Au diable! fit Lucien avec vivacité, vous me faites mourir d'impatience, mon cher Martial. C'est bien de Marcelle qu'il s'agit, n'est-ce pas?

— Oui, répondit le jeune gentilhomme stupéfait.

— Alors pourquoi de si longs préambules? Marcelle est à vous dès aujourd'hui, si vous la voulez.

Et le duc lui tendit les deux mains.

Martial y plongea les siennes avec un enthousiasme facile à comprendre.

— Quoi! balbutia-t-il, vous saviez... vous aviez deviné?...

— Voilà plus de dix-huit mois que votre secret n'en est plus un pour moi, fit Lucien.

— Est-il possible! s'écria le comte transporté.

— Eh! mon cher, est-ce qu'on ne lit pas comme dans un livre sur un visage comme le vôtre? Vous avez pu imposer silence à votre amour, mais vous n'avez pas empêché de parler les longs regards que vous dardiez sur elle, l'intérêt et la tendresse que vous lui témoigniez à tout instant. Alors que nous étions dans l'Inde, par quel nom répondiez-vous déjà à celui de Raymonde, que je prononçais chaque jour? Par le nom de Marcelle. Allons, remettez-vous. Je disais tout à l'heure que mon bonheur ne pouvait pas être plus complet, je me trompais: car le plaisir d'être uni à une amitié comme la vôtre par un lien presque filial me cause pour ainsi dire autant de joie que m'en a fait éprouver la naissance de mon fils.

— Merci, duc, fit Martial. Contracté sous vos auspices, un tel mariage sera pour moi le premier pas vers la réhabilitation à laquelle j'aspire.

— J'en accepte l'augure, dit Lucien. Dans les conditions où se trouve Marcelle, elle a besoin, grand besoin de tendresse et de protection! Appuyée sur le bras d'un mari, elle pourra vivre enfin heureuse et tranquille. Aussi mon avis est qu'il ne faut pas perdre de temps. Je vais la faire appeler à l'instant.

A ces mots, M. de La Tournaye se leva et agita le cordon d'une sonnette.

Papillon se présenta presque aussitôt.

— Tiens! c'est vous? fit le duc étonné. Pourquoi Germain n'est-il pas là?

— Il est sorti avec Mlle Marcelle.

— Y a-t-il longtemps?

— Une heure au moins.

— Savez-vous où elle est allée?

— Oui, chez le capitaine de Vandrôme.

— Et nulle part ailleurs?

— Je ne crois pas.

— Il est étrange qu'elle ne soit pas encore de retour, dit Lucien, car si je ne me trompe, le chevalier ne demeure pas loin d'ici...

— A deux pas, répondit le brigadier.

— Voulez-vous que j'aille au-devant d'elle? proposa Martial.

— Si vous le voulez, cher ami, consentit le duc. Et ramenez-la moi promptement, afin qu'aujourd'hui même nous traitions à fond l'importante question qui nous occupe.

— Soyez tranquille, promit le fortuné gentilhomme.

Il sauta sur son chapeau et s'élança rapidement dans les escaliers.

Pour aller de la place Royale à la rue du Petit-Musc, le trajet est si direct et si court, que Martial devait infailliblement rencontrer la jeune fille, si elle revenait à l'hôtel de La Tournaye.

Quoiqu'il marchât rapidement, ses yeux fouillaient dans ses moindres recoins les profondeurs de la rue Saint-Antoine.

Au bout d'une minute à peine, il arriva devant la maison qu'habitait le chevalier. Il franchit lestement les deux étages et sonna à la porte de l'appartement.

La porte demeura close. Il sonna encore, écouta avec une attention mêlee d'une secrète inquiétude; il n'entendit aucun bruit.

— Le chevalier n'y est pas, se dit-il; donc Marcelle n'y est pas non plus

Il redescendit les deux étages, lentement, contrarié et préoccupé de ce contretemps.

— Sans doute, pensait-il, elle est allée visiter d'autres malheureux... elle est si bonne!

Il était rue Saint-Antoine. Vainement il promenait autour de lui son regard assombri.

Machinalement, il poussa jusqu'à l'angle de la rue du Petit-Musc, dans laquelle il jeta un coup d'œil distrait.

Soudain il tressaillit. Il venait de reconnaître M. de Vandrôme et Germain, causant sur un ton fort animé avec un boutiquier voisin,

Le boutiquier faisait de grands gestes et étendait le bras dans la direction de la Bastille.

— Comment Germain se trouve-t-il avec le chevalier si Marcelle n'est pas là-haut? se demanda Martial. Est-ce qu'elle serait indisposée? Lui serait-il arrivé malheur?

Agité d'appréhensions instinctives, il s'approcha d'eux.

— Eh bien! que faites-vous là? demanda-t-il.

M. de Vandrôme et Germain se retournèrent brusquement.

En l'apercevant, Germain se détourna avec embarras.

Quant au chevalier, ne voulant pas donner aux voisins le spectacle d'une explication, il prit le bras du comte et l'entraîna.

— Venez, monsieur de Lally, dit-il, vous allez tout savoir.

Le jeune gentilhomme se laissa faire. Evidemment, il se passait quelque chose. Mais quoi?

Le vieux capitaine le fit monter par l'escalier qui donnait sur la rue du Petit-Musc et introduisit dans son logement par la porte qu'il avait laissée ouverte.

— Tiens! votre appartement a donc deux issues? s'écria Martial.

— Malheureusement oui, monsieur le comte, répondit le chevalier en baissant la tête.

— Comment! malheureusement? interrogea Martial avec anxiété.

— Asseyez-vous, monsieur; dit l'ancien officier, et surtout veuillez m'écouter avec patience.

Le jeune comte obéit; mais son cœur se serrait et battait avec force. Il n'apercevait pas Marcelle; donc un évènement quelconque l'avait séparée de Germain.

— Vous avez été témoin, monsieur, de la répugnance avec laquelle j'acceptais les bienfaits de M. de La Tournaye; commença le chevalier. Je n'aurais voulu devoir qu'à mon mérite et à mes services la pension que je réclamais. Or, hier, un de mes anciens amis, à qui je faisais part de mes scrupules, me promit d'intercéder le soir même auprès du ministre. J'acceptai. Ce matin, il vint me trouver et m'annonça que le ministre m'attendait à une heure et demie. En mon absence, il me proposa de recevoir Marcelle, et moi, naïf et crédule comme un enfant, je lui remis la clef de mon appartement! Or, je revenais furieux du ministère, où personne ne m'attendait et ne savait ce que je voulais dire, quand j'ai trouvé la maison vide et cette porte ouverte....

— Est-il possible! s'écria Martial. Le nom de cet homme, dites-le moi.... je vous en conjure!

— Ce misérable est le baron de Pierre-Lisse, répondit le capitaine d'une voix sombre.

— Lui! toujours lui! hurla le comte ivre de fureur.

Martial demeura un instant atterré par cette foudroyante nouvelle. Quoi! au moment où Marcelle allait lui appartenir, elle venait de lui échapper! Le coup était rude et l'avait atteint en plein cœur.

— J'espère, monsieur le comte, dit le chevalier, que vous ne me soupçonnez pas d'être le complice du coquin qui s'est joué de ma crédulité.

— Je ne vous ferai pas cette injure, répondit Martial; mais calmons-nous tous les deux et cherchons à démêler le fil de cette ténébreuse intrigue. Que s'est-il passé ici en votre absence? voyons, répondez-moi.

— Je l'ignore, monsieur. A part l'individu qui a reçu cette jeune fille et qui s'est présenté comme domestique, Germain n'a rien vu, rien entendu, et ne peut fournir aucun renseignement.

— Et vous?

— Encore moins, monsieur, puisque je n'étais pas là.

— Mais que faisiez-vous dans la rue quand je vous y ai rencontré?

— Je m'informais auprès des voisins.

— Savent-ils quelque chose?

— Rien, ou du moins presque rien.

— Que vous ont-ils appris?

— Qu'une chaise de poste, attelée de deux chevaux gris-pommelé, s'était arrêtée, vers une heure un quart, au coin de la rue du Petit-Musc, où elle a stationné pendant vingt minutes environ...

— Est-ce tout?

— Pas encore. La présence de ce somptueux véhicule à la porte de cette pauvre maison les avait un peu intrigués. Il l'ont curieusement observé pour savoir à qui il était destiné et voici ce qu'ils ont vu :

Deux hommes, d'assez mauvaise mine et misérablement vêtus, ont descendu dans leurs bras une femme qu'ils ont hissée péniblement dans la voiture. Derrière eux venait un gentilhomme, qui est monté dans le carrosse auprès d'elle, après les avoir congédiés d'un geste ; puis la chaise est partie, a tourné l'angle droit de la rue Saint-Antoine formé par les bâtiments de l'hôtel d'Ormesson et a disparu dans la direction de la Bastille.

— Et cette femme, l'ont-ils aperçue?

— Non. Ils n'ont pas vu son visage et n'ont pu me donner son signalement.

— Et ils ont laissé froidement, sous leurs yeux, s'accomplir cette violence ! s'écria Martial indigné.

— C'est ce que je leur ai reproché, dit Vandrôme. Ils m'ont répondu qu'ils ne croyaient pas à un acte de violence, commis en plein jour et dans un quartier si fréquenté. Ils ont supposé que cette femme était malade et qu'on la transportait à la campagne pour aider à son rétablissement.

— Les imbéciles! murmura Martial. Ah! que ne suis-je arrivé plus tôt! Mais n'importe, reprit-il en se levant et en redressant sa haute taille, il ne sera pas dit que ce misérable se sera joué impunément de toutes les lois humaines. Je le retrouverai, je le jure, et ce jour-là...

Il n'acheva pas sa phrase, mais un éclair menaçant brilla dans ses yeux.

— Vous, dit-il au chevalier et à Germain, courez à l'hôtel de La Tourneye et apprenez au duc, mais au duc seulement, ce qui vient de se passer. C'est là que je vous retrouverai dans un instant.

A ces mots, il sortit et se dirigea vers la place de la Bastille, interrogeant tous les boutiquiers, essayant de relever la piste que le baron avait suivie.

Au bout d'une demi-heure, il avait presque perdu courage, lorsqu'il avisa l'éventaire d'une fleuriste, qui se trouvait au bord de la place, juste en face de la sombre prison.

— Mon enfant, lui demanda-t-il en lui montrant un louis, n'auriez-vous pas vu passer, il y a une heure au plus, une chaise de poste attelée de deux chevaux gris-pommelé?

— Si, monseigneur, répondit la jeune fille, elle s'est même arrêtée un moment à quelques pas de moi.

— Et qu'a-t-elle fait?

Un gentilhomme, qui s'y trouvait, s'est penché à la portière, dont il a abaissé le mantelet, pour donner ses instructions au cocher.

— Comment était ce gentilhomme? L'avez-vous vu?

— Très-bien, monseigneur. J'ai même cru un instant qu'il s'arrêtait pour m'acheter des fleurs.

— Veuillez me faire son portrait.

— C'est un homme de quarante-deux ans à peu près, maigre, aux lèvres minces, au regard hésitant, au visage pointu comme celui d'une fouine...

— Bien, fit Martial, qui ne doutait plus maintenant qu'il s'agit du baron de Pierre-Lisse. Et ce qu'il a dit au postillon... l'avez-vous entendu?

— Très distinctement, monseigneur, il a crié : « Route de Pontoise! trois louis de guides! et rondement!... »

— Et puis...? demanda le comte, muni déjà de ce renseignement important.

— Alors le cocher a fouetté ses chevaux , qui sont partis au grand galop, et le gentilhomme a relevé le mantelet de la portière. En moins de quelques secondes, je les ai perdus de vue.

Martial déposa son louis dans la main de la jeune fleuriste et revint précipitamment sur ses pas.

On s'étonnera peut-être que le baron, qui avait si rapidement conçu et si rabilement exécuté ce plan d'enlèvement eût commis semblable imprudence mais....

Toujours par quelque endroit fourbes se laissent prendre.

M. de Pierre-Lisse avait toutes sortes de raisons pour se défier des coquins qu'il employait et pour ne pas leur révéler la direction qu'il comptait suivre, Il n'ignorait pas que ces espèces sont toujours à vendre. Or, si le chevalier ou Germain les avaient interrogés, ils ne se seraient fait aucun scrupule de leur indiquer pour quelques louis la route que le ravisseur avait prise. Peut-être même seraient-ils allés d'eux-mêmes leur proposer le marché.

C'est ce qu'avait voulu éviter le trop prudent gentilhomme.

— Dès que je serai monté dans la chaise, avait-il dit au postillon, tu fileras du côté de la Bastille. Là, tu t'arrêteras et je te donnerais mes dernières instructions.

Le cocher s'était strictement conformé aux ordres qu'il avait reçus.

Quant au baron, il n'avait pas un instant supposé que cette halte insignifiante ttirât l'attention, ni que ses paroles pussent mettre sur ses traces ceux qui

Sur la place était arrivé un superbe carrosse. (Page 374.)

avaient intérêt à le poursuivre. Il avait pris d'ailleurs, comme on le verra, de bien autres précautions !

Martial revint à l'hôtel de La Tournaye.

Lucien avait tout appris de la bouche du chevalier et avait bondi de fureur.

Et, comme l'infortuné M. de Vandrôme s'excusait et se désolait d'avoir aidé sans le savoir, à cette tentative audacieuse :

— Non-seulement je ne vous accuse pas, capitaine, avait dit Lucien, mais encore je ne veux pas qu'un accident, qui m'est tout personnel, devienne pour vous une cause de deuil et soit la ruine de vos espérances.

A ces mots, il sonna. Germain accourut.

— Envoie-moi Papillon, ordonna le duc.

Le brigadier se présenta presque aussitôt.

— Marcelle ne vous avait-elle pas demandé des fonds aujourd'hui? lui dit-il.

— Oui,

— Combien?

— Quatre-vingt mille livres.

— Allez les chercher et apportez-les moi.

Le chevalier ouvrit de grands yeux étonnés. Il croyait avoir mal entendu.

Quelques instants après, Papillon reparût. Il apportait la somme indiquée, en une traite payable à vue chez le banquier de M. de La Tournaye.

— Voilà ce que Marcelle vous avait promis, capitaine, fit Lucien, qui tendit la traite au chevalier.

Le vieil officier n'en revenait pas! Il était ému jusqu'aux larmes. Tant de présence d'esprit et de générosité le remuait jusqu'au fond des entrailles.

Il mit genou en terre et, de son pauvre bras mutilé, il prit la main de M. de La Tournaye, qu'il porta vivement à ses lèvres.

Le duc s'empressa de le relever.

— Ah! monsieur, dit le chevalier, que n'ai-je autre chose que ma vie à vous offrir en échange d'un tel bienfait!

Ce fut sur ces entrefaites que Martial arriva.

Il fit part à Lucien, de l'indice précieux que le hasard lui avait fourni.

— Bien, dit Lucien. Courez chez vous, faites seller votre cheval et amenez moi deux de vos domestiques, les meilleurs, qui resteront ici pour garder la maison. En descendant, vous préviendrez Papillon et Germain qu'ils fassent ma valise et la leur, qu'ils tiennent prêtes nos armes et nos montures, afin que nous puissions partir dans une demi-heure, au plus tard. Courez, il n'y a pas une seconde à perdre! Moi, pendant ce temps, je vais avertir Raymonde de notre départ, sous un prétexte que le ciel m'inspirera.

— Et moi, monsieur, proposa M. de Vandrôme, ne puis-je donc pas vous être utile à quelque chose?

— Hélas! à rien pour le moment, mon pauvre chevalier. Nous avons besoin d'hommes jeunes et alertes, vous le comprenez bien.

— Ah! vieillesse maudite! murmura M. de Vandrôme.

— Ne vous désolez pas, capitaine, fit le duc. Je vous promets qu'à la première occasion je mettrai votre reconnaissance et votre bravoure à l'épreuve. Et maintenant, partez, je vous en conjure! Une minute dépensée en inutiles protestations est peut-être la perte de la chère enfant au salut de laquelle nous avons résolu de nous dévouer.

A ces mots, il serra la main de M. de Vandrôme et disparut dans la pièce voisine.

Martial entraîna le chevalier et se rendit à son hôtel.

Pendant ce temps, Lucien avait pénétré dans la chambre de sa femme.

— Ma chère Raymonde, lui dit-il d'un ton dégagé, il paraît que nous n'en avons pas fini avec M. de Pierre-Lisse.

— Comment ? demanda la duchesse étonnée.

— Oui, fit Lucien, qui ne voulait qu'en partie lui apprendre la vérité. Le baron a surpris la bonne foi des magistrats, lesquels, ignorant que nous avions entre les mains un ordre exprès de Sa Majesté, ont décidé que Marcelle serait rendue à son père. Porteur de cet arrêt, le baron a guetté Marcelle, l'a surprise à quelques pas de l'hôtel et l'a emmenée malgré les protestations et la résistance de Germain.

— Est-il possible! s'écria Raymonde effrayée.

— Mais rassure-toi, s'empressa d'ajouter son mari, avec un sourire: nous savons où M. de Pierre-Lisse est allé, et nous avons entrepris de ramener Marcelle auprès de nous, fût-ce par la force. Aussi j'emmène Martial, Papillon et Germain.

— Et tu me laisseras seule ici avec Antoine, le nouveau valet de pied? fit la duchesse.

— Dieu m'en garde! Martial nous prête deux de ses serviteurs les plus dévoués, qu'il met à tes ordres dès à présent.

— Mais combien de temps resterez-vous absents?

— Je ne saurais te le dire au juste; mais, encore une fois, ne crains rien. Grâce à l'ordre du roi, dont je suis porteur, cette légère difficulté s'aplanira, j'en suis sûr, sans que nous ayons à courir le moindre danger.

Raymonde vit son mari si calme et si confiant, qu'elle crut qu'il ne s'agissait, en effet, que d'une simple formalité.

— Donc, poursuivit Lucien, toujours souriant, je t'embrasse, j'embrasse notre fils et je me mets en route.

Joignant le geste à la parole, il déposa un baiser sur le front de la duchesse, se pencha sur le berceau de son enfant et sortit en adressant à Raymonde un dernier sourire.

Il monta dans sa chambre, endossa un costume de voyage et descendit dans la cour pour s'assurer que ses ordres avaient été exécutés.

Bien qu'il y eût à peine vingt-cinq minutes que Papillon les eût reçus, il était déjà sous les armes, ainsi que Germain, et les trois chevaux étaient sellés.

Le duc fit un geste de satisfaction.

Un instant après, arriva le comte de Lally. Il amenait Baptiste, l'ancien valet de chambre de son père et le sien, et un autre de ses domestiques, nommé André, qui était à son service depuis cinq ans.

— Allez prendre les instructions de Mᵐᵉ la duchesse, leur dit-il, et n'oubliez pas qu'en mon absence vous devez lui obéir comme à moi-même.

— Soyez tranquille, maître, répondit Baptiste. Mᵐᵉ de La Tournaye n'aura pas à se plaindre de nous.

Ils montèrent l'escalier et disparurent.

— Maintenant, en selle! cria Lucien, qui prêcha d'exemple et vint se ranger à côté de Martial.

Papillon et Germain l'imitèrent, et la petite troupe se mit en marche.

De Paris à Pontoise, il n'y avait pas plus de huit lieues. Ce n'était rien pour des cavaliers depuis longtemps rompus à tous les exercices du corps.

Ils s'engagèrent donc sur la route, lentement d'abord, afin de mettre leurs montures en haleine, puis ils les lancèrent au grand trot et conservèrent cette allure pendant la première traite.

Au bout d'une heure, ils apercevaient les premières maisons d'Ermont.

D'après les calculs de Lucien, le baron de Pierre-Lisse avait sur eux une avance d'une heure et demie, ce qui était énorme en raison de la faible distance qu'il avait à parcourir.

Il est vrai que deux chevaux attelés à un carrosse ne vont pas le même train que deux chevaux de selle; il ne leur était donc guère possible de mettre moins de trois heures pour traîner jusqu'à Pontoise la lourde chaise de poste qu'ils conduisaient.

Aussi, à moins que le baron n'eût poussé la prévoyance jusqu'à organiser un relai à Ermont, Lucien ne désespérait pas de rejoindre M. de Pierre-Lisse avant que celui-ci eût atteint le but de son voyage.

Il importait néanmoins de se renseigner à Ermont, pour savoir si le baron avait relayé et s'il n'avait pas changé de direction.

A la première auberge qu'ils rencontrèrent, nos quatre cavaliers firent une halte de courte durée.

L'aubergiste leur apprit qu'une chaise de poste, attelée de deux chevaux gris-pommelé, avait traversé le village une petite heure auparavant. Les chevaux, blancs d'écume, paraissaient avoir été surmenés. Cependant la voiture avait continué son chemin sans s'arrêter.

— Mais êtes-vous sûr qu'elle n'a point relayé ailleurs qu'ici?

— Je l'en défie bien! répondit fièrement l'hôte. Mon auberge est la seule du pays qui ait une écurie à sa disposition.

— Merci, dit Lucien en jetant un louis sur la table.

Puis, se retournant vers ses compagnons de voyage :

— En route! cria-t-il.

Ils se remirent en selle.

— Evidemment, disait le duc au jeune comte, les chevaux de M. de Pierre-Lisse ne feront pas aussi lestement que les premières les quatre lieues passées qui leur restent à parcourir. Ils étaient couverts d'écume et, par conséquent, fatigués. Donc, en poussant un peu les nôtres, nous avons quelques chances, sinon de les rattraper, d'arriver du moins presque en même temps qu'eux à l'auberge où ils s'arrêteront.

— Allons! fit Martial, qui ne demandait pas mieux.

Il piqua des deux et s'élança au galop.

Lucien, devinant ce qui se passait en lui, rendit également la main à sa monture, qui rejoignit bientôt celle du jeune gentilhomme.

Papillon et Germain se précipitèrent sur leurs traces.

La troupe, bien montée, bien armée, passait comme un ouragan sur la route et soulevait derrière elle un long nuage de poussière.

Une heure après, elle arrivait à Pontoise. Il était temps! Les chevaux commençaient à souffler bruyamment, —surtout ceux de Papillon et de Germain, qui n'étaient que des demi-sang.

Au moment où ils débouchaient sur la place qui se trouve à l'entrée du pont et où ils préparaient à escalader les rues escarpées de la ville, Martial aperçut sur sa gauche une vaste auberge.

Devant la porte stationnait une chaise de poste, toute blanche de poussière, mais dont les chevaux avaient été dételés.

— C'est peut-être celle-là, dit Martial en arrêtant brusquement sa monture.

— Peut-être... fit Lucien. Allez vous en informer.

Le comte se dirigea vers la porte de l'auberge, devant laquelle il s'arrêta.

L'hôte accourut, le bonnet à la main, le sourire aux lèvres.

— Y a-t-il longtemps que cette chaise est arrivée? demanda Martial en la montrant du doigt.

— Un quart d'heure à peine, monseigneur.

— Etait-elle attelée de deux chevaux gris-pommelé?

— Précisément, monseigneur.

— Et, sans doute, il en est descendu un homme d'un certain âge et une jeune fille?... interrogea le gentilhomme.

— Une jeune fille très-pâle, et qui paraissait un peu souffrante, oui, monseigneur.

Martial ne poussa plus loin son interrogatoire. Il fit signe à Lucien d'accourir.

Celui-ci s'empressa de lui répondre.

— Nous les tenons, lui dit Martial à demi-voix. Ils viennent d'arriver.

Aussitôt ils mirent pied à terre et jetèrent à Papillon et à Germain la bride de leurs chevaux.

— Conduisez les pauvres bêtes à l'écurie, et venez nous retrouver, ordonna le duc. Nous vous attendons.

Ils s'éloignèrent et revinrent au bout de deux ou trois minutes.

Toujours le bonnet à la main, le même sourire béat stéréotypé sur les lèvres, l'hôte n'avait pas quitté le seuil de sa porte.

Dès que Papillon et Germain furent de retour, Lucien prit les devants et entra dans l'auberge.

— Menez-nous à l'appartement des deux personnes qui viennent de s'arrêter chez vous, dit-il à l'aubergiste.

— Quelles personnes? demanda celui-ci un peu déconcerté.

— Celles qui étaient dans cette chaise de poste.

— Mais elles ne sont pas chez moi! se défendit l'aubergiste.

— Comment! s'écria Martial, ne venez-vous pas de me dire qu'elles étaient arrivées depuis un quart d'heure?

— Sans doute, monseigneur, mais je ne vous ai pas dit...

— Allons, drôle ! il est trop tard pour te dédire, interrompit le comte. Conduis-nous à l'appartement du baron, si tu ne veux pas que nous mettions ta maison au pillage.

L'hôte vit bien que le gentilhomme le ferait comme il le disait. Aussi n'eut-il aucune velléité de résistance en face de quatre cavaliers résolus et bien armés.

— Monseigneur est libre d'aller où bon lui semblera, répondit-il humblement. Je me ferai moi-même un plaisir de lui ouvrir toutes les portes, mais je lui jure sur mon salut éternel que les personnes dont il veut parler ne sont pas chez moi !

En présence d'une soumission si aveugle et de protestations si sincères en apparence, Lucien crut devoir intervenir.

— Cependant, reprit-il, vous avez certainement vu ce gentilhomme et cette jeune fille, puisque vous nous avez donné leur signalement.

— Oui, monseigneur, je les ai vus, mais ils n'ont pas mis le pied dans mon hôtel.

— Que sont-ils donc devenus ?

— Je l'ignore, monseigneur.

— Ah çà ! jouons-nous une charade ? fit Lucien en frappant du pied.

— Pas le moins du monde, monseigneur, je vais vous raconter ce dont j'ai été témoin ; mais je ne saurais pour vous faire plaisir, inventer une fable contraire à la vérité.

— Eh ! c'est tout ce qu'on te demande, s'écria Martial impatienté. Parle donc, bourreau !

— J'obéis, monseigneur, dit l'aubergiste.

Sur la place qui s'étend devant ma maison, commença-t-il, était arrivé, vers trois heures et demie, un superbe carrosse, attelé de deux magnifiques bêtes. Sur le siège, un cocher superbe ; sur le marchepied de derrière, deux valets de pied insolents, tous les trois revêtus d'une éclatante livrée bleue, chamarrée d'or, en culottes courtes et chaussés de bas de soie.

Dans le carrosse, un vieillard de soixante-cinq ans au moins, dont je ne parvins pas à distinguer le visage, car il ne paraissait guère avoir envie de se montrer.

Les valets de pied descendirent et se campèrent à chacune des portières. Quant au cocher, il ne bougea pas de son siège. Le maître s'enfonça dans l'encoignure du carrosse, et tout — hommes et chevaux — demeura immobile.

Evidemment ce gentilhomme attendait quelqu'un, — et probablement quelqu'un arrivant de Paris, puisqu'il avait fait stationner sa voiture à l'entrée du pont, le seul par lequel on puisse entrer dans Pontoise de ce côté-ci de la ville.

En effet, au bout d'une demi-heure, arriva la chaise de poste que vous avez aperçue, et dont les chevaux ruisselants étaient presque fourbus.

En la voyant, le grand seigneur fit un signe à ses deux valets de pied, qui coururent au-devant des deux personnages que cette voiture avait amenés.

Le gentilhomme n'avait pas l'air trop rassuré ; il promenait autour de lui des regards inquiets.

Il laissa pourtant échapper un sourire, lorsqu'il reconnut le carrosse et la livrée de celui qui l'attendait.

Quant à la jeune fille, elle se soutenait à peine, je vous l'ai dit. Aussi les deux valets de pied, que le grand seigneur avait envoyés à sa rencontre, furent presque obligés de la porter et de la hisser dans le carrosse.

Le gentilhomme y monta derrière elle, les valets de pied reprirent leur place et le cocher, sans plus attendre, toucha légèrement de la mèche ses deux admirables chevaux, dont les reins ployèrent aussitôt.

La voiture s'engagea sur le pont et disparut enfin dans les rues de la ville escarpée.

L'aubergiste se tut alors et jeta sur les deux gentilshommes un regard craintif.

— Ce que tu nous as raconté est-il bien vrai ? demanda Martial un peu désappointé.

— C'est la vérité même, monseigneur.

— Je veux bien le croire, dit Lucien ; mais pour plus de sûreté, nous allons visiter ta maison de la cave au grenier, et c'est toi qui nous conduiras. Si tu nous as menti, malheur à toi !

Plus mort que vif, l'hôte s'inclina.

— Suivez-moi, messieurs, dit-il humblement.

Lucien et Martial passèrent une inspection détaillée de l'auberge entière. Pas une porte n'échappa à leurs regards et ne demeura close devant leurs investigations.

Cette visite n'avait pas duré moins d'un quart d'heure.

— Fort bien, dit alors le duc, mais ce n'est pas tout. Pouvez-vous nous affirmer sous serment que vous ne connaissez ni de vue ni de nom le grand seigneur qui stationnait sur la place avec ce riche équipage ?

— Je vous le jure, monseigneur ! répondit l'hôte en étendant solennellement la main.

— Pourtant, fit observer Martial, ce gentilhomme doit habiter les environs. On n'entreprend pas un voyage, si court qu'il soit, avec un carrosse de parade et des laquais en bas de soie !

— C'est évident, approuva Lucien.

— Certainement, c'est évident, répéta l'aubergiste, mais je n'ai jamais vu cette livrée à Pontoise, j'en atteste tous les saints du paradis !

— Laisse tes saints tranquilles et réponds-moi, interrompit Martial avec un mouvement d'épaules. Les deux gentilshommes, la jeune fille, les laquais, le carrosse... tout a disparu... soit ! Mais la chaise de poste qui a amené ces deux voyageurs est toujours là ?

— Oui, monseigneur,

— Et le postillon qui la conduisait ?...

— Doit être en train de bouchonner ses chevaux à l'écurie, car ils en avaient grand besoin, répondit l'hôte avec empressement.

— Va nous le chercher, ordonna Martial.

Et se tournant vers Papillon et Germain :

— Vous, dit-il, de gré ou de force, amenez cet homme ici.

Ainsi fut fait ; mais le postillon se prêta sans aucune difficulté à comparaître devant le duc et devant Martial.

Interrogé par eux, il avoua sans hésitation d'où il venait, convint qu'il avait été grassement payé, mais déclara qu'il ne connaissait pas du tout le gentilhomme qu'il avait conduit. Il avait reçu l'ordre d'aller à Pontoise, il était venu à Pontoise. Le reste ne le regardait pas.

Evidemment il était de bonne foi.

Ni Lucien ni le jeune comte n'avaient prévu cette complication. Ils s'interrogèrent du regard, très embarrassés de ce qu'ils devaient faire.

L'aubergiste attendait leurs ordres.

— Faites donner à nos chevaux les soins dont ils ont besoin, ordonna le duc ; préparez-nous un appartement, et tenez notre souper prêt pour sept heures... Nous verrons ensuite.

Ces recommandations faites, Lucien et Martial se dirigèrent vers la ville, tandis que Papillon et Germain se rendaient à l'écurie pour s'assurer que leurs montures étaient bien traitées.

Chemin faisant, les deux gentilshommes se renseignaient dans toutes les boutiques qui se trouvaient sur leur passage.

Tout le monde avait vu le magnifique carrosse dont ils donnaient le signalement ; mais personne ne savait à qui il appartenait. C'était la première fois qu'on le voyait à Pontoise.

L'itinéraire que la voiture avait parcouru fut facile à suivre et conduisit nos deux amis jusqu'à l'autre extrémité de la ville.

Là, leur embarras fut grand. Les maisons étaient beaucoup plus espacées. Quelques-unes, appartenant à des cultivateurs ; étaient closes. Enfin trois routes différentes déroulaient à perte de vue leur ruban crayeux.

Devant eux, la première allait directement à Gisors ; à leur droite, la seconde conduisait à Creil ; à leur gauche, la troisième se dirigeait du côté de Mantes.

Laquelle de ces trois routes avait suivi le carrosse de ce grand seigneur énigmatique ?

A tout hasard, chacun de leur côté, ils entrèrent dans chacune des premières maisons qui bordaient ces trois chemins. Nul ne put leur dire si, oui ou non, l'équipage en question avait passé devant leur porte.

Au moment où Lucien et Martial s'en revenaient, très désorientés, ils aperçurent dans les champs un paysan qui fauchait un champ de luzerne.

— Eh ! l'ami ! cria Martial en lui faisant signe d'approcher.

Le paysan s'avança lentement et d'un air défiant. Pour la vingtième fois au moins, le jeune comte lui adressa son invariable question.

— Je n'en suis pas bien sûr, répondit le paysan, mais il semble bien que j'ai aperçu de loin une grande diablesse de voiture dans le genre de celle-là...

— Dans quelle direction ? demanda le duc

Désolé de ne pouvoir vous en dire plus long, mon gentilhomme. (Page 378.)

— Par là, dit le paysan en étendant la main du côté de la route qui se dirigeait vers Mantes.

— Et si tu l'as vue, fit observer Martial, comment se fait-il que tu ne sois pas
certain qu'il s'agisse du carrosse que je te dépeins?

— Ah! dame... balbutia le cultivateur. Qu'est-ce que ça peut nous faire, à nous
autres, qu'une voiture soit plus ou moins belle? C'est toujours pas nous qui
roulerons jamais là dedans. Et puis... Quand on travaille comme ça, au grand

soleil... il vous tarde d'en finir, vous savez bien... On ne fait guère attention à toutes ces histoires-là... D'ailleurs, si vous voulez bien compter, il n'y a pas loin d'un petit quart de lieue de mon champ de luzerne à la route que je vous indique...

Martial ne put réprimer un geste d'impatience.

— Désolé ne ne pas pouvoir vous en dire plus long, mon gentilhomme, reprit le paysan avec cet air narquois qui caractérise les habitants de la grande banlieue de Paris ; mais, aussi vrai que le soleil va se coucher dans une petite heure, c'est tout ce que je sais...

A ces mots, il ébaucha un salut et fit mine de s'éloigner.

— Tiens, mon ami, fit le duc en lui mettant un louis dans la main, voici pour toi. Il ne sera pas dit que nous t'aurons dérangé pour rien.

— Bah ! j'en serai quitte pour donner un coup de faulx de plus, répliqua le paysan en glissant le louis dans sa poche.

Bonne chance, mes gentilshommes !

Il salua, ni trop haut ni trop bas, et, de son pas lourd et tranquille, il s'en alla nonchalamment reprendre sa faulx.

Si vague que fût ce renseignement, il semblait indiquer pourtant que le grand seigneur habitait la vallée de l'Oise. Mantes, Meulan même, étaient en effet trop éloignés pour qu'il fût possible d'admettre que ce carrosse, si richement équipé, eût franchi sans être couvert de poussière une distance aussi longue.

Nos deux amis regagnèrent donc l'auberge que le hasard leur avait fait choisir.

Il était plus de six heures et demie quand ils arrivèrent.

Ils montèrent dans l'appartement qui leur était destiné. Rien n'y manquait. Papillon et Germain avaient surveillé les apprêts ; le couvert était dressé, il ne restait plus qu'à se mettre à table.

En attendant qu'on les servît, Lucien et Martial ouvrirent un conseil de guerre dans lequel le brigadier et l'ancien carabinier furent admis et autorisés à donner leur avis.

Martial, qu'une sourde colère continuait à agiter, voulait que l'on se mît en route dès le lendemain matin et que l'on explorât successivement les deux rives de l'Oise.

— Equipés comme nous le sommes, disait-il, rien ne peut nous résister. Au besoin, nous prendrions d'assaut le château le mieux défendu.

Lucien ne partageait évidemment pas cette manière de voir, car il hochait soucieusement la tête.

— Il est certain, objecta le Papillon, que M. de Pierre-Lisse doit être sur ses gardes. Or, vous le connaissez comme moi. Eh bien ! avez-vous supposé un instant qu'il nous juge assez débonnaires pour le laisser en repos après l'acte audacieux qu'il s'est permis ? Assurément non. Donc, s'il voit de loin s'avancer un escadron. Il sera prêt pour le combat ou pour la fuite. Dans l'un ou l'autre cas, sans parler des dangers auxquels nous nous exposons inutilement, nous n'atteindrons donc pas le but que nous poursuivons.

— C'est cela, approuva le duc.

— Selon vous, que faudrait-il donc faire ? interrogea Martial, que ces tergiversations irritaient.

— Dépouiller notre attirail guerrier, nous déguiser au besoin, afin de mieux passer inaperçus, jusqu'à ce que nous ayons découvert la retraite du baron, répondit le brigadier.

— Mais de quelle façon ? fit le jeune comte.

— Il s'agirait tout simplement de nous disperser et de descendre deux à deux, mais séparément, chacune des rives de l'Oise. C'est le seul moyen, selon moi, d'arriver à un résultat satisfaisant , puisqu'il permet de se renseigner à loisir et sans éveiller les soupçons.

— Papillon a raison, fit Lucien. C'est plus lent, mais c'est plus sage.

— D'autant plus, ajouta Germain, que rien ne nous empêche d'emporter une paire de pistolets.

— Emportez ce qu'il vous plaira, dit le brigadier ; moi, si l'on adopte ce projet, je prends une canne à pêche, je glisse un poignard dans ma poche et je me mets en route.

Lucien et Martial ne purent s'empêcher de rire.

— Bon ! riez, fit tranquillement Papillon, mais rira bien qui rira le dernier !

Il avait l'air si convaincu du succès, qu'il convertit sans peine à cette idée Germain d'abord, le duc ensuite.

— Essayons toujours, proposa Lucien.

Martial ne répondait pas.

— Je ne comprends pas que vous hésitiez, reprit le brigadier. Qu'espérez-vous obtenir par la force ? Rien, monsieur le comte. A bon chat, bon rat. Ce n'est que par la ruse que nous avons quelque chance de réussir. Vous ne connaissez pas comme moi le bord des rivières ; vous ne vous imaginez pas combien la ligne d'un pêcheur inoffensif inspire la confiance et facilite les relations. Figurez-vous bien que le bord de l'eau est peuplé d'autres pêcheurs et de lavandières. Je ne compte pas beaucoup sur le pêcheur, j'en conviens. Le pêcheur aime en général la solitude et ne cause pas volontiers ; cependant si on lui parle poisson, il est bien rare qu'on ne finisse pas par lui arracher quelques phrases. Mais les blanchisseuses, monsieur le comte, vous ne pouvez pas vous faire une idée de ce que c'est que les blanchisseuses ?

— Est-ce donc sur cette ressource ridicule que vous fondez vos espérances ? demanda Martial sur un ton dédaigneux.

— C'est la plus précieuse de toutes celles que le hasard met à notre portée, répliqua vivement le brigadier. Approchez-vous une petite fois d'un groupe de lavandières et écoutez. Vous y entendrez tous les cancans du pays. Qu'un mari trompe sa femme, qu'une femme soit infidèle, que le curé soit paresseux, paillard et gourmand , que le seigneur soit riche ou généreux, qu'un scandale quelconque se produise, vous êtes assuré de l'apprendre de leur bouche — et dans des termes tels qu'il ne vous restera aucun doute sur la nature des méfaits dont la blanchisseuse se fera l'écho.

Lucien ne put réprimer un sourire, auquel Germain se rallia plus franchement encore.

Martial seul demeurait sombre et silencieux.

Malgré lui, ce fut pourtant à l'avis émis par Papillon qu'on se rangea aussitôt.

— Découvrons d'abord la retraite du baron, dit le duc : le reste ira tout seul.

Il fut donc décidé que le lendemain on se mettrait en quête.

Papillon et Lucien suivraient la rive droite de la rivière ; Martial et Germain suivraient la rive gauche.

A peine cette résolution était-elle prise que l'aubergiste se présenta, escorté de deux aides de cuisine. Il avait tenu à se distinguer ; il venait présider lui-même à la sage distribution du menu qu'il avait préparé.

Le souper fut excellent. Lucien y fit bravement honneur, et Martial lui-même sentit se dissiper sa mauvaise humeur devant la délicatesse des mets qu'on lui servit.

Le repas terminé, les deux gentilshommes descendirent dans la grande salle, afin de donner aux laquais le temps d'enlever le couvert et de préparer les chambres.

Ils s'avancèrent jusque sur le seuil de la porte et s'assirent sur le banc de pierre qui se trouvait à l'entrée de l'hôtellerie.

C'était à la fin du mois de juin. Il était huit heures et demie. La nuit commençait à tomber. Déjà quelques étoiles scintillaient au firmament. Une chaleur tiède, tempérée par une brise légère, leur apportait les senteurs embaumées des jardins environnants.

Devant eux s'étendait un espace relativement assez vaste. A leurs pieds coulait l'Oise, dont les flots calmes réflétaient la silhouette élancée des peupliers audacieux. A leur gauche ils percevaient le bruit éloigné d'un barrage et du tic-tac régulier d'un moulin.

Devant eux se dressait la ville escarpée, dont l'ensemble pittoresque se noyait peu à peu dans les vapeurs bleues du soir. Çà et là, comme autant d'yeux ouverts dans la nuit, s'éclairaient quelques fenêtres, étagées les unes au-dessus des autres et dans le haut de la ville montueuse, se confondant presque avec les étoiles.

Le silence se faisait de plus en plus profond. L'heure du repos était venue. La majesté sereine de la nuit couvrait de son manteau constellé les lignes indécises de l'horizon lointain.

La lune n'était pas encore levée, et cependant l'obscurité n'était pas assez épaisse pour empêcher de distinguer les objets environnants, que le rayonnement sidéral éclairait d'une lueur incertaine.

Lucien et Martial se taisaient, absorbés dans la contemplation muette des magnificences de la nature.

Neuf heures tintaient solennellement à la cathédrale de Pontoise.

Moins préoccupé que Martial, ou plutôt moins douloureusement frappé par les événements de cette néfaste journée, le duc vit en ce moment une forme humaine qui, après avoir traversé le pont, semblait se diriger vers l'auberge.

Machinalement, Lucien jeta les yeux sur ce personnage.

Il marchait appuyé sur un bâton et semblait se soutenir avec peine. Il s'arrêta pendant quelques secondes, puis il fit cinq ou six pas, s'arrêta de nouveau, chancela, battit le vide un instant de ses deux bras étendus, et s'affaissa lourdement sur le sol...

M. de La Tournaye se leva vivement et courut à son secours.

Il essaya de le relever, mais l'inconnu avait perdu connaissance. Il appela Martial à son aide. Tous deux, après avoir vainement tenté de le remettre su pied, le saisirent et le transportèrent dans l'hôtellerie.

Cet homme était vêtu d'habits en assez bon état, mais couverts de poussière. Évidemment il venait de fournir une longue traite.

Sur l'ordre de Lucien, hommes et femmes s'empressèrent autour de lui.

VIII

UN PAVILLON SUR LES BORDS DE L'OISE

Pendant qu'on donnait des soins à cet inconnu, Lucien l'examinait avec attention.

C'était un homme de cinquante ans environ, dont les cheveux courts, épais et grisonnants, couronnent un front bas, sillonné de rides profondes et terminé par deux sourcils épais. Le nez était fort, la bouche sensuelle, le menton proéminent, es traits communs.

Il appartenait certainement à la basse classe ; l'ensemble de sa physionomie indiquait des appétits grossiers, le bas du visage dénotait un entêtement qui tenait à la fois de la bêtise et de la bestialité.

Quel regard animait cette figure ingrate ? Telle était la question que se posait le gentilhomme.

L'inconnu ouvrit les yeux, qu'il referma presque aussitôt.

— J'ai faim ! prononça-t-il d'une voix mourante.

En entendant ces trois mots, le duc bondit de son siège. Comment ! un homme mourait de faim à côté de lui ! — de lui, repu et satisfait ! de lui qui avait les poches pleines d'or !

Où trouver meilleure occasion de développer cette charité proverbiale dont il avait donné tant de preuves et qu'il exerçait toujours avec une si simple libéralité ?

— Vite ! ordonna-t-il. Que l'on serve à manger à ce pauvre diable !

Pendant que les servantes dressaient le couvert dans la pièce voisine, Lucien demandait un verre de vin d'Espagne et, de sa propre main, le faisait avaler par petites gorgées à ce malheureux.

Ce vin généreux le réchauffa et lui rendit un peu de forces. Il ouvrit les yeux et promena sur ceux qui l'entouraient un regard soupçonneux.

— C'est bien ce que je pensais, se dit M. de La Tournaye. Le regard n'est pas franc.

Après avoir, lentement et presque avec défiance, considéré les assistants, les yeux de cet homme s'arrêtèrent enfin sur le duc, qui tenait encore le verre à la main.

— Qui que vous soyez, merci ! murmura-t-il.

Puis, remarquant presque aussitôt le riche costume de voyage du gentilhomme :

— Oh ! pardon, monseigneur, dit-il en s'inclinant avec un respect obséquieux.

Lucien l'examinait toujours, de plus en plus intrigué. Il avait vu tant de visages qu'il était devenu physionomiste. Il se plaisait à deviner, par la seule inspection du costume et des traits d'un individu, quel était son caractère et à quelle classse de la société il appartenait.

Cette fois, il se demandait si cet homme était un laquais, un petit employé ou un humble boutiquier.

Pendant ce temps, le couvert avait été mis et la servante posait sur la table un potage fumant, dont le parfum exquis vint chatouiller délicieusement l'odorat du pauvre diable.

— Venez, lui dit le duc, votre souper vous attend.

— Mon souper ! fit l'inconnu avec surprise, mais avec plus encore d'avidité.

— Tenez, reprit Lucien en lui montrant la table toute prête.

— C'est vrai !... balbutia le malheureux ébloui.

Il voulut se lever, mais il n'en eut pas la force. Exténué par le besoin, brisé de fatigue, la tête un peu ébranlée par le verre de vin qu'il venait de boire, il chancela et failli tomber.

Le duc le retint, le prit par le bras et le conduisit à sa place ; puis il lui servit une cuillerée de potage.

— Ne vous pressez pas, dit-il, vous avez le temps.

— Oh ! monseigneur... murmura cet homme, confus de tant de bontés.

— Mangez, mangez, fit Lucien. Vous me remercierez après.

L'inconnu ne se fit pas prier. La vue de cette table, couverte déjà de quelques mets appétissants lui avait rendu toute sa présence d'esprit. Il ne chercha pas à s'expliquer d'où lui tombait cette bonne aubaine ; il ne vit qu'une chose : c'est qu'il pouvait manger à discrétion.

Sur-le-champ il attaqua le potage — et de la belle façon !

Afin de laisser à cet homme toute sa liberté d'allures, M. de La Tournaye alla rejoindre Martial, qui l'attendait.

Naturellement, ils devisèrent de ce qui les intéressait le plus en ce moment, c'est-à-dire de Marcelle et du baron.

Vers dix heures, ils allaient se retirer dans leur appartement et avaient même franchi déjà quelques marches de l'escalier, quand le duc s'arrêta brusquement.

— Mais j'y songe, dit-il, le personnage que nous avons laissé en bas a dû se trouver dans les environs de Pontoise à l'heure où M. de Pierre-Lisse l'a quitté... Peut-être a-t-il rencontré ce carrosse qui nous occupe tant...

— En effet, approuva Martial.

— Montez, fit Lucien. Je vais l'interroger, moi.

Aussitôt il revint sur ses pas et entra dans la petite salle où l'inconnu venait d'achever son repas.

Celui-ci, en apercevant le gentilhomme, se leva précipitamment.

— Ah! monseigneur, s'écria-t-il, je vous dois la vie! Je ne l'oublierai jamais.

— Ainsi, vous êtes bien, tout à fait bien? demanda le duc.

— On ne peut mieux, monseigneur; et prêt à faire tout ce qu'il vous plaira, si, par bonheur pour moi, mes services pouvaient vous être utiles.

— Peut-être... répondit Lucien.

— J'en serais heureux au-delà de toute expression, monseigneur.

— Où étiez-vous aujourd'hui entre quatre et cinq heures du soir? interrogea M. de La Tournaye.

— Sur la route de Conflans à Pontoise, où je cherchais vainement un gîte et un souper.

— N'avez-vous pas rencontré un carrosse attelé de deux magnifiques chevaux et derrière lequel se tenaient deux laquais?...

— En livrée bleue, galonnée d'or? interrompit l'inconnu.

— Précisément.

— Si fait, monseigneur, je l'ai rencontré. J'ai même tendu la main vers ceux qui s'y trouvaient, mais hélas! sans succès.

— Ainsi vous avez vu les personnes que cette voiture emportait?

— A peu près oui, monseigneur?

— Combien étaient-elles?

— Trois: un vieillard, un homme mûr et une jeune fille.

— C'est bien cela! fit joyeusement Lucien.

— Et même, ajouta son interlocuteur, il m'a semblé reconnaître parmi ces trois personnages... mais je ne saurais l'affirmer, reprit-il, le carrosse roulait avec une rapidité telle que je n'ai pu distinguer nettement ses traits.

— Les traits de qui?

— De l'homme mûr.

— Vous croyez donc le reconnaître?

— Oui, monseigneur.

— Et... selon vous... quel serait ce gentilhomme?

— Le baron de Pierre-Lisse.

Lucien ne fut pas maître d'un mouvement de surprise.

Il considéra longuement l'homme qui se trouvait en face de lui et hésita à poursuivre son interrogatoire, car c'était lui révéler l'importance qu'il attachait à ces renseignements.

Cependant, au bout de quelques instants il mit de côté tout scrupule.

— Comment vous nommez-vous? demanda-t-il.

— Landry, monseigneur.

— Eh bien! monsieur Landry, l'accident qui nous a mis en présence peut devenir pour vous une source de fortune, si, comme vous me l'affirmiez tout à l'heure, vous êtes disposé à me servir.

— Ma reconnaissance et mon intérêt m'en font un devoir impérieux, répondit Landry.

— Et pour commencer, reprit le duc en lui jetant sa bourse, prenez ces quelques louis... pendant un certain temps, du moins, vous êtes sûr de ne pas mourir de faim.

— Comment! s'écria Landry dont les regards étincelèrent, cet or est à moi!

— Dès à présent, oui, et il ne tient qu'à vous d'en gagner davantage.

— Parlez, monseigneur, je suis à vos ordres.

En disant ces mots, Landry caressait de ses doigts enfiévrés la bourse que M. de La Tournaye venait de lui donner.

— Etes-vous prêt d'abord à répondre aux questions que je vais vous poser?

— Je suis à vos ordres, monseigneur.

— Eh bien! qui êtes-vous? D'où venez-vous et où allez-vous?

— Je me nomme Landry, j'arrive de Lille et je vais... je ne sais où.

— Mais comment en êtes-vous réduit en l'état où je vous ai trouvé? Vous n'êtes pas un mendiant de profession; vos habits, quoique souillés de poussière, indiquent même une certaine aisance.

— C'est vrai... oui, monseigneur... j'avais tout cela.

— Et vous ne l'avez plus?

— Je n'ai plus rien! gémit Landry.

— Que vous est-il arrivé? Voyons, parlez, fit le duc avec bonté.

— Oh! c'est bien simple, monseigneur, répondit Landry.

Il se recueillit quelques instants.

— J'étais, il y a une vingtaine d'années, au service d'un gentilhomme qui habitait la Normandie, commença-t-il, lorsque je me trouvai posssseur d'une petite somme de vingt mille francs.

— Gagnée au service de votre maître? demanda Lucien.

— Non, monseigneur... fit Landry en baissant les yeux.

— Un héritage alors?

— Justement, s'empressa de répondre l'ancien valet. Aussi, continua-t-il, ne voulant pas demeurer plus longtemps en service, je quittai mon maître et je me dirigeai vers le Nord, sans trop savoir où je m'arrêterais. Je n'avais plus de famille, j'étais libre, je m'en remis au hasard du soin de me conduire. J'arrivai à Lille.

Là, je fis la connaissance d'une jeune et jolie fille, qui servait dans l'auberge où j'étais descendu. Je lui fis la cour, pour me distraire d'abord, puis je me pris à l'aimer sérieusement et je finis par l'épouser.

Prêtant l'oreille au moindre bruit, il fut assez heureux pour atteindre le pavillon.
(Page 390.)

C'était la fille d'un cultivateur, chargé de famille, qui demeurait aux environs. Il me proposa de me fixer auprès de lui et se fit fort de me trouver une maisonnette, entourée de quelques lopins de terre, dans laquelle je pourrais goûter le repos auquel j'aspirais.

J'acceptai. Un mois après j'étais installé dans une jolie petite ferme et je me laissais vivre. Ma femme connaissait à merveille tous les détails de l'exploitation, à laquelle je n'entendais rien. Tout marchait donc au gré de mes désirs, lorsque, dix ans après, elle mourut en mettant au monde une fille que j'appelai Désirée.

De là, datent tous mes malheurs. J'aurais dû, ainsi que me le conseillait mon beau-père, vendre ma ferme, que j'étais incapable de faire valoir; mais j'y avais été si heureux, je m'y trouvais si bien, que je ne pus pas m'y résoudre.

Insensiblement, je mangeai le peu que je possédais, je fis des dettes, de sorte qu'il y a deux mois je fus obligé de quitter la maison que j'habitais. J'étais ruiné de fond en comble !

Un malheur n'arrive jamais seul. Ma fille, que son grand-père avait recueillie, pendant que j'essayais à Lille de reprendre mon ancien état de valet de chambre, mit le feu à ses vêtements un jour qu'elle était restée seule et périt, horriblement, brûlée, au milieu des plus cruelles souffrances.

Alors, saisi d'horreur pour ce pays qui m'avait tout pris, je m'en allai tout droit devant moi... C'est ainsi qu'à bout de forces et de ressources je suis arrivé à Pontoise, où je serais mort de faim, sans doute, si votre main généreuse ne s'était tendue vers moi.

Pendant ce court récit, le duc n'avait cessé de regarder Landry avec attention.

De même qu'il ne s'était pas trompé sur l'état de ce personnage, de même il ne croyait pas avoir fait fausse route en le jugeant cupide et dissimulé.

En effet, Landry avait montré quelque embarras lorsqu'il s'était agi des vingt mille livres dont il prétendait avoir hérité.

Lucien pressentit un mystère dans l'origine de cette somme, — mal acquise probablement, puisqu'elle avait entraîné tant de malheurs à sa suite.

— Mais, fit-il observer, votre histoire ne me dit pas comment vous avez connu le baron de Pierre-Lisse.

En entendant prononcer ce nom, Landry se redressa vivement. Une expression de haine et de colère se refléta sur son visage.

M. de La Tournaye remarqua ces dispositions hostiles.

— On dirait que le baron ne vous a pas laissé de bons souvenirs, insinua-t-il.

— C'est vrai, confessa Landry.

— Où et comment l'avez-vous connu ? Etait-ce en Normandie ?

— Oui, monseigneur.

— Avant votre départ pour Lille ?

— Naturellement.

— Vers 1758, alors...

— Et même un peu avant.

— Etiez-vous donc à son service quand vous avez quitté le pays ?

— Non, se défendit vivement Landry, j'étais au service d'un de ses amis.

— En ce cas, d'où vient l'inimitié qu'il semble vous avoir inspirée ?

— Monseigneur, répondit Landry d'une voix sombre, il est certaines questions auxquelles je ne saurais répondre, pour le moment du moins, quelque engagement que j'aie pris envers vous...

— Ah ! fit simplement Lucien, pressentant de plus en plus un gros mystère.

— Qu'il vous suffise de savoir qu'à dater de ce jour, je n'aurai pas de cesse que je n'aie découvert la retraite de M. de Pierre-Lisse. C'est même beaucoup à cause de lui que j'avais l'intention de m'arrêter à Pontoise.

— Vous avez donc grande envie de le rencontrer ? demanda le duc.

— Comme vous, oui ; monseigneur.

— Comment ! qui vous a dit ?...

— Oh ! monseigneur, ne vous en défendez pas, dit Landry, en souriant. L'intérêt avec lequel vous vous inquiétez de ce carrosse, le vif désir que vous manifestez d'apprendre tout ce qui concerne le baron...

— Eh bien ! j'en conviens, avoua Lucien. Je n'essaierai donc plus de vous arracher vos secrets ; je vous demanderai si, poursuivant chacun le même but, pour des motifs évidemment différents, vous consentez à me servir...

— De quelle façon ?

— En m'indiquant l'endroit où le baron s'est réfugié, dans le cas où vous le découvririez avant moi.

— Je vous le promets, monseigneur, dit Landry avec un accent de vérité auquel il n'était pas possible de se méprendre. Et même...

Il s'arrêta, craignant évidemment de se compromettre.

— Achevez, fit M. de La Tournaye, vous n'aurez à vous repentir, je vous le jure ! ni de votre confiance, ni du zèle que vous déploierez à mon service.

— J'en suis persuadé, monseigneur. Vous vous êtes montré si bon et si secourable envers moi, —moi, que tant de cœurs impitoyables avaient repoussé ! — que je ne vous cacherai rien de ce qu'il m'est possible de vous révéler.

— A la bonne heure ! s'écria curieusement le duc.

— Si je tiens tant à me trouver en face du baron, poursuivit Landry, c'est que je veux avoir avec lui un entretien d'où dépend tout mon avenir. Dans le cas où M. de Pierre-Lisse m'accueillerait bien, comme je l'espère, je me contenterais, ainsi que je vous l'ai promis, de vous indiquer sa demeure ; dans le cas contraire, je m'engage à vous fournir contre lui de telles armes qu'il sera complétement à votre merci.

Décidément Lucien ne s'était pas trompé.

Entre le baron et Landry il y avait un secret important, — secret que Landry se proposait sans doute d'exploiter, pour sortir de la misère à laquelle ses malheurs l'avaient réduit.

Quelque envie qu'eût le duc d'atteindre M. de Pierre-Lisse, il lui répugnait d'associer directement à son œuvre un homme dont il avait deviné déjà les mauvais instincts.

Au lieu de lui proposer de se joindre à sa petite troupe et de lui communiquer le plan qu'il avait adopté, il se contenta donc d'en faire un auxiliaire utile dont il serait aisé de se débarasser ensuite avec de l'argent.

— Soit ! j'accepte, dit-il. Le jour où vous apporterez ces précieux renseignements, il y aura cinquante louis pour vous.

— Mais où vous retrouverai-je? demanda Landry, dont l'appât d'une si belle récompense avait éveillé la cupidité.

— Ici même, dans quatre jours, répondit Lucien.

— Bien. C'est aujourd'hui lundi 28 juin, je serai donc ici vendredi, 2 juillet.

— C'est cela.

— A quelle heure ?

— A midi.

— Je n'y manquerai pas, dit Landry.

— Un mot encore fit le duc en se levant. A quel endroit précis avez-vous rencontré le baron?

— A moitié chemin de Pontoise et d'Eragny.

— Eragny n'est-il pas sur la rive gauche de l'Oise

— A vingt minutes de Pontoise, oui, monseigneur.

— Et dans quelle direction roulait le carrosse?

— Dans la direction de Conflans.

— Il suffit, dit Lucien. Maintenant, n'épargnez pas l'or que je vous ai donné. Je vous tiendrai compte, et largement, de tout ce que vous aurez dépensé.

— Monseigneur me comble, fit Landry, qui s'inclina respectueusement,

M. de La Tournaye sortit et alla rejoindre Martial. Papillon et Germain se trouvaient également là, attendant les ordres de leur maitre.

Il leur fit part de ce qu'il venait d'apprendre et n'eut pas de peine à leur démontrer combien était précieux le concours de la nouvelle recrue qu'il avait faite.

Il fut donc définitivement arrêté qu'un délai de trois jours était nécessaire pour explorer à fond les bords de l'Oise jusqu'à son embouchure, c'est-à-dire jusqu'à Conflans, et que le vendredi 2 juillet chacun reviendrait à Pontoise, pour y rendre compte du résultat de son expédition.

Les choses ainsi réglées, ils regagnèrent leur chambre.

Le lendemain matin, au petit jour, Papillon se leva, acheta dans une cabane qui se trouvait au bord de l'eau tous les ustensiles de pêche qui lui étaient indispensables et se mit en route.

Au moment où il s'éloignait, il aperçut Martial qui sortait de l'hôtellerie.

Ils se saluèrent de la main et s'éloignèrent, chacun dans la direction qui lui avait été assignée.

Papillon traversa le pont pour prendre la rive droite, le jeune comte descendit la rive gauche... Au bout d'une heure, ils s'étaient perdus de vue.

Martial avait fini par se résigner. Il avait compris qu'il importait de n'avancer qu'à pas lents, d'interroger maison par maison et pour ainsi dire pierre par pierre tout ce qui, hommes ou choses, pouvait avoir à ses yeux quelque valeur.

De son côté, Papillon ne négligeait rien.

Aussi Lucien, qui devait suivre à quelques pas en arrière le même chemin que parcourait le brigadier et qui se fiait à l'intelligence du vieux soldat, résolut de se rendre à Paris, afin de rassurer Raymonde et de la préparer à l'absence de quelques jours qui avait été reconnue nécessaire.

— Demain, pensa-t-il, je reprendrai mon itinéraire et je ne tarderai pas à rejoindre Papillon.

En effet, dès que Germain se fut éloigné à son tour, Lucien monta à cheval et galoppa vers Paris.

Il y trouva Raymonde fort alarmée. Elle s'était imaginé, d'après ce que lui avait dit son mari, qu'il allait revenir le soir même avec Marcelle.

Le duc la rassura, lui expliqua de quelle façon le baron s'était momentanément dérobé à leurs recherches et lui fit comprendre que la plus grande prudence était indispensable pour ne pas pousser à bout avant l'heure un homme qui, comme M. de Pierre-Lisse, semblait prêt à employer les expédients les plus violents.

Raymonde se laissa convaincre par tant de bonnes raisons. Afin de lui rendre tout le calme dont elle avait besoin, Lucien passa la journée auprès d'elle.

Vers six heures du soir, il fit seller un autre cheval, repartit pour Pontoise, où il arriva vers huit heures et demie, et se fit servir à souper.

Naturellement il n'y avait rien de nouveau. Aucun de ses compagnons n'était revenu.

Pendant cette longue journée, Papillon était descendu jusqu'à Jouy, jetant çà et là sa ligne à l'eau, à côté de tous les groupes de blanchisseuses qui émaillaient le bord verdoyant de la rivière, s'informant de tous côtés, mais sans succès.

Il résolut de passer la nuit à Jouy dans l'unique auberge qui s'y trouvait.

L'hôte lui ayant fort vanté le vin d'Andrézy, dont il paraissait très gourmand, le brigadier l'invita à souper, but avec plaisir quelques bouteilles de cette agréable piquette et réussit à si bien griser son convive, que celui-ci n'eut bientôt plus rien de caché pour lui.

Malheureusement, parmi toutes confidences que lui arracha Papillon, il n'y en avait pas une qui eût la moindre analogie avec l'affaire qui l'intéressait le plus.

Le brigadier monta dans sa chambre et, le lendemain, à l'aurore, se remit en route.

Il était cinq heures du soir, lorsqu'il arriva en face de Neuville. Il avait inutilement parcouru tout le pays environnant ; il était brisé de fatigue. Il se laissa tomber sur l'herbe drue, monta sa ligne et la jeta au fil de l'eau.

En face de lui se trouvait une magnifique propriété, bordée d'une haie vive, qui longeait la rive gauche de l'Oise, et dont l'œil pouvait à peine mesurer la longueur.

A droite de ce parc immense, il apercevait un chemin qui descendait vers un abreuvoir, et, à l'extrémité de ce chemin, il distinguait à travers les arbres les premières maisons de Neuville.

Tandis qu'il admirait l'étendue de ce beau domaine, son attention se concentra sur un élégant pavillon, récemment bâti à l'angle droit du parc et au coin du petit chemin, dont il était séparé par un large fossé.

Ce pavillon, construit en pierres de taille et d'une élégante architecture, n'avait qu'une haute et large porte-fenêtre, devant laquelle régnait un grand balcon formé de balustres. Cette fenêtre donnait sur la rivière.

Evidemment le pavillon avait été bâti tout exprès pour que les habitants du château pussent jouir du délicieux panorama que l'Oise offrait, en amont et en aval, aux regards enchantés des curieux.

La fenêtre était ouverte. Donc la propriété était habitée. A qui appartenait-elle?

Le brigadier l'observait de temps à autre, tout en suivant des yeux son bouchon, qui lui donnait beaucoup d'ouvrage! Ça mordait, en effet, et ça mordait ferme!

Notre pêcheur était ravi. Il voyait se gonfler à chaque instant les mailles du filet dans lequel il enfermait ses prisonniers, quand il négligea subitement son bouchon, sans se soucier de l'irrévérence persistante avec laquelle le gardon le faisait plonger. C'est qu'il avait vu entrer dans le pavillon un vieillard et une jeune fille, dont il cherchait vainement à distinguer les traits.

La jeune fille s'était assise, ou plutôt s'était laissée tombée sur un siège placé à l'angle de la fenêtre. Par-dessus les balustres et la rampe de pierre du balcon, le brigadier n'apercevait plus que sa tête, qui était jeune et couronnée de superbes cheveux noirs.

Quant au gentilhomme âgé qui se trouvait auprès d'elle, Papillon le voyait mieux. Le vieillard, debout et découvert, se tenait sur le balcon, tournant le dos à la rivière. Il s'exprimait avec animation. Non-seulement on le devinait à ses gestes, mais encore quelques éclats de voix vibraient de temps en temps dans l'air et parvenaient aux oreilles du vieux soldat.

Ce qu'il regardait surtout, c'était la jeune fille. Et plus il la regardait, plus, malgré la distance qui l'en séparait, il croyait saisir une ressemblance singulière avec Marcelle!

Comment s'en assurer? La rive gauche ne faisait point partie de son itinéraire. C'était à Martial et à Germain qu'elle avait été spécialement dévolue.

— Tant pis! s'écria le brigadier, emporté par une irrésistible curiosité.

Laissant là ses engins de pêche, il remonta le courant de l'Oise, de manière à ne pas être aperçu, se déshabilla derrière un saule, fit de ses habits un paquet, qu'il assujettit sur sa tête avec un mouchoir, et se laissa glisser tout doucement dans la rivière.

Deux minutes après, il abordait sur la rive opposée.

De ce côté là, nul arbre protecteur ne pouvait lui prêter son ombrage, mais une haie vive séparait des champs voisins le petit chemin qui serpentait le long de la rivière.

Il trouva à point nommé un passage, se blottit derrière la haie et revêtit à la hâte ses habits, que pas une goutte d'eau n'avait mouillés; puis, se rapprochant indolemment du pavillon, qu'il ne perdait pas de vue, prêtant l'oreille au moindre bruit, il fut assez heureux pour atteindre, sans avoir été découvert, la petite route à l'angle de laquelle avait été bâti ce pavillon.

Il aurait bien voulu raser le mur de clôture, parvenir jusqu'aux assises mêmes, se blottir sous le balcon et écouter.

C'était dans ce but unique qu'il avait manœuvré avec tant de sage lenteur.

Malheureusement, une insurmontable difficulté se présenta.

Entre le mur et la route qui conduisait à Neuville, s'étendait un fossé, large de dix pieds, profond de six ou huit, au fond duquel courait une inextricable végétation d'épines et de ronces, si bien entrelacées que le feu seul aurait pu s'y frayer un passage.

Atteindre le pied du mur aurait donc été absolument impossible.

Les mains dans les poches, bayant aux corneilles, mais le plus doucement qu'il put, Papillon continua donc à s'avancer.

Il n'était plus qu'à dix pas du pavillon, lorsque cette phrase arriva jusqu'à lui.

— Je vous jure, mademoiselle, que je vous entourerai toujours de mon respect; mais il faut vous résoudre à prendre un parti...

La jeune fille ne répondait pas:

— Si ce n'est pas dans votre intérêt, reprit le vieillard, que ce soit du moins dans l'intérêt de votre père. Je conviens qu'il ne mérite pas une déférence exagérée de votre part, mais il est votre père, malgré tout, et il a droit à votre sollicitude. Or, il me presse de tenir l'engagement que j'ai pris envers lui, et je ne peux le faire que si vous consentez...

Un caillou venait de se briser sous le pied du brigadier.

Ce bruit fit tressaillir le vieux gentilhomme.

— Quelqu'un! dit-il, sans se donner la peine de réprimer un mouvement d'humeur.

Le vieux soldat poursuivit son chemin. Au moment où il passait devant la fenêtre du pavillon, il vit distinctement la jeune fille.

Profitant sans doute de l'incident qui venait d'interrompre la conversation, elle s'était levée et saluait cérémonieusement le vieillard.

Papillon eut toutes les peines du monde à se contenir... il venait de reconnaître Marcelle!

Mais elle ne l'avait pas vu, et il tenait à attirer son attention.

Pendant que le vieux gentilhomme lui tournait encore le dos, il toussa légèrement, en même temps qu'il posait un doigt sur ses lèvres.

Au son de cette voix bien connue, Marcelle jeta un regard sur le chemin. A son tour, elle reconnut le brigadier.

Malgré le silence prudent que le geste de Papillon lui recommandait, elle ne put pas retenir un petit cri de joyeuse surprise; mais, comprenant aussitôt la faute qu'elle avait commise, elle porta vivement la main à son pied.

— Oh! fit-elle avec une expression de souffrance parfaitement jouée, mon pied a tourné... je me suis fait un mal!...

Le vieillard ne paraissait pas dupe de cette défaite. Il se retourna brusquement, mais déjà Papillon, les mains dans les poches et se dandinant insouciamment, continuait à suivre le cours de la rivière et s'éloignait, sans jeter un regard en arrière.

Quant à Marcelle, elle appelait de sa voix la plus douce le vieux gentilhomme.

— Monsieur le marquis, dit-elle, soyez assez bon pour m'offrir votre bras jusqu'au château. Je crois vraiment que je vais boiter.

— Comment donc! s'empressa de répondre le galant suranné.

Mais, tout en arrondissant son bras et en faisant sa bouche en cœur, il plongea sur le chemin un dernier regard, à la fois plein de défiance et chargé de menaces.

Le brigadier se garda bien de faire un mouvement.

Il marchait toujours du même pas indolent, promenant sur sa gauche un œil curieux et examinant avec soin la vaste propriété le long de laquelle il acheminait.

A trois cents pas de la haie qui servait de clôture à ce parc immense, il vit un grand corps de bâtiment, composé d'un rez-de-chaussée, d'un étage, et d'un toit couvert en ardoises, dans lequel des œils-de-bœuf avaient été ménagés de distance en distance.

Au lieu de se développer perpendiculairement à l'Oise, la façade du château, assez belle et d'un style assez correct, s'étendait sur le parc. Une grande cour intérieure, des perrons élégants, une terrasse, ornée d'orangers et de grenadiers, donnaient à cette résidence d'été une vague ressemblance avec le palais de Versailles, dont elle était une réduction assez exacte.

Certainement elle appartenait à quelqu'un de fort riche et occupait une vaste superficie, car Papillon avait beau interroger les massifs, les pelouses, les corbeilles de fleurs multipliées à l'infini, il ne parvenait pas à en sonder les profondeurs.

Comme il atteignait l'extrémité de la haie, qui ne mesurait guère moins d'un quart de lieue, il aperçut une jeune et fraîche paysanne qui faisait paître sa vache dans la prairie voisine.

Il s'approcha d'elle.

— A qui appartient cette magnifique propriété? demanda-t-il.

— A M. le marquis de Bellaire, répondit-elle.

Papillon prêta l'oreille. Ce nom ne lui était pas inconnu! Où donc l'avait-il déjà entendu prononcer?

— Et le marquis habite ce château avec sa famille? reprit-il.

— Je ne saurais vous le dire, monsieur. Il y a fort longtemps qu'il n'est venu à Neuville.

— Comment! il a abandonné cette délicieuse retraite? Pourquoi donc?

— Je l'ignore. Il y venait, ou plutôt Mme la marquise y venait autrefois très régulièrement tous les étés, la pauvre dame! Mais il paraît qu'elle a été atteinte d'une maladie grave, que les médecins n'ont jamais pu guérir, et depuis cette époque, nous ne l'avons plus revue...

— Y a-t-il longtemps?

— Sept ou huit ans.

— Est-ce qu'elle est morte?

— Je ne l'ai pas entendu dire.

— Et le marquis est seul au château?

Il se rendit à l'Opéra. (Page 397.)

— On prétend qu'il y a amené de la compagnie.

— Qui donc?

— Ah! dame... fit la paysanne en riant, vous m'en demandez trop long, monsieur. C'est bien assez d'avoir mon homme, mes enfants et ma vache à soigner! Je n'ai pas le temps de m'occuper de ce qui se passe là-dedans.

— Merci toujours, ma brave femme, dit le brigadier. Tenez, prenez ce petit écu pour acheter des friandises à vos marmots.

— C'est pas de refus pour les pétiots, répondit-elle avec un sourire qui montrait des dents superbes et qu'elle accompagna d'une gracieuse révérence.

Papillon s'éloigna.

Il avait remarqué que la paysanne n'avait pas manifesté pour le marquis une vénération profonde, tandis qu'elle avait parlé de la marquise avec une sorte de regret.

— Cela prouverait, pensa-t-il que M. de Bellaire n'est pas très aimé dans le pays... mais où diable, reprit-il, ai-je entendu ce nom-là?

Il s'assit sur la berge et se prit à réfléchir. Soudain il se frappa le front.

— Le marquis de Bellaire?... s'écria-t-il. Ah! je me souviens!... C'est ce propriétaire rapace qui a mis le père Brahma et Marcelle à la porte de sa maison et qui a fait vendre leurs meubles à l'encan! Oui, c'est cela... Parbleu! un tel homme était bien fait pour s'entendre avec le baron!

Papillon était fort embarrassé. Il connaissait la retraite de Marcelle, il savait le nom de celui qui avait donné asile au baron. D'après le fragment de conversation qui était venu jusqu'à lui, il devinait que MM. de Bellaire et de Pierre-Lisse négociaient une transaction, dont la jeune fille était l'enjeu.

Que faire? Ce n'était que le surlendemain que rendez-vous était pris à Pontoise. Fallait-il attendre un jour encore pour communiquer à Lucien et à Martial la découverte qu'il venait de faire? Mais, pendant cette longue journée, Marcelle resterait en butte aux obsessions de son père et du marquis! Par faiblesse, par intimidation, par ruse, elle pouvait devenir leur victime!...

Papillon n'hésita plus. Il résolut de revenir sur ses pas, de rejoindre Martial et Germain, qui ne manqueraient pas de s'arrêter à Neuville; après quoi, il enverrait Germain au-devant de son maître, afin d'empêcher le duc d'aller plus loin.

En conséquence, il rebroussa chemin.

Il était environ sept heures du soir. Le soleil venait de disparaître derrière les côteaux qui dominaient la vallée de l'Oise. Les masses verdoyantes des arbres touffus se découpaient crûment sur le ciel embrasé, dont la lumière flamboyante et empourprée les rejetait dans l'ombre.

Le brigadier ne songeait guère à contempler les magnificences du paysage. Il se dirigeait vers le petit chemin qui conduisait à Neuville.

En passant devant le pavillon, il observa que la fenêtre en était fermée. Donc Marcelle n'y reviendrait probablement pas de la soirée.

Il tourna à droite et s'engagea dans le chemin. Les arbres centenaires dont la propriété du marquis était plantée le recouvraient de leur ombre épaisse.

Papillon put s'assurer que, de ce côté, le château était défendu, en effet, par ce même fossé large et profond devant lequel le vieux soldat avait été forcé de s'arrêter une première fois.

Arrivé au bout du chemin, il aperçut, toujours sur sa droite, un vaste portail formant demi-lune, surmonté de vases richement sculptés, et dont une lourde porte interdisait l'accès. C'était évidemment l'entrée principale.

Presque en face de cette porte se trouvait une auberge. Fichée dans le mur.

une enseigne de tôle peinte représentait un soleil, légèrement dédoré par le temps.

N'importe. Cette auberge semblait placée là tout exprès pour observer ceux qui entraient au château ou ceux qui en sortaient.

Le brigadier s'assit sur le banc de pierre qu'on trouvait, en ce temps-là, non-seulement à la porte des hôtelleries, mais encore à la porte de presque toutes les maisons.

L'hôte accourut.

— Mon ami, lui dit Papillon, j'attends ici deux ou trois de mes amis; préparez-nous à souper.

— Avec plaisir, monsieur. Faudra-t-il aussi vous préparer des chambres?

— Je vous le dirai plus tard. Un mot seulement. Y a-t-il à Neuville d'autres auberges que la vôtre?

— Des cabarets, oui; mais d'autre auberge, non, répondit l'hôte.

— Bien, fit le brigadier en le congédiant du geste.

A partir de ce moment, il ne quitta pas des yeux la porte du château. Malheureusement elle demeura rigoureusement close.

Depuis une heure, il était là, immobile et attentif, quand, au tournant de la route, il aperçut le comte de Lally.

Il se leva et lui fit signe d'avancer.

Martial accourut.

— Vous ici! s'écria-t-il. Vous avez donc quitté la rive gauche? Il y a donc du nouveau?

— Je le crois bien, fit Papillon à voix basse. Silence! ajouta-t-il plus bas encore.

Il prit la main du jeune gentilhomme et le fit asseoir à côté de lui.

— Et Germain? demanda-t-il.

— J'ai cru l'apercevoir, causant avec un paysan, au moment où j'entrais dans ce village pour m'y reposer.

— Parfait! dit le brigadier. Alors il va venir.

— C'est probable.

— Attendons-le; nous l'enverrons au-devant de Lucien, et dès que nous serons réunis tous les quatre autour du souper que j'ai commandé, nous aviserons...

— A la bonne heure! car j'ai du nouveau aussi, fit confidentiellement Martial.

IX

COMMENT LE BARON SE DÉCIDA A FAIRE FORTUNE

Les circonstances semblaient s'être conjurées pour servir à miracle le baron de Pierre-Lisse dans l'œuvre de violence à laquelle il s'était impudemment appliqué.

Le jour même où il avait rencontré le chevalier de Vandrôme, c'est-à-dire la veille du jour où il devait mettre à exécution le plan d'enlèvement qu'il avait déjà formé, le hasard l'avait mis en présence du marquis de Bellaire.

Il connaissait le marquis depuis de longues années et l'avait retrouvé à l'Opéra, où le vieux et riche gentilhomme avait ses grandes entrées, puisqu'il était toujours le protecteur avéré de la danseuse ou de la cantatrice en renom.

Le baron n'y allait qu'en simple curieux. Sa fortune ne s'élevait pas, comme celle de M. de Bellaire, à plus de douze cent mille livres de revenus !

Désireux de se mettre à la remorque d'un aussi puissant seigneur, le baron s'était montré fort aimable envers le marquis, qui avait accueilli assez froidement les avances de M. de Pierre-Lisse ; mais il était écrit que tôt ou tard cet homme d'intrigues et cet homme de plaisir devaient se rencontrer.

Le marquis était, en effet, le type de ces avares prodigues qui sont moins rares qu'on ne le pense. Il aimait l'argent par-dessus tout ; mais dès que son amour-propre était en jeu, il le dépensait avec une ostentation sans pareille. C'est ainsi qu'il avait expulsé le père Brahma pour une misérable somme de soixante livres et qu'il faisait ferrer d'argent les chevaux de sa maîtresse.

Immoral, dissolu, vicieux, n'ayant que peu ou point rencontré de rebelles, grâce à l'énorme fortune dont il disposait, il avait jusqu'ici satisfait tout ses caprices avec une facilité dont il commençait à se blaser.

Il avait épousé une femme adorable, appartenant à l'une des premières maisons de France, spirituelle, belle et méritante à tous égards, et l'avait odieusement trompée avec des créatures indignes.

Elle avait pris son mal en patience. Depuis longues années déjà elle n'était plus qu'en effigie la femme de ce débauché ; mais elle portait fièrement son nom et tenait sa maison avec une autorité, contre laquelle le marquis lui-même ne songea pas une fois à s'insurger.

Comme si ce n'était pas assez des humiliations et des souffrances que le mariage lui avaient apportées, elle fut prise à l'âge de quarante ans d'une maladie qui la réduisit pour le reste de ses jours à une inaction presque complète.

Un jour d'été qu'elle revenait de la promenade par une chaleur accablante, elle s'assit devant une fenêtre ouverte, but un verre d'eau glacée et s'aperçut un peu tard que le froid commençait à la saisir.

Elle se leva, en proie à un malaise qui la força de se mettre au lit. La fièvre se déclara, elle en guérit, mais elle conserva dans les extrémités un tremblement perpétuel.

A la fin de la saison, ses jambes lui refusèrent leur service : la paralysie s'en était emparée. Les consultations des plus savants docteurs, l'application des remèdes les plus énergiques ne parvinrent pas à triompher du mal.

Désormais, la malheureuse femme était condamnée à vivre dans un fauteuil. Fort heureusement, elle avait conservé toute sa tête, si bien que, grâce à un ingénieux système de locomotion qu'elle avait organisé, elle put continuer à surveiller sa maison et à recevoir ses amis.

Quant au marquis, il se considéra comme veuf, du jour où sa femme fut irrévocablement atteinte de cette infirmité. Il ne se gênait déjà pas beaucoup avant cet accident; il ne s'occupa pas plus d'elle que si elle n'existait pas.

Ce fut ainsi qu'il se jeta plus en avant que jamais dans ces plaisirs et ces amours faciles dont l'abus avait fini par amener la satiété.

Quand le baron forma le projet d'enlever de nouveau Marcelle, il régla promptement les dispositions qu'il voulait prendre. Un seul point l'embarrassait. Où conduire sa fille ?

Il ne pouvait pas la ramener à Auteuil. Sa retraite était connue ; dès le lendemain, Marcelle lui aurait échappé. Il était donc indispensable de trouver, le jour même, un autre asile, aussi sûr et aussi inviolable que possible.

Où s'adresser ? Le baron était fort en peine. Pour se distraire, il se rendit à l'Opéra. Là, il aperçut le marquis de Bellaire.

Il connaissait de réputation ce vieux coureur de ruelles.

— Bien certainement, se dit-il, cet homme doit avoir quelque part un petit coin ignoré, dans lequel il reçoit ses intimes et ses maîtresses.

Et il marcha droit à lui, sans aucun souci de la dignité de sa propre fille.

— Eh bien ! marquis, lui dit-il, toujours fidèle à cet Opéra ? Quelle est la beauté pour laquelle vous brûlez aujourd'hui votre encens ?

— Ah ! ne m'en parlez pas, répondit M. de Bellaire sur un ton de profonde lassitude; ces dames sont si complaisantes que je ne sais plus à qui m'adresser pour éprouver un refus.

— Ainsi vous n'en aimez aucune ?

— Aucune, je l'ai juré, jusqu'à ce que je rencontre enfin une personne honnête et vertueuse, qui ne m'ouvre pas la porte de sa chambre quand je ne lui demande que d'entrer dans son salon.

— Bien vrai ? fit M. de Pierre-Lisse.

— Je vous en donne ma parole.

— Tant mieux ! Cela me met plus à l'aise pour réclamer de votre obligeance un léger service.

En entendant ce dernier mot, le marquis fronça les sourcils.

— Oh ! rassurez-vous, dit M. de Pierre-Lisse en souriant, il ne s'agit pas d'argent.

— De quoi s'agit-il ?

— N'avez-vous pas, aux environs de Paris, une maison dans laquelle vous me permettriez de passer quelques jours avec ma fille ?

— Vous avez donc une fille ?

— Oui, marquis.

— Jeune ?

— Dix-huit ans.

— Et jolie ?

— Comme une madone de Murillo.

— Ah ! fit le marquis pensif.

— Allons, ça mord, se dit le baron.

— Mais je croyais que vous n'étiez pas marié ? fit M. de Bellaire.

— Non, je ne le suis pas. Cette enfant est une erreur de jeunesse...

— Que vous voulez cacher.

— Pas précisément ; mais elle a été élevée par des gens qui n'ont avec elle aucun lien de parenté, qui voudraient qu'elle restât près d'eux... de sorte que cette fausse situation provoque des tiraillements auxquels j'ai décidé de mettre un terme.

— Vous avez bien fait, mais je ne vois pas en quoi je peux vous être utile.

— J'y arrive, dit M. de Pierre-Lisse. Parbleu ! je sais bien que rien ne serait plus simple que de la garder chez moi, mais ces gens savent où je demeure, ils viennent m'assaillir tous les jours de réclamations et de prières. Je ne peux pas leur fermer ma porte, puisque je suis leur obligé ; faire dire que je n'y suis pas ne m'avancerait à rien, puisqu'ils demanderaient à voir ma fille. Les tiraillements que je vous signale se produiront donc à l'infini si je ne réussis pas, pendant quelques jours au moins, à me débarrasser d'eux, c'est-à-dire à enlever Marcelle.

— Ah ! elle se nomme Marcelle ? interrogea le marquis. C'est un joli nom !

— J'avais donc espéré, continua M. de Pierre-Lisse, que vous pourriez me prêter... ou me louer pour un certain temps...

— Vous louer, baron ! Y pensez-vous ? se défendit le vieillard. Non pas. Je possède justement, à quelque lieues de Paris, une maison d'été, dans laquelle la marquise n'a pas mis les pieds depuis dix ans... C'est là que je vais, de temps en temps, faire mes folies.

— Très bien. J'emmènerai ma gouvernante.

— C'est inutile, interrompit le marquis. Vous trouverez là des serviteurs dévoués.

— Alors, il faudra que vous me donniez un mot pour l'intendant...

— Je ferai mieux, baron, je vous accompagnerai.

M. de Pierre-Lisse réprima difficilement un geste de satisfaction.

— Ce sera pour moi beaucoup d'honneur, répondit-il. Mais, où est située au juste cette propriété ?

— A Neuville.

— Où prenez-vous Neuville ?

— A une petite lieue de Conflans et à une lieue et demie de Pontoise.

— Bon ! je vois…, fit le baron, qui songea immédiatement à tirer parti de cette disposition des lieux.

— Eh bien ! à quelle heure frandra-t-il aller vous prendre ? demanda M. de Bellaire.

— Si cela ne vous fait rien, marquis, j'aimerai mieux une autre combinaison….

— Laquelle ?

— Je vais vous le dire, proposa M. de Pierre-Lisse. Votre carrosse, arrivant à ma porte, ne manquerait pas d'exciter l'admiration des voisins ; il serait donc remarqué, on verrait dans quelle direction il s'éloigne, on pourrait le suivre à la piste tout le long du chemin qu'il aurait parcouru.

— C'est vrai, dit naïvement le marquis.

— Est-il connu à Pontoise, votre carrosse ? demanda le baron.

— Il y a dix ans que je n'y ai pas mis les pieds et j'ai changé ma livrée depuis cette époque.

— Alors tout est pour le mieux, dit joyeusement M. de Pierre-Lisse.

— Comment ? interrogea le marquis.

— Parce que je voudrais dépister les gens qui ont élevé Marcelle, dans le cas où ils tenteraient de se mettre sur mes traces, expliqua le baron. Donc je pars de chez moi dans une simple chaise de poste, je pousse jusqu'à Pontoise, vous m'attendez avec votre voiture à l'entrée de la ville, je monte dedans ainsi que ma fille ; nous faisons un détour avant de rentrer chez vous, et, de cette façon, nous échappons à toutes les recherches. Cela vous convient-il ?

— A merveille. Dès demain matin je pars pour Neuville afin de tout disposer. Et vous, à quelle heure comptez-vous vous mettre en route ?

— A deux heures.

— Donc, si vous avez de bons chevaux, vous serez à Pontoise vers quatre heures et demie, dit le marquis. Eh bien ! soit. Je vous attendrai en voiture à l'entrée du pont.

— C'est bien convenu ? interrogea M. de Pierre-Lisse.

— Soyez tranquille, promit le vieux gentilhomme, ce n'est pas moi qui serais le dernier au rendez-vous.

A ces mots, ils se séparèrent.

Tous deux, ils rayonnaient d'espérance.

Le baron n'avait pourtant pas été dupe de la complaisance avec laquelle le marquis s'était mis à sa disposition. Il savait bien que les dix-huit ans et la beauté de Marcelle avaient seuls décidé du succès de sa démarche.

Loin de reculer devant les scrupules que la notoriété du vieux débauché aurait dû lui inspirer, il se demandait s'il n'y aurait pas moyen d'en tirer parti.

Tout se passa ainsi qu'il l'avait réglé. A quatre heures, M. de Bellaire était à son poste, à quatre heures et demie, le baron arrivait et s'installait avec Marcelle dans la voiture du marquis.

Le cocher avait reçu de son maître l'ordre de partir aussitôt et de ne revenir sur ses pas qu'après avoir traversé la ville dans son entier. Il se conforma rigoureusement à ces instructions.

Le baron se croyait donc, cette fois, à l'abri de toute poursuite.

Quant au marquis, pendant le court trajet de Pontoise à Neuville, il n'avait cessé de considérer Marcelle, dont la pâleur et la prostration momentanée ne faisaient aucun tort à la beauté.

Il soupçonnait bien que les explications données par M. de Pierre-Lisse n'étaient pas l'expression de l'exacte vérité ; mais que lui importait ? Au contraire, plus le baron avait de choses à cacher, plus il était à la merci du vieux gentilhomme.

Quant à Marcelle, elle était encore dans un état de stupeur et d'anéantissement voisin de la catalepsie, quand le carrosse entra dans la cour du château.

L'attaque dont elle avait été victime avait été si imprévue et si rapide, qu'elle n'avait pas eu le temps de pousser un cri. Quand on la hissa dans la voiture, elle n'avait pas perdu connaissance ; mais elle sentait peser sur elle le regard terrible de son père, elle ne fit plus un mouvement.

En effet le baron ne la perdait pas de vue un seul instant. Voyant qu'elle ne bougeait pas, il s'empressa d'abord d'arracher le bâillon qui l'étouffait.

Elle aspira avidement quelques bouffées d'air, sans adresser à son père le moindre mot de remercîment.

— Tu le vois, mon enfant, lui dit-il, c'est en vain que tu tenteras de te soustraire à mon autorité ; sache bien, dès à présent, que, de mon vivant, je ne renoncerai jamais à l'exercer. C'est ainsi que nous étions élevés jadis par nos parents, et je m'étonne que des gens qui se vantent de pratiquer toutes les vertus aient imbu ton esprit de ces idées de révolte. Je ne m'étonne pas moins de te les voir partager.

Marcelle baissa la tête. On se souvient qu'elle avait hésité longtemps à s'affranchir de toute tutelle. Les reproches de M. Pierre-Lisse, qu'elle retrouvait toujours armé des droits sacrés du père, produisaient donc sur elle une si grande impression qu'ils n'étaient pas loin d'éveiller ses remords.

— Si je consens à oublier cette tentative de rébellion, poursuivit le baron, c'est que je n'ignore pas à quelles pressions tu as cédé ; c'est que je sais également que tu n'as pas sollicité du roi cet acte prétendu d'émancipation, à l'aide duquel on s'efforce de t'arracher à mon amour. Donc, qu'il n'en soit plus question. Cet acte n'est rien, si tu ne lui reconnais aucune valeur. Il t'autorise, mais il ne te contraint pas à fuir la légitime protection que mon devoir est d'étendre sur toi.

La jeune fille se tenait immobile, ne protestant ni par un mot ni par un geste.

— Ainsi, reprit son père, tu me promets de ne plus te révolter contre mon autorité ?

— Je vous le promets, répondit Marcelle, sans oser lever les yeux.

Ah çà! que viens-tu faire ici? demanda le baron d'un ton bourru. (Page 405.)

Le baron la baisa au front et délia les cordes qui maintenaient les pieds et les mains de la pauvre enfant, mais il ne cessa pas pour cela de la surveiller.

Elle ne songeait guère à lui échapper. Depuis qu'elle était retombée en son pouvoir, il lui causait une sorte de terreur superstitieuse dont elle ne pouvait se défendre.

Ce singulier père s'en aperçut, mais loin d'essayer de ramener sa fille à lui par la tendresse, il aima mieux la laisser dans ces anxieuses dispositions d'esprit.

Pourtant, bien qu'elle fût retombée sous le joug, elle ne pouvait s'empêcher de songer à Martial. L'amour qu'elle éprouvait pour lui croissait à mesure que la chaise de poste l'en éloignait.

Qu'allait-il dire? Qu'allait-il faire lorsqu'il apprendrait que Marcelle avait de nouveau disparu? Etait-elle séparée de lui pour toujours? Ah! combien elle regrettait à présent d'avoir arrêté la veille sur les lèvres du jeune comte l'aveu qui allait s'en échapper! Ces paroles d'amour, qu'elle avait refusé d'écouter, comme elle aurait été heureuse maintenant de les entendre!

Peut-être, hélas! ce bonheur, devant lequel elle avait reculé, lui était à jamais interdit...

Où l'emmenait son père? Vers quel pays inconnu se dirigeait-il? Quelle nouvelle prison lui destinait-il? A quelles obsessions allait-elle être en butte?

Toutes ces questions se présentaient à elle, comme autant d'obstacles qui la séparaient de plus en plus de celui qu'elle aimait.

Quand la chaise de poste s'arrêta à Pontoise, elle respira. Elle croyait être arrivée au terme de son voyage.

— Or, se disait-elle, Pontoise n'est pas introuvable. Martial me rejoindra.

Son désappointement fut grand, quand le baron la fit monter dans le carrosse du marquis. Cependant elle était à cent lieues de se douter qu'entre son père et ce vieillard existait déjà un accord tacite, qui l'exposait à de nouveaux dangers.

M. de Bellaire, en effet, n'avait pas été dupe de la feinte naïveté avec laquelle le baron avait accepté l'asile qui lui était offert.

— Le coquin veut se débarrasser de cette enfant, pensait-il, et va vouloir me la vendre le plus cher possible... Tenons-nous bien!...

Mais la vue de Marcelle fit évanouir promptement la prudence dont le vieux Céladon avait résolu de se cuirasser.

Il la trouva si belle, qu'il devint à première vue éperdûment amoureux d'elle.

Pendant le souper, et bien qu'elle gardât une immobilité et un silence désespérants, la passion dont il se sentait féru ne fit que s'accroître. La grâce, la beauté, l'innocence craintive de la jeune fille principalement, excitèrent l'admiration du marquis et firent naître en lui les plus coupables désirs.

Aussi, bien décidé à mener rondement cette campagne, il commença l'attaque, dès que Marcelle se fut retirée dans la chambre qui lui était destinée.

Le baron, qui, de son côté, savait à quoi s'en tenir sur la moralité de M de Bellaire, avait exigé que la chambre de sa fille fût immédiatement contiguë à celle qu'il occupait.

Quand ces deux renards se trouvèrent seuls, ce fut pendant quelques instants à qui des deux ne prendrait pas la parole. Ils s'observaient et se mesuraient de l'œil, comme deux lutteurs avant d'en venir aux prises.

Le marquis se décida enfin.

— Savez-vous que votre fille est bien jolie! dit-il.

— Je le sais.

— Vous l'aimiez donc bien pour la ravir ainsi aux soins jaloux de ceux qui l'ont élevée?

— Je l'aime... oui, répondit négligemment le baron, mais non pas au point de tout sacrifier au sentiment de cette tardive paternité.

— Oui... je comprends, fit le marquis. Vos intérêts avant tout, n'est-ce pas ?

— C'est d'autant plus naturel que ceux qui ont élevé Marcelle et qui désireraient si vivement la garder auprès d'eux sont riches, très riches, plus riches que vous encore. S'ils y avaient tenu beaucoup, je n'aurais pas insisté, mais il aurait fallu tout au moins me le prouver...

— Et vous dédommager du sacrifice que vous faisiez, ajouta le marquis avec un sourire quelque peu méprisant.

— Pourquoi pas ? demanda vivement M. de Pierre-Lisse. N'est-il pas logique, nécessaire même, que le père d'une jeune fille placée par le sort dans cette situation brillante jouisse lui-même d'une position honorable et n'en soit pas réduit, comme je le suis, à ne vivre que d'éternelles et pénibles économies ?

— Je ne dis pas le contraire, répondit M. de Bellaire du même ton moqueur. D'autant plus que vos prétentions ne sont probablement pas trop exagérées...

— Certainement non.

— A quel chiffre se montent-elles ?

— Diable ! vous me mettez au pied du mur ! s'écria le baron, j'avoue que jamais... personne ne m'a demandé...

— On ne vous l'a peut-être pas demandé, interrompit le vieux gentilhomme ; mais vous n'êtes assurément pas sans avoir prévu le cas où l'on vous le demanderait.

— Peut-être...

— Allons ! parlez hardiment, fit le marquis. En échange de quelle somme auriez-vous fait violence à la tendresse que cette enfant vous inspire ?

— Je ne le sais pas au juste, mais il aurait été aussi facile à la personne dont je parle de donner trois ou quatre cent mille francs que d'avaler un verre d'eau. Elle n'ignorait pas que j'étais pauvre et que je resterais sans force contre de telles propositions. C'est par pur entêtement qu'elle ne l'a pas fait, c'est par pur entêtement, de mon côté, que je ne veux pas lui laisser Marcelle.

— Ainsi, dit le vieux gentilhomme d'un ton grave, vous auriez cédé votre fille pour trois cent mille livres. Je conçois cela. C'est un joli denier ! Mais alors, qui que ce soit, qui vous donnerait une somme semblable, obtiendrait-il le même privilège ?

— Y pensez-vous ! se récria le baron.

— Allons, pas d'enfantillage ! interrompit M. de Bellaire. Nous sommes ici pour traiter une affaire, discutons sur des faits et non sur des mots. Je prétends vous prouver que je puis, comme la personne dont vous me parliez tout à l'heure, faire, quand il me plaît, un sacrifice de trois cent mille livres. Donc, répondez : l'acceptez-vous ?

Le baron hésitait. Il ne s'attendait pas à ce que le vieux gentilhomme lui mît si nettement et d'emblée le marché à la main.

— Décidez-vous, fit le marquis avec impatience.

— C'est fort délicat, répondit M. de Pierre-Lisse. Alors même que j'accepterais le marché, je ne vois pas comment l'exécuter...

— Ah ! mon cher, ceci vous regarde, se défendit M. de Bellaire. Substituez-moi, par un procédé quelconque, à l'autorité que vous exercez sur votre fille, et je vous compte les trois cent mille livres...

— Mais il n'y aurait qu'un moyen, objecta le baron.

— Lequel ?

— Ce serait de l'épouser.

— Vous savez bien que cela ne se peut pas

— Pourquoi ?

— Parce que la marquise vit encore.

— Sans doute, fit M. de Pierre-Lisse ; mais il y a si longtemps qu'elle souffre, que ce serait un véritable service...

Il s'arrêta, voyant que le vieux gentilhomme le regardait en face et ne riait plus.

— Halte-là, mon cher ! dit-il enfin. La marquise m'a fait souvent passer des moments agréables et ne m'a jamais causé la moindre peine. S'il ne dépend que de moi, elle vivra encore longtemps. Quand ce ne serait, ajouta-t-il avec un geste de pitié, que pour m'empêcher de faire la sottise que vous me proposiez à l'instant même.

— Cependant, marquis, fit observer le père de Marcelle, je ne vois guère à cette affaire d'autre conclusion honorable.

— Honorable ou non, peu m'importe, interrompit le vieux gentilhomme. Qui veut la fin veut les moyens. Ne jouez donc pas avec moi l'indignation et la susceptibilité, ce serait peine perdue. Ce que je vous ai promis est à vous, dès à présent, pourvu que vous me livriez ce qui fait l'objet de notre contrat.

A ces mots, le marquis jugeant inutile d'insister davantage, laissa son interlocuteur, fort penaud et fort embarrassé.

Sans doute le baron n'aurait pas mieux demandé que de toucher la somme que M. de Bellaire était prêt à lui compter ; mais pouvait-il lui-même jeter sa fille dans les bras de ce sénile amant ? Non. Si bas qu'il fût tombé, il n'en était pas encore descendu à ce degré de cynisme. Il devait y arriver pourtant.

Le lendemain, il essaya de toutes les façons d'aborder ce sujet délicat ; mais Marcelle ne comprenait rien aux phrases alambiquées qu'il lui débitait, et il n'eut pas le courage de lui mettre les points sur les i.

Ce qui devenait d'heure en heure plus clair pour la jeune fille, c'est que le marquis lui faisait ostensiblement la cour, même devant son père, pour lequel il affectait un souverain mépris.

Le surlendemain, ce fut bien pis encore ! Le baron imagina tous les prétextes imaginables pour ne pas se trouver en tiers avec Marcelle et le vieux gentilhomme se montrait de plus en plus entreprenant. Comme s'il se conjurait avec lui, le hasard fournit à M. de Pierre-Lisse une occasion de rester dans sa chambre, dont, même ce jour-là, il aurait bien mieux aimé ne pas profiter.

Vers trois heures et demie, au moment où il faisait un tour de parc avec le marquis et sa fille, un laquais vint lui annoncer qu'un homme, disant se nommer Landry, désirait lui parler à l'instant.

— Je ne voulais pas le recevoir, fit le laquais ; mais il a tellement insisté...

— C'est bien, j'y vais, dit le baron qui devint très-pâle.

— Quel est ce Landry ? demanda M. de Bellaire avec une nuance d'inquiétude. Est-ce un serviteur ou un ami des personnes dont nous parlions avant-hier ?

— Il n'a rien de commun avec elles, répondit M. de Pierre-Lisse. Il y a près de vingt ans que je ne l'ai pas vu... et je ne puis même pas m'expliquer comment il a su que j'étais ici.

— Allez donc vous en informer, dit le marquis. Vous nous retrouverez dans le petit pavillon du bord de l'eau.

Marcelle voulait retourner au château avec son père; mais il lui fit signe de continuer sa promenade avec le vieux gentilhomme, qui lui prit la main et l'entraîna.

Quant au baron, il revint précipitamment sur ses pas.

A l'entrée de la cour, il trouva Landry, qui l'attendait.

Grâce aux libéralités de M. de La Tournaye, il n'avait plus cet air misérable que la fatigue et la misère lui avaient donné.

Se rappelant l'endroit précis où il avait rencontré le carrosse du marquis, il n'avait pas perdu de temps, comme Papillon, Martial et Germain. à s'enquérir aux environs de Pontoise. Il s'était dirigé droit vers Eragny où il s'était renseigné.

Là, on n'avait pu lui dire à qui appartenait ce superbe équipage, mais on lui avait indiqué la direction qu'il avait suivie. Ce fut ainsi que Landry arriva par la route de Neuville, une heure avant que Papillon n'y arrivât par le bord de l'Oise.

Lorsqu'il se présenta au château du marquis, les domestiques, qui avaient des ordres précis, refusèrent de le laisser entrer.

— J'ai été domestique comme vous, repondit Landry, je sais donc ce que c'est qu'une consigne ; mais je vous jure que vous rendez au baron un détestable service en me fermant la porte au nez. Veuillez lui porter mon nom seulement, et vous verrez avec quel empressement il viendra à ma rencontre.

Moitié par camaraderie, moité par persuasion, un des laquais se hasarda et revint raconter à l'antichambre étonnée avec quelle mauvaise grâce, mais avec quelle précipitation M. de Pierre-Lisse s'était rendu aux désirs de Landry.

Quand ces deux hommes se trouvèrent en présence, il y avait dix-neuf ans qu'ils ne s'étaient pas vus. Le regard qu'ils échangèrent mutuellement fut presque indéfinissable. Défiance, colère, menace, astuce et cupidité: il y avait de out dans ce regard.

— Ah çà ! que viens-tu faire ici ? demanda le baron d'un ton bourru.

— Voulez-vous que je vous raconte cela tout haut, au beau milieu de la cour ? dit Landry avec un sourire gouailleur. Ce sera comme il vous plaira.

— Allons, suis-moi, fit le gentilhomme avec humeur.

Il gravit l'escalier, introduisit dans sa chambre le malencontreux visiteur et, après s'être assuré que personne ne pouvait les entendre, il se croisa les bras et le regarda fixement.

— Eh bien ! parle. Que veux-tu ?

— Je viens de nouveau recourir à votre bonté, monsieur, répondit Landry. Le malheur s'est abattu sur moi. Depuis que je vous ai quitté, j'ai perdu ma femme, ma fille, ma ferme et les vingt mille livres que je tenais de votre libéralité.

— Tant pis pour toi !

— Il aurait mieux valu les garder, sans doute; mais je vous ferai observer que l'indifférence que vous témoignez pour mes revers ne me tire pas d'embarras.

— Eh ! que veux-tu que j'y fasse ?

— Je veux que vous me rendiez intégralement les vingt mille livres que j'ai perdues.

— Tu es fou !

— Au contraire, je suis très sensé.

— Mais de quel droit prétends-tu me dépouiller encore d'une somme semblable ?

— Du droit que vous m'avez donné le jour où je suis devenu votre complice, de revendiquer une partie de la fortune que nous avions volée à M...

— Tais-toi ! interrompit le baron en jetant, autour de lui un regard inquiet.

— A la bonne heure ! Voilà que vous devenez raisonnable, fit Landry. J'étais bien jeune à cette époque ! Je ne savais pour ainsi dire pas quelle valeur avait l'argent, vous avez donc eu facilement raison de mes scrupules en m'offrant cette somme de vingt mille livres pour prix du concours et du silence que vous réclamiez de moi.

— N'ai-je pas tenu les engagements que j'avais pris ?

— Je ne dis pas non, mais j'ai réfléchi depuis que j'avais été un niais. En comptant mieux, j'ai calculé que nous avions trouvé sur notre victime une somme de deux cent mille livres, que, grâce aux clefs dont il était porteur, et dont vous vous êtes emparé, vous avez pu dérober dans sa propre maison une autre somme de cent mille livres pour le moins, ce qui représente un total de...

— Qu'importe le chiffre ? interrompit le gentilhomme avec impatience.

— Il importe beaucoup, monsieur, car si nous avons commis à nous deux un crime qui a produit trois cent mille livres et si je n'en ai touché que vingt mille pour ma part, j'ai été dupé. Rigoureusement, j'étais en droit de partager avec vous.

— Comment, drôle ! tu as la prétention...

— Non, protesta Landry. Je reconnais que vous avez eu l'idée de ce hardi coup de main, que vous l'avez préparé et exécuté avec beaucoup d'habileté, et que, par conséquent, vous méritiez la part du lion. Cela n'empêche pas que j'ai été un sot de me contenter des vingt mille livres que vous avez jetés en pâture à ma naïveté.

— Ainsi, tu prétendais obtenir le double ?

— Pas davantage, monsieur, vous l'avez dit.

Le baron se mit à rire et haussa les épaules.

— Prenez-y garde, monsieur! C'est très sérieux! fit Landry en hochant la tête. Il y a de par le monde un gentilhomme, qui est assurément très-désireux de connaître par le menu tout ce qui vous concerne. Ce gentilhomme m'a tendu la main et m'a littéralement empêché de mourir de faim. Or, je lui ai en partie raconté mon histoire; il sait que je vous connais; il a deviné qu'entre vous et moi il y avait un secret de quelque importance, et il m'a offert une récompense considérable pour le lui livrer. J'ai refusé. Je voulais vous voir avant de rien accepter; mais je lui ai promis, si je n'obtenais pas satisfaction...

— Quelle fable me racontes-tu là? De quel gentilhomme s'agit-il?

— Je ne puis pas vous dire son nom, mais il doit vous être facile de le deviner. Donc choisissez: faut-il me taire? faut-il parler? Selon que vous prononcerez, j'agirai.

Le baron n'avait plus déjà cet air délibéré qu'il affectait au début de l'entretien.

— Où et quand as-tu vu ce gentilhomme? demanda-t-il.

— Cela ne vous regarde pas et n'a aucun rapport avec le marché que je vous propose. Ainsi, dépêchez-vous.

— Mais quand dois-tu le revoir?

— Vendredi matin.

— Après-demain? Alors j'ai près de quarante-huit heures pour te donner ma réponse?

— Du tout, il faut absolument que je l'aie demain soir, répondit Landry. Et rappelez-vous bien, ajouta-t-il, que je ne me contenterai pas d'une simple promesse.... qu'il me faut de l'argent comptant...

— Oh! je comprends... fit le baron. Eh bien! soit.... Tu auras tes vingt mille livres.

— Donnez-les donc et finissons-en.

— Un instant, que diable! se récria M. de Pierre-Lisse. Tu conçois bien que quand on vient passer quelques jours à la campagne, chez un ami, on n'emporte pas dans sa poche une somme de cette importance...

Landry ne fut pas maître d'un geste de dépit.

— Il faut donc que j'aille à Paris demain matin pour me la procurer et que je te l'apporte.

— Qu'à cela ne tienne! J'irai à Paris avec vous, proposa Landry.

— Non pas! se défendit vivement le gentilhomme. Il ne faut pas qu'on nous voie ensemble. Rassure-toi, du reste, reprit-il. Je suis ici avec ma fille, et j'irai seul à Paris.

— Ah! cette jeune femme, en compagnie de laquelle je vous ai vu passer... c'est votre fille?

— Donc, continua le baron, tu es bien certain que je reviendrai et que je ne t'échapperai pas.

— En effet... dit Landry. Dans tous les cas, je saurais bien où vous retrouver maintenant.

— Alors c'est convenu?

— Oui. A quelle heure voulez-vous que je me présente ici demain?

— Vers cinq heures, comme aujourd'hui, répondit M. de Pierre-Lisse ; mais tu me jures que, cette fois, je serai pour jamais à l'abri de toute réclamation ?

— Je vous le jure ! promit solennellement Landry.

— Alors à demain, fit le baron en le congédiant du geste.

Landry s'éloigna. Le gentilhomme descendit en même temps que lui et le suivit des yeux, jusqu'à ce qu'il eût vu se refermer derrière lui la lourde porte d'entrée.

Il poussa un long soupir de soulagement.

— L'imbécile ! murmura-t-il avec une joie mal contenue.

Mais cette gaîté fut de courte durée. L'arrivée de Landry forçait son ancien maître à précipiter le dénoûment qu'il avait préparé.

Ou bien il fallait verser entre les mains de ce coquin les vingt mille livres qu'il réclamait, ou bien il fallait se soustraire à ses réclamations et aux indiscrétions dont il avait menacé son ancien maître.

Or, le baron ne se souciait pas de donner ces vingt mille livres, ni de prendre la fuite les mains vides. Donc, il importait, le soir même, d'en finir avec M. de Bellaire et d'encaisser les trois cent mille livres qu'il s'était engagé à payer, en échange de la plus honteuse complicité.

Le baron foula aux pieds les scrupules qui l'avaient un instant arrêté et résolut la perte de Marcelle.

Précisement, au moment où il se dirigeait vers le pavillon, il la rencontra qui s'en revenait, appuyée sur le bras du marquis et boitant légèrement.

Marcelle laissa ensemble les deux gentilshomme et remonta dans sa chambre.

Elle avait eu réellement toutes les peines du monde à se traîner jusque-là. L'indignation et la colère l'étouffaient, son cœur était prêt d'éclater.

Elle venait, en effet, d'avoir avec le vieux gentilhomme, dans ce pavillon du bord de l'eau, une conversation qui ne pouvait plus lui laisser aucun doute sur la nature du hideux trafic dont elle était l'objet.

Tout en l'assurant du respect qu'elle lui inspirait, le marquis lui avait fait très nettement l'aveu de son amour et, comme elle le menaçait de se plaindre à son père, il s'était mis à rire.

Marcelle lui ayant demandé compte de cette nouvelle impertinence, M. de Bellaire ne lui avait pas caché qu'il avait offert au baron une somme considérable et que celui-ci l'avait acceptée.

— Or, il me presse, avait-il dit, de tenir l'engagement que j'ai pris envers lui, mais je ne puis le faire que si vous consentez...

C'est au moment où le marquis prononçait cette phrase, que le brigadier passait devant la fenêtre du pavillon et se faisait reconnaître de la jeune fille.

Marcelle s'était levée, ne pouvant en entendre davantage, bien décidée à solliciter de son père une explication. La ruse à laquelle elle dut recourir pour dissimuler le trouble que la vue de Papillon lui avait causé, interrompit tout naturellement l'entretien et lui fournit un excellent prétexte pour échapper aux nouvelles persécutions dont elle était l'objet.

Si infâmes que fussent les révélations de sa mère, dans les pages où la pauvre martyre flétrissait la conduite de son séducteur, si horrible que fût l'accusation

Comment! vous allez me laisser seule dans cette maison avec cet homme? (Page 413.)

que Mme de Libessac avait élevée contre le baron, Marcelle ne pouvait pas croire que cet homme, qui était son père, qui l'avait authentiquement reconnue, qui la disputait à l'amitié du duc et de Raymonde, fût vil et méprisable au point de la jeter pour une poignée d'écus entre les bras d'un vieux débauché, dont elle ne pouvait même pas être la femme.

Et pourtant, elle n'en pouvait pas douter. Le marquis le lui avait fait entendre si clairement, qu'elle se demandait si une explication était nécessaire et en quels termes elle la réclamerait.

Pendant ce temps, le vieux gentilhomme avait mystérieusement entraîné le baron dans une des allées les plus ombragées du parc, dont il interrogeait d'un œil effaré les sombres profondeurs.

Quand il fut certain que personne ne pourrait les entendre, le marquis raconta à M. de Pierre-Lisse ce qu'il avait vu pendant qu'il était avec Marcelle dans le pavillon du bord de l'Oise.

L'homme qui avait passé, qui avait toussé, était-il un simple promeneur ? Était-ce au contraire un ami de la jeune fille ? Ne venait-il à Neuville que pour se faire reconnaître ? Le petit cri qu'elle avait jeté était-il un cri de surprise ou véritablement un cri de douleur ?

Telles furent les questions que M. de Bellaire soumit au baron.

Celui-ci l'avait écouté avec attention. Son front, déjà ridé par l'inquiétude, s'était encore assombri.

— Mais cet homme, demanda-t-il, comment est-il ? Pouvez-vous me faire son portrait !

— Non, répondit le vieux gentilhomme, je n'ai pas vu son visage.

— Il ne s'est donc pas arrêté un instant ?

— Du tout, il a continué son chemin sans broncher.

— Était-il armé ?

— Peut-être, mais il ne portait pas d'épée. Il marchait d'un pas lent et tranquille, les mains dans les poches, regardant l'eau, le ciel, les arbres, indifférent en apparence à tout ce qu'il voyait.

— Eh bien ! fit le baron, cet homme-là ne m'a pas l'air très dangereux.

— Est-ce bien réellement votre avis ?

— Oui. Dans tous les cas, rien n'est plus facile que de prendre quelques précautions. Armez quelques-uns de vos jardiniers et de vos laquais, recommandez-leur de faire bonne garde.

— Certes, je n'y manquerai pas, promit le marquis ; mais il serait bien plus simple d'en finir avec vos tergiversations.

L'œil de M. de Pierre-Lisse brilla d'un éclair de joie. Le vieillard en venait de lui-même au point où le baron voulait l'amener.

— Eh ! je ne demanderais pas mieux, dit-il, mais Marcelle...

— Oh ! ne comptez pas sur elle, interrompit M. de Bellaire. Je l'ai interrogée tout à l'heure ; je lui ai fait comprendre que votre avenir et le sien ne dépendaient absolument que de sa soumission à nos désirs... Elle s'est levée, le rouge de la colère au front, la lèvre frémissante... Je ne sais comment je m'en serais tiré si, sur ces entrefaites, l'homme dont je vous ai signalé la présence n'avait détourné notre attention.

— Vous voyez bien qu'il n'y a pas de ma faute, dit le baron.

— Oh ! pardon, se récria le vieux gentilhomme, vous ne faites pas preuve de la bonne volonté que j'étais en droit d'attendre, à la suite des promesses que nous avions échangées le soir même de notre arrivée.

— Est-il donc possible d'agir autrement que je l'ai fait?

— Certainement.

— De quelle façon?

— Je vais vous le dire, puisque vous feignez de ne pas le comprendre, répondit le marquis. Un homme est venu vous demander il n'y a qu'un instant...

— C'est vrai.

— Quel est cet homme?

— Un de mes anciens domestiques.

— Que voulait-il?

— Il venait me prier de le reprendre à mon service.

— Marcelle le connaît-elle?

— Elle ne l'a jamais vu.

— Alors, reprit M. de Bellaire, rien ne vous empêche de lui dire que cet homme est venu vous entretenir d'une affaire urgente et qui nécessite votre présence immédiate à Paris.

— C'est en effet très-facile.

— Eh bien! y êtes-vous, à présent?

— Pas encore, fit le baron avec un clignement répété des paupières — indice certain chez lui d'un trouble ou d'un embarras quelconque.

Le vieux gentilhomme sourit d'un air de commisération profonde.

— Alors, je continue, dit-il. Vous partez ou vous feignez de partir pour Paris aujourd'hui même, en promettant que vous reviendrez demain matin à la première heure. Vous revenez ou vous ne revenez pas... peu m'importe! et tout est dit.

— Sans doute... balbutia le baron. Le procédé est simple... un peu brutal... mais...

Il hésitait à achever cette phrase alambiquée.

— Allons, poursuivez, fit le marquis avec impatience.

— Mais les trois cent mille livres? objecta le baron.

— Ah! c'est juste, répondit le riche seigneur avec un ricanement cynique. Eh bien! ces trois cent mille livres... je vous les donnerai en un bon payables à vue chez mon banquier.

— Quand?

— Au moment où vous partirez.

— Aujourd'hui même alors.

— A l'instant, si vous voulez partir à l'instant.

— Ne trouvez-vous pas qu'aux yeux de Marcelle ce départ immédiat pourrait sembler un peu précipité?

— Peut-être.

— Tandis que si je m'en allais seulement après souper...

— Comme il vous plaira.

— Alors c'est bien convenu?

— Parfaitement.

— Donc, préparez votre bon, dit M. de Pierre-Lisse. Je vais annoncer cette nouvelle à ma fille... mais, pour le reste, ne comptez pas...

— Le reste me regarde, fit le vieillard avec un horrible regard. Ne vous en occupez pas.

Du geste il montra le château au baron et le regarda s'éloigner avec un air de mépris insultant.

Le baron ne s'en aperçut pas ; mais, l'aurait-il vu, il ne s'en serait pas formalisé. C'en était fait ! Il avait abjuré toute pudeur, bu toute honte, il avait vendu sa fille !

Ah ! c'est que trois cent mille livres étaient un joli denier pour ce misérable, qui avait, sans se rassasier jamais, épuisé tous les plaisirs et que sa pauvreté sevrait toujours des jouissances qu'il regrettait si amèrement depuis si longtemps.

Il se dirigeait à pas lents vers le château et récapitulait, chemin faisant, les évènements récents auxquels il avait été mêlé.

Chose étrange! il n'avait plus cette incroyable confiance, qui lui permettait de braver tous les obstacles. L'arrivée de Landry semblait lui avoir porté un coup fatal.

Ce Landry, en effet, ce complice d'un crime encore mal défini, mais horrible assurément, devenait pour lui une épée de Damoclès. Puisqu'il se représentait, au bout de vingt ans, pour réclamer une somme égale à celle qu'il avait déjà reçue, pourquoi ne reviendrait-il pas plus tard la réclamer une troisième fois?

D'ailleurs, le baron ne se serait résigné pour rien au monde à prélever ces vingt mille livres sur une fortune si restreinte et si péniblement acquise !

Alors à quelle résolution s'arrêter? Quel était ce gentilhomme à qui Landry devait tant et qui était si directement intéressé à connaître l'histoire lugubre du forfait que le gentilhomme avait commis ? Etait-ce le duc de la Tournaye?

Peut-être oui. En ce cas, il importait au baron de se mettre à l'abri. Lucien, poussé à bout, serait capable de faire intervenir la police dans la lutte qu'il soutenait contre M. de Pierre-Lisse.

Donc la plus élémentaire prudence conseillait de disparaître au plus tôt.

— Oui, murmurait le baron, en franchissant la première marche de l'escalier qui le conduisait à la chambre de sa fille, dès ce soir, je partirai.

Marcelle, de son côté, se voyait prise plus avant d'heure en heure dans les fils d'une odieuse intrigue et se tenait sur ses gardes.

Elle ne doutait pas de Martial. Elle savait bien que le comte veillait sur elle ; la présence de Papillon à Neuville lui en avait donné la preuve ; mais arriverait-il à temps pour l'arracher aux tyranniques exigences qu'elle subissait?

Une terrible anxiété s'était emparée d'elle. Ses regards inquiets observaient tout ce qui se passait autour d'elle. Attentive à tous les bruits, elle prêtait avidement l'oreille et serrait de sa main crispée un couteau à lame aiguë que, le matin, pressentant de nouveaux dangers, elle avait dérobé sur la table.

Au moment où l'on frappait discrètement à sa porte, elle tressaillit et glissa rapidement le couteau dans son corsage.

— Entrez ! dit-elle d'une voix qu'elle s'efforça d'affermir.

Elle ne se sentit qu'à moitié rassurée lorsqu'elle vit paraître son père.

Il se présentait, pourtant, le sourire aux lèvres et le visage épanoui.

— Ma chère enfant, dit-il, j'ai reçu, aujourd'hui, une visite malencontreuse On est venu m'annoncer, officieusement, qu'un homme à qui j'ai confié une partie de ma fortune est sur le point de faire faillite. Je ne suis malheureusement pas assez riche pour négliger un avis de si grande valeur. Il faut donc que, ce soir même, j'aille à Paris.

Marcelle eut un mouvememement de joie naïve.

— A quelle heure partons-nous ? demanda-t-elle.

— Non, tu ne pars pas avec moi, fit le baron toujours souriant. Je serai ici demain à la première heure, il est donc inutile que je t'emmène. Cela nécessiterait un déploiement de chevaux et de carrosse qui me retarderait beaucoup trop. Or, en pareille occasion, il faut agir avec la rapidité de la foudre.

La jeune fille le regardait d'un air soupçonneux.

— Au contraire, continua-t-il à demi voix, je ne veux même pas qu'on s'aperçoive de mon absence. Je n'en dirai donc rien au marquis, et je te prie de n'en pas ouvrir la bouche devant lui.

— Comment ! s'écria Marcelle, vous allez me laisser seule dans cette maison avec cet homme !

— Mais il l'ignorera... objecta M. de Pierre-Lisse.

— Vous ne savez donc pas ce qu'il a osé...

— Je ne sais rien et je ne veux rien savoir, interrompit le gentilhomme. Je désire qu'il en soit ainsi, cela doit te suffire. Il serait vraiment ridicule que, dans une affaire de cette importance, je reculasse devant les timidités exagérées d'une petite fille comme toi.

— Cependant, mon père...

— Assez ! fit sèchement le baron. Telle est ma volonté ; j'exige que tu t'y conformes aveuglément. Bien plus que toi j'ai souci de ton honneur, qui est le mien. Si tu me vois si calme, c'est que tu ne cours aucun danger.

En mon absence, tu n'en restes pas moins sous ma protection, puisque nul ne saura que je ne suis pas là.

Marcelle courba la tête en frissonnant.

— Allons, je vois que tu es devenue raisonnable, poursuivit son père avec douceur. Donc, plus d'appréhensions stériles. Garde-moi le secret, c'est tout ce que je te demande.

A ces mots, il l'attira à lui et déposa sur son front un baiser affectueux.

La jeune fille avait relevé sur lui ses grands yeux noirs et l'interrogeait du regard. Ce baiser lui brûlait le front.

— Est-ce le baiser de Judas ? se demandait-elle.

Quant à son père, il ne sourcilla pas. Il la quitta en posant un doigt sur ses lèvres pour lui recommander le silence.

Une heure après, un domestique vint annoncer à Marcelle que le souper était servi.

Elle avait bien songé à s'excuser et à garder la chambre, mais elle ne l'osait pas. D'ailleurs, en l'état de perplexité où elle se trouvait, il était de son intérêt de ne négliger aucun indice.

Elle descendit et se mit à table.

Le souper fut silencieux. Le service se faisait avec une lenteur désespérante.

Marcelle, qui ne touchait à aucun des mets qu'on lui présentait, observait tour à tour, à la dérobée, son père et le marquis. Était-ce une illusion ? Entre les deux gentilshommes, il lui sembla surprendre des signes d'intelligence imperceptibles.

Ce qui était certain, c'est que le vieillard dardait sur elle, avec plus d'effronterie que jamais, des yeux dont l'expression la faisait trembler.

A la fin du repas, elle ne doutait plus que M. de Pierre-Lisse fût devenu le hideux complice d'un complot dont elle ne comprenait que trop l'infamie.

X

DANS LE PARC DE NEUVILLE

Papillon avait réussi au-delà de ses désirs.

Il avait rencontré Martial, qui lui avait annoncé l'arrivée prochaine de Germain et qui l'accablait de questions.

— Plus tard, disait le brigadier... quand nous serons tous réunis... Apprenez-moi d'abord ce que vous savez vous-même.

Le comte s'exécuta.

Ce qu'il avait recueilli était peu de chose. On lui avait dit que le carrosse, dont il avait donné le signalement, s'était dirigé vers Neuville. En entrant dans le village, il avait interrogé de nouveau un de ses habitants. On lui avait répondu que cette voiture était celle du marquis de Bellaire, et que ce gentilhomme habitait, depuis deux jours, la splendide propriété qu'il avait sur les bords de l'Oise.

C'était beaucoup sans doute, mais ce n'était rien en comparaison de ce que Papillon se réservait de lui apprendre.

Au moment où Martial achevait ses confidences, Germain arriva.

Lui aussi apportait des renseignements identiques. Sans s'attarder à les lui faire répéter, Papillon le chargea de gagner immédiatement l'autre rive de l'Oise et d'y guetter le passage de son maître.

Germain se dirigea vers la rivière. Sept heures venaient à peine de sonner ; il faisait grand jour encore.

Il aperçut un pêcheur, qui était en train d'amarrer sa barque à un pieu, et qui rentrait, après avoir achevé sa journée.

— Eh ! l'ami ! lui dit Germain, la pêche a-t-elle été bonne ?

— Hélas ! non, monsieur ! Le poisson n'a pas donné aujourd'hui.

— Alors vous ne seriez pas fâché de gagner un petit écu ?

— Certes, non.

— Eh bien, conduisez-moi sur l'autre bord et attendez-moi. Avant une heure, je l'espère, je reviendrai.

— Allons ! fit joyeusement le pêcheur, en détachant son bachot.

Germain y sauta et atteignit la rive droite au bout de quelques coups d'aviron.

Il n'y avait pas un quart d'heure qu'il était en sentinelle, lorsqu'il reconnut son maître, à la rencontre duquel il courut.

Lucien, qui ne s'était mis en quête qu'un jour plus tard, n'avait pas perdu son temps à s'enquérir du carrosse à livrée bleue. Il avait tout bonnement suivi la piste de Papillon, qu'il n'avait pas eu de peine à retrouver.

Il arrivait donc deux heures plus tard que le brigadier.

— Comment se fait-il que je te trouve ici ? demanda-t-il à Germain.

— C'est Papillon qui m'envoie.

— Où donc est-il ?

— A Neuville, répondit Germain en montrant l'autre côté de l'eau.

— C'est à n'y rien comprendre, fit le duc. Vous avez donc changé de bord ?

— Du tout. Nous sommes à l'auberge avec M. le comte.

— Alors il y a du nouveau ?

— Je le crois, répondit à voix basse l'ancien soldat.

Pendant qu'ils échangeaient ces quelques mots, ils avaient atteint l'endroit où la barque du pêcheur avait abordé. Ils y entrèrent et revinrent à Neuville après avoir généreusement récompensé le passeur.

Quelques minutes après, ils étaient réunis tous les quatre dans une petite salle, où Papillon avait fait dresser le couvert, et s'asseyaient devant le souper qui les attendait.

Le brigadier leur fit part de la découverte qu'il avait faite et des observations qui en avaient été le résultat.

Assis sur le banc de pierre qui se trouvait à l'entrée de l'auberge, il avait remarqué que le parc de M. de Bellaire était défendu tout le long de la route par un mur élevé, qu'il aurait été impossible d'escalader sans échelle.

Or, comme la propriété était protégée sur le chemin qui conduisait à la rivière par un fossé infranchissable, il était impossible d'y pénétrer autrement que par le bord de l'eau, ou par la prairie qui se trouvait à l'autre extrémité des jardins.

En effet, de ces deux côtés-là seulement une simple haie servait de clôture, et il est bien rare qu'une haie soit assez fournie pour qu'un homme ne puisse pas se frayer un passage.

Maintenant fallait-il attendre et prendre des renseignements précis? Fallait-il attaquer résolûment et recourir à la force? Voilà ce que demandait Papillon.

Martial était d'avis de tenter l'assaut à l'instant même. Lucien, grave et réfléchi, ne se prononçait pas.

— Fais venir l'hôte de céans, ordonna-t-il à Germain.

Celui-ci obéit et revint bientôt, ramenant l'aubergiste, fort embarrassé en présence de cette brillante compagnie.

— Mon ami, lui dit Lucien, en exhibant le parchemin que lui avait remis Sa Majesté et qui était revêtu des sceaux de l'État, au nom du roi, répondez!

L'hôte s'inclina plus bas que terre, devant cette sommation redoutée.

— Le marquis de Bellaire habite la propriété qui est située en face de votre auberge.

— Oui, monseigneur.

— Depuis combien de temps?

— Depuis trois jours.

— Quelle compagnie s'y trouve avec lui!

— Je l'ignore, monseigneur. Cependant les laquais du marquis, qui viennent se rafraîchir chez moi de temps à autre, ont parlé d'un baron et de sa fille.

— Ont-ils prononcé le nom de ce baron?

— Non, pas devant moi, monseigneur.

— Et celui de la jeune fille?

— Il me semble bien les avoir entendus parler d'une demoiselle Marcelle, dont ils vantaient la beauté.

— L'avez-vous vue?

— Je l'ai à peine aperçue, lorsqu'il y a trois jours elle est venue au château dans le carrosse de M. le marquis.

— Comment est-elle?

— C'est une jeune fille brune, au teint mat, le visage éclairé par des yeux noirs magnifiques, un peu pâle et qui m'a semblé fort triste. Je crois même, mais je ne saurais l'affirmer, qu'elle a essuyé une larme au moment où la voiture attendait qu'on lui ouvrît les deux battants de la porte d'entrée.

— Est-ce tout ce que vous savez?

— Absolument tout, oui, monseigneur.

— Prenez garde! Le moindre mensonge serait considéré comme un acte de rébellion envers l'autorité royale, et vous n'ignorez pas ce qu'il vous en coûterait!

— Sur mon âme! monseigneur, protesta l'aubergiste avec vivacité, c'est tout ce que je puis vous dire relativement à ces deux étrangers.

— Il suffit, dit Lucien. Laissez-nous et gardez-vous bien de révéler à qui que ce soit notre présence!

L'aubergiste s'inclina profondément et sortit.

Tout à coup le duc se leva.

— Où allez-vous? lui demanda Martial.

— Je vais parler au marquis de Bellaire.

Le blessé n'avait pas perdu connaissance. (Page 423.)

— C'est une imprudence extrême ! s'écria le comte. Comment vous voulez...

— Je veux réclamer Marcelle au nom du droit, avant de recourir à la violence, interrompit le duc.

— Mais vous savez bien que le baron n'y consentira jamais ! C'est une démarche inutile et dangereuse, protesta Martial. — Inutile parce qu'elle n'aboutira pas, dangereuse parce que M. de Pierre-Lisse, mis en garde contre nos projets, aura le temps d'organiser la résistance.

— Qui ? Lui ? fit dédaigneusement le duc.

— Lui, le marquis, leurs laquais… ajouta le comte.

— Leurs laquais ? dit M. de La Tournaye en haussant les épaules. Allons donc ! vous perdez la tête, mon cher ami. D'ailleurs, reprit-il, ce n'est pas à M. de Pierre-Lisse que je m'adresse. Il n'est pas chez lui, je n'ai donc pas à m'occuper de sa personne. Je vais chez le marquis de Bellaire et je le somme, au nom du roi, de remettre entre mes mains la jeune fille qu'il détient, bien certainement à son insu, contre la volonté royale. Je ne doute pas qu'un gentilhomme français ne se rende à une si juste réclamation.

— En effet, approuva Papillon, ce n'est pas probable.

— A moins qu'il n'ait du goût pour la Bastille, ajouta Germain.

— Vous le voyez, mon pauvre Martial, fit le duc en se tournant vers lui, vous êtes le seul de votre avis, inclinez-vous.

— Je m'incline, répondit le jeune comte, mais je crains fort que les événements ne me donnent raison.

— Nous le verrons, dit Lucien avec un sourire confiant.

Aussitôt il sortit et se dirigea vers le château.

Il était près de neuf heures. La nuit était à peu près venue, mais l'obscurité n'était pas complète et conservait cette transparence lumineuse qui caractérise les nuits d'été.

Le duc alla sonner à la porte du château et demanda à parler à M. de Bellaire.

Les domestiques, qui avaient déjà reçu l'ordre d'exercer une surveillance rigoureuse, répondirent que leur maître n'y était pas.

— Allons, drôles ! fit Lucien d'une voix irritée, annoncez au marquis que le duc de La Tournaye désire lui parler de la part du roi.

En entendant le nom si connu du gentilhomme, accouplé avec celui du roi, les laquais perdirent contenance.

— Cependant, monseigneur, répondit l'un d'eux, je ne saurais vous introduire sans avoir pris les ordres du marquis.

— Dépêchez-vous ! dit le duc.

Et il se mit à arpenter la cour d'entrée, en attendant que le valet fût de retour.

M. de Bellaire, très étonné de recevoir à pareille heure une visite de ce genre, donna néanmoins l'ordre de l'introduire.

Il était sans défiance. Le baron avait cru devoir lui cacher le nom de ceux à qui il disputait sa fille. Le marquis ne pouvait donc pas supposer que M. de La Tournaye connût Marcelle, même de nom.

Il est vrai que le marquis ne l'ignora pas longtemps, car le duc, aussitôt qu'il parut, alla droit au fait.

— Monsieur le marquis, dit-il, vous avez ici le baron de Pierre-Lisse et sa fille. N'essayez pas de le nier, je le sais, je les ai vus. Or, le baron a osé, malgré la volonté royale, arracher de ma maison Mlle Marcelle, qui y avait cherché un refuge. Je viens donc, au nom du roi, dont voici l'ordre formel, vous sommer de remettre cette jeune fille entre mes mains.

En même temps, il lui montrait le parchemin dont il était porteur.

Le marquis demeura un instant confondu.

— Fort bien, monsieur, répondit-il, je vais consulter le baron...

— Permettez, fit Lucien en le retenant, nous n'avons que faire du baron. C'est chez vous, et non chez lui, que se trouve Marcelle, c'est donc à vous seul que je puis la réclamer.

— Mais, monsieur... essaya de répliquer le vieux gentilhomme.

— Je n'admets pas, interrompit fièrement le duc, que vous discutiez un ordre du roi. Oui ou non, vous y soumettez-vous ?

— Je ne refuse pas de m'y soumettre, répondit évasivement M. de Bellaire, mais j'entends en conférer avec le baron. Il m'a demandé asile pour lui et pour sa fille ; je le lui ai accordé ; ce serait bien mal connaître les lois de l'hospitalité que de livrer Mlle Marcelle, sans savoir si elle consent à vous suivre et si son père veut bien la laisser partir.

— Ce qui revient à dire que vous ne vous soumettez pas au jugement de Sa Majesté.

— Du tout, monsieur, cela signifie...

— Encore une fois, toute discussion est inutile, fit le duc en lui coupant la parole. Je prends acte de votre refus, monsieur le marquis, et je vous rends responsable de tout ce qui pourra en résulter.

— Vous menacez, je crois? dit le marquis en essayant de se donner du courage.

— Formellement, monsieur. Je suis décidé au nom du roi, dont je suis le mandataire, à prendre par la force ce que je n'ai pu obtenir par la persuasion.

Sur ces paroles menaçantes, M. de La Tournaye se retira.

Le marquis fit un geste pour le retenir, mais il se ravisa presque aussitôt et le laissa s'éloigner.

Malgré l'assurance qu'il avait montrée, il n'était pas sans inquiétude. Résister à un ordre du roi coûtait cher en ce temps-là !

— Aussi je ne résisterai pas, se disait M. de Bellaire.

Puis, consultant sa montre :

— Neuf heures et demie... murmura-t-il. Le duc, s'il va chercher main-forte, comme il l'a promis, ne peut pas revenir ce soir. J'ai donc jusqu'à demain matin... — Eh bien ! ajouta-t-il avec un vilain sourire, demain matin... il sera trop tard...

Et il revint dans la salle à manger, où il était seul avec le baron lorsque son domestique lui avait annoncé la visite du duc de La Tournaye.

Quant à Marcelle, elle était remontée dans sa chambre immédiatement après le souper, laissant les deux gentilshomme en tête à tête.

Son père avait assez bien joué son rôle. Pas un mot du départ n'avait été prononcé par lui pendant le repas.

Il n'attendait plus qu'une chose pour quitter définitivement le château : c'était le bon de trois cent mille livres que le marquis lui avait promis.

Ce fut au moment où il se croyait sur le point de réaliser cette fortune que le laquais de M. de Bellaire vint jeter dans la salle à manger le nom du duc de La Tournaye.

Le baron devint blême.

Il eut bien plus peur encore, lorsqu'il vit le marquis se lever de table pour aller recevoir le gentilhomme.

Il ne se faisait pas illusion sur les motifs qui conduisaient le duc à Neuville à pareille heure. Evidemment, il venait réclamer Marcelle.

Qu'allait faire le marquis? Céderait-il aux obsessions de Lucien? Lui livrerait-il la jeune fille? Mais alors le prix du honteux marché que M. de Pierre-Lisse avait conclu lui échapperait! Il aurait été gratuitement lâche et infâme!

On conçoit quelles angoisses déchiraient le cœur de ce misérable pendant la courte conversation que le marquis eut avec M. de La Tournaye.

La sombre préoccupation qui se lisait sur les traits du vieillard, quand il rentra n'était pas faite pour dissiper les alarmes que le baron avait conçues.

Néanmoins il était écrit que tout réussirait jusqu'au bout à M. de Pierre-Lisse.

Depuis plus de deux jours que Marcelle était au château, le vieux gentilhomme avait été, en effet, de plus en plus touché des grâces naïves et de la beauté de la pauvre enfant. Ce qui n'était d'abord chez lui qu'un caprice devenait une passion, — passion d'autant plus vive qu'il n'avait d'autres ressources pour l'assouvir que la violence et la corruption.

Il savait bien qu'il ne pouvait plus plaire. Les filles, en la compagnie desquelles il avait vécu pendant vingt ans, ne s'étaient gênées ni pour le lui faire entendre ni pour le lui dire.

Le sentiment de sa vieillesse, loin de calmer ses désirs, les irritait au contraire en lui démontrant son impuissance. Plus l'obstacle était difficile, plus il s'acharnait à le surmonter.

Assurément, s'il avait été moins épris, il n'aurait fait aucune résistance aux très légitimes réclamations de M. de La Tournaye. Maintenant il cherchait le moyen de satisfaire à la fois sa passion et de ne pas désobéir au roi.

Il crut avoir atteint ce double résultat en ne cédant pas immédiatement. Il avait douze heures à lui, pensa-t-il. C'était plus qu'il n'en fallait pour devenir le plus heureux des hommes.

Seulement, il en voulait au baron de ce contre-temps. Il ne chercha point à le lui cacher.

— Eh bien! vous m'avez mis dans une jolie situation, dit-il avec humeur, en entrant dans la salle à manger.

— Comment? balbutia M. de Pierre-Lisse.

— En me laissant ignorer que c'était M. de La Tournaye à qui vous disputiez Marcelle.

— Mais je ne le croyais pas nécessaire, répliqua le baron. Je ne supposais pas que le duc... c'est-à-dire que je me demande encore comment il a découvert notre retraite.

— De quelque façon que ce soit, dit sèchement le vieux gentilhomme, il n'en est pas moins certain qu'il est résolu à reprendre Marcelle, fût-ce par la force. Or, si j'ai résisté ce soir, je ne résisterai pas demain; quand il se présentera, escorté peut-être de tout un corps d'armée. Donc il n'y a pas un moment à perdre. Vous allez partir, partir à l'instant.

— Eh! je ne demande que cela! s'écria le baron. Avez-vous préparé le bon...

— Ah! c'est juste, fit M. de Bellaire avec un mépris insultant.

Il sonna.

— Apportez-moi ce qu'il faut pour écrire, dit-il au laquais qui se présenta.

Une minute après, ses ordres étaient exécutés.

Aussitôt il prit la plume, écrivit quelques mots à la hâte, data et signa.

Puis il tendit le papier au baron.

Celui-ci le prit, l'examina avec une scrupuleuse attention, et lut à demi-voix :

« Bon pour la somme de trois cent mille livres, payables à vue entre les mains du porteur.

« Neuville, 1er juillet 1776.

« Marquis de BELLAIRE. »

Il plia soigneusement le bon et le glissa dans sa poche.

— Maintenant, fit le marquis, bon voyage !

— Soyez tranquille, dit M. de Pierre-Lisse, je serai loin d'ici dans une heure; mais, pour la forme, il faut que j'aille dire adieu à ma fille.

— Allez, fit le vieux gentilhomme avec un geste de profond dégoût.

— Où vous retrouverai-je? demanda le baron ; car il faut que vous me fournissiez un cheval... que vous donniez vos ordres en conséquence...

— Vous me retrouverez devant le perron du château, dans l'allée des orangers, répondit le marquis en prenant son chapeau.

M. de Pierre-Lisse monta dans la chambre de sa fille, qu'il trouva debout et tout habillée.

— Comment ! tu ne te couches pas? s'écria-t-il.

— Non, répondit-elle avec un peu d'embarras. Je ne suis pas fatiguée... je prends l'air à la fenêtre....

— Soit, mais ne veille pas trop tard, car je vais me mettre en route dans une demi-heure, afin d'être revenu demain dans la matinée.

— A quelle heure comptez-vous être ici ? interrogea Marcelle.

— A neuf heures au plus tard.

— Alors je ne comprends pas bien, fit-elle observer. Il faut au moins deux heures pour aller à Paris, n'est-ce pas ?

— C'est vrai.

— Et c'est de minuit à sept heures du matin, en pleine nuit, que vous allez traiter une affaire aussi importante que celle dont vous m'avez parlé ?

— Précisément, répliqua vivement le baron. On m'a prévenu que je trouverais mon homme cette nuit chez un de nos amis communs.

— Ah ! fit Marcelle, dont ces défaites invraisemblables redoublaient les soup-

— Ainsi dors en paix, conclut le baron. Je vais endosser mon costume de voyage et je pars. Adieu.

Il fit de la main un geste amical et passa dans sa chambre, qui était située à côté de celle qu'occupait la jeune fille.

— Il ne m'a pas embrassée, pensait-elle.

Elle écouta.

Pendant un quart d'heure, elle entendit remuer dans la chambre de son père. Probablement il s'habillait.

Enfin il sortit, referma sa porte, et s'en alla; puis le bruit de ses pas retentit dans le corridor... se perdit dans l'escalier et... tout rentra dans le silence.

Le baron était descendu. Il alla rejoindre le vieux gentilhomme, qui l'attendait avec impatience.

— Vous n'y songez pas! dit-il. Il est près de dix heures et demie. Allons, suivez-moi; je vais vous accompagner aux écuries et vous faire donner un cheval.

A ces mots, il l'entraîna.

Déjà ils avaient fait quelques pas, lorsqu'un coup de feu retentit, puis un second, puis un troisième.

— Oh! oh! fit le marquis en s'arrêtant subitement, qu'est-ce que cela signifie?

Il prêta l'oreille.

— Par ici! Ils sont là! criait une voix.

— C'est la voix de mon jardinier... On a tiré du côté de l'Oise... dit le vieux gentilhomme, est-ce que ce serait le duc?... Ah! par exemple, malheur à lui s'il ose s'introduire chez moi la nuit, en franchissant mes clôtures! Cette fois, je suis dans mon droit. Venez, baron, nous allons rire.

De nouveau, il prit le bras de M. de Pierre-Lisse et ils se dirigèrent à travers les allées sombres du parc, vers le bord de la rivière.

— Qu'y a-t-il? demanda-t-il d'une voix sonore.

— Monseigneur, répondit le jardinier, deux hommes se sont faufilés dans le parc à travers la haie. Suivant vos ordres, nous avons fait feu.

— Vous avez bien fait. Les avez-vous touchés?

— Je n'en sais rien.

— Cherchez, cherchez, dit M. de Bellaire en prêchant d'exemple.

Le baron s'était joint à lui.

— Ah! s'ils pouvaient tuer ce duc maudit! murmurait-il.

Saisi d'une rage subite, il s'élança.

Soudain il s'arrêta et se dissimula derrière un arbre. Il venait d'apercevoir deux ombres humaines qui s'avançaient avec précaution.

— Les voilà! cria-t-il. Par ici! Feu! Feu partout! Sus aux voleurs!

A ses cris, les domestiques, qui venaient de recharger leurs armes, se précipitèrent dans la direction qu'il leur indiquait.

Se voyant assaillis de toutes parts, croyant vraisemblablement que le marquis et le baron étaient armés, supposant peut-être que toute la maison allait leur prêter main-forte, les deux ombres se dirigèrent en courant vers la haie.

Ils se disposaient à l'escalader, quand le baron, ivre de colère et craignant qu'ils ne lui échappassent, sortit de sa retraite et bondit en avant.

— Tirez ! mais tirez donc ! criait-il aux laquais du marquis.

Obéissant à cet ordre impérieux, le jardinier et ses aides firent feu presque en même temps.

Un des deux hommes tomba, à l'instant même où il venait de sauter par-dessus la haie.

— Nous le tenons ! hurla le baron.

Emporté par une fureur sauvage, il voulut se jeter sur eux ; mais celui des deux fugitifs qui avait été atteint se releva, l'ajusta lentement et fit feu à son tour.

M. de Pierre-Lisse chancela, étendit les bras et roula sur le gazon.

Le marquis, qui l'avait suivi, poussa un juron terrible et appella aussitôt ses gens.

— Antoine ! Jacques ! Alphonse ! cria-t-il. Au secours ! au secours !

A la voix de leur maitre, les laquais s'empressèrent d'accourir.

Le baron avait essayé déjà de se relever, mais il n'avait pas pu y parvenir. Cependant sa blessure n'avait pas calmé l'ivresse de sang et la soif de vengeance qui s'étaient emparées de lui.

A demi soulevé, une main appuyée sur l'herbe, et se soutenant avec peine, il désignait de l'autre les deux fugitifs.

— Ne vous occupez pas de moi ! criait-il. Rechargez vos fusils, tirez sur eux ; ils vont vous échapper...

Tout à coup, la voix lui manqua, les forces lui firent défaut et il retomba lourdement en arrière.

— Malédiction ! fit le marquis. Il ne manquait plus que cela !

Il fit un geste, et les jardiniers emportèrent le corps inanimé de M. de Pierre-Lisse.

Le vieux gentilhomme précéda le funèbre cortége, qui se dirigea vers le château.

Le baron fut hissé dans la chambre qu'il occupait, puis on le déshabilla et on le coucha, tandis que, sur l'ordre de M. de Bellaire, un laquais courait à Conflans pour y chercher un médecin.

Le blessé n'avait pas perdu connaissance, mais il souffrait évidemment beaucoup. Pendant qu'on le transportait et qu'on le mettait au lit, il n'avait pas cessé de pousser de sourds gémissements.

Le marquis demeurait immobile sur un fauteuil, assistant d'un air distrait à tous ces préparatifs, et certainement très contrarié de ce désagréable incident.

Il ne pouvait pas, dans un pareil moment, mettre à exécution les projets qu'il avait conçus.

La chambre de Marcelle était en effet, immédiatement contiguë à celle de son père. Or, en l'état où se trouvait le baron, le laisser seul eût été d'une cruauté dont le vieux gentilhomme se garda bien d'affronter les conséquences.

Si donc il essayait de pénétrer chez la jeune fille, il est certain qu'elle ferait résistance, qu'elle appellerait à son secours, et que ces cris attireraient l'attention du blessé, ou tout au moins du laquais qui veillait auprès de lui.

Quand il vit M. de Pierre-Lisse mollement étendu dans son lit, il se leva, fort étonné que Marcelle n'eût pas paru.

Sans doute elle était couchée et elle dormait ; mais il était vraiment surprenant que le piétinement des laquais et les gémissements du blessé ne l'eussent pas réveillée.

M. de Bellaire fut d'abord tenté de la prévenir du malheur qui venait de la frapper.

Il quitta le baron, s'engagea dans le corridor, et s'arrêta devant la porte de la chambre occupée par la jeune fille.

La porte était fermée et la clef n'était pas dans la serrure.

— Tiens ! murmura le vieillard, elle s'est enfermée ! Est-ce qu'elle se doutait ?

Il frappa légèrement, rien ne bougea. Il frappa plus fort... personne ne répondit,

— Elle dort, ou elle a peur et ne veut pas ouvrir, pensa-t-il.

Il allait frapper de nouveau, il s'arrêta.

— Au fait, dit-il, laissons-la dormir. Elle apprendra toujours assez ôt ce qui est arrivé.

Il s'éloigna, lentement et comme à regret, et regagna ses appartements.

Il hésita longtemps à faire sa toilette de nuit, mais il n'osa pas se coucher avant que le médecin fût arrivé et l'eût renseigné sur l'état du blessé.

Il n'attendit pas longtemps. Le docteur, qu'on avait prévenu, sauta à cheval dès qu'on lui apprit qu'il était mandé au château du marquis de Bellaire et lança sa monture au galop. En vingt minutes il franchit la distance qui sépare Conflans de Neuville.

Pendant qu'on l'introduisait auprès du baron, on avertit le vieux gentilhomme de son arrivée, et celui-ci remonta dans la chambre de M. de Pierre-Lisse. Il remarqua même, en passant, que la porte de Marcelle restait inexorablement close.

En effet, elle n'était pas auprès de son père. Il n'avait pas fait un mouvement ; sa respiration devenait de plus en plus difficile et ressemblait maintenant à un ronflement.

Le docteur l'examina d'un œil impassible et sonda la blessure. Elle était placée au-dessous du sein gauche et n'avait rendu que très peu de sang. Après l'avoir sondée, il se tourna vers le marquis.

— Le cas est grave, dit-il, si grave qu'il ne me serait pas possible aujourd'hui d'extraire la balle. Elle doit avoir perforé le poumon et s'être logée tout près de la colonne vertébrale.

— La blessure est-elle donc mortelle ?

— Je ne saurais vous l'affirmer sûrement, mais il n'est pas douteux qu'elle ne soit très dangereuse. Je vais procéder au premier pansement et, demain matin, si le malade va mieux j'essaierai d'extraire la balle.

Aucun bruit n'arrivait jusqu'à eux. (Page 432.)

Aussitôt il se mit à l'œuvre avec une légèreté de main qui dénotait à la fois beaucoup de sang-froid et d'habileté.

Comme il arrive toujours en pareil cas, le baron éprouva un soulagement momentané. Ses yeux éteints se ranimèrent. Il ouvrait la bouche pour parler, quand le docteur l'arrêta.

— Ah ! non, dit-il vivement, pas un mot, pas un effort, ou je ne réponds de rien !

M. de Pierre-Lisse se résigna au silence et à l'immobilité. L'amélioration passagère que la sensation de l'eau froide avait amenée ne fut du reste pas de longue durée. Ses paupières retombèrent peu à peu et voilèrent presque entièrement ses regards atones.

Le médecin se retira.

— S'il survenait quelque complication fâcheuse, dit-il, veuillez m'en faire prévenir sur-le-champ.

Le vieux gentilhomme était de plus en plus mécontent. Non-seulement son plan de séduction était irréalisable, mais encore il se voyait obligé de garder dans sa maison un homme pour lequel il ne ressentait ni estime, ni amitié, et qui se trouvait en danger de mort.

Il reconduisit le docteur jusqu'à la porte de l'antichambre et rentra chez lui.

Son valet de chambre l'attendait et se mettait en devoir de le déshabiller, quand on frappa plusieurs coups secs à la porte de sa chambre.

— Qui est là? demanda le marquis.

— C'est moi, André, répondit une voix tremblante.

— Eh bien! entre, fit M. de Bellaire avec humeur.

Le laquais entra, la mine effarée.

— Qu'y a-t-il? Que me veux-tu? interrogea le vieillard surpris.

— Monseigneur, c'est M. le duc de La Tournaye...

— Encore! interrompit le marquis. Qu'il aille au diable!

— C'est qu'il insiste tellement...

— Réponds-lui que je suis au lit et que je dors.

— Je le veux bien, monseigneur; mais c'est que M. le duc menace, si vous ne le recevez pas, d'envahir le château...

— Et vous avez la patience de l'écouter? s'écria M. de Bellaire emporté par la colère. Mettez-le à la porte, s'il le faut. Que diable! je ne suis pas tenu de le recevoir à pareille heure!

— Sans doute, monseigneur, mais le duc est accompagné d'une dizaine de soldats commandés par un sergent.

— Plaît-il? fit le vieux gentilhomme, en se redressant. Des soldats! un sergent!

— Oui, monseigneur.

Le marquis donna sur la table devant laquelle il était assis un formidable coup de poing et se leva.

— Introduisez M. de La Tournaye, ordonna-t-il. Nous verrons s'il osera...

Il fit un geste et le valet s'éloigna.

Il étouffait de rage, mais il voulait avant tout éviter un scandale.

Il passa dans le salon, où son valet de chambre le précéda, portant un candélabre allumé.

Quelques instants après, le duc entra.

— Monsieur, lui dit le marquis, si j'ai lieu de m'étonner de l'opiniâtreté avec laquelle vous persistez à pénétrer chez moi contre mon gré, j'ai bien le droit de vous demander une explication.

— Je m'étonne de mon côté que vous le preniez de si haut, monsieur, répliqua Lucien. Si vous aviez répondu, comme c'était votre devoir, aux justes réclamations que je venais vous adresser de la part du roi, vous nous auriez évité à l'un et à l'autre les désagréments auxquels votre attitude hostile nous expose tous les deux.

— Ainsi, ce que m'a dit mon laquais est vrai! Vous avez amené chez moi des soldats!...

— Qui ont reçu l'ordre de faire dans votre château, que vous le vouliez ou non, une perquisition minutieuse, jusqu'à ce que Mˡˡᵉ de Pierre-Lisse soit rendue à la liberté, ajouta froidement le duc.

— Soit, monsieur, mais je proteste...

— Si vous protestez, interrompit Lucien, je serai dans la pénible nécessité de vous arrêter, monsieur.

— Moi! se récria le marquis.

— Vous le premier, oui, monsieur.

Le vieux gentilhomme sentit que toute résistance était inutile et demeura confondu.

— Tenez, monsieur, reprit M. de La Tournaye d'une voix persuasive, vous feriez plus sagement de ne pas épouser la querelle d'un homme que vous ne connaissez assurément pas, car il ne mérite, je vous le jure, ni tant de dévouement ni...

— Oh! je le connais mieux que vous! interrompit le marquis avec un geste de mépris.

— Alors, je comprends encore moins votre obstination, riposta le duc.

— Comment! fit M. de Bellaire, vous ne comprenez pas combien il est humiliant pour moi de voir mon château envahi et, pour ainsi dire, pris d'assaut!

— Je le conçois, répondit doucement Lucien, mais il vous était facile, il vous est facile encore de vous épargner cet affront. Conduisez-moi tout simplement à l'appartement qu'habite Mˡˡᵉ de Pierre-Lisse. Je me nomme, elle me suit, et tout est dit.

— Venez donc, monsieur, dit M. de Bellaire, voyant qu'il ne pouvait pas se tirer plus honorablement de la fausse position dans laquelle il s'était mis. Vous serez sans doute plus heureux que moi...

— Que voulez-vous dire? demanda Lucien.

— J'ai frappé, il y a trois quarts d'heure, à la porte de Mˡˡᵉ de Pierre-Lisse, sans obtenir une réponse.

— Peut-être avait-elle pour rester enfermée des raisons...

— Ne le croyez pas, monsieur! protesta énergiquement le vieux gentilhomme. Je voulais seulement lui annoncer que son père venait d'être dangereusement blessé, — et vraisemblablement par l'un des vôtres.

— Comment, par l'un des miens! s'écria le duc.

Le marquis lui raconta en peu de mots que deux inconnus avaient pénétré dans le parc, que ses jardiniers avaient tiré sur eux et en avaient touché un, mais que l'autre avait riposté et que sa balle avait atteint le baron de Pierre-Lisse.

— Je supposais même, ajouta-t-il, que c'était vous ou l'une des personnes qui vous ont accompagné.

— J'espère que vous vous trompez, monsieur, fit Lucien très-ému. Il est vrai que je suis venu ici en compagnie de quelques amis; mais je les ai laissés à l'auberge, n'emmenant à Conflans, avec moi, pour y chercher main-forte, que Papillon, et je ne puis pas croire qu'ils auraient été assez imprudents... Je vais, du reste, m'en informer tout à l'heure, et nous saurons, vous et moi, à quoi nous en tenir. Pour l'instant, occupons-nous du plus pressé. Veuillez m'indiquer l'appartement de Mlle de Pierre-Lisse.

Le marquis s'inclina.

— Je vais vous montrer le chemin, dit-il.

Si sa mauvaise humeur ne s'était pas complètement dissipée, il s'était résigné du moins à faire contre fortune bon cœur, plutôt que d'encourir la colère du roi, ou de déplaire au duc de La Tournaye, dont il connaissait et redoutait l'influence.

En quelques secondes, ils franchirent l'escalier et s'engagèrent dans le corridor sur lequel ouvrait la chambre de Marcelle.

Lucien frappa à plusieurs reprises, se nomma... la jeune fille ne lui répondait pas !

Inquiet et surpris, il se tourna vers M. de Bellaire pour lui demander l'explication de ce mystère.

Celui-ci devina quels soupçons germaient dans l'esprit du gentilhomme.

— Sur mon honneur! monsieur je n'y comprends absolument rien, dit-il.

Il essaya d'ébranler la porte ; mais elle résista à tous ses efforts.

— Nous allons la faire enfoncer, dit-il.

Aussitôt il appela et donna l'ordre au laquais qui se présenta d'aller chercher du renfort.

Quelques instants après, trois solides gaillards arrivèrent, munis d'une pince, et n'eurent pas de peine à faire sauter la serrure.

Le duc se précipita dans la chambre... Elle était vide?

Le marquis y avait pénétré sur ses pas, moins inquiet peut-être, quoique non moins étonné.

Les deux gentilshommes se regardèrent stupéfaits ; mais, dans les yeux de Lucien, il y avait à la fois un reproche et une menace.

M. de Bellaire ne s'y trompa point.

— Je vous ai donné déjà ma parole de gentilhomme que je n'y comprenais rien, dit-il avec vivacité, je vous la donne encore. Et comme je ne veux pas que vous puissiez conserver un soupçon, je vais à l'instant diriger, de concert avec vous, vos soldats et mes laquais, les recherches les plus minutieuses.

Aussitôt, avec une vigueur qu'on ne lui aurait pas supposée, il entraîna M. de La Tournaye.

Le duc se laissa faire. Les paroles du vieillard étaient empreintes d'un tel accent de sincérité, qu'il n'était pas possible de mettre en doute sa bonne foi.

Mais alors qu'était devenue Marcelle?

A peine étaient-ils au rez-de-chaussée que le valet de chambre du marquis se présenta.

Devant Lucien, il lui donna l'ordre de réunir ses laquais et ses jardiniers, ainsi que les soldats de M. de La Tournaye, de les munir de torches et de les faire ranger en ligne au bas du perron.

Pendant qu'on mettait ses ordres à exécution, il saisit le candélabre qui brûlait sur la table du salon. Lui-même servit de guide à Lucien à travers les chambres et les corridors du château, fouillant avidement de l'œil les moindres réduits.

En arrivant devant la chambre du baron, le duc hésita à entrer ; mais le marquis le prit par le bras et le contraignit à le suivre.

Fort heureusement pour Lucien, qui redoutait une scène violente, M. de Pierre-Lisse était tellement affaibli qu'il ne s'aperçut même pas que son plus mortel ennemi se trouvait auprès de lui.

Les deux gentilshommes poursuivirent jusque dans les combles leurs inutiles investigations. Enfin, lorsqu'il fut bien avéré pour eux que Marcelle n'était pas au château, ils redescendirent précipitamment.

En arrivant dans le vestibule, ils le virent éclairé par une lueur aussi vive que si un incendie s'était déclaré.

C'étaient les laquais et les soldats qui les attendaient, munis des torches qu'on leur avaient distribuées.

Le marquis organisa promptement la battue et disposa ses hommes sur un rang, à vingt-cinq pas de distance l'un de l'autre ; puis, prenant les devants avec M. de La Tournaye, il explora le parc dans toute sa largeur.

La battue partait de l'extrémité des jardins qui longeait le chemin de Neuville et se dirigeait, en suivant le cours de l'Oise, vers la haie qui leur servait de clôture à l'autre extrémité.

Valets et soldats avaient été si habilement espacés que rien ne pouvait leur échapper.

C'était vraiment un magnifique spectacle que cette sorte de chasse aux flambeaux, dans laquelle plus de vingt hommes traversaient, en s'appelant de la voix, les pelouses et les massifs. La lumière des torches éclairait de lueurs rougeâtres et intermittentes la verdure sombre des grands arbres et projetait sur l'herbe noire des ombres gigantesques, qui se perdaient un peu plus loin dans les profondeurs de la nuit.

Le rang lumineux des rabatteurs s'avançait lentement, portant haut la main, fouillant les ténèbres bien au-delà de la ligne éclatante que projetaient les flambeaux, dont les armes de l'uniforme des soldats reflétaient bizarrement les rayons.

Le marquis et le duc les encourageaient du geste et de la voix, mais, hélas ! on ne découvrait rien !

Au bout de vingt minutes, on atteignit la limite extrême du parc immense. Marcelle n'y était pas.

Se rappelant soudain la tentative de suicide que la jeune fille avait exécutée à Auteuil et voyant que la rivière coulait à quelques pas, Lucien que la terreur commençait à envahir, entraîna les rabatteurs dans cette direction.

En vain ils interrogeaient du regard les moindres touffes d'herbe qui croissaient sur les bords sinueux de l'Oise; rien n'indiquait que Marcelle eût passé par là.

Ils avaient remonté le courant jusqu'au pavillon, quand M. de Bellaire s'arrêta.

— Est-ce qu'elle aurait pris la fuite avec les deux hommes qui se sont introduits ici ? dit-il. Non, je l'aurais aperçue... Cherchons pourtant... La piste doit être facile à suivre... Un de ces deux homme a été blessé... nous devons retrouver les traces de sang...

— C'est juste, fit Lucien, qui se reprit à espérer.

Aussitôt on appela les rabatteurs et on se mit en quête de cette piste nouvelle.

En effet, à l'endroit que le marquis indiquait, on aperçut quelques goutes de sang. On en retrouva d'autres, de distance en distance, jusqu'à deux cents pas en amont du parc et du chemin qui conduisait à Neuville.

Là, on ne distingua plus rien. Il n'était pas possible cependant que ces deux hommes, dont l'un devait être assez grièvement blessé, se fussent jetés à la nage pour gagner la rive droite de l'Oise.

Le duc voulut s'en assurer malgré tout. On chercha de tous côtés un bateau. Ce ne fut qu'au bout de vingt minutes qu'on parvint à en trouver.

Lucien y monta, explora pendant un bon quart d'heure la rive opposée... Rien ! Toujours rien !

Là, une fois encore, bien qu'on n'en espérât aucun résultat, on se livra pour la forme à une seconde perquisition. Elle fut aussi infructueuse que la première M. de La Tournaye était consterné.

Marcelle s'était-elle jetée à l'eau ? Malgré les promesses solennelles qu'elle avait faites à Papillon, n'aurait-elle pas préféré la mort, à la captivité ou au déshonneur ? Tout semblait l'indiquer.

Lucien ne s'était pas trompé un instant sur les causes qui avaient rapproché M. de Bellaire du baron. Il connaissait la réputation déplorable de ce vieux débauché et savait avec quelle prodigalité il jetait l'or pour étaler le luxe insolent de ses maîtresses.

— Qui sait, se disait-il, si M. de Pierre-Lisse n'avait pas vendu sa fille à ce libertin ?... Qui sait si ce n'est pas pour leur échapper...

Tout à coup, une idée subite se présenta à son esprit.

— Mais au fait, pensa-t-il, si les deux hommes sur lesquels ont tiré les laquais de M. de Bellaire sont Martial et Germain, et si Marcelle s'est enfuie avec eux, je vais les retrouver à l'auberge...

Il quitta précipitamment le marquis, congédia les soldats, auxquels il jeta sa bourse, et frappa à la porte de l'hôtellerie.

Papillon l'y attendait et venait lui ouvrir la porte.

— Eh bien ! lui demanda le duc, Martial et Germain sont là ?...

— Martial et Germain sont sortis une demi-heure après vous et ne sont pas rentrés, répondit le brigadier en mâchonnant sa moustache.

Accablé par cette foudroyante nouvelle, Lucien se laissa tomber sur un siège.

— Décidément, le ciel est contre nous ! murmura-t-il.

XI

CE QUI S'ÉTAIT PASSÉ EN L'ABSENCE DE LUCIEN

Le duc et Martial, on s'en souvient, étaient en désaccord complet sur les moyens à employer pour arracher Marcelle des mains de M. Pierre-Lisse.

Le premier prétendait la réclamer au nom du droit et seulement par les voies légales ; le second, emporté par sa passion, trouvait plus expéditif et plus sûr de recourir à la force et de la conquérir à main armée.

Cependant, comme Papillon et Germain partageaient l'avis de leur maître, Martial avait été obligé de se rendre.

En conséquence, il avait été décidé que le duc et le brigadier iraient chercher main-forte à Conflans, où séjournait une compagnie de gardes-françaises, tandis que le comte et Germain les attendraient à Neuville et surveilleraient les abords du château.

Lucien et Papillon se mirent en route. Martial et Germain s'installèrent sur le banc de pierre qui se trouvait à la porte de l'auberge.

Pendant le premier quart d'heure, le jeune comte fit preuve d'une assez grande patience, mais, pendant le second, il se leva à plusieurs reprises, fit quelques pas sur la route et donna les signes de la plus vive agitation.

Fidèle à sa consigne, Germain n'avait pas fait un mouvement.

La porte du château demeurait fermée. Aucun bruit ne troublait le silence de cette nuit splendide.

— Parbleu ! fit tout à coup Martial, ils se sont barricadés là-dedans et il faudra un régiment pour les déloger ou bien ils prendront la fuite...

Il s'arrêta brusquement.

— La fuite... reprit-il au bout de quelques instants. Oui, c'est possible, c'est probable même... mais ils se garderont bien de fuir par cette porte, sachant que nous la gardons... C'est par le bord de l'eau qu'ils s'en iront, si ce n'est déjà fait...

A ces mots, se tournant vers l'ancien carabinier :

— N'est-ce pas ton avis ? demanda-t-il.

— Ma foi !... ça se pourrait bien... répondit Germain, qui ne voulait pas se compromettre.

— Et moi, j'en suis sûr, poursuivit Martial. Aussi est-il absurde à nous de demeurer ici. C'est sur la berge que nous devrions être.

Germain ne sourcilla pas.

— Viens-tu ? fit le comte

— Non, monseigneur, dit Germain. M. le duc m'a ordonné de rester ici, je reste ici.

— Corbleu ! tu es prudent ! continua le jeune gentilhomme d'un ton railleur. Tu tiens à vivre vieux, mon garçon ? Et bien ! bonsoir. Je n'aime pas les poltrons, moi.

Le soldat se leva d'un bond.

— Poltron, moi ! dit-il d'une voix tremblante. Monseigneur ne le pense pas ?

— Eh ! que veux-tu que je pense ? Je te prouve clair comme le jour que nous jouons un rôle de dupe en restant ici, et tu persistes à y demeurer. Dès lors il n'y a pas de milieu : ou tu es un imbécile ou tu es un poltron.

— Encore ! fit Germain. Eh bien ! je suis un imbécile, j'aime mieux cela.

— Pas du tout ! répliqua le gentilhomme en ricanant. Tu as soin de ta petite santé.

— Oh ! monseigneur, dit Germain, que la colère étranglait, ce n'est pas généreux à vous de me traiter ainsi !

— Eh ! s'écria le comte, en lui secouant le bras avec force, si tu veux que je te croie, suis-moi donc !

— Soit ! je vous prouverai que je ne suis pas un lâche, fit le pauvre garçon, les larmes aux yeux, et les poings crispés ; mais je vous rends responsable vis-à-vis de mon maître de ce qui arrivera.

— Oui, dix fois oui, morbleu ! Je prends tout sur moi, mais viens, viens donc !

Germain se décida.

— Es-tu armé ? demanda Martial.

— J'ai un poignard et un pistolet...

— Comme moi, dit le gentilhomme. C'est plus qu'il n'en faut pour une armée de laquais. Allons !

Il entraîna Germain, qui se laissa faire bien à contre-cœur, et ils se dirigèrent vers l'Oise.

Ils s'avançaient prudemment, sondant les ténèbres, car la lune était à son déclin et ne les éclairait pas de ses rayons argentés. Ils parcoururent ainsi dans toute sa longueur la haie qui bordait la propriété du marquis.

Ils avaient beau regarder, prêter l'oreille, ils ne voyaient rien, aucun bruit n'arrivait jusqu'à eux.

Ils étaient en ce moment à deux cents pas de Conflans. (Page 435.)

— Mais que se passe-t-il donc dans ce château de malheur? s'écria Martial, que dévoraient l'amour et l'impatience... Si nous allions voir... proposa-t-il.

— Allons ! fit docilement Germain.

— Attention ! arme ton pistolet, et en avant ! dit le gentilhomme à demi-voix.

Ce n'est pas à lui qu'on aurait pu reprocher de manquer de courage. Dès qu'il eut trouvé dans la haie un passage, il s'élança.

Germain le suivit.

Mais à peine avaient-ils fait quelques pas qu'ils furent assaillis par trois coups de feu. Ils entendirent siffler les balles; ni l'un ni l'autre n'avait été touché.

Ils allaient s'avancer encore, quand ils entendirent la voix du marquis et du baron.

Croyant qu'ils étaient armés et que toute la valetaille l'était également, ils voulurent battre en retraite; mais une seconde décharge retentit, — Malheureusement mieux dirigée que la première!...

C'était Germain qui avait été frappé. La balle l'avait atteint à la cuisse droite au moment où, sur les pas de Martial, il avait franchi la haie.

Il tomba.

— Fuyez! fuyez! cria-t-il au gentilhomme.

— Fuir! dit Martial en relevant la tête. Allons donc!

Il resta debout auprès de lui pour le défendre; mais Germain n'avait pas perdu connaissance. Voyant accourir le marquis et le baron, et désireux de se venger, il fit un effort, ajusta lentement celui des deux gentilhommes qui se trouvait à sa portée et fit feu.

Le baron fut mortellement atteint.

Cette chute décida certainement du salut du comte et de Germain.

Pendant que M. de Bellaire et ses valets s'empressaient autour de M. de Pierre-Lisse, Martial, qui était d'une force herculéenne, saisit Germain dans ses bras et l'emporta.

Sa première pensée fut de regagner l'auberge de Neuville.

— Mais s'ils nous attaquent?... pensa-t-il. Évidemment ils vont revenir sur leurs pas... nous suivre à la piste... Le sang que perd ce pauvre garçon les conduira directement à l'auberge, dont l'hôte doit être entièrement à la dévotion du marquis et de ses gens... ils l'achèveront peut-être... Comment faire?

Ces phrases décousues, il les avait prononcées assez haut pour que Germain les entendit.

— Là-bas... un bateau..., dit-il à voix basse.

Il venait de se rappeler qu'en le ramenant à terre avec le duc le pêcheur, aux services duquel il avait eu recours, avait amarré son bachot à deux cents pas de là.

Suivant la direction que lui indiquait Germain, le jeune comte aperçut en effet, au bord de l'eau, un bateau dans lequel il entra.

Après avoir déposé son fardeau sur la levée de l'arrière, il détacha le bachot, borda les avirons et gagna l'autre rive; le long de laquelle il se mit à ramer silencieusement.

— Allons rejoindre le duc à Conflans, dit-il.

Ils descendaient le courant. Le bateau marchait vite et invisible, confondu dans l'ombre que la berge projetait sur la rivière.

Germain n'avait pas poussé une plainte. Il avait mis à nu sa blessure, qu'il baignait d'eau froide, en trempant dans l'Oise son mouchoir ensanglanté.

La balle lui avait traversé les chairs, mais n'avait pas touché l'os. La plaie avait, en outre, beaucoup saigné; elle ne présentait donc aucun danger sérieux, Quand il eut bien étanché le sang et arrêté l'hémorrhagie, il banda fortement son mouchoir autour de la cuisse et poussa un soupir de soulagement.

Pendant ce temps, le bateau, conduit par Martial, avait fait du chemin et était arrivé à l'embouchure de l'Oise.

Cette fois, il s'agissait de remonter la Seine jusqu'à Conflans. Le trajet n'était pas long, mais il fallait lutter contre le courant. Le bachot était lourd à mener, et le jeune comte n'avait pas une grande habitude de ce genre d'exercice.

Il était en nage et soufflait bruyamment. Germain souffrait, mais ne disait mot.

— Eh bien ? lui dit Martial entre deux coups d'avirons, et ta blessure ?

— Ma blessure ne va pas mal, monseigneur, mais si vous m'aviez écouté...

— Eh ! pouvais-je prévoir que nous allions avoir une armée à combattre ? se récria le gentilhomme. C'est la faute de Lucien et non la mienne. Sa visite, les menaces qu'il a proférées, ont mis le marquis et le baron sur leurs gardes, tandis que s'il m'avait écouté et si nous avions attaqué résolûment tout d'abord..

— Nous nous serions peut-être fait tuer tous les quatre, ajouta Germain

Et comme Martial laissait échapper un mouvement d'humeur :

— Oh ! ce n'est pas pour le pruneau que j'ai reçu que je dis cela, reprit-il. D'autant plus que je crois avoir rendu la pareille à celui qui me l'a envoyé... Mais que va penser M. le duc quand il ne nous retrouvera plus à Neuville ?...

— Tranquillise-toi, répliqua Martial ; j'y retournerai dès que je t'aurai mis en sûreté.

Ils étaient en ce moment à deux cents pas de Conflans, dont on commençait à distinguer les premières maisons.

Martial n'en pouvait plus. Il y avait au moins une heure et demie qu'il ramait ; ses mains étaient couvertes d'ampoules.

Il s'arrêta un instant pour reprendre haleine et aborda un peu au-dessus des péniches qui stationnent continuellement en cet endroit.

— Où aller ? demanda-t-il.

— Bah ! nous trouverons bien une auberge sur le quai, dit Germain.

— Oui, mais pour la trouver, il faut chercher. Es-tu en état de marcher ?

— Certainement.

— Alors, je vais remonter de quelques pas encore, et nous nous mettrons en quête...

Il allait reprendre le large, quand il entendit le trot d'un cheval.

— Ah ! dit-il, voici à point nommé un voyageur qui va peut-être nous renseigner...

Aussitôt, il sauta sur la berge, qu'il gravit, et monta sur le chemin qui côtoyait la Seine.

Au même instant, le cavalier passait devant lui.

— Pardon, monsieur, fit le comte, êtes-vous du pays ?

— Oui, monsieur.

— Voulez-vous alors me donner deux indications dont j'ai besoin ?

— Très volontiers, monsieur.

— Où trouverai-je une auberge et un médecin ?

—Si c'est là ce qu'il vous faut, vous ne pouviez pas mieux vous adresser, répondit le cavalier. Je suis médecin.

— Alors veuillez m'accompagner jusqu'à la première auberge, dit Martial. J'ai là, dans mon bateau, un ami qui s'est blessé en nettoyant son pistolet...

— Suivez-moi, fit le docteur avec empressement. Je vais prendre les devants et vous faire ouvrir la porte de la première auberge venue.

— Est-ce loin.

—Deux cent cinquante pas à peine. Dans dix minutes vous y serez.

En effet, le médecin partit au grand trot.

Martial remonta dans son bateau, fit un nouvel effort et réussit, au bout d'un petit quart d'heure, à atteindre l'endroit que le docteur lui avait désigné.

Celui-ci avait mis pied à terre et l'encourageait de la voix. La porte de l'hôtellerie était ouverte,

Appuyé sur le bras robuste du jeune comte, Germain put gagner l'auberge et monter dans la chambre qu'on lui donna.

En arrivant, il était à bout de forces !

En un clin d'œil, il fut déshabillé, mis au lit, pendant que le médecin préparait ses instruments.

— Ce n'est rien, dit-il, après avoir examiné la blessure. Aucun organe essentiel n'a été lésé. Un repos de quelques jours suffira... C'est singulier ! reprit-il en procédant au pansement, voilà la seconde blessure d'arme à feu que je soigne dans la soirée !

— Vraiment ? fit Martial, qui prêta l'oreille

— Oui. Figurez-vous que j'arrive du château de Neuville, où le marquis de Bellaire m'a fait appeler il y a une heure...

— Ah ! dit le comte, en échangeant avec Germain un regard d'intelligence, il est donc blessé ?

— Non pas lui, mais un de ses amis.

— Qui se nomme ? interrogea curieusement le gentilhomme.

—Je ne sais pas son nom, répondit le docteur. Je l'ai seulement entendu appeler M. le baron.

— Et sa blessure est dangereuse ?

— Si dangereuse que je n'ai pu procéder sur le champ à l'extraction du projectile.

— Croyez-vous qu'il en mourra ?

— Il me serait impossible de me prononcer encore, mais je n'ai pas confiance, dit le médecin.

Il accompagna ces derniers mots d'une grimace significative.

— Voilà qui est fait ! dit-il aussitôt. Je ne reviendrai pas avant demain. Rien ne presse. Je souhaiterais à mon autre blessé de ne pas être plus gravement malade que celui-ci.

Martial le remercia chaleureusement et l'accompagna jusqu'à la porte de la chambre.

Dès que le docteur se fut éloigné, M. de Lally revint auprès de Germain. Il n'avait plus cet air consterné qui se lisait sur son visage quelques minutes auparavant.

— Eh bien, monseigneur, qu'en pensez vous ? lui dit Germain. Il me semble que nous n'avons tout de même pas perdu notre temps... Si le baron est aussi mal que le prétend ce docteur... je vous aurai tiré une fameuse épine du pied!...

Martial ne disait mot. Evidemment pourtant il était de cet avis.

— Aussi, ajouta Germain, je vous jure que je ne regrette pas ce que j'ai rendu en échange de ce que j'ai reçu !

— Oui, dit enfin le jeune comte pensif, tout est peut-être pour le mieux ainsi, mais ce marquis... Pourquoi s'est-il ligué contre nous avec M. de Pierre-Lisse !. Est-ce que...

Il n'osa pas achever sa pensée.

—Ah ! tiens, continua-t-il, c'est plus fort que moi, je ne puis pas tenir en place! Il faut que je retourne à Neuville.

— Certes, approuva Germain. Quand ce ne serait que pour rassurer M. le duc.

— Ainsi tu ne m'en voudras pas de te laisser seul ?

— Au contraire. Je vous en voudrais de rester plus longtemps.

— Eh bien ! je pars, fit le jeune comte. D'ailleurs, tu vas à merveille... Tu n'as besoin de rien avant demain...

— Non, non, dit coup sur coup Germain. Hâtez-vous de retourner auprès de mon maître.

— En ce cas, à demain ! promit Martial.

Et il s'éloigna.

En dépit des fatigues qu'il avait endurées pendant cette interminable journée, il franchit d'un pas agile la petite lieue qui le séparait de Neuville.

Il était plus d'une heure du matin, quand il frappa à la porte de l'auberge.

Lucien et Papillon étaient très inquiets. Ils ne doutaient plus que les deux hommes sur lesquels avaient tiré les gens du marquis ne fussent Martial et Germain

Qu'étaient-ils devenus ? Lequel des deux avait été blessé ? Lequel avait tiré ce fameux coup de pistolet, qui menaçait de précipiter le dénoûment ?

L'arrivée de Martial répondait aux deux premières questions. Il était seul, donc c'était Germain qui avait été frappé.

Les explications qu'il fournit achevèrent de dissiper en partie les alarmes de Lucien. S'il était rassuré sur le sort de Germain, s'il ne s'attristait pas outre mesure de l'accident dont M. de Pierre-Lisse avait été victime, il ne pouvait s'expliquer comment Marcelle avait disparu.

Papillon était convaincu qu'elle n'avait pas renouvelé sa tentative de suicide.

—Elle m'a juré avec trop de sincérité qu'elle ne recommencerait plus, disait-il.

Il avait fini par faire partager ses convictions à M. de La Tournaye; mais alors Marcelle avait pris la fuite. Dans quelle direction? Ce mystère seulement présentait maintenant quelque intérêt.

Il fallut bien apprendre à Martial cette terrible nouvelle. Rien ne saurait peindre la douleur qui s'empara du jeune gentilhomme en recevant ce coup inattendu. Deux grosses larmes coulèrent de ses yeux, tandis qu'il laissait tomber ses bras avec découragement et que son cœur se déchirait.

— Ah ! c'en est trop ! murmura-t-il.

Lucien lui prit la main.

— Allons, morbleu ! soyons hommes ! lui dit-il. Ce n'est plus à pareille heure que nous pouvons nous livrer à de nouvelles recherches ; il est donc urgent de prendre un peu de repos, afin d'être sur pied demain matin à la première heure.

— Mais que ferons-nous demain ? demanda Martial d'une voix attristée.

— Bah ! on prétend que la nuit porte conseil, fit le duc en souriant. Nous verrons bien...

Martial s'imaginait que dormir lui serait impossible, que les déceptions qu'il venait successivement d'éprouver ne lui laisseraient aucun repos. Aussi résistait-il encore à la décision que Lucien venait de prendre, tout en reconnaissant qu'il avait raison.

Il fallut que le duc le conduisît à la porte de sa chambre et le quittât pour gagner celle qui lui était destinée.

Quand il fut seul, le jeune comte se jeta sur son lit. Il ne voulait pas se déshabiller, afin d'être prêt à la première alerte...

Malgré les dispositions d'esprit dans lesquelles il se trouvait, les fatigues excessives qu'il avait endurées depuis deux jours l'emportèrent. A peine avait-il posé la tête sur l'oreiller qu'il s'endormit d'un profond sommeil.

Quant à Lucien, qui ne s'était mis en route que le matin et qui n'avait fait que descendre tranquillement la rive droite de l'Oise, il était plus dispos. En outre, il apportait dans cette expédition moins de passion et naturellement plus de sagesse.

Il eut donc tout le temps de réfléchir mûrement à ce qu'il convenait de faire.

Marcelle avait pris la fuite, ce n'était pas douteux, et les raisons qui l'avaient réduite à cette extrémité n'étaient que trop faciles à deviner. Où était-elle allée ? La question paraissait tout d'abord difficile à résoudre.

Cependant elle était de plus en plus simple, à mesure qu'on l'envisageait froidement.

En effet, la pauvre enfant, ne connaissait absolument à Paris que le duc et sa femme, ainsi que trois ou quatre de leurs amis intimes. Or, il n'était pas probable que Marcelle irait demander asile à leurs amis plutôt qu'à eux. Au contraire, c'était auprès de Raymonde que son premier mouvement avait dû la conduire.

Comment avait-elle fait le trajet ? C'était moins explicable, mais ce détail importait peu pour le moment.

Lucien résolut donc d'envoyer Martial ou Papillon à Paris le lendemain matin, dès la première heure. Plus tranquille alors, il s'endormit à son tour.

A cinq heures il pénétrait dans la chambre de Martial, qui dormait à poings fermés. Le duc fut obligé de l'appeler à trois reprises pour l'éveiller.

Le jeune comte sauta en bas du lit, tout honteux d'être pris en flagrant délit de sommeil, et fit une toilette sommaire, pendant que M. de La Tournaye allait frapper à la porte de Papillon.

Celui-ci était déjà levé.

Il revint dans la chambre de Martial avec Lucien, qui leur fit part des réflexions auxquelles il s'était livré et des conclusions qu'il en avait tirées.

M. de Lally fut le premier à l'approuver et proposa de se rendre lui-même à Paris. Le duc accepta.

La difficulté consistait à se procurer un cheval.

On appela l'aubergiste pour lui demander où il convenait de s'adresser.

— Je ne connais personne à Neuville qui puisse fournir un cheval, répondit-il. Ceux des cultivateurs ne feraient pas votre affaire ; ils ont la force, mais ils n'ont pas la vitesse...

— Mais alors où aller ? interrogea Martial.

— Attendez, monseigneur, fit l'hôte. Si vous êtes venu quelquefois dans le pays, vous avez dû remarquer sur la rive gauche de l'Oise un groupe de maisons qui ne brillent pas précisément par l'élégance...

— Non, dit Lucien, mais cela ne fait rien. Quelles sont ces maisons ?

— Ce sont à la fois des auberges de rouliers et des relais. Dans les écuries, vous trouverez des chevaux un peu lourds, mais vigoureux et bien nourris.

— C'est donc un relais de poste ? demanda Martial.

— Non, monseigneur ; mais c'est là que stationnent les chevaux de hâlage, c'est-à-dire ceux qui remorquent les *chalands* qui font le service de l'Oise.

— Ah ! fort bien, s'écria Lucien. Envoyez donc à l'instant quelqu'un chez ces braves gens, et qu'il nous ramène un cheval tout bridé et tout sellé. Quant au prix, dites à votre homme de ne reculer devant aucun sacrifice, fallût-il acheter le cheval et les harnais.

— Dans trois quarts d'heure mon garçon sera de retour, promit l'hôte.

Il se retira pour faire immédiatement exécuter l'ordre qu'il avait reçu.

— Mais vous, demanda Martial en se tournant vers Lucien, où vous retrouverai-je ?

— Ici, répondit le duc. J'ai toutes sortes de raisons pour ne pas m'éloigner. D'abord, je ne veux pas quitter des yeux le château de M. de Bellaire ; ensuite, je n'oublie pas que j'ai donné rendez-vous, demain matin, à Pontoise, à un certain Landry, dont je compte obtenir de très curieuses révélations sur les antécédents de M. de Pierre-Lisse. Or, mon plus vif désir serait, si ce gentilhomme d'aventure recouvre la santé, de le réduire à l'impuissance au point qu'il n'espère son salut que dans la fuite.

— Ah ! puissiez-vous dire vrai ! s'écria Martial. Ainsi, c'est à Neuville que je reviendrai ?

— Dès que vous aurez vu Raymonde, fit Lucien.

En attendant le retour de l'exprès que l'aubergiste avait dépêché, ils se firent servir une légère collation.

Au moment où ils se levaient de table, ils entendirent le trot d'un cheval. C'était celui qu'on leur amenait, une fort belle bête, un peu massive, mais jeune et robuste. La selle et la bride laissaient beaucoup à désirer ; mais Marcel n'y regarda pas de si près. Sa monture avait à peine fait halte devant la porte qu'il sauta en selle.

Puis, faisant de la main un geste d'adieu, il s'élança sur la route de Paris.

Papillon et Lucien restèrent seuls et se regardèrent, un peu désœuvrés.

— Qu'allons-nous faire pendant cette longue journée ? fit Lucien.

Le brigadier ne répondit que par un mouvement d'épaules qui signifiait : « je n'en sais rien. »

En effet, la perspective de demeurer vingt-quatre heures encore en faction devant la porte du château n'était pas gaie.

— Encore, disait Papillon, si la porte donnait sur le bord de l'eau, on prendrait patience, une ligne à la main.

— Sans doute, fit le duc, mais il me semble que l'un de nous devrait bien aller voir ce pauvre Germain.

— Vas-y toi, monseigneur, dit le brigadier. Ce sera toujours moins ennuyeux que de rester ici.

— Je le veux bien ; mais vous me promettez de ne pas bouger de place ?

— Sois tranquille, mon fils. Si tu me trouves coupé en morceaux, je te jure que ce sera sur ce ban de pierre !

A ces mots, il s'assit aussi résolûment que s'il se fût agi de marcher à l'ennemi.

Lucien se dirigea aussitôt vers Conflans.

Grâce aux indications que lui avaient données Martial, il trouva sans difficulté l'auberge dans laquelle il avait installé son ancien soldat.

Précisément le docteur se trouvait auprès du blessé. La nuit avait été aussi bonne que possible ; nul désordre ne s'était produit ; la guérison serait prompte et certaine.

Au bout d'une demi-heure, le duc se leva. Avant de partir, il recommanda à l'aubergiste de ne rien épargner pour hâter le rétablissement de Germain, et lui promit une large récompense.

Deux heures après son départ, il revenait à Neuville. De loin, il aperçut Papillon fidèle au poste, toujours assis sur son banc de pierre et en parfait état de conservation. Seulement Papillon n'était pas seul.

A côté de lui était assis un autre individu que Lucien reconnut bientôt. C'était Landry, celui-là même à qui il avait donné rendez-vous pour le lendemain.

Cela le surprit un peu. Comment cet homme se trouvait-il à Neuville ?

M. de La Tournaye pressa le pas.

Landry l'avait reconnu également, car il se leva à son approche.

— Ainsi je ne me trompais pas ? fit le duc. C'est bien vous.

— Oui, monseigneur.

— Vous saviez donc que j'étais ici ?

J'ai l'honneur de vous prier de m'accorder quelques instants. (Page 443.)

— Pas le moins du monde.

— Alors comment y êtes-vous venu?

— C'est M. de Pierre-Lisse qui m'a prié d'y revenir.

— Vous l'avez donc vu?

— Oui, monseigneur.

— Quand?

— Hier, vers trois heures.

— Tout s'explique, mais je doute que le baron soit en état de vous recevoir.

— C'est ce que m'a dit Papillon.

— Ah! vous savez...

— Je sais que le baron a été grièvement blessé, qu'il n'a pas pu par conséquent aller à Paris, ainsi qu'il s'y était engagé, et que je ne peux plus compter sur la parole qu'il m'avait donnée.

— Alors qu'allez-vous faire?

— Je vais me présenter au château et demander à lui parler. Si l'on refuse de m'introduire et si M. de Pierre-Lisse est réellement hors d'état de me donner audience, j'aurai l'honneur de solliciter de vous un moment d'entretien.

— Soit, fit négligemment Lucien. Aujourd'hui ou demain peu m'importe.

— Alors, monseigneur, dans un instant, j'aurai l'honneur de vous rejoindre.

En disant ces mots, Landry traversa la route et alla frapper à la porte du château, qui s'ouvrit et se referma derrière lui.

— Rien de nouveau? demanda le duc à Papillon.

— Non. Deux ou trois laquais sont venus boire ici. J'ai écouté : le baron ne va pas mieux. Marcelle n'a pas reparu. Un homme à cheval est entré tout à l'heure... il paraît que c'est un médecin... il y est encore. A part cela, rien n'a bougé.

Lucien prit place à côté de lui et attendit.

Pendant ce temps, Landry s'était présenté et avait demandé à être introduit auprès du baron.

Il n'est pas visible, lui avait-on répondu; mais il avait insisté avec tant de force, que le laquais auquel il s'était adressé alla en référer au marquis.

Celui-ci fit venir Landry et voulut lui raconter ce qui s'était passé.

— Je le sais, interrompit-il, mais il est bien convenu avec le baron que je reviendrai aujourd'hui et je suis persuadé qu'il suffira de lui donner mon nom pour qu'il consente à me recevoir.

— Venez donc, fit le marquis. Peut-être, quand vous l'aurez vu, serez-vous convaincu qu'il n'est pas en état de vous écouter.

Il conduisit Landry dans la chambre du baron.

Le docteur était auprès de lui. Malgré la faiblesse du malade, il avait de nouveau sondé la plaie pour en extraire la balle, mais il avait dû y renoncer, de peur que le gentilhomme ne mourût pendant l'opération.

Ce fut sur ces entrefaites qu'arriva Landry.

Le baron était dans un état de prostration tel, que l'ancien valet de chambre eut beau l'appeler, se placer en pleine lumière, son maître, loin de faire un mouvement, ne le reconnut même pas.

Il avait renouvelé trois fois cette tentative, lorsque le médecin s'interposa et déclara formellement qu'il interdisait l'accès de la chambre à tout autre qu'à la personne qui soignait le blessé.

Landry fut donc obligé de se retirer, sans qu'il eût même été question des vingt mille livres sur lesquelles il avait compté. Bien plus, il s'en alla, persuadé que le baron était perdu et que cette somme lui échappait à jamais

Il regagna, fort désappointé, l'auberge où l'attendait le duc de La Tournaye Lucien n'eut pas besoin de l'interroger pour être certain que sa démarche n'avait pas abouti.

— Ainsi le baron n'est pas mieux ? demanda-t-il.

— Peuh !... répondit Landry, qui avait son idée, il ne va ni mieux ni plus mal.. Je l'ai vu... j'ai vu le médecin... on ne désespère pas de le sauver, mais je crois qu'il en aura pour longtemps à se rétablir.

— Et alors ?... fit le duc.

— Alors, j'ai l'honneur de vous prier de m'accorder quelques instants, dit Landry.

M. de La Tournaye fit un pas pour entrer dans l'auberge; mais il se ravisa, brusquement et se tourna vers Landry.

— Peut-être ne vous souciez-vous pas que l'on puisse nous entendre ? dit-il à demi voix.

— En effet, monseigneur, et même si je n'avais en vous une confiance aveugle...

— Alors, suivez-moi, interrompit Lucien.

Il fit signe à Papillon de rester à son poste et descendit le chemin ombragé qui conduisait à la rivière.

— De cette façon, pensait-il, cet entretien sera double profit pour moi. Non-seulement je m'instruirai, mais je serai à proximité du parc de M. de Bellaire...

Arrivé à l'extrémité du chemin, il tourna sur sa gauche et, d'un geste, invita Landry à se placer à côté de lui.

La matinée était splendide. En face d'eux se déroulait la nappe argentée de l'Oise, dont ils suivaient le cours et que le soleil faisait miroiter de feux étincelants ; à leur gauche, s'étendaient les pelouses verdoyantes du parc que les arbres et les massifs couvraient de leur ombre tutélaire.

L'air était imprégné d'une fraîcheur délicieuse, les corbeilles de fleurs répandaient autour d'elles des parfums exquis.

Toutes ces beautés de la nature les intéressaient peu pour le moment. Aussi dès qu'ils purent marcher de front sur la berge, M. de La Tournaye prit la parole.

— Vous disiez donc, commença-t-il, que vous aviez vu hier à trois heures le baron de Pierre-Lisse.

— Oui, monseigneur, répondit Landry, mais avant d'entrer dans les détails de l'histoire que je vais vous raconter, j'ai quelques conditions préliminaires à vous poser, si vous voulez bien le permettre...

— Voyons, fit négligemment le duc.

— Et tout d'abord, monseigneur, je dois vous avouez que je me garderais bien de réveiller ces désagréables souvenirs, si je ne croyais pas que vous êtes désireux de les connaître, si vous ne m'aviez pas secouru avec tant de générosité, et enfin si je n'étais pas dans une situation tellement misérable que je suis forcé de faire argent de tout. — même de mon honneur.

— Je vous crois, dit Lucien ; mais passons tout de suite aux conditions...

— J'y arrive, monseigneur, répondit Landry avec embarras. C'est un gros secret que je vais vous confier, un secret auquel la vie et l'honneur de deux hommes sont attachés! Vous ne trouverez donc pas étonnant que je réclame de vous une discrétion absolue, ni que je récrimine contre le prix que vous daignez mettre à ces révélations.

— Je vous ai promis cinquante louis, vous les aurez, ajouta M. de La Tournaye.

— Je ferai observer à monseigneur que c'est bien peu, objecta Landry. M. le baron m'a offert vingt mille livres hier si je consentais à me taire.

— C'est qu'il avait pour cela, sans doute, des raisons que je n'ai pas, répliqua Lucien.

— Assurément; cependant vous en avez de non moins bonnes pour obtenir un résultat contraire.

— Non pas les mêmes ! se récria le duc.

— Personne ne le sait mieux que moi, monseigneur.

— Bref, où voulez-vous en venir ?

— A-ce point : que, malgré la reconnaissance que vos bontés m'ont inspirée, je ne me déciderai jamais, pour cinquante louis, à rompre le silence.

— Soit, je vous en donnerai cent, mais dépêchons.

Landry fit un geste de dénégation.

— Écoutez, reprit le duc, je ne voudrais pas que vous me prissiez pour dupe, car je lis clairement dans votre jeu, mon ami. Voyant que les vingt mille livres sur lesquelles vous comptiez vous échappent, et désespérant de les obtenir jamais, puisque le baron est à peu près perdu, vous vous adressez à moi afin de tirer quelque chose, d'un côté ou de l'autre, de ce gros secret dont vous vantez l'importance. Bien, je consens à me laisser faire dans des proportions honnêtes; mais je vous ferai remarquer que si je voulais attendre tout simplement que le baron fût mort, je pourrais me passer de vos confidences et garder les deux cents louis que je vous offre.

— Deux cents louis ! fit Landry dont l'œil brilla de convoitise. Vous avez dit deux cents louis, monseigneur ?

— L'ai-je dit? demanda Lucien Eh bien! je ne m'en dédis pas, mon garçon; mais je vous préviens que je n'y ajouterai pas une obole. Donc il est inutile d'aller plus loin. Est-ce oui ? Est-ce non ?

Landry hésita quelques secondes

— Hélas ! ce sera oui, monseigneur, dit-il enfin; mais j'ai votre parole...

— Rien, se défendit vivement le duc. Je ne m'engage à rien. Il serait vraiment stupide de ma part de payer si cher un secret dont je ne pourrais pas faire usage.

— C'est juste, mais le moins que j'exige de votre bienveillance, c'est que je ne serai pas victime de ma confiance et qu'il ne me sera fait aucun mal.

— Quant à cela, je vous le promets, fit M. de la Tournaye.

— Alors je m'exécute, dit Landry.

Nous allons remonter, s'il vous plaît, à l'année 1757 à peu près à pareille époque. Le baron de Pierre-Lisse, au service duquel j'étais alors, et qui n'avait absolument que des dettes, songeait à refaire sa fortune. Le peu que lui avait laissé son père, il l'avait dépensé en orgies ou perdu dans les tripots.

Sa réputation était déplorable. Or, un mariage seul pouvait le refaire. Mais à qui s'adresser ? Quel père consentirait à lui donner sa fille ? Il sentait combien ce projet était difficile à réaliser, mais il n'y renonçait pas.

Il jeta les yeux sur la fille d'un vieil officier, que ses blessures condamnaient à un repos absolu, et qui vivait dans un isolement presque complet.

Supposant que le bruit de ses folies n'était pas venu aux oreilles de ce gentilhomme, il alla lui faire visite et se montra si fin diplomate, qu'il parvint à devenir un des familiers de la maison.

— Ce gentilhomme se nommait M. de Lescarre, n'est-ce pas ? dit le duc.

— Oui... balbutia Landry stupéfait. Comment savez-vous...

— Je sais bien d'autres choses que vous ignorez vous-même, interrompit Lucien en souriant ; continuez.

Landry était un peu déconcerté ; cependant il poursuivit en ces termes :

— Le baron profita de cette intimité pour faire sa cour à Mlle de Lescarre et pour lui demander sa main. Un obstacle qu'il n'avait pas prévu se dressa devant lui. La main de Marguerite avait été promise à un autre !

M. de Pierre-Lisse aurait été très désappointé, s'il n'avait appris en même temps que le vieux gentilhomme allait réaliser sa fortune et partir pour Paris, où il avait été nommé à un poste important.

Loin de témoigner le moindre dépit du refus qu'il essuyait, il protesta de son amitié, s'excusa de l'inconséquence qu'il avait commise, fit preuve d'une retenue qui lui valut la confiance, non-seulement de M. de Lescarre, mais de sa fille elle-même.

Il demeura donc l'hôte assidu et presque unique de la maison et devint le confident de tous les châteaux en Espagne que Marguerite et son père avaient bâtis.

Ce fut ainsi qu'il apprit que le vieux gentilhomme avait vendu son domaine, qu'il sut à quel chiffre s'élevait la vente, quel jour le contrat devait être signé et le prix d'acquisition payé.

Ce jour-là, le baron me fit endosser un costume de paysan, m'affubla d'une perruque de longs cheveux rouges et d'un large chapeau, qui me rendaient méconnaissable. Enfin, il sortit de la remise un vieux carrosse, qui n'avait pas vu le jour depuis vingt ans, y attela son cheval et le mien ; puis il me donna l'ordre de le conduire à Rouen, où nous descendîmes dans le même hôtel qu'avait choisi M. de Lescarre.

Je ne comprenais rien à ce déguisement et je ne m'expliquais pas la singulière idée qu'avait eue mon maître de sortir dans cet horrible carrosse, dont personne, dans le pays, ne soupçonnait l'existence.

J'eus bientôt la clef de ce mystère.

Nous nous tenions soigneusement enfermés dans la chambre que le baron

— J'y arrive, monseigneur, répondit Landry avec embarras. C'est un gros secret que je vais vous confier, un secret auquel la vie et l'honneur de deux hommes sont attachés ! Vous ne trouverez donc pas étonnant que je réclame de vous une discrétion absolue, ni que je récrimine contre le prix que vous daignez mettre à ces révélations.

— Je vous ai promis cinquante louis, vous les aurez, ajouta M. de La Tournaye.

— Je ferai observer à monseigneur que c'est bien peu, objecta Landry. M. le baron m'a offert vingt mille livres hier si je consentais à me taire.

— C'est qu'il avait pour cela, sans doute, des raisons que je n'ai pas, répliqua Lucien.

— Assurément ; cependant vous en avez de non moins bonnes pour obtenir un résultat contraire.

— Non pas les mêmes ! se récria le duc.

— Personne ne le sait mieux que moi, monseigneur.

— Bref, où voulez-vous en venir ?

— A ce point : que, malgré la reconnaissance que vos bontés m'ont inspirée, je ne me déciderai jamais, pour cinquante louis, à rompre le silence.

— Soit, je vous en donnerai cent, mais dépêchons.

Landry fit un geste de dénégation.

— Écoutez, reprit le duc, je ne voudrais pas que vous me prissiez pour dupe, car je lis clairement dans votre jeu, mon ami. Voyant que les vingt mille livres sur lesquelles vous comptiez vous échappent, et désespérant de les obtenir jamais, puisque le baron est à peu près perdu, vous vous adressez à moi afin de tirer quelque chose, d'un côté ou de l'autre, de ce gros secret dont vous vantez l'importance. Bien, je consens à me laisser faire dans des proportions honnêtes ; mais je vous ferai remarquer que si je voulais attendre tout simplement que le baron fût mort, je pourrais me passer de vos confidences et garder les deux cents louis que je vous offre.

— Deux cents louis ! fit Landry dont l'œil brilla de convoitise. Vous avez dit deux cents louis, monseigneur ?

— L'ai-je dit ? demanda Lucien. Eh bien ! je ne m'en dédis pas, mon garçon ; mais je vous préviens que je n'y ajouterai pas une obole. Donc il est inutile d'aller plus loin. Est-ce oui ? Est-ce non ?

Landry hésita quelques secondes

— Hélas ! ce sera oui, monseigneur, dit-il enfin ; mais j'ai votre parole...

— Rien, se défendit vivement le duc. Je ne m'engage à rien. Il serait vraiment stupide de ma part de payer si cher un secret dont je ne pourrais pas faire usage.

— C'est juste, mais le moins que j'exige de votre bienveillance, c'est que je ne serai pas victime de ma confiance et qu'il ne me sera fait aucun mal.

— Quant à cela, je vous le promets, fit M. de la Tournaye.

— Alors je m'exécute, dit Landry.

Nous allons remonter, s'il vous plaît, à l'année 1757 à peu près à pareille époque. Le baron de Pierre-Lisse, au service duquel j'étais alors, et qui n'avait absolument que des dettes, songeait à refaire sa fortune. Le peu que lui avait laissé son père, il l'avait dépensé en orgies ou perdu dans les tripots.

Sa réputation était déplorable. Or, un mariage seul pouvait le refaire. Mais à qui s'adresser ? Quel père consentirait à lui donner sa fille ? Il sentait combien ce projet était difficile à réaliser, mais il n'y renonçait pas.

Il jeta les yeux sur la fille d'un vieil officier, que ses blessures condamnaient à un repos absolu, et qui vivait dans un isolement presque complet.

Supposant que le bruit de ses folies n'était pas venu aux oreilles de ce gentilhomme, il alla lui faire visite et se montra si fin diplomate, qu'il parvint à devenir un des familiers de la maison.

— Ce gentilhomme se nommait M. de Lescarre, n'est-ce pas? dit le duc.

— Oui… balbutia Landry stupéfait. Comment savez-vous…

— Je sais bien d'autres choses que vous ignorez vous-même, interrompit Lucien en souriant ; continuez.

Landry était un peu déconcerté ; cependant il poursuivit en ces termes :

— Le baron profita de cette intimité pour faire sa cour à Mlle de Lescarre et pour lui demander sa main. Un obstacle qu'il n'avait pas prévu se dressa devant lui. La main de Marguerite avait été promise à un autre !

M. de Pierre-Lisse aurait été très désappointé, s'il n'avait appris en même temps que le vieux gentilhomme allait réaliser sa fortune et partir pour Paris, où il avait été nommé à un poste important.

Loin de témoigner le moindre dépit du refus qu'il essuyait, il protesta de son amitié, s'excusa de l'inconséquence qu'il avait commise, fit preuve d'une retenue qui lui valut la confiance, non-seulement de M. de Lescarre, mais de sa fille elle-même.

Il demeura donc l'hôte assidu et presque unique de la maison et devint le confident de tous les châteaux en Espagne que Marguerite et son père avaient bâtis.

Ce fut ainsi qu'il apprit que le vieux gentilhomme avait vendu son domaine, qu'il sut à quel chiffre s'élevait la vente, quel jour le contrat devait être signé et le prix d'acquisition payé.

Ce jour-là, le baron me fit endosser un costume de paysan, m'affubla d'une perruque de longs cheveux rouges et d'un large chapeau, qui me rendaient méconnaissable. Enfin, il sortit de la remise un vieux carrosse, qui n'avait pas vu le jour depuis vingt ans, y attela son cheval et le mien ; puis il me donna l'ordre de le conduire à Rouen, où nous descendîmes dans le même hôtel qu'avait choisi M. de Lescarre.

Je ne comprenais rien à ce déguisement et je ne m'expliquais pas la singulière idée qu'avait eue mon maître de sortir dans cet horrible carrosse, dont personne, dans le pays, ne soupçonnait l'existence.

J'eus bientôt la clef de ce mystère.

Nous nous tenions soigneusement enfermés dans la chambre que le baron avait demandée, et dont la fenêtre donnait sur la cour, quand, vers six heures du soir, nous vîmes revenir M. de Lescarre.

Il ordonna au garçon d'écurie de faire manger l'avoine à sa monture et disparut dans l'hôtellerie.

Aussitôt, je vis mon maître tirer de sa poche un petit flacon plein d'un liquide rougeâtre. Il descendit à pas de loup, traversa la cour, entra dans l'écurie et en sortit, presque immédiatement, tenant encore à la main le flacon qui avait attiré mes regards. Il était vide.

A travers les carreaux de la croisée, j'avais assisté à cette scène qui m'intriguait fort. Une minute après, M. de Pierre-Lisse rentra dans la chambre. Il avait sur les lèvres un sourire, dont le cynisme et la cruauté me firent frissonner.

Au bout d'un quart d'heure, M. de Lescarre reparut. On lui amena son cheval, sur lequel il s'élança, et il disparut.

— Et vite ! En route, à notre tour ! s'écria le baron.

Nous redescendîmes et nous attelâmes nous-mêmes nos chevaux au carrosse, puis nous partîmes.

— Rondement ! me cria mon maître, et tâche de ne pas perdre de vue le cavalier qui vient de sortir.

Je fouettai mon attelage, qui prit le grand trot, et nous atteignîmes promptement la grande route. Déjà M. de Lescarre avait sur nous une avance considérable. Je l'apercevais, à cinq cents pas, comme un point noir sur la poussière du chemin. Je me figurais qu'il allait bientôt disparaître à mes regards, quand, au bout d'une demi-heure, il me sembla que l'allure de son cheval se ralentissait.

Je ne me trompais pas. Cela devenait si sensible, que je fus moi-même obligé de retenir mon attelage, pour conserver la distance que le baron m'avait dit de garder.

C'était étrange ! Plus la monture du vieux gentilhomme avançait, moins elle allait vite. J'avais toutes les peines du monde à tenir mes chevaux en main.

Agenouillé sur la banquette du devant, le baron se penchait avidement et observait ce qui se passait. Bientôt sa tête tout entière sortit de l'ouverture, et je l'entendis s'écrier : Enfin !

Au même instant, la monture de M. de Lescarre s'abattait au milieu de la route et roulait dans la poussière.

— En avant ! en avant ! me cria mon maître.

J'obéis. En moins de dix minutes, nous étions auprès du vieux gentilhomme.

Nous mîmes pied à terre pour le relever. Son front avait sans doute porté sur une pierre, car on y voyait une large blessure d'où le sang commençait à couler.

La violence de la chute l'avait étourdi ; il était resté sur la place.

— Vite ! portons-le dans la voiture et rentrons au galop, me dit le baron.

En effet, nous hissâmes dans le carrosse le corps inanimé du vieux gentilhomme ; je remontai sur mon siège et nous revînmes à Saint-Aubin.

Dès que la porte du château solitaire qu'habitait mon maître se fut refermée derrière nous, il me fit signe de lui venir en aide.

Cette fois nous étions seuls, bien seuls. Nul regard indiscret ne pouvait nous surprendre. Nous transportâmes dans une pièce du rez-de-chaussée le corps de M. de Lescarre, sur lequel le baron se jeta avidement.

Il prit dans les poches du blessé une liasse de papiers. C'étaient des traites payables à vue sur un banquier de Paris. M. de Pierre-Lisse les examina avec attention, pendant que je les regardais aussi par-dessus son épaule, puis il s'en empara et les glissa dans son habit.

Continuant à dépouiller le vieux gentilhomme, il saisit un trousseau de clefs, qu'il trouva dans la poche de sa veste et dont il s'empara également.

Alors seulement il s'aperçut que j'étais auprès de lui.

— Que fais-tu là ? me dit-il sévèrement. Va dételer les chevaux et ne reviens pas avant que t'appelle.

Je m'éloignai lentement. Je commençais à comprendre. Evidemment M. de Pierre-Lisse avait jeté dans l'avoine du cheval de M. de Lescarre le contenu du flacon que j'avais aperçu et ce flacon renfermait un poison quelconque... Mais que comptait-il faire du vieux gentilhomme à présent qu'il l'avait volé ?...

Landry fit une pause.

— Vous voyez, dit-il, depuis combien de temps, avec quelle patience et quelle habileté le baron avait combiné le plan qu'il venait de mettre à exécution ! Mais le plus difficile restait à faire, et j'étais curieux de voir comment il en sortirait ; aussi je résolus de ne pas le perdre de vue.

Après avoir mis mes chevaux à l'écurie et remisé sous son hangar le lourd carrosse, qui y est peut-être encore, je revins au château.

La pièce dans laquelle nous avions déposé M. de Lescarre, toujours évanoui, communiquait par un corridor avec une autre pièce ; mais elle en était séparée par un cabinet noir, garni de porte-manteaux et éclairée seulement par deux œils-de-bœuf, qui prenaient jour sur la chambre où j'avais laissé le baron en tête-à-tête avec sa victime.

Je fis le tour des bâtiments, j'entrai dans l'autre pièce, j'y pris une chaise, puis je pénétrai sans bruit dans le cabinet noir, je montai sur ma chaise, et, par l'un des deux œils-de-bœuf, j'observai ce qui se passait.

M. de Lescarre gisait étendu sans connaissance dans un vieux et large fauteuil. Le sang qui avait coulé de sa blessure formait sur son visage une croûte noirâtre ; sa chemise et ses habits en étaient imprégnés.

Sans y prendre garde, mon maître se promenait de long en large et jetait de temps en temps sur le gentilhomme un regard oblique. Quant à lui porter le moindre secours, il n'y songeait pas. Probablement il espérait que M. de Lescarre allait trépasser tout simplement de sa belle mort.

Il se trompait. Déjà, depuis quelques instants, la respiration était plus régulière ; de légers tressaillements avaient agité les membres. Enfin le blessé ouvrit les yeux qu'il promena autour de lui avec étonnement.

— Où suis-je donc ? murmura-t-il.

Il passa la main sur son front et la retira couverte de sang.

— Ah ! je me souviens ! dit-il... Mon cheval a manqué des quatre pieds à la fois... je suis tombé... mais où m'a-t-on transporté ? qui m'est venu en aide ?...

A force de chercher, il finit par apercevoir le baron, qui s'était arrêté pour l'écouter et se tenait à quelques pas en arrière.

— Vous ! s'écria-t-il. Par quel hasard ?... Depuis combien de temps suis-je ici ?

— Depuis une demi-heure à peine, répondit M. de Pierre-Lisse.

— Mais comment vous êtes-vous trouvé là juste à point ?

— Je revenais de faire visite à un ami, quand je vous ai rencontré sur la route en ce pitoyable état.

— Mais où m'avez-vous conduit ?

— Chez moi.

— A la bonne heure ! Ainsi je suis à quelques minutes de mon petit domaine ! Tant mieux ! Marguerite doit commencer à s'inquiéter... je vais rentrer. Faites-moi seulement donner de l'eau pour laver le sang dont je suis inondé et je pars.

— En aurez-vous réellement la force ? demanda le baron.

— Parbleu ! fit le vieux gentilhomme en se levant. J'ai bien la tête un peu lourde, mais dès que je l'aurai trempée dans l'eau...

Il s'arrêta, voyant que M. de Pierre-Lisse ne faisait pas un mouvement,

— N'avez-vous pas entendu ? reprit-il. Je vous prie de me faire donner...

Mais le baron dardait sur lui des yeux si pleins de menace qu'il n'acheva point sa phrase,

— Vous n'êtes plus le même ! dit-il. Qu'avez-vous donc ?

Il parcourut du regard la pièce froide et nue, à peine meublée et depuis longtemps abandonnée, dans laquelle il se trouvait.

— Et dans quelle singulière pièce vous m'avez mené ? poursuivit-il. Ah çà ! je rêve... de quel air vous me considérez... pourquoi ce silence ?... Voyons, suis-je chez un ami ou chez un ennemi ?

Le baron laissa échapper un sourire méchant.

M. de Lescarre eut alors sans doute un pressentiment de la vérité. Il voulut se diriger vers la porte, mais mon maître lui barra résolûment le passage et démasqua un pistolet, que jusqu'alors il avait dissimulé sous ses vêtements.

Instinctivement le vieux gentilhomme recula de quelques pas.

Il demeura quelques instants immobile, essayant de rassembler ses idées. Tout à coup, il porta la main sous ses vêtements et s'aperçut que son portefeuille avait disparu.

— Ah ! misérable ! cria-t-il, tu m'as volé !

Le baron demeura impassible.

Comme si le vieux gentilhomme ne pouvait pas croire à la découverte qu'il venait de faire, il fouilla successivement dans toutes ses poches.

— Mon or ! mes clefs aussi ! murmura-t-il. Ah ! je commence à comprendre.. Mais oui ! Qui sait même si mon pauvre cheval n'est pas la première victime ?. Ces défaillances que je ne m'expliquais pas... cette chute soudaine... Ah ! je devine à présent ! Ainsi, c'est dans ce but ignoble que tu t'es introduit chez moi.. que tu as surpris tous mes secrets !... Voleur !

Le patron de la *Belle-Ernestine*.

Il jeta ce dernier mot à la face de M. de Pierre-Lisse avec un mépris insultant.

— Mais qu'espères-tu donc? reprit-il. Que je te laisserai jouir en paix de la fortune dont tu viens de me dépouiller? Non, ce n'est pas possible. Tu n'y comptes pas. Allons, drôle, rends-moi cet argent, ou sinon...

Il fit un pas en avant; mais le baron l'ajusta froidement.

— Si vous bougez, vous êtes mort! dit-il.

57ᵐᵉ Liv. 57

— Ah ! c'est ainsi ? fit le vieux gentilhomme, qui tira son épée du fourreau. Eh bien ! soit. Je vais voir si tu es aussi bon assassin que bon voleur...

A ces mots, il se précipita sur M. de Pierre-Lisse ; mais celui-ci n'avait pas cessé de le tenir en joue. Le vieux gentilhomme n'avait pas fait deux pas qu'il tomba foudroyé.

Le baron l'avait tué presqu'à bout portant.

— C'est lui qui l'a voulu, murmura-t-il.

Il s'agenouilla auprès du cadavre et reconnut que le cœur ne battait plus.

— Ce n'est pas lui qui parlera, reprit-il à demi-voix ; maintenant occupons-nous de Landry.

Ce que je venais de voir, continua Landry, m'avait fort épouvanté. Les paroles menaçantes que mon maître avaient prononcées redoublèrent ma frayeur. Je ne songeai qu'à m'esquiver.

Malheureusement, je fis un tel bruit en sautant de la chaise sur laquelle j'étais juché, que M. de Pierre-Lisse ouvrit la porte de communication et m'arrêta juste au moment où je sortais du cabinet.

— Ah ! tu étais là, drôle ! dit-il avec un ricanement que je crois entendre encore. Alors, tu as vu ce qui s'est passé ?

— Oui, monseigneur, répondis-je en baissant les yeux.

— Eh bien ! tu es témoin que M. de Lescarre s'est jeté sur moi l'épée à la main et que j'étais dans le cas de légitime défense.

J'étais si confondu d'une telle audace, que je gardais le silence ; mais il continuait à me regarder de telle façon, que je compris qu'il fallait dire comme lui si je tenais à vivre.

— Oui, monseigneur, répétai-je machinalement.

— Allons, reprit-il plus doucement, tu es un bon serviteur, Landry, il est juste que je te récompense. Tu m'as prêté dans cette affaire un utile concours... j'aurai besoin encore de tes services... qu'exiges-tu de moi ? Parle, je t'écoute.

J'oubliai le drame auquel je venais d'assister. Je ne songeai qu'à une chose : c'est que, du coup, je pouvais gagner une fortune. Cela me rendit un peu de courage.

Justement le baron avait déposé sur la table dix rouleaux d'or, qu'il avait trouvés dans une des poches de M. de Lescarre. J'estimai que ces longs rouleaux, soigneusement enveloppés de papier, devaient contenir deux mille livres chacun. J'entrepris de me les approprier.

— Oh ! dis-je au baron, je ne serai pas exigeant, moi, et pourvu que vous me donniez les quelques louis qui sont sur la table...

— Quelques louis ! se défendit-il. Tu es fou ! Tu ne sais donc pas qu'il y a là au moins...

— Je le sais, monseigneur, répondis-je résolument ; mais il me les faut.

Il hésita longtemps ; puis il me les montra du doigt.

— Prends-les, dit-il, je te les donne.

Je m'en emparai avidement et je les glissai dans mon habit.

— Maintenant, soupons ! fit M. de Pierre-Lisse.

J'admirais le sang-froid de cet homme. J'en avais même un peu peur, je ne le cache pas. Je quittai précipitamment cette salle ; la vue du sang dont le corps du vieux gentilhomme était couvert me faisait horreur.

La nuit commençait à tomber. Nous passâmes dans la salle à manger, où je dressai le couvert. Le baron se mit à table, but et mangea comme à l'ordinaire, et même un peu plus qu'à l'ordinaire. A la fin du repas, il se renversa sur son fauteuil, avec la même béatitude qu'il l'aurait fait aux jours les plus calmes de sa vie.

— Ce n'est pas tout, me dit-il. Il va falloir nous débarrasser de ce cadavre.

— Oh ! répondis-je en tressaillant légèrement; rien n'est plus facile. En creusant un bon trou dans le jardin…

— Imbécile ! fit-il en haussant les épaules, Dans le jardin !… pour qu'un beau jour le jardinier déterre le corps et ameute contre nous le pays entier…

Mes cheveux se dressèrent sur ma tête. Je n'avais pas prévu ce nouveau danger !

Il s'aperçut que je tremblais.

— Allons, rassure-toi, dit-il en souriant. Le bateau est-il toujours amarré au bord de la prairie ?

— Oui, monseigneur.

— Eh bien ! descends-y une corde solide, très-solide; je te le recommande, insista-t-il, et dans une heure…

Pour bien vous faire comprendre ce qui va se passer, continua Landry en se tournant vers le duc, je dois vous dire que les jardins du château descendaient jusque sur la rive droite du petit bras de la Seine qui coule au pied du coteau. En bas du jardin, se trouvait un espace assez restreint, qu'on décorait du nom de prairie et dans lequel on mettait tous les instruments de pêche. Un bateau y était attaché, lequel servait à jeter ou à relever les verveux et les lignes de fond. Il servait quelquefois même à la promenade, bien qu'il ne fût pas très-élégant.

Je pris une pierre énorme, que je plaçai sur la levée, non sans de grandes difficultés, et une corde toute neuve que je nouai solidement autour de la pierre, et je vins retrouver mon maître.

— C'est fait ? dit-il en m'apercevant.

— Oui, monseigneur,

Il se leva de table et me fit signe de le suivre.

Nous pénétrâmes dans la pièce où gisait le corps de M. de Lescarre. Après avoir quitté nos habits et retroussé nos manches, nous prîmes le cadavre par la tête et par les pieds, et nous le descendîmes dans la prairie.

Quand nous l'eûmes étendu au fond du bateau, le baron détacha le bateau et me fit signe de prendre le large. Nous fîmes le tour de la petite île qui nous séparait du grand bras de la Seine, et nous nous trouvâmes bientôt en plein courant.

Alors M de Pierre-Lisse passa la corde à laquelle était attachée la pierre autour du cou du vieux gentilhomme, le jeta par-dessus bord ; puis, à nous deux, nous jetâmes ensuite la pierre… et tout fut dit.

Un temps admirable nous avait favorisés. La nuit était profonde. Nous n'avions pas rencontré âme qui vive.

Quelques minutes après, nous étions au château. Je remontai dans ma chambre en toute hâte et je me mis au lit, après avoir fermé ma porte au verrou. Ce fut en vain que je cherchai le sommeil. Le cadavre de M. de Lescarre se dressait sans cesse devant moi.

Vers deux heures du matin, j'entendis marcher dans le couloir qui conduisait à ma chambre... on essayait d'ouvrir ma porte !...

Qui ? Ce ne pouvait être que mon maître. Lui seul habitait le château avec moi. Je feignis de ne rien entendre ; mais j'étais plus mort que vif.

— Qui sait ? me disais-je, Il veut peut-être m'assassiner aussi, pour être seul maître de ce terrible secret et pour reprendre les vingt milles livres qu'il m'a données...

Voyant que rien ne bougeait, il s'éloigna. Il se promettait sans doute d'attendre une occasion meilleure.

Je ne lui en laissai pas le temps. Le lendemain matin, sans dire un mot, sans emporter autre chose que mon trésor, si chèrement acquis ! je pris la fuite... Vous savez le reste, monseigneur.

XII

LA BELLE ERNESTINE

Avant de commencer ce chapitre, il est absolument indispensable de bien préciser le jour et l'heure auxquels se sont accomplis les évènements que nous venons de raconter et ceux que nous allons raconter encore.

C'était le lundi 23 juin que le baron avait emmené sa fille à Neuville et que le duc et Martial étaient arrivés derrière eux à Pontoise. C'était le mardi 25 que les deux gentilshommes, Papillon et Germain, s'étaient mis en quête, et c'était le mercredi 26, à cinq heures du soir, que le brigadier avait reconnu Marcelle. Enfin, c'était dans la soirée de ce même jour que Germain avait été blessé, que le duc s'était présenté pour réclamer Marcelle et qu'on avait constaté la disparition de la jeune fille.

Le jeudi 27, rien n'était donc changé dans la situation respective des acteurs de ce drame étrange, si ce n'est que Landry s'était décidé à livrer au duc le secret de ses anciennes relations avec M. de Pierre-Lisse.

C'était une arme terrible qu'il venait de fournir à Lucien ! arme dont celui-ci comprenait toute la valeur et dont il comptait bien se servir pour se débarrasser à jamais du baron.

Le duc revint avec Landry à l'auberge, où Papillon les attendait, et lui donna les deux cents louis qu'il lui avait promis.

Ainsi, les bruits que la comtesse de Libessac avait recueillis et divulgués étaient fondés ! M. de Pierre-Lisse avait tué et volé M. de Lescarre, déshonoré Marguerite, et il était probablement en train de vendre sa fille au marquis, lorsque Lucien et ses amis étaient survenus !

Comment ce misérable pouvait-il supporter le poids de tant de crimes amoncelés ? Quelle serait sa fin ? Germain était-il l'instrument inconscient que la Providence avait choisi pour rayer ce monstre de la liste des vivants ?

Le duc était effrayé lui-même de ce qu'il venait d'apprendre.

— Maintenant, du moins, se disait-il, je suis certain que Marcelle n'aura plus aucun scrupule à se séparer de cet assassin...

Il s'arrêta court. Marcelle !... La reverrait-il jamais ? Qu'était-elle devenue ?

Il consulta sa montre : elle marquait midi.

Midi ! et Martial était parti à sept heures ! Donc, il avait eu le temps d'aller à Paris et d'en revenir. Comment n'était-il pas encore là ?

M. de La Tournaye ne pouvait tenir en place. Il quitta sa chambre et alla rejoindre Papillon,

Quant à Landry, il était parti sur-le-champ avec les deux cents louis qu'il venait d'encaisser ; mais il se promettait bien de surveiller la convalescence de son ancien maître.

Le brigadier, tout en faisant sentinelle, n'était ni si préoccupé, ni si détaché des choses de la terre, qu'il ne pensât pas aux besoins essentiels de la vie.

Il avait fait dresser le couvert du duc et le sien, dans une petite salle éclairée par une fenêtre qui donnait sur la route. De cette façon, il ne perdait pas de vue la porte du château.

Lorsqu'il vit paraître Lucien, il lui prit le bras et le conduisit, sans mot dire, devant la table, après avoir fait signe à l'aubergiste de les servir.

— Nous n'attendons pas Martial ? demanda M. de La Tournaye.

— Bah ! fit le brigadier, M. de Lally trouvera toujours de quoi ne pas mourir de faim quand il reviendra. Pour nous, qui n'avons rien à faire qu'à observer, employons notre temps le mieux possible, mille caronades ! Mourir de faim n'est pas le moyen d'avoir de l'esprit.

En disant ces mots, il trempait la cuiller dans une soupe appétissante, dont le parfum exquis, bien qu'un peu vulgaire, triompha des hésitations de Lucien.

Il prit place en face du brigadier, mais sans quitter des yeux la route sur laquelle il espérait, à chaque instant, voir paraître Martial.

En effet, le jeune comte était parti, dévoré par la fièvre de l'impatience, et avait gaillardement parcouru les six lieues qui le séparaient de la capitale.

Neuf heures n'avaient pas encore sonné, quand il arriva à l'hôtel de La Tournaye. Il mit pied à terre et jeta au valet d'écurie la bride de son cheval ruisselant de sueur, blanc d'écume, à moitié fourbu.

La pauvre bête n'avait peut-être jamais tant galopé que ce jour-là dans toute son existence !

Martial monta droit à l'appartement de la duchesse. Ce fut Mme de Libessac qui vint au-devant de lui.

— Eh bien, demanda-t-elle, avez-vous du nouveau ?

— Hélas ! oui, madame.

— Comment hélas ?

— Certainement, puisque la nouvelle que je vais vous annoncer est pire que les autres.

— Quelle est-elle donc ?

— Marcelle, que nous avions retrouvée hier dans la journée chez le marquis de Bellairé, n'y était plus le soir lorsque nous sommes allés l'y chercher !

Il raconta successivement à la comtesse tous les évènements qui avaient signalé cette mémorable soirée. Or, il y en avait tant que, malgré son désir d'être bref, et grâce aux innombrables questions que lui adressait Mme de Libessac, ce récit ne dura pas moins d'une demi-heure.

Pendant ce temps, Ludivine avait mis un peu d'ordre dans la chambre de Raymonde, qui avait fait sommairement sa toilette de nouvelle accouchée.

Martial fut introduit auprès d'elle. Il lui fallut recommencer, pour ainsi dire en entier, le récit qu'il venait de faire à la comtesse.

A dix heures, le jeune comte était encore là et s'efforçait de rassurer Raymonde, que cette multiplicité de faits et cette lutte passionnée avait grandement alarmée.

Elle se calma, pourtant, quand il eut démontré que tout danger avait disparu, que le baron était hors d'état de nuire et que le marquis avait renoncé à défendre une cause perdue d'avance.

— Un seul point demeure obscur et nous inquiète, dit-il en terminant ; c'est la disparition de Marcelle. M. le duc avait pensé que son premier mouvement aurait été de se réfugier ici ; j'avais partagé cet avis. C'est afin de confirmer nos soupçons que je suis venu. Je m'aperçois, malheureusement, que nous nous sommes trompés...

A peine avait-il achevé ces paroles que Ludivine entra dans la chambre.

— Madame, dit-elle à la duchesse, il y a là un homme qui désire vous parler.

— Quel homme ! demanda Raymonde.

— Je ne pourrais pas vous dire au juste ce qu'il est, car il porte un costume qui n'est celui ni d'un paysan, ni d'un bourgeois, et encore moins celui d'un gentilhomme.

— Mais, que me veut-il ?

— J'ai eu beau l'interroger, il m'a répondu qu'il ne parlerait devant personne autre que la duchesse de La Tournaye.

— Vous a-t-il décliné son nom au moins ?

— Non, madame. Il dit seulement qu'il est le patron de la *Belle-Ernestine.*

— Qu'est-ce que la *Belle-Ernestine ?*

— Je n'en sais rien, madame ; en dehors de ces renseignements, je n'ai pas pu lui arracher un mot.

Raymonde se tourna vers la comtesse et Martial pour leur demander avis.

— Faut-il le faire entrer ? signifiait le regard qu'elle leur adressa.

— Certainement, répondit Martial : la *Belle-Ernestine* est certainement le nom du bateau qu'il commande.

— C'est juste ! s'écria Mme de Libessac.

— Or, il passe beaucoup de bateaux le long de l'Oise, continua le comte. Peut-être est-ce de la part de Marcelle...

—Faites entrer, ordonna Raymonde, sans laisser au gentilhomme le temps d'achever sa phrase.

Ludivine retourna dans l'antichambre.

— Vous, dit la duchesse à Mme de Libessac et à Martial, passez dans la pièce voisine, laissez-en la porte ouverte et n'en bougez pas que je ne vous appelle.

La pièce voisine était le cabinet de toilette de Raymonde, dans lequel on avait dressé un lit pour Ludivine, depuis que la duchesse était devenue mère.

Au moment où la comtesse et Martial venaient d'y entrer, la porte qui donnait sur le petit salon s'ouvrit et Ludivine parut, précédant de quelques pas le patron de la *Belle Ernestine*.

C'était un homme de quarante ans, vigoureux, à la physionomie farouche et ouverte, aux manières brusques, au teint bronzé par le soleil, dont les oreilles étaient ornées d'un large anneau d'or.

Il avait mis ses plus beaux habits, ce qui lui donnait un air gauche et embarrassé qui jurait avec le regard clair de ses grands yeux et le large sourire qui déridait sa bouche et laissait voir ses dents blanches.

— Que me voulez-vous, mon ami ? lui demanda Raymonde.

— Est-ce bien à la duchesse de La Tournaye que j'ai l'honneur de parler ? demanda-t-il d'un air défiant.

— A elle-même, oui, mon ami.

— Alors, madame, voilà ce que c'est, commença-t-il.

Figurez-vous que j'arrive de Condé avec ma péniche, la *Belle-Ernestine*, chargée de grain à destination de Paris.

Hier matin, mercredi, vers sept heures, nous sommes arrivés à l'embouchure de l'Oise, où nous avons rencontré cinq ou six autres péniches du pays, à bord desquelles se trouvaient une dizaine de nos compatriotes.

Au lieu de continuer le jour même à remonter la Seine, je cédai aux sollicitations de mes amis et je consentis à passer la journée avec eux à Conflans, où j'amarrai la *Belle-Ernestine*.

Le soir, je quittai mon bord pour aller souper à terre avec eux. Vous savez ce que c'est, madame... quand on est avec des camarades, on mange bien, on boit sec, on cause, on chante, on s'amuse... Si bien qu'il était près de dix heures quand je me séparai d'eux pour rentrer à bord.

J'allais mettre le pied sur la planche qui me sert de communication entre la berge et la péniche, lorsque je distinguai à quelque pas de moi une silhouette de femme, vêtue de couleurs claires, qui suivait en courant le bord de l'eau.

Elle venait de contourner l'embouchure de l'Oise et remontait la Seine.

Je l'observai et je m'aperçus qu'elle s'arrêtait de temps à autre. Etait-ce pour s'orienter ? Etait-ce pour reprendre haleine ? Je n'en savais rien ; mais cela m'intriguait de voir sur la berge, à pareille heure, une femme si bien mise en apparence.

— Est-ce qu'elle voudrait se périr ? me demandai-je.

Bientôt elle arriva si près de moi que j'entendais le bruit de sa respiration haletante.

Elle m'aperçut à son tour. Je lui fis peur sans doute, car elle se reprit à courir de plus belle dans la direction de Conflans ; mais elle était à bout de forces. A peine avait-elle fait quelques pas, qu'elle fut obligée de s'arrêter encore.

Si obscure que fût la nuit, j'avais remarqué que cette femme était vêtue de riches habits.

Je m'approchai d'elle.

— Ne craignez rien, madame, lui dis-je, je ne suis pas un voleur. Je suis le patron de la péniche que voici, et il me semble que vous êtes bien fatiguée. Si vous voulez vous reposer un instant à bord de la *Belle-Ernestine*, ma femme se fera un plaisir de vous y donner l'hospitalité.

Elle s'en défendit du geste, mais ce fut en vain qu'elle essaya de me répondre. Pas un mot ne s'échappa de sa poitrine oppressée.

Aussitôt je hêlai ma femme.

— Eh ! Caro ! criai-je, car il faut vous dire que ma femme s'appelle Caroline et que, c'est trop long à prononcer, je l'appelle toujours Caro.

Elle accourut, très inquiète de ce que je n'étais pas encore rentré.

— Arrive ici, lui dis-je. Je crois que voilà une jeunesse qui aurait bien besoin de tes bons offices.

En effet, Caro arriva juste à temps pour la recevoir dans ses bras.

La jeune femme n'avait pas perdu connaissance, mais elle était épuisée.

Aussi, comme il aurait était impossible de lui donner sur la berge les soins nécessaires, je la saisis dans mes bras, je traversai une passerelle qui ployait légèrement sous ce double fardeau, et je rentrai à bord de la *Belle-Ernestine*.

Après avoir déposé l'inconnue dans notre cabine, je me retirai, en ordonnant à Caro de la mettre au lit. Pendant ce temps, prévoyant bien que cette malheureuse femme ne serait pas en état de continuer sa route à une heure si avancée, je posai l'un sur l'autre deux matelas dans mon entrepont, juste contre la cloison qui nous séparait d'elle, de façon que ma femme ou moi nous puissions accourir au moindre appel.

L'inconnue se laissa faire docilement ; mais à peine était-elle couchée qu'une crise nerveuse se déclara. Un déluge de larmes s'échappa de ses beaux yeux, tandis qu'elle pressait les mains de Caro en lui disant :

— Ne me trahissez pas, madame ! Jurez-moi que vous ne me trahirez pas ! Jurez-le-moi !

Marcelle épousa enfin celui qu'elle aimait (Page 463.)

— Ne craignez rien, répondit Caro, vous êtes ici chez de braves gens, qui n'ont jamais fait de mal à une mouche.

Et tout en l'encourageant de la voix, elle préparait une infusion de tilleul, coupée d'eau de fleur d'oranger, qu'elle lui fit boire au bout de quelques instants.

Enfin la surexcitation qui s'était emparée de la jeune femme se calma et fut suivie d'un abattement profond, mais de courte durée.

Etendu sur mon matelas, j'entendais à travers la cloison tout ce qui se passait.

— Est-ce que vous pouvez me donner asile pour cette nuit ? demanda tout à coup la jeune femme.

— Certes, répondit Caro, pour cette nuit et pour d'autres encore, si vous le désirez.

— J'espère ne pas vous imposer longtemps ma présence, madame, et j'espère aussi que vous n'aurez pas à la regretter.

— J'en suis convaincue, dit Caro.

— Et maintenant que je vais tout à fait bien, reprit l'inconnue, je voudrais remercier votre mari de la bonté avec laquelle il m'a secourue, en même temps que réclamer de lui un léger service...

— Qu'à cela ne tienne ! je vais l'appeler, proposa ma femme.

Aussitôt elle frappa contre la cloison.

— Holà ! Pierre, cria-t-elle, arrive ici !

J'accourus et j'examinai celle à qui j'avais donné l'hospitalité. Je m'aperçus que c'était une enfant de dix-huit à dix-neuf ans au plus.

Dès qu'elle me vit paraître, elle me tendit la main.

— Monsieur Pierre, me dit-elle, je tenais à vous témoigner ma reconnaissance de ce que vous avez fait pour moi. Vous m'avez positivement sauvé la vie, car, en l'état de trouble et d'épuisement où je me trouvais, je ne puis dire ce qui serait advenu de moi, si je ne vous avais pas rencontré sur mon chemin.

Je pressai respectueusement la main blanche qu'elle me tendait et qui disparaissait dans les miennes, et je l'assurai que nous étions entièrement à sa disposition.

Je ne mentais pas. La vue de cette frêle et tremblante jeune fille, les émotions dont son visage avait conservé l'empreinte, m'avaient attendri. J'étais persuadé qu'elle venait d'être témoin de quelque scène horrible, ou d'échapper à un grand danger.

En effet, elle nous raconta qu'elle avait été ravie par la violence à la tutelle de ses parents d'adoption et que, pour sauver son honneur menacé, elle avait été obligée de prendre la fuite, sans savoir où elle allait.

En terminant ce court récit, qu'elle entrecoupa de sanglots déchirants, elle nous conjura de ne pas lui retirer la protection que nous lui avions accordée.

Tout en joignant ses petites mains, elle prêtait l'oreille, comme pour s'assurer que rien ne troublait le silence de la nuit. Je compris qu'elle avait peur d'être poursuivie et de retomber entre les mains de ses persécuteurs.

— Tranquillisez-vous, mademoiselle, lui dis-je en souriant. Un oiseau seul pourrait se poser à notre insu sur le pont de la *Belle-Ernestine*, une fois que la passerelle est retirée. Nul n'entrera donc à bord malgré nous.

Je la vis frissonner de plaisir en entendant ces paroles.

— Ce n'est pas tout, continua-t-elle. Non-seulement je ne veux pas abuser de votre complaisance, mais encore il me tarde de retourner auprès de mes amis, que mon inexplicable absence plonge, j'en suis certaine, dans une inquiétude mortelle.

— Parlez, mademoiselle, lui dis-je, je suis à vos ordres .Je comptais partir pour Paris demain matin, mais s'il faut retarder mon voyage d'un jour...

— Ah ! c'est à Paris que vous allez ? me demanda-t-elle.

— Oui, mademoiselle.

— Et combien de temps mettez-vous pour aller à Paris ?

— Deux ou trois jours, à moins que la baisse des eaux ne nous force à nous arrêter en route.

— Je ne puis pas attendre si longtemps, et je le regrette à cause du dérangement que je vais vous causer, dit-elle ; mais vous serez largement récompensé du tort que je vous aurai causé. C'est à Paris que je vous prierai d'aller. Avez-vous ici près un moyen de transport quelconque ?

— J'ai mes deux jambes, répondis-je en souriant.

— Quoi ! pas d'autre ?

— Non, mademoiselle, mais je me charge, en quatre bonnes heures, de faire le trajet.

— A quelle heure pourriez-vous partir ?

— Au petit jour, si vous le désirez.

— Je veux que vous vous reposiez d'abord, me dit-elle avec bonté. Dormez donc jusqu'à cinq heures, et je vous donnerai mes dernières instructions.

— Reposez-vous également, lui conseilla ma femme. Demain matin je viendrai vous réveiller. Et surtout, soyez sans crainte, ajouta-t-elle. Nulle part vous n'avez jamais été plus en sûreté qu'ici.

A ces mots, nous quitttâmes la jeune fille et nous regagnâmes l'entrepont. La nuit fut tranquille. A l'heure dite, nous étions debout et nous entrions dans la cabine.

La jeune fille avait bien dormi. Son visage avait perdu cette expression de frayeur que je lui avais vue la veille. Elle nous remercia de nouveau avec effusion, puis, s'adressant à moi :

— Monsieur Pierre, me dit-elle, partez à l'instant pour Paris, allez place Royale et demandez l'hôtel de la Tournaye. Une fois que vous y serez vous solliciterez la faveur de parler à la duchesse, à elle seule, et vous lui direz que Marcelle la supplie de venir à son secours.

La comtesse et Martial, qui étaient dans la pièce voisine, n'avaient pas perdu un mot de cette entretien. Ils avaient deviné déjà que la jeune fille qui s'était réfugiée à bord de la *Belle-Ernestine* n'était autre que Marcelle. Le nom que le marinier venait de prononcer dissipa tous leurs doutes.

Ils pénétrèrent bruyamment dans la chambre.

— Vite ! courons la chercher, dit Mme de Libessac.

Aussitôt on fit venir Ludivine et on la pria de transmettre au cocher l'ordre d'atteler immédiatement au carrosse les deux meilleurs chevaux de l'écurie.

Martial était si impatient qu'il voulut surveiller lui-même les préparatifs du départ.

Un quart d'heure après, le carrosse était rangé au bas du grand escalier.

Le jeune comte était remonté chez la duchesse. On y agitait la question de savoir s'il fallait délivrer immédiatement Marcelle, ou pousser avec la voiture jusqu'à Neuville, pour raconter à Lucien l'heureux dénouement par lequel se terminait cette crise suprême.

Ce fut à ce dernier avis qu'on se rangea, afin d'être en force pour livrer bataille, s'il y avait bataille.

Le patron de la *Belle-Ernestine* monta sur le siège, à côté du cocher, pour lui indiquer le chemin. La comtesse et Martial montèrent en voiture.

Quelque diligence qu'on eût fait, il était près de onze heures quand le carrosse quitta l'hôtel.

Le duc venait d'achever son dîner lorsque, à sa grande stupéfaction, il vit son carrosse et sa livrée s'arrêter devant la porte de l'hôtellerie.

En quelques mots Martial le mit au courant.

Sans hésiter, Lucien sauta dans la voiture avec Papillon; le cocher tourna bride, gagna Conflans, d'où il se dirigea, en suivant le bord de la Seine, vers l'extrême embouchure de l'Oise, où stationnait la *Belle-Ernestine*, en compagnie de huit ou dix autres péniches.

Caro, la femme de Pierre, se tenait sur le pont et tricotait sous une tente, tout en surveillant la rive.

Lorsqu'elle vit arriver ce magnifique équipage, elle eut un éblouissement. Bientôt cependant ses yeux perçants reconnurent son mari, qui, debout sur le siège, agitait triomphalement son chapeau.

— Ah! mademoiselle, les voilà! cria la pauvre femme en bondissant de joie.

Marcelle était levée depuis longtemps. Elle risqua son joli visage à la fenêtre de la cabine et reconnut à son tour le carrosse et la livrée des La Tournaye.

La pauvre enfant, que son indomptable énergie avait soutenue jusqu'alors, faillit perdre connaissance, lorsqu'elle vit à travers les portières de la voiture, ces visages qui lui souriaient et ces mains amies qui, de loin, se tendaient vers elle.

La femme de Pierre jeta de la péniche à la berge la passerelle qu'elle avait prudemment retirée.

Cinq minutes après, Marcelle s'évanouissait de bonheur, et sérieusement cette fois, dans les bras de la comtesse de Libessac.

Il fallut plus d'un quart d'heure pour la rappeler à la vie. Quand elle ouvrit les yeux, Martial était à ses genoux et couvrait de baisers sa main, qu'elle ne songea pas à retirer.

Auprès d'elle se tenaient, avidement penchés sur son visage, la comtesse et le duc de la Tournaye. Dans un coin de la cabine, Papillon tortillait furieusement son épaisse moustache grise pour ne pas pleurer.

Jamais félicité pareille n'avait inondé le cœur de Marcelle. L'amitié, l'amour, l'entouraient à la fois de leurs soins vigilants et s'épanchaient bruyamment sans prendre garde à la présence du marinier et de sa femme, que l'émotion générale avait fini par gagner.

Il fut décidé, séance tenante, qu'on rebrousserait chemin jusqu'à Pontoise, où Martial et Lucien avaient laissé leurs chevaux, qu'on y ferait une halte de quelques instants et que l'on retournerait immédiatement à Paris.

On fit monter Marcelle en voiture, pendant que le duc de la Tournaye glissait dans la main du patron de la *Belle-Ernestine* un rouleau de cinquante louis.

Bientôt le carrosse s'éloigna. La jeune fille était si heureuse que la joie paralysait tout autre sentiment. Pendant le court trajet de Conflans à Pontoise, il lui fut impossible d'articuler une parole. Mais ses yeux parlaient pour elle. Elle les reposait sur celui qu'elle aimait avec un abandon touchant. Du regard elle se donnait à lui, comme si elle voulait le récompenser par avance des prouesses qu'il avait accomplies pour la conquérir.

En arrivant à Pontoise, elle avait cependant repris possession de toutes ses facultés. Ce bonheur, auquel elle n'avait pas osé croire tout d'abord, elle le tenait désormais entre ses mains. Pourtant ce fut avec un reste de frayeur, mêlé, il est vrai, de beaucoup de plaisir, qu'elle fit le voyage de Paris, bien qu'elle eût la plus brillante escorte que l'on puisse imaginer.

A la droite du carrosse, qu'occupait la comtesse, se tenait le duc de la Tournaye; à la gauche, où se trouvait Marcelle, caracolait Martial, l'œil étincelant, la bouche souriante, qui se penchait de temps en temps sur l'encolure de son cheval pour demander à la jeune fille si on n'allait pas trop vite, si elle n'était pas fatiguée. Par derrière chevauchait le brigadier.

Ah ! le souvenir de ce voyage se grava profondément dans l'esprit de Marcelle ! La monture du jeune comte, qui était restée trois jours sans sortir de l'écurie dévorait son frein avec une impatience que son maître contenait difficilement. Sous le mors qui la retenait, la bête s'encapuchonnait gracieusement, faisait des bonds de côté, se cabrait sous l'éperon et, dans chacun de ses mouvements. faisait ressortir la grâce flexible et la hardiesse du cavalier qui la montait.

Jamais Martial ne s'était révélé plus beau, plus hardi, plus noble que ce jour-là. Il respirait si bien la force, la puissance, l'amour, et ses regards brillaient d'une telle ivresse, qu'il était transfiguré.

Quand Marcelle atteignit Paris, toute crainte superstitieuse était bannie de sa pensée. Sous la protection d'un tel homme, elle sentait de taille à affronter tous les dangers. Lorsqu'elle posa sa main dans la sienne pour descendre de carrosse, il lui sembla qu'elle renaissait à la vie.

Sans donner à la jeune fille le loisir de reprendre haleine, la comtesse de

Libessac, que la joie avait également rajeunie de dix ans, la prit par la main et la conduisit dans la chambre de Raymonde.

Marcelle se jeta dans ses bras et la tint longuement embrassée.

De même que la nature offre aux artistes des tableaux d'une telle magnificence que leur pinceau est impuissant à les reproduire, de même il y a dans la vie humaine des scènes que la plume la plus expérimentée ne saurait dépeindre.

Il semblait que le soleil fût rentré avec Marcelle dans cette maison que sa disparition avait plongée dans le deuil et les ténèbres.

Dans ce tableau, rempli de lumière et d'allégresse, il n'y avait pas une ombre! Pas une... c'est beaucoup dire. Parmi les cœurs dévoués qui entouraient la jeune fille et la félicitaient à l'envi, elle cherchait inutilement celui qui, le premier, avait tendu vers elle sa main compatissante.

Qu'était devenu Brissot? Pourquoi ne l'avait-elle pas vu au premier rang parmi ses plus ardents défenseurs? Pourquoi n'était-il pas là pour fêter son retour?

Martial, dont les regards ne pouvaient se détacher d'elle, vit glisser ce léger nuage sur le front de sa fiancée.

— Qu'avez-vous? lui demanda-t-il. On dirait qu'il manque encore quelque chose à votre bonheur.

— C'est vrai, répondit-elle naïvement ; j'aurai été heureuse de serrer la main de M. de Warville.

— Voulez-vous que j'aille le chercher ?

— Volontiers, répondit-elle avec vivacité.

Il comprenait trop bien le sentiment auquel obéissait Marcelle pour que ce juste regret soulevât en lui le moindre grain de jalousie.

Il partit comme un trait, se rendit à l'étude de Me Thiercelin et demanda Brissot.

— Il n'est pas à Paris, lui répondit-on.

Au moment où il allait se retirer, Martial vit l'un des clercs de l'étude lever les yeux vers lui avec embarras.

Il reconnut Robespierre.

Aussitôt il courut à lui et il lui serra la main.

— Qu'est-ce que je viens d'apprendre ! s'écria-t-il, Brissot n'est plus à Paris ?

— Non, fit Robespierre en secouant tristement la tête.

Puis, se relevant brusquement, il lui prit le bras.

— Venez, dit-il, nous ne pouvons causer ici.

Martial le suivit, très étonné de la tristesse qu'il avait lue sur le visage de Robespierre et du mystère dont il paraissait vouloir s'entourer.

Quand ils furent dans la rue, Robespierre s'arrêta.

— Vous qui êtes un des amis de M. de La Tournaye, n'avez-vous rien remarqué depuis quelque temps dans la conduite de Brissot ? demanda-t-il.

— Je ne sais... balbutia le jeune comte.

— Il y a pourtant là une adorable jeune fille, à qui notre ami eut un jour l'occasion de rendre un signalé service.

— Ah ! Marcelle ?

— Oui. Eh bien ! n'avez-vous pas remarqué que Brissot en était très épris ?

— Non-seulement je l'ai remarqué, dit Martial, mais il m'en a fait l'aveu.

— Alors comprenez-vous pourquoi il a quitté Paris ?

— Comment ! vous croyez... mais sous quel prétexte ?...

— Oh ! le prétexte n'était que trop plausible, dit Robespierre. Son père était malade... Brissot avait consulté plusieurs médecins... il était inquiet... il a voulu le revoir... voilà les prétextes qu'il a invoqués. Pour M⁰ Thiercelin, pour les badauds, ils étaient suffisants ; mais pour nous... nous n'en avons pas été dupes. Ce n'est pas pour guérir son père qu'il nous a quittés, c'est pour se guérir lui-même d'un amour sans espoir. Respectant le secret qu'il a voulu garder, laissons croire aux indifférents que c'est la piété filiale qui l'a conduit à Angers, et souhaitons que le temps lui apporte ce baume de toutes les douleurs : l'oubli.

A ces mots, Robespierre serra une dernière fois la main du comte et s'éloigna.

Martial s'en revint, triste et affligé à l'hôtel de La Tournaye. Mieux que personne, lui qui avait été le confident et le rival de Brissot, il savait que Robespierre ne s'était pas trompé.

Cependant, il se garda bien d'en rien dire. Le léger nuage qui avait assombri le front de la jeune fille se dissipa promptement. L'amour de celui qui était là lui fit oublier l'amour de celui qui n'y était pas. Elle avait assez longtemps souffert pour se réjouir sans remords.

Elle n'eut guère, du reste, le temps de songer à Brissot. A l'instant même, il fut décidé qu'elle épouserait le comte de Lally dans les huit jours, sauf à acheter toutes les dispenses imaginables.

Ces huit jours eurent la durée d'un éclair. A peine la jeune fille put-elle s'occuper d'autre chose que des couturières, lingères, orfèvres et bijoutiers, qui assiégeaient l'hôtel de la Tournaye.

Enfin, le 6 juillet 1776, Marcelle épousa celui qu'elle aimait.

Pendant le court espace qui avait précédé ce mariage, Papillon était allé s'installer auprès de Germain, dont la convalescence marchait à grand pas.

Quant au baron de Pierre-Lisse, on n'en avait pas eu de nouvelles. Le surlendemain du mariage on reçut enfin, de M. de Bellaire, une lettre dans laquelle il annonçait au duc que le gentilhomme avait rendu l'âme sans avoir, pour ainsi dire, repris connaissance depuis le jour où il avait été frappé.

Seule, Marcelle eut le courage de verser une larme sur cette tombe, devant laquelle nulle autre qu'elle ne vint s'agenouiller.

Martial eût été le plus heureux des hommes s'il avait pû mettre dans sa corbeille de noces le jugement de réhabilitation qu'il sollicitait depuis si longtemps.

Hélas ! ce ne fut que sept ans après, le 23 août 1783, qu'il atteignit le but auquel il avait consacré sa vie.

Ce jour-là, le comte et Marcelle n'étaient plus seuls à supporter le poids du bonheur dont leur cœur était inondé. Deux enfants partageaient leur ivresse et leur rendaient les caresses dont ils couvraient les boucles soyeuses de leurs cheveux blonds.

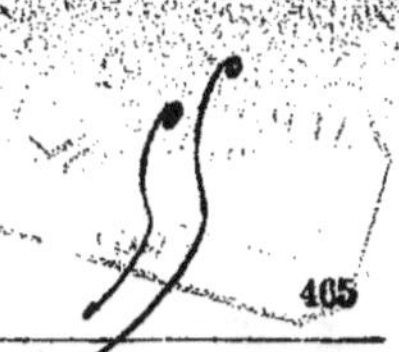

Roger s'était couché tout de son long sur la branche et coupait la corde. (Page 471.)

TROISIÈME PARTIE

CENT ANS APRÈS

LE LEGS DU PENDU

Il est d'usage, parmi les romanciers, d'écrire le mot « fin » au bas de leurs ouvrages, aussitôt qu'ils sont arrivés au dénoûment du drame dont ils se sont faits les interprètes. C'est ainsi que nous aurions agi nous-même, si, pendant un séjour que nous fîmes à Meulan en 187.., le hasard ne nous avait rendu témoins d'une histoire poignante, dont le héros était un jeune homme de vingt-cinq ans environ. Il se nommait le baron Roger de Montmaury, mais, en raison de l'obscure simplicité dans laquelle il vivait, on l'appelait plus communément Roger, ou Montmaury tout court.

L'intérêt que cette histoire nous avait inspiré, nous engagea à nous informer plus soigneusement de celui qui y avait joué le principal rôle, et nous ne fûmes pas médiocrement étonnés d'apprendre que Roger de Montmaury descendait de ces mêmes Lally-Tolendal, dont nous venons d'écrire leurs aventures émouvantes.

Comme nous paraissions mettre en doute cette origine illustre, l'ami qui nous fournissait ces renseignements, s'engagea à nous apporter dans les trois jours une preuve authentique de ce qu'il avançait. Il revint, en effet, le surlendemain, muni de la généalogie suivante, que lui avait confiée le jeune baron de Montmaury et que nous transcrivons fidèlement :

Du mariage contracté, le 25 juillet 1775, entre le comte Martial de Lally-Tolendal et noble demoiselle Marcelle de Pierre-Lisse, naquirent deux enfants : Raoul de Lally-Tolendal et Jeanne-Andrée de Lally-Tolendal.

Jeanne-Andrée de Lally-Tolendal épousa, le 17 février, 1799, le baron Frédéric Réginald de Montmaury. De ce mariage est issu un fils, Louis-Robert de Montmaury, né le 16 novembre 1809.

Louis-Robert, baron de Montmaury, épousa, le 14 mars 1848, Marie-Rose d'Estenelle. De ce mariage est issu un fils, Roger de Montmaury, né le 6 septembre 1851, lequel, à la mort de son père, en 1854, hérita du titre de baron.

La descendance était clairement établie, Marcelle de Pierre-Lisse était bien la bisaïeule du jeune Roger de Montmaury !

Il nous parut alors curieux et original de raconter son histoire et de suivre, à cent ans de distance, le dernier rejeton de la branche féminine des Lally-Tolendal.

C'est ce récit que nous allons entreprendre et qui formera la troisième partie de cet ouvrage. Donc, et sans plus tarder, nous entrons en matière.

I

LE PENDU

Tout le monde connaît le ravissant coteau qui domine la rive gauche de la Seine et la route pittoresque qui va de Poissy à Meulan.

Cette route serpente au fond de la vallée et longe les rives du fleuve, parallèlement au chemin de fer de l'Ouest. Bordée d'admirables propriétés, ombragée par des noyers centenaires, elle s'étend à travers mille accidents de terrain au milieu d'un véritable verger, qui la couvre tour à tour d'un opulent bouquet de fleurs, de feuilles et de fruits.

Pendant l'été, elle est pour ainsi dire impénétrable aux rayons du soleil Presque toujours rafraîchie par une brise légère, elle permet au voyageur de se reposer à l'ombre des massifs qui la couvrent, et de contempler à l'aise le délicieux panorama qui s'offre à ses yeux.

A droite, se détache dans un horizon déjà lointain la silhouette du Mont-Valérien, puis les hauteurs de Marly, de la Frette et de Conflans ; en face, la côte de l'Hautil et d'Andresy, dans un repli de laquelle se cache à moitié le village de Chanteloup ; à gauche, on aperçoit Triel, les Mureaux, et l'on devine Meulan, dont les maisons disparaissent dans la verdure qui les entoure. Enfin, au dessus de ces villages, s'étendent à perte de vue les bois qui, depuis l'embouchure de l'Oise, forment, jusqu'à Mantes, un immense rideau vert, capricieusement découpé par les sinuosités innombrables du coteau.

Enfin, après avoir traversé successivement les villages de Vilenne et de Vernouillet, cette route passe à Verneuil avant d'arriver à Meulan.

Verneuil est situé à mi-côte et prudemment assis, à l'abri des inondations, au-dessus de la plaine, que les eaux limoneuses de la Seine viennent trop souvent envahir.

Derrière le village s'étend un petit bois, bien soigné, bien peigné, que la route traverse et dans lequel les habitants du pays vont faire de fréquentes excursions, mais pendant la belle saison seulement. car ce bois, qui appartient à M. le comte de T... est loué pendant l'hiver à une société de chasseurs dont le voisinage serait un danger sérieux pour les amoureux ou les rêveurs.

Vers le commencement du mois de mai de l'année 187., deux jeunes gens, âgés à peu près de vingt-cinq ans chacun, cheminaient en sens inverse dans les allées de ce bois.

L'un était blond, d'un blond tirant sur le rouge. Il avait des yeux gris, le nez gros et arrondi, une bouche large, aux lèvres pleines et colorées, et des traits fort irréguliers. Il était d'une taille moyenne. Ses membres trapus étaient dépourvus d'élégance, et ses mains, noircies par le travail, prouvaient qu'il appartenait à la classe aisée des ouvriers.

Il était vêtu d'un pantalon de coutil gris, d'un gilet de cachemire bleu et d'une sorte de vareuse noire, sur le collet de laquelle retombaient les deux bouts d'une cravate de soie rouge. Cette toilette de mauvais goût, mais qui n'était pas exempte d'une certaine prétention, se complétait par une casquette de soie noire, placée sur le sommet de la tête et rabattue sur les yeux.

L'autre était brun, grand et élancé. Il avait de magnifiques yeux bleus, frangés de longs cils recourbés, le nez droit, aux narines mobiles et finement dessinées ; la bouche bien faite, était ombragée d'une soyeuse moustache, qu'une main blanche et allongée retroussait de temps à autre. L'ovale de la figure était assez pur ; le menton, légèrement saillant, donnait à la physionomie un cachet indiscutable d'énergie et de virilité.

Coiffé d'un de ces chapeaux ronds que l'usage autorise actuellement à la campagne, il portait un costume complet de drap gris foncé, dont la veste, boutonnée sur deux rangs et bien ajustée, dessinait merveilleusement sa taille souple et bien cambrée.

Certes, sous ce costume fort simple, ce jeune homme n'avait pas l'élégance affectée de nos oisifs. Rien d'extraordinaire dans la coupe des vêtements, du faux-col ou des manchettes, ne provoquait le sourire du passant ; mais, à la façon dont il était porté, on devinait sans peine une véritable distinction native, et ce cachet particulier de bonne compagnie que donne presque toujours une éducation soignée.

Chacun d'eux suivait un chemin différent, qui aboutissait à un carrefour, au milieu duquel s'étendaient les vastes rameaux d'un châtaignier trois fois séculaire. L'un entrait dans le bois, l'autre en sortait.

Ils marchaient lentement, la tête baissée, tous les deux assurément préoccupés, songeant peut-être aux obstacles qui se dressaient devant eux au début de la carrière.

Non-seulement il ne se voyaient pas, mais ils ne pouvaient pas se voir, car les deux allées qu'ils suivaient étaient perpendiculaires l'une à l'autre, et les jeunes feuilles dont les arbres commençaient à se couvrir formaient entre eux une masse compacte, que l'œil d'un braconnier même n'aurait pas pu pénétrer.

Cependant ils étaient forcés de se rejoindre à l'endroit où les deux routes se croisaient, et dont ils n'étaient guère éloignés que de cinquante pas au plus.

En effet, continuant chacun de leur côté leur promenade silencieuse et mélancolique, ils atteignirent au bout d'une minute le carrefour vers lequel ils se dirigeaient et se rencontrèrent face à face.

Subitement, et par un mouvement simultané, ils levèrent les yeux.

—Monsieur Roger ! s'écria le premier de ces deux promeneurs.

—Tiens ! c'est vous Germain ! s'écria le second.

Mais, dans la façon dont ces deux exclamations avaient été prononcées, il y avait deux intonations bien différentes.

Et d'abord, qu'on le remarque bien, l'un avait dit *Monsieur* Roger ; l'autre avait dit Germain tout court, — ce qui indiquait chez le premier une supériorité quelconque sur le second.

Le blond, Germain, n'avait pourtant pas mis dans ces deux mots : « Monsieur Roger, » tout le respect qu'ils comportent à première vue. Au contraire, il y avait dans sa voix quelque chose de haineux. L'organe, rauque et tremblant, dénotait une colère mal contenue.

Le brun, Roger, loin de manifester le moindre sentiment hostile, avait franchement salué Germain. S'il avait laissé percer un peu d'étonnement, c'était parce qu'il ne s'attendait pas à rencontrer, en pareil lieu et à une heure si matinale, une connaissance de ce genre.

ıous deux, en effet, ils habitaient Meulan.

Le hasard étrange qui leur avait inspiré, le même jour et à la même heure, l'idée de faire la même promenade, motivait donc parfaitement la surprise qu'avait montrée Roger.

— Eh ! que faites-vous ici ? ajouta-t-il avec enjouement, bien que le ton et l'attitude de Germain ne pussent lui laisser aucun doute sur les sentiments dont celui-ci était animé.

— Vous le voyez bien, répondit Germain d'un ton bourru, je me promène. Et vous ?

— Moi aussi.

— Ah ! vous vous promenez ? fit Germain avec un sourire incrédule. Est-ce bien vrai ?

— Comment ! Est-ce bien vrai ? Que supposez-vous donc que je fasse dans ce bois, à sept heures du matin.

— Qui sait... dit Germain. Vous m'avez peut-être vu y venir.

— Je vous jure que non ; mais, quand cela serait... Quel mal y aurait-il à ce que je vous eusse suivi ?

— Ainsi vous l'avouez. C'est pour m'espionner que vous êtes venu !

— Pour vous espionner ! s'écria Roger. Voilà un bien vilain mot, que rien ne justifie.

— Avec cela que vous vous en privez ! fit Germain sur le même ton de sourde colère. Hier encore, ne m'avez-vous pas fait sévèrement admonester par M. Voisin ?

— A qui la faute ? se défendit Roger. Pourquoi ne m'aviez-vous pas donné le nombre des heures supplémentaires de la semaine ?

— Parce que je n'avais pas eu le temps.

— Donc, il m'était impossible de dresser l'état que me demandait M. Voisin pour faire sa paye.

— Eh bien ! ne pouviez-vous pas dire que vous n'aviez pas entièrement terminé votre besogne et me faire prévenir aussitôt ?

— C'est ainsi que j'aurais agi, en effet, si M. Voisin n'avait pas insisté pour l'avoir immédiatement ; mais ma charité chrétienne ne va pas jusqu'à assumer les fautes dont les autres se rendent coupables.

— Une faute, dites-vous ! fit Germain dont les poings se crispèrent.

— Un oubli, si vous voulez, reprit Roger. Le mot importe peu. Ce qu'il y a de vrai et ce que vous devriez savoir, mon ami, c'est que je ne suis pas plus riche que vous, que j'ai besoin comme vous de gagner ma vie, et que, par conséquent, je ne puis pas me donner le luxe d'endosser une négligence dont un autre est responsable.

— Ah ! vous voilà encore avec vos grands mots et vos grandes phrases ! dit Germain avec un mauvais sourire. Vous croyez peut-être m'imposer avec vos grands airs. Vous vous trompez, monsieur le commis aux écritures. Vous ne valez pas plus que moi. La preuve, c'est que vous ne gagnez pas davantage. Ce n'est pas parce que vous grattez du papier toute la journée qu'il faut vous croire supérieur aux autres. Encore s'il n'y avait que cela...

— Il y a donc encore autre chose? demanda Roger qui se mit à rire.

— Parbleu! je vous conseille de faire l'ignorant, fit Germain dont les sourcils se froncèrent. Vous le savez bien.

— Sur mon honneur, je l'ignore! répondit Roger. Parlez, que voulez-vous dire?

— Eh bien! oui, je le dirai, fit résolûment Germain, car cela commence à m'irriter. Pourquoi, quand par hasard Mlle Antoinette vient dans les ateliers et m'adresse la parole, êtes-vous toujours à nous épier?

— Vous êtes fou, mon cher! Est-ce que vous m'avez jamais vu bouger de mon bureau?

— Oh! parbleu! ce serait trop fort! s'écria Germain; mais vous n'avez pas besoin de bouger non plus. Le bureau vitré dans lequel vous vous tenez est à l'entrée de l'atelier; rien ne vous est plus facile que de voir ce qui se passe à travers les carreaux.

— Et vous vous êtes aperçu que je vous épiais? fit Roger que l'impatience finissait par gagner.

— Oh! il n'y a pas que moi; répliqua Germain. Mlle Antoinette s'en est bien aperçue aussi.

Roger haussa les épaules et se détourna.

— Oui, poursuivit Germain d'une voix aigre, elle s'en est aperçue. Sans cela pourquoi, pendant qu'elle me parle, se tournerait-elle toujours de votre côté? C'est parce qu'elle se défie de vous, parce qu'elle sait que vous êtes toujours prêt à relever votre mérite des fautes, des oublis, des négligences que les autres commettent; parce qu'elle voit, comme tout le monde, que vous n'êtes pas franc du collier, et qu'elle a peur en un mot que, pour vous faire bien venir de lui, vous ne répétiez à son père ce qu'elle a dit ou ce qu'elle a fait.

— Elle s'est donc plainte à vous de ma manière d'agir à son égard?

— Je ne dis pas cela, mais qu'avait-elle besoin de le faire? Est-ce que cela ne crève pas les yeux?

— Allons, mon cher monsieur Germain, vous êtes bien décidément un méchant drôle, ainsi que je le pensais. Aussi, je vous défends de m'adresser désormais la parole pour autre chose que pour les nécessités du service.

Et Roger fit un pas pour s'éloigner.

— Ah! c'est comme cela que vous le prenez! fit Germain, qui se jeta au-devant de lui, en retroussant les manches de sa vareuse. Eh bien! nous allons nous expliquer une bonne fois...

— Qu'est-ce à dire? fit dédaigneusement Roger, qui voulut continuer son chemin.

— Cela veut dire, riposta Germain en le repoussant, que j'aurai votre peau ou que vous aurez la mienne, mais qu'il faut en finir à l'instant.

— Soit! dit Roger poussé à bout. Aussi bien vos impertinences ont fini par m'échauffer les oreilles.

Pour se mettre sur la défensive, il recula vivement de trois ou quatre pas dans la direction de l'énorme châtaignier qui se trouvait au milieu du rond point.

Au même instant, il ressentit à la tête une assez vive douleur. Pensant qu'il s'était heurté contre une des basses branches du vieux géant, il se retourna, et recula tout à coup épouvanté.

C'était contre les jambes d'un pendu qu'il venait de se cogner. L'impulsion que ce choc lui avait donnée balançait au bout de la corde le corps inerte et la figure violacée du pendu...

En même temps qu'il avait ressenti à la tête cette secousse violente, Roger avait poussé du talon un paquet assez volumineux, mais léger et peu résistant, sur lequel il jeta un regard distrait.

C'était une large enveloppe grise, dans laquelle étaient probablement renfermés des papiers.

Sans s'arrêter à ce détail, qui, croyait-il, ne pouvait avoir la moindre importance, Roger jeta son chapeau, ôta son gilet, sa veste, et grimpa lestement dans le châtaignier, sur la maîtresse branche duquel il s'avança.

Alors tirant de sa poche son couteau, il appela Germain.

— Mon cher monsieur, lui dit-il, nous reprendrons quand il vous plaira la conversation que cette aventure a si tristement interrompue; mais, pour aujourd'hui, je vous prie de venir à mon aide. Le voulez-vous?

— Parbleu! fit Germain assez rondement, quoique avec un reste de mauvaise humeur.

— Alors, attention! reprit Roger. Je vais couper la corde d'une main, tandis que je la maintiendrai de l'autre; vous, pendant ce temps, soulevez le pendu par les pieds; ensuite nous le ferons glisser tout doucement jusqu'à terre. Y êtes-vous?

Germain avait suivi mot pour mot les instructions que lui donnait Roger.

— Allez! cria-t-il en soulevant le cadavre avec ses deux bras.

Il avait un certain courage, ce Germain. Il était évident que cette besogne lui déplaisait et lui causait même une secrète frayeur; mais il ne voulait pas avoir l'air de trembler devant son ennemi, il ne voulait pas moins faire que lui surtout!

Roger s'était couché tout de son long sur la branche et coupait la corde.

— Prenez bien garde! recommanda-t-il. La corde va céder...

En effet, un dernier coup de couteau détermina la rupture du chanvre. La secousse faillit faire tomber Roger; mais il se cramponna vigoureusement de la main droite, et parvint à glisser le corps assez bas pour que Germain pût le saisir enfin par la ceinture et le déposer sur l'herbe.

Cela fait, il recula involontairement, et se baissa pour ramasser la large et épaisse enveloppe que lui aussi avait aperçue.

A peine y eut-il jeté les yeux, que, sans mot dire, il la glissa précipitamment dans la poche de sa vareuse.

Quant à Roger, il descendit vivement et vint s'agenouiller auprès du cadavre.

— Vite! s'écria-t-il. Allez chercher du secours à Verneuil. Le corps est encore chaud. Avec des soins immédiats, on pourrait peut-être le rappeler à la vie. Courez !

En prononçant ces paroles, il faisait glisser le nœud coulant dans lequel était pris le cou du pendu, et, sans prendre le temps de se rhabiller, quoique la matinée fût excessivement fraîche, il se mettait en devoir de lui donner les premiers soins.

Quant à Germain, il ne demandait certainement pas mieux que de quitter le théâtre de cette scène lugubre, car il s'éloigna dans la direction du village avec une docilité et une rapidité qui ne laissèrent pas que de surprendre Roger.

Celui-ci se trouva donc seul en présence du cadavre.

Malheureusement, il ne possédait aucune notion de médecine, ou plutôt il ne savait guère que ce que tout le monde a plus ou moins appris. Cependant il avait entendu dire qu'en cas de congestion on pouvait sans inconvénient fendre le gras de l'oreille, pour tâcher d'en faire couler le sang.

Il prit son couteau, coupa l'oreille de l'inconnu. Trois ou quatre gouttes de sang en sortirent lentement, mais ce fut tout.

Alors il se pencha sur lui, le massa, le frictionna, lui souffla longuement dans la bouche pour tâcher de rendre aux poumons leur fonction normale... rien n'y fit.

Au bout d'une demi-henre de ces efforts inutiles, il était en nage. L'eau ruisselait sur son visage ; la sueur commençait à tacher sa chemise blanche de larges plaques humides.

— Et Germain qui n'arrive pas ! murmurait-il.

Sans perdre courage, il recommençait ses massages, ses frictions, ses insufflations. Toujours sans résultat. Non-seulement l'inconnu ne revenait pas à lui, mais le corps se refroidissait de plus en plus.

Au bout d'une heure de ce labeur méritant, il était exténué ! Il était dans un état de transpiration tel que sa chemise était littéralement collée sur son dos.

— Mais que fait donc Germain ? disait-il. Est-ce qu'il ne serait pas allé à Verneuil ? Il devrait être de retour depuis une demi-heure au moins ! Ah ! c'est dommage ! Je suis sûr que si l'on avait eu un médecin sous la main ce malheureux aurait échappé à la mort.

Maintenant, il était trop tard ! Non-seulement le corps était froid, mais les membres prenaient graduellement la rigidité cadavérique.

Roger renonça à toute autre tentative. Alors seulement il s'aperçut qu'il était trempé. Il alla chercher ses vêtements, les endossa et les boutonna jusqu'au menton. Puis, afin de ne pas se refroidir, il se promena de long en large dans la clairière, les yeux toujours fixés sur le pendu.

Il eut le temps de l'examiner à l'aise.

L'inconnu était un homme de cinquante-huit ans environ, grand, maigre, osseux et très fortement charpenté. Il avait des cheveux gris coupés court, mais très abondants, et des favoris un peu plus noirs que les cheveux.

Le juge d'instruction devina certainement sa pensée. (Page 478.)

Ses grands yeux qui, d'abord, sortaient démesurément de l'orbite, reprenaient peu à peu leur place. Sous les épais sourcils noirs qui les recouvraient, ils semblaient même conserver un restant de vie. Le nez, aquilin et assez fort, retombait sur une bouche moyenne, dont les lèvres violettes étaient légèrement tuméfiées. Le menton, pointu et quelque peu fuyant, semblait d'autant plus effilé que les pommettes étaient plus saillantes.

Par le costume qu'il portait, cet homme appartenait évidemment à la classe aisée. Ses habits étaient excessivement propres, et son linge était bien soigné.

— Quels motifs ont pu pousser ce malheureux à se donner la mort? se demandait Roger.

Malgré lui, ses regards se fixaient obstinément sur ce cadavre, dont l'œil gris semblait le suivre et brillait encore d'un certain éclat. Ne pouvant en supporter la vue, il s'approcha, se pencha et ferma les paupières de l'inconnu.

Germain ne revenait toujours pas!

— Qu'est-ce que cela signifie? se demandait Roger.

Si, moins absorbé par les soins que lui imposait l'humanité, il avait été un peu plus curieux, il aurait compris sans doute pourquoi Germain ne se pressait pas.

Le paquet volumineux, qu'il avait poussé du pied et qu'il avait dédaigné, était, en effet, une large enveloppe, que le pendu avait déposée sur l'herbe, à l'endroit même où il avait résolu de se donner la mort.

Pendant que Roger grimpait sur l'arbre, Germain avait ramassé l'enveloppe et y avait jeté un regard rapide.

Or, voici ce qu'il avait lu:

« Tout ce qui est contenu dans cette enveloppe appartient à celui qui le trouvera. »

Aussitôt il avait glissé le paquet dans sa poche. Voilà pourquoi aussi il avait obéi avec tant d'empressement aux ordres de Roger.

Il avait hâte de s'éloigner pour savoir ce que contenait cette enveloppe.

Il disparut promptement aux yeux de Roger, qui, du reste, était trop occupé pour le surveiller du regard, et se dirigea en courant vers le village.

Sa première idée — et c'était la bonne, ou du moins la seule honnête — avait été de se rendre chez le maire, de lui communiquer la découverte qu'il venait de faire et de remettre entre ses mains le paquet qu'il avait trouvé; mais, au moment où il allait sortir du bois, il s'arrêta brusquement.

Un invincible curiosité le retenait. Que contenait cette enveloppe?

Il la tira de sa poche. Elle était hermétiquement collée, mais ne portait ni cachet de cire, ni lettres initiales, ni armoiries. Il hésita.

On a beau dire, une lettre fermée inspire toujours un certain respect. Il fit deux ou trois pas encore, puis il s'arrêta de nouveau. La curiosité l'emportait sur l'honnêteté.

Il était sur la lisière du bois, à dix pas de la route de Verneuil.

— Bah! pensa-t-il, je dirai que c'est Roger qui a déchiré l'enveloppe en marchant dessus...

Résolûment il l'ouvrit, et dans un papier qui les recouvrait, il aperçut une liasse de billets de banque.

Il devint livide. Livide de joie et de surprise à la fois! L'enveloppe ne disait-elle pas que cette fortune appartiendrait à celui qui la trouverait?...

Mais, au fait, c'était Roger qui l'avait trouvée bien plutôt que lui! Roger n'en réclamerait-il pas le bénéfice? Assurément il en était bien capable. Et alors, il faudrait céder à Roger cette fortune! Il faudrait tout au moins la partager avec lui! Oh non! Jamais!

— Que faire, pourtant? conjecturait Germain... Ma foi! Le plus simple est de n'en pas parler. Ce qui est écrit sur l'envelope me dégage de tout scrupule... Oui, c'est cela... je n'en dirai rien... Roger était si occupé qu'il ne se souviendra pas..., peut-être même n'a-t-il rien vu...

Un sourire dérida ses grosses lèvres, tandis qu'un frisson de plaisir parcourait son corps.

— Combien peut-il y avoir là-dedans? reprit-il en palpant délicieusement du doigt la précieuse enveloppe.

Il ne se figurait pas ce qu'elle pouvait renfermer. De sa vie, il n'avait vu une somme si importante représentée par du papier.

— Si tout est en billets de banque, poursuivit-il, il y a au moins... vingt mille francs... peut-être plus, ajouta-t-il. Voyons...

Il allait les tirer de l'enveloppe pour les compter, quand un grand bruit se fit sur la route, accompagné de retentissants éclats de rire.

C'étaient des jeunes gens de Verneuil, qui profitaient du dimanche et du beau temps pour faire une promenade dans le bois.

Ils étaient dix au moins. Ils entrèrent dans le taillis par toutes les issues: les uns choisissant la route, les autres franchissant le fossé pour montrer leur agilité.

Germain n'eut que le temps d'enfouir au fond de sa poche la bienheureuse enveloppe. En moins d'une demi-minute il était entouré.

— Tiens! Germain! s'écria l'un des jeunes gens. Que faites-vous donc là?

— Je vais chez le maire..., balbutia Germain surpris.

— Chez le maire! Par ce chemin-là! en plein bois! Vous vous moquez de nous!

— Il est vrai que j'ai un peu perdu la tête, dit Germain; mais on la perdrait à moins. Si vous saviez ce qui vient de m'arriver...

— Eh bien! que vous est-il arrivé?

— Oh! je n'ai pas le temps de vous le raconter. Vous l'apprendrez assez tôt. Quant à moi, je n'ai pas une minute... je me sauve... au revoir!

A ces mots, et pour éviter toute explication, Germain les quitta précipitamment.

Aussitôt qu'il eut perdu de vue le groupe de jeunes gens, il ralentit son allure.

— Diable! se dit-il, mais il ne faut pas non plus que je me presse trop d'aller chercher des secours! Si ce pendu revenait à lui, il rentrerait en possession de cet argent et je n'aurais plus rien. Alors je ne pourrais plus épouser Antoinette... je n'aurais plus la joie d'écraser ce misérable Roger... Oh! non. Ne nous pressons pas!

Cependant il était en pleine route, et la route était sillonnée de promeneurs. Il allait atteindre le village, dont les habitants étaient sur leurs portes, en beaux habits du dimanche, attendant l'heure de la grand'messe. Il n'y avait plus moyen d'ouvrir l'enveloppe, de vérifier le nombre de billets qu'elle renfermait.

Germain se résigna et se mit le plus lentement possible à la recherche du maire. Après s'être informé dix fois, il se présenta enfin devant la maison qu'habitait le représentant de l'autorité. Par malheur, le maire était à Paris! Il fallut aller chez l'adjoint, lui raconter ce qui se passait. L'adjoint envoya chercher le garde-champêtre, en même temps qu'il faisait prévenir la gendarmerie et le commissaire de police de Meulan.

Enfin, vers huit heures et demie, l'adjoint et le garde champêtre, suivis d'une foule compacte, arrivèrent sur le théâtre de cet horrible accident, et vers neuf heures seulement, on vit paraître les gendarmes et le commissaire.

Sur-le-champ, on procéda à la levée du cadavre. Le commissaire donna l'ordre qu'on le transportât momentanément dans une des salles de la mairie de Meulan. Puis il demanda quelles étaient les personnes qui avaient découvert le pendu?

Roger se présenta hardiment.

Quant à Germain, il essayait de se dissimuler dans les groupes quand Roger, qui le cherchait du regard, l'aperçut et lui cria :

— Venez donc, Germain !

Germain fut bien forcé d'avancer.

— Veuillez me suivre, messieurs, leur dit le commissaire. Je regrette infiniment de vous déranger, mais il faut que je dresse mon procès-verbal et j'ai besoin de votre concours.

Roger s'inclina et s'empressa de le suivre. Germain eut un mouvement d'hésitation ; mais tous les regards étaient braqués sur lui, il fut obligé de s'exécuter.

Le cortège funèbre se mit en marche, escorté d'une foule compacte et silencieuse, qu'entraînait un mouvement de curiosité malsaine.

Lorsque le cadavre eut été déposé dans la salle, le commissaire ferma la porte à clef, plaça un gendarme en faction et fit télégraphier au parquet de Versailles l'évènement qui mettait en émoi toute la population si calme d'ordinaire, des pays environnants.

En effet, la nouvelle de cet accident s'était répandue avec la rapidité de la foudre. De toutes parts affluaient les paysans avides de saisir au passage un détail quelconque de ce drame émouvant.

Le commissaire passa dans son cabinet, prit une feuille de papier, sa plume, de l'encre, et se mit à rédiger son procès-verbal.

Après avoir fait une description minutieuse de l'endroit où cette scène lugubre s'était accomplie, il interrogea successivement Roger et Germain, et prit note de leur déposition.

— Est-ce tout ce que vous avez à dire? demanda-t-il enfin à Roger.

— Oui, monsieur.

— Et vous ? reprit-il en s'adressant à Germain.

— Moi aussi, monsieur.

— Ainsi vous ne pouvez plus fournir à la justice aucun renseignement?

Roger ne répondit pas. Il se tourna vers Germain, paraissant attendre que celui-ci prît la parole.

— Aucun, dit Germain avec effort.

— Alors, vous pouvez vous retirer, messieurs.

Germain se dirigeait déjà vers la porte, quand Roger l'arrêta.

— Pardon, lui dit-il. Qu'avez-vous donc fait de l'enveloppe?

— Quelle enveloppe? interrogea vivement le commissaire, dont la défiance fut mise à l'instant en éveil.

— Je veux parler, continua Roger, d'un paquet assez volumineux, recouvert d'une large enveloppe grise, que j'ai poussé du pied en même temps que je me heurtais aux jambes du pendu.

— Eh bien ! Qu'est-elle devenue? fit le commissaire.

— Je l'ignore, monsieur. J'ai négligé de la ramasser afin de voler plus tôt au secours de ce malheureux ; mais, quand la corde a été coupée, et pendant que je descendais du châtaignier, j'ai vu M. Germain s'en emparer et la glisser dans sa poche.

Le commissaire se tourna du côté de Germain.

— Cela est-il vrai, monsieur? demanda-t-il d'une voix sévère.

— Oui, monsieur le commissaire... oui... s'empressa de dire Germain avec un sourire forcé Je me souviens à présent... Excusez-moi, monsieur, mais ce suicide m'a tellement troublé... que je ne sais en vérité... la voilà... elle n'est pas perdue.

En balbutiant avec un embarras manifeste ces phrases entrecoupées, il avait, en effet, tiré de sa poche la précieuse enveloppe et la tendait au commissaire.

Sans l'ouvrir, mais après y avoir jeté un coup d'œil rapide, le commissaire la serra dans le tiroir de son bureau.

— Ah ! je comprends... murmura-t-il.

Pendant ce temps, Germain, pâle comme un soleil de pluie, adressait à Roger un regard haineux et chargé de terribles menaces.

— C'est bien, messieurs, dit enfin le commissaire. Vous pouvez vous retirer ; mais je vous engage à ne pas quitter Meulan d'aujourd'hui, afin de vous tenir à la disposition du juge d'instruction, qui ne manquera pas d'arriver dans l'après-midi.

Les deux jeunes gens s'éloignèrent. Après avoir traversé la foule, qui se livrait au dehors à toutes sortes de commentaires, ils regagnèrent chacun leur logis, sans avoir échangé même un salut.

Vers deux heures, le juge d'instruction arriva, accompagné d'un greffier. Il commença par prendre connaissance du procès-verbal dressé par le commissaire, procéda à un long examen, se fit remettre l'enveloppe, en vérifia très attentivement tour à tour l'état, la forme, la suscription, le contenu ; puis il donna l'ordre qu'on introduisît les deux témoins.

Roger, qui se tenait aux aguets, avait appris l'arrivée du magistrat et s'était déjà présenté. Quant à Germain, il fallut l'envoyer chercher par un gendarme.

Il manifesta un empressement et une obséquiosité que le magistrat arrêta d'un geste.

— Un instant ! fit-il. Procédons par ordre. Où est le premier témoin, Roger de Montmaury, celui qui a coupé la corde...

— Me voici, monsieur, répondit Roger

— Veuillez déposer des faits à votre connaissance et n'omettez aucun détail, je vous prie.

De Montmaury renouvela dans toute son étendue, en un langage choisi, avec beaucoup de précision et de clarté, la déposition qu'il avait déjà faite dans la matinée.

A son tour, Germain dut faire un récit à peu près semblable ; mais il le fit avec embarras, d'une voix hésitante et mal assurée.

— Bien, dit le juge impassible, veuillez, messieurs, signer le procès-verbal, dont le greffier va vous donner lecture.

Cette formalité accomplie, le magistrat se tourna vers Roger.

— Permettez-moi, reprit-il, de vous adresser encore quelques questions, relativement à cette enveloppe, dont nous n'avons que fort peu parlé jusqu'à présent. Vous l'avez vue, Montmaury, puisque c'est vous qui l'avez signalée au commissaire.

— Certainement, monsieur.

— Avez-vous vu sur cette enveloppe trace d'une écriture quelconque ?

— Non, monsieur, je ne m'en suis pas même occupé. J'ai couru au secours de ce désespéré. je me suis aperçu que le cadavre était encore chaud J'étais persuadé, et je le suis encore, que si l'on avait pu donner des soins immédiats à ce malheureux, on l'aurait sauvé ; mais plus d'une heure et demie s'est écoulée, et malgré ma bonne volonté...

— Oui, vous avez fait noblement votre devoir, monsieur de Montmaury. La justice vous en sait gré, et l'humanité vous en remercie par ma bouche ; mais revenons à cette enveloppe. Vous n'avez pas vu la suscription qu'elle portait ?

— Non, monsieur.

— Eh bien ! je vais vous la communiquer, moi.

— Et le magistrat lut d'une voix grave et lente les deux lignes suivantes :

« Tout ce qui est contenu dans cette enveloppe appartient à celui qui le trouvera. »

— Ah ! fit Roger surpris.

Il n'ajouta pas une parole, mais il regarda Germain avec un étonnement mêlé d'un écrasant mépris. Il avait compris pourquoi Germain avait tant hésité à se défaire de cette enveloppe et pourquoi, peut-être, il avait mis si longtemps à chercher des secours.

Le juge d'instruction devina certainement sa pensée. Certainement aussi sa conviction était déjà formée à cet égard, car ce fut avec une certaine rudesse qu'il s'adressa à Germain.

— Germain Cassut, approchez! dit-il.

Celui-ci sentit quelle humiliante différence il y avait entre le ton de parfaite urbanité sur lequel le magistrat avait parlé à de Montmaury et la sévérité avec laquelle il l'interrogeait. Il en ressentit une telle colère que son visage s'empourpra.

— Pourquoi vous êtes-vous emparé de cette enveloppe sans la montrer à M. de Montmaury? demanda le juge.

— C'était pour la remettre au commissaire, monsieur.

— Si c'était dans ce but, parfaitement louable et auquel le devoir vous ordonnait impérieusement de ne pas vous soustraire, pourquoi, après les constatations préalables, quittiez-vous le bureau du commissaire sans lui remettre ces papiers?

— Je l'ai déjà dit, monsieur. J'étais si troublé que j'avais oublié...

— Je connais votre version, interrompit le magistrat. Maintenant répondez : Qui a lacéré cette enveloppe?

— Je ne sais, monsieur.

— Avez-vous lu les deux lignes qui y sont tracées?

— Non, Monsieur. Je ne l'ai pas pu... j'ai couru tout de suite au village...

— Ainsi vous ignorez ce qu'elle contient?

— Oui, monsieur.

— Et comment expliquez-vous que cette enveloppe soit déchirée?

— Oh! d'une façon bien simple, monsieur. C'est évidemment de Montmaury qui, en mettant le pied dessus...

— Ce n'est pas possible. Si cet accident s'était produit de la façon que vous le prétendez, l'enveloppe porterait de cette violence une empreinte quelconque. Or, elle est immaculée, et de Montmaury affirme l'avoir seulement poussée du pied...

— Que voulez-vous que je réponde? fit Germain tout décontenancé. Cela ne peut cependant être arrivé que comme cela...

— Encore une fois, c'est impossible. Si le pied de M. de Montmaury avait brisé cette enveloppe, il y aurait foulure, souillure, cassure, si vous le voulez, mais, si habile qu'il fût, ce pied n'aurait pas pu déchirer l'enveloppe dans toute sa longueur, sans dévier, pour ainsi dire, du pli formé par l'arête supérieure du papier.

— Que voulez-vous que je vous dise, moi? fit Cassut poussé dans ses derniers retranchements. Vous avez l'air de croire que c'est moi qui l'ait déchirée cette enveloppe...

— Je ne vous le cache pas.

— Dans quel but l'aurais-je fait cependant?

— Pour voir ce qu'il y avait dedans, tout simplement.

— Mais comment aurais-je su qu'il y avait des billets de b...

Germain n'acheva point sa phrase. Il venait de s'apercevoir qu'il avait commis une imprudence.

Il aurait bien voulu la rattraper ; malheureusement il était trop tard.

Le juge d'instruction ne se départit point du calme imperturbable qu'il affectait ; mais son regard fin se fixa sur Roger, tandis que ses lèvres closes ébauchaient un sourire de pitié.

— Je savais bien que je finirais par le prendre... avaient l'air de dire ce regard et ce sourire.

Cassut comprit que toute dénégation devenait dangereuse

— Eh bien ! oui, reprit-il brusquement. J'ai lu ce qu'il y avait d'écrit sur l'enveloppe et j'ai eu la curiosité de voir ce qu'il y avait dedans. C'est vrai aussi. Vous êtes là à m'emberlificoter dans un tas de questions... On dirait, à vous entendre, que je suis un criminel et que c'est moi qui ai pendu ce pauvre diable Je ne suis ni un assassin, ni un voleur, pourtant. Quel mal ai-je fait après tout ? Puisque ce qu'il y a là dedans appartient à celui qui le trouvera, et puisque c'est moi qui l'ai trouvé...

— Pardon, c'est vous qui l'avez ramassé, mais c'est de Montmaury qui l'a trouvé, interrompit le juge d'instruction, puisque, vous l'avouez vous-même, c'est lui qui, le premier, l'a poussé du pied.

— Oh ! je ne réclame pas, monsieur, s'empressa de dire Roger.

— C'est fort bien à vous, fit le magistrat, mais vous ne savez pas ce qu'il y a dans cette enveloppe ! Demandez-le à Cassut.

— Quant à cela, monsieur le juge, répondit vivement Cassut, sur les cendres de mes père et mère, sur mon salut, devant Dieu qui m'entend, je vous jure que j'ignore combien il y a d'argent dans ce chiffon de papier ! Je n'ai pas eu le temps de compter, j'en conviens...

Cette sorte d'objurgation avait été faite avec tant de franchise et de conviction, que le magistrat ne douta pas, cette fois, de la véracité du témoin.

— Eh bien, messieurs, prononça-t-il en scandant chacune de ses paroles. Il y a là deux cent mille francs !

Le cadavre de l'inconnu avait été minutieusement fouillé. On n'avait découvert sur lui aucun papier de nature à révéler son identité. Pas un doute ne subsista même sur sa résolution bien arrêtée de se donner la mort, car les chiffres que devaient porter sa chemise, ses chaussettes et son mouchoir avaient été soigneusement coupés, afin que la justice ne pût se livrer à aucune recherche. Le nom du chapelier, qui se trouvait au fond de la coiffe du chapeau, avait même été gratté avec un canif, pour qu'il fût impossible de le déchiffrer.

Après avoir fait part aux deux témoins de ces circonstances, le juge d'instruction sortit de l'enveloppe un papier.

— A présent, messieurs, dit-il, je dois vous donner lecture de ce document. Veuillez l'écouter avec la plus grande attention.

A ces mots, assurant sa voix ; il commença :

« Si vigoureux que je paraisse, je suis atteint d'une maladie incurable et qui me cause les plus atroces souffrances. J'ai donc résolu d'en finir avec la vie. J'emporte avec moi une corde et j'ai choisi l'endroit où je veux me pendre.

Comme il vous plaira, fit le juge un peu désarçonné. (Page 482.)

« J'ai pris, je crois, toutes les précautions imaginables pour que mon identité ne puisse pas être constatée. Si cependant j'avais oublié quelque chose, et, si, par un moyen quelconque, on parvenait à retrouver mon nom et ma famille, j'entends qu'il ne soit absolument rien changé aux conditions qui suivent :

« Remarquant combien la destinée est injuste, ayant eu sous les yeux mille exemples du peu de cas que certains héritiers font de la succession qui leur

échoit, ne voulant surtout pas que ma fortune, si péniblement gagnée, soit gas-
pillée en folles prodigalités, ou compromise dans des entreprises hasardeuses, je
m'en remets à Dieu du soin d'en disposer à sa guise, bien persuadé qu'il ne permettra pas, dans sa haute sagesse, que cette fortune tombe entre des mains
indignes.

« En conséquence, j'ai réalisé le peu que je possède, se montant à deux cent
mille francs nets, que j'ai glissés, ci-inclus, en billets de la Banque de France,
pour, cette somme, être remise de plein droit et sans contestation possible à la
personne qui trouvera le pli qui la renferme.

« Déclarant agir en parfait état de santé et en toute connaissance, et affirmant
que telle est mon immuable et dernière volonté. »

Naturellement, ce testament, écrit d'une main ferme et d'une écriture correcte
n'était pas signé, ne portait aucune date, et n'indiquait pas l'endroit où il avait
été rédigé. Il était, du reste, parfaitement clair et ne pouvait donner lieu à aucune interprétation, en dehors de ce qu'il voulait dire.

Quand il eut entendu la lecture de ce document, Germain respira plus librement.

Le juge d'instruction, après avoir remis dans l'enveloppe le testament et les
billets, se tourna vers Roger.

— Vous le voyez, monsieur, reprit-il, quand vous disiez tout à l'heure que vous
ne réclamiez rien, j'avais raison de vous faire observer que vous vous engagiez
un peu légèrement.

— Mais non, monsieur, dit Roger.

— Comment ! n'est-ce pas vous qui, réellement, avez trouvé ce papier ? N'êtes-
vous pas en droit d'en réclamer le contenu ?

— Peut-être, monsieur, mais je ne le ferai certainement pas.

— Quoi ! vous vous contenterez de la moitié ! Vous voulez partager avec
Cassut ?

— Pas davantage, monsieur.

— Mais alors que comptez-vous donc faire ?

— Rien, monsieur. Je renonce tout simplement aux droits que je pourrais
faire valoir.

— Mais vous reconnaissez implicitement dans ce cas que c'est Germain Cassut
qui a trouvé ce trésor !

— Je ne dis pas non.

— Et vous lui en abandonnez la totalité ! s'écria le magistrat, qui n'en pouvait
croire ses oreilles.

— Oui, monsieur.

— Comme il vous plaira, fit le juge un peu désarçonné : mais il était de mon
devoir de vous éclairer...

— Et je vous en remercie sincèrement, monsieur, interrompit Roger ; mais, à
tort ou à raison, je serais fort embarrassé, je ne vous le cache pas, d'une fortune
acquise dans des conditions semblables. Ne croyez pas que ce soit par fierté. Je

ne suis rien que le fils d'un pauvre honnête homme, qui est mort dans un état voisin de la misère. Je ne possède rien, je suis simple commis dans une fabrique et je gagne assez péniblement ma vie. Pourtant, si obscur que je sois, je prétends ne devoir qu'à moi la fortune dont je jouirai un jour, si jamais j'arrive à la fortune. C'est un scrupule un peu exagéré, je ne m'en défends pas; mais il me semble que ce legs du pendu me péserait comme un remords et que cet argent, acquis sans travail, fruit de la mort, résultat du suicide, ne me porterait pas bonheur. Voilà pourquoi je ne réclame rien, monsieur.

A ces mots, Roger s'inclina et fit mine de se retirer.

Le magistrat se leva vivement de son siège et lui coupa la retraite, pour lui tendre sa main toute grande ouverte.

— Touchez-là, monsieur, lui dit-il, vous êtes un honnête homme.

Puis il se tourna vers Germain, dont le visage rayonnait.

— Ainsi, monsieur, continua-t-il, c'est bien vous, et vous seul, maintenant, qui prétendez être l'héritier du pendu?

— Dame!... puisque M. Roger y renonce; il me semble que...

— Et, sans doute, vous n'avez pas les mêmes scrupules que lui.

— Oh ! pas si bête!

— Fort bien. En ce cas, monsieur Germain Cassut, si dans un an et un jour on n'a pas retrouvé la famille de ce désespéré, si aucune réclamation ne s'est élevée et si M. Roger ne se ravise pas, les deux cent mille francs vous seront remis. Jusque-là vous pouvez vous retirer, je n'ai plus besoin de vous.

Il est impossible de se figurer le désappointement profond qui se peignit sur le visage de Germain. Probablement il s'imaginait que, séance tenante, on allait lui donner cet argent. Quelle déception! Que de *si*, que de *mais* le séparaient encore de ce moment fortuné!

Quoi! si l'on retrouvait la famille, si des réclamations s'élevaient, il pouvait être dépossédé! Quoi! malgré sa déclaration formelle, Roger avait encore le droit de se raviser! Bien sûr, il se raviserait! On peut dans ce moment d'orgueil refuser la fortune, mais, quand on a toute une année pour se repentir, il n'est pas admissible qu'on ne regrette pas ce moment d'aberration! Germain s'en alla, tout déconfit.

— Après tout, il m'en restera toujours la moitié, se dit-il pour se consoler. Mais attendre un an... c'est dur!

Quand à Roger, après avoir serré une fois de plus la main du juge d'instruction, il regagna la modeste chambre qu'il occupait au bord de la Seine. Pendant ce temps, le magistrat continuait ses investigations.

Après avoir pris le signalement minutieux du pendu, relevé chaque partie de son vêtement, en avoir décrit la forme et la couleur, il fit venir un photographe, qui tira sous ses yeux le portrait du malheureux, et reçut l'ordre d'en envoyer cent exemplaires au parquet de Versailles.

Le reste de l'instruction ne révéla que des détails insignifiants. On apprit que le pendu était arrivé à la station de Meulan, vers huit heures trois quarts, par le train parti de Paris à sept heures et demie. Seulement son billet avait été mêlé avec les autres, de sorte qu'il ne fut pas possible de savoir s'il arrivait directement de Paris, ou s'il était monté en wagon à l'une des stations intermédiaires.

L'inconnu avait été vu, vers neuf heures et demie, dans l'un des cafés de la ville, où il s'était fait servir un verre de vin chaud, mais dans aucune des auberges de Meulan il n'avait arrêté de chambre pour y passer la nuit. On en fut donc réduit à supposer qu'à partir de dix heures et demie, heure à laquelle il était sorti du café, il avait erré dans les environs ou dans le bois de Verneuil, et que, vers six heures du matin seulement, il avait pris le parti de se pendre.

Le soir même de ce lugubre évènement, Roger, légèrement attristé, rentrait presque immédiatement après dîner dans sa chambre. Il faisait un temps admirable. Une légère brise soufflait du Nord-Est, le ciel pur et sans nuage était d'un bleu irréprochable. Appuyé sur le balcon de sa fenêtre, Montmaury regardait distraitement la Seine, à travers les arbres qui la dérobaient çà et là à ses regards. Au-dessous de lui passaient sur le bord de l'eau des groupes bruyants ou des couples tendrement enlacés. A la vérité, il ne voyait rien de tout cela. Il songeait...

Peu à peu la nuit vint, le ciel bleu s'assombrit et se constella d'étoiles, dont la lune fit bientôt pâlir la clarté. Roger n'avait pas bougé. Certes le paysage était splendide, plus merveilleux encore à la pâle lueur de la lune qu'aux rayons dorés du soleil couchant, et pourtant Roger, toujours immobile, dédaignait ses magnificences. Vers dix heures, il referma sa fenêtre.

— Oui, murmura-t-il, ce juge d'instruction avait raison. C'était peut-être un moyen de me rapprocher d'elle...

A la même heure, Germain était au bal de Meulan, où il dansait un joyeux rigodon avec les couturières du pays. Le bruit de son aventure s'était répandu dans la plus obscure des maisons. Les jeunes filles le regardaient déjà d'un œil complaisant et provocateur ; les jeunes gens se le montraient du doigt et le considéraient avec envie.

— A-t-il de la chance ce Germain ! s'écriaient-ils. Dire que j'aurais pu passer par là à la même heure ! Ah ! si j'avais su...

Et chacun lui souriait, lui tendait la main, lui offrait un verre de vin.

En revanche, si Germain était bien accueilli, Roger était fort mal traité. Tout le monde savait qu'il avait refusé sa part des deux cent mille francs laissés par le pendu.

— Quel imbécile ! quel crétin ! quelle huître que ce M. Roger !

Telles furent à peu près les seules exclamations que provoqua, ce soir-là, au bal de Meulan, le désintéressement de Montmaury.

Le lendemain, tout ce bruit s'était apaisé. Les paysans étaient retournés à la charrue ; Roger et Germain avaient repris à la fabrique leurs occupations quotidiennes.

Fidèle à sa promesse, Roger n'adressait la parole à Germain que pour les nécessités du service. Celui-ci, loin de manifester, cependant, contre le jeune commis aucun sentiment hostile, semblait avoir pris à tâche de lui faire oublier les violences auxquelles il s'était laissé emporter. Non-seulement il ne parlait plus de reprendre la conversation au point où il l'avait laissée; mais encore il se montrait aimable, obséquieux, presque servile envers M. de Montmaury.

Roger ne fut nullement sensible à ces platitudes. Il comprenait bien quel but poursuivait Germain. A cela il n'avait pas grand mérite, car rien n'était plus facile que de pénétrer la pensée du jeune contre-maître.

Tous les matins, il achetait un journal, pour voir s'il y était question du pendu et du singulier testament qu'il avait fait. Tous les soirs, il se rendait au café, dévorant avec la même fièvre, toutes les feuilles qui lui tombaient sous la main.

Pendant une dizaine de jours, en effet, les journaux s'étaient occupés de cette étrange aventure. Quelques-uns l'avaient interprétée de telle façon que Germain en avait la chair de poule. Puis survint une autre aventure, plus bizarre ou plus dramatique : on ne parla plus de celle du pendu.

Les semaines, les mois s'écoulèrent, sans qu'il fût question de rien. Germain commençait à se rassurer et se montrait de plus en plus prévenant envers Roger. Il ne voulait lui donner aucun prétexte de vengeance, de peur que de Montmaury ne se ravisât !

Enfin huit jours à peine séparaient Cassut du bienheureux moment où le legs du pendu allait définitivement lui appartenir, quand, un beau jour, Roger reçut de M. Voisin, son patron, une invitation à dîner. Il en fut un peu surpris. C'était la première fois que pareil fait se présentait.

II

LA TENTATION DE ROGER

M. Voisin était un vieil industriel, âgé de soixante ans passés, qui s'était donné dix fois plus de mal pour manger sa fortune que d'autres n'en prennent pour l'augmenter. Il appartenait à cette classe de chercheurs et de théoriciens, qui ne savent jamais se contenter de ce qu'ils ont entre les mains. Sans cesse son imagination rêvait de nouvelles chimères et son esprit inquiet formait les plus audacieux projets. Il avait pris dans sa vie plus de trente brevets et avait dépensé chaque fois, pour lancer l'invention récente, tout l'argent que lui rapportait son usine de produits chimiques. Jusqu'ici, pas une de ces inventions n'avait réussi, et pourtant il ne se décourageait pas encore. Il venait de trouver autre chose !

Malheureusement, tout se ressentait autour de lui de cette extrême versatilité d'esprit. Son usine, moins surveillée qu'elle n'aurait dû l'être, ne rapportait déjà plus les mêmes bénéfices que par le passé. En outre, comme ces bénéfices étaient dépensés régulièrement, et souvent dépassés par le chiffre coûteux de ses combinaisons illusoires, il en résultait que les bâtiments étaient en mauvais état, que les machines ne marchaient pas, et qu'il devenait urgent d'y faire les réparations indispensables.

M. Voisin ne s'en apercevait pas. Depuis si longtemps il vivait au milieu de ces murs noircis, le bruit plus ou moins régulier des machines lui était si familier, qu'il ne s'était pas aperçu que tous ces objets vieillissaient, pas plus qu'il ne s'apercevait qu'il avait vieilli lui-même. Tout entier au nouveau plan qu'il élaborait, il avait résolu de vendre son usine et de consacrer à cette dernière invention la somme qu'il en retirerait. C'était une folie assurément ; car non-seulement il n'avait pas mis de côté un rouge liard pour ses vieux jours, mais il avait une fille de dix-huit ans et demi, en âge d'être mariée, par conséquent, et à laquelle il n'avait pas la plus petite dot à donner. Or, M. Voisin ne s'était pas fait illusion à cet égard.

— Ce qu'il me faudrait, s'était-il dit, ce serait un gendre connaissant à fond la fabrication de mes produits, qui m'apporterait une somme de deux ou trois cent mille francs, et à qui j'abandonnerais la plus-value en guise de dot, ce qui constituerait à Antoinette un avoir fort respectable.

En effet, l'usine valait encore au bas mot quatre cent mille francs.

—De cette façon, poursuivait M. Voisin, j'aurais trois cent mille francs à moi, bien liquides, à l'aide desquels je lancerais une nouvelle affaire,— sans compter une foule d'autres, que je rumine déjà et qui me feront dix fois millionnaire en deux ans.

Cependant, il faut bien le dire, cette combinaison l'absorbait moins encore que les chimères qu'il poursuivait, et, quoiqu'il en eût parfois touché deux mots à Antoinette, il ne s'occupait pas du tout de trouver le gendre qu'il avait rêvé.

Antoinette y songeait, elle ; mais où trouver un mari qui réunît toutes les qualités voulues ? Elle avait perdu sa mère à l'âge de trois ans. Depuis cette époque, elle avait été abandonnée par son père aux soins des domestiques. Elle n'avait jamais quitté la maison paternelle, c'est vrai. M. Voisin, dont elle était la fille unique, n'avait voulu à aucun prix se séparer d'elle pour la mettre en pension.

— Je lui donnerai tous les maîtres qu'elle demandera, avait-il dit ; mais je ne veux pas qu'elle me quitte. J'entends me réserver le droit de la surveiller.

Sans doute il y était fermement résolu ; mais quelle belle surveillance exerçait sur son enfant cet homme, que réclamaient à toute heure, non-seulement les exigences de son industrie, mais encore les caprices sans cesse renouvelés d'une imagination maladive !

Antoinette eut tous les maîtres désirables, mais ne travailla jamais.

— A quoi ça sert-il de se fourrer tout plein de choses comme ça dans la tête ? lui disaient les domestiques. Allez donc dans le jardin, courez au grand air, mangez bien, buvez sec, dormez la grasse matinée, puisque vos moyens vous le permettent, vous ne vous en porterez que mieux.

Et Antoinette suivait à la lettre les recommandations des domestiques, qui lui plaisaient infiniment mieux que les réprimandes aigres-douces de ses professeurs.

De temps en temps, quand ses loisirs le lui permettaient, M. Voisin essayait de l'interroger et s'apercevait bien que sa fille ne faisait aucuns progrès; mais elle était si jeune... Et puis elle était si câline, si rusée... Elle savait si habilement détourner la conversation! Quand son père lui parlait enseignement, elle lui répondait invention. Elle lui demandait ce qu'était devenue sa dernière invention. Une fois lancé sur ce terrain, le cher utopiste s'en donnait à cœur joie. Il oubliait bientôt les sévérités auxquelles il venait de se décider pour punir l'espiègle petite fille. Et il allait... il allait... jusqu'à ce que, voyant Antoinette bâiller à se décrocher la mâchoire, il la renvoyait avec une petite tape sur la joue, en lui disant :

— Allons, en voilà assez pour aujourd'hui, va t'amuser

La madrée enfant ne demandait que cela. Elle s'envolait, comme l'oiseau à qui l'on vient d'ouvrir la porte de sa cage. Elle allait dans le jardin, bâtissait des maisons, faisait des tranchées dans les allées, rognait, taillait, coupait à tort et à travers, si bien que le jardinier se désolait et venait se plaindre à son maître, les larmes aux yeux, des ravages qu'exerçait l'enfant terrible.

— Bah! cela se passera, disait M. Voisin. Console-toi, mon vieil André. Ce qui nous manquera, nous l'achèterons. Il faut bien que les enfants s'amusent.

Il est facile de concevoir en quel état rentrait Antoinette à la suite de ces escapades. La femme de chambre lui changeait de vêtements et lui disait :

— Allez toujours, mademoiselle, vous n'userez jamais tout le savon de la blanchisseuse.

Elevée dans de pareils principes, habituée, encouragée même à ne faire que ses volontés, on voit d'ici comment Antoinette grandit. A quinze ans, elle ne savait rien. Notions de morale ou de piété, tout lui était inconnu. Le peu de catéchisme qu'elle avait appris, pour faire sa première communion, n'avait laissé en elle aucun vestige. Rien ne la modérait, ne la retenait, que son caprice et ses goûts.

Ne pouvant plus se traîner dans le jardin, elle acheta, pour se distraire, un pistolet de salon d'abord, puis une carabine, et fit une guerre impitoyable aux oiseaux, aux mulots surtout. Cette fois le jardinier se pâmait d'aise. Grâce à l'adresse d'Antoinette, les plus beaux fruits se prélassaient sur les espaliers, protégés des rongeurs par le coup d'œil sûr de la jeune fille.

Cette passion ne fut pas de longue durée. Il lui prit alors des fantaisies de littérature. Comme elle n'avait rien appris, elle ne pouvait lire, sans dormir, un ouvrage sérieux. Un jour qu'elle sommeillait doucement, tenant encore à la main le livre qui l'avait magnétisée, Rose entra. Rose, c'était sa femme de chambre. Au bruit qu'elle fit, Antoinette se réveilla.

— Ah! c'est toi, dit-elle. Tant mieux! ce maudit livre m'avait endormie.

— Aussi, fit Rose, pourquoi lisez vous des livres semblables? Ceux que j'ai sont bien plus amusants. Je vous réponds qu'ils ne vous endormiraient pas.

— Vraiment? Eh bien! prête-les moi.

— Ah! non, par exemple! Si monsieur vous les voyait dans les mains, il serait capable de me renvoyer.

— C'est donc bien vilain?

— Paul de Kock! C'est très amusant, au contraire; seulement c'est un peu... un peu... croustilleux. Mais, ajouta-t elle vivement, ne croyez pas que ce soient de mauvais livres, mademoiselle! Tout le monde les lit.

— Alors, si tout le monde les lit, pourquoi ne les lirais-je pas?

— Pour ma part, je n'y vois pas d'inconvénient, mademoiselle; mais votre père...

— Eh! mon père n'en saura rien, n'aie pas peur. Si par hasard il les trouve, je lui dirai que j'ai acheté ces livres au hasard... sans savoir pourquoi ni comment.

— Vous me le promettez?...

— Sur mon honneur!

— Alors, ce soir, avant de vous mettre au lit, je vous en apporterai un.

Le soir même, Rose remit à sa jeune maîtresse un roman intitulé: *La Pucelle de Belleville.*

— Tiens! c'est gentil ce titre-là, fit Antoinette qui avait entendu parler de la Pucelle d'Orléans. Est-ce que ça ressemble à l'histoire de Jeanne d'Arc?

— Pas tout à fait, répondit Rose en souriant.

Antoinette prit le livre dès qu'elle fut couchée, et ne s'endormit pas.

Après ce volume-là elle en dévora un second, puis un troisième; puis toute la série y passa. Son innocence fit comme la série.

Depuis ce moment, elle s'adonna presque exclusivement à la lecture des romans, choisissant de préférence ceux dont le titre promettait à sa curiosité des révélations malsaines.

A dix-huit ans, elle en était arrivée à éteindre presque entièrement l'esprit au profit de la chair. Elle était gourmande, sensuelle, avides d'émotions, piquée par une tarentule inexplicable, qui allumait parfois dans ses yeux des lueurs soudaines, qui lui donnait le frisson de la tête aux pieds, et la faisait brûler d'ardeurs inconnues.

Elle cachait habilement cette bibliothèque *de choix* dans un meuble dont elle seule avait la clef, de sorte que son père, toujours préoccupé, ne découvrit jamais cette contrebande effrénée.

Qu'on ajoute à ces dispositions d'esprit celles d'un tempérament robuste, d'une constitution vigoureuse, et l'on se figurera quelle femme promettait d'être Antoinette.

Elle n'était pas belle dans la pure acception du mot. Elle était belle fille seulement. Des cheveux noirs, épais, un peu crépus et ondulant naturellement, surmontaient un large front, que terminaient deux sourcils nettement arqués. Au-dessus d'un petit nez rond, aux narines un peu trop larges, mais d'une excessive mobilité, se dessinait une jolie bouche, bien fraîche, bien rose, aux lèvres bien pleines, et qui faisait voir en riant deux rangées de petites dents irréprochablement alignées.

Celui qui prendrait l'usine de M. Voisin serait obligé de prendre sa fille par dessus
le marché. (Page 494.)

Au milieu d'un menton gracieusement arrondi, on apercevait une fossette assez
profonde. Enfin ses grands yeux noirs, légèrement voilés par de longs cils, mais
expressifs, langoureux ou passionnés tour à tour, achevaient de donner à sa physionomie un cachet de sensualité qui ne pouvait échapper à l'œil du moins clair-
voyant observateur.

Le col était fort, bien planté sur de larges épaules, qui s'effaçaient pour mieux laisser voir les contours d'une gorge ferme et ronde. La taille, flexible et hardiment cambrée, faisait ressortir voluptueusement les formes accusées qui la dessinaient.

Les mains n'étaient pas laides. C'étaient celles d'une désœuvrée, qui avait tout le temps de les soigner, mais elles n'avaient pas l'élégance aristocratique d'une femme de race. De même, le pied, ni trop petit ni trop grand, était un peu plat, et ne se cambrait pas, comme la taille sous le corset, dans la bottine de chevreau qui l'emprisonnait étroitement.

Antoinette était donc une nature robuste, un peu commune, mal élevée, volontaire, pervertie déjà par des lectures toujours dangereuses à un âge aussi tendre. Seulement elle avait de la jeunesse, de l'éclat, de la malice, de la gaieté, et le sourire qui errait presque toujours sur ses jolies lèvres avait une grâce qui empêchait de s'arrêter trop longuement sur les petites imperfections que no s avons signalées.

Le jour où, pour déférer à l'invitation qu'il avait reçue, Roger se présenta vers six heures à la porte de la maison particulière qu'habitait M. Voisin, celui-ci n'était pas encore de retour. Rose le fit entrer, lui ouvrit la porte du jardin, en lui disant que Mlle Antoinette s'y trouvait et se ferait un plaisir de le recevoir.

Roger s'aventura donc dans le jardin et distingua bientôt, en effet, la jeune fille, habillée, comme une ingénue, d'une robe de mousseline blanche, mais d'une mousseline si transparente qu'elle permettait d'admirer à loisir tout ce qu'elle avait la prétention de vouloir cacher.

Dès la première page de ce récit, Antoinette entre en scène. Si peu question qu'il soit d'elle dans la dispute qui s'élève entre Roger et Germain, on devine qu'elle est entre eux un sujet de discorde.

En effet, si l'on s'en souvient, Germain se plaignait avec une certaine amertume qu'Antoinette, chaque fois qu'elle venait à l'atelier, regardait avec trop de persistance le cabinet vitré dans lequel, entouré de ses livres, se tenait Roger. C'était par défiance, croyait Germain. Le croyait-il réellement, ou cherchait-il à s'abuser lui-même sur la véritable signification de ces regards ? Peut-être.

Dans tous les cas, les ouvriers ne partageaient pas son avis.

Antoinette, en effet, avait voulu faire de la popularité dans la petite République que présidait son père. Un beau jour, la fantaisie lui avait pris de parcourir les ateliers, chose qu'elle n'avait jamais faite qu'une fois, alors qu'elle était toute petite et que son père la conduisait par la main. Si jeune qu'elle fût à cette époque, il lui était resté de cette première visite une impression profonde.

Dans son jeune cerveau, une comparaison effrayante s'était déjà établie entre sa petite taille, son extrême faiblesse et le volume gigantesque des machines, la profondeur et la largeur des cuves au fond desquelles fermentaient les acides, et la dimension des cornues où se condensaient les cristaux. Il lui était donc resté dans la mémoire une impression assez semblable à celle que dut ressentir Gulliver, quand il débarqua à Brobdingnag, dans le pays des Géants.

En refaisant, à douze ou treize ans de distance, cette visite, qui était restée gravée si profondément dans son esprit, elle se figurait sans doute ressentir les mêmes étonnements.

Ce fut presque une déception qu'elle éprouva. Elle ne s'expliqua pas du premier coup par quel phénomène bizarre toutes choses avaient repris à ses yeux leurs véritables proportions. Comme elle se retirait, profondément désappointée, elle se trouva face à face avec Roger, qui regagnait la pièce qui lui était affectée, et qu'elle avait vu dix ou douze fois déjà, alors qu'il traversait les cours ou qu'il venait prendre les ordres de M. Voisin.

— Mademoiselle, lui dit-il en riant, l'entrée des ateliers est sévèrement interdite au public; vous avez enfreint la consigne, vous êtes à l'amende.

— A l'amende de quoi ? demanda-t-elle.

— D'une dizaine de bouteilles de vin, que vous ferez vider par les ouvriers, si vous le voulez, mademoiselle, ce qui leur permettra de boire pour la première fois à votre santé.

Antoinette trouva l'idée originale, et comme Germain, qui lui avait servi de guide, se trouvait encore à ses côtés, elle lui donna l'ordre d'aller chercher les dix bouteilles de vin à la maison. Germain ne pouvait guère se soustraire à cette prière, faite de la voix la plus gracieuse du monde; mais il sortit en jetant un regard furieux sur Roger qui, le premier, avait eu cette excellente idée. Un quart d'heure après, les trente ouvriers de l'usine étaient réunis autour d'une cuve renversée, dont ils avaient fait une table, et buvaient à la santé de la *patronne*.

— Ce n'est pas à ma santé qu'il faut boire, mes amis, répondit-elle, car je n'avais pas songé à vous faire cette surprise : c'est à celle de M. Roger, qui m'en a suggéré la pensée.

— A la santé de M. Roger ! crièrent docilement les ouvriers.

Et ils le firent d'autant plus volontiers qu'ils aimaient beaucoup ce jeune homme. Si peu de relations qu'ils eussent avec lui, ils avaient été maintes fois à même d'apprécier son extrême douceur et son exquise urbanité, — ce à quoi l'ouvrier est plus particulièrement sensible qu'on ne le croit.

Le mouvement que cette scène avait occasionné avait été une distraction pour Antoinette. Elle était revenue plusieurs fois Si à chacune de ses visites, elle ne se faisait pas accompagner par un panier de dix bouteilles, elle s'exécutait de temps à autre avec trop de grâce pour que sa présence ne fût pas désirée.

Chaque fois qu'elle était venue, elle avait trouvé Roger dans son cabinet. Il s'était levé à son arrivée et à sa sortie pour la saluer, puis il avait repris sa place et s'était remis au travail. Ce manége durait depuis deux mois environ, au moment où survint l'aventure du pendu.

Les ouvriers n'avaient pas été sans faire de commentaires à propos de ces visites fréquentes et soudaines. Comme Germain, ils avaient remarqué qu'Antoinette regardait beaucoup le cabinet vitré, devant lequel elle avait soin de passer et de repasser plusieurs fois. Loin de s'imaginer, comme Germain, que ce fût par défiance que la jeune fille agissait de la sorte, ils avaient cru au contraire que M. Roger ne lui déplaisait pas, et ils en avaient été ravis, car ils n'avaient pas manqué de remarquer aussi que Germain Cassut faisait beaucoup de frais pour recevoir Antoinette et déployait envers elle toutes les ressources de son amabilité.

Or, ils aimaient beaucoup Roger, et ils détestaient cordialement Germain. Plusieurs raisons militaient en faveur de ces deux sentiments. D'abord Roger s'était toujours montré très affable avec les ouvriers, tandis que Germain, le contre maître, avait sur eux la haute main, leur distribuait l'ouvrage, leur infligeait des amendes, etc.

Cependant tout cela n'aurait rien été, si Germain avait usé de ses droits dans une sage mesure, car, dans toutes les usines du monde, il y a des contre-maîtres jouissant exactement de privilèges identiques ; mais Cassut était autoritaire, tyrannique, souvent injuste, ce que l'ouvrier ne pardonne pas. Sentant instinctivement la préférence que Roger avait conquise, Germain en avait conçu une jalousie farouche. Il ne pouvait pas se venger de ce rival, qui, loin d'être sous ses ordres, échappait au contraire à sa taquine surveillance, et occupait dans l'usine un poste plus considérable et plus considéré que le sien.

De cette jalousie était née une sombre colère, qui n'attendait que l'occasion d'éclater, et dont le bois de Verneuil avait été le premier témoin.

Depuis ce moment, il est vrai, les manières de Germain s'étaient infiniment radoucies. S'il avait pour Antoinette les mêmes prévenances que par le passé, au point de montrer ostensiblement l'inclination qu'il avait pour elle, il avait témoigné envers Roger beaucoup de déférence et voilé sa jalousie d'un masque d'hypocrisie assez habile.

Personne pourtant n'en avait été dupe : pas plus Roger que les ouvriers, ni qu'Antoinette. Aussi, peu à peu, ne pouvant pas tolérer publiquement les assiduités ridicules de Germain, la jeune fille avait renoncé à venir dans l'atelier. Elle avait alors adopté une autre tactique. De temps en temps elle prenait son père à partie et lui adressait des questions dans le genre de celles-ci :

— Es-tu content de l'employé que M. Dalbrègue t'a recommandé ? Fait-il bien son service ? Est-il toujours exact ? A-t-il de l'intelligence ? Est-il bien élevé ?

— Oui, répondait invariablement M. Voisin.

— Alors, pourquoi ne pas l'encourager et lui montrer que tu es satisfait ? dit enfin Antoinette, après avoir pendant quinze jours préparé l'assaut.

— Je ne demanderais pas mieux, fit M. Voisin ; mais que veux-tu que je fasse ? que je l'augmente ? J'y ai bien songé, mais je ne suis pas assez riche...

— Oh ! il y a bien d'autres moyens, dit négligemment la jeune fille, — moyens auxquels ce jeune homme serait peut-être plus sensible que celui-là.

— Lesquels ?

— Que sais-je, moi ? Lui montrer un peu plus de bienveillance, l'inviter à dîner de temps en temps, le traiter en ami plus qu'en employé..

— Tu as raison, fit vivement son père. Comment n'en ai-je pas eu la pensée ! En effet, cela ferait plaisir à M. Dalbrègue.

— Eh bien ! afin de ne pas le déranger de ses occupations, invite-le à dîner pour un jour où l'on ne sait que faire... un dimanche, par exemple...

— C'est juste et je vais de ce pas...

— Bien, mais ne va pas lui dire que c'est moi qui t'en ai donné l'idée.

— Il n'y a pas de danger!

Sur-le-champ, en effet, M. Voisin était allé trouver Roger, et, après l'avoir félicité du zèle et de la ponctualité dont il faisait preuve, l'avait prié de venir dîner avec lui le dimanche suivant. Roger avait accepté avec empressement.

Antoinette avait raison. Rien ne pouvait flatter plus agréablement l'amour-propre du jeune employé que cette marque de courtoise sympathie. Depuis trois ans qu'il était dans la maison, c'était à peu près la première fois que M. Voisin lui témoignait ostensiblement sa satisfaction. Or, on a beau ne remplir son devoir que pour obéir à sa conscience, on n'est pas fâché que les autres s'en aperçoivent et vous en soient reconnaissants.

Roger avaient été invité pour six heures et demie précises. Il crut faire acte de politesse en n'arrivant pas uniquement au moment de se mettre à table.

Mais il n'y avait pas de dimanches pour l'infatigable M. Voisin. Tout occupé de son invention nouvelle, il était toujours par monts et par vaux, à la recherche d'applications imprévues, de procédés inconnus, d'instruments perfectionnés, de sorte qu'il n'avait pas un instant de repos.

Il était parti pour Paris après déjeuner, en disant qu'il reviendrait par le train de cinq heures vingt-cinq, ou de cinq heures cinquante, et, comme il faut plus d'une heure pour faire le trajet de Paris à Meulan, il ne pouvait pas être de retour avant sept heures au plus tôt.

En voyant arriver Roger, Antoinette se leva et se chargea d'excuser son père. Ensuite elle fit parcourir le jardin à son invité, lui montra ses richesses, et fut fort étonnée de voir qu'en matière de fleurs et de fruits Roger s'y connaissait beaucoup mieux qu'elle. Elle ne put s'empêcher d'en manifester son étonnement.

— Cela n'a rien de surprenant, mademoiselle, dit Roger. J'ai toujours habité la compagne. Depuis mon enfance j'ai eu à ma disposition, hiver comme été, le jardin de M. Dalbrègue, si bien qu'à moins d'être absolument indifférent à ce que j'avais sous les yeux, il m'était impossible de ne pas suivre avec intérêt les mille et une transformations de la nature.

— Je vous fais mon compliment, monsieur, car j'ai eu les mêmes facilités que vous et je ne vous cache pas que je n'en ai pas tiré grand profit.

— Ah! c'est que notre situation est bien différente, mademoiselle. J'étais pauvre et j'avais besoin d'apprendre pour gagner ma vie plus tard, tandis que vous...

— Je suis riche, allez-vous dire, interrompit Antoinette. Eh bien! non, monsieur, détrompez-vous, je ne la suis pas. Savez-vous en quoi consiste la fortune de mon père?

— Jamais, mademoiselle, je ne me serais permis de pousser l'indiscrétion jusqu'à...

— Il n'y a pas d'indiscrétion, monsieur. Tout le monde sait que si mon pauvre père n'était pas possédé de la monomanie de l'invention quand même, nous serions riches, en effet; mais on n'ignore pas davantage qu'il ne possède rien que cette usine. Encore est-elle fort délabrée et aurait-elle besoin de réparations urgentes.

— C'est vrai, mademoiselle ; mais, dans l'état où elle est, elle n'en représente pas moins une fortune.

— A combien l'estimez-vous donc ?

— Mais, mademoiselle... balbutia Roger hésitant.

— Oh ! parlez sans crainte, monsieur. Vous voyez que je ne me prive pas dire la vérité.

— Eh bien ! je crois qu'elle vaut au moins quatre cent mille francs.

— Ah ! c'est votre avis ? fit Antoinette avec une visible satisfaction.

— Oui, mademoiselle. Elle en vaudrait cinq ou six cent mille si elle était en bon état...

— Je sais, je sais... dit vivement la jeune fille, mais elle ne l'est pas. Eh bien ! monsieur, telle qu'elle est, mon père donnerait cette usine pour deux cent mille francs !

En disant ces mots, elle regarda hardiment en face Roger, qui demeurait littéralement pétrifié de surprise.

— Vous paraissez très étonné de ce que je vous dis là, reprit Antoinette, et pourtant c'est l'exacte vérité, c'est mon père lui-même, qui, plusieurs fois, m'en a fait l'aveu.

— Alors, je n'y comprends rien, mademoiselle.

— Il est vrai que je ne vous ai pas tout dit, continua la jeune fille, un peu troublée, si résolue qu'elle fût à aller jusqu'au bout.

— A la bonne heure ! fit naïvement Roger.

Ils étaient assis sous une tonnelle que la vigne vierge, le jasmin et la clématite recouvraient d'une épaisse couche de verdure. Quoiqu'il fît grand jour encore, le soleil baissait à l'horizon ; ses rayons avaient diminué d'intensité, de sorte que la tonnelle était plongée maintenant dans une demi-obscurité, qui semblait provoquer les confidences.

Assis sur un de ces bancs renversés qui ornent actuellement tous les squares de Paris, Roger pouvait contempler de près la magnifique créature qui se trouvait à ses côtés. Sous la mousseline indiscrète qui recouvrait ses bras et ses épaules il apercevait une peau fine, mate, satinée et la naissance d'une gorge blanche et ferme, dont la pose renversée d'Antoinette faisait saillir les splendeurs.

Si calme que fût Roger, d'ordinaire, il n'avait pas d'yeux pour ne pas voir. Il ne pouvait donc pas s'empêcher d'admirer la beauté de cette carnation, la voluptueuse richesse de cette nature plantureuse, qui étalait devant lui avec une feinte naïveté tant d'inappréciables trésors ! Antoinette devinait tout ce qui se passait en lui, en vertu de ce don spécial que possèdent les femmes de tout voir sans rien regarder.

— Ah ! fit-elle en riant, toutes les médailles ont leur revers.

— Comment ? demanda Roger.

— Oui. Celui qui prendrait l'usine de M. Voisin, pour deux cent mille francs, serait obligé de prendre sa fille par-dessus le marché.

— Ah! je comprends! fit Roger. En effet, la combinaison serait avantageuse à tous les titres pour l'acquéreur.

Il croyait ne faire qu'un de ces compliments banals, tels qu'on en débite chaque jour à une jeune fille.

— Vous trouvez? dit Antoinette en baissant les yeux.

— Assurément, mademoiselle. Il ne s'agit que d'avoir les deux cent mille francs.

— Oh! ce n'est pas si difficile que vous paraissez le croire.

Roger la regarda. Que signifiaient ces paroles? Était-ce lui qu'elles concernaient?

— Il est toujours difficile à quelqu'un qui n'a rien de se procurer une somme de cette importance, répliqua-t-il.

— Cela dépend, fit Antoinette.

— Sans doute. Il est certain qu'un homme dont les parents jouissent d'une assez belle fortune, et qui présente par conséquent une certaine surface, peut à la rigueur, escompter l'avenir et se procurer le capital nécessaire; mais pour celui qui n'a ni fortune, ni famille...

— Pour celui-là même, insista la jeune fille, il y a le chapitre des ressources imprévues.

Roger la regarda de nouveau. Décidément c'était bien à lui que s'adressaient ces propositions indirectes, puisque Antoinette semblait vouloir détruire une à une les objections qu'il soulevait.

— Mais, fit-il observer, qu'entendez-vous par ressources imprévues?

— Oh! c'est à l'infini, répondit-elle; mais, si vous le permettez, prenons un exemple entre mille...

— Voyons..., dit curieusement Roger.

— Et tenez, parlons de l'aventure qui vous est arrivée il y a bientôt un an.

— Ah! celle du pendu...

— Précisément. Eh bien! n'est-ce pas, dans la véritable acception du mot, ce que l'on peut appeler le chapitre des ressources imprévues?

— Oh! tout à fait imprévues, c'est vrai.

— Vous voyez donc bien que ce n'est pas si difficile que vous le prétendiez tout à l'heure, car, si vous l'aviez voulu, vous aviez là deux cent mille francs qui vous tombaient du ciel.

— Oui, mais vous savez bien, mademoiselle, que j'ai repoussé cette fortune avec horreur.

— Pas définitivement, monsieur.

— Sans rémission, mademoiselle.

— Vous vous trompez, monsieur. Je connais à fond cette histoire et je sais quel a été son dénoûment à cette époque. Or, l'argent est encore entre les mains du parquet; il ne doit s'en dessaisir que dans neuf jours, et d'ici-là vous avez le temps de vous raviser. Le juge d'instruction vous l'a dit, souvenez-vous-en bien.

— Je me le rappelle parfaitement, mademoiselle, mais rien ne me fera changer de résolution.

Elle eut un mouvement de dépit imperceptible, assez prononcé pourtant pour que Roger s'en aperçût. Il n'avait aucune raison pour se montrer brutal et grossier. Il essaya de la convaincre par d'autres arguments.

— D'ailleurs, reprit-il, alors même que je me raviserais, je ne pourrais prétendre qu'à la moitié de cette somme. Il est certain que Germain y a les mêmes droits que moi.

— Il y aurait matière à discussion, fit Antoinette. Je l'admets cependant ; mais je ne considère pas ce partage comme un obstacle insurmontable. Cent mille francs, en beaux billets de banque, sont un chiffre bien capable de tenter un homme qui, comme mon père, est toujours à court d'argent. S'il se montrait trop rebelle, rien ne serait plus facile alors que de se procurer sur hypothèque le reste de la somme à laquelle il réduirait définitivement ses prétentions. En peu d'années, avec du travail et de l'économie, on rembourserait cet emprunt.

L'usine, vous la savez mieux que moi, rapporte tous les ans, si mal dirigée qu'elle soit et si incomplètement qu'elle fonctionne, une trentaine de mille francs nets ; que serait-ce donc si elle tombait entre les mains d'un homme actif laborieux, prudent, et qui ne s'occuperait absolument que de cette affaire ?

A ces mots, elle s'arrêta, confuse et rougissante.

— Mais pardon, fit-elle. L'exemple que j'avais choisi au hasard m'a entraînée plus loin que je ne me le figurais moi-même.

Elle se leva et fit jouer son éventail.

— C'est que je m'étais animée ! dit-elle en se tournant vers Roger avec un sourire.

Il est certain qu'elle était charmante ainsi. Ses joues s'étaient colorées, ses yeux brillaient du plus vif éclat et le corail de ses jolies lèvres tranchait sur le pur émail de ses dents blanches.

Roger lui-même était un peu troublé. Il ne pouvait plus douter de la vérité. Antoinette lui avait nettement proposé d'acheter l'usine et de devenir son mari. La situation devenait embarrassante. Sans doute la jeune fille ne jugea pas nécessaire de pousser plus avant ses séductions, et ne voulut pas exiger une réponse immédiate, car, pour rompre la conversation, elle s'écria :

— Si nous allions au devant de mon père !

Roger accepta la proposition avec empressement.

— Je suis à vos ordres, mademoiselle, dit-il.

Ils quittèrent la verte tonnelle, traversèrent le jardin et entrèrent dans la maison. Déjà Antoinette avait posé sur sa tête un coquet chapeau de paille d'Italie, garni de fleurs des champs, quand la porte s'ouvrit et M. Voisin arriva, tout essoufflé.

— Tiens ! nous allions au-devant de toi, lui dit sa fille.

— Pardonnez-moi, monsieur Roger, de vous avoir fait attendre si longtemps, balbutia M. Voisin, mais j'ai été retenu à Paris par des affaires importantes...

Donneriez-vous votre fille à un homme enrichi de cet argent ? (Page 503.)

— Allons, à table ! interrompit Antoinette. Tu t'excuseras plus tard. Est-ce que tout le monde ne te connaît pas bien ? Il est sept heures passées, M. Roger doit mourir de faim...

Tout en disant ces mots, elle défaisait son chapeau et ouvrait la porte de la salle à manger. Roger lui offrit son bras et prit place à ses côtés, en face de M. Voisin.

63ᵐᵉ Liv.   63

—A propos! dit le père d'Antoinette, j'ai rencontré dans le train M. Dalbrègue qui revenait de Paris. Il paraît qu'il est définitivemsnt installé dans sa maison de campagne depuis une huitaine de jours. Le saviez-vous?

— Oui, M. Dalbrègue m'a fait parvenir un mot il y a trois jours. Je suis même allé lui faire une visite aujourd'hui.

— Et vous ne l'avez pas trouvé, bien entendu?

— Non, je n'ai vu que Mlle Laurence.

— Sa fille, oui. Je ne l'ai pas vue depuis depuis dix-huit mois. Il paraît que c'est une fort jolie personne.

— En effet, monsieur. Elle est non-seulement une fort jolie personne, mais une jeune fille sage, réservée, digne en tous points de l'estime et du respect de tous.

— Oh! mais... fit Antoinette, vous en parlez avec une chaleur...

Roger rougit légèrement.

— Je ne m'en cache pas, mademoiselle, j'ai pour elle une ambition sans bornes, tout comme je suis dévoué, corps et âme, à M. Dalbrègue. Je serais le plus ingrat des hommes, si je n'étais pas pénétré d'une profonde reconnaissance envers ceux qui m'ont comblé de leurs bienfaits.

— Et vous parlez d'or, mon cher ami, dit M. Voisin, car si vous êtes aujourd'hui à même de gagner votre vie, c'est bien certainement à eux que vous le devez.

— Je ne saurais jamais le proclamer assez haut, continua Roger d'une voix forte.

— Et Mlle Laurence vous a reçu? demanda Antoinette.

— Sans doute, répondit Roger. Ne suis-je pas, après son père, je ne dirai pas son plus vieil ami, mais sa plus vieille connaissance? Ne l'ai-je pas vue naître?

Antoinette ne répliqua pas, mais elle jeta sur le jeune commis un regard qui semblait vouloir fouiller au fond de sa pensée.

Roger n'était pas homme à baisser les yeux pour si peu, quand il s'agissait de ses bienfaiteurs. Il soutint ce regard avec une si noble franchise qu'Antoinette se détourna.

Le léger nuage, qui avait obscurci son front, se dissipa du reste assez promptement. Elle se montra aimable, enjouée, prévenante envers son hôte autant qu'il est possible de l'être.

Or, elle était charmante quand elle le voulait. Ses lectures lui avaient donné une expérience précoce, qu'elle savait dissimuler sous les apparences de la plus candide ingénuité.

Après le dîner, on revint vers la tonnelle, où le café était servi à côté d'une caisse d'excellents cigares.

M. Voisin, de son côté, fut excessivement aimable envers son commis. De nouveau, il le félicita de son zèle et de son exactitude.

— Si ma nouvelle invention réussit, dit-il en finissant, j'augmente vos appointements d'un tiers, mon cher monsieur, car jamais la place que je vous ai confiée n'a été si bien remplie.

Roger ne put réprimer un sourire. Il savait à quel résultat aboutissaient en général les inventions du vieux chercheur.

Enfin, presque nécessairement, la conversation retomba sur l'aventure du pendu.

— Persistez-vous à refuser cette fortune ? demanda M. Voisin.

— Jusqu'à présent, oui, monsieur.

— Je conçois très bien le sentiment qui vous guide, répliqua son patron, mais je ne sais pas trop jusqu'à quel point, dans la situation où vous êtes, vous avez le droit de la refuser.

— Comment ? fit Roger, tandis qu'Antoinette se penchait vivement en avant.

En effet, elle n'espérait pas trouver à point nommé, auprès de son père, un auxiliaire si puissant.

— Oh ! je vous le dis comme je le pense, reprit M. Voisin. Vous ne savez pas ce que c'est que cent mille francs, mon pauvre ami ! Vous ne vous figurez pas ce qu'une pareille somme représente de travail, de luttes, de déboires ! Vous ne vous imaginez pas quel levier puissant un capital semblable représente dans l'industrie ! Or, vous n'avez rien. Vous êtes, pour ainsi dire, condamné à vivre éternellement dans la position subalterne que vous occupez. Tant que vous êtes garçon, ce n'est rien ; mais, si vous vous mariez, si vous avez de la famille, voyez quel tort immense vous faites à vos enfants ! Combien vous regretterez alors le scrupule qui vous arrête aujourd'hui ! En principe, il est très honorable, je ne dis pas non : mais il est puéril, croyez-moi, en raison des immenses satisfactions dont il vous prive. Aussi, si j'étais à votre place, je vous avoue que j'hésiterais longtemps avant de sacrifier mon avenir à un sentiment un peu exagéré peut-être de probité.

— Lui aussi ! pensa Roger. Est-ce qu'il s'entendrait avec sa fille ? un homme comme lui ! Non, ce n'est pas possible !

Roger pouvait à bon droit s'étonner d'entendre tomber de telles paroles de la bouche de M. Voisin. La réputation du vieux manufacturier était en effet bien établie. Depuis trente ans qu'il habitait le pays et qu'il était à la tête de son usine, tout le monde avait été à même d'apprécier ses défauts et ses qualités. Or, on savait que le vieux chimiste était un rêveur, mais on savait aussi que c'était un parfait honnête homme. Ce qu'on lui reprochait le plus sévèrement dans son entourage, ce n'était pas précisément l'extrême versatilité de son esprit, ni même l'imprévoyance naïve avec laquelle il avait dissipé tout ce qu'il avait gagné, c'était la faiblesse impardonnable qu'il avait montrée envers sa fille.

L'ignorance d'Antoinette était un fait avéré pour tous ceux qui l'avaient approchée. Parmi ceux-là se trouvaient nécessairement des observateurs qui, ne s'arrêtant pas à la superficie et ne se fiant pas aux apparences, l'avaient étudiée de près et avaient été effrayés des instincts qui se révélaient en elle. Sans parler de sa légèreté, de sa coquetterie, elle était avec les hommes en général d'une familiarité souvent embarrassante, et laissait échapper des mots si étranges qu'on se demandait s'ils étaient le résultat d'une perversité précoce ou d'une candeur poussée à la limite de l'invraisemblable. Il est vrai qu'elle avait perdu sa mère dès sa plus tendre enfance et que rien au monde ne peut remplacer une mère ; mais combien d'autres jeunes filles avaient été dans la même situation qu'elle et, grâce à la vigilance paternelle, au choix des maîtres qu'elles avaient eus, étaient restées de simples et gracieuses personnes !

— Et tenez, disait-on à ce sujet, voyez la fille de M. Dalbrègue. N'a-t-elle pas été élevée absolument dans les mêmes conditions? Comme Antoinette, n'a-t-elle pas perdu sa mère à l'âge de trois ou quatre ans? Y a-t-il cependant une jeune fille plus modeste et plus accomplie?

L'exemple était concluant. Aussi toutes les riches familles d'alentour recherchaient Laurence; aucune ne recevait Antoinette.

M. Voisin s'en était bien aperçu. Mais le mal était sans remède. Qu'y faire d'abord? Un père n'a-t-il pas pour son unique enfant toutes les indulgences? Ne s'aveugle-t-il pas sur ses imperfections tout autant que sur ses qualités? Plus que personne, le vieux chimiste devait fermer les yeux. Toujours perdu dans les nuages, il voyait à peine ce qui choquait les autres et ne s'inquiétait pas de la solitude au sein de laquelle vivait sa fille. C'était avec les yeux de la foi qu'il admirait Antoinette, et l'on sait que la foi exclut le raisonnement et la discussion. Comment en vouloir à ce malheureux père d'une faute dont il n'avait pas conscience? Il était distrait, crédule, faible, sans doute, mais tenait-il scrupuleusement les engagements qu'il avait pris? Oui. L'avait-on jamais entendu dire du mal de qui que ce fût? Non. La fable de Lafontaine, qui fait tomber l'astrologue au fond d'un puits, ne dit pas qu'il fût un malhonnête homme.

Aussi Roger hésitait. Si les propositions d'Antoinette ne l'avaient pas ébranlé, les paroles de M. Voisin lui donnaient fort à penser. Vers dix heures du soir, il se retira. Antoinette l'accompagna jusqu'à la porte.

— Vous voyez que je ne suis pas seule de mon avis, lui dit-elle à demi-voix.

Roger ne répondit pas. Il s'inclina profondément et s'éloigna.

— Parbleu ! je le sais bien qu'elle n'est pas seule de son avis, se disait-il en regagnant son logement. Assez d'autres personnes m'ont répété la même chose, depuis bientôt un an, sans parler de ceux qui m'ont traité d'imbécile, de crétin et d'idiot. Auquel croire ? Est-ce que décidément je ferais une sottise?

Il fit quelques pas avant de répondre au point d'interrogation qui terminait son monologue; puis, s'arrêtant brusquement :

— Non, non, mille fois non ! s'écria-t-il. Tout mon être se révolte à la pensée de réclamer cette fortune. Je ne le ferai pas.

Il rentra chez lui, un peu plus calme. Pourtant, en dépit de la résolution dans laquelle il venait de s'affermir, les propositions singulières d'Antoinette se représentaient à sa pensée.

— Quels motifs la font agir? se demandait-il. Est-ce qu'elle a du goût pour moi? N'obéit-elle qu'à un simple calcul, et me juge-t-elle seulement, plus qu'un autre, capable de lui donner la fortune? Que m'importe après tout? Je ne l'aime pas, je ne l'aimerai jamais. D'aucune façon ce mariage ne peut donc s'accomplir. Ah ! si c'était...

Il n'osa pas achever sa phrase.

— Je suis fou ! murmura-t-il en haussant les épaules. N'y pensons plus.

Le lendemain, il avait repris ses occupations. La semaine se passa sans incident. Le samedi soir, une heure avant qu'il quittât son bureau, il vit entrer M. Dalbrègue. Il se leva précipitamment pour lui offrir un siège.

— Ne te déranges pas, lui dit M. Dalbrègue, je ne m'arrête pas. En passant avec ma fille devant l'usime, je me suis rappelé que c'était demain dimanche et que tu étais libre ce jour-là. J'ai pensé que, si tu n'avais rien de mieux à faire, tu ne serais pas fâché de venir passer la journée à la maison...

— Comment ! s'écria vivement Roger. Pouvez-vous croire, monsieur, que je ne déclinerais pas toute autre invitation, pour accepter celle que vous me faites l'honneur de m'adresser !

— C'est précisément ce que je n'entends pas. Es-tu libre ou non ?

— Libre comme l'air, monsieur.

— Alors, c'est dit, fit Dalbrègue en lui tendant la main. A demain. Et souviens-toi que nous déjeunons à onze heures.

Quoi qu'il fît pour s'opposer à ce que Roger quittât son bureau, celui-ci voulut absolument l'accompagner jusqu'à sa voiture.

Laurence y était.

— Venez-vous demain ? lui cria-t-elle, dès qu'elle l'aperçut.

— Oui, mademoiselle.

— A la bonne heure ! fit-elle en lui envoyant de sa main finement gantée un petit salut amical. Pas trop tard, surtout !

M. Dalbrègue avait repris sa place et la voiture était déjà loin, que Roger la suivait encore du regard. Enfin disparut, derrière un rideau d'arbres, le long voile de gaze blanche qui flottait sur le chapeau de Laurence. Roger poussa un long soupir et rentra.

Le lendemain, à dix heures et demie, il se présentait chez M. Dalbrègue. Laurence était seule dans le salon, quand le domestique introduisit Roger.

Ce salon était une idée de Laurence. Il formait une vaste rotonde, percée de cinq larges fenêtres, devant chacune desquelles se trouvait une jardinière garnie de fleurs, qu'on renouvelait toutes les semaines.

De cette vaste pièce, que Laurence avait fait construire perpendiculairement à la maison, on apercevait le jardin tout entier, jardin qui ne mesurait pas moins d'un hectare, et dont, par suite de l'habile disposition des massifs qui le composaient, on n'apercevait pas la fin. Grâce à ce trompe-l'œil, on pouvait se croire au milieu d'une immense propriété et jouir de tous les côtés à la fois des fleurs et de la verdure qui servaient de cadre à la rotonde.

Cette pièce, entièrement tendue de perse blanche à grands ramages, et toute remplie du parfum des fleurs, était d'une fraîcheur exquise. C'était celle qu'affectionnait Laurence. C'était là qu'elle recevait ses amis, de préférence à l'autre salon, beaucoup plus richement meublé, mais infiniment moins coquet et moins gai que ce petit jardin d'hiver. En voyant entrer Roger, elle lui tendit franchement la main.

— Tiens ! M. Dalbrègue n'est pas là ? fit Roger.

— Non, il a été un peu indisposé cette nuit, mais je l'ai vu tout à l'heure ; il va un peu mieux, je l'attends.

— Qu'a-t-il donc ?

— Je ne sais, mais cet hiver, je vous l'ai dit, il a eu presque constamment des pesanteurs, des somnolences, dont rien ne pouvait triompher. J'ai fait venir le docteur, je l'ai interrogé ; il ne m'a pas répondu, mais j'ai lu sur son visage une inquiétude qui ne me présage rien de bon.

— Que dites-vous ! s'écria Roger très agité.

— Je dis que j'ai peur.

— De quoi ?

— Je n'en sais rien, mais j'ai peur.

— Espérons que vos craintes ne se réaliseront pas, mademoiselle... Et tenez... la preuve, c'est que voici M. Dalbrègue en personne.

En effet, la porte du salon s'ouvrit et M. Dalbrègue parut ; mais Roger remarqua immédiatement combien la démarche du vieillard était lente et son pas pesant.

— Ah ! te voilà, mon garçon, dit-il à Roger, qui s'avançait lestement à sa rencontre. Tu es arrivé à propos, ma foi ! Donne-moi ton bras. Je veux prendre un peu l'air avant le déjeuner, et je ne sais comment cela se fait, je n'ai pas de jambes.

Roger s'empara de son bras et lui servit de guide.

— A la bonne heure ! fit M. Dalbrègue qui pesa de tout son poids sur ce robuste point d'appui, voilà un bras comme il m'en faudrait un !

— Mais il est tout à votre service, monsieur, dit Roger.

— Tu plaisantes, sans doute ? Et tes occupations ?

— Je les quitterai.

— Ne t'en avise pas ou je te donne ma malédiction, riposta gaiement le vieillard. Ne faut-il pas que tu gagnes ta vie ?

— Et croyez-vous que ce ne serait pas la gagner que de la consacrer à mon bienfaiteur ?

— Ton bienfaiteur ! Voilà un bien gros mot pour un peu de latin et de français que je t'ai fait apprendre...

— Sans compter vingt années de sollicitude paternelle, ajouta Roger.

— N'importe. Je te défends de quitter M. Voisin, dit M. Dalbrègue.

Il se tourna vers Laurence.

— C'est que ce maudit garnement-là serait capable de le faire comme il le dit, vois-tu, reprit-il. Il a une volonté... tu ne t'en fais fais pas une idée. Ainsi, cette histoire de pendu... je gagerais qu'il est toujours aussi entêté et qu'il ne veut pas...

— Et vous gagneriez, monsieur Dalbrègue, fit Roger.

— C'est donc vrai ? tu persistes à repousser cette fortune ?

— Oui, monsieur.

— Tu as tort, mon garçon, tu as tort.

— Quoi ? vous aussi ! s'écria Roger.

— Comment, moi aussi ! On t'a donc déjà dit que tu avais tort ?

— Cent fois, monsieur. Dimanche dernier encore, M. Voisin, chez qui je dinais....

— Eh bien ! pourquoi ne l'écoutes-tu pas ? Il est de bon conseil, M. Voisin ; non pas pour lui, mais pour les autres. Il est certain qu'avec cette fortune, tu pourrais t'établir, te marier...

— Voyons, sérieusement, interrompit Roger en le regardant en face, est-ce votre avis ?

— Certainement.

— Soit ! J'agirai comme vous me le conseillerez, je vous le jure ! si vous me promettez de répondre franchement à la question que je vais vous poser...

— Je t'en donne ma parole.

— Je ne suis plus Roger de Montmaury, et vous n'êtes plus M. Dalbrègue, dit le jeune commis. Je suis M. X... et vous êtes M. Z... Eh bien ! répondez, monsieur Z... Si M. X .. vous demandait la main de votre fille, la donneriez-vous à un homme enrichi de cet argent, si facilement gagné, que vous m'engagez à revendiquer ?

— Oh ! non, se défendit vivement M. Dalbrègue ; mais il ne s'agit pas de moi...

— Et pourquoi voudriez-vous qu'un autre fût moins scrupuleux que vous, ou que je prisse la fille du premier venu ? Non. Vous avez prononcé, cher et vénéré bienfaiteur. N'en parlons plus, je vous en conjure.

— Mais, mon ami...

— Allons, père, interrompit Laurence en lui coupant la parole avec un baiser, tu as passé ton hiver à me dire que Roger se conduisait en honnête homme. Pourquoi veux-tu lui persuader le contraire maintenant ?

M. Dalbrègue se mit à rire.

— Décidément, fit-il, on a toujours tort de parler devant les petites filles.

Roger adressa à Laurence un regard de profonde reconnaissance.

III

LE MARIAGE

Depuis ce moment, jusqu'au jour indiqué par le juge d'instruction pour la délivrance définitive du legs du pendu, Roger n'eut plus un instant de faiblesse ou d'hésitation. Malgré les plus actives démarches, malgré la publicité que les journaux avaient donnée à ce suicide le parquet n'avait pu découvrir le nom de ce malheureux, et personne ne s'était présenté pour revendiquer sa succession.

Conformément au testament qu'il avait fait, on délivra donc les deux cent mille francs qu'il avait laissés à celui qui les avait trouvés, c'est-à-dire à Germain Cassut. Roger, qui avait été mandé à Versailles par lettre spéciale du magistrat, persista dans la résolution qu'il avait prise dès le premier jour. Et, comme sa présence était nécessaire pour l'accomplissement de certaines formalités, il assista à la délivrance du legs, signa le procès-verbal qui fut rédigé à cette occasion et vit Germain emporter triomphalement la somme qu'il convoitait depuis si long-temps.

Quand il eut en sa possession cette volumineuse liasse de billets de banque, il s'en alla, sans adresser un mot ni un regard à Roger, qui pourtant méritait bien un remerciement. Et non-seulement il ne le remercia pas, mais le lendemain il changea complètement de manières à son égard. C'est tout simple, il n'avait plus rien à obtenir de lui.

Si, pendant le cours de cette interminable année, il s'était montré doux, poli, presque prévenant envers Montmaury, c'était dans la crainte que celui-ci ne se ravisât. Aujourd'hui qu'il n'avait plus à redouter ce terrible dénoûment, il redevenait tel qu'on l'a vu dès les premières pages de ce récit : jaloux, haineux, vindicatif, irritable au dernier degré En effet, depuis que Germain avait touché cette somme inespérée, un revirement subit s'était fait dans l'opinion publique. Si quelques rares esprits pratiques continuaient à donner tort à Roger, le plus grand nombre, les femmes principalement, exaltaient au contraire le désintéressement dont il avait fait preuve et la délicatesse avec laquelle il avait agi.

A son tour, Germain, du jour où il était devenu riche, avait fait des jaloux et des envieux de ceux-là mêmes qui se disaient autrefois ses amis. On s'attendait à ce qu'il quittât l'usine, à ce qu'il dissipât en orgies une bonne partie de la somme qu'il avait touchée. Aussi fut-on très étonné d'apprendre qu'après avoir versé à la Banque les deux cent mille francs qu'il venait de toucher, Germain avait repris chez M. Voisin son poste de simple contre-maître et continuait à en remplir les fonctions.

On eut bientôt l'explication de cet incompréhensible phénomène. Germain qui, pendant toute l'année, n'avait pas caché l'admiration profonde que lui inspirait Antoinette, alla demander à M. Voisin la main de sa fille. Le vieux chimiste fut un peu surpris, un peu froissé même d'une telle hardiesse. Cependant, il ne s'en formalisa pas trop ouvertement Il se contenta de répondre qu'il en parlerait à sa fille et que, suivant ce qu'elle déciderait, il verrait ce qu'il aurait à faire.

Rien n'était plus évasif qu'une réponse semblable. Pourtant ce n'était pas un refus catégorique. Germain n'espérait pas de sa première démarche un si heureux résultat. Aussi ne perdit-il pas courage. Plus que jamais assidu à l'usine, il commença à s'occuper d'une foule de menus détails qu'il négligeait autrefois. D'ores et déjà on aurait dit que l'usine lui appartenait. Jamais surveillance plus active n'avait été exercée. depuis trente ans que M. Voisin était propriétaire de la fabrique.

Enfermé dans le cabinet vitré qui lui avait été assigné, Roger assistait en souriant au développement, chaque jour croissant, de cette vaniteuse importance.

Vous ne m'avez donc pas comprise ? (Page 508.)

Ils ne se parlaient plus du tout. Quand Germain avait quelque chose à transmettre à Roger, c'était maintenant par l'intermédiaire d'un de ses ouvriers qu'il
le faisait.

Huit jours se passèrent. Cassut n'avait pas reçu de M. Voisin la réponse qu'il
attendait. Il revint à la charge, très nettement cette fois.

— J'ai vingt-sept ans, dit-il à son patron, il est temps de m'établir et de me marier. Si donc vous ne voulez pas faire droit à ma requête dans un délai de huit jours, je vous prierai de pourvoir à mon remplacement, afin que je puisse chercher ailleurs.

Il n'y avait plus moyen de reculer.

M. Voisin, qui n'avait pas dit un mot à sa fille des prétentions de Cassut, les lui soumit le jour même.

Antoinette l'avait certainement prévu, car elle ne sourcilla pas.

Son père, qui s'attendait à des indignations superbes, fut un peu étonné du calme avec lequel elle accueillit ces ouvertures.

Antoinette eut un petit sourire de pitié.

— Il y a près d'un an, dit-elle, que M. Cassut y a songé.

— Comment le sais-tu ? Il te l'a donc dit ?

— Par exemple ! dit fièrement la jeune fille. Non, reprit-elle d'un ton débonnaire, mais, à la façon dont il me dévorait des yeux, ce n'était pas difficile à deviner.

— Comment, il s'est permis... Et tu ne m'en as pas ouvert la bouche !

— A quoi bon ? M. Cassut était un excellent contre-maître, disais-tu. Pourquoi donc t'aurais-je privé de ses utiles services ? Je ne suis plus retournée à l'atelier, voilà tout.

— En effet, c'était le plus sage ; mais aujourd'hui, que comptes-tu faire ?

— Ma foi ! je n'en sais trop rien. Et toi ?

— Mais ! je t'avoue que je suis très embarrassé et que je ne déciderai rien que de ton consentement.

— Je l'espère bien, mais enfin qu'en penses-tu ? demanda la jeune fille.

— Dame !... que veux-tu ? c'est assez délicat... balbutia M. Voisin. Il est certain que, dans la position où je me trouve, je ne mettrai pas facilement la main sur un gendre possédant deux cent mille francs comptant.

— En effet, c'est un oiseau rare, n'est-ce pas ?

— Très rare, mon enfant. Réfléchis aussi que ce Germain, pour s'élever jusqu'à toi, est probablement disposé d'avance à tous les sacrifices, que, si je lui donne ta main et si je lui cède mon usine, il abandonnera vraisemblablement la totalité de cette somme...

— A tes yeux, un tel mariage serait donc une bonne affaire ?

— Oui, s'il n'y avait pas comme contre-partie l'indignité et la naissance obscure de ce Cassut...

— Mais, en dehors de cela, le juges-tu capable de bien diriger la fabrique, d'arriver rapidement à la fortune ?

— Sous ce rapport-là, je dois lui rendre justice : il connaît admirablement la manipulation de tous les produits. A présent, ferait-il fortune ? C'est une autre question. Je suis persuadé qu'il y parviendrait rapidement s'il continuait à bien s'occuper de son affaire. Dans tous les cas, tu n'as rien à craindre. Si j'avais à ma disposition le capital qu'il est prêt à verser, je te ferais millionnaire en moins d'un an...

— Oui, je sais, interrompit Antoinette, qui avait écouté un peu distraitement ces dernières explications. C'est ce capital qui te séduit surtout, conviens-en.

— Je ne m'en cache pas.

— Et n'y a-t-il pas d'autre moyen de te le procurer?

— Je n'en connais pas.

— Cependant, lorsque nous avons causé dernièrement de tes affaires, tu m'assurais que ta fabrique n'était grévée d'aucune hypothèque.

— C'est la vérité.

— Eh bien! ne pourrais-tu pas emprunter deux cent mille francs sur ton usine?

— Oui, mais je ne le veux pas.

— Pourquoi?

— Parce que si j'ai été malheureux jusqu'ici dans les spéculations que j'ai tentées en dehors de mon industrie, j'ai tenu du moins à te conserver intacte cette plus grosse part de ma fortune.

— Et je t'en remercie, mon bon père.

— Or, poursuivit M. Voisin, ce n'est pas à mon âge que j'irais emprunter une somme semblable. Tu ne sais donc pas qu'en nous réduisant au strict nécessaire, c'est-à-dire en ne dépensant pas plus de douze ou quinze mille par an, il me faudrait près de vingt ans pour rembourser le capital et en servir les intérêts! Et j'ai soixante ans passés, ma chère enfant!

— Bon, mais si tu avais vingt-cinq ans, si l'avenir t'appartenait encore, hésiteras-tu, dans un cas urgent, à hypothéquer ta fabrique?

— J'hésiterais toujours; mais enfin, s'il y avait urgence...

— Tu le ferais?

— A vingt-cinq ans que ne ferait-on pas!

— Bien, dit Antoinette pensive, c'est tout ce que je voulais savoir.

— Mais dans quel but...

— Je te le dirai plus tard. C'est une idée à moi, que je poursuis, que je mûris.

— Hâte-toi, alors, car Germain ne m'a donné que huit jours...

— Oh! d'ici-là, je saurai à quoi m'en tenir, fit Antoinette.

— A la bonne heure! sans cela Cassut serait capable de nous brûler la politesse...

— Qu'il fasse ce que bon lui semblera!

— Et de nous quitter, ajouta M. Voisin.

— Qu'il nous quitte! dit la jeune fille avec humeur, en se retirant.

M. Voisin la regarde disparaître, un peu déconcerté par cette brusque sortie.

— Il est certain, murmura-t-il, que ce M. Cassut n'est pas le gendre que j'aurais rêvé; mais deux cent mille francs! Que de choses je ferais si j'avais deux cent mille francs!...

Du jour où Antoinette avait eu avec son père cette conversation, elle était devenue presque invisible. A peine traversait-elle cinq ou six fois le jardin, après déjeuner, pour prendre un peu d'exercice. Encore était-elle rêveuse et préoccupée. Puis elle remontait dans sa chambre, s'asseyait devant sa table et alignait des chiffres sur le papier, en consultant de temps à autre un livre qu'elle avait ouvert devant elle.

Un tel changement dans les habitudes turbulentes de sa maîtresse avait fort étonné Rose. Elle eut la curiosité de voir quel était le livre qui absorbait si fort l'attention de la jeune fille. C'était un traité d'arithmétique, et les chapitres traitant de la multiplication et de la division étaient tachés d'encre toute fraîche. Que pouvait donc bien multiplier ou diviser Antoinette? D'où lui venait cette passion subite pour une science qu'elle avait jusqu'alors si dédaigneusement traitée?

Rose n'était pas au bout de ses étonnements. Un matin, sa maîtresse lui donna l'ordre de lui acheter un bonnet de linge excessivement simple. Le temps était sombre et couvert de nuages menaçants. En effet, vers une heure de l'après-midi, commença à tomber une de ces petites pluies fines et drues qui durent quelquefois vingt-quatre heures.

Le soir, à neuf heures, il faisait un temps abominable. De gros nuages, poussés par un vent du Sud-Ouest, couraient au-dessus des arbres, dont les branches se balançaient bruyamment. D'immenses flaques d'eau, dans lesquelles crépitait la pluie, couvraient le chemin et reflétaient çà et là les pâles lumières des boutiques et des maisons voisines. Roger était rentré après son dîner et lisait. Vers neuf heures du soir, au moment où il allait fermer le livre qu'il parcourait, il entendit du bruit dans le petit escalier qui conduisait à sa chambre. Il prêta l'oreille. C'était un pas léger, un pas de femme assurément, car le long des murs il entendait le frôlement des jupons. Au même instant on frappa discrètement à sa porte.

— Qui est-là? demanda-t-il.

— C'est moi, répondit timidement une voix de femme.

Roger ne reconnut pas le timbre de cette voix.

— Qui diable peut venir chez moi par un temps pareil? se demandait-il?

Il ouvrit et aperçut une femme, coiffée d'un bonnet de linge, la tête enveloppée d'un châle épais, qui lui cachait tout le bas du visage.. Dès que la porte se fut refermée, cette femme laissa tomber son châle, ôta son bonnet, et Roger reconnut... Antoinette !...

Elle jeta ces objets au hasard, sur le premier meuble qui se trouva à sa portée, et, se croisant les bras devant Roger, sans lui donner le temps de se remettre de la surprise qu'il éprouvait :

— Vous ne m'avez donc pas comprise? lui dit-elle.

— Non... mademoiselle... balbutia le jeune commis stupéfait.

Assurément, de ces deux personnages qui se trouvaient en présence, à pareille heure et dans un endroit semblable, celui qui aurait dû être le plus embarrassé était Antoinette. Il n'en était rien pourtant. Elle regardait Roger en face, avec une hardiesse effrayante, tandis qu'il baissait les yeux et ne savait quelle contenance garder.

Ce n'était pas sans une certaine hésitation, cependant, qu'elle s'était résolue à cette démarche décisive; mais le temps pressait. Demain, il faudrait rendre réponse à Germain, et Roger n'avait pas donné signe de vie! Repoussait-il définitivement les propositions d'Antoinette? N'avait-il pas compris ce qu'elle lui avait offert ? Ce fut à cette dernière hypothèse qu'elle s'arrêta, ne pouvant s'imaginer qu'un pauvre diable comme Montmaury repoussât des offres si brillantes et refusât d'épouser une femme si universellement admirée.

Voulant avoir avec lui une explication définitive, elle s'informa de son adresse et entreprit d'aller le trouver. Seulement, elle ne voulait pas être reconnue. Le ciel sembla favoriser ses projets. Le temps, qui avait été splendide depuis trois semaines, changea tout à coup ; la lune, les étoiles, disparurent derrière une couche épaisse de nuages floconneux, et la pluie se mit à tomber avec un acharnement capable de désarçonner les plus intrépides promeneurs. Loin d'effrayer Antoinette, ces circonstances servaient trop bien ses projets pour qu'elle ne s'empressât pas de les mettre à profit. Jetant sur ses magnifiques cheveux noirs un petit bonnet de linge, retroussant jusqu'à la ceinture sa robe de soie, elle enveloppa sa tête d'un châle, dont elle croisa les pans sur le bas de son visage, et plaça Rose en faction à la porte de sa chambre

— Si par hasard mon père me faisait demander, recommanda-t-elle, tu lui diras que je suis couchée, malade, et que j'ai formellement défendu l'entrée de ma chambre.

— Et s'il insiste? fit Rose.

— Prends la clef dans ta poche, et dis-lui que je me suis enfermée à double tour.

— Mais il me demandera ce que je fais là.

— Tu répondras que je t'ai donné l'ordre d'attendre jusqu'à minuit, pour le cas où j'aurais besoin de toi.

Elle avait réponse à tout. Au besoin, elle aurait inventé, pour se disculper, de bien autres mensonges! Elle partit donc, sinon complètement tranquille, bien décidée du moins à ne reculer devant aucun obstacle. Fort heureusement, elle connaissait chacune des maisons de ce pays, où elle avait été élevée ; sans cela, par cette nuit sombre et humide, elle n'aurait jamais pu trouver le logement qu'habitait Roger.

Tout lui était propice. Elle ne rencontra pas âme qui vive et pénétra sans encombre dans la chambre de Montmaury. Quand elle le vit si troublé par cette visite inattendue, elle en eut pitié. Il n'avait pas compris! C'était bien ce qu'elle espérait.

— Voyons, reprit-elle, remettez-vous et expliquons-nous. J'admets jusqu'à un certain point, bien que je ne partage pas vos scrupules, que vous ayez refusé une fortune qui, à mon sens, vous appartenait très légitimement; mais ce n'était pas une raison pour disparaître ainsi que vous l'avez fait. Vous auriez dû me dire, au moins dès le principe, que votre résolution était inébranlable.

— Mais je vous l'ai dit, mademoiselle, répondit Roger.

— Sans doute. Seulement je m'étais imaginé qu'en raison des motifs que j'avais fait valoir — et parmi lesquels j'occupais une large place, ajouta-t-elle en rougissant légèrement, — vous reviendriez sur cette décision. Je le croyais d'autant plus que mon père, lui-même, vous avait engagé devant moi à accepter cette fortune.

— C'est ce qui m'a fait hésiter un instant, mademoiselle, je ne vous le cache pas.

— Ah ! que n'avez-vous cédé jusqu'au bout, monsieur ! fit Antoinette avec un soupir ; car vous ne savez pas ce qui arrive...

— Non, mademoiselle.

— Vous pensez bien que je ne serais pas chez vous, à pareille heure, si je n'y avais pas été poussée par la force des évènements. Je n'ignore pas que ce n'est guère la place d'une jeune fille comme moi. Je ne me dissimule pas davantage que beaucoup d'autres auraient reculé devant une semblable démarche, mais je suis de celles qui ont tous les courages.

— Je vous en sais un gré infini, mademoiselle, répondit Roger ; mais quels sont les évènements auxquels vous faites allusion ?

— M. Germain Cassut m'a demandée deux fois en mariage depuis quinze jours monsieur !

— Je m'en doutais, fit Roger. Depuis qu'il est à la tête de ses deux cent mille francs, il affecte des airs de supériorité tout à fait comiques. Il parcourt la fabrique en tous sens, examine les machines, fait sonner les cuves, sonde les murs, interroge à gauche, à droite, fait en un mot tout ce qu'il peut pour laisser croire aux ouvriers qu'il va acheter l'usine de M. Voisin.

— Et il a raison, monsieur, car mon père, ébloui par ce chiffre magique, est tout disposé à la lui céder. Je n'ai qu'un mot à dire et la chose est faite.

— Et vous ne voulez pas le dire ?

— Pas encore. C'est pour cela que je suis venue vous trouver. Il est certain que Germain est en ce moment, et grâce à vous, dans une très enviable situation, pécuniairement parlant, mais il n'a que cela pour lui, le malheureux ! Il est laid, commun, brutal... Et puis, s'appeler madame Cassut ! franchement, ce n'est pas tentant. J'aimerais mieux un autre nom... le vôtre par exemple.

— Le mien ! fit Roger étonné.

— Oui, il sonne mieux à l'oreille. En outre, sans vous flatter, vous êtes infiniment mieux que lui sous tous les rapports. Non-seulement vous êtes doué d'un physique agréable, mais vous avez reçu une éducation soignée, vous avez de la tenue, vous représentez un tout autre personnage que celui que vous êtes réellement, et je suis convaincue que si vous achetiez l'usine de mon père...

— Mais avec quoi l'achèterais-je, interrompit Roger, puisque je n'ai rien ?

— S'il n'y avait pas moyen de le faire, je ne serais pas là, répliqua vivement Antoinette. Vous pensez bien qu'à la suite de la demande formée par Germain j'ai longuement interrogé mon père. Or, il convient qu'à son âge il n'emprunterait pas deux cent mille francs, mais il avoue que s'il avait vingt-cinq ans, il n'hésiterait pas à le faire dans un cas urgent. Or, vous avez vingt-cinq ans, le cas est urgent, décidez-vous.

Roger, très embarrassé, ne répondait pas.

— Remarquez, poursuivit Antoinette, que je ne viens pas ici, à la légère, vous proposer une affaire onéreuse ou un mariage désavantageux. Je n'ai pas à me faire valoir, moi, vous savez qui je suis ; mais, au point de vue de l'affaire elle-même, je suis prête à détruire, chiffres en main, toutes les objections que vous pourriez élever. Vous ne vous figurez pas ce que j'ai travaillé depuis six jours pour réaliser de tels prodiges ! Aussi, permettez-moi de vous soumettre le résultat de mes calculs.

— Mais, mademoiselle..., répliqua timidement Roger.

— Laissez-moi aller jusqu'au bout, interrompit la jeune fille, et vous verrez. Il est évident que l'usine de mon père, en y faisant les réparations indispensables, dirigée comme elle le serait par vous, peut rapporter aisément tous les ans dix mille francs de plus qu'elle ne donne actuellement. Je ne vous parle pas du développement considérable qu'elle peut prendre plus tard sous l'impulsion de votre intelligence, c'est incalculable. Ces dix mille francs de plus-value paieront et au delà les intérêts des deux cent mille francs que vous emprunterez. Reste alors trente mille francs. Affectez-en vingt mille au remboursement annuel de la créance, il en restera dix mille pour se nourrir, s'habiller, se chauffer et s'éclairer, puisque le logement de son propriétaire fait partie de l'usine elle-même. Or, avec dix mille francs par an, ne peut-on pas vivre convenablement? D'autant plus convenablement qu'en amortissant tous les ans le chiffre de l'hypothèque, vous diminuez en proportion égale la somme des intérêts à servir, et que vous pouvez appliquer le bénéfice qui en résulte, soit à nos besoins personnels, soit à l'amélioration de la fabrique. Est-ce vrai?

— C'est parfaitement exact, répondit-il.

— Eh bien! sur les deux cent mille francs que vous emprunterez, consacrez-en trente, quarante mille, s'il le faut, aux réparations, et je me charge d'obtenir le consentement de mon père, moyennant cent cinquante mille francs nets. Et non-seulement vous aurez une position indépendante, un avenir assuré, une femme qui vous sera aveuglément dévouée; mais vous aurez la satisfaction d'humilier ce Germain Cassut, qui se croit irrésistible, depuis qu'il a quelques écus dans sa poche. Répondez : le voulez-vous?

— Mademoiselle, fit gravement Roger, je suis réellement confus des bontés que vous me témoignez et de la peine que vous avez prise, mais il m'est impossible d'accepter.

— Pourquoi? demanda Antoinette interdite.

— Parce que je ne me sens pas le courage d'entreprendre une affaire aussi lourde que celle-là.

— Ce n'est pas sérieux, dit la jeune fille dont les joues pâlissaient. Comment! je vous apporte quatre cent mille francs, et vous les refusez! Oui, sur ces quatre cent mille francs, il y a un emprunt considérable à faire, mais il n'en reste pas moins la moitié, bien liquide. Deux cent mille francs!

— Oh! je ne discute pas les chiffres, mademoiselle. Je reconnais qu'ils sont parfaitement exacts; mais, je vous le répète, je ne me sens pas de taille à braver les éventualités d'une telle position.

— Vous! avec votre intelligence et vos vingt-six ans?

— Eh! mademoiselle, on a beau être intelligent, on peut se tromper. On a beau être jeune, on n'est pas immortel. Voyez M. Voisin, il est certainement intelligent. Eh bien! après trente ans d'un labeur surhumain, le voilà pour ainsi dire aussi pauvre qu'il l'était quand il a commencé.

— Mais vous savez bien que mon père n'a malheureusement pas toute sa raison. Sa folie est douce, certainement. Je ne l'en aime et ne l'en respecte pas moins, quoiqu'il ait gaspillé cinq ou six cent mille francs depuis trente ans; mais il n'est pas douteux qu'il soit fou. Sa folie a un nom : la monomanie. Il a la monomanie de l'invention.

— Je l'admets avec vous, mademoiselle; mais qui sait si je n'aurai pas un autre travers? Enfin, si j'ai le bonheur d'échapper à ce fléau, qui sait si je vivrai assez longtemps pour payer la dette que j'aurai contractée?

— Non, fit Antoinette avec force, ce ne sont pas des objections que vous soulevez. Vous avez d'autres raisons pour refuser mes propositions, des raisons que vous ne voulez pas dire...

— Je vous assure, mademoiselle...

— C'est impossible, monsieur, vous ne me convaincrez pas. Bien certainement, vous avez une arrière-pensée. Laquelle? Je ne puis me le figurer. J'ai beau être jeune, manquer d'expérience, vous ne me ferez jamais croire qu'un jeune homme, dans votre situation, refuse d'épouser une femme comme moi, quand surtout cette femme lui apporte une fortune.

Antoinette s'était animée en prononçant ces dernières paroles. Le dépit et la colère commençaient à la gagner.

— Encore une fois, mademoiselle... essaya de protester Roger.

— Non, cent fois non! répéta-t-elle d'une voix tremblante, tandis qu'une grosse larme perlait dans ses yeux. Vous ne m'aimez pas, monsieur, ou plutôt vous en aimez une autre.

— Taisez-vous! fit Roger avec l'accent de la plus profonde terreur.

— J'en étais sûre! s'écria Antoinette avec un éclat de voix terrible. C'est une raison cela, ajouta-t-elle avec un rire nerveux. Ah! reprit-elle avec une sorte de rage, prenez garde, monsieur! Malheur à cette femme, si je la découvre!

Elle fit quelques pas dans la chambre, en proie à un véritable égarement.

— Une rivale, murmurait-elle, j'ai une rivale... mais qui donc?.. Il ne connaît absolument que nous et...

Soudain, elle s'arrêta.

— Ah! je devine... s'écria-t-elle en étendant le bras avec un geste prophétique. C'est Laurence!

Roger devint livide.

— Je vous en conjure, mademoiselle, calmez-vous! supplia-t-il.

— Mais, vous ne devinez donc pas que je vous aime! s'écria Antoinette. Comment, je viens à vous, la tête bourrée de chiffres — ce que je hais le plus au monde! — Je vous sacrifie mon honneur, ma fortune; je me jette dans vos bras et vous me répondez : Je ne veux pas de vous!

Germain et Antoinette virent donc parfaitement Roger. (Page 520.)

— De grâce, mademoiselle, ne vous exagérez rien de ce qui s'est passé! fit
Roger avec douceur. Il est vrai, et je vous en remercie du plus profond de mon
cœur, que vous avez été pour moi bonne et indulgente à l'extrême; mais il ne
faut pas me calomnier si je ne me sens pas les reins assez forts pour supporter
le poids des engagements auxquels vous voudriez m'entraîner. Il ne faut, surtout,
chercher à ma timidité aucune autre cause que ma timidité même. Si j'ai le

malheur de vous déplaire, pourquoi faire remonter jusqu'à une personne, qui est digne de tous nos respects, le courroux que vous en ressentez? Accusez-moi, maudissez-moi, mais ne supposez pas que Mlle Laurence soit pour rien dans la détermination que j'ai prise.

— Ah! vous avez beau nier, monsieur, l'instinct d'une femme ne se trompe jamais en pareil cas. Vous l'aimez, vous dis-je. J'en suis sûre, je le sens.

— Je l'aime, mais non pas comme vous l'entendez. J'ai pour elle le même respect que j'ai pour son père, la même reconnaissance, le même dévouement. Pour eux, sans hésiter, je donnerais ma vie, mon honneur même, s'ils me le demandaient. N'est-ce pas eux qui m'ont sauvé de la misère, qui m'ont donné le pain du corps et de l'esprit? Ne leur suis-je pas obligé cent fois plus que si j'étais réellement leur fils ou leur frère? Aucun lien du sang ne les attachait à moi, ne les forçait à me recueillir, à me faire élever. Aussi je serais le plus ingrat des hommes, si je ne leur avais pas voué une amitié sans bornes. Malheureusement, il est peu probable que je puisse jamais leur en donner des preuves ni leur rendre la plus minime partie du bien qu'ils m'ont fait. Et je le regrette amèrement, je vous le jure! car on a toujours le droit de douter d'une affection qui ne se traduit que par des mots, quand son désir le plus ardent serait de s'affirmer par des faits. Si vous ne comprenez pas les sentiments qui m'animent, je vous plains, mademoiselle. C'est que vous avez bien peu d'estime pour celui que vous prétendez aimer.

— Oh! je ne discuterai pas avec vous, fit Antoinette. Vous êtes plus habile que moi dans l'art de présenter les choses sous leur jour le plus favorable. Tout ce que vous venez de me dire, je le crois. Je suis persuadée même que vous le ressentez; mais je suis persuadée aussi qu'il y a au fond de votre cœur un autre sentiment que celui que vous y voyez vous-même. Si vous n'aviez pour Laurence que du respect, pourquoi repousseriez-vous mon amour? Ne suis-je pas riche, ne suis-je pas belle? N'ai-je pas tout ce qui peut flatter l'amour-propre d'un homme tel que vous?

— Dieu m'est témoin, mademoiselle, qu'aucune parole n'est tombée de mes lèvres qui puisse vous faire douter de ma gratitude. Je suis indigne de votre bienveillance, mais je ne l'ai pas méconnue.

— Ainsi rien ne peut vous ébranler? dit la jeune fille, les narines dilatées et les yeux allumés d'une colère farouche. L'amour que Laurence vous inspire l'emporte sur toute autre considération?

— Encore une fois, mademoiselle, je n'ai pas d'amour pour...

— Mais vous ne comprenez donc pas qu'il n'y a qu'un moyen de me convaincre? interrompit Antoinette frémissante. Un seul, vous dis-je, c'est d'accepter les propositions que je vous ai faites. Eh bien! oui ou non, les acceptez-vous?

— A mon grand regret, mademoiselle, fit Roger, il m'est impossible...

Elle arrêta d'un geste la phrase qu'il avait commencée et se leva d'un bond saccadé. Son visage devint horriblement pâle, ses traits se contractèrent douloureusement. Alors, appuyant son poing crispé sur son cœur, comme pour en étouffer les battements, fière et hautaine, elle l'écrasa d'un regard à la fois empreint de colère et de haine.

— Il suffit, monsieur, lui dit-elle d'une voix qu'elle s'efforçait d'affermir. Je n'étais pas méchante, je vous l'assure ; mais, si je le deviens un jour, rappelez-vous ce que vous avez fait...

Sur cette phrase énigmatique et menaçante, elle prit son châle, s'en enveloppa et se dirigea vers la porte.

— Du moins, mademoiselle, balbutia Roger, permettez-moi de vous accompagner...

— Je vous défends de faire un pas, dit-elle en joignant impérieusement le geste à la parole.

Roger s'inclina. Elle sortit, dédaigneuse, calme en apparence, ferma la porte et descendit lentement l'escalier. Bientôt le bruit de son pas léger se perdit au milieu des rafales de vent et de pluie qui continuaient à souffler au dehors. Au moment où elle franchissait le seuil de la maison, un homme fermait la porte d'un cabaret voisin. Il s'approcha vivement et vit que les fenêtres de Roger étaient éclairées.

— Voyez-vous ce sournois de Montmaury avec ses grands airs vertueux ! murmura-t-il. Il reçoit des visites de femme ! A pareille heure ! Qui donc peut venir chez lui par un temps semblable ? Je le saurai, pardieu ! Oui, malgré le vent et la pluie, je veux...

En disant ces mots, il s'élança sur les traces de la jeune femme, qu'il n'avait fait qu'entrevoir. Quoiqu'elle marchât très vite, il n'eut pas de peine à la rejoindre et la vit, coquettement retroussée, raser les maisons, franchir les flaques d'eau, glisser rapidement devant les éclaircies lumineuses que deux ou trois boutiques projetaient encore sur la chaussée, à de rares intervalles.

— Bien sûr, elle est jeune, se disait-il en pressant le pas, pour ne pas la perdre de vue.

Au bout de dix minutes, il était à l'extrémité de la ville.

— Ah çà ! où va-t-elle me conduire ? pensait-il.

Elle gagna enfin une rue étroite et sombre, entièrement dépourvue de maisons, et sur laquelle donnaient de vastes jardins. Elle continuait à marcher avec la même légèreté, sans se retourner, ne se doutant pas qu'elle était suivie. Elle aurait probablement fini par échapper à la curiosité de celui qui s'était élancé sur ses traces, si son corps, enveloppé de vêtements sombres, n'avait profilé nettement sa silhouette sur les murs, fraîchement recrépis, le long desquels elle se glissait. Au bout de quelques secondes, elle atteignit l'extrémité de la ruelle et tourna sur sa droite.

— Mais c'est à l'usine de M. Voisin qu'elle va ! s'écria son acharné persécuteur.

Il courut à toutes jambes jusqu'au bout de la ruelle et observa. De l'endroit où il s'était posté, il pouvait tout voir sans être aperçu, car il venait de se blottir dans les herbes qui poussaient au bas de la muraille. En face de lui se trouvait l'usine, ou plutôt la maison d'habitation de M. Voisin et le jardin qui en dépendait. Au fond de ce jardin se trouvait une petite porte verte, qui donnait sur la ruelle dans laquelle Antoinette venait de s'engager. Une minute après, elle introduisait la clef dans la serrure et refermait la porte derrière elle. L'homme qui l'avait suivie se dressa soudain sur ses pieds, et poussa un cri qui ressemblait à un rugissement.

— Elle! s'écria-il. Ce n'est pas possible! Cependant, il n'y a qu'elle ou Rose... Oui, c'est Rose... Ah! quelle peur j'ai eue!

Il s'éloigna, mais lentement, insensible à la pluie qui lui fouettait le visage. Des doutes terribles l'avaient assailli. Ils se dissipèrent certainement, car il rentra chez lui d'un pas agile et dégagé.

Le lendemain, toutes choses avaient repris à l'usine leur ordre accoutumé. Vers dix heures, au moment où Rose traversait la cour, Germain, qui semblait la guetter au passage, l'arrêta brusquement.

— Ah! je vous y prends, mademoiselle! lui dit-il en riant. Que faisiez-vous hier soir dans les rues de Meulan?

— Moi? fit naïvement la femme de chambre. Je ne suis pas sortie de la maison.

— Vraiment? Faites-moi donc le plaisir de me dire alors qui donc est entré par la petite porte du jardin vers dix heures?

Rose devina que sa maîtresse avait été suivie par Germain.

— Qu'est-ce que cela vous fait? répondit-elle.

— Et qui donc était un quart d'heure plus tôt chez le vertueux Montmaury? continua Germain.

Sans trop comprendre ce que signifiaient ces paroles, Rose n'hésita pas à se sacrifier pour Antoinette.

— Ah! vous savez tout cela? fit-elle en riant. Je vous en fais mon compliment!

— Puis, affectant aussitôt un air mystérieux, elle lui prit la main et se pencha vers lui.

— Ecoutez, lui dit-elle confidentiellement, vous avez manqué votre vocation, monsieur Germain. Croyez-moi, plantez-là l'usine et courez rue de Jérusalem, à Paris. Je me suis laissé dire que les places de mouchard n'étaient pas très demandées, vous avez des chances pour en obtenir une, et tout ce qu'il faut pour mériter un rapide avancement.

A ces mots, laissant Germain stupéfait, elle s'enfuit, en riant aux éclats et en lui jetant un regard moqueur. Elle n'eut rien de plus pressé que d'aller conter la chose à Antoinette.

— Qu'est-ce que cela me fait? dit la jeune fille en haussant les épaules.

Cependant elle ne fut pas fâchée d'apprendre que Rose ne s'était pas trop défendue de la légèreté dont Germain l'accusait, et qu'elle en avait à peu près assumé toute la responsabilité.

Le soir, vers huit heures, Germain, tout de neuf habillé, se présenta chez M. Voisin pour lui demander la réponse qu'il attendait

— C'est juste! fit M. Voisin, je l'avais oublié. Attendez un moment, je vais consulter ma fille.

Il laissa Germain dans la salle à manger et se rendit auprès d'Antoinette, qui était dans le salon.

— Fais entrer M. Cassut, répondit-elle.

Germain fut introduit par M. Voisin. Le moment était solennel. Son cœur battait bien fort et son embarras était extrême. C'était la première fois de sa vie que son pied foulait un tapis et qu'il pénétrait dans un intérieur relativement luxueux. Aussi avait-il un air gauche et emprunté qui fit détourner la tête à Antoinette.

— Mademoiselle, dit-il, je viens... vous m'avez fait l'honneur de...

— Asseyez-vous, fit-elle brusquement.

Il obéit et prit place sur le bord d'une chaise.

— Vous avez demandé ma main à mon père, reprit-elle, et vous avez manifesté l'intention de lui succéder.

— C'est la vérité, mademoiselle.

— Depuis cette époque, continua la jeune fille d'un ton sec, vous avez parcouru l'usine de la cave au grenier.

— Oh ! mademoiselle, c'est beaucoup dire...

— On me l'a dit, ne m'interrompez pas. A quel chiffre évaluez-vous les réparations indispensable ?

— Mais je ne sais si je dois...

— Vous devez répondre, puisque je vous interroge.

— Eh bien ! mademoiselle, je pense qu'avec une trentaine de mille francs....

— Alors entendez-vous avec mon père à ce sujet. Quant à moi, je ne deviendrai votre femme que si la fabrique est en état de répondre à tous les besoins. Je ne veux pas, si j'entre en ménage, me condamner à de nouvelles privations. Vous me fournirez donc un relevé complet des frais généraux et des recettes, afin que je puisse dès à présent régler mon budget en conséquence. Je vous laisse, messieurs. Voyez si vous pouvez traiter sur les bases que je viens de vous indiquer.

Elle sortit, sans adresser un salut ni un regard à Germain. Combien ce langage était différent de celui tenu la veille à Roger ! Pour celui-là elle était déterminée à tous les sacrifices ; pour Germain elle se montrait inexorable.

Pendant plus de deux heures, le contre-maître et son patron discutèrent sur le chiffre des réparations ; mais, fort de l'appui que lui prêtait Antoinette, Germain ne diminua pas un centime de la somme qu'il avait fixée, de sorte que M. Voisin, fasciné par le chiffre de cent soixante-dix mille francs, qu'on faisait miroiter à ses yeux, finit par céder, et le mariage d'Antoinette fut décidé.

Le reste n'était plus qu'une question de formalités, puisque Antoinette avait dicté ses conditions et qu'elles avaient été acceptées. Le lendemain, Cassut, qui ne parlait plus à Roger, depuis le jour où il avait touché le legs du pendu, alla trouver le jeune commis dans son cabinet. Il avait un petit air protecteur et ironique que Montmaury ne s'expliqua pas et auquel, du reste, il dédaigna de faire attention.

— Mademoiselle Antoinette, dit Germain, désire avoir l'état des frais généraux et des recettes de la fabrique depuis dix ans. Veuillez en faire le relevé sur vos livres.

— Fort bien, dit Roger. C'est elle-même qui vous a manifesté ce désir ?

— Elle-même, oui monsieur.

— Il suffit. J'aurai l'honneur de le lui faire parvenir.

— Et pourquoi ne me le remettriez-vous pas? demanda Germain avec hauteur.

— Parce que cela n'a rien de commun avec vos fonctions de contre-maître, et, à moins que M. Voisin lui-même ne m'en donne l'ordre...

Germain ne put réprimer un geste de colère, mais il se contint.

— Comme il vous plaira, fit-il, les dents serrées. Ah! j'oubliais... il est inutile de relever ces chiffres par le menu, cela demanderait trop de temps. Contentez-vous de mettre en regard les deux totaux de chaque année.

Roger fit un geste d'assentiment, mais ne répondit pas. Il devina qu'un évènement important allait arriver. En effet, Germain Cassut, qui ne lui parlait jamais, venait presque de lui donner un ordre.

— Est-ce qu'elle épouserait cette brute ? pensa Roger.

Il ne pouvait pas le croire. Cependant la journée n'était pas finie qu'il en avait acquis la certitude. Germain surveillait, mais ne travaillait plus. Sa mise était plus soignée. Il avait la parole brève et le geste impérieux. Chaque fois qu'il passait devant le bureau de Roger, il jetait sur l'employé un regard oblique et haineux.

— Bien certainement, se dit Montmaury, M. Cassut va acheter l'usine. Epousera-t-il Antoinette ? J'en ai bien peur, car alors je ne ferai pas un long séjour dans cette maison.

Il avait dressé le relevé que lui avait demandé Germain et l'avait fait parvenir sous enveloppe à la jeune fille.

Tous les jours, les allures de M. Cassut affectaient plus d'importance et d'autorité. Enfin, on eut, à la fin de la semaine, l'explication de cet énigme. Le samedi, les bans furent publiés à la mairie, et le dimanche, le curé annonça du haut de la chaire le mariage de Germain Cassut avec Antoinette Voisin. Le cœur de Roger fut soulagé d'un grand poids. Il se reprochait la dureté dont il avait fait preuve envers une jeune fille dont le seul crime était de l'aimer. Il se sentait ému d'une tendre pitié et regrettait presque de n'avoir pu céder à ces démonstrations éloquentes d'un amour sincère. Voilà qui changeait bien la face des choses ! Cette femme, qui prétendait l'aimer, se jetait quelques jours après dans les bras d'un autre. Et de quel autre ! Germain Cassut !!

Or, Roger savait mieux que personne, lui qui avait repoussé les offres d'Antoinette, combien on garde pieusement au fond du cœur le culte de la personne aimée. Eh bien! oui, il aimait Laurence. Oui, c'était pour cela qu'il n'avait pas accepté les propositions de la jeune fille. C'est aussi pour rester fidèle à son amour qu'il saurait mourir au besoin, plutôt que de le trahir. A la pitié qu'il ressentait pour Antoinette succéda le mépris, presque le dégoût.

— Décidément, pensa-t-il, il est heureux pour moi que mon cœur n'ait pas été libre et que je n'aie pas épousé cette femme-là.

Pour détourner sa pensée de cette vilaine affaire et pour se retremper dans un milieu plus élevé, il alla faire visite à M. Dalbrègue et à sa fille. Le bruit du mariage d'Antoinette s'était répandu dans tout le pays. Naturellement, la conversation commença par aborder ce sujet délicat. Roger fournit tous les renseignements désirables. Il fit de Germain un portrait parfaitement ressemblant, peu avantageux, par conséquent, et raconta à M. Dalbrègue quelle animosité existait entre eux, ainsi que la façon dont elle avait brusquement éclaté dans le bois de Verneuil, un an plus tôt.

— Aussi, dit-il en terminant son récit, je ne sais pas trop si j'attendrai que ce mariage soit accompli pour quitter l'usine.

— Tu aurais tort, mon ami, fit observer M. Dalbrègue. Il est fort possible que M. Cassut te déteste cordialement, mais rende justice à ton mérite. Tu es intelligent, exact, honnête ; ce sont de trop précieuses qualités pour que l'on s'en prive quand on les a sous la main. Si M. Cassut te congédie, il fera une sottise, car je tiens de M. Voisin lui-même qu'il ne voit un peu clair dans ses affaires que depuis le jour où tu es entré chez lui. Dans tous les cas, fais ton devoir jusqu'au bout : c'est le seul moyen de n'avoir rien à te reprocher.

Roger promit de se conformer strictement à ces sages conseils et se retira. Bien entendu, il n'avait pas dit un mot des propositions brillantes qu'il avait reçues.

Trois semaines se passèrent, puis vint le jour solennel du mariage d'Antoinette avec Germain. M. Voisin était très connu et très aimé. Une foule considérable remplissait l'église. M. Dalbrègue et sa fille étaient au nombre des invités. Laurence eut pendant la messe des distractions bien excusables. On sait, en effet, que, pour les femmes, une messe de mariage n'est pas autre chose qu'une occasion d'exhiber la dernière toilette. Pourtant Laurence ne prêta qu'une attention médiocre aux richesses qu'elle avait sous les yeux. C'était moins parmi les femmes que dans les rangs des hommes qu'elle semblait chercher un visage ami.

Bientôt il lui fut impossible d'en douter : Roger n'était pas là ! Pourquoi ? L'usine était certainement fermée, puisque tous les ouvriers assistaient, en habits de fête, à la cérémonie. Laurence pensa qu'il était en retard. Tant que dura la messe, elle n'osa pas s'en assurer ; mais lorsque la procession des invités alla dans la sacristie présenter à la mariée les compliments d'usage, elle s'aperçut que Roger n'était décidément pas là. Elle le fit remarquer à son père.

— C'est étonnant ! fit M. Dalbrègue. Il est malade, très probablement, car, je ne puis pas croire qu'on l'ait oublié. M. Voisin sait quelle affection j'ai pour lui... il n'oserait pas me désobliger... Nous allons passer chez lui avec notre voiture.

Après avoir quitté l'église, M. Dalbrègue se rendit chez Roger, accompagné de Laurence. Au moment où il allait mettre pied à terre, il entendit s'ouvrir une des fenêtres de Roger.

— Ne vous dérangez pas ! lui cria le jeune employé. Je descends.

Moins de dix secondes après, en trois ou quatre bonds, il était debout auprès de la victoria.

— Qu'est-ce que cela veut dire ? interrogea M. Dalbrègue. Tu n'es pas malade, et je ne t'ai pas vu à la messe d'Antoinette !

Roger sourit avec un peu d'amertume.

— Je n'y ai pas été invité, répondit-il.

— Allons donc! ce n'est pas possible !

— Et non-seulement je n'y ai pas été invité, mais voici la lettre chargée que j'ai reçue ce matin par la poste.

— A ces mots, il tendit à M. Dalbrègue une large enveloppe grise, revêtue de cinq gros cachets de cire rouge.

Celui-ci la prit, en tira la lettre qui y était enfermée et lut à demi-voix :

« Monsieur,

« A présent que je suis définitivement propriétaire de la fabrique, vous deva*is* comprendre que je n'y saura*it* toléré plus longtemps votre présence. J'ai donc l'honneur de vous adresse*z* sous ce pli le montant du mois courant, s'élevant à la somme de trois *cent* francs, et j'ai *celui* de vous annoncer que vous n'êtes plus à mon servi*sse*.

« Votre serviteur,

« GERMAIN CASSUT. »

M. Dalbrègue eut un léger mouvement de dépit et ne daigna même pas s'étonner des fautes d'orthographe dont la lettre était émaillée.

— Viens, dit-il à Roger. Tu déjeuneras avec nous et nous causerons.

Roger prit place en face de Laurence sur la banquette du devant, et la voiture s'éloigna. Au moment où elle traversait la grande rue de Meulan, elle se croisa avec une calèche découverte, assez élégante, qu'on avait louée à Saint-Germain, et dans laquelle se trouvaient M. et Mme Cassut. La calèche fut obligée même de s'arrêter brusquement pour laisser passer la victoria.

Germain et Antoinette virent donc parfaitement Roger. Le regard du nouveau marié brilla d'une éclair de haine satisfaite. Quant à l'œil de sa jeune femme, il s'alluma d'un feu sombre, en même temps qu'un rictus menaçant crispait ses lèvres. M. Dalbrègue était si mécontent qu'il n'ôta même pas son chapeau, et, comme Laurence s'inclinait gracieusement pour saluer Antoinette.

— Je te défends de saluer ces gens-là ! lui dit son père.

Laurence ne se fit pas prier. Au lieu d'achever le salut qu'elle avait commencé, elle se détourna. Enfin ils arrivèrent. Le déjeuner était prêt. La femme de chambre dressa promptement le couvert de Roger, et l'on se mit à table. En prenant

Qu'est-ce que cela signifie? demanda vivement le père de Laurence. (Page 522.

sa place, M. Dalbrègue aperçut une lettre que la domestique avait posée sur son assiette.

— Tiens! fit-il. Une lettre de Meulan! Je n'en reçois jamais!

Il la décacheta, la parcourut, et son visage s'assombrit.

— Et une lettre qui ne te fait pas plaisir, dit Laurence. Qui donc t'écrit?

— Oh! ce n'est rien, fit M. Dalbrègue, qui essaya de faire bonne contenance.

Mais il eut beau s'efforcer d'être gai, se battre les flancs, rire bruyamment à propos de tout, ou plutôt à propos de rien, il ne parvint pas à tromper sa fille. Quand le déjeuner fut terminé, ils se rendirent au jardin.

— Va donc me chercher mon porte-cigares, que j'ai laissé dans ma chambre, dit M. Dalbrègue à Laurence.

Elle disparut en courant. Aussitôt M. Dalbrègue sortit de sa poche la lettre qu'il y avait glissée.

— Tiens, lis, dit-il à Roger.

Celui-ci, un peu surpris de cette brusque entrée en matière, prit la lettre et y jeta rapidement les yeux. Voici ce qu'elle contenait :

« Monsieur,

« Roger de Montmaury aime votre fille. Si vous en doutiez, sachez qu'il a refusé d'acheter l'usine de M. Voisin et d'épouser Antoinette, bien qu'on lui ait facilité tous les moyens d'arriver à ce résultat.

« Je livre cette confidence à votre loyauté et à votre discrétion. »

La lettre n'était pas signée. Quand Roger en eut achevé la lecture, il la rendit à M. Dalbrègue.

— Je n'ai pas besoin de te dire, fit le vieillard, que je ne crois pas un mot de cette calomnie. Cependant j'y trouve un fait précis, sur lequel je me vois forcé d'attirer ton attention.

Oh ! la lettre anonyme ! quelle souveraine lâcheté ! mais aussi quel infaillible moyen ! On se dit esprit fort. On commence par professer le plus souverain mépris contre cette arme misérable ; puis le trait qu'elle a lancé s'enfonce dans la plaie, le poison qu'il distille s'insinue peu à peu dans le cerveau, dans le cœur, et quand on se dit : — N'y pensons plus ! on est tout étonné de sentir la douleur de la blessure survivre malgré tout à la volonté. Basile a bien raison de dire : « Calomniez, calomniez, il en reste toujours quelque chose. »

M. Dalbrègue avait fait tous ses efforts pour dédaigner cette insinuation évidemment malveillante, et pourtant il avait fini par demander à Roger des explications. Celui-ci était pâle, mais calme et fort, fort surtout de son irréprochable probité.

— Il y a du vrai et du faux dans cette lettre, mon cher monsieur, répondit-il. Aussi, quoiqu'elle ne soit pas signée, je puis vous donner dès à présent le nom de la personne qui vous l'a adressée. C'est Mlle Antoinette Voisin, femme Cassut.

— Qu'est-ce que cela signifie ? demanda sévèrement le père de Laurence.

IV

LE DÉPART

Roger allait prendre la parole, quand Laurence revint, tout essoufflée.

— J'ai eu beau fouiller partout, dit-elle, je n'ai pu mettre la main sur ton porte-cigares.

M. Dalbrègue savait bien qu'elle ne pouvait pas le lui rapporter, puisqu'il l'avait dans sa poche. Il avait choisi ce prétexte pour éloigner sa fille, espérant sans doute que Laurence ne reviendrait pas si tôt. Il fit donc semblant de chercher lui-même, tâta les unes après les autres toutes les poches où n'était pas le porte-cigares, finit par le tirer à grand'peine de celle où il se trouvait, et le montra victorieusement.

— Le voici, dit-il à sa fille.

— Ce n'était pas difficile, fit observer Laurence. C'est toujours dans cette poche-là que tu le mets.

Elle eut alors un vague soupçon que son père s'était moqué d'elle. Ce soupçon se changea en certitude, quand M. Dalbrègue, après avoir offert un cigare à Roger et avoir allumé le sien :

— Laisse-nous seuls un moment, je te prie : nous avons à causer.

Elle eut une vague intuition que la lettre reçue par son père dans la matinée contenait quelque grosse nouvelle. Elle regarda tour à tour son père et Roger. M. Dalbrègue était très agité, malgré les efforts qu'il faisait pour être calme. Roger était un peu pâle, mais il avait le regard fier et résolu. Que signifiaient ces attitudes étranges chez deux hommes qu'unissait deux heures plus tôt la plus étroite amitié? Laurence ne pouvait pas se l'expliquer. Elle s'éloigna très intriguée, et disparut bientôt au tournant d'une allée voisine.

— Voyons, explique-toi, dit M. Dalbrègue. A quoi rime cette calomnie?

— Je n'ai plus aucune raison de vous cacher la vérité, répondit Roger; vous saurez tout.

— Ah! il y a donc quelque chose? fit le vieillard avec vivacité.

— Oui, monsieur. Par discrétion j'avais cru devoir me taire jusqu'ici, et vous allez comprendre pourquoi : il est vrai qu'on m'a offert d'acheter l'usine de M. Voisin et d'épouser sa fille.

— Qui te l'a offert?

— Mlle Antoinette en personne.

— Par exemple! s'écria M. Dalbrègue interdit. Elle a osé... où... quand... comment... le jour où tu as dîné chez son père?

— Vous l'avez deviné. C'est du moins ce jour-là qu'elle m'a fait les premières ouvertures, en m'engageant à réclamer ma part dans le legs du pendu.

— Et elle t'a demandé de l'épouser?

— Pas nettement, cette fois; mais elle m'a laissé comprendre que cela dépendait de moi.

— Et elle ne s'est pas contentée de cela? fit le vieillard qui n'en pouvait croire ses oreilles.

— Non, monsieur. Onze jours après que Germain eut été mis en possession de sa fortune, un soir, vers neuf heures et demie, par une pluie battante, elle est venue chez moi.

— Dans ton appartement?

— Oui.

— Seule!

— Absolument seule.

M. Dalbrègue hocha la tête et fit, des lèvres, une grimace dédaigneuse.

— Dès ce jour-là, elle me le déclara formellement, Cassut avait demandé sa main. Comme elle ne se souciait pas de s'appeler Mme Cassut, elle prétendit qu'elle m'aimait et se fit forte d'obtenir le consentement de M. Voisin à notre mariage, si je voulais faire, en mon nom, sur la fabrique, un emprunt hypothécaire de deux cent mille francs.

— Mais, si c'était hardi de sa part, c'était magnifique pour toi! s'écria M. Dalbrègue.

— C'était trop beau, répliqua Roger avec un sourire méprisant. Aussi, j'ai refusé.

— Pourquoi?

— Vous me le demandez! vous! fit noblement Montmaury. Il faut alors que vous ayez oublié les leçons d'honneur et de probité que vous m'avez données. Quoi! cette femme que je connnais à peine et qui vient se livrer à moi, vous voulez que je la prenne pour épouse!

— Je conviens que la démarche était un peu hasardée, mais, puisqu'elle t'aimait...

— Croyez-vous, si elle m'aimait réellement, qu'elle aurait épousé Cassut? Non, c'était chez elle une simple question d'amour-propre. Elle me trouvait mieux fait et mieux élevé; elle aurait mieux aimé s'appeler Mme la baronne de Montmaury que Mme Cassut, voilà la vérité.

— Bien, mais qu'est-ce que Laurence vient faire dans tout cela? demanda M. Dalbrègue.

— J'y arrive, fit Roger. Voyant que je me retranchais derrière l'impossibilité de contracter des engagements si onéreux, ne pouvant pas s'imaginer que je repoussais sa main à cause de son indignité même, Antoinette attribua mon refus à un autre sentiment, crut que j'aimais une autre femme et comme je ne connais à Meulan que vous et M. Voisin, osa prononcer le nom de Mlle Laurence. J'eus beau protester de l'estime et du respect que vous m'inspiriez également tous les deux, elle persista dans cette idée comme je persistais dans mes refus, et sortit en me menaçant de sa vengeance. Je la plaignais, je ne vous le cache pas, car j'avais eu la naïveté de croire qu'elle était sérieusement éprise de moi. J'ai donc pensé devoir garder le silence sur la démarche compromettante à laquelle elle s'était résolue. Aujourd'hui tout a bien changé. Non-seulement j'ai acquis la certitude qu'elle mentait impudemment ; mais encore, puisqu'elle réalise les menaces qu'elle m'avait adressées, je me considère comme dégagé envers elle de toute discrétion.

— Oui... fit M. Dalbrègue hésitant... je reconnais que c'est par excès de délicatesse que tu as agi, mais je regrette que tu ne sois pas venu me demander conseil.

— A propos de quoi ? Ne savais-je pas d'avance que vous m'auriez engagé à me conduire comme je l'ai fait ?

— Peut-être, mon ami. Antoinette t'aime, pour moi ce n'est pas douteux. Si elle s'est mariée avec Cassut, c'est dans un mouvement de dépit, crois-le bien ; mais, tôt ou tard, son amour pour toi se réveillera. Or, à la façon dont elle procède, je m'aperçois qu'elle est femme à ne reculer devant rien pour assouvir ses passions. Prends garde à toi ! de grands malheurs peuvent en résulter !

— Oh ! je ne la crains pas, fit énergiquement Roger.

— Au contraire, poursuivit M. Dalbrègue. Si tu avais épousé Antoinette, tu aurais pu la sauver de l'abîme au fond duquel elle va peut-être tomber. Par amour pour toi, elle aurait consenti à des sacrifices qu'elle ne fera certainement pas au mari qu'elle a pris pour se venger de tes dédains. En la jetant dans les bras d'un homme qu'elle n'aime pas, tu l'as vouée pour ainsi dire au désordre et à l'inconduite, tandis que tu pouvais la ramener au bien, en acceptant la main qu'elle t'offrait. Tu n'as pas envisagé la question à ce point de vue, j'en suis sûr, sans cela tu aurais peut-être été moins puritain.

— Ah ! fit Roger, je ne tiens pas à être le terre-neuve des femmes qui se noient.

— Tu vois, répliqua vivement M. Dalbrègue. Avec tes principes de haute droiture, tu viens de prononcer une infamie.

— Moi ! s'écria de Montmaury.

— Oui, toi. Il n'y a que l'égoïste qui puisse parler comme tu viens de le faire. L'homme véritablement honnête, sache-le bien, est, au contraire, l'homme qui se dévoue pour ses semblables, le terre-neuve des gens qui se noient aussi bien que de ceux qui souffrent et qui se tordent sous les étreintes de la misère et du désespoir. Se laisser vivre ! La belle affaire, parbleu ! Tout le monde en est là. Mais faire vivre les autres, les encourager, les secourir, les ramener au bien, à la force, à la vie, voilà, le devoir de l'homme en qui bat un cœur réellement généreux, réellement chrétien. Oui, réellement chrétien, car le Christ aurait beau ne pas être Dieu, il n'en serait pas moins le philosophe le plus élevé, le moralisateur le plus profond qui fût sorti des rangs de l'humanité. « Aidez-vous les uns les autres, » a-t-il dit. Souviens-toi que ces paroles sont à elles seules toute une religion !

Roger courbait la tête et ne répondait pas.

— Maintenant que j'ai assez humilié ton orgueil de vingt-cinq ans, poursuivit M. Dalbrègue, je ne me sens pas le courage de t'en vouloir de ce que tu as fait. Je crains fort qu'Antoinette, en dépit de toutes les tentatives, ne devienne plus tard une femme légère, coupable, car je ne veux pas dire criminelle. Il y a des natures que rien ne saurait dompter. Elle est de celles-là, j'en ai peur ! C'est à cause des dispositions qu'on a cru remarquer en elle, que, depuis deux ans, le vide s'est fait insensiblement autour de ce pauvre M. Voisin, ou plutôt autour de sa fille.

— Ah ! dit Roger en poussant un profond soupir, vous me rendez la vie, monsieur. Je finissais par craindre d'avoir commis une mauvaise action.

— Je ne dis pas qu'elle soit bonne, je conviens seulement qu'elle est excusable ; mais, tu le vois, Antoinette est vindicative. Son tempérament la dispose à toutes les violences. Il ne faut surtout pas que le nom de ma fille soit mêlé à toutes ces intrigues.

— Mais, monsieur, je vous jure...

— Tu n'as besoin de ne me rien jurer. Je ne crois pas un mot de cette lâche délation. Je suis persuadé que tu as pour nous trop d'estime et de respect pour avoir levé les yeux sur Laurence. Ce serait de ta part de l'ingratitude, car tu ne dois vouloir, comme moi, que le bonheur de ma fille, et ce ne serait pas le prouver que d'aspirer à sa main. Non pas que je prétende lui donner pour mari un duc et pair, mais au moins puis-je espérer qu'elle aimera un digne et honnête garçon, possesseur d'une modeste aisance. Comme honneur, comme dignité, je ne trouverai pas mieux que toi, je le reconnais ; mais, sous le rapport de la fortune, avoue que tu laisses trop à désirer. Je n'entends donc pas qu'un bruit du genre de celui que voudrait faire courir Antoinette ait la moindre raison de se propager. Or, il y a un moyen bien simple d'y couper court...

— Lequel ? demanda de Montmaury en levant timidement les yeux.

— Te voilà sans place, et tu n'as pas, je pense, la prétention de vivre sans rien faire ?

— Assurément.

— Eh bien, il faut aller en chercher une à Paris. Tu as fait un apprentissage assez sérieux pour aspirer maintenant à tous les emplois que le commerce peut donner. En outre, tu ne trouveras nulle part, mieux qu'à Paris, le moyen de grandir et de devenir quelque chose. Là, j'en suis convaincu, est désormais ton avenir. Tu vas passer avec nous la journée d'aujourd'hui et demain tu partiras. Est-ce convenu ?

— Vos désirs sont des ordres pour moi, dit Roger avec effort ; je partirai.

— Oh ! mais de quel ton tu me dis cela ! fit M. Dalbrègue, dont les sourcils se froncèrent. On dirait que je t'envoie au supplice.

— C'est un peu vrai, monsieur, répondit Roger. N'est-ce pas dans cette maison que j'ai grandi? N'ai-je pas toujours habité cet adorable pays? Tous mes souvenirs ne me rattachent-ils pas à vous? Est-ce que je n'y trouve point à chaque pas une marque de vos bontés?

— Sans doute, mon ami, mais il faut se faire une raison. Ici tu resteras toujours ce que tu es : un brave garçon sans fortune. A Paris, tu peux aspirer à tout.

— Oui, si j'étais ambitieux, mais...

— Tu dois l'être. L'homme qui ne cherche pas à s'élever est un oisif ou un impuissant. Allons, que cela soit bien décidé, voici Laurence qui revient...

En effet, la jeune fille apparaissait à l'autre extrémité de l'allée.

— Est-ce fini ? demanda-t-elle.

— Oui, mon enfant, viens, dit M. Dalbrègue en l'attirant auprès de lui. Je n'ai pas pu faire changer d'idée cet entêté de Roger.

— Quelle idée a-t-il donc?

— Il veut absolument aller à Paris pour y trouver un emploi.

— Tu essayais donc de l'en détourner?

— Oui, je lui proposais de rester avec nous, jusqu'à ce qu'une occasion se présentât...

— Et il a refusé ! fit Laurence avec une moue charmante. Attends, je me charge de le décider, moi.

— C'est inutile, mademoiselle, dit Roger, dont le cœur se brisait, vous n'y parviendrez pas.

— Tu vois, fit M. Dalbrègue. Oh ! il y a longtemps que ce projet lui trotte dans la tête. Il a raison du reste, car s'il veut arriver à quelque chose...

— Ah ! si tu lui donnes raison, ma cause est perdue d'avance, interrompit Laurence. Après tout, il n'y aura pas grand'chose dechangé. Nous ne le voyions pas si souvent, ce pauvre Roger! depuis qu'il était chez M. Voisin. Et puis, il n'y a pas si loin de Paris à Meulan... Il viendra nous voir tous les dimanches.

Alors se tournant vers de Montmaury :

— N'est-ce pas, Roger, que vous viendrez? dit-elle.

— Oui, répondit M. Dalbrègue, quand ses occupations le lui permettront.

La phrase, grosse de réticences, que venait de prononcer son père, fit comprendre à Laurence que décidément un événement d'une certaine gravité venait de s'accomplir. Cette phrase signifiait clairement : Roger reviendra rarement, s'il revient.

Laurence comprenait donc de moins en moins. Tout ce qu'elle voyait, c'est que son père n'était pas content et que Roger était triste. Le pauvre garçon baissait la tête avec une sorte d'accablement. Il n'avait même pas protesté du geste contre l'espèce d'exil que M. Dalbrègue lui imposait.

Or, il n'y avait moyen pour le moment d'obtenir aucun éclaircissement. Il était deux heures de l'après-midi. Depuis près d'une heure, le moment de la sieste avait sonné pour M. Dalbrègue. Il avait lutté jusqu'alors contre l'invincible sommeil qui s'emparait de lui ; mais, à présent qu'aucune préoccupation ne le tenait en éveil, ses yeux se fermaient malgré lui, et des tremblements convulsifs parcouraient ses membres.

— Allons père, lui dit Laurence, voici l'heure de ta sieste arrivée, et tu sais que le docteur Valnet ne veut pas que tu dormes au grand air. Viens, je vais te mener dans ta chambre.

Et, se tournant gracieusement vers Roger :

— Vous permettez?

Sans attendre la permission qu'elle sollicitait pour la forme, elle saisit le bras de son père et le contraignit à la suivre.

Le vieillard, n'opposa, du reste, aucune résistance. Sa fille le conduisit dans sa chambre, prépara les coussins du divan sur lequel M. Dalbrègue avait coutume de s'étendre, puis, lui ôtant son gilet et sa redingote, elle l'enveloppa de sa robe de chambre et le coucha comme un enfant. Presque aussitôt il ferma les yeux et s'endormit.

En femme habituée à ces soins presque maternels, la jeune fille plia les habits de son père et les déposa sur le pied du lit. Dans ce mouvement, un papier s'échappa de la poche et tomba par terre. Elle le ramassa. Elle allait le remettre à sa place, lorsqu'elle y jeta un regard distrait. Brusquement, elle s'arrêta et l'examina avec attention. C'était la lettre portant le timbre de Meulan, que son père avait reçue dans la matinée, la lettre qui l'avait si fort troublée. Or, c'était depuis l'arrivée de cette missive que le départ de Roger pour Paris avait été décidé. Qu'y avait-il donc dans cette lettre? quelle raison impérieuse exigeait le bannissement immédiat du plus intime ami de la maison?

Laurence hésita. Dans cette enveloppe se trouvait certainement la solution du problème qu'elle cherchait. Devait-elle ouvrir cette lettre ou la respecter? Elle devait la respecter, assurément, si la lettre était cachetée; mais elle ne l'était pas. La lire, ce n'était plus commettre un abus de confiance, ce n'était que commettre une indiscrétion, satisfaire une légitime curiosité. La jeune fille se décida. Non pas tout d'un coup. Elle sentait bien que ce qu'elle faisait n'était pas très régulier. Aussi elle commença par jeter les yeux sur l'enveloppe, pour voir si elle connaissait l'écriture... Non, l'écriture lui était inconnue.

Alors elle tira le papier de l'enveloppe, le déplia, et courut à la signature... Il n'y en avait pas! Comment! Il s'agissait d'une lettre anonyme! Et c'était à de pareilles vilenies que son père s'arrêtait! Et c'était à la suite de cette inqualifiable lâcheté que Roger allait s'éloigner! Que pouvaient donc contenir ces quelques lignes? Une pareille découverte n'était pas de nature à détourner la curiosité de Laurence. Au contraire, elle lui ôtait tout scrupule. Après avoir jeté sur son père un regard défiant, pour s'assurer qu'il dormait réellement, elle parcourut l'épître d'Antoinette et rougit jusqu'aux oreilles.

— Lui! murmura-t-elle. Il m'aimerait... et c'est pour rester fidèle à cet amour qu'il aurait refusé,... Roger! ce n'est pas possible !

Il marcha devant lui au hasard. (Page 533.)

Elle remit vivement le papier dans son enveloppe, glissa le tout dans la poche de la redingote et sortit sur la pointe du pied. Elle revint au jardin et trouva Roger exactement dans la même position qu'il occupait au moment où elle l'avait quitté. Au lieu de l'aborder avec la franchise qu'elle déployait autrefois, elle s'avança, timide, embarrassée, presque gauche. Sur elle aussi la lettre anonyme avait produit son effet.

67me Liv.

— Vous ne vous promenez donc pas, monsieur Roger? dit-elle.

Il releva vivement la tête. Depuis le jour où Laurence avait bégayé son nom, c'était la première fois qu'elle l'appelait monsieur.

— Non, mademoiselle, répondit-il, tout étonné de la voir si rouge et si mal à l'aise; je regardais ces arbres et ces fleurs, avec lesquels j'ai vécu si longtemps, et je leur faisais mes adieux.

— Vos adieux! Vous ne comptez donc pas les revoir?

— Ce serait ma plus chère espérance, mademoiselle; mais, dans la vie nouvelle où je vais entrer, qui sait si ce bonheur me sera permis aussi souvent que je ne désirerais? qui sait même s'il me sera jamais permis?...

— Que dites-vous là, monsieur Roger? A quelque occupation que vous soyez astreint, il n'est pas admisssible que vous n'ayez pas un instant à nous consacrer.

— En effet... mademoiselle... c'est peu probable... Cependant, cela pourrait arriver...

— Mais qui vous force de partir si subitement? car enfin, hier soir, vous ignoriez que vous alliez quitter l'usine; ce matin encore, avant déjeuner, ni vous ni mon père n'aviez dit un mot de ce départ précipité.

— Il est vrai, mademoiselle. C'est après déjeuner, en votre absence, que nous avons agité cette question, et M. Dalbrègue m'a donné tant et de si bonnes raisons, que je me suis rangé de son avis.

— Cela ne m'étonne pas, monsieur Roger, mon père est la la lumière même. Alors, il n'a pas manqué de s'étonner que vous quittiez si brusquement la fabrique de M. Voisin?

— Oui, mademoiselle, mais je lui ai expliqué comment Germain Cassut, depuis mon entrée à l'usine, était devenu mon ennemi.

— Je me souviens, en effet, que vous nous en avez touché quelques mots lors de votre aventure du bois de Verneuil; mais ne croyez-vous pas qu'il y ait au congé brutal qu'il vous a signifié une autre raison plus... comment dirai-je? plus... militante?

— Il me paraît difficile de vous répondre, mademoiselle. Ce n'est pas moi qui chercherai jamais à sonder les abîmes du cœur de M. Cassut.

— Ni moi, croyez-le bien. Pourtant, ce mariage est si étrange qu'il est presque une révolution. Vous savez que tout le pays en a parlé et qu'on a fort maltraité cette pauvre Antoinette.

— J'en ai entendu parler également, fit Roger; mais j'ignorais que le bruit de ce mariage eût pris de telles proportions.

— Il a été pendant quinze jours le sujet de toutes les conversations, monsieur. Ici même il en a été question plus de dix fois, et je me rappelle que mon père...

— Ah! M. Dalbrègue s'en est occupé? demanda curieusement Roger.

— Comme les autres.

— Et peut-être a t-il émis devant vous son opinion à ce sujet...

— Il n'y a pas manqué.

— Qu'en pense-t-il?

— Il est très indulgent, vous le savez. Il a commencé par s'apitoyer beaucoup sur Antoinette et sur l'isolement dans lequel elle vivait, un peu par la faute de M. Voisin et beaucoup par la sienne. Après avoir cherché à excuser ainsi le parti qu'elle avait pris, il a fini cependant par trouver que ce choix était indigne d'elle.

— Et, sans aller bien loin, a-t-il ajouté, je connais un garçon qui aurait bien mieux fait son affaire. Il n'est pas riche, c'est vrai, mais il a des amis qui le sont pour lui et qui lui seraient certainement venus en aide.

En disant ces mots, Laurence toussa légèrement.

— Je ne sais pas trop de qui il voulait parler, reprit-elle; mais, vous le voyez, il est loin d'approuver une union si disparate.

— M. Dalbrègue a résumé, je crois, l'opinion générale.

— Ainsi, c'est aussi votre avis? demanda la jeune fille.

— Oh! moi, mademoiselle, je n'ai pas d'opinion en pareille matière.

— Mais croyez-vous qu'Antoinette avait... du goût pour ce Cassut? reprit-elle avec une certaine hésitation.

— J'ai bien de la peine à l'admettre.

— Pourquoi? Avait-elle donc du goût pour un autre? fit Laurence avec volubilité.

Roger, surpris, la regarda bien en face. Elle rougit de nouveau, baissa les yeux, et, du bout de son petit soulier, fouilla le sable de l'allée.

— Qu'est-ce que cela signifie? se demanda de Montmaury. Est-ce qu'elle aurait reçu aussi une lettre d'Antoinette?

— Je ne saurais vous dire, répondit-il d'une voix ferme, quelles peuvent être les inclinations de M¹¹ᵉ Voisin.

— Sans doute, mais vous avez vécu près de trois ans à côté d'elle. Il vous aurait été plus facile qu'à un autre de connaître la vérité.

— Je suis resté trois ans à la fabrique de M. Voisin, dit Roger, mais je n'ai pas vécu auprès de sa fille. Je n'ai eu qu'une fois l'honneur d'être admis à leur table, et je n'avais pas vu plus de dix fois M¹¹ᵉ Antoinette, alors qu'elle s'aventurait par curiosité dans les ateliers.

— Ainsi, vous ne savez rien à cet égard? insista la jeune fille.

— Absolument rien, mademoiselle.

— Et vous n'avez pas d'opinion formée à l'endroit de ce mariage? Et vous trouvez tout naturel qu'Antoinette épouse un homme qu'elle ne... qu'elle n'estime pas?

— Elle a peut-être de l'estime pour Germain.

— Eh! ce n'est pas là ce que je veux dire, fit Laurence en frappant du pied. Vous me comprenez bien.

— Je vous comprends, en effet, mademoiselle; mais je m'étonne que vous teniez tant à connaître mon sentiment à ce sujet.

— Qu'y trouvez-vous donc d'étonnant? N'avez-vous pas le cœur ferme et l'esprit droit? Ne pouvez-vous pas vous prononcer à votre tour?

— Je le ferai, puisque vous l'exigez, mademoiselle, répondit Roger.

Cette fois, il ne douta plus. Laurence avait également reçu une lettre anonyme.

— Il se peut, commença-t-il, que Mlle Antoinette aime celui qu'elle a épousé. Dans son intérêt même, je le crois, je le désire, car je ne puis admettre qu'on se marie avec quelqu'un qu'on n'aime pas.

— A la bonne heure! voilà qui est parler franc! s'écria Laurence. Pourtant, corrigea-t-elle aussitôt, la question d'intérêt occupe aujourd'hui une si large place dans ces sortes de liaisons, que ces mariages d'inclination sont rares, assure-t-on.

— Ils sont rares, c'est vrai, ou du moins on me l'a dit comme à vous, mademoiselle ; mais, au nombre des moutons de Panurge dont se compose l'espèce humaine, soyez sûre qu'il se trouvera toujours un entêté qui ne voudra pas sauter. Eh bien, je suis un entêté, moi. Je ne sauterai pas. Je ne conçois pas, je ne concevrai jamais qu'une question d'avenir se transforme en une question d'argent. Remplacer le cœur par un sac d'écus sera toujours à mes yeux une monstruosité. Tout le monde me donnera tort, me rira au nez, j'en suis convaincu d'avance, — voilà pourquoi je refusais de m'expliquer devant vous, mademoiselle.

— Vous me prenez pour un mouton, alors...

— A Dieu ne plaise! Mais il est si bête de penser autrement que tout le monde...

— Pouvez-vous dire une chose pareille? interrompit Laurence, qui l'écoutait avidement.

— Oui, c'est bête, car en voyant les exemples se multiplier tous les jours, on finit par douter de soi et par se demander si l'on n'est pas un maniaque. Et tout en restant de mon avis, je suis tenté de me donner tort, quand je vois les gens les plus riches, c'est-à-dire ceux qui ont le moins besoin d'argent, sacrifier plus que toutes les autres classes à la question d'intérêt; la débattre avec un acharnement que Gobseck leur envierait, et chercher à arrondir sans cesse la pelote de neige qu'ils roulent de génération en génération, jusqu'à ce que la boule de neige finisse par les écraser ou qu'une catastrophe imprévue, mais fatale, les dépouille de biens si mal acquis.

— Ce n'est donc pas ainsi que vous agiriez, si vous aviez de la fortune? demanda Laurence dont les regards brillaient d'une joie secrète.

— Ah! si j'avais de la fortune!... s'écria Roger avec feu.

— Que feriez-vous? dit la jeune fille.

— Je serais fort embarrassé de vous répondre, fit Roger, qui reprit aussitôt son sang-froid; mais ce que je puis affirmer, c'est que la question de dot serait pour moi tellement insignifiante, que je ne voudrais même pas la traiter.

— Vous avez raison de le dire, monsieur Roger, soupira tristement Laurence, vous êtes un entêté.

— Je le suis à ce point, poursuivit de Montmaury, que, dans la position pré

caire où je me trouve, je ne voudrais pas, m'offrît-elle d'incalculables trésors,
d'une femme pour laquelle je n'aurais ni estime ni affection.

— Ce cas se serait-il présenté ? demanda la jeune fille.

— Jamais, dit effrontément Roger.

— Et n'avez-vous pour personne de l'estime et de l'affection ?

— Dans le sens que vous entendez, je n'en ai pour personne, répondit de
Montmaury avec effort.

En disant ces mots, il se leva, comme pour mettre fin à cette conversation
embarrassante.

— Je vous demande pardon, mademoiselle, dit-il ; mais la détermination que
je viens de prendre exige certains préparatifs... Veuillez me permettre, pendant que M. Dalbrègue repose, de retourner chez moi. J'aurai l'honneur de revenir ce soir vous faire mes adieux.

— Allez, monsieur Roger, répondit Laurence d'un ton boudeur, je n'ai pas le
droit de vous retenir.

Il la regarda d'un air surpris. Jamais il ne l'avait vue si nerveuse, si fantasque. Il fut sur le point de répliquer, mais il ne se sentait pas de force à lutter
plus longtemps contre l'amour dont il était possédé. Tôt ou tard, il aurait fini
par se trahir. Il aima mieux se taire, s'inclina respectueusement et s'éloigna. Il
n'alla pas chez lui, comme il l'avait annoncé. Dieu merci ! ses préparatifs de
départ ne demandaient pas grand temps. Empiler son linge et ses habits dans
une malle, c'était l'affaire d'une heure, pas davantage.

Il marcha devant lui, au hasard, uniquement pour calmer l'agitation à laquelle
il était en proie. Cette longue conversation l'avait excité au dernier degré. Partagé entre l'amour et le respect que lui inspirait Laurence, il avait eu toutes les
peines du monde à n'écouter que son respect et à étouffer son amour. Il était
content d'être sorti victorieux de cette lutte, dans laquelle Laurence semblait
avoir pris à tâche de le pousser jusqu'à ses derniers retranchements. C'était son
tribut de reconnaissance qu'il venait de payer à M. Dalbrègue. Mais la joie qu'il
ressentait de s'être vaincu lui-même n'empêchait pas son cœur de battre avec
force, en songeant au sujet délicat que Laurence n'avait pas craint de traiter avec
lui. Quel était son but ? Quels motifs l'avaient déterminée à affronter ces questions brûlantes ? Ce n'était certainement pas par hasard que la jeune fille avait
abordé ce terrain glissant.

— Ou elle a reçu une lettre d'Antoinette, se disait-il, ou elle a lu celle que
M. Dalbrègue m'a montrée tout à l'heure.

Tout à coup, il se frappa le front :

— Mais oui ! s'écria-t-il. Elle vient de conduire son père dans sa chambre...
elle l'a couché... elle a trouvé la lettre dans sa poche, et la curiosité... elle a
voulu savoir ce qu'il y avait de vrai dans cette lettre... Pourquoi ?

Il se rappela alors, les unes après les autres, toutes les phrases qu'ils avaient
échangées, l'attitude tour à tour attentive, impatiente et embarrassée de Laurence. Elle l'avait écouté religieusement. Bien plus, elle avait donné raison à ses
théories abstraites sur le mariage en général. Avait-elle donc les mêmes idées

que lui à cet égard? N'était-ce que pour le contraindre à les exposer qu'ell l'avait pressé de questions? Voulait-elle s'assurer qu'elle était aimée et espérait-elle obtenir un aveu?

A cette seule pensée, le cœur de Roger se reprit à battre violemment. Il ne lui serait donc pas indifférent? La complaisance qu'elle avait montrée n'était donc qu'un encouragement déguisé? Il s'arrêta. L'agitation qu'il éprouvait était plus vive encore, mais ses forces le trahissaient, ses jambes se dérobaient sous lui et refusaient de le porter. Cependant il n'osa pas croire à la possibilité d'un tel bonheur.

— Non, reprit-il, c'est à une simple curiosité de jeune fille qu'elle a obéi.

Peut-être n'ajoutait-il qu'une foi médiocre à cette hypothèse, mais il l'adopta avec une sorte de frénésie, comme le noyé se cramponne à la branche salutaire. Il avait besoin de s'affermir dans cette idée, pour ne pas oublier les paroles que M. Dalbrègue avait prononcées et les bienfaits qu'il en avait reçus depuis l'enfance. En effet, Roger était le fils d'un ancien ami de M. Dalbrègue.

C'était au moment où la rage des démolitions commençait à s'emparer de la capitale. M. de Montmaury, le père de Roger, était architecte. Il descendait de l'illustre famille des barons de Montmaury, que la révolution avait si complètement ruinée, que son père, Frédéric-Réginald de Montmaury, avait dû s'engager pour ne pas mourir de faim. Il ne tarda pas, du reste, à faire son chemin, car il était général de brigade à l'époque où il perdit sa femme, Jeanne-Andrée de Lally-Tolendal, fille de Marcelle de Pierre-Lisse et de Martial de Lally-Tolendal, morte en 1811, et dont la fortune avait sombré avec la sienne.

Le général avait quelque chance d'en recouvrer une partie et de la transmettre à son fils, lorsque la mort le surprit, en 1815, trois jours avant la restauration des Bourbons.

Louis-Robert de Montmaury, son fils, était né en 1809. Il n'avait donc que six ans quand son père mourut. Il fut recueilli par un architecte, qui l'éleva et lui enseigna son métier.

Dès qu'il fut sorti de son obscurité, à trente-neuf ans, il se maria avec Marie-Rose d'Esterelle, et devint père, en 1851, d'un superbe garçon qu'il nomma Roger. Il conçut aussitôt pour cet enfant les plus hautes ambitions et résolut de l'enrichir, afin qu'il pût faire briller d'un lustre nouveau l'éclat du nom que ses ancêtres avaient si vaillamment porté.

Il était en bon chemin. Il avait déjà une fortune de trois cent mille francs, laborieusement acquise. Malheureusement il avait perdu sa femme trois mois après la naissance de son fils.

Soit que cet évènement douloureux eût ébranlé sa raison, soit que la fièvre de la spéculation lui eût inspiré le désir de s'enrichir plus vite, il entreprit de bâtir avec ces ressources insuffisantes une rue tout entière, rue très courte, il est vrai, et qui ne comptait pas plus de quatre maisons sur chacun de ses côtés.

Si courte qu'elle fût pourtant, il ne pouvait pas la construire avec le modique capital dont il disposait. Il fut obligé de solliciter le concours des divers entrepreneurs, avec lesquels il était en relation. Il prit des engagements, poussa les travaux avec une grande activité et réussit, en quatorze mois, à terminer les huit maisons qu'il avait commencées.

Il s'était imaginé qu'il allait les revendre aussitôt avec un bénéfice considérable, ou, du moins, qu'il les louerait à un prix avantageux.

Malheureusement, les constructions qu'il élevait étaient magnifiques, très coûteuses par conséquent ; le public ne s'était pas encore habitué à cette lourde augmentation des loyers, qu'il subit aujourd'hui avec tant de résignation. Les maisons ne se vendirent pas, se louèrent peu, si bien qu'à l'échéance M. de Montmaury ne fut pas en mesure de tenir les engagements qu'il avait pris.

L'argent était trop précieux à ce moment-là pour qu'on s'attardât à accorder des délais ruineux. M. de Montmaury fut poursuivi, ses maisons furent vendues aux enchères avec un déficit de dix pour cent sur le prix qu'elles avaient coûté, de sorte que M. de Montmaury, non-seulement perdit les trois cent mille francs qu'il avait aventurés, mais encore, pour désintéresser les créanciers, fut obligé d'abandonner les cent quatre-vingt mille francs de loyers qu'il avait déjà perçus.

Il ne devait rien à personne, mais il était complètement ruiné !

Il ressentit de cet insuccès un chagrin si violent, qu'une fièvre cérébrale se déclara et l'emporta en cinq jours.

Son fils, Roger, avait trois ans. Pendant la maladie de son père, on l'avait conduit chez l'ami Dalbrègue, lequel était marié depuis cinq ans et n'avait pas d'enfants. Par suite de cette mort foudroyante, l'orphelin se trouvait sans fortune et sans asile. M. Dalbrègue le prit en pitié et le garda près de lui.

Roger avait atteint l'âge de sept ans. M. Dalbrègue se félicitait chaque jour d'avoir adopté cet enfant, dont la gentillesse et l'intelligence se développaient à miracle, lorsque sa femme, qui depuis douze ans était stérile, acquit la certitude qu'elle allait devenir mère.

Ce fut une grande joie dans la maison. M. Dalbrègue avait déjà quarante-trois ans, sa femme en avait trente-deux, ils n'osaient plus compter ni l'un ni l'autre sur ce bonheur inespéré. On devine si la grossesse de la chère dame fut entourée de toutes les précautions imaginables ! En effet, elle mit au monde une fille, aux ordres de laquelle toute la maison fut soumise, du moment où elle poussa son premier cri.

Roger vit donc naître Laurence et resta deux années encore auprès d'elle. Ce fut lui, pour ainsi dire, qui guida ses premiers pas et qui fut victime de ses premiers caprices. Aussitôt qu'il revenait de l'école, Laurence s'attachait à lui et ne voulait plus le quitter. Dès qu'il s'éloignait, elle se mettait à pleurer et demandait à grands cris « Rozer. »

C'était charmant, mais cela ne pouvait pas durer. D'ailleurs, M. Dalbrègue voulait mener jusqu'au bout l'œuvre qu'il avait entreprise, et faire donner au fils de son ancien ami l'éducation à laquelle sa naissance lui donnait droit. Roger fut donc mis au collège. Ce fut pour tout le monde un grand crève-cœur, car l'enfant avait su se faire aimer, même des domestiques ; mais ce fut Laurence qui, sans comprendre de quoi il s'agissait, montra le plus profond désespoir quand elle apprit qu'elle ne verrait plus « Rozer tous les zours. »

Il est vrai que ce grand désespoir se calma promptement, lorsqu'on lui apporta des jouets nouveaux. Elle ne vit donc plus son ami, comme elle l'appela depuis lors, que tous les dimanches et pendant la période des vacances. Néanmoins, l'intimité la plus grande ne cessa de régner entre eux, jusqu'au moment où Laurence atteignit sa quatorzième année.

M. Dalbrègue avait à Rouen une sœur aînée, qui lui avait demandé vingt fois de lui envoyer sa nièce. Il ne put refuser plus longtemps d'accéder à ce désir bien légitime. Dans l'intérêt même de sa fille, il finit par céder. En effet, Mme Denouvel était veuve et n'avait pas d'enfants ; elle avait une fortune de plus de deux cent mille francs ; il importait donc de ne pas l'indisposer contre celle à qui cette fortune devait revenir un jour.

Or, comme Laurence travaillait toute l'année avec les professeurs que lui avait donnés son père, ce fut l'époque des vacances qu'il choisit pour l'envoyer chez sa tante. Cela se renouvela deux fois, pas davantage, car, lorsque Mme Denouvel mourut, Laurence venait d'atteindre sa seizième année.

Cette courte absence produisit pourtant un grand changement dans les relations de Roger avec sa sœur d'adoption. Jamais il n'était resté si longtemps éloigné d'elle. Quand il la revit, elle n'était plus la même.

Au lieu de la petite fille chétive et maigre qu'il avait quittée, il retrouva une femme faite, aux formes nettement accusées, au maintien pudique, au langage réservé. Adieu l'abandon naïf d'autrefois ! Plus d'ébats enfantins, d'espiègleries malignes, de jeux bruyants ! La chrysalide était devenue papillon. Elle en avait revêtu les couleurs éclatantes et diaprées, sans en prendre l'éphémère légèreté. Quand il la revit si belle, si grande, si autre qu'elle n'était jadis, il fut saisi d'admiration et de respect. Au lieu de l'appeler Laurence, il l'appela mademoiselle.

En vain elle se moqua de cette vénération tardive, en vain elle l'appela Roger tout court, comme autrefois, il n'osa plus franchir la ligne de démarcation que l'âge venait d'établir tout à coup.

Depuis cette époque, il n'avait cessé de la traiter avec les mêmes égards. Il s'était aperçu, du reste, que M. Dalbrègue avait vu avec plaisir ce changement soudain, survenu dans les familiarités du jeune âge.

Mais cette retenue, que lui inspirait la vue de Laurence, le força elle-même à admirer le développement hâtif qui s'était opéré chez la jeune fille, et cette admiration, de jour en jour plus prononcée, grandit, dans l'isolement au sein duquel il vivait, jusqu'à prendre, sans qu'il s'en aperçût, les proportions d'un amour ardent, — d'autant plus ardent qu'il ne pouvait s'épancher, et que le silence dans lequel il s'enveloppait lui produisait le même effet que s'il se fût drapé dans la tunique de Nessus.

Pourtant, au sentiment profond que lui inspirait Laurence, survivait, plus impérieux encore, celui de la reconnaissance dont il était pénétré pour les bontés de M. Dalbrègue.

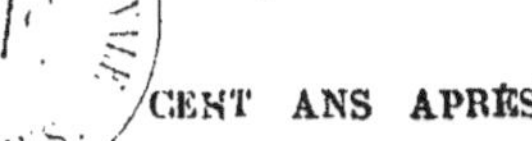

Alors, qu'est-ce que vous venez f.....aire ici ? (Page 544.)

Il était donc fermement résolu à lui sacrifier son amour même, quand il revint vers cinq heures chez son bienfaiteur, pour lui faire ses adieux ; mais ce n'étai pas impunément qu'il était sorti vainqueur de ce rude combat. Aussi Laurence, prévenue comme elle l'était, découvrit sans peine à ses yeux rougis, à ses traits bouleversés, combien il avait souffert.

En se réveillant, M. Dalbrègue avait repris les vêtements que sa fille avait posés sur le pied du lit. Au moment de les endosser, il sentit un froissement de papier, qui lui rappela aussitôt ce qui venait de se passer. Il tira la lettre de sa poche et la tordit entre ses doigts.

— Quelle imprudence j'ai commise! murmura-t-il. Si par hasard ce billet était tombé entre les mains de Laurence... Quelle terrible révélation c'eût été pour la pauvre enfant!

Il alluma une bougie, mit le feu au papier, le jeta dans la cheminée et ne le quitta pas des yeux jusqu'à ce que la flamme en eût consumé le dernier débris. Plus tranquille alors, il descendit et trouva sa fille seule, une broderie à la main.

— Tiens! Roger n'est pas là? demanda-t-il.

— Non. Il est parti sous prétexte qu'il avait de grands préparatifs à faire pour son départ, mais il a promis de revenir à l'heure du dîner.

M. Dalbrègue fut on ne peut plus satisfait de cette réponse.

— Brave garçon! se dit-il. Il n'a même pas voulu me laisser l'ombre d'un soupçon. Il a mieux aimé quitter la place. Ah! il est certain que comme honnêteté...

— Oui, continua Laurence. J'ai même trouvé assez extraordinaire qu'il s'éloignât si brusquement, après avoir promis de passer la journée avec nous.

— Ah! que veux-tu... on n'est pas toujours maître de son temps. Il est certain que s'il part demain, ainsi qu'il me l'a annoncé, il n'a pas une minute à perdre.

— Mais pourquoi part-il demain? Il a donc une place toute prête qui l'attend?

— Je ne le crois pas, ou du moins il ne me l'a pas dit.

— Cela me semblerait bien extraordinaire, en effet, puisque, ce matin encore, il ignorait qu'il allait quitter la fabrique de M. Voisin.

— Oh! ne t'inquiète pas de lui. S'il n'a pas d'emploi, il ne tardera pas à en trouver un.

— Il connaît donc du monde à Paris?

— Personne, à l'exception du docteur Valnet, qu'il a pu voir trois ou quatre fois à la maison.

— Alors, tu vas lui donner des lettres de recommandation?

— Ce serait avec grand plaisir; malheureusement je n'ai aucune relation dans le monde industriel.

— Alors, comment fera-t-il?

— Bah! je ne suis pas en peine. Actif et intelligent comme il l'est, il saura bien se tirer d'affaire.

— Oh! ce n'est pas si facile que tu te l'imagines.

— Qu'en sais-tu?

— Rien, personnellement, mais on me l'a dit.

— Qui?

— Tout le monde. Les journaux eux-mêmes ne sont-ils pas remplis d'accidents terribles, survenus à des malheureux qu'avait vaincus la misère?

— Oh! il n'en est pas là, rassure-toi. D'ailleurs, s'il en était réduit à cette extrémité, ne suis-je pas là, moi?

— Et comment le sauras-tu? Crois-tu donc qu'il l'avouera, qu'il s'adressera à toi? Tu ne le connais guère!

— Je l'espère bien, quoi que tu en dises.

— Et moi, je suis sûre du contraire.

M. Dalbrègue jeta sur sa fille un regard soupçonneux.

— Ah çà! qu'est-ce que cela signifie? dit-il. On croirait que son départ te contrarie.

— Pourquoi le cacherais-je? répondit Laurence, qui soutint hardiment ce regard. Roger n'est-il pas le plus intime ami que nous ayons? Il est presque mon frère.

— Sans doute, mais il ne faut pas non plus que l'amitié dont tu es animée envers lui t'aveugle au point de te rendre injuste. Roger n'a aucune fortune, tu le sais aussi bien que moi, et ce n'est pas son nom ni son titre de baron qui lui en feront trouver une.

Quand il est sorti du collège, il m'a demandé conseil. Devait-il entrer dans les écoles spéciales militaires, se faire avocat ou médecin? Il hésitait. C'est tout simple; il ignorait quels obstacles se dressaient devant lui au début de ces diverses carrières.

Parmi celles qui se trouvaient devant lui, je lui ai permis d'en choisir une à son gré; je lui ai offert de payer sa pension à l'école, ou ses examens à la faculté de droit ou de médecine; mais qu'aurait-il fait de son épaulette, lui qui n'avait pas de quoi soutenir son rang? Il aurait végété, pauvre et obscur, dans son coin, sans pouvoir frayer avec aucun de ses camarades d'école. De même, que serait-il devenu avec son diplôme d'avocat ou de docteur, en attendant la clientèle? Il serait mort de faim.

C'est alors que je lui ai conseillé de se lancer dans l'industrie. Là, du moins, il pouvait immédiatement gagner sa vie. Ce qui te prouve combien j'étais dans le vrai, c'est que Roger gagnait trois cents francs par mois chez M. Voisin, et qu'il y a un mois environ son patron m'avait promis d'augmenter ses appointements. Il allait donc gagner quatre cents francs par mois, c'est-à-dire la solde d'un chef de bataillon. Et il n'a que vingt-six ans, tandis qu'il ne serait pas arrivé avant quarante ans au grade de commandant!

Eh bien! je t'en fais juge. L'ai-je poussé dans une mauvaise voie? Mais ce n'est pas tout. Je ne compte pas m'arrêter là. Quand Roger aura pris pied dans la maison où il va entrer, je me réserve, si cela lui plaît, de l'intéresser dans cette maison, de verser alors d'un seul coup le capital que j'aurais dépensé pour lui en menus frais, s'il avait choisi une des carrières que je lui laissais la faculté d'embrasser. Tu vois bien que je ne l'abandonne pas.

— Oh! je sais combien tu es bon, père! fit Laurence en l'embrassant; mais, c'est égal... Ah! c'est dommage que cette Antoinette soit venue se jeter en travers de si beaux projets!

— Pourquoi?

— Parce que tu aurais pu, sans envoyer Roger à Paris, l'intéresser dans la fabrique de M. Voisin.

— C'est vrai. J'en ai eu l'idée, si tu t'en souviens. Je n'aurais jamais cru cette fille assez sotte pour épouser un Cassut, et je m'étais imaginé... il est trop tard, n'y pensons plus. J'en aurais eu quelque regret pour Roger, si Antoinette avait pris un mari de son monde; mais, en présence de ce qu'elle a fait, j'avoue que je suis presque enchanté de ne pas m'être compromis dans des démarches hasardeuses.

— Je le crois bien! fit Laurence.

— Enfin, qui vivra verra... dit en terminant M. Dalbrègue. Roger n'est pas encore d'âge à désespérer de son avenir, que diable! Tu verras que nous finirons par le caser.

A ces mots, il prit le bras de sa fille et fit avec elle un tour de jardin. Il venait à peine de s'asseoir quand Roger rentra. Lui aussi, il devina ce que le pauvre garçon souffrait à l'idée de s'éloigner. Il lui serra cordialement la main.

— Merci, lui dit-il à voix basse. Tu es un homme.

Laurence, qui les épiait, surprit non pas la phrase que son père venait de prononcer, mais le mouvement de ses lèvres. Elle devina que c'était lui qui imposait à Roger cet exil précipité.

La soirée fut longue. Chacun de ces trois personnages s'observait et gardait une contenance embarrassée. M. Dalbrègue le sentit si bien que, vers huit heures et demie, il rompit brusquement ce silence pénible.

— Allons, dit-il à Roger, nous ne voulons pas te retenir plus longtemps, mon ami. Va mettre ordre à tes affaires et n'oublie pas, dès que tu seras arrivé à Paris, de nous envoyer ton adresse.

Le pauvre garçon se leva. Il avait le cœur gros et les yeux gonflés de larmes. Il embrassa M. Dalbrègue avec effusion, puis il tendit les bras à Laurence, qui s'y jeta sans aucun souci de l'étiquette. En déposant sur les joues veloutées de la charmante enfant les deux chastes baisers de l'adieu, une larme s'échappa de sa paupière et coula lentement sur le visage empourpré de la jeune fille. Elle tressaillit et serra vivement la main de Roger, qu'elle tenait dans la sienne.

Fort heureusement la nuit commençait à tomber. M. Dalbrègue ne vit pas cette larme brûlante, et lui-même se sentit un peu ému, quand il vit le pauvre garçon courir éperdu vers la grille et disparaître, sans se retourner, derrière le mur du jardin.

A ce moment-là, seulement, il s'aperçut que sa fille était retombée sur sa chaise, et qu'elle était sur le point de se trouver mal. Il se précipita à son secours, lui prit les mains et les secoua avec force.

— Eh bien! qu'as-tu? lui demanda-t-il.

Ce fut plus fort qu'elle. Les larmes qu'elle avait contenues à grand'peine, pendant le cours de cette interminable journée, se firent jour à travers ses longs cils.

— Ah! tu es cruel, père! dit-elle au milieu d'un sanglot.

— Bah! ce ne sera rien, dit M. Dalbrègue en la prenant dans ses bras. A t'entendre, on croirait que j'envoie Roger à la mort. Tu le reverras, sois tranquille.

Mais, en lui-même, il se disait :

— J'ai bien fait. Il était temps !

Le lendemain, vers trois heures, ils reçurent de Paris une lettre, dans laquelle Roger leur annonçait qu'il était parti de Meulan à sept heures et demie et qu'il demeurait, momentanément, rue Saint-Nicolas-d'Antin, n° 76.

En effet, Roger avait quitté Meulan le cœur douloureusement oppressé, il avait laissé ses bagages au chemin de fer et s'était mis à la recherche d'un logement. Après avoir reculé longtemps devant les prix exagérés qu'on lui demandait, il avait fini par trouver, rue Saint-Nicolas, un petit hôtel meublé dans lequel on lui avait donné, pour trente francs par mois, une chambre étroite et nue, qu'il se décida à prendre et dont il paya d'avance la première quinzaine. Puis il envoya chercher ses bagages et s'installa. Son premier soin fut d'écrire à M. Voisin la lettre suivante :

« Monsieur,

« On m'a signifié si brusquement mon congé, et la lettre qui le contenait était conçue en termes tels, que je n'ai pas cru de ma dignité de me présenter chez vous avant de m'éloigner. Cependant il faut que je cherche un autre emploi et je ne puis guère me recommander que de vous. Est-ce trop présumer de votre justice que de vous prier d'attester dans une lettre combien de temps je suis resté chez vous et de quelle façon j'ai occupé la place que vous m'aviez fait l'honneur de me confier ? J'espère que je ne suis pas indiscret et je vous prie de me répondre le plus tôt possible. »

M. Voisin reçut cette lettre à peu près à la même heure que M. Dalbrègue avait reçu la sienne. Il ne savait pas ce que cela voulait dire. Il courut auprès de son gendre, lui montra la lettre de Roger et lui demanda des explications.

Cassut lui répondit brutalement qu'il était le maître chez lui ; que d'ailleurs, le renvoi de Montmaury avait été décidé entre Antoinette et lui, et qu'il n'y avait pas à y revenir.

M. Voisin alla trouver sa fille. Elle lui répondit avec un peu plus de respect, mais dans des termes tellement nets que le malheureux père se retira, profondément blessé, et annonça que le lendemain il quitterait la fabrique. En attendant, il prit la plume et répondit aussitôt :

« Cher monsieur de Montmaury,

« Vous me voyez tout aussi étonné que vous du coup d'État dont ma fille et mon gendre vous ont rendu victime. Croyez que je n'y suis pour rien. Non-seulement j'atteste de tout cœur que vous avez rempli chez moi les fonctions de commis principal, mais je me plais à reconnaître que vous vous êtes acquitté de cette tâche avec un zèle et une intelligence qui vous ont à jamais mérité mon estime et ma reconnaissance.

« J'ajoute que si j'avais besoin de vos services, c'est à vous, et à nul autre, que je recourrais encore — et je ne tarderai, je l'espère, à vous en donner la preuve.

« Recevez, avec mes regrets les plus sincères, l'assurance de ma bien vive sympathie. »

Roger ressentit une vive satisfaction. Cette lettre était celle d'un franc et honnête homme. Il n'en demandait pas davantage.

Muni de cette précieuse recommandation, il se mit en quête.

V

LE DÉSESPÉRÉ

Non content d'avoir écrit à Roger, M. Voisin vint lui rendre visite deux jours après dans la matinée. De nouveau, il l'assura de son estime et lui affirma qu'il était complètement étranger à l'acte grossier qu'Antoinette et Germain avaient commis.

Il chercha même à obtenir des explications, que Roger se garda bien de lui donner. Puis il se retira, en annonçant qu'il venait de placer ses capitaux dans une invention nouvelle, qui devait donner des résultats magnifiques.

— Dès qu'elle sera en train, je viendrai vous chercher, promit-il. Donc, si vous trouviez quelque chose d'ici-là, ne vous engagez pas trop, car je veux vous faire, dans cette affaire, une situation exceptionnelle.

Roger le remercia chaleureusement. C'était de tout cœur et avec la plus ardente conviction que M. Voisin avait pris cet engagement, mais Roger le connaissait trop bien pour se fier à ces belles espérances.

Aussi, à dater de ce moment, il ne cessa de parcourir la quatrième page des journaux. De son côté, il avait fait insérer dans le journal les *Petites affiches*, l'avis suivant :

« Un jeune homme, âgé de vingt-six ans, et ayant rempli dans une fabrique de produits chimiques l'emploi de commis principal, désire occuper une place analogue. Très bonnes références. S'adresser à M. R... M..., rue Saint-Nicolas d'Antin, 76. »

Il reçut cinq ou six lettres, signées des noms les plus honorables ; mais les uns ne donnaient que des appointements dérisoires, les autres exigeaient un cautionnement.

Or, Roger n'avait pour toute fortune qu'une modique somme de trois cent cinquante francs, qu'il économisait chaque jour davantage, à mesure que ses incessantes démarches se heurtaient à de nouvelles difficultés.

Quinze jours s'étaient passés sans lui avoir donné le moindre résultat. Ce n'était pas faute de courir, pourtant ! A Ivry, à Saint-Denis, à Stains, à Argenteuil, à Colombes, partout où il y a des usines, il était allé.

Cependant il voyait ses ressources diminuer d'heure en heure. Avec quelque sage économie qu'il administrât son fonds de réserve, le loyer, la nourriture, les frais d'annonces et de déplacement auxquels il était contraint presque tous les jours, avaient singulièrement écorné son petit capital.

Quand arriva la fin du mois, il lui restait cinquante francs à peine, sur lesquels il lui fallut prélever tout d'abord le loyer de la quinzaine. Qu'allait-il faire avec trente-cinq francs ? Combien de temps pourrait-il les faire durer ? Et s'il n'avait pas trouvé d'emploi au moment où ces dernières ressources seraient épuisées, que deviendrait-il ?

Il rabattit de ses prétentions. Ce n'était plus un emploi analogue à celui qu'il avait occupé qu'il cherchait, c'était une place quelconque qui lui permît de vivre, ou plutôt de ne pas mourir de faim.

Il semble étonnant, impossible, à beaucoup de personnes qu'un homme jeune, bien portant, capable, ayant reçu une excellente éducation, ne trouve pas immédiatement un emploi à Paris. Pourtant combien de cruels exemples sont venus démontrer la véracité de cette invraisemblance.

Les quinze jours s'écoulèrent et Roger cherchait toujours. Pendant ces dernières semaines, il avait littéralement vécu de pain et d'eau. Il était devenu maigre et pâle.

Le matin de la seconde quinzaine, le maître de l'hôtel meublé vint, comme à l'ordinaire, lui présenter sa quittance. Roger fut obligé d'avouer qu'il n'avait plus d'argent.

— Mais vous comptez en recevoir ? lui dit son hôte.

— Non, monsieur.

— Cependant votre famille...

— Je n'en ai pas.

— Ainsi vous êtes sans ressources ?

— Aucune.

— Eh bien ! qu'allez-vous faire ?

— Je l'ignore, monsieur. Depuis quarante-six jours que je suis à Paris, j'ai fait plus de deux cents lieues pour trouver un emploi, je n'ai pas réussi.

— Et vous n'avez rien en vue ?

— Hélas, non !

— Alors j'en suis désolé, monsieur, mais je ne puis pas vous garder plus longtemps. Vous le comprenez, monsieur, nous autres maîtres d'hôtel, nous avons été tellement *refaits*, qu'il nous est impossible d'accorder aucun crédit. Cependant je ne veux pas vous prendre à la gorge ; je vous laisse encore toute la journée d'aujourd'hui. Si demain matin vous n'avez pas trouvé ce que vous cherchez, vous me remettrez un franc pour le loyer de la journée, et vous emporterez vos bagages.

— C'est convenu, monsieur, dit Roger.

Il regarda tristement s'éloigner ce vautour, aussi poli qu'inexorable. Comment ferait-il ? Il n'avait même plus ce franc unique de crédit que son logeur venait de lui accorder. Il lui restait vingt centimes. Il sortit, acheta un petit pain, qu'il dévora dans la rue, et se présenta dans tous les bureaux de placement qu'il rencontra.

— Que savez-vous faire ? lui demanda-t-on?

— Tenir les écritures, surveiller les ouvriers, répondit-il.

— Mais c'est un métier de fainéant que celui-là, mon cher ! Nous n'avons à vous donner que des places de cuisinier, de valet de chambre ou de garçon de magasin.

Roger se retira ; quelque envie qu'il eût de se placer, il ne pouvait pas se faire domestique. Vers trois heures, il avait tant marché qu'il n'en pouvait plus. Il était place de la Bourse. Il alla s'asseoir sur un des bancs qui se trouvent autour du monument et y mangea un second petit pain.

C'était fini ! ses vingt centimes y avaient passé.

— Eh bien ! je me ferai garçon de magasin, dit-il en se levant résolûment.

Il retourna rue Vivienne, au dernier bureau de placement qu'il avait quitté.

— Ah ! c'est encore vous? lui dit-on.

— Oui, je me suis décidé à accepter la place de garçon que vous m'avez proposée tout à l'heure.

— Bien, montrez-moi vos papiers

Roger exhiba la lettre de M. Voisin.

— Le certificat est bon, fit le placeur. Donnez-moi vos noms et prénoms ?

Roger les déclina et le placeur les inscrivit sur son livre.

— Maintenant, je vais vous indiquer l'adresse du magasin. Je dois vous rappeler que, si vous restez huit jours en place, vous me devez cinq pour cent sur le total de ce que vous allez gagner par an.

Roger trouva ce prélèvement exorbitant; mais il ne pouvait pas faire autrement, il accepta.

— En attendant, dit le placeur en tendant la main, donnez-moi cinq francs.

— Comment! cinq francs... balbutia Roger.

— Eh ! sans doute. Croyez-vous que je vais vous donner cette adresse pour rien ? Pas si bête ! Vous me feriez joliment voir le tour après, n'est-ce pas ?

— Mais je n'ai pas d'argent, monsieur, dit timidement Roger.

— Alors qu'est-ce que vous venez f...aire ici ? F...chez-moi le camp, et plus vite que ça ! A-t-on jamais vu une brute pareille? fit le placeur en rayant sur son registre le nom qu'il venait d'inscrire.

Roger s'en alla. Il suivit la rue Neuve, puis la rue Croix-des-Petits-Champs, entra dans trois ou quatre autres bureaux, y trouva l'emploi qu'il cherchait, mais ne put pas déposer les cinq francs qu'on exigea de lui, et se retira, poursuivi

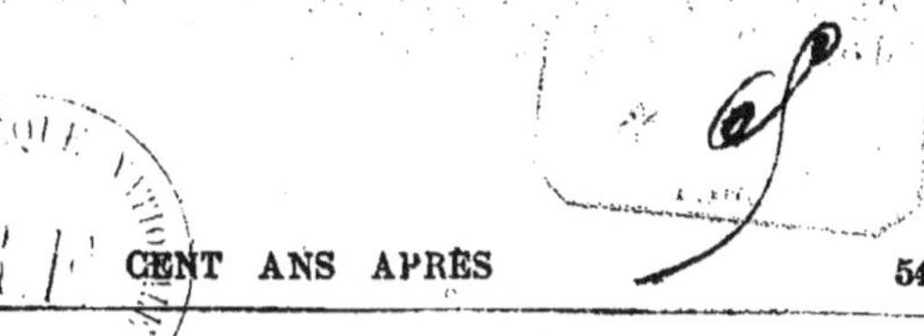

Du pont des Saints-Pères il se précipita dans la Seine. (Page 546.)

par les malédictions des hommes ou femmes auxquels il s'était inutilement adressé.

A six heures du soir, il était exténué. Machinalement, il se dirigea vers les quais et se laissa tomber sur un banc, vaincu de fatigue, découragé, écœuré ! Combien de temps demeura-t-il absorbé dans cet anéantissement absolu ? Il ne s'en rendit pas compte. Quand il releva la tête, la nuit commençait à tomber.

Il ressentait une faiblesse extrême. Son estomac, depuis longtemps habitué au jeûne et aux privations de toute sorte, commençait à se révolter ouvertement contre le régime barbare auquel il était soumis et manifestait ses exigences par des tiraillements douloureux.

En même temps, une sueur froide mouillait ses tempes, auxquelles le sang affluait en sourds bourdonnements. Sa vue se troublait, ses yeux hagards erraient autour de lui et voyaient confusément s'agiter, comme à travers un nuage, les passants affairés ou les promeneurs indifférents.

Dans l'état de somnolence et d'engourdissement où il était, Roger n'avait plus conscience de ce qu'il faisait, de l'heure qu'il était, ni de l'endroit où il se trouvait.

La seule souffrance qu'il ressentit réellement, impérieuse, dominante, c'était la faim. La faim ! Et il n'avait plus un centime !

En ce moment vint à passer un groupe bruyant de deux personnages, riant aux éclats, titubant un peu même. Évidemment cet homme et cette femme sortaient de table et avaient copieusement dîné. Par un mouvement inexplicable, auquel il n'aurait assurément pas obéi s'il avait eu sa raison, Roger se leva et tendit la main. L'homme et la femme s'arrêtèrent.

— Tu ferais bien mieux de travailler que de mendier à ton âge, dit brutalement l'homme.

— Tu ne vois donc pas qu'il est ivre ? dit la femme en se reculant avec dégoût. Regarde il ne peut pas se tenir debout.

Tout à coup, l'homme se pencha en avant et examina attentivement le mendiant.

— Mais c'est Roger ! s'écria-t-il. Ah ! c'est bien fait !

Au son de cette voix, bien connue, Montmaury revint à lui et faillit tomber à la renverse, quand il reconnut Antoinette et Germain. Fou de honte et de désespoir, il courut éperdu vers le pont des Saints-Pères et se précipita dans la Seine.

Un de nos sportmen les plus connus, le vicomte de T..., qui était jeune encore à cette époque, puisqu'il vit toujours et se porte comme un chêne, joignait à la passion du cheval, celle, infiniment moins périlleuse, de la pêche à la ligne.

Il avait, près du pont des Saints-Pères, un bateau tout spécialement affecté à cet usage. Le long du plat-bord de gauche se trouvait une longue boîte dans laquelle il enfermait ses cannes à pêche, tandis qu'il serrait, sous les levées de l'avant et de l'arrière, le matériel, encore plus encombrant qu'on ne se l'imagine, dont se composait le reste de ses accessoires.

Presque tous les soirs, vers quatre heures, le vicomte, très élégamment habillé se rendait à son bateau, passait sur ses vêtements, afin de les protéger, un long et large tablier de jardiner qui l'enveloppait comme un sarreau, et se livrait jusqu'à la nuit tombante à cet exercice paisible, quoique palpitant d'émotions inconnues des profanes.

Il était devenu la terreur des barbillons. Ses incroyables succès volaient de bouche en bouche, et les infortunés pêcheurs d'ablettes, qui stationnent chaque jour le long des quais de Paris, se racontaient ses hauts faits avec une curieuse admiration.

Ce soir-là, il avait fait une pêche magnifique. Cinq barbillons, dont un de six livres et demie, gonflaient à les crever les mailles de son filet. Il venait de rentrer tous ses agrès et se disposait à amarrer son bateau, quand il entendit dans l'eau le bruit produit par la chute de Roger.

Un grand rassemblement s'était déjà fait sur le pont, sur les quais; les sergents de ville étaient accourus. Le drame promettait d'avoir de nombreux témoins. Bordant aussitôt ses avirons, le vicomte se dirigea à force de rames vers l'endroit où le corps était tombé et dont il n'était guère éloigné que de trente mètres au plus,

Il arriva juste au moment où Roger reparaissait à la surface de l'eau et le saisit par les cheveux; mais le noyé se débattit si fort, qu'il lui échappa et disparut de nouveau.

Le vicomte laissa aller tranquillement son bateau à la dérive, de sorte que, quand Roger remonta sur l'eau pour la seconde fois, M. de T... le saisit, non plus par les cheveux et d'une seule main, mais par le collet de son habit et des deux mains à la fois.

Ainsi maintenu par deux bras vigoureux, le noyé ne pouvait plus lui échapper. Le malheureux ne l'essaya même pas. Il avait déjà perdu connaissance. Le vicomte put donc le hisser dans son bateau et se diriger vers la rive. Là, il déposa Roger entre les mains des sergents de ville et s'éloigna sans vouloir donner son nom; mais il était si connu des mariniers qui avaient été témoins de ce sauvetage, que, le surlendemain, tous les journaux le racontaient. Bien qu'ils n'eussent donné que ses initiales, ils l'avaient désigné assez clairement pour que tout le monde le reconnût.

Pendant qu'il s'éloignait, les sergents de ville transportaient au poste de secours le plus voisin le corps inanimé du noyé.

— Un médecin! un médecin! criait la foule.

— Un homme de cinquante cinq ans environ, décoré de la Légion d'honneur, descendit précipitamment sur la berge et entra dans le poste avec les agents pour donner ses soins à la victime.

Il tressaillit en apercevant le noyé.

— C'est singulier! dit-il, ce garçon ressemble, à s'y méprendre, au fils adoptif de mon ami... Non, c'est impossible, ajouta-t-il aussitôt, ce n'est pas lui.

Sans tenir compte de l'observation qu'il venait de fare, il prodigua des soins immédiats à Roger et n'eut pas de peine à lui faire reprendre ses sens, car le noyé n'était pas resté sous l'eau pendant plus de trois minutes, et ce n'était pas les aliments dont son estomac était chargé qui pouvaient s'opposer à sa prompte résurrection.

Au bout de quelques frictions énergiques qui rétablirent la circulation du sang. Roger recouvra donc la vie, mais il demeura dans un état de prostration dont le docteur, après un examen minutieux, n'eût pas de peine à découvrir les causes.

— Où demeurez-vous ? lui demanda-t-il.

— Rue Saint-Nicolas-d'Antin, n° 76, répondit Roger d'une voix faible.

— Bien, fit le docteur, je vais vous reconduire chez vous.

Alors, se tournant vers les agents :

— Messieurs, leur dit-il, je réponds de l'homme que voici. Je ne vous demanderai qu'une chose : c'est d'aller me chercher une voiture.

En disant ces mots, il tendit sa carte au brigadier, qui la lut à haute voix :

« Le docteur Valnet », dit-il.

— C'est bien, monsieur, ajouta-t-il. Je consignerai le fait dans mon procès-verbal.

Et il donna l'ordre à un de ses agents de lui amener un coupé.

Deux minutes après, la voiture se mettait en route. A neuf heures et demie, elle arrivait rue Saint-Nicolas. Pendant le trajet, Roger n'avait pas donné signe de vie, tant il était à bout de forces !

Au bruit du coupé qui s'arrêtait, le logeur accourut, le sourire aux lèvres, croyant qu'il s'agissait d'un riche et nouveau client. Il fit une grimace de désappointement en reconnaissant de Montmaury.

— Allons, lui dit le docteur, aidez-moi donc à transporter ce jeune homme dans sa chambre.

Le logeur s'aperçut alors que Roger était tout mouillé. Il ne crut pas à un suicide, mais seulement à un accident.

— Allons, bon ! murmura-t-il. Il ne me manquait plus que cela ! Il va tout salir là-haut

— Dépêchez-vous donc ! fit M. Valnet, impatienté.

L'âge du docteur, la décoration qu'il portait à la boutonnière, triomphèrent de la mauvaise volonté du logeur.

Roger fut hissé au troisième étage, dépouillé de ses vêtements, changé de linge et couché dans son lit.

— Y a-t-il un restaurant près d'ici ? demanda M. Valnet.

— Sans doute, monsieur. Nous avons à deux pas le fournisseur de la maison, qui...

— Bien. Dites-lui d'apporter sur-le-champ un bouillon, une aile de volaille et une demi-bouteille de bordeaux.

— Mais, monsieur, fit observer le logeur, ce que vous prescrivez est un peu cher... je ne sais si je dois...

Le docteur comprit tout. Il lui fit signe de se taire, le prit par le bras et l'entraîna sur le carré.

— Ce jeune homme vous doit de l'argent ? demanda-t-il.

— Pas précisément, monsieur ; mais M. de Montmaury devait me payer ce matin, suivant l'usage, sa quinzaine d'avance, je la lui ai réclamée et il m'a avoué qu'il était sans ressources, sans famille...

— De Montmaury ! pensa le docteur. Décidément je ne m'étais pas trompé. Qu'est-ce que cela veut dire ?

Puis il reprit à haute voix :

— Sans famille, c'est vrai; sans argent, c'est possible momentanément, mais il n'est pas sans amis.

— Aurait-il l'honneur d'être des vôtres? fit respectueusement le logeur.

— Sans doute, répondit M. Valnet.

En même temps, il avait pris dans son portefeuille un billet de banque qu'il tendit au logeur.

— Tenez, payez-vous, dit-il sèchement.

Celui-ci déplia le billet.

— Cinq cents francs! s'écria-t-il en se découvrant avec une politesse obséquieuse. Monsieur peut être tranquille, il sera servi à la minute.

Il s'éloigna aussitôt, pendant que M. Valnet rentrait dans la chambre de Roger.

— Eh bien! mon ami, comment vous sentez-vous? interrogea-t-il.

— Mieux, monsieur, beaucoup mieux, grâce à vos bons soins, répondit Roger d'une voix à peine intelligible.

— Il est fort heureux pour vous que cet accident ne vous soit pas arrivé après dîner, poursuivit M. Valnet; sans cela vous seriez un homme mort.

— Ah! vous vous êtes aperçu que je n'avais pas...

— Rien ne nous échappe, monsieur, répondit le docteur en affectant un air enjoué. Aussi, pour achever de vous remettre, je me suis permis de dire au maître de cet hôtel de vous apporter à dîner.

— Et il a consenti?

— Certainement. Pourquoi aurait-il refusé de faire une chose si naturelle?

Roger ne répondit pas. Presque au même instant, on entendit dans l'escalier un cliquetis d'assiettes.

— Tenez, dit M. Valnet, voici votre dîner qui arrive. Voulez-vous me permettre de rester auprès de vous, jusqu'à ce que vous soyez un peu reconforté?

— Je n'ose vraiment pas abuser à ce point de vos bontés, monsieur...

— Bah! laissez donc. J'en ai vu bien d'autres depuis trente ans que je suis médecin!

Le garçon de restaurant entra, dressa le couvert sur une table, tout contre le lit du malade et se retira.

Rien ne saurait dépeindre l'expression d'avidité navrante que refléta le visage de Roger, quand le docteur ôta le couvercle de la soupière, d'où s'exhala le fumet du bouillon, et découvrit l'assiette sur laquelle reposait une aile de poulet entourée de cresson. Il faut avoir passé par ces rudes épreuves pour comprendre ce qu'il ressentit.

M. Valnet, qui ne perdait pas un des mouvements de son malade, versa lentement dans l'assiette deux cuillerées de bouillon et les tendit à Roger, qui les avala gloutonnement.

— Vous avez une mauvaise habitude, monsieur, fit le docteur en souriant, vous mangez trop vite. C'est très mauvais pour la digestion. Ne vous pressez pas tant, croyez-moi; nous avons le temps.

Moitié par pudeur, moitié par la réaction que la chaleur du bouillon venait subitement d'opérer en lui, Roger, rougit comme une jeune fille. Le docteur lui versa ce qui restait dans la soupière et lui mesura un doigt de vin pur.

— Doucement, doucement, disait-il.

Roger s'efforçait de suivre ses conseils, mais, malgré tout, il dévorait. L'aile de poulet disparut en un clin-d'œil.

Il regardait avec une sorte de désappointement les assiettes vides. Un poulet tout entier ne lui aurait pas fait peur.

— Je crois, dit M. Valnet, que vous ferez bien pour aujourd'hui d'en rester là. Demain, vous vous dédommagerez tant qu'il vous plaira du jeûne que je vous impose.

Roger ne dit pas un mot. Littéralement, il se sentait revivre et reprenait insensiblement possession de toutes ses facultés.

— Quel est ce docteur? se demandait-il. Croit-il réellement à un simple accident? Sais-il, oui ou non, que je mourais de faim? Ce repas que je viens de faire, à qui le dois-je?

En même temps, il examinait attentivement le docteur, à la lueur de l'unique bougie qui éclairait l'étroite chambre.

Tout à coup il tressaillit. Ses yeux, démesurément agrandis, se fixèrent sur le médecin avec une véritable stupeur.

— Le docteur Valnet! s'écria-t-il.

— Ah! vous me reconnaissez, enfin! dit le docteur.

— Vous savez donc aussi qui je suis?

— Je le sais, répondit M. Valnet.

Roger se voila la face de ses deux mains.

— Oh! vous n'avez pas à rougir devant moi, fit le médecin, qui changea brusquement de ton. Je suis l'ami de M. Dalbrègue, vous ne l'ignorez pas. A ce titre, continua-t-il sévèrement, il m'est permis, M. Roger de Montmaury, de vous demander comment il se fait que je vous retrouve mourant de faim et désespéré, vous à qui la bonté paternelle de M. Dalbrègue n'a jamais fait défaut depuis vingt-trois ans? Que dois-je croire? Avez-vous démérité de sa bienveillance? Vous a-t-il chassé de chez lui? Répondez. En son nom, j'ai droit à une explication; je l'exige.

— Hélas! monsieur, vous avez raison, fit tristement Roger. C'est mon sot orgueil qui m'a réduit à cette extrémité. M. Dalbrègue est toujours le meilleur des hommes. Seulement, après ce qui s'est passé entre nous, je me faisais un scrupule de m'adresser à sa bonté.

— Comment! Que s'est-il passé? demanda M. Valnet avec vivacité.

— Soit! dit brusquement Roger. Vous serez mon juge, monsieur. Je vais tout vous dire...

Au même instant, on frappa discrètement à la porte de la chambre.

C'était le logeur qui rapportait la monnaie du billet qu'il avait reçu et sur lequel il n'avait pas oublié de prélever sa quinzaine. Il avait entr'ouvert la porte et faisait au docteur des gestes mystérieux, en lui montrant les billets et les pièces d'or et d'argent qu'il tenait dans la main.

Roger, enveloppé dans les rideaux de son lit, tournait le dos à la porte et ne pouvait pas le voir. Le docteur se leva, prit la monnaie et la déposa doucement sur le marbre de la commode.

— C'est bien, dit-il, afin de donner le change à Roger, vous desservirez cette table quand je serai parti. Jusque-là, laissez-nous et que personne ne vienne nous déranger.

A ces mots, il revint prendre place auprès de Roger.

— Je vous écoute, lui dit-il. Surtout parlez franchement et ne me cachez rien.

Montmaury lui raconta alors à la suite de quelles circonstances il avait quitté la fabrique de M. Voisin, et comment Antoinette, pour se venger de ses dédains, avait adressé à M. Dalbrègue une lettre anonyme, dans laquelle elle accusait Roger d'aimer Laurence.

— C'est à cause de cette lettre, et sous prétexte de couper court à tout propos malveillant, dit-il en terminant, que M. Dalbrègue m'a envoyé à Paris.

— Bien, fit le docteur, mais cela ne m'explique pas encore l'inconcevable tentative de suicide que vous avez accomplie.

— M'y voici, monsieur. En arrivant à Paris, je croyais trouver facilement un emploi. Je ne pouvais pas me figurer que, dans cette immense capitale de l'industrie, un homme robuste et courageux, doué de quelque intelligence et animé d'une ferme volonté, en fût réduit à mourir de faim, si les modiques ressources dont il dispose venaient à lui manquer.

— C'est rare, en effet, dit M. Valnet, mais cela s'est vu, malheureusement.

— Et cela se voit encore, monsieur. J'en suis un douloureux exemple. Depuis six semaines, en dépit des plus infatigables démarches, j'erre à l'aventure dans Paris et dans la banlieue. Dieu sait pourtant si, depuis quinze jours surtout, j'ai économisé les derniers francs qui me restaient !

— Je ne m'en suis que trop aperçu, mon ami. Vous avez l'estomac dans un état déplorable. Fort heureusement pour vous, vous êtes jeune et vous vous remettrez promptement de cette secousse. Ainsi, c'est la faim qui vous a conduit au suicide.

— Pas tout à fait, monsieur, c'est plutôt la honte.

— Comment ?

— Je ne saurais trop vous l'expliquer, car j'étais dans un état de faiblesse tel que je n'avais plus conscience de ce que je faisais. Et vous me croirez sans peine, docteur, quand je vous avouerai que j'ai tendu la main ! Oui, moi, qui mourais de faim par fierté, j'ai imploré la pitié des passants ! Et savez-vous à qui je me suis adressé ? A Germain et à Antoinette ! Oh ! quand je les ai entendus prononcer mon nom, quand je me suis vu repoussé par eux avec mépris, j'ai perdu la tête... Je me suis enfui, sans but, éperdu, attiré sans doute par le bruit du fleuve qui mugissait à mes pieds, et je me suis élancé... Que s'est-il passé ? Je l'ignore. Quand j'ai ouvert les yeux, vous étiez auprès de moi. Je me souviens vaguement qu'une foule avide m'entourait et me dévorait du regard... Le supplice était au-dessus de mes forces, j'ai fermé les yeux... Ce n'est que dans cette chambre, grâce à vos soins éclairés, que j'ai réellement repris connaissance. Un instant j'ai cru que vous ne soupçonniez pas un suicide ; que vous ignoriez la cause immédiate de mon extrême abattement. Je vois, hélas! que vous avez tout deviné et que vous avez agi envers moi, moins comme médecin que comme ami. Je vous en remercie du fond du cœur, monsieur, et je protesterais plus vivement de ma reconnaissance, si je ne savais combien sont heureux ceux qui trouvent l'occasion de faire une bonne action.

— Disons un simple acte d'humanité, corrigea modestement le docteur, et permettez-moi maintenant de vous dire franchement ce que je pense. Si nous étions étrangers l'un à l'autre, je me serais retiré depuis une heure, sans vous avoir demandé la moindre explication ; mais vous êtes l'ami de Dalbrègue, presque son fils, ma sollicitude ne doit pas se restreindre aux banalités d'une charité insignifiante, que j'exercerais envers le premier venu. Et d'abord, si vous ne vouliez pas vous adresser à Dalbrègue, pourquoi ne vous êtes-vous pas présenté chez moi?

— Mais j'avais à peine l'honneur de vous connaître, monsieur.

— N'importe! vous saviez que j'étais un des plus intimes amis de votre père adoptif.

— J'ignorais où vous demeuriez, docteur, balbutia Roger, confus.

— Encore une mauvaise raison, mon ami. Vous n'aviez qu'à ouvrir l'Almanach des Adresses pour apprendre que j'habite quai Voltaire, nº 15, à deux pas du pont des Saints-Pères.

— Quoi! j'étais si près de vous...

— Oui. C'est même en sortant de chez moi qu'ayant aperçu un rassemblement je me suis approché. On demandait un médecin, je me suis présenté et je vous ai reconnu. Cependant, je ne pouvais pas en croire mes yeux. Je m'imaginais être dupe d'une ressemblance, tant je trouvais absurde de supposer qu'un homme tel que vous eût tenté de se noyer! C'est pour éclaircir mes doutes que je vous ai accompagné jusqu'ici. Et, je ne vous le cache pas, à présent que j'ai découvert l'horrible vérité, je me demande encore comment vous avez pu commettre cet acte de désespoir...

Roger ouvrit la bouche pour lui répondre. M. Valnet l'arrêta d'un geste.

— Oui, continua-t-il, je sais mieux que vous que la faim donne des hallucinations étranges et que vous avez agi inconsciemment ; mais je ne trouve aucune excuse à votre conduite. Tout en me rendant parfaitement compte du mouvement irréfléchi auquel vous avez cédé, je ne comprends pas que vous vous soyez laissé tomber si bas, sans recourir à l'inépuisable bonté de Dalbrègue. Qu'avez-vous à lui reprocher? D'aimer trop sa fille? De vous avoir momentanément éloigné pour sauvegarder son honneur? Où est le mal? Quel père n'aurait pas agi comme lui? En quoi votre fierté a-t-elle été atteinte?

— Vous avez raison, docteur, et pourtant il me semble que, si c'était à recommencer, je préférerais tout à l'humiliation d'avouer mon impuissance.

— Pourquoi? Avez-vous à rougir devant lui d'avouer que vous n'avez pas encore trouvé d'emploi? Ne vous estime-t-il pas assez pour être certain que vous n'avez gaspillé ni votre temps ni votre argent?

Vous comprendrez qu'en prenant un mari je n'entends pas me claquemurer. (Page 560.)

— Oh ! lui, je suis bien sûr...

— Si ce n'est pas devant lui, c'est donc devant Laurence que vous craignez de rougir ? Cependant, de deux choses l'une : ou vous aimez Laurence ou vous ne l'aimez pas. Si vous ne l'aimez pas, que vous importe ? Croyez-vous qu'elle vous retirera son amitié, parce que vous êtes malheureux ? Au contraire, elle sera la première à vous venir en aide. Si vous l'aimez, c'est différent...

70me Liv.   70

— Docteur ! docteur ! interrompit Roger, effrayé des conséquences de cette logique.

— Eh ! c'est votre faute, mon cher, si j'en arrive là, s'écria le docteur. Je suis en présence d'un fait inexplicable, en apparence, il faut bien que j'en recherche les causes. Et savez-vous où me conduit, non pas mon simple raisonnement, mais votre manière d'agir, votre silence, votre embarras, votre interruption même ?

— A quoi ? demanda Roger.

— A croire qu'Antoinette avait raison et que vous aimez Laurence.

— Je vous en conjure, monsieur ! fit Roger, qui se redressa subitement et promena autour de lui un regard épouvanté.

— Tenez, vous le voyez, dit le docteur, vous avez peur qu'on nous entende !

— Sans doute, répliqua Roger. J'ai peur qu'une telle calomnie se propage. Dans la bouche de Mme Cassut, elle peut n'avoir aucune valeur ; mais dans la vôtre elle deviendrait une véritable accusation contre moi. Oui, j'aime Laurence, comme un frère aime une sœur, car je l'aime surtout pour tous les bienfaits dont son père m'a comblé et auxquels elle a pris une si large part. Est-ce un crime cela ? Alors il faut en accuser la façon dont nous avons été élevés, la familiarité dans laquelle nous avons vécu.

— Oh ! si vous ne l'aimiez que comme cela, je n'aurais rien à dire, fit M. Valnet.

— Hélas ! me serait-il permis de l'aimer autrement ? N'y a-t-il pas entre nous l'abîme infranchissable de la fortune ?

— Certes, mais cet abîme n'est infranchissable ni pour les yeux ni pour le cœur. Bien d'autres que vous, mon cher ami, sans tenir compte du précipice ouvert sous leurs pas, se sont oubliés jusqu'à concevoir des espérances chimériques. Je ne me sens pas le courage de leur en faire un crime, ainsi que vous le disiez tout à l'heure ; mais je les plains de tout mon cœur ; car, s'ils sont honnêtes, ils refoulent au fond de leur âme le rêve irréalisable qu'ils ont conçu et ils meurent, comme vous avez tenté de le faire, non plus de faim ni de désespoir, mais d'amour.

Et, comme Roger allait protester encore :

— Je ne vous interroge pas, mon ami, reprit le docteur. Je me repentirais presque d'avoir abordé ce sujet délicat, si je ne savais pertinemment que je m'adresse à un cœur loyal, incapable de mensonge ou de trahison. Je vous ai fait entrevoir le danger, c'était tout ce qu'il m'était permis de faire. Encore ne suis-je pas sûr de n'avoir pas franchi vis-à-vis de vous les bornes de la discrétion. Ce n'est pas ma curiosité qu'il faut en accuser, c'est l'intérêt que je porte à Dalbrègue, à Laurence et à vous-même. Il me serait facile de vous dire : Jurez-moi que vous n'aimez pas Laurence. Sur votre réponse ou sur votre silence j'établirais facilement mes convictions, car vous n'êtes pas homme à vous parjurer. Je ne vous poserai pas cette question terrible. Je ne suis pas encore assez votre ami pour me permettre d'aller jusque-là. Soyez prudent, voilà tout ce que je puis vous dire. Ayez surtout plus de confiance dans les autres et dans vous-même.

— Je vous le promets, monsieur, fit Roger, visiblement soulagé.

— Ce n'est point assez, mon cher. A titre de médecin j'ai, jusqu'à un certain point, le droit d'exiger de vous un serment, celui de ne renouveler sous aucune forme la tentative à laquelle vous avez failli succomber aujourd'hui. Voulez-vous vous y engager solennellement ?

— Sur mon honneur, je vous le jure ! dit Roger en étendant la main.

— Je vous crois, poursuivit le docteur. Je suis convaincu même que la leçon vous profitera, car c'est bien une leçon que la Providence a voulu vous donnner.

— Il est vrai, monsieur. C'est elle qui a permis que vous vinssiez à mon secours.

— Ah ! si elle n'avait fait que ce miracle-là, je n'en parlerais pas, répliqua M. Valnet. Elle se manifeste bien plus lumineusement encore.

— De quelle façon ?

— Je vous disais tout à l'heure : pourquoi n'êtes-vous pas venu me trouver ?

— Je me souviens.

— Et j'avais quelque raison de le regretter, puisque, depuis trois jours, je cherche, pour le compte d'un de mes clients, un homme de confiance, ayant rempli le même emploi que vous avez occupé, et que je n'ai pas encore pu mettre la main sur ce phénix.

— Il serait possible ! s'écria Roger, radieux.

— Rien n'est plus vrai, mon cher ami. Cette place est à votre disposition dès à présent.

— Ah ! docteur, que de remercîments !

— Ainsi, plus d'inquiétudes, fit M. Valnet. Reposez-vous jusqu'à demain, déjeunez à votre appétit et venez me trouver à une heure. Je ferai prévenir demain matin M. Raymond, par mon domestique, et je lui donnerai rendez-vous à la même heure. Donc, à demain, et souvenez-vous de ce que vous m'avez juré !

— Je ne l'oublierai pas, docteur ; mais j'ai une grâce à vous demander...

Le docteur s'était déjà levé et se disposait à prendre congé.

— Quelle grâce ? demanda-t-il, en s'arrêtant subitement.

— C'est de n'instruire ni M. Dalbrègue ni sa fille de l'acte que j'ai commis aujourd'hui, répondit Roger.

— Je consens à vous le promettre, fit M. Valnet ; mais j'espère que vous ne me ferez jamais repentir de cette complaisance.

— Je l'espère plus que vous encore, docteur, dit Roger, car vous m'avez rendu deux fois la vie, et ces sortes de services-là ne s'oublient pas.

— Bien, bien, se hâta d'interrompre M. Valnet.

A ces mots, il tendit la main à Montmaury et se retira.

Roger était complètement remis. Tout entier aux espérances nouvelles que le docteur avait fait germer en lui, il se sentait revivre avec un bonheur ineffable. Il songeait à Laurence, à Laurence qu'il avait failli perdre à jamais dans un accès de désespoir !

— Ainsi, se disait-il, j'ai beau faire, tout le monde lit au fond de mon cœur l'amour insensé dont je suis possédé. Et pourtant personne n'a reçu mes confidences, pas un mot ne s'est échappé de mes lèvres. Au contraire, j'ai renfermé ce secret avec le soin jaloux d'un avare. Comment se fait-il qu'Antoinette l'ait deviné et que le docteur lui-même... Laurence l'a-t-elle aussi lu dans mes yeux ? Sait-elle également...

Il n'osa pas achever, car il se rappelait en ce moment les derniers instants qu'il avait passés près d'elle, l'indulgence qu'elle lui avait témoignée, l'émotion qu'elle avait montrée au moment de se séparer de son ami d'enfance. Or, elle avait certainement lu la lettre qu'Antoinette avait fait parvenir à son père; donc...

La conclusion qui découlait naturellement de cette phrase lui rendit toute l'énergie qu'il avait perdue. Quand la fatigue et le sommeil vinrent enfin fermer ses paupières, l'image de Laurence était encore présente à sa pensée. Cette longue nuit de bien-être fut peuplée des visions les plus enchanteresses.

Quand il ouvrit les yeux, le lendemain matin, il était huit heures Il demeura pendant quelques secondes sous l'impression du sommeil accablant auquel il avait succombé. Il ne se rappelait plus très exactement ce qui s'était passé la veille. Peu à peu, cependant, l'engourdissement dans lequel il était plongé se dissipa, et sa mémoire lui retraça fidèlement chacun des épisodes de cette soirée à jamais néfaste.

Comme pour mieux lui prouver qu'il était bien en vie et que ce long cauchemar n'était plus qu'un pénible souvenir, son estomac protesta impérieusement contre le jeûne auquel il avait été soumis depuis quinze jours. Le bouillon et l'aile de poulet n'avaient fait que le mettre en appétit.

— Et le docteur qui m'a recommandé de bien déjeuner ! se dit Roger. Il oublie donc que je n'ai pas un sou ! N'importe, reprit-il, je puis bien, pour aujourd'hui, vendre un lambeau de ma garde-robe...

Aussitôt il se leva et procéda à sa toilette. Il se dirigea vers sa commode pour y prendre le linge dont il avait besoin, et demeura littéralement stupéfait à la vue des billets, des pièces d'or et d'argent qui frappèrent ses regards. Qu'est-ce que cela signifiait ? D'où venait cet argent ? Il sonna. Le domestique parut.

— Priez votre maître de monter, lui dit Montmaury.

Quelques minutes après, le logeur se présenta.

—Qu'est-ce que cela ? lui demanda Roger, en étendant son bras vers la commode.

— C'est la monnaie du billet de cinq cents francs que votre ami m'a remis de votre part.

— Ah ! ce monsieur vous a remis...

— Cinq cents francs, en me disant de prélever ce qui m'était dû. Ne le saviez-vous pas ?

— Si fait, répondit Roger avec vivacité, bien qu'une vive rougeur colorât son front; mais j'étais si souffrant hier soir que je ne m'en souvenais plus.

— Voilà, monsieur, fit le logeur, en dépliant les billets et en étalant du bout des doigts les pièces d'or et d'argent. Il doit y avoir quatre cent quatre-vingt-deux francs. J'ai retenu les quinze francs de la quinzaine, les trois francs de votre dîner, reste...

— Il suffit, interrompit Roger. Veuillez me faire monter un bol de bouillon. Vous prendrez également ces habits mouillés, vous les ferez sécher, et vous prierez un tailleur du voisinage d'y donner un coup de fer.

— Monsieur est donc tombé dans l'eau ? demanda le logeur.

— Oui, balbutia Roger. En voulant monter en bateau hier... le pied m'a manqué et..

— Oh ! je connais cela, fit le [logeur avec un grand éclat de rire. Le même accident est arrivé à ma femme, l'année dernière, à Bougival. Non, vous ne pouvez pas vous figurer, monsieur, la drôle de tête que faisait Euphémie dans l'eau ! Ses cheveux s'étaient dénoués, son crêpé flottait à la surface, ses quatres mèches pendaient tristement le long de son visage... elle ressemblait à une naïade. Je riais tellement que je ne songeais pas à lui tendre la main pour l'aider à reprendre pied ; c'est un de nos amis qui l'a tirée de là. Elle était furieuse, surtout à cause du fou rire qui s'était emparé de moi. Ce fut bien pis encore quand elle réussit à gagner la berge ! Vous avez vu Euphémie, n'est ce pas? Elle est maigre comme un cent de clous. Eh bien ! monsieur, quand elle est sorti de l'eau, j'ai cru qu'elle avait fondu. Sa robe et son jupon s'étaient collés le long de son corps... elle ressemblait à une arête de poisson. Ça, c'est vrai que je n'ai jamais tant ri. Euphémie m'en veut encore de cet accès de gaieté. Toutes les fois qu'elle raconte cette histoire, elle me lance des yeux furibonds et me reproche de n'avoir pas de cœur. Et toutes les fois qu'elle la raconte, c'est plus fort que moi, le fou rire me reprend. Euphémie se refâche, de sorte que cela n'en finit pas.

Le logeur ne mentait pas. Le récit qu'il venait de faire à Roger de l'accident survenu à Euphémie avait été interrompu par des éclats de rire et des contorsions si grotesques, que de Montmaury lui-même avait fini par y prendre part. Il était enchanté d'ailleurs que cet homme crût à une simple maladresse et ne soupçonnât rien de l'horrible vérité.

Quand le logeur se retira, son hilarité n'était pas encore calmée. Roger entendit dans l'escalier les éclats de rire immodérés que ce souvenir avait provoqués chez le mari d'Euphémie. Il oublia promptement cet incident, quand ses regards s'arrêtèrent de nouveau sur les richesses qui miroitaient à ses yeux. Il compta. Il y a avait bien quatre cent quatre-vingt-deux francs.

— Bon docteur ! murmura-t-il. Il a tout prévu.

Un instant après, on lui monta le bol de bouillon qu'il avait demandé. Après l'avoir bu, il était tout autre. Ses forces lui étaient revenues, il se sentait prêt à tout entreprendre.

Rendons-lui justice, du reste ; la perspective d'avoir immédiatement un emploi honorable était pour beaucoup dans les satisfactions qu'il éprouvait. Encore n'était-il pas tout à fait rassuré.

— Il y a trois jours, se disait-il, que ce M. Raymond s'est adressé au docteur pour avoir cet emploi. Peut-être a-t-il cherché de son côté, peut-être a-t-il trouvé...

Malgré tout, il espérait. Après avoir terminé sa toilette. il sortit. Ce jour-là, tout lui semblait avoir pris un air de fête. Le soleil lui paraissait plus brillant, les passants moins laids, les femmes plus attrayantes, les rues moins sombres.

Il se dirigea vers le Palais-Royal, y déjeuna de grand appétit, et, comme il était à peine onze heures et demie, il se donna le luxe d'une tasse de café. Après avoir longuement savouré cette gourmandise, il se rendit chez le docteur. Celui-ci l'attendait avec impatience. Il avait hâte de le revoir. Non pas qu'il doutât de la parole que lui avait donnée Roger, mais il lui tardait de s'assurer que l'infortuné avait réellement repris goût à la vie. En le voyant entrer, ses craintes se dissipèrent. Roger, quoique un peu pâle encore, avait le regard brillant et la lèvre souriante.

— Ah! docteur, fit-il en lui tendant la main, c'est à mon tour de vous gronder.

— Moi! Et à propos de quoi? demanda M. Valnet avec une feinte naïveté.

— A propos des bontés dont vous me comblez, parbleu! Cet argent que j'ai trouvé ce matin sur ma commode...

— Ah! oui, ma monnaie, que j'ai oublié de prendre.

— Aussi, je vous la rapporte, docteur.

— Gardez-la, fit vivement M. Valnet, vous en avez plus besoin que moi.

— Mais, monsieur.

— Oh! pas de grands airs avec moi, où nous allons nous fâcher, interrompit le docteur. Je ne vous défends pas de me rendre cette somme insignifiante, si vous refusez absolument de l'accepter sous une autre forme qu'un prêt accidentel; mais plus tard, quand vous serez sorti d'embarras...

— Cependant, puisque vous m'avez fait espérer un emploi...

— Raison de plus. Vous n'allez pas demander à M. Raymond de vous payer un mois d'avance, comme le fait votre logeur, fit M. Valnet en souriant.

D'ailleurs, telle n'est pas son intention, je crois. Si je l'ai bien compris, il s'agit tout simplement d'une liquidation, qui durera peut-être quelques mois, et à la fin de laquelle il compte donner à celui qu'il en chargera une somme ronde de quelques mille francs.

— Ainsi, il est toujours dans les mêmes intentions.?

— Assurément.

— Il n'a encore trouvé personne?

— Ce n'est pas probable, puisque je l'ai fait prévenir ce matin et qu'il a promis de venir... Et tenez, je gage que c'est lui qui vient de sonner.

En effet, le timbre de l'antichambre venait d'être ébranlé.

— M. Raymond! annonça le domestique.

Après avoir fait les présentations d'usage, le docteur annonça à M. Raymond qu'il connaissait Roger depuis vingt-trois ans et qu'il en répondait comme de lui-même.

— Je suis enchanté de ce que vous me dites, répondit le négociant, car c'est tout à fait un homme de confiance qu'il me faut.

A ces mots, il se tourna vers Roger.

— En deux mots, voici ce dont il s'agit, reprit-il.

Il y a un an et demi, à la suite de quelques spéculations heureuses sur les cafés et les cacaos, j'ai dû partir pour Caracas, afin d'y faire sur les lieux, et à des prix plus avantageux, les livraisons que j'avais consenties. L'opération est aujourd'hui terminée et m'a donné quatre cent mille francs de bénéfices, ce qui, joint à la fortune que j'ai déjà acquise, me constitue un revenu d'environ quarante mille livres. Ces rentes suffisent largement à mes besoins et à ceux de ma femme, puisque nous n'avons pas d'enfants. Aussi, nous nous retirons des affaires.

Malheureusement, en mon absence, ma femme n'a pu surveiller que très imparfaitement le commis que j'avais alors. Il n'a pas mis ses livres au courant, de sorte que, quand j'ai voulu les consulter, il ne m'a pas été possible de me rendre un compte exact de ma situation.

Ce commis a-t-il été infidèle? N'a-t-il été que négligent? C'est ce chaos qu'il s'agit de débrouiller. Quant aux marchandises qui me restent, elles sont peu nombreuses et d'une défaite facile, puisque les cafés et les cacaos ont un cours et sont cotés comme les actions de chemins de fer.

Je me charge donc de les vendre moi-même, vous n'aurez à vous occuper que des livres et des factures. Vous mettrez les livres au courant, vous payerez ce qui sera dû, vous encaisserez les rentrées et vous établirez la balance.

Comme ce travail demandera nécessairement trois ou quatre mois, comme il est délicat et compliqué, je vous alloue dès à présent dix pour cent sur le chiffre auquel s'élèvera le montant de la liquidation, sans parler des cinq cents francs par mois que vous toucherez à titre d'appointements. Cela vous convient-il ?

— Si cela me convient! s'écria Roger qui croyait rêver.

VI

LUNE DE MIEL

La veille du jour où le contrat devait être signé, Antoinette avait fait demander Germain.

— Monsieur, lui avait-elle dit, j'ai reçu les états que M. de Montmaury a bien voulu relever pour mon compte, et je me suis aperçu que les bénéfices de l'usine, bien qu'ils aillent en s'amoindrissant depuis cinq ans, ont dépassé quelque peu le chiffre rond de trente mille francs pendant le dernier exercice. Ce chiffre vous était-il connu?

— Approximativement, oui, mademoiselle; mais M. Roger n'avait pas cru
devoir me le communiquer.

— C'était son devoir. Cela importe peu, du reste, au point de vue du résultat, reprit Antoinette. Par le fait, à raison de cinq pour cent par an, taux de
l'intérêt ordinaire, je vous apporterais donc en dot quelque chose comme
quatre cent mille francs, c'est-à-dire le double de ce que vous possédez.

— Je vous demande pardon, mademoiselle, mais le taux de cinq pour cent
n'est pas celui d'un capital engagé dans le commerce ou dans l'industrie, répliqua Germain C'est dix, quinze, vingt pour cent même que doit rapporter
ordinairement l'argent placé dans de pareilles conditions. Dans c° cas, vous le
voyez, le plus riche de nous deux ce serait moi.

— Monsieur, riposta Antoinette assez sèchement, rien n'est encore signé; je
vous rends votre parole, si vous le désirez.

— A Dieu ne plaise, mademoiselle! J'ai répondu seulement à l'observation
que vous me faisiez par une autre observation. Si vous jugez que j'aie exagéré
les choses, interrogez à cet égard qui bon vous semblera, et vous verrez ce qu'on
vous répondra.

— Soit, ne discutons pas sur la valeur plus ou moins considérable de notre
apport mutuel. Egalisons-le, si vous le voulez, ainsi que cela sera fait dans notre
contrat, et ne raisonnons que sur le chiffre des bénéfices.

— Je vous écoute, mademoiselle.

— Vous êtes depuis assez longtemps dans la fabrique pour savoir comment
j'ai vécu jusqu'à présent, reprit Antoinette. L'escargot dans sa coquille est un
vagabond à côté de moi. Mon père, toujours à la recherche de ses chimères, ne
s'est jamais aperçu que je grandissais, et m'a laissée végéter, depuis ma naissance, entre les quatre murs de cette maison et de ce jardin. J'ai bien entendu
dire qu'il y avait à Paris des théâtres, des bals, des concerts; mais je n'ai jamais franchi le seuil de ces établissements. Quand je dis jamais, je me trompe.
Une seule fois, je suis allée à l'Opéra-Comique; on y jouait la *Dame blanche*.
C'était anodin, comme vous voyez. Il est vrai que mon pauvre père était toujours
à court d'argent, et que, s'il trouvait le moyen de consacrer vingt mille francs à
une invention nouvelle, il avait rarement un louis dans sa poche pour me mener
au théâtre.

Vous comprendrez sans peine qu'en prenant un mari je n'entends pas me claquemurer encore dans ma prison, ni vivre de privations comme je l'ai fait jus_
qu'à présent. Nous avons trente mille francs à dépenser par an, nous les dépen-
serons. Tous ces plaisirs que j'ignore, je veux les connaître; toutes ces toilettes
que j'ai admirées sur le dos des autres, je veux les porter; toutes les joies dont
j'ai été sevrée, je veux les goûter. Donc, pas de surprises entre nous. Vous êtes
prévenu. Si ce programme ne vous convient pas, vous êtes libre de le repousser.

— Je vous parlerai avec la même franchise, mademoiselle, répondit Germain.
Moins que vous encore je connais les jouissances que procure la richesse. Toute
ma vie je me suis levé matin, je me suis couché tard, j'ai travaillé comme un
cheval. Les yeux fixés sur le cadran qui règle nos destinées, j'ai patiemment

Je voûs permets de vous taire? interrompit-elle. (Page 566.)

attendu que sonnât l'heure où je pourrais échapper à la misère. Elle est venue
enfin! Assez longtemps j'ai traîné le boulet du forçat. Puisqu'un heureux hasard
me permet enfin de briser ma chaîne, je veux, comme vous, approcher mes
lèvres de cette coupe enivrante que vident les privilégiés de la fortune. A part
la surveillance que, dans votre intérêt même, je serai forcé d'exercer autour de

moi, vous ne trouverez jamais de mari plus docile ni plus avide que moi de partager vos plaisirs.

— A la bonne heure ! fit Antoinette, désormais édifiée sur le compte de Cassut. Donc, que ceci soit bien convenu entre nous et que je n'aie plus à y revenir.

— Je vous le rappellerais plutôt, dit Germain avec feu.

Alors fut agitée cette grave question de la corbeille. Germain avoua qu'il n'y entendait rien.

— Eh bien ! donnez-moi six mille francs, proposa Antoinette, et je me charge de tout.

— Mais, fit observer Cassut, je ne les ai pas, mademoiselle ! En dehors des trente mille francs que je consacre aux réparations et qui sont déjà en partie absorbés, vous savez bien que je dois verser intégralement entre les mains de votre père le reliquat des deux cent mille francs que j'ai touchés.

— Eh bien ! consacrez six mille francs de moins aux réparations.

— Je ne demande pas mieux, mais nos revenus diminueront d'autant.

— Bah ! il nous en restera toujours assez. Et puis, six mille francs de plus ou de moins dans le chiffre des réparations, ce n'est rien. Voyez mon père, il n'en a pas fait pour un sou depuis trente ans. Cela a-t-il empêché l'usine de fonctionner ?

Germain trouva le raisonnement concluant. Le lendemain, il apporta les six mille francs.

Cela ne suffisait pas à Antoinette. Elle alla trouver M. Voisin.

— Vraiment, père, tu n'a pas été raisonnable, lui dit-elle ; tu as étranglé ce pauvre Germain !

— Comment ! se récria M. Voisin.

— Sans doute. Tu as exigé de lui qu'il te donnât tout l'argent qu'il ne consacrerait pas aux réparations...

— Et je lui conseille de se plaindre, en vérité ! Ne lui ai-je pas laissé ma fabrique à un prix ridicule ? Que demande-t-il encore, ton M. Cassut ?

— Il ne demande rien, père. C'est moi qui lui demande quelque chose.

— Quoi ?

— L'argent nécessaire à l'achat de ma corbeille, et il ne l'a pas.

— Bah ! vous êtes jeunes tous les deux. Avec ce que vous rapportera l'usine, vous pouvez, en deux ou trois ans, faire la plus magnifique corbeille du monde.

— Et en attendant, le jour où je me marierai, je n'aurai pas un bijou à mettre.

— Le grand malheur, parbleu !

— Ce sera, sinon un grand malheur, du moins une grande humiliation, répliqua Antoinette. Tout le monde le remarquera, on accusera mon mari ou toi de lésinerie...

— Eh ! que m'importe ? fit M. Voisin avec humeur.

— Mais il m'importe beaucoup, à moi. Je ne veux pas me marier dans d'autres conditions que toutes les demoiselles que nous connaissons. Plutôt que d'en passer par là, j'aimerais mieux rester fille.

Ceci ne rentrait pas dans les projets de M. Voisin. Déjà il avait pris des engagements qui absorbaient en partie la somme qu'il devait toucher.

Antoinette s'aperçut qu'il chancelait.

— Voyons, père, dit-elle, tu ne seras pas plus impitoyable que Germain. Déjà j'ai obtenu de lui qu'il m'abandonnât une parcelle du chiffre qu'il destine aux réparations; n'obtiendrai-je rien de toi? Tiens, je ne te demande qu'une chose.

— Laquelle ? fit M. Voisin.

— Une paire de boucles d'oreilles.

— En effet, s'il ne s'agit que d'une paire de... je te la donnerai...

— Ah! que tu es gentil! s'écria-t-elle en l'embrassant. Une paire de beaux diamants, n'est-ce-pas?

— Des diamants! se défendit M. Voisin. Mais sais-tu que cela coûte les yeux de la tête?

— Oh! je ne veux pas te ruiner. Des diamants de trois mille francs seulement.

— Seulement! Comme tu y vas! Et c'est ce que tu appelles être raisonnable?

— Voyons, père, tu ne m'as jamais rien donné, tu peux bien, un jour comme celui-là, me faire un cadeau qui durera éternellement, qui me rappellera toute ma vie combien tu es bon et combien tu m'aimes.

Elle avait prononcé ces mots de sa voix la plus câline, en même temps qu'elle le caressait comme aux plus beaux jours de son enfance.

L'heureux père se laissa vaincre.

— Allons, je te les donnerai, promit-il.

— La veille de mon mariage au plus tard.

— Oui, méchante.

— Et tu payeras ma toilette de mariée.

— Encore!

— C'est de droit, répliqua la jeune fille. Tu ne voudrais pas que ce fût Germain qui me fournît la fleur d'oranger.

— Soit, je payerai la toilette, mais ce sera tout.

— C'est tout ce dont j'ai besoin, fit Antoinette. Tu verras comme je serai belle! ajouta-t-elle en l'embrassant une dernière fois.

Le jour même, emportant les six mille que Germain lui avait donnés, elle partit pour Paris, commanda sa toilette de mariée à sa couturière, qui promit de venir l'habiller elle-même; puis, accompagnée de Rose, elle parcourut, les uns après les autres, tous les magasins. Cela dura trois jours.

Cachemire, robes de soie, dentelles, bijoux, elle acheta tout ce qui lui plut, jusqu'à ce que les six mille francs fussent épuisés. Elle devait même quatorze cents francs au bijoutier, parce qu'elle avait choisi, pour accompagner les boutons d'oreilles, un médaillon en diamants de la plus belle eau.

Le contrat fut signé. Elle étala aux yeux de ses invités les magnificences qui lui étaient destinées. Chacun s'extasia sur le bon goût et la générosité de M. Cassut, qui fut accablé de compliments.

Antoinette se garda bien de dire que tout était de son choix, et que Germain lui-même contemplait pour la première fois les richesses dont on lui faisait honneur.

M. Voisin était émerveillé.

— Mais combien donc t'a donné Germain? demanda-t-il.

— Six mille francs, pas davantage.

— Six mille francs! se récria l'heureux père. Ah! petite rusée... si j'avais su.

Il était trop tard, car, en disant ces mots, il tirait de sa poche un écrin microscopique qu'il tendit à sa fille.

— C'est à mon tour de m'exécuter, dit-il avec un soupir.

Antoinette ouvrit l'écrin et fut éblouie. Elle ne s'attendait pas elle-même à ce que son père fît si magnifiquement les choses. De l'avis unanime, les boutons d'oreilles furent estimés à quatre mille francs, au bas mot. Relativement, c'était splendide. Grâce à son habileté, Antoinette avait une corbeille qu'auraient pu lui envier des jeunes filles beaucoup mieux partagées qu'elle sous le rapport de la fortune.

Son amour-propre fut délicieusement flatté. Ce mariage, qu'elle avait d'abord hésité à faire, qu'elle n'avait contracté pour ainsi dire qu'afin de se venger des dédains de Roger, commençait à lui donner des satisfactions sur lesquelles elle n'avait pas osé compter. Elle ferma les yeux, s'imaginant, de bonne foi, qu'elle serait heureuse avec ce mari qui se soumettait si docilement à ses caprices. La pâle figure de Roger s'effaça momentanément de sa mémoire. Le dépit qu'elle ressentait contre lui était moins violent, lorsqu'une circonstance imprévue vint le ranimer. La veille de son mariage, Germain, qui était resté seul avec elle, prit tout à coup un air grave.

— Antoinette, dit il, j'ai à vous parler de choses sérieuses.

Elle fut un peu surprise de ce début solennel.

— Je vous écoute, dit-elle. De quoi s'agit-il donc?

— D'un fait dont j'ai été témoin, il y a trois semaines, et que je ne peux pas taire plus longtemps.

— Voyons? fit curieusement Antoinette.

— Quelques jours après la demande que j'avais adressée à votre père, vers neuf heures et demie du soir, et par un temps épouvantable, je quittais un cabaret où m'avaient entraîné qrelques amis, situé à deux cents pas environ du logement qu'habite M. Roger...

La jeune fille devint pâle. Cassut avait-il donc découvert que Rose n'était pas la vraie coupable?

— Eh bien? dit-elle en contraignant ses lèvres à sourire.

— Eh bien! continua Germain, je vis sortir de chez M. Roger une femme, si parfaitement enveloppée dans son châle, qu'il me fut impossible de distinguer ses traits.

— Une femme! fit Antoinette, que cette désignation vague rassura aussitôt. Quelle femme?

— Je vous ai dit que je n'avais pu voir son visage. La nuit était tellement noire, du reste, que je ne l'aurais pas reconnue alors même qu'elle n'eût pas pris tant de précautions pour se cacher. Cependant, poussé par une invincible curiosité, je résolus de la suivre.

— Ah ! fit Antoinette, que de nouvelles terreurs vinrent assaillir, vous l'avez suivie ?

— Oui.

— Jusqu'au bout ?

— Assurément.

— Alors, vous savez décidément qui elle est ?

— Bien entendu.

— Et c'est...

— Attendez, mademoiselle. Vous ne serez guère moins étonnée que moi de ce que je vais vous apprendre, dit Germain. Après m'avoir fait traverser toute la ville, cette femme s'engagea dans le petit chemin qui aboutit à la fabrique. Je me blottis derrière la muraille et je la vis distinctement disparaître par la petite porte qui s'ouvre sur le fond de votre jardin.

— De notre jardin ! s'écria Antoinette, dont l'agitation était à son comble.

— Or, il n'y a chez M. Voisin, que deux femmes : vous et Rose, car je ne fais pas entrer en ligne les cinquante-six ou sept ans de votre cuisinière. Donc, comme il n'était pas possible que vous vous fussiez aventurée à pareille heure et par un temps semblable dans les rues de Meulan, pour aller chez M. Roger surtout, j'en conclus que c'était Rose.

— Ah ! fit Antoinette, définitivement rassurée, vous croyez que c'était...

— J'en ai acquis la certitude le lendemain, dit confidentiellement Germain.

— La certitude .. fit ironiquement Antoinette. De quelle façon ?

— J'ai rencontré Rose dans la cour de la fabrique et je lui ai demandé ce qu'elle faisait la veille au soir dans les rues de Meulan...

— Et... qu'a-t-elle répondu ?

— Elle a d'abord essayé de s'en défendre, mais quand je lui ai dit que je l'avais vue sortir de chez Montmaury et rentrer par la petite porte du jardin...

— Elle est restée confondue sans doute ?

— Elle a eu l'audace de me rire au nez ! répondit Germain avec colère.

Comme si la fin de cette histoire devait se terminer infailliblement de la même manière, Antoinette se mit à rire aussi, mais d'un rire nerveux qu'une oreille plus clairvoyante que celle de Germain n'aurait peut-être pas pris pour un accès de gaieté.

— Vous riez..., vous riez..., fit Germain d'un air vexé. Il ne m'est cependant pas possible de tolérer auprès de vous une fille qui se conduit de la sorte et se permet de se moquer de moi !

— Que voulez-vous donc faire ?

— La renvoyer.

— Renvoyer Rose, qui est entrée à mon service à l'âge de douze ans et qui, depuis, ne l'a pas quitté ! Vous plaisantez ?

— Je ne plaisante pas. Permettez-moi, ma chère Antoinette...

— Je vous permets de vous taire, interrompit-elle. Je suis très contente du service de Rose ; je ne voudrais pas m'en séparer pour tout l'or du monde.

Elle avait prononcé ces paroles avec d'autant plus de fermeté que, à part les détails que venait de lui fournir Germain sur cette rencontre, elle n'ignorait rien de ce qui s'était passé, puisque Rose le lui avait raconté. Or, elle ne pouvait pas méconnaître, en ce moment surtout, le service que lui avait rendu sa femme de chambre.

— Cependant, mademoiselle, insista Germain, nous ne pouvons pas souffrir un scandale pareil dans notre maison. Si vous ne voulez pas congédier Rose, il n'y a qu'un moyen...

— C'est...

— De congédier M. de Montmaury.

Le cœur d'Antoinette se mit à battre et son visage s'empourpra.

— Vous savez, du reste, continua Germain, que je suis depuis longtemps en fort mauvais termes avec M. Roger. Tôt ou tard, je le sens, je ne serais pas maître de moi. Déjà, s'il vous en souvient, nous nous sommes pris de querelle un jour dans le bois de Verneuil. Il me paraît donc impossible que cette situation fâcheuse puisse se prolonger.

La jeune fille hésitait. Sacrifier Roger c'était commettre une lâcheté, puisqu'il n'était pas coupable. Pourtant, au souvenir de l'affront qu'elle avait reçu, tout son être se révolta. Le renvoyer, c'était non-seulement se venger de ses dédains, mais encore c'était donner à la version de Germain une vraisemblance de plus.

— Eh bien! dit-elle résolûment, congédiez M. de Montmaury.

L'œil de Germain brilla d'une joie farouche.

— C'était mon intention, dit-il ; mais je n'aurais pas voulu le faire sans vous demander votre avis.

— Je vous en sais gré, fit Antoinette, mais puisque vous êtes depuis si longtemps en hostilité, je ne crois pas, en effet, qu'il soit possible...

— Aussi, dès ce soir, je vais lui écrire.

— Bien, mais conduisez-vous convenablement envers lui.

— Oh! soyez tranquille, ma chère amie, je lui remettrai la totalité de ses appointements.

Ainsi fut comploté et exécuté le renvoi de Roger. Le lendemain il ne fut plus question de lui. C'était jour de fête. A neuf heures, selon sa promesse, la couturière arriva et procéda elle-même à la toilette de la mariée, puis on se rendit à la mairie et ensuite à l'église.

Par égard pour M. Voisin, il y eut beaucoup de monde à la messe. Antoinette y fut beaucoup admirée dans la magnifique toilette qu'elle portait. Quant à Germain, il eut moins de succès. Il était fort mal à l'aise sous l'habit noir et ne savait que faire de ses mains épaisses, fort heureusement gantées de frais.

Le déjeuner fut simple et court. On se réservait pour le dîner. On avait compté sur un couvert de quarante personnes ; mais, dans les deux jours qui avaient précédé le mariage, une quinzaine d'invités s'étaient excusés.

En revenant de l'église, M. Voisin trouve encore une dizaine de lettres qui, sous des prétextes différents, réduisirent à quinze le nombre des convives. Au moment de se mettre à table, on s'aperçut que deux des invités sur lesquels on avait compté n'étaient pas venus. Treize à table! Un jour de mariage! C'était une calamité.

Germain dut se mettre en quête d'un quatorzième, et finit par mettre la main sur le nouveau contre-maître qu'il avait choisi, lequel avait fait dans la journée de copieuses libations et se tenait à peine debout. On le fit asseoir à l'extrémité de la table, et le dîner commença. Il ne fut pas gai. Si M. Voisin était mécontent de voir ses amis l'abandonner ainsi, Antoinette l'était bien plus encore. Son amour-propre souffrait cruellement de cette humiliation. En effet, elle ne voyait guère auprès d'elle que les parents de Cassut et ses témoins, tous gens grossiers et communs, dont les plaisanteries, peu gazées, l'irritèrent au dernier point.

Elle ne put alors s'empêcher de songer à Roger. S'il avait voulu épouser Antoinette, M. Dalbrègue lui aurait servi de père, et avec M. Dalbrègue serait accourue la fine fleur des propriétaires de Meulan. Au lieu de cela des gens avinés, d'une tenue déplorable, dont la conversation ne roulait absolument que sur les anas ressassés jusqu'à la corde dans toutes les noces de barrière... Ah! comme il tardait à Antoinette que cet horrible repas fut terminé!

Elle-même donna le signal de la retraite, alors qu'on finissait à peine de servir le dessert. Il est vrai que ses convives ne la suivirent pas et demeurèrent vaillamment à table. De sa chambre, Antoinette entendait sauter les bouchons de champagne, et retentir les éclats de leur gaieté tapageuse. Elle eut un mouvement d'impatience et appela Rose pour procéder à sa toilette de bal. Elle s'était expliquée la veille avec sa femme de chambre, après le départ de Germain, et l'avait chaleureusement remerciée du service que Rose lui avait rendu.

— Bah! cela n'en vaut pas la peine, avait répondu Rose sur un ton dédaigneux. J'en ferais voir bien d'autres à M. Cassut, si je voulais.

La jeune fille fut un peu de cet avis. La facilité avec laquelle Germain avait cru à la culpabilité de Rose ne prouvait pas en faveur de son intelligence. De ces explications, entre Antoinette et sa femme de chambre, était résultée une familiarité plus grande encore que par le passé. Antoinette avait presque été forcée d'avouer qu'elle était allée chez Roger, pour lui proposer d'acheter l'usine, et de convenir qu'elle aurait beaucoup mieux aimé être la femme de Montmaury que celle de Cassut.

— Pour ma part, dit Rose, je regrette presque que M. Germain se soit trompé.

— Veux-tu te taire! fit Antoinette en rougissant légèrement.

Pendant que Rose remplaçait par un corsage décolleté le corsage montant de sa maîtresse, il fut de nouveau question de Roger.

— Ah! si j'étais à votre place... murmura Rose, en lui mettant ses boucles d'oreille, son médaillon et ses bijoux.

— Quoi donc ? demanda Antoinette, tout entière au plaisir de se voir si richement parée.

— C'est dans trois ou quatre heures que je regretterais surtout de ne pas être madame la baronne de Montmaury

— Je te défends de me reparler de lui, dit la jeune femme avec colère.

Elle sortit, furieuse, et pénétra dans le salon. Dix heures venaient de sonner. A peine sept ou huit petites bourgeoises, qu'on n'avait invitées que par condescendance, faisaient-elles tapisserie dans le salon désert. Une dizaine de cavaliers, dont quelques uns n'étaient pas même en habit, les avait accompagnées. Les parents et amis de Germain étaient toujours à table et de plus en plus bruyants.

En vain le pianiste exécutait les premières mesures d'un quadrille, l'introduction d'une valse ou d'une polka, pas un groupe de danseurs n'osait ouvrir le bal. A onze heures personne n'était venu grossir le nombre par trop clair-semé des invités. Le dépit d'Antoinette était à son comble. Elle-même alla prendre son mari par la main, et organisa le premier quadrille. Elle eut beau faire, un froid glacial pesait sur les épaules de chacun. On sentait que le vide se faisait autour des Cassut, et qu'on s'était fourvoyé en répondant à leur invitation.

Aussi, vers minuit et demi, la plus hardie des dames se leva pour prendre congé, mouvement qui fut suivi d'une débâcle générale. Les yeux gonflés de larmes, que la rage faisait couler, Antoinette regagna sa chambre. Et Cassut qui allait venir......

A ce moment décisif, Antoinette eut le premier regret de la sottise qu'elle avait faite. En voulant se venger de Roger, c'était elle-même qu'elle avait offerte en holocauste à sa vengeance. Rose vint l'aider à se déshabiller, et remarqua que sa maîtresse y mettait une lenteur évidemment calculée.

— Dépêchez-vous donc, madame, lui dit-elle. Votre mari va arriver.

— Eh! ne vois-tu pas que c'est ce qui m'épouvante le plus? dit Antoinette.

Elle défaisait à regret sa riche toilette, remettait, chacun à son tour, ses bijoux dans leurs écrins. De temps en temps, quand elle entendait du bruit, elle s'arrêtait, devenait pâle et prêtait avidement l'oreille; puis, rassurée par le silence qui régnait à nouveau dans la maison, elle plaçait les écrins dans son armoire, reculant le plus qu'il lui était possible le moment où elle serait forcée de dire à Rose :

— Je n'ai plus besoin de toi.

Pendant ce temps, Cassut s'occupait d'une besogne qui n'était guère de son goût. Ses parents et ses témoins n'avaient pas quitté la table de la soirée et n'avaient pas cessé de boire. Et plus ils buvaient, plus ils avaient soif. A deux ou trois reprises, M. Voisin était venu leur dire qu'on les attendait au salon.

— Oui, papa beau-père, avaient-ils répondu, nous y allons.

Mais le champagne et les liqueurs avaient bien d'autres charmes à leurs yeux que les ritournelles du piano, les enlacements de la valse et du quadrille, ou les excentricités de la polka.

Chemin de fer de Rouen ! dit-elle au cocher. (Page 576.)

M. Voisin y avait renoncé. Lui aussi il avait remarqué le vide qui s'était fait autour de lui à l'occasion de ce mariage. Certainement, le gendre qu'il avait choisi pour sa fille n'était pas du goût de ses amis. Il se repentait de la faiblesse qu'il avait montrée ; de gros nuages commençaient à obscurcir son front. Aussi, ce fut avec une véritable colère, quand la danse eut fini, faute de combattants, qu'il montra à son gendre la porte de la salle à manger.

— Débarrassez-vous de ces ivrognes-là, si vous le pouvez, lui dit-il. Quant à moi, je vais me coucher.

Germain ne s'offensa pas de cette épithète un peu vive. Il trouva même que son beau-père était dans le vrai, car il aurait bien mieux aimé aller rejoindre sa femme que de perdre un temps précieux à parler raison avec des gens aux trois quarts ivres. Cependant, il se résigna et alla les prier de quitter la place.

— Ah! farceur, lui répondirent-ils, vous êtes pressé, vous... cela se conçoit. Eh bien! encore un dernier coup à la santé de la mariée!

Cassut fut obligé, non-seulement de les laisser boire, mais de trinquer avec eux.

— Et maintenant, bonsoir! dit-il.

— Ah! va-t'en si tu veux. Nous sommes bien là, nous y restons. Ce n'est pas tous les jours fête.

Germain eut recours aux grands moyens. Il prit les bouteilles pleines qui restaient sur la table, les serra dans le buffet, qu'il ferma à double tour, et dont il mit la clef dans sa poche. Les convives ne s'en aperçurent pas tout d'abord et continuèrent la série d'histoires plus ou moins comiques qu'il avaient entamée dès le commencement du dîner. Naturellement, plus ils allaient, plus ces histoires devenaient difficiles à entendre.

Germain, à bout de patience, prit ses témoins par les épaules, les mit à la porte et, malgré les protestations qu'il souleva dut agir de la même manière irrévérencieuse avec ses parents. Enfin, quand ce métier de sergent de ville lui eut donné quelque répit, il se dirigea vers la chambre de sa femme, qui était située au premier étage.

Déjà M. Voisin était monté pour donner à sa fille le dernier baiser et lui avait expliqué pourquoi Germain n'avait pas encore paru. Antoinette s'attendait donc à voir entrer son mari d'un moment à l'autre. Cette appréhension pudique de la vertu aux abois, qui amène en général sur la joue des jeunes filles une rougeur adorable, faisait blêmir et trembler Antoinette. Elle ne l'avait pas prévu cet instant terrible, lorsque, cédant à un moment de dépit, elle avait accepté Germain! Combien elle le regrettait à présent! Ah! s'il en avait été temps encore, comme elle aurait repris sa parole, sa liberté, plutôt que de se livrer aux souillures de ce Germain!

Quand elle entendit monter l'escalier, après avoir souhaité la bonne nuit à M. Voisin, Antoinette porta la main à son cœur et se laissa tomber sur un fauteuil. Rose crut qu'elle allait se trouver mal.

— Eh bien! qu'avez-vous? lui demanda-t-elle.

— Pousse le verrou, dit vivement Antoinette.

— Comment, le verrou... mais c'est votre mari qui monte.

La jeune femme se leva, éperdue.

— Ah! malheureuse, qu'ai-je fait? gémit-elle, en se voilant le visage.

Au même instant, Cassut frappa discrètement à la porte.

— Encore un moment! cria Antoinette d'une voix étranglée. Je n'ai pas fini.

Cassut n'entra pas. Il se mit à marcher impatiemment dans la pièce voisine.

C'était un petit boudoir, dépendant de l'appartement d'Antoinette, dans lequel elle se tenait pendant l'hiver et, les jours de pluie, pendant l'été. A travers la porte close, elle entendait ce pas saccadé, insupportable.

Au bout de cinq minutes, Cassut vint de nouveau frapper. Antoinette eut la pensée de fuir. Mais fuir par où ? Sauter du premier étage dans le jardin, à demi nue !

Elle promena autour d'elle un regard épouvanté. Rose eut peur.

— Voyons, madame, lui dit-elle doucement, il faut vous faire une raison...

Antoinette la regarda en face.

— Je voudrais bien t'y voir, fit-elle avec un geste d'horreur.

Cassut frappait toujours.

— Eh bien ! est-ce fini ? demandait-il de sa voix la plus caressante.

— Mon Dieu ! je suis perdue ! s'écria la jeune femme atterrée.

Elle laissa tomber le dernier jupon qu'elle eût gardé, souffla précipitamment les deux bougies qui l'éclairaient et se jeta dans le lit, tout au fond, le long du mur, se faisant aussi petite que possible.

— Va-t-en, dit-elle à Rose avec un sanglot.

La femme de chambre obéit, ouvrit la porte, et Cassut entra.

— Mais on n'y voit rien s'écria-t-il, tout désappointé. Je vais allumer les bougies.

— Je vous le défends ! je ne le veux pas ! fit Antoinette d'une voix rauque.

— Mais, ma chère petite femme...

— Je vous le défends, répéta-t-elle, ou je vais me réfugier dans la chambre de Rose et je n'en sors plus.

Germain n'insista pas.

— Drôle d'idée ! murmura-t-il. Enfin...

Il poussa le verrou de la porte, se déshabilla dans l'obscurité et se dirigea à tâtons vers le lit.

— Oh ! si je pouvais mourir ! fit Antoinette.

Le lendemain, elle n'était pas morte, mais elle était plus blanche que le linge blanc dont elle venait de s'envelopper, quand Rose pénétra dans sa chambre.

Rose l'aimait réellement. Elle l'avait vu grandir, elle l'avait pour ainsi dire élevée. Elle fut effrayée de la pâleur de sa maîtresse, de la contraction de ses traits, de l'abattement profond auquel elle était en proie. Elle regarda la jeune femme en face avec une terreur secrète. Antoinette devina sa pensée.

— Ah ! c'est horrible ! fit-elle. Dieu te préserve, ma pauvre fille, d'un supplice pareil !

Rose réussit à la calmer un peu. Elle lui parla de ses bijoux, de ses toilettes, des plaisirs de toute sorte qu'elle allait goûter.

— Oui, tu as raison, dit Antoinette, donne moi mes bijoux, ma plus belle robe, je veux aller à Paris aujourd'hui.

— Mais vous avez du monde aujourd'hui encore, fit observer Rose.

— Du monde ? Qui ? Les parents et amis de M. Cassut ? Je m'en moque bien. Qu'ils s'arrangent !

— Quoi! vous voulez...

— Va prévenir M. Cassut à l'instant, je te l'ordonne.

Germain accourut. En vain il essaya de lui persuader qu'elle se devait à ses invités.

— Bah! ils se griseront bien sans nous, répliqua-t-elle.

— Cependant, les convenances... M. Voisin...

— Si vous ne venez pas à Paris avec moi, j'y vais seule, dit nettement Antoinette.

Germain s'exécuta. A peine avait-il eu le temps de parcourir la fabrique et de s'assurer que tous les ouvriers étaient à leur poste.

A dix heures, Antoinette était habillée. Rose l'avait deviné : le plaisir de se voir si belle, opéra chez la jeune femme une heureuse diversion. Cependant, au moment de descendre, elle prit à part sa femme de chambre.

— A l'instant même, lui recommanda-t-elle, tu vas courir chez le tapissier; tu y achèteras un lit complet pour une personne, que tu feras monter et dresser aussitôt dans mon boudoir. Je veux, ce soir en rentrant, trouver les draps mis et la couverture faite. Tu m'entends?

— Quoi! madame, vous voulez. .

— Si tu ne m'obéis pas, je te chasse, afin d'aller coucher dans ta chambre, dit impérieusement Antoinette.

— Ce sera fait, madame, promit Rose.

Mais tout bas, elle ajouta :

— Déjà!

Antoinette entendit le mot, mais ne daigna pas le relever. Elle sortit, nerveuse, irritée. Elle avait besoin de mouvement et de distraction. A l'heure où ses convives devaient arriver, elle partit pour Paris.

M. Voisin fut très surpris en apprenant ce départ précipité. Comme il ne se souciait pas de tenir tête à la famille Cassut, il ordonna à Rose de les servir et s'éloigna de son côté.

Antoinette, en arrivant à Paris, courut droit à la Maison d'Or et y commanda un déjeuner succulent. Après quoi elle prit une voiture, se fit conduire au bois de Boulogne; puis elle dîna au café Anglais et termina sa soirée aux Variétés, où elle se délecta franchement des cascades de la *Belle Hélène*. A minuit et demi, elle reprit le train et arriva chez elle vers deux heures du matin. Son premier soin fut de s'assurer si Rose avait exécuté ses ordres. Elle ne put s'empêcher de sourire en voyant la stupéfaction de son mari. Ce lit tout neuf, tout fait, tout prêt, l'intriguait fort.

— C'est le vôtre, lui dit-elle.

— Comment, ma chère amie, tu veux que...

— Bonsoir! fit Antoinette. Je tombe de sommeil.

En même temps, elle ouvrit lestement la porte de sa chambre, qu'elle referma avec vivacité, se déshabilla tranquillement et se coucha. En vain, pendant une bonne heure, Cassut, à travers la porte, la supplia avec les inflexions de voix les plus tendres de se montrer moins cruelle...

— Ah ! que c'est bon d'être seule ! dit-elle avec un soupir.

Et elle s'endormit. De guerre lasse, Germain regagna son lit solitaire et finit par fermer les yeux à son tour. Le lendemain, Antoinette était toute rayonnante. Quant à Cassut, il n'était pas content. Il reçut donc fort mal M. Voisin quand celui-ci, tenant à la main la lettre que Roger lui avait écrite, vint lui demander des explications sur le renvoi de son premier commis.

— Eh bien ! dit brutalement Cassut, suis-je le maître, oui ou non ? Il y a assez longtemps que je subissais ce gratte-papier. Il est parti... bon débarras !

Par respect pour sa propre dignité, M. Voisin ne voulut pas discuter contre de pareils arguments. Il tourna le dos à Germain. Celui-ci comprit sans doute qu'il venait de commettre une grossièreté, car il chercha aussitôt à l'excuser.

— Du reste, dit-il à son beau-père, le renvoi de M. Roger a été décidé entre Antoinette et moi, la veille de notre mariage.

M. Voisin l'entendit, mais ne l'écouta pas, et se retira sans même le saluer. Le cœur plein d'une juste colère, il monta aussitôt chez sa fille.

— Je n'ai pas pu obtenir de la brutalité de ton mari l'explication que j'allais lui demander, dit-il, je viens la chercher auprès de toi.

— Comment ! mon mari a été brutal envers toi, s'écria la jeune femme indignée. A propos de quoi ?

— A propos de Montmaury.

— Que s'est-il passé ? interrogea Antoinette sur un tout autre ton.

— Ceci : J'ai reçu de Roger une lettre dans laquelle il me prie d'attester qu'il est resté chez moi pendant trois ans. Je ne puis ni ne veux le lui refuser ; mais, comme j'ignorais même qu'il eût quitté la fabrique, je suis allé trouver Cassut, je lui ai montré la lettre, et je lui ai demandé ce que cela signifiait...

— Eh bien ? fit Antoinette avec embarras.

— Cassut m'a répondu qu'il était le maître et que cela ne me regardait pas. Comme je me retirais, profondément blessé, il a ajouté que le renvoi de Roger avait été décidé par vous d'un commun accord. J'avoue que j'ai de la peine à le croire. Est-ce vrai ?

— C'est vrai, répondit Antoinette en baissant les yeux.

— Comment ! toi qui me faisais sans cesse l'éloge de Roger, tu as comploté avec ton mari la perte de ce pauvre garçon !

— Que veux-tu, père... balbutia-t-elle, puisqu'ils ne pouvaient pas s'entendre...

— Eh ! sacrebleu ! fit M. Voisin exaspéré, si tu avais dépensé, pour garder Roger, le quart de l'énergie que tu as mise à prendre les intérêts de ton Germain contre moi, de Montmaury serait encore ici, et tes affaires n'en iraient que mieux.

— Cependant, père, je ne pouvais pas. . contre la volonté de mon mari...

— Tu pouvais ce que tu voulais, interrompit le vieillard avec humeur. Ce que tu as fait est une lâcheté...

— Oh ! père, tu vas peut-être un peu loin...

— Oui, une lâcheté, répéta M. Voisin avec véhémence, car tu n'avais toi, aucun motif de haine ni de basse jalousie contre Roger; ton devoir d'honnête femme était de le protéger contre Germain. Si aveugle que je sois, je n'ignore rien de l'animosité que ressentait Cassut contre de Montmaury, et je sais qu'elle prenait sa source dans les sentiments de la rivalité la plus vulgaire. Tu as pu défendre le meilleur des hommes et des employés contre la stupide jalousie de ton mari, tu ne l'as pas fait, tu as eu tort.

— Ah ! c'est comme cela? fit Antoinette, d'autant plus furieuse qu'elle sentait que son père avait raison. Tu ne veux rien entendre? Eh bien ! tant pis. Ce qui est fait est fait.

— Fort bien, dit M. Voisin. Je vois que je suis traité ici comme un Cassandre; mais je ne jouerai pas plus longtemps le rôle stupide que vous m'avez distribué.

Et, s'inclinant dérisoirement devant sa fille :

— Madame Cassut, dit-il, j'ai l'honneur de vous saluer.

Une heure après, il avait empilé, dans trois ou quatre caisses, ce qui lui appartenait et avait quitté la fabrique. Ce fut le lendemain de cet éclat qu'il alla rendre visite à Roger. Il lui avait raconté cette scène et donné sa nouvelle adresse à Paris. Il était, naturellement, très monté contre sa fille et son gendre. Roger le remercia chaleureusement. Il était désolé qu'à cause de lui une rupture eût éclaté entre M. Voisin et sa fille. Il manifesta hautement les regrets qu'il en éprouvait.

— Oh ! consolez-vous, lui dit tristement le vieillard. Au train dont vont les choses, cette rupture était inévitable un jour ou l'autre. J'ai été faible et inconséquent, en laissant contracter à Antoinette un mariage qui n'était pas de mon goût ; je m'en repens déjà; puissé-je ne pas m'en repentir plus amèrement encore.

A ces mots il s'éloigna, triste et agité de sinistres pressentiments.

— Pauvre homme! fit Roger quand il fut parti. Que deviendra-t-il le jour où il n'aura plus rien?

Ni Germain ni Antoinette ne se montrèrent très affectés du départ de M. Voisin. Cassut était bien définitivement le maître, et Antoinette pouvait, sans contrôle, satisfaire ses moindres caprices. Le lendemain, le surlendemain, pendant huit jours de suite, elle ne cessa d'aller à Paris, de dîner au cabaret, de passer sa soirée au théâtre.

Le huitième jour elle eut assez du théâtre et eut la curiosité de voir un bal. Germain la conduisit à Mabille, qu'il avait visité une seule fois en sa vie, un jour de goguette. Elle prit un grand plaisir à cette distraction, se montra grande admiratrice des « cavalier-seul » de certains danseurs et ne se scandalisa pas trop des contorsions échevelées des femmes qui leur faisaient vis-à-vis. Au bout de ces huit jours, Germain lui fit observer qu'il avait par trop négligé l'usine et qu'il serait temps d'y donner le coup d'œil du maître.

— Je vous accorde trois jours, lui dit-elle, car je n'en peux plus!

Pourtant, en demeurant chez elle, elle ne se condamna pas au calme absolu. Afin de montrer dans Meulan ses magnifiques toilettes, elle alla rendre visite aux rares personnes qui avaient répondu à l'invitation qu'elles avaient reçue.

Enfin, pour atténuer les longueurs de la soirée et des tête-à-tête avec Germain, elle fit venir sa cuisinière et combina les menus les plus délicats. La cuisine des restaurants à la mode l'avait mise en appétit de gourmandise et avait développé l'extrême sensualité qui constituait le fond de son tempérament. A ces menus délicats elle adjoignit quelques bouteilles de bon vin.

Le premier repas qu'elle fit chez elle se termina par une bouteille de champagne. C'était la première fois de sa vie, non pas qu'elle buvait du champagne, mais qu'elle en buvait à discrétion. Vingt fois elle en avait trouvé le goût délicieux et avait regretté que la prudence paternelle l'arrêtât dès le second verre. Cette fois, personne n'était là pour lui mesurer les gorgées. Elle vida presque entièrement la bouteille, si bien qu'en sortant de table elle était complètement grise. Germain la trouva charmante ainsi, d'autant plus charmante qu'elle oublia, ce soir-là, de fermer au verrou la porte de communication, oubli qu'il s'empressa de mettre à profit. Le lendemain, à dîner, il ne négligea pas de lui verser à boire. Elle s'en défendait mollement, confessant que la veille elle avait un peu perdu la tête.

— Bah! lui dit Germain. Quand tu prendrais un petit *plumet*, où serait le mal? Nous sommes chez nous, personne ne nous voit, va donc toujours.

Antoinette allait, elle allait même très bien. Ce moyen de s'étourdir sur ses chagrins, sur ses regrets, lui paraissait le plus simple en même temps que le plus agréable. Cassut ne comptait pas laisser dégénérer ces petits excès en habitude.

— Chez une jeune fille qui n'a jamais rien vu ni connu, cela n'a rien d'étonnant, se disait-il.

La vérité est qu'il y trouvait son compte et que, ces jours-là, il triomphait bien plus aisément des résistances de sa femme, car, lorsqu'elle était de sang-froid, elle demeurait inexorable.

Il est inutile d'insister longuement sur la conduite étrange de ce mari et sur les funestes conséquences qu'elle pouvait avoir dans l'avenir; mais il ne faut pas oublier non plus qu'avant d'hériter du pendu, Cassut était ouvrier, fils d'ouvrier, qu'il n'avait reçu aucune éducation, et qu'il avait grandi dans un milieu où l'habitude de prendre un *plumet* — c'était son mot — n'est pas considérée comme une honte, mais au contraire comme un complément obligé de toute bombance.

Aussi, pendant six semaines qui suivirent son mariage, se livra-t-il franchement, de son côté, à des plaisirs qu'il n'avait fait qu'effleurer jadis et qui lui étaient presque inconnus. Loin de retenir Antoinette sur la pente où elle s'engageait, il l'y poussait au contraire et l'y suivait de tout son cœur. C'est tout simple : il y trouvait un double plaisir : celui de boire et celui d'exercer ses priviléges de mari.

Un jour, en revenant du bois de Boulogne, ils décidèrent d'aller au théâtre du Châtelet, où l'on jouait alors une féerie très à la mode. Afin de ne pas trop s'é

loigner, ils résolurent de dîner au café d'Orsay. C'était, si l'on s'en souvient, un restaurant de premier ordre, tel, du reste, qu'ils les choisissaient d'ordinaire.

Fidèle à sa tactique habituelle, Cassut se fit servir les meilleurs vins et ne manqua pas de remplir fréquemment le verre de sa femme. Ils s'oublièrent longuement aux délices de la table, de sorte qu'il était plus de neuf heures quand ils sortirent du restaurant. C'était un peu tard pour aller au théâtre; cependant, comme ils avaient leur coupon dans la poche, ils n'avaient pas envie de le laisser perdre.

Antoinette voulait prendre une voiture pour arriver plus tôt; mais Germain désira faire la route à pied, pour faciliter la digestion, disait-il, ou plutôt pour avoir le temps d'achever son cigare.

Antoinette, un peu troublée par les vins capiteux qu'elle avait bus, y consentit sans difficulté. Bras dessus, bras dessous, parlant à haute voix, riant, chantant presque, ils suivaient donc le quai Voltaire, quand, à la hauteur du pont Royal, un homme, qui était assis sur un banc, se leva en chancelant et tendit la main. Antoinette eut peur. Elle crut qu'il s'agissait d'un ivrogne et en fit la remarque à haute voix. Au même instant, elle reconnut Roger. Mais quel Roger, grand Dieu! Roger, pâle, amaigri, se soutenant à peine et demandant l'aumône!

Certes, si elle avait eu toute sa présence d'esprit, elle lui aurait donné sa bourse; mais elle ressentit une commotion telle que, perdant complètement la tête, elle entraîna son mari et se prit à courir, honteuse, presque affolée, sans oser se retourner. Arrivée au pont Neuf, elle n'en pouvait plus, elle suffoquait. Elle fut obligée de se reposer sur un banc pour reprendre haleine.

— Lui! ne cessait-elle de murmurer. Lui! mourant de faim... implorant la charité des passants... Et par ma faute! »

Germain était aussi très troublé. Ce fut d'une voix timide qu'il rappela à Antoinette que l'heure s'avançait et que la féerie était à moitié jouée.

— La féerie! s'écria-t-elle, avec un rire nerveux. Ah! je me moque bien de cela!

Elle fit avancer une voiture et y monta, sans même avoir consulté son mari, qui s'élança près d'elle.

— Chemin de fer de Rouen! dit-elle au cocher.

Germain s'efforça de la calmer. Il voulut lui prendre la taille.

— Ne me touchez pas! s'écria-t-elle avec un geste d'horreur.

Elle n'avait jamais pu se décider à le tutoyer. Vingt minutes après, elle arrivait au chemin de fer et partait pour Meulan. A onze heures moins un quart elle était chez elle. Pendant le trajet elle n'avait pas dit un mot et n'avait pas même daigné répondre à Cassut, qui ne cessait de lui demander:

— Mais enfin, qu'est-ce que tu as?

Ce qu'elle avait! Un remords cruel, cuisant, inguérissable... une large plaie au cœur. En arrivant, elle courut dans sa chambre et n'oublia pas, ce soir-là, de fermer sa porte au verrou!

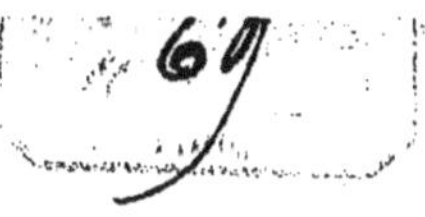

Ainsi, vous redoutez une catastrophe ?... (Page 578.)

VII

COMMENT CHACUN AVAIT EMPLOYÉ SON TEMPS

Après avoir causé quelque temps avec le jeune commis que lui présentait le docteur Valnet, M. Raymond était à peu près édifié sur son compte. Roger lui avait montré la lettre de regrets que M. Voisin lui avait adressée. Sans lui donner les causes véritables du congé brutal qu'il avait reçu, il lui avait fait entendre que son renvoi était presque une conséquence infaillible du mariage de Germain avec Antoinette, en raison de la mésintelligence qui, depuis longtemps, avait éclaté entre Clasut et lui.

A travers ces explications, quelquefois embarrassées, M. Raymond n'avait pas eu de peine à démêler une partie de la vérité. Un autre motif, que Roger ne voulait pas donner, avait évidemment concouru à ce résultat. Roger le taisait, il avait raison. Cela prouvait en faveur de sa discrétion.

Après avoir ensuite amené la conversation sur le terrain purement commercial, M. Raymond avait acquis la certitude que de Montmaury possédait un fonds de solide éducation et des idées saines, libérales, en même temps que souverainement pratiques. Il lui donna son adresse, en le priant de venir le lendemain, à neuf heures du matin.

Roger le laissa partir, remercia chaleureusement le docteur et le supplia une fois encore de lui garder le secret envers M. Dalbrègue.

— Oh ! sous ce rapport-là, vous pouvez être tranquille, dit M. Valnet. Ce serait peut-être hâter le dénouement que je prévois depuis près d'une année.

— Quel dénouement ? demanda Roger.

Le docteur hocha la tête et ne répondit pas.

— En effet, reprit de Montmaury, je me souviens que Laurence m'a parlé de certaines somnolences, auxquelles son père était sujet, et des appréhensions que cette torpeur lui faisait concevoir. C'est donc vrai ?

— Malheureusement, oui.

— Ainsi vous redoutez une catastrophe....

— Elle me semble inévitable.

— Et vous n'avez pas voulu le dire à Laurence ?

— A quoi bon ? Pourquoi aurais-je alarmé d'avance le cœur de cette pauvre enfant ?

— Oh ! vous avez eu beau faire, docteur, vos craintes n'ont pas échappé à sa perspicacité, puisqu'elle me les a communiquées.

— Tant pis ! fit soucieusement M. Valnet.

— Pourquoi ? Quelle catastrophe redoutez-vous donc ?

— Une congestion.

— Mais c'est la mort !

— Peut-être non, malheureusement.

— Malheureusement, dites-vous ! Y a-t-il donc quelque chose de plus terrible que la mort ?

— Il y a la paralysie.

— Vous avez raison, docteur. Ce serait plus affreux encore ! Et il n'y a pas moyen de conjurer ce danger ?

— Je n'en vois pas, mon cher ami. Songez que Dalbrègue a soixante-trois ans ! Cela ne veut pas dire que son âge le condamne fatalement, car vous avez vu comme moi cent vieillards du même âge aller et venir, aussi lestes, plus ingambes parfois que des hommes de trente ans. Ce qui condamne Dalbrègue, c'est la vie qu'il a menée depuis trente ans.

— Comment ?

— Sans doute. Pendant les vingt-cinq ans qu'il est resté banquier, qu'a-t-il fait ? Il a gagné de l'argent, beaucoup d'argent, c'est vrai. Et, comme s'il n'en avait pas assez gagné, voilà que sa sœur, Mme Denouval, lui a laissé, il y a deux ans, trois cent mille francs. Il s'est constitué une fortune magnifique, mais il s'est fait une déplorable santé. A un âge où il aurait eu besoin de se donner du mouvement, de se livrer à des exercices violents, il s'est condamné à rester des journées et des nuits entières devant son bureau. Quand il avait une course à faire, une voiture tout attelée l'attendait, le transportait et le ramenait—toujours devant son bureau.—Il en résulte forcément que les membres se sont engourdis, que le sang s'est alourdi et qu'aujourd'hui Dalbrègue ne peut même plus prendre l'exercice qui lui serait nécessaire. Ajoutez à cette hygiène déplorable la bonne chère, les dîners succulents, autant de circonstances aggravantes, vous le voyez, et jugez si sa constitution pléthorique peut résister longtemps encore à un régime semblable !

— Et le mal est sans remède ! s'écria Roger épouvanté.

— A peu près. Le régime sévère auquel j'ai soumis Dalbrègue recule et reculera peut-être quelques mois encore l'évènement que je prévois; mais les symptômes sont de plus en plus graves, de plus en plus alarmants.

— Mais que deviendra Laurence, alors? fit tout à coup Roger.

— Ah ! ce sera pour la chère enfant une rude épreuve !

— Et elle restera seule en présence de ce cadavre vivant, exposée sans défense, sans conseils, à toutes les cupidités que sa fortune excitera !

— A moins qu'elle ne se marie prochainement.

Roger se sentit froid au cœur.

— Est-ce qu'il en est question? demanda-t-il d'une voix qu'il s'efforçait d'affermir.

— Non, pas que je sache, répondit le docteur. D'ailleurs, remarquez bien que je ne suis pas infaillible, que la science peut s'égarer, que Dieu peut faire un miracle... A votre tour, n'allez pas répéter à Laurence ce que je vous ai confié.

— Ah ! il n'y a pas de danger ! dit Roger avec feu.

— Je vous ai fait part de mes appréhensions, parce que je sais combien vous aimez Dalbrègue et Laurence.

— Et vous avez bien fait, docteur. Mon Dieu ! s'il était en mon pouvoir de détourner un pareil malheur !... Pauvre père ! Car il est presque mon père, monsieur, ce digne et vénéré bienfaiteur. Pauvre Laurence, surtout !

Roger était en proie à une grande agitation.

— Allons, calmez-vous, rassurez-vous même, fit M. Valnet. Le danger n'est pas à craindre pour le moment. Tant que durera la saison d'été, j'espère que Dalbrègue se soutiendra.

— Ah ! vous me rendez un peu d'espoir, dit de Montmaury.

— Du reste, ajouta le docteur, je veux m'en assurer par moi-même. Un de ces dimanches, je me payerai le luxe d'une promenade à Meulan. J'ai besoin de voir Dalbrègue, de savoir s'il a mis ordre à ses affaires...

— Alors vous me permettrez de venir vous voir, fit Roger, car je ne retournerai pas à Meulan sans un mot de lui. — Et, ajouta-t-il tristement, depuis six semaines que je suis parti...

— Ne l'accusez pas, mon ami. Tôt ou tard, quand il aura acquis la preuve que vous êtes victime d'une calomnie... quand les circonstances le permettront... il vous rappellera, j'en suis sûr.

— Le ciel me préserve de l'accuser, docteur, dit tristement Roger. Mais ne plus les voir... qui sait s'il ne m'oublieront pas?...

— Quant à cela, je vous jure que non! Dussé-je leur rappeler moi-même que vous êtes encore de ce monde, je vous promets... Non, je ne puis vous en dire davantage; mais un jour viendra, sans doute, où vous verrez que je me suis occupé de vous, de votre avenir... Car il ne faut pas que vous recommenciez... Brisons-là. Adieu, ou plutôt au revoir! Bon courage! Vous voilà le pied dans l'étrier. D'ici à deux ou trois mois, vous aurez gagné peut-être un commencement de fortune. Marchez droit votre votre chemin, le reste ira de soi.

A ces mots. M. Valnet lui tendit la main et le congédia. Roger partit, un peu attristé, peut-être, mais plus tranquille. Il était sûr de la vie matérielle. Pour l'instant, c'était le point important. Le lendemain, il se rendit chez M. Raymond à l'heure dite.

— A la bonne heure! vous êtes exact, fit celui-ci en l'apercevant. Asseyez-vous, et écoutez-moi. En deux mots, je vais vous résumer la situation.

Depuis vingt ans, je fais à Paris le commerce des cafés, des cacaos et des vanilles. J'y ai gagné une fortune. L'opération que je suis allé faire à Caracas l'a doublée en dix-huit mois. C'est une chance. D'autres la renouvelleraient, au risque d'être moins heureux; moi, je m'en tiens là. Je liquide. Déjà, tout ce que j'avais de vanille en magasin est vendu; le reste suivra quand je voudrai, et ce ne sera pas long.

Quand aux petites opérations qui se sont faites en mon absence dans ma maison, elles se montent approximativement à quatre cent mille francs, sur lesquels deux cent cinquante mille francs environ sont déjà rentrés. C'est donc sur une somme de cent cinquante mille francs seulement que roule la liquidation que je vous confie, et c'est sur cette somme que je vous abandonne dix pour cent, ce qui est presque mon bénéfice, afin de sortir plus tôt d'embarras.

Les chiffres que je vous donne sont loin d'être exacts. Je les ai relevés, à vue de nez, sur mes livres, qui étaient fort mal tenus, et que voici. Voici également les factures, les bordereaux, etc...; tirez-vous de là comme vous pourrez, mais établissez-moi un compte définitif et que ma situation soit bien nettement à jour.

Vous serez absolument seul ici. Si vous avez besoin de quelques renseignements, ma femme, que j'ai prévenue, vous les donnera. Quant à moi, je pars demain pour Vernon, où habite mon frère, que je n'ai pas encore eu le temps d'aller embrasser. Combien de temps resterai-je en Normandie? Je l'ignore. Deux ou trois jours probablement, si mon frère n'insiste pas trop pour me retenir. Donc, je vous laisse, et à bientôt ! Si vous avez besoin d'argent, adressez-vous à ma femme.

A ces mots, M. Raymond s'éloigna.

Huit jours se passèrent, il n'était pas de retour.

Pendant ce temps, Roger avait relevé les uns après les autres tous les comptes, mis les livres au courant et établi la balance. Le chiffre total de la somme à liquider s'élevait à cent soixante-trois mille six cent quatre-vingt-dix-sept francs et des centimes, sur lequel il y avait cent mille francs nets à recouvrer. Si les rentrées se faisaient régulièrement, l'actif excédait donc le passif de trente-deux mille cinq cents francs environ.

Immédiatement, Roger se renseigna. Presque toutes les valeurs étaient bonnes, quelques-unes arrivaient à échéance. Déjà même il avait encaissé une vingtaine de mille francs, quand M. Raymond arriva, dix jours après.

Il se rendit immédiatement auprès de Montmaury, et fut émerveillé de la rapidité avec laquelle celui-ci avait dressé un compte si embrouillé. M. Raymond se montra enchanté du résultat. Il craignait un déficit de cinquante ou soixante mille francs, tandis qu'il trouvait au contraire de quoi payer deux fois les frais de sa liquidation. C'était trop beau.

Cependant, malgré la satisfaction qu'il éprouvait, il était préoccupé — si préoccupé que Roger le remarqua.

— Auriez-vous fait un voyage malheureux ? demanda-t-il.

— Oui et non, répondit M. Raymond. Mon pauvre frère, dont l'esprit était un peu dérangé, a réalisé sa fortune quelque peu après mon départ et est allé... je ne sais où. Je me suis renseigné auprès de tous ses amis, personne n'a pu me donner la moindre indication sur l'endroit où il s'est retiré. Enfin, au moment où je désespérais, j'ai fini par trouver un négociant de Vernon qui s'est rencontré avec mon frère au chemin de fer et qui l'y a vu prendre un billet pour Paris.

— Y a-t-il longtemps de cela ? fit Roger.

— Un peu plus d'un an, répondit M. Raymond. Je suis donc revenu en toute hâte à Paris, où je vais me mettre à sa recherche. Malheureureusement, dans ce diable de Paris, il est bien difficile. .

— Je puis vous aider, monsieur, proposa Roger. Les courses que nécessitent vos recouvrements me conduisent un peu partout. Si vous vouliez bien me donner les noms de votre frère, j'essaierais de mon côté...

— Il se nommait André Raymond.

— Quel âge ?

— Cinquante-six ans.

— Était-il marié ou veuf ?

— Célibataire entêté, monsieur.

— Bon ! à nous deux, nous finirons bien par le découvrir, dit Roger.

Trois mois s'écoulèrent, sans que les démarches de M. Raymond obtinssent le moindre succès. De son côté, Roger, ainsi qu'il l'avait promis, se renseignait à droite et à gauche, chaque fois que l'occasion s'en présentait.

André Raymond, celui qui était l'objet de ces recherches infructueuses, avait été marchand de nouveautés à Vernon, où il avait acquis, disait-on, une assez belle fortune. Naturellement, c'était à Paris qu'il venait faire ses achats. Il y était donc parfaitement connu chez tous les négociants de gros qui achalandent d'ordinaire ces sortes d'établissements.

Ces renseignements avaient été fournis à Roger par son nouveau patron, M. Charles Raymond — très sommairement, il est vrai, car le commerçant et le commis se voyaient fort peu. Tous les deux ou trois jours, M. Raymond venait le matin dans la pièce où se tenait de Montmaury, s'informait de ce qu'il avait fait, encaissait l'argent que Roger avait recouvré et s'en allait.

Si incomplets que fussent ces renseignements, Roger avait pourtant, à deux ou trois reprises, trouvé la piste d'André Raymond. Malheureusement, tout ce qu'on pouvait lui apprendre, c'est qu'André était venu pour la dernière fois faire des achats en avril 187..., c'est-à-dire un mois avant qu'on apprît qu'il venait de vendre son fonds. Or, il y avait de cela dix-huit mois. Au delà de cette date précise, on ne l'avait pas revu et on ignorait ce qu'il était devenu.

Si Roger n'avait pas été sous ce rapport-là aussi heureux qu'il l'aurait désiré, la liquidation qu'il poursuivait avait, en revanche, dépassé comme résultat toutes les prévisions de M. Raymond. Sur les cent dix mille francs qui lui étaient dus, douze mille francs seulement restaient en souffrance entre les mains de l'huissier qui avait protesté les billets. Encore l'huissier connaissait-il les débiteurs et se faisait-il fort de verser les trois quarts de cette somme dans un délai de quinze ou vingt jours. Quant aux effets souscrits par la maison Raymond, ils avaient tous été intégralement payés par Roger, de sorte qu'à la fin d'octobre la liquidation était entièrement terminée.

Pendant les trois mois que de Montmaury avait passés dans la maison, il avait été admirablement traité par M. Raymond, et accueilli avec la plus grande bienveillance par la femme du négociant, auprès de qui il avait été souvent obligé de se renseigner, puisque, en l'absence de son mari, c'était elle qui avait eu la signature de la maison et la direction des affaires.

M. Raymond avait cinquante-trois ans. Il était grand et fortement charpenté, quoique maigre en apparence. Il était du bois dont on fait les beaux vieillards. Il ne lui manquait pas ni un cheveu ni une dent. Son activité ne lui permettait pas le moindre repos. Toujours en mouvement, il avait facilement écoulé le stock de marchandises qui lui restait en magasin et poursuivi, sans se décourager un instant, les recherches qu'il faisait relativement à la singulière disparition de son frère André.

Quant à Mme Raymond, c'était une bonne et gracieuse femme de quarante-cinq ans, bien ronde, bien dodue, bien conservée, qui avait toujours le sourire sur les lèvres et qui possédait un fond de gaieté intarissable.

Roger avait été traité par eux en ami bien plus qu'en employé. La recommandation du docteur Valnet lui avait ouvert toutes grandes les portes de la maison.

Non-seulement on lui accordait une confiance aveugle, mais encore on le retenait souvent à dîner. Jamais, en effet, Roger n'avait voulu quitter son bureau sans mettre au net les opérations de la journée, et, comme il rentrait souvent fort tard des tournées que nécessitaient les recouvrements, M. Raymond le trouvait souvent au travail à l'heure où il se mettait à table.

— Comment! encore là! disait-il. Venez dîner avec nous, vous terminerez cela dans la soirée.

Mme Raymond le recevait à bras ouverts. Elle était si contente de ne plus s'occuper d'affaires, qu'elle témoignait sa joie et sa reconnaissance de toutes les façons imaginables. Spirituelle, fine, bien élevée, elle causait parfois très longuement avec Roger, pendant que son mari fumait son cigare, savourait son café ou parcourait le journal du soir. Elle n'avait donc pas eu de peine à voir que M. de Montmaury était un homme de mérite et de beaucoup supérieur à l'emploi qu'il occupait. Vingt fois elle avait parlé de lui à son mari, qui, de son côté, ne tarissait pas d'éloges sur l'intelligence et l'habileté de son employé.

Quand Roger annonça enfin à M. Raymond qu'il n'avait plus rien à faire, celui-ci le félicita chaleureusement.

— Venez dîner avec nous mardi, lui dit-il, et nous réglerons nos comptes.

Roger le remercia et promit d'être exact.

Pendant ces trois mois, il avait touché régulièrement les cinq cents francs qui lui avaient été alloués, ce qui lui avait permis de rembourser le docteur. Pour le récompenser de son exactitude, celui-ci lui donna des nouvelles toutes fraîches de Laurence et de son père. Il les avait vus trois jours avant à Meulan, où il était allé passer son dimanche.

M. Dalbrègue n'allait pas mieux, et Laurence était un peu souffrante ; mais si les symptômes que le docteur avait remarqués chez le père l'inquiétaient de plus en plus, la santé de la fille ne lui faisait concevoir aucune crainte. Il avait été beaucoup question de Roger pendant cette longue journée. M. Valnet leur avait annoncé que M. de Montmaury avait trouvé enfin une occupation lucrative.

— Il ne la gardera pas longtemps, avait-il dit, mais elle lui rapportera plus en trois mois qu'il n'a gagné en trois ans chez M. Voisin.

A cet égard, il avait dû fournir quelques explications. Il avait rencontré Roger, disait-il, désœuvré et fort en peine, et avait été assez heureux pour lui faire obtenir cette place.

— Mais pourquoi n'est-il pas venu nous voir une seule fois ? demandait Laurence.

— Ah ! répondait M. Dalbrègue, on voit bien que tu ne sais pas ce que c'est qu'une liquidation. On n'a pas un moment à soi.

En effet, Laurence ignorait complètement ce que c'était qu'une liquidation. Malgré cela, elle comprenait difficilement que Roger n'eût pas trouvé le moyen de s'échapper pendant une demi-journée pour venir à Meulan.

Roger quitta le docteur, emportant du bonheur pour une année. Laurence avait parlé de lui. Elle avait demandé pourquoi il ne venait pas. Donc elle lui accordait quelques regrets. Il faut si peu de chose à un amoureux pour le satisfaire, que le cœur de Roger battait d'aise quand il revint chez lui. Qu'aurait-il dit, qu'aurait-il fait, si le docteur lui avait appris tout ce qu'il avait cru découvrir, et dans quel but il était allé réellement chez Dalbrègue?

M. Valnet avait été très ému, très frappé de l'acte de désespoir auquel s'était abandonné de Montmaury.

— Il a presque raison, s'était-il dit. Je l'ai tiré de là pour le présent, c'est bien ; mais pour l'avenir...

Il partit donc pour Meulan, où il trouva son ami de plus en plus affaissé, bien que jouissant encore de toutes ses facultés. Après s'être entretenu de choses insignifiantes, il amena la conversation sur Roger, pendant que Laurence surveillait les apprêts du déjeuner et cueillait l'énorme bouquet qu'elle voulait placer sur la table.

— Je ne le connaissais pas encore, ce Roger, dit-il, et sans le hasard qui me l'a fait rencontrer, j'ignorerais qu'avec son nom, son titre, son éducation, son intelligence, il est en état d'occuper toutes les positions.

— Et aussi bon, aussi courageux, aussi loyal qu'il est intelligent, ajouta l'ancien banquier.

— Ah ! c'est grand dommage qu'il n'ait pas de fortune ! fit le docteur ; sans cela, il arriverait promptement à une situation brillante.

— Il est vrai qu'il n'a pas de fortune, répondit M. Dalbrègue ; mais il sait qu'il peut compter sur moi en cas de besoin. Je lui ai fait entendre assez clairement que je serais disposé à l'aider, s'il trouvait une situation avantageuse.

— A la bonne heure ! dit M. Valnet, car ce ne serait faire les choses qu'à moitié si, lui ayant donné l'éducation qu'il a reçue, vous ne le mettiez pas en état d'en profiter, vous qui n'avez qu'une fille à qui léguer vos quatre-vingt mille francs de rente.

— C'est mon avis.

— Alors vous comptez lui donner plus tard une certaine somme...

— Sans doute.

— Vous avez pris vos précautions en conséquence, je suppose...

— Quelles précautions? demanda M. Dalbrègue.

— Que sais-je, moi? Un papier quelconque... un testament... tout le monde a cela dans son tiroir.

— Non, fit naïvement l'ancien banquier.

— Comment! Et si Laurence se mariait, s'il vous arrivait un accident, vous laisseriez ce pauvre diable sans aucune ressource !

— Par exemple! Laurence ne sait-elle pas bien de quelles intentions je suis animé envers lui ?

— Laurence, bien ; mais si elle a un mari et si ce mari s'oppose à de telles libéralités...

— Elle est encore libre, fort heureusement.

— Sans doute, mais elle est d'âge à se marier au premier jour. Et quand même elle ne le serait pas... si elle se brouille avec Roger... si...

Eh bien ! mon enfant, dit aussitôt le docteur, comment vous trouvez-vous de votre séjour
à la campagne ? (Page 586.)

— Vous avez raison, docteur, dit M. Dalbrègue, je suis un étourdi. Ainsi vous
me conseillez de faire...

— Votre testament, mon cher, pas autre chose. Sans me compter, je vous
citerai cent de mes clients qui l'ont fait et qui ne s'en portent pas plus mal.

— Il est certain que c'est élémentaire, dit M. Dalbrègue. Je m'étonne de ne
pas y avoir songé. Aussi, je veux un de ces jours...

— Pourquoi pas demain? fit le docteur. Dès l'instant que cette idée-là ne vous effraye pas plus que moi, autant vaut plus tôt que plus tard...

— C'est juste. Eh bien! dès demain je ferai venir le notaire...

— Ne le faites pas venir, allez-y. La présence du notaire ici alarmerait inutilement Laurence.

— Vous êtes la sagesse même, docteur, j'irai, promit M. Dalbrègue.

Au même moment, Laurence arriva, portant une brassée de fleurs.

— Venez vous mettre à table, dit-elle.

M. Valnet remarqua que son teint était de beaucoup plus animé, que ses yeux brillaient d'un plus vif éclat.

— Qu'est-ce que cela signifie? se demanda le docteur, à la mémoire de qui se représentèrent aussitôt les confidences de de Montmaury. Est-ce que le nom de Roger, que j'ai prononcé, les détails que j'ai fournis sur son compte, auraient eu le don d'opérer cette transformation subite? S'agit-il réellement d'un amour partagé, d'un amour qui s'ignore lui-même?

A dater de ce moment, M. Valnet ne la quitta plus du regard. Plusieurs fois, et à dessein, pendant le cours du déjeuner, il laissa échapper le nom de Roger. Aussitôt il voyait se colorer les joues de la pauvre enfant. Son regard s'animait, un léger tressaillement nerveux parcourait son corps. Il hochait soucieusement la tête.

— Diable! diable! murmurait-il, si c'est bien de cette maladie-là qu'elle est atteinte, toute ma science ne l'en guérira pas. Comment m'en assurer?

Le déjeuner était fini, et le docteur n'avait pas trouvé le moyen qu'il cherchait. Vers une heure, M. Dalbrègue alla faire sa sieste, selon son habitude, et M. Valnet resta seul enfin avec Laurence.

— En avant les grands moyens, pensa-t-il.

— Eh bien! mon enfant, dit aussitôt le docteur, comment vous trouvez-vous de votre séjour à la campagne?

— Très bien, docteur, je vous remercie.

— Il me semble pourtant que, cette année, vous vous portez moins bien que d'habitude.

— Mais non, je vous assure...

— Vous avez beau m'assurer du contraire, il est des indices auxquels l'œil d'un médecin ne peut se tromper. Et quand ce médecin est un ami, son devoir est d'aller au-devant des confidences qu'on ne lui fait pas.

Laurence baissa les yeux et ne répondit pas.

— Ainsi vous n'avez rien à me dire? reprit M. Valnet.

— Non docteur, je me sens très bien, je n'ai rien, fit vivement la jeune fille.

— Vous me permettrez de ne pas vous croire, mon enfant. Nierez-vous que vous ayez maigri, que vous soyez pâle, que vous ayez les yeux fatigués, les paupières rougies comme si vous aviez pleuré?

— Je ne le nie pas, mais je serais bien embarrassée de vous en dire la cause.

— Moi aussi, si vous ne voulez pas m'aider à la trouver. Pourtant le fait que je constate est indiscutable. Si Roger, qui vous connaît encore mieux que moi, vous voyait, il serait certainement frappé, lui aussi, du changement que je vous signale.

Au nom de Roger, Laurence releva subitement les yeux.

— Et pourquoi ne vient-il pas? demanda-t-elle avec une inflexion de voix triste et suppliante.

— Mais… répondit le docteur, probablement parce qu'il ne le peut pas.

Elle haussa les épaules avec un geste de mutinerie charmante.

— Vous ne le croyez pas? fit le docteur.

— Non, dit-elle en secouant la tête.

— Que croyez-vous donc?

En disant ces mots, il la regardait bien en face. Elle baissa les yeux avec un embarras manifeste.

— Je ne sais… balbutia-t-elle.

— Il est certain, poursuivit M. Valnet, que jamais, même au temps où il était au collège, Roger n'est resté si longtemps sans vous voir. Aussi, je ne doute pas que ses occupations ne le retiennent à Paris. Sans cela, comment expliquer sa longue absence?

— C'est vrai docteur, vous devez avoir raison.

— Alors, pourquoi me disiez-vous tout à l'heure que vous ne le croyiez pas? Est-ce que vous soupçonneriez chez lui un motif quelconque d'éloignement? Aurait-il eu avec votre père ou avec vous la moindre difficulté?

— Jamais, répondit vivement Laurence.

— Le contraire m'eût étonné; car Roger, toutes les fois que je l'ai vu, m'a parlé de vous dans des termes tels…

— De moi? interrompit Laurence qui se rapprocha du docteur. Que vous a-t-il dit?

M. Valnet réprima le sourire que ce mouvement involontaire de la jeune fille avait amené sur ses lèvres.

— De vous et de votre père, continua-t-il. Il n'a cessé de protester de son amitié, de sa reconnaissance, de son respect.

— Ah! fit Laurence un peu désappointée.

— Voilà pourquoi, poursuivit M. Valnet, je suis certain à présent que le temps seul lui manque pour venir ici. Il a entrepris le travail que M. Raymond lui a confié avec d'autant plus d'ardeur qu'il était fort triste et très découragé quand je l'ai rencontré.

— Vraiment! dit la jeune fille un peu émue.

— Oui. Depuis six semaines il était à Paris et n'avait pas trouvé le moyen de se placer. Or, il était certainement fort à court d'argent, puisqu'il allait entrer comme garçon de magasin chez un négociant de la rue du Mail pour ne pas mourir de faim.

— Mourir de faim! lui! s'écria Laurence toute bouleversée. Comment, vous croyez… Et il ne nous en a rien dit! Il ne s'est pas adressé à nous!

— Je le lui ai sévèrement reproché, fit M. Valnet, car, si je ne me fusse pas trouvé là fort à point pour lui venir en aide, qui sait ce qu'il serait advenu…

— Quoi donc ? demanda la jeune fille haletante.

— On ne peut pas prévoir à quel point le désespoir égare souvent les esprits les plus sains, les cœurs les plus honnêtes. On a vu des pauvres honteux mourir de faim plutôt que de demander l'aumône, se tuer pour en finir avec la misère.

— Ah ! que me dites-vous là, docteur ? fit Laurence en portant la main à son cœur. Est-il possible que Roger en ait été réduit à de pareilles extrémités ?

En disant ces mots, elle promenait autour d'elle un regard effaré.

— Il en a été bien près, je le crains, dit soucieusement M. Valnet. Voilà pourquoi je vous demandais : connaissez-vous à son absence d'autres motifs que ceux résultant de l'impossibilité matérielle où il est de venir ici ?

— En vérité, docteur, répondit la jeune fille avec exaltation, vous m'épouvantez. Quoi ! Roger, mon ami, mon frère, aurait pu... et nous aurions eu ce crime à nous reprocher ! Ah ! je l'avais pressenti. Je le disais à mon père le jour où son départ pour Paris a été décidé si brusquement, en mon absence... Mon Dieu ! pardonnez-moi, mais je n'aurais pas survécu à un remords semblable !

Elle avait joint les mains et levé vers le ciel ses grands yeux bleus, remplis de larmes.

— Rassurez-vous, mon enfant, fit le docteur, qui ne jugea pas à propos de pousser plus loin cette épreuve, aucun danger de ce genre n'est à redouter pour Roger. Il est actuellement dans une position magnifique et qui, si elle ne lui offre pas d'avenir, lui permettra du moins d'attendre patiemment une bonne occasion.

— Ainsi, c'est vous qui l'avez sauvé, dit-elle en lui prenant les mains avec effusion.

— Sauvé est un bien grand mot pour exprimer une chose si simple. Je lui ai procuré un emploi, voilà tout, corrigea M. Valnet. Quant à vous, mon enfant, je remarque que vous êtes très impressionnable, que votre système nerveux est fort excité. A cela il y a certainement une cause. Voulez-vous me la confier.

— Mais, docteur, dit Laurence avec un secret effroi, vous vous trompez.

— Toutes vos protestations ne me convaincront pas, mon enfant. Il est bien vrai que je suis médecin du corps et non de l'âme, et que je n'ai aucun droit à vos confidences. Il ne m'est donc pas possible de vous conseiller un remède, qui serait inefficace, assurément, si c'est de l'âme que vous souffrez ; mais prenez-y bien garde, Laurence ! Les maladies que la science ne peut pas définir sont les plus dangereuses. On en meurt quelquefois, alors qu'il suffirait d'un mot...

— Encore une fois, docteur, vous vous alarmez à tort, répondit la jeune fille. Je ne puis que vous remercier de l'amitié que vous me témoignez, mais je n'ai rien, je me porte bien, très bien.

— Je n'insiste pas, mon enfant. J'ai fait mon devoir, tout est dit.

A ces mots, M. Valnet se leva pour faire un tour de promenade dans le jardin. Désormais, il était fixé sur la maladie de Laurence. Ses contradictions bizarres, les hésitations qu'elle avait montrées, l'émotion qui s'était emparée d'elle, les transes par lesquelles elle avait passé, avaient permis au docteur de lire dans son cœur comme dans un livre.

Il n'en était pas à ses débuts dans la carrière. Il connaissait la maladie dont souffrent les jeunes filles qui répondent sans cesse : « Je n'ai rien. » Celles-là ont au cœur un amour qu'elles n'osent pas avouer, parce qu'il est condamné d'avance, soit par l'indignité de celui qui en est l'objet, soit par la volonté formelle des parents. Donc Laurence aimait Roger, comme elle était aimée de lui, et ne voulait pas en convenir plus que lui. Donc M. Dalbrègue s'était déjà prononcé contre la possibilité d'une telle union, le jour où il avait forcé Roger à quitter Meulan.

— Et dire, s'écria le docteur, que tous les pères, les meilleurs même, sont pétris de la même pâte !

Il hésita s'il devait ou non sonder son ami sur cette terrible question, essayer de lui ouvrir les yeux ; il n'osa pas. Qui sait, en effet, si, à la suite de cette conversation, M. Dalbrègue, trouvant que Paris n'était pas assez loin, n'enverrait pas Roger en Amérique ?

— Attendons, se dit le docteur. Il sera toujours temps, dans un cas extrême, de faire éclater la vérité.

Cependant il crut devoir éclairer son ami sur la santé de Laurence.

— Faites-y attention, lui dit-il. Votre fille est parfaitement constituée, mais elle est en proie à un malaise qui ne peut pas vous échapper. Ne la contrariez pas, ne lui causez aucun chagrin. Son système nerveux est déjà un peu ébranlé ; le moindre choc pourrait déterminer une crise dangereuse.

M. Dalbrègue avoua qu'il avait remarqué le changement survenu chez Laurence.

— Si vous n'étiez pas venu, je vous aurais écrit, dit-il.

Et il promit d'user envers son enfant de tous les ménagements possibles, afin de détourner un accident dont il ne s'expliquait pas les causes.

— C'est toujours comme cela, pensa le docteur. Pères ou maris, ils sont les derniers à s'apercevoir de ce qui crève les yeux des autres.

Il revint donc à Paris, de plus en plus inquiet sur le sort de cette intéressante famille, et ne crut pas devoir cacher à Roger une partie des craintes qu'il avait conçues. De Montmaury n'osait pas croire que Laurence l'aimât. Il attribua donc à une indisposition passagère le malaise que le docteur lui avait signalé, tout heureux d'avoir entendu parler d'elle et d'emporter ce bien-aimé souvenir qui, seul, ensoleillait sa solitude.

Quant au docteur, il avait bien promis de retourner à Meulan ; mais il était tellement accaparé par sa nombreuse clientèle, qu'il ne lui avait pas été possible de tenir sa parole. Or, on était à la fin d'octobre. M. Dalbrègue allait revenir à Paris dans une quinzaine de jours, suivant la coutume. Donc, il le reverrait deux ou trois fois par semaine, et il n'y avait pas urgence à faire le voyage de Meulan.

De son côté, Roger avait si bien employé son temps qu'il était libre. M. Raymond l'avait invité à dîner pour le mardi 2 novembre, afin de régler son compte. Roger se garda bien d'y manquer. A l'heure dite, il arriva. Chère succulente, vins exquis, tout contribua à la gaieté de cette fête intime, à laquelle avaient été conviés seulement trois amis de M. Raymond. Après dîner, il prit Roger par le bras et l'entraîna dans son cabinet.

— Mon cher ami, lui dit-il, en lui tendant une liasse toute préparée de billets de banque, vous m'avez tiré une rude épine du pied! Je croyais à un déficit d'une cinquantaine de mille francs, vous m'avez fait retrouver cette somme dont j'avais fait le sacrifice, il est juste que je vous en témoigne ma satisfaction. Voici donc vingt mille francs. C'est un peu plus que les dix pour cent que je vous avais promis, mais ce n'est pas la moitié de ce que vous m'avez fait gagner. Cet argent est donc à vous, bien à vous, et ne mérite pas de votre part un remerciement, puisque, d'avance, il vous appartenait en vertu de nos conventions.

— Mais, monsieur, vous me comblez! s'écria Roger; c'est trop, beaucoup trop!

— Ce n'est pas assez, mon ami. Vous connaissez la maison Delaît et Giraud...

— Certainement, c'est avec ces messieurs que j'ai dîné.

— Je suis chargé de vous offrir chez eux la place de premier commis, aux appointement de huit mille francs par an. Acceptez-vous?

— Si j'accepte! fit Roger qui rayonnait. C'est-à-dire que je ne sais en quels termes vous remercier, cher monsieur Raymond!

— Venez donc, je vais leur annoncer cette bonne nouvelle.

Après avoir pris rendez-vous pour le lendemain avec ces messieurs, Roger regagnait son logement, vers onze heures du soir, quand, au moment de sonner, il aperçut M. Voisin devant la porte de son hôtel.

— Je vous attendais, lui dit M. Voisin avec agitation.

Bien que très surpris de recevoir une visite à pareille heure, Roger engagea M. Voisin à le suivre et le fit entrer dans sa chambre.

— Qu'est-ce qui me procure le plaisir de vous voir? lui demanda-t-il.

— Vous ne le devinez pas? fit le vieillard en le regardant tristement.

— Si, dit Roger, vous avez réussi et vous venez savoir si je puis vous prêter mon concours.

M. Voisin fit de la tête un signe négatif.

— Ah! ce n'est pas cela?

— Non.

— Vos affaires auraient-elles mal tourné?

— Aussi mal que possible.

— Et l'argent que vous avez touché lors du mariage d'Antoinette...

— Est englouti.

— Quoi! les cent soixante-dix mille francs qu'a versés Germain...

— Il n'en reste plus rien.

— En quatre mois et demi!

— Et j'ai vingt mille francs à payer dans trois jours.

— Ainsi vous n'avez plus rien?

— Ni fortune, ni enfant.

— Comment !

— Je pourrais ajouter ni amis, fit douloureusement M. Voisin, car depuis que j'ai eu la sottise de marier Antoinette avec Cassut, tous mes amis m'ont tourné le dos.

— Est-il possible? s'écria Roger, ému de cette détresse navrante.

M. Voisin s'en aperçut.

— Vous êtes peut-être le seul qui me témoignez un peu de sympathie. Voilà pourquoi je suis venu vous voir. Je suis si malheureux que j'éprouve le besoin de confier mes chagrins à quelqu'un. C'est vous que j'ai choisi, sachant combien votre cœur est bon, espérant vaguement que vous pourriez me donner un bon conseil.

— Parlez, monsieur, fit chaleureusement Roger, je suis à votre disposition.

— Et pourtant, dit M. Voisin en se levant subitement, l'idée était bonne. Vous allez en juger. Vous avez certainement remarqué que les verres et cristaux que l'industrie livre à la consommation, loin d'être parfaitement blancs, n'empruntent pas à la lumière l'éclat qu'ils devraient avoir.

— Certes, dit Roger. Ils sont plus ou moins verts, mais ils ne sont pas blancs.

— Eh bien ! regardez-moi cela, fit M. Voisin.

En même temps, il tirait de la poche gauche de son pardessus un verre à boire, de la poche droite un autre verre, et les exposait à la clarté de la bougie qui brûlait sur la table.

— Trouvez-vous une différence? demanda-t-il.

— Assurément, répondit Roger. Celui que vous tenez dans la main droite est beaucoup plus blanc que l'autre, bien qu'il ait identiquement la même forme et qu'il soit taillé de la même manière.

— Vous voyez bien que mon idée est bonne ! s'écria triomphalement le vieillard.

— Est-ce donc vous qui avez fabriqué ce verre?

— Ce n'est pas moi, mais c'est avec le nouveau produit que j'ai trouvé que je l'ai fait fabriquer.

— Alors l'expérience est concluante, fit Roger. Il n'est pas un marchand qui, entre deux produits essentiellement différents, hésitera à prendre le vôtre.

— N'est-ce pas? dit M. Voisin dont les regards s'étaient ranimés.

— Cela ne fait pas l'ombre d'un doute.

— Eh bien ! mon ami, voilà quatre mois que je cherche la solution du problème.

— Quel problème?

— Fabriquer mon produit à meilleur marché que mes concurrents.

— Il vous revient donc plus cher?

— A plus du double jusqu'à présent.

— Et voilà quatre mois que vous fabriquez dans de pareillles conditions ! s'écria Roger qui ne pouvait en croire ses oreilles.

— Hélas! oui, mon ami. J'ai loué à Belleville une magnifique usine, admirablement installée. Tous les jours, depuis cinq heures du matin jusqu'à huit heures du soir, je suis là, surveillant les ouvriers, les machines, les essoreuses, travaillant comme un cheval, prenant à peine le temps de manger, et c'est au moment d'atteindre le but que je vais être obligé de m'arrêter, faute d'argent. N'est-ce pas désolant?

— Mais pourquoi ne pas vous êtes arrêté dès que vous avez constaté que votre produit vous coûtait deux fois plus cher qu'aux autres?

— Pourquoi? Parce que ce produit était infiniment plus pur et parce que je croyais arriver plus tôt à le livrer au-dessous des prix courants.

— Et ce but, vous ne l'avez pas atteint?

— Pas encore, mais j'y touche, fit l'industriel avec feu. Ah! si je n'avais pas obtenu dès la première expérience le résultat que je viens de vous soumettre, je me serais arrêté, ainsi que vous me le faisiez judicieusement observer; mais le résultat vous l'avez vu, vous l'avez touché du doigt, vous avez avoué vous-même qu'entre ces deux verres il y avait une différence qui sauterait aux yeux d'un aveugle!

— Je n'ai pas dit cela, fit Roger qui ne fut pas maître d'un sourire.

— Pas tout à fait, mais vous avez constaté la supériorité de ma fabrication. Donc, l'idée est bonne.

— Je ne prétends pas qu'elle soit mauvaise, seulement elle n'est pas pratique.

— Pour le moment, vous avez raison; mais elle le deviendra, et si j'avais seulement un mois de répit...

— Vous mangeriez encore une quarantaine de mille francs.

— Du tout, j'arriverais certainement à devenir maître du marché, dit M. Voisin.

— Malheureusement, reprit-il avec tristesse, je suis à bout de ressources; l'échéance du 5 novembre arrive, et je n'ai pas les vingt mille francs nécessaires pour y faire face! J'ai naturellement pensé à les demander à ma fille, et je suis allé aujourd'hui à la fabrique.

— A Meulan?

— Oui.

— Eh bien?

— Eh bien! mon cher, j'ai exposé mes embarras à Antoinette avec la même franchise dont j'ai usé envers vous. Elle a commencé par me répondre qu'elle n'avait pas d'argent. Comme je refusais de la croire, elle m'a fait apporter les livres et m'a prouvé que, depuis son mariage, c'est-à-dire en quatre mois et demi, elle avait dépensé vingt mille francs, — les deux tiers de ce que rapportait l'usine quand je l'ai quittée! J'avoue que j'ai été stupéfait, presque indigné. Je lui en ai fait de vifs reproches.

— Je te conseille de parler, m'a-t-elle dit. Tu as mangé plus de cent quatre-vingt mille francs dans le même espace de temps, et tu viens me faire une scène parce que j'en ai dépensé vingt mille!

J'ai essayé de placer une observation.

A force de plaisirs, de fatigues... elle avait pu imposer silence à son cœur. (Page 596.)

— En voilà assez, a-t-elle continué en m'interrompant. Je ne te reproche ni les six ou sept cent mille francs dont tu as nourri tes songes creux pendant trente ans, ni ceux que tu viens de dévorer si lestement. Cet argent-là était à toi, tu en as disposé comme tu l'entendais, n'en parlons plus. Eh bien ! c'est mon tour maintenant. L'usine est à moi, elle rapporte ce qu'elle peut, je dépense ce que je veux, cela ne regarde personne — que Cassut. Encore voudrai-je voir qu'il se permît la moindre observation !

Et, comme je demeurais confondu de ce langage étrange :

— Tu ferais bien mieux ajouta-t-elle, de *lâcher* toutes tes chimères, qui ne te mèneront jamais à rien, et de venir auprès de nous, à Meulan. Nous te donnerions le petit pavillon qui est au fond du jardin. Il n'y a que deux pièces, mais c'est bien assez pour un homme seul. Tu vivrais et tu mangerais avec nous..., tu n'aurais à t'occuper de rien...

— Comment, le petit pavillon du jardin ! m'écriai-je. Mais c'est le logement du jardinier !

— Eh bien ! ne crois-tu pas que nous allons te faire bâtir une maison ? fit-elle en ricanant.

La colère finit par l'emporter sur la patience.

— Tu es une malheureuse, lui dis-je. Je ne te demande plus rien. Je te renie, tu n'es pas de mon sang...

— Ce n'est pas gentil pour ma mère ce que tu dis là, fit-elle observer cyniquement.

— Va-t'en, misérable ! m'écriai-je, révolté de ce dernier outrage fait à la mémoire de la plus sainte et de la meilleure des femmes.

— Oh ! pardon, dit-elle en ricanant. Je suis chez moi, ici ; je ne m'en irai pas.

Tant d'impudence m'avait exaspéré. Déjà je levais la main pour la maudire, quand une dernière lueur de pitié m'arrêta.

— Tu as raison, lui dis-je. C'est à moi de quitter la place ; mais je te promets bien que je ne viendrai plus m'exposer à tes sarcasmes et que tu ne me reverras jamais.

— Bah ! laisse donc, répliqua-t-elle en haussant les épaules, tu seras bien content, quand tu auras tout croqué, de venir nous demander la pâtée.

La pâtée ! c'était le comble ! Il me prit une envie féroce de la souffleter, je ne vous le cache pas. J'eus pourtant la force de me contenir et je m'enfuis, épouvanté. Etait-ce bien mon enfant qui avait osé me parler ainsi ?

En disant ces mots, le vieillard essuyait deux grosses larmes, qui sillonnaient sa joue flétrie.

— Mais c'est assez nous occuper de cette misérable, reprit-il, parlons un peu de vous, mon cher ami. Etes-vous content ?

Cette scène avait mis Roger à l'envers. La douleur de ce vieillard avait fait tressaillir toutes les fibres de son âme.

— Oui, je suis content, répondit-il. D'autant plus content que je puis enfin reconnaître ce que vous avez fait pour moi.

— Comment? fit M. Voisin, qui ne comprenait pas.

— Ces vingt mille francs, dont vous avez besoin dans trois jours, je puis vous les prêter, les voici.

En même temps, il tirait de sa poche la liasse de billets de banque que lui avait donnée M. Raymond. C'était d'autant plus méritoire qu'il n'avait aucune confiance dans l'entreprise du vieil utopiste et qu'il considérait cette somme comme perdue d'avance.

M. Voisin jeta sur lui un regard à la fois empreint d'incrédulité et d'admiration.

— Vingt mille francs! vous! balbutia-t-il. Ce n'est pas possible... Cet argent ne vous appartient pas... il est à votre patron... vous n'avez pas le droit d'en disposer...

— Il est à moi, bien à moi, fit Roger, la main toujours tendue. Je l'ai gagné. On vient de me le donner à l'instant.

— Quoi! dit M. Voisin hésitant, vous avez gagné en quatre mois...

Il fut héroïque ce vieillard. Devant la liasse de billets que lui tendait Montmaury, ses yeux s'étaient allumés de convoitise. Pour lui, le rêveur, mais l'homme ardemment convaincu, ces vingt mille francs étaient le salut, la vie, la fortune, l'avenir... Déjà il tendait ses mains avides pour s'emparer de ce trésor inespéré..... Il eut le courage de ne pas le faire! Il se leva, muet, pétrifié de surprise et de reconnaissance. Pour la première fois, peut-être, il eut le pressentiment que sa folle entreprise était condamnée.

— Non, dit-il résolûment. Je ne vous dépouillerai pas, vous! Ce serait une profanation.

— A ces mots, il serra la main de Roger.

— Vous êtes donc meilleur qu'elle? dit-il avec des larmes dans la voix.

Aussitôt, s'arrachant à cet attendrissement passager, il se dirigea en courant vers la porte, pour ne pas succomber à la tentation, et descendit précipitamment l'escalier. Roger courut après lui.

— Monsieur Voisin, cria-t-il, monsieur Voisin, venez donc. Prenez-en au moins la moitié.

Il entendit se refermer la porte de l'hôtel. Le vieillard avait disparu.

VIII

MAUVAISE NOUVELLE.

M. Voisin n'avait pas dit un mot qui ne fût l'exacte vérité. A soixante-deux ans, il était ruiné et plus pauvre qu'au temps où il avait débuté, car il n'avait plus la jeunesse, et la foi robuste qui l'avait soutenu jusqu'alors commençait à chanceler. Il n'avait plus d'enfant, car il lui était impossible de reconnaître dans la femme de Cassut la jeune fille qu'il avait tant aimée, pour qui il s'était montré si tendre, si bon, — et il faut bien ajouter si faible!

Certes, il aurait été bien coupable d'avoir gaspillé une si grande fortune et d'avoir si mal élevé Antoinette, s'il n'avait eu pour excuse cette foi aveugle qui faisait à la fois de lui le plus malheureux des pères et des industriels.

En toute autre circonstance, sa fille l'aurait peut-être accueilli avec plus de douceur; mais depuis qu'elle avait rencontré, mourant de faim, ce Roger qu'elle avait chassé, son amour pour lui s'était réveillé plus ardent que jamais ; d'autant plus ardent que sa vengeance avait dépassé le but sans l'atteindre, et que ses remords incessants lui représentaient à toute heure cette figure souffrante, pâle, amaigrie, qu'elle s'efforçait en vain d'oublier.

Un instant, pendant les premiers jours de son mariage, elle avait réussi à s'étourdir. A force de plaisirs, de fatigues, d'ivresses de toute nature, elle avait pu imposer silence à son cœur, forcer ses lèvres à sourire, ses paupières à se fermer, mais elle n'avait pas oublié. Du jour où son amour se réveilla, elle prit son mari en haine, et sa haine grandit à mesure que les besoins impérieux de la vie commune lui firent comprendre que son supplice était éternel, ou que, du moins, la mort seule pouvait y mettre un terme.

De nouveau, avec une sorte de fureur, elle eut recours à la dissipation, elle s'enivra de vins capiteux, elle sema l'or à pleines mains pour satisfaire ses moindres caprices; elle ne parvint pas à effacer l'image qui se représentait sans cesse à sa pensée. Au sein de cette vie factice et vagabonde, elle n'eut pourtant pas un moment d'oubli. La porte de sa chambre demeura fermée sans pitié aux supplications et aux menaces de son mari.

En effet, Germain ne pouvait supporter l'existence singulière que lui faisait mener sa jeune femme. Il avait beau se coucher tard, il était obligé de se lever matin, pour s'assurer que ses ouvriers étaient à leur poste, pour leur distribuer la besogne, pour surveiller la fabrication des produits. S'il dormait quatre ou cinq heures par nuit, c'était tout. En outre, il ne s'était pas marié pour croquer le marmot dans une pièce voisine, tandis que sa femme se cloîtrait dans sa chambre et lui en interdisait inexorablement l'entrée. Cassut voulut donc faire quelques observations.

— Ma chère amie, dit-il à sa femme, cette vie-là ne peut pas durer. Quand j'abandonne la fabrique pour aller avec toi à Paris, mes ouvriers ne travaillent pas, les clients qui viennent de Paris pour me voir ne me trouvent jamais, perdent patience et s'en vont ailleurs. Que deviendrons-nous si nous n'avons plus de clientèle et si nous perdons, faute de surveillance, les bénéfices déjà restreints de notre fabrication ?

— Nous deviendrons ce que nous pourrons, répondit Antoinette. Avant de vous accorder ma main, je vous ai prévenu que je voulais goûter tous les plaisirs dont ma jeunesse avait été sevrée. Vous avez trouvé cela tout naturel, vous avez promis de ne me faire aucune observation, vous avez manifesté même le désir de partager avec moi des distractions que vous ignoriez également, rien n'est changé au programme que j'avais tracé, auquel vous avez souscrit; ne venez donc pas me rompre la tête de détails auxquels je prétends demeurer étrangère.

— Sans doute, dit Germain, mais je n'avais pas supposé un instant que cette fièvre de plaisirs te prendrait tous les jours, à toute heure, et qu'elle nous laisserait à peine le temps de fermer les yeux.

— Quand elle me prend, je lui obéis; cela ne regarde que moi.

— Pourtant, ma bonne amie, si nous continuons de ce train-là, nos bénéfices iront chaque jour en diminuant; nous n'aurons plus de débouchés, et alors il faudra fermer l'usine.

— Cela vous regarde. Quant à moi, je m'en lave les mains, fit Antoinette sans se départir un moment de son immuable sang-froid.

— Eh bien! puisqu'il en est ainsi, je n'irai pas avec toi à Paris aujourd'hui, répliqua Germain piqué au vif.

— Comme il vous plaira, j'irai seule.

— C'est ce que nous verrons, dit Germain.

— Ah! vous voulez le voir? riposta Antoinette. Ce ne sera pas long. Je ne vous demande que dix minutes.

Elle entra dans sa chambre, passa une robe, mit son chapeau, prit ses gants, son ombrelle et s'en alla. Germain eut une féroce envie de l'en empêcher; mais il aurait fallu faire preuve d'énergie, employer la force au besoin, il recula devant cette extrémité. Antoinette ne rentra, comme à l'ordinaire, qu'à deux heures du matin.

— D'où viens-tu? Qu'as-tu fait? lui demanda Germain confondu.

— J'ai fait quelques emplettes et je suis allé voir l'Œeil crevé, répondit-elle en bâillant. Je me suis fort amusée.

— Seule! fit Cassut, qui ne pouvait croire à tant de hardiesse.

— Crois-tu donc que j'aie recruté un cavalier sur les boulevards? répliqua-t-elle.

— Non, mais enfin est-ce bien une femme honnête qui va seule aux Folies-Dramatiques?

Au lieu de lui répondre, Antoinette haussa les épaules et lui tourna le dos.

— Bonsoir, dit-elle, je tombe de sommeil, je vais me coucher.

Elle entra dans sa chambre, Cassut la suivit.

— Eh bien! que faites-vous là? lui demanda-t-elle. Ne m'avez-vous pas entendue? Je tombe de sommeil...

— Et tu vas te coucher, fit Germain. Eh bien! est-ce que ma place n'est pas dans ta chambre, auprès de toi?

Il avait pris son inflexion de voix la plus caressante.

— Faites-moi le plaisir de vous en aller, dit-elle, et bonne nuit!

— Ah! c'est comme cela? s'écria Cassut. Eh bien! non. Voilà assez longtemps que je chôme et que j'ai toutes les charges du mariage, sans en avoir les bénéfices. Je ne m'en irai pas, ajouta-t-il résolûment.

Elle le regarde dans les yeux, hautaine, indignée, menaçante.

— Non, je ne m'en irai pas, répéta Germain.

Les sourcils de la jeune femme se contractèrent, son regard étincela de colère. Elle fut sur le point de se jeter sur lui; mais elle comprit sans doute qu'elle n'était pas de force à lutter. Se dirigeant rapidement vers la porte qui communiquait avec le boudoir, elle la repoussa vivement, la ferma à double tour et laissa son mari prisonnier dans sa propre chambre, tandis qu'elle se couchait tranquillement dans le lit de Germain. Il employa inutilement toutes les prières, épuisa les objurgations, fit entendre plus timidement de sourdes menaces, elle ne lui rendit la liberté que le lendemain matin, vers six heures.

Edifiée désormais sur les prétentions de Cassut, elle eut soin de ne plus se laisser surprendre. Elle réussit si complètement, que Germain, exaspéré du célibat par trop rigoureux qu'elle lui imposait, finit par se fâcher. Un soir qu'il avait, toujours sans succès, épuisé le vocabulaire des plus tendres instances, la colère le gagna.

— Si tu n'ouvres pas la porte, je l'enfonce ! cria-t-il d'une voix étranglée par le désir.

Elle ne daigna pas lui répondre.

Il se jeta sur la porte, comme une catapulte, et la fit craquer de toutes parts sous le choc de sa robuste épaule.

— Prenez bien garde, monsieur Cassut ! lui dit-elle. Vous n'ignorez pas que j'ai quelque expérience des armes à feu, et que mon revolver est toujours près de moi. Je vous jure que si vous faites sauter cette porte, je vous reçois par un coup de pistolet !

Germain, soit qu'il n'eut pas entendu, soit que la passion l'emportât, fit subir un nouvel assaut à la porte, qui se fendit avec un bruit sec dans toute sa longueur. A travers la fente que cette rude secousse avait produite, il vit sa femme allumer sa bougie, sauter en bas de son lit et saisir le revolver qui se trouvait dans un écrin, sur sa table de nuit. Certain qu'Antoinette tiendrait parole, il eut peur et se contenta de proférer les plus violentes imprécations. Le lendemain, quand il se retrouva devant sa femme, il se croisa les bras d'un air décidé.

—Ah ça ! Est-ce que nous allons continuer longtemps sur ce pied-là ? demanda-t-il.

— Cela durera tant qu'il me plaira, répondit-elle avec le plus grand flegme. Si vous essayez de pénétrer par la force dans ma chambre, je vous tue comme un chien, je vous en avertis.

— Comment ! vous oseriez...

— Quoi ? interrompit-elle avec un ricanement impitoyable. Je dors... un bruit épouvantable me réveille en sursaut... je me lève... J'entends qu'on enfonce ma porte... je saute sur mon revolver... Je crois qu'il s'agit d'un voleur... je le tue. Rien n'est plus simple et plus légitime que l'instinct de la défense.

Et comme Cassut demeurait pétrifié devant tant d'audace :

— Comme un chien, répéta-t-elle en s'éloignant.

A dater de ce moment, Germain, qui était lâche, ne songeait plus à s'insurger. De nouveau, il essaya de griser sa femme, de l'attendrir ; il ne fut pas plus heureux. Elle éventait tous ces pièges grossiers avec un flair qui ne fut jamais en défaut. Un soir, après boire, Cassut se permit de la saisir dans ses bras et tenta de l'embrasser. Elle lui laboura le visage de dix coups d'ongle, si profondément marqués, que son visage fut inondé de sang et qu'il en garda la trace pendant plus de deux mois.

Il était muselé, mais il n'était pas dompté. Ce petit homme rouge, vindicatif et méchant, dont les instincts haineux se sont révélés dès les premières pages de ce récit, rongeait sa colère et maudissait la sotte vanité qui l'avait jeté dans les lacs de cette femme. Il ressemblait aux tigres, enfermés dans leur cage, qui rampent sous le regard du dompteur, se font petits devant sa cravache et, se redressant aussitôt qu'il s'éloigne, le poursuivent de leurs rugissements impuissants.

S'il cédait devant les exigences d'Antoinette, c'est qu'il espérait, à force de soumission, la ramener à lui ; mais plus il cédait, plus il rivait solidement à son cou la chaîne qu'il y avait attachée.

Au bout des trois mois et demi qui venaient de s'écouler, il avait fait à la caisse de si lourds emprunts qu'elle était absolument vide, et il avait laissé prendre à sa femme un tel empire, qu'il jouait dans la communauté le rôle des zéros que l'on peut aligner indéfiniment à la gauche d'un chiffre, sans en augmenter la valeur.

Quant à Antoinette, elle avait profité du jour où elle était allée seule à Paris pour faire une visite à son père et lui arracher l'adresse de Roger. Puis elle s'était rendue rue Saint-Nicolas, et, en glissant à propos deux louis dans la main du logeur, elle en avait obtenu tous les renseignements désirables. Elle avait donc appris que Roger, après six semaines d'une misère navrante, avait fini par trouver un emploi. Désormais rassurée sur le sort de ce jeune homme, elle s'était informée à Meulan, et avait acquis la certitude que de Montmaury ne s'était pas représenté chez M. Dalbrègue depuis le jour où il était parti. Donc sa lettre avait porté ses fruits. Laurence et Roger ne s'étaient pas revus. Ce premier danger était conjuré.

Cependant, ainsi que l'avait dit Cassut, dans un langage plus expressif que choisi, cette vie-là ne pouvait pas durer. Entre la femme et le mari, les relations de chaque jour devenaient de plus en plus difficiles. Si Germain se fâchait de ne pas toucher tous les dividendes que le mariage lui avait promis, Antoinette se sentait prise d'une horreur de plus en plus profonde pour l'homme vulgaire et grossier auquel elle avait imprudemment enchaîné sa destinée.

À mesure que les semaines succédaient aux jours et les mois aux semaines, cette horreur allait grandissant. Vivre ainsi, ce n'était pas vivre, c'était mourir à petit feu. Désespérant d'oublier, elle renonça enfin à tous les plaisirs dont elle s'était saturée pendant près de cinq mois, s'intéressa pendant quelques jours à son intérieur, à son jardin, qu'elle avait abandonnés. Malheureusement, la belle saison était finie. Quelques dahlias survivaient seuls, à côté des reines marguerites à demi-roussies par les premières gelées blanches. Trois ou quatre tardifs boutons de rose se montraient encore sur leurs tiges persistantes, mais c'était tout.

Les pluies avaient suivi les vents d'équinoxe, le peu de soleil qu'on apercevait de temps à autre était pâle et voilé, la nuit tombait vers cinq heures. Il était bien difficile de rester longtemps dans le jardin. La jeune femme fut donc obligée de garder la maison. Pour s'occuper, elle essaya de faire un peu de tapisserie ; mais le canevas demeurait sur ses genoux et l'aiguille dans sa main immobile.

tandis que ses regards s'élançaient à travers les carreaux dans la campagne. Elle voyait les feuilles jaunies se détacher des arbres et tomber en tournoyant, les oiseaux voler dans l'espace, en toute liberté, inquiets, effarés, comme s'ils devinaient que l'hiver allait approcher. Ah! combien elle enviait le sort de ces oiseaux, dont l'aile les emportait au gré de leur caprice!

Cassut avait été ravi de ce brusque changement. Tout allait au mieux depuis qu'il ne s'absentait pas. Il en manifesta bruyamment sa joie, s'imaginant que sa femme était enfin devenue plus raisonnable. Il ne comprenait pas que la lassitude seule avait opéré cette métamorphose. Il ne supposait pas que le spectacle même de sa joie était pour Antoinette un nouveau supplice. Elle le voyait peu, c'est vrai, car il passait maintenant presque toute la journée à l'usine; mais deux fois par jour, à l'heure du déjeuner et du dîner, elle s'asseyait à la même table que Germain. Elle trouva que c'était trop. Sous prétexte qu'elle était souffrante, elle se fit servir son déjeuner dans sa chambre par Rose, tandis que la cuisinière servait celui de Cassut dans la salle à manger. Cela ne lui suffisait pas encore. Le dîner se prolongeait par trop au gré de ses désirs. Les longues soirées amenaient des tête-à-tête insupportables. Alors elle imagina autre chose. Elle voulait habiter Paris pendant l'hiver, tandis que son mari resterait à Meulan pour surveiller et diriger la fabrique. Elle n'avait pas la prétention de lui fermer absolument sa porte, mais elle ne comptait pas le voir plus de deux ou trois fois par semaine. Ce serait toujours autant de gagné.

Elle embrassa cette idée avec enthousiasme. Déjà, sur le papier, elle avait dressé la liste de tout ce qui lui était nécessaire. Elle se mettrait en quête d'un appartement, irait chez les tapissiers, choisirait les étoffes, ferait les achats indispensables, se donnerait du mouvement, fuirait surtout l'intolérable société de Cassut. Il ne lui restait plus qu'à communiquer à son mari le nouveau plan qu'elle avait imaginé, lorsqu'un événement imprévu rapprocha subitement d'elle ce Roger, vers lequel s'envolaient à nouveau toutes ses pensées.

De Montmaury avait définitivement quitté M. Raymond et allait entrer dans la maison Delail et Giraud. Ces messieurs lui avaient donné rendez-vous pour le lendemain, afin d'arrêter les bases de leur traité.

Avant de se rendre chez eux, Roger crut devoir faire une visite à M. Valnet. Il voulait lui annoncer quel magnifique résultat il avait atteint, le remercier une fois encore et lui apprendre dans quelle maison il allait entrer. Il se présenta chez le docteur. Le domestique lui apprit que son maître avait été appelé la veille à Meulan par une dépêche, et qu'il n'en était pas encore revenu.

Roger frissonna. M. Valnet avait-il à Meulan d'autres clients que son ami Dalbrègue? C'était possible. Cependant, de Montmaury fut persuadé qu'il s'agissait de son bienfaiteur. Les craintes que lui avait exprimées Laurence, au commencement de la belle saison, lui revinrent à la mémoire. Que devait-il faire? Aller à Meulan sans plus tarder? Attendre le retour du docteur Valnet? Mais si M. Dalbrègue était bien portant, comment accueillerait-il Roger? Ne l'avait-il pas chassé? Ne lui avait-il défendu de se représenter? L'amour-propre de Montmaury ne put se faire à cette idée qu'on pouvait l'accuser d'user de subterfuge pour

Elle quitta la chambre, suivie de Roger, qu'elle entraîna dans le salon. (Page 606.)

enfreindre la consigne qu'on lui avait donnée. Il se décida donc, quoique avec beaucoup de peine, à attendre le retour du docteur.

Il se rendit chez ses nouveaux patrons, et la grave question des appointements fut discutée. On lui proposa soit une somme fixe de huit mille francs par an, soit une autre somme de quatre cents francs par mois, plus une part de six pour cent dans les bénéfices, qui variaient entre soixante-dix mille francs par an, et qui ne pouvaient qu'augmenter, puisque M. Raymond avait gracieuse-

76ᵐᵉ Liv.

ment cédé sa clientèle à ses amis. On espérait, grâce à ce surcroît de débouchés, atteindre le chiffre rond de cent mille francs par an.

En outre, on laissait à de Montmaury la faculté de toucher sa part après l'inventaire ou de la laisser dans la maison, ce qui lui permettrait de se constituer peu à peu un capital. Il était maître de le reprendre quand bon lui semblerait, ou de devenir l'associé de la maison, dans un délai de cinq ans, pour le chiffre que représenterait définitivement ce capital, augmenté des intérêts composés.

Cette dernière proposition était trop avantageuse pour que Roger ne l'acceptât pas avec joie. Il avait calculé, en effet, que, de cette façon, il serait, au bout de cinq ans, à la tête d'une somme de trente-cinq mille francs environ, laquelle, jointe à celle de vingt mille francs qu'il possédait déjà, lui permettrait de tout entreprendre.

Ces conditions préliminaires une fois arrêtées, Roger dut les sceller à table, en face d'un succulent déjeuner. Là encore, bien entendu, il fut de nouveau question d'affaires. Les circulaires que la maison Delail et Giraud avaient lancées immédiatement, pour annoncer aux clients de M. Raymond qu'elle était en mesure de répondre en son nom à toutes les commandes, avaient déjà produit le meilleur résultat. L'exercice suivant s'annonçait donc dès à présent, sous les meilleurs auspices.

— Du reste, dit très judicieusement M. Delail à Roger, vous en jugerez mieux que nous encore, puisque vous aurez nos livres entre les mains.

Enfin, il fut décidé que les conventions qui venaient d'être stipulées seraient formulées régulièrement par un acte notarié, et que, dans trois ou quatre jours, on n'aurait plus qu'à les signer.

Cependant on ne peut pas éternellement causer d'affaires. A mesure que le déjeuner s'avançait, la conversation devenait plus animée et commençait à effleurer tous les sujets. Presque tout naturellement, il fut question de M. Raymond. Roger rendit un juste tribut d'hommages à la loyauté du négociant, ainsi qu'aux précieuses qualités de sa charmante femme.

— C'est vrai, dit M. Giraud. Quel dommage que l'on ne puisse pas tout avoir !

— Tout quoi ? demanda Roger. Que manque-t-il à M. Raymond ? Il est vert comme un noisetier, il se porte comme le pont Neuf, il a quarante ou cinquante mille francs de rentes, une femme qui est la gaieté même...

— Oui, mais son frère... fit observer Giraud.

— Il ne l'a donc pas encore retrouvé ?

— Et il ne le retrouvera jamais, probablement.

— Que voulez-vous dire ?

— Nous avons également connu beaucoup André Raymond, le frère aîné de notre ami Charles, répondit Giraud. Or, de l'aveu de tous ceux qui l'ont approché, c'est un fantasque.

— Ce n'est pas fou qu'il faut comprendre ? demanda Roger.

— Pas tout à fait. Cependant il le serait devenu, que cela ne m'étonnerait pas. Avant tout, il était hypocondriaque et misanthrope. Jamais il n'a été content de rien : ni de sa famille, ni de ses amis, ni de ses employés, ni de ses achats, ni de lui-même. Il n'a pas voulu se marier, sous prétexte que la femme est une cause perpétuelle de discorde, non seulement dans un intérieur, mais encore auprès de ceux qui le fréquentent. Et il a sagement fait, car, s'il avait pris femme, et si surtout cette femme avait été jeune et jolie, il aurait vécu dans des transes perpétuelles et aurait soupçonné tout le monde de lui faire la cour.

— Est-il vrai, malgré cela, qu'il ait fait fortune ?

— Fortune n'est pas le mot ; mais il avait gagné, dit-on, une honnête aisance.

— M. Raymond m'a parlé de deux cent mille francs environ, fit Roger.

— C'est également le chiffre qu'il m'a donné, et il doit être exact. André avait, comme son frère, une trentaine de mille francs quand il s'est établi à Vernon. Il devait mettre de côté sept ou huit mille francs par an, et il a vendu son fonds quarante mille francs au bout de vingt ans. Vous voyez que nous ne sommes pas loin de compte.

— M. Raymond ne m'avait jamais donné de détails si précis, dit Roger.

— C'est tout naturel, répondit M. Delail ; il ne tient pas beaucoup à traiter ce sujet. Il a beau n'en rien dire, il doit certainement avoir les mêmes soupçons que nous...

— Quels soupçons ?

— Sans aucun doute, il est arrivé malheur à son frère.

— Vous croyez ?

— Tout le monde en est persuadé. A-t-il été assassiné et dépouillé ? C'est possible. S'est-il tué ? C'est possible encore.

— Ah ! fit Roger, vous croyez qu'il était homme à se tuer ?

— Certes. De l'humeur qu'il était, rien ne serait moins étonnant.

— Savez-vous à quelle époque précise remonte sa disparition ?

— Je ne pourrais pas vous en donner la date exacte, mais je me souviens qu'elle remonte au commencement du mois de mai de l'année dernière.

Roger tressaillit. N'était-ce pas précisément dans les premiers jours de mai de l'année précédente qui lui était arrivée cette aventure du pendu ? Il ne crut pas devoir communiquer ce détail à M. Delail ni à M. Giraud, mais il se promit bien d'en parler à M. Raymond. Après déjeuner, il se retira. C'était le lendemain, 4 novembre, qu'il devait entrer en fonctions.

Il retourna chez M. Valnet. Le docteur était revenu à Paris vers dix heures, mais il était ressorti presque aussitôt en voiture pour aller faire ses visites et avait annoncé qu'il ne rentrerait pas avant cinq ou six heures du soir. Roger regagna son hôtel. Une lettre l'y attendait. Elle portait le timbre de Meulan et avait été écrite par Laurence. Il en brisa le cachet d'une main fiévreuse et lut :

« Mon cher Roger,

« Un grand malheur vient de nous frapper. Venez vite ! »

— J'en étais sûr! s'écria-t-il en se précipitant au dehors.

Il n'avait plus besoin d'aller se renseigner chez le docteur. Ses craintes n'étaient que trop fondées ! Le malheur qu'il pressentait, Laurence venait de le lui apprendre. Il courut au chemin de fer et arriva à temps pour prendre le train de trois heures et demie. A cinq heures, il était chez M. Dalbrègue. Ce fut un véritable soulagement pour la femme de chambre et la cuisinière quand elles l'aperçurent.

— Oh ! comme il y a longtemps qu'on ne vous a vu ! s'écrièrent-elles à la fois.

Quant au domestique, ce fut à peine s'il répondit au bonjour que lui adressa rapidement Roger. Celui-ci, sans y faire attention, s'élança dans l'escalier et ouvrit la porte des appartements de M. Dalbrègue. Au bruit qu'il fit en entrant, Laurence accourut et lui tendit la main.

— Ah ! j'étais bien sûre que vous viendriez, dit-elle.

Roger la regarda. Le visage de la jeune fille était fatigué ; ses yeux étaient rougis par la trace de larmes récentes ; son teint, ordinairement si blanc, était légèrement enflammé. On devinait qu'elle avait passé la nuit.

— Au nom du ciel ! qu'est-il arrivé ? demanda de Montmaury.

Au lieu de lui répondre, elle le prit par la main et le conduisit dans la chambre de son père. Un spectacle navrant s'offrit à sa vue. M. Dalbrègue était couché sur son lit, la face congestionnée, le corps immobile. Une odeur âcre s'exhalait de la pièce et saisissait fortement l'odorat. Quand Roger entra, le vieillard ne fit pas un mouvement. Tandis que Laurence reprenait sa place au pied du lit et versait à nouveau d'abondantes larmes, de Montmaury s'approcha.

— Je vous demande bien pardon, mon cher bienfaiteur, dit-il, si j'ai osé venir ici ; mais j'ai appris qu'un malheur vous avait frappé, et j'ai cru devoir accourir sur-le-champ.

Il s'arrêta stupéfait. M. Dalbrègue semblait ne pas l'avoir entendu. Seuls, ses yeux se fixèrent sur Roger et brillèrent d'un éclair de joie qui s'éteignit aussitôt. De Montmaury devina tout : le vieillard était atteint de paralysie ! A peine lui restait-il la force de reconnaître ceux qui l'approchaient.

— Comment... balbutia Roger. Que s'est-il donc passé ?

Laurence essuya ses yeux et lui signe de s'asseoir.

— Hier, après déjeuner, dit-elle, au moment où mon père se levait de table pour aller faire un tour dans le jardin, je lui offris mon bras, comme à l'ordinaire, et nous nous dirigeâmes vers la terrasse, que le soleil éclairait de ses pâles rayons. Nous n'avions pas encore fait dix pas au grand air que je sentis mon père chanceler! Sa main se cramponna convulsivement à mon bras.

— J'étouffe, murmura-t-il.

Je m'aperçus qu'il allait tomber ; j'essayai de le retenir ; mais les forces me manquèrent, et il s'affaissa lourdement sur le sol. Tout ce que je pus faire, ce fut de lui éviter une chute trop dangereuse. J'appelai Antoine, Marie, Elisa, qui poussèrent des cris de terreur en l'apercevant.

— Allons! leur dis-je. A nous quatre, nous le porterons bien sur son lit. Aidez-moi donc, au lieu de vous désoler inutilement.

En effet, quoique ce ne fût pas sans difficulté, nous parvînmes à monter l'escalier avec notre précieux fardeau et à transporter mon pauvre père dans sa chambre. Antoine le mit au lit, pendant qu'Elisa allait chercher le médecin de Meulan et portait au chemin de fer le télégramme que j'avais adressé sur-le-champ à M. Valnet. Une demi-heure après, le médecin du pays arrivait et pratiquait une saignée qui ne produisit pas le résultat espéré, puisqu'il donna l'ordre d'envelopper de sinapismes jusqu'aux genoux les jambes de mon malheureux père. M. Valnet arriva, deux heures après, et remercia son collègue des soins éclairés qu'il avait prodigués au malade.

— Malheureusement, dit-il, il n'y a rien de plus à tenter que ce qui a été fait. Depuis un an déjà j'avais prévu cette catastrophe.

— Comment! m'écriai-je, il n'y a rien à faire?

— Non, mon enfant. La saignée n'a, vous le voyez, amené aucun soulagement immédiat, et quant aux sinapismes, je ne crois pas qu'ils agissent avec l'efficacité nécessaire.

— Ainsi mon père est condamné? lui demandai-je avec anxiété.

— Pas encore, mon enfant. Nous le sauverons peut-être de la mort, mais non pas de la paralysie, j'en ai bien peur! Que cette paralysie soit partielle, c'est tout ce que nous pouvons désirer.

Je demeurai consternée. Ce que me disait M. Valnet, le médecin de Meulan venait de me l'avouer un quart d'heure auparavant. Je fus plus pressante, cependant, quand le docteur, après avoir congédié son collègue, demeura seul avec moi. Il répondit paternellement à toutes mes questions; il me démontra comment cette affreuse maladie était la conséquence presque infaillible de la vie sédentaire que mon père avait toujours menée. Malgré cela, bien qu'il n'eût aucune confiance dans les moyens qu'il employa successivement, M. Valnet s'installa au chevet de son ami, passa la nuit auprès de lui et ne le quitta enfin qu'aujourd'hui, vers une heure, après avoir épuisé toutes les ressources de sa science.

— Ecoutez, mon enfant, me dit-il en partant, j'aime mieux vous instruire dès à présent de la cruelle vérité : notre pauvre Dalbrègue ne se relèvera jamais. Il ne mourra pas, mais il sera dans une situation cent fois pire que la mort, car il lui sera désormais impossible de faire un mouvement. Sa santé est d'autant plus compromise qu'il vous est matériellement impossible de lui donner les soins dont il aura besoin. Je n'ai pas besoin d'insister à cet égard, n'est-ce pas? Il est des détails intimes dans lesquels une jeune fille ne saurait entrer. Donc, répondez-moi : votre domestique est-il un homme sur lequel vous puissiez compter?

— Je le crois, lui répondis-je à travers mes sanglots. Antoine est ici depuis plus de six ans, et, bien qu'il soit un peu paresseux, je crois qu'il nous est dévoué.

— Eh bien! il faut vous en assurer à l'instant. Faites-le venir, demandez-lui s'il veut s'attacher exclusivement au service de son maître; triplez ses gages, s'il le faut, et essayez de le décider. C'est une tâche ingrate, devant laquelle reculeraient bien des domestiques. S'il accepte, sachez-lui en gré, croyez-moi. Quant à vous, votre rôle se restreindra forcément à une surveillance que je crois inutile de vous recommander.

Je m'informai auprès du docteur s'il fallait faire transporter mon père à Paris ou demeurer à Meulan.

— Restez ici, me dit-il. Vous y êtes admirablement installés, et l'air de la campagne, si peu que votre malade puisse en jouir, sera vingt fois préférable à celui de Paris.

A ces mots, il me serra la main, me promit de revenir tous les deux jours et me recommanda, dans un cas extrême, d'envoyer chercher le médecin de Meulan, d'abord, et de lui adresser un télégramme ensuite, ainsi que je l'avais fait.

— Eh bien ? fit Roger, avez-vous consulté Antoine ?

— Pas encore.

— Allez-y sur-le-champ. Le docteur a raison. Malgré toute votre bonne volonté, il est impossible que vous restiez auprès de votre père. Si douloureux que vous paraisse ce sacrifice, il est inévitable. Allez. Moi, pendant ce temps, je vous remplacerai.

Laurence s'éloigna à regret. Cependant elle comprenait bien qu'il ne pouvait en être autrement. Roger demeura seul auprès de M. Dalbrègue. Il essaya de lui parler, s'excusa d'être accouru malgré ses ordres, lui raconta qu'il était riche, qu'il était sur le point de se créer enfin un avenir... Le malade l'entendait-il ? Peut-être oui, mais Roger ne put lui arracher une parole. Le regard lui-même, qui, seul, avait conservé un restant de vie, était redevenu morne et voilé.

Au bout de vingt minutes, Laurence rentra. Antoine avait été long à se décider ; mais, sa jeune maîtresse lui ayant offert cinq francs par jour pour se consacrer exclusivement au service du malade, il avait fini par accepter. Sur-le-champ, Laurence l'installa au chevet de son père et quitta la chambre, suivie de Roger, qu'elle entraîna dans le salon.

— Vous allez dîner avec moi, dit-elle, et nous causerons, car j'ai bien d'autres embarras à vous communiquer.

L'œil de Roger rayonna. Rester seul avec elle ! S'il n'avait pas eu pour M. Dalbrègue une amitié profonde, il aurait presque béni le hasard qui lui procurait cette bonne fortune inattendue. Avant de se mettre à table, ils remontèrent dans la chambre du malade. Antoine l'avait changé de la tête aux pieds, le coiffeur l'avait rasé de frais. Quoique toujours immobile, M. Dalbrègue avait déjà meilleur visage. Laurence et Roger redescendirent et se mirent à table. Ni l'un ni l'autre n'avaient faim, bien entendu. La table ne leur fut donc qu'un prétexte pour causer.

— Ce n'est pas tout, dit Laurence. Antoine n'aura plus le temps de soigner son cheval ni ses voitures. Que dois-je faire ?

— Enveloppez vos voitures, laissez-les dans la remise et vendez le cheval dès demain.

— Où ? A qui ?

— Rien n'est plus simple. Faites-le conduire au Tattersall, à Paris.

— Mais je ne connais pas l'endroit.

— Voulez-vous que m'en charge ? proposa Roger.

— Très volontiers.

— Demain cela sera fait, mademoiselle.

— Et notre appartement à Paris... faut-il le garder... donner congé ?...

— Rien ne presse, mademoiselle. On peut espérer, quoi qu'en dise la Faculté, que M. Dolbrègue se rétablira. Le plus sage serait donc d'attendre.

— Soit, mais les affaires de mon père, qui s'en occupera ? Je n'en sais pas le premier mot, moi, fit Laurence, qui se perdait au milieu des complications subites que cette maladie occasionnait.

— Je n'en sais pas plus long que vous, mademoiselle, dit Roger ; mais si vous vouliez me permettre de consulter les papiers de votre père, il me serait facile, je pense, de dresser un état régulier de ce qu'il possède. Cet état, dont vous garderiez un double, on le remettrait à votre notaire...

— Et les valeurs mobilières ?

— S'il y en a, on pourrait les déposer à la Banque.

— Et vous consentiriez à vous charger de cette besogne ingrate ? dit Laurence.

— Il serait bien plus ingrat à moi de vous refuser ce léger service, mademoiselle. Disposez de moi, comme du plus dévoué de vos serviteurs.

— Mais, vos occupations...

— Je n'en ai plus, s'empressa de répondre Roger.

— Cependant je ne puis raisonnablement pas vous faire perdre un temps précieux, ni sacrifier vos intérêts à mon ignorance absolue des affaires.

— N'ayez aucun scrupule, mademoiselle. Depuis deux jours, je suis riche et maître absolu de moi-même. D'ailleurs, n'est-il pas juste qu'à mon tour je me rende utile à ceux qui ont entouré ma jeunesse de tant de soins ? N'est-ce pas pour moi une occasion inespérée de vous témoigner ma reconnaissance ?

— J'accepte donc, mon cher Roger, dit Laurence, — quoique je n'aie pas bien compris, reprit-elle vivement, les paroles que vous avez adressées à mon père en entrant.

— Quelles paroles ? demanda de Montmaury avec embarras.

— Oh ! malgré le trouble extrême dans lequel m'a jeté ce cruel évènement, je vous ai bien entendu, fit Laurence. Vous demandiez pardon à mon père d'avoir osé venir ici.

— Je ne me souviens plus, mademoiselle, balbutia Roger. J'étais tellement éprouvé moi-même par ce terrible accident...

— Vous manquez de franchise envers moi, Roger, dit la jeune fille. C'est mal.

— Mais, mademoiselle, je vous assure...

— Je vous assure que vous me trompez, interrompit Laurence. A l'appui de ces paroles que vous avez prononcées, faut-il vous rappeler que depuis près de cinq mois nous ne vous avons pas vu ? Pourquoi ? Avez-vous eu avec mon père quelque altercation ?

— Jamais ! s'empressa de protester Roger.

— Vous avait-il défendu sa porte?

— Non, mademoiselle, je vous le jure ! fit vivement de Montmaury.

— Allons, soyez franc, mon ami, reprit-elle. N'ayez recours à aucun subterfuge indigne de vous ou de moi.

— Eh bien ! mademoiselle, répondit Roger avec effort, quoique jamais aucun nuage ne se fût élevé entre le cher homme auquel je me plais à donner le nom de père et moi, il est vrai que, sans me défendre absolument sa porte, il m'avait fait entendre que je ferais sagement de suspendre mes visites pendant quelque temps.

— Ah ! je le savais bien ! s'écria Laurence, sans essayer de cacher la joie que cet aveu lui causait.

— Comment, vous le saviez? fit Roger avec étonnement.

— Je veux dire : je m'en doutais, reprit la jeune fille en baissant les yeux, car, je vous l'avoue, je n'ai jamais accusé votre cœur. Je sais que vous n'êtes pas homme à répondre par le silence et l'ingratitude à la bienveillance que vous a témoignée mon pauvre père, à l'étroite amitié qui nous unit depuis l'enfance.

— Ah! que vous êtes bonne et que je vous remercie de n'avoir pas douté de moi ! s'écria de Montmaury. Vous avez raison, mademoiselle. Jamais le souvenir des bienfaits dont m'a comblé M. Dalbrègue, ne s'effacera de ma mémoire, jamais je n'oublierai combien vous avez été bonne et indulgente pour moi !

— Alors, quels étaient les motifs qui poussaient mon père à vous imposer ce bannissement momentané?

— Il ne me les a pas donnés, mademoiselle.

— Et, sans les connaître, vous vous êtes soumis aveuglément à ce caprice ? fit Laurence avec incrédulité.

— Les désirs de M. Dalbrègue étaient des ordres pour moi ; je n'avais pas à les discuter.

— Mais, du moins, vous pouviez en rechercher les causes.

— Je ne dis pas non.

— Eh bien ! l'avez-vous fait ?

— Je ne me le serais pas permis, mademoiselle.

— Ainsi, vous avez accepté bravement cette situation étrange! fit Laurence. Vous avez mieux aimé laisser l'horrible doute germer dans mon esprit pendant cinq mois! Que serait-il donc arrivé si j'avais été comme vous, si j'avais répondu de mon côté par l'indifférence à l'indifférence dont vous faisiez preuve? Je serais restée seule, sans appui, sans expérience, à supporter le malheur qui m'accable!

— Oh! non, Laurence, ne le croyez pas. J'étais allé ce matin chez M. Valnet ; on m'avait appris qu'il était parti pour Meulan depuis hier et qu'il n'était pas de retour.

— Quoi! depuis ce matin vous saviez la nouvelle, et c'est ce soir que vous arrivez!

— J'ignorais tout, sur mon honneur! Un secret pressentiment, les craintes

Roger s'en alla discrètement avec lui et l'accompagna jusqu'au chemin de fer. (Page 614.)

que vous m'avez confiées, me disaient bien qu'il s'agissait de mon bienfaiteur; mais je ne voulais pas enfreindre à la légère la volonté de votre père. Le docteur peut avoir à Meulan d'autres clients que M. Dalbrègue, me disais-je — mais je croyais si peu à cette hypothèse que dans la journée, je suis retourné chez M. Valnet. Ne l'ayant pas trouvé, je rentrais chez moi dans une agitation que vous comprendrez sans peine, lorsqu'on m'a remis votre lettre. Aussitôt je suis accouru.

— A la bonne heure ! dit la jeune fille en lui tendant la main.

— Et ce n'était pas sans un gros battement de cœur, poursuivit Roger, car je craignais de ne pas trouver auprès de notre cher malade l'accueil que j'en recevais d'ordinaire. Une vive anxiété s'était emparée de moi quand je me suis approché de son lit de souffrance. Aussi je ne saurais vous exprimer combien j'ai été heureux, lorsque j'ai vu ses yeux éteints se ranimer un moment à ma vue et briller d'un trop court éclair de joie.

— Merci, dit Laurence. J'ai toujours eu foi en vous, moi. Au moment où cette terrible épreuve m'a atteinte, où mon cœur se déchirait, où ma tête se perdait dans les complications de toute nature que cet évènement amenait à sa suite, c'est à vous, à vous le premier, que je me suis adressée.

— Et vous avez bien fait, Laurence, car je n'ai rien en moi qui ne vous appartienne. Mon temps, mon sang, ma vie, tout est à vous. Trop heureux de les prodiguer à mon tour au service de ceux qui m'ont rendu deux fois la vie en me donnant le pain du corps et de l'esprit. Ah ! si vous saviez combien j'ai souffert pendant ces cinq mois d'absence ! Je me doutais que vous m'accusiez, vous dont l'image était sans cesse présente à ma pensée ; vous, aux yeux de qui mon unique ambition est de grandir et de m'élever ; vous, à qui j'ai voué une affection sans bornes ; vous, dont la beauté, la bonté, le charme, ont laissé dans mon cœur une empreinte ineffaçable ; vous enfin que j'admire, que j'adore à deux genoux comme une sainte, et que j'aime de toutes les forces de mon âme.

— Que dites-vous, Roger... balbutia la jeune fille, dont une rougeur adorable envahit les joues pâlies...

Il tressaillit. Son secret venait de lui échapper ! Il s'était bien promis pourtant de ne pas le trahir. Hélas ! il avait trop présumé de ses forces. Et c'était dans la maison de son bienfaiteur qu'il avait proféré cette impiété ! C'était pendant que M. Dalbrègue était cloué sur son lit par un mal impitoyable qu'il avait commis cet abus de confiance ! Il sentit le rouge de la honte lui monter au front. Tout son être se révolta contre cette profanation. Il lui sembla qu'il était coupable d'une lâcheté.

— Oui, je vous aime, poursuivit-il en forçant ses lèvres à sourire, tandis que son cœur se brisait, je vous aime comme une sœur, Laurence. N'êtes-vous pas ma sœur, en effet ? Ne vous ai-je pas vue naître ? N'ai-je pas guidé vos premiers pas ? N'ai-je pas été le compagnon de vos jeux, le confident de vos gros chagrins d'enfant ? N'avons-nous pas habité pendant quinze ans sous le même toit ?

— C'est vrai, dit Laurence, qui surmonta de son côté l'émotion qui s'était emparée d'elle, vous êtes bien réellement mon frère, Roger. A ce titre, je vous aime aussi de tout mon cœur.

Avait-elle compris le sentiment auquel de Montmaury venait d'obéir ? Maintenant qu'elle était sûre d'être aimée, préférait-elle à la vérité même l'interprétation que Roger avait donnée du mot qui était imprudemment tombé de ses lèvres ? C'est probable.

Depuis le jour où la lettre d'Antoinette lui avait ouvert les yeux sur les sentiments dont de Montmaury était animé envers elle, il ne lui était plus possible, en effet, de se faire illusion. Oui, Roger l'aimait. Oui, c'est parce qu'il se croyait indigne d'elle qu'il avait accepté l'exil que M. Dalbrègue lui avait imposé. Cette délicatesse extrême plut bien davantage à Laurence que ne l'aurait fait un aveu formel. Et, aujourd'hui que Roger lui avait permis de lire au fond de son cœur, elle lui savait gré encore de la réserve qu'il avait mise, du voile de fraternité dont il avait couvert son amour.

Si Roger se fût ouvertement déclaré, toutes relations entre eux eussent été pour ainsi dire impossibles, car l'honnêteté leur faisait à tous deux un devoir de se séparer aussitôt, jusqu'à ce que cette question délicate fût définitivement tranchée. Au contraire, l'amitié fraternelle qui les avait unis, qui les unissait encore, leur permettait de se revoir sans rougir et d'attendre des jours meilleurs. La distinction était puérile, assurément. Elle n'était qu'un prétexte, qui allait fournir à leur amour le temps de croître et d'arriver à son paroxysme ; mais ils étaient si heureux l'un et l'autre de se trouver réunis, qu'ils saisirent avidement la branche fragile à laquelle se raccrochaient leur pudeur et leur loyauté.

Rien ne fut donc changé à ce qu'ils venaient d'arrêter. Laurence servirait de garde malade à son père, Roger s'occuperait des intérêts de M. Dalbrègue et de *sa sœur*. Le soir même, il revint à Paris. Le lendemain matin, à la première heure, il se rendit chez MM. Delail et Giraud.

— Messieurs, leur dit-il, je viens, avec mes remerciements, vous apporter les sincères regrets que j'éprouve de ne pouvoir plus ratifier les conditions que nous avions arrêtées hier.

— Comment! s'écrièrent à la fois les deux associés.

— Un coup douloureux me frappe subitement. M. Dalbrègue, mon bienfaiteur, mon père, vient d'être atteint d'une paralysie générale. C'est pour moi un devoir impérieux de me consacrer désormais au soulagement du malheureux vieillard et de prêter à sa fille mon concours le plus dévoué.

Il leur expliqua alors dans les maindres détails la cruelle maladie dont souffrait le père de Laurence.

— Dans de telles conditions, acheva-t-il, il ne me serait pas possible, vous le voyez, de remplir les fonctions dont vous m'aviez honoré.

— Je le conçois sans peine, fit M. Delail, et je déplore à mon tour en toute sincérité les nécessités auxquelles vous êtes contraint d'obéir.

— Mais n'oubliez pas, continua M. Giraud, que vous retrouverez chez nous, quand il vous plaira, le poste de confiance que notre amitié vous avait offert, car nous ne trouverons jamais personne qui soit, autant que vous, digne de le remplir à tous égards.

Roger se retira, très ému de semblables démonstrations, rentra chez lui, régla ses comptes avec l'aubergiste et fit ses préparatifs de départ. Au moment de quitter Paris, il eut un remords.

Je ne peux cependant pas m'en aller, pensa-t-il, sans faire part à M. Valnet de la détermination que j'ai prise.

En effet, le docteur n'aurait pas manqué d'apprendre par M. Raymond, que de Montmaury avait refusé les brillantes propositions de la maison Delail et Giraud. En outre, il avait promis de revenir tous les deux jours à Meulan. Quelle surprise aurait été la sienne, s'il s'y était trouvé face à face avec Roger, sans en avoir été prévenu! Roger aima donc mieux aller au-devant de toute interprétation fâcheuse. Il se rendit chez M. Valnet à l'heure du déjeuner, afin d'être sûr de le rencontrer, et lui communiqua la résolution qu'il avait formée. Le docteur hocha silencieusement la tête.

— Il faut que vous soyez bien sûr de vous, mon ami, lui dit-il seulement.

Roger ne répondit pas.

— Au revoir donc! fit le docteur. Je suis certain du moins que mon pauvre Dalbrègue est entre bonnes mains.

De Montmaury s'attendait à des observations, à des reproches. Il se sentit soulagé quand il se retrouva au grand air.

Aussitôt il partit pour Meulan et se mit en quête d'un logement. Instinctivement, il se dirigea vers celui qu'il occupait autrefois. Ce logement avait été loué, pendant la belle saison, à un Parisien qui l'avait fait tapisser à neuf, et qui venait de le quitter depuis deux jours. Roger s'y réinstalla aussitôt. Il était si heureux de retrouver ces horizons familiers, de revoir ce pays qui lui rappelait les plus beaux jours de sa jeunesse, qu'il demeurait à la fenêtre, aspirant à pleins poumons l'ar pur et vivifiant aux âcres émanations duquel il se sentait renaître. Au même instant, un homme passait et levait distraitement les yeux vers la fenêtre. Roger reconnut Germain.

IX

RETOUR A MEULAN

En l'apercevant, Cassut s'arrêta net, et sa figure rougeaude exprima aussitôt un étonnement qu'il ne chercha pas à dissimuler.

Puis, baissant rapidement la tête, il s'éloigna sur-le-champ, sans saluer. Roger le regarda passer d'un air indifférent. Cependant, il ne put s'empêcher de murmurer :

— Pour le premier visage de connaissance que je rencontre ici, en voilà un qui est de bien mauvais augure ! S'il fallait s'en rapporter aux présages...

Et un rire moqueur acheva la phrase qu'il avait commencée. Il sortit et se rendit chez le loueur de voitures de Meulan, auquel il donna l'ordre d'envoyer prendre le cheval de M. Dalbrègue pour le conduire au Tattersall, à Paris. Le loueur connaissait le cheval; il proposa de l'acheter, séance tenante, au prix que l'estimerait le vétérinaire.

— Seulement, fit-il observer, cela vous aurait coûté quinze francs pour le conduire à Paris, vous auriez eu vingt-cinq ou trente francs de frais au Tattersall, faites-moi profiter de la petite dépense que je vous évite.

Roger trouva la proposition assez raisonnable. Il alla chez le vétérinaire, qui donna son prix d'estimation. Sur ce prix, qui fut accepté de part et d'autre, on déduisit une somme de quarante francs, montant des frais qu'on ne faisait pas, et le marché fut conclu. Le loueur voulait payer comptant entre les mains de Roger.

— Non pas, dit Roger. Venez dans une demi-heure chez M. Dalbrègue; c'est Mlle Laurence en personne qui vous donnera quittance.

Lui-même alla aussitôt rendre compte à la jeune fille de ce qu'il avait fait. Il la trouva plus calme. Antoine paraissait s'intéresser vivement au sort de son maître et témoignait beaucoup d'empressement à le servir.

— Tant mieux! fit Roger. Je ne l'aurais pas espéré.

— Pourquoi? demanda Laurence.

— Je trouve que cet Antoine n'a pas l'air franc, répondit Roger.

— Décidément vous lui en voulez, répondit la jeune fille; voilà trois ou quatre fois que vous me dites la même chose.

— Et pourquoi donc en voudrais-je à ce pauvre diable? fit Roger. Personnellement, je n'ai pas à me plaindre de lui, je me plais à le reconnaître. Quant à l'impression qu'il m'a laissée, je n'ai jamais cherché à la faire partager ni par vous, ni par votre père. J'ajouterai même qu'aujourd'hui, plus que jamais, je serais enchanté que sa conduite me donnât un éclatant démenti. Mais ne parlons plus de cela, je vous en conjure. Je ne veux pas que vous attachiez à mon observation plus d'importance qu'elle n'en mérite. Comment va M. Dalbrègue?

— Toujours de même, hélas! soupira la jeune fille.

— Ne puis-je pas le voir?

— Tant qu'il vous plaira, répondit Laurence. N'êtes-vous pas son fils depuis plus longtemps que je ne suis sa fille?

Roger monta auprès du malade. Il lui trouva le visage beaucoup moins congestionné. Malheureusement les remèdes prescrits par M. Valnet n'avaient amené aucun résultat. Le vieillard était encore entièrement paralysé. Son regard avait pourtant repris un peu plus de limpidité. De nouveau, il brilla d'un éclair de joie en reconnaissant Roger.

Laurence, qui surveillait d'un œil inquiet le moindre tressaillement de cette physionomie immobile, fut heureuse de voir que son père accueillait Roger avec plaisir. Antoine était assis dans un coin de la fenêtre. Personne ne faisait attention à lui. Il promenait à travers les carreaux un regard ennuyé sur le jardin, puis se tournait de temps à autre pour jeter sur son maître un coup d'œil oblique.

Bientôt arriva M. Valnet. Après un minutieux examen, il laissa échapper un geste de découragement.

— Notre ami va aussi bien que possible, dit-il à Roger; mais ainsi que je l'ai annoncé, il demeurera probablement paralysé de la tête aux pieds. Si, lors de ma prochaine visite, aucun mieux ne s'est déclaré, il faudra lui faire prendre l'air. Je vous enverrai par le chemin de fer un fauteuil roulant dans lequel on l'étendra, et, tous les jours, quand le temps le permettra, on lui fera faire dans le jardin une promenade de deux heures.

A ces mots, il se tourna vers Laurence.

— Avez-vous trouvé quelqu'un pour le soigner? lui demanda-t-il.

— Oui, monsieur. Notre domestique Antoine, que voici, a bien voulu s'en charger, répondit la jeune fille, en même temps qu'elle faisait signe à Antoine de s'avancer.

Le docteur fixa sur lui un regard scrutateur.

— C'est une grande responsabilité que vous avez acceptée, mon ami, lui dit-il, mais vous n'aurez point affaire à des ingrats.

Le visage du domestique demeura impassible. Après avoir causé quelque temps avec Laurence et Roger, le docteur se retira.

Roger s'en alla discrètement avec lui et l'accompagna jusqu'au chemin de fer. Aux yeux de M. Valnet, son ami était complètement perdu. Cet état pouvait se prolonger un an, deux ans peut-être, mais devait infailliblement aboutir à une catastrophe.

— Malheureusement, ajouta-t-il, la saison est bien mauvaise. A peine l'hiver est-il commencé. Je crains fort que notre malade ne puisse pas en supporter les rigueurs.

— Oh ! dit Roger, en maintenant un bon feu dans la chambre...

— Au contraire, fit vivement M. Valnet. Pas trop de feu ! Seize degrés au plus. Et veillez à ce qu'il sorte le plus souvent possible dans le fauteuil que je vous enverrai. C'est la réclusion à laquelle le condamneront les mauvais temps que je crains le plus au monde, car s'il survenait une seconde attaque, Dalbrègue y succomberait infailliblement. Il quitta de Montmaury, qui revint auprès de Laurence et s'enferma dans le bureau du vieillard pour procéder à l'inventaire de tous les papiers qui s'y trouvaient.

Pendant ce temps, Cassut était rentré à la fabrique. Depuis qu'Antoinette avait renoncé à tous les plaisirs et se cloîtrait dans sa chambre, Germain déployait une infatigable activité, afin de réparer, autant que possible, le tort immense que ces quatre mois et demi d'abandon presque absolu lui avaient causé. Il avait été obligé déjà de renvoyer une dizaine d'ouvriers, faute de pouvoir leur donner du travail. En vain il était allé relancer les anciens clients de M. Voisin qui l'avaient abandonné. Ceux-ci avaient promis pour la forme de faire de nouvelles commandes, mais ils ne connaissaient pas Cassut, ne s'intéressaient aucunement à lui et n'étaient pas revenus.

Des bruits circulaient déjà dans le pays. Les dépenses exagérées d'Antoinette et de son mari avaient été une source de scandales. On les accusaient de manger eur blé en herbe, on leur reprochait d'avoir renvoyé leur premier commis, qui, disait-on, était plus intelligent sans son petit doigt qu'eux dans toute leur personne ; on ne leur pardonnait pas d'avoir forcé le pauvre M. Voisin à quitter l'usine dès le lendemain de leur mariage.

Tout se sait dans un petit pays. Rien n'échappe à la curiosité des uns, à la

malveillance des autres, à la jalousie de tous. Le même vide qui s'était fait
autour de la jeune Antoinette continua autour de Mme Cassut, dont on blâmait
hautement la conduite et les excès. Rien de ce qui se passait chez elle n'était
ignoré. On alla jusqu'à citer le nombre exact de bouteilles de champagne
qu'elle avait bues depuis son mariage.

L'usine de Cassut passa donc pour être le théâtre des plus folles orgies. Lorsqu'Antoinette rompit avec cette vie fiévreuse, on prétendit tout bas qu'elle
n'avait plus d'argent et que personne ne voulait lui en prêter.

Dès que la déconsidération s'attache à des gens qui y prêtent le moins du
monde, le thème varie à l'infini. Les absurdités les plus choquantes trouvent
toujours une oreille avide pour les écouter et une langue de vipère pour les
répéter.

Ni Antoinette, ni Germain, ne se doutaient assurément qu'ils étaient la fable
de Meulan, et que tout le monde avait les yeux ouverts sur leurs actions. Plus
que jamais poursuivie par l'idée fixe de fuir la présence de son mari, Antoinette
continuait à périr d'ennui dans sa chambre et à dresser la liste du mobilier
qu'elle destinait à son appartement de Paris. Germain s'efforçait de relever la
fabrique du coup terrible que sa négligence lui avait porté. Le soir, quand il
se retrouva enfin, à l'heure du dîner, devant sa femme, qu'il n'avait pas vue
depuis la veille à pareille heure, il lui annonça qu'il avait aperçu Roger.

— Comment, Roger ! s'écria Antoinette avec la plus grande agitation. Où
l'avez-vous rencontré ?

— A Meulan.

— Dans la rue ?

— Non, à sa fenêtre.

— Quelle fenêtre ?

— Celle du logement qu'il habitait il y a cinq mois.

— Ce n'est pas possible !

— C'est pourtant vrai.

— Comment ! il est ici ! fit Antoinette à demi-voix, avec une consternation
qu'elle ne prit pas la peine de cacher.

Elle était si troublée que Germain ne put s'empêcher de le remarquer.

— Ah çà ! qu'as-tu donc ? dit-il. Qu'est-ce que cela peut te faire que M. Roger
soit ici ?

Elle ne lui répondit pas, mais elle lui lança un regard de haine auquel il ne
se méprit pas.

— Quel regard ! pensa-t-il. Que signifient ce trouble, cette agitation ?...

— Il ne prononça plus un mot. A la dérobée, entre deux bouchées de pain,
il se contenta d'observer sa femme. Elle avait repoussé son assiette et s'était
accoudée sur la table. Rêveuse, absorbée, les sourcils contractés, les yeux fixes,
elle ne songeait plus à boire ni à manger. Elle était là, comme foudroyée. Pendant toute la fin du dîner, elle demeura plongée dans cette méditation et dans
cette immobilité, sans toucher à aucun des mets qu'on lui servit.

— A quoi penses-tu donc ? lui demanda Cassut. Tu ne me parles pas de ton appartement ce soir. La liste des meubles que tu devais acheter n'est donc pas terminée?

— Quel appartement? Quels meubles? fit Antoinette, qui tressaillit comme comme si on l'avait brusquement réveillée.

— Eh bien! ton appartement de Paris...

— De Paris! balbutia-t-elle, encore toute préoccupée. Ah! oui, je me souviens... Vous aviez donc pris cela au sérieux?

— Mais il me semble que tu as soutenu et que j'ai combattu ce projet pendant assez longtemps pour qu'il méritât mon attention.

— Eh bien! j'ai changé d'idée, voilà tout, fit aigrement la jeune femme.

— Quoi! tu ne veux plus aller à Paris?

— Non, répondit-elle en haussant les épaules avec humeur. Laissez-moi donc tranquille!

Germain n'insista pas. Il lui parut étrange que sa femme abandonnât tout à coup un projet qu'elle s'était jusqu'alors si fort acharnée à défendre. Et il lui parut plus extraordinaire encore que cette renonciation subite coïncidât si directement avec le retour de Roger.

Chez lui, pourtant, ce n'était qu'un étonnement, mais non pas encore un soupçon. Dès que le dîner fut achevé, Antoinette se leva de table et remonta dans sa chambre. Quand elle vint desservir, Rose fut très surprise de ne plus voir sa maîtresse dans la salle à manger.

— Tiens! madame n'est pas là? s'écria-t-elle.

— Vous le voyez bien, dit Cassut d'un ton bourru.

— Où donc est-elle?

— Dans sa chambre, sans doute. Les femmes sont si capricieuses...

— Ce n'est pas pour moi que vous dites cela, toujours, fit Rose, tout en continuant son service.

— C'est pour vous comme pour les autres.

— Oh! monsieur veut plaisanter sans doute. Est-ce qu'une femme de chambre peut se permettre des caprices?

— Elle en a pourtant, vous le savez mieux qu'une autre.

— Moi! fit Rose, qui s'arrêta subitement. A propos de quoi monsieur me dit-il cela?

— Oh! faites donc l'ignorante, dit Cassut en haussant les épaules. Allez-vous essayer de me faire croire que vous ignorez le retour de M. Roger?

— M. Roger! répéta la femme de chambre interdite.

Elle était de très bonne foi. Elle avait complètement oublié l'aventure de sa maîtresse et n'avait vu Roger qu'une fois, le jour où il allait dîner chez M. Voisin.

— Peste! répliqua Germain, vous avez le cœur bien oublieux, ma chère. Tant mieux, du reste, car, je vous en préviens, je ne serais pas d'humeur à supporter une liaison semblable.

— Quelle liaison? A qui en avez-vous?

— Comment! ne vous rappelez-vous plus que je vous ai vue, certain soir d'orage, sortir de chez M. Roger et entrer ici par la porte du jardin?

Loin de faire à Rose la moindre confidence, elle la congédia dès qu'elle en eut
obtenu les renseignements qui lui manquaient. (Page 620.)

— Ah ! c'est juste, fit Rose, qui partit d'un éclat de rire.

— Encore ! dit Germain en frappant du pied avec impatience. Est-ce toujours
par ce ricanement insolent que vous répondrez à mes observations ?

— Mais, monsieur...

— Assez, interrompit Germain, qui n'était pas fâché de passer sa colère sur
quelqu'un qui ne pût pas lui tenir tête. Souvenez-vous de ce que je viens de vous

dire. Si jamais je surprends, entre vous et ce Roger le moindre signe d'intelligence, je vous chasse.

— Bien obligé, monsieur; mais s'il n'y a que cela qui vous tourmente, vous pouvez dormir tranquille.

Et, sans vouloir en entendre davantage, elle sortit. A travers la porte fermée, Germain entendit encore retentir ce même éclat de rire qui lui portait sur les nerfs. Il resta seul, très irrité de cette nouvelle impertinence. Quand son courroux se fut apaisé, il se rappela soudain l'air de candeur et de naïve innocence avec lequel Rose avait accueilli le nom de Roger.

— C'est singulier! pensa-t-il. On croirait réellement qu'elle connaît à peine ce de Montmaury. Cependant, ce que j'ai vu, je l'ai parfaitement vu. Rose est bien rentrée ce soir-là par la petite porte du... il est vrai que je n'ai pas distingué son visage; que l'obscurité et le châle dont elle était enveloppée m'ont empêché de la reconnaître à sa tournure... Ce ne serait donc pas elle... mais si ce n'était pas elle, qui serait-ce?

Sur ce terrible point d'interrogation, il s'arrêta. Ainsi qu'il l'avait fait remarquer à Antoinette, il n'y avait que deux femmes dans la maison : la sienne et Rose. S'il avait accusé Rose, tout d'abord, c'est qu'il n'avait pas osé faire à la fille de M. Voisin l'injure de la soupçonner. A présent, il doutait sérieusement. Ce qui le faisait hésiter, c'était la conclusion à laquelle le conduisait fatalement l'incertitude qui s'était emparée de lui; car si ce n'était pas Rose, c'était Antoinette. Ce soupçon, qu'il avait repoussé dans le principe, qu'il s'efforçait même de combattre encore, prenait néanmoins une consistance de plus en plus grande, à mesure que se représentaient à sa pensée les phases cruelles par lesquelles il avait passé depuis son mariage. Il se rappelait avec quelle complaisance Antoinette regardait Roger du temps qu'elle venait à l'atelier. Etait-ce donc pour le voir qu'elle y venait? Trois semaines avant son mariage, elle avait fait inviter Roger à dîner par M. Voisin. Pourquoi l'avait-elle fait inviter? — lui seul!

C'était le lendemain du jour où Germain avait vu sortir une femme du logement de de Montmaury que sa demande avait été agréée. Pourquoi lui avait-on fait attendre cette réponse pendant quinze jours? Espérait-on décider Roger à épouser Antoinette? Etait-ce dans ce but qu'au risque de se perdre de réputation, la jeune fille avait tenté cette démarche compromettante?

Et que d'autres mystères inexplicables se représentèrent alors à sa pensée! Le goût effréné de sa jeune femme pour les plaisirs; l'oubli qu'elle cherchait dans cette vie agitée, qu'elle avait cherché parfois jusque dans l'ivresse; le lit que, le lendemain même de son mariage, elle avait fait installer dans son boudoir; l'obstination avec laquelle elle avait repoussé depuis cette époque les caresses de son mari...

Tout cela avait-il la même cause? Mais oui! C'était depuis le jour où elle avait rencontré Roger, mourant de faim, qu'elle avait plus strictement que jamais condamné sa porte, que son humeur fantasque s'était le plus donné carrière, qu'elle avait conçu le projet d'avoir un appartement à Paris, où se trouvait précisément Roger. Et elle renonçait à cette idée, quand?... le jour où Roger était de retour à Meulan! Elle l'aimait donc? Qui sait?... des relations coupables existaient peut-être entre eux avant le mariage... A cette seule pensée, la jalousie et la haine que Cassut nourrissait depuis si longtemps contre de Montmaury, et qu'il avait un instant oubliées, se réveillèrent, plus ardentes que jamais. La colère bouillonna en lui; un nuage de sang passa devant ses yeux.

— Ah! s'écria-t-il, que ne l'ai-je tué dans ce bois de Verneuil où je le tenais si bien !

Il sortit, le visage enflammé, l'œil hagard, caressant le couteau qu'il portait toujours dans sa poche. S'il avait rencontre Roger en ce moment, il l'aurait tué. Le grand air et la marche le soulagèrent. Il finit par se calmer.

— Après tout, se dit-il, je suis bien bon de me monter ainsi la tête. Il n'y a peut-être pas un mot de vrai dans tout ce que mon imagination m'a fait entrevoir.

Il allait rentrer, quand il se ravisa.

— Mais au fait, pensa-t-il, pourquoi de Montmaury est-il revenu à Meulan ?

Au lieu de regagner la fabrique, il alla au café. Il y mettait rarement les pieds depuis qu'il était marié. S'il y entrait aujourd'hui, c'était dans l'espoir d'apprendre quelque chose. Cet espoir ne fut pas déçu. On n'y parlait que de la maladie de M. Dalbrègue.

En effet, la plupart des bourgeois qui habitent Meulan, en apprenant l'accident dont l'ancien banquier avait été victime, étaient allés lui faire visite ou avaient fait prendre de ses nouvelles. Tout le monde savait dans quelle situation se trouvait le pauvre paralytique.

— C'est le docteur Valnet qui le soigne, disait l'un.

— A la nouvelle de cet évènement, racontait l'autre, Roger, son fils d'adoption, qui était à Paris, a quitté une position brillante pour se mettre aux ordres de Mlle Laurence et surveiller ses intérêts. Je l'ai rencontré aujourd'hui; il a repris possession de son ancien logement.

— A la bonne heure ! fit observer un troisième, car il n'eut guère été convenable que ce jeune homme habitât sous le même toit que Mlle Dalbrègue.

— Bah! ils sont frère et sœur.

— Pas tout à fait.

— C'est tout comme.

— Oui, mais ça n'empêche pas les sentiments, répliqua un philosophe de l'endroit.

— Sentiment ou non, il fait son devoir, il a raison.

— Assurément, fit l'adjoint.

— C'est un grand cœur, dit le capitaine des pompiers.

— Un joli garçon, affirma le coiffeur.

— Une belle ame, prétendit le bedeau.

— A qui personne n'a rien à reprocher, riposta le percepteur.

— Très bien élevé, ajouta le maître d'école.

— Et bien né, vous pourriez dire. C'est un baron, un vrai baron, dit un entrepreneur.

Cassut ne put supporter plus longtemps cet éloge qui s'échappait de toutes les bouches à la fois. D'ailleurs il avait appris ce qu'il voulait savoir : pourquoi Roger était revenu à Meulan. Dans les idées plus calmes où il se trouvait, cette nouvelle acheva de le rassurer. Non pas complètement, sans doute, mais elle lui démontrait du moins qu'Antoinette et Roger n'étaient pas de connivence.

Quand il rentra, sa femme n'était pas encore couchée. Si elle l'était, elle ne dormait pas, car il vit filtrer la lumière à travers les lames de ses persiennes. Il se coucha, éteignit sa bougie ; puis, après avoir gardé pendant une demi-heure l'immobilité la plus absolue, il se releva. Pieds nus, à tâtons, il s'approcha de la porte de communication et colla son œil au trou de la serrure. La lumière brûlait toujours. Antoinette s'était mise au lit. Il ne la voyait pas, mais il l'entendait s'agiter et pousser de profonds soupirs. Après être resté un bon quart d'heure en observation, il était glacé. Il regagna sa couche solitaire, se blottit sous les couvertures pour se réchauffer et finit par s'endormir. Il n'avait rien vu, c'est vrai ; mais un vague soupçon lui était resté dans l'esprit.

— C'est égal, avait-il dit en fermant les yeux, bien sûr il y a quelque chose.

De son côté, Rose, après le départ de Cassut, était montée dans la chambre de sa maîtresse et s'était plainte amèrement de la façon dont elle avait été traitée. En vain Antoinette l'avait assurée que la colère de son mari n'était pas redoutable, que ses menaces ne seraient jamais suivies d'exécution.

— C'est égal, madame, dit la femme de chambre, il est dur d'être accusée d'une faute qu'on n'a pas commise.

Antoinette était fort courroucée à son tour.

— De quoi va se mêler M. Cassut ? disait-elle. S'imagine-t-il qu'il va nous faire la loi ? C'est ce que nous verrons, ajouta-t-elle d'un ton de superbe défi.

Elle-même était fort intriguée du retour de Roger. Elle interrogea sa femme de chambre à ce sujet.

— Eh quoi ! fit Rose. Vous ne savez pas ce qui est arrivé chez M. Dalbrègue ?

— Comment veux-tu que je le sache ? Voilà plus de dix jours que je n'ai franchi la porte de cette maison.

Rose lui raconta alors de quel épouvantable accident M. Dalbrègue avait été victime. Ce fut un trait de lumière pour Antoinette. Jugeant toutes les femmes à son aune, elle crut que Laurence n'avait rappelé Roger qu'afin de se livrer sans crainte à l'amour qu'elle ressentait pour lui.

— Oui, je devine, dit-elle. Le vieux père n'est plus là pour les en empêcher... ils vont s'en donner à cœur joie...

Ses traits se contractèrent affreusement et ses regards étincelèrent.

— Heureusement que je suis là, murmura-t-elle.

Loin de faire à Rose la moindre confidence, elle la congédia, dès qu'elle en eut obtenu les renseignements qui lui manquaient. Il est vrai que Rose n'avait pas grand'chose à apprendre. Elle n'ignorait pas que sa maîtresse était allée chez Roger ; et devinait bien dans quel but. L'intérêt avec lequel Antoinette s'informait de lui était donc une nouvelle preuve de l'amour que de Montmaury lui avait inspiré.

Rose ne se trompait pas. Quand la femme de Cassut sentit si près d'elle l'homme qu'elle aimait, elle ne songea plus qu'à se rapprocher de lui. Sa passion avait pris des développements tels que nul obstacle ne devait l'arrêter. Son mari ne fut plus seulement pour elle un objet de haine, mais de profond dégoût et d'insurmontable aversion.

Dès le lendemain, elle ne tenait plus en place. La maison qu'habitait de Montmaury appartenait à une certaine Mme Durand, qui vivait péniblement de deux ou trois mille francs de rentes et qui, pour les accroître, n'avait pas trouvé d'autre ressource que de louer les deux chambres du premier étage, tandis qu'elle habitait le rez-de-chaussée.

Précisément, cette Mme Durand figurait parmi les cinq ou six rares petites bourgeoises qui avaient honoré de leur présence le bal de noces d'Antoinette. La jeune femme se souvint fort à propos qu'elle n'avait pas rendu à Mme Durand la visite d'usage. Elle y alla, parée de ses plus riches atours, et choisit de préférence le fauteuil qu'occupait ordinairement cette dame, à l'angle de la croisée. De cette façon, elle voyait tout ce qui se passait au dehors. Si Roger entrait chez lui ou en sortait, il ne pouvait pas échapper à son regard. Antoinette se montra très aimable envers Mme Durand, et s'excusa beaucoup de ne pas être venue plus tôt.

— Je ne connaissais presque pas Paris, dit-elle, je n'étais jamais allée au théâtre, au bal, au concert; j'ai voulu profiter de mes premiers beaux jours de liberté pour rompre le long carême que j'avais fait au temps où j'étais demoiselle. Aujourd'hui c'est fini. Je rentre dans la vie ordinaire. Aussi mon premier soin a été de remercier les personnes qui n'ont pas cru déroger en assistant à mon mariage. C'est par vous que j'ai tenu à commencer, madame.

Mme Durand était confuse. Elle n'avait pas encore eu le temps de placer un mot.

— J'espère donc, continua Antoinette, que vous voudrez bien me considérer comme votre amie et que vous me permettrez de venir souvent, sans façon, causer un peu avec vous.

— Mais certainement, madame, dit la petite rentière en minaudant. Et me sera-t-il permis, à mon tour, de vous demander des nouvelles de monsieur...

— Précisément, vous avez une vue charmante, interrompit Antoinette, dont les yeux ne quittaient pas la route. On doit être admirablement bien ici pour travailler.

— Très bien, madame. Comment va monsieur...

— Je brode justement un meuble de tapisserie en ce moment, poursuivit la jeune femme. J'apporterai mon ouvrage et je vous tiendrai compagnie, si ce n'est pas trop indiscret.

— Assurément non, madame; mais vous ne me parlez pas de votre mari ?

— Il est toute la journée à la fabrique et me laisse absolument seule, ce qui, n'est pas très amusant pour une femme de mon âge.

— C'est vrai.

— Je n'ai même pas chez moi la distraction que vous donne cette maison. La vue que j'ai de ma chambre est peut-être plus étendue, mais elle est loin d'être aussi gaie que celle dont vous jouissez. Ce chemin, sur lequel passe tant de monde, ces bateaux de toute espèce, qui sillonnent la rivière, donnent au paysage un aspect tout à fait réjouissant.

— N'est-ce pas? fit Mme Durand, dont l'amour-propre de propriétaire était délicieusement chatouillé.

— Oui, la maison ne doit pas être bien grande, mais elle est admirablement située.

— Elle n'est pas très grande, en effet, dit la rentière. Et pourtant elle l'était encore trop pour moi depuis le départ de mon fils.

— Ah! c'est juste, vous avez un fils.

— Un grand garçon de vingt-trois ans, oui, madame. Arthur — il se nomme Arthur; peut-être ne le saviez-vous pas?...

— Je l'ignorais, en effet.

— Un bien joli nom, n'est-ce pas madame?

— Ravissant, madame.

— Arthur, vous disais-je, a voulu absolument s'engager. Il est maintenant sous-officier de lanciers, et il porte l'uniforme... vous verrez, madame. A son premier congé, je vous le présenterai. Il est beau comme l'Antinoüs... Seulement il est toujours à court d'argent. Aussi j'ai loué les deux chambres qu'il occupait à un charmant jeune homme... Mais au fait, vous le connaissez, mon locataire. Il a été commis principal chez monsieur votre père. A propos, comment va-t-il, ce cher M. Voisin?

— Bien, très bien, je suppose.

— Comment! vous ne le voyez donc pas?

— Rarement. Vous savez que quand mon père a une idée en tête...

— Oui, on me l'a dit. Pauvre cher homme! Si bon, si honnête, avoir des lubies semblables!

— Vous me disiez donc, fit Antoinette, que vous aviez pour locataire un ancien employé de mon père?

— Oui, M. de Montmaury.

— Ah! très bien. C'est donc chez vous qu'il demeurait? demanda effrontément Antoinette.

— Et qu'il demeure encore, madame.

— Mais on m'avait dit qu'il avait quitté Meulan.

— Pendant cinq mois, mais il est de retour depuis avant-hier.

— Pour longtemps?

— Je le suppose.

— Ah! Et savez-vous pourquoi il y est revenu?

— Non, pas précisément; mais ce doit être à la suite de l'accident survenu à M. Dalbrègue.

— En effet, j'ai entendu parler de cela.

— Oh! le malheureux est complétement perdu.

— Qui vous l'a dit?

— Le médecin de Meulan, que Mlle Laurence avait fait appeler.

— Il est donc en danger de mort? demanda Antoinette.

— Pas immédiatement, madame; mais il est entièrement paralysé, et l'on ne sait malheureusement pas combien de temps cela peut durer. Ce qu'il y a de certain, c'est qu'il est incapable de parler, d'agir ni de penser. Le domestique de la maison a été spécialement attaché à son service, et, pas plus tard qu'hier, M. Roger a vendu le cheval au loueur de Meulan.

— C'est lui qui vous a fourni tous ces détails?

— M. Roger! Ah! il n'y a pas de danger. En voilà un qui n'est pas bavard! Très poli, par exemple! Il ne manquerait jamais, quand il passe près de moi, de m'ôter son chapeau, avec un « bonjour ou bonsoir, madame Durand. »

— Alors, comment êtes-vous si parfaitement renseignée?

— Eh! ma chère dame, si le bon Dieu vous a fait une langue c'est pour s'en servir. On va, on vient, on cause à gauche, à droite, on finit toujours pour apprendre quelque chose. Tout le pays sait ce que je viens de vous raconter.

— Et M. de Montmaury, que fait-il?

— Je l'ignore, madame. Je crois cependant que Mlle Laurence l'a prié de s'occuper des intérêts de son père, puisqu'il a vendu le cheval hier et qu'il va tous les jours chez M. Dalbrègue.

— Ah! fit Antoinette, dont les regards s'allumèrent d'un feu sombre. Il y va tous les jours?

— Tous les jours... je n'en sais rien encore. Il y est allé hier, il y est retourné aujourd'hui. Ira-t-il demain? Je ne puis pas vous l'affirmer.

— C'est juste, dit la jeune femme avec effort.

Elle se leva et adressa à Mme Durand son plus gracieux sourire.

— Ainsi, reprit-elle, vous me promettez de venir me voir?

— Certainement, madame.

— Et vous m'autorisez, en attendant, à venir vous importuner chaque fois que le hasard me conduira par ici?

— J'en serai très flattée.

Antoinette prit congé. Elle savait tout ce qu'elle voulait savoir; mais elle n'avait pas vu Roger! Le lendemain, elle revint et apporta sa tapisserie. Le surlendemain, les jours suivants, elle passa toutes ses journées chez Mme Durand. Toujours avec aussi peu de succès, Roger demeurait invisible. Enfin, le septième jour, Mme Durand la vit bondir de son fauteuil et courir vers la porte.

— Qu'avez-vous donc? lui demanda-t-elle.

— Je me suis piquée avec mon aiguille, répondit Antoinette, et je me suis fait un mal...

— En effet; vous en êtes toute rouge, ma chère dame. Voyons.

Fort heureusement, on frappa au même instant à la porte du petit salon.

— Entrez, dit Mme Durand.

La porte s'ouvrit, et Roger parut. Il ne fut pas maître d'un mouvement de surprise, en apercevant Antoinette, tête nue et tenant à la main un ouvrage de tapisserie. Pourtant il s'inclina poliment devant elle, et se tournant vers Mme Durand :

— Madame, lui dit-il, j'ai reçu ce matin de Paris une lettre daus laquelle un de mes amis, M. Raymond, m'annonce sa visite très prochaine. S'il se présentait en mon absence, vous le prieriez d'attendre dans ma chambre, à moins qu'il ne soit trop pressé. Dans ce cas, soyez assez bonne pour m'envoyer prévenir chez M. Dalbrègue.

— Je n'y manquerai pas, monsieur.

— M. Raymond. Vous retiendrez bien ce nom, n'est-ce pas ?

— Soyez tranquille, monsieur Roger.

Montmaury salua et sortit. Ce qui avait fait bondir Antoinette de son fauteuil, c'est qu'à travers les carreaux elle avait vu passer Roger. Sa prétendue piqûre était un mensonge, mais non pas sa rougeur. En reconnaissant de Montmaury, son cœur avait failli éclater, tant le sang y avait afflué avec violence. Elle-même n'aurait jamais cru ressentir à sa vue une semblable secousse.

Ce fut bien pis encore quand Roger entra dans la pièce où elle se trouvait. Ses jambes défaillirent et son cœur se mit à battre si fort, qu'on l'aurait distinctement entendu si le silence qui avait accueilli l'arrivée de Roger eût duré quelques instants de plus.

Dès qu'il eut disparu, elle sentit autour d'elle un vide immense ; un léger tressaillement s'empara de tous ses membres, et sa faiblesse devint si grande qu'elle faillit perdre connaissance. Mme Durand s'en aperçut.

— Eh bien ! qu'avez-vous donc ? demanda-t-elle.

— Rien.... balbutia Antoinette... un léger malaise... un verre d'eau seulement.

— Bon ! fit Mme Durand en souriant, nous connaissons cette maladie-là. C'est celle de toutes les jeunes femmes.

— Comment ? dit Antoinette, qui ne comprenait pas.

— Cela signifie que vous allez bientôt être mère, sons doute, répondit Mme Durand en lui versant à boire.

— Mère, moi ! Ah ! que le ciel m'épargne cette honte ! s'écria Antoinette avec un geste d'horreur.

Elle but d'un seul trait le verre qu'on lui tendait, mit son chapeau à la hâte et s'en alla. Quand elle rentra chez elle, Germain revenait de l'usine et changeait d'habits. Sur la cheminée il avait posé un petit paquet enveloppé de papier bleu. Par curiosité, Antoinette le prit et voulut l'ouvrir.

— Ne touche pas à cela ! s'écria Germain. C'est du poison, et il y en là de quoi tuer vingt personnes.

— Ah ! dit Antoinette sans le quitter du regard.

— Oui, poursuivit Cassut, c'est un nouveau produit que nous fabriquons.

— Il est donc bien dangereux ?

— Si dangereux que je viens d'en donner gros comme un grain de blé à un lapin, et qu'il est tombé foudroyé.

— De sorte, dit Anteinette, que pour un homme il en faudrait...

Ayez pitié ! je vous en conjure ! faites-moi l'aumône d'un regard. (Page 632.)

— Gros comme un pois, peut-être.

— Et comment s'appelle ce produit ?

— Ah ! pour le moment, c'est un mystère, fit Germain.

— C'est donc un produit nouveau ?

— Sous cette forme, oui ; quoiqu'il se compose de deux produits déjà connus, dit Cassut.

Il allait se laisser entraîner peut-être à de plus longues explications, quand Antoinette l'interrompit brusquement.

— Après tout, qu'est-ce que cela me fait? dit-elle. Seulement, vous avez raison : ce sont des choses qu'il ne faut pas laisser traîner.

En disant ces mots, elle prit le paquet et le mit dans un tiroir de la commode.

— Le paquet est là, reprit-elle en lui montrant l'endroit. Si vous en avez besoin demain matin, vous l'y retrouverez.

Ils se mirent à table et dînèrent. Comme toujours, un silence de glace présida au repas, et, dès qu'il fut terminé, Antoinette regagna sa chambre. Le lendemain, en se levant, Cassat ouvrit le tiroir de la commode, afin d'y reprendre l'échantillon du nouveau produit qu'il avait fabriqué. Il devait, le jour même, aller le présenter à plusieurs de ses clients. Au moment de le glisser dans sa poche, il s'arrêta pour l'examiner.

— Tiens ! murmura-t-il, je croyais qu'il y en avait davantage.

Pensant s'être trompé, il le prit avec un geste d'incertitude et s'en alla.

Quand vint l'heure du déjeuner, il s'habilla. Il allait partir, lorsque, en traversant l'antichambre, il rencontra Mme Durand qui arrivait.

— Ah! c'est vous, M. Cassat, dit-elle. Ce n'est pas malheureux ! J'ai passé toute la semaine à demander de vos nouvelles.

— A qui donc? demanda Germain surpris.

— A votre femme.

— Vous l'avez donc vue cette semaine?

— Tous les jours que Dieu fait elle vient chez moi. Elle ne vous l'a pas dit ?

— Elle peut bien m'en avoir parlé, répondit Cassat ; mais j'ai tant d'autres choses en tête... Aujourd'hui encore, je vais à Paris pour lancer un nouveau produit...

— Oui, oui, poursuivit Mme Durand, votre femme vient sans façon à la maison, elle apporte son ouvrage, nous travaillons, nous bavardons...

— Est-elle prévenue de votre arrivée?

— Je le pense. La femme de chambre, qui m'a ouvert la porte, a dû l'avertir de ma visite. Et tenez, la voici qui descend l'escalier. Est-elle gentille! Ah ! vous êtes un heureux mari, monsieur Cassat !

— Oui, je suis bien heureux, fit Germain en poussant un profond soupir.

— Et, se tournant vers sa femme :

— Je te laisse avec madame, lui dit-il, je pars pour Paris à l'instant.

Antoinette ne parut que médiocrement satisfaite de la visite de la rentière.

— Vous avez causé avec mon mari ? demanda-t-elle.

— Oh! fort peu, madame. Je lui ai dit que je m'étais informée de lui tous ces jours-ci et que nous étions une paire d'amies.

— Ah ! fit la jeune femme visiblement contrariée, vous lui avez dit...

— Que vous veniez me voir tous les jours. Est-ce que j'ai mal fait? dit Mme Durand.

— Du tout, chère dame, répliqua vivement Antoinette avec un sourire forcé.

Elles causèrent alors de choses et d'autres, jusqu'à ce qu'Antoinette lui proposât de l'accompagner chez elle.

— Très volontiers, dit Mme Durand. Allez mettre un chapeau, je vous attends.

Quelques minutes après, elles quittaient la maison. Pendant ce temps, Germain s'était dirigé vers la station, avait pris son billet et roulait à toute vapeur vers Paris. En chemin de fer, la visite de Mme Durand lui revint à la mémoire.

— C'est singulier, pensa-t-il. A quel propos Antoinette s'est-elle liée avec cette vieille bavarde, au point d'y aller tous les jours? Elles ne sont ni du même caractère, ni du même âge. Antoinette est jeune et dépensière, l'autre a quarante-six ans et couperait un liard en quatre...

Tout à coup, il se rappela que la maison de Mme Durand était située au bord de l'eau et que Roger demeurait chez elle. Les soupçons qui l'avaient assailli les jours précédents se représentèrent à sa pensée.

— Est-ce que décidément Antoinette songerait encore à de Montmaury? se dit-il. Est-ce que cette vieille sorcière y prêterait les mains? Ils seraient donc d'accord tous les trois pour me tromper?...

Il fut sur le point de descendre de wagon à la première station et de revenir à Meulan par le train suivant; mais il réfléchit que cela ne l'avancerait pas à grand'chose et continua sa route. Seulement il releva la tête avec un geste menaçant.

Quant à Roger, il ne se doutait assurément pas que son retour à Meulan soulevât de si gros orages dans le ménage des Cassut. S'abandonnant sans contrainte à l'amour dont il était possédé et qu'il s'était bien juré de ne pas trahir, il s'enivrait chaque jour de la vue de Laurence et prolongeait à dessein l'inventaire qu'il avait commencé des papiers de M. Dalbrègue.

En effet, il avait trouvé dans le tiroir-caisse du bureau de l'ancien banquier deux petits registres, tenus avec un ordre parfait, contenant : l'un, la liste des valeurs immobilières, des locations, des revenus de chacune d'elles; l'autre, la liste numérotée des valeurs mobilières, avec leur date d'échéance et le chiffre que les coupons devaient fournir tous les semestres.

Rien n'était donc plus limpide. Il suffisait à Roger de consulter le total des sommes encaissées pendant le courant de l'année, pour s'assurer s'il y avait des termes à toucher ou des coupons à détacher. Il n'avait donc pas eu de peine à constater que les termes d'octobre n'étaient pas payés. Probablement les concierges des deux maisons de M. Dalbrègue avaient l'argent entre les mains et ne l'avaient pas versé. De même, les coupons d'octobre de certaines obligations de chemin de fer n'avaient pas encore été détachés. Dès le troisième jour, Roger avait signalé à Laurence ces deux retards.

— En effet, avait-elle dit. Je me souviens à présent que mon père ne voulait toucher ces diverses sommes que lors de son retour à Paris.

— Faut-il aller les réclamer de votre part?

— Oui, si cela ne vous dérange pas trop.

— Veuillez alors me donner une lettre autorisant vos concierges à me remettre cet argent. Quant aux coupons, nous les détacherons ensemble, vous les compterez et j'en verserai le montant entre vos mains.

— Vous plaisantez ? Compter les coupons !

— Oui, certes. Maintenant que vous allez avoir le gouvernement de la maison, il est indispensable que vous soyez au courant de tout.

— Mais je ne connais rien aux affaires ! se récria la pauvre enfant.

— Je vous forcerai à y connaître quelque chose, riposta Roger. Je vous prépare un tableau qui vous donnera en marge le nom et la nature de toutes vos propriétés mobilières et immobilières, avec la date précise, à laquelle vous devrez en percevoir les revenus, de sorte que vous n'aurez qu'à y jeter les yeux pour connaître, mois par mois, les sommes que vous aurez à encaisser.

— Ah ! si ce n'est pas plus difficile que cela, dit Laurence en riant, je me sens de force à me mêler d'affaires.

Le lendemain, en effet, elle remit à Roger la lettre qu'il avait demandée, et détacha avec lui les coupons d'obligations.

Ce détail est puéril, certainement ; mais pendant cette occupation, aride pour tant de simples rentiers, Laurence et Roger étaient l'un près de l'autre. Leurs fronts se penchaient, le contact de leurs cheveux les faisait frissonner, leurs mains se touchaient, leur haleine se confondait. Roger ne sut pas résister au plaisir de prolonger ce tête-à-tête, plein de délicieux rapprochements.

Le soir, quand il revint de Paris, ce fut à recommencer. Il fallut compter l'argent qu'il avait rapporté, mettre les billets de banque dans le portefeuille, empiler les pièces d'or et d'argent, les aligner sur la tablette de la caisse. Les pauvres enfants jouaient avec le feu et ne s'en apercevaient pas. Laurence, séduite par la nouveauté de cette occupation, témoignait une joie presque enfantine, prenait l'or dans sa petite main, allait le mettre en place, revenait au bureau, retournait à la caisse, aussi affairée que si elle avait remué des millions.

— Quinze mille francs pour trois mois ! s'écria-t-elle enfin quand la vérification fut terminée. Mon Dieu ! que nous sommes riches ! Qu'est-ce que l'on peut faire d'une somme pareille ?

Roger sourit. C'était pour lui une jouissance ineffable que d'assister à ces étonnements naïfs, d'admirer cette grâce mutine et cette angélique jeune fille, qui ignorait sa beauté comme elle ignorait sa fortune.

Quant à M. Dalbrègue, il n'allait pas mieux. M. Valnet commençait presque à désespérer de lui. Il avait envoyé le fauteuil dans lequel le paralytique aurait dû faire une promenade quotidienne, mais le temps était si obstinément exécrable qu'il n'y avait pas moyen d'exposer le malade à de semblables intempéries.

Si, par suite de l'immobilité à laquelle il était réduit, M. Dalbrègue éprouvait une nouvelle attaque, il succomberait infailliblement. Le docteur n'hésita pas à communiquer ses craintes à Roger, et le chargea de préparer Laurence à ce douloureux mais très probable événement.

— Cependant, ajouta M. Valnet, je ne me prononce pas définitivement. Avec des soins et du beau temps, notre pauvre ami peut vivre encore quelques mois, quelques années même.

Roger remplit, avec toute la délicatesse possible, auprès de la jeune fille, la mission que le docteur lui avait confiée.

— S'il ne faut que des soins, dit-elle, mon père n'en manquera pas. Quant à du beau temps, je prierai Dieu avec tant d'ardeur qu'il m'exaucera.

Roger continuait toujours son inventaire. Au bout de huit jours, tout était en ordre, et il avait dressé pour Laurence le tableau qu'il lui avait annoncé. Il la conduisit dans le cabinet et lui montra ce qu'il avait fait. La jeune fille fut tout étonnée de trouver si simple, grâce à cet ingénieux tableau, ce qu'elle se figurait si compliqué.

Roger fut très prolixe et accumula les explications. Une fois encore, la dernière peut-être, il voulait jouir des délicieux instants que ce nouveau tête-à-tête lui faisait passer. Il était si pénétré de son sujet, s'expliquait avec tant d'animation jetait sur Laurence des regards si pénétrants, qu'elle ne put s'empêcher de s'écrier :

— Décidément, Roger, vous êtes l'intelligence même. Je ne veux jamais avoir d'autre homme d'affaires que vous.

De Montmaury, dans un élan irrésistible, lui prit la main et y déposa un baiser brûlant.

— Ah ! dit-il, ne suis-je pas à vous, tout à vous ?

X

COMMENT ANTOINETTE ET ROGER SE TROUVÈRENT DE NOUVEAU EN PRÉSENCE

Laurence ne retira même pas sa main. Y avait-il rien de plus naturel que ce que faisait et disait Roger ?

Mais lui, comprenant son imprudence et redoutant sa faiblesse, se leva tout à coup pour s'arracher à ces enivrements.

— Au revoir ! petite sœur, lui dit-il avec effort.

Et il eut le courage de s'en aller. Alors il rentra chez lui, ferma sa porte, se laissa tomber dans un fauteuil et récapitula par la pensée tous les bonheurs qu'il avait savourés depuis quelques jours.

L'instinct d'Antoinette ne l'avait donc pas trompée, quand elle avait deviné d'abord que de Montmaury aimait Laurence, et quand elle avait vu ensuite dans l'accident dont M. Dalbrègue avait été victime, un moyen fatal pour les deux amants de se livrer sans contrainte à leur passion. Il est vrai que son imagination ardente, depuis longtemps excitée par des lectures malsaines, l'emportait bien au-delà de la vérité, et qu'elle n'était pas loin de voir un crime là où n'y avait en réalité que les préludes chastes et purs d'un amour naissant.

C'est précisément à cause de cela que sa jalousie était plus violente. Elle, qui se serait livrée si volontiers, ne pouvait pas s'imaginer que Laurence et Roger en étaient encore à s'avouer franchement qu'ils aimaient. Elle ne put se résoudre à leur permettre de goûter impunément les ineffables voluptés auxquelles elle aspirait vainement depuis si longtemps.

Pendant la journée qu'elle passa chez Mme Durand, elle s'enquit habilement des moindres détails de la vie de Roger. Cette vie était si régulière que tout le monde y lisait comme s'il eût habité une maison de verre. Elle sut donc que, tous les soirs, entre huit heures et huit heures et demie, Roger rentrait chez lui, lisait ou travaillait jusqu'à dix heures et se couchait.

Personne mieux que Mme Durand ne pouvait fournir des renseignements plus précis. Elle demeurait au-dessous de son locataire, entendait le bruit de ses pas et se rendait compte de ses moindres mouvements. Antoinette n'hésita plus. Elle résolut de recourir au moyen qu'elle avait employé une première fois et d'aller chez Roger. Et, comme il n'y avait jamais loin chez elle du projet à l'exécution, elle se décida à y aller le soir même. Au lieu de rentrer chez elle, où elle trouverait Germain, où elle serait obligée de recourir à la ruse, pour s'échapper, elle voulut rester à dîner chez Mme Durand. L'avare rentière ne s'en souciait pas.

— Oh! ne vous mettez pas en frais pour moi, dit la jeune femme, je ne mange presque rien.

Quelque envie qu'elle en eût, Mme Durand ne pouvait guère refuser. Pendant qu'Antoinette travaillait, elle prépara une maigre soupe à l'oseille, fit griller deux minces côtelettes, au bout desquelles elle servit un restant de gruyère. Elle arrosa ces mets peu recherchés d'une bouteille de vin du pays, et ce fut tout. Peu importait à Antoinette. Elle n'avait pas trompé Mme Durand : elle grignota du bout des dents ce repas peu engageant.

A sept heures et demie, le festin était terminé. La jeune femme reprit sa tapisserie. Dès que la nuit était venue, la rentière avait prudemment fermé les volets de son rez-de-chaussée et avait allumé une bougie. Ce fut à la lueur de ce flambeau solitaire qu'Antoinette se remit à l'ouvrage.

Elle ne voyait plus rien de ce qui se passait au dehors, mais elle entendait marcher sur le chemin, tout près de la maison, et prêtait une oreille avide. Vingt fois, elle arrêta l'élan de son aiguille pour mieux écouter. Huit heures venaient de sonner et Roger n'était pas encore rentré. Enfin, un pas précipité retentit au dehors. La porte qui donnait sur le chemin s'ouvrit, et l'escalier cria sous le pas agité du jeune homme.

— Ah! voilà M. Roger qui rentre! s'écria Mme Durand.

Si elle avait regardé Antoinette en ce moment, elle l'aurait vue pâlir subitement et respirer avec peine. La jeune femme essaya pendant dix minutes environ de faire quelques points, mais elle ne put y parvenir. Sa main tremblait un brouillard s'étendait devant ses yeux.

— Je n'y vois plus, dit-elle.

— Eh bien! il faut rentrer chez vous, ma chère, conseilla M⁰ᵉ Durand. Il se fait tard, le temps est horriblement noir, M. Cassut n'est pas prévenu et vous attend sans doute avec impatience...

— Quelle heure est-il donc? demanda Antoinette avec une feinte naïveté...

— Huit heures vingt-cinq minutes.

— Déjà! s'écria la jeune femme.

Elle se leva précipitamment, roula sa tapisserie, mit son chapeau et ses gants.

— Au revoir, ma bonne dame, dit-elle, et à bientôt. Je vous laisse ma tapisserie, afin d'avoir les mains libres pour me retrousser.

M⁰ᵉ Durand voulait absolument l'accompagner jusqu'au détour de la rue. Antoinette s'y opposa et ne lui permit même pas de quitter le petit salon où elle se trouvait. Elle avait remarqué, en effet, que la porte de la rue était fermée. Or, comment l'aurait-elle ouverte, une fois qu'elle se serait trouvée dehors?

Elle sortit à la hâte de chez la rentière, ouvrit la porte de la rue et la ferma à grand bruit, afin de laisser croire qu'elle était partie, tandis qu'elle montait l'escalier à pas de loup et s'arrêtait pour reprendre haleine sur le palier du premier étage. Elle suffoquait. Elle était dix fois plus émue que le jour où elle était venue pour la première fois chez Roger. C'est que, ce jour-là, elle ne commettait qu'une inconséquence, et qu'aujourd'hui c'était d'une faute, presque d'un crime, qu'elle allait se rendre coupable.

Enfin elle se décida à frapper timidement à la porte de de Montmaury. Très étonné, car aucun bruit préalable ne lui avait annoncé une visite, il ouvrit et ne put réprimer un geste d'impatience en reconnaissant M⁰ᵉ Cassut. Elle n'était pas encore bien remise de l'émotion qu'elle éprouvait. Elle s'assit, sans y avoir été invitée, osant à peine lever les yeux. Cependant, il fallait en finir. Elle s'enhardit.

—Monsieur, dit-elle, c'est encore moi, et je m'aperçois à votre visage que ma visite ne vous est pas agréable.

— Vous vous méprenez, madame. Votre visite me surprend un peu, voilà tout.

— Je le conçois, monsieur. Vous devez voir vous-même que ce n'est pas sans un certain trouble que je suis ici.

— Pourquoi, madame? Parlez. De quoi s'agit-il?

— Vous me le demandez! fit Antoinette interdite. Comment, vous avez oublié qu'il y a six mois j'ai déjà franchi le seuil de cette porte!

— Je m'en souviens madame; mais les affaires dont vous avez bien voulu m'entretenir à cette époque ont eu un dénouement qui ne peut plus vous fournir aucun prétexte de ce genre.

— Les affaires! dit Antoinette avec amertume. Ne vous ai-je donc parlé que d'affaires, monsieur? Ne vous ai-je pas dit que je vous aimais?

— Je me le rappelle également, madame ; mais il me semble bien difficile à présent...

— Oh ! je sais ce que vous allez me dire, interrompit la jeune femme. Vous avez raison. Oui, dans un mouvement de dépit, j'ai fait une faute ! une faute qui n'a pas même d'excuse à mes yeux, car j'en suis la première victime. J'ai cru que je pourrais vous oublier, Roger. Vous oublier! Hélas ! Etait-ce possible? Ah! si vous saviez ce que j'ai souffert le jour où je me suis trouvée seule en présence du misérable auquel je m'étais livrée ! Je croyais me venger de vous : c'est moi qui m'étais mise à la torture. Non, vous ne pouvez pas vous figurer la cruauté de mon supplice et la honte dont tout mon être frémissait. Il fut de ccurte durée, je vous en réponds, cet épouvantable supplice ! Le lendemain de mon mariage, Germain avait sa chambre, moi la mienne. Il était devenu pour moi un objet de haine.

Alors j'essayai de m'étourdir. A force de lasser mon corps et mes sens, d'épuiser tous les plaisirs, je me flattais d'arriver au repos, de chasser votre image qui me poursuivait comme un remords. Je ne pus y parvenir. Ah! le soir où je vous vis, pâle, mourant de faim, tendant vers moi, pour implorer ma pitié, cette main que j'aurais couverte de mes larmes et de mes baisers... ce soir-là je le vois encore, toujours... L'homme qui était devenu mon mari, auquel j'étais enchaînée pour la vie, m'inspira un dégoût et une aversion que je ne saurais vous définir. Il avait osé rire de votre malheur, de votre malheur qu'il avait causé, l'infâme ! Pouvais-je lui pardonner jamais? Vous aviez imploré ma pitié, vous aux pieds de qui je me serais prosternée pour vous épargner un chagrin ! N'était-ce pas à moi d'implorer la vôtre? L'amour qui me consumait n'était-il pas plus violent encore que le jour où je vous en avais fait le premier aveu? Ne sentez-vous pas qu'aujourd'hui même il me dévore et que mon cœur se déchire? Oui, Roger. C'est pour m'y livrer tout entière que j'ai répudié la vie de désordre au sein de laquelle j'avais vainement cherché l'oubli. Ah ! si vous l'entendiez parler, mon cœur ! s'il pouvait vous peindre l'amour ardent dont il est pénétré, s'il avait le don de traduire ce que mes lèvres sont impuissantes à exprimer, vous seriez touché, Roger, du misérable état auquel il m'a réduite et vous pardonneriez à mon inexpérience la faute qu'elle a commise.

Savez-vous comment je vis depuis que vous êtes de retour à Meulan ? Je ne vis plus que pour vous et par vous. Dès que j'ai quitté ma chambre, j'arrive ici, chez Mme Durand. Penchée toute la journée à sa fenêtre, je tressaille d'allégresse chaque fois que je vous vois passer, et mon cœur bat si fort dans ma poitrine que j'ai souvent espéré qu'il allait éclater. Oui, j'en suis venue à ce point, Roger, que je préférerais mille fois la mort à votre indifférence. Tenez, dit-elle en se laissant glisser lentement sur les genoux, voilà où j'en suis réduite, Roger. Ce n'est plus vous qui me tendez la main, c'est moi qui élève à mon tour vers vous mes mains suppliantes. Ayez pitié, je vous en conjure ! Faites-moi l'aumône d'un regard ! Aimez-moi ! Tirez-moi de l'enfer où je brûle ! Sauvez-moi du désespoir, de la mort ! Ah ! reprit-elle en se meurtrissant la poitrine, parle donc,

En disant ces mots, il lui serrait le poignet avec force. (Page 637.)

mon cœur! Trouve donc l'éloquence qui me manque pour l'attendrir, ou tue-moi.

Elle s'affaissa, haletante, les yeux baignés de larmes. Elle était si sincère, si vraiment émue, si belle ainsi, que Roger en eut pitié.

— Voyons, dit-il en la relevant avec bonté, écoutez-moi, Antoinette. Je vous comprends, je vous excuse, je vous pardonne ; mais comment voulez-vous que j'accepte l'amour que vous venez m'offrir? Ah! si vous étiez libre, si entre vous et moi ne s'interposait pas inévitablement votre mari, je pourrais hésiter. Le courage humain à des bornes...

— Quoi! s'écria-t-elle. Si j'étais libre, vous consentiriez donc...

— Je n'ai pas dit cela, protesta vivement Roger, effrayé des imprudentes paroles qu'il avait prononcées. J'ai voulu vous faire entendre, il est vrai, que dans ce cas-là seulement, un rapprochement serait possible; mais j'ajoute que ce cas ne peut pas se présenter. Germain est jeune, vigoureux, bien portant.

Il s'arrêta tout à coup pour écouter. On venait de frapper violemment à la porte extérieure de la maison.

Antoinette prêta l'oreille de son côté. Mme Durand était allé ouvrir la porte et avait échangé avec une personne inconnue quelques paroles que n'entendirent ni Roger ni la jeune femme. Enfin, au bout de trois ou quatre minutes, la porte se referma.

— C'est singulier! dit de Montmaury à demi-voix. Qui donc peut être venu à pareille heure? Est-ce que M. Dalbrègue irait plus mal?

Il écouta de nouveau, croyant que sa propriétaire allait monter ou l'appeler... Non. Le plus profond silence régna de nouveau dans la maison. Il se tourna alors vers Antoinette.

— Peut-être est-on venu vous chercher, madame, lui dit-il, sans dissimuler son inquiétude.

— Me chercher, moi! Qui donc?

— Votre femme de chambre, votre mari...

— Allons donc! c'est impossible, répondit Antoinette, qui n'était pas très rassurée.

— Nul ne le désire plus ardemment que moi, madame; mais, si je ne me suis pas trompé, voyez à quoi vous vous êtes exposée!

— Eh! que m'importe? fit-elle avec un geste de lassitude.

— Mais il m'importe beaucoup à moi, riposta Roger. Je suis pauvre, sans fortune, je n'ai au monde que ma réputation d'honnête homme à sauvegarder.

— Quoi! vous avez peur, vous!

— J'ai peur de la médisance et de la calomnie, oui, madame. Vous savez aussi bien que moi quelles en sont les conséquences. La lettre anonyme que vous avez adressée jadis à M. Dalbrègue m'a forcé de quitter une maison dans laquelle j'avais été élevé, d'abandonner un vieillard qui m'avait comblé de ses bienfaits, et qui a succombé loin de moi à une horrible maladie, dont ma sollicitude et mes soins auraient peut-être empêché les ravages.

Et, comme Antoinette courbait la tête au souvenir de cette lâcheté:

— Croyez-moi, madame, poursuit Roger, retournez en paix chez vous. Croyez à la sincère compassion que vous m'inspirez, mais n'attendez pas de moi davantage que cette compassion purement chrétienne.

— C'est la condamnation de mon amour que vous venez de prononcer, Roger dit la jeune femme d'une voix altérée. Que Dieu vous épargne les remords qui m'ont poursuivie!

A ces mots, elle se dirigea vers la porte. De Montmaury fut sur le point de la retenir et de lui demander le sens de ces paroles énigmatiques ; mais il ne tenait pas à provoquer de nouvelles explications. Il descendit avec elle et lui ouvrit la porte de la rue. Au moment où elle allait sortir, Mme Durand ouvrit de son côté la porte de son appartement et parut sur le seuil, tenant une bougie à la main.

— Ah çà ! qu'est-ce que cela signifie ? demanda-t-elle. En voilà des allées et des venues !

En l'apercevant, Antoinette s'esquiva assez rapidement pour que la rentière n'eût pas le temps de distinguer son visage. Elle vit seulement que c'était une femme et que cette femme sortait de l'appartement de Roger. Celui-ci ferma précipitamment la porte de la rue.

— Comment, monsieur ! s'écria Mme Durand, vous vous permettez de recevoir des femmes ici ! dans ma maison !

— Je vous en conjure, madame, pas de bruit ! fit Roger. Croyez que je ne suis ni moins ému ni moins étonné que vous de la singulière visite que j'ai reçue.

— Comment que vous avez reçue ? dit la rentière. N'est-ce pas vous qui l'avez amenée ici quand vous êtes rentré ?

— Non, madame, je vous assure...

— Vous me trompez, monsieur. J'étais là avec Mme Cassul lors de votre arrivée et je sais fort bien que personne n'est venu chez vous depuis huit heures.

Montmaury sentit la justesse de cette irréfutable logique. Il ne pouvait cependant pas vendre Antoinette pour se disculper !

— Vous avez raison, madame, confessa-t-il. J'ai trouvé à la porte de la maison cette personne, qui m'attendait, et qui m'a demandé des explications qu'il m'était impossible de lui refuser

— A la bonne heure ! fit Mme Durand. Et moi qui aujourd'hui même faisais à Mme Cassul l'éloge de votre conduite ! Cela tombait bien. Allez, monsieur, passe pour cette fois ; mais que cela ne vous arrive plus, ou je me verrais forcée de vous donner congé. De Montmaury avait bien envie d'envoyer la vieille rentière à tous les diables. Dans l'intérêt d'Antoinette, il n'osa pas. Il espérait que l'équipée de la jeune femme n'aurait pas d'autres conséquences. Il se retira.

Le dernier mot n'était pas dit encore cependant sur cette affaire, qui devait prendre dans l'avenir des proportions effrayantes.

On se souvient, en effet, que, pendant l'explication qui avait lieu entre Roger et Antoinette, on avait frappé violemment à la porte de la rue ; que Mme Durand était allé l'ouvrir, et qu'à la suite de pourparlers assez longs la porte s'était refermée. Nous allons donner l'explication de ce fait bizarre.

Germain avait passé la journée à Paris, poursuivi par les soupçons jaloux que la visite et les confidences de Mme Durand avaient fait naître dans son esprit. Quand il rentra, sept heures avaient sonné. Le couvert était mis, mais Antoinette n'était pas là. Germain était de mauvaise humeur. Sa prétendue découverte n'en était pas une. Le mélange qu'il croyait avoir trouvé avait été fait et abandonné. Il se promenait dans la salle à manger, jurant et mangréant, espérant que sa femme allait venir. Au bout de cinq minutes, il sonna Rose.

— Veuillez prier madame de descendre, lui dit-il.

— Madame n'est pas encore de retour, répondit la femme de chambre.

— Y a-t-il longtemps qu'elle est sortie?

— Depuis le départ de monsieur.

— Savez-vous où elle est allée?

— Non, monsieur. Tout ce que sais, c'est que madame est partie avec Mᵐᵉ Durand.

— Servez le dîner, ordonna Germain de plus en plus irrité.

Il dîna seul, mal, fort mal. A huit heures, Antoinette n'était pas encore revenue. C'était la première fois que cela lui arrivait. Cassut patienta encore un quart d'heure, puis il prit son chapeau, sortit et se dirigea vers la maison de Mᵐᵉ Durand, à la porte de qui il frappa avec colère.

— N'avez-vous pas vu ma femme? lui demanda-t-il en se contenant à grand'-peine.

— Elle sort d'ici, répondit la vieille rentière.

— A pareille heure! fit Germain.

— Oui, elle a voulu absolument dîner avec moi; je n'ai pas pu lui refuser ce plaisir; mais je pensais bien, comme elle ne vous en avait pas prévenu, que vous seriez inquiet. Aussi, je viens de la renvoyer.

— Depuis combien de temps?

— Depuis dix minutes à peine.

— Bien, dit Cassut. Je vous remercie, madame. Pardonnez-moi de vous avoir dérangée.

— A votre service, monsieur, fit Mᵐᵉ Durand.

Germain se retira. Au moment de reprendre le chemin de la fabrique, il s'arrêta.

— Comment se fait-il que je n'aie pas rencontré Antoinette? pensa-t-il. Il n'y a pas trente-six chemins pour venir de l'usine ici.

Le hasard voulut qu'il levât la tête. Il aperçut de la lumière dans la chambre de Montmaury. C'était là, à la même place où il se trouvait que, six mois auparavant, il avait vu sortir une femme du logement de Roger. Était-ce Antoinette? Était-ce Rose? Peut-être allait-il éclaircir ce mystère... En effet, si, comme il en était arrivé à le supposer, Antoinette n'allait chez Mᵐᵉ Durand que pour y voir Roger, peut-être, en la quittant, était-elle montée chez lui. C'est pour cela que Germain ne l'avait pas rencontrée en venant au devant d'elle.

Il alla s'adosser à l'un des arbres qui bordaient le chemin et attendit. Moins d'un quart d'heure après, il entendit la porte s'ouvrir dans l'obscurité, puis il vit Mᵐᵉ Durand sortir de chez elle, tenant à la main une bougie, dont la lueur éclaira la figure de de Montmaury et la silhouette d'une femme qui s'enfuit aussitôt. Germain se mit à sa poursuite et n'eut pas de peine à la rejoindre. Décidé à éclaircir ses soupçons, il la saisit brutalement par le bras. La femme poussa un cri, et Cassut reconnut Antoinette.

— Malédiction ! s'écria-t-il d'une voix dont il s'efforça d'atténuer l'éclat.

Puis il prit le bras de sa femme et l'entraîna sans mot dire. Antoinette n'osa pas protester contre cette violence. Elle redoutait un scandale. Elle suivit docilement son mari. Au bout de dix minutes, ils étaient arrivés. Cassut dévorait son courroux, mais ses petits yeux gris étincelaient.

— Me direz-vous, monsieur, ce que signifie cette comédie ? demanda la jeune femme.

— Est-ce bien vous qui osez m'interroger ? répondit Germain.

— Et pourquoi pas, monsieur ? M'est-il donc défendu d'aller voir mes amies et de rester à dîner chez elles, si cela me convient ?

— Cela ne vous est pas défendu, si vous me le demandez et si je vous y autorise ; mais vous ne venez pas de chez Mme Durand.

— Vous êtes fou, monsieur !

— Oui, je suis fou de rage, madame, vous l'avez dit, car voilà plus de vingt-cinq minutes que vous avez quitté Mme Durand, chez qui je suis allé vous chercher.

Antoinette commença à comprendre que son mari savait tout.

— Vous radotez, dit-elle en haussant les épaules.

Et elle voulut regagner sa chambre. Mais Germain l'arrêta.

— Oh ! dit-il d'une voix rauque, vous m'écouterez jusqu'au bout, madame. Ne cherchez pas à nier, j'ai tout vu. Au moment où je vous ai arrêtée, vous veniez de chez de Montmaury, où vous étiez allée une première fois déjà quelques jours avant notre mariage.

En disant ces mots, il lui serrait le poignet avec force.

— Vous êtes fou, vous dis-je, répéta-elle en essayant de se dégager. Laissez-moi, vous me faites mal.

— Oh ! vous n'êtes pas au bout, madame, dit Germain qu'aveuglait la colère. Ah ! vous avez cru trouver en moi un esclave complaisant ! Oui, vous avez eu raison. Tant qu'il ne s'est agi que de satisfaire vos caprices ruineux, j'ai été faible ; mais si voulez aujourd'hui faire de moi un mari ridicule, je ne le souffrirai pas, je vous en avertis.

— Vraiment, ricana Antoinette.

— Et pour commencer, je vous défends de jamais remettre les pieds chez Mme Durand.

— Vous ! s'écria la jeune femme, qui pour la première fois de sa vie se heurtait à un obstacle, vous m'empêcherez d'aller où bon me semble ?

— Moi, oui madame, fit Cassut en se croisant les bras.

— C'est ce que nous allons voir, dit Antoinette en relevant la tête.

Elle se dirigea vers la porte et voulut écarter Germain, qui lui barrait le passage ; mais, loin de céder, Cassut, qu'exaspérait tant d'impudence, la saisit par les deux poignets et la força de tomber à genoux sur le parquet.

— Ah ! misérable ! rugit Antoinette, vaincue, mais non pas domptée.

— Misérable vous-même ! cria Germain, car à quelque violence qu'aboutisse notre union, madame, c'est sur vous qu'en retombera tout le poids !

Frémissante de rage et d'humiliation, Antoinette se releva et courut s'enfermer dans sa chambre; mais, avant de disparaître, elle adressa à son mari un geste et un regard dont l'éloquente menace le fit légèrement pâlir. Il y répondit bravement pourtant, en relevant la tête d'un air de défi, et la porte se referma.

Le lendemain matin, il se rendit chez Mme Durand et lui défendit formellement, sous quelque prétexte que ce fût, de recevoir Antoinette. Et comme la vieille rentière s'étonnait :

— Puissiez-vous, lui dit Cassut, ne connaître jamais les motifs qui me forcent d'agir ainsi !

Mme Durand ne comprit pas, mais elle devina qu'un gros nuage se formait à l'horizon, car elle n'avait jamais été dupe de l'amitié subite que la jeune femme lui témoignait depuis quelques jours. Seulement, elle se demandait quel rôle elle venait jouer dans ce drame intime. Elle n'eut pas l'idée d'établir un rapprochement quelconque entre la visite que Roger avait reçue la veille, dans la soirée, et l'heure à laquelle Antoinette l'avait quittée. Ce ne fut qu'un peu plus tard qu'elle s'expliqua ces obscurités.

A peine Germain s'était-il éloigné, qu'un homme de cinquante ans environ se présenta et demanda M. de Montmaury.

— Vous êtes sans doute la personne dont il m'a annoncé la visite ? interrogea la rentière.

— C'est probable, madame.

— M. Raymond, n'est-ce pas ? Vous arrivez de Paris ?

— Par le premier train, oui, madame. M. Roger est-il chez lui ?

— Il n'est pas encore sorti, répondit Mme Durand. Veuillez monter au premier.

M. Raymond franchit les quelques marches qui le séparaient du premier étage et frappa à la porte de Roger. Celui-ci l'accueillit à bras ouverts. La présence du négociant amenait une heureuse diversion aux préoccupations qui l'assiégeaient.

— Eh bien ! lui dit M. Raymond en prenant place au coin du feu, vous n'avez donc pas pu profiter des offres de la maison Delail et Giraud ? Que vous est-il donc arrivé ?

Roger lui raconta quel malheur venait de frapper son père d'adoption et comment Laurence l'avait rappelé à Meulan.

— Ces messieurs m'avaient déjà touché quelques mots de cette catastrophe et m'avaient exprimé les regrets que votre départ précipité leur laissait. Oh ! les oreilles ont dû vous tinter, mon cher ami, car il a beaucoup été question de vous ces jours derniers.

— Vous êtes vraiment trop bon, monsieur, balbutia Roger.

— Je ne fais que vous rendre justice, mon ami ; mais vous sentez bien que ce n'est pas uniquement pour vous donner des coups d'encensoir que je viens ici.

— Parlez, monsieur. Serais-je assez heureux pour vous être utile ? fit de Montmaury avec empressement.

— Peut-être, mon ami. Ces messieurs m'ont dit aussi que, le jour où vous avez déjeuné chez eux, il avait été beaucoup question de mon frère André.

— C'est vrai, monsieur.

— Ils ont ajouté que vous aviez insisté sur certains détails; que, par exemple, vous leur aviez demandé à quelle date précise remontait sa disparition...

— C'est encore vrai.

— Pourquoi? Savez-vous par hasard quelque chose qui se rapporte à cet évènement ou à un évènement analogue?

— Si vous le permettez, monsieur, je ne vous répondrai pas avant de vous avoir adressé quelques questions... fit Roger avec embarras.

— Je vous écoute, mon cher. Je suis prêt à répondre à tout. L'enquête à laquelle je me livre depuis plus de trois mois me permet de préciser le moindre fait jusqu'au 14 mai, jour de la disparition de mon pauvre André.

— Ah ! dit Roger, c'est le 14 mai que votre frère a quitté Vernon?

— Oui, dans la matinée, et il a pris un billet pour Paris.

— Etait-ce par hasard un homme de cinquante-huit ans environ, grand, maigre, osseux et très fortement charpenté, avec des cheveux gris coupés court, mais très abondants, et des favoris un peu plus noirs que les cheveux?

— C'est cela, fit M. Raymond surpris.

— N'avait-il pas les yeux noirs, les sourcils épais, un nez aquilin assez prononcé, une bouche moyenne, des pommettes saillantes, un menton pointu et quelque peu fuyant?

— C'est bien cela ! Vous l'avez donc vu?

— Un mot encore, dit Roger. Pourriez-vous me dire comment il était habillé?

— Certes, répondit M. Raymond. Sa domestique elle-même avait préparé les habits qu'il portait le jour où il l'a congédiée, et m'en a donné le détail. J'ai cette liste dans mon portefeuille; voulez-vous que je vous la lise?

— Volontiers, fit Roger, à son tour très intrigué.

— Chemise de toile à petits plis, chaussettes de coton rayées rouge et blanc, marquées A R, bottines de chevreau claquées en veau, pantalon gris foncé rayé de noir, gilet noir, longue redingote noire en drap molletonné, une cravate noire, un chapeau rond de feutre noir...

— Plus de doute ! c'était lui ! s'écria Roger.

— Qui, lui? André? demanda vivement M. Raymond.

— Croyez-vous, comme vos amis, Delail et Giraud, que votre frère fût homme à recourir au suicide?

— De l'humeur dont il était, j'en ai si grand'peur que je n'ai osé confier mes doutes à personne, répondit tristement M. Raymond. Je ne me suis donc pas trompé? Il s'est tué?

— Il ne me serait pas possible de vous répondre affirmativement, dit Roger, car la marque que le linge aurait dû porter avait été coupée, mais les traits du visage, la liste des habits dont il était revêtu me donnent à penser que c'est bien votre frère André que j'ai trouvé, le 15 mai de l'année dernière, dans le bois de Verneuil...

— Vous! ce serait vous-même qui...

— C'est moi qui ai coupé la corde au bout de laquelle pendait un cadavre encore chaud, et répondant exactement aux signalements que vous m'avez fournis.

— Pendu, lui! Le malheureux! dit M. Raymond en essuyant une larme ; mais alors, reprit-il, je puis retrouver sa trace, lui faire rendre les derniers devoirs...

— Sans doute. Une enquête a été faite par un magistrat du parquet de Versailles, répondit Roger. C'est le commissaire de police de Meulan qui a dressé le procès-verbal. Il pourra vous fournir les premiers renseignements. Quant à moi, je vais vous dire tout ce que je sais.

A ces mots, de Montmaury raconta dans les plus grands détails à M. Raymond les évènements qui avaient accompagné et suivi la mort du pendu.

— Ainsi, dit l'ancien négociant, ce legs singulier, c'est vous qui auriez dû le toucher?

— Si je l'avais eu revendiqué, j'en aurais eu au moins la moitié.

— Et ce Cassut, qui s'en est emparé, habite toujours Meulan ?

— Toujours.

— Qu'a-t-il fait de cet argent?

— Il a acheté l'usine de M. Voisin, dont il a épousé la fille.

— Et quel homme est-ce ?

— Ce n'est pas à moi de vous répondre, dit Roger. Nous étions fort mal ensemble; par conséquent mon témoignage serait entaché de suspicion.

— Ce qui signifie que c'est un vilain drôle, mais que vous ne voulez pas l'accuser.

— Je n'ai pas dit cela.

— Non, mais je l'ai compris, fit M. Raymond. Ceci importe peu pour le moment, du reste. Nous aviserons ensuite. Ce qui est le plus urgent, c'est de courir à Versailles, de me faire communiquer le dossier et de m'assurer que ce malheur est irréparable. J'y cours à l'instant. Vous m'excuserez de vous quitter si vite, mais vous comprenez ma douloureuse impatience. Au revoir, car il est probable que cette malheureuse affaire va nous mettre fréquemment en présence, jusqu'à ce qu'elle soit complètement élucidée.

M. Raymond serra la main de Roger, essuya une dernière larme et ouvrit la porte. De Montmaury voulut l'accompagner jusqu'au chemin de fer et lui fit promettre qu'il le tiendrait au courant. Il revint chez lui et trouva Mᵐᵉ Durand sur le pas de sa porte, en train de bavarder avec deux ou trois commères du quartier.

— Ah! fit-elle en apercevant Roger, vous ne savez pas la nouvelle...

— Quelle nouvelle?

— Ce pauvre M. Voisin est au plus mal.

— Que dites-vous ?

— La vérité, mon cher monsieur. Antoinette a reçu ce matin, par la poste, une lettre du propriétaire de M. Voisin qui lui écrit d'accourir au plus vite si elle veut embrasser son père avant sa mort.

— Pauvre homme! dit Roger. Savez-vous où il demeure?

Sur une des chaises, une femme élégamment habillée, était assise et pleurait. (Page 642.)

— Parfaitement. Tenez, voici Mme Chaluset, la couturière d'Antoinette, qui était là quand la pauvre enfant a reçu la lettre, qui l'a lue et qui a même habillé Mme Cassut.

— Et quelle est cette adresse?

— Rue de Puebla, n° 187, répondit la couturière.

— Merci, dit Roger.

Il se dirigea en courant vers le chemin de fer et arriva juste à temps pour sauter en wagon à côté de M. Raymond. Ils firent route ensemble jusqu'à Paris; puis M. Raymond se dirigea vers la gare de Versailles, tandis que Roger sautait en voiture et se faisait conduire rue de Puebla. On connaît cette horrible rue qui part des bords du canal et aboutit aux buttes Chaumont.

Roger s'arrêta à la porte d'une maison borgne et enfumée, congédia sa voiture et entra dans une allée sombre, dont les murs suintaient l'humidité à travers la crasse qui les recouvrait. Au bout de cette allée fangeuse, il trouva une espèce de cage obscure, au fond de laquelle une vieille femme reprisait le débris d'un bas de laine.

— M. Voisin ? demanda-t-il.

— Au troisième, au fond du *colidor*, à droite, répondit la portière, mais j'crois qu'vous avez manqué l'train, mon p'tit ami.

— Comment?

— Oui, j'crois que le pauvre homme a *cassé sa pipe*.

Roger monta, le cœur oppressé. Arrivé au troisième étage, il tourna à droite, vit une porte entr'ouverte et la poussa.

Il aperçut une chambre étroite, dont le papier incolore et déchiré pendait par lambeaux ; elle était éclairée par une fenêtre, dont les rideaux, flasques et noircis par la poussière, laissaient filtrer à peine un rayon de lumière. Encore cette fenêtre donnait-elle sur une cour large de quatre mètres au plus, que rapetissaient encore les murs délabrés des maisons voisines.

Dans cette chambre glaciale, se trouvait un méchant lit de bois, jadis peint en acajou, mais tellement sillonné d'éraillures qu'à peine on en distinguait la couleur. Il était garni d'une paillasse éventrée, d'un matelas plat comme un lit de camp et d'une mauvaise couverture de laine, trouée en plus de vingt endroits.

A côté du lit, une table de nuit; plus loin, une commode boiteuse en noyer, une petite table crasseuse en bois blanc, ornée d'une cuvette fêlée et d'un pot-à-eau égueulé, deux chaises de paille, et c'était tout! Sur une des chaises, une femme, élégamment habillée, était assise et pleurait. Sur le lit, M. Voisin, pâle, amaigri, la barbe inculte, était étendu, immobile et déjà roidi par la mort. Le spectacle était navrant!

La jeune femme qui était assise sur une chaise, c'était Antoinette. De ses deux grands yeux, immobilisés par l'épouvante, s'échappaient des larmes silencieuses, qui roulaient goutte à goutte sur sa joue et tombaient sur son corsage, sans qu'elle songeât à les essuyer. Ses regards fixes contemplaient avec effroi le cadavre glacé de son père, dont elle venait d'apprendre la mort presque avant d'avoir connu la maladie.

La nudité de cette chambre, l'aspect de cette maison sinistre, la physionomie du quartier qu'elle avait traversé, l'avaient frappée à la fois de dégoût, de terreur et de repentir. Elle était si profondément atteinte, qu'elle n'entendit pas Roger et ne se détourna pas lorsqu'il entra. Quant à lui, il l'avait reconnue. Il marcha droit à elle.

— Eh bien ! madame, lui demanda-t-il, que faites-vous là ?

Au son de cette voix, elle tressaillit. Puis, se levant d'un seul bond, elle se précipita dans les bras de Roger et cacha sa tête dans sa poitrine avec un geste d'effroi. Un frisson nerveux parcourut son corps, ses dents claquèrent.

— Ne me quittez pas, dit-elle d'une voix étranglée... j'ai peur... j'ai peur !...

— Voyons, remettez-vous, lui dit-il. Avez-vous donné des ordres ?

— Quels ordres ? A qui ?

— Ne faut-il pas que quelqu'un veille auprès de ce cadavre pendant que je ferai les démarches nécessaires ?

— Oui, c'est vrai, mais où faut-il s'adresser ? Que dois-je faire ?

Roger eut pitié d'elle. Elle n'avait évidemment pas sa raison.

— Attendez-moi, dit-il. Je me charge de tout.

Il descendit, alla chercher des bougies et les alluma, puis se rendit chez le propriétaire de la maison, qui avait si tardivement annoncé à Antoinette la maladie de M. Voisin. C'était un assez brave homme, qui avait sur la rue une boutique de fruitier et qui occupait deux pièces au premier étage.

— M. Voisin, dit-il à Roger, est venu se loger ici il y a environ cinq mois, afin d'être plus près de l'usine qu'il avait louée. Le soir, en rentrant chez lui, il daignait quelquefois s'asseoir en rentrant, auprès de nous, dans l'arrière-boutique, et nous faisait part des espérances qu'il avait conçues. Nous croyions bien qu'il s'illusionnait, mais nous ne le connaissions pas assez pour le lui dire et nous n'étions pas en état de raisonner chimie avec lui. D'ailleurs, il paraissait si convaincu, il était si bon, si doux, que nous le laissions en paix. Tous les matins à cinq heures, il se levait et se rendait à son usine, où il était toujours arrivé une bonne demi-heure avant ses ouvriers. Ah ! s'il n'a pas réussi, le pauvre homme, ce n'est pas faute de se donner du mal, je vous le jure ! Il y a une quinzaine de jours, vers la fin d'octobre, il vint chez nous. Il paraissait triste et découragé. Je l'interrogeai. Il m'avoua qu'il n'avait plus d'argent et même qu'il ne savait comment faire pour payer son échéance du 5 novembre.

— Mais vous avez des parents, une famille, des amis... lui fis-je observer.

— Non, fit-il en secouant tristement la tête.

— Alors, comment allez-vous faire ?

— Je ne sais pas, répondit-il. Deux ou trois jours après, dans les premiers jours de novembre, il revint.

— Eh bien ? lui demandai-je, avez-vous trouvé ce que vous cherchiez ?

— Oui, dit-il. Un de mes anciens employés m'a offert vingt mille francs qu'il venait de gagner ; mais il ne possédait que cela au monde, je n'ai pas voulu les accepter.

— Ainsi vous êtes perdu sans ressources ?

— Oui, mais je payerai les vingt mille francs que je dois.

Il s'en alla, sans vouloir s'expliquer plus longuement. Vers le 8 novembre, nous le revîmes encore.

— Tout est payé, me dit-il. Je puis mourir tranquille à présent.

Il nous raconta alors comment il avait pu faire honneur à ses affaires. Il avait vendu au prix courant l'énorme quantité de produits qu'il avait en magasin, ainsi que les machines et ustensiles divers qu'il avait installés. De cette vente désastreuse il avait retiré de quoi payer le propriétaire de l'usine, ses divers créanciers, et se retirait sans un sou de capital, mais sans un sou de dette. En revanche, il était fort découragé. Je l'examinai attentivement. En cinq jours, il avait vieilli de dix ans. Il nous quitta pour aller se coucher. Le lendemain, je fus très surpris de ne pas le voir descendre. Je montai chez lui. Il était au lit avec une fièvre abominable. J'envoyai chercher le médecin, qui prescrivit des potions. Ma femme les prépara et les lui fit boire. Malheureusement, les exigences de notre métier ne nous permettaient pas de le soigner comme nous l'aurions voulu. Tous les matins, il faut que nous allions à la Halle, tout le jour il faut que nous servions la pratique. Cependant, nous trouvions moyen, l'un ou l'autre, de nous échapper de temps en temps pour lui tenir compagnie et lui faire boire sa tisane. Enfin, avant-hier, le docteur nous annonça que le pauvre vieux était perdu. Hier, j'allai chez lui. Je le pressai de questions ; je lui fis comprendre qu'en cas d'accident il fallait que sa famille fût prévenue. Il m'avoua alors qu'il avait une fille, dont le mari exploitait, à Meulan, l'usine qu'il avait possédée jadis. Devinant qu'entre sa fille et lui avait dû se passer quelque chose, et ne voulant pas raviver cette douleur, je n'insistai pas, et j'écrivis à Mᵐᵉ Cassut d'arriver au plus vite. Elle est venue ce matin, aussitôt après avoir reçu ma lettre. Malheureusement, il était trop tard ; M. Voisin était mort cette nuit, à trois heures. Au moment où je m'approchais de lui, effrayé de ne pas le voir bouger, il tourna la tête de mon côté.

— Merci ! me dit-il d'une voix à peine intelligible, en s'efforçant de sourire.

Il voulut me tendre la main, mais son bras retomba sans force, un long soupir — le dernier — s'échappa de sa poitrine, et ce fut tout ! J'étais navré. Pendant les cinq jours de sa maladie, pas une plainte n'était tombée de ses lèvres, pas un reproche à l'adresse de sa fille, qui le laissait mourir ainsi. Quand je la vis arriver, il y a une heure et demie, dans cette riche toilette, tout mon être s'indigna.

— Quoi ! me disais-je, elle ose venir ainsi vêtue chez celui qu'elle a laissé mourir de misère !

— Je me retirai de peur d'éclater, dit le fruitier en terminant. Je vous demande pardon, monsieur ; vous êtes peut-être M. Cassut, mais c'est plus fort que moi.

— Non, fit Roger, je ne suis pas M. Cassut.

— Vous êtes donc un parent... un ami...

— Un ami, vous l'avez dit. Je suis M. de Montmaury, l'ancien employé de M. Voisin.

— Qui ? celui qui lui a offert ses vingt mille francs d'économies ?

— Celui-là même, oui monsieur.

— Touchez là, dit le fruitier, vous êtes un brave jeune homme, nom d'un nom ! Personne ne vous a prévenu, vous, et si vous arrivez trop tard, ce n'est pas votre faute.

— C'est vrai ; mais, puisque je suis là, il faut que vous me donniez les indications pour faire toutes les démarches nécessaires, afin que le pauvre vieillard soit décemment enterré.

— Ah ! de grand cœur ! s'écria le fruitier. Je n'aurais pas fait un pas pour cette chipie qui se dit sa fille ; mais pour vous... tout ce qu'il vous plaira.

Ils allèrent chercher une garde-malade et l'installèrent auprès du mort, se rendirent à l'église, à la mairie, et Roger, qui avait fort heureusement de l'argent sur lui, paya d'avance toutes les dépenses. Ces lugubres détails une fois réglés, il revint auprès du cadavre.

La garde-malade avait déjà procédé à la toilette du vieillard. Sur sa chemise blanche elle avait posé un crucifix et une branche de buis bénit. Sur la petite table de bois blanc, elle avait étendu une serviette blanche. Entre les deux flambeaux allumés, elle avait ouvert un livre d'heures. En tête de la page on lisait : *Office des morts.*

Antoinette avait laissé faire. Toujours immobile, agitée de pressentiments sinistres, bourrelée de remords, elle n'osait pas remuer. Sans doute elle avait peur que le cadavre se réveillât pour lui reprocher son ingratitude. Roger s'approcha d'elle.

— Il est inutile que vous restiez là plus longtemps, madame, lui dit-il. Vous le voyez, j'ai placé auprès de votre père quelqu'un pour le veiller ; j'ai fait toutes les démarches voulues ; le service aura lieu demain à midi. Jusque-là, retournez à Meulan et ne vous inquiétez de rien. Je reste à Paris, moi, et je vous réponds que je ne négligerai rien de ce qui sera nécessaire.

A ces mots, il lui prit la main et l'entraîna.

— Ah ! monsieur, que vous êtes bon ! lui dit-elle. Je suis anéantie, j'en conviens. Comment vous remercier ? Sans vous, que serais-je devenue ? Que dois-je faire à présent ? Quelle somme sera nécessaire ?

— Ne me remerciez pas, ne vous inquiétez de rien, tout est payé, répondit Roger. Personne n'ignore qu'une femme ne saurait s'occuper de ces détails douloureux. Retournez chez vous, et à demain.

Il descendit avec elle, la mit en voiture et ne la quitta qu'après avoir donné au cocher l'adresse du chemin de fer de Rouen.

Antoinette n'avait pas songé à résister. Ce malheur l'avait atterrée. Quant à Roger, il envoya à Laurence une dépêche ainsi conçue :

« M. Voisin mort. Je reste auprès de lui. A demain soir détails. »

Alors seulement, — il était une heure et demie, — il se rappela qu'il n'avait rien mangé depuis la veille. Trois ou quatre fois, dans la journée et dans la soirée, il revint auprès du mort, pour s'assurer que la garde était toujours à son poste.

Le lendemain matin, il était là dès la première heure. Il assista à l'ensevelissement, fit placer sous ses yeux le corps dans la bière. A dix heures, Antoinette n'avait pas paru !

Enfin, le fruitier arriva. D'un geste furieux il lui tendit une lettre. Elle était de Cassut et portait l'adresse suivante :

« *A monsieur le propriétaire de la maison n° 187, rue Puebla. — Paris.*

« Monsieur,

« Le spectacle que ma pauvre femme a eu sous les yeux hier l'a tellement impressionnée qu'il lui est impossible de se lever et de se rendre demain matin à l'enterrement de son père. *Si mes affaires me le permettent,* j'irai la remplacer.

« Recevez, monsieur, mes salutations... »

— Les misérables ! murmura Roger.

À midi, Cassut n'était pas là et n'avait pas même daigné envoyer à Paris les anciens ouvriers de M. Voisin. Le cortège se mit en marche, se rendit successivement à l'église et au cimetière, escorté seulement de Roger et du fruitier, dont, au milieu du trouble et de la colère qu'il ressentait, de Montmaury avait oublié même de *demander le nom.*

XI

LE PARALYTIQUE

Quand Roger revint à Meulan dans l'après-midi, il était complètement démoralisé. Cette mort lugubre, cet abandon absolu dans lequel on avait laissé un homme qui, malgré ses imperfections, était un homme de bien puisqu'il n'avait fait de tort qu'à lui-même, cette indifférence dont sa fille elle-même venait de faire preuve avaient inspiré à Roger des idées de tristesse profonde, et presque de misanthropie. Il était encore sous cette impression sinistre, quand il raconta le soir à Laurence de quelle façon le malheureux M. Voisin était mort, et il fit de ce cruel tableau une peinture si poignante, qu'il arracha des larmes à la jeune fille.

Puis il s'informa de la santé de M. Dalbrègue. Le mauvais temps continuait avec une telle persistance que le docteur Valnet commençait à désespérer du salut de son ami. Il allait beaucoup plus mal, en effet ; ses regards, loin de reprendre leur limpidité, devenaient au contraire de plus en plus hagards, et avaient une expression craintive dont on ne pouvait pas s'expliquer la cause.

Il avait semblé à Laurence que cette expression devenait plus vive, chaque fois qu'Antoine s'approchait du malade. Pourtant elle le surveillait avec une rigueur jalouse. Elle avait pu se convaincre que son père était parfaitement soigné, que son linge était toujours d'une propreté irréprochable et qu'Antoine prévenait les moindres besoins de son maître.

C'était à n'y rien comprendre ! Roger, à qui Laurence avait communiqué ces diverses observations, voulut s'en rendre compte lui-même. Il monta dans la chambre du malade. Quoique l'expression de crainte que lui avait signalée la jeune fille fût assez difficile à saisir dans l'état de paralysie totale où se trouvait M. Dalbrègue, Roger crut la remarquer aussi. Pour mieux s'assurer qu'il ne se trompait pas, il appela Antoine sous un prétexte quelconque et s'aperçut qu'en effet l'œil du malade, en dépit de son immobilité, semblait tressaillir d'une terreur secrète en apercevant son domestique.

Il était bien difficile pourtant d'accuser Antoine sur un phénomène aussi peu apparent, alors surtout que les soins qu'il prodiguait au vieillard donnaient à cette accusation un éclatant démenti. Pourtant, quand Roger quitta Laurence, il lui recommanda de redoubler de surveillance.

— Vous savez, lui dit-il, qu'Antoine n'a jamais eu le don de me plaire. A mes yeux, il est paresseux et sournois. Je désire ardemment me tromper sur son compte, mais j'ai comme un vague pressentiment que cet homme ne vous est pas aussi dévoué qu'il le paraît.

Laurence ne répondit pas, mais un sourire incrédule erra sur ses lèvres. Roger ne voulut pas trop insister et se retira. Le lendemain matin, il était chez lui quand on frappa à sa porte.

— Entrez ! cria-t-il.

La porte s'ouvrit et Roger ne parvint pas à dissimuler la surprise qu'il éprouva en reconnaissant Cassut.

Il lui désigna un siège. Germain s'assit. Il avait l'air sombre, presque farouche.

— Que voulez-vous, monsieur ? lui demanda de Montmaury.

— Je viens, monsieur, vous prier de me dire à quel chiffre se sont élevés les divers frais que vous avez payés pour l'enterrement de M. Voisin.

— Dans quel but ?

— Pour vous les rembourser, parbleu !

— Mais je ne les réclame pas, monsieur.

— N'importe, j'entends vous les rendre.

— Et moi, je refuse de les recevoir, dit nettement Roger.

Germain ouvrit de grands yeux étonnés.

— Je ne puis le croire, reprit-il. Il ne serait pas convenable qu'un étranger supportât les frais d'enterrement de mon beau-père.

— Si nous parlons convenances, monsieur, répliqua Roger, il aurait été convenable, à mon sens, que le gendre et la fille de M. Voisin assistassent à ses funérailles.

— Ceci ne regarde que nous, monsieur, fit observer Cassut. Cependant je consens à vous dire que ma femme voulait y aller et que c'est moi qui l'en ai empêchée.

— Vous avez eu tort, monsieur.

— Est-ce bien vous qui osez me le reprocher ? s'écria Germain avec colère.

— Je ne suis que le pâle écho des étonnements que l'absence de Mme Cassut a provoqués.

— Est-ce bien sûr, cela ? dit Germain avec un ton d'amère raillerie. Aucun motif personnel ne vous faisait-t-il désirer la présence d'Antoinette ?

— Moi ! fit Roger interdit.

— Allons, monsieur, trêve d'hypocrisie ! dit Cassut que la colère emportait. Vous imaginez-vous que je sois aveugle ?

— Je ne vous comprends pas.

— Eh bien ! puisqu'il faut vous mettre les points sur les i, je les mettrai, monsieur, afin de démasquer votre lâcheté.

Nierez-vous, poursuivit Germain, qne vous avez reçu la visite d'Antoinette cinq semaines avant mon mariage ? Nierez-vous, que pendant huit jours vous l'avez revue chez Mme Durand, si ce n'est chez vous ? Nierez-vous encore qu'il y a trois jours, à huit heures et demie du soir, elle sortait de votre appartement ?

Et comme Roger, confondu, gardait le silence :

— Non, continua Cassut, dont la voix s'élevait, à mesure qu'il se laissait gagner par la colère, vous ne le nierez pas, parce que je suis là pour vous donner un démenti formel, parce que j'ai moi-même surpris ma femme sortant à deux reprises de votre appartement.

— Eh ! fit Roger avec impatience, gardez-la donc chez vous, votre femme, je ne demande pas mieux.

— Ainsi, vous l'avouez ! s'écria Cassut d'une voix tonnante. Eh bien ! monsieur, rappelez-vous ce que je vous dis : si jamais je vous surprends avec Antoinette, malheur à vous !

A ces mots, il se leva et ouvrit la porte.

— Vous êtes fou, lui dit Roger. Demandez à votre femme ce qu'elle venait faire chez moi et vous saurez à quoi vous en tenir.

— Je n'ai rien à demander, hurlait Cassut au paroxysme de la rage. Je ne sais que trop à quoi m'en tenir. Aussi, je vous le répète, si vous revoyez Antoinette, malheur à vous !

Il s'élança au dehors.

— Je vous tuerai ! cria-t-il encore en se précipitant dans l'escalier.

Il était dans un tel état de surexcitation qu'en passant il avait failli renverser Mme Durand. Entendant ces bruyants éclats de voix, la rentière, curieuse comme le sont toutes les vieilles femmes, était sortie à pas de loup de son logement et avait prêté l'oreille.

Jusqu'au moment où Cassut avait ouvert la porte, le bruit confus de phrases menaçantes était seul parvenu jusqu'à elle ; mais lorsque, perdant toute prudence, Germain, avant de s'éloigner, menaça une dernière fois Roger de le tuer s'il revoyait Antoinette, Mme Durand ne perdit pas un mot de cette phrase significative.

Ainsi s'expliquèrent une foule de circonstances qui lui avaient échappé. Si Antoinette avait ressenti tout à coup pour elle cette étonnante amitié, si Cassut

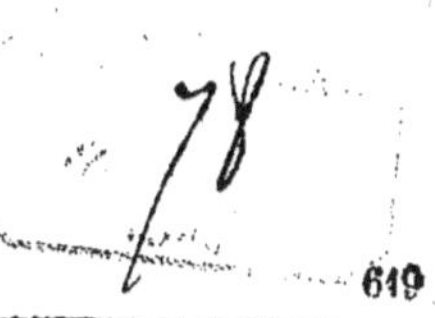

Est-il possible ? s'écria-t-il, vous ne me maudissez pas ? vous m'aimez ? (Page 654.)

était venu lui défendre de recevoir sa femme, c'est que Roger était l'amant d'Antoinette !

Ainsi la femme qu'elle avait vue sortir de chez Montmaury l'autre soir, c'était elle ! la fille de M. Voisin ! quel scandale !

Elle courut annoncer confidentiellement et sous le sceau du secret cette découverte à Mme Chaluzet, laquelle, confidentiellement et sous le sceau du secret, la

répéta à trois ou quatre amies, de sorte que, de secrets en confidences, la nouvelle avait couru tout Meulan à la fin de la journée. Roger était loin de s'en douter. Quant à Antoinette, elle l'ignorait également, et, le lui eût-on appris, elle ne s'en serait pas montrée fort émue. Elle était, en effet, sous le coup d'une révolte sourde, à laquelle de semblables puérilités n'auraient rien ajouté.

Cassut se révélait de plus en plus sous un jour tout nouveau, ou plutôt il se montrait tel qu'il était réellement : hargneux, jaloux et violent. Dans le commencement de son mariage, il avait essayé de ramener sa femme par la douceur, la soumission, l'aveugle obéissance à ses volontés ; il n'avait réussi qu'à faire d'elle un tyran. Aujourd'hui qu'il avait de graves raisons pour suspecter la conduite de sa femme, il était résolu à ne plus lui céder, à lui faire sentir, en un mot, qu'il était le maître. Une première fois, il avait eu recours à la violence, et Antoinette avait paru s'incliner. Il s'imagina que le moyen était bon.

Aussi, lorsque Antoinette, après lui avoir raconté comment était mort M. Voisin, lui apprit par quel hasard inattendu Roger était survenu et avait fait toutes les démarches nécessaires en pareil cas, Cassut demeura persuadé que ce n'était pas le hasard qui les avait rapprochés, mais qu'ils s'étaient bel et bien donné rendez-vous. — Quand sa femme lui annonça ensuite qu'elle comptait aller, le lendemain, aux obsèques de son père, Germain ne souffla pas mot. Il écrivit au propriétaire de M. Voisin la lettre singulière dont Roger avait pris connaissance, et, le lendemain, il se mit en faction à la porte de sa femme. Dès qu'elle parut, il lui déclara qu'il ne la laisserait pas aller à Paris.

— Ce n'est pas la place d'une femme, lui dit-il. Si tu veux me promettre de rester ici, j'irai, quoique cela ne soit pas bien amusant, mais puisqu'il le faut...

Antoinette affirma qu'elle irait, que rien ne la ferait manquer du moins à ce devoir suprême.

— Tu n'iras pas, fit Cassut en appuyant sur chaque syllabe.

Antoinette s'habilla quand même ; mais lorsqu'elle voulut franchir la porte de sa chambre, elle trouva Cassut, dont l'attitude et les paroles ne purent lui laisser aucun doute sur la résolution qu'il avait prise de s'opposer à son passage, même par la force. Elle cria, menaça, saisit son revolver ; Germain ne sourcilla pas.

— Tu ne passeras pas, répondait-il invariablement. Ce serait trop bête à moi de te permettre d'aller retrouver ton M. Roger.

Furieuse, elle se jeta sur lui et essaya, comme elle l'avait fait une première fois, de lui labourer le visage avec les ongles ; mais Cassut, loin de se laisser déchirer, lui saisit les poignets, les serra à les briser et la repoussa brutalement dans sa chambre, où il prit le parti de l'enfermer. Jusqu'à midi, il monta rigoureusement sa faction devant la porte ; puis, certain maintenant que sa femme n'arriverait point à l'heure voulue et ne retrouverait pas Roger, il s'éloigna. Antoinette, on le pense bien, était dans un état d'exaspération voisin de la folie.

— Quoi ! disait-elle en marchant à grands pas, ce misérable ose me tenir prisonnière, lever la main sur moi, et il espère que je vais le supporter, que cette lutte ne se terminera pas par la mort de l'un de nous! Ah! si j'avais la force comme j'ai l'énergie et la volonté... N'importe... il a beau faire, il cèdera ou il mourra...

Ce fut par un déluge de larmes que se termina cette crise nerveuse. Si ces larmes bienfaisantes amenèrent un peu de calme dans l'exaltation de la jeune femme, elle ne lui rendirent ni son repos ni sa raison. En face d'elle se dressaient toujours, avec l'image abhorrée de son mari, les emportements et les brutalités dont elle avait été victime.

Au contraire, la physionomie de Roger rêvait à ses yeux une forme nouvelle. Avec quel empressement il était accouru auprès de M. Voisin! Quelle bonté il avait déployée! De quel désintéressement il avait fait preuve! Quelle différence entre la brute qu'elle s'était donnée pour mari et le caractère élevé de Montmaury! Combien elle regrettait d'avoir agi si étourdiment, d'avoir sacrifié son avenir à un mouvement de dépit.

Si elle avait avoué à son père l'amour qu'elle ressentait pour Roger, M. Voisin serait probablement allé trouver M. Dalbrègue. Les deux vieillards auraient causé. Peut-être le père de Laurence se serait-il empressé de saisir cette occasion, peut-être aurait-il doté Roger. A sa suite se seraient empressées toutes les notabilités de Meulan, et aujourd'hui, au lieu d'être délaissée, malheureuse, martyre Antoinette serait riche, enviée, entourée de la considération de tous... Hélas! ce beau rêve était à jamais dissipé! il était trop tard! Trop tard... à moins qu'Antoinette ne redevînt libre, comme elle l'était autrefois... oui, libre... mais comment?...

C'était le 17 novembre, le lendemain du jour où M. Voisin avait été enterré, que se passaient les évènements que nous allons raconter. Roger, très préoccupé des confidences que lui avait faites Laurence au sujet de son père, se rendit vers trois heures chez M. Dalbrègue, où il avait quelques comptes à terminer. Il trouva la porte du jardin ouverte et entra.

Comme il se dirigeait vers la maison, il aperçut Antoine, les bras croisés sur la poitrine, la tête baissée, marchant à grands pas dans une allée et se dirigeant de son côté. Roger se jeta dans un massif d'arbres verts et observa le domestique, qui s'arrêta subitement à trois pas de lui.

— Non, disait Antoine en frappant du pied, j'en ai assez! Je ne veux plus servir de bonne d'enfant à ce vieux gâteux. Ça me dégoûte à la fin. Ah! si la maison n'était pas si douce, comme je serais déjà parti! Il ne crèvera donc pas cet entêté! Oh! j'en viendrai bien à bout...

Sur cette phrase énigmatique il reprit sa promenade saccadée et disparut. Roger éprouva un frisson involontaire. Que signifiait cette phrase: « J'en viendrai bien à bout?...

Il courut trouver Laurence et lui fit part de ce qu'il venait d'entendre. La pauvre enfant fut toute surprise. Pas plus que Roger elle ne s'expliqua le sens de ces paroles incompréhensibles.

— Ecoutez, lui dit de Montmaury, il faut en avoir le cœur net. En face du lit

—de votre père, se trouve la porte vitrée de son cabinet de toilette. Ce soir, à l'heure où tout le monde se retire, vous appellerez Antoine sous un prétexte quelconque et je me glisserai dans le cabinet. De là, j'observerai tout ce qui se passe. Vous, ne vous couchez pas, et, si vous entendez du bruit, accourez aussitôt.

— Ainsi vous soupçonnez quelque chose ? fit Laurence épouvantée.

— Je ne sais, mais les impatiences d'Antoine, les paroles singulières qu'il a prononcées m'inspirent des doutes horribles.

— Vous avez raison, dit résolûment la jeune fille, il faut les éclaircir au plus tôt.

Roger passa dans le cabinet de M. Dalbrègue et y dressa les comptes qu'il avait préparés. Quand vint l'heure du dîner, il alla prendre congé de Laurence.

— Comment ! vous vous en allez ! lui dit-elle. Et moi qui ai dit à la femme de chambre de mettre deux couverts !

— Je vous remercie infiniment, mademoiselle, mais...

— Est-ce que vous avez oublié ce dont nous sommes convenus pour ce soir ?

— Non, non, fit vivement Roger, je reviendrai.

— Alors, à quoi bon de vous en aller ?

— C'est vrai, mademoiselle... balbutia Roger, mais... C'est que... je ne sais trop comment vous dire cela... Nous sommes dans une situation très difficile...

— A cause de quoi ?

— Aux yeux du monde, mademoiselle, nous ne sommes ni frère ni sœur, nous sommes deux jeunes gens qui ne lui offrons d'autre garantie que notre loyauté — ce à quoi le monde ne croit guère !

— Eh ! qu'avons-nous à nous préoccuper du monde ? fit dédaigneusement Laurence.

— Pour ma part je n'ai rien à en redouter, dit Roger ; mais, fût-ce au prix de ma vie ! je ne voudrais pas que la calomnie osât s'attaquer à vous.

— Et de quel droit m'attaquerait-elle ? N'est-il pas tout naturel, faible et ignorante comme je le suis, que je m'adresse à vous pour me conseiller, pour me défendre, à vous qui êtes le fils d'adoption de mon propre père.

— Ce n'est pas en vertu d'un droit que la calomnie procède, ma chère demoiselle, c'est en vertu du besoin instinctif qu'éprouvent les hommes de rabaisser tout ce qui leur est supérieur et peut leur porter ombrage. Or, vous êtes supérieure à tous par votre beauté, par votre charme, par votre richesse. C'en est dix fois trop pour que vous ne soyez pas entourée d'envieux. Et qui donc auprès de vous pourrait imposer silence à des bruits injurieux ? Personne. M. Dalbrègue ne peut plus vous protéger ; ce n'est plus un homme, c'est un enfant.

— Mais vous, n'êtes-vous pas là ? dit naïvement Laurence. Me laisseriez-vous accuser ?

— Ah ! Dieu m'est témoin que je verserais avec joie tout mon sang pour vous défendre, chère Laurence ! mais à quel titre ? Je ne suis pas votre frère, je ne suis que votre ami. Ami d'autant plus compromettant et d'autant moins désinté-

ressé que vous êtes riche, que je suis pauvre, et qu'on ne manquera pas d'attribuer mon intervention aux motifs les plus odieux.

— Mais c'est infâme ! s'écria Laurence, à l'esprit de qui aucune de ces pensées
ne s'était jamais présentée.

— Oui, c'est infâme, mais cela est ainsi. Croyez-vous, si je n'avais pas craint
de donner naissance à des bruits semblables, que je me serais exilé pendant
cinq grands mois? Vous ne savez donc pas ce que j'ai souffert loin de vous?
Vous ignorez donc que j'ai failli mourir de désespoir? Vous n'avez donc pas
deviné, lorsque je vous ai quittée, que mon cœur se déchirait? Et tout cela
parce qu'il a plu à une malheureuse femme, dont j'avais repoussé les honteuses
avances, de se venger de mes dédains.

— C'est donc bien vrai? fit joyeusement Laurence. Antoinette vous a offert...

— De devenir son mari, oui Laurence. Vous le savez bien. Le jour où votre
père a reçu de Meulan cette lettre anonyme, qui a jeté le désarroi dans votre
maison, vous m'avez adressé des questions si bizarres que je n'ai pas pu m'y
tromper : vous aviez lu ce billet. Il disait la vérité, hélas ! Ce qui humiliait le
plus cette femme, ce n'étaient pas mes refus, c'était la conviction que j'en aimais
une autre. Eh bien ! oui, sa haine l'avait bien servie : je vous aime, Laurence;
oui, depuis six longs mois, je cherche vainement à contenir ce secret qui
m'étouffe. Il se trahit malgré moi aux yeux de tous ceux à qui je voudrais le cacher. Antoinette, le docteur Valnet, vous-même, Laurence, chacun l'a lu dans
mes regards épouvantés, dans l'effarement de mon esprit. Il y a quelques jours,
ici même, à cette place, il s'est encore échappé de mes lèvres. J'ai voulu le retenir, s'il vous en souvient. Je vous ai dit que je vous aimais comme une sœur. Eh
bien ! maudissez-moi, chassez-moi, mais je vous ai menti. Oui, je vous aime avec
toute l'ardeur de la jeunesse, avec toute la fougue de la passion la plus intense,
je ne vis et ne respire que par vous, je n'ai qu'une idole, c'est vous, qu'un culte,
le vôtre. Vous êtes mon Dieu, ma religion, ma vie même. Ah ! depuis combien
de temps je me serais jeté à vos genoux, pour vous faire cet aveu, si vous aviez
été pauvre et obscure, ainsi que moi! J'aurais dû me taire, me broyer le cœur,
mourir de douleur en invoquant votre nom chaste et vénéré... J'ai été lâche, je
me suis trahi, j'ai méconnu les devoirs sacrés de la généreuse hospitalité que
vous et les vôtres m'avez donnée, je suis un infâme; mais dussé-je expirer de
douleur à vos pieds sous le poids de votre légitime indignation, je n'ai pas pu
garder un plus long silence. Mon cœur a fini par éclater, malgré moi, et mon
amour a osé se révéler à vous tel qu'il est, avec ses espérances chimériques, ses
angoisses, ses remords, qui le torturent et l'inondent à la fois de douleurs et de
félicités sans pareilles. Vous le voyez, Laurence, rester ici plus longtemps serait
un crime, à l'expiation duquel je n'ai plus qu'à consacrer mes jours; mais ne
m'accablez pas, ayez pitié du supplice que j'ai enduré, que j'endure encore...

Il s'était agenouillé, en prononçant ces dernières phrases, et baissait la tête
omme un coupable. A tâtons, sans oser porter sur elle ses regards craintifs, il
chercha la main de la jeune fille pour mieux implorer sa clémence. Il la rencon
tra, la saisit et s'aperçut qu'elle ne la retirait pas.

Alors, il osa redresser la tête et vit Laurence, dont les joues s'étaient couvertes d'une rougeur adorable, les yeux levés vers le ciel et baignés de larmes, comprimant les battements de son cœur d'une main, tandis qu'elle lui abandonnait l'autre.

— Est-il possible! s'écria-t-il. Vous ne me maudissez pas! vous me pardonnez, vous m'aimez!

— Taisez-vous! murmura la jeune fille d'une voix éteinte. Si l'on vous entendait... Ne voyez-vous pas que je suis aussi coupable que vous, Roger? Cet aveu que ne me faisiez qu'en tremblant, il y a six mois déjà que je brûlais de l'entendre tomber de votre bouche...

Et, comme Roger déposait sur sa main un baiser dévorant, elle se dégagea et se leva brusquement.

— C'est précisément parce que nous nous aimons, dit-elle, parce que nous sommes seuls et livrés à nous-mêmes, que la loyauté nous fait un devoir de ne pas nous abandonner à des ivresses dangereuses. Restons frère et sœur, mon ami, jusqu'au jour où Dieu nous permettra de nous aimer sans remords. Je suis à vous d'ores et déjà de corps et d'âme, Roger; mais je confie mon honneur à votre loyauté, certaine que vous respecterez en moi celle qui plus tard, doit devenir votre femme. Je vous laisse un moment. J'ai besoin de me recueillir, de prier. Attendez-moi, et priez Dieu vous-même qu'il prenne en pitié notre amour!

A ces mots, émue, tremblante, agitée d'un trouble inconnu, elle s'éloigna d'un pas mal assuré. Quand elle fut partie, Roger, en proie à une sorte d'extase, se laissa tomber à deux genoux.

— Elle m'aime! Elle m'aime! murmurait-il. Mon Dieu, vous l'avez entendu! Vous ne permettrez pas que ce saint amour devienne notre châtiment. Elle m'aime! Ah! que puisse-je craindre à présent!...

De part et d'autre, ce délire finit pourtant par se calmer.

Si, à cause des préoccupations auxquelles ils étaient en proie, le dîner, qui les réunit une heure après, ne fut pas aussi gai, aussi printanier, que ceux des jeunes amoureux sous la tonnelle, il servit du moins de prétexte à mille attentions délicates, par lesquelles se traduisait à chaque instant le bonheur dont leur cœur était rempli. Comme en vertu d'une convention tacite, pas une fois le mot amour ne fut prononcé. Mais avaient-ils besoin de se redire qu'ils s'aimaient? Ne se le prouvaient-ils pas par cette foule de menus riens qui, pous ces amants candides, semblaient être autant d'audaces?

La soirée se passa dans une sorte d'extase muette. Il se regardaient, rougissaient, baissaient les yeux, les relevaient, feuilletaient ensemble les pages des albums dont la table du salon était couverte, échangeant parfois un mot, une pensée, frissonnant au contact de leurs mains qui se rencontraient, de leurs cheveux qui se touchaient, écoutant battre leur cœur avec une sorte de frayeur mêlée de plaisir. Enfin, vers neuf heures et demie, Laurence, après s'être assurée que les domestiques avaient terminé leur ouvrage, leur permit de regagner leur chambre. Elle alla donner le baiser du soir à son père, et, comme il lui parut que le vieillard allait de plus en plus mal, elle rédigea une dépêche pour le docteur Valnet et donna l'ordre à Antoine d'aller la porter au télégraphe.

Antoine s'éloigna sans mot dire, mais sa figure renfrognée ne se dérida pas. Presque aussitôt, Roger se glissa dans le cabinet de toilette, tandis que la jeune fille attendit au chevet de son père le retour de son domestique.

Au bout d'une demi-heure, Antoine reparut et s'installa au pied du lit, dans un vaste fauteuil qui avait été tout spécialement affecté à son usage. Laurence regagna sa chambre et, ainsi que le lui avait recommandé Roger, ne se coucha pas. Quant à lui, debout derrière la porte vitrée, plongé dans une obscurité complète, qui lui permettait de tout voir sans être vu, il ne quittait pas des yeux le domestique.

Antoine commença par donner au paralytique les soins indispensables, mais il le fit avec une brusquerie dont Roger s'indigna. Assurément il serait intervenu sur l'heure, s'il n'avait été résolu d'avance à pousser jusqu'au bout l'épreuve qu'il tentait. Après avoir vaqué à ces soins de première nécessité, Antoine se laissa tomber dans son fauteuil. Ainsi placé, il était directement dans la zone d'éclatante lumière que projetait l'abat-jour de la lampe qui brûlait sur la table de nuit. Son visage, parfaitement éclairé, prit alors une expression de colère et de haine qui fit tressaillir Roger, et ses regards se fixèrent sur le malade avec une cruauté sinistre.

— Comment! cela ne finira pas! murmurait-il. Voilà plus de dix jours et de dix nuits que je passe auprès de ce vieux débris humain, toujours plongé dans la pourriture, dans le fumier! Et cela pourrait durer un an ou deux, dit le docteur. Oh! non.

Par la porte, qu'il avait laissée entre-bâillée, Roger entendait ses moindres paroles et surveillait chacun de ses gestes.

En disant ces mots, Antoine avait montré le poing au malade, s'était levé et s'approchait du lit.

— Ainsi, vieille carcasse, reprit-il, tu ne mourras pas! Tu me condamneras à passer ma vie entre les quatre murs de cette chambre! Et je ne me vengerais pas du supplice que tu me forces d'endurer! Tiens, vieille charogne, crève donc une bonne fois et que cela soit fini!

En même temps, il frappa au visage le malheureux paralytique, et, se jetant sur lui comme une bête fauve, il le secoua comme une guenille, l'accablant à la fois d'injures et de soufflets, — mais de soufflets seulement, car des coups de poings auraient laissé des traces. — Si vite que se fût précipité Roger, il ne put épargner au patient les premiers coups; mais, se ruant sur Antoine, il le saisit à la gorge et le renversa.

— Ah! misérable, hurlait Roger, dont la colère avait décuplé les forces. En même temps, il lui serrait la gorge comme dans un étau de fer.

Antoine râlait et n'était déjà plus en état de se défendre.

Roger l'aurait certainement étranglé sur place si Laurence, que le bruit de la lutte avait attirée, ne fût accourue sur-le-champ.

En apercevant Antoine, immobile sous l'étreinte de Roger, elle courut dans le corridor.

— Rosalie! Marie! cria-t-elle. Vite! Au secours! Au secours!

Puis elle se jeta sur Roger et lui arracha des mains Antoine, qui, la face toute congestionnée, eut beaucoup de peine à se relever. Rosalie et Marie n'étaient pas encore couchées. Elles s'empressèrent auprès de leur maîtresse.

— Au nom du ciel! que s'est-il passé? demanda Laurence.

Roger, tout frémissant encore d'indignation et de colère, lui raconta à quelle scène épouvantable il avait assisté. L'émotion fut trop forte pour la jeune fille. Tant de bestiale barbarie lui causa un bouleversement subit. Elle tomba inanimée dans les bras de de Montmaury.

— Vite, dit-il à Rosalie, allez chercher le médecin pendant que Marie prodiguera ses soins à Laurence.

Rosalie, terriblement émue de son côté, partit comme une flèche, après avoir aidé Marie à transporter dans sa chambre la jeune fille évanouie.

Roger resta seul en face d'Antoine, encore à moitié suffoqué.

— Quant à toi, misérable, lui dit-il, va-t-en, car si je n'écoutais que ma colère je te tuerais.

A ces mots, l'arrachant de vive force du fauteuil sur lequel Antoine s'était laissé tomber, il le reconduisit à coups de pied et à coups de poing à travers les escaliers, à travers le jardin, et ne respira que lorsqu'il eut fermé la porte d'entrée sur ce bourreau.

— Ah! le misérable! ne cessait-il de répéter, en regagnant la chambre de M. Dalbrègue.

Alors, par une réaction dont il ne fut pas maître, il se laissa glisser à genoux auprès du paralytique.

— Ah! cher bienfaiteur! gémit-il. Pardonnez-nous de vous avoir exposé aux brutalités de cette bête féroce. Le ciel m'est témoin que, si je n'avais pas respecté votre volonté, je n'aurais laissé à personne autre le souci de vous soigner! Mais qu'aurait dit le monde? Qu'auriez-vous dit vous-même, si vous étiez revenu à la santé, si vous aviez recouvré la vie, le mouvement, la parole...? Mais reposez en paix à présent. Je jure de ne plus vous quitter, je jure de vous rendre, malgré vous, les bontés dont vous m'avez comblé!

Il pleurait. A son immense douleur se mêlaient des remords cuisants. Ce fut en cet état que le trouvèrent le docteur et Rosalie.

— Eh bien! quel nouveau malheur vous a frappé? demanda le médecin.

— Je vous le dirai, docteur, mais avant tout, occupez-vous de la pauvre Laurence.

Rosalie conduisit le médecin dans la chambre de sa maîtresse. Marie l'avait couchée et lui avait donné les premiers soins. Dix minutes après, la jeune fille ouvrait les yeux et reprenait connaissance. Le docteur revint alors auprès du malade, et Roger lui raconta à quel spectacle horrible il avait assisté.

Pourtant, ne puis-je vous demander ce que vous allez faire de moi? (Page 662.)

— Je m'étais informé à plusieurs reprises de l'état de M. Dalbrègue, fit le docteur, et l'on m'avait dit qu'il allait de plus en plus mal. Tout s'explique à présent !

— Voulez-vous examiner le malade ?

— En l'absence de mon confrère, je suis à vos ordres, monsieur.

Il procéda, sur-le-champ, à un examen attentif et silencieux.

— Le cas est fort grave. Je n'ose pas me prononcer, dit-il enfin ; mais pensez-vous que M. Valnet vienne demain ?

— Il sera certainement ici à la première heure.

— En ce cas, j'aurai avec lui une consultation, et quoique je n'en augure rien de bon, croyez que nous tenterons l'impossible pour ressusciter ce cadavre.

— Mais, en attendant... demanda Roger, que devons-nous faire ?

— Ce que nous avons déjà fait, monsieur, répondit le médecin avec un geste de découragement.

De Montmaury comprit que M. Dalbrègue était à peu près condamné. Il reconduisit le docteur et reprit sa place auprès du malade. Quelques instants plus tard, Laurence, enveloppée d'une robe de chambre et appuyée sur le bras de Marie, vint prendre des nouvelles de son père.

— Rien de nouveau, hélas ! répondit Roger.

— Mais le médecin, qu'a-t-il dit ?

— Il sera ici demain matin, en même temps que M. Valnet, avec qui il désire se consulter. Jusque-là, rassurez-vous, Laurence, je ne quitterai pas notre cher martyr.

Elle hésitait à se retirer, mais, sur les instances de Roger et de sa femme de chambre, elle y consentit. La nuit se passa mal. La conduite d'Antoine envers ce vieillard sans défense avait indigné même les autres domestiques. Elles ne parlaient de rien moins que de l'écharper, si elles le rencontraient.

Le lendemain, à huit heures et demie, M. Valnet arriva, accompagné de son collègue de Meulan, qui était allé à sa rencontre et qui lui raconta ce qui s'était passé. La consultation qu'ils eurent ensemble fut de courte durée. M. Valnet s'apercevait tous les jours que l'infortuné Dalbrègue allait de plus en plus mal. Cette fois, à moins d'un véritable miracle, il désespérait positivement du malade. Néanmoins, d'un commun accord, les deux médecins prescrivirent les remèdes d'usage en pareil cas, et Roger ne voulut céder à personne le soin de les appliquer.

Quant à M. Valnet, il fit prier Laurence de descendre au salon.

La jeune fille s'y rendit, toute pâle encore, car elle n'avait pas dormi de la nuit. Le docteur, après maintes circonlocutions amicales, qui n'avaient pour but que de la préparer à la terrible révélation qu'il allait faire, lui apprit que son père était en danger de mort.

— Fort heureusement, lui dit-il, vous avez auprès de vous un ami dévoué, Roger, dont le zèle et la reconnaissance ne vous feront pas défaut, et à qui j'ai donné mes instructions ; mais cela ne suffit pas. Aussi, je retourne à Paris. Je reviendrai vers une heure et je vous amènerai un ancien infirmier d'hôpital, que j'emploie souvent en pareil cas. Il a l'habitude de soigner ces sortes de maladies, — et restera auprès de votre père tant qu'il sera nécessaire, —ce dont Roger, malgré toute sa bonne volonté, serait absolument incapable. Donc, au revoir, mon enfant ! J'ai d'ailleurs, à titre d'ami, quelques observations à vous faire. J'espère que vous les écouterez avec le même respect que je vous les adresserai.

A travers ses larmes, Laurence promit au docteur tout ce qu'il voulut. Elle était littéralement anéantie. Elle croyait qu'aucun malheur plus épouvantable ne pouvait l'atteindre. Pauvre enfant ! Elle n'était pas au bout...!

Roger n'avait pas quitté le malade, depuis quinze heures, et avait pris à peine le temps de déjeuner, quand le docteur Valnet revint dans l'après-midi, accompagné de l'infirmier qu'il avait promis d'amener. Après avoir installé auprès de M. Dalbrègue cet homme, dont l'expérience efficace avait été tant de fois mise à l'épreuve, le docteur vint retrouver Laurence, qui l'attendait au salon.

— Ma chère enfant, lui dit-il, je vous demande bien pardon d'usurper un instant la place de votre pauvre père ; mais l'amitié que je lui porte, et dans laquelle vous occupez une large place, jointe à l'âge respectable dont je suis affligé, me donnent quelques droits au rôle que je viens remplir. En outre, il y va de votre intérêt, mieux encore, il y va de votre avenir, et cette considération seule prime toutes les autres.

— Vous n'aviez pas besoin de recourir à un si long préambule, monsieur, répondit la jeune fille. Je sais, depuis longtemps, à quoi m'en tenir sur l'amitié que vous m'avez vouée, je m'honore de l'avoir méritée, et j'espère que vous daignerez me la continuer éternellement.

— Soyez-en sûre, mon enfant, et parlons un peu raison, car lorsqu'un homme tel que moi prend tant de précautions pour s'adresser à une jeune fille comme vous, c'est qu'il va l'entretenir de choses sérieuses.

— Je suis tout oreilles, docteur.

— Vous êtes dans une fausse position, ma chère amie, et cette fausse position va s'aggraver encore de l'isolement où va vous plonger la mort de votre père.

— Comment, monsieur ?

— Vous ne me comprenez pas ? Je m'explique. Il s'agit de Roger.

Laurence rougit et écouta avec attention.

— Depuis bientôt douze jours, mon enfant, Roger ne vous quitte guère. Vous trouvez cela tout simple, je vous en félicite ; cela prouve en faveur de votre cœur et de votre innocence ; mais cela ne peut pas durer. Votre réputatation exige que vous vous sépariez de Roger ou que vous preniez un mari. Si vous vous séparez de Roger et si vous demeurez seule, votre position reste difficile, car elle vous met dans l'impossibilité absolue de vivre avec lui sur le pied de familiarité dont vous avez pris la douce habitude. Donc, je ne vois qu'un moyen de sortir de cette impasse : c'est de vous marier. Je n'ignore pas que le cas est épineux, mais vous êtes dans une situation de fortune qui vous permet de choisir à l'aise, et qui vous affranchit au besoin de toutes les considérations matérielles qui accompagnent d'ordinaire ces sortes de négociations. Remarquez, ma chère Laurence, que je n'interroge pas votre cœur, que je ne cherche pas plus à surprendre vos secrets qu'à provoquer vos confidences Je constate un fait et rien de plus. Si vous ne craignez pas de vous confier à moi, je serai très flatté de cette condescendance ; mais je n'entends pas exercer sur vous une sorte de pression, en raison de l'autorité équivoque que me donnent mon âge et nos relations.

— Je vous remercie, docteur, dit Laurence en lui tendant la main. Ce que vous venez de me dire, je l'avais déjà pensé.

— J'en étais sûr. Vous avez trop de tact pour ne pas avoir senti déjà quels embarras vous créerait votre isolement.

— J'ai mieux fait, docteur, reprit la jeune fille, j'ai presque choisi le mari dont vous me faites entrevoir l'impérieuse nécessité. Et si vous n'aviez pas, le premier, amené la conversation sur ce terrain, c'est moi qui aurais eu recours à votre sagesse et qui vous aurais prié de me guider.

— Je suis à vos ordres, mon enfant.

— Ainsi que vous, docteur, j'avais pensé que ma situation de fortune m'autorisait à mépriser certaines considérations mesquines d'intérêt. En choisissant un mari, je voulais avant tout un homme bien né, intelligent et d'une honnêteté à toute épreuve.

— Et vous avez trouvé ce phénix?

— J'ajouterai qu'il est noble, jeune et beau, docteur.

— Une perle alors, fit M. Valnet en souriant.

— Ne plaisantez pas, monsieur, c'est très sérieux. Approuvez-vous d'ores et déjà les sentiments auxquels j'ai obéi?

— Des deux mains, ma chère amie.

— Il ne resterait donc plus, pour avoir franchement votre avis, qu'à vous donner le nom de celui que vous appelez un phénix, sans vous douter peut-être combien de fois vous avez passé à côté de lui, indifférent à toutes les qualités que je lui trouve...

— Vous croyez? dit ironiquement M. Valnet.

— Eh quoi! fit Laurence toute rougissante, est-ce que vous soupçonnez déjà ?..:

— Voulez-vous que je vous dise son nom?

— Vous le savez donc?

— C'est Roger de Montmaury.

La stupéfaction de la jeune fille fut plus vive encore que le sentiment de pudeur effarouchée qui fit tressaillir tout son être.

— Comment, docteur... balbutia-t-elle. Du premier coup... vous avez deviné... Roger vous avait donc avoué...

— Rien, mon enfant, je vous le jure! Au contraire, quand je l'ai interrogé à ce sujet,— car je pressentais la cause de l'exil que votre père lui avait imposé, — Roger s'est défendu comme un beau diable d'avoir pour vous autre chose qu'une amitié fraternelle; mais il y a des protestations, auxquelles donne un démenti formel la chaleur avec laquelle on les fait, et qui ne sauraient tromper de vieux renards comme nous. Votre secret, ma pauvre petite, il y a cinq mois que je le connais!

— Et... demanda timidement Laurence, que pensez-vous de mon projet?

En disant ces mots, elle tremblait, tant elle avait peur que le docteur ne fût pas de son avis.

— Je pense, répondit M. Valnet, que personne plus que vous au monde n'est intéressée à prendre un bon mari, que nul mieux que vous ne connaît celui avec lequel vous avez été élevée, et que, si vous l'aimez, il faut vous marier avec lui le plus tôt possible.

En disant ces mots, il tendit les bras à Laurence, qui s'y jeta pour cacher la joie que cette décision lui causait.

— Et si ce fait bizarre ne se représentait pas tous les jours, chaque fois qu'il s'agit d'un père ou d'un mari, continua le docteur, je ne comprendrais pas que Dalbrègue ne se soit pas aperçu que vous vous aimiez, ni que, s'en étant aperçu, il ait eu l'idée incroyable de vous séparer. C'est un malheur, un grand malheur pour vous et pour Roger, ma chère enfant, car, en présence des évènements qui vous menacent, vous voilà séparés l'un de l'autre pendant plus d'une année encore. Fort heureusement, vous êtes jeunes et vous avez devant vous un long avenir.

En ce moment, un grand fracas se fit entendre dans l'antichambre. Plusieurs personnes venaient d'y entrer. Au bruit de leurs pas se mêlait un son métallique, semblable à celui produit par un cliquetis d'armes. Laurence courut ouvrir la porte et aperçut le commissaire de police, accompagné de deux gendarmes.

— Pardon, mademoiselle, dit-il avec le plus grand respect. On nous a dit que M. de Montmaury était ici...

— C'est la vérité, monsieur.

— Où est-il?

— Auprès de mon père.

— Voudriez-vous le faire prévenir que je désire lui parler?

— Volontiers, monsieur, dit Laurence.

Elle ne s'expliquait pas la présence du commissaire et des gendarmes. Bien qu'elle n'eût rien à redouter d'eux, elle n'en était pas moins très effrayée.

Rosalie, la cuisinière, qui leur avait ouvert la porte et qui les avait introduits, n'était guère plus rassurée qu'elle.

— Allez prévenir M. Roger qu'on le demande, lui ordonna Laurence.

Plus morte que vive, Rosalie courut avertir de Montmaury, qui descendit aussitôt.

Il manifesta également une très grande surprise, en apercevant l'uniforme des soldats et en reconnaissant le commissaire.

— C'est à moi que vous désirez parler, monsieur? demanda-t-il.

— Oui, monsieur.

— De quoi s'agit-il?

— Je ne puis vous le dire, monsieur; mais vous le saurez plus tard.

— Cependant, que me voulez-vous?

— Ayez la bonté de me suivre, monsieur, dit le magistrat.

M. Valnet n'était pas moins étonné que Laurence et Roger.

— Pardon, monsieur, dit-il au magistrat, mais n'avons-nous pas droit à quelques explications? Je suis le docteur Valnet, le médecin et l'ami de la famille Dalbrègue. C'est à ce titre que je me permets d'intervenir et que je sollicite l'honneur d'une réponse. Est-ce pour arrêter M. de Montmaury que vous êtes ici?

— Oui, monsieur, répondit le commissaire avec embarras.

— En vertu de quoi?

— En vertu du mandat d'amener que voici, et que vient de me transmettre le parquet de Versailles.

— Mais, de quoi l'accuse-t-on?

— Je l'ignore, monsieur. Je ne suis, vous le savez, qu'un instrument de la loi. Elle m'ordonne d'agir, j'obéis.

— Je ne vais pas à l'encontre, fit observer Roger. Pourtant, ne puis-je vous demander ce que vous allez faire de moi?

— J'ai ordre de vous conduire à Versailles, monsieur; c'est tout ce que puis vous répondre.

— Je vous suis, dit Roger.

— A Versailles! Entre deux gendarmes! se récria le docteur.

— Que voulez-vous, monsieur? fit le commissaire. La loi a des exigences auxquelles il faut bien se soumettre...

— Sans doute, mais faire traverser toute une ville à un honnête homme, entre deux gendarmes! avouez que c'est dur, monsieur.

— J'en conviens, mais je n'y puis rien.

— Vous pouvez nous permettre d'éluder cette triste nécessité, du moins...

— De quelle façon?

— En nous accordant le temps d'aller chercher une voiture.

— Je ne m'y oppose pas, monsieur. Je connais depuis longtemps M. de Montmaury, à l'honorabilité de qui j'ai eu plusieurs occasions de rendre hommage, et je veux lui en donner un nouveau témoignage en acquiesçant au désir que vous formulez en son nom, à une condition pourtant...

— Laquelle? fit Roger.

— C'est que je ne vous perdrai pas de vue, jusqu'à ce que la voiture soit arrivée.

— Dès à présent je suis votre prisonnier, monsieur, dit Roger.

Le commissaire donna l'ordre à l'un des gendarmes d'aller chercher une voiture et de revenir avec elle. Laurence était si troublée, qu'elle pouvait à peine se soutenir. M. Valnet fit signe à Rosalie d'emmener sa maîtresse, et pria le magistrat de vouloir bien entrer au salon. Roger lui en montra le chemin et le docteur referma la porte.

— Voyons, monsieur, dit-il au commissaire, nous sommes seuls maintenant. Il est impossible que vous ignoriez absolument les motifs véritables de cette arrestation. Refuserez-vous encore de nous les communiquer?

— M. de Montmaury est accusé de complicité dans l'empoisonnement exécuté sur la personne de son mari par Antoinette Voisin, femme Cassut, dont il passe pour être l'amant, dit nettement le magistrat.

— Moi! se récria Roger. Oh! mon Dieu! vous avez entendu...

M. Valnet ne pouvait en croire ses oreilles.

— Qui ? demanda-t-il, Roger, l'amant de Mme Cassut ! Roger, un assassin ! Ce n'est pas sérieux, monsieur ?

Le commissaire hocha soucieusement la tête.

— Un assassin... dit-il, je ne le crois pas plus que vous, monsieur ; mais quant au reste...

— Sur mon honneur ! monsieur, c'est une odieuse calomnie ! fit Roger avec chaleur. — Ah ! reprit-il avec tristesse, M. Dalbrègue avait bien raison, quand il me prédisait que cette femme ne me pardonnerait pas...

Puis, se tournant vers M. Valnet.

— N'ayez aucune crainte, monsieur, lui dit-il. Je n'aurai pas de peine à me disculper. Allez auprès de Laurence, je vous en conjure ! calmez ses alarmes, faites en sorte surtout qu'elle ignore l'infâme accusation que l'on fait peser sur moi !

Un silence embarrassant suivit le départ du docteur.

Le commissaire de police ne se souciait pas de donner de plus longues explications. Roger n'osait pas en demander.

— Comment ! disait-il à demi-voix. Germain est mort !... mort empoisonné !

Enfin le gendarme arriva avec la voiture.

Roger allait y monter quand le docteur vint lui serrer la main.

— C'est dans le malheur que se montrent les vrais amis, dit-il. Dussent, tous mes clients en pâtir, comptez sur moi !

La voiture s'éloigna et suivit la route de Versailles...

XII

L'ACCUSÉ

Les violences dont Cassut avait usé envers sa femme avaient eu pour résultat de porter à son comble l'exaspération d'Antoinette et d'attiser encore la haine qu'elle avait vouée à son mari. Humiliée dans son amour par Roger, dans son amour-propre par Germain, elle n'eut plus qu'un désir ; se venger d'eux. Tous les mauvais instincts qui fermentaient en elle se réveillèrent à la fois. Le fiel et l'amertume envahirent son cœur, obscurcirent sa raison et la jetèrent dans une exaltation voisine de la démence.

Résolue d'en finir à tout prix avec l'existence insupportable que lui faisait son mari, elle se souvint tout à coup qu'elle avait entre les mains une arme, dont Cassut lui avait signalé le danger et que lui-même lui avait fournie. Cet arme, c'était le poison. De quel nom s'appelait-il ? Peu lui importait. Germain lui avait dit qu'il en fallait gros comme une noisette pour tuer un homme ; cela lui suffisait.

On se rappelle ce produit, dont Germain avait apporté un échantillon et qu'Antoinette avait serré prudemment dans la commode. En le reprenant, le lende-

main matin, pour aller le soumettre à ses clients dans la journée, Cassut avait
dit :

— Tiens ! Il me semblait qu'il y en avait davantage...

Il ne se trompait pas. Agitée déjà de pensées coupables. Antoinette, au moment de placer la poudre dans le tiroir, en avait fait glisser une partie dans une
feuille de papier et l'avait gardée. Qu'en ferait-elle ? Elle ne le savait pas encore.
Mais les évènements se multiplièrent autour d'elle avec tant de précipitation que
sa première pensée, si informe qu'elle fût tout d'abord, finit par prendre un
corps et par devenir une idée fixe.

Décidée à ne pas supporter plus longtemps les mauvais traitements que son
mari lui faisait subir, ne pouvant se résoudre à l'idée que Roger savourait auprès
de Laurence les ivresses d'un amour partagé, elle résolut d'en finir avec le supplice horrible que la colère et la jalousie lui faisaient endurer.

Ce fut à se tuer qu'elle songea dans le principe. Mais se tuer, ce n'était pas
se venger. Elle morte, Cassut resterait maître de l'usine et Roger épouserait
Laurence. Le plan d'Antoinette fut aussitôt conçu. Elle résolut de tuer Germain.

— Peut-être ne s'en apercevra-t-on pas, dit-elle, et alors je serai libre...
Libre !...

Cette secrète espérance fit briller dans ses yeux un éclair.

— Sinon, reprit-elle aussitôt, plutô' que de voir dans les bras de Laurence
celui qui a repoussé mon amour, je lui ferai partager la honte du crime que j'aurais commis.

C'était le 17 novembre, à l'heure même où Roger faisait à Laurence l'aveu de
son amour, qu'Antoinette méditait l'attentat qu'elle allait commettre. Vers six
heures et demie, au moment où Germain revenait de la fabrique, il trouva non-
seulement le couvert mis, mais Antoinette attablée et en train de manger son
potage.

— Dépêchez-vous, lui dit-elle, j'ai un faim d'ogre aujourd'hui.

Cassut s'empressa de se mettre à table.

— Tiens ! fit-il. Tu m'as déjà versé à boire.

Et, en lui-même, il ajouta :

— Décidément, les grands moyens sont les meilleurs. Jamais ma femme n'a été
si prévenante.

— Oui, dit Antoinette. En versant du vin dans mon verre, j'ai rempli le vôtre.

En même temps, elle montra son verre à moitié plein.

— Cela se trouve à merveille, fit Cassut. Je meurs de soif.

Il se hâta d'ingurgiter l'assiettée de soupe que sa femme lui avait servie ; puis,
saisissant son verre, il le porta à ses lèvres et le vida d'un seul trait.

— C'est singulier, fit-il, ce vin a un goût étrange...

Machinalement, il regarda le fond de son verre, et s'aperçut qu'un léger dépôt
s'y était formé.

— Qu'y a-t-il donc dans ce verre ? murmura-t-il.

Il regarda sa femme, qui se détourna.

— Tu ne m'as pas empoisonné ? demanda-t-il en riant.

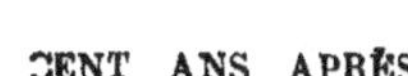

Ah ! misérable ! cria-t-il. (Page 665.)

Mais aussitôt le sourire se figea sur ses lèvres, il porta les mains, à sa poitrine, comme s'il y avait ressenti une douleur violente.

— Ah ! misérable ! cria-t-il.

Il voulut se lever, mais ses jambes se dérobaient sous lui. Il fit deux ou trois pas avec effort, chancela, essaya de se retenir au buffet de la salle à manger, puis, reculant encore d'un pas, il tomba à la renverse sur le parquet. Au même instant, Rose entrait, tenant un plat à la main. Elle fut témoin de cette chute terrible. Se hâtant de poser sur la table le plat qu'elle apportait, elle courut au secours de son maître.

— Qu'y a-t-il donc? demanda-t-elle.

— Je ne sais... répondit Antoinette. Il s'est dressé tout à coup, en portant la main à sa poitrine, il a poussé un grand cri et il est tombé.

— Il faut le transporter dans sa chambre, appeler un médecin.

— Bah! cela ne sera rien, dit Antoinette.

Cependant Rose s'était penchée sur Germain et s'était aperçue qu'il ne bougeait pas. Sérieusement épouvantée, elle courut à la fabrique pour réclamer du secours. Le contre-maître s'y trouvait encore avec deux ouvriers. Ils s'empressèrent d'accourir, ramassèrent le corps de Cassat et le transportèrent sur son lit.

Antoinette les avait suivis. Elle paraissait consternée, sinon affligée. Ce n'était pas une comédie. Elle était stupéfaite de ce résultat presque foudroyant. Sous ses yeux, Rose prodigua ses soins à Germain, comme s'il se fût agi d'un simple évanouissement, pendant que le contre-maître allait chercher le médecin.

Un quart d'heure après, le docteur arriva et se fit expliquer comment l'accident était survenu. Antoinette lui répéta ce qu'elle avait dit à sa femme de chambre. Quant à Rose, elle ne savait rien, sinon que son maître était tombé au moment où elle entrait dans la salle à manger. Le docteur examina attentivement le corps de Cassat.

— Cet homme est mort, dit-il.

— Mort! s'écria Rose. Et de quoi, grand Dieu?

— Vous dites qu'il était à table quand il s'est senti indisposé? demanda le docteur.

— Oui, monsieur. Il avait mangé sa potage et bu un doigt de vin.

— Bien. Le couvert est-il encore mis?

— Certes, monsieur, fit Rose. J'étais si bouleversée que je n'ai pas encore eu le temps de l'enlever.

— Conduisez-moi dans la salle à manger.

Antoinette devint pâle. Elle n'avait pas songé à cela! Le verre était resté sur la table!

— Si vous voulez bien me suivre... dit-elle vivement, je vais vous y mener, monsieur.

Elle prit les devants et entra dans la salle à manger, suivie du docteur et de la femme de chambre.

— Voilà comment cela s'est passé, dit-elle : Cassut était là, il a mangé sa soupe, bu son vin, puis il a poussé un grand cri, a étendu les bras et est tombé.

Joignant le geste à la parole, elle écarta les bras et renversa le verre de Germain, qui tomba sur le parquet et se brisa.

— Décidément, nous jouons de malheur aujourd'hui, dit-elle. Je viens encore de casser un verre!

Le docteur la regarda en face. Elle baissa les yeux.

— Ramassez les morceaux, dit-il à Rose.

La femme de chambre les ramassa consciencieusement, sans qu'Antoinette osât protester, et les mit dans son tablier. Elle allait les emporter, lorsque le docteur l'arrêta.

— Donnez, dit-il, en tirant de sa poche un mouchoir blanc dans lequel il enveloppa soigneusement ces débris. Quant à moi, je vais à la mairie faire les déclarations d'usage.

Il sortit à ces mots, sans avoir prononcé une parole qui ressemblât à une accusation. Néanmoins, Rose ne put s'empêcher de dire :

— Quelle drôle d'idée à ce médecin d'emporter des morceaux de verre cassé ?

Elle ne soupçonnait rien encore, mais Antoinette devinait déjà que le docteur avait découvert la vérité.

Cependant elle ne manifesta pas le moindre trouble et chargea Rose d'aller chercher une femme pour veiller auprès du mort.

Elle se fit allumer du feu dans le salon par la cuisinière et annonça qu'elle y passerait la nuit.

Quant au docteur, il se rendit chez le commissaire de police, lui communiqua les soupçons qu'il avait conçus et déposa entre ses mains les fragments du verre aux parois duquel adhérait encore une sorte de poudre blanche que le vin avait légèrement colorée. Le commissaire fit aussitôt prévenir le parquet de Versailles. Le lendemain matin, à huit heures, le juge d'instruction arrivait, faisait arrêter Antoinette et ordonnait l'autopsie du cadavre.

La jeune femme se vit perdue et confessa la vérité.

— Ainsi, dit le magistrat, vous reconnaissez avoir empoisonné volontairement Germain Cassut, votre époux ?

— Oui, monsieur.

— Avez-vous un ou plusieurs complices ?

— Un seul, monsieur.

— Qui est...

— Mon amant.

— Comment se nomme-t-il ?

— Roger de Montmaury.

— Il habite Meulan ?

— Oui, monsieur.

— Bien. Le greffier va vous donner lecture de votre déposition, et vous la signerez.

Ainsi fut fait. Antoinette signa d'une main ferme cette lâche calomnie. L'heure de sa vengeance venait de sonner.

Le juge d'instruction fut très surpris. C'était le même qui, dix-sept mois auparavant, avait instruit l'affaire du pendu. Il connaissait donc de Montmaury et savait avec quelle louable délicatesse celui-ci s'était conduit en cette circonstance.

Il accepta néanmoins sans sourciller la déclaration d'Antoinette. Seulement, pendant qu'on la transférait à Versailles, et avant de lancer un mandat d'arrêt contre de Montmaury, il voulut se renseigner. Il interrogea le commissaire de police.

Celui-ci lui apprit que les bruits les plus fâcheux couraient depuis trois ou quatre jours dans le pays sur les relations scandaleuses de Roger avec Antoinette. A l'appui de ces assertions — dont il n'avait pas pu vérifier l'exactitude, ajouta-t-il, — il prononça le nom de la veuve Durand. La vieille rentière était l'amie d'Antoinette et la propriétaire de Roger. Sous prétexte d'aller faire visite à cette dame, disait-on, Mme Cassut se rendait chez Roger.

— Et cela dure depuis combien de temps? demanda le juge d'instruction.

— On ne sait pas, répondit le commissaire.

— Faites venir Mme Durand, ordonna le magistrat.

La vieille bavarde fut un peu effrayée lorsqu'on l'amena devant le juge d'instruction. Comprenant qu'aux yeux d'un magistrat ses paroles avaient une bien autre gravité qu'à ceux des commères devant lesquelles elle discourait ordinairement, la veuve se borna à dire strictement la vérité. Antoinette était venue la voir tous les jours depuis que Roger était de retour à Meulan.

— Savez-vous dans quel but?

— Je ne m'en suis pas doutée tout d'abord, répondit-elle; je me suis même étonnée de l'amitié subite qu'elle me témoignait.

— Ainsi vous n'avez reçu de la femme Cassut aucune confidence?

— Non, monsieur.

— Ni de Montmaury?

— Pas davantage.

— Et vous n'avez pas prêté les mains au commerce qu'on leur reproche?

— Devant Dieu qui nous entend et qui nous jugera! protesta la veuve avec énergie, je vous assure, monsieur le juge, que j'ai été leur première dupe. Bien plus, je ne crois pas qu'Antoinette et Roger se soient vus avant le 14 novembre.

— Ah! et vous croyez que le 14 novembre...

— Oui, monsieur. Antoinette avait voulu, ce jour-là, rester à dîner, et n'était partie de chez moi que vers huit heures un quart. Dix minutes après, son mari vint la chercher et, ne la trouvant pas, se retira. Vers neuf heures, j'entendis crier l'escalier qui conduit chez M. Roger. Étonnée de ces allées et venues, je sortis de mon appartement, une bougie à la main. Je vis M. de Montmaury ouvrir la porte de la rue à une femme, que je n'eus pas le temps de reconnaître car elle prit la fuite dès qu'elle m'aperçut. Je réprimandai vertement M. Roger à ce sujet. Il me répondit que cette visite était loin de lui faire plaisir, et qu'il espérait bien que ce serait la dernière.

— Ah! il vous a dit cela?

— Oui, monsieur.

— Sans prononcer le nom de la femme qu'il avait reçue?

— Naturellement.

— Alors comment l'avez vous découvert?

— Le lendemain, M. Cassut se présenta de nouveau chez moi et me défendit expressément de recevoir sa femme. Je ne m'expliquais pas très bien ces singularités, quand le 17, à huit heures du matin, M. Cassut vint chez M. Roger et eut avec lui une explication violente. Au moment où il ouvrait la porte pour se retirer, je l'entendis menacer M. de Montmaury de le tuer comme un chien s'il revoyait Antoinette.

— Ah ! Cassut a menacé M. de Montmaury de le tuer ? dit le magistrat.

— Oui, monsieur. C'est alors que j'ai compris une partie de la vérité.

— Bien ; mais avant le départ de M. de Montmaury pour Paris, aviez-vous remarqué dans sa conduite quelque irrégularité semblable ?

— Jamais, monsieur. M. Roger était le plus tranquille des locataires

En dépit de cet hommage tardif rendu à la conduite de Roger, la déposition de Mme Durand était accablante.

Elle permettait de supposer, en effet, qu'Antoinette et Roger se fréquentaient tous les jours, et que, se voyant découverts, ils avaient résolu de prévenir les menaces que Cassut lui avaient adressées.

Enfin la haine bien connue qui existait depuis longtemps entre Germain et M. de Montmaury venait encore à l'appui de cette hypothèse.

Muni de ces renseignements précieux, le juge d'instruction partit pour Versailles à dix heures et procéda aussitôt à un interrogatoire plus complet d'Antoinette.

Elle affirma qu'elle était déjà la maîtresse de Roger avant de se marier, qu'elle n'avait fait qu'obéir à ses conseils en épousant Cassut. Pour le mieux prouver, elle ajouta que, trouvant l'absence de Roger trop longue, et voulant se rapprocher de lui, elle avait pris le parti de louer un appartement à Paris, projet auquel elle n'avait renoncé qu'en apprenant le retour de Roger à Meulan.

C'était alors qu'elle s'était liée avec Mme Durand pour se rapprocher de lui. Enfin son mari, ayant soupçonné leurs relations, l'avait surprise le 14 novembre, au moment où elle sortait de chez M. de Montmaury, l'avait menacée et frappée...

— Et c'est alors, continua le juge, que vous avez résolu de vous défaire de Cassut ?

— Oui, monsieur.

— Comment ? quel jour ? dans quelles circonstances ?

— Le jour même où je l'ai empoisonné.

— Vous avez donc vu Roger ce jour-là ?

— Oui, monsieur.

— Alors c'était hier, 17 novembre ?

— Précisément.

— A quelle heure ?

— A trois heures de l'après-midi.

— Où ?

— Dans le jardin de la maison, dont la petite porte ouvre sur une ruelle.

— Vous lui aviez donc donné rendez-vous ?

— Oui, je lui avais écrit.

— Et c'est alors que vous avez comploté la mort de Cassut ?

— Oui, monsieur.

— En avait-il été question déjà entre vous ?

— Pas encore.

— Alors, comment se fait-il que vous ayez soustrait à votre mari, six jours auparavant, le poison avec lequel vous l'avez tué?

— C'était machinalement et sans but arrêté.

— Vous ne ferez jamais croire que cette idée ne s'était pas déjà offerte à votre esprit; sans cela, pourquoi auriez-vous dérobé ce poison?

— Je ne dis pas que je n'y avais pas songé. Je dis seulement que rien n'était encore décidé il y a six jours.

Sur ces déclarations formelles, jointes au témoignage de Mme Durand et aux difficultés qui s'étaient élevées jadis entre Roger et Germain, le juge d'instruction transmit immédiatement au commissaire de police de Meulan l'ordre d'arrêter M. de Montmaury.

Roger fut mis en prison, où il passa la nuit.

Ce ne fut que le lendemain matin qu'on le conduisit dans le cabinet du juge d'instruction pour l'interroger.

Il raconta comment il avait connu Antoinette, quelles propositions il en avait reçues à l'époque où il aurait pu réclamer sa part dans le legs du pendu, et affirma qu'il les avait repoussées. C'était pour se venger de ses dédains que la fille de M. Voisin avait épousé Cassut, l'avait fait renvoyer de l'usine et avait adressé à M. Dalbrègue une lettre anonyme, dans laquelle elle l'accusait d'aimer Laurence. Elle avait réussi jusqu'à un certain point, puisque, pour couper court à cette calomnie, il avait quitté Meulan.

Depuis cette époque, il n'avait pas revu Antoinette, jusqu'au jour de misère et désespoir où il lui avait tendu la main. Encore n'avait-il pas même entendu parler d'elle à la suite de cette rencontre.

Enfin il était revenu à Meulan, où l'avait rappelé la maladie de M. Dalbrègue. Depuis lors, il était rarement chez lui. Cependant il s'était trouvé trois fois en présence d'Antoinette.

La première fois, en entrant chez Mme Durand pour la prier de recevoir M. Raymond, s'il se présentait en son absence; la seconde fois, dans la soirée du 15 novembre, quand elle était venue le poursuivre à nouveau de son amour; la troisième fois, le 15 novembre, jour où il avait été s'agenouiller auprès du cadavre de M. Voisin; mais il ne l'avait pas même aperçue le 16, jour de l'enterrement.

— Et le 17? fit brusquement le magistrat.

— Quand? hier? demanda Roger.

— Sans doute. Antoinette vous avait écrit de vous trouver chez elle à trois heures. Vous êtes allé à ce rendez-vous, vous êtes entré dans le jardin par la petite porte, et c'est là que la mort de Cassut a été résolue.

— Est-ce sérieux? fit de Montmaury étonné.

— C'est elle qui l'affirme, monsieur.

— Eh bien! monsieur, répondit Roger, je n'ai pas reçu de lettre de la femme Cassut, je ne suis pas allé à ce prétendu rendez-vous. Enfin, je ne pouvais être à trois heures dans le jardin de l'usine, puisque j'étais à pareille heure chez M. Dalbrègue.

— Pouvez-vous prouver votre alibi?

— Rien n'est plus facile, monsieur. Interrogez Mlle Dalbrègue, les domestiques...

— Ainsi, fit le juge d'instruction, vous niez avoir jamais eu les moindres relations avec la femme Cassut, et vous rejetez toute participation au crime qu'elle a commis?

— Je le crois bien! s'écria Roger.

— Selon vous, la femme Cassut n'obéirait donc, en vous accusant, qu'à un sentiment de vengeance?

— J'en suis convaincu, monsieur.

— Bien. L'instruction va suivre son cours, j'interrogerai les témoins, et si réellement vous avez dit la vérité...

— Sur mon honneur, je vous le jure, monsieur!

— Je le désire de tout cœur, M. de Montmaury. Ce n'est pas la première fois que nous nous voyons, et je me souviens encore du désintéressement avec lequel vous avez agi dans l'histoire du pendu. Dans tous les cas, il vous en sera tenu compte, je vous le promets.

A ces mots, le magistrat le fit reconduire en prison.

On sait avec quel soin jaloux, mais aussi avec quelle lenteur, la justice, qui ne veut pas se tromper, instruit ces sortes d'affaires.

Fidèle à sa parole, le docteur Valnet s'était cependant rendu à Versailles le lendemain de l'incarcération de Roger, et avait eu avec le juge d'instruction une longue conversation, dans laquelle il avait rendu justice à la droiture de Roger, dont il avait raconté la vie. Il avait ainsi confirmé en partie les déclarations de l'accusé.

Dans l'après-midi, il était allé à Meulan, et avait bien été forcé d'apprendre à Laurence la cruelle vérité.

Ce fut un coup terrible pour la pauvre enfant. Le malheur s'acharnait après elle avec une opiniâtreté sans égale.

Pourtant, comme le docteur lui avait fait espérer que de Montmaury serait promptement rendu à la liberté, elle attendit.

Trois jours s'écoulèrent, puis quatre, puis cinq; Roger ne revenait pas.

Laurence était dans une inquiétude mortelle. Enfin, elle résolut d'en finir avec ces tergiversations puériles

— Comment! s'écria-t-elle. Cette coquine a tout fait pour le perdre et je ne ferais rien pour le sauver!

Elle envoya chercher une voiture et partit avec Marie pour Versailles.

Contre toutes les prévisions des deux médecins, ou plutôt grâce aux médications violentes qu'ils avaient employées en dernier ressort, un mieux sensible s'était manifesté chez M. Dalbrègue. Loin de cacher le joyeux étonnement que cela lui causait, M. Valnet s'en réjouissait, mais déclinait toute responsabilité dans cette cure merveilleuse.

— Ce n'est pas moi qui l'ai guéri, ne cessait-il de répéter à Laurence, c'est Roger. S'il n'avait pas surpris et chassé le misérable Antoine, votre père aurait infailliblement succombé aux mauvais traitements que ce bourreau lui infligeait, sans que nous sussions à quelles causes précises attribuer sa mort. Aussi, si mon pauvre ami revient jamais à la santé, il pourra se vanter que c'est à Roger qu'il doit la vie.

Malheureusement, si le cœur de Laurence commençait à se rassurer et à concevoir même quelques espérances ae ce côté, il souffrait cruellement à l'idée qu'une accusation infâme pesait sur Roger et qu'elle avait trouvé créance auprès de certains Athéniens de Meulan, qui se lassaient sans doute d'entendre faire sans cesse l'éloge de ce moderne Aristide.

De même que l'instruction ne gardait aucune mesure dans l'accusation, Laurence rejeta les vains scrupules qui l'avaient retenue jusqu'alors. Elle raconta donc à M. Valnet tout ce qu'elle soupçonnait et tout ce qu'elle savait.

Ce qu'elle soupçonnait, c'est que des démarches avaient été faites par Antoinette auprès de de Montmaury, pour lui faire accepter le legs du pendu et l'épouser. Ce qu'elle savait, c'est qu'Antoinette, pour se venger de ses refus, avait écrit à M. Dalbrègue une lettre dans laquelle elle accusait Roger d'aimer Laurence.

Cette lettre, elle l'avait tenue dans les mains, elle l'avait lue. Elle avait cherché même à obtenir de Roger des explications que celui-ci s'était refusé à lui donner. Or, aujourd'hui, la discrétion devenait un danger. Il fallait faire arme de tout pour sauver M. de Montmaury.

Le docteur était retourné à Versailles et avait révélé ces faits au juge d'instruction, qui avait promis de les éclaircir.

En effet, il avait ordonné à Meulan une enquête minutieuse sur la vie de Roger; et avait reçu au bout de deux jours un historique détaillé du passé de de Montmaury, rempli de faits à sa louange et témoignant de ses mœurs irréprochables, jusqu'au moment où la maladie de M. Dalbrègue l'avait rappelé à Meulan.

« Encore, ajoutait l'enquête, est-il impossible de rien préciser sur les relations de l'accusé avec la femme Cassut, car personne n'a constaté le flagrant délit. »

Le juge d'instruction allait donc citer les témoins à comparaître, le jour même où Laurence se présenta, accompagnée de sa femme de chambre. Le magistrat la fit asseoir.

— J'allais vous faire appeler, mademoiselle, lui dit-il. Veuillez déposer des faits à votre connaissance.

Laurence ne demandait que cela.

Après avoir raconté l'enfance de Roger, les soins qu'elle en avait reçus, l'amitié qui les unissait, elle exposa dans quelles conditions Roger était entré chez M. Voisin et comment il en avait été chassé. Puis elle montra de Montmaury rendant à M. Voisin les derniers devoirs, tandis que sa fille restait à Meulan, insensible à ce malheur et complotant déjà le crime qu'elle avait exécuté.

— Et elle ose prétendre, continua-t-elle, que Roger était chez elle le 17 à trois heures! C'est une indigne fausseté, monsieur, et cela seul devrait suffire à la confondre, car, le 17 novembre, Roger est venu chez mon père à une heure,

Maintenant, monsieur Raymond, dit Roger, je suis tout à vous. (Page 678.)

a passé toute la journée dans le cabinet de M. Dalbrègue, et n'est même pas retourné à Meulan pour dîner. C'est moi qui l'ai retenu. Il a passé la soirée avec moi, et la nuit au chevet de mon père. Et quand on est venu l'arrêter, dans la journée du 18, il y avait plus de vingt-six heures qu'il ne m'avait quittée.

— Vous l'affirmez sous serment? demanda le magistrat.

— Sous les serments les plus sacrés, monsieur! Je ne serais pas venue jusqu'ici pour mentir à Dieu et à la justice.

— D'autres témoins que vous peuvent-ils en déposer?

— Certes, monsieur, ma femme de chambre et ma cuisinière le savent comme moi.

— Je les appellerai.

— Marie m'a accompagnée, monsieur. Elle est là. Si vous désirez l'entendre.

— Assurément, dit le juge d'instruction.

Et, se tournant vers son greffier :

— Faites entrer cette femme, ordonna-t-il.

Marie fut naturellement moins prolixe que Laurence ; mais, comme sa maîtresse elle précisa l'heure à laquelle Roger était venu et affirma qu'il n'avait pas quitté la maison depuis la veille jusqu'au moment où on était venu l'arrêter.

Cette fois le magistrat ne douta plus.

— Je vous remercie, mademoiselle, dit-il à Laurence, du zèle que vous avez mis à éclairer la justice.

— J'ajouterai, dit fièrement la jeune fille, que le baron de Montmaury n'a jamais aimé Antoinette, qu'il m'aime depuis longtemps, que je l'aime également, et que, par conséquent, les odieuses insinuations de cette malheureuse sont autant de mensonges. Sur toute autre que moi ils auraient produit sans doute l'effet qu'elle en attendait, car le seul fait d'avoir été mis en prison est pour Roger une honte devant laquelle reculerait un cœur moins haut placé et moins convaincu que le mien de son irréprochable honnêteté.

— Rassurez-vous, mademoiselle, dit le juge avec bonté. J'espère que demain M. Roger vous sera rendu.

Laurence se retira, heureuse d'avoir payé ce tribut d'hommage à celui qu'elle aimait.

Dès qu'elle fut partie, le magistrat fit appeler Antoinette.

— Vous persistez dans vos déclarations? lui demanda-t-il.

— Oui, monsieur.

— Ainsi, c'est bien le 17, à trois heures, que M. de Montmaury est venu au rendez-vous que vous lui aviez donné et que vous avez comploté la mort de Cassut?

— Oui, monsieur.

— Eh bien! vous mentez, car il résulte des dépositions de quatre témoins que, le 17, à l'heure que vous dites, de Montmaury était chez M. Dalbrègue et qu'il n'en est pas sorti jusqu'au lendemain 18, où je l'ai fait arrêter sur votre déclaration.

Antoinette resta confondue. Il ne lui était pas venu à l'idée qu'on allait contrôler heure par heure, mot par mot, la fable qu'elle avait imaginée.

— Tenez, lui dit le magistrat, vous êtes une pauvre criminelle, madame. Dans votre intérêt même, vous feriez bien mieux de confesser la vérité que de persister plus longtemps dans le système que vous avez adopté. Qu'avez-vous à reprocher à M. de Montmaury? D'avoir repoussé votre amour? Je sais que c'est un crime impardonnable aux yeux de certaines femmes; mais êtes-vous bien sûre d'avoir fait tout ce qu'il fallait pour mériter cet amour? Non, vous le savez bien. Si votre passion avait été aussi ardente, aussi pure qu'elle l'est chez un cœur honnête, vous lui seriez restée fidèle. Au contraire, vous vous êtes jetée dans les bras d'un homme que vous n'estimiez pas, que vous ne pouviez jamais aimer, qui ne se rapprochait de vous ni par ses relations, ni par son éducation, ni par ses manières. Vous avez donc été parjure envers votre amour. Vous avez vu, mais trop tard, l'horrible précipice que vous aviez creusé sous vos pas ; alors a sonné pour vous l'heure du repentir, des regrets, des remords. Quand M. de Montmaury est revenu à Meulan, vous vous êtes reprise à espérer ; vous avez cru qu'il ne reculerait pas devant les relations adultères que vous ne craigniez pas de lui proposer, et, comme son honnêteté s'y refusait plus que jamais, vous avez résolu de vous débarrasser de Cassut, de reconquérir votre liberté ou d'entraîner M. de Montmaury dans votre chute. Est-ce là ce que vous appelez aimer ? Quoi, ce jeune homme, qui n'a pour tout bien qu'une réputation intacte, vous le perdez ! Vous le jetez sur les bancs de la cour d'assises, vous le déshonorez ! Lui que vous aimez ! Lorsque tant d'autres se dévouent souvent pour sauver un amant indigne, vous jetez en pâture à la vindicte publique, au mépris des honnêtes gens, l'homme qui n'a eu envers vous d'autre tort que de vous avoir respectée ! Croyez-moi, c'est un rôle indigne de vous, et qui ne vous conciliera ni la pitié des jurés, ni la bienveillance des juges. Avouez donc franchement que vous avez perdu la tête. Montrez qu'il reste en vous quelque chose d'humain, de bon, de généreux, que vous n'avez pas tout à fait oublié les principes que votre père vous a enseignés, les exemples que vous a donnés le monde dans lequel vous avez vécu.

D'abondantes larmes coulaient des yeux d'Antoinette. Peu à peu, en entendant ces paroles émues, elle s'était laissé tomber à genoux.

— Oui, dit-elle à travers ses sanglots, vous avez raison, monsieur. J'ai été infâme, j'ai été lâche. Oui, je n'ai obéi qu'à des appétits de vengeance détestables.

— Ainsi vous l'avouez ? M. de Montmaury n'est pas coupable ?

— Non. Seule j'ai médité et commis ce crime, poursuivie que j'étais par l'idée de m'affranchir d'un joug odieux, profondément humiliée qu'un misérable comme ce Cassut eût osé lever la main sur moi. Ah ! je ne croyais pas qu'il fût si difficile de mentir à la justice. Je ne m'attendais pas aux tortures de la prison, des interrogatoires, des confrontations... je suis vaincue... le supplice est au-dessus de mes forces... tuez-moi, monsieur, tuez-moi le plus tôt possible, et délivrez-moi de l'enfer où je me débats depuis quelques jours...

A ces mots, elle tomba accablée sur le parquet. Toute son énergie sauvage l'avait abandonnée. Les obstacles contre lesquels se heurtait sa vengeance l'avaient brisée.

On lui fit reprendre ses sens, et elle eut enfin la force de signer la nouvelle déclaration à laquelle elle s'était résignée. Puis on la reconduisit en prison. Une demi-heure après, le parquet de Versailles rendait une ordonnance de non-lieu en faveur de de Montmaury et le mettait en liberté.

Au lieu de retourner immédiatement à Meulan, Roger se rendit à Paris et alla chez le docteur Valnet.

— Vous ici ! s'écria le docteur. Vous êtes donc libre ? Depuis quand ?

— Depuis deux heures, répondit Roger. Antoinette, paraît-il, s'est décidée à reconnaître que je n'étais pas coupable.

— Et Laurence le sait ?

— Pas encore.

— Vite, allez-lui annoncer cette bonne nouvelle.

— A Meulan ? Je n'oserais jamais, docteur.

— Au contraire, il faut y rentrer le front haut, mon ami. C'est le seul moyen d'imposer silence à la calomnie. Venez, c'est moi qui vais vous y conduire. Je ne vous demande qu'un moment, car j'attends M. Raymond.

— Ah ! il vous a donné rendez-vous ?

— Oui, quand il a su que vous étiez en prison, il a manifesté le désir de venir à Versailles avec moi, pour y témoigner en votre faveur. Je lui avais promis de l'y conduire aujourd'hui, il va venir. Et tenez, je parie que c'est lui qui sonne...

En effet, le domestique venait d'ouvrir la porte de l'appartement. M. Raymond entra et poussa un cri de joyeuse surprise en apercevant Roger.

— Comment ! vous êtes ici ! s'écria-t-il.

— J'arrive à l'instant.

— Vous êtes donc libre ?

— Grâce aux infatigables démarches de mes amis, oui, monsieur.

— Vingt fois tant mieux pour vous et pour moi, mon cher ami, car j'ai à vous parler de choses sérieuses.

— Je suis à vos ordres, monsieur, mais non pas aujourd'hui, répondit Roger. J'ai hâte de retourner à Meulan, vous le comprenez, et d'y revoir mes amis.

— C'est tout naturel et je me garderais bien de vous dérober une minute d'un temps si précieux ; mais quand vous aurez rempli ce devoir impérieux, n'aurez-vous pas quelques instants à me consacrer ?

— Autant qu'il vous plaira, cher monsieur Raymond.

— Alors je pars avec vous pour Meulan, si vous le permettez...

— De grand cœur. Il ne me serait pas possible d'y rentrer en compagnie plus honorable.

— Eh bien ! venez, dit le docteur qui les entraîna.

Ils se dirigèrent vers le chemin de fer, et, bientôt après, le train les emporta. Pendant le trajet, Roger raconta comment, pressée de questions par le juge d'instruction, Antoinette avait fini par faire des aveux complets. Puis il s'informa de la santé de M. Dalbrègue et fut tout heureux d'apprendre que le mieux se soutenait et permettait d'espérer une guérison.

— Si le temps se maintient, dit M. Valnet, nous pourrons faire sortir le malade dans deux ou trois jours. Si nous y arrivons, il est sauvé, et c'est à vous qu'il devra la vie

— Ah ! docteur, fit Roger, vous ne pouviez pas m'apprendre une nouvelle qui me fît un plus grand plaisir ! Et Laurence ?

— Elle est bien triste depuis votre arrestation, mais je suis parvenu presque à lui inspirer confiance, et dans la guérison de son père et dans votre prochain élargissement. En vous voyant, elle sera doublement heureuse.

Roger se tut et jeta sur la campagne un regard rayonnant. Le soleil l'inondait de sa clarté et colorait de ses rayons les rares feuilles jaunies qui garnissaient encore les branches des arbres. Sur les terres, fraîchement labourées, des millions de fils de la vierge formaient un inextricable réseau de capricieuses arabesques.

Le paysage n'était ni beau, ni gai, et pourtant il semblait à Roger, qu'il n'en avait jamais vu de semblable. Mais avec quelle lenteur marchait le train qui l'emportait ! On arriva cependant. Roger voulait prendre une voiture pour être plus tôt auprès de Laurence, mais le docteur déclara qu'il avait besoin d'exercice et qu'il désirait faire la route à pied.

La vérité est qu'il voulait faire traverser Meulan à Roger, dont il prit le bras, afin que son retour fût immédiatement connu et que son innocence éclatât aux yeux de tous. M. Valnet obtint de cette détermination tout le résultat désiré. Chacun se mit sur le seuil de sa porte, pour voir passer Montmaury au bras du docteur et de M. Raymond. Une demi-heure après, la ville entière savait que Roger était de retour.

— Donc, il n'est pas coupable, ajoutait-on.

Quant à Roger, il était au supplice. Il s'apercevait qu'il était l'objet de la curiosité générale et cela l'irritait. Enfin, il atteignit la propriété de M. Dalbrègue et respira plus librement. Le jardinier, la cuisinière, la femme de chambre, poussèrent des cris de joie en l'apercevant. Marie, qui l'avait vu venir de loin, rentra dans la maison.

—Mademoiselle ! mademoiselle ! criait-elle à pleins poumons, voilà M. Roger !

Laurence était au salon et travaillait, quand ces cris retentirent à son oreille. Elle se leva très émue et se dirigea en courant vers la porte, qu'elle ouvrit.

— Le voilà ! le voilà ! répétait Marie.

Laurence courut jusque sur le perron et faillit suffoquer de joie, en reconnaissant Roger, qui s'avançait vers la maison.

Dès qu'il l'aperçut, il quitta le bras de M. Valnet et, sans calculer, se jeta dans les bras de la jeune fille, sur les joues de laquelle il déposa deux baisers retentissants. Puis, sans prendre le temps de lui expliquer sa présence, il monta dans la chambre de M. Dalbrègue. Le paralytique sommeillait. Sur un signe de l'infirmier qui le gardait, Roger s'avança sur la pointe des pieds et considéra le vieillard avec attention. Positivement, le mieux était manifeste. Le visage était plus pâle, les traits plus reposés, la physionomie plus calme.

— Ne dites rien au docteur, dit l'infirmier à voix basse. C'est lui qui va être étonné ! Tout à l'heure le malade a remué les yeux.

Au même instant arriva M. Valnet qui, avant de monter, avait présenté

M. Raymond à Laurence. Ils envahirent à la fois la chambre du malade. Réveillé sans doute par le bruit, M. Dalbrègue ouvrit les yeux et les promena avec surprise sur les personnes qui l'entouraient, ses regards s'arrêtèrent longuement sur Roger et brillaient d'un éclair de joie. M. Valnet n'en revenait pas !

— Comment ! vous voyez, vous nous reconnaissez, cher ami ! s'écria-t-il en se penchant avidement sur le malade.

Les lèvres de M. Dalbrègue s'agitèrent imperceptiblement et murmurèrent un oui, que le docteur seul entendit, mais qui suffit à lui rendre l'espoir.

— Décidément mon cher Roger, dit-il en se tournant vers Montmaury, il n'y a que vous pour faire des miracles Vous paraissez et notre pauvre ami voit, parle... qui sait ?... il va peut-être marcher...

Cette résurrection, si incomplète qu'elle fût, acheva de remplir de joie cette maison, que menaçaient depuis quelques jours le deuil et le déshonneur. Laurence était dans une joie telle, qu'elle vida sans compter sa bourse entre les mains de l'infirmier stupéfait. Après quoi, on quitta la chambre du malade pour retourner au salon.

— Je ne suis pas étonné outre mesure de l'amélioration que je viens de remarquer dans la santé de votre père, dit le docteur à Laurence. Les mauvais traitements que le misérable Antoine lui infligeait étaient, je n'en doute plus à présent, la cause de son affaiblissement progressif. Jugez de la révolution que l'intervention de Roger a dû causer dans l'esprit du malade ! Car il vivait toujours, bien qu'il ne donnât pas signe de vie. Or, être délivré des tortures de ce bourreau, devoir à Roger cette délivrance, éprouver du plaisir à le revoir, lui en témoigner sa reconnaissance, sont autant de sentiments instinctifs qui peuvent aboutir insensiblement à une guérison.

— Quoi ! docteur... balbutia Laurence, vous espérez...

— Ma chère enfant, ce n'est pas à moi qu'il faut vous adresser maintenant pour hâter le rétablissement de votre père. Je lui continuerai les soins matériels, oui, mais l'influence morale, c'est Roger qui la possède. Donc, que Roger soit le plus souvent possible auprès de M. Dalbrègue, que ce soit lui qui lui parle, qui le promène, et je crois pouvoir répondre de son salut.

— Soyez tranquille, docteur, fit Roger avec empressement, je n'y manquerai pas un seul jour.

— A la bonne heure ! Demain, si le beau temps continue, enveloppez le malade de couvertures, portez-le dans son fauteuil et faites-lui faire dans le jardin une promenade au grand soleil... Après-demain je reviendrai et, Dieu aidant, j'espère que nous en viendrons à bout.

A ces mots, le docteur s'éloigna.

— Maintenant, monsieur Raymond, dit Roger, je suis tout à vous. Voulez-vous profiter de ce beau soleil et faire avec moi un tour de promenade dans le jardin ?

Et, se tournant vers Laurence :

— Vous permettez, mademoiselle ? ajouta-t-il.

— Faites, Roger, répondit la jeune fille. N'êtes-vous pas plus que jamais chez vous dans cette maison ?

Montmaury prit le bras de l'ancien négociant et ils sortirent.

— Mon cher ami, commença M. Raymond, vos pressentiments ne vous avaient pas trompé : mon malheureux frère...

— Est le pendu du bois de Verneuil !

— Je ne puis plus en douter, hélas ! L'enquête que j'ai faite, concurremment avec celle du parquet de Versailles, m'a donné, ainsi qu'au juge d'instruction, la certitude que le pendu n'est autre que mon frère André. D'accord avec le magistrat instructeur, j'ai déjà introduit une instance pour faire rectifier judiciairement l'acte de décès du malheureux André et pour obtenir son exhumation. Le succès de ces démarches n'est pas douteux et ne saurait tarder. Assurément c'est une triste découverte et une grande douleur pour moi, mais je m'y attendais depuis si longtemps, que j'y étais pour ainsi dire résigné d'avance. Je ne vous en parle donc que pour vous remercier ardemment de m'avoir aidé dans mes lugubres recherches. Il me reste maintenant à vous entretenir d'un point bien autrement important.

— Lequel ? fit Roger surpris.

— Le legs de mon frère.

— Auriez-vous l'intention d'en contester la validité ?

— Aujourd'hui, oui.

— Comment ?

— Je m'explique. Quand j'eus acquis la douloureuse certitude que mon frère s'était tué, je causai longuement avec le juge d'instruction et je n'eus pas de peine à lui démontrer qu'André avait agi sous l'empire d'une hallucination. Le caractère bizarre que tout le monde lui connaissait, la facilité avec laquelle je pus fournir des preuves authentiques de son dérangement d'esprit, firent tomber, avec moi, le magistrat d'accord sur ce point : c'est que le testament de mon frère n'avait aucune valeur. Je songeais donc à l'attaquer, et j'en manifestais l'intention, quand le juge d'instruction m'arrêta.

— Vous auriez pu le faire dans l'année qui a suivi la découverte du cadavre, me dit-il, mais vous avez laissé s'écouler le délai voulu, le donataire est régulièrement investi maintenant du legs que vous n'avez pas réclamé, vos prétentions ne seraient donc pas admises. Ah ! si Cassut venait à mourir... ce serait différent.

— Je comprends, fit Roger. Vous avez appris la mort de Cassut et vous voulez revendiquer la succession de votre frère.

— Deux raisons m'y poussent, dit M. Raymond. La première, c'est qu'il me répugnerait de voir tomber cette fortune entre des mains vulgaires, absolument inconnues, et que je n'ai aucun intérêt à ménager...

— Et la seconde ?

— La seconde, — et c'est à mes yeux la plus importante, voilà pourquoi je l'ai gardée pour la fin, — c'est que le legs de mon frère n'a pas reçu la destination qu'il devait avoir.

— Vous croyez?

— J'en suis convaincu, le juge d'instruction en est persuadé comme moi, et vous serez de notre avis quand vous m'aurez entendu.

— Voyons? fit curieusement Roger.

— Qui le premier, de vous ou de Cassut, a découvert le cadavre d'André?

— C'est moi.

— Qui a le premier trouvé son testament?

— C'est moi.

— Donc c'est à vous que revenait de droit la fortune de mon frère, et c'est indûment que Cassut en a été investi; donc c'est à vous que je dois la rendre.

Roger fut un peu étourdi de cette déclaration inattendue.

— Je ne voudrais à aucun prix, continua M. Raymond, qu'on m'accusât de cupidité. Je suis assez riche, Dieu merci! pour vivre à l'aise, sans que les deux cent mille francs de mon frère éveillent en moi la moindre convoitise. Enfin, je veux respecter sa dernière volonté, qui a été évidemment d'avoir un autre héritier que moi. Pourquoi? Je ne veux même pas le savoir. J'ai toujours vécu avec lui en aussi bonne intelligence que son caractère inégal pouvait le permettre; je n'ai rien à me reprocher, voilà ce qui m'importe le plus. Il est donc juste que je veille après sa mort à ce que ses désirs soient exaucés. Eh bien! d'après ce que vous m'avez dit, d'après ce qui résulte de l'instruction, c'est vous qui, régulièrement, devez hériter de lui.

— Régulièrement... fit Roger d'un air incrédule... voilà ce que vous ne me ferez jamais admettre.

— Attendez, je n'ai pas fini, interrompit M. Raymond. Je comprends bien à quels sentiments vous avez obéi quand vous avez refusé ce legs bizarre. Vous ne vous trouviez pas suffisamment désigné par ce testament, vous redoutiez des revendications tardives, vous avez pu même éprouver certaines répugnances à accepter cette fortune dans les conditions où elle se présentait.

— Tout cela est vrai, avoua de Montmaury.

— Et tout cela avait sa raison d'être, poursuivit l'ancien négociant, tant que ce legs inattendu n'avait pas reçu une sorte de consécration. Mais cette consécration, je vous l'apporte, moi! Vous n'avez plus à craindre de réclamations, plus d'inquiétudes à concevoir. Vous êtes bien et dûment l'héritier de mon frère, je le reconnais. Pourquoi hésiteriez-vous à reprendre ce qui vous appartient?

En effet, Roger hésitait si visiblement qu'il secouait négativement la tête.

— Ecoutez, reprit M. Raymond. Maintenant que Cassut est mort, voci vraisemblablement ce qui va arriver. L'usine va être vendue, et, comme elle est fermée depuis huit jours, comme elle a perdu momentanément sa clientèle, il est certain qu'elle ne se vendra guère plus de deux cent ou de deux cent cinquante mille francs. Si, comme j'en ai la certitude, je gagne le procès en revendication que je vais intenter, je me rendrai adjudicataire de la fabrique moyennant une soixantaine de mille francs, y compris les frais. Or, je viens de quitter un commerce que je possédais à fond, ce n'est pas pour en reprendre un qui m'est absolument inconnu. Vous, au contraire, vous avez fait des études

Il demeura encore quelques instants auprès d'elle, laissant sa main dans celle de la pauvre morte. (Page 686.)

spéciales, vous avez administré la fabrique pendant trois ans, vous avez été en relations avec ses clients ; vous êtes, par conséquent, en état de la diriger et de la faire prospérer. Si votre fierté se refuse à accepter de moi la plus petite chose, je deviens votre associé pour la somme formant l'excédant des deux cent mille francs auxquels vous avez droit, et nous faisons tous les deux une magnifique affaire.

M. Raymond s'était animé en prononçant ces dernières paroles. L'instinct du négociant, qui flaire de beaux bénéfices et qui ne voudrait pas les laisser échapper, l'emportait sur la résolution qu'il avait prise de vivre uniquement de ses rentes. Enfin, l'intérêt qu'il portait à de Montmaury achevait de présenter l'opération sous un jour essentiellement favorable. Il avait raison, du reste, Roger le reconnaissait.

— Certes, dit-il, l'affaire serait avantageuse à tous les titres. Malheureusement, il y a sur cet argent maudit un sort que je ne me sens pas de force à conjurer.

— Que dites-vous?

— Oui, monsieur. Voyez plutôt : Cassut hérite de cet argent, et il fait un mariage détestable, il laisse péricliter la fabrique au point de compromettre le capital qu'il y a engagé. Enfin il meurt de mort violente et, par une fatalité déplorable, sa mort me compromet moi-même, bien que je ne fusse pour rien dans cette débâcle générale. Eh bien! c'est puéril, si vous le voulez, mais il me semble que cet argent ne me porterait pas bonheur.

— Vous refusez donc? fit M. Raymond interdit.

— Plus que jamais, mon cher monsieur. Je vous remercie infiniment de l'amitié que vous me témoignez, j'y suis sensible au delà de toute expression; mais n'essayez pas de me convaincre, vous n'y parviendrez pas.

— Est-ce bien vous, dit l'ancien négociant, vous, un homme supérieur à tous les points de vue, qui vous arrêtez à de semblables préjugés?

— Oui, monsieur; j'en rougis, mais rien ne me fera surmonter l'inexplicable répugnance que j'ai éprouvée jadis et que j'éprouve encore à accepter un legs qui a causé déjà tant de malheurs.

— Pourtant je ne puis pas l'abandonner à la famille Cassut! se récria M. Raymond désappointé.

— Eh! mon cher monsieur, sans l'abandonner à la famille Cassut, il ne manque pas de bonnes œuvres auxquelles vous puissiez consacrer cette somme, s'il vous répugne comme à moi de la garder. Ouvrez un asile, fondez une école, distribuez cet argent aux pauvres. Ainsi placé, il sera en quelque sorte purifié par la destination que vous lui aurez donnée.

— C'est votre dernier mot? demanda M. Raymond.

— Absolument.

— Ah! c'est dommage! fit l'ancien négociant en poussant un profond soupir. Vous manquez là, mon cher ami, une bien belle occasion de faire fortune!

— Je le reconnais, mon cher monsieur; mais, loin d'en éprouver aucun regret, j'en ressens, au contraire, une secrète satisfaction. Si touché que je sois de vos bontés, quel que soit mon désir de vous en témoigner ma reconnaissance, je ne puis pas vaincre les pressentiments qui m'agitent.

— N'en parlons plus, dit M. Raymond. Quant à moi, je persiste dans la résolution que j'ai prise. Quelle qu'en soit l'issue, je vous en informerai, et j'espère, du moins, que vous ne refuserez pas de m'aider de vos conseils si j'obtiens gain de cause.

— Je suis toujours à vos ordres, monsieur, répondit de Montmaury.

M. Raymond se retira, très contrarié de l'insuccès de sa démarche.

Roger revint auprès de Laurence et put enfin la remercier du précieux secours que sa visite spontanée au juge d'instruction lui avait prêté. Enfin, le danger était passé ! Ils purent se livrer sans crainte aux joies qui remplissaient à nouveau la maison.

En effet, à mesure que le calme renaissait autour de M. Dalbrègue, le mieux qu'il éprouvait depuis quelques jours semblait augmenter d'heure en heure. Toujours assis à son chevet, Roger épiait avec une anxieuse curiosité le réveil de cette intelligence, la résurrection progressive de ce cadavre. Les promenades au grand air contribuèrent pour beaucoup au rétablissement du malade. Au bout de huit jours, le visage avait repris sa mobilité et la langue pouvait articuler quelques mots. Puis, le mouvement gagna le torse et les bras. Quinze jours après, M. Dalbrègue mangeait seul, parlait, vivait enfin. Certainement il n'avait recouvré ni la parole facile ni la vivacité d'autrefois, mais il se faisait facilement comprendre et comprenait surtout ce qu'on lui disait. Malheureusement, la paralysie avait définitivement gagné les jambes, et rien ne pouvait plus la conjurer.

En dépit de cet insuccès partiel, le docteur Valnet criait au miracle et avouait franchement que, pendant huit jours, il avait désespéré du malade. Au bout de trois semaines enfin, voyant que son ami avait recouvré sa lucidité d'esprit, il congédia l'infirmier qui le soignait et demeura seul avec lui.

— Mon ami, lui dit-il, vous n'ignorez à présent rien de ce qui s'est passé durant votre maladie. C'est à Roger que vous devez la vie, ce n'est pas douteux. Les soins qu'il vous prodigue depuis son retour ont contribué à votre rétablissement de la façon la plus efficace, vous le reconnaîtrez. Un fils n'agirait pas envers son père avec plus de sollicitude. Eh bien ! ne trouvez-vous pas qu'une telle conduite mérite une récompense ?

— C'est mon avis.

— Alors exécutez-vous, mon ami. Laurence et Roger s'aiment et s'aimeront toujours, en dépit de vos précautions, mariez-les.

— Plaît-il ? fit M. Dalbrègue qui crut avoir mal entendu.

— Eh ! oui, reprit le docteur. Ne dirait-on pas que je vous apprends quelque chose de nouveau ? Ne le savez-vous pas depuis six mois ?

— C'est donc vrai ? Vous avez reçu leurs confidences ?

— Je n'ai rien reçu, mais j'ai tout deviné, et je ne comprends guère vos hésitations, quand vous êtes riche à ne savoir que faire de votre argent, et quand vous avez sous la main un gendre comme vous n'en trouverez jamais.

— Oh ! je lui rends justice, docteur...

— Oui, mais vous vous arrêtez à des questions vulgaires d'intérêt qui m'étonnent de votre part. Qu'espérez-vous ? Voulez-vous décourager absolument Roger ? Exposerez-vous de nouveau au désespoir celui que vous avez condamné à mort une première fois ?

— Comment, à mort ?

— Sans doute. Il est temps de vous dire la vérité, mon ami. Vous êtes de ceux dont les jours sont comptés et qui n'ont plus beaucoup le temps de faire le bien.

Apprenez donc que Roger, après avoir été chassé par vous de la maison dans laquelle il avait grandi, en a été réduit à tendre la main pour ne pas mourir de faim et à se tuer pour échapper à la misère.

— Que dites-vous ? Est-il possible ?

— C'est moi qui l'ai sauvé et qui lui ai procuré un emploi. Donc vous ne pouvez pas en douter. Et lorsque vous-même avez vu la mort de si près, lorsque vous avez failli laisser Laurence seule, sans conseil, sans expérience, sans appui, livrée à toutes les cupidités que sa fortune aurait excitées, vous ne sentez pas qu'il est temps de prendre un parti ? Comment ! vous avez pour elle un mari modèle, le plus honnête et le plus désintéressé des hommes, qui connaît vos affaires mieux que vous, qui vous aime, qui vous soigne comme si vous étiez son père et vous hésitez à le donner à votre fille parce qu'il est pauvre ! Il fallait alors, lui compter, il y a six ou sept ans déjà, les cent mille francs que votre testament lui destine. Il serait certainement devenu quelque chose, il aurait maintenant une position honorable...

— Sans doute, docteur, mais j'avais rêvé pour Laurence...

— Aviez-vous rêvé d'en faire mieux qu'une baronne ? Non. Eh bien ! pourquoi aller chercher si loin ce bonheur qu'un mot de vous peut lui donner?

— Vous êtes donc sûr qu'elle aime Roger ?

— Comme je voudrais être sûr de vous voir danser à leur mariage, répondit gaiement M. Valnet.

— Peste ! comme vous y allez, docteur. A vous entendre, on croirait que c'est déjà fait.

— Je le voudrais, je vous le jure ! et pour vous, et pour eux. Pour vous, parce que vous seriez désormais tranquille sur l'avenir de votre fille. Pour Laurence, parce que c'est le seul moyen de lui rendre sa gaieté. Pour Roger, parce que ce mariage serait pour lui une réhabilitation éclatante, une récompense de tout ce qu'il a souffert, des soins qu'il vous a prodigués, des services qu'il vous a rendus...

— Ah ! qu'on voit bien que je ne suis plus qu'un vieil enfant, docteur ! fit le malade en souriant tristement. Vous faites de moi ce que vous voulez. Allons ! qu'ils soient heureux le plus tôt possible, alors ! Vous l'avez dit. Ma fille sera baronne de Montmaury. Du diable si je me serais attendu à cela !

ÉPILOGUE

Les aveux d'Antoinette, n'étaient plus un secret pour personne à Meulan. L'instruction, qui se poursuivait sans relâche depuis trois semaines, avait appelé tant de témoins, que la ville entière était tous les jours au courant des moindres incidents que ces dépositions provoquaient.

Pour tout le monde, il était donc bien avéré qu'Antoinette aimait de Montmaury, qu'à deux reprises elle avait essayé de le séduire, et qu'ayant échoué dans ses tentatives, elle ne l'avait accusé qu'afin de se venger. Mme Durand elle-même, qui, dans le principe, avait cru à la culpabilité de Roger, avait fini par céder devant l'évidence et rendait publiquement hommage à l'irréprochable conduite de son locataire.

On savait en outre, et pour ainsi dire heure par heure, tout ce qui se passait chez M. Dalbrègue, depuis le jour où Roger avait surpris Antoine en flagrant délit de violences, et l'avait chassé pour prendre courageusement sa place. On n'ignorait donc pas — et, du reste, les médecins l'avaient dit assez haut — que le paralytique devait la vie au jeune baron.

De même qu'on avait ajouté foi sans contrôle à l'accusation qu'Antoinette avait portée contre lui, de même on se plut à proclamer son innocence, et, comme la foule ne fait jamais les choses à moitié, après avoir traîné de Montmaury dans la boue pendant huit jours, elle le porta aux nues et en fit un héros de roman.

Quant à Antoinette, elle ne vivait plus. L'acte qu'elle avait commis dans un moment d'hallucination, acte dont elle n'avait calculé ni la gravité ni les conséquences, lui apparaissait maintenant sous son véritable jour et lui faisait horreur.

Bourrelée de remords, assaillie de visions sinistres, accablée sous le poids de sa honte, elle ne pouvait pas s'expliquer comment elle avait exécuté le crime odieux qui allait la conduire sur le banc des assises, en compagnie des plus ignobles malfaiteurs.

Naturellement sa santé s'était ressentie des terribles secousses que l'instruction lui avait fait éprouver. A mesure que les preuves s'accumulaient contre elle et qu'on les lui mettait sous les yeux, augmentaient ses terreurs et faiblissait son énergie. En quinze jours elle était devenue l'ombre d'elle-même. De sa fraîcheur, de sa beauté, des formes plantureuses qui provoquaient jadis le désir et l'admiration, il ne restait plus rien.

Elle était devenue un squelette, et ses forces avaient tellement diminué qu'on fut obligé d'appeler un médecin.

Le docteur ordonna qu'on la transportât à l'hôpital.

— Sinon, dit-il, elle ne passera pas la semaine.

Ainsi fut fait. Mais quelle différence y avait-il entre un hôpital et une prison pour cette femme que fuyait le sommeil et qu'assiégeait la terreur? Elle qui, pendant dix-neuf ans, avait vécu libre au grand air; qui n'avait jamais rencontré sur sa route un seul obstacle, devant les volontés de qui tout avait cédé, pouvait-elle, dans la salle immense où elle gisait étendue, recouvrer le repos et la santé? N'entendait-elle pas autour d'elle les plaintes des malades, le râle des mourants? N'étouffait-elle pas dans cette atmosphère, saturée de miasmes impurs?

Elle résista pourtant quinze jours encore, soutenue par sa jeunesse et par la vigueur de son tempérament; puis arriva le moment fatal où le médecin en chef, en faisant sa visite du matin, montra du doigt la malheureuse à ses internes et leur dit:

— Le numéro 73 est perdu !

On lui envoya un prêtre. Elle avait encore toute sa raison. Elle écouta les exhortations du confesseur et ouvrit son âme au repentir. Elle n'avait pas de religion, ou du moins elle n'avait jamais pratiqué. Ses aumônes n'avaient jamais engraissé ni le denier de Saint-Pierre, ni la fabrique des églises ; mais, à ce moment suprême, elle eut un ressouvenir de sa joyeuse enfance. Elle se rappela qu'elle avait prié jadis et joignit ses mains inconscientes pour répéter avec le prêtre la prière qu'il récitait avec elle.

Plus calme alors, soutenue par l'espoir que Dieu pardonnerait à son repentir, elle manifesta le désir de voir Roger.

On y consentit. On envoya à Meulan un exprès, qui transmit à M. de Montmaury le désir de la mourante.

Roger n'hésita pas. A l'instant même, il partit.

Il arriva le cœur serré. Quand il fut devant le n° 73, la sœur qui le guidait s'arrêta et lui dit :

— C'est là.

Il s'approcha et jeta sur la jeune femme un regard, dans lequel il y avait encore plus d'épouvante que de pitié. Elle reposait, ou plutôt ses paupières, appesanties déjà par les approches du sommeil éternel, étaient retombées sur ses grands yeux qu'estompaient les ombres de la mort.

— Me voici, madame, lui dit-il doucement. Que voulez-vous de moi ?

Au son de cette voix bien connue, elle releva difficilement les paupières ; ses regards voilés s'animèrent, ses narines déprimées se gonflèrent.

— Ah ! fit-elle en poussant un profond soupir et en levant les yeux au ciel.

Deux grosses larmes y perlèrent, puis elle étendit son bras horriblement amaigri pour saisir la main de Roger, qui la lui abandonna.

— Je vous aimais bien... murmura-t-elle d'une voix défaillante. Si j'avais eu le bonheur d'être aimée de vous, je n'aurais jamais fait de mal à personne... Dieu ne l'a pas voulu ! C'est qu'il ne m'a pas jugée digne d'une telle récompense. Que sa volonté soit faite !... Vous, Roger, ne gardez pas de moi un trop mauvais souvenir...

Il lui fut impossible de continuer, mais elle serra la main de Montmaury avec une force dont il ne l'aurait pas crue capable.

— J'ai été bien méchante envers vous, reprit-elle, si bas, qu'il l'entendait à peine. Pardonnez-moi, Roger ; pard...

— Oui, je vous pardonne, dit-il...

Puis se penchant à son oreille :

— Et je vous aime de tout mon cœur, ajouta-t-il.

En entendant ces douces paroles, elle se redressa, ses traits rayonnèrent d'une joie ineffable.

— Mon Dieu ! s'écria-t-elle, que vous êtes bon et que je suis heureuse !

Et elle retomba morte dans les bras de Montmaury.

Il demeura quelques instants encore auprès d'elle, très ému, laissant involontairement sa main dans celle de la pauvre morte. Enfin, s'arrachant à ce douloureux spectacle, il se leva.

— Adieu, dit-il, et que Dieu te pardonne comme je t'ai pardonné moi-même !

Avant de s'éloigner, il manifesta le désir que rien ne manquât au service funèbre de la jeune femme, et paya d'avance tous les frais que devait entraîner cette solennité suprême.

Enfin il revint à Meulan. Le bonheur dont son cœur était rempli effaça peu à peu ces lugubres impressions. Il les avait oubliées depuis longtemps quand, à la fin du mois de janvier, il épousa Laurence.

Ah ! ce jour-là, nulle amertume ne troubla l'ivresse à laquelle il s'abandonnait. On aurait dit que le pays tout entier voulait le dédommager de ce qu'il avait souffert, tant il y avait foule aux abords de l'église.

. . . .

Trois mois après, M. Raymond vint lui faire visite.

— Eh bien ! c'est fini, lui dit-il. J'ai gagné mon procès.

— Quel procès ? demanda Roger, à qui les délices de la lune de miel avaient fait tout oublier.

— Vous savez bien... mon procès en revendication contre la famille Cassut.

— Ah ! oui. Eh bien ?

— Eh bien ! l'usine va être vendue. Vous n'en voulez décidément pas ?

— A aucun prix, répondit Roger.

— Oui, je comprends que dans votre situation actuelle... C'est dommage. C'était une bien belle affaire !

Et M. Raymond ne put réprimer un soupir de regret.

—.Maintenant, vous savez que je ne veux pas garder cet argent. Il vous appartient, c'est à vous d'en disposer. Qu'en ferons-nous ?

— Voulez-vous que Laurence tranche la question ? demanda Roger.

— Volontiers, répondit M. Raymond

Et se tournant vers la jeune femme, qui les écoutait :

— Est-il besoin de chercher si longtemps, répondit-elle. Donnez cet argent aux pauvres, et puisse Dieu vous rendre au centuple le bien que vous aurez fait !

Deux mois après, la fabrique était vendue, et l'argent que M. Raymond en avait retiré était versé par lui entre les mains de l'assistance publique.

Le printemps était venu. Sous les rayons bienfaisants du soleil, M. Dalbrègue avait à peu près recouvré ses forces, et se sentait revivre avec d'autant plus de plaisir qu'il avait sous les yeux le tableau réjouissant du bonheur qu'il avait causé. Assis à côté de lui, le docteur Valnet lui montrait du regard Laurence et Roger qui se promenaient, tendrement enlacés, sous la charmille.

— Voyons, lui disait-il, croyez-vous qu'il n'y ait rien de plus joli que ce petit groupe-là. Vous fallait-il des millions pour rendre votre fille heureuse ?

— C'est vrai, docteur, vous êtes le médecin de l'âme et du corps. Ah ! si j'avais seulement encore mes mauvaises jambes de l'année dernière...

— Bah ! on ne peut pas tout avoir, répliqua gaîment M. Valnet.

Vers la fin du mois d'octobre. M. Dalbrègue devint grand-père d'un petit baron de Montmaury, d'un descendant direct des comtes de Lally-Tolendal !

Ce fut assurément la plus grande joie que le pauvre homme eût savourée depuis de longues années. Malheureusement, cette félicité fut de courte durée. Quand arrivèrent les premiers froids et les mauvais temps, le paralytique fut obligé de garder la chambre. Une nouvelle attaque survint, et, ainsi que l'avait prédit le docteur, elle l'emporta. Cette mort était prévue depuis plus d'un an.

Cependant Laurence aurait été bien douloureusement frappée, si elle n'avait pas eu auprès d'elle son mari, et son fils surtout, cher petit être qui devait occuper désormais avec Roger toutes les affections de la jeune mère.

Quant à Roger, s'il n'avait rien tenté jusqu'alors, c'est qu'il avait exclusivement consacré tout son temps à M. Dalbrègue.

Quand la mort l'eut délivré de ce souci, quand il eut payé jusqu'au bout la dette de reconnaissance qu'il avait contractée, il songea enfin à se créer une occupation, et s'intéressa pour moitié dans une charge d'agent de change. Aujourd'hui il est devenu une des sommités de la finance et l'administrateur d'une de nos lignes de chemins de fer les plus importantes.

Il n'est pas superstitieux, assurément, et pourtant rien n'a pu lui ôter de la tête cette idée enracinée : que s'il est devenu quelque chose et si toutes ses entreprises ont prospéré, c'est qu'il n'a jamais transigé avec l'honneur, — le seul héritage que lui eussent légué les barons de Montmaury.

FIN.

Paris. — Typ. Collombon et Brûlé, rue de l'Abbaye, 22.

Reliure serrée